李赋宁　总主编

欧洲文学史

（修订版）

第三卷

上册

二十世纪欧洲文学

（第二次世界大战前）

主编　罗芃 孙凤城 沈石岩

修订主编　刘意青 罗芃

商务印书馆
创于1897 The Commercial Press

图书在版编目（CIP）数据

欧洲文学史.3：全二册／李赋宁总主编；罗芃，孙凤城，沈石岩主编；刘意青，罗芃修订主编．—修订本．—北京：商务印书馆，2019（2025.5重印）

ISBN 978-7-100-17116-8

Ⅰ．①欧…　Ⅱ．①李…　②罗…　③孙…　④沈…　⑤刘…　Ⅲ.①欧洲文学—文学史　Ⅳ.①I500.9

中国版本图书馆CIP数据核字（2019）第034747号

ŌUZHŌU WÉNXUÉ SHǏ

欧洲文学史（修订版）

（第三卷　全二册）

总主编　李赋宁

主编　罗　芃　孙凤城　沈石岩

修订主编　刘意青　罗　芃

商　务　印　书　馆　出　版

（北京王府井大街36号　邮政编码100710）

商　务　印　书　馆　发　行

北京虎彩文化传播有限公司印刷

ISBN 978-7-100-17116-8

2019年7月第1版　　开本880×1230　1/32

2025年5月北京第2次印刷　　印张39 5/8

定价：235.00元

修订说明

商务印书馆于1999—2001年出版的《欧洲文学史》（三卷四册）是由李赋宁先生担任总主编，在杨周翰、吴达元、赵萝蕤等学者所编写的《欧洲文学史》的基础上，根据时代的要求，重新组织编写的一部外国文学史专著。该书是国家“八五”重点社科项目，执笔撰稿的专家达90人之多，是一部融合了集体智慧的力作，为我国外国文学史类图书中知名度和认可度最高的综合文学史之一，其权威性和专业性长期为读者所称道。

首版《欧洲文学史》出版近二十年来，其学术价值和可读性一直受到读者认可，但是，在多次重版和重新审读过程中，发现书里还存在疏误，在结构和体例方面仍有可调整和完善的余地。同时，随着时代的发展和时间的推移，也有部分内容需要更新。经过出版社与作者的沟通，由曾参加原版编写工作的刘意青教授和罗芃教授承担本书的修订，他们通力合作，共同完成了这份艰辛的工作。

修订工作主要集中于三个方面：1.修正原版内容中的错误，包括少量不科学的表达和局部结构的调整。2.补全索引中的遗漏。3.查补更新已逝作家的卒年。最后，经过两位修订主编认真审慎的处理，共修订两千七百余处，其中作家信息补充近两百处，索引88处，结构调整和词条重组5处。

经过内容修订和重新装帧之后的《欧洲文学史》（修订版），以崭新的面貌与读者见面，既是对广大读者的回馈，也是对原班作者的致敬，使这部集体智慧之作在新时代焕发异彩，继续为中国学者和读者贡献力量。

商务印书馆编辑部

2018年8月

《欧洲文学史》(1999—2001版)编者说明

1961年北京大学西语系接受国务院文科教材会议任务，负责主持《欧洲文学史》编写工作，1964年和1979年由人民文学出版社先后出版上、下两卷。《欧洲文学史》出版后得到国内高等院校师生和广大读者的欢迎，曾多次印刷。从这项工作开始到现在，近40年过去了，主编杨周翰、吴达元和赵萝蕤三位教授和参加编写的冯至先生、朱光潜先生等前辈相继作古；校内外一些撰稿者，当年风华正茂，如今已经两鬓染霜。抚今追昔，不胜感慨之至！以今日的眼光看原《欧洲文学史》，不难发现其中存在这样那样的缺陷和问题，但大多数是历史条件使然，不应也无需苛求于前辈。原《欧洲文学史》作为建国后第一部欧洲文学史教科书，为我国外国文学的教学和科学研究作出的贡献是毋庸置疑的。今天，在出版新《欧洲文学史》之际，我们对参加原《欧洲文学史》编写的前辈和其他撰稿人表示崇高的敬意，对已故者表示深切的缅怀之情。

近20年来，国际国内形势发生了巨大变化，两大阵营的对立已经为多极化的时代所取代。改革开放的政策敞开了国门，国际文化交流不断扩大，国际学术合作不断加强，人们的精神解放了，视野拓宽了，知识丰富了，思想认识随之调整和深化。国内高等院校的外国文学教学和研究，无论从规模上，还是从深度上，均非40年前可以比拟。而广大学生和读者的知识结构、思想方法和求知心理也与40年前迥然相异。在这种形势下,重新编写新的《欧洲文学史》不但可能,而且是势在必行。

原《欧洲文学史》编写之初,主持者曾力图避免简单化、片面化的通病,可是在那个以阶级斗争为纲的年代,要想全面、客观、科学地研究介绍外国文学谈何容易!新《欧洲文学史》希望能够实现前辈的夙愿,这不但是我们的历史责任,也是对前辈最大的告慰。我们孜孜以求的目标,是写出一部既能比较全面、客观、科学地反映欧洲文明诞生以来文学嬗变的全过程,又有强烈时代感的新的《欧洲文学史》。为此,我们在坚持以历史唯物论为指导,以坚实丰富的材料为基础的同时,努力把握国内外关于欧洲文学研究的最新进展和成果,吸收新的材料和观点,在实事求是、尊重历史的原则下,融会贯通地运用当代的一些文学理论和文学研究方法。但是,每个时代都有其局限,何况编撰者的学术思想、学术水准,以及材料的收集和其他方面的学术操作,也都存在种种缺失。因此,新《欧洲文学史》不但难免有错误和缺陷,而且很可能仍然存在片面化甚至简单化等弊端。如蒙国内外专家学人俯允指点迷津,批点讹误,我们将铭感于心。

为方便读者阅读和专家批评指正,对本书的编写作如下说明:

1. 本书是国家"八五"重点科研项目,参加编写的工作单位和人员数量比原《欧洲文学史》大为增加。撰稿人除北京大学英语系、西语系、俄语系、比较文学所的教师外,还有中国社会科学院外国文学研究所、中国艺术研究院当代文艺研究室、北京外国语大学、深圳大学、清华大学、对外经济贸易大学、人民文学出版社、南京大学、中山大学、四川外国语学院、武汉大学、北京理工大学、福建师范大学(以撰写字数多少为序),以及香港大学和台湾淡江大学的教授、学者。撰稿人绝大多数是建国后成长起来的外国文学研究者,近十几年里获得国内外文学博士学位的中青年学者占了很大比重。此外,我国在美国和奥地利的数名学者也参加了编写。全体撰稿者严谨踏实的学风、精益求精的精神和通力协作的态度是本书顺利完稿的保证。

2. 本书以唯物史观为指导。一方面继承原《欧洲文学史》材料翔实，不空发论，寓褒贬于叙述之中的优良传统；另一方面排除旧的思维定势的干扰，实事求是地评价文学史上的人物和事件，按其本来的面貌给予恰当的历史定位。例如，以往教科书大都认为教会垄断了中世纪文学，并且基于对基督教的简单否定，进而贬低中世纪文学。本书在介绍中世纪文学时，注意纠正以往的误解，克服从政治概念出发进行价值判断的偏颇态度，对中世纪文学的复杂面貌作了比较详细的剖析，给予中世纪文学恰当的历史地位。又如巴罗克文学以往常常被冠以"矫饰"或"腐朽"之名，教科书中或者只字不提，或者语焉不详。其实巴罗克是17世纪欧洲的一个很重要的文学潮流。本书以较多的篇幅论证了这种文学潮流的各种形态，分析其历史存在的缘由，既肯定其价值，也不讳言其思想艺术缺陷。再如以往所谓"积极浪漫主义"和"消极浪漫主义"的划分，把作家在某一个时期的政治立场作为依据，往往以偏概全，忽视了作家和文学作品的复杂性。本书不再使用这两个术语，而是通过对浪漫主义作家和作品的个案研究来具体探讨他们的历史功过。对一些以往主要因政治原因而被忽视的重要作家、作品，本书也本着尊重历史的态度，恢复他们在文学史上的地位。

3. 本书共分三卷，内容上自古希腊、罗马，下迄20世纪80年代。编委会负责拟定大纲、组织撰写并最后审阅编定全书。编委会的日常工作由刘意青、罗经国主持。经过反复考虑并广泛征求国内同行的意见，本书仍采用原《欧洲文学史》的体例和断代方法，分古代、中世纪、文艺复兴、17世纪、18世纪、19世纪和20世纪七个大的时期段。古代至18世纪每一时期为一章，19世纪分为三章，20世纪分为两章。每章设概述，综合介绍该时期的社会文化背景，以及文学的总体风貌和主要文学潮流，然后逐节介绍各国文学。本书还采用了原《欧洲文学史》的个别章节或段落。

4. 为本书执笔撰稿的专家学者达90人之多，编委会在审阅编定过程中，一方面力求行文符合教科书的语言习惯，另一方面也尊重执笔者个人的风格，不强求一律。另外，由于撰稿人的年龄、学养、研究领域乃至文学观点都不尽相同，所以不同章节之间，在研究的层次、视角、方法和论述结构上也存在一定差异。对于这样一个大型集体项目而言，完全弥合这种差异不但几乎不可能，而且似乎也无此必要。在无伤宏旨的前提下尽量保留原稿的风貌，既能起到调节全书节奏的作用，以免雷同文风形成的单一节奏使读者厌倦，又能够使读者领略到执笔人不同的文学鉴赏和研究方法。较之文风一以贯之的著作，本书的“多声部”也许是个缺陷，但“塞翁失马”、“东隅桑榆”之说，或稍可为之一辩？望海内方家察之。

5. 本书在拟定大纲时，每章每节的字数均曾有大致的设想，然而后来在编写过程中发现最初的设定不尽合理，更重要的是，撰稿人每每突破字数限定。许多撰稿人是国内有影响的专家，他们的稿子包含多年研究的心得，按预定的字数硬性删节，不免削足适履。为使专家们的特点不致湮没，尤其为使那些启人心智的宏论能够较完整地保留下来以飨读者，对字数的限制便在不知不觉之中放宽了。这样做，固然有益，却也造成某些章节之间长短失衡，深望读者能够体会编者的苦心，予以宽宥。在各章节不完全平衡的情况下，一个作家所占篇幅的大小与这个作家的历史地位自然未必对应，这一点也预请读者注意。

在《欧洲文学史》的编写过程中，北京大学校领导、北京大学社会科学处，商务印书馆，以及各有关单位从人员、时间、物质和精神各方面给予我们热情的关怀，本书能够顺利出版，与他们的支持是分不开的。特此表示衷心的感谢。

《欧洲文学史》编委会

《欧洲文学史》（1999—2001 版）
第三卷执笔者名单

（以执笔章节先后为序）

罗　芃　（北京大学西语系）

20世纪“二战”前文学：概论；法国文学：第一次世界大战前文学引子、布尔热、诗歌引子、维尔哈伦、阿波利奈、戏剧引子、罗斯当、梅特林克、雅里、瓦雷里、长河小说引子、罗曼·罗兰、马丁·杜加尔、儒尔·罗曼、乔治·杜阿梅尔

20世纪“二战”后文学：法国文学：引子、波伏瓦、巴塔伊、诗歌引子、戏剧引子、阿努伊、尤奈斯库、热奈、文学批评

罗经国　（北京大学英语系）

20世纪“二战”前文学：英国文学：引子、萧伯纳、高尔斯华绥、福斯特

陈大明　（北京理工大学外语系）

20世纪“二战”前文学：英国文学：吉卜林

张中载　（北京外国语大学英语系）

20世纪“二战”前文学：英国文学：哈代

周小仪　（北京大学英语系）

20世纪“二战”前文学：英国文学：威尔斯

童庆生　（香港大学英语系）

20世纪“二战”前文学：英国文学：康拉德

覃学岚 （清华大学外文系）

20世纪“二战”前文学：英国文学：布鲁克、萨松、欧文、罗森堡、布兰登、奥尔丁顿、福特

王守仁 （南京大学外国语学院英语系）

20世纪“二战”前文学：英国文学：乔依斯

陆建德 （中国社会科学院外国文学研究所）

20世纪“二战”前文学：英国文学：T.S.艾略特

黄 梅 （中国社会科学院外国文学研究所）

20世纪“二战”前文学：英国文学：弗吉尼亚·吴尔夫

韩敏中 （北京大学英语系）

20世纪“二战”前文学：英国文学：曼斯菲尔德

陈音颐 （台湾淡江大学英文系）

20世纪“二战”前文学：英国文学：D.H.劳伦斯

王敬惠 （清华大学外文系）

20世纪“二战”前文学：英国文学：奥登、伊修伍德、斯班德、伊夫林·沃、赫胥黎、格林

周允程 （清华大学外文系）

20世纪“二战”前文学：英国文学：康普顿-勃内特、鲍威尔、福克斯、考德威尔、麦克迪阿米德、穆尔

陈 恕 （北京外国语大学）

20世纪“二战”前文学：英国文学：爱尔兰文艺复兴和20世纪爱尔兰文学（叶芝除外）

傅 浩 （中国社会科学院外国文学研究所）

20世纪“二战”前文学：英国文学：爱尔兰文艺复兴和20世纪爱尔兰文学：叶芝

桂裕芳 (北京大学西语系)

20世纪“二战”前文学：法国文学：法朗士、新小说派

蔡鸿滨 (北京大学西语系)

20世纪“二战”前文学：法国文学：巴雷斯、超现实主义引子、布勒东、阿拉贡、艾吕雅

胡玉龙 (北京语言文化大学)

20世纪“二战”前文学：法国文学：小说部分引子、纪德、莫里亚克、马尔罗、圣埃克苏佩利、贝尔纳诺斯、吉奥诺、赛利纳、蒙泰朗

王文融 (北京大学西语系)

20世纪“二战”前文学：法国文学：普鲁斯特

余中先 (中国社会科学院外国文学研究所)

20世纪“二战”前文学：法国文学：克洛代尔

杨国政 (北京大学西语系)

20世纪“二战”前文学：法国文学：两次大战间的法国戏剧、圣-琼·佩斯

20世纪“二战”后文学：法国文学：格拉克、勒克雷齐奥、贝雷克、图尼埃、莫迪亚诺

段映虹 (北京大学西语系)

20世纪“二战”后文学：尤瑟纳尔

彭克巽 (北京大学俄语系)

20世纪“二战”前文学：俄苏文学：20世纪初俄国文学引子、苏联文学引子、普拉托诺夫、列昂诺夫、普利什文、帕乌斯托夫斯基

20世纪“二战”后文学：苏联文学：引子、阿勃拉莫夫

席亚斌 (《世界博览》杂志社)

20世纪“二战”前文学：俄苏文学：布宁

顾蕴璞 (北京大学俄语系)

20世纪“二战”前文学：俄苏文学：象征主义、叶赛宁、曼德尔施塔姆、帕斯捷尔纳克、阿赫玛托娃

孙静云　（北京大学俄语系）

20世纪“二战”前文学：俄苏文学：无产阶级文学、普列汉诺夫、高尔基、左琴科

岳凤麟　（北京大学俄语系）

20世纪“二战”前文学：俄苏文学：马雅可夫斯基、伊萨科夫斯基、特瓦尔多夫斯基、绥拉菲莫维奇、法捷耶夫、西蒙诺夫

20世纪“二战”后文学：苏联文学：邦达列夫

曾予平　（解放军信息工程学院）

20世纪“二战”前文学：俄苏文学：勃洛克、布尔加科夫

张变革　（厦门大学外语系）

20世纪“二战”前文学：俄苏文学：茨维塔耶娃

李毓臻　（北京大学俄语系）

20世纪“二战”前文学：俄苏文学：费定、肖洛霍夫、爱伦堡、阿·托尔斯泰、特列尼约夫、阿菲诺盖诺夫、包戈廷

20世纪“二战”后文学：苏联文学：阿斯塔菲耶夫

冯华英　（商务印书馆）

20世纪“二战”前文学：俄苏文学：奥斯特洛夫斯基

20世纪“二战”后文学：苏联文学：引子

孙凤城　（北京大学西语系）

20世纪“二战”前文学：德国文学（托马斯·曼、亨利希·曼除外）

20世纪“二战”后文学：概论、德国文学（伦茨、格拉斯除外）

郜积意　（福建师范大学中文系）

20世纪“二战”前文学：德国文学：托马斯·曼

叶　青　（福建师范大学中文系）

20世纪“二战”前文学:德国文学:亨利希·曼

冯国庆 (奥地利)

20世纪“二战”前文学:奥地利与瑞士文学:奥地利文学

20世纪“二战”后文学:奥地利与瑞士文学:奥地利文学

马文韬 (北京大学西语系)

20世纪“二战”前文学:奥地利与瑞士文学:瑞士文学

20世纪“二战”后文学:奥地利与瑞士文学:瑞士文学

沈石岩 (北京大学西语系)

20世纪“二战”前文学:西班牙文学:概述、98年一代、巴列·因克兰、阿索林、巴罗哈、乌纳穆诺、A.马查多、M.马查多、贝纳文特、14年一代、27年一代

20世纪“二战”后文学:西班牙文学:引子、诗歌引子、阿隆索、埃尔南德斯、戏剧引子、萨斯特雷、流亡文学引子、哈内斯、查塞尔、阿亚拉、奥塔欧拉、塞拉诺·庞塞拉、安杜哈尔、费利佩、塞尔努达、多门奇纳、卡索纳

赵德明 (北京大学西班牙语系)

20世纪“二战”前文学:葡萄牙文学(佩索阿除外)

20世纪“二战”后文学:葡萄牙文学

孙成敖 (北京外国语大学外国文学研究所)

20世纪“二战”前文学:葡萄牙文学:佩索阿

吴正仪 (中国社会科学院外国文学研究所)

20世纪“二战”前文学:意大利文学

20世纪“二战”后文学:意大利文学

郑恩波 (中国社会科学院外国文学研究所)

20世纪“二战”前文学:东欧文学

20世纪“二战”后文学:东欧文学

石琴娥　（中国社会科学院外国文学研究所）
20世纪“二战”前文学：北欧文学
20世纪“二战”后文学：北欧文学

阮　炜　（深圳大学外文系）
20世纪“二战”后文学：英国文学：小说

徐文博　（深圳大学外文系）
20世纪“二战”后文学：英国文学：诗歌

曹亚军　（深圳大学外文系）
20世纪“二战”后文学：英国文学：戏剧

杜小真　（北京大学哲学系）
20世纪“二战”后文学：法国文学：萨特

郭宏安　（中国社会科学院外国文学研究所）
20世纪“二战”后文学：法国文学：加缪

李文峰　（留法博士）
20世纪“二战”后文学：法国文学：维昂

刘自强　（北京大学西语系）
20世纪“二战”后文学：法国文学：普雷维尔、夏尔、米肖、鲍纳福瓦

张有福　（北京大学俄语系）
20世纪“二战”后文学：苏联文学：诗歌诸流派

林明虎　（北京大学俄语系）
20世纪“二战”后文学：苏联文学：小说新潮流引子、潘诺娃、柯切托夫、田德里亚科夫、巴克兰诺夫、贝科夫、拉斯普京

张　冰　（北京大学出版社）
20世纪“二战”后文学：苏联文学：特里丰诺夫、舒克申、艾特玛托夫

刘　涛　（北京大学俄语系）

20世纪“二战”后文学：苏联文学：剧作家

金海明　（北京大学西语系）

20世纪“二战”后文学：德国文学：伦茨、格拉斯

赵振江　（北京大学西班牙语系）

20世纪“二战”后文学：西班牙文学：奥尔特加·伊·加塞特、希梅内斯、加西亚·洛尔卡、纪廉、阿尔维蒂、阿莱克桑德雷、萨利纳斯

王　军　（北京大学西班牙语系）

20世纪“二战”后文学：西班牙文学：小说

王菊平　（留美）

20世纪“二战”后文学：西班牙文学：戏剧：布埃罗·巴耶霍

戴永沪　（留美）

20世纪“二战”后文学：西班牙文学：诗歌：奥特罗、塞拉亚；流亡文学：森德尔、奥普

目　　录

上　　册

《欧洲文学史》(1999—2001版)绪言

李赋宁

这本新编《欧洲文学史》提供有关欧洲文学发展的基本知识，供高等学校文科使用，并为进一步的研究打好基础。

这本文学史试图运用历史唯物主义观点来解释文学现象，重视文本分析和美学探讨，强调作品的思想内容和艺术形式的统一，希望通过寓教于乐使优秀、健康的文学起到教育和感化的作用，产生积极的社会影响，促进我国精神文明的建设。

当代英国女小说家艾丽斯·默多克(Iris Murdoch)曾说："文学是一个连续不断的故事"，又说："艺术以艺术为营养"。她说她自已经常阅读18、19世纪英国小说名著，借以汲取营养。创作离不开文学传统，文学研究更不能脱离文学传统。研究欧洲文学必须熟悉欧洲文学传统。这个文学传统自古代希腊、罗马文学开始，经过中世纪、文艺复兴、古典主义、启蒙运动、浪漫主义、现实主义等时期的文学和不同思潮和流派的文学不断给它注入新的内容，直到1914年至1918年第一次世界大战战后的现代主义文学和1939年至1945年第二次世界大战战后的后现代主义文学。欧洲文学传统的发展过程在这本新编《欧洲文学史》中有比较详细的叙述，兹不赘言。现把欧洲文学传统中的几个重点介绍如下：

首先是古代希腊文学。这是重点中的重点，是欧洲文学传统河流的源头。它包括希腊神话、荷马史诗、希腊悲剧和喜剧、历史、哲学、文艺理论、演说、寓言、抒情诗等方面。可以说欧洲文学的各种文学类型（genre）和体裁，无不溯源于古代希腊文学。后世的欧洲文学继承和发展了这些类型。其中应着重学习荷马史诗、希腊悲剧、柏拉图的《对话录》和亚里士多德的《诗学》，因为这些作品不仅是欧洲文学的高峰，而且对后世的欧洲文学起了极为深远的影响，是欧洲文学传统中最根本的理论和实践的基础。

古代罗马文学继承了古代希腊文学传统，在史诗、喜剧、抒情诗、讽刺诗、历史、演说和诗论等方面有所发展，把由古希腊文学开创的这个欧洲文学传统传递给中世纪文学和文艺复兴时期文学。在罗马帝国后期，基督教兴起，使西方希腊、罗马文化与东方希伯来文化结合在一起，推动了西方文化进一步的发展。这两种文化的结合开始于中世纪欧洲文学，成为欧洲文学传统长河的主流。

中世纪欧洲文学当中法国文学是个重点，因为在查耳曼大帝（亦可称查理大帝）统治下，法国最早在欧洲建立起中央集权的、统一的民族国家，促进了经济的繁荣和文学艺术的发展。法兰西文学吸取了凯尔特民族文学和日耳曼民族文学的精华，利用民间口头文学的素材，继承和发展了古希腊、罗马文学的艺术形式和基督教世界观的思想内容，创作出优秀的中世纪法国文学。例如，法国民族史诗《罗兰之歌》就来源于日耳曼民族（法兰克民族Franks）的民间口头文学，经过无名诗人的提炼升华，成为世界文学当中最光辉灿烂的爱国诗篇之一。又例如，亚瑟王的故事就来自凯尔特民族（威尔士民族Welsh）的民间传说，经过12世纪法国贵族女诗人马丽·德·法兰西（Marie de France）和宫廷诗人克里蒂安·德·特鲁瓦（Chretien de Troyes）的艺术加工，产生了优美的中世纪法国传奇文学（romance），成为欧洲其他民族的传奇文学的典范。另一部中世纪法国文学作品《玫瑰传奇》成为欧洲其他民族文学爱情寓言诗（love allegory）和讽刺寓言诗（satirical allegory）的典范。还有《列那狐传奇》成为欧洲动物寓言(beast fable)的典范。中世纪法国市民文学(世俗化戏剧farce和描述日常生活中可笑事件的粗俗、幽默故事诗fabliau)也强烈地影响了欧洲其他民族文学。

从中世纪过渡到文艺复兴时期,欧洲文学最重要的作品是但丁的《神曲》。《神曲》最光辉、最深刻地反映了中世纪的宇宙观和人生观,包括神学思想、人类的命运和关于世界前途的理想。《神曲》一方面描述个人的灵魂走向上帝的历程,另一方面还预言了作为政治和社会集体的全人类走向世界和平的崇高目标,因此《神曲》是一部宗教和政治史诗,它对后世欧洲文学起了极为深远的影响。另外,《神曲》达到了崇高思想性和完美艺术性的统一,成为一代又一代欧洲各民族文学中诗歌创作的典范和创作灵感的源泉。以英国文学为例,但丁对乔叟的影响主要表现在两个方面:崇高、纯洁的思想和准确、具体、明晰、优美的语言,而且这两方面又是和谐、自然地结合在一起。乔叟以后的英国诗人,凡是企图全面、深刻地反映人类精神生活的诗人,如斯宾塞、弥尔顿、布莱克、济慈、T.S.艾略特等,无不有意或无意地以但丁的《神曲》为楷模。但丁对于诗歌技巧的卓越掌握,他的流畅的韵律和选词、协调的音乐效果,更是后世英国诗人梦寐以求的奋斗目标。

文艺复兴时期英国文学的代表作品是莎士比亚的戏剧和诗歌。莎士比亚最伟大的作品抒写了灵魂在极端痛苦中所迸发出的悲鸣。哈姆莱特对生死的考虑,对女性的失望、厌恶,对整个人类的绝望。他的装疯,他的复仇。奥瑟罗的妒忌、猜疑、杀妻、自刎。麦克白的野心、失眠、谋杀、篡位,以及后来的白昼见鬼,刚愎自用,暴虐凶残,终遭杀身之祸。李尔王的老迈昏愦,二女不孝,丧尽天良,暴风雨之作威,终于逼得老王发疯,气愤而亡。这四部悲剧里充满了莎氏的名句。如《奥瑟罗》中喻弱女子的生命如短烛。又如《麦克白》中喻人生为一行动的影子,像一名拙劣的演员在台上趾高气扬,不可一世,终于无声无息。人生如痴人说梦,充满了声音和咆哮,可是毫无意义。在这四部悲剧中,莎士比亚不仅显示出他是杰出的诗人,而更使人相信他是一位伟大的哲学家。所有的哲学家都看到人生的短促、无常,世界上、宇宙间一切事物都在变化。在这千变万化当中哲学家企图抓住一个永恒不变的东西。莎士比亚所抓住的就是“人性”。他抓住这个普遍的、永恒的“人性”,而加以理想化、深刻化、典型化,这就使他的伟大悲剧和其他优秀作品流传万世,深深感动读者和观众,并给后人以极大的启迪、教育、鼓舞和欢欣。这是因为莎士比亚始终不渝地相信善良一定能战胜邪恶,相信生活当中美好的事物具有强大的建设性力量,能够改造一切,而罪恶的东西,若不改邪归正,必然毁掉自己,走向灭亡。莎士比亚的人性观点自有它的积极意义。

文艺复兴时期的人文主义精神和教育改革的要求在法国作家拉伯雷的作品《巨人传》里得到充分的表现。德廉美修道院代表新型的学校。它的唯一的校规就是“做你自己想做的事”。在《巨人传》的第二部分快要结束的地方,叙述探索者们终于抵达神示所。他们所得到的神示只有一个字“喝”,意为尽量“汲取知识、智慧和美德”,力求满足文艺复兴时期人们对学问的饥渴,并充分发挥人的聪明才干和一切天赋,因为拉伯雷相信人性在根本上是向善的。

文艺复兴时期西班牙文学的代表作品是塞万提斯的《堂吉诃德》。这部作品一方面模拟、讽刺了从中世纪以来在欧洲流行的骑士传奇小说(chivalric romance),另一方面也开了欧洲现代小说的先河。现代小说是现实主义的,它的精神是反浪漫主义的。19世纪法国文学史家泰纳(Taine)把现代小说称为“反浪漫主义的传奇”(le roman anti-romanesque)。《堂吉诃德》在这个意义上可以被看作最早的一部欧洲现代小说,因为它讽刺了传奇文学的浪漫主义精神。《堂吉诃德》的主题是理想主义和现实主义之间的冲突,是两种世界观之间的矛盾,同时也显示了崇高理想和庸俗现实之间的鲜明对照。这个主题一直贯穿着欧洲现代小说,像战争和爱情主题那样普遍和持久。

启蒙运动时期的法国文学很重要,因为这个时期的作品宣传反封建、反教会,破除迷信、解放思想,并提倡民主和科学这些进步的启蒙运动思想,为18世纪末法国资产阶级民主革命做了意识形态方面的准备。启蒙运动思想家孟德斯鸠、狄德罗、伏尔泰、卢梭等人的作品对欧洲文学起了巨大的影响,推动了欧洲浪漫主义文学运动。法国浪漫主义诗人、小说家、剧作家雨果,德国作家莱辛,早期的歌德、席勒,以及英国浪漫主义诗人华兹华斯、拜伦、雪莱等,都受了启蒙运动思想的影响。这个影响一直延续到俄国伟大作家托尔斯泰身上。

关于欧洲近代史的积极意义,20世纪早期德国历史学家斯本格勒(Oswald Spengler)在他写的《西方的衰落》一书里把西方历史的发展分为三个时期:第一个时期是古代。这个时期的时代精神,斯本格勒称之为"阿波罗精神"(the Apollonian soul)。阿波罗是太阳神,给人类光明和智慧。他又是司医疗和音乐的神,主管科学和艺术。"阿波罗精神"代表古希腊文明。第二个时期是中世纪。这个时期的时代精神,斯本格勒称之为"东方贤人精神"(the Magian soul, 来自the three Magi, 他们是向初生基督朝圣的东方三大博士),代表中世纪基督教文明。第三个时期是近代。这个时期的时代精神,斯本格勒称之为"浮士德精神"(the Faustian soul),以歌德的作品《浮士德》中主人公浮士德博士而命名。所谓"浮士德精神",指的是近代欧洲人为了改造社会而追求自然科学和技术知识的进取精神。关于浮士德博士的故事起源于中世纪。文艺复兴时期英国先进思想剧作家、莎士比亚的先驱者之一马娄曾写了《浮士德博士的悲剧历史》。歌德接受了启蒙运动思想,发展了浮士德故事,使浮士德为了造福人类,填海造田,企图建立一个理想社会。由于歌德在他的杰作中首先倡导这种"浮士德精神",斯本格勒就借用了这种精神来说明欧洲近代历史的特征。歌德继承了古代希腊、罗马文化、中世纪和文艺复兴时期文化，受了启蒙运动思想的影响。在青年时代，他投身于浪漫主义运动（狂飙运动Sturm und Drang），后来又倾向于古典主义。在他的晚年，他把浪漫主义和古典主义融合在一起。因此可以说歌德是他以前欧洲文学传统的集大成者。

19世纪的欧洲现实主义小说可以找到三位最杰出的小说家的作品为代表：英国的狄更斯、法国的巴尔扎克和俄国的托尔斯泰。他们的作品把现实主义小说的地位提高到欧洲文学传统中希腊悲剧和伊丽莎白时代英国戏剧（莎士比亚戏剧）的崇高地位，成为欧洲文学的三大高峰之一。现实主义小说最突出的特点是它的批判态度和它对社会改革的强烈要求。就英国文学来说，19世纪后半叶是写实小说盛行时期。经过了18世纪末的政治革命（法国大革命）和19世纪上半叶的文学革命（浪漫主义文学运动），英国同时又经历了经济和技术上的产业革命，成为“世界的加工厂”，贫富愈来愈悬殊，社会不公正、不平等现象日趋严重。作家们最关心的是“英国国情问题”，各人从不同的角度来批评英国社会，并且提出各种不同的社会改革方案。这些作家在现实主义小说方面作出了卓越的贡献，起了积极的作用。他们当中影响最大、艺术成就最高的是查尔斯·狄更斯和女小说家乔治·艾略特。

关于欧洲现代主义和后现代主义文学的重点在本文中从略。

欧洲文学传统中，优秀作家的作品都具有高度的艺术性。他们塑造了活生生的人物形象，能够概括社会生活本质的典型性格，复杂、动人的情节，并能熟练地运用展示性格真实、准确、生动、丰富、精练的语言和鲜明、具体、发人深思的意象。这一切艺术综合都为作品的思想内容服务，达到了作品内容与形式的高度统一。莎士比亚的《哈姆莱特》就是最好的例子。另外，优秀的作家往往运用人民群众所喜闻乐见的民族形式，采取人民群众所熟悉并且热爱的民间传说或故事，经过艺术加工，赋予它新的、具有深刻意义的内容。索福克勒斯的《俄狄浦斯王》、莎士比亚的《哈姆莱特》和《李尔王》，甚至，在不同程度上，中世纪的《列那狐传奇》，都可以作为例子来说明这一点。

欧洲文学传统中最突出的特点就是作品的思想性和艺术性的统一。有了这种统一，我们才能从作品里既获得智慧、认识真理，又得到快感和美的享受，达到心灵的和谐，悟出做人的道理。优秀的文学作品能够陶冶性情，起到对读者潜移默化的教育作用，因此在建设我国社会主义精神文明的过程中，学习、研究、借鉴欧洲优秀、健康、高尚的文学作品是完全必要的，而且是十分有益的。

这本新编《欧洲文学史》旨在帮助读者和学生既能获得有关欧洲文学传统的基本知识，又能树立积极向上的人生观，对社会作出贡献。

第一章　二十世纪第二次世界大战前文学

第一节　概述

20世纪前半叶是欧洲历史上一个动荡不安的时代。

从19世纪后期到20世纪初，在英、法、德、意等主要资本主义国家，经济发展相对平稳，工业化进程加快，先后产生了垄断资本。垄断资本的出现，使无产阶级受到更加沉重的剥削，从而加剧了无产阶级和资产阶级的矛盾；同时，垄断资本的性质决定了各国资本在海外殖民地、商品和原料市场等方面必然发生激烈的利益冲突。日趋尖锐的冲突使政治解决矛盾的空间被逐渐挤压，最终将欧洲引向战争。1914年，爆发了以欧洲为主要战场的第一次世界大战，人类史上这场空前的大规模战争使欧洲的政治、经济、文化受到极大影响。战后，欧洲主要资本主义国家均发生了严重的政治危机和经济危机，代表资产阶级极右反动势力的法西斯思想和组织获得了滋生发展的适宜气候，20和30年代，法西斯先后在意大利和德国窃取政权。在欧洲其他一些国家，法西斯势力也蠢蠢欲动。德、意法西斯政权疯狂的掠夺和扩张成为1939年第二次世界大战爆发的直接原因。第二次世界大战不但比第一次大战惨烈得多，对人类文明成果的破坏严重得多，而且出现了灭绝人性的种族大屠杀，法西斯的集中营和焚尸炉留下的恐怖印象像阴影笼罩在欧洲人的心头，久久挥之不去。

残酷的战争、激烈的社会动荡、严重的经济危机、猖獗的法西斯黑暗势力，这些严酷的社会现实不能不对欧洲人的价值观体系产生一次又一次的冲击，使欧洲人不得不反思他们引以为自豪的西方文明究竟出现了什么弊病。其必然的结果是，欧洲人的价值观体系在经过数百年的相对稳定之后，在20世纪前半叶开始了剧烈而痛苦裂变，进入了一个相当长的调整期。

与价值观体系的调整相联系，社会主义和革命民主思想在20世纪前半叶的欧洲蓬勃高涨。1917年，俄国爆发十月革命，建立了世界上第一个社会主义国家。从20到30年代，革命民主意识在西欧资本主义国家进一步觉醒，左翼民主力量不断壮大。30年代法国曾一度成立了有共产党参加的“民主阵线”左翼政府，西班牙也一度建立了民主共和制度。欧洲许多国家的左翼人士奔赴西班牙，与西班牙人民并肩作战，抵抗德国法西斯支持的佛朗哥军队，保卫民主政权。在其他国家，左翼思潮也有相当广泛的影响。就欧洲知识分子来说，两次大战期间是一个普遍左倾的时代。

20世纪前半叶价值观体系调整的一个重要特征是对传统理性主义的怀疑。第一次世界大战后，法、德等国兴起了达达主义、超现实主义等反对资本主义传统文化的运动，战前已经兴起的表现主义在战后进一步发展，这些文化运动都是对传统理性主义的抗议。这些运动的共同特点是，它们都认为，理性主义本质上是摧残人的自然本性的，已经把人类带上了迷途，而战争的恐怖正是理性主义本质的大暴露，它们因此对构筑在理性主义之上的资本主义文明产生了怀疑。这个时期欧洲文学发生的重大变革，便是由这样一种思想和文化氛围孕育而成的。

当我们讨论20世纪前半叶欧洲文学变革的时候，有一个词会相当频繁地出现，这就是“现代主义”。如果一言以蔽之，无妨说20世纪前半叶是欧洲文学的现代主义时期。现代主义通常指那些否定传统价值，标榜与传统彻底决裂，在文学的观念、形式、风格上追求新奇，具有“先锋”和“实验”性质的文学倾向或文学潮流，主要包括第一次世界大战之后出现的超现实主义、未来主义、表现主义、意象派诗歌、意识流小说等各种“先锋派”（或曰“前卫派”）。但是，正如许多文学史家和文学理论家所指出的那样，现代主义对欧洲文学传统的“颠覆”并非第一次世界大战后才开始，甚至并非从20世纪开始。第一次世界大战的确造成剧烈的精神震荡，对文学传统是一次猛烈的冲击，然而它并不因此而在文学史上具有分水岭的性质。事实上，现代主义文学的一些特征，例如它对传统理性主义价值观的“挑战”和“颠覆”，它对“非理性”的强烈关注和执着追求，它那些令人瞠目的“先锋性”实验，从19世纪后期就已经初见端倪，在某些文化领域（例如绘画），在某些作家（例如洛特雷阿蒙、兰波、斯特林堡）的作品中已经绽放出奇丽的花朵。而某些现代主义流派，例如未来主义、表现主义，在大战前已经蔚然有可观之处。因此，与其说“现代主义”是一个历史概念，倒不如说是一个审美概念，一个文化概念。

还有必要强调指出，现代主义虽然是20世纪前半叶文学的重要特征，但是它毕竟只是这个时期欧洲文学的一个层面，在它之外还有广阔的天地。现实主义等传统文学模式，以及虽与现代主义有某种联系却又与之保持距离的种种文学模式和倾向，都有自己的生存空间。以为现代主义一出，其他文学模式便自惭形秽，退出文学舞台，是不符合历史事实的。现代主义的创新精神，加上它为了开拓生存空间而不免要进行的鼓噪喧哗，再加上它的攻击性和排他性，使得它很容易成为舆论与批判界关注的焦点，而实际上现代主义远不能涵盖这个时期的欧洲文学。而且，今天对现代主义进行历史的考察，不能不承认，现代主义固然对更新文学观念，丰富文学表现手段有不可磨灭的历史贡献，但是它也确实产生了不少平庸之作，甚至生出一些怪胎。因此，无论从量或质的方面说，对现代主义都要实事求是地评价。文学艺术与科学技术不同。科学技术的历史是一个不断超越的过程，而文学艺术的历史是一个不断积累的过程，传统并不会因为现代主义的出现而丧失其价值，而新东西也不会仅仅因为其新而具有更高的艺术价值。更何况无论传统和现代主义都是动态的概念，都处于不断的变化之中，并没有固定价值和模式。考察20世纪欧洲文学，应该有这样一个基本观点。

简言之，对20世纪文学，既要看到现代主义的历史地位，又要看到文学创作和文学美的多样性。这种多样性，从文学受到的各种影响也可以看出。20世纪，对欧洲文学产生影响的社会思潮是相当复杂的。其中既有马克思主义，也有从19世纪后期开始在欧洲传播的其他各种社会主义理论；既有叔本华的意志论，也有泰纳的实证哲学；既有尼采的超人哲学，也有19世纪末流行起来、带有神秘主义色彩的唯灵论。这些思潮在19世纪后期已经渗透到文学领域，到20世纪前半叶，它们与欧洲文学格局的形成与历史走向仍然有千丝万缕的联系。当然，其中有些思想，例如泰纳的实证主义文艺观，其影响力到“一战”后便迅速萎缩了。除上述思潮外，19与20世纪交替之际崛起的新思想和新理论，由于它们对人的心灵世界的关注与这个时期文学演变的总趋势相一致，因此几乎立刻在文学园地开花结果，而文学探索人的内心世界的热情也因为这些思想和理论的推动而进一步高涨起来。这中间，奥地利心理学家、精神病学家弗洛伊德在19世纪末创立并在20初世纪继续完善的精神分析学，对文学的影响日见扩大与深化。法国哲学家柏格森创立的生命哲学，对大战后文学也有一定的影响。

马克思关于社会生产力与生产关系对立统一的思想，关于资本主义生产剩余价值的研究，关于共产主义社会的理想，关于工人阶级在创造共产主义社会历史过程中的作用的论述在20世纪欧洲各国产生了深远影响，这种影响在20世纪文学中留下了深刻印记。“十月革命”前后，俄苏文学中产生了高尔基的《母亲》、绥拉菲莫维奇的《铁流》、法捷耶夫的《毁灭》、肖洛霍夫《静静的顿河》等等大批反映无产阶级革命的作品（"二战"后，歌颂社会主义革命建设与共产主义理想的作品更进一步构成苏联和东欧社会主义国家文学创作的主流），而英、法、德等主要资本主义国家也都产生了具有社会主义倾向的作品，诸如法国作家罗曼·罗兰的《母与子》，阿拉贡的《共产党人》，德国作家弗兰克的《三百万中的三个》，魏纳特的诗歌和布莱希特的戏剧等等，另外，像德国作家图霍尔斯基的杂文、英国作家萧伯纳的某些戏剧作品，也包含了社会主义民主思想的因素。

德国哲学家尼采对文学的影响尽管在19世纪末已经彰明较著，不过，他的思想真正使欧洲传统文化受到地震般的摇撼却是在20世纪前半叶。他对基督教市侩文化的激烈抨击，对具有坚强意志力的"超人"满腔热忱的呼唤，鼓励着欧洲作家与物质主义、市侩哲学的恶浊空气相抗争，推动他们高扬人的本真精神，重新认识世界和人生。尼采对德国文学的影响自不待言，在法国、俄国、英国、意大利、西班牙，他的思想也都成为追求新的文学境界和新的人生境界的动力。毋庸讳言，尼采的哲学思想曾经被法西斯主义利用；在他的影响下，文学中也出现了对个人意识的盲目崇拜，以及过分夸大"酒神"精神，过分贬抑"日神"精神的倾向，但这些并不足以掩盖尼采思想对文学发展所起的推动作用。

在20世纪欧洲文学中，弗洛伊德精神分析学说的影响是难以估量的。弗洛伊德学说最重要的贡献是发现人类心理状态中存在一个过去未被认识的层次，即无意识层次（以及前意识层次），并且发现了无意识层次在人类认识和行为中的作用。弗洛伊德将心理结构划分为三个层次：本我（libido）、自我（ego）和超我（superego）。本我是包括性欲在内的原动力，自我是调节机制，超我是服从社会利益、公共道德的意识。弗洛伊德进一步分析这三个层次之间的关系，指出超我通过自我压制本我，使本我基本上处于无意识状态中，只有当自我的调节失灵时，比如在睡梦中、催眠或精神失常状态下，受压抑的本我才有可能从无意识状态中部分释放出来。通过对三个层次关系的分析，弗洛伊德指出，人类的文明史和作为个体人的成长一样，是一个压抑本我的过程，它是人类和社会进步所必需的。哲学家、社会学家与人类学家将弗洛伊德的思想运用于人类历史的研究，例如法兰克福学派的代表人物之一的马尔库塞在这方面就取得了具有代表性的成就。弗洛伊德的精神分析学说在文学方面的影响概括地说，是向文学展现了一个广阔的探索领域。弗洛伊德本人有很深厚的文学修养，经常拿文学文本作为他的理论和方法的实验对象，因此他的学说不但影响到文学创作，而且成为文学批评的一种重要理念和手段。在弗洛伊德思想的直接推动下，在法国出现了超现实主义，在德国出现了表现主义戏剧。在英国，D.H.劳伦斯创作了《儿子和情人》、《虹》、《查特莱夫人的情人》等惊世骇俗的作品，乔伊斯、弗吉尼亚·吴尔夫等人的作品也与弗洛伊德的学说有密切关系。此外，像罗曼·罗兰、海尔曼·黑塞等许多著名作家的作品也都带有弗洛伊德学说的印记。弗洛伊德学说同其他一些理论，例如美国人威廉·詹姆斯的心理学和柏格森的哲学，共同促进了欧洲文学向探索人的深层意识真实的转移。

从20世纪初到第一次世界大战，自然主义迅速走向衰落。在法国，自然主义的奠基人左拉1902年猝然去世，自然主义戏剧的代表人物昂利·贝克也在19世纪最后一年辞世，随着他们的去世，自然主义时代在法国基本宣告结束。在欧洲其他一些国家，自然主义虽然还有一定影响，但也有如穷弩之末，失去了强劲的势头。在德国，自然主义的代表霍尔茨同法国的自然主义作家于斯芒斯一样，为神秘主义哲学所吸引；而另一位自然主义的代表作家霍普特曼则转向了象征主义。在俄国，由于托尔斯泰、陀思妥耶夫斯基传统的强大力量，自然主义似乎从来没有形成一股强大的潮流。不过，在20世纪初，自然主义在俄国文学中还是有一定影响的，例如库普林表现妓女生活的小说《亚玛》就带有比较明显的自然主义痕迹。

大战前，象征主义仍然是欧洲文坛上一股重要的潮流。法国的象征主义诗歌到20世纪初已经度过它的高峰期，不过其余韵犹存。虽然这个时期许多诗人喜爱自然题材，风格上趋于简朴明朗，但是他们的诗作仍然大量吸收了象征主义的手法，例如弗朗西斯·雅默、保尔·弗尔等。在德国和奥地利，象征主义方兴未艾，涌现了像史台方·格奥尔格、里尔克这样杰出的诗人。英国的T.S. 艾略特独树一帜，但是象征主义对他的影响是很明显的。爱尔兰的叶芝是这个时期象征主义的重要代表诗人，他的诗歌使象征主义与盎格鲁-撒克逊文化完美结合。他对神秘主义哲学的强烈兴趣使他的心灵与波德莱尔、奈瓦尔、马拉美等法国象征主义诗人殊途同归，不过他的爱尔兰文化传统又决定了他的诗歌作品具有许多与法国象征主义不同的特点。

象征主义在戏剧上也取得了一定成就。象征主义戏剧是对自然主义戏剧的反拨，与自然主义强调人的自然真实与社会真实不同，象征主义戏剧竭力表现人的心灵真实，凸现人的直观感受和想象，以及人对生活的憧憬。比利时法语剧作家梅特林克、瑞典剧作家斯特林堡的作品代表了象征主义戏剧的最高成就。

表现主义是世纪初兴起的新的文学流派，主要流行于德国，一次大战前以诗歌创作引人注目。表现主义诗歌和象征主义一样，强调对内心真实的叩问和感知，不过表现主义更偏重于去感受内心躁动不安的情绪。女诗人艾尔斯·拉斯克-许勒的作品里，激情的冲撞和梦幻的魅力代表了表现主义中偏重抒情的一支。而戈特弗里德·贝恩的诗作凸现人格的自我分裂和自我失落，代表了表现主义更为激进的倾向。

"一战"后，对战争的反思，以及进而对传统理性主义价值观展开的反思，在文学上的反映是多种多样的。战争对生命的残杀，被理解为资本主义现存秩序压抑窒息人的个性，扭曲摧残人的本性的本质大暴露，立即引起年轻一代作家的强烈抗议。在这方面，超现实主义运动首先发出愤怒的呐喊。历史地看，超现实主义与大战前流行于法、俄、意大利的未来主义是一脉相承的。未来主义的创始人之一马里内蒂后来和墨索里尼法西斯党合作，使未来主义逐渐失去了感召力，在其故乡意大利迅速衰落，继承它的反叛精神的是超现实主义。同时，超现实主义也继承了未来主义玩世不恭的挑战姿态和滑稽的模仿等技法，从而拉开了战后现代主义文学实验的序幕。超现实主义运动首先是一场诗歌革命，但是其影响所及，却包括绘画、电影、建筑，甚至一般生活方式等诸多方面，因此它实际上是一次广泛的文化革命运动。超现实主义运动以巴黎为中心，波及的国家有德国、西班牙、意大利等。超现实主义运动一直延续到60年代，它对欧洲乃至整个西方文化面貌和社会生活方式的取向产生了深刻影响。

战后，以德国为中心的表现主义由诗歌转向戏剧，代表作家有施特恩海姆、凯泽等。表现主义戏剧包含大量控诉战争罪恶，揭露战争荒诞性的内容，同时也大量表现人的孤独无援，对人被包括战争机器在内的现代文明的物质环境压迫、异化的惨剧提出悲愤的抗议。在英国，对战争的反思更直接地表现为“战壕诗歌”，这些诗歌固然包含了一些盲目歌颂所谓英雄主义的作品，但大多数作品反映了诗人对战争的强烈愤恨，有的作品控诉了战争的残酷，有的作品以冷峻的笔触嘲讽这场人类自相残杀的悲剧的荒诞，还有的则严肃地探究战争的根源。归根结底，这些诗歌都表现了对传统文明价值的怀疑。

战后欧洲文学另一个重要的现代主义实验是意识流小说。就20世纪文学而言，“意识流”的概念与美国心理学家威廉·詹姆斯的理论有关。詹姆斯认为人的意识好比流动的溪水，不会中断；人的意识本质上是个人的，常变的，直接受到身体状态变化的影响。他的理论对意识流手法的产生有一定的作用，不过，对意识流小说影响最大的还是弗洛伊德的精神分析学说。意识流手法在英国小说家的作品中取得的成就最高，乔伊斯、弗吉尼亚·吴尔夫以及D.H. 劳伦斯的一部分作品是20世纪早期意识流手法的代表作，这些作品，连同美国的福克纳、多斯·帕索斯等作家的小说，深刻地影响了欧洲大陆的小说创作。同一时期在法国，被法国人称为“内心独白”的技巧引起了许多小说家浓厚的兴趣。杜加尔丹发表了小说《被砍倒的月桂树》和论文《内心独白》，这篇论文较为系统地总结了内心独白的特点和作用。内心独白与英国的意识流不尽相同，主要区别是意识流更强调真实模仿人物的意识活动——包括潜意识活动，随意打破时空界线，而内心独白则偏重表现人物内心的理性活动。但是在小说的具体语境中，内心独白和意识流之间界线是相当模糊的，在很多情况下，不易区别。普鲁斯特的长篇内心独白小说《追忆似水年华》通常就被看作一部开创意识流小说先河的作品。在奥地利，卡夫卡的小说在运用意识流手法的同时，采用了荒诞的情节结构，形成了独特的小说理念和风格。

和小说的革新一样，戏剧革新也突出了人的非理性方面。德国的表现主义戏剧力图将人的愤怒、悲伤、惊愕等情感通过本能的冲动宣泄出来，加之表现主义戏剧作品大多具有强烈的批判意识，确实起到了振聋发聩，发人深省的功效。意大利的皮兰德娄也在戏剧改革上做了大胆的实验。他接受了象征主义戏剧和19世纪梦幻怪诞小说的影响，以怪诞的情节设计向传统戏剧发起挑战。在法国，“一战”前就出现了雅里的《乌布王》和阿波利奈的《特雷齐亚的乳房》这样带有挑战性的作品。战后，与超现实主义关系密切的科克托创作了一些具有现代色彩和荒诞色彩的古典题材剧，但是不如皮兰德娄的作品大胆，影响也远不如后者。另一位与超现实主义关系密切的作家阿尔托提出了“残酷剧”的新理念，大力主张突破传统戏剧语言的限制，对以后的戏剧改革有一定的启示意义。

超现实主义的诗歌小说、表现主义戏剧或者意识流小说等“先锋派”作品以其在文学观念上的大胆突破和文学技法上的新奇实验代表了两次大战之间现代主义文学总的审美价值取向。简言之，就是从否定理性主义的哲学观和道德观出发，否定建立在理性主义之上的审美标准，抛弃理性所必然要求的逻辑性和明晰性，对真实进行彻底的重新定义和定位，空前强烈地要求把与非理性相联系的无逻辑、晦暗、梦境、幻觉、模糊的动感、时空两方面的不确定性等视为生活的真实。如果说历史上巴罗克、浪漫主义、象征主义都曾经做过类似努力的话，那么现代主义所达到的程度远远超越了它们。但是，现代主义的审美标准并没有作为理想的标准而被普遍接受，理性主义的传统仍旧保持强大的力量。如果说人们对资本主义文明的失望使他们本能地企求从非理性中获得重塑生命希望的话，那么对理性的执着也同样是一种深深植根于人的本性中的生命力量。因此，许多作家尽管对现代主义作品表示惊叹，却依旧把自己的作品置放于理性主义的基石之上。他们的作品在创作原则和美学理念上不尽相同，可能对这种或那种现代主义流派有所偏爱或倾斜，但是就总体而言，在形式与风格上都更接近于传统的模式。

对不同的作家来说，对不同的文体来说，传统模式的具体含义是不同的。就诗歌而言，由于这个文体本身与隐喻、象征之类的手法具有本质上的联系，而且先天地具有非理性的倾向，因而传统模式与现代主义之间的界线是相当模糊的。举例说，在艾略特、克洛代尔、里尔克、叶芝、叶赛宁这些现代主义诗人的作品里，传统与现代主义手法是错综复杂地糅杂在一起的。实际上，哪些属于传统，哪些属于现代主义，很难泾渭分明地加以区别。就小说和戏剧而言，传统与现代主义的分界则要明朗些。在小说方面，所谓传统模式，基本是指从18世纪后期到19世纪这个漫长的时间里，随着资本主义生产的发展而逐步形成的小说模式。这个模式本身虽然也是变动不居的，但是具有相对的稳定性，其基本特征是连贯的故事情节、清晰的人物形象、有迹可寻的视角变换、合乎理性逻辑的时空切换。

以这个观点看，战前和战后，大量的小说作品仍然继承或基本继承传统的模式。在戏剧方面，与非理性的潮流相反，德国优秀的戏剧家布莱希特将哲学、社会学、美学结合起来，创建了叙事式戏剧理论，突出理性的价值。他丰富卓越的戏剧创作实践对20世纪的戏剧产生了相当深远的影响。

在继承传统模式的小说作品中，成就最高的是现实主义小说。正是基于这个事实，将20世纪文学的基本走向归结为现代主义和现实主义的平行发展与相互影响、相互渗透，成为许多文学史家和文学批评家的共识。20世纪上半期的现实主义小说继承了19世纪现实主义小说的传统，同时又接受了现代主义的影响，产生了一大批杰出的作品，其中不少已经为历史证明堪称艺术经典。这个时期欧洲各国出现了不少描写资本主义社会中一个人或一个家族的历史的长篇现实主义小说，如高尔斯华绥的《福赛特世家》、罗曼·罗兰的《约翰·克利斯朵夫》、马丁·杜加尔的《蒂博一家》、托马斯·曼的《布登勃洛克一家》等。另外，福斯特、曼斯菲尔德、格林、杜阿梅尔、德布林、亨利希·曼等著名作家的现实主义小说也都在文学史上获得了应有的地位。像吉卜林、洛蒂这样以描写东方风光和风俗著称的作家，虽然以浪漫的异国情调取胜，但是仍不乏现实主义叙事与描写。还有一些作家，例如黑塞、D.H.劳伦斯、康拉德、马尔罗等，他们接受了现代主义的影响，注重对人物深层心理真实的挖掘，但是他们的作品在基本架构上仍然取传统现实主义小说之长，他们的作品可以说是现实主义和现代主义的结晶。

第二节　英国文学

第一次世界大战前的文学　1901年维多利亚女王去世，爱德华七世（1901—1910）即位。1902年英国结束了在南非进行的不光彩的布尔战争。爱德华七世在位期间，一反维多利亚时代的道德说教和清规戒律，恣意享乐。贵族和资产阶级则仿效王室，也尽情享受"日不落帝国"的最后余晖。与此同时，下层阶级日益贫困化，工人运动蓬勃开展。作家们对这一时期的社会状况持有不同态度。吉卜林创作了一些优秀小说，他在诗歌中歌颂"白种人的责任"，歌颂英帝国昔日的繁荣。另一方面，哈代、萧伯纳、高尔斯华绥、威尔斯、康拉德等人则在诗歌和小说中对社会中的种种弊病和英国殖民主义丑恶现象进行揭露和批判。

鲁德亚德·吉卜林（1865—1936）生于印度，父母都是英国人。印度保姆给他讲了许多莽林动物的奇妙故事，异国他乡的原始情调使他终身难以忘情。他的许多作品写的都是久远的印度风俗人情，孩子们读来爱不释手。吉卜林不仅是小说家，他的诗歌节奏刚劲有力，也同样为广大读者所喜爱。

吉卜林6岁时同妹妹一道被送回英国接受教育，寄养在一个气氛郁闷的海军退役军官家庭。吉卜林经常受到的惩罚是禁止看书，而他却嗜书如命，因此只能偷偷看书，这几乎毁了他的眼睛。后来吉卜林写了《黑羊咩咩》（1888），描述了两个孩子在"忧伤之家"度过的六年悲惨生活。1878年，他进了一所培养军人的寄宿学校。他在那里如饥似渴地阅读法国文学、《圣经》、英国诗歌和小说。中篇小说《斯托凯公司》（1899）反映了他对这段时间的回忆，叙述了以尚武精神和沙文主义精神教育"未来的士官和绅士"的寄宿学校的情况。

1882年，吉卜林重返印度与家人团聚并在《民政与军事报》工作。他做过校对员、排版工、记者和编辑。由于游历广泛，对印度生活熟悉，他用极为丰富的材料写了许多关于印度的诗歌和短篇小说。

1892年，吉卜林到美国，先后出版了《丛林故事》（1894）、《丛林故事续集》（1895）、《勇敢的船长》（1897）等。1897年，吉卜林重返英国，定居萨塞克斯郡，相继出版了《日常作品》（1898）、《吉姆》（1901）等。

吉卜林作品的成功首先是靠题材的新颖。19世纪末,印度成了英帝国最为重要的殖民地,英国读者对印度的异国情调有着浓厚的兴趣,而吉卜林的小说则满足了他们的这一渴望。弗吉尼亚·吴尔夫的丈夫列奥纳德·吴尔夫在谈到他本世纪初的印度经历时说,他总是弄不清是吉卜林精确地依照英印社会[①]的图式塑造了他的小说人物,还是英国人精确地依照吉卜林小说的图式塑造了英印社会。

吉卜林的第一部小说集《山中平凡的故事》(1888)探讨了盎格鲁印度人所遇到的心理和道德问题以及他们与殖民地人民的关系。在《丛林故事》和《丛林故事续集》中,他出色地创造出一个色彩斑斓的印度莽林动物世界。尽管他从未声称自己对印度了如指掌,但印度人的生活方式和宗教使他如痴如狂并竭尽心力地去描写,深受欢迎的长篇小说《吉姆》便是这种努力的结晶。

吉卜林的出色作品都有对下层社会人物的生动描写。《吉姆》是一种流浪汉式的小说,书中描绘的人物栩栩如生,场景五光十色,读起来极具感染力。

在吉卜林的许多作品中贯穿着一种"吉卜林法则",即公正、忠诚和独立自主。《丛林故事》中的动物群在进行觅食、寻水和迁徙等生存活动中,没有上帝的特殊恩宠,而是在黑暗和神秘的丛林中进行公正的较量和厮杀,胜败得失靠的是个人机智勇敢和群体内的忠诚协作。当狼群首领阿克列因没有捕到猎物眼看就要被吃掉时,狼孩莫格列勇敢地利用火棍打退了进攻,维护了狼群中的团结,最重要的是维系了狼群及其盟友之间的忠诚关系,这对将来击败老虎亨莎、凶猛红狗群,乃至贪婪的人类作了极为重要的铺垫。

《勇敢的船长们》(1897)是一部海洋小说,但同样也体现了"吉卜

---

① 指在印度居住的英国人组成的社会圈。这个社会圈中的人通称"盎格鲁印度人"。

林法则”。主人公哈维是一个百万富翁的孩子，乘船去欧洲，一个巨浪把他抛到海里，后来被救上一艘渔船，从此开始像普通人一样公平地接受大自然的磨练和洗礼。他勤奋好学，掌握了航海和捕鱼的本领，最终赢得船长的喜爱。这部小说更深的意义是，一个民族就好比一个群体，必须让这个民族的后代在严酷的现实中经受艰辛和磨难，才能独当一面地在多种文明世界中迎接挑战。

但是，“吉卜林法则”也包含着帝国主义思想。在吉卜林的生活中，英帝国具有复杂的传奇般色彩。在《狮子座的一等星》一诗中，他引用了《埃涅阿斯纪》有关罗马帝国神圣使命一段。他似乎认为，就像罗马帝国一样，英国的存在能够在未开化人中维持稳定、秩序与和平，提供救济、医疗和废除奴隶制，为世界文明的实现提供物质和心理准备。英国应该是混沌世界中的坚固磐石。例如，《斯托凯公司》从教育的角度表达大英帝国神圣使命观。它既肯定了孩子们不服从，甚至愚弄学监的调皮行为，又赞扬英国公立学校培养学生服从校长，在无法抵抗的困难面前表现出责任感、忍耐和坚忍不拔的品行，认为这些学校为英国向海外派军扩张输送了既服从纪律又能灵活变通的士兵和军官。作为沙文主义的代言人，吉卜林在说教式的《白人的负担》一诗中宣扬殖民主义，鼓吹英国民族优越感，并且认为向海外扩张，奴役殖民地人民是一种“道德责任”，当其面对其他霸权的挑战和殖民地的反抗时，理应加以维护。

1907年，吉卜林成为英语作家中第一位诺贝尔文学奖获得者。尽管他美化英帝国使许多读者和批评家失望，但他在世界上的影响却是异乎寻常的。他的作品有一种奇特的魅力，这种魅力近乎柔和与童真，但确实难以名状。任何有鉴赏力的读者都会发现吉卜林对高雅和低俗的语言都有极强的感悟力，新颖活泼的意象具有惊人的准确性。

哈代（1840—1928）是跨世纪的文学巨子。他在19世纪度过了60个春秋，在20世纪生活了28年。哈代从青年时期即开始写诗，后以写诗终其一生，从未间断。可是，哈代却是以他的小说成名的。多数普通读者只知道哈代是出色的小说家，不知道他也是杰出的诗人。

19世纪的哈代把精力主要用于小说创作。只是在《无名的裘德》遭到舆论界和宗教界不公正的猛烈抨击后，他才放弃小说，而把余生全部精力投入诗的创作。

如果说19世纪的哈代以小说闻名于世，20世纪的哈代则同时以诗人和小说家享誉全球。“二战”后的西方文坛特别看重哈代的诗。因此，有的评论家认为，与其说哈代是杰出的小说家，还不如说他是杰出的诗人。要学习或研究20世纪的英诗不能不提到哈代，因为他的诗对20世纪英诗发展起过重要作用。著名英国诗人拉金对哈代的诗推崇备至，称他为20世纪最优秀的诗人。哈代在英国诗坛的地位日益提高，影响也越来越大。英国诗人如奥登、刘易斯、拉金、豪斯曼（1859—1936）、托马斯、格雷夫斯、缪尔（1887—1959）和贝杰曼（1906—1984）等，都深受哈代诗风的影响。英国诗人拉金、霍夫和康奎斯特（1917—2015）认为，英国有反现代派的乡土传统诗派，哈代是这一派的中心人物。

其实，哈代一生最大的愿望是成为一个卓越的诗人。很遗憾，在他死后人们才认识到他的诗歌的价值。

哈代的诗在内容题材方面比他的小说广泛得多。短小精悍的诗体成为哈代丰富深邃的思想感情自由驰骋的广阔天地。哈代为谋生而写小说，不得不考虑审稿者和出版商的要求。而诗在哈代眼中是“所有富有想象力和感情的文学的精华所在”。他在诗中可以敞开他的心扉，尽情而洒脱地倾诉他的情怀——对友人的思念、对妻子的缅怀、对昔日爱恋的少女的追忆、对战争和发动战争的统治者的厌恶、对未来的憧憬。

哈代的第二任妻子弗罗伦斯·哈代曾说过，要知道哈代的一生，读他一百行诗胜过读他的全部小说。

哈代的诗除史诗剧《群王》和《康沃尔女王》为单行本外，先后有八卷诗作出版，后来汇编为《诗集》。1919年出版的第一版《诗集》汇集了前五卷诗作：《威塞克斯诗集》（1898）、《今昔诗集》（1901）、《时代的笑柄》（1909）、《环境的讥讽》（1914）、《瞬间一瞥》（1917）。1923年出版的第二版《诗集》增加了《晚期和早期抒情诗》（1922）。1928年出版的第三版《诗集》又加进了《人生景象》（1925）。1930年出版的第四版《诗集》收入了哈代逝世后整理出版的《冬天的话》（1928）。1930年版的《诗集》共收入诗918首。这个版本不断重印。1976年，英国麦克米伦出版公司推出了哈代诗集新维克斯版，其中包括不少未发表的诗作，定名为《托玛斯·哈代诗全集》。

哈代的小说的基调婉转委曲，凄切哀伤，充满对上帝、社会和命运的悲愤。他的诗却有所不同——既有哀怨，也有喜悦；既有低沉的倾诉，也有酣畅的高歌。在哈代的小说中，我们往往看到猛烈的风暴和阴沉的夜晚。在他的诗中，我们却能看到欢乐的色彩和希望的闪光。在《生命，我何曾计较》这首诗中，前半首还有哀伤悲愤之情；后半首却闪烁着希望之光：

……
我再看，依然漆黑一片，
刹那间，生活把手一扬，
露出灿烂的星光，
在那湿雾迷漫的地方，
一颗明星在升起，
放射出的光芒像火炬一般明亮。

《希望之歌》抒发了诗人对人类和生活的希望：

啊，甜美的明天
从今后
再不会有
这忧伤。
那么，让我们借来希望，
人世间
将会洒满灿烂的阳光，
阴沉的灰暗哪能阻挡，
这闪耀的阳光，
去吧，灰暗的忧伤！

哈代反对非正义的侵略战争，支持正义的反侵略战争。他写了不少反战的好诗。他在《离别》中写道：

……
到处是一片离别的气氛，
伴随着战士上船沉重的脚步声，
仿佛是人们不断地在问：
“啊，好斗的条顿人、斯拉夫人、盖尔人，
难道你们为了怒气冲冲的争论，
就用人的生命——
作为手里玩弄的木偶那样打个不停？”

哈代写的近千首诗中有不少是以爱情为题材的作品。《献给小巷里的露伊莎》一诗记录了哈代少年时期的一段往事。少年哈代爱上了邻居的少女露伊莎·哈丁。他们俩常在小巷相遇。相遇时总是彼此偷偷地瞟上一眼，谁也没有勇气先开口说话。有一次，露伊莎在小巷向他走过来，哈代还以为她是来同他会面的，很想同她说话。可是由于胆怯，只轻轻地说了一声“晚安”。露伊莎腼腆地一笑。他怎能想到，这句“晚安”竟成了他们俩讲过的唯一的一句话。诗人写道：

像当年那样同我相会吧，
在这空荡荡的小巷；
每当黄昏降临的时分，
再也不会像少年时期那样羞怯地走过这地方。
啊，我记起来了！
要重逢，你得再看看
这让人伤心的地方，
一条再也见不到你的小巷！

哈代写抒情诗时竭力把记忆中的形象理想化，使之富于浪漫色彩。哈代晚年同他第一任妻子爱玛生活得不十分融洽。可是怀念爱玛的诗多描写过去恋爱和初婚的幸福岁月，使人觉得他们婚后的共同生活一直是相当美满的。

他的诗有浓重的人情味。他的思想感情在小说中往往受到束缚，而写诗却是他坦然展示思想感情的理想方式。许多诗洋溢着强烈的感情，全然没有他小说中的那种阴沉。他的诗时而像淙淙溪流，蜿蜒向前；时而像汹涌波涛，一泻千里。

哈代从19世纪60年代开始写诗，一直写到1928年他去世，历时约60年。在此期间，英国诗经历了维多利亚时期、乔治时期和战后20年代现代主义诗派盛行时期。哈代在诗作中始终坚持自己的独特风格。他在19世纪70、80年代写的诗同他晚年写的诗在基本风格上没有明显的差别。

当然，在格律、韵律、结构、体裁上，哈代的诗颇多变化。他写诗不拘泥于传统格局，往往是随心所欲地设计自己喜爱的诗体。他也从不追求诗的形式上的创新，无意在诗的体裁上独辟蹊径，仅根据内容的需要采用不同的形式，使形式为内容服务。

文如其人。哈代的诗简明自然，恰如其人朴实无华，平易和顺。他的诗虽然缺乏光泽华彩，却别具一格，有一种朴素自然美。

评述哈代的诗，不能不说他的史诗剧《群王》。1908年，当这出共分3部、19幕、130场的大型史诗剧的最后一部出版时，轰动了整个文坛。1921年，哈代81岁生日，英国100多位著名文人集体向哈代祝寿。生日祝辞写道："我们感谢你，先生，感谢你写出的所有作品，尤其要感谢你创作了《群王》。"英国著名历史学家特里维廉（1876—1962）于1908年4月10日在《演说家》杂志上撰文赞扬这部作品："《群王》使评论家看到一种新的艺术形式，一种叙述历史的新方法。它很符合我们这个时代的精神；在今后的文学剧作中，我们将会看到有人仿效这种形式和趋势。"

文学评论家面对这样一部形式独特、卷帙浩繁、人物众多、内容丰富的作品，往往感到难予评议。但是，英美评论家几乎一致称颂《群王》，认为它是哈代最伟大的剧作，充分地显示出哈代的才华。剧中不少抒情的描写具有诗人华兹华斯抒情诗之美。

这部史诗剧唯一的上演记录是1914年在伦敦金斯威剧院的演出，共上演了72场。演出用的剧本是英国剧作家格兰维尔·巴尔克的《群王》改写本。

在托尔斯泰写出《战争与和平》的30年后，哈代也以拿破仑发动侵略战争为题材写出了《群王》，关于《群王》的主题思想，1904年1月31日，哈代在给当时英国著名文人埃德蒙·戈斯的信中写道："《群王》想说明欧洲的统治者不是为了人民的利益，而是为了维护他们的王朝，相互间展开了殊死的斗争。"在1903年出版的《群王》第一部序中，哈代明确指出，这部史诗剧的主题是一代暴君的衰亡，以及英国在波拿巴王朝的覆灭中所作出的伟大贡献。哈代认为，欧洲大陆的作家和历史学家未能公正地评价英国的贡献。为此，他在《群王》中宣扬英军将领和士兵英勇奋战，是打败拿破仑的真正英雄。全剧的高潮是威灵顿指挥英军打败法军的滑铁卢战役（《群王》第三部第七幕第七场）。

《群王》鲜明而集中地反映了哈代的哲学思想。哈代深受叔本华"内在意志"哲学思想的影响，常常感到冥冥之中有一种超自然力量在主宰万物。这种超自然力往往通过不幸的偶然事件表现出来。《群王》中的人物也个个身不由己地受"内在意志"的左右，连拿破仑也深知自己是一种超自然力的受害者。但是，在《群王》中占主导地位的却是哈代信奉的"社会向善论"，即人通过努力奋斗可以改善社会，改善自己的处境，改变自己的命运。

《群王》中的众精灵既是剧中人物，又是故事的讲述者；既是观察员，又是评论员。哈代通过剧中众精灵之口，表述他的哲学思想。他们不参与人间纷争，只在一旁观察、评说芸芸众生。年华精灵、怜悯精灵、邪恶精灵和讥讽精灵对天下事作富有哲理的评说和争辩。年华精灵认为人是受"内在意志"操纵的，并无独立的行动的意志。而作为作者代言人的怜悯精灵则持相反意见。怜悯精灵在憧憬未来美好世界时说道：

> 我们将造就一代善良的新人，
> 富有同情和怜悯，
> 一代热爱真善美的人，
> 把我们每日的言行化作美妙的歌声。

在这部史诗剧中，我们看到的人物和事件是多角度多层次的——作者对剧情的介绍、尘世人物的表演、对话、独白、天上精灵们的争辩和评论，还有合唱队以歌唱形式所作的描述和评论。在语言形式和风格上，散文和韵文交相辉映，诗歌和民谣各显风采。哈代在《群王》中再次展示了他散文写景的绝妙技巧。试看他对战场雪景的描写：

> 雪片从天空飘落，洒向全军，一层又一层。先前秋季为大地染上的各种自然色彩，如今溶为一片幻影般的灰白色。
>
> 队伍像毛虫似的还在费劲地缓慢蠕动，越来越近。按视线常规，队伍应该是愈近愈大，实际上却是越近越小。队伍一小段一小段地遗留在大地上（队伍过后，地上留下了一具具尸体）。雪花很快就把他们掩埋了。于是，路边留下的只是一堆一堆的白雪。

萧伯纳（乔治·伯纳德·萧）（1856—1950）诞生于爱尔兰首都都柏林，父亲是个破落贵族，母亲是个很有才能的音乐家。萧伯纳14岁失学，在都柏林一家地产公司当小职员。1876年到伦敦，最初发表的是音乐评论。同年发表第一部小说，1892年开始发表剧本，以后专门从事戏剧创作，到1950年去世，他一共写了五十多个剧本。

萧伯纳的政治观点是十分复杂的。他辛辣地讽刺伪善的英国资产阶级，特别对垄断资产阶级和帝国主义政府的侵略本质进行了无情的鞭笞。萧伯纳同情国际无产阶级革命运动，支持社会主义的苏联，但他在政治上始终是个改良主义者。他是英国改良主义组织“费边社”的重要成员。费边社反对暴力革命，主张用点滴改良的“渐进”办法实现“社会主义”。萧伯纳的改良主义思想在他的作品中表现得相当突出。

19世纪80年代，英国舞台上上演的大多是模仿法国轻喜剧的戏剧，这些戏剧内容庸俗，题材狭窄。萧伯纳受到易卜生的影响，坚决主张艺术应当反映迫切的社会问题，反对“为艺术而艺术”。他认为戏剧是“思想工厂”，舞台是“宣传讲台”。萧伯纳提出艺术家必须是哲学家，作家的责任不是用虚构的故事去迎合观众的趣味，而是要探索现实，批评现实，必要时作家要申述自己的主张，以改变现实。他认为人类有一种“生命力”，它促使一些“超人”忘我地为提高人们的生活而努力奋斗，担负起改造社会的重任。

《鳏夫的房屋》（1892）是萧伯纳写的第一部剧本。鳏夫萨托里阿斯是一个靠出租贫民窟房屋而发财致富的房产主。他的独生女儿被培养为高等人，但是她不知道父亲收入的来源。她的未婚夫屈兰奇医生从收租人那里知道萨托里阿斯的钱财来源，扬言要和他的女儿解除婚约。但是萨托里阿斯告诉医生：他的房屋的土地是医生家的产业，所以医生本人也从房地产获益，并不比他清白。最后，在现实面前，屈兰奇医生屈服了，他不但娶了萨托里阿斯的女儿，还同意和岳父一同经营房产。《华伦夫人的职业》（1894）是萧伯纳同一时期写的另一部著名戏剧，它的主题思想很近似《鳏夫的房屋》。华伦夫人在欧洲的一些城市开妓院，获得厚利。女儿薇薇不知道这件事，自命清高，她有才能，又有学问，在剑桥大学获得过数学优等奖；但是她终于发现了母亲钱财的来源。最后，她脱离家庭，企图以自己的劳动挣工资过日子。这两部戏剧揭露了“体面的”资产者不体面的财富来源。青年医生屈兰奇和女大学生薇薇自命清高，但是他们的清高恰巧是靠肮脏钱维持的。萧伯纳用这种艺术手法剥下了资产阶级的伪装。

萧伯纳90年代后期创作的戏剧，批判倾向减弱了。这时期的戏剧大多描写小资产阶级知识分子放弃斗争，同他所反对的社会妥协。在《侃蒂达》（1895）中，侃蒂达的丈夫最后放弃了改造社会的理想；在《不可预料》（1897）中，克兰敦夫人的女儿也放弃了为妇女争取平等权利的斗争。在《勃拉旁德队长的转变》（1900）中，上尉放弃了向欺凌他母亲的富豪叔叔复仇。在《魔鬼的门徒》（1901）中，一个公开驳斥基督教的魔鬼的门徒最后变成一个皈依宗教的牧师。要求发展人类生命力这一思想特别反映在《人与超人》(1903)一剧中。这部戏剧对资本主义社会的批判削弱了,萧伯纳攻击的矛头主要是指向压抑人类"生命力"的资本主义社会的虚伪道德。

在第一次世界大战前一年的作品里,萧伯纳的妥协思想又有了更复杂的表现。一方面是对垄断资本主义的无情揭露,一方面又是无原则地妥协。戏剧里充满着令人啼笑皆非的矛盾和讽刺。在萧伯纳笔下,资本主义社会里的尖锐矛盾变成一场滑稽可笑而又不得不全盘接受的丑剧。这一时期的代表剧本有《约翰牛的另一个岛屿》(1904)和《巴巴拉少校》(1905)。

爱尔兰原来是一个独立的国家,自从英吉利人入侵以后,几百年来爱尔兰人一直持续不断地进行着争取独立的斗争。萧伯纳在《约翰牛的另一个岛屿》里尖锐地揭露了英帝国主义在爱尔兰的侵略行为。剧本写一个没有志气的爱尔兰知识分子莱瑞和他的英国朋友博饶本到爱尔兰去,企图用英国资本开发爱尔兰的资源,进行殖民掠夺,但却吹嘘是为了爱尔兰的繁荣。莱瑞和博饶本来到莱瑞的家乡,恰巧碰上当地议会选举,博饶本抓住机会,决定参加选举。他用汽车给农民运猪,吹嘘自己是爱尔兰人民的朋友,当地人民以为博饶本用自己的汽车运猪荒唐可笑,却不理解博饶本扮演这一出丑剧的政治目的是为了捞取选票。只有一个机警而博识的爱尔兰神父基根识破博饶本的诡计。基根神父痛恨帝国主义者卑鄙无耻的行为,他为人民受愚弄而没有觉悟感到绝望。他说:"这简直是地狱,简直是地狱。这种事发生在世界上无论哪一个角落,也绝不会引起这样的笑声。"这位比众人高出一筹的神父既仇视帝国主义者,又蔑视人民大众。在剧本的最后,博饶本在选举中获得大胜,"愚蠢"的人民终于敌不过狡猾的帝国主义者。《巴巴拉少校》(1905)集中表现了萧伯纳的思想矛盾。剧本描写一个大资本家、大军火商安德谢夫的女儿巴巴拉参加了宗教慈善事业,在救世军里担任了少校的职位。她为了拯救人类的肉体，在大街上向穷人施舍，不使他们挨饿受冻。她更要拯救人们的灵魂，决心拯救她的父亲安德谢夫。她要他放弃军火制造，参加救世军，弃邪归正。她满以为救世军的事业无比高尚，甚至不愿接受父亲给救世军的捐款。后来，她发现救世军原来是她父亲一类的资本家出钱兴办的，她的幻想破灭了。巴巴拉的未婚夫是一个希腊文教授，原来他也反对安德谢夫，后来他和巴巴拉一样向安德谢夫投降，并且继承了他的事业。

剧本成功地塑造了安德谢夫这个形象。安德谢夫一家世世代代经营军火，靠战争发了财。安德谢夫毫不掩饰他的生财之道，公开声称自己没有道德标准，只要谁出钱公道，军火就卖给谁，他的武器杀人越多，就越对他有利。他把自己的军火事业说成是百万富翁的宗教，扬言社会离不开他，宗教、议会、法律都是为他服务的。巴巴拉称呼他是“混世魔王”，指出从穷人吃的面包到社会上的一切，无一不是在安德谢夫一类资本家的控制之下，人们无法摆脱他们的势力而生活，萧伯纳撕掉英国民主制度的假面具，把英国内阁说成是由一群为安德谢夫等人所豢养的有杀人勇气的混蛋所组成。在艺术手法上，剧本运用反讽手法，通过安德谢夫的自我标榜来揭示垄断资本家的本质。安德谢夫把自己的力量吹嘘得越强大，萧伯纳对资本主义社会的揭露和批判也就越深刻。

萧伯纳对资本主义社会的批判是犀利的、辛辣的，但是，由于他在政治上是个改良主义者，他在剧本中提出了“百万富翁的社会主义”这个口号，他认为“社会主义”会给百万富翁带来最大的利益，也只有依靠百万富翁才能建设社会主义。巴巴拉和她的未婚夫开始想拯救安德谢夫的灵魂，结果向安德谢夫妥协了。在剧本中，工人阶级是作为社会中的消极力量出现的，只要谁给他们好处，他们就受谁支配。安德谢夫军火工厂里的工人待遇优裕，他们满足于现状，根本不想改变社会制度。在萧伯纳看来，安德谢夫是体现了生命力的“超人”，他和理想主义者巴巴拉形成鲜明对照，解决社会问题的办法是靠像安德谢夫这样的百万富翁和像巴巴拉跟她的未婚夫这样的知识分子的合作，由百万富翁出钱，知识分子进行管理。这反映了萧伯纳的改良主义思想。

萧伯纳的思想矛盾也表现在《伤心之家》一剧中，这部剧本开始写于1913年，1919年发表。剧本是按照俄国剧作家契诃夫的风格写成的，副标题是《一部用俄国风格写成的英国主题的狂想曲》。剧本描写老船长肖特非家里来了一群有闲的知识分子，他们对英国社会不满，但是又没有勇气面对现实。他们攻击社会，诅咒自己。他们玩世不恭，丈夫欺骗妻子，妻子欺骗丈夫。他们对一切失去信念，希望生活快快结束，想在毁灭中找寻出路。老船长肖特非把他的家安排得像一条船的模样，但是这条船已经失去当年乘风破浪的雄姿。老船长说这条船的“船长喝醉了，船触礁了，船上腐烂的木板被撞得粉碎，生锈的钢板也撞裂了，船员们也淹死了，样子就像被捕鼠器夹住的耗子”。这正是大英帝国没落的写照。一个女青年艾黎来到老船长家里，她原本天真无邪，为了替父亲报恩，准备牺牲自己，嫁给一个年龄比她大一倍多的资本家。但是在肖特非家里，她发现这个资本家原来是一个卑鄙无耻的市侩，正是他使父亲破了产。她看到肖特非家里的一群人都在自欺欺人，悲愤地喊出这是“伤心之家”。在普遍的失望情绪下，这个伤心之家的成员在敌机轰炸时，打开所有的电灯，给敌机指示目标。但是被炸死的，却是那个卑鄙无耻的市侩和一个到伤心之家来行窃的小偷，两个很想活下去的人反倒被炸死了。这个剧本反映了资本主义总危机的形势，也反映了作者深刻的精神危机。

1929年资本主义世界爆发了严重的经济危机，资本主义社会的弊病更加暴露无遗。萧伯纳写了《苹果车》，进一步揭露了资产阶级的假民主和工党向垄断资产阶级投降的可耻行径，并且指出英国最终将依附美国垄断资本集团这个历史趋势。

萧伯纳受易卜生戏剧的影响很深。两人有许多共同点，例如对资本主义社会问题的揭发和批判，对知识分子和孤独的反抗者的推崇，对人民群众的不信任和蔑视，人物形象的概念化和说教倾向等等。但易卜生的剧本有较深刻的严肃的悲剧气氛，而萧伯纳的剧本则往往是接近于闹剧。易卜生的剧本局限于提出社会问题，没有像萧伯纳那样对垄断资产阶级的本质进行无情的揭露。

在运用讽刺手法上，萧伯纳明显受到狄更斯的影响。例如在《巴巴拉少校》中，萧伯纳让安德谢夫用夸张的语言宣扬自己的威力。安德谢夫声称自己的座右铭是“血和火”，赤裸裸地说出“战争毁灭性越大，我们越喜欢”。萧伯纳还通过安德谢夫的自我吹嘘，戳穿英国的假民主。安德谢夫在吹嘘自己的威力时说：“我就是你们的政府。……什么对我们有好处，你们就做什么。战争对我们有利，你们就宣布战争，战争对我们不利，你们就维持和平。”通过这些夸张的语言，萧伯纳一针见血地指出了垄断资产阶级的侵略本性。又如在《约翰牛的另一个岛屿》里，博饶本在爱尔兰大吹大擂地说：“一个英国人的首要责任就是为爱尔兰效劳。”又说：“我们的领导是十分重要的。有许多国家不幸缺乏管理自己的才能。我们英国人必须毫不吝啬地发挥我们这方面的天赋，为这些国家效劳。”这些出自反面人物之口的语言，表面看来是夸大之辞，实则深刻地揭示了英国殖民主义者的面貌。萧伯纳的这种似是而非的夸张手法使他成为现代英国资产阶级社会最辛辣的讽刺者之一。他的语言机智、灵活，被公认为英国口语和对白的大师。

赫伯特·乔治·威尔斯（1866—1946）生于英格兰肯特郡的一个中下层家庭，早年生活贫苦，14岁时便自谋生计。后靠奖学金上了伦敦大学，师从著名科学家托玛斯·赫胥黎学习生物学，并以优异成绩毕业。威尔斯艰苦的生活经历和科学教育背景对他日后的创作产生了很大的影响。他的作品主要分为两大类，一类为描绘下层人们生活的社会讽刺小说，一类为充满离奇想象的科学幻想小说。

威尔斯把他的科幻小说称为“科学传奇”。他的第一部科幻作品《时间机器》（1895）描写一个“时间旅行者”的经历。一个科学家乘坐他发明的飞行器到达公元802701年。这时人类已经退化为两种生物，一种是饱食终日、无所事事而身体萎缩的埃洛伊；一种是在地下劳作、怕见光明而又凶猛残忍的莫洛克。埃洛伊靠莫洛克提供的食物为生，莫洛克则在夜晚把埃洛伊抓进地洞吃掉。这部小说不仅是资本主义社会中阶级斗争的寓言，它还反映了作者对人类社会前景的悲观看法。在科学家回到当代社会之前，他还飞到更远的未来，发现那时人类已经灭绝，世界一片荒芜。这部作品给威尔斯带来了很大的声誉。特别是关于时间机器的出色想象给后来的科幻作家以极大的启发。

威尔斯的其他科幻小说还有《莫洛医生的岛屿》（1896），《隐身人》（1897），《星际战争》（1898），《最先登上月球的人》（1901）等。这些作品和《时间机器》一样，一方面充满了离奇的情节和大胆的科学幻想，另一方面也寄寓了作者对人类社会的思考和批判。其中有关器官移植、隐身术、热光武器、球形飞行器的描写都成为后来科幻作品借鉴的材料。而关于科学家对科技的不当运用，以及对火星人（只有大脑，没有身体）和月球人（如同蚂蚁）的描述表明了作者对人类理性、科技进步等启蒙主义理想的怀疑。这些作品是“反乌托邦”小说的一种类型。

威尔斯自1900年以后发表了许多社会讽刺小说，描绘了中下层市井黎民的生活，讽刺和鞭笞了社会现实。《爱情和鲁维轩先生》（1900）讲述了一个穷困潦倒的教书匠的生活。《吉普斯》（1905）的主人公是个布店学徒，忽而暴富，忽而破产，在命运波折之中吉普斯作为小人物的悲喜剧形象跃然纸上。这种大起大落的情节结构也出现在《托诺-邦盖》（1909）和《波里先生传》（1910）中。在前一部小说里，乔治和他的叔父爱德华靠推销一种叫托诺-邦盖的廉价补药而暴富，不久又因与同行争斗失败而破产。在后一部小说里，布店小老板波里因欠债而放火自杀，但放火之后忘记自杀转而去救人并成为英雄。这种忽上忽下的生活经历充满了喜剧效果，既可笑又可悲，既暴露了生活的荒谬，又饱含资本主义社会中小人物的辛酸与悲凉。威尔斯还有一部妇女题材小说叫《安·维罗尼卡》（1909）。书中描写了一个女学生不堪家庭束缚而出走伦敦，独立生活、学习并参加女权主义运动。作者对在政治上、经济上、生活上受到束缚和歧视的青年妇女表示了深切的同情，对叛逆女性争取独立自由的行为给予理解和赞赏。

评论家在论述威尔斯的社会讽刺小说时经常指出他与狄更斯在风格、主题以及题材的喜剧化处理等方面的类似。虽然在描绘现实生活的深度和广度方面他不如狄更斯，但和深受欧陆小说影响的英国现代主义小说家相比，威尔斯和高尔斯华绥更多地继承了狄更斯现实主义传统。

约翰·高尔斯华绥（1867—1933）出身富裕律师家庭，毕业于牛津大学并取得律师资格，1895年开始写作，共有小说约20部，主要著作有《福赛特世家》三部曲，其中包括《有产业的人》（1906）、《进退两难》（1920）和《出租》（1921）。高尔斯华绥因此获取1932年诺贝尔文学奖。此外，高尔斯华绥还是个剧作家。他的剧本《斗争》（1909）真实地反映了劳资冲突；其他剧本有《法网》（1910）、《忠诚》（1922）等。

《福赛特世家》以英国资产阶级福赛特家族三代人的发展为背景，时间从维多利亚时代后期直到一次大战。小说的主要情节写第二代索姆斯和妻子艾琳之间的冲突。索姆斯是典型的资产者，他从财富的角度去看待和衡量一切事物，积聚财富是他的生活准则。他坚持不懈地追求穷教授的女儿艾琳，娶她为妻，他把美貌的艾琳也看成是一件财富，把她像一件艺术品那样攫为己有。艾琳对索姆斯十分厌恶，和受雇于索姆斯建造别墅的建筑师包星尼相爱。包星尼醉心于建筑，常常有他独特的设计构思。索姆斯发现两人的恋情后，不惜手段迫害艾琳和包星尼，致使包星尼给马车撞死，艾琳和他离婚。小说深刻细致地描述了索姆斯对财富的占有欲。对于资产者说来，私有财产是神圣不可侵犯的。包星尼的死和索姆斯的家庭破裂都是由于索姆斯强烈的财产所有欲造成的。小说把艾琳和追求建筑艺术的包星尼看作“美”和“艺术”的化身，而在资产者的眼里，“美”和“艺术”只是商品。这里，作者像维多利亚时代的罗斯金、王尔德那样抨击了资本主义社会艺术商品化的现象。

高尔斯华绥的另一部三部曲《现代喜剧》包括《白猿》（1924）、《银匙》（1926）和《天鹅之歌》（1928）三部小说。《现代喜剧》描写福赛特家族第三代的精神空虚和迷茫情绪。作品对资本主义社会的抨击显然削弱了。在小说中索姆斯成了一个慈祥的祖父，在一次大火中为了抢救孙女，不幸身亡，这对索姆斯的形象是一种美化。

约瑟夫·康拉德（1857—1924），原籍波兰，原名约瑟夫·特奥多·康拉德·纳莱兹·科尔泽尼奥夫斯基。17岁到法国马赛学航海，后转往英国。曾在多条英国船上任职，当过水手，也做过船长。1886年入英国籍，1889年在伦敦居住并着手写处女作《阿尔迈耶的愚蠢》，开始了职业作家的生涯。

康拉德的创作甚丰，共写了13部中长篇小说，大量短篇小说，此外还撰写了回忆录及散文和书信。康拉德的文学创作通常分为三个阶段。早期创作取材于殖民时期的马来地区，至1896年止。1897年到1911年是创作高峰期，许多重要作品都在这一时期写成。此后到康拉德1924年去世，是他小说创作的第三个阶段。

康拉德的早期创作为他以后成为重要的英国作家打下了坚实基础。康拉德深知，一个母语并非英语的作家要用英语进行写作，并要得到英国读者和评论家的接受，这并非易事。然而，康拉德是幸运的。《阿尔迈耶的愚蠢》初版于1895年，出版后得到普遍赞誉，包括著名作家威尔斯和本涅特（1867—1931）的首肯。小说以马来地区为背景，描写荷兰人阿尔迈耶在东方的生活经历。他与当地的一位马来富商的女儿结婚继承了大笔的遗产。婚后，生了女儿妮娜。他们将妮娜送到新加坡，接受西方式的教育。然而，妮娜处处受到白人的歧视，终于不堪忍受这样的环境，回到家中。小说表现了西方殖民主义在向东方扩张的过程中遇到的种种问题以及东西方文化在相互的撞击中产生的形形色色的矛盾。《阿尔迈耶的愚蠢》的成功，主要是由于题材的新颖，其异国情调，与吉卜林甚至更早一些的斯蒂文森的作品中的浪漫气息有些类似，因而受到读者的欢迎。康拉德的这部小说在形式上也有所创新，有别于传统的19世纪英国现实主义小说中那种层层叠叠的构架，故事简单统一，单线发展，风格质朴，比较典型地反映出康拉德小说的艺术特点，给人以耳目一新的感觉。

在这段时期中，康拉德还写出了《阿尔迈耶的愚蠢》的姊妹篇《岛上弃儿》（1896），同样获得了巨大成功，康拉德的才华引起了人们的注意。他在起步阶段得到了包括高尔斯华绥在内的许多人的帮助和支持。头两部小说的成功使他充满了信心，自此他的创作进入了辉煌的全盛期。这一阶段的创作在题材上继续开拓富有异国情调的人物故事，并与作者早年的航海经历紧密结合在一起，创造了一幅幅色彩斑斓，气象万千的画卷。康拉德这段时期的创作以《“水仙号”上的黑水手》为标志。

《“水仙号”上的黑水手》（1897）是一部以航海为题材的小说，着力描写一个名叫詹姆士·威特的黑人水手。威特登上“水仙号”后，便显出一副病态。他不停的咳嗽声给同船的水手带来了不祥的预感，使全船蒙上了沉闷的气氛，仿佛“水仙号”是在死神的阴影中航行。途中，“水仙号”遇到风暴，威特被困在船舱里，被救出来以后已是奄奄一息。威特与死亡展开了痛苦的挣扎，终于在航程中死去，当水手们为威特举行海葬时，看着他的尸体慢慢被大海吞没，都感到此时的“水仙号”像是卸去了一个沉重的负担。

《“水仙号”上的黑水手》是一部杰出的象征主义的小说，集中反映了人的感官世界与客观世界的相互作用。小说中充满了视觉上的对比，黑色与白色、黑暗与光亮的反差为整部小说营造了一种不可捉摸，难以名状的压抑气氛。一群在大海上漂泊的水手,时刻受着风暴的威胁,自然界的海空虽大,他们生活的空间却是狭窄的“水仙号”。他们面对一个徘徊在死亡线上的黑水手,仿佛是与挥之不去的死神终日为伍,其沉闷压抑的心情可想而知。小说中所展现的,与其说是水手们如何和风暴作斗争,不如说是一群水手在这种特定的时间和空间里的心理情感上的经历。“水仙号”是他们生活的世界,也是整个人类世界的一个缩影。

《“水仙号”上的黑水手》所展现的那种对大自然雄伟而神秘力量的敬畏,以及置身于危险之中而又孤独无援的人所表现出的那种难以言状的情绪,使得这部小说具有诗一般的感染力,让人联想到柯尔律治著名长篇叙事诗《老舟子吟》。

康拉德的不少小说就其表现的人的心理和情绪而言,确有19世纪初期浪漫主义文学的遗风。他的名作《吉姆爷》是又一部使人想到《老舟子吟》的作品。《吉姆爷》写于1898和1900年间,故事情节并不复杂,主人翁吉姆是一个天真的年轻人,一个充满活力,富于幻想,憧憬英雄业绩的水手。他随帕特娜号远航,不想途中遇上了风暴。吉姆在这危急关头,根本没有可能冷静地考虑自己的处境,决定自己的行动。在同伴们不停地催促下,他跳船逃生,置帕特娜号上的旅客于不顾。吉姆因一时的怯懦,片刻的迷惘,未能身体力行自己素来信奉的英雄主义。尽管人们可以为这种行为找出种种借口,但对于吉姆来说,这不啻是对自身的否定,因为他的生命是依赖信仰而存在的。他为此背上了沉重的道德的十字架。他后半生的故事将在这种自疚的负罪感中展开。

这之后,吉姆决定浪迹天涯,这不仅是肉体的自我放逐,也是精神上的自我放逐,像是要将自己连根拔起,移植到一块完全陌生的土地上,似乎不如此,他便不能埋葬过去,重写新的人生篇章。吉姆就这样到了孟买、加尔各答和东方的小岛,吉姆的脚步总是不停地向东方移动。最后,在友人马洛的帮助下,吉姆成了一个商业代理,在东印度的一个小岛上安顿下来。在这远离现代文明的小岛上，吉姆想实实在在地为当地人做些事。他和土著人的首领及其儿子都成了朋友。吉姆受到了土著人的敬重和信任，被人们尊称为“吉姆爷”。可是，正在这时，以“绅士”布朗为首的土匪，袭击了土著人的村落。土著人将匪徒们团团围在山顶上，却无法擒获他们。吉姆和布朗谈判了很长时间后，误认为布朗此时已愿意和平地离开该岛，于是力劝土著人放他们一条生路。可是生性顽劣的布朗却将土著首领的儿子杀了。吉姆认为祸源在自己，主动接受原始的法律制裁，以自己的生命来作抵偿。

康拉德对吉姆死前场面的描写竭尽渲染之能事，使其充满了浪漫色彩，颇有壮士一去兮不复返的壮美。这样的描写赋予了吉姆的故事极高的象征意义。吉姆临死前的崇高行为，有如一曲英雄主义的挽歌。这种礼赞式的描写，充分表现出作者对吉姆所代表的整个价值观念的错综复杂的心理，一方面，他深知这种价值观念与现实生活已经不相适应，另一方面又崇敬吉姆的人格道德力量。因而吉姆的故事仿佛是对一种失去的价值观发出逝者如斯的历史感叹，正如作品中的人物对吉姆的评价：“他太浪漫，太浪漫了……这样非常不好——非常不好。也很好。”（《吉姆爷》第20章）——这类评价充满了含混不清的矛盾。吉姆的消失，恰如一个时代的消失，一个英雄时代的消失。

作者是以无限同情和伤感的笔调来描写吉姆的。虽然吉姆来到这个小岛上，是一种自我流放，不但是为了赎罪，也是为了重铸自己；虽然吉姆并非西方帝国殖民事业中的典型代表，但是他的到来，多少仍含有西方文化输出的意味。他在这里俨然如殖民地的总督，管理着当地的土著人。这种含有殖民意味的个人英雄主义终究以悲剧的形式而告结束。在将自己的精神价值向外输出的同时，他也将自己的身体永远地留在那片岛上，再不可能像笛福笔下的鲁滨逊那样，带着胜利者的满足，光荣地重返自己的故土了。

《吉姆爷》在写作手法上极富新意。康拉德在使用传统小说表现手段的同时，掺杂了象征主义的笔法。小说中既有对异国情调、海洋冒险的实笔描述，也有人物心理扑朔迷离的曲笔展现，虚实糅合。小说的前四章中，故事由传统现实主义小说中常见的身份不明的匿名者讲述。从第五章起，马洛成为叙述者，时而口语般地娓娓道来，时而又像笔录记载。《吉姆爷》打破了现实主义小说惯用的时空构架和单一固定的叙述角度，叙述中有叙述，在多层面上展开。这部小说的艺术世界是一个多维的空间，向读者提供了多方位的视角。康拉德的许多小说都使用了这样的叙述形式。

在《吉姆爷》前一年写成的《黑暗的心》（亦译作《黑暗的中心》）中，康拉德探讨的主要问题是西方现代文明和自然原始之间的冲突。故事的叙述者是马洛，他受一家贸易公司之聘，乘船前往非洲。进入非洲后，马洛看到的是被掠夺得支离破碎的土地，法国战舰肆意开炮，白人奴役黑人的情形四处可见。在非洲的腹地，马洛所到之处，都能听到库尔兹在非洲创业的故事。从人们的谈论中，马洛得知库尔兹为比利时贸易公司的代理，经营象牙生意，是一位充满神奇色彩的人物。然而，马洛渐渐地了解到库尔兹是一个残忍贪婪，利欲熏心的人。他杀戮黑人，巧取豪夺，似乎想把非洲的一切占为己有。马洛见到他时，这内心孤独的白人已如行尸走肉，他被自己的欲望蛀空了。他临死前的狂呼：太可怕了！太可怕了！是一个殖民主义者对现实世界的悲叹。

《黑暗的心》是一部内涵极为丰富，充满矛盾悖论的小说，现代西方文明固然是值得肯定的成就，但同时也是白人用来掩盖自己罪行的虚伪外壳。在这部小说中，康拉德虽然表现出对西方特别是比利时帝国主义的扩张，以及对民族剥削和压迫的不满，但是也流露出明显的殖民主义的潜意识。也许《黑暗的心》本身就是一个悖论，正如当代英国文学评论家伊戈尔顿说：

> 康拉德既不相信殖民国家的文化是优越的，也不完全摒弃殖民主义。《黑暗的心》所传递的“信息”是西方文明本质上和非洲社会一样野蛮——这一观点在动摇了帝国主义的一些观念的同时又恰恰强化了这些观念。[①]

康拉德早期的海员生活，曾给他提供了绚烂多彩的素材，源源不断的创作灵感。1902年后，康拉德的创作激情得到了前所未有的发挥，对于自己创作艺术的自信达到巅峰状态，他不无自得地宣称：“我是（属于）**现代的**。”[②]

康拉德继此之后的重要作品有：《诺斯特罗莫》（1904），《特务》（1907）和《在西方的眼睛下》（1911）。在这些作品中，康拉德不再以自己的航海经历和所见所闻作为创作的素材，而是开拓新的表现领域。这些小说的价值在于发掘一般题材中不平凡的意义。康拉德的《诺斯特罗莫》在这方面颇有代表性。

《诺斯特罗莫》故事发生在一个虚构的南美国家哥斯达圭亚那共和国。此时的共和国正经历着巨大的社会动荡，以蒙太罗为首的叛军控制了整个国家的东半部，正向苏腊克攻击。英国人查尔斯·古德出生在苏腊克，继承父业，在此开办银矿。听到叛军攻来的消息后，他决定将银锭装上一条小船，泊在海湾里，然后转运美国。执行此项任务的是本书的主人翁诺斯特罗莫和一位记者德库德。他们在夜色中出航，却撞上了叛军的船只。诺斯特罗莫在这突变的情况下，登上了一座叫做大伊莎贝尔的无人荒

---

① T. 伊戈尔顿（Eagleton）：《批评与意识形态》，第135页，伦敦：浮索出版社，1976年，第三版。

② 卡尔和戴维斯主编：《康拉德书信集》，剑桥大学出版社，第二卷，第148页，1983年。重点符号为原文所有。

岛上，将银锭藏在那里。翌日，苏腊克落入叛军之手，但银锭却无影无踪，人们都认为银子已沉入海湾的水底。这时诺斯特罗莫去为政府军送一封急信，当他完成任务回到大伊莎贝尔岛时，德库德无影无踪，银锭也少了四块，他们的船飘浮在海面上。诺斯特罗莫发现船舷上有血迹，便认定德库德不耐孤岛上的寂寞，绑上四块银锭，然后饮弹自尽，由船上坠入海中。既然只有自己一个人知道银锭的下落，诺斯特罗莫决定秘而不宣，然后再慢慢将银锭卖出。后来，大伊莎贝尔岛上建起了一座灯塔。守塔人正是他所爱的姑娘琳达的父亲维奥拉。维奥拉为了阻止二流子米瑞兹接近琳达的妹妹吉赛尔，亲自在岛上巡逻。诺斯特莫罗虽然就要和琳达成婚，却又和吉赛尔悄悄相爱。一天晚上，诺斯特罗莫在吉赛尔的窗口被维奥拉误认作米瑞兹开枪击伤。在医院里，他试图说出隐藏银锭的地方，可是古德夫人却觉得银锭带来如此之多的伤心事，情愿让银子永远地埋藏下去。这样，诺斯特罗莫至死也未说出银子的藏地。

对《诺斯特罗莫》主题的诠释有各种可能性。可以将这部小说理解成对一个熟悉的文学命题的思考，即物质利益的诱惑如何使诺斯特罗莫在道德上不可救药地堕落下去。“银子”是书中的主题词，许多人物的一言一行都受到物质利益的支配。诺斯特罗莫的悲剧不同于西方传统的悲剧，他的悲剧性的结局并非由完全超越自我控制的力量造成的，导致他最终毁灭的直接原因来自于他内心世界的分裂和他双重的道德人格。这种分裂的精神世界表现在他一方面积极投身于社会政治活动，一方面又孤守着自己心灵深处的一块由物质利益统治着的黑暗的空间。然而，这部小说更为深刻的寓意在于它揭示了与西方现代文明同根而生的拜物教是如何在殖民化了的异国他乡毁灭的。小说中的故事是在帝国主义列强进行全面殖民掠夺的历史背景下展开的。古德是一个经历了本土化过程的殖民主义者。他虽然出生在当地，然而在关键的时候，他总是将外国的利益置于当地人的利益之上。他的银矿生意只是西方殖民主义事业中的一部分。苏腊克最终成为一个独立的国家，但这绝不是一个从殖民统治下独立出来的共和国，而是一个被作者理想化了新型共和国，一个繁荣昌盛的乌托邦，一个经济政治命脉都掌握在白人手中的傀儡国。

《诺斯特罗莫》在叙述手法上同样使用了大量的时间上的倒错，突破了时空上的限制，因而使得全书的叙述角度好像处于不停的变化之中。这样的叙事手段有效地打破了19世纪小说中那种通用的编年史式的叙述方法，同时也能使故事的叙述更接近于口语传统。打破了时空限制，作者使用小说素材就获得了更大的自由。康拉德运用了后来现代派小说中常见的并比表现的手法，将在时间上或空间上并无直接关系的人和事并列在一起，求得一种奇特的艺术效果。康拉德自己对《诺斯特罗莫》颇为满意。在向友人介绍该书的写作时，他说："我从未如此努力地——从未带着如此之多的焦虑工作过。但结果是好的……。这是真正的康拉德。同时比起我自《阿尔迈耶的愚蠢》以来所写的东西，这是一部更纯的小说。"①

《特务》一书曾被评论家认为是1907年出版的所有小说中最好的一部。②据康拉德自己说，小说是"根据积极无政府主义历史中的某个事件的内幕材料"写成的。

小说的主角维洛克是一个无政府主义者，又是一名外国间谍。受俄国外交官的指使，他让自己的妻弟去炸毁格林威治天文台。然而定时炸弹却提前爆炸，维洛克的妻弟便成了这一恐怖活动的殉葬品。他的妻子在愤怒中杀死维洛克。显然，康拉德在这部小说中抨击了无政府主义者的内心世界的丑恶。然而康拉德自己却并不想将这种对个别无政府主义者的批判泛泛地推而广之，他曾解释说，他"并不想从政治的角度去考虑无

---

① 《康拉德书信集》，第三卷，第55页。

② 见F. 克莫德（F. Kermode）：《讲述的艺术：小说论集》，1983年，第47页，哈佛大学出版社。

政府主义”的真正含义，而只是把无政府主义看作“人性的一般体现”。

尽管如此，《特务》揭示出了维洛克灵魂的分裂，表现了西方文学传统中的一个古老的主题：“物质与精神的分离”。[①]小说以伦敦为背景，康拉德笔下的伦敦颇像狄更斯小说中的伦敦，“是一个粗俗，黑暗，肮脏的世界中心，那里的时间和空间中，没有一个可以使人与人之间相互了解的构架，哪怕要对无生命的物体多一些了解也不可能。”[②]生活在这样的环境里，正常的人都会精神扭曲，一个本来就无信仰的无政府主义者就更不用说了。

《在西方的眼睛下》的中心人物拉佐莫夫是一个私生子，孤儿，视沙皇统治下的俄国为父母，决心效忠政府并期待得到回报。参加革命活动的同学赫尔丁由于他的告密被处死。在日内瓦他结识了赫尔丁的妹妹，说出了事情的真相，遭到革命者的报复。小说不仅表现了康拉德情感深处对沙俄的憎恨，对依附独裁统治的人的鄙视，还揭示了侨居他国的人对于双重身份、双重生活，对于何为忠诚、何为背叛等一系列问题的复杂心理。原为波兰人，移居英国的康拉德对于这些问题当然有其特殊的感受。

《在西方的眼睛下》的出版标志着康拉德第二创作阶段的结束。此后的康拉德，身体每况愈下，债台高筑，不时流露出江郎才尽的伤感。尽管他还是写出了一些好的作品如《机遇》（1921）、《胜利》（1915）和《阴影线》（1916）等，但总的说来，1911年以后的作品，在思想性和艺术性两方面，都无法与他在第二阶段中写出的一些重要小说相比。

康拉德对文学创作中的一些重要问题也有精彩的论述。康拉德在为《“水仙号”的黑水手》所写的序言中，首次集中阐述了他的艺术观和美

① J. H. 米勒（Hillis Miller）：《现实的诗人：六位二十世纪作家》，1966年，第57页，哈佛大学出版社。

② F. 克莫德：《讲述的艺术：小说论集》，第47页。

学主张。序文不长，却是一篇重要的艺术宣言。在后来的艺术实践中，他所遵循的许多创作原则都可以追溯到这篇宣言中所阐述的文学主张。其中一个重要的观点便是强调感官直觉在确立文学题材和表现手段上的重要性。康拉德说：

> 艺术家正如思想家和科学家一样，追寻真理，发挥自身的感召力。有感于世界的某一方面，思想家沉浸于理念之中，科学家则沉浸于事实之中……艺术家面对相同的神奇的景观，则沉潜到自身中去，回到那块情绪躁动不安的孤独天地之中，要是他有价值且幸运的话，便可找到感人的表现手段。

艺术和其他类别的知识的不同之处就在于艺术家通过直觉本能和经验感受去体会和把握外界的真实性。他在自己小说中所要寻求的是植根于生活深处的"真理"。当然，他所说的"真理"不免有些空泛，除去"真、善、美"等一些传统的美学范畴外，大概不会有更多的含义了。然而，通过自身体验去发掘生活中真实的东西的思想却使康拉德的小说获得了鲜明的艺术特点。他在同一篇序文中又说："艺术主要作用于感官，艺术的目的，在用文字进行自我表达时，也必须通过感官发挥其感染力……"。确实，他的作品十分感性，重视文字描写的视觉效果，大量使用象征和意象表现手段。因此，读他的小说使人常常感到不仅是"读"，而是在"看"，正如他自己所说：小说家的任务就是"通过文字的力量，使（读者）听到，使（读者）感到，——更重要的是使（读者）**看到**"。[①]

康拉德的小说近20年来越来越受到重视，一个重要的原因是它们为后殖民主义文学批评提供了极好的材料。不少批评家都曾指出，康拉德

---

① 着重标注为原文所有。

的小说表现出西方人在海外扩张，逐渐成为殖民统治者的历史过程。西方扩张主义转型的过程和康拉德小说中所表现出来的传统的人道主义和个人主义的思想并行不悖。当代美国文学评论家赛义德对此有过精辟的阐述：

> 康拉德表达了帝国主义不尽相同而又紧密相连的两个方面：(一是)建立在以强权夺取领土基础之上的思想，这种思想在(动用)武力(时)清清楚楚，其后果也明白无误；(二是)在帝国主义的受害者和帝国主义的执行者之间以自我吹捧、自我创造出来的权威，建立起合法的统治，从而在实践上根本隐瞒了或掩盖了上述思想。①

赛义德指出的帝国主义的第一个方面是赤裸裸的殖民侵略，第二个方面是殖民统治在实践上却又带有很大的欺骗性。前者可以《黑暗的心》中的库尔兹为例，后者可以《吉姆爷》的吉姆为例。虽然他的小说中有不少人物仍然带有传统人道主义的思想痕迹，但总体说来，康拉德的作品在不同程度上有意识或无意识地反映出欧洲中心主义情结。这常常反映在一个受过教育、富有理性、文明礼貌的白人和目不识丁、情感用事、粗糙原始的土著人的对照上。在他的作品中，常常可以看到来自西方文明世界的白人，单枪匹马，在人潮如海的当地人之中如鹤立鸡群。欧洲地域以外的这种蛮荒的地理文化环境，正是白人的用武之地，是他们展现个人主义和英雄主义的最佳场所。西方文明的价值也正是在有色人种的混乱和原始的反衬下，显得十分优越。赛义德曾经说过："没有帝国的事业，……就没有我们今天所熟知的欧洲小说。"②我们大概也可以断言，没有英国的

---

① 赛义德(Edward W. Said)：《文化与帝国主义》，第69页，纽约：纽约文太奇出版社，1993年。

② 同上。

帝国主义和殖民主义的扩张事业，就没有今天康拉德的小说。

第一次大战期间的诗歌和小说　战前诗坛上颇有影响的是一些所谓的乔治派诗人。这一称谓的由来是因为这些诗人的诗结集出版时恰逢乔治五世（1910—1936年在位）登基。这些诗人虽然风格各异，但却有着一些共同特点。他们的诗是对19世纪末虚假的中世纪精神和90年代矫揉造作的诗风的反叛，同时也是现实主题和日常语言、语调的回归，此外，他们的诗战前大都较少触及急剧变化的社会现实，也不像维多利亚时代的诗人那样富于哲理和宗教气息。然而，“一战”的爆发，却把这些不怎么喜欢创作富于激情主题的诗人推进了硝烟和战壕之中，他们的诗风也随之发生引人注目的变化。一个与战前浪漫主义诗风截然不同的诗歌流派——战壕派诞生了。

这一时期的诗歌大致可分为两类。一类以布鲁克为主要代表，这类诗歌把第一次世界大战视为“圣战”，多少有些鼓吹战争之嫌；另一类则是与之背道而驰的厌战和反战诗歌。

鲁珀特·布鲁克（1887—1915），生于沃里克郡拉格比，就读于拉格比中学时便开始写诗，1906年入剑桥大学国王学院学习，1911年发表第一部诗集，1912年成为国王学院的研究员。“一战”中服务于英国皇家海军局，参加了保卫比利时安特卫普港战役，该战役失利后又随英军远征达达尼尔海峡，不幸患败血症死于途中。

布鲁克的早期诗作在青年人中广为流传，因为它们充满了对生活的热爱，反映了初涉人生的痛苦与欢乐，表现了人世的美丽和凄凉。诗的语言朴素自然，口语化，优美而又易懂。布鲁克的战争诗反映了战争初期英国人的英雄主义激情。其主要作品是1914年写的五首“战争十四行诗”。其中，第五首《战士》中的几行传诵最广：

如果我死了,你只要这样想:
在异乡田野上的有一个角落
将永远属于英国。而那片沃土
把一粒更肥沃的尘埃掩藏

布鲁克在诗中表现出一种欣然为国献身疆场和对阵亡战士充满敬意的态度,从中可以看出他与后来的战壕派诗人在对战争的认识上是截然不同的。他对战争的态度,与时代背景以及他个人并无太多的战争经历不无联系。布鲁克死于战争初期,当时,战争爆发才八个月,人们还未丧失希望,战壕的恐怖还未把诗人英雄主义的颂歌转向对战争的憎恶。总体说来,布鲁克对战争是激情多于思索,幻想多于认识。他的诗歌不仅反映了他本人对这场战争认识的局限,也反映了战争初期英国人对这场战争认识的局限。

战壕派的诗人在对战争的认识和态度上与布鲁克完全不同。他们以自己亲身的经历描写对战争的感受,反思战争的疯狂和残忍。他们的诗作大都充满着强烈的厌战和反战情绪。在手法上一反战前诗歌的温和浪漫主义,以新的讽喻性语言表达出对战争的憎恶,对伤亡士兵的同情和惋惜,对“后方司令部的英雄们”的讥嘲和挖苦,以及对和平生活的追求和向往,揭露了资产阶级宣扬的爱国主义的虚伪性。主要的战壕派诗人有萨松、欧文、罗森堡和布兰登。

西格弗里德·萨松(1886—1967)生于伦敦,就学于马尔博罗和剑桥大学克拉尔学院。早年过着舒适恬静的乡间生活,自费以传单形式发表诗歌。他参加过“一战”,在战壕里写诗。他那黯淡的现实主义诗歌里面充满了对战争主导人物及狭隘爱国主义的蔑视、对战友的同情和怜悯。他的诗歌在当时并不受大众欢迎,直到战后才为欧美读者所瞩目。战后他不仅将自己的各种诗辑录成了一册,还为在战争中身亡的其他诗人编辑诗集，为人们了解战壕诗人做出了贡献。萨松在诗歌方面的主要作品有《抒情诗集：1908—1916》和《老猎人》（1917），《战时诗：1915—1917》、《反攻及其他》（1918）、《图片展览》（1919），以及后来的《灭亡之路》（1933）等等。除此，还有半自传性质的回忆录《乔治·舍斯顿回忆录》（1937）等。萨松曾获布莱克纪念奖和霍桑登奖。

萨松战前的诗作多为抒情小诗，然而严酷的战争却把诗人突然带到了另一个迥然不同的世界。战争初期，萨松的诗还多少带有一些布鲁克式的英雄主义情调，不过，这种豪情很快便被冷静的观察和描写代替了，战争带来的死亡和恐怖在他的诗中得到了反映。

萨松主张，描写前线不应该掺杂个人情感，而实际上在他的诗作里，情感的渗透和流露却随处可见，这在《反攻及其他》中体现得尤为明显。战场上横七竖八伸着的腿，浸泡在雨水中的赤裸的屁股，被踩踏成垫子般的头发都被直截了当地写进诗里，诗人已经很少用比喻手法了。也正是在对战争进行真实写照的过程中，诗人形成了自己讽刺的诗风。其特点是叙述、描写和铺陈之后，最后一行往往极具分量、发人深省。如有一首诗，先是写死亡不计其数，劝人们不要去数死尸，到了最末一行却突然骇人地问道：

“谁买我这肉还新鲜的尸体，两便士一具？”

萨松诗作的另一个特点是对话体的运用。他的许多诗行都是同上面一行那样放在引号里，诗的语言常常和日常口语巧妙地融合在一起。这种跟口语差不多的诗体自然是不合当时诗坛的风尚的，这也是他的诗在当时不受欢迎的一个很重要的原因。

威尔弗雷德·欧文（1893—1918）出生于什罗郡一个贫民家庭，1911年投考伦敦大学，未被录取，随家乡牧师学习并担任其助手。其后，在伯利兹语言学校执教一年,1913年到法国波尔多养病,兼做家庭教师。“一战”爆发后,返回英国报名从军,1918年11月4日在一次战斗中牺牲,年仅25岁。

使欧文成为诗人的并非战争,但是正是战争使他的诗仿佛在一夜之间成熟起来了。1917年,欧文在爱丁堡一家军队医院养伤时结识了萨松,他们一起讨论诗歌,讨论战争。萨松对于面前这个风度翩翩的年轻人和他那颇具前途的诗作奖掖有加。在萨松的热情鼓励下,欧文开始了战争诗的创作。在短暂的一生中,欧文只发表过三首诗作。后来萨松将其手稿编辑起来,1920年首次出版。1931年诗人、批评家布兰登又将其扩充,重新编定,并加进了回忆录。

欧文目睹了战争的残忍,用诗歌形式表达了对残酷战争的抗议和刻骨铭心的憎恨。在这一点上,他的诗作与萨松和罗森堡的诗作没有很大的区别,虽然他的作品也许在抨击的程度上不及他们的那般尖锐。此外,在表达自己的抗议时,欧文并没有采用那种集讽刺、冷嘲和超然于一体的手法,讽刺意味也没有他们的那样强烈。但他的作品对不幸者的深切怜悯是非常突出的,这种怜悯不仅超越了诗人对自己的怜悯,而且超越了对战争暴行以及大后方的幼稚乃至愚昧的犯罪行为的抗议,这种怜悯植根于对人类友谊和灾难的深刻认识。欧文较有影响的作品有《暴露》、《厄运青春的颂歌》、《徒劳》、《自残》、《为诗人辩解》、《更伟大的爱》和《奇怪的相遇》。

在《奇怪的相遇》一诗中,诗人为了躲避战争的恐怖而在一场梦幻中逃到了阴间,在那里他遇见了他亲手杀死的一个敌人。由于尘世已变得冷酷无情,他们不得不在阴间寻求友谊,他所杀的这个德国人并不是魔鬼,也不是肆虐取乐的刽子手,更不是一个要扼杀自由和大不列颠帝国的家伙,而是一个与诗人一样,有梦想有愿望的人。无论是死者还是生者,都没有沉溺于自我哀怜之中。德国人将怜悯之情归结为战争经历的升华，但诗人认为“怜悯”的本意并非为了自我，而是为同伴、为人类自身。在《为诗人辩解》中，死亡成了一种笑料，人们含笑面对死亡：

我也透过泥巴看见了上帝的尊容
　泥巴啪啪地掴着不幸者的笑脸。
战争比血让他们贪图了更多光荣，
　令他们笑得比摇孩子还要开颜。
……

在那里大笑真是惬意事情一桩，
　在那里死也荒谬生则更是荒谬。
我们鞭打裸露的骨头时多有力量，
　一点儿也不对暴行感到愧疚。

人们对死亡的这种态度，绝非出于伪饰的虚张声势，而是出于对生活、死亡和伙伴关系的新的领会和感受。这种死亡线上的伙伴关系，包括这些战场伙伴之间的相互同情和相互对抗，是欧文诗作的主题。他围绕着这一主题探索了战争的突发性，与那些仅仅表达抗议的诗句相比，我们不能不承认欧文的诗更深刻，更尖锐。这是欧文成就的核心。

欧文善于通过栩栩如生的形象将战争的无情活生生地展现在读者眼前。半谐音、词间韵的熟练运用，长短音的巧妙穿插和伸缩自如的诗行形式等使得他的诗作呈现出雄浑、壮观的特色，读起来有一种如临其境、如闻其声的感觉。浪漫的想象中常常流露出凄凉悲怆的情调。欧文对后来的诗人如奥登、戴·刘易斯影响很大，刘易斯曾评价说，在英国描写战争的文学中，欧文的诗歌是最伟大的作品。现在不少西方学者则更是认为如果他不死，英国战后诗坛则很有可能形成一个与艾略特及其流派相抗衡的流派。

艾萨克·罗森堡(1890—1918),出生于布里斯托尔一个贫穷的俄罗斯移民家庭,父亲是一个犹太学者。1897年,罗森堡随家移居伦敦后曾在伦敦东区断断续续地读过几年书。后来到一家艺术出版公司当学徒工,学习雕刻,1911年,有人资助他上了一所艺术学校。战前他曾自费出版过诗集,但基本上没有引起人们的注意。1915年入伍,次年便以二等兵的身份上了战场,1918年阵亡于法国。

罗森堡的主要作品是他在战壕中写的一些诗作,其中《死人堆》被公认为描写战争的诗歌中的上品。罗森堡有着明显不同于其他在乔治派诗风影响下成长起来的诗人的特点,这就是他不像他们那样仍沿用描写自然景致和悠闲生活的修辞和风格去写战争,而是力图创造出一种独特的语言和诗体,因而他的诗形成了一种独特的格调。

在《死人堆》一诗里我们可以读到这样的诗句:"一个人的脑浆/溅到了抬担架人的脸上"。但是,诗人并不为了达到某种效果就着力刻画,而是将这一形象置于一个更加广阔的背景中。该诗中对死人还有这样的描述:"每只眼睛上一个眼帘",暗示尸体各部分的分离,本来形影相随的双眼现在却天各一方。然而,尽管尸首支离破碎了,死人们却还在一起:

> 草和染上了颜色的黏土
> 比他们都更富有生气,
> 一同化入了这无比的沉寂。

再如,骨头在车轮下"被碾得咔咔作响",仅仅用了几个动词,零星而又具体的形象便跃然纸上了。但最好的效果靠的是赞美诗般的内质,靠的是那些没有确切意义却意味深长、富于韵律的词语。在诗人的笔下,这些词语既不限于单纯的描述,又突破了约定俗成的意义和搭配的束缚,而且被赋予了新的意义。其中有一节很难说是意象还是象征，是一种经历还是对经历的反映：

没有人看见他们灵魂的影子摇动草丛
也没人站到一旁让那所剩无几的生命
从那些死亡的鼻孔和嘴中逃遁，
眼看着那敏捷而火辣的是蜜蜂
将他们青春的花蜜采尽一空。

在这里，我们已经找不到欧文诗句中那一丝"甜的成分"了。罗森堡没有把战争当作历史，而是把它当作可怕的、还未消逝的现在来写："炮弹在他们头顶呼啸而过／一夜又一夜，直到现在"。

力量，无论是神的力量、恶的力量还是人的力量，都是罗森堡关注的主题。他的诗作中充斥着《圣经》典故，他赋予自己押沙龙的角色，上帝则扮演大卫王的角色。而力量对于过去、现在乃至将来都是有责任的。在《死去的英雄们》一诗中，罗森堡写道："我们的孩子们强壮／和我们的痛苦一样"。他的题材往往具有激发情感的潜在因素，而本身却不带感情色彩。罗森堡擅长于不用定义而给出定义，他也从不把无所谓美丑的东西硬说成美的东西或丑的东西。罗森堡在语言运用方面，始终孜孜不倦地思索，不落窠臼。"雪是一个奇特的白色字眼"是一首诗的首句。在另一首诗里，他写道：文字"划伤空气"。在他的诗作里，文字有着神奇的力量，是它们所指代的事物和特质的神秘的影子。

罗森堡的诗作中也不乏幽默，有时是黑色幽默。在《战壕拂晓》一诗中，他对一只耗子说："滑稽的耗子，他们会毙了你，要是他们知道／你敌我不分瞎同情的话。"

埃德蒙·布兰登（1896—1974）生于伦敦。幼年随全家迁居肯特郡乡下，乡村风光此后成为他诗歌创作的主要题材之一。布兰登就学于基督慈善学校和牛津大学王后学院。“一战”期间，他中断学业，奔赴前线，亲历过壕战的惨烈场面，后据此写成了被视为战争题材杰作的《经历报告》等诗歌和战争回忆，1924年和40年代末，布兰登曾两度在日本担任英国文学教授。1928年，他最优秀的作品《战争的弦外音》问世。1953年，布兰登担任香港大学英语系主任，兼任牛津大学默顿学院研究员、《泰晤士报文学增刊》编委。1966年，布兰登当选牛津大学诗学教授，后因健康原因提前退休。

在现代诗人们都忙于标新立异，探讨个人与社会传统的关系以及象征手法时，布兰登默默创立了含蓄而委婉的诗风。布兰登的战争诗截然不同于欧文和萨松的作品，虽然他诗中的意象也十分残酷，令人悚然，但这些意象更多的时候是作为一种悲惨的现实、一种无法回避的结果来表现的，而不是向读者展现战争的恐怖。布兰登诗歌的主题是要表现人对英雄主义——他眼中的一种残忍的毁灭性力量——的可怜追求，而不是要探究战争的原因和目的，布兰登的诗，在形式和内容上都具有传统韵味，内里则包含着一种迫在眉睫的、无可挽回的毁灭感。正是这种潜在于日常生活中的预感，使得布兰登的诗深刻有力。这种预感表现在他果断、具有自然力量的风格中。这种风格在《死里逃生》和其他作品如《子夜舞者》和《长矛》中发挥得淋漓尽致。无论诗的场景是火线还是苏塞克斯乡村，都表现出一种毁灭感。这种毁灭感或隐藏在事物下面或迫在眉睫。布兰登钦佩那些热爱生命的人，不论他们是那些“面黄肌瘦地在舞厅跳舞，不顾脚下的死亡黑水”的“子夜舞者”，还是那些胆战心惊、饥寒交迫却依然用温柔的爱对待同伴的士兵。

布兰登晚年的诗作变得甜润、凝重而恋旧，甚至连战争也成了他怀旧的对象。它们所要表现的主题是作者生存下来的歉疚感。

第一次世界大战之后，英帝国虽然是战胜国，但元气大伤，丧失了在资本主义世界中原有的领导地位，由债权国变成了债务国。英国人民也蒙受了深重的灾难，战火硝烟断送了近80万英国人的性命。残酷的战争将英国人从浮华中拖回到现实，使得他们由狂热转向思索。这一时期英国文学的成就主要是诗歌，其次是一些现在已鲜为人知的小说和回忆录。由于这些小说和回忆录相对诗歌而言要远为逊色，我们这里不妨先对它们作一个扼要的介绍。

在小说方面，主要有两部作品值得一提，它们是奥尔丁顿的《英雄之死》和福特的《阅兵礼的结束》四部曲。

理查德·奥尔丁顿（1892—1962）生于朴次茅斯，曾就读于伦敦大学，但由于经济方面的原因辍学，做了伦敦一家报纸的体育记者。早在“一战”前，他就与一些意象派诗人有接触。1913年，与美国著名意象派女诗人希尔达·杜利特尔结为伉俪，1937年婚姻破裂。奥尔丁顿从1914年起开始发表意象派诗歌，并成为意象派运动的创始人之一，曾担任过意象派刊物《唯我主义者》的编辑。大战爆发后，奥尔丁顿投笔从戎，奔赴法国前线。战场上的亲身经历使他后来创作出了一系列以战争为题材的小说。其中，《英雄之死》（1929）最为出色。小说前半部分剖析了战前伦敦知识分子的心态，深刻而又愤怒地讽刺了文艺圈里的骚人墨客。后半部描写了主人公的战争经历，刻画了他对战争的憎恨心理。主人公在一次战斗中耳闻目睹了战场上的轰炸、毒气、耗子和糜烂腐臭、残缺不全的尸体，感到自己的头仿佛被什么东西炸裂了一样，突然疯狂地从战壕里站了起来，一排子弹穿透了他的胸膛，“轰地一声，地球淹没在了一片混沌之中”。

小说的写作手法也颇有独到之处。作者本人把这部作品称为爵士乐小说。作品中章节的组成仿照音乐作品的构架。另外，小说中的叙事角度也与众不同，表面上采用第一人称叙事角度，实际上却是全能叙事角度。阅读作品时，读者会感到“我”无所不在，有时甚至会感到连作者也无所不在。此外作者还采用了意识流的表现手法。

福特·马多克斯·福特（1873—1939）原名福特·霍尔曼·休弗。童年的大部分时光在前拉斐尔派的圈子里度过，因而深受该派的熏陶和影响。19岁写成第一部长篇小说。1897年与康拉德邂逅，两人一见如故，并合作试验新的创作方法，创作了不少作品。福特编辑过两个颇有影响的文学杂志，《英国人评论》和《泛大西洋评论》，对提高小说创作技巧作出了不小贡献，培植了一些包括庞德和劳伦斯在内的驰名全球的大作家。福特著述甚丰，计有小说和其他著作80余部。历史小说三部曲《第五个王后》被康拉德认为是"一种崇高的概念——历史小说的绝唱"。福特的小说并不为大多数读者所欣赏，只在作家中有一定影响，他因此有"小说家的小说家"之称。其他令人注目的作品还包括纵论古今世界文学的《从孔子到当今的文学进程》和《英国小说：从开端到康拉德》。

代表作《阅兵礼的结束》四部曲（1924—1928），即《有的人不》、《阅兵礼到此结束》，《人当奋起》和《终点》虽与第一次世界大战有关，但战争的正面描写不多。小说主人公是克里斯托弗·蒂金斯，故小说又有"蒂金斯四部曲"之谓。小说的笔墨集中描写英军后方的混乱状况。主人公蒂金斯代表着一类人，这类人不像大多数人在大变动中随波逐流并设法从中捞取好处，而是坚持传统的价值标准和道德准则。蒂金斯的妻子西尔维娅则是不怎么信奉传统道德准则的人的代表。西尔维娅跟人私奔之后厚着脸皮回来，蒂金斯仍对她以礼相待；而西尔维娅却并不从此痛改前非，反而变本加厉地折磨自己的丈夫。她所以如此是因为她恨他，而她所以恨他是因为他具有英国绅士的种种传统美德，作者把西尔维娅这个人物塑造得甚为成功，充分体现了作者对以西尔维娅为代表的那类迎合新风尚的旧世家子女的心理的深刻洞悉。

蒂金斯在家中受气，在战场上也不得意。他疼爱部下，从敌人的炮火中救出了两个士兵，却因衣服沾了些泥土，军容不整而受到上司的申斥。

他出生入死，到头来却不仅被革了职，还惹上了个替法国人搞情报的嫌疑。最后，他得了弹震症，有一阵连自己的名字也记不起来了。但他并非可怜虫，相反，他顶住了所有的压力，在与父亲好友的女儿凡伦丁的交往过程中获得了真正的爱情。然而，他的世界观毕竟与新时代格格不入。四部曲最初是以单行本印行的，1950年汇成一卷时才以《阅兵礼的结束》作为总题，书名意味十分深长。遣散部队的阅兵礼结束时，在军歌声中，司仪的军官宣布："阅兵礼到此结束"。阅兵礼到了尽头，蒂金斯这一类人也快灭绝了，随之灭绝的是英国乃至整个西欧社会的一种生活方式和行为方式及其价值观。全书长达830页，其中多处，尤其是在第三部《人当奋起》和第四部《终点》中，运用了意识流手法。《人当奋起》以凡伦丁听说蒂金斯得了震弹症而精神失常开始，然后时间倒转，追述蒂金斯在法国战场死里逃生、冒险救人却无端遭到撤职的经过。他在前线精神濒于失常，半夜里听到地雷在脚下轰鸣，靠幻想天下太平来保持神志的清醒。时间往复跳跃，思绪残缺紊乱，回忆与幻觉、自白与幻听交织在一起，形象逼真地展示了蒂金斯恍惚迷离、濒于崩溃的精神世界。《终点》更是由九个内心独白组成。这些独白初读起来似乎离题千里，而实际上却与主题不无联系，是对蒂金斯遭遇的评论、注解和补遗。

福特的另一部很有影响的作品是《好兵》（1915），被誉为英语语言中最出色的法国式小说，继亨利·詹姆斯（1843—1916）之后的现代主义杰作。小说通过人物内心的描摹揭示了"一战"前英国社会各种既富悲剧性又含喜剧性的矛盾。

这一时期有三部回忆录值得一提，它们是**罗伯特·格雷夫斯**（1895—1985）的《向那一切告别》（1929），萨松的《乔治·舍斯顿回忆录》（三卷，1928—1936）和埃德蒙·布兰登的《战争的弦外音》（1928）。三部作品的作者都是诗人，都有过战争经历。

《向那一切告别》大致可分为三部分。前九章主要写作者战前的学生生活，无情地讽刺了英国当时的教育。第二部分写的是作者在大战中的经历，也是全书中最重要的部分，作者在这里为我们勾勒出了一幅幅漫画，白描出了许许多多的“疯汉”和“白痴”。他那绝妙的讽刺、幽默的语言往往令读者忍俊不禁，而在笑过之后又会让人咀嚼出一丝苦涩。不少人认为“黑色幽默”发端于这部作品。整部作品由一些颇具戏剧性的小故事构成的，人物栩栩如生、活灵活现，作者并未加进过多的评论和解释，而是靠人物自己说话，因而亦有人视这部作品为自传体小说。

《乔治·舍斯顿回忆录》包括三部作品：《一个猎狐者的回忆》、《一个步兵军官的回忆》和《舍斯顿的历程》。舍斯顿其实就是作者萨松本人。第一部主要写战前舍斯顿无忧无虑的田园诗般的浪漫生活。一个性情孤僻，喜好板球和狩猎的男孩，逐渐长大成人，变成了一个粗枝大叶的青年。作者对自己当年的天真无知和附庸风雅感慨万分。第二部是最重要的一部分，讲述了舍斯顿在大战中的经历和对大战态度的转变：由狂热好战到怀疑厌恶、最后发展到公开反对的全过程。第三部分《舍斯顿的历程》写得较为粗糙。

《战争的弦外音》是享有“自然诗人”美誉的布兰登的回忆录。该书出版后仅在一天之内便告售罄。作品记叙了作者1916—1918年的前线经历，生动地描述了作者本人参加的几次大的战役。在布兰登的笔下，战争是极其丑恶和残酷的：“在战壕的某些地方，浅浅的泥土中露出白骨，人头骨就像蘑菇一样，随处可见。”还有一次，他在战壕中的“破铁锨和空罐头堆里找到了一双靴子，里头还有人脚。”

作品中不乏对田园景色、山川万物、日常情感乃至于俘虏营里的苟且消遣的描绘，这些描绘衬托出了战争的残忍和丑恶。《战争的弦外音》的另一个不同凡响之处在于它对军队生活作了全面、客观而平静的描写。

在所有关于“一战”的回忆录中，布兰登的这部作品最富诗意，因而在创作风格上被公认为关于这场战争的最佳作品之一。

现代主义文学 第一次世界大战前后，一些作家不满维多利亚时代的创作传统，在诗歌和小说创作方面作了新的突破。首先在诗歌方面，有英国诗人休姆（Thomas Ernest Hulme, 1883—1917）和居住在伦敦的美国诗人和文艺评论家庞德（Ezra Pound, 1885—1972）等人倡导“意象派”诗歌，他们反对维多利亚时代浪漫主义诗歌“模糊”和肤浅的情感，主张诗歌运用“日常的，正确表达”的语言、不受拘束的格律和“坚实、清晰、精确的”形象。他们推崇17世纪玄学派诗人多恩的“巧思”，诗歌大多采用反讽。所谓“意象”，正如庞德所说，是“一刹那间思想和感情的复合体”。他们的主张发表在1912年美国出版的《诗歌》和1914年英国出版的《唯我主义者》两份杂志里。“意象派”的代表作家是T.S.艾略特。与此同时，在弗洛伊德精神分析学影响下，一些作家认为19世纪的小说语言流于表浅，不能进入人物的内心世界，也无法创造个性深刻的真实人物。他们创造了一种描写人的意识活动的方法，称为“意识流手法”。“意识流”是一种模糊了理性与非理性、逻辑与非逻辑的特定心理状态，“也许是最纯粹的自我表现形式。”①意识流进入小说创作视野，使现代小说进入新的叙述领域。“意识流手法”借用跳跃、闪回、倒叙、平行叙述等手法，直接模仿意识的运动。在他们的作品里，人的“意识”像一条不断流动的河流，在过去、现在、将来，或不同的地点之间来回停留、跳跃，完全打破了传统小说平铺直叙所遇到时间及空间的障碍（譬如叙述不能同时在两个不同的时间与地点进行）。在运用这种新语言的小说里，作者再也不必站在一旁评论人物，也不必直接告诉读者人物在想什么，而是让读者直接进入人物的思维。乔伊斯、吴尔夫及中期的劳伦斯都属于“意识流”作家。

---

① 卡尔：《现代与现代主义》，陈永国、傅景川译，第417页，吉林教育出版社，1995年。

詹姆斯·乔伊斯（1882—1941）在小说领域取得的成就，代表着现代主义文学的一座高峰。乔伊斯的小说无论是在思想内容方面，还是在意识流技巧的运用上，都给英国传统小说带来一场革命。他的不朽著作《尤利西斯》奠定了他作为本世纪文学巨匠的地位。

确切地说，乔伊斯是个爱尔兰作家。他出生于爱尔兰首府都柏林，当时爱尔兰在英国统治下，是英国的殖民地。他父亲当过税务员，是爱尔兰民族主义运动领袖帕内尔（1846—1891）的追随者，母亲是个虔诚的天主教徒。父母的两种信仰对乔伊斯的成长有很大影响。1888年乔伊斯进入克朗戈斯·伍德教会学校时，家道还算殷实，但后来由于父亲提早退休，又不善理财，家庭经济变得十分拮据。乔伊斯在中学读书时勤奋刻苦，作文经常得奖，显露出写作才能。1898年乔伊斯进入都柏林大学学院学习现代语言，在校期间他发表了一篇关于易卜生的剧作《当我们死而复醒时》的评论文章，引起这位挪威戏剧大师的注意，易卜生专门请他的英国译者阿切尔代他转达谢意。1902年6月乔伊斯大学毕业，随后赴巴黎学医，次年4月因母亲病危回到都柏林。1904年6月他与在芬恩饭店工作的娜拉相识，两人一见钟情，于同年10月一起离开爱尔兰，前往瑞士苏黎世，因工作没有着落，随即转迁意大利东北部城市的里雅斯特。乔伊斯在那儿住了十年，以教授英语为生。从1920年起他定居巴黎。乔伊斯的早期作品包括短篇小说集《都柏林人》（1914）、自传性小说《一个青年艺术家的画像》（1916）、诗集《室内乐》（1907）和剧本《流亡》（1918）。《尤利西斯》（1922）为作者赢得声誉。1927年乔伊斯又发表了一部诗集《每首一便士的诗》，但他后期主要的时间和精力都花在创作《芬尼根的苏醒》（又译《芬尼根的守灵夜》，1939）上。1940年6月法国巴黎沦陷，贝当傀儡政府与英国关系变得紧张。乔伊斯于年底携全家前往苏黎世，1941年1月13日因穿孔性胃溃疡病逝。

乔伊斯从青年时代起就选择离开爱尔兰，侨居欧洲大陆，是为了能够摆脱精神上的桎梏，自由地进行艺术创作。他觉得爱尔兰社会令人窒息，如果他留在那儿，将会一事无成。1907年乔伊斯在的里雅斯特演讲时说：

> 爱尔兰的经济及文化情况不允许个性发展。民族的灵魂已经为几百年徒劳的斗争及毁约所削弱。个人主动性已由于教会的影响和训斥处于瘫痪状态，而人身则为警察、税局及军队所桎梏。凡有自尊心的人，绝不愿留在爱尔兰，都逃离那个为天神所惩罚的国家。①

乔伊斯远离爱尔兰，旅居国外近40年，但是他所有作品都以爱尔兰尤其是以都柏林为背景。在真实展现爱尔兰的一幅幅社会生活画卷方面，没有人能超过他。实际上，乔伊斯始终心系爱尔兰，他的作品浸润于爱尔兰民族主义精神。多年以后当他被问及是否会回祖国时，他反问道："我离开过爱尔兰吗？"②

乔伊斯关于爱尔兰处于一种"瘫痪"状态的思想是《都柏林人》的主题。作者于1904年就动手写这部短篇故事集，但是出版过程历经坎坷。乔伊斯原计划写12篇，后又补加了三篇。关于《都柏林人》的创作意图和结构，乔伊斯在1906年作过清楚的说明：

> 我的意图是为我的国家谱写一章道德史。我之所以选择都柏林为背景是因为我觉得这个城市是瘫痪的中心。对于冷漠的公众，我试图按以下四个方面来描述这种瘫痪：童年期、青春期、壮年期和社会生活，这些故事是按照这个次序编排的。③

---

① 埃尔曼（Richard Ellman）：《詹姆斯·乔伊斯》，第258页，牛津大学出版社，1982年。

② 同上书，第292页。

③ 戈尔曼（Herbert Gorman）：《詹姆斯·乔伊斯》，第150页，纽约，1939年。

《都柏林人》中15篇各自独立的故事具有内在的联系。乔伊斯写了生活在“瘫痪的中心”的形形色色人物，他们的遭遇是死气沉沉、令人窒息的都柏林社会的缩影。《都柏林人》第一篇《姐妹们》从一个男孩的眼光描述一个患瘫痪而死的神父。故事第一段就提到瘫痪，将全书主题点明：“每晚当我仰起脸，谛视那窗口的时候，总是喃喃自语：瘫痪。”神父的病因，是他打破了圣杯，这一象征性细节暗示神父死于失去宗教信仰这一精神瘫痪。《伊芙琳》的女主人公是个19岁的年轻姑娘。她渴望逃脱都柏林艰难的生活，准备和一名水手远走高飞，但到了码头，面对象征着未来生活的波涛，她害怕起来。惶恐使伊芙琳丧失了采取行动的能力，迈不出关键的一步。《一朵浮云》的主人公小钱德勒一直梦想成为一个诗人。他与朋友加拉赫久别重逢，听了他海外经历的一番描述之后，觉得自己的生活与朋友的生涯不可同日而语。回到家里，面对猥琐的家具和陈设，“内心涌起一阵麻木的反感，对生活的厌恶。”他拿起《拜伦诗选》凝神遐想时，孩子突然哭了起来，只得赶紧丢下诗集去哄孩子。在妻子的呵责下，他为没有照管好孩子“羞惭得无地自容”，更为自己是平庸生活的“囚犯”感到悔恨。《悲痛的往事》的主人公达菲先生过着清教徒式的生活。他结识了埃米莉·辛尼科太太，因为她有过分亲热的表示，便断绝了与她的关系。四年后达菲先生得知辛尼科太太被火车轧死，才了解到她遭丈夫冷落，过着寂寞的生活，“一夜又一夜地独自坐在房间里”，借酒消愁。小说结尾时，达菲先生意识到是他“不给她留一条活路”，判了她“死刑”。他从她的孤独中看到了自己的孤独：“他自己的生活也将是孤独的，也将孤零零地一直生活到死亡来临。”

《都柏林人》笔法细腻，表现出福楼拜式的风格。作品刻意追求细节描写高度精确，并赋予细节丰富的象征意义。乔伊斯一反“冲突—高潮”的传统情节模式，按照“顿悟”来谋篇布局。“顿悟”，根据乔伊斯自己的定义，是“一种突然的精神显现，或者是发生在卑俗的言词或行动中，或者是发生在心灵本身的一个难忘的阶段。”[①]故事集压轴篇《死者》中主人公加布里埃尔去姨妈家参加圣诞节晚会时表现得自命不凡，沾沾自喜。回到旅馆房间后，他发现妻子格莉塔显得心不在焉。原来格莉塔在姨妈家听到有人唱“奥格里姆的姑娘”，勾起对往事的回忆。她在丈夫的追问下透露了心头的秘密。原来她年轻时的恋人迈克尔·富里经常唱这首歌。他患了肺结核，得知她要离开家乡，冒雨来送行，向她倾吐爱情，几天以后他就死了。妻子的这段恋情一扫加布里埃尔的自满自足心态，使他震惊不已。望着熟睡的妻子，加布里埃尔突然意识到自己从来就没有真正体验过爱情：“他自己从来不曾对任何一个女人有过那样的感情，然而他知道，这种感情一定是爱。”《死者》最后以下雪收尾，纷纷扬扬的雪花“飘落到所有的生者和死者身上”，将死去的人与活着的人联系起来。死者使生者感到自己的生活并不具有真正的生命活力，而是处于一种虽生犹死的麻木状态。乔伊斯在《都柏林人》中把兴趣焦点投到人物精神世界的变化上面，“顿悟”的结构模式为他提供了一个有效手段。

乔伊斯很早就萌发了把自己的成长过程写成书的想法。1904年初他得知约翰·埃格林顿准备编辑一本新杂志，便在1月7日一天之内写了一个自传性短篇故事。他弟弟斯坦尼斯劳斯·乔伊斯给它起名为《艺术家的画像》。但是手稿很快被退回。2月2日，乔伊斯22岁生日那天告诉弟弟，他已开始创作自传性长篇小说《斯蒂芬英雄》（1944）。这部书稿的部分章节最后演变成为《一个青年艺术家的画像》。据乔伊斯的传记作者理查德·埃尔曼的记载，1911年初，乔伊斯因出版《都柏林人》遇到麻烦，跟妻子娜拉吵了一架，一怒之下就把《一个青年艺术家的画像》书稿扔到火里，幸亏他妹妹在场，及时把稿子抢了出来。经庞德介绍，《一个青年艺

---

① 乔伊斯：《斯蒂芬英雄》，第211页，诺福克：新方向出版社，1963年。

术家的画像》自1914年2月2日乔伊斯生日那天起，至1915年9月1日为止，在《唯我主义者》杂志连载。1916年12月该书在美国出版。

《一个青年艺术家的画像》有明显的自传性，这一点已为研究者所肯定。书中有许多情节都与作者经历吻合。就连主人公斯蒂芬·迪达勒斯这个名字，乔伊斯早年亦曾作为自己的笔名使用过。1904年8月29日乔伊斯在给娜拉的一封信中写道："我从心中摒弃目前整个社会结构和基督教——家庭、公认的各种道德准则、社会各阶层以及宗教信仰。"《一个青年艺术家的画像》就勾勒了这个"摒弃"过程。小说一开头是斯蒂芬幼年时的记忆片断：父亲给他讲述一头奶牛在路上遇到一个小孩的故事；他长大了要与艾琳结婚；母亲呼唤他从桌子底下出来道歉；丹特吓唬他山鹰会啄他的眼睛。这些平常事件在主人公脑海中留下难以磨灭的印象，因为它们与小说的主题关系密切。奶牛是爱尔兰的象征，山鹰作为"罗马之鹰"，代表天主教。留在记忆中的童年往事暗示了主人公后来与家庭、国家、宗教的冲突这一条主线。全书共分五章，每一章记述这一冲突的一个阶段，层层推进。第一章着重描写童年时代斯蒂芬幼小心灵对身体受到伤害的恐惧。乔伊斯将视角投入人物内心，用细腻的笔触写他的印象和感受。他在克朗戈斯教会学校遭到同学的欺侮，被人推到"冰冷的"的水坑里。在课堂上，他平白无故受到教导主任多兰神父的体罚。那戒尺打在手心上，"一阵刺骨的、火烧一般的、令人发狂的猛烈疼痛使他的手掌和手指蜷缩成一团"。斯蒂芬事后独自一人到校长办公室去诉说不平，获得一种在精神上胜利的感觉。第二章反映斯蒂芬青春期内心的骚动。他对《基度山伯爵》的女主人公美茜蒂丝充满浪漫幻想，少女艾琳"使他的心无比激动"。在灵魂与肉欲的冲突中，他顺从了身体感官的要求，最后躺到了妓女的怀中。第三章里，斯蒂芬因为自己的堕落而背上了沉重的心理负担，整天生活在内疚之中。对地狱的恐惧迫使他去向神父忏悔，以求获得上帝的宽恕，能过一种"在神的庇护下的道德的和幸福的生活”。第四章记述斯蒂芬逐渐丧失宗教信念，决意摆脱教会的束缚。当忏悔神父提出要他担任神职时，他拒绝了神的召唤。第五章篇幅较长，斯蒂芬通过与同学的冗长讨论，明确表明了他对国家、政治、宗教、美学和艺术的态度。他宣称：

> 我不愿意去为我已经不再相信的东西服务，不管它把自己叫做我的家、我的祖国还是我的教堂：我将试图在某种生活方式中，或者某种艺术形式中尽可能自由地、尽可能完整地表现我自己，我只使用我能容许自己使用的那些武器来保卫自己——那就是沉默、流亡和机智。

小说最后以日记的形式记录他动身离开爱尔兰之前，从3月20日到4月27日这一个多月里的思想活动。斯蒂芬要冲破罗网，远走高飞：“啊，生活！我要第一百万次去接触经验的现实，并在我的心灵作坊中铸造出我的民族还没有被创造出来的良心。”

《一个青年艺术家的画像》和《都柏林人》在写作手法上有许多相同之处。就结构而言，两部作品均刻意以“顿悟”为核心安排叙述。如果说《都柏林人》讲述的是“在卑俗的言词或行动中”获得“顿悟”的故事，《一个青年艺术家的画像》则侧重“幻觉想象”式“顿悟”。最为典型的例子是第四章斯蒂芬在海边漫步，这一细节构成全书的高潮。斯蒂芬拒绝了忏悔神父提出的要他担任耶稣会神父的要求后，回到家里，得知因为付不起房租，父母又出去看房子准备搬家了。他对平庸的生活感到厌倦，便出门在街上徘徊，然后朝海边走去。他听到有人在呼唤斯蒂芬诺斯·迪达洛斯和布斯·斯蒂芬鲁曼诺斯的名字，突然感觉到像是有一本书在眼前打开，让他看到了“一个像鹰一样的人在海上朝着太阳飞去，一个关于他为之而生、在朦胧的儿童时代和少年时代一直努力追求的目标的预示”：

> 他的灵魂已经从儿童时期的坟墓中站了起来，抛掉了她身上的尸衣。是的！是的！是的！他将和那个同名的伟大发明家一样，从他灵魂的自由和力量之中，骄傲地创造出一个富有生命力的东西，一个新的、向上的、美丽的、摸不着的、永不毁灭的东西。

斯蒂芬与古希腊神话中的发明家[①]的认同是一种突然获得的自我认识，代表着他寻找自我这一心理旅程中的一个新阶段。他顺着防波堤的坡下走到河里，看到一个小姑娘站在他前面的河水中。在她身上他突然听到了生活的召唤：

> 她的形象已永恒地进入了他的灵魂，没有一句话打破他狂喜的神圣宁静。她的眼睛已经对他发出了召唤，他的灵魂在听到这召唤时止不住欣喜若狂。去生活，去犯错，去堕落，去获胜，从生命中重新创造生命！在他面前出现了一位野性的天使，人间青春和美的天使，她是来自生命公正的法庭的使者，要在一阵狂喜中为他打开人世的一切错误和光荣的道路。前进，前进，前进，前进！

斯蒂芬在涉水少女的倩影中看清了自己生活的道路。在美丽形象的召唤下，他的心灵豁然开朗，获得一种突然的精神感悟。

20世纪以前的“成长小说”往往描述主人公与异己的社会发生冲突。个人在个性得到发展后，最终能在社会中占有一席之地。但个人顺应社会之时，小说也宣告结束。《一个青年艺术家的画像》的现代性体现在小说

---

① 指设计了克里特岛的迷宫，用蜡和羽毛黏合成翅膀，并有多种木工、金属加工发明的迪达洛斯，亦译为“代达罗斯”。

的焦点从个人与社会的矛盾转向精神、灵魂和自我。“主人公已不再置身于一个社会单位之中，而是唯自身而存在，成为与群体或其他个人既无共同需要又无关联的一个细胞。”[①]乔伊斯的这部小说打破了传统“成长小说”的模式，成为“现代灵魂自传”。[②]

《一个青年艺术家的画像》采用了第三人称视角。然而在叙述过程中，视角常常进入人物内心，第三人称视角不露痕迹地过渡到第一人称视角，使叙述者的客观描述变成人物的内心独白。乔伊斯发现，人的精神世界并不总是处于一种有序状态，思维和情感活动带有不连贯性和跳跃性。《一个青年艺术家的画像》已开始意识流技巧的试验，但是《尤利西斯》才真正把意识流作为小说的内容要素和创作手段。乔伊斯早就开始酝酿《尤利西斯》。1906年，他在给斯坦尼斯劳斯的信中就提到过要写一个短篇，名叫《尤利西斯》，主人公原型是都柏林的犹太人艾尔弗雷德·亨特。乔伊斯最初曾把它作为《一个青年艺术家的画像》的续篇来构思，但后来决定要写一部全新的小说。从1914年起，乔伊斯花了七年时间才完成这部旷世奇书。《尤利西斯》部分章节从1918年起在美国《小评论》杂志上刊载。美国邮政当局以“有伤风化”为由，将1919年至1920年出版的三期《小评论》没收并当众焚毁。1921年《小评论》杂志因刊登小说的第四章被送上法庭，法庭判决停止发行，杂志两位负责人各罚款50美元。乔伊斯后与巴黎的莎士比亚书屋的西尔薇亚·毕奇签订出版合同，征集一千部的预约，预约者有叶芝、庞德、纪德、海明威等。1922年2月2日恰逢乔伊斯40岁生日，西尔薇亚一大早前往火车站，拿到第戎印刷厂让火车押车员捎来的两本《尤利西斯》，随即把散发着油墨香的书送到作者家里。《尤利西斯》在美国和英国都被列为禁书达十年之久，直到1933年

① 卡尔：《现代与现代主义》，陈永国、傅景川译，第299页，吉林教育出版社，1995年。

② 同上书，第305页。

12月6日经美国法庭判决后才解禁。

《尤利西斯》表现了西方现代社会生活的历史,但它所描写的,只限于爱尔兰首府都柏林一天里的事情。这一天是1904年6月16日,乔伊斯与娜拉在这一天首次幽会,但对公众而言,它是都柏林历史上最普通不过的一个日子。小说情节简单,主要记载斯蒂芬·迪达勒斯,利奥波德·布卢姆和他妻子莫莉三个人物的日常琐事。全书共分三部,第一部(前三章)以斯蒂芬为中心人物,通常被认为是将《一个青年艺术家的画像》与《尤利西斯》联接起来的桥梁。斯蒂芬因母亲病危从巴黎返回都柏林,距他宣称要"第一百万次去接触经验的现实",时间相隔约一年,不过他那"经验的现实",似乎并未有多大扩展。母亲去世后,斯蒂芬不满贪恋杯中之物的生身父亲,从家里跑了出来,无依无靠。他与布卢姆建立了一种精神上的父子关系构成小说的一条主线。第二部共十二章,按钟表刻度的次序展现布卢姆从上午8时至午夜12点的活动。布卢姆是匈牙利裔犹太人,以替《自由人报》兜揽广告为业。他起床后做好早餐,送到妻子莫莉床头。莫莉是个小有名气的歌手,她的情人博伊兰近日安排她到外地演出,下午要上她家来送节目单。布卢姆整天为妻子与情人幽会这件事烦恼。10点钟布卢姆出门开始工作,但他做的第一件事是去邮局取他的情人玛莎的情书。然后他乘马车去参加迪格纳穆的葬礼,中午到报馆去向主编说明自己揽来的广告图案。下午布卢姆在都柏林城里奔波,先后去了图书馆、奥蒙德饭店、基尔南酒店和沙滩。晚上10点钟,他去医院看望难产的麦娜·普里福伊夫人。斯蒂芬与医学院的学生在食堂高谈阔论,喝得酩酊大醉。斯蒂芬要请大家去伯克酒店喝酒,布卢姆十分不放心,便一起跟了去。半夜12点钟,斯蒂芬在妓院遭到英国兵寻衅,被打倒在地上。布卢姆产生错觉,把他当作自己夭折的儿子鲁迪,就将他扶起。最后三章构成第三部。午夜过后,布卢姆和斯蒂芬来到一家通宵营业的马车夫棚喝了一杯咖啡,然后回家。斯蒂芬酒醒后,两人在客厅促膝而谈。布卢姆留斯蒂芬过夜，他十分感激地谢绝了，告辞而去。布卢姆来到卧室，脱衣上床，思绪万千。凌晨两点过三刻时，莫莉还未完全入睡。小说最后一章记述她似醒非醒、似睡非睡的意识状态。

《尤利西斯》的书名取自荷马史诗《奥德赛》中主人公奥德修斯的拉丁文名。《尤利西斯》和《奥德赛》在人物、情节、结构等方面存在对应关系。荷马史诗中的奥德修斯是伊萨卡国王。特洛伊战争结束后，这位英雄返回家乡，路上历经艰险。在他离家期间，忠贞守节的妻子佩涅洛佩守在宫中，拒绝了无数求婚者。奥德修斯回到家中，用箭把求婚者全部杀死，与妻子和儿子团聚。在乔伊斯笔下，布卢姆是个最平凡不过的普通人，毫无男子汉气概。他妻子莫莉是个水性杨花的女人，道德观念薄弱，有过不少情人。布卢姆知道妻子对自己不忠，也听之任之，并不干预。一般阐释者认为乔伊斯将奥德修斯神话作为《尤利西斯》的参照系统是为了使现代资产阶级的“反英雄”在古代英雄人物的反衬下显得更为卑微、苍白、平庸和渺小。不过，在乔伊斯看来，奥德修斯与布卢姆并不存在本质性差别。乔伊斯旅居意大利期间曾对18世纪意大利哲学家维科的著作进行过研究。维科认为历史是循环重复的，人类社会的发展经历神灵时代、英雄时代、凡人时代和混乱时代，然后又回到起点。乔伊斯的小说创作受维科这种历史循环论的影响。奥德修斯和布卢姆是各自时代的代表，是原型人物。在乔伊斯看来，“原型”并不是由特定文化结构造就，而是由人物内在本质决定。布卢姆在第四章里曾向莫莉解释“灵魂转世”的意思。布卢姆是奥德修斯的灵魂转世。在对待古代神话方面，乔伊斯与爱尔兰文艺复兴运动主将叶芝持不同立场，叶芝相信古代英雄主义，热衷于复活爱尔兰民间英雄库丘林的神话，乔伊斯则反对库丘林英雄神话。《尤利西斯》写于第一次世界大战期间。作为一个反战者，乔伊斯曾经说过：“英雄主义整个结构从过去到现在一直是一堆大谎言。”《尤利西斯》所做的是将史诗非英雄化，使英雄从神坛上走下来。乔伊斯只是在讨论《尤利西斯》章节时使用希腊神话人物作为篇名,但小说正文中都弃置不用:神话结构只是起个脚手架的作用。因此,阅读《尤利西斯》并不是要找出一个与奥德修斯英雄业绩相对应的结构。奥德修斯与布卢姆反映了人的本质,因而成为原型人物。在这个意义上,布卢姆成为现代的奥德修斯。

《尤利西斯》中并无可歌可泣的英雄壮举,所有事件都是平常琐事。乔伊斯力图证明:凡人琐事是艺术创造的领域。《尤利西斯》用零星细节来塑造人物,包含了对日常生活最为丰富的描述。乔伊斯对生活的这种现代意识曾受到人们责难,有人批评他的"生活中没有任何重大的事件,没有任何重要的人物,没有任何重要的思想"。但在乔伊斯看来,"显微镜"式展现生活的全部细节更接近生活的本质。

《尤利西斯》是内向性"灵魂自传"的自然发展。乔伊斯对人的精神世界进行探索,是现代意识流小说的突出代表。他发展了意识流叙述技巧,描摹"存在于基本意识之外的记忆、思想和情感"[①],用第一人称直接将人物的凌乱纷呈的思绪、感受和盘托出。读者看到的是人物未经理性控制、或未经逻辑编排、如浮云流水般的意识活动。《尤利西斯》最后一章堪称意识流小说的杰出典范。该章长达四十多页,洋洋洒洒,不用标点符号,原原本本地展示莫莉似睡非睡状态下的意识活动。乔伊斯说过:"这是全书最吸引人的一章。第一个句长达二千五百个词。该章共有八个句子。它以一个富于女子味的词'好吧'开头,并以此结束。这一章就像一个正在缓慢、平稳而又准确无误地旋转的巨大地球。"下面是《尤利西斯》全书的结尾:

响板啦　那天晚上我们在阿尔赫西拉斯误了那班轮渡　打更的拎

① 卡尔:《现代与现代主义》,第408页,吉林教育出版社,1995年。

> 着灯转悠　平安无事　啊　哎哟　深处那可怕的急流　喔　大海有时候大海是深红色的　就像火似的　还有那壮丽的落日　再就是阿拉梅达园里的无花果树　对啦　还有那一条条奇妙的小街　一座座桃红天蓝淡黄的房子　还有玫瑰园啦天竺葵啦仙人掌啦　在直布罗陀作姑娘的时候我可是那儿的一朵花儿　对啦　当时我在头发上插了朵玫瑰　像安达卢西亚姑娘们常做的那样　要么我就还是戴朵红玫瑰吧　好吧　在摩尔墙脚下　他曾咋样地亲我呀　于是我想　喏　他也不比旁的啥人差呀　于是我递个眼色教他再向我求一回　于是他问我愿意吗　对啦　说声好吧　我的山花　于是我先伸出胳膊搂住他对啦　并且把他往下拽　让他紧贴着我　这样他就能感触到我那对香气袭人的乳房啦　对啦　他那颗心啊　如醉如狂　于是我说　好吧　我愿意　好吧
>
> （萧乾、文洁若译）

莫莉这时躺在床上，入睡前脑海里朦胧浮现出当年在直布罗陀作姑娘时与布卢姆热恋的情景。回忆、印象、感觉、思绪通过自由联想汇成一股飘忽不定、变幻莫测的意识流。原作没有断句，译者在该加标点的地方加了空格后，意识流动的轨迹依稀可辨。吴尔夫在《论现代小说》中视乔伊斯为“精神主义者”，认为他的小说“确实无可怀疑地接近了心灵的本质，而且如此之贴近，在初次阅读时，我们无论如何都会把它誉为杰作的。如果我们要求的是生活自身，那么在这儿我们确实拥有了它”。乔伊斯用意识流技巧写小说，并不意味着他是想到哪儿就写到哪儿。实际上，他对创作持十分认真态度。《尤利西斯》第十五章共改了八稿才最后定下来。《尤利西斯》的成功在于意识流表面上纷纷扬扬，漫无边际，实际上结构齐整，周密严谨。

《尤利西斯》出版的当年，乔伊斯就开始构思《芬尼根的苏醒》。从

1923年3月动笔至1939年5月出书，前后花了整整16年时间。作为一部实验小说，《芬尼根的苏醒》[①]把意识流推向极限，写得艰深晦涩。乔伊斯患有白内障，晚年双目几乎失明。他克服重重困难，以惊人的毅力完成小说的创作，表明了一个艺术家追求艺术的认真和执着。

《芬尼根的苏醒》的书名来自爱尔兰的一首酒吧小曲。小曲讲述泥瓦匠芬尼根从梯子上掉下摔死，葬礼前为他通宵守灵时，一阵威士忌的香气袭来，他又复活了。书名同时还有纪念芬恩饭店的意义，当年乔伊斯就是与在这家饭店工作的娜拉私定终身的。小说中的"芬尼根"是都柏林郊外一个酒吧老板伊厄威克，其他主要人物包括他的妻子安娜，孪生儿子森和桑，以及女儿伊莎贝尔，这些人物都植根于《圣经》、爱尔兰传说、古希腊神话的土壤之中。如果说《尤利西斯》展示了布卢姆等人白天清醒时的思想活动，《芬尼根的苏醒》则把读者带进了"梦幻领域"[②]。小说共分四部，开始时正值黄昏时分，全书主要描述伊厄威克及其家人在夜间的梦呓。主人公伊厄威克英语姓名缩写是HCE(Humphry Chimpden Earwicker)，后来HCE的意义发生变化，表示"这是普通人"(Here Comes Everybody)，"处处有孩子"(Haveth Children Everywhere)。乔伊斯赋予伊厄威克这一人物普遍意义，他的两个孩子森和桑分别对应《圣经》中的该隐和亚伯，象征永恒的对立，《尤利西斯》以莫莉凌晨一段似睡非睡的心理描写结尾，《芬尼根的苏醒》则以第二天早上安娜的一个长篇独白结束。

乔伊斯曾戏称《芬尼根的苏醒》将"使评论家至少忙上三百年。"[③]学者们虽然不能全部读懂《芬尼根的苏醒》，但对该书的基本思想内容现在已经有了大致的了解。就小说的思想而言，乔伊斯所表达的依然是维

---

① 又译《芬尼根的守灵夜》。

② 迪恩(Seamus Deane)：《爱尔兰文学简史》，第184页，伦敦：哈钦森出版公司，1986年。

③ 埃尔曼：《詹姆斯·乔伊斯》第703页。

科的历史循环论，小说的书名就已将此点明："芬尼根"的Fin在法语中意为"结尾"，而agans在英语中读起来是"重新开始"的意思。小说第一句是以一个小写字母从一个句子的中间部分开头："河水奔流，经过夏娃和亚当教堂，从弧形的海岸流向曲折的海湾，经过一个宽广的维科再循环将我们带回了豪斯城堡和都柏林市郊。"作者有意采用了以一夜为布局的小说框架，用茫茫黑夜以及噩梦与狂想来象征混乱无序的现代社会，用黎明来临和芬尼根的苏醒来象征新时代的开始。乔伊斯别出心裁地让《芬尼根的苏醒》以小说第一句的前半句结尾："这遥远的、孤独的、最后的、可爱的、漫长的"，作者通过语言形式来反映他关于历史循环的观点。

《芬尼根的苏醒》因晦涩难懂遭到人们的非议。乔伊斯在谈及该小说独特的语言时曾辩解说："在描述夜晚的时候，我觉得我不能使用普通的语言，我确实不能这样做。普通的语言无法表达夜间不同阶段的事物——意识、前意识，还有无意识。"①乔伊斯表达夜晚所采用的是"梦语"。这是一种非交流的语言，具有音乐功能。乔伊斯声称：《芬尼根的苏醒》是"纯粹音乐"②。批评家认为："语言媒介是这部书的主题，神话以及故事是第二位的。"③乔伊斯对英语进行大胆实验，创造出无数令人费解的奇怪新词，使常规英语变成了一种外国话。《一个青年艺术家的画像》中的斯蒂芬认为英语并非他的母语，是强加给爱尔兰人民的。他说：英语"对我是这样的熟悉，又这样地生疏，对我它永远是一种后天习得的语言。"乔伊斯作为一名爱尔兰作家，在《芬尼根的苏醒》中使用自己创造的语言对英语进行重新组合、改变，可以认为是对英语的一种颠覆。

乔伊斯的意识流小说标志着英国小说史上的重大突破。他塑造的布

① 埃尔曼：《詹姆斯·乔伊斯》第559页。

② 同上书，第703页。

③ 迪恩：《爱尔兰文学简史》第185页。

卢姆是20世纪文学中“反英雄”的典型，反映了现代小说关于人的观念的变化；他的意识流打破了以时间为顺序的小说模式，改变了传统小说的时空观念；他对英语语言的创造性运用极大地丰富了英语的表意功能。如果说乔伊斯未能“铸造”出爱尔兰民族的“良心”，他确实使英语文学的面目为之一新。

托玛斯·斯特恩斯·艾略特（1888—1965）在1930年为约翰逊博士的两首诗作序时写道：“不管人们愿意与否，他们的感受性是随时代而变化的，但是只有一位天才人物才能改变表现的方式。很多二流的诗人之所以是二流的，就是因为他们缺少那种敏感和意识来发现他们与前一代人感觉不同，必须使用不同的词汇。”①艾略特本人就是一位改变了他那一代人表现方式的“天才人物”。

艾略特1888年出生于美国密苏里州的圣路易斯。他的家族来自新英格兰，与亚当斯和洛威尔等美国历史上的望族沾亲。艾略特的祖父1834年从哈佛大学神学院毕业后以唯一神教牧师的身份到圣路易斯传教，他充满宗教热情而又精于日常事务，在这座位于密西西比河畔的边疆城市建立了自己的教堂后还积极办学。唯一神教崇尚知识和现世进取，否认正统基督教里的原罪和受罚等基本教义。当时的美国正在扩张，人们普遍相信进步与自我的可完善性，唯一神教成了美国社会的精神支柱。艾略特成年后的经历实际上是对带有浓烈美国特色的家庭宗教的背叛，但是他早年的生活却在他后来的作品中留下了不可磨灭的印记。他在《四首四重奏》之三把密西西比河比喻为“强壮棕色的神”，它“神情阴郁”而又“桀骜不驯”；密苏里州在本世纪初是早期爵士乐雷格泰姆音乐（简称“雷格”）的中心，《荒原》里有这样的诗行：“哦哦哦哦这莎士比亚式的

① 见菲力斯·M. 琼斯（Phyllis M. Jones）编：《20世纪英国批评文集》，第一集第302—303页，1933年。

雷格——/如此优雅/如此聪颖”。

1906至1914年，艾略特在哈佛求学，期间（1910至1911年）曾游学巴黎一年。他充分利用哈佛的自选制度，修习了不少文史哲课程，受到白璧德（1865—1933）和桑塔亚那（1863—1952）等大师亲炙。他对但丁的境界心向往之，时时默诵《神曲》中的诗章。白璧德对以卢梭为滥觞的张扬个人和自我的浪漫主义的批判，桑塔亚那对卢克莱修、但丁和歌德三位哲学诗人的分析，在艾略特的精神成长过程中起过重要作用。1914年夏，艾略特为撰写有关英国哲学家弗·赫·布拉德雷的博士论文[①]赴牛津大学留学。同年秋，他在英国结识同胞庞德（1885—1973），并很快成为以庞德为核心的文学圈子中的一员。庞德读了艾略特的一些诗稿后大加赞赏。翌年，艾略特与一位英国姑娘开始了一桩不幸的婚姻，他的诗作首次在美英两家颇具先锋色彩的杂志《诗刊》和《爆炸》上与读者见面。从此艾略特走上了与亨利·詹姆斯一样的移居英国之路，他先后在伦敦的劳埃德银行和费伯出版社工作，并于1927年加入英国国教，改入英国国籍。艾略特在文集《为兰斯洛·安德鲁斯》（1928）的序言里对自己的立场作过一番表白，他称自己是“文学上的古典主义者，政治上的保皇派，宗教上的英国国教高教派”。

艾略特一度倾心于法国文学。亚瑟·西蒙斯（1865—1945）的《文学中的象征主义运动》（1899）一书使还在哈佛读本科的艾略特对法国象征派诗歌产生浓厚兴趣，他甚至尝试用法语写诗。1950年，他在总结但丁对他的特殊意义时说，儒尔·拉弗格（1860—1887）教会他如何锤炼自己的语言。读者不难发现，拉弗格笔下那严肃而又滑稽、高尚而又猥琐的小丑的形象改头换面后出现在艾略特的早期诗作里。艾略特还特意提到，

① 这部论文就是1964年在伦敦出版的《弗·赫·布拉德雷哲学中的知识和经验》。艾略特在1916年就将论文寄交哈佛哲学系，后因战争等原因未能亲赴哈佛参加论文答辩，故而未获博士学位。

波德莱尔在《七个老头子》中的两行诗（“熙熙攘攘的都市，充满梦影的都市，/幽灵在大白天里拉行人衣袖！”）给他极大启发，原来描写城市生活丑恶面的写实笔法可以与诗人变化万端的幻想巧妙结合，他当年在圣路易斯目睹的诸多城市景象尽可入诗。[①]

但是在艾略特身上，英语诗歌传统和英语文化的潜移默化的影响更为重要，他的创作常常得益于他对伊丽莎白时期的剧作家和17世纪英国文学的深湛研究。艾略特生前未发表的一系列早期诗作经著名学者克里斯多弗·里克斯编辑于1996年出版[②]，编者极为详备的注释表明，艾略特既善于模仿拉弗格等人的诗风，又时不时地让自己的诗句回应英语诗界前人的声音。所谓的现代派诗歌以反对维多利亚时期的感伤和矫揉造作而著称，但是它与该时期文学的千丝万缕的联系是不容忽略的。艾略特诚然改变了他那一代人的表现方式，不过他也从19世纪的英国文学汲取了大量养料。他不仅熟悉狄更斯小说中的细节，甚至还能成段地背诵福尔摩斯的故事。在他接触法国象征派诗人之前，他研读过19世纪90年代的英国诗歌。约翰·戴维森（1857—1909）《一周三十先令》一诗中那位贫困中不失尊严的小职员的形象使艾略特终生难忘。[③]艾略特注意到戴维森不避俚俗的语言与该诗的内容相得益彰，这一特点显然也见于艾略特的创作实践。

《普鲁弗洛克和其他观察》（1917）是艾略特发表的第一本诗集。不受格律限制的自由诗体、不登大雅之堂的描写和新奇得近乎怪诞的比喻还不能为普通读者所接受，《泰晤士报文学增刊》和《新政治家》杂志的诗评作者甚至怀疑这些“观察”是不是可以被称为“诗”。诗集中最引人注目的是《J.阿尔弗雷德·普鲁弗洛克的情歌》。以往的情歌是夜莺用

---

① 见《批评批评家》，第126—127页，1965，重排本（伦敦：1978）。

② 见《三月兔子的发明，诗集：1909—1917》（纽约：1996）。

③ 见艾略特为《约翰·戴维森诗选》（伦敦：1961）作序言。

甜蜜的歌喉唱出来的，普鲁弗洛克的情歌则不然。该诗起首处的“暮色”毫无诗情画意，它“像一个病人上了麻醉，躺在手术台上”。诗中的主人公“我”似乎走在赴晚会的路上，任自己的思想随着狭窄冷落的街道延伸展开。他自称不是哈姆莱特，但和哈姆莱特一样犹豫不决，缺乏采取行动的热情。他意识到自己在用“咖啡匙子”量走了生命，但是他的怯懦和压抑又使他无法改变这一局面：“我可有勇气/搅乱这宇宙？”答案是否定的：“当我被钉着在墙上挣扎，/那我怎么能开始吐出/我的生活和习惯的全部剩烟头？”也许一切努力都是徒然耗费精力，“我老了……我老了……。”耽于自省、未老言老的普鲁弗洛克为自己空虚的生活感到痛苦，他在揭示空虚的时候又带有几分自嘲。客厅里谈论米开朗琪罗的女士仿佛是讽刺的对象，不过普鲁弗洛克本人也是那种客厅文化的组成部分。艾略特在诗的开头设置了一个悬念，普鲁弗洛克准备把读者“引向一个重大的问题”，可是普鲁弗洛克的世界充分展露后读者依然不知道那个“问题”的切实内容。或许在这个世界里根本没有什么事是重大的，生活如此琐碎，重大问题的丧失才是真正的重大问题。

诗集中的《序曲》和《大风夜狂想曲》等诗也十分有名。叙事诗《淑女的画像》用的是亨利·詹姆斯式的笔法，无比精细的意识和观察随着“我”大脑里“沉闷的节奏”闪耀出一个个微妙的瞬间，对话充满弦外之音，含蓄的嘲讽夹带了忧郁的抒情。

艾略特在他的早期创作中善于把自己藏匿在诗句背后，不断变换面具和语气。诗中的“我”大都是戏剧人物，不是直抒胸臆的作者本人。但是总的看来他偏爱一种萎靡不振，无可奈何同时又不失幽默的声音。《小老头》（1920）里那个老头子的自述是“干旱季节里干枯头脑的思索”；《空心人》（1925）中的“我们”不是“迷失的狂暴灵魂”，而是头脑里塞满稻草的空心人，他们的世界“在一声抽噎中告终”。

批评家业瑟·沃（1866—1943，小说家伊夫林·沃之父）在评论艾略特、庞德等人的“新诗”时抱怨道，年轻诗人为了显得惊世骇俗不顾一切代价，他们迅速变换的意象像礼花一样升空后散落一地，读者看不到“持续不断的思想之流”。[①]

这一特点确实使一般读者难以理解艾略特的早期诗歌。艾略特曾说，读者也会像演员那样“怯场”，这种惊恐的心理状态尤其不利于欣赏较为晦涩的诗，因为读者会为并不存在的“意义”大费脑筋。艾略特的诗作往往没有通盘谋划好的思想脉络，他数次开玩笑地引用拜伦《唐璜》中的诗行为自己辩解：“我当然不敢号称我十分懂得/当我想露一手时自己的用意。”[②]在著名论文《玄学派诗人》（1921）里他还表达了这样的高见：当代诗人的作品肯定是费解的，我们的文化体系的多样性和复杂性必然会对诗人的敏感性产生作用，“诗人必须变得愈来愈无所不包，愈来愈隐晦，愈来愈间接，以便迫使语言就范，必要时甚至打乱语言的正常秩序来表达意义。”这观点与詹姆斯·乔伊斯的“词语革命”的基本精神大致吻合，省略标点、不顾句法成了反映当今文明的最佳手段。从这一激进的见解可以推导出一条危险的结论：世界本来就是无序的，语言不必考虑是否规范。美国批评家威廉·K.维姆赛特（1907—1975）称此为“以无序的语言模仿无序”[③]，这也是艾弗·温特斯（1900—1968）穷毕生精力反驳的现代派“模仿性形式谬见”。

艾略特在为法国诗人圣琼·佩斯（1887—1975）的长诗《征讨》英译本所作序言里对上述观点作了补充说明。他认为，在诗歌创作中有一种“想象的序”和“想象的逻辑”，它们不同于常人熟悉的秩序和逻辑，因

---

① 见麦克·格兰特（Michael Grant）编：《托·斯·艾略特：批评遗产》，第一卷，第67页，共二卷，（伦敦：1982）。

② 范莱丽·艾略特（Valerie Eliot）编：《托·斯·艾略特书信集》，第一卷，第69页（纽约：1988）。

③ 维姆赛特：《语象》，第116页（肯塔基：1954）。

为诗人省略了起连接作用的环节。读者应该听任诗中的意象自行进入他那处于敏感状态的记忆之中，不必考察那些意象用得是否得当，最终自然会收到很好的鉴赏效果。

表现这种“想象的秩序”和“想象的逻辑”最为充分的大概就是奠定艾略特作为现代派主将地位的《荒原》。长期以来，《荒原》被视为20世纪欧洲文学史上的里程碑，从它的定价和出版过程来看，庞德和艾略特确是有意把它作为一种新文学的代表之作推出。[①]该诗原名《他用不同的声音读警察报告》，其中有的部分系艾略特旧作，后经庞德修改，最初于1922年10月在艾略特自己主编的《标准》杂志创刊号上亮相，一个月后，纽约的《日晷》杂志也予以登载。在同年年底美国出版的《荒原》单行本上有艾略特为增加篇幅而作的注释，后来这些注释成了《荒原》的一部分。

《荒原》分《死者葬仪》、《对弈》、《火诫》、《水里的死亡》和《雷霆的话》五个部分，全诗共433行，使用了七种文字（包括题辞）和大量典故，包容性不可谓不广。艾略特在题解中强调了韦斯顿的《从祭仪到神话》和弗雷泽（1854—1941）的《金枝》两部书中的圣杯传说、繁殖仪式和人类学里的复活原型对他创作的影响。《荒原》发表后，各种阐释层出不穷，人们往往把它当作对西方文明没落的写照。也有批评家从荒原的拯救上做文章，认为《荒原》在本质上与《尤利西斯》不同，艾略特描写了孤苦无援的个人面临无边的黑暗战栗不止，要解决当代社会的各种问题非人力所及，唯有在隆隆雷声中静候甘霖降临。也就是说，《荒原》一诗含有基督教的底蕴。艾略特本人并不认可这一说法，他否认这首诗表现了一代人的幻灭感，甚至还否认它是社会批评：“对我而言，它仅仅是个

① 劳伦斯·雷纳（Lawrence Rainey）：“现代主义的价钱：《荒原》的出版”，见罗纳德·布什（Ronald Bush）编《托·斯·艾略特：历史中的现代派》，第91—133页（剑桥：1991）。

人的、完全无足轻重的对生活不满的发泄;它通篇只是有节奏的牢骚。"

随着《荒原》原稿的发现,读者注意到该诗并不像过去所理解的那样完整,而要用韦斯顿和弗雷泽的著作来系统解释其象征结构或将严肃的宗教意义赋予那些隆隆雷声未免太勉强。杰出的批评家弗·雷·利维斯对《荒原》的口语诗体极为推崇,但他早在30年代初就指出了《荒原》在结构上的欠缺。他承认该诗总体效果极佳,但它是由一些不相干的片断联缀而成,并没有思想上的推进与发展:"生活中缺乏方向感和组织的原则,这对最高形式的艺术中的组织也是不利的。"①艾略特自己很早就对这种欠缺有所意识。他对玄学派诗歌的评价到20年代中期产生转折,他在1927年论及多恩的时代时写道:"破碎思想体系的残片充斥于市,多恩这样的人就像好收集杂货的喜鹊一样,拣起那些引起他注目的亮晶晶的各种观念的残片胡乱装点自己的诗行。"艾略特在《荒原》里旁征博引,不也是在收集杂货吗?且以《荒原》最后的梵文"舍予"、"同情"、"克制"和"玄妙的和平"四词为例,它们与上下诗行并无必然的联系。当然这种"装点"在不少场合是费尽心机的。艾略特是集字和集句艺术的大师,他往往能把他从前人作品中窃取的东西熔化于一种全新的、独一无二的感觉之中。他还善于将不同文体混杂并陈。这些手法古已有之,但是尤其为20世纪先锋派音乐家和艺术家所喜用。

在诗集《普鲁弗洛克和其他观察》的《哭泣的少女》中,艾略特以极其简洁的笔法表现了一种转瞬即逝的美的经验。在《荒原》里也有心灵震撼的一刻,请看这一片断:

——可是等我们从风信子花园回来,时间已晚,
你的臂膊抱满,你的头发湿漉,我一句话

① 利维斯(F. R. Leavis):《英诗新动向》,第86页,1932,鹈鹕版(哈蒙兹渥斯:1972)。

都说不出来，眼睛看不见，我既不是
活的，也未曾死，我什么都不知道，
望着光明的中心，一片寂静。

（参考赵萝蕤、汤永宽译文）

但是《荒原》中很多诗行属于截然不同的性质。艾略特在他第一篇论但丁的文章里就认识到，对丑恶或可怖事物的沉思是艺术家追求美的本能中消极但又必要的一面，然而要像但丁那样从否定走向肯定是极其困难的。后来他在评莎士比亚同时代人西里尔·图尔纳的《复仇者的悲剧》里又指出，该剧的动机是死亡动机，出自作者对生活本身的厌恶和无可名状的恐惧，这种对生活的憎恨代表了人生过程中一个重要阶段。年轻的图尔纳具有非凡的遣词造句的能力，但是《复仇者的悲剧》毕竟是狭隘的、不成熟的，诗人阅历太浅，误以为自己有限的经验就是生活的全部。《荒原》里那一派腐烂破败、老鼠横行的景象、弥漫于字里行间的百无聊赖的感觉和"尸体"、"白骨"等死亡意象所暴露的正是图尔纳式的否定生活的死亡动机。这种主要由个人境遇中的挫折生发的死亡动机有时候听起来也像是对社会的绝望抗议。

发表于1925年的《空心人》标志了艾略特前期诗歌的终结。作于1927年至1930年的四首圣诞小诗揭开了他创作生涯中新的一页。这转变是与艾略特的宗教态度相关的。他曾表示，信仰的关键就是接受生活。《圣灰星期三》[①]（1930）是这转变期的代表作。以往艾略特的语气、视角灵活多变，他总是戴了面具说话。此时诗中的"我"已接近艾略特本人的声音，这声音不再是对生活的充满巧智但又几近虚无的嘲弄，它具有一种但丁式的不怨不忿的谦卑：

① 基督教中的圣灰星期三是四旬斋第一天，该日有以灰抹额以示忏悔之俗。

因为我不再希望重新转身
因为我不再希望
因为我不再希望转身
觊觎这个人的天赋和那个人的能量

（裘小龙译）

“不再希望”包含了对生活和社会的肯定：“我对事物的现状感到欢欣”。艾略特以隐喻揭示获得信仰的艰难历程，以怀疑为力量的信仰排除困难登上“恶魔般的楼梯”，诗人终于从窗口看到通向花岗岩的海岸，看到“白色的船帆依然飞向海的远方”。与《圣灰星期三》同一年发表的圣诞小诗《玛丽娜》是20世纪英语短诗的杰作，艾略特通过莎士比亚戏剧《泰尔亲王配力克里斯》中亲王与失而复得的女儿相认的情景来形容自己新的精神生活。“为了生活在一个超越自我的时间世界里”，他又要扬帆出海了，前面是“那希望，那新的船只”。

艾略特的登峰造极之作是作于1935年至1942年之间的《四首四重奏》。这四首诗既形成一个整体，又可以独立成篇，它们分别是《焚毁的诺顿》（1935）、《东科克》（1940）、《干萨尔维吉斯》（1941）和《小吉丁》（1942），其中干萨尔维吉斯是美国新英格兰马萨诸塞海湾安角外的礁岩，其余三个均系英国地名。《四首四重奏》是探讨永恒和时间的哲理诗，但是诗人并不使用纯粹抽象的概念，他带领读者在具体的历史中探索永恒与时间的辩证关系并由此抒发宗教关怀。艾略特一开始就把我们引入关于时间的思考：“时间现在和时间过去/也许都存在于时间将来/而时间将来包容于时间过去。”他既不赞成否定过去的进化论，又拒绝接受永恒与时间的简单对立。要征服或拯救时间，首先必须进入时间。世外桃源或极乐天堂缺乏人间经验的基础，必然是空洞的：“只有在时间中，玫瑰园里的那一刻，/雨点敲打棚架的那一刻，/烟雾降落在多风的教堂里的那一刻，/才能被人记住”。这三个“那一刻”突出了永恒与时间的交叉点——现在。历史意识、入世的精神和出世的精神在这些诗行里水乳交融：

……一个没有历史的民族
不能从时间中拯救出来，因为历史是一个
无始无终那一刻的图案，所以，当一个冬日下午
天色渐暗时，在一座僻静的教堂里，
历史就是现在和英格兰。

（裘小龙译）

出于这样的情怀，艾略特写道，“对一个国家的爱/始于喜爱自己的工作领域”。艾略特在创作《四首四重奏》的后三首时第二次世界大战正在激烈进行中，他一方面作为伦敦民防队员恪尽职守，一方面又希望战争最终将涤荡人类的灵魂。“鸽子喷吐着炽烈的恐怖的火焰/划破夜空，/掠飞而下”，但是德国轰炸机毁灭之火与圣灵降临节的炼火合而为一，当烈火与象征了信仰的玫瑰结合时，过失和罪愆得到宽恕，我们又听到来自人间但又超越时间的“隐藏的瀑布的声音”，“苹果树中孩子的声音”。

《四首四重奏》的用语普通正规而又十分精确。对语言异常敏感的艾略特常患词不达意，他在《东库克》里把写诗比为“与词语和意义的难以忍受的扭斗”。这一比喻使读者想到维多利亚时期诗人、耶稣会教士杰拉德·曼利·霍普金斯如何为了信仰与上帝角力①，因而富有宗教含义，并使诗中对形而上问题的探讨与关于语言的思考结为一体。艾略特对自

① 见霍普金斯十四行诗《食腐肉般的慰藉》。《圣经·创世记》中雅各曾与天使摔跤。

己的信仰和创作始终不敢心安理得，他担心我们的语言会因使用不当而退化，这必然会影响到我们思想感情的品质。他说自己在两次世界大战之间的20年里无非是学习运用词语，试图描述那难以言表的心意，但是语言的装备实在差劲，“每一次尝试/都是完全新的开始，也是不同的失败”，所剩的只是“一堆不准确的感觉，/混杂的没有纪律的激情。”写作的难处表述得如此贴切实属难得，但是诗人依然相信：“对于我们，唯有尝试而已”。这已不仅仅指措辞上的精益求精。

艾略特的诗才来自他的批评眼光。和奥斯卡·王尔德一样，他对马修·阿诺德把创造的能力与批评能力截然分开的做法持有异议。他在《批语的功能》（1923）一文里指出：“一个作家在创作过程中的确可能有一大部分劳动是批评活动；提炼、综合、组织、剔除、修饰、检验：这些艰巨的劳动是创作，也是批评。”除了创作实践中显示出来的批评才华，艾略特还是20世纪英国最重要的批评家之一，他的“共同追求正确判断”的理想一度成为颇有感召力的口号。艾略特在第一本文集《圣林》（1920）出版后就被认为是批评界里新声音的代表，他的《论文选》是英国批评史上的一部经典。除上述两书之外，艾略特还著有《诗的功能和批评的功能》（1933）、《追求异神》（1935）、《论诗和诗人》（1957）、《批评批评家》（1965）等书。他在剑桥大学三一学院的克拉克演讲（1926）以及在霍普金斯大学的特恩伯尔演讲（1933）经整理后已与读者见面。①他的很多短评尚未结集出版。在致哈佛导师保罗·埃尔默·摩尔的信（1934年6月20日）里，艾略特对自己的批评特色作过一番描述。他自谦地表示，自己不擅抽象思维，主要凭本能直觉从事批评活动。②其实这正是英国批评传统的精华所在。

---

① 即罗纳德·舒查德（Ronald Schuchard）编辑的《玄学诗种种》（纽约：1993）。

② 转引自马戈里斯（J.D.Margolis）：《托·斯·艾略特的思想发展：1922—1939》，序言第15页（芝加哥：1972）。

有的保守人士曾称艾略特是“文学上的布尔什维克”，但是艾略特又以强调“传统”著称。他所理解的传统不是一成不变的。在《传统与个人才能》(1917)一文里他精辟地表述了一种新颖的传统观：

> 如果传统的方法仅限于追随前一代，或仅限于盲目地或胆怯地墨守前一代成功的方法，“传统”自然就是不足称道了。……传统是具有广泛得多的意义的东西。它不是继承得到的，你要得到它，必须用很大的劳力。第一，它含有历史的意识，……历史的意识又含有一种领悟，不但要理解过去的过去性，而且要理解过去的现存性；历史的意识不但使人写作时有他自己那一代的背景，而且还要感到从荷马以来欧洲整个的文学及其本国整个的文学有一个同时的存在，组成一个同时的局面。

这种共时性的传统在不断地产生新的组合，“现存的艺术经典本身就构成一个理想的秩序，这个秩序由于新的(真正新的)作品被介绍进来而发生变化。”这样的传统当然是生机盎然的，不过如果没有一种相对稳定的状态，没有一整套教育制度和价值观念作为支撑，这“理想的秩序”就极其脆弱。艾略特本人非常关心教育事业，他曾于1950年作题为《教育的目的》的演讲。假如在教育界“经典”被彻底否定，古典文学不再为今人所熟知，那么就没有历史意识可言，传统也将因失去延续性而苍白无力。

作为批评家的艾略特还有两个引起争议的观点。他在《玄学派诗人》一文中提出，一般人的经验是混乱零碎的，但是在玄学派诗人的心智里各种经验不断形成新的整体，这种能吞噬、糅合任何经验的感觉机制在弥尔顿和德莱顿的作品中已不复存在，艾略特把这一变化称作“感性的脱节”。“感性的脱节”一说在30、40年代影响深远，扬多恩、抑弥尔顿一时成了评论界的风气，思想史家还试图从17世纪科学的兴起来解释感性脱节的现象。到了50年代，有人怀疑“感性的脱节”是否确实存在，艾略特本人也意识到这一提法有欠妥当，他在20年代中期就修正了自己对玄学派诗人的评价，后来又承认，17世纪的变革有深刻复杂的原因，把“感性的脱节”归咎于弥尔顿和德莱顿是错误的。

另一个后来使艾略特感到尴尬的提法是“客观对应物”。他在《哈姆莱特》（1919）一文中写道：“用艺术形式表现情感的唯一方法是寻找一个‘客观对应物’；换句话说，是用一系列实物、场景、一连串事件来表现某种特殊的情感；要做到最终形式必然是感觉经验的外部事实一旦出现，便能立刻唤起那种情感。”有学者反驳说，实物和场景本身不可能具有固定的情感内容，“客观对应物”一说似乎显得缺乏根据。其实在讨论这一问题时就事论事是没有助益的，我们必须将它置于更广的背景中来考察。艾略特一再声明，诗应该像玻璃窗一样，读者可以透过它看到窗外的景物。换句话说，事物的本体不应被诗人的个性或心理所遮蔽，我们应该尊重客体，专注于思想和感情的对象。“客观对应物”与艾略特的反个性原则有着内在的联系。他曾说，安德鲁斯主教（1555—1626）沉浸在他布道的内容之中，他的感情与引发感情的事物或观念是相称的，而多恩在布道时为了表现他的个性一味把玩他的思想。在谈到斯温伯恩的文字世界独立于它所表指的世界时艾略特还说：“处于健康状态的语言代表了客体，它与客体如此接近，两者合而为一。”但是在斯温伯恩的诗歌里，客体已经消失，意义无非是意义的幻觉，语言已被连根拔起，仅靠空气中的养料存活。斯温伯恩只是为了使用“烦倦”这词而用它，不再用来表指肉体和精神上烦倦的状态。也就是说，诗人的语言应该用来映照包括现实世界在内的实在，可是斯温伯恩的世界是一个不关外物的世界。从这一点可以推知，艾略特尽管崇拜法国象征派诗歌，但是毕竟是与象征派迥然相异的。马拉美想使诗歌升华到像音乐那样纯而又纯的高度，使之自身成为最终目的。斯温伯恩那些独立自足的文字部分地反映了马拉美的理想。艾略特希望诗能像窗口和路标一样指向独立于诗人的客体，

"客观对应物"这一说法或许不大准确，但它多少反映了艾略特的诗学思想。桑塔亚那这段论述卢克莱修的文字也许有助于我们从一个侧面了解"客观对应物"的蕴奥：

> 这种禀赋的最伟大之处就是它的非个性，就是它使自己在对象中消失的本领。我们所读的不像是一位诗人写的关于事物的诗，而是事物之诗本身。事物有其诗，并非我们用它们作为象征，而是因为它们自身的运动和生命，这就是卢克莱修向人类所证明的。[①]

没有诗人非个性的禀赋就没有"事物之诗本身"。

出于一种古典主义的创作观，艾略特认为艺术家应随时不断地放弃、消灭个性，使自己依附于更有价值的东西。也许感受着的人和创造的心灵并不像艾略特想象的那样容易分离，而批评家也一再指出艾略特在创作中不是逃避个性，而是更深地进入个性或"黑暗的胚胎"。[②]艾略特所标举的非个性原则确实道出了伟大诗歌的某些基本特征。他说诗人无不从自己的情感开始写作，难的是将一己的痛苦或幸福提升到既新奇又普遍的非个人的高度。但丁抱有深深的怀旧感，他为失去的幸福而悔恨，但是他并不为个人的失望和挫折感所累，"从个人的本能冲动中建造出永恒和神圣的东西"；莎士比亚从事的也是一场艰苦的斗争，"斗争的目的就是把个人的和私自的痛苦转化成更丰富、更不平凡的东西，转化成普遍的和非个人的东西。"正是因为具有这一非凡的超越个人的能力，伟大的诗人才能在写自己的过程中反映他的时代。

非个性的艺术创作原则与艾略特对独尊个人、个性的自由主义哲学

---

① 《三位哲学诗人》，第38页，1910，重排版（花园城：1953）。

② 见C.K.斯蒂德（C.K.Stead）：《新诗学：从叶芝到艾略特》，第六章（伦敦：1964）。

的批判相辅相成。艾略特继承了维多利亚时期阿诺德等哲贤的传统，把自由主义者所提倡的“随心所欲”的生活观视为当代社会各种弊端的根源。早在1916年拟就的一份法国文学教案里艾略特就介绍了20世纪初的思想界如何向古典主义回归：“古典主义的观点从本质上讲是相信**原罪**——严峻纪律的必要。”艾略特对现代派中坚人物托·厄·休姆评价颇高，在《波德莱尔》（1930）一文结尾处他引用了休姆的一段文字：

> 人类本身被判定在本质上有局限性而且并不完美。他身上带有原罪。偶尔他也能完成一些带有完美特征的事业，但是他本人永远不是完美的。……人在本质上是坏的，他只有在伦理和政治纪律的约束下才能完成任何有价值的工作。因此，秩序不仅仅是消极的，它还带有创造性和解放性。制度是必要的。[①]

休姆是在批判人本主义时说这番话的，[②]艾略特的社会批评大致上以类似的精神为出发点。在艾略特看来，以满足人欲为终极目标的人本主义必然使人类舍高就低，自由主义对人的局限性懵然无知，是由人本主义派生而来。

艾略特的社会批评主要集中在《什么是基督教社会》（1939）和《关于文化的札记》（1948）两部著作。艾略特试图用基督教来改造已经世俗化的西方社会，徒劳无功，但他对英美工业文明的批判至今读来仍未过时。他谴责对劳动力的残酷剥削和对大自然的掠夺性开发。在资本主义

---

① 《论文选》，第430页，1932，扩充版（伦敦：1951）。去掉引文中的基督教成分，这一说法与荀子的性恶论十分相似。荀子把人比为陶土，没有陶人的埏埴，陶土难以成器。人只有矫正其本性、在礼仪法度（即“伦理和政治纪律”）的约束下才能为善。

② 休姆：《思索集》，赫伯特·里德（Herbert Read）编，第47页（伦敦：1924）。收在该集的《浪漫主义和古典主义》一文是现代派的重要文献。

洋洋自得、人类生存环境日益恶化的今天，艾略特对“二战”前夕资本主义制度的抨击具有惊人的前瞻性：“建立在私人利益原则和破坏公共原则之上的社会组织，由于毫无节制地实行工业化，正在导致人性的扭曲和自然资源的匮乏，而我们大多数的物质进步则是一种使若干代后的人将要付出代价的进步。”但是进化论的观点使人们盲目乐观，大家热衷于谴责过去，对当前社会的痼疾却熟视无睹，新发明受到普遍的崇拜，而人的气质——正确使用新发明的先决条件——却无人真正关心。经济学抛弃了伦理学的基础，一整套不道德的竞争机制必然导致战争。英美社会的集体的骄傲自负使艾略特十分反感，他犀利地指出，既得利益者总是想方设法使人们集中注意其他社会的罪恶。经常有论者强调艾略特与世纪初法国右翼思想家索来尔（1847—1922）和莫拉斯（1868—1952）等人的关系，并把他描写成法西斯主义的同情者。叶芝、庞德、刘易斯、劳伦斯和艾略特等作家如果真是所谓“反动派”[①]的话，我们需要了解他们各不相同的思想之所以产生的缘由。艾略特所表现的已不是对一个政府或政党的批评，而是对某一种文明是否有效提出的疑问。“难道我们这个对自身的优越性和公正如此肯定、对自己的未加检验的种种前提一直感到自信的社会，是由比成堆的银行、保险公司和各种产业更为永恒的东西组成的吗？它有着比存款复利和不断分红的信念更为根本的信念吗？”不愿意附和艾略特宗教观点的人也会承认，使他忧愤的现象至今依然存在。

近年来文化研究的复兴使艾略特的文化观重新受到重视。艾略特所说的文化是指共同生活在一个地域的特定民族的生活方式，包括文学艺术、社会制度、风俗习惯和宗教。从某种意义上说，艾略特是一位文化相对主义者。他视语言为文化的命脉，因为只有语言的差异才能决定思想感情的差异。他希望确保全世界文化的多样性，因而不以“进步”和“落后”

① 见约翰·哈里森（John Harrison）：《反动派》（伦敦：1966）。

等观念来为不同的文化定性。艾略特的文化观与后殖民批评家的“杂交”和“越界”理论格格不入。他担心彻底的混杂将抹煞各种文化之间的差异性从而导致文化的死亡。一个国家既不能消极地接受外国文化，也不能强迫别国接受自己的文化。他认为欧洲文化的健康发展有两个先决条件，一是各国必须有自身的独特性，二是不同文化应乐于肯定相互间的联系，从而有可能互相影响。

但是，正由于看重文化的独特性，艾略特的文化观包含了一些令人不安的成分，例如反犹太人的倾向。①他欣赏弗吉尼亚州比较单纯的人口构成，并说，“种族和宗教的原因结合起来使大量宗教上思想自由的犹太人不受欢迎。”在艾略特的诗作里，犹太人往往作为没有根基的城市生活的象征。②假如他对犹太人确实歧视的话，那主要是出于文化上的原因，而“宗教上思想自由的犹太人”对欧洲城市中的犹太人居住区的犹太教拉比们来说也不受欢迎。德国18世纪作家赫尔德说，真理即一个民族的精神植根于故乡的土地。艾略特的文化观体现的正是这种真理。按照这一真理，犹太民族回到以色列立国是可以理解的。

不过把艾略特称作一位狭隘、排外的民族主义者也有欠公允。在一部欧洲文学史中不能不提艾略特对整个欧洲文化的关心。他多年来致力于欧洲文化的建设，他从1922年至1939年，在极其困难的情况下主办《标准》杂志，想把它办成一份具有欧洲特色的英语期刊。第二次世界大战的炮火彻底粉碎了他以这份杂志促进欧洲各国间文化交流的希望。1989年10月，英、法、德、意等国几家大报联合推出书评杂志*Liber*，创刊号上载

---

① 详见安东尼·朱利叶斯（Anthony Julius）：《托·斯·艾略特，反犹态度和文学形式》（剑桥：1995）。

② 在未完成剧《斗士斯威尼》里，艾略特嘲讽地提到“真正的不列颠人”山姆·沃希发（生活在伦敦的加拿大人）。在他看来，只有英格兰人、苏格兰人和威尔士人，没有不伦不类的“不列颠人”。比较《汉书·地理志（下）》：“五方杂厝，风俗不纯”。

有纪念艾略特的专文，[①]这一荣誉艾略特受之无愧。

现代派往往被理解为精英文化的倡导者，其实艾略特要维护的并不仅仅是欧洲古典文学的高情逸兴。他非但不拒绝通俗文化，甚至还写过下流小调。他在悼念英国音乐歌舞厅表演家玛丽·劳埃德的文章（1923）里指出，深深喜爱玛丽·劳埃德的下层社会百姓是全英国最有生趣的，玛丽·劳埃德淋漓尽致地表现了他们的生活和价值观，使之具有尊严并升华为艺术。他羡慕地写道："到音乐歌舞厅去看玛丽·劳埃德并一同引吭高歌的工人就是演出的一个组成部分，参与了观众与艺术家的合作。这种合作在所有艺术中都必不可少，戏剧艺术尤其如此。"当时艾略特就隐隐感到诗歌创作对社会的影响毕竟有限，资本主义的大规模生产和电机工程的各种发明已经改变了劳动人民的消遣方式，使他们沦落为与中产阶级一样的被动接受者、消费者，要扭转这一趋势仅靠发行量很小的杂志是远远不够的。诗歌只有进入大众社会和寻常百姓家才能证明它不是可有可无的装饰品，而要推广诗歌、振兴文化、促进观众与作者之间合作，最重要的莫过于复兴诗剧。[②]

艾略特的早期诗歌显示出非凡的戏剧才能。根据他的非个性原则，真正伟大的诗才都是戏剧性的。1934年，艾略特为独幕古装表演剧《磐石》撰写的合唱诗和台词取得很大成功，这大大促发了他复兴诗剧的意愿。他先后创作了《大教堂凶杀案》（1935）、《阖家团圆》（1939）、《鸡尾酒会》（1950）、《机要秘书》（1954）和《政界元老》（1959）等诗剧。艾略特将古希腊戏剧中的某些原型与当代英国的社会问题有机结合，曲折地反映了他的宗教关怀。这些诗剧用词通俗，读来朗朗上口，易为广大观众

---

① 彼得·戈德曼（Peter Godman）："托·斯·艾略特和恩·罗·柯蒂斯：一次欧洲的对话"，见Liber创刊号（1989年10月）。柯蒂斯（E.R.Curtis）（1886—1956），德国学者，欧洲文学史家，《欧洲文学和拉丁世纪》（1948）为其代表作。

② 关于艾略特复兴诗剧的原因详见《论诗歌和诗人》，伦敦，1957版中《诗歌和戏剧》一文。

所接受，但由于题材内容方面的局限（剧中人物基本上都属于较高的社会阶层）和社会艺术鉴赏趣味的转变，它们多少与期望的效果存在一段距离。另一方面，对诗剧不抱兴趣的年轻剧作家约翰·奥斯本（1929—　）、哈罗德·品特（1930—　）和汤姆·斯托帕德（1937—　）等人的崛起对诗剧复兴也起到负面的作用。

《大教堂凶杀案》一般被认为是艾略特诗剧中的代表作。该剧根据圣托马斯·贝克特（1118？—1170）于1170年遇害的史实刻画了神权与世俗权力的冲突。坎特伯雷大主教贝克特因不满国王干涉教务流亡欧洲大陆，七年后回国，仍未能与国王和解，最终被国王手下喝得半醉的武士所杀。诗剧中四位劝诱者与贝克特的交锋最为精彩。四人分别从人间的欢乐、权力、地位和殉教的荣耀四方面婉言相劝。如果艾略特把他们的立场简单化或庸俗化，贝克特的信仰反而显示不出强大的力量。四位说客措辞谨慎温和，听来各有道理。第一位欲以人间欢愉的和煦阳光融化贝克特献身宗教的决心："春天在冬季里到来。/……水沟上的冰/反射出阳光。果园里的爱/把树液催发为幼芽。"第二位提醒贝克特不要忘记他在做大主教之前曾任国王的大法官，他说爱上帝不是唯一的道路，在一国之内加强法制、主持公道也能在来世进入天堂，即便有一点权欲，那也有益于公众。第三位以务实的口吻提议，既然国王坚持己见，贝克特还不如与贵族相党为朋，共同"争取自由"，推翻王权。最后一位劝诱者又是另一番面目，他对贝克特大加恭维，唆使他主动寻求殉教之道，尘世的苦难将使他永享天上的荣耀。贝克特一眼看出这殉教的劝说背后是自私的动机，这种"狂热者的傲慢激情"也是一种欺骗性很强的诱惑，一心要做圣徒就同一心盼望在社会上腾达一样可鄙，那是"最可恶的背叛"。贝克特回答说："殉教者不为己谋，甚至不谋求殉教的荣光"，他无非是上帝的工具，"他的意志消失在上帝的意志之中。"萧伯纳和阿努伊（1910—1987）等20世纪的剧作家都曾审视过殉道（教）者的复杂心理动机，他们所提示的正是艾略特所否定的“狂热者的傲慢激情”。

艾略特1948年获诺贝尔文学奖后一度成为全球知名的人物。他于1956年再度结婚，从此享受了一段琴瑟和好的幸福生活。1965年1月，这位自称“古典主义者”的现代派代表溘然逝世，按照他的遗愿，他的骨灰安葬在英格兰萨默塞特郡的东库克圣麦可教堂，墓碑上镌刻了《东库克》首尾两句诗：“在我的开始是我的结束”；“在我的结束是我的开始”。美国诗人威廉姆斯（1883—1963）曾指责艾略特抛弃自己的祖国，他没有意识到艾略特通过寻根问祖体现了另一种忠诚。[①]早在1670年左右，艾略特的先祖安德鲁·艾略特离开故乡东库克，漂洋过海，到美洲谋生。艾略特选择在他祖先的故土长眠自然有他深刻的用意。

从20世纪50年代开始，艾略特的地位逐渐下降。在英国，拉金等年轻一代诗人把现代派诗歌当作不愉快的插曲，试图在诗歌界重新确立哈代的传统；在美国，那些迷恋爱默生（1803—1882）的“内在的声音”的批评家觉得艾略特背离了美国精神。出人意料的是80年代初，安德鲁·劳埃德·韦伯的音乐剧《猫》风靡欧美，该剧是根据艾略特的诗集《老负鼠的务实猫》（1939）改编的。这本为儿童创作的薄薄的诗集堪与路易斯·凯洛尔的《爱丽丝漫游奇境记》和爱德华·李尔的《荒唐诗》等儿童文学杰作相比美。艾略特通过对猫的细致描写对人的各种品性微讽轻嘲。敏锐中不乏宽容的理解。艾略特历来喜爱猫，这使他与崇尚力量的劳伦斯和海明威等作家形成对比。他在《普鲁弗洛克的情歌》里回忆圣路易斯的黄昏烟雾：

黄色的雾在窗玻璃上擦着它的背，

---

① 艾略特的哈佛导师、哲学家罗伊斯将忠诚理解为美德的根基。详见罗伊斯《忠诚的哲学》（纽约：1908）。

黄色的烟在窗玻璃上擦着它的嘴，
把它的舌头舐进黄昏的角落，
在阴沟的水边徘徊，
让跌下烟囱的烟灰落上它的背
它在台阶上一滑，忽地又纵身一跳，
看到这是一个温柔的十月之夜，
于是便在房子附近蜷伏起来安睡。

（参考查良铮、汤永宽译文）

艾略特将黄昏的烟雾在街头的弥漫与猫的一系列动作结合得天衣无缝，并由此写活了一种漫无目的的慵倦的生活，这不能不归功于他日常生活中过人的观察力。《情歌》发表时因循守旧的评论家还怀疑它是不是"诗"，今天的诗歌爱好者丝毫不觉得这些诗行稀奇古怪，这就是艾略特改变了一代人表现方式的功绩。

说来是历史的巧合，西方现代主义文学和"意识流"小说的另一位代表人物**弗吉尼亚·吴尔夫**（1882—1941）是和乔伊斯同年出生的。她原名是弗吉尼亚·斯蒂芬，出生在伦敦的文学世家。她的父亲莱斯利·斯蒂芬爵士（1832—1904）是著名的学者、传记作家和编辑。斯蒂芬的原配妻子是名作家萨克雷的女儿，他们育有一女。弗吉尼亚为续弦夫人所生，她母亲在与斯蒂芬结婚以前也曾嫁过人并有三个孩子。这样，弗吉尼亚除了有亲兄、弟和姐姐（她本人排行第三）以外，还有好几个异父或异母的哥哥姐姐。大家庭中第二代人关系比较复杂，在母亲去世后有过伤害身心的经历。这些在弗吉尼亚敏感脆弱的心灵上留下了长久的印记。

弗吉尼亚没有正式上过学。但她的父母不仅为她延请了家庭教师，还曾亲自主持她的某些科目的学习。此外，由于哈代、罗斯金、梅瑞迪斯和亨利·詹姆斯等一些著名作家和文化人都和她父亲过从甚密，弗吉尼亚在文化精英的圈子里长大，自幼饱读诗书。父母去世后，她随家人迁居伦敦布卢姆斯伯里地区。弗吉尼亚和姐姐瓦尼莎通过曾先后在剑桥大学就读的兄弟索比和艾德里安的关系与一批学识卓异的优秀青年密切交往——其中包括日后成名的小说家爱·摩·福斯特、作家戴维·加涅特（1892—1981）、历史学家利顿·斯特雷奇（1880—1932）、经济学家凯恩斯（1883—1946）以及画家兼艺术批评家罗杰·弗莱（1866—1934）和克莱夫·贝尔（1881—1962，于1907年和瓦尼莎结婚）等等——后来人们习惯于把他们称为“布卢姆斯伯里集团”。剑桥大学的哲学教授乔·爱·摩尔（1873—1958）和数学家罗素等长辈学者也和他们有往来交流。摩尔曾在他的《伦理学原理》（1903）中强调“最可宝贵的是……人类交往的快乐和美的事物所带来的愉悦”，并把它们看作是“社会进步的合乎理性的终极目标”。他这种注重个人主观感受的思想有力地影响了弗吉尼亚那批人的思想和创作。

从1904年底起，弗吉尼亚写的评论和文章开始见诸报刊。在她本人的印象中，所得第一笔稿费为1镑10先令6便士。她用这笔小小的收入买了一只波斯猫，并且（如她自己后来说）变得“有点雄心勃勃”，萌生了写小说的念头。1912年，弗吉尼亚和作家兼经济学家伦纳德·吴尔夫结了婚。吴尔夫夫妇为了支持严肃文学，在1917年创办了霍加思出版社，出版社的办公室很快就成了青年作家聚会的地点。包括伊丽莎白·鲍温、凯瑟琳·曼斯菲尔德、斯班德及伊修伍德等在内的一批青年才俊聚集在他们周围。T.S.艾略特说：弗吉尼亚·吴尔夫“并非一伙初出茅庐的试笔者的中坚，而是伦敦文学生活的核心。”

这种生活极大地耗费了吴尔夫的体力和心力。早在母亲1895年去世后，她便于当年第一次出现精神病症。第一次世界大战使她忧虑重重，更深地陷入了病态。然而她并没有因为不时发病而中止写作。小说处女作

《远航》于1915年问世,描写一英国姑娘赴南美洲的经历。此后,她又陆续完成了《夜与日》(1919)和《雅各的房间》(1922)。后者描绘几名亲友来到一位在大战中阵亡的青年的房间,睹物伤情,从各自的角度追思逝者。该书的题材显然与吴尔夫英年早逝的哥哥索比相关。它的内容在很大程度上仍是写实的,但采用了不断变换视角的手法和强烈的印象主义风格,引起了文坛的注意。这部小说和稍先于它出版的短篇集《星期一或星期二》(1921)标志着作者在主题和技巧上的新尝试。

20年代前后吴尔夫加入了批判传统写实手法的论战。她对阿诺德·本涅特(1867—1931)、威尔斯和高尔斯华绥等注重“讲故事”的传统作家采用的“偏重物质”的描写手法颇不以为然,认为它只触及表象。同时她赞扬了“不顾一切地揭示内心最深处火焰的闪光”的劳伦斯、多萝西·理查逊(1873—1957)和乔伊斯等人。她主张表现人的头脑在日常生活中每时每刻接受的“千千万万个印象”:

> ……仔细观察一下一个普通日子里一个普通人的头脑吧。头脑接受着千千万万个印象——细小的、奇异的、倏然而逝的或者是用锋利的钢刀刻下来的。这些印象来自四面八方,宛然一阵阵不断坠落的无数微尘……生活并不是一连串左右对称的马车车灯,生活是一圈光晕,一个始终包围着我们意识的半透明层。

这种思想与源自洛克、休谟的英国经验主义传统是一脉相承的。当时一些欧陆作家的作品对吴尔夫也多有启发。大约在1922年前后她读了普鲁斯特的《追忆似水年华》并参与了翻译陀思妥耶夫斯基作品的工作,她盛赞这些作家重视表现人的内心,他们“所写的一切彻底地纯粹地关乎灵魂”。

1925年出版的《达洛维太太》充分地体现了吴尔夫的艺术追求。这部小说被认为是“意识流”小说的代表作之一,从中可以明显辨认出乔伊斯的《尤利西斯》的影响。它跟踪“扫描”若干身份、性格不同的人在同一时刻的思想活动，大致围绕两条平行的叙事主线：即属于上层社会的达洛维太太和因战争经历而精神失常的小职员、退伍兵塞·史密斯一天的生活。这种“生活”完全是通过各个人物——尤其是达洛维太太——的内心活动来表现的，可以说是由内及外，主要借助时间（以伦敦大本钟的报时钟声为标志）的分割来组织空间的转换。两个中心人物除了曾在同一天出现于伦敦街头以外，生活轨迹并无交叉点。史密斯出身于中下阶层，是个爱好文学的青年，在欧陆作战时结识了一名意大利女工并娶她为妻。此时，他身在战后的伦敦，但思想活动仍滞留在炮火纷飞、战友罹难的幻境中。他自以为是先知，想向世人传达“要改变这个世界、别再有人出于仇恨而残杀”的信息。他一再流露自杀意向，总在幻听幻视、发呆出神；他那在伦敦举目无亲的妻子则不知所措，满心怨怼。另一方面，作为议员夫人的达洛维太太从容出入于街市和自家的豪华住所，筹办当日的晚会，或处理家务，或安然休憩；或为女儿感到几许担忧，或因旧日情人露面而心生小小波澜。她与蜗居陋室、前途渺茫的史密斯毫无关联，只是在小说结尾时，她听一位前来参加晚会的客人偶然提到小人物史密斯的自杀。这个消息深深触动了她心中潜藏的恐惧和焦虑。达洛维太太把晚会活动看作一种“联合”与“创造”（这与爱·摩·福斯特的小说《霍华德庄园》中的“联合”母题彼此呼应）。她暗自在心里和朋友们争论说，她并非一心营求冠盖如云的场面，“她所喜欢的不过是生活本身”。然而，在晚会过程中她却不时察觉与会者心灵间的隔膜，不由得感到某种迷惘和失落。从表面看，她和史密斯像是生活在两个截然不同的天地里，但他们却共同经历着多少相似并多少相关的精神危机：即对英国社会所代表的世界秩序以及对人生的终极价值含有绝望意味的怀疑与追问。小说结构严谨、文笔优雅，但不免有些失之单薄。吴尔夫刻意安排了史密斯这个角色，说明她意识到仅仅刻画达洛维生活圈有很大的局限性。然而令人遗憾的是，有关史密斯的章节并不十分成功，相对而言比较呆板、比较概念化，用语也过于接近有修养的上层人士，并没能像乔伊斯的布鲁姆一样带来中下层市井生活的丰富庞杂的语言和比较深厚的社会内容。

两年后完成的《到灯塔去》（1927）被很多读者和批评家看作是吴尔夫最优秀的小说。小说分为三部分，有如三个乐章。第一部分“窗”占全书篇幅一半还多，却仅仅描述了拉姆齐夫妇和八个孩子及几位友人在海滨别墅度过的一个下午。拉姆齐夫人在窗前给小儿子詹姆斯讲故事，答应他如果来日天气好就带他去海上看灯塔。小说细致入微地展示“他人”如何自自然然地占据着拉姆齐夫人的全部思绪——坐在窗前的她时时意识到丈夫、友人、子女甚至仆人们的需要和问题，思忖着如何帮助每一个人。其间，又不时转换角度插入他人——如小詹姆斯、拉姆齐先生、客人莉丽、班克斯和坦斯利等——的感受、印象和思索。在某些特定时刻（如拉姆齐夫人测量袜子长短之际），叙述甚至从时空两方面脱逸开去，或通过无名的观察者之眼注视拉姆齐夫人忧伤而美丽的面孔（“从来没有见过比这更忧郁的面容”）并猜想她往昔的经历；或通过朋友们过去得到她关照时的感受和心情，从不同的角度投射出拉姆齐夫人的精神世界。尽管拉姆齐夫人是别人眼中的“主角”，是谜一样的哀伤的美人，是代表秩序、和谐与慈爱的女神，但她本人的思想中却几乎没有“我”。这使她与拉姆齐先生形成了鲜明的对照。拉姆齐先生是个有成就的哲学家。他耿耿于自己的学术地位和追求，时时感到沮丧并不断要求妻子的关怀鼓励，他沉湎于自己的思维逻辑中，不关心别人，甚至不懂得呵护小孩子天真的心愿。所以在他们的小儿子詹姆斯的感觉中，妈妈是慷慨的给予者，是生命的源泉和水花，而父亲则像扼杀生机的刀剑、像贪婪地吸吮生命之泉的鸟喙般冰冷坚硬的尖铜嘴。主人客人各有各的生活难题和性格弱点，彼此之间还有许多分歧和成见。由于有了拉姆齐夫人，在这个平凡而恬静的九月黄昏，大家才能在晚餐时和谐融洽地相聚一堂。小说的第二部分“岁月流逝”很短，如一段小插曲，然而时间一晃却过了十年。在这十年里，发生了战争、死亡和衰败。拉姆齐夫人去世了，她带小儿子去看灯塔的愿望始终未能实现；别墅也人去楼空。拉姆齐一家因母亲亡故、一个儿子在战争中丧生及一个女儿死于分娩而受到重创。朋友中有的声名鹊起，也有的生活平淡。在第三部分“灯塔”中，已经长大成人的詹姆斯终于和父亲重回海滨别墅并一起驾船参观了灯塔。在这个过程中，他们所感受的，是已去世的拉姆齐夫人的某种照人的心灵之光。对于他们的朋友女画家莉丽，这一段经历变成了艺术的灵感。

值得注意的是，在这部小说里象征的重要性进一步凸显了。《达洛维太太》中的象征所起的作用还是比较局部的，但是在这里灯塔及其光芒和女主人公拉姆齐夫人的精神世界合而为一，使灯塔成为贯穿并组织全书叙述的主导性象征物。同时，风格和技巧本身成为一种富有哲理内涵的“言说”。著名的德国文论家埃里克·奥尔巴赫在《摹仿》（1946）一书中指出，全知叙事人的退场表达了对“被描述的世界的真相”的一种态度：一方面对把握客观真实不再具有信心，只能提供一段段片面的私人印象；但另一方面，不断地转换角度本身又是对个别的私人感受的超越，是力图了解全面的客观真实的某种努力或尝试。与此同时，谋求突破单个人眼界的艺术处理又呼应了拉姆齐夫人超拔于狭隘自我之上的精神境界。可以说，在《灯塔》中，主题、寓意和技巧得到了更好的融合。不过，多少有讽刺意味的是，在这位特别讲求技巧的艺术家的作品中，《灯塔》之所以具有某种特殊的感人力量，恐怕并不是因为艺术上的营造更胜一筹，而在于字里行间流露出对中心人物的某种深刻体验和真挚感情——据吴尔夫本人在日记中说，拉姆齐夫人是以她的母亲为原型的，她的姐姐也说这部小说真切地再现了她们的父母。

继这两部成功的“实验”小说后，吴尔夫一直没有中断各类虚构作品的写作。《奥兰多》（1920）是一部独特的戏拟作品。作者让那位时而男身、时而女身的主人公一活就是几百年，历经近、现代英国社会文化生活的种种变迁。中篇《弗拉希》（1933）是另一篇文笔轻快的小说，它从19世纪女诗人伊·巴·勃朗宁的爱犬弗拉希的角度描写了她和罗伯特·勃朗宁的那段脍炙人口的恋爱经历。

与这类游戏之作对照，《海浪》（1931）就显得近乎艰深了。《海浪》由六个关系亲近的人的一系列独白组成，非但没有传统意义上的"情节"，也几乎不含任何有关具体生活的描述。小说的布局和语言非常讲究，用非常风格化（在很大程度上抽象化了的）的文句表达了人在生命进程中某些时刻的感受，有如撷取时间之波上的若干浪花，因而有"诗小说"之称。批评界对《海浪》的看法分歧比较大。有些人，如弗吉尼亚的丈夫伦纳德和爱·摩·福斯特等，认为这是一部有不凡成就的作品。另一些人则认为，由此作者已走上了过分注重技巧的"质不胜文"的歧途，书中所有人物的声音都是同质的，都是吴尔夫本人的语言的回声，在《达洛维太太》中已经显现的那种内容上的单薄更加突出了。1937年和读者见面的《岁月》主要通过全知叙述者讲述了一个英国中产阶级家庭在19世纪末、20世纪初50多年的历史。该书写作期间，吴尔夫一直断断续续地发病，身体有所恢复便重新投入工作和社交活动。她常为这部作品的效果担忧，生病时尤其如此。批评家们中确有不少人认为它比较平庸，但是，由于这本书比较写实，出版后在英国和美国都相当畅销。

总的来说，吴尔夫的小说富于诗情乐感，在文体和结构安排上都煞费苦心，为小说的革新和发展做出了重要的贡献。她的意识流写作手法比乔伊斯的要轻灵明晰，因而也更易于被广泛地模仿和移植。尽管如此，也有许多读者更偏爱吴尔夫的散文和评论。她的散文文字清新，深入浅出，活泼幽默，绝少故作深奥的学究气。如果说她的小说在某种程度上可说是写给小说家的小说，她的散文则如她的一个文集的标题所示，是为"普通读者"而写的。

吴尔夫曾为不少文学期刊作特约撰稿人，她的很多文章最初刊于《泰晤士报文学增刊》、《耶鲁评论》、《大西洋月刊》等一些重要报章杂志，后来才陆续收入文集。其中《普通读者》（上、下集，1925，1932）等在她生前已经问世，还有一些则是在她去世后由她丈夫伦纳德搜集编辑成书的。吴尔夫的散文大致可以分为三类。第一类是写生活中的经历和体验的短篇随笔，第二类是有关文学史、文学理论、作家和作品的论文和评论，是大端。在这类文章中，《本涅特先生和布朗太太》和《现代小说》在面世之时就对创作界有相当大的影响，而今已成为了解研究本世纪前期小说艺术的必读名篇。她对作家的评议和介绍也往往独具慧眼，亦庄亦谐，精彩纷呈；特别是谈起往昔的英国作家时油然生出一种如数家珍的亲切感，笔落处一个个文坛人物跃然纸上，一桩桩旧事轶闻历历在目。从这类文章中，我们可以明白地感到吴尔夫是个由衷的文学爱好者，而决不是固守教条的"现代派"或别的什么"派"。她对她推崇的乔伊斯和劳伦斯等现代作家有相当多批评和保留，而在与各种传统经典作品沟通时却每每能心有灵犀。

第三类散文则是一批有关妇女问题的文字。吴尔夫被不少后来的女权或女性主义者看作卓有建树的前驱。她的闻名遐迩的小册子《自己的一间屋》出版于1929年，是根据她以"妇女和小说"为题在剑桥大学纽尼姆及格顿（女子）学院所作的两个报告而撰成。文章深入讨论了历代妇女在公众生活、经济和教育等领域受到的歧视、排斥和压抑；回顾并高度评价了女性文学的传统。作者还进一步论证说，妇女必须享有隐私权和经济独立（由"自己的一间屋"和"一年500镑收入"代表），才能自由地并出色地写作。吴尔夫还追述了英国女性数百年来涉足写作的艰难历程，虚构了莎士比亚的妹妹的遭遇——她虽然有过人的才智和勇气，但作为一个一无所有的弱女子，在那个年代里终于无法在伦敦立足，最后葬身于荒郊野地。这本书打动了一代又一代知识妇女的心。若干年后发表的《三枚金币》（1938）可以被看作是另一篇酣畅的女性宣言书。它以一个虚构的情境为线索贯穿：文中的“我”收到一封募捐信，请她为一个旨在阻止战争的协会捐款。文章由此出发，从各个角度探讨了有关妇女社会地位和社会责任的问题。“我”首先揭示了男女所受教育的差别，指出若想让妇女有思考、判断的能力并对社会承担责任，就必须改变女性教育的现状，于是决定把第一枚金币捐给大学重建委员会。然而，女人即使有了独立见解，倘若没有经济实力，也一样无法影响事态。于是“我”进而分析了男女在就业方面的不平等待遇，并把第二枚金币捐给了促进妇女从业的协会。同时，“我”还着重地指出捐这枚金币是有附加条件的——因为，妇女仅仅走出闺房、就业挣钱是不够的。那很可能只是把女人引入了她们父兄的那个“充满自私、嫉妒、竞争和贪婪”的世界，使她们也像男人一样围着钱财打转，从“家长制的牺牲品”变成“资本主义制度的斗士”。女性不应止于要求男人的权利，而要致力于改造现存的世界和价值观。在这个基础上，她最后终于把第三枚金币给了那位热心于阻止战争的男士，并说明：“帮助您们阻止战争的最好的方式不是重复您们的言论，仿效您们的行动，而是找到新的说法，发明新的做法。”

显而易见，吴尔夫所诉诸的基本上是受过教育的中、上阶层女性。她曾就一本工人妇女纪事集感叹说，像她这类人不摸洗衣盆也不切肉，不可能了解劳动妇女的处境。值得指出的是，吴尔夫本人似乎并不以为这是个重大的缺点或局限。她在《三枚金币》中堂而皇之地反复强调，自己谈论的对象是“受过教育的男人的女儿们”，以至当时另一位著名的女性批评家利维斯当即尖锐地指出吴尔夫和她的听众读者大抵都是“生来就有500镑年收入的统治阶级妇女的女儿们”，并针锋相对地提出了“没受过教育的男人的女儿们”的命运和作用的问题。[①]不过，应该承认的是，尽

① 利维斯（Q. D. Leavis）：“英联邦的毛毛虫联合起来！”，见《〈细察〉杂志要文选》，第338页（纽约：1964）。

管有这样那样的局限，《自己的一间屋》及其姐妹篇《三枚金币》所提出的多方面的文化问题，特别是它们对当下的资本主义体系的根本质疑，的确有其深刻之处，不但曾经产生深远的影响，而且至今仍有现实意义。

当然，任何划分都不是绝对的，上述第二类和第三类文章多有重合——吴尔夫对许多不见经传的女性作家的亲切描述和中肯议论常常是她最优秀而有趣的篇什。对于英国文学史中的一些大家，比如华兹华斯或卡莱尔，人们可能早已耳熟能详，但却很少听说华兹华斯的妹妹或卡莱尔的妻子，更不用说她们的精神历程、成就和贡献了。许许多多的普通读者是通过吴尔夫，通过《纽卡瑟尔公爵夫人》、《伯尼的隔山姐姐》、《简·奥斯丁》、《多萝西·华兹华斯》以及《杰拉尔丁和简》等亲切幽默的散文才第一次结识了那些被长久埋没了的女性写作者，才开始了解历史的被遮盖的另一面。

几十年来，吴尔夫一直在孜孜不倦地笔耕，但是她自母亲去世后也一直不断经受着神经系统病症的侵扰，备受头痛、幻听、焦虑和惊恐的折磨。她的最后一部小说《幕间》（1941）以一场在乡间举办的五幕历史剧演出为背景框架，小说讲述的故事则发生在幕间。借助这一安排，吴尔夫以自乔叟以来的全部英国历史衬托作为观众和演员的村民——主要是演出地点"波因茨宅"的主人奥立弗一家及亲友邻居——在1939年一天里的经验和感受。小说于1941年初完稿时，第二次世界大战的战火正在蔓延，该书比较凄冷的反讽笔调与这一背景密切相关。德国法西斯发动的灭绝人性的侵略战争让吴尔夫感到绝望，由于伦纳德是犹太人，他们夫妇甚至讨论决定，若是英国陷落就一同自杀。吴尔夫在重重内外压力下感觉精神濒临彻底崩溃，并自认为这次发病将再无法康复，于是她未等《幕间》7月问世就在离家不远的地方投水自尽了。就这样，和乔伊斯同一年来到人间的弗吉尼亚·吴尔夫又和他在同一年里离开了这个世界。

凯瑟琳·曼斯菲尔德（1888—1923）几乎专门从事短篇小说创作，生前只出版过三部作品集:《在德国公寓里》(1911),《至福集》(1921)和《园会集》(1922);去世后她的丈夫又整理出两个集子,即《鸽巢集》(1923)和《幼稚集》(1924)。作品为数不多,却无可争议地奠定了她在短篇小说史和现代主义文学中的地位。

曼斯菲尔德生于新西兰的惠灵顿,原姓比彻姆。父亲从职员做起,直到成为惠灵顿著名的银行家,1923年封为爵士。曼斯菲尔德14岁时被送到伦敦的皇后学院“完成”教育,四年后回新西兰,但家乡的生活令她窒息,两年后重返伦敦,开始写作生涯,从此未回过新西兰。她一向有点“离经叛道”,在家时与男女朋友的交往方式已让父母感到“不正常”;初返伦敦的第一年更是灾难性的,爱上了原先情人的孪生兄弟,怀了他的孩子,却草率地同另一男子结婚,并立刻离开了他。后去巴伐利亚生孩子,不幸流产,不久又爱上一波兰人,染上性病,几年后得了肺结核病并反复感染,久治不愈。1912年认识了先锋派杂志主编、批评家约翰·默里,开始同居,1918年她与前夫离婚后才与默里正式结婚。她一直协助默里编《韵律》、《蓝色评论》等杂志,撰写评论,这些文章后来由默里整理编辑成《小说与小说家》(1930)。他们和劳伦斯以及布卢姆斯伯里文学圈的作家交往甚密,曼斯菲尔德与吴尔夫相互妒忌,却也深深赏识对方的才华。在她生命的最后几年中,因病不得不辗转法国南部、瑞士等地,而默里也因事业的压力和经济压力经常与妻子分居,这使生性好走极端的曼斯菲尔德更加感到不幸。她脾气暴躁,说话刻薄。“硬心肠”,“无情”是吴尔夫等朋友对她的印象;劳伦斯也将对曼斯菲尔德的印象融进了《恋爱中的女人》中的妹妹古德伦的形象。可以说,曼斯菲尔德在生活中不是个成功者。

她的小说创作却是极其勤奋的,十多年中,她始终坚持写作,直到1922年发表最后一个故事《苍蝇》才基本搁笔。如果说20世纪后30年问世的曼斯菲尔德传记已在很大程度上改变了当年默里刻意塑造的“飘逸的精灵”的形象，那么玛格丽特·司各特整理出版的未删节的全部《笔记》(1998)则更让人们看到曼斯菲尔德在创作中摸索和走向成熟的过程。1909年在德国时她接触了契诃夫的作品，受到巨大影响，并使她从此对俄国的文化和文化人有了浓厚兴趣。她翻译了契诃夫等作家的作品。或许她本人的早期作品难免有照搬契诃夫之嫌，但她最终从契诃夫那里获得的，并不是情节或风格，而是一种看待人生的方式。她本能的敏锐意识与契诃夫相契，即能从琐细的家庭生活片断切入，从表面的平静甚至是麻木不仁深入到汹涌的意识潜流之中，人生的忧郁哀伤和人生的荒唐可笑全包含在作家不动声色的冷峻的把握之中。

曼斯菲尔德成熟的作品本质上是写实主义的，因为她从不忽略细节，她深知人生几乎就淹没在无数的小烦恼、不如意之中。然而她对细节的处理则有高度的选择性，或者说更有她所喜爱的法国后期印象派画家马奈、梵高、塞尚和高更等的手法，轻轻几笔，要言不烦，而不知怎么的，短小的故事一下子就变成了某种象征，而象征背后的意义闪烁不定，令人回味无穷。人们都说曼斯菲尔德的优秀故事如诗歌，大约就因为这种简约而含蓄的笔法，以及她营造气氛的能力。单独看不过是眼光锐利、观察准确到位的写实主义的细部描摹，可是小处落笔、一小笔一小笔堆积起来，就造出了氛围，那烘托出人物内心张力的氛围，于是，人物生活中短短的几天、几小时、甚至几分钟，就成了浓缩的人生的一个侧面，需要我们屏息体验，一旦进入，我们几乎被逼着去直面人生的无奈与尴尬，领悟作者的冷酷和尖刻中所凸现的对待人生悲喜的力量。

曼斯菲尔德无疑是现代主义时期的重要作家，但她的新西兰背景在晚近的后殖民文学研究中得到了格外的重视。以家乡为背景的作品有《序曲》(根据早期的《芦荟》改写)及其续篇《在海湾》、《园会》、《已故上校的女儿》等。她唯一的兄弟莱斯利·比彻姆在1915年第一次世界大战中死去，大部分新西兰作品都出自此后。

大卫·赫伯特·劳伦斯(1885—1930)生于英国北部诺丁汉郡的矿工家庭,他的母亲曾为小学教师,举止温雅,个性坚强,当矿工的父亲热情外向,但缺乏文化素养,父母婚后不久即因个性不合,价值观不同,及父亲长期酗酒而针锋相对。于是母亲将全副身心都投注于儿子们的教育上,但这也造成了儿子们尤其是劳伦斯对母亲的过分依恋及对父亲的全盘排斥。劳伦斯25岁母亲过世之前,在与别的女子的感情交往之中,母亲的阴影一直挥之不去。这段典型的恋母情结在他早期代表作《儿子与情人》中有深刻描述。

劳伦斯自幼体弱,最终死于肺痨,但是其个性却执着热情,能言善道,21岁时因成绩优异靠奖学金考入当时相当著名的诺丁汉大学的师范课程,之后便开始边教书边写作。劳伦斯的初恋情人杰西即是《儿子与情人》中密里安的原形,但直到母亲过世的第二年,他才遇到未来的妻子弗里达。弗里达年长他五岁,生于德国的贵族家庭,此时已嫁给英国教授为妻,且育有三个儿女。她美丽的外型,奔放的气质及异国的背景吸引了劳伦斯,两人私奔到欧洲大陆,后来结婚。弗里达带给劳伦斯创作的灵感,他多部作品中的女主角皆有她丰盈、奔放、充满女性骄傲的影子,她亦介绍劳伦斯了解欧洲最新思潮如弗洛伊德理论,更是无怨无悔跟随他多年在外流浪。劳伦斯厌恶英国的道貌岸然及保守观念,足迹遍布欧亚美,永不停止追寻天人合一的心中圣土,而他的作品一直受人误解、抨击、被禁,甚至焚烧,弗里达则是他最坚强的支柱。1930年劳伦斯死于法国的旺斯,年仅45岁。

劳伦斯常被称作真正的工人阶级作家,因为以往的工人阶级题材的作品,通常并非是由真正出身工人的人所写。劳伦斯生活的年代,正是工业革命已深入英国各地之时,他亲眼目睹翠绿起伏的诺丁汉山区,变成了黑浊丑陋的煤矿,高耸林立的烟囱喷出浓密的黑烟。生活的苦难,以及长年在地下匍匐劳作,矿工们下工后到酒馆饮酒作乐成了唯一乐趣。劳伦斯在父亲身上深刻体会到工业革命带给自然的破坏，以及视人为机器，物化人类，扼杀生命力的危险，因此从他的第一部作品起，他即提出鲜明的反工业化主张，歌颂纯净的自然和生命力。

劳伦斯擅长描写工人阶级的家庭生活，文笔中饱含洞察力及同情心。但是他对自己出身的工人阶级情感极为复杂，虽然他欣赏工人阶级的率真热情，但又不能忍受他们缺乏教养，不赞成他们面对苦难消极忍受。而对于母亲急于想让他成为其中一员的中产阶级，他又不齿于他们的势利冷漠和矫揉造作。因此他作品的主人公，常是阶级属性不彰，充满个人色彩的艺术家。这点也是现代派文学的共同特色，现代派文学认为，艺术家是当今这个混乱不定的、异化的世界里唯一能够找到真理的人，因为唯有艺术才能将不定化为永恒，将混乱化为和谐。

劳伦斯对工业化的批评更着眼于其对人性的损害。他认为工业化视人为机器，物化人类，与自启蒙时期以来西方文明过分强调理性与科技，压制、忽略情感有密切关系。为了扭转失衡的理性与感性，必须先弘扬感性，而人类生活中唯有两性关系中尚保有自然天性，并未被物化，故唯有弘扬真诚的两性关系，才能还人类以生命力，自然力。这种关系必须是真正的爱情，充满宗教的虔诚，唯有如此，人类才能与生生不息的大自然融为一体，汲取力量。因此他痛恨放荡的所谓性解放，因其完全不尊重生命，不珍重情感，也就绝不能帮助人类摆脱机械，回归自然。

由此看来，将劳伦斯视为黄色作家确实是个误解。但是因为他对感情的独特看法，作品中大量描写及歌颂真诚的两性关系，带上相当激进的色彩，在当时那个仍深受维多利亚保守时代余风影响的英国社会，确实惊世骇俗，也难怪小说被一禁再禁了。这种激进性也是现代派文学的另一特色，劳伦斯的激进性表现在他的两性主张上，其他的现代派作家则多在技巧上和语言上挑战传统的文学。

虽然劳伦斯在技巧上不似其他现代派作家力图创新，但是他很欣赏现代派小说最具代表性的“意识流”的手法。他在最具现代派特色的小说《恋爱中的女人》中加以大量运用，收到极佳的效果。

同其他的现代派作家一样，劳伦斯最为反感的就是19世纪小说中的现实主义，他提出新的文学不应再描写“旧式的自我”，即那种流于外表描述却看不见内心世界，因而显得干巴巴的人物，而应有“新的自我”，要深入人物内心最隐处。正因为他的这种主张，加上他尤其擅长描写人物在体验到强烈情感时产生的极度痛苦、无助或者快乐、激动等情绪，因此同时期的多位评论家皆对他笔下人物的“怪”心理不以为然。其实这种“怪”仅仅是相对于传统小说人物描写而言，在深受弗洛伊德精神分析影响、关注自我内心的20世纪，则是相当前瞻性的手法。

50年代至60年代，劳伦斯在英美文坛的声誉达到顶峰。在他生前，只有在早期代表作《儿子和情人》出版后曾被当时评论家捧为新人力作，之后的作品因为日益偏离传统的写实手法，现代派色彩日益浓厚而遭受批评及误解，过世前两年出版的《查特莱夫人的情人》更以淫秽罪遭禁而使他的声名大受打击。直到“二战”后的50年代，西方社会经历了价值观的大变化，1959年美英两国分别就这部小说重新进行审判，宣布解禁，小说一下子成为畅销书。普通读者的“劳伦斯热”带动了文学界对劳伦斯的其他作品重新诠释，进而把他定位为20世纪最为杰出的现代派小说家之一。

但自70年代开始，劳伦斯的地位又受到来自各方的攻击。在相当一段时间里，劳伦斯因其坚持男性凌驾女性的主张和对女性尤其是个性坚强女性的贬抑，被女性主义者抨击为典型的大男子主义者。他还因其对选举民主的质疑以及对领袖人物的推崇而被抨击为同情法西斯思想。他过分介入书中人物情节的安排也被批评为说教气氛浓重等等。虽然自80和90年代以来，女性主义的批评趋于温和理性，在鞭挞其后期作品的大男子主义情绪外，还不忘推崇他对女性心理的细致入微的展现，以及他早期及中期作品中塑造的一系列正面而强有力的女性形象。但经过女性主义的炮轰，劳伦斯在今日文坛的地位已介于褒贬互存的状态。

《儿子与情人》是劳伦斯早期现实主义风格的代表作，在英国是第一部描写了工人生活的作品，同时它又大量运用了精神分析学，因而是一部心理现实主义的力作。它带有浓厚的作者自传色彩，但显然早已超越了作者的小世界。

这本小说常被称为弗洛伊德“恋母情结”理论在小说中的最佳体现。1913年《儿子与情人》出版时，弗洛伊德的理论尚未正式翻译成英文介绍到英国来，不过劳伦斯在1912年即遇上弗里达，通过弗里达接触到弗洛伊德的理论，这对小说的最后几稿修正有相当大的影响。当然，劳伦斯自己认为弗洛伊德过分推崇理性，而《儿子与情人》的丰富内涵也远非“恋母情结”一词所能概括的。

《儿子与情人》中的情人亦包括儿子的母亲，劳伦斯自己在1911年写给友人的信中就多次提到母亲就仿佛是他的“初恋”，两人的感情就宛如“丈夫与妻子的爱”。书中的母亲格特卢德虽出身中下阶层，却受过良好教育，曾当过小学教师，喜欢读书；在一次舞会上认识了英俊豪爽、舞步潇洒的沃特·毛瑞尔，感情冲动之下便嫁给了社会地位比她低的沃特。但在婚后不久即幻想破灭，矿工工作低下又辛劳，丈夫缺乏文化素养，满口腔调浓厚的地方俚语，与格特卢德崇尚优雅、期望出人头地的生活追求极为抵触。矿工们长时间进行艰苦及危险的矿下劳动，收工后都聚在酒吧里饮酒纾解疲劳及压力。在同伴的眼里，沃特是个热心、开朗及讲义气的好人，但对格特卢德来说，本来就微薄的工资浪费在酗酒上，全家的衣食常常没有着落，更加深了她对丈夫的鄙视。在格特卢德犀利言词的责骂下，沃特变得愈来愈粗鲁，两人吵闹40年，所有的孩子都站在母亲一边鄙视父亲，沃特在自己家里真正成了外人。劳伦斯的这部小说深刻解剖了两种不同价值观和不同社会阶级之间的冲突，也谴责了工业革命带来的对自然的破坏及对工人的摧残。

格特卢德对丈夫伤心失望之余，开始把所有的期望都投注在儿子身上。大儿子威廉外表英俊挺拔，在母亲的培养下，学业出色并顺利地在伦敦找到小职员的工作，这在当时北部的矿工家庭来说，绝对是件光宗耀祖的事。但不久即因劳累过度，不幸染上肺炎过世。格特卢德转过来培养小儿子保尔，保尔从小体弱多病，个性敏感，对母亲的热爱与保护，以及对父亲的鄙视及仇恨，使他小小年纪便常常祈祷他父亲马上死掉。在学业上，保尔最大的愿望及幸福，就是得到奖项让母亲自豪，儿子与母亲仿佛融为一体，各自将对方视为生命的全部。

保尔初恋爱上了住在邻近乡下的密里安。这是个外表柔弱、内心却极为执着的女孩，一心想摆脱农庄生活，自修成为教师。她将全部的爱投注在保尔身上，两人迅速堕入爱河。但是母亲格特卢德强烈反对，将密里安视为抢夺自己儿子的竞争对手。密里安自己则因传统的家庭环境，一心追求精神恋爱，否定肉体的欲望。保尔因为痛苦失望及母亲的压力，转而爱上另一个女子克拉拉。克拉拉是工厂女工，与丈夫不和而分居。她个性奔放开朗。假如密里安是精神之爱的象征，则克拉拉是肉体之爱的象征，她与保尔的爱情让保尔体会到，真诚的两性之爱是与大自然的强大生命力一样神圣健康的。但是书中对克拉拉的描述，远不及对密里安的描写深刻。保尔的母亲不反对克拉拉，因为她发现儿子对克拉拉只是肉欲之爱，不会威胁到儿子对自己的精神之爱。但是，克拉拉与密里安一样，毕竟无法与母亲匹敌，亦无法取得精神与肉体的完美结合及平衡，因此最后与保尔分手。保尔在两次寻找完美爱情而失败后，突然发现生命中最爱的母亲已身患癌症不久于人世。虽然母子间强烈的感情一直是保尔追求的最完美的爱，但保尔在失去这生命中的最大支柱之后，似乎失去了求生的愿望。小说结尾是保尔在极端痛苦之中走向万家灯火的城市，是个典型的开放式结局。

《儿子与情人》的写作特色主要有以下几点。第一，在题材上属于描写年轻人成长的小说。虽然在结构上是传统的顺时针次序，但在人物描写及情节上却有相当大的创新。劳伦斯深入人物内心世界，展现极端痛苦或狂喜之下的内在心理。文中展现保尔与母亲的心灵相通，以及保尔与密里安在爱情中的痛苦或幸福的部分，尤为精彩。在情节上，本文抛开开始、高潮、结束这种传统的叙事结构，将重点放在感情关系由浅入深的变化上。故事情节着墨不多，人物的心理感觉成为重点，这也是这部小说被称为心理现实小说的原因。最后的开放式结尾，更避免作者硬性规定，给读者留下想象多重可能的空间，符合现代的潮流。

第二，劳伦斯舍弃直接由作者道出或经由人物对话而表现心情的传统作法，大量运用象征手法，以对自然花草动物的象征性描绘，赋花草以人类的情感、动作、生命力，间接却有强烈震撼力的手法烘托出人物当时的内心感受。格特卢德与丈夫吵架后，怀着身孕，在月光下的百合花园里，将爱转注给肚子里的保尔；保尔与克拉拉在河边幽会，身旁啾啾的小虫，芬芳的花香，让保尔心旷神怡……这些场景都给人留下深刻的印象。

第三，小说对工人阶级家庭的描写，真实细腻并充满感情。小说强烈谴责工业化带给自然的破坏、对工人人性的摧残以及给工人家庭造成的苦难。文中对密里安家农庄生活的描写，深刻表现出作者对未经工业破坏的农业社会的怀恋，显示作者受到浪漫主义的影响。

1912年劳伦斯与弗里达私奔到欧洲，两人历经挫折终于得到完美的爱情。出生德国贵族的弗里达，在思想及行为上不拘传统，奔放坚强，劳伦斯深受吸引，终于从心头挥去了母亲阴影。此时构思的《虹》，反映了这个阶段劳伦斯对爱情的高度赞美、对女性的推崇，以及对女性追求自我实现的肯定，书中三代女主角身上都有弗里达的影子。

劳伦斯最早将《虹》与后来的《恋爱中的女人》构思成同一本书叫

做《姊妹》，后来才一分为二。《虹》前后修改八稿，于1915年出版，因内含反战文字等原因被英国政府判为禁书，第一版全遭焚毁。自50、60年代起，其真正价值才得到欣赏，与《恋爱中的女人》并称为劳伦斯的代表作。

《虹》以史诗般的格局，用布莱温一家三代的心灵历程，反映了当时英国从农业社会进入工业文明及城市生活的社会变迁。但是作品不同于一般的现实主义小说，它注重的不是人物与社会的外在关系，而更多的是人与自然的互动，具有史诗神话的格局，超越社会时代，强调天人关系。这种格局在第一部分描写布莱温一家前两代里尤为明显，描写第三代厄秀拉时方才较多表现她与社会的冲突。

第一代老汤姆生长在农庄，日出而作，日落而息，与土地有共同的旋律，共同的脉动。第一章描述农业社会完美的天人关系，运用了《圣经》中《创世记》的神话典故词汇，以及浓厚的象征手法，是常被引用的力作。老汤姆爱上了刚来镇上的波兰贵族丽狄亚，两颗不同世界的心经过最初的互相封闭，终于达到宁静温馨的默契。第一代的世界虽然美好，但是不长久，在一次大洪水中老汤姆不幸丧命，这场象征诺亚方舟时代的大洪水宣告了农业社会的逝去，以及工业社会的到来。

到了第二代，丽狄亚的女儿安娜从小个性刚强，爱上了工匠威廉，但两人的婚姻远不如第一代幸福。劳伦斯认为，在工业社会里，人因为失去与自然的和谐关系，开始互相封闭心灵，追求自私的自我中心，在爱情中不能像老汤姆那样打开心扉，无保留的接纳及奉献。安娜与威廉不和，把心思放在养儿育女上而获取满足，而威廉则沉浸于工艺创作。到了第三代，他们的女儿厄秀拉开始进入城市生活，和谐的爱情更难寻觅。和劳伦斯一样，厄秀拉考上了大学的师范课程，毕业之后当上小学老师，劳伦斯借她之口表达了对当时机械的教育制度的强烈不满。厄秀拉与军官安东相爱，但安东处处维护现有制度，循规蹈矩，感情上也过于软弱，厄秀拉在拒绝其求婚之后，对爱情深深失望，回家后不幸流产，大病一场，全书结尾是她大病初愈，打开窗户，看到一轮灿烂的彩虹高高挂在天上。

《虹》书中最重要的意象及象征就是虹本身，虹美丽灿烂，横跨两端，在《圣经》中象征大洪水后上帝与人和所有生命的神圣契约，在劳伦斯看来，虹的这端是我们的尘欲世界，那端是天人合一的神圣境界，一个完美的婚姻就像一座虹，可以带领世俗男女跨越混乱的尘世，到达更高的境界，以感受生命的真正源泉和人与万物之神圣纽带。这种对生命的尊重就像是《创世记》初诺亚与上帝间的承诺一样神圣。缺乏和谐的婚姻，自私封闭的两性关系，则永不能超越尘世。所以从这点上说，《虹》显示出强烈的宗教虔诚，只是它弘扬的不是广义的基督教，而是自然及生命力。《虹》的主题是三代人追求虹一样的真正爱情，第一代得到了虹，然而由于时代的变迁而不可复得。爱情在第二代开始了艰辛的历程，到第三代则愈发困难，厄秀拉的追求带给她严重的身心创伤。结尾挂在窗梢的那轮彩虹，也许是遥不可及的梦幻，不过带给厄秀拉无限的希望，似乎暗示着真正的爱情即将到来。

《虹》的结构采取顺时序，从第一代到第三代，三代主角依次出现。同时并行的是另一种循环式的描述手法，每一代的主角都经历本质相同的追求，重复相似的喜悦或挫折，宛如几个同心圆，从第一代的小农庄，到第二代的工艺革命初期，再到第三代的城市生活，逐渐扩大。但是，追求真爱的过程却循着相反方向，由第一代的宁静宏大，到后来的困难及挫折，冲突愈见浓缩，紧张，尖锐。文中故事情节不多，对话与场景描写也很少，注重的是人物的内心历程，及起伏不定的思绪。主要人物，尤其是前两代，带有现实生活人物所没有的强烈象征性，不受特定历史时间地点的限制，突出表现每个人生命中的必经历程——出生、成长、婚姻及死亡，因此具有相当浓厚的史诗色彩。文中最精彩几幕，多是在最不受场景细节限制的月夜或黑夜中发生，诗意盎然，重复出现的关键词语带来击鼓般的韵律，表达人物的强烈情感，效果极为震撼。

跟后面的作品相比，《虹》兼具现实与现代风格，此后劳伦斯正式跨入现代主义时期。《虹》的弱点表现在结尾过于仓促，最后几章厄秀拉历经幻灭及痛苦，而结尾却用短短两页以充满希望乐观的主调结束，铺陈似乎不够完备，过于简单。

《恋爱中的女人》与《虹》源自同一部小说，但却迟至1920年才出版。劳伦斯开始写作此书不久，社会环境与个人心情已然迥异。《虹》以乐观及希望而结尾，但出版即遭焚毁，外界对劳伦斯多持否定的评价。第一次世界大战爆发，欧洲全面卷入战争，人类发明武器来残害自己，劳伦斯作为反战者，对西方文明日益失望痛心，认为人类如此崇拜科技与机器，结果必定是自我毁灭及文明的崩溃。弗里达是德国人，差点儿被当成间谍，夫妇俩人也无法离开英国，被迫忍受遭人限制和怀疑的生活。

战争让男人去当兵，女人便有机会走出家门来到工厂、办公室工作，一时之间原本男性的世界变成了女人当家，劳伦斯认为原本的男女平等被打破，因此强烈反对女性独立自主意识。原本在《虹》中对女性追求自我的赞美，也从此转为日益强烈的独尊男性的主张。同时他的创作风格也完全进入现代主义时期。《恋爱中的女人》常被称作描写第一次世界大战的伟大小说，但它从未正面提到大战，而是把大战期间社会与人心所充满的暴力、绝望、孤独、破坏与分崩，表现得淋漓尽致。

《恋爱中的女人》的中心思想是个人与社会的心灵冲突。在传统小说中，社会与环境是滋养个人成长的温床，有了社会的智慧与力量，个人才能得到自我实现及成长。但是在《恋爱中的女人》中，个人与社会之间存在一条深不可测的鸿沟。工业社会的典型——煤矿小镇贝尔多福充满污染及丑陋，所有人都追求金钱及利润，扼杀人性，拜倒在机器脚下；在伦敦的所谓艺术世界里，则是放荡不羁，堕落沉沦。这种对西方世界的愤世嫉俗的绝望充斥全文。社会处于崩溃的边缘，是因为极端崇尚机器，崇尚抽象的理性及践踏人性的意志力。这些现象阻碍了自然力与生命力的发展，因此个人想要真正地、自然地成长，只有远离社会所代表的腐败与暴力。这种对周围世界的异化感、疏离感，在现代派文学中多有表现。

社会的这种破坏与暴力，也进一步表现在人际关系，尤其是两性关系上。每个人都追求强烈的意志与自我，试图控制对方，因而践踏了对方的人性，无法实现和谐的、升华的两性关系。小说即以两对男女恋人为中心内容，描述他们互相调适与冲突的过程，最后一对以成功的婚姻结尾，另一对的恋情却导致冲突和暴力，最终是死亡。两位女主人分别是厄秀拉与妹妹古德伦。厄秀拉虽然继续了《虹》中对自我的不懈追求，但是个性上已多出一份温柔与让步。古德伦是艺术家，具有坚强自信的个性。厄秀拉遇上学校的督学柏金，柏金在本文中是劳伦斯的代表，个性敏感尖锐，但愤世嫉俗，对工业社会及艺术家世界都极端反感，试图寻找自我发展却一直受到挫折。他刚与一位控制欲极强的贵族女人分手，对独立坚强的女性充满极度的不信任。在他与厄秀拉的恋爱过程中，两人身上的强烈自我与个人意志都受到挑战，最后经历痛苦与抉择，两人决定真诚建立一种合一但又不失自我的婚姻关系。为避免遭受现代社会的污染，两人辞去工作，割弃家庭，远离社会，去寻找世外桃源的生活。妹妹古德伦则爱上了煤矿主杰罗德。杰罗德高大英俊，崇尚机器，追求金钱，以高效率及相当残酷的方式管理矿工。他是工业社会的典型产物，个性充满统治欲与破坏欲。他与同样强悍的古德伦相爱后，两人剧烈的个性冲突给双方造成极大的伤害，最后古德伦离开杰罗德选择另一男子，杰罗德在失魂之中走向雪山，在雪地中冻死。

小说中这两对情人虽互相区别，但仍有相当多的类似之处。柏金与厄秀拉虽然最后以成功的婚姻结尾，但在恋爱过程及自我调适上，仍然存在很多破坏性的冲突，事实上小说中充斥着各种形式的暴力及冲突。姊妹俩第二次看见杰罗德，杰罗德正骑着一匹母马在火车道旁等火车驶过，火车隆隆的笛声吼得母马拼命想后退，一向习于命令他人的杰罗德残忍地用靴刺夹着母马，直到刺出血来。这种将机器般无情的意志力强加代表自然生命力的马身上，正是象征了机器文明对自然的扼杀。目睹此情景，厄秀拉痛恨之至，古德伦则相当兴奋佩服，不同的反应象征了姊妹不同的个性。劳伦斯所要表达的，即是人类不够尊重自然的生命，总是将自己的意志力凌驾于自然之上。人类不光想征服自然，连人与人之间的关系亦充满暴力。最后杰罗德得知古德伦将弃他而去，竟萌生杀意，试图掐死古德伦。

不过在这个阶段，因为劳伦斯看待女性已愈为偏激，文中施行这种暴力的常常是女性人物。例如柏金的旧情人，用镇纸玻璃砸柏金的头，以惩罚他竟想离她而去；杰罗德的妹妹在溺水之时，用手紧紧缠住下去救她的男朋友的脖子，让他也同归于尽。这些都反映了劳伦斯此时认定女性意志扼杀男性生命力的偏见，也正因为《恋爱中的女人》中的厄秀拉已远不及《虹》中的女主角坚强自信，在她与柏金的关系中，显然是她让步较多，说明劳伦斯认为成功的两性关系，多少要以女性妥协、男性主导为基础，反之则会像古德伦与杰罗德一样走向毁灭。作品还强调柏金与杰罗德之间的感情及友谊，强调在男女关系之外这种男性与男性关系的必要性，而女性间的亲密关系却不被认可，由此也可以见出作品独尊男性的倾向。

与《虹》的和谐欢乐相比较，《恋爱中的女人》的绝望、冲突及破坏反映出全然迥异的情境。在风格技巧上，两书也有很大的不同。在《恋爱中的女人》中，劳伦斯已将意识流的语言运用到成熟的境界。劳伦斯不再直接评论或解释人物的情感，而是让读者直接与人物交流、体会、缩短读者与人物的关系。劳伦斯运用意识流，在表现人物的心绪起伏及强烈感情时，具有极佳的效果。以往直接式的语言很难充分体现的直觉、情感，得到极富暗示、象征及想象空间的体现。最后，这部作品常常带有一种神奇的表现力及感染力，善于捕捉转瞬即逝的情感。与以往作品比较，《恋爱中的女人》的人物与读者的距离更近，作者的介入更少。

在结构上，《恋爱中的女人》的故事情节更加淡化，也不再使用《虹》中的顺时序连续性结构，全书采用以各自分离的事件为中心的波浪式结构，事件的前后时序很难确定。小说不以情节为中心，而是以剖析人物性格为主，所有的事件都从不同方向更深入地刻画人物。因此小说不是以时间先后而是以人物内心剖析的深浅来规划次序。小说的开局即是厄秀拉姊妹有关婚姻的对话，没有交代时间、地点。全文结尾是典型的开放式，呼应开局，亦是以柏金与厄秀拉有关婚姻的对话而结束。厄秀拉坚持认为婚姻之外不必再有男性与男性的亲密友情，柏金的最后一句是“我不这样认为”。虽然女性主义评论家指出劳伦斯让柏金讲最后一句话，多少是表示他站在柏金一边，但总体上作品的开放式结局，提供给读者对恋人的未来相当大的想象空间，加强了读者的参与感。

与前期作品的连贯与单一相比，《恋爱中的女人》表现出前所未有的复杂与模糊。劳伦斯此时已对西方文明绝望日深，1919年大战结束，他就与弗里达远离英国，足迹遍及意大利、南亚、澳大利亚、墨西哥及美国。此时他的思想也日趋保守，对神话与领袖题材兴趣浓厚。但是至1925年，回到阔别数年的英国作短期逗留，劳伦斯又重新找回对社会的关怀。当时适逢英国煤矿工人大罢工失败，阶级对峙十分强烈，矿工家庭生活艰难。劳伦斯十分忧心当时的局势，回到意大利便着手写了最后一部小说《查特莱夫人的情人》。《查特莱夫人的情人》前后三次重写，在作者死前两年出版。在这部作品里作者试图融合现实主义与爱情这两个主题。书中强烈批判工业文明，以及人与人之间机械的、利益化的关系，同时亦表明唯有真爱，且是跨阶级的爱，才能弥补阶级鸿沟，融合及拯救社会。本书虽然在技巧与结构上相当简单而又重回现实主义，毫无《虹》或《恋爱中的女人》的丰富及革新，但在语言及思想上达到新的极端，多少反映出劳伦斯在生命最后几年愈加偏激和绝望。

《查特莱夫人的情人》的女主角康妮是个女贵族，她的丈夫查特莱爵士在战争中受伤瘫痪，丧失了性功能。夫妻俩住在查特莱家族的古宅中几乎与世隔绝，偶尔有伦敦的朋友来访。康妮是位充满生命力的女子，但丈夫死气沉沉，视矿工为机器等缺乏人性的行为，让康妮深感压抑。查特莱的瘫痪代表了精神世界的瘫痪和荒芜。有个伦敦的剧作家朋友成了康妮的情人，但他自私，缺乏真情，让康妮深深失望。为了避开沉闷的查家大宅，康妮常常来查家园林散步，在自然中心旷神怡，爱上了守林人梅勒斯。梅勒斯出身矿工，但因自修及从军而学识良好。他个性敏感，在煤矿小镇的工业社会及一次失败的婚姻中心灵受创，故而宁可在森林里守林而远离社会。两人的感情从起初的互相猜忌与担忧，历经挫折和外在世界的纷扰，终至和谐。最终康妮决定抛弃贵族生活，而与梅勒斯共度余生，但因两人面临巨大的阶级鸿沟和社会压力，最后虽然决定离开英国共赴加拿大，未来仍相当渺茫。

《查特莱夫人的情人》前后三次重写，重点自写实逐渐移至个人爱情，显示劳伦斯不再继续热衷于领袖人物、权力和神话的主题，在生命最后两年，重又歌颂他自己曾毕生追求的真正爱情。第一版甫自英国回意大利后写成，阶级对峙的意味浓厚，具有强烈现实主义色彩，就连男女主人公自己都强烈意识到了彼此之间巨大的阶级鸿沟。由于阶级对峙的主题过分突显，两人的爱情能否经得住现实考验相当令人怀疑。第二版以及篇幅较短的第三版，则主要加强爱情主题，淡化阶级的现实批判，提高梅勒斯的文化层次，以缩短两人的阶级差距。最后两人决定共创新生活的结尾，也更是劳伦斯挽救社会的新模式。

本书的结构相当简单密集，人物塑造也偏向片面化，比起《恋爱中的女人》与《虹》中人物的多面丰富，不免显得单薄。评论家还常常指出本书过于注重男女主角的七场爱情戏，背景叙述等文学要素过于仓促简单，作者急于传达自己的主张，因而忽略了小说的文学性。虽说《查特莱夫人的情人》有众多弱点，但却是劳伦斯的一部有重要影响的作品。这固然是因为书中不乏优美片段，但更重要的原因是作者以史无前例的直接手法描述性爱关系，并且从男主人公的口中多次说出人体性器官的名称。劳伦斯一再坚持这些称谓原本在古代代表亲密及真情，但历经虚伪文明而成为淫秽之词，所以他要将它们洗净污秽，重回古代真意。同时他宣扬性爱，也是反对虚伪的道德将性爱神秘化，淫秽化，而欲还其本真，倡导唯有真爱才能回复本能，回复理性和本能的平衡，从而挽救西方文明。但是尽管劳伦斯一再申明自己的思想，这些描述还是惊世骇俗。劳伦斯找不到出版商，只好自费出版，但随即遭查禁，直至30年后的1959年，才因社会风气日开，终被宣判可以自由出版。当时还引起了抢购，多少推动了战后更加自由的出版风气。

《查特莱夫人的情人》一书几乎成为劳伦斯的代名词，50至60年代学术界对劳伦斯的重视在一定程度上与此有关。但在70年代女性主义风起云涌之后，这部小说也成为最明显的箭靶。女性主义者大肆批判书中提倡女性要沉默寡言，服从男性，以满足男性为荣，以及借男主人公之口严词谴责女性自主之类的偏激话语，一时间这部小说成了大男子主义的反面教材。《查特莱夫人的情人》远非劳伦斯的代表作，但它对劳伦斯声名的沉浮有重要影响。

爱德华·摩根·福斯特（1879—1970）生于伦敦，早年丧父，1910年获剑桥大学硕士学位。1912年和1921年曾两次访问印度。20年代时曾经是布卢姆斯伯里小组的成员。福斯特十分厌恶英国贵族和资产阶级社会中的虚伪、偏狭，也憎恶英国在印度的殖民政策。他认为不同种族、不同宗教、不同阶层的人应该放弃偏狭和歧视，通过爱结合起来，达到互相和解。除了小说创作外，福斯特还是文学评论家，他的《小说面面观》（1927）是一部见解深刻的文学评论著作。

福斯特的这种观点在他的第一部小说《天使不敢涉足的地方》（1905）已经有所表现。小说的题名借用18世纪英国诗人蒲柏的一句诗。整句诗是“蠢人们闯进了天使不敢涉足的地方”。故事叙述英国中产阶级妇女莉莉在丧夫多年后到意大利度假。在阳光明媚，鲜花争妍的意大利，和一个比她年轻十多岁的意大利青年吉诺结了婚。但是莉莉和意大利人的生活格格不入，婚姻后郁郁寡欢，在生下孩子后死去。婆母赫里顿夫人派儿子菲立普和女儿哈里特到意大利，想从“粗俗”的吉诺那里把莉莉的孩子“拯救”出来。哈里特悄悄把孩子从吉诺家里带走，不幸雨中翻车，孩子死去。小说描写了性格开朗，无拘无束的吉诺所代表的意大利民族性格和骄横傲慢、偏狭保守的赫里顿夫人所代表的英国中产阶级性格之间的冲突。莉莉、菲立普和哈里特像“蠢人”一样闯进了意大利，结果以失败告终，虽然失败的方式各不相同。

在《一间可以看到风景的房间》（1908）中，福斯特再次歌颂真诚的自然感情的流露，反对英国中产阶级的虚伪和假道学。天真纯洁的英国女子露茜在意大利邂逅英国青年乔治，两人产生了感情。但是回到英国后露茜受到英国中产阶级虚伪的道德规范的束缚，不知不觉地压抑了自己的真正感情，和一个道貌岸然、索然无味的中产阶级青年订了婚。最后，她的感情终于冲破了虚假的“道德规范”的束缚，还是与乔治结合。露茜和乔治的爱情在意大利开始，又圆满地在意大利收场，可见作者对气候和煦、生机盎然的意大利的热爱。小说用看不见风景的房间象征英国中产阶级对纯真爱情的扼杀。

《霍华德庄园》（1910）和《印度之行》（1924）是福斯特的两部代表作。

《霍华德庄园》主要写英国中产阶级威尔科克斯和施莱格尔两家的故事。威尔科克斯先生是商人，家里除威尔科克斯夫人，所有人都只关心物质财富和商业利益。他们个个精明强干，讲究实效。施莱格尔家是德国后裔，姐妹俩具有诗人气质。她们有丰富的想象力，追求精神生活，爱好文学艺术。小说主要描写姐姐玛格丽特的精神追求。玛格丽特深知中产阶级的精神生活是建立在物质财富基础上的。她“竭力促使中产阶级的物质生活和精神生活结合起来”。威尔科克斯夫人认为她和玛格丽特的精神世界相同，死前将她所拥有的霍华德庄园遗赠给玛格丽特。但她的遗嘱被威尔科克斯家庭成员所隐瞒。后来，玛格丽特和威尔科克斯先生结了婚，霍华德庄园归她所有。玛格丽特的妹妹海伦出于同情心，和一个在经济上受到威尔科克斯伤害的小职员伦纳德·巴斯特发生性关系，怀了身孕，生下一个孩子。伦纳德被威尔科克斯先生的独生子查尔斯失手杀死，而霍华德庄园却最终由海伦的孩子这个中产阶级和下层阶级相结合的后代所继承。福斯特在小说中表明，英国中产阶级不仅应该实行物质生活和精神生活的结合，而且要和下层人民相结合才有前途。霍华德庄园是福斯特心目中的乌托邦。它是一幢未受工业文明所玷污的农村庄园。它远离城市的尘嚣。在这个农村天堂里，人与人之间和谐相处，人的想象力重新又和土地结合在一起。

福斯特的这个思想在《印度之行》中有了进一步发展。小说写20年代英国驻印度昌德拉普的法官朗尼的母亲穆尔夫人和朗尼的未婚妻阿德拉·奎斯提德小姐来到印度。她们想了解“真正的印度”。当地穆斯林医生阿齐斯热情好客，为她们安排游览当地的玛拉巴岩洞。但是阿齐斯的好心却成了一场灾祸。穆尔夫人在岩洞中突然听到一种遥远的神秘的声音。而阿德拉小姐在另一个闷热昏暗的岩洞中产生了错觉，感到有人污辱了她，而此时她身边只有阿齐斯，于是认为是阿齐斯所为。阿齐斯被捕。穆尔夫人知道阿齐斯是清白的，但被独生子送回英国，在船上死去。在审判过程中，阿德拉小姐经过回忆，终于意识到自己错告了阿齐斯，撤回起诉。小说中还描写了一个正直的英国人菲尔丁，他是当地学校的校长。他与印度人民，和阿齐斯医生是朋友。他和穆尔夫人一样，始终相信阿齐斯是无辜的,并竭力调解阿齐斯和阿德拉的关系,但他本人与阿齐斯的友谊却由于这个事件受到影响。两年后,阿齐斯到一个印度人统治的邦去担任当地大公的医生,菲尔丁又重访印度,两人在印度爱神诞生的盛大节日骑马结辔而行。但阿齐斯认为目前印度人和英国人还不能成为真正的朋友。

小说揭露了英国殖民主义者在印度骄横跋扈,养尊处优,仗势凌人。阿齐斯事件使殖民者和殖民地人民本来就紧张的关系到了一触即发的地步。这种根深蒂固的民族矛盾甚至动摇了想和印度人民接近的穆尔夫人和阿德拉小姐。菲尔丁虽然努力想和印度人民交朋友,但是在当时情况下,他也无能为力,不能使英国人和印度人真正"结合起来"。

小说中所用的象征手法意义颇为深长。第一部分是"清真寺",写在印度寒季,阿齐斯医生看到刚来的穆尔夫人尊重穆斯林的习俗,脱鞋走进清真寺,由此对她产生好感,象征人与人的关系暂时还保持风平浪静。第二部分是"岩洞",写在旱季中阿齐斯医生邀请穆尔夫人和阿德拉小姐去玛拉巴山洞,引起阿齐斯被控,结果是印度人和当地英国殖民者的矛盾冲突到白热化的程度。第三部分是"寺庙",写甘雨浸润印度大地,印度人在雨中欢庆爱神诞生,菲尔丁重新回到印度,和阿齐斯重新相晤,两人的友谊似乎又可恢复。"清真寺"、"岩洞"和"寺庙";寒季、旱季和雨季在书中都有象征意义。当然,穆尔夫人在岩洞中听到的回声,突然醒悟到人生的一切,无论是恶还是善,都是没有意义的,都归之于"呜……呼"的空空洞洞的回声。这一具有深刻内容的象征则表现了福斯特世界观中的虚无主义思想。

30至40年代文学 30至40年代是世界经济萧条、法西斯纳粹势力逐渐抬头的时代。其间的另一大事就是危机导致的第二次世界大战的爆发。1929年爆发于美国纽约股票交易所的经济危机迅速席卷世界各地,到30、40年代，欧洲多次爆发长达几年的经济危机。英国作为一个老牌资本主义国家再一次受到冲击：大量工人失业、社会动荡不安、道德风气日益败落，失望恐惧的情绪弥漫整个国家。经济危机也带来了政治危机和军事危机，法西斯的阴影笼罩整个世界。

但人们情绪的低落并非意味着文学领域的荒芜。相反，经济萧条给人们带来的巨大灾难，以及诸多其他社会问题的出现引发人们去思考，给文人以新的灵感。30年代，劳伦斯、吴尔夫等小说家们以及艾略特等诗人继续他们的创作，他们将人们的彷徨、迷茫心理描写得淋漓尽致，但他们的作品有时过于自我化，内容晦涩，表现手法独特，不能被大众所领悟，加之一部分作家思想逐渐右倾，这必然受到一批年轻的、更加关心社会问题的作家的反对。年轻一代的作家认为文学应当以更加直接的方式接触充满危机的社会。这一时期重要的诗人有奥登、斯班德等，他们被称为"奥登一代诗人"。这些年轻的诗人在他们认为空洞、机械的世界里努力寻求意义，用诗歌来反映社会和政治问题，他们积极接触新事物、新思想，参加左翼运动，到各个国家去实地考察和学习，根据自己的经历，用简单、明快的语言描述自己的所见所想。这一时期重要的小说家有伊修伍德、奥尔德斯·赫胥黎、伊夫林·沃、格雷厄姆·格林等，他们批判地吸收现代主义写作手法，从现实中挖掘素材，同时继承了英国文学传统中的讽刺手法，揭露社会中的虚伪现象。从他们的作品中，可以了解中产阶级知识分子对经济危机的看法和反应，以及他们对未来的悲观情绪。

这些作家和诗人积极探索社会问题，保守一些的试图从宗教中寻找出路，如格雷厄姆·格林、T.S.艾略特和伊夫林·沃等皈依天主教；激进积极的奥登一代诗人们则试图从社会主义中寻找希望。但由于找不到明确的出路，加之大英帝国的没落，一些人逐渐感到失望和不满。30年代末和40年代初，英国流行起作家出国和皈依其他宗教或哲学流派的风气。奥登和伊修伍德移居美国；赫胥黎试图从神秘宗教中寻求出路；伊修伍德醉心于印度哲学和瑜伽功。与此同时，一些马克思主义作家，如休·迈克迪阿米德，则坚持无产阶级文学方向。

奥登（1907—1973），出生于约克郡。父亲是医生，母亲是护士。曾在牛津大学攻读文学。30年代，游历西班牙、德国、冰岛、中国、日本等地。奥登用自己的作品与法西斯作斗争。1939年移居美国，1946年入美国籍（正因如此，他在美国文学史中也占有一定地位）。1972年，也就是去世的前一年，他回到英格兰，定居牛津，被推举为当时英国最伟大的诗人。

当奥登还是孩子的时候，他们全家迁至伯明翰，父亲在那里的一所大学任医学教授。奥登在当地的私立学校学习生物，希望像父亲一样与科学为伴。但在学校里他的文学天赋不断表现出来，15岁时开始为学校刊物写诗歌。在学校，他与伊修伍德结下了深厚的友谊。1925年，他进入牛津大学基督学院学习。在那里他广泛阅读古英语诗歌，并尝试运用古英语诗歌中的一些写作技巧从事创作，比如头韵体、重音突出等。另外他两次编写《牛津诗歌》。他以诗人和学者的声望，吸引和影响了一大批文学青年。他与斯班德和戴·刘易斯等当时的进步文学青年成为密友。他们所写的诗在斯班德的小出版社出版。1928年，奥登发表的第一部《诗集》，就是由斯班特用手工印刷发表的。其中的诗文既表现了奥登对英国文学传统的领悟，又显示了诗人运用语言的天赋。诗集发表后立刻引起评论界的注意。牛津大学毕业后，奥登没有像其他人那样选择去时髦的巴黎，而是去了德国柏林学习德语和德国文学。在随后的五年里，他在苏格兰和英格兰的学校任职。在此期间，他涉猎卡尔·马克思以及弗洛伊德等心理学家的著作，希望从中找到答案，解决经济危机带来的精神贫乏。从他作品的技巧和哲学观可以看出他所受到的影响。在1932年发表的《雄辩家》中，奥登更加明确地追求自己的现代派新风格，他将心理描写加入作品，写作体裁更加丰富，题材更加多样化。诗集主要的三部分内容来自不同的场景，先是秩序混乱的学校，接着是精神错乱的飞行员的内心世界，直至最后支离破碎而又声音嘈杂的无序世界，所有这些向读者展示的是一个病态百生、危机四伏的社会。此时的奥登处在观察和探索社会的阶段。

1933年至1938年间是奥登进行左翼文学创作的阶段。1936年发表的《看吧，陌生人》进一步巩固了奥登作为30年代重要诗人的地位，他通过自己对外在世界的感悟，用他独特的轻松笔调和诙谐语言，简洁生动地描写貌似庄重的社会。他认为诗人并非表达自我，而是从一种独特的视角来表达自己对现实世界的真实观点。其中《名人志》就是很好的一例。一位名人的一生本来要用一本厚书来记录，而诗人只用十四行诗文便清晰地勾勒出了这名人的一生。他有丰功伟绩，但也是一个普通人，“爱情会让他哭鼻子，就像你和我”。值得提出来的是这十四行诗的韵式：ababcdcd**efggfe**，特别是后六行韵脚的对称格式，显示出诗人的独具匠心之处。另外诗人善于用对比的手法触动读者。比如当他在比利时的一座美术馆看到勃鲁盖尔的油画《伊卡鲁斯》时，他以艺术家的感悟力，用文字生动地描画出灾难与冷漠的对照画面。特别是在第二诗节中，他用aabcddbc的韵脚格式将油画再现在读者面前：孩子那灾难性的一转脸导致自己掉入大海，农夫或许听到了孩子坠入水中的声音，但那并不影响他继续耕田；华美游船上的人未必没看见孩子掉下来，但游船仍旧静静地前行，世界仍旧在令人无奈地退化。奥登不仅仅善用诙谐巧妙的笔调，有时也用庄重的笔调来揭示道理，比如1939年叶芝去世后，奥登写的《悼念叶芝》。《悼念叶芝》是奥登最具代表性的挽歌。挽歌的三部分不仅属于三种迥然有别的风格，三部分所营造的氛围也不相同。诗人在第一部分中用寒冷阴暗的冬天做气氛渲染，既烘托出人们悲切的心情，又暗示第二次世界大战阴云密布：在第二部分，诗人用短短的十行略诉叶芝生平；在第三部分，他在寄托哀思的同时，激励正义者与法西斯作斗争。另外，在诗歌的第三部分，奥登也解释了诗人的作用这一概念。他的另一首为弗洛伊德所写的挽歌表现了弗洛伊德心理分析对他和他作品的影响。

奥登对法西斯的深恶痛绝除了表现在大量的诗歌和散文作品中外,还表现在他的多部诗剧中,如:《死亡之舞》(1933),以及与伊修伍德合作的三部诗剧《皮下之狗》(1935)、《攀登F6》(1936)、《在边界上》(1938)等。诗人警告人们小心纳粹的威胁。在生活中,他痛恨德国法西斯的暴行,出于正义感,1935年他与托马斯·曼的女儿结婚,使她有了英国护照,得以逃离纳粹德国。在这位女士安全到达英国后,他又与她离婚,并继续到各国游历。在西班牙内战中,他写出了长诗《西班牙》(1937)激励西班牙人民为自由和正义而战,另外还根据冰岛之行写了散文《冰岛书信》(1937),以及根据访问中国、日本的经历与伊修伍德合作写下了游记《战地行》(1939)。在《战地行》中,奥登用诗歌描写他在战场上的见闻。诗人以一组十四行诗,从历史到现实,阐述了自己对人类、战争和真理的思索。他谴责战争的发动者,他们悠闲地喝着仆人送来的牛奶;如同做游戏一般用地图上插的小旗代表军队的位置;他们轻松地打一个电话,导致的是士兵永远地长眠于地下,许多妇女和儿童在哭泣。在诗中,作者表达了对中国人民抗日战争的理解和同情。

30年代后期,奥登逐渐改变立场,放弃了自己的左翼观点。1939年他离开战火纷飞的欧洲大陆,到美国定居。此时他的思想发生了转变,对左翼斗争已经失去了信心,开始转向基督教信仰。同时他的诗风也起了很大变化:他开始尝试美国风格的多音节长诗。诗集《另一次》(1940)和《双重人》(1941)表现了他思想和态度上的转折。40年代初他皈依基督教,出版了一些表明他新的宗教信仰、审美观点和政治态度的作品:《暂时》(1945)、《忧虑的年代》(1948)等。《忧虑的年代》以其独特的巴罗克式田园诗风格为他赢得普利策文学奖。此后他没再写过长诗。这一期间奥登所获得的其他主要荣誉还有博林银奖(1953)和全美图书奖(1956)。

1948年他结束常年居住在美国的生活。1948年至1957年的夏季,他居住在意大利的一个小岛上。1958年以后他在澳大利亚自己的农场里度夏。为此写了一首诗表达他的满意之情。他的晚期作品写作技巧日臻成熟，代表作有：《阿喀琉斯的盾牌》（1955）、《房子》（1965）、《无墙之城》（1969）等。他与美国诗人卡尔曼致力于恢复歌剧艺术，他们合作的作品有《瑞克的进步》（1951）等。1956年至1961年间他被聘为牛津大学的诗歌教授。他主要的文学评论集有《染工之手》（1962）、《次要的世界》（1968）等。

奥登诗歌的主题通常是比较广博的，关于社会、人类和爱等等。他的写作技巧堪称一流。他的诗歌有的表现出他的现代派手法，有的则反映出他对盎格鲁–撒克逊及其他中古英语诗歌及文艺复兴时期诗歌的领悟和欣赏。他创作初期的作品主要想表现他对病态社会的焦虑心情，展现知识分子迷惘但充满幻想的内心世界，所以有时作品令人迷惑。为便于读者的理解，60年代末，奥登收集和修订了自己的诗歌，出版了两本按时间顺序排列的诗集《1927—1957年短诗诗集》（1967）和《长诗诗集》（1969）。

克里斯托弗·威廉·布拉德肖·伊修伍德（1904—1986）出生于英格兰切希尔郡的一个富裕家庭，在当地学校受到良好的教育。11岁时，父亲不幸在第一次世界大战中牺牲。他与母亲生活在一起。在剑桥学习期间，因为恶作剧而被勒令退学，但他的文学天赋并未因此而受到压制。他广泛阅读福斯特和吴尔夫等当代作家的作品。1928年，他的第一部小说《都是阴谋家》（1928）问世。小说的主题与劳伦斯的《儿子与情人》相似，是关于母与子关系的探讨。喜欢写作的主人公菲利普和孀居的母亲生活在一起。他与母亲的关系矛盾复杂。一方面他想摆脱母亲的束缚，争取自立；另一方面，懦弱的本性又使得他从内心深处依赖于母亲。小说总体上表现了青年人反抗传统习俗，努力追求个性自由的倾向。他的第二部小说《纪念碑》（1932）也是一部从他自己生活中提炼出来的作品。主人公的父亲在“一战”中丧生，使得一个结构完善的整体被破坏——父母失去儿子，孩子失去父亲，妻子失去丈夫，友人失去知交。作品剖析了战争的恶果，反映出作者对战争的批判。这两部作品的写作风格说明作者既受到传统作家的熏陶，又受到现代主义文学的影响。

1929年，他离开英国到欧洲其他各国游历，在德国居住时间最长，长达四年。他在那里教授英语。他根据自己的经历写出了《诺里斯先生换火车》(1935)以及《再见吧，柏林》(1939)等一系列以柏林为故事背景的小说。小说内容和形式同样具有自传体色彩，主要是描写希特勒上台前的柏林。在《诺里斯先生换火车》里，涉世不深的主人公威廉·布拉德肖遭遇骗子诺里斯。这种关于欺骗的主题选择反映作者对当时颓废的德国社会的谴责，一方面是正在攫取政权的纳粹分子的凶暴，另一方面是文明开始崩溃时普通人的无助。《再见吧，柏林》由一系列中短篇小说组成，包括《柏林日记》两则、《萨利·鲍尔斯》、《在路基岛》、《诺威克一家》和《兰多尔一家》。小说主人公的名字和作者本人的名字相同——克里斯托弗·伊修伍德，也有相同的经历：一边教书，一边写小说。每一篇小说自成一体，但在时间上大体相近。从这部小说集里，读者可以通过叙述者看到各式人物、各类事件，都是在揭露社会的堕落。以《萨利·鲍尔斯》为例，英国女子萨利带着成名的梦想来到柏林，不久同伴离开了她，孤立无援的她只能在酒吧做歌女。她单纯地幻想以自己的魅力得到别人的帮助，但屡遭欺骗和抛弃。唯一能给她以真诚帮助的是她的英国同胞——故事叙述者克里斯托弗。然而得到帮助后的萨利丝毫不珍惜这珍贵的友谊，再见到克里斯托弗时表现得很漠然。小说通过萨利的堕落，反映出当时社会经济、意识形态和道德风气的日益败落。他的小说文字简洁，人物形象生动，关于各种社会问题的主题鲜明，看似简单，实际内涵丰富。

30年代中期他尝试写诗剧，与奥登合作写出三部诗剧《皮下之狗》、

《攀登F6》、《在边界上》。作为一种尝试，这三部剧本很成功，因为它们证明诗歌可以被运用到剧本中来反映社会现实，表达政治观点。但由于它们主要是写给一些特定观众的，所以并未推广开。伊修伍德与奥登的另一项合作是在他们同游中国、日本后，合作所写的《战地行》，他负责散文部分。他的自传体小说《狮子与影子》（1938）记述了作者早期在剑桥大学的生活和友人。

伊修伍德1939年去美国好莱坞附近定居，1946年加入美国籍，其间主要小说是一部反法西斯小说《紫罗兰姑娘》（1945）。在美国，部分由于受赫胥黎的影响，他开始对印度哲学和犬檀多（印度的一种唯心主义哲学）感兴趣，编辑和翻译了多部关于此类题材的作品，如《西方世界的犬檀多》（1945）等。1947—1948年间他到南美旅行，根据见闻写出《秃鹫和奶牛》（1962）。他到美国以后所写的小说依然带有很强的自传性。此外其他作品，如《夜晚的世界》（1954），《河畔相会》（1962），《单身汉》（1964），《凯瑟琳和弗兰克》（1972），《克里斯托弗和他的族类》（1976），《我的导师和他的信徒》（1980），这些作品中有的是关于同性恋者一天的故事，有的则坦诚地讲述了他自己的同性恋问题，有的讲述他的父母，有的讲述他的宗教导师和他的宗教信仰。这些作品虽然和他的柏林小说系列一样来自于他的生活经历，但给读者留下印象最深的还是他30年代的作品。

斯蒂芬·斯班德（1909—1995）出生于伦敦，少年时代父母先后去世，由外祖母抚养成人。在牛津学院，他结识了奥登、伊修伍德，接受左翼观点，并开始诗歌创作。他曾游历欧洲各国。除诗歌以外，他还写过剧本、小说和评论。他做过记者和编辑，“二战”期间参加国家消防队。战后多次访问美国，并到美国大学执教。1970年受聘伦敦大学，任文学教授。1983年被授予爵士头衔。

年轻时期的斯班德是当时社会的反叛者，他通过诗歌批判自己所处的时代，对美好的未来充满憧憬。他请当时的诗歌领袖奥登读自己的诗歌，得到了奥登的鼓励和帮助，同时他也帮助奥登出版诗集。他的第一部诗集于1930年出版。1930年到1933年之间，他在德国旅行，翻译了多位德国诗人的诗歌。他的早期诗歌受到奥地利诗人里尔克和西班牙左翼诗人洛尔卡的影响，充满激情和自我批判，因为他痛苦地观察到人类正遭受折磨。斯班德的诗歌将浪漫主义和现代题材相结合。他运用新时代中的新词汇，特别是科技、机械和工业方面的语言，而表达的感情却是浪漫主义的。在《特别快车》中他对火车是这样描写的："在发出首次强有力的、明白的宣言后，/那黑色活塞的声明，没有更多的喧嚷，/像一位皇后那样滑动，离开了车站。"通过机械用语和景象的结合，诗人所展现的虽然不是浪漫派诗人常用的落日、瀑布，但给读者的美感却是相同的。斯班德憎恨世界上那些不义之行，对人民饱含爱心。他写了许多关于儿童的诗歌，也写了一些关于自己亲人的诗歌，比如组诗《玛格丽特的挽歌》就是悼念死去的侄女的，其中最后一首最为感人。在西班牙内战期间，斯班德受英国报纸聘请，到西班牙访问调查。他对西班牙人民的反法西斯战争充满同情，希望社会改革早日实现。这一段时间的经历和想法反映在他的诗集《静止的中心》（1939）中。但是他对自己在西班牙的努力有些失望，最后逐渐抛弃了左翼观点。他在自传《世界中的世界》（1951）中评价自己：青年时代很理想主义化，对自己和他人期望过高；政治上希望通过公平手段进行革命达到公平；诗歌上追求一种与日常琐事无关，纯粹源于灵感的创作。由于理想和现实不能融合，失望逐渐产生。总体来说，斯班德创作初期对外部时事比较感兴趣，但中后期作品自传性逐渐增强，更注重于主观体验。在他的作品《废墟与憧憬》（1942）、《边缘地带》（1949）、《诗集》（1955）、《慷慨的日子》（1971），《海豚》（1994）中，读者可以看到他的诗歌逐渐从反映社会大环境转向反映自身经历。

斯班德不仅是一位诗人，也是一位著名评论家。他的第一部评论作品《破坏性因素》(1936),评论了亨利·詹姆斯、T.S.艾略特、叶芝等对没落文明的不同态度,最后一篇是《为政治主题辩诉》,其中评论了奥登等诗人的作品,讨论了文学中政治道德题材的重要性。另外还有《创造性因素》(1953)和《一首诗的创作》(1955)等。1940年以后,他作为评论家的声望超过了作为诗人的声望,在1939年至1941年间和1953年至1967年间他分别参与撰写评论和编辑文学期刊《地平线》和《相遇》。他的评论以诚实和深得人文主义精髓而著称。

伊夫林·沃(1903—1966)出身书香门第,父亲是一位传记作家、诗人兼评论家,哥哥是著名作家。家庭的影响和英国文学作品的熏陶使他很小就开始对文学产生兴趣。他在牛津大学主修现代历史,但他更热爱艾略特的诗歌和德国作家弗朗克的讽刺小说。牛津大学毕业后当过教师和记者。"二战"期间他在英国皇家海军和骑兵队中服役,1944年随部队到南斯拉夫作战。战后在英格兰西部生活。

他的第一部小说《衰落与瓦解》(1928)使他一举成名,成为英国文坛新秀。他以犀利的笔锋,幽默且尖锐地讽刺当时上层社会的生活,反映出英国地主贵族阶级的衰落。随后的小说《行尸走肉》(1930)、《一撮尘土》(1934)具有类似的特色与主题。《一撮尘土》这部小说,仅就名称而言,就反映出艾略特的诗歌对沃的影响,因为小说名取自艾略特的长诗《荒原》的第一部分《死者的葬仪》。作者以此为题明显地表现出小说的主题:英国社会有如一撮尘土,精神上已经消亡,社会成员的生活毫无目的,人际关系令人捉摸不定,喧闹的外表下是一片空虚。以非洲为背景的小说《恶作剧》(1932)、《挖新闻》(1938),都以闹剧形式讽刺纨绔子弟的荒唐行为,反映上流社会的虚伪和堕落,同时也反映了发生在非洲殖民地的殖民冲突。可以说伊夫林·沃1939年以前的小说多以讽刺为目的。

1930年他第一次婚姻失败,同年皈依天主教,试图从宗教中寻求精神支柱。随后他开始近十年的游历生活,足迹遍布亚洲、非洲、美洲和欧洲等地，写出多部游记，使自己在游记文学领域占有一席之地。作品包括《标记》(1930)、《远方的人们》(1931)、《在阿比西尼亚》(1936)等。

1937年伊夫林·沃与一位出身天主教家庭的女子结婚，这桩婚姻生活很幸福。不幸的是，不久第二次世界大战爆发。他到英国军队服役，军队生活经验使得他写出多部与战争有关的作品。同时战争经历使他的作品思想更加严肃，作品规模更加宏大。代表作是战争三部曲《荣誉之剑》(1965)。它包括三部作品：《行伍生涯》(1952)、《军官与绅士》(1955)、《无条件投降》(1961)。主要内容是关于一位天主教徒在“二战”中的经历。主人公盖·劳齐贝克在战争爆发后，找关系参军，在军队里又时刻不忘自己的信仰，坚持做一名绅士。但这位绅士的遭遇却是被妻子、同事、上级利用，欺压，抛弃。直到最后，他才终于意识到自己从军只不过是在寻找一种虚无缥缈的东西——荣誉，实际上一无所获。作者从天主教的观念出发，剖析世界大战的性质以及战争所引起的人的价值观念的变化。在作品的结局，作者流露出一种幻想破灭后的迷茫情绪。由于作者熟悉军队生活，作品对军队的描写十分生动：战争的无聊与无序、某些高官和上层社会人士的奢侈、官兵之间等级的森严以及军队中的腐败等等写得入木三分。作者的另一部主要小说是《旧地重游》(1945)，这部小说属于典型的怀旧文学作品。沃仿照法国作家普鲁斯特的意识流手法，以第一人称形式让一位刚刚从军的军官感伤地回忆过去。作者想着力表现一个天主教家族各个成员对天主教的态度和时时困扰他们的罪恶感。这部小说标志着作者开始严肃地探讨信仰及其他社会问题。

伊夫林·沃的写作风格轻松、幽雅，接近古典主义，也不乏浪漫主义特色。同时他也继承英国文学的讽刺传统。伊夫林·沃一生共写了15部长篇小说，也写了一些短篇小说和三部传记作品，他的自传《一点学问》(1964)，只是他计划要写的自传三部曲中的第一部，第二部还未动笔，他便突然去世。

奥尔德斯·赫胥黎(1894—1963)出身名门。祖父是《天演论》作者,托马斯·亨利·赫胥黎,父亲纳德·赫胥黎是著名编辑兼传记作家,母亲是诗人马修·阿诺德的侄女,兄弟朱里安·赫胥黎是一位著名生物学家。他儿时就读于其母亲家族开办的学校,1908年,取得奖学金去伊顿公学学习,但是因为严重的眼疾而退学。随后在家接受私人教学,直至眼疾好转后,到牛津攻读文学。1937年定居加利福尼亚,直至去世。

赫胥黎的文学作品可以分为三类:第一类是他初期的社会讽刺小说;第二类是"反乌托邦"幻想小说;第三类是神秘主义小说。特殊的家境使他有机会接触上层社会,1921年他发表了第一部小说《克鲁姆庄园》。小说的主人公尼斯应邀去克鲁姆庄园参加聚会。聚会上的宾客高谈阔论,对各类问题发表自己的看法,实际上都是一些精神空虚、回避现实的人。小说以对话为主体,让每一位人物自己去表现自己,作者则尽力保持对话和事件叙述的平衡。作品以幽默的方式讽刺上层社会,同时表现社会上存在的不满和挫折情绪。他的第二部小说,《滑稽的环舞》(1923),进一步表现了第一部小说的主题。小说通过一群滑稽可笑的人物和一系列怪诞的事件揭示现代社会喧闹的外表下面所隐藏的虚伪、丑恶和腐败。第三部小说,《那些不结果实的叶子》(1925)将一群人物聚集在一起,地点选在意大利海滨的一所别墅。作品讽刺了这群人物颓废的、醉生梦死的享乐主义思想。《旋律与对位》(1928)是赫胥黎早期讽刺小说中最成熟的作品。性与爱是小说涉及的主要内容,对话是作品的主体。讽刺批判的矛头仍指向腐败的社会和堕落的人。特别值得指出的是作者对音乐知识的运用。他以音乐的结构来展示人物和事件,使得彼此独立的事件和人物像多声部音乐的若干旋律一样关联起来,组成统一的有机整体,并以古典奏鸣曲的方式来展现和重现主题。作者让作品中的人物对这种小说的音乐化特点进行说明,以此表达他对小说结构布局的独特想法,同时也帮助读者了解这种复杂的小说结构。

第二类小说的代表作是《奇妙的新世界》（1932），另外还有《猿与本质》（1948）和《重访奇妙的新世界》（1958）。这些作品不是幻想未来世界的美妙，而是以科学幻想和社会讽刺相结合的形式，展示未来世界的恐怖情景。这类作品反映出作者的悲观思想。《奇妙的新世界》中，"野蛮人"约翰来到"文明社会"，他像莎士比亚作品《暴风雨》中的米兰达一样，赞美这奇妙的新世界。但不久他发现这个所谓的文明社会实际上是一个压抑和摧残本性与个性的监牢。人要想生存，就要牺牲精神的独立，受科学机械的统治。作品的结尾是主人公在失望和恐惧中，为逃离各种压力而自杀。小说的主题并非科学的发展，而是科学发展对人类的影响，反映了作者对滥用科学技术所造成的危险后果的忧虑，暗示人们如果盲目崇拜科学技术，就会丧失独立思考和行为能力。他的悲观情绪在《猿与本质》里表现得也很彻底。一场原子大战后地球上的幸存者只有新西兰人。两百年后他们来到洛杉矶，发现人类已经退化为猿。他在《重访奇妙的新世界》（1958）中进一步肯定他所忧虑的情况正在向人类袭来。在《奇妙的新世界》里他预计这种退化是在632年后，而在《重访奇妙的新世界》中，他悲观地认为只需要一百年，他所担心的那种社会就会到来。赫胥黎是一位独特的作家，他对科学、医学和心理学的精通使他的创作不是出于直觉，而是基于理性。他将作家的想象和科学家的逻辑思维，或者说将文学和科学，成功地结合起来。他的作品不是靠人物刻画或情节取胜，而是依靠他独特的思想内涵。正是因为赫胥黎的小说对于思想观念的阐述要重于对小说人物形象的塑造，所以他的小说常被称为"观念小说"。

总之，赫胥黎试图从当时混乱不堪的状态中找到一种解决问题的方法。他从政治、宗教、道德和伦理等各个方面进行尝试，想充分发挥科学的作用，但并不成功。他对科学的失望导致他最终希望从宗教，特别是东方宗教中找到出路。此类的作品有《加沙的盲人》（1936）、《几度寒暑天鹅死》(1939)、《时光必有终止》(1944)、《永恒的哲学》(1946)、《天才与女神》(1955)等。《加沙的盲人》标志着赫胥黎后期神秘主义创作的开端。而从《永恒的哲学》中读者可以完整地看到赫胥黎的宗教神秘主义观点。

赫胥黎是一位多产作家。他的著作有五六十卷，包括各种文学样式：小说、诗歌、戏剧、游记、传记、评论和散文等。他知识广博，除文学作品外，还有许多关于音乐、美术、心理学、哲学、政治和宗教等方面的著作。赫胥黎的论文在他的作品中也占有很重要的地位。主要论文集有《论文集》(1958)和《文学与科学》(1963)。从他的论文中读者可以看到一位兴趣广泛、博学、观点独特且思想复杂的作家。如在《华兹华斯和热带》中，他抨击了人们坚信不疑的信念，即把自然看作伟大的道德力量和教师。他犀利地提出一个问题，如果华兹华斯不是生活在凉爽、纯朴的英国乡村，而是在热带丛林的黑暗和闷燥的那种自然环境中，情形又如何？答案可能是：他将在充满敌意和疾病的环境里，忘记对美好自然的信仰。赫胥黎最后求助于神秘宗教来解决复杂的社会问题，方法过于简单，但他的博学、睿智以及独到之处在作品的内容、题材、体裁、写作风格方面得到淋漓尽致的发挥。

格雷厄姆·格林(1904—1991)是存在主义心理小说的代表作家。出生于英国赫特弗德郡，父亲是伦敦附近一著名私立学校的校长。格林儿时从他厌恶的学校里逃跑，因此被父亲送到伦敦一位心理医生家里居住和治疗。后回到学校，最后进入牛津大学学习。在那里开始发表诗歌。毕业后，立志做记者，曾经任《泰晤士报》记者和《观察家》周刊编辑。1916年他皈依罗马天主教。1929年发表第一部长篇小说《内心人》。1940年，他放弃在《观察家》周刊的文学编辑工作，开始长达30年的游历，同时做自由撰稿人。

格林创作初期所写的三部小说并未引起很大轰动。但1932年他的

《斯坦布尔列车》,(又名《东方快车》)一问世即大获成功。这部小说也是他所谓“消遣文学作品”的第一部。其他消遣文学作品有《一支出卖的枪》(1936)、《密使》(1939)、《恐惧内阁》(1943)、《第三者》(1949)等。这类小说的特点是,故事内容以惊险见长,情节跌宕起伏,悬念扣人心弦,语言简练。也有惊险小说不常有的成分,例如关于人的深刻复杂的内心世界的精致描写。

《布赖顿硬糖》(1938)是格林优秀作品中的一部,它标志着格林写作技巧的日趋完善。小说的主人公是一名犯罪的天主教青年,只有17岁,却犯下杀人罪。杀死一名记者后,他继续犯罪,最后走向死亡。小说成功地将侦探小说、情节剧、社会学和道德神学综合在一起。《权力与荣耀》(1940)是格林最优秀的作品。这部小说也是关于天主教题材,讲述一位嗜酒的天主教神甫在迫害宗教的墨西哥,冒生命危险尽宗教职责。他本来已经安全越过边境,逃离墨西哥。但为了给一垂死者做最后的宗教仪式,又回到墨西哥,结果被杀害。他为宗教献身的壮举当然可以弥补他的嗜酒缺点。《布赖顿硬糖》中的天主教青年和《权力与荣耀》中的天主教神甫最后都是死亡的结局,但是前者死亡的同时还应受到宗教的谴责,而后者则是从肉体的死亡中得到了升华。《问题的核心》(1948)同样是描写一位天主教人士。小说的背景是“二战”中的英属殖民地西非。主人公斯考比本来是一位正直、忠厚、笃信天主教的人,但最后的结局却是选择了天主教所严厉谴责的自杀。问题的核心就是天主教的教义——有怜悯心和责任感、做诚实的人。斯考比并不爱自己的妻子,但出于责任感仍旧借钱满足她的到南非旅行的愿望,结果自己无意中有机会接触其他女子;斯考比本该将从“希望号”船上搜查出来的非法信件呈给上司,但为船长的爱女之情所感动,出于怜悯而私自处理了信件,而自己又认为这是渎职堕落;他出于怜悯心照顾失去丈夫的海伦,结果不知不觉坠入情网,于是早已发誓让自己妻子幸福的他,现在又承担了与自己誓言相矛盾的责任；为了让海伦安心，他轻率地写了一封自己署名的情书，结果信落到坏人手中，被用来要挟他做违法的事；为求解脱，他到教堂向上帝忏悔了通奸罪，希望得到安慰，但神甫只说了一些套话；他忠实的仆人因为他而死……他不断受到信仰的折磨——他不想让两个女人为他痛苦，他不想做不称职的官员，他不想在圣诞节的时候走上神坛说谎，侮辱上帝。为了寻找精神上的解脱，他选择了自杀。从这三部小说中，读者可以找到贯穿格林所有宗教小说的主题，那就是从宗教观点上看怜悯、责任、诚实、恐惧、罪恶、激情、爱情以及失望等情感因素如何困扰着人类，而人类又是在如何探索着精神解脱之路。格林其他的宗教题材小说有《爱情的结局》（1950）和《病毒发尽的病历》（1961）等，内容也都是反映宗教信仰与现实生活的矛盾问题。

格林小说的特点首先是故事多以濒临政治危机的第三世界国家为背景。《权力与荣耀》的背景是墨西哥，《问题的核心》是西非的塞拉利昂，《安静的美国人》（1956）是50年代初期反法运动高涨的越南，《病毒发尽的病历》是独立在即的比属刚果，《我们哈瓦那人》（1958）是共产主义运动前的古巴，《喜剧家》（1966）是杜瓦利埃独裁下的海地。作者将人物放在这种充满暴力和危险的大政治社会环境中，展示他们内心深处的矛盾冲突，从而烘衬出矛盾冲突的纷繁复杂，引起读者的思索和共鸣。小说的第二个特点是作者的写作技巧娴熟。他的小说选材得当、细节具体、人物生动。小说背景的介绍恰到好处，人物对话语言自然真实，生动幽默，字里行间比喻、格言和典故比比皆是。人物性格不由作者直接介绍，而是通过人物的言行来体现。另外作者使用电影中蒙太奇的手法，将各个情节有机地穿插起来，使读者能够很快在头脑里形成一幅幅画面，犹如看电影一般。正因为这样的写作特点，他的大部分小说都被搬上了银幕。

格林一生创作了大约30部长篇小说。初期几部作品未受重视。40至50年代，他的创作达到顶峰。后期的四部小说，《荣誉领事》（1973）、

《人的因素》（1978）、《堂吉诃德阁下》（1992）和《第十个人》（1982）尽管得到广泛重视，但与他中期优秀作品相比，略微逊色。除长篇小说外，他的其他种类作品也很多。如短篇小说、戏剧、评论文章、儿童读物和游记等。格林写有两本自传：《一种生活》（1971）和《逃避的方式》（1980）。

艾威·康普顿–勃内特（1892—1969）生于米德尔塞克斯郡。1911年出版了第一部小说《多洛雷斯》。1925年发表《牧师与主人》，开始严肃的创作生涯。此后，她不断有新的作品问世。到1963年《上帝与礼物》为止，她共写小说近20部，其中《母与子》（1955）获1950年詹姆斯·奈特·布拉克纪念奖。

她的作品机智诙谐，冷嘲热讽俯拾皆是。她的长篇小说几乎全部以对话组成，其中不乏妙语格言，但是人物缺乏鲜明的性格特点，不同性别、年龄、社会背景的人物差不多是用同一种口气说话，用词也没有明显的差别。她小说中的对话看似简单，很少用长词及复杂的语法结构，可是对话中充满了暗示、讽刺和潜台词，因而很难读懂。她把小说叙述压到最低限度。故事的背景、时间、人物外形的描写等都是一带而过，也很少说明人物动机，所有的内容几乎都靠对话和潜台词来表现。

运用这种单一的创作手法表现的内容也是极其有限的。在乡间巨宅的围墙中，在大家庭的成员及仆役之间展开了一幕又一幕的丑剧，暴露了一桩又一桩的罪行：《兄弟与姐妹》中的乱伦、《夫与妻》中的弑母、《男人比女人多》中的凶杀、《房子和主人》中的杀婴、《夜与日》中的盗窃与私通等等。还有私拆信件、挨门偷听、扣压遗书、恃强欺弱等等罪行，她揭示的是一个自私自利的社会，她笔下的人物没有道德观念，过着禽兽一般的生活。

安东尼·鲍威尔（1905—2000）生于伦敦，就学于伊顿公学和牛津大学。作为一位著名的讽刺作家和轻喜剧作家，他在"二战"前创作了五部名作:《午后的人们》(1931)、《维纳斯堡》(1932)、《对一死亡事件的看法》(1933)、《代理人与病人》(1936)、《战事如何?》(1939)。“二战”以后,他开始创作12部重要系列小说,总标题为《和着时代音乐节奏跳舞》。整个系列都由尼古拉斯·考金斯叙述。通过考金斯的眼睛,读者看到了该系列的全部框架结构。考金斯这一代人在第一次世界大战的阴影下长大,第二次世界大战又打乱了他们的生活。整个系列的图景按照时间顺序排列,气势恢宏,撼人心魄。作者还塑造了20世纪小说中最令人难以忘怀的人物之一——肯尼斯·威德默普尔。他不择手段地追求权力,从开头生性可笑的小角色逐渐成为一个令人生厌、阴险毒辣的当权者,他的经历是该系列小说众多线索中最主要的构成部分,对小说多方位、多视角的描写起到重要作用。

鲍威尔的回忆录共十卷,1976至1982年出版,总标题是《坚守不懈》。他的回忆录对于我们深入了解他的小说世界中的人物很有启迪意义。

拉尔夫·福克斯(1900—1937),出生于英国约克郡的一个富裕家庭,就学于牛津大学。在上大学期间,他就开始为左翼社会主义者创办的《平民》杂志撰稿,1925年,他加入共产党,此后经常在共产党的机关报上发表政治、文学评论方面的文章,讨论英国政治、文学生活中所面临的迫切问题。在当时产生了很大影响,西班牙内战爆发后,福克斯前去西班牙参战。1937年1月在保卫西班牙人民共和国的战争中牺牲。

他的主要作品有小说《冲击天空》和文学评论《小说与人民》(1937)。

小说《冲击天空》是以作者的亲身经历为基础写成的。1920年福克斯曾作为援助伏尔加河流域灾民救济委员会委员访问苏联,这次访问给他留下了深刻印象。在小说《冲击天空》中,作者刻画了英国资产阶级慈善家与新型的苏维埃公民两种典型形象,而书中逐步接受进步思想的英国青年约翰是以作者本人真实生活经历为原型加以塑造的。

福克斯的《小说与人民》一书是他在文学评论方面的代表作,它详细探讨了西方现实主义小说的发展历程，对资产阶级文化危机做出了深入的分析。在书中，作者肯定了现实主义的传统创作手法，并提出要运用社会主义的现实主义创作手法，强调文学要真实而又艺术地反映社会，反映广大人民的生活，服务于人民大众。

克里斯朵夫·考德威尔（1907—1937），马克思主义理论家和批评家。考德威尔出身于中产阶级家庭。15岁就离开学校，从事过各种工作，先后涉足新闻、航空学、工程学、科学和文学等领域，表现出了非凡的才能，是个很有天赋与个性的人。在此期间他写过侦探小说、航空学方面的教科书、诗歌评论等。1934年开始接触马克思主义理论，1935年加入共产党，并住到了伦敦市工人区内，一面从事文学活动，一面为共产党工作。就在那时他写了《幻想与现实：关于诗歌起源的研究》。1936年西班牙内战爆发后，考德威尔驾一辆救护车去西班牙，为西班牙共和国战斗，不幸于1937年2月在战斗中牺牲。他死后留下了许多手稿，其中有一些已陆续发表。其中包括：《垂死文化的研究》，《浪漫与现实主义：英国资产阶级文学研究》。

在考德威尔的作品中，《幻想与现实》和《垂死文化的研究》最为受人注目。《幻想与现实》将诗歌发展史与社会发展史联系起来，指出艺术是现实的反映，而不是纯粹个人内心世界的表现。在《垂死文化的研究》中，考德威尔对英国文学和艺术进行了深刻的批评，并阐述自己的美学见解。

30至40年代英国文学中还必须提及两位杰出的苏格兰诗人，一位是**休·麦克迪阿米德**（1892—1978），原名克里斯朵夫·缪里·格里夫，苏格兰文艺复兴运动的发起者及积极参与者之一。1892年生于苏格兰南部的达姆费莱斯郡，后在爱丁堡大学接受教育，此后做过小职员和记者。20年代中期开始陆续发表诗作《诗歌节》，《醉汉看蓟》，其中后者倍受好评，有些人甚至认为它标志着苏格兰文艺复兴运动进入了鼎盛时期，麦克迪阿米德主张复兴自彭斯之后逐渐衰落的苏格兰传统，发展苏格兰文学语言。在这一时期的诗歌中，他所运用的语言被一些人称为人造语言，即由苏格兰低地方言以及词典上能找得到的一些古苏格兰词语合成的语言。因此，有些人批评他的诗晦涩难懂，但尽管如此，由于其中表现出了苏格兰最本质的东西，他的诗还是显得清新纯朴。

后来，在政治上他由原来的民族主义者转变为共产主义者，写了一些关于共产主义革命的诗歌，主要的作品是三首歌颂列宁的诗：《一颂列宁》、《二颂列宁》和《三颂列宁》，表达了他对于革命、艺术、历史等的思考。

30年代中期以后，麦克迪阿米德的诗风有所改变，他改用英语创作，并尝试现代史诗的写作，重要作品有《悼念詹姆斯·乔伊斯》。

另一位苏格兰诗人是**爱德温·穆尔**（1887—1959），他出生于奥克尼岛的一个农民家庭，童年时的生活宁静快乐。14岁时因生活所迫随家迁居到工业城市格拉斯哥。在格拉斯哥，他的父母及两个兄弟在短时间内先后去世，穆尔为了生活不得不从事各种工作。失去亲人的打击及生活上的穷困窘迫在穆尔的心里留下了深深的烙印。1919年，穆尔与小说家兼批评家威拉·安德森结合，开始了新的生活。他们婚姻很美满，婚后先是搬到伦敦，后到欧洲大陆的德国、捷克、意大利、奥地利等国工作和游览。在这期间，他们首次将卡夫卡的小说译成了英文。“二战”后，他们回到英国，最后在剑桥附近的一个小村庄里度过了他生命中的最后几年。

穆尔是主张用英语来创作苏格兰文学的人，他认为“苏格兰的诗只有在苏格兰人能够自然地用苏格兰语思想的时候才能复兴”，因此他反对在当时的情况下用苏格兰语创作。他的创作主题范围不是很宽，主要是一些关于人生的哲理诗，对于时间的思考，对于古代神话及基督教故事的现代诠释等。穆尔的创作及思想受他早期的生活经历影响很大。他的作品显得黯淡、荒诞，但又不悲观，因为他有他心目中的伊甸园：“他感到奥克尼岛是伊甸园,而格拉斯哥这个工业城市则是地狱”。

穆尔的语言简洁,节奏舒展,在创作风格上独具一格,不从属任何流派。主要作品有:《第一本诗集》(1925),《时间主题的变易》,《苏格兰》(1941),《迷宫》(1949),《一只脚在伊甸园》,文学评论《长篇小说的结构》,《司各特与苏格兰》。

爱尔兰文艺复兴和20世纪爱尔兰文学 爱尔兰文学有着悠久的传统。它包含着盖尔文学[①]和英爱文学两个部分。盖尔文学可以追溯到一千多年以前,而英爱文学也有三百余年的历史。

富有想象力的凯尔特英雄传奇、民间传说、诗歌和歌谣有经久不衰的生命力,为后世所瞩目。爱尔兰从8世纪开始就不断受到外族的入侵,但它的文化、文学传统并未因此中断。而12世纪盎格鲁-诺曼人的入侵,却使爱尔兰社会和文化发生了重大变化。殖民者以宗教和政治的手段来巩固他们的统治,16世纪英国都铎王朝入侵,后来清教主义者克伦威尔率军在爱尔兰大肆屠杀,除了残酷地迫害爱尔兰的天主教信徒,还极力摧残盖尔传统文化,努力使之英格兰化。英语的全面渗透,使盖尔语濒临灭亡,古老的盖尔文学也处于岌岌可危的境地。但在英国1688年(光荣革命)、美国1776年和法国1789年三大革命浪潮的冲击下,爱尔兰抗英民族斗争风起云涌,带来了民族意识的新觉醒,也激发起振兴民族文化的强烈愿望。

凯尔特文艺复兴最初起源于威尔士和苏格兰。苏格兰诗人**詹姆斯·麦克菲森**(1736—1796)“翻译”的古代盖尔语诗歌以及古代武士故事,开创了18世纪60年代崇尚古代凯尔特文化的新时期。他的《我相作

---

① 盖尔(Gael)文学指的是古老的爱尔兰文学,它的文学作品大部分用盖尔语写成。盖尔语,凯尔特语族的一个分支,是凯尔特人使用的语言,相传他们在公元前四至五世纪从高卢和不列颠来到爱尔兰,他们就是爱尔兰人的祖先。

品集》(1765)把民间传统和历史融为一体，继承并发扬了凯尔特文学传统，促进了爱尔兰民族和地方文学的发展。

英爱文学到19世纪才真正开始出现。在叙事体散文方面，玛丽亚·埃奇华斯的《拉克伦特堡》(1800)堪称爱尔兰第一部有意义的小说，也标志着爱尔兰地方性小说的开端。

19世纪40年代后期，爱尔兰发生了一系列重大事件，它们对爱尔兰的社会、政治和文化都产生了很大影响，特别是民族意识有了新觉醒。

40年代中期由于马铃薯歉收引起的大饥荒，使爱尔兰遭到一场空前的浩劫，有一百万人在饥饿和疾病中死去，二百万人流离失所，其中很大一部分漂洋过海，移居美国，爱尔兰一时成了仅剩下老人和空屋的地方。大饥荒引起了民族矛盾的空前激化，使土地和民族独立问题更加突出。为了摆脱英国殖民者的残酷统治，"佃农权利联盟"在达夫的领导下展开了如火如荼的斗争，"青年爱尔兰"运动组织了1848年的武装起义，1858年"爱尔兰共和兄弟会"分别在都柏林和纽约同时宣布成立，坚决要以暴力推翻英国统治，这就是声势浩大的芬尼亚运动。①随着社会矛盾的激化和反英情绪的高涨，1879年爱尔兰新教和天主教两派民族力量决定联合起来，在帕内尔(1846—1891)、米歇尔(1815—1875)和达维特(1846—1906)等人的领导下，在两条战线上向英国殖民统治展开斗争：一是争取在英国议会通过"自治法案"。一是使用暴力为佃农争取土地权，1852年至1882年间的土地战争为佃农争得了一部分权利。"自治法案"(1893)虽然在英国下议院通过了，但最后却遭到上议院的否决。这场斗争也因为在英议会中爱尔兰党领袖帕内尔的倒台而受到严重挫折。这一事件削弱了极力主张立宪的民族主义力量，也造成了民族主义队伍的分

① 芬尼亚是爱尔兰古代英雄。"爱尔兰共和兄弟会"会员自称为"芬尼亚人"，表示要效法芬尼亚，对帝国主义等恶势力进行斗争。

裂：一些人转向以暴力抗英的秘密组织“爱尔兰共和兄弟会”，另一些人的民族自尊心受到损害，对政治感到厌倦，因而加入到争取改善社会的社团，如“盖尔体育协会”，提倡抵制英国的体育运动，发展爱尔兰民族体育事业，以此弘扬民族精神。这场斗争虽然远没有达到预期的目标，但作为民族斗争的新起点，意义是深远的，它标志着爱尔兰已进入一个政治斗争的新时期。和民族独立运动相呼应，在文学领域里，“青年爱尔兰”运动在达维特和米歇尔的领导下，创办了《民族》周报（1842）。它以指导民族解放运动、唤起广大民众的民族意识为宗旨，为在提高人们对两种语言，同一文化的认识的基础上创造出一个崭新的英语民族文学做了不懈的努力。达维特要求青年人深入到传统的民族文化遗产中去，开辟一个新的爱尔兰文化基地。他深信，新的文学作品，终将会成为联结天主教爱尔兰和新教爱尔兰的纽带。从此以“青年爱尔兰”运动为中心的诗歌运动就蓬勃地开展起来。这一运动对以后通俗诗歌的创作产生了积极的影响。

为了启发人们对爱尔兰历史、文化的兴趣，道格拉斯·海德（1846—1928）于1893年创立了“盖尔学会”，组织青年人学习盖尔语，并开展舞蹈、戏剧等生动活泼的成人教育。叶芝创建了“伦敦爱尔兰文艺协会”（1891）和都柏林民族文艺协会（1892），吸引了一批爱好文学的青年人。他为振兴爱尔兰民族文学大声疾呼，鼓励青年作家去创作，写出表现爱尔兰人民生活和民族精神的作品。这些组织的建立，为爱尔兰的文艺复兴运动打下了思想和组织基础。

进入19世纪末期，爱尔兰的社会矛盾更加突出，民族情绪也更为激昂。一些爱尔兰作家渴望从文学上找到一条新的途径来解决爱尔兰的社会和政治问题，医治人们心灵中的创伤。文艺复兴的领导人叶芝希望在人民中培育出一种有高度美学素质的民族文化，创造出有高度文化修养的国家形象，使整个民族团结起来。为此他主张回到古老的基督教的爱尔兰，回到古代勇士传奇和民间传说中去，寻找像库霍伦这样的英雄人物，来建立一个美好统一的国家。这种思想在他的剧本《胡里痕的凯瑟琳》（1902）中得到了形象的体现。爱尔兰就好似一个贫苦的老妪，但只要所有的男子汉都具备了库霍伦的武士气概，并决心为她献身，她就会重新变成美丽的皇后。

为振兴爱尔兰文艺，爱尔兰作家面临严峻的挑战。首先，发掘和继承过去的文学传统就是一个难题。大部分作家对盖尔语一无所知，事实上大部分爱尔兰人已不讲这种语言。那么，有什么办法才能把盖尔文学的精华吸收过来呢？又怎样才能创造出一个既不同于英国又不同于欧洲大陆的、独特的英爱文学呢？这就要求每一个作家去探索和实践。

叶芝的诗歌起初采用古老的英爱文体，继而采用凯尔特形象与法国象征派相结合的技巧，最后则采用了一种既活泼又凝练的凯尔特民谣文体。辛格把他丰富的欧洲戏剧知识和他所熟悉的爱尔兰民谣结合起来创作剧本。格雷戈里夫人则用她熟悉的戈尔韦郡人民生活和方言，以法国滑稽剧的形式编写剧本。乔伊斯从欧洲象征派和现实主义的技巧中找到了反映当时爱尔兰群众文化的写作方法。还有一些短篇小说家以俄国作家屠格涅夫和契诃夫为楷模写出了许多优秀的，有爱尔兰特色的作品。

尽管大部分作家都有双重语言的问题，但他们都受益于盖尔口语传统。英爱英语是在19世纪大饥荒后，在盖尔语向英语转化的过程中形成的。它保留了某些盖尔语的语法和词汇，可以说，它是一种新的方言。辛格、格雷戈里夫人和科勒姆在他们的剧本里，都使用了这种方言，从而使英爱文学大为增色。这样，大批反映爱尔兰民族历史、文化、农村人民生活的作品开始出现。

斯坦迪什·奥格雷迪对爱尔兰文艺复兴运动的影响最为直接。他撰写的《爱尔兰历史：英雄时期》（1878—1880）摒弃了陈旧的学究式的故事形式，把凯尔特和英爱传统成功地结合起来，以丰富的想象力写成了一部爱尔兰祖辈英勇斗争的历史。库霍伦和厄尔斯特这些有血有肉的英雄人物,都栩栩如生地呈现在我们面前。这部作品为继承凯尔特遗产指出了一条重要途径。

海德、拉塞尔和叶芝都是文艺复兴的中心人物,在民族激情的推动下,各自为爱尔兰勾画出一个理想的凯尔特世界:海德的凯尔特农民世界、拉塞尔的乌托邦世界、叶芝的田园牧歌的神话世界。他们并不清楚这种想象的世界和爱尔兰现实究竟有多少差距,但他们都在努力为爱尔兰文学艺术找到一条振兴之路。

"盖尔学会"的创始人海德指出,爱尔兰如果抛弃了民族语言,就等于放弃要求外界承认自己是一个独立民族。他还说,凯尔特农民是苦难深重的人民,过去痛苦的遭遇赋予他们一种特殊的品德。爱尔兰作家应该到农民中去发现这个民族的灵魂。海德翻译了15篇盖尔语故事,收集在《在炉火旁》(1890)里。译文简洁、生动、流畅、保持了爱尔兰故事口语体的特色。另一本译著《康纳赫特情歌》(1893)描写社会习惯势力的压力和家境清贫使爱情受到挫折。译著保留了原著的节奏和韵律。这两部作品为散文和通俗诗歌的创作树立了榜样。

乔治·拉塞尔(1867—1935)自称AE,他本是神学运动的中心人物,负责编辑《爱尔兰神学家》杂志。后来在奥格雷迪的《爱尔兰历史》影响下,开始用爱尔兰题材进行创作,并逐渐地参加到文艺复兴运动中来。他的《还乡:随想曲》(1894)和《大地的气息及其他诗歌》(1897)奠定了他的神秘诗人的地位。关于诗歌,他认为诗人应该富于想象,而艺术就是想象的一种手段。他不同意叶芝把美看作诗歌的唯一目标,也不像叶芝那样强调技巧;叶芝强调文字的美,而他更重视生活的完美。他也不赞成海德那样去复活一种无法表达抽象概念的盖尔语。

叶芝是英语世界第一流的诗人,是爱尔兰文艺复兴运动的发起人和杰出的领导。在政治上,他选择了古代英雄芬尼亚和当代民族主义思想家奥利里的道路。在文学上，他选择了弗格森和奥格雷迪根据神话进行创作的道路。他重视历史和民间传说，他的长诗《莪相的漫游》（1889）、早期诗集《玫瑰》（1893）和故事集《凯尔特朦胧》（1893）都是根据历史和民间传说写成的。《凯尔特朦胧》是一本通俗的爱尔兰民间传说故事。“凯尔特朦胧”这个词是以叶芝为首的爱尔兰前拉斐尔派创造的。它象征着一个模糊的、充满尘世困惑和烦恼的世界，同时也象征着一个充满理想的神话世界。叶芝说他就是要从一个毁坏了的粗陋的世界中，创造出一个小小的、美好、愉快、有意义的世界，这就是他想象中的爱尔兰。“凯尔特朦胧”在19世纪90年代文艺复兴时期成了民间传说和诗歌的主旋律。叶芝早期的诗歌就有这种朦胧的抒情风格。不过，在他经历了浪漫主义、唯美主义和现代主义创作阶段之后，他的诗歌风格变得更明朗、坚实、富有战斗性。叶芝还和格雷戈里夫人等发起了爱尔兰戏剧运动。他以英雄传说和农村现实为题材，率先创作出前面谈到过的《胡里痕的凯瑟琳》，剧本的爱国主义思想给了民族主义战士以极大的鼓舞。

在爱尔兰文艺复兴运动的推动下，诗歌有了长足的进步，新一代诗人相继脱颖而出。他们中间有科勒姆、坎贝尔、斯蒂芬斯、奥沙利文、戈加蒂、唐塞尼爵士、乔伊斯以及三位复活节起义领袖皮尔斯、麦克多纳和普伦基特等一大批有才华的诗人。他们以现实主义的风格更多地反映了农村和城市的生活，改变了过去诗歌神秘和朦胧的基调。

科勒姆（1881—1972）受到叶芝诗歌技巧、拉塞尔的博爱思想、海德翻译的爱尔兰诗歌和宗教诗歌的影响。他擅长歌谣和自由体诗歌，诗集《荒芜的土地》（1907）真实地表现了农村现实，被叶芝称为“农民的现实主义”作品。科勒姆的戏剧成就也十分突出。人们对他的剧本《托马斯·马斯克里》（1910）评价很高，他也由此而一举成名。

坎贝尔（1879—1944）也擅长民谣。他的《我失去的爱》与科勒姆的《她穿过集市》、叶芝的《在河岸柳园旁》，都是人们喜爱的民歌，流传甚广。他的民谣体诗歌的特点是，题材广泛，形式多样，有无韵的铁窗诗歌、长篇赞美诗、神话诗歌以及描述古代寺院、历史遗址的无韵诗。诗歌语言朴素简洁，形象清晰有如意象派。

詹姆斯·斯蒂芬斯（1882—1905）是拉塞尔思想的追随者。反映都柏林贫民窟悲惨生活的诗集《起义》（1909）使他跻身文坛。他的诗歌简练，口语化，很有音乐感。其中短小的抒情诗很有特色。他的小说、散文成就更为突出。他不落窠臼，另辟蹊径，写下了很有影响的小说《金坛子》（1912），《半人半神》（1914）和《爱尔兰神话故事》（1920），这些作品在文学史上占有重要地位。

叶芝曾指出，每一种文学都会由史诗自然地发展到戏剧。正如他所预见的，爱尔兰在19世纪90年代是史诗创作的全盛时期，到了20世纪初，戏剧就成了文学创作的主要形式，而戏剧的巨大活力，最终将流溢到诗歌和小说的创作中去，从而汇成一股蔚为壮观的文艺复兴的洪流。

文艺复兴运动最显著的成就表现在戏剧上。爱尔兰本土的戏剧发展较晚，凯尔特语中没有戏剧传统，中世纪教会和行会演出的奇迹剧形式上都是英国的。到了18世纪，戏剧才有所发展。大部分出生在爱尔兰的作家都在英国施展了他们的才华。康格里夫、法夸尔（1678—1707）、哥尔德斯密斯、谢里丹在17世纪英王朝复辟时期和18世纪英国戏剧历史上留下了足迹。到了19世纪，王尔德和萧伯纳又成了伦敦戏剧舞台上的显赫人物。萧伯纳的讽刺剧《武器和人》轰动了伦敦舞台，他的思想剧影响很大。王尔德的风俗喜剧《认真的重要性》被认为是继康格里夫和法夸尔的戏剧传统以来最完美的一部剧作。在爱尔兰本土，叶芝的《女伯爵凯瑟琳》（1892）和爱德华·马丁（1859—1923）的《石南荒野》1889年在安辛特音乐厅的成功演出，揭开了爱尔兰戏剧运动的序幕。

叶芝、马丁、格雷戈里夫人发起这场戏剧运动，正是因为他们对爱尔兰当时的戏剧状况十分不满。商业性戏剧占据戏剧舞台，而真正严肃的戏剧却得不到上演的机会。他们迫切地感到爱尔兰戏剧必须要有真正有艺术价值的爱尔兰题材，也必须改变过去英国戏剧舞台上爱尔兰人物的形象，如迪恩·布西科特（1820—1890）剧本中的衣衫褴褛，爱吹牛的爱尔兰流浪汉。叶芝还主张戏剧语言的鲜明、朴素和高雅，希望能恢复那种有诗歌想象的戏剧。1904年他们共同创建了阿贝剧院，给有才华的爱尔兰剧作家提供了发挥他们才能的场所，使他们脱颖而出。从此一大批剧作家出现在阿贝剧院的舞台上。如乔治·穆尔（1852—1933）、艾丽斯·米利根（1866—1953）、乔治·拉塞尔（1867—1935）、詹姆斯·卡曾斯（1873—1956）、帕德里克·科拉姆（1881—1972），谢默斯·迈克马纳斯（约1868—1960）等。剧院也培育了像辛格和奥凯西这样负有盛名的剧作家。

19世纪后半叶的小说并不活跃，也没有多大的创新，但谢里登·莱法纽（1814—1873）的哥特式小说，威廉·阿林厄姆（1824—1889）的诗体小说是个例外。作家伊迪丝·萨默维尔（1858—1949）和瓦奥莱特·罗斯（1862—1915）没有参与文艺复兴运动，她们的作品是独具一格的。她们合写的《真实的夏洛蒂》（1894）反映了爱尔兰农村半封建制度开始瓦解时地主和佃农的关系，从此描写“大房子”成了19世纪末爱尔兰小说的中心主题之一。所谓“大房子”是指英裔爱尔兰上层贵族在农村的邸宅。这些世袭的爱尔兰上层贵族从18世纪开始在农村生活中占主导地位，就像埃奇沃斯的小说《拉克伦特堡》（又译为《剥削世家》）中所描写的地主。但是到了19世纪末，这一统治阶层在新的经济和政治环境中已逐步丧失了他们昔日的地位和权势。作为一种文化的记忆，为了表现英国文化的衰落和传统观念的消亡，表现新教和天主教悠闲上层的生活和思想以及觉醒的农民新旧思想之间的矛盾和斗争，一些作家写出了许多有特色的作品。这类作品被人们归纳为“大房子文学”，它是爱尔兰一种比较传统的文学类型。“大房子文学”的作家在19世纪有埃奇沃思、萨默维尔和罗斯,到了20世纪有鲍恩和一批如珍妮弗·约翰斯顿等比较有代表性的作家。

爱尔兰文艺复兴的创作优势在诗歌和剧本,但是到20世纪初,散文、小说开始发展起来。现代爱尔兰小说可以说是从乔治·穆尔和詹姆斯·乔伊斯开始的,它又相继在20年代和50年代的两代人中得到了进一步稳定的发展。

民族独立后的爱尔兰作家都是革命的产物,因此他们和国家、革命事业都有密切的联系,他们的作品主题也与国家的命运和前途紧密相关,莫尔的《马斯林的戏剧》(1886)就是一部反映"土地联盟"领导的土地战争的小说。人们认为,他在屠格涅夫作品的启迪下写成的《未开垦的土地》(1903)标志着爱尔兰现代短篇小说的诞生。

真正变革了小说艺术的人是乔伊斯。他的第一部中篇小说《一个青年艺术家的画像》,可以看成是他对语言、体裁、象征技巧的勇敢探索,其杰作《尤利西斯》则可以看作是这种探索的光辉结晶。

继乔治·穆尔、詹姆斯·乔伊斯、詹姆斯·斯蒂芬斯之后,又出现了丹尼尔·科克利(1878—1964)、谢默斯·奥凯利(约1875—1916)等知名小说家。

爱尔兰进行了长期争取民族独立斗争,经过1916年的复活节起义,终于摆脱了英国的统治,在1921年宣告成立了自由邦,本地信奉天主教的资产阶级取代了信奉新教的英爱新兴特权阶层的统治。天主教会和新的统治阶级对作家采取怀疑态度,1929年通过的文学出版物审查法就是一个例证。1922年由于派别分歧所导致的爱尔兰内战,影响了整整一代爱尔兰作家。在文学上,内战前爱尔兰作家倾向浪漫,战后,爱尔兰的作家则倾向于保守,其原因就在于作家难以把握这个动荡不定的社会,他们对社会的不满表现在作品中,往往形成一种冷嘲的基调。

30年代较有影响的诗人有克拉克、卡文纳、麦克唐纳、麦克尼斯等。

克拉克（1896—1974）的不少诗歌都针砭了令人窒息的作品审查制度，描写了灵与肉、艺术解放和教会压迫之间的冲突。卡文纳（1904—1969）以长篇叙事诗《大饥荒》（1942）表现了一个爱尔兰农村的单身汉的不幸遭遇，他的文化和物质生活，乃至性生活的权利都被剥夺了。其他诗人还有唐纳·麦克唐纳（1912—1968）、帕特里克·麦克唐纳（1902—1961）、帕特里克·法伦（1905—1974）、罗伯特·法伦（1909— ）等，他们仍以爱尔兰的素材，传统的爱尔兰模式写诗。北爱尔兰诗人路易斯·麦克尼斯（1907—1963）、威廉·罗杰斯（1909—1969）虽然住在伦敦，但仍用爱尔兰的题材写诗，约翰·休伊特（1907—1987）退休后由英格兰回到北爱尔兰，仍坚持以厄尔斯特英格兰移民后裔的身份进行创作。

在50年代，汤姆斯·金塞拉（1928— ）以大量诗歌而名声远扬。和他同代的作家有理查德·莫菲（1927— ）、约翰·蒙塔古（1929— ）、尤金·沃尔特斯（1925— ）、巴兹尔·佩恩（1928— ）等。到了60年代，在北爱尔兰出现了一批很有才华的诗人，如谢默斯·希尼，他是厄尔斯特诗派的带头人。其他诗人有迈克尔·朗莱（1939— ）、德里克·马洪（1941— ）、谢默斯·迪恩（1940— ）、弗兰克·奥姆斯比（1947— ）等。在爱尔兰南部的诗人有伊瓦·博兰（1944— ）、迈克尔·哈特奈克（1941— ）等。谢默斯·希尼除了受到老一辈诗人的影响外，诗人霍布斯勃姆（1932— ）对他的影响尤大。霍布斯勃姆是所谓“小组派”（The Group）诗社的主持人。他们每星期聚会一次，朗读各自的诗作。霍布斯勃姆对诗歌的热衷深深地影响了一批诗人。霍布斯勃姆后来到了女王大学，把他在伦敦组织“小组派”的经验和方法搬到贝尔法斯特。希尼等一批年轻诗人被吸引到他的周围。希尼写了不少散文、随笔和文艺批评等论著，但他的主要成就仍在诗歌创作上。由于他在诗歌创作上的杰出成就，1995年他荣获诺贝尔文学奖。瑞典皇家学院对他的诗歌创作有如下的评论：“希尼的作品具有优美的文采和道德意识，使过去和现在的生活得到美妙的升华。”

30年代英爱戏剧家中，除了奥凯西还有保尔·卡罗尔（1900—1968）、丹尼斯·詹斯顿（1901—1984）、迈克尔·莫洛伊（1917— ）和沃尔特·梅肯（1916—1967）等。到了50年代，一批像塞缪尔·贝克特、布伦丹·毕恩（1923—1964）、约翰·基恩（1928— ）、休·伦纳德（1926— ）等优秀剧作家，就更令人瞩目。他们的题材新颖，技巧也有很大突破，体现了现代戏剧的特色。

在小说方面，30年代的创作总的说来仍偏向保守。虽然乔伊斯的《尤利西斯》在1922年已经出版，但它并没有影响到弗兰克·奥康纳（1903—1966）和利亚姆·奥弗莱厄蒂（1897—1984）的小说体系。试验性小说的出现还有待于弗兰·奥布赖恩（1911—1966）、塞缪尔·贝克特和更年轻一代的作家。造成这种状况的根本原因在于作家本身，他们过分关注人际之间、个人与社会之间的矛盾和冲突。他们过多地注重环境，而又处在一个迅速变化和难以捉摸的社会里，就很难把握自己的爱和恨。他们在孤立主义约束人们思想的社会里，自身也遇到了孤立主义这种难以逾越的障碍，这就使得小说无法得到真正的繁荣。一些长篇小说家转向写短篇小说，因为短篇小说可以避免涉及影响人物的环境和事件发生的背景，而且它能迅速地捕捉生活，对事件做出反映。因此短篇小说在革命后期得到很大的发展。奥弗莱厄蒂、伊丽莎白·鲍恩、奥康纳、肖恩·奥费朗（1900—1991）、拉文（1912—1996）等对他们所处的社会都做出了强有力的反应。奥弗莱厄蒂除了写下了反映他在阿兰群岛生活的《黑色的幽灵》（1924）、历史小说《饥荒》（1937）、反映革命时期斗争的《告密者》（1926），还写下了许多短篇小说。他特别擅长描写岛上的节日礼仪，以及动物的活动。鲍恩写的《鲍恩庭院》（1942）表达了她对爱尔兰生活的眷恋和对祖国的同情。奥康纳以他反映英爱战争的《民族的客人》和描写儿童心里的《恋母情》等优秀短篇而被人们称为短篇小说的大师。奥费朗以英爱战争和爱尔兰内战为背景，写下了《仲夏夜的疯狂》（1932），《一袋铜币》（1937）等短篇小说。拉文的小说表面上看来是描写中产阶级舒适富裕的生活，但她真正关心的是中产阶级的价值观念。她以外柔内刚的语言，深切地揭示了中产阶级价值观庸俗和脆弱的本质。如果说30年代乔伊斯的《芬尼根的苏醒》打破了传统的文学形式，开辟了语言试验的新领域，那么贝克特的《莫菲》（1938）和奥布赖恩《二鸟嬉水》（1939）则以不同的荒诞形式打破了传统的小说模式。贝克特的小说《马洛伊》（1951）被认为是20世纪的杰作，他因为"那具有新奇形式的小说和戏剧作品使现代人从精神贫困中得到振奋"，而获得1969年诺贝尔文学奖。

到了50年代，爱尔兰社会又有很大的改观，除了政府领导层的更换之外，年轻的一代接替了那些为民族独立作出贡献的老一代。一批新的作家也成长起来，他们大都是20年代至30年代出生，没有老一辈的理想的束缚。二次大战后，欧洲和北美社会的迅速变化，使更多的人把目光转向世界。不少人到国外——英国、美国、欧洲和非洲去寻找他们的事业。布赖恩·莫尔（1921—1999）是这一时期典型的爱尔兰小说家。他生活在国外，但意识到自己民族的根，把爱尔兰的背景和广阔的全球视野看得一样重要。这个时期小说的另一特点是，强调个人和揭示人物的内心世界。如埃德娜·奥布莱恩（1932—　），她的小说着重描写人物与传统的家庭观念和教育的决裂，以及在现实面前要做出抉择的心态。人物经过反思、怀旧，最后怀着痛苦的心情回到儿童时代所生活的故土。探索自我的小说还有约翰·麦加恩（1934—　）的小说《警察局生涯》（1963）。50年代后的作家不像老一辈作家期望通过历史寻求答案，或是借助历史使问题显得更清晰。他们并不认为探索历史有什么现实意义。如朱丽·奥费朗《墙壁中的女人》，它并不是传统意义上的历史小说，而是通过一个混乱的社会，表现人物的心态，探索长期存在的人类本性中的那些似是而非的东西。

当代爱尔兰小说家的境况要比35年前的条件好得多，而且他们也取得了很大的成就，首先他们可以更集中地、忠实地、直率地表现人的情感，反映人类错综复杂的本性，而不必过多地顾虑它的性质和社会后果；第二，基于人类本性无论在哪一个阶段都无多大改变这样一种认识，他们对过去采取了更加怀疑的态度；第三，作家采用了更加活泼的创作形式，乔伊斯以后新的小说手法，如松散的结构、不连贯的历史、幻想和幻觉等等都用上了。例如弗兰西斯·斯图尔特（1902—2000），他既不属于自然主义-现实主义，又不属于实验性的现代主义，他把作品看成探索心理的手段，试图开创一条前人未走过的路。最后，也是最重要的一点，当代爱尔兰小说家无论在人物、背景、主题、隐喻等方面，都摆脱了狭隘的地方主义而面向世界。这都说明当代爱尔兰小说已迈出了新的一步，正在健康地向前发展。

爱尔兰文学，特别是爱尔兰文艺复兴时期以来的作品早就被中国人民所喜爱，如叶芝、辛格、格雷戈里夫人的作品在20年代就被鲁迅、茅盾、郭沫若介绍到我国来。格雷戈里夫人的《月出》不仅被学习英语的学生搬上舞台，而且在30年代还被改编成中国话剧《三江好》在国内上演。

格雷戈里夫人（1852—1932）被萧伯纳赞美为当代最伟大的爱尔兰妇女。她是戏剧运动的发起人之一，而且也是运动的中心。她出生在高威郡的一个贵族家庭，是一个典型的新教徒。1880年，她和比她大35岁的格雷戈里爵士结婚。格雷戈里夫人通过她丈夫的关系结识了很多知名人士，像布朗宁、亨利·詹姆斯和曾两度出任首相的威廉·格莱斯顿。她长期侨居国外，丈夫死后才在库尔园地区定居，开始接触爱尔兰社会，由原来反对有利于爱尔兰的“自治法案”，逐渐转变为一个民族主义者。她把在库尔园的家作为爱尔兰作家休养和创作的地方，1897年之后，叶芝每年都到那里休养和创作。

格雷戈里夫人对民谣和民间故事很感兴趣。她以听到和读到的民间故事作为素材，用西部方言写成的《穆伊尔汉的库霍伦》（1902）是一部影响极大的史诗译本。她还写了《神与战士》（1904）。这两本书都是她为一般读者写的。她善于把深奥的学术性文章改写成口头故事，对普及民间传说起到了积极的作用，这些改写本使得不懂爱尔兰语的作家能以民间传说为创作来源。

在戏剧运动中，她不仅是一位杰出的组织者，也是一位创作者。运动初期，她就写一些剧院需要的小喜剧作为开场戏。她的第一个剧本《二十五》是一部滑稽剧，1903年在莫尔斯沃厅演出，得到了好评，增强了她的创作信心。她又写了《散布消息》（1904）。故事是有人误传了一个卖苹果的聋哑妇女讲的一件死人的事，使得人人都以为镇里发生了一起谋杀案，虽然这位传言中的被害者从容轻松地出现，人们仍旧不相信是误传。作品是格雷戈里夫人根据她在一个小镇生活中的见闻写的。剧中的塔培夫人是一个典型的爱讲闲话的村妇。剧中有一位英国官员，总靠他的经验行事，对周围发生的一切不闻不问。这些人物都具有滑稽剧的特征。这出戏反映了与外界隔绝的当地人的性格——他们不服外来的权威，也不顾事实的真相。

格雷戈里夫人不仅写喜剧，也写民间历史剧和儿童神奇剧。《牢门》（1906）、《月出》（1907）都可以看出她对历史事件的高度敏感，能够写出有强烈感情的剧作。《牢门》生动地描写了一位妇女等待丈夫出狱的焦急心情和对英国殖民者的抗议。《月出》是一部鲜明的爱国主义剧本，题目来自一首古谣。这首歌感动了一位警察，使他放走了一个他看管下的起义者。两个剧本采用的都是讽刺手法，很像美国作家欧·亨利的讽刺小说。

格雷戈里夫人的创作才华在她50岁时才表现出来。她是一位多产作家，写过一些民间传说故事还写了30多部戏剧，其中包括和别人合写的剧本和译本，她写过有关舞台艺术的书，如《我们的爱尔兰戏剧》(1913)。她的早期剧作给爱尔兰戏剧指出了发展方向；她为阿贝剧院的很多保留节目，包括叶芝的剧本在内，做了大量的润色工作；她鼓励、培养和保护了许多作家，如为辛格和奥凯西受批评的作品辩护。总起来说，格雷戈里夫人是爱尔兰戏剧和爱尔兰文艺卓越的捍卫者。

威廉·巴特勒·叶芝(1865—1939)是用英语写作的爱尔兰诗人、剧作家、散文家。他生于爱尔兰争取自治的政治运动风起云涌之世，具有强烈的民族意识，曾与人创建“民族文学社”(1892)，发起爱尔兰文学复兴运动，旨在为爱尔兰创造新文学。他还与剧作家格雷戈里夫人和辛格等共同创办“爱尔兰文学剧院”(1899)，企图借戏剧形式教育公众，在现代人中间恢复一种高尚的民族精神，并提高其文化趣味。他还直接参与政治，晚年一度出任新成立的爱尔兰自由邦(1922)参议员。此外，他毕生都对神秘主义哲学有着浓厚兴趣，曾做过无数秘法方术实验。民族政治、神秘哲学和个人情感交织呈现于叶芝的创作之中。他一生勤奋，笔不辍耕，写出了大量诗歌、剧作、小说、散文作品。其诗吸收浪漫主义、唯美主义、象征主义和玄学诗的精华，几经变革，最终熔炼出独特的风格。他的剧作多以爱尔兰民间传说为题材，吸收日本古典能乐剧的表演方式，开创了现代西方戏剧中东方主义和原始主义风气。1923年，“由于他那以高度艺术的形式表现了整个民族的精神、永远富有灵感的诗”，叶芝被授予诺贝尔文学奖。他的代表作品有诗集《苇丛中的风》(1899)、《塔堡》(1928)、《旋梯及其他诗作》(1933)，剧作《胡里痕的凯瑟琳》(1902)、《炼狱》(1939)、《库霍伦之死》(1939)，散文《幻象》(1925；1937)，短篇小说集《隐秘的玫瑰》(1894)等。

叶芝出生于都柏林一个画家家庭。虽然他的家族是信奉新教的英国移民后裔，他本人所受的也基本上是正规的英国教育。但他自小就有自发的民族意识。他对宗主国英国的感情是爱恨参半的。他恨英国人对爱尔兰的政治压迫和文化侵略，同时又热爱英语，因为依靠英语，他得以直接学习莎士比亚等大师，并且使他自己的作品得以更广泛的流传。正是处于这样一种两难的地位，才使他在17岁从事文学创作伊始就感到确定身份的迫切需要。1886年，在芬尼亚运动领导人、爱国志士约翰·欧李尔瑞的影响下，叶芝开始接触爱尔兰本土诗人的具有民族主义色彩的作品、他自己的创作也开始从古希腊和印度题材转向爱尔兰民俗和神话题材。1889年出版的第一本诗集《乌辛漫游记及其他》就反映了叶芝早期创作方向的转变和确定。

第二本诗集《女伯爵凯瑟琳及各种传说和抒情诗》（1892）继续且更集中地以爱尔兰为题材，以象征的手法表现诗人的民族感情，爱尔兰被“想象成与人类一同受难”的“玫瑰”。他幻想通过创造一种建立在凯尔特文化传统之上的英语文学来达到统一天主教的爱尔兰和新教徒的爱尔兰的目的。他相信，如果现代诗人把他的故事置于自己的乡土背景中，他的诗就会像古代的诗一样更细密地渗入人们的思想。

第三本诗集《苇丛中的风》（1899）的问世巩固了叶芝作为第一流爱尔兰诗人的地位。此诗集在创作方法上涉及神秘主义体验，高度体现了诗人早期唯美主义和象征主义诗风，其中最为人称道的是诗集中占大多数的爱情诗。在这些诗中，诗人的个性面目是模糊的，他往往戴着面具出现在孤立的戏剧性场景中。虽然情调尚未脱尽浪漫主义的滥情和夸张，但总的说来，仍不失为近代英语抒情诗中的佼佼者。有的评论者认为这部诗集标志着英爱现代主义（后期象征主义）诗歌的开端，犹如一百年前华兹华斯和柯尔律治合著的《抒情歌谣集》标志着英国浪漫主义诗歌的滥觞。其实，叶芝深受浪漫主义诗人威廉·布莱克、雪莱等的影响，主张“向后看”：“我们是最后的浪漫主义者——曾选取／传统的圣洁和美好、诗人们／称之为人民之书中所写的／一切、最能祝福人类心灵／或提升一个诗韵的一切作为主题”（《库勒和巴利里》）。在叶芝眼里，贵族是人类精华知识的保存者和传承者。与之相对的是保存和口头传播民间知识的乞丐、浪人、农夫、修道者，甚至疯人。叶芝有许多诗作就是以这些人物为角色，或者干脆是他们所说所唱的转述。这些构成了叶芝智慧来源的两个极端。

总之，是“这盲目苦难的土地”爱尔兰造就了叶芝和他的诗。在去世前一年所作的《布尔本山下》一诗中，他总结了他毕生的信念，并告诫后来的同志：“爱尔兰诗人，把诗艺学好，/歌唱一切优美的创造；……/把你们的心思抛向往昔，/以使我们在未来岁月里可能/依然是不可征服的爱尔兰人。”

叶芝的诗具有很强的自传性。他的诗以大量的篇幅和坦诚的笔触记录了他个人的经验和情感，尤其是他对友谊和爱情的珍重。“颀长而高贵，胸脯和脸颊/却像苹果花一样色泽鲜明淡雅”（《箭》）。这是叶芝初见莫德·冈时的印象。当时他们都23岁。他立即被她的美貌征服了，“我一生的烦恼开始了”。莫德·冈是一个坚定不移的民族主义者和行动者，为了争取爱尔兰独立不惜一切代价，甚至不择手段。叶芝为赢得美人青睐，追随她参加了一系列政治活动，同时也引诱她参加他所感兴趣的秘术实验和戏剧运动。他曾自称，他所做的诸如组织政治、文学和神秘社团等一切实事都是为了莫德·冈的缘故。而她对他的不理解长期刺激着他的诗歌灵感。他一再向她求婚，均遭拒绝，却为她写下了大量诗篇。有的评论者称这些作品是现代英语诗歌中最美丽的爱情诗。他们的关系对叶芝的生活和创作影响极大。1903年莫德·冈与他人结婚，这对叶芝来说是沉重的打击。此后，加之剧院事务的烦扰，叶芝的心情很坏，诗风也随之大变。从诗集《在那七片树林里》（1904），经《绿盔及其他》（1910）到《责任》（1914），诗人逐渐抛弃了早期朦胧华丽、“缀满剪自古老/神话的花边刺绣”的“外套”而“赤身走路”了（《一件外套》）。作品语言变得直白朴素，意象变得硬朗明确，开始有了阳刚之气。

与此同时，叶芝的戏剧创作也在经历着大胆的实验。实际上，他最初和最后的创作都是诗剧。他的《剧作汇集》（1952）中共收录26个剧本（其中只有个别散文剧），此外尚有未入集者。叶芝的剧作一开始就与莎士比亚以来的传统戏剧大不相同（为了摆脱英国传统的影响，他转而强调学习法国和瑞典戏剧）。其故事题材多基于观众熟悉的神话、传说或宗教仪式，且往往只截取单一事件而非复杂的情节系列。如此一来，观众的注意力不再集中于人物心理和已知的故事结局，而是集中于剧情如何发展和表现上。可以说，叶芝把戏剧仪式化了。这有点儿像我国的传统戏剧，观众对故事情节早已耳熟能详，主要欣赏的是那高度程式化的表演。但是，在欧洲戏剧史上，叶芝之前还没有现成的纯粹仪式化戏剧可资借鉴。所以，最初他试用当时与作为新生事物的短篇小说一样流行的独幕剧形式，有时结合古希腊悲剧以及中古神秘剧或说教剧的结构和手法。直到后来发现了日本能乐之后，他才真正找到了模范形式，可以有效地全面实验他的戏剧观念。1917年，诗剧《在鹰井畔》问世，其中叶芝初次试用了东方戏剧的写意化表现手法，把布景、灯光以及动作等舞台表演因素都简化到极致，从而使观众的注意力集中在台词的吟诵上。他强调艺术的功用是唤起精神现实，追求戏剧的仪式象征效果。他那些以爱尔兰神话为题材体现自己的哲学理念的风格崇高的象征主义诗剧不太受大众欢迎。但他并不在意，而是越来越倾向于为少数人创作剧本。

叶芝认为“哲学是个危险的主题”。但他中年以后的诗明显地再次向哲学靠近。对于叶芝来说，诗的内容比形式的价值大。他认为诗若不表现高于它自身的东西便毫无价值可言。诗集《库勒的野天鹅》（1919）就已显示了叶芝开始从日常生活主题转向哲理冥想主题。在随后的一本诗集《麦克尔·罗巴蒂斯与舞蹈者》（1921）的前言中，叶芝解释说：“歌德说过，诗人需要哲学，但他必须把哲学保持在他的作品之外。”而叶芝自己却禁不住要把哲学糅进诗作中去。他也承认这本诗集中的某些作品很难懂。例如著名的《第二次降临》一诗就利用历史循环说和基督教神秘主义等概念，预言自耶稣降生以来近两千年的基督教文明即将告一段落，世界正临近一场大破坏。因此，要读懂这些诗，必须对叶芝的信仰和哲学有所了解。

叶芝曾经说，没有宗教他就无法生存下去。然而在他父亲的影响下，达尔文及其他一些英国思想家的怀疑主义阻碍了他接受正统基督教，而为了反抗他们“对生命的机械简化”，他需要新的精神支柱。大约在1884年，叶芝读到了一本英国人撰写的名为《佛教密宗》的书，深受影响。稍后他在都柏林听了印度婆罗门摩希尼·莫罕·查特基对印度教义的立场阐释，从此树立了他对轮回转世学说的终生信仰(《摩希尼·查特基》)。在伦敦居住期间，他又参加了那里风靡一时的“异教运动”，钻研起东、西方的各种秘密法术，希冀通过实验寻求永恒世界的证明，与未知世界建立直接联系。他认为，来自科学或其他世俗知识的“灰色真理”和基督教的“上帝之道”都无法令人满意地解释人类灵魂的奥秘，所以他鄙弃关于物的“客观真理”而追求关于人的“主观真理”。

他还相信，在各种秘密法术中，有三条自古相传的基本教义：1)人的精神可以相互交流，而造就一个大精神；2)人的记忆也同样是流动的，且是造化的大记忆的一部分；3)此大精神和大记忆可以用象征召致。后来，他把这些概念与新柏拉图主义哲学的“世界灵魂”相同一，视之为“一个不再属于任何个人或鬼魂的形象仓库”。作为诗人，为“召致”或表达某种隐秘的境界，他不得不注重作为象征的形象。所以说，这种神秘主义信念是叶芝象征主义文学创作的基础。

1917年，叶芝与乔吉·海德-李斯结婚。妻子为改善他当时的忧郁心境，在蜜月里投合他对神秘事物的爱好，尝试起当时欧洲流行的类似我国扶乩术的“自动书写”来。据她说，这是“为你的诗提供隐喻”。这果然引起了叶芝的兴趣。他运用新柏拉图主义及东方神秘主义等哲学知识对妻子的那些下意识的玄秘“作品”加以整理、分析、诠释，终于1925年完成了一部奇书《幻象》。这标志着叶芝的信仰和象征体系的完成。书的内容涉及用几何图形解释历史变化的历史循环说，用东方月相学解释人类心理的个性类型说以及灵魂转世说。通过想象和逻辑，来自各种文化的神秘象征被秩序化了，形成了一个自圆其说的骨架。但由于该书近乎荒诞不经又驳杂晦涩，遂赢得了“庞杂而古怪的伪哲学”和“粗劣而无价值的自制品”之讥。叶芝本人起初希望该书能够被看作是一部神话学，后来则承认它是他的哲学体系的一部分。《幻象》一书可以说是理解叶芝中晚期诗歌和戏剧作品的一把钥匙。它为他的创作提供了哲学参照背景及主题和意象，使作品寓义深刻而又免于抽象枯燥艰涩。同时他又在埃兹拉·庞德的建议下采用当代的“现实”素材和意象，从而使创作避免了走进概念化死胡同的危险，在艺术上达到了他所谓的“浪漫主义与现实主义性质的结合”。

诗集《塔堡》（1928）和《旋梯及其他诗作》（1933）即以叶芝实际居住的巴里利古堡及其中盘旋而上的楼梯为象征，暗示历史循环运动的轨迹和灵魂轮回上升的历程。叶芝认为，人类文明一如个人，都是灵魂的体现，其中阴阳两极力量交互作用，运动形式犹如两个相对渗透的圆锥体的螺旋转动，往复循环，周而复始。这种思想和象征在稍前的《再度降临》和稍后的《螺旋》等许多诗作中都有所表现。而《丽达与天鹅》这首具有“可怕的美”的十四行诗则用细致、感性的描写再现神话传说的场景，暗示阳与阴、力与美的冲突和结合，把基督教纪元前的古希腊文明的衰亡归因于爱和战争这两大人类本能。叶芝这一时期所关心的根本问题还是灵魂如何超脱生死，得以不朽。他对赫拉克里特所谓的“此生彼死，此死彼生”的相对主义观点加以重新解释，同时袭用柏拉图的“精灵”说，认为灵魂不灭，它可以不断转世再生，逐渐达到完善境界，即成为介乎神人之间的一种存在——“精灵”，而后不朽。他还认为，人死后，灵魂可借艺术的力量通过“世界灵魂”与阳间沟通。《驶向拜占庭》一诗即表达了诗人希冀借助于艺术而达到不朽的愿望。姊妹篇《拜占庭》则表现灵魂脱离轮回走向永恒之前被艺术净化的过程。

叶芝在获诺贝尔文学奖后曾说，他年轻的时候，他的缪斯是年老的。而他变老的时候，他的缪斯却变年轻了。意思是说，年轻时他追求智慧，年老时却又羡慕青春。“肉体的衰老即智慧；年轻时/我们曾彼此相爱却愚昧无知。”智慧与青春的不可兼得，亦即灵与肉的对立斗争成了叶芝“艺术与诗歌的至高主题”（《长久沉默之后》）之一。晚年的叶芝爆发出惊人的生命欲望和创作活力，自信而无耻地放歌肉欲之爱：“你认为可怕的是情欲和愤怒/竟然向我的暮年殷勤献舞；/我年轻时它们不算什么祸殃；/如今还有什么刺激我歌唱？”（《刺激》）他的诗艺老而弥精，达到了随心所欲不逾矩的化境。

叶芝自称年轻时有三大兴趣，其一是民族主义，其二是诗歌，其三是哲学。这些兴趣在他一生中从未减退，而是互相交织、融合，最终被“锤炼统一”，形成体系。象征的系统性是叶芝诗歌创作的一大特点。而他的全部诗作就是他追求自我完善的一生的象征。

然而，叶芝所注重的形式与先锋派所追求的形式不同。他几乎从不做技巧上的实验创新，不用自由体写诗，而是“强迫自己接受那些与英语同时发展起来的传统格律”。这是为了避免个人化，而只有非个人的东西才会不朽。“我必须选择一种传统的诗节，甚至我所做的改动也必须看起来是传统诗节。……我是一群人，我是一个孤独的人，我什么也不是。”这就是叶芝，一个在传统与现代、个人与群体之间来回奔跑的诗人。难怪有人认为，叶芝“在现代作家中最具现代感，而无须是现代主义者”。

埃兹拉·庞德初遇叶芝时称他是唯一值得认真研究的当代诗人，视他为前期象征主义和后期象征主义之间的桥梁。T.S.艾略特则称他是“20世纪英语世界最伟大的诗人”。作为爱尔兰最伟大的诗人和世界文学巨匠之一，叶芝对各种语言的现代诗歌（也包括我国的）产生了巨大的影响。他的诗歌创作对意象主义有一定影响，也可以说是超现实主义的先声；甚至有的评论者认为，他的戏剧创作启发了后来的荒诞戏剧。在西方，叶芝研究已成了一门学问，有关他的各种学术著作多不胜数。

约翰·米林顿·辛格（1871—1909）出生在都柏林近郊的拉斯法纳姆的律师家庭，第二年父亲就去世了。他母亲是福音派基督徒，辛格是跟随母亲，在严格的新教徒环境中长大的。

辛格自幼酷爱大自然，14岁就读了达尔文的《物种起源》。对自然科学产生兴趣。由于体弱，辍学自学自然史，并加入“都柏林自然科学家野外俱乐部”，经常独自到野外采集蝴蝶和飞蛾标本，养成了孤独的性格。

1889年他考上了都柏林三一学院学习语言和历史，由于学习希伯来和盖尔语成绩优秀，还得过奖。在学期间，他又考上了爱尔兰皇家音乐学院学习钢琴和提琴，后来到德国进一步深造，期望把音乐作为自己终生的事业。从此他脱离了家庭的束缚，也抛弃了家庭历来信奉的福音派基督教，但是辛格发现自己的身体素质不宜学习音乐，于是把兴趣转向文学。

辛格来到巴黎大学学习文学批评、中世纪文学和古爱尔兰语等课程并对凯尔特文明发生兴趣，1896年他结识了叶芝和莫德·冈，还参加了后者领导的民族主义组织——“爱尔兰联盟”。后来他又退出了这个准军事组织，他在给莫德·冈的要求退出组织的信中说：“我希望用我自己的方式来为爱尔兰的事业服务。”1898年他回到爱尔兰，访问了西部的阿兰群岛，去了解当地渔民的生活。据说叶芝也劝说他离开巴黎，到阿兰群岛去描写那里的农民和渔民。这是辛格为民族事业服务迈出的第一步。此后许多夏日，辛格都在威克洛、克里和阿兰群岛上度过。他后来的许多作品就是在考察了这些地区的人民生活之后创作出来的。

《阿兰群岛》（1907）是辛格1901年写成的一部旅行纪实。全书共分四节，以新闻报道的形式描述岛上的自然景色和有特色的居民生活。作者去小岛的途中，亲眼看到岛民简朴的生活，姑娘们胡乱地裹着头布，“猪崽被随便地绑在袋子里”。作者还告诉我们：“我从没有见到过这样的荒凉”。荒凉使得人们经常意识到死亡，但这种气氛很快就被讲盖尔语的姑娘的爽朗笑声打破了。故事到后来虽然变得零碎，但字里行间流露出作者对小岛的强烈感情。在作者笔下小岛好似沦落的天堂，岛民们保持着古老的文化和信仰，以丰富的想象力改变着现实，以实现他们的理想。这本札记实际上已成了辛格后来戏剧创作的背景素材。辛格利用当地富有特色的方言，创造出一种崭新的、近似神话的戏剧。

1902年夏，辛格完成了《峡谷的阴影》和《骑马下海人》两部独幕话剧以及《补锅匠的婚礼》的初稿。

《峡谷的阴影》（1903）讲的是一个流浪汉到一户人家去投宿，看见一个叫诺拉的妇女在守灵，死者是她的年迈的丈夫。诺拉把这个流浪汉留下后，就去找她心爱的年轻农民。流浪汉看见死尸突然坐起来，不禁大吃一惊。原来她丈夫是装死，为的是把他的妻子和情夫一起抓起来。等他的妻子和情夫回来时，他把她赶出了家门，但她胆怯的情夫却留下来陪丈夫喝酒。诺拉趁机就和流浪汉逃跑了，这个故事是辛格从阿兰群岛的一位老人那里听来的。剧情是可笑的，因为即使最希望丈夫死去的年轻的诺拉，也不会相信她丈夫会那样突然地死去。但这并不是一个滑稽剧，它反映了诺拉被围困在没有爱情的山谷之中，感到孤独和寂寞，渴望有充实的生活和自由，最后她勇敢地跳出峡谷，和一个流浪汉结合了，去寻找一个自由的新天地。

《骑马下海人》（1904）是一部描写阿兰群岛渔民生活的剧本。玛丽是一个意志刚强的老妇人，她的丈夫和五个儿子都在海上遇难，最小的儿子巴特利不听母亲劝告，执意冒着风暴渡海去大陆集市卖马，结果也遭遇不幸。渔民们把他的尸体用一块破帆裹上，带回给他母亲。老妇没有哭泣，没有悲伤，而是说：“我们命中注定要死亡，没有人永远活着，我们应该满足。”这是一部十分感人的悲剧，它歌颂了老妇人的坚强性格，以及阿兰群岛渔民和狂暴大海搏斗的无畏精神。辛格描写死亡，但没有呜咽的声音，只有严肃的气概，这是他的特殊风格。这部剧在构思和结构方面表现出希腊悲剧的影响，它强调了神秘和超自然的因素和人类终将遭到毁灭的结局，成功地创造出希腊悲剧的气氛。

《补锅匠的婚礼》(1909)是一部表现爱尔兰流浪者无拘无束的生活与传统社会制度冲突的一部独幕喜剧。传统的婚礼必须由神父主持，在教堂举行，才有道德和法律的效力。莎拉和补锅匠迈克尔已同居多年，忽然想去教堂举行婚礼，可是遭到神父的刁难，要他们交付十个先令，外加一把酒壶，如不满足这些要求，就拒绝为他们主婚。他们就把神父捆起来，装进麻袋。在惩戒了神父之后，他们放弃了到教堂结婚的想法，而回到原先自由自在的生活中去了。由于该剧反映了天主教和非教徒的矛盾，阿贝戏院负责人怕引起天主教人士的反感，因此这个幽默喜剧直到作者死后，才得以在伦敦首演。

《圣泉》(1905)是一部具有中世纪道德剧风格的三幕悲喜剧，写的是一男一女两个瞎乞丐。他们具有盲人的丰富想象力，自得其乐地生活在自己创造的世界里。一个过路的修道士用圣水帮他们恢复了视觉，盲人复明后，看到四周一切都丑恶不堪，他们想象中美好的世界破灭了，他们自己也变得又懒惰又使人讨厌了。直到修道士再度使他们失明，他们才恢复了原先的平静。他们泼掉圣水。决心在失明的生活中，寻求一个美好的世界。剧本试图告诉人们幻想往往要比现实更美好，这一思想几乎贯穿在辛格所有的戏剧里。

《西方世界的花花公子》(1907)是辛格最有代表性的三幕喜剧，描写一个无知而谦卑的青年克里斯蒂·马洪来到西海岸梅奥郡的一个村落，自称因抗婚和专横的父亲发生口角，盛怒之下用铁锹打死了父亲。偏僻的村民被这离奇的故事所吸引，把他当成英雄。妇女对他表示爱慕，酒店老板的女儿佩格恩对他一见钟情。在一片赞扬声中，这个腼腆的小伙子一下子变成了一个英雄、诗人和大胆的求爱者。不料脑门上只受点轻伤的父亲随后追来，戳穿了克里斯蒂的谎言，他再次和父亲格斗，但没有达到杀父的目的。村民知道了真相，再也瞧不起他了。但克里斯蒂在这场经历中得到了锻炼，更坚强地投入生活。他相信自己是"一切战斗的胜利者"，他说："从现在起，我将在欢畅的言谈中度过我的余生。"他在向停滞的社会的挑战中认识了自己，解放了自己，佩格恩虽然钦佩克里斯蒂，但思想上摆脱不了传统的束缚，最后她只有感叹："啊，我伤心，我肯定失去了他，失去了这唯一的西方花花公子。"

这是一出活泼、幽默、欢快、妙趣横生的戏剧。这种欢快正像辛格所说，是"在超绝的野性的现实中产生的"。辛格在给一位年轻人的信中谈到这个剧："假如你想把野性说成爱尔兰农民的缺点的话，那么它也像他们的优点一样，都是他们丰满的性格造成的，这是一种无法形容的无价之宝。"这种丰满的性格使他们成为活泼幽默的人，而不是残忍粗鲁的人。

《戴尔德拉的忧患》（1910）是辛格写的最后一个剧本，他死后才发表，这是他把英雄史诗改编成剧本的一次尝试。剧本取材于古爱尔兰传说，写年老的康诺巴王看上了年轻美貌的戴尔德拉，但她已爱上了年轻的奈西。她在拒绝了老王的求爱后，和奈西三兄弟逃往苏格兰。老王设计把她骗回，杀死了奈西三兄弟。戴尔德拉闻讯后，悲痛欲绝，来到三兄弟的墓前，以自杀来表示她对奈西坚贞的爱。

辛格的戏剧深深地植根于现实生活之中，他认为生活的基本现实是戏剧的唯一源泉。他把真实地反映爱尔兰农民的生活，作为他戏剧的主要内容。他最了解农民，对他们充满理解和同情，所以他能刻画出现实生活中栩栩如生的人物。他笔下的人物有能说会道、浪漫诗人般的流浪者，有无拘无束、小偷小摸的补锅匠，也有贫穷、迷信、粗暴的农民。他们受到孤独、贫困的折磨和公众舆论的非难。他们有悲伤，但对未来也充满美好的向往。辛格认为在戏剧舞台上也必须有真实，因此他要求布景和道具必须和现实生活一模一样。

辛格有一种使人困惑的粗野气质，是一位不易被人接受的剧作家。他创造的戏剧人物开始也不易被人理解。如《峡谷的阴影》上演时就遭到保守的民族主义者的指责。阿瑟·格里菲斯在《联合爱尔兰人》报上指出，一个年轻妇女离开丈夫是不道德的，是对爱尔兰农村妇女的侮辱。《西方世界的花花公子》1907年上演时在戏院曾引起骚乱，攻击者认为把农民描写成残忍的杀人犯和怂恿暴力的野蛮人，是对农民的诽谤。甚至有人把辛格本人也看成怪物、社会渣滓和道德败坏的人。长期以来，城里人以为农民接近自然因此保持着虔诚、忍耐等美德，他们几乎被看成最完美的人。但他们多少世纪来受压迫、受剥削，这使他们变得自卑、愚昧、迷信和粗暴。辛格在剧作中善意地批评他们，然而也从他们身上找到了真正的美德——热情、幽默和不妥协。而在民族主义思想十分强烈的时期，爱尔兰的一切几乎都被理想化了，对有损民族形象的任何批评都被看成是对自己民族的背叛。

辛格强调幽默在现实生活中的重要性。他从法国戏剧家莫里哀那里学到对真正幽默的尊重，认为人民具有丰富的幽默感，他们并不介意在喜剧里受到不怀恶意的嘲笑。

辛格热爱大自然，崇拜大自然的壮观和神秘，他戏剧中的原始角色都是大自然的一部分。他强调人与大自然的关系而不是与神的关系，他要讽刺的也正是拒绝接受大自然的那些人。

辛格戏剧的鲜明特点是他语言的创新以及他抒情诗式的文体。他认为要写出有特点的作品，必须要到群众中去发现一种独特的、潜在的、诗的语言，而这种语言只能在口语的“狂欢”中和本地生活“超绝”的现实中找到。他写道：

> 一切文艺都是一种协作，毫无疑问，在愉快的文学时代里，惊人的、美丽的词句在讲故事人的嘴边，就像一件华丽的衣服，伸手可得。一位伊丽莎白时代的剧作家写作时，会应用很多在饭桌与家人交谈时听到的词句。在爱尔兰，我们了解民众，也有这种有利条件。前几年，我在写《峡谷的阴影》时。从威克洛那间房子的地板缝中，听到厨娘们的谈话，得到了帮助。这种帮助是任何学习都得不到的。生活在一个想象很丰富、语言很有生气的国家里，一个作家可以得到大量的丰富的语言，这就给现实——一切诗歌创作的根本——一种完整和自然的文学形式。

在当代的戏剧中，辛格发现，只有被歪曲了的、片面的现实和不自然的唯美主义。他认为，只有方言能把崇尚美和崇尚现实主义的相互对立协调起来。辛格认为，英语将从方言中获得新的生命。他说："盖尔语的气氛在爱尔兰还很浓，它能给英语带来多强的音符，目前还难说，但每一次新文学运动，在语言上必定会有一种新音符；每一种被广泛使用的语言，都潜藏着无数的音符。"诗人T.麦克多纳认为，"英爱方言就是一种理想的文学媒介。"这种方言使用得当，就会比英语和盖尔语分开使用更新颖、更简洁、更有生气。辛格在剧本中使用的是威克洛和阿兰群岛上居民的口语，他们在讲英语时仍习惯用盖尔语思维，他们的句法、短语、甚至个别词，都可以在盖尔语中找到。这是一种有韵律、富有音乐感的口语。辛格有过这样一次经历，他聆听一位老人朗诵盖尔语的诗歌，他虽不全懂诗歌的内容，但诗歌的韵律却催他泪下。辛格在戏剧里，就十分注意使用脚韵。

辛格和叶芝共同促进了阿贝剧院的发展。但在叶芝倡导诗剧的同时，辛格却以他双重语言的优势，创造出一种新的戏剧语言，它既有诗歌的韵律和意境，又有散文的自然和活力，每一句话都有“坚果或苹果的芬芳”。他的独特的戏剧实践为20世纪初“优雅”而沉闷的英国舞台开辟了新的天地。

辛格于1909年3月24日在都柏林逝世。他年轻时曾满怀豪情地说：“我要集莎士比亚、贝多芬和达尔文于一身。”他没有集三者于一身，但却以相反的次序成了一名科学家、音乐家、诗人和戏剧家，他一生虽然只写了六个剧本，但评论家一致认为他是爱尔兰文艺复兴时期最杰出的剧作家。

肖恩·奥凯西（1880—1964）出生在一个贫苦的新教徒家庭。他从小就患眼疾，无法得到系统的正规教育，但他在姐姐伊莎贝拉的指导下读了很多书。读书给他打开了一个新奇的世界，他特别喜欢读《圣经》、莎士比亚、爱尔兰剧作家布西科尔特、雪莱、罗斯金和萧伯纳的作品。他14岁开始帮别人干活，父亲去世后他在铁路上做过工，在建筑工地运灰、挖土，做各种重体力劳动。他很早就关心民族解放运动，学习盖尔语，还把自己的英文名字约翰改为爱尔兰语的肖恩。他受到工人领袖拉金的影响，对社会主义发生兴趣。1908年拉金在都柏林组织了爱尔兰运输工人总工会，领导了1913年的罢工，奥凯西目睹资本家残酷地关闭工厂辞退工人，增强了他为社会主义奋斗的决心。工人们为了保护自己的权利，组织了爱尔兰公民军，举起了“犁和星”的战斗旗帜。奥凯西参加了公民军，并任书记，后来因为不赞成公民军和代表中产阶级的义勇军合作，退出了公民军，因此也没有参加1916年复活节的起义。但他并没有脱离民族解放运动，他经历了独立战争的暴力和恐怖，他被捕过，亲身体会到内战的灾难。因此写出了以都柏林为背景的、反映独立战争和内战的三部剧本：《枪手的影子》（1923）、《朱诺和孔雀》（1924）、《犁和星》（1926）。

《枪手的影子》是奥凯西在阿贝剧院上演的第一部剧作，描写1920年英国当局派辅助部队和共和军游击队作战。主人公唐纳·达沃林是一个胆小的诗人，他的公寓里的住户却以为他是共和军的枪手。休玛斯·希尔兹曾参加过公民军，和达沃林同住一屋。在一次英军搜查之前，他们两人发现休玛斯的朋友寄放在他们房里的手提包里有一颗炸弹，他们很害怕。就在这时，明尼—— 一个敬爱达沃林的少女，毅然把这个提包隐藏在她自己的房里。后来，炸弹被发现，她被英军抓走。在她被押送的路上，英军遭到伏击，她也不幸中弹牺牲。

奥凯西在舞台指导说明里，以讽刺的口吻描写达沃林可鄙的窘态是“一场刚强和懦弱的永恒较量”。达沃林也承认自己的可鄙，“噢，达沃林——是诗人又是胆小鬼，是胆小鬼又是诗人！”希尔兹原是公民军的积极分子，后来因为不满恐怖主义政策就退出了。但他自己并不比使用暴力的公民军高明多少。明尼被捕后，他担心明尼会把他供出来，表现得懦弱、自私而迷信。他最后讲的一句话“我早知道只要叩墙声一响，就会出事！”是个很有讽刺意义的结尾。

剧本通过人们对待这个事件的不同反应，成功地塑造了人物的性格。两个男主角高谈阔论，但都是言行不一的胆小鬼和假英雄。女主角话讲得很少，却能以实际行动表现自我牺牲的英雄气概。

格雷戈里夫人曾对奥凯西说，“我相信你有才气，你的优点在于刻画人物。”这一点在《朱诺和孔雀》这个剧本中表现得更为突出。

《朱诺和孔雀》是以爱尔兰自由邦内战为背景的一个家庭悲剧，剧名来自希腊神话。在神话里朱诺是一位女神，她用孔雀驾车。在这出剧里，孔雀却是朱诺给她丈夫杰克·博伊尔起的绰号。一天博伊尔听说有一笔遗产归他继承，以为苦尽甘来从此可以摆脱贫困。但是过了几天，证明这消息是假的，而这时他们已经背上了赊购货物的重债。女儿玛丽受了教师本瑟姆的欺骗，怀孕后又被抛弃。儿子约翰尼因为出卖了一个共和军的同志、被自由邦派处死。博伊尔和他的朋友乔克塞喝醉了酒跌跌撞撞地回到家里，家里已空无所有。朱诺默默地忍受着这一切，她擦干眼泪，决心和女儿离开这个家，开始新的生活。

在奥凯西笔下，勤劳勇敢的女性永远是爱尔兰工人阶级的支柱。她们叨唠、埋怨，甚至迷信，而她们却是最有现实感和献身精神的英雄。博伊尔和他的妻子正好形成鲜明的对比，他逃避现实，沉溺于幻想，喜欢吹牛，又爱喝酒。从下面几段话里，我们可以看到奥凯西对人物个性的生动描写。当博伊尔找到了工作。表示要拿起铲子去干活时，朱诺生气地说：

> ……铲子！你用刀叉干活要比你用铲子干活强得多了！真要你去干活，你就变成另一副模样了——因为你会说你脚痛，你的胳臂也抬不起来了。你苦命的老婆还得累死累活地喂你吃的，你还是成天像孔雀似的，在外面逛荡！

博伊尔曾编造过一段他的离奇的海上生活："船从墨西哥湾开往南极洋……狂风吹刮着，海浪抽打着，打着……"朱诺揭穿了他的谎言：

> ……人人都称你为船长，但你只出过一次海，还是在开到利物浦的煤船上。人家见到你，听你说的时候，就真把你当成了第二个克里斯多，当成了哥伦布。

这几段描写很有喜剧特点。但是，奥凯西表现的贫民窟生活和揭露的爱尔兰社会矛盾都是悲剧性的，博伊尔最后讲；"世界在糟糕透顶的混乱之中"。这句话首先是他自己家庭的写照，其次，说明了社会和精神的混乱毁灭了许多家庭。因为自由邦派和共和国派的分歧，使得本是亲密朋友的罗毕和约翰尼，在毫无意义的斗争中失去了生命。奥凯西把人物刻画的喜剧性和政治生活主题的悲剧性有效地结合在一起，使他的剧本充满了活力和感染力。

这个剧本的上演取得了很大的成功，日夜场场满座，在阿贝剧院史无前例地连续演了两周。它的成功在于真实地描写了爱尔兰贫民区的生活，采用了人物对照的戏剧手法。同时，长期以来，剧院上演的剧目都是农村和小城镇的题材，上演描写城市生活的剧目还是第一次。这为今后城市剧本的写作开辟了一条新路。

《犁和星》是以1916年起义为背景的剧本。每一幕都是一首独立的插曲，同时又是整个剧本的有机组成部分。

第一幕：彼得·弗林为了要给他单调的生活增添色彩，穿上了旧式军装，挎着马刀，准备去参加爱国者的游行集会，但他的样子却使人发笑。克里斯罗则离开公民军，以此来发泄他对1916年起义前公民军的主张的不满。

第二幕：帕屈克·皮尔斯在广场上号召人民向英军作战，他的声音传到酒吧间。在酒吧间里，起义军对他的讲话进行争论，妓女罗西·瑞德蒙特对民族主义进行攻击。

第三幕：正当起义军在激战时，贝西·帕吉斯和戈根太太却趁乱抢劫了商店。

第四幕：起义军在战斗中流血牺牲，诺拉因为失去亲人而精神失常，她喃喃自语，思念她的丈夫和孩子。女人们在照顾诺拉，男人们在打牌。帕吉斯在守护诺拉时中了流弹死去。最后，在诺拉家，只剩下几个英国兵在那里哼着小曲，“让家里的炉火燃烧吧！”

奥凯西在这个剧本里仍着重用对照和隐含的讽刺来表现这场民族解放斗争的复杂性。他还以“间离”的手法使观众不对个别人物的命运认同，从而能冷静地观察事物的整体，正如一位评论家所指出的，“诺拉的命运不过是动乱日子的一个插曲……，首要的是整个人民的悲剧。”第二幕酒吧一场，奥凯西通过皮尔斯的讲话，揭示了民族解放运动受挫的症结。这位领导人号召义勇军和公民军为他们的国家而战，但他所讲的抽象的民族独立的原则和人民真正的需要是脱节的。对他的讲话，有人喊出“我们必须为自由而战！”但也有人喊出“自由有什么用，如果不是经济自由！”这次起义缺乏群众基础的例子在剧中也是屡见不鲜的，克里斯罗的慷慨陈词“爱尔兰比老婆还重要”，表现了他为民族解放而献身的精神，但他并没有理解这场斗争的意义，他也并不真正关心劳动人民的命运，或承担起对妇女、儿童的道义责任。奥凯西并不想在这里全面评价起义（在他的自传里对起义有详细的叙述），他只是批评起义的不足和缺点，希望人民在未来的斗争中加以克服。

奥凯西的这个剧引起了争论，有人认为它是对复活节起义的侮辱，但也有些人希望奥凯西能继续和虚伪作斗争。格雷戈里夫人看了这出剧之后说：“我觉得我不想再看到别的戏剧了，看过这出剧，其他的戏剧全部黯然失色了。”《星期日时报》评论员詹姆斯·阿加特把这部戏剧的最后一幕看成是莎士比亚以后最好的悲剧场面之一。

奥凯西在阿贝剧院成功地演出了三个剧本之后，于1926年到英国伦敦领取了霍桑登奖金，并为阿贝剧院写了一部反映第一次世界大战的剧本《银杯》。这部反战的剧本被阿贝剧院拒绝了，于是他决定留在英国，让《银杯》首先在伦敦演出。

叶芝不喜欢《银杯》，他不赞成作家描写战争的恐怖，也不喜欢现代主义的写作手法，认为奥凯西应该写他熟悉的都柏林的贫民区生活，而不该去写他不熟悉的东西。为此叶芝和奥凯西发生了争论，这个裂痕直到1935年阿贝剧院最终上演《银杯》，才得到了弥合。

《银杯》（1928）这两字本是苏格兰诗人彭斯的一首民歌的题目。歌中描写一位登船开赴前线的战士对他情人的留恋，这首民歌在剧中第一幕的末尾出现。战士哈里本是一名足球健将，为足球俱乐部赢得了银杯，也赢得了女友的爱情。但在第一次世界大战中他负了伤，成了残废。回国后，在为纪念足球俱乐部获奖一周年举行的舞会上，哈里受到情人和朋友的冷落，他气愤之下捏碎了银杯。那曾是象征“青春、力量和胜利”的银杯，如今却成了毁灭的象征。帝国主义的侵略战争给哈里带来了不幸，反对这场可恨的战争就成了这个剧本的主调。

为了烘托战争的残酷，奥凯西在第二幕尽情渲染了战士精神上和肉体上的痛苦。舞台背景是坍毁的教堂，破损的十字架倒在一边，舞台中央是指向天空的黑色大炮，战士们跪在大炮前面，唱着祷诗，祈求上帝保佑。搜索敌人的探照灯划破夜空，战士们像机器人似地装着炮弹，爆炸的炮弹闪闪发光却没有一丝声音。这一幕在舞台背景、对话、灯光的处理上都是表现主义的。没有英雄主义，没有浪漫情调，只有刻骨的凄凉，恶梦似的不真实感。战士们变成了只有简单连续动作的机器人。帝国主义战争的残酷不是通过“死”而是通过比“死”还要残酷的“生”来表达的。全剧共有四幕，其余三幕都是一般写实手法，只有这一幕用的是新的艺术手法，目的显然是为了更生动地表现主题。

奥凯西完全可以在前面三部剧本取得成功的经验的基础上继续使用贫民窟的题材进行创作，这似乎是既安全又方便的路子，而他却向自己提出了一个新的挑战，在以前的剧本里他从都柏林贫民窟妇女受害者的角度，来描写爱尔兰内战，现在他站在战争的受害者，一个战士的角度，来写更有普遍意义的、规模更大的第一次世界大战。总的来说，《银杯》是前面几个剧本主题的延续，但在写作技巧上，剧作者开始抛弃传统的现实主义，改用表现主义，特别是《银杯》的第二幕，表面上是现实主义的，实际上则是象征式的。为了更清晰地表现真理的本质，德国表现主义戏剧家采用了扭曲真实和机械技术等新的技巧。奥凯西并没有机械地照搬这种技巧，而是根据需要加以改造使现实主义和表现主义有机地结合在一起。

《铁门之内》（1933）也是一部表现主义的戏剧。年轻妇女珍妮丝从出生起就遭到不幸。她贫穷的母亲年轻时失身于一个神学院的学生，怀孕后就被抛弃。珍妮丝一出生就被送进孤儿院，在修女的精神和肉体的折磨下长大，直到后父（一个无神论者）将她领出。她要求好好生活下去，但资本主义社会逼她变成一个妓女。她在舞台上出现时已经身染重疾，最后在一个梦幻者怀抱中死去。但她在临死前也得不到安宁，还有主教、救世军军官来争夺她的灵魂。奥凯西在剧中以概括的手法，把人物称为“梦幻者”、“无神论者”、“救世军军官”，分别代表不同类型的人。他们争先恐后地来拯救珍妮丝的灵魂，反映了各种势力的斗争。在各种势力面前，她孤独而又坚强，她渴望摆脱困难的处境但决不因花言巧语的诱惑而接受违背她意愿的主张。她拒绝了梦幻者的求爱和他的诗歌，也不接受救世军军官提出的“走和平之路”的劝告以及主教要她搬到修女办的招待所去住的建议。珍妮丝和她母亲的悲惨命运告诉她，她的处境和她所在那个公园里的芸芸众生是一样的，她并不指望国家和教会能给她提供任何出路。整个公园正是资本主义世界的一个缩影，而那种萧条、压抑和绝望的气氛也就是30年代初席卷整个资本主义世界的经济危机的写照。奥凯西的矛头所向是显而易见的：资本主义国家和基督教会正是经济和精神危机的总根源。

《星儿变红了》（1940）描写被压迫的工人们在共产主义战士赤色吉姆的领导下，和法西斯组织黄衫队以及代表天主教会的紫色神父展开斗争。法西斯一派控制了政府、教会和右翼工会。无产阶级战士的起义推翻反动政府，建立了无产阶级专政。工人的觉悟已比1916年起义时提高了许多，他们把对爱尔兰反动统治的斗争看成为世界无产阶级斗争的一部分。舞台上出现的列宁像和锤子与镰刀的红旗，表现了这场斗争的性质和目标。戏剧在国际歌歌声、奔马的蹄声和炮火的轰鸣声中结束。这时那颗银星变成了红色，象征着工人阶级的伟大胜利。

奥凯西把这个剧本献给“在1913年都柏林罢工中始终战斗的男男女女”。因为他亲自参加过那一次的英勇斗争，和工人们同甘共苦，所以他笔下的人物都给人以真实感。这个剧中的革命领袖的名字吉姆就是当时罢工的领导詹姆斯·拉金的昵称。他是人民的真正代表，对自己的阶级弟兄有无限的爱，对社会主义的前景永远乐观，在死亡的威胁面前大义凛然。

这个剧本的特点是诗句多，在奥凯西所有的剧本里，总有一些歌曲，但在这个描写武装起义的剧本里，第一次出现了未谱曲的诗。对白中有诗，或是诗文参半。诗和色彩的运用，在1943年初上演的剧本《给我红玫瑰》中达到了顶点。

《给我红玫瑰》是一部反映工人斗争的戏剧，描写一位都柏林运输工人领袖阿亚蒙在要求提高工资的斗争中献出了自己的生命。剧名来自一首古老的都柏林歌谣——《给我红玫瑰》。剧本仍以1913年詹姆斯·拉金领导的“爱尔兰运输工人总工会”的大罢工为背景，当时奥凯西就是这个组织的积极分子，阿亚蒙的斗争生活反映了他的亲身经历。

《给我红玫瑰》和《星儿变红了》一样，都表现了奥凯西的共产主义理想和共产主义必胜的信心。不过《星儿变红了》中的抽象人物，如紫色的神父，在《给我红玫瑰》里被现实的人物所代替。

《给我红玫瑰》和《银杯》也有相似之处，但两个剧给我们的启示是不同的：《银杯》反映了战争中伤残的足球健将和他失去双目的战友的宿命论的悲观主义哲学，而《给我红玫瑰》却给年轻人带来了对未来的信心和憧憬，这也是剧本所要体现的中心思想：

她全身裹在端庄的黑披巾里；
阳光和咸海的浪花包围着她；
但在黑暗中，一只可爱的纤手
带给我一大束红色的玫瑰花。

《金鸡高鸣》(1949)是奥凯西的得意之作。一只神奇的公鸡是剧中象征性的英雄，在舞台的远处，人们可以听见它的叫声，它的来临把城镇里的一帮庸人搅得惊慌失措。它在人家厅堂里乱飞乱啄。弄得遍地灰尘，妇女们都躲到桌子下面大声呼救。奥凯西用滑稽剧的手法使这个剧显得十分生动。剧本中这只公鸡还显示着超自然的力量。剧本旨在表现两种势力的斗争，这只公鸡象征欢乐和勇气，而黑衣教士则是仇视一切色彩和欢乐的代表，他不但打死了一个汽车司机，还唆使流氓把一个姑娘当作女巫打得半死。

奥凯西的最后几部戏剧，像《主教的焰火》(1954)以及《内德神父的鼓声》(1958)都以一种讽刺、离奇和娱乐的形式来揭露当时爱尔兰社会的黑暗和保守势力对人类善良本性的压抑。奥凯西在舞台艺术技巧的探索道路上，创新的试验是多样的。他除了使用对比和讽刺，还应用吟唱、舞蹈、象征，这和叶芝的戏剧技巧有很多相似之处。他还使用滑稽剧和杂耍剧院小丑的表演，使剧作更富有活力。他是自辛格以来最有特色的剧作家。

奥凯西在30年代开始撰写他的自传，一共六部：《我敲门》(1939)、《门厅里的图画》(1942)、《窗下的鼓声》(1945)、《英尼什法伦，再见》(1949)、《玫瑰与王冠》(1952)和《夕阳与晚星》(1954)。它们不仅是这位艺术家为共产主义奋斗一生的写照，而且和他的戏剧一样，具有重要的政治和艺术价值。

第三节　法国文学

第一次世界大战前的文学　从19世纪末到第一次世界大战这段时期，在法国历史上称为“美好时代”。此期间，法国经济繁荣，工业，特别是能源、交通等新兴部门增长速度很快。资本和生产迅速集中，形成各种垄断组织。经济的快速发展带动了社会消费，上层贵族和大资产阶级恣意享乐，中产阶级也过着闲逸舒适的生活。巴黎香榭丽舍大街终日熙熙攘攘，歌舞升平。

曾经是国家政治生活焦点的“德莱福斯案件”终告结束，德莱福斯无罪释放。但是，政治领域里左翼与右翼的斗争，以及左、右翼内部的斗争，围绕社会福利、工人权利、政教关系、殖民地政策以及对德政策等一系列问题展开，有时演化成激烈的冲突。法德两国争夺市场和海外殖民地的矛盾日益尖锐，法国大资产阶级利用各种手段鼓吹狭隘的民族主义，致使相当多的法国人怀有恐德或仇德心理。1912年，宣扬对德复仇的普恩卡莱内阁成立，民族主义的鼓噪甚嚣尘上。1914年7月，社会党领袖，反对战争政策的饶莱斯被暗杀，社会党转向沙文主义立场，使得法国国内几乎再也听不到反战的声音，以至于8月参众两院联席会议一致赞成追加军费，实行战时状态。不久，德国入侵法国，战争爆发，“美好时代”在炮声中结束。

思想文化方面，实证主义的影响进一步削弱，叔本华和尼采的思想继续广泛传播，柏格森生命哲学的影响也逐渐扩大。**柏格森**（1859—1941）哲学产生于19世纪末贬斥实证主义和自然主义的思想浪潮中。1889年，柏格森发表《时间和自由意志》，自此开始构建他的唯心主义哲学体系。他的主要著作还有《物质与记忆》（1896）、《精神能源》（1919）、《思想和运动》（1934），以及专门讨论喜剧心理机制的《笑——论喜剧的意义》（1900）等。柏格森哲学认为唯一的现实乃是藏在粗糙的物质外衣下的“永恒的生命之流”，这种生命的冲动才是事物发展变化的根据。人认识事物本质的途径是直觉，而不是实证主义主张的实验和归纳。所以柏格森的哲学重视本能、意志和情感的作用。柏格森还提出了“心理时间”说，认为在人的意识里存在着与“客观时间毫不相干”的时间的“绵延”，人的意识便处在这样一种“绵延”状态中。柏格森的思想对20世纪前期的法国文学产生了深刻影响，而他本人也是文学爱好者，文笔优美，因此他虽然没有文学作品问世，却于1928年获得诺贝尔文学奖。

在这样的社会环境中，法国文化呈现两个特点。首先，在富庶和安逸的社会生活环境中，出现了浪漫主义情调的复苏，即所谓“新浪漫主义”文化。**阿兰-富尼埃**（1886—1914）的小说《大个子莫纳》（1914）以及它的成功，是浪漫主义情调复苏的突出例证。小说主人公莫纳偶然来到一个林中古堡，与古堡主人弗朗茨的妹妹伊芙娜一见钟情。莫纳离开城堡，画图标下了城堡的位置，回到上学的村庄。一天，弗朗茨与一群流浪艺人来到村庄，他们抢走地图，要莫纳发誓在弗朗茨危难时挺身相助，才把地图还给他。莫纳答应了，弗朗茨把地图还给他，并且对古堡的位置作了更详细的标记。莫纳返回树林按图索寻，却并不见古堡的踪影。他决定到巴黎寻找伊芙娜，经过一番波折，终于找到她。两人新婚的第二天，弗朗茨来找莫纳，要莫纳帮助寻找失踪已久的未婚妻瓦朗蒂娜，莫纳决心履行誓言，与新婚的妻子告别。伊弗娜生下一女，不幸去世。莫纳的朋友发现莫纳的一本日记，得知莫纳在寻找伊芙娜的过程中曾与一女子有染，后来弗朗茨知道这女子正是瓦朗蒂娜。朋友明白了，莫纳是为了弥补过失才随弗朗茨走的。一年后，莫纳与弗朗茨、瓦朗蒂娜夫妇回到巴黎，莫纳带走了女儿，从此杳无音讯。

小说对神秘的林中古堡的描写渲染出一种梦幻的、传奇的气氛。它把怪异故事与对现代生活的真实描写糅杂在一起，让中世纪的骑士爱情在现代生活中复活。小说带有自传成分，作者关于少年时代尤其是学生生活的回忆为作品提供了大量素材，而这些回忆又与具有少年人气质特点的幻想相结合，造成亦真亦幻的感觉，给作品增添了几分朦胧美和神秘美。在小说创造的世界里，想象打破了时间的限制，使时间似乎不再成为人类活动的障碍，或者说，小说中的人物似乎生活在一个没有时间的空间中。

这样一种幻觉，无疑满足了许多读者的浪漫幻想。事实上，作品确实获得了极大的成功，并且为作者在文学史上留了名。

这个时期文化的第二个特点是，一部分艺术家和诗人感觉到现代化工业生产不可逆转地把社会和人类带入了一个新的时代，他们感到鼓舞，对未来怀有美好的憧憬，然而新时代的未知因素，特别是传统的人文精神和人文价值未来地位的不确定，又使他们感到不安和惶惑，在他们的内心深处，无奈与奋发，失望和希望交织在一起。他们觉察到"美好时代"表面的繁华掩盖着深层的社会冲突，心中躁动着不可名状的愤懑。他们的这种情绪与社会上弥漫着的乐观志满、骄奢闲逸形成鲜明的对照，他们的作品因而与诗情画意的新浪漫主义浪潮大相径庭。毕加索、布拉克等人以"立体主义"为名的绘画革新、阿波利奈的诗歌以及稍前的雅里的喜剧都是这种情绪的突出表现。

小说　这个时期有影响的小说家大都是19世纪后期开始文学创作的作家，如布尔热、法朗士、巴雷斯等。**保尔·布尔热**（1852—1935）的代表作是《弟子》（1889）。小说的一个主要人物是哲学家西克斯图斯，评论家多认为这个人物影射实证主义哲学家泰纳。故事一开始便展示这位哲学家在巴黎一条僻静的小街过着康德式的极端有规律的机械生活。他是巴黎学界有影响的自然主义哲学家，把理性思维看得高于一切。西克斯图斯的"私淑弟子"格莱斯鲁对他的自然主义哲学理论信服得五体投地。为了研究这种理论在人类情感上的意义，格莱斯鲁故意引诱一个姑娘堕入情网，以获得具体的心理材料。但是实际上他对姑娘全然没有感情，致使姑娘因绝望而自杀。格莱斯鲁被捕入狱，在狱中写信给西克斯图斯，讲述了事情的来龙去脉，西克斯图斯深受震动。格莱斯鲁出狱后，被姑娘的哥哥枪杀。这部作品（以及其他一些作品）为作者赢得了心理分析小说家的称誉。不过，作品明显的影射意图，以及它对实证主义毫不掩饰的挑战，使作者的观念意图过于直白，显示出过多的论战意味，观念的需要往往压倒了心理分析真实性的需要。布尔热后期的小说，例如《阶段》（1902）、《午间之魔》（1914）等，转而探讨道德、社会、政治问题。虽然这些作品在情节设计、叙事结构和人物心理分析上不乏匠心，但是总体上都给人以观念大于艺术的印象。

事实上，注重在作品中表现某种思想观念，形成这个时期相当多的小说家的共性。究其根源，主要是因为国际矛盾和国内矛盾错综复杂地纠结在一起，各种社会观念和政治力量相当活跃，它们之间的斗争又十分尖锐，于是政治和道德问题被凸现出来。法朗士和巴雷斯这两位著名小说家就分别代表了小说创作的两种对立的思想倾向。

阿纳托尔·法朗士（1844—1924）生于巴黎塞纳河畔一书商家。自幼耳濡目染，爱好书籍，特别是古籍，常偷闲漫步于书摊间与博物馆。中学毕业后，与为艺术而艺术的帕纳斯派诗歌团体频繁接触，参与《当代帕纳斯》的编汇，并在上面发表了两首诗（1871）。1873年发表《全色诗篇》。1876年发表以古希腊为题材的诗剧《科林斯人的婚礼》，该剧于1902年在奥戴翁剧院上演，1922年又在巴黎喜歌剧院上演。

1876年，法朗士进入参议院图书馆工作。他的创作活动由诗歌转向小说。1879年，法朗士发表了两个短篇，均未引起注意。1881年，他发表《希尔维斯特·波纳尔的罪行》，一举成名。小说的主人公是醉心古籍的老学究，法兰西研究院的学者。他生活在故纸堆中，自得其乐。一位曾被他偷偷爱过的女人身后留下一个女儿，姑娘处境不佳，于是老学究将姑娘从不称职的监护人手中夺回来，并将她嫁给自己的学生，此即所谓罪行。这本书赢得了大量的读者。此后法朗士发表了《让·塞尔维安的欲望》（1882）及《我的朋友的书》（1885），这是以童年回忆为基础的小说。法朗士的童年是在巴黎度过的，因此回忆中散发着浓郁的巴黎情调，温馨感人。童年回忆是法朗士作品中不可忽视的一部分。十多年后，1899年，他又写出另一本回忆型的小说《彼埃尔·诺兹埃尔》。

除了小说以外，法朗士还在《时报》上发表专栏文章《巴黎生活》。自1887至1893年的六年间，发表了三百多篇文艺批评文章，后来汇集成册，前四册在法朗士生前出版，第五册在1950年始出版。

1890年，法朗士发表历史小说《苔依丝》，苔依丝是公元4世纪希腊著名妓女，一位修行的隐士甘冒风险拯救了她，将她送进修道院，而隐士本人却堕入情网，沉沦苦海。1894年，法朗士又发表《红百合花》，小说的主人公是19世纪末巴黎沙龙中的雅士淑女，故事发生在巴黎和意大利的佛罗伦萨，该城的城徽上有红百合花，小说名称由此而来。法朗士在写这部作品时精雕细琢，字字推敲，因此，它文字隽永而俏皮，被认为是法朗士最有代表性的小说，并于五年后被搬上舞台。

在德雷福斯事件中，法朗士坚决认为德雷福斯无罪。他目睹社会的不公正、右派及军方的谎言，因而积极参加民众的抗议集会，并支持左拉的公开信《我控诉》。法国的现状引起他的思考，他将自己对时弊的抨击和反教权主义观点以影射的方式写进《现代史话》中。《史话》共四册：《场边榆树》(1897)、《人体服装模型》(1898)、《红宝石戒指》(1898)、《贝日莱先生在巴黎》(1901)。小说中诡计多端的神父为戴上主教的红宝石戒指而费尽心机。第四卷中的贝日莱先生从外地调来巴黎任文学讲师，屡发议论，他的观点在很大程度上反映了作者本人的思想。

短篇《克兰克比尔》(1901)无疑是影射德雷福斯事件。主人公克兰克比尔是个推车的菜贩，他沿街叫卖时将车停在街上，警察令他走开，他在等顾客付钱，没有走，警察下了三次命令，后来大怒，认为克兰克比尔侮辱了他，将克兰克比尔带进警察局，后来克兰克比尔穷途潦倒，终日酗酒。这个短篇极好地描写了巴黎穷人区的气氛：嘈乱、喊叫、气味等等。这个短篇不同于法朗士的其他作品，主人公是下层百姓，而非学者或历史人物。故事简捷明快，没有长篇的议论，引人入胜，发人深省。

法朗士也写过历史著作，如《贞德传》（1903），但未受到历史学界的重视。

1908年，法朗士已是六旬老人，仍笔耕不辍。《企鹅岛》（1908）是对政客们的抨击，法朗士做出悲观的预言：文明将遭毁灭。《天使的反叛》（1914）与《企鹅岛》相似，表达了作者对于宗教、生命、上帝、智慧等等问题的思考。《诸神渴了》（1912）以法国大革命为背景。书中年轻的画家逐渐成为恐怖分子，成为革命法庭上的暴君，将自己的亲戚朋友一一送上断头台，而且认为这是将共和国的敌人斩草除根，是为千秋万代铸造幸福。古时墨西哥的女祭师们在用活人祭神时，不断高呼“诸神渴了”，法朗士借用这句话来谴责无端的杀戮及丧失理智的极端主义，提倡明智和宽容。这本书体现了作者娴熟的写作技巧，也是他的代表作品。

1914年大战爆发，法朗士大为震惊。他积极参加群众集会，反对战争。不久便离开巴黎，回到位于都兰地区的庄园，撰写童年回忆：《小彼埃尔》（1918）和《美好的生活》（1922）。

1921年，法朗士获诺贝尔文学奖，时年77岁。早在1896年，他已是法兰西学院院士。由于他的声誉与威望，1924年他去世时，巴黎人民为他举行了盛大的国葬。

法朗士的文笔古典优美，清澈如水，在含蓄之中充满讽刺，他被公认为文学语言的大师。

莫里斯·巴雷斯（1862—1923）是法国文坛上臧否不一的作家、政治家，在同时代人，尤其在青年中影响极大。他出身于洛林地区夏尔玛小城一个富裕资产阶级家庭。1870年，法国在战争中溃败，洛林被普鲁士军队占领的情景，在他幼小的心灵中埋下了民族主义的种子。15岁时去南锡读中学，开始对文学产生兴趣，喜欢阅读卢梭、戈蒂耶和波德莱尔的著作。1882年到巴黎学法律，但志趣却偏向于文学。他结识了当时一些著名作家，受哲学家泰纳、勒南的影响较多。这时他开始为报刊写稿，1844年，独自创办刊物《墨迹》，但只出版四期即告停刊。

巴雷斯在文坛崭露头角的第一部作品是小说《在野人眼前》（1888），后与《自由人》（1889）和《贝蕾妮丝的花园》（1891）组成题为《自我崇拜》的三部曲，是作者对青年时期个人主义倾向的内省和自述。这里的个人主义是指当时处于彷徨苦闷中的青年只能求助于可直接感受的唯一现实，即自我，按个人的理想营造自己的内心世界，即自我修养，也就是他所说的自我崇拜。三部曲叙述年轻的主人公菲力普通过自我修养，排除"野人"的困扰，力求认识世界和生活，以达到自我的完善，最后由自我深思转向实际行动。所谓"野人"是指因循陈规旧习，束缚个人情感和个性的人，是自我之外的人和自我的对手。三部曲也是作者从发现自我，经过自我修养而决然奋起，投身于现实生活，从个人主义转向民族主义的反映。

巴雷斯的民族主义思想在政治生活中表现得极为突出。他强烈反对德国占领阿尔萨斯、洛林。1889年，被选为代表南锡的众议员，积极支持布朗热运动。他与左拉截然对立，是反德雷福斯派的主要人物之一。

他的第二个三部曲《民族活力的小说》第一部题为《离开本根的人》（1897）。作者通过七个洛林青年的经历和遭遇，指出在混乱、动荡、屈辱的法兰西，青年人应热爱并扎根于故土，背井离乡，离开本根，会丢掉乡土赋予的精神财富，失去家乡的传统，陷入空虚和幻想的境地。第二部《向军人发出号召》（1900）是一部政治色彩浓厚的小说。书中揭露当时法国议会的堕落，工商财团的腐朽，反映了民众的失望和厌倦情绪，指出青年人应有爱国主义的英勇气概和自我牺牲精神，通过布朗热运动实现民族道德和良心的复苏，以重建国家。第三部《他们的嘴脸》（1901）是一部抨击小说，描述法国青年一代精英在布朗热死后并未退却，坚持与议会的卑劣行径进行斗争。小说以夸张讽刺手法指名揭露一些头面人物的丑恶面目。这个三部曲是巴雷斯强烈民族主义思想和布朗热沙文主义立场的反映，代表了当时一部分青年人的思想情绪。

巴雷斯始终将德国问题作为创作的主题。《在德国军队中服役》（1905）描写一个阿尔萨斯青年在德国军队中服役，但他坚持维护法国拉丁文化的传统，体现了阿尔萨斯、洛林人民的爱国精神。《柯莱特·博多什》（1909）描写梅斯的一个法国少女热爱法兰西祖国、维护民族尊严和荣誉的激情胜过个人的爱情。这两部小说后来与《莱茵河的精髓》（1921）组成总标题为《东面的支柱》的三部曲。

巴雷斯的强烈民族意识和爱国热情本来反映了法兰西民族反对外国入侵和占领的斗争，但后来却发展到与维护和平、反对战争威胁的时代呼声相对立的地步。在大战中，他还写了大量专栏文章，在前线和战壕中广为流传，煽动民族沙文主义，后来辑成14卷《大战专栏文集》（1914—1920），这不能不说是巴雷斯思想上的局限。

《灵异的山丘》（1913）是巴雷斯的另一代表作。小说描述洛林地区锡昂-沃德山区巴雅尔神甫三兄弟试图以自己的虔诚行动，恢复当地的宗教活动。书中通过这三个神甫的奇特事迹和悲剧，指出天主教义和民族主义精神是一致的，因为作者一向认为洛林是古代诸神和基督教宗教仪式的圣殿，是现代爱国主义的堡垒。

巴雷斯酷爱旅行，足迹遍及意大利、西班牙、希腊和中近东，各地的风光景色、英雄人物、文化巨擘、濒于灭绝的优美文化，都使他产生许多关于美和死亡的联想、回忆和沉思。这方面的著作有散文集《血、肉体的快感和死亡》（1894）、《神圣的爱和痛苦》（1903）、《斯巴达之旅》（1906）、《格列柯或托莱多的秘密》（1911）和小说《奥龙特河畔的花园》（1922）。巴雷斯从1896年开始写作《杂记》，在他死后于1929至1957年间陆续发表，是认识和研究巴雷斯的重要资料。

巴雷斯的作品长于景物描写和心理分析，语言形式简洁凝练、节奏和谐。1906年，巴雷斯被选为法兰西学院院士。

诗歌 在“美好时代”，晦涩的象征主义遭到非议，但是，象征主义的影响依然存在，最重要的证明是，不论诗人反对还是赞成象征主义，他们似乎都必须参照象征主义来为自己定位，因此象征主义依然是决定这个时期诗歌格局的一个重要因素。而对象征主义的遗产，尤其是马拉美诗歌遗产的清理，也就成为新世纪的诗歌必须完成的任务。有的诗人，例如昂利·德·雷尼耶（1864—1936）和维尔哈伦，坚持把暗示和象征作为诗歌的主要表现手段，他们作品往往被看作象征主义的延伸或余绪。有的诗人，例如弗朗西斯·亚默（1868—1938）、安娜·德·诺阿伊（1876—1933），主张诗人在精神上和感情上回归自然，在诗歌中表现人与自然的密切关系，但是他们的作品仍旧受到象征主义的影响。特别是亚默，他经常在对家乡山区风光的描写中寄托宗教的沉思，其玄想的特征闪动着马拉美的影子。还有的诗人，例如保尔-让·图莱（1867—1920），则明确反对在表现内心深处的情感时故弄玄虚，强烈主张以轻松而真诚的态度抒发自我。

被看作象征主义主要继承人之一的诗人**维尔哈伦**（1855—1916）是比利时人，出生于安特卫普附近的一个小镇，1898年到巴黎定居。他早年的作品语言粗犷有力，赞美家乡山川人物是他喜爱的主题。1887年后的数年里，由于身体状况等原因，维尔哈伦的精神发生危机，内心冲突激烈，情绪比较消沉。这种精神状态反映在这个时期创作的《黄昏》、《崩溃》和《黑火炬》（1887—1890）三部作品中。这些作品是诗人与自我之间进行的艰难的对话。诗人把艺术作为神灵来膜拜，希望通过艺术获得心灵的平静。诗人用晦涩的象征手法表达封闭的内省经验，使这些作品与读者的交流产生困难。

1892年维尔哈伦结识了比利时工人党领袖凡德费尔德，在后者的影响下加入了工人党。这以后诗人的作品开始关注社会问题，《幻觉的乡村》（1893）、《触手般延伸的城市》（1895）等诗集痛苦地展现了乡村的败落和农民的破产。诗人无可奈何地注视着农村劳动力向城市的大迁移，对工业生产的扩大及其对传统经济的破坏表现出既认同又满怀焦虑的复杂心情。西方有的评论家因为这些作品的政治倾而贬低它们的艺术价值，其实这些诗歌在意象的创造上并不比前期的作品逊色，其比喻、象征等手法依然如前期作品那样朦胧晦涩。

维尔哈伦的前期作品创作于19世纪80、90年代，正值崇拜马拉美的青年诗人组成"象征派"之时，年轻的维尔哈伦也受到马拉美的影响。但是与"象征派"诗人不同的是，维尔哈伦的目光时常投向现代都市生活，这使他成为继波德莱尔之后又一位重要的都市诗人。诗人眼中的工业化现代都市既有其繁华诱人的一面，也有其深不可测的神秘的一面，还有其阴森恐怖的一面。在他看来，面对这个多面巨人，现代人不能不重新思考自身存在的意义，传统价值不能不受到挑战。因此，感觉这个巨人的存在，甚至与它进行一种超越理性的对话，这对诗人具有不可抗拒的诱惑力。他的许多作品，包括后期一些具有明显政治倾向的作品，实际上都是由这种诱惑力催动而产生的。

还有一些诗人，他们虽然接受了象征主义的某些影响，却又力图另辟蹊径，对诗歌进行大刀阔斧的革新。其中最具代表性的是**纪约姆·阿波利奈**（1880—1918）。阿波利奈是一个意大利军官和一个波兰女子的私生子，从小随没有固定职业和居所的母亲生活。私生子的身份使他毕生有一种社会边缘感，而漂泊不定，与社会下层频繁接触的生活又养成了他强烈的平民意识、好动的性格和对事物永不餍足的好奇心。这些性格与精神上的特点都反映在他的诗歌中。他先后在摩纳哥、戛纳、尼斯就学。中学毕业会考未通过，长期没有固定职业，生活很不稳定，当过家庭教师、银行职员，也为人捉刀弄墨。1907年到巴黎，辞去银行的工作，从此以编杂志和为报刊撰稿为生，同时进行文学创作。1911年卢浮宫博物馆失窃，阿波利奈莫名其妙受到牵连（同时受到牵连的还有毕加索），被关进拘留所，尝到了铁窗的滋味，更使他感到生活和命运的不可知。他长期在法国居住，却没有法国国籍，这对于他，有如私生子身份一样，是心理上的一片阴云。

阿波利奈在感情生活上屡经波折。在德国当家庭教师的时候，与家庭女主管英国姑娘普莱顿相爱，数年后无果而终，他的名篇《失恋者之歌》(1909)即产生于这段恋情。后来，他与先锋派女画家罗兰桑相爱，尽管彼此有过热烈的感情，却终于分手，阿波利奈的感情再次受到打击。他无可奈何的心情写进了名篇《米拉波桥》(1912)。此外，他还有几次短暂的爱情经历。阿波利奈是个感情炽热的人，也没有朝云暮雨的习性，但是在爱情上屡遭挫折，这对他的社会边缘感无异于雪上加霜，使他对生活感到悲观。然而他又是一个充满活力、性格刚强的男子汉，因而他常用对生活的调侃和嘲讽来平衡心底的悲凉和彷徨。

第一次世界大战爆发后，阿波利奈担心因国籍问题而遭驱逐，因此主动要求从军。1916年，他终于获得法国国籍。不久他在前线头部中弹，回巴黎养伤，一年多以后不幸染上西班牙流感，不治而亡。

阿波利奈在巴黎与先锋派艺术家交往密切，参与了毕加索等人的艺术革新，还和意大利诗人马里内蒂一道倡导未来主义。他蔑视学院艺术，反对传统，热衷于标新立异，嘲笑被资产阶级社会看作天经地义乃至神圣的东西，所有这些，都根植于他的性情，同时也受到他的生活阅历以及与他交往的文化人的群体氛围的影响。

《正在腐烂的法师》(1909)是阿波利奈较早的一部作品。这首散文体与诗体相间的叙事抒情诗取材于中世纪的传说：仙女维瓦纳引诱法师麦尔兰泄露具有魔力的咒语，然后念动咒语，把麦尔兰引进墓穴，让他慢慢死亡。诗歌采用主人公麦尔兰的第一人称叙述，透过麦尔兰的话语，我们时时听到诗人的心声。实际上，在这首诗里，诗人的语声与主人公的语声是很难辨识的。诗人继承了波德莱尔和兰波的思想，把自己比作有魔力的法师，能够洞悉凡人俗子看不到的“未知世界”。另外，民间传说中麦尔兰与维瓦纳的故事，触动了诗人自己爱情经历中遭受的心灵创伤，于是他假借麦尔兰的遭遇，对两性之间是否能够达到真正的交流与沟通表达了根深蒂固的怀疑。诗歌关于背景事物和幻象的描写，怪诞诡谲，色彩斑驳陆离，充分烘托出了中世纪传说的神秘气氛。大量奇异的隐喻和象征，仿佛不经意地信手拈来，其实都蕴含着对习惯势力的挑战。其中一些与性有关的隐喻和象征，从纵向说，与兰波与洛特雷阿蒙一脉相承，从横向说，与毕加索殊途同归。

1913年阿波利奈发表了他的代表作《醇酒集》（亦译《醇醪集》、《烧酒集》）。诗人以副题的形式写明“1898—1913”，据此可以推定这部诗集是1898至1913年间诗人创作的总汇。风格多样是诗集的一个重要特点。举例说，卷首诗《区域》是一首长篇叙事抒情诗，用词口语化，形式散文化，风格粗犷。事件和场景似乎是漫不经心地相连缀，使人感到整首诗有如一幅拼贴画。而第二首诗《米拉波桥》，风格徒然大变，仿佛出自另一位诗人的手笔。这首短小的抒情诗，有感于爱情和时光的流逝，一咏三叹，读来回肠荡气。格律严整，玲珑剔透，显示出深厚的传统诗歌的功力。再如《失恋者之歌》是一首长诗，后面附有同一主题但写于不同时间的六首诗，与《失恋者之歌》形成一组诗。在这组诗里，诗人任其思绪在辽阔无垠的时空中漫游，糅杂了许多神话传说，也生造了一些语义模糊、形象暗示不确定的词汇，创造了一个梦幻般的世界。但这梦幻的世界又不时被现实的话语所破坏，饱受失恋煎熬的诗人便在现实与梦幻之间游荡。而诗集的另一组诗《在桑岱拘留所》，虽然也是诉说心底的不平，但是风格却完全两样。诗人被控窝藏卢浮宫失窃案的赃物，关进桑岱拘留所，对这突如其来的事变，诗人简直无法相信这是真的。然而望着“牢房光秃秃的墙壁”，听着城区传来的熟悉的喧闹，放风时“像狗熊似地打转”，百无聊赖时只能盯住一只苍蝇出神，这又使他又不能不相信眼前境遇是活生生的现实。他慨叹“我将变成什么”？他因为失去了自我而茫然：“我感到我不再是我自己”。在这种处境中，唯一能够使他从荒唐而真实的遭遇中摆脱出来的是调侃和嘲讽，既嘲讽社会，也嘲讽自己的命运。这组诗使人想到中世纪的维庸、吕特伯夫和16世纪马洛某些表达自怨自艾情绪的诗篇，语言贴近现实，通俗自然，相当口语化。

阿波利奈的诗歌继承了包括象征主义在内的众多诗歌流派。例如八行短诗《符号》无论在意象的选择上和双关语的运用上，都显然受到马拉美以“天鹅”为题的十四行诗的启发，而淡淡的哀愁的背后又依稀看到魏尔仑的身影。对于更久远的诗歌艺术传统，阿波利奈也能取来为我所用。《莱茵河之夜》描写诗人在莱茵河畔听到船夫咏唱水泽仙子（nymphes）的古老传说，心中怅然若失，这个场景显然是浪漫主义诗歌灵感偏爱的母题。而像“莱茵啊莱茵它醉了，葡萄树向河中投去身影／夜的金黄悉数落下，颤抖着在河心辉映”这样的诗句，就既有浪漫主义的气韵，又有帕纳斯派的工整。无论对待传统中的哪一支哪一脉，阿波利奈都以自己的个性加以改造。阿波利奈诗歌的个性一如其为人，率直淳厚。浪漫派的重情感，帕纳斯派的重摹写，象征派的重暗示，阿波利奈都用率真的自我加以熔炼，锻造出自己的诗篇。这是《醇酒集》的另一个重要特点。例如《符号》虽然受到马拉美的启发，却并没有像马拉美那样运用超出常规的句法和令人费解的隐喻，全诗简洁明快，沁人心脾。全诗采用传统的亚历山大体和交叉阴阳韵，但是并不给人以陈旧感，这是因为语言意象不落俗套，使人觉得耳目一新。阿波利奈以平常心看待写诗，所以诗是他心弦上自然流露出来的音符。除了上面提到诗作，《松柏》、《秋色》等篇都向我们展示了这个特点。20世纪初，法国抒情诗已经在象征主义的道路上走得太久，负面的沉积形成了诗歌前进的包袱。超越这些负面影响，追求率真，是这个时期许多诗人的共同理想，而阿波利奈因其独特的个人生活经历和禀性，在这方面显得最为突出。

阿波利奈对法国抒情诗的贡献还在于他对诗歌形式和内容进行了空前大胆的革新。这方面,《醇酒集》里最有代表性的作品便是《区域》。这首诗最早发表在1912年底,在《醇酒集》中属创作较晚的一首,然而诗人却将它当作诗集的开篇,可见诗人对这首诗的重视。诗歌追寻被称为“你”的人物从童年到成年的生活足迹,中间穿插主观的想象和幻觉,以及对巴黎这个现代大都市的印象。诗的描写近乎罗列,没有修饰,也没有直接的感情抒发。一个个生活片断不依靠任何过渡与衔接而简单叠加,其结果是所有的片断和场景,包括印象和幻觉,都共时地呈现,仿佛凝固在时间与空间某一个交汇点上。诗中的“你”和诗人就生活经验而言是重合的,因此可以说,这首诗是诗人在自己的意识中对“似水年华”进行的一次超时空的重新体验。同时,这种体验又因为第二人称代词的使用而超逾个人的界限,包含了更为广泛的人生经验。“你”与“我”之间的对话,不但揭示出此类体验的群体特征,而且使这种体验变成对人生的一种苦苦追寻和重新认识。对阿波利奈而言,“我是谁”这个生存的基本问题仿佛永远被以一种罕见的尖锐形式提到他面前。现代都市生活展现出无尽的诱惑与机遇,然而“我的位置在哪里”这个疑问又给五彩缤纷的生活蒙上了一层阴影。爱情的失意,无疑更加深了追寻自我的艰难和痛苦。

在《区域》里,诗获得了新的概念,其形成无疑得益于兰波的散文诗《地狱一季》和《彩图集》的启示。与兰波的两部诗集不同的是,阿波利奈保留了诗行,但是韵脚很不规则,也完全不受传统诗歌句法的约束,音节数参差不齐。整部作品相当散文化,但是又明显受到诗的律动的控制。诗的律动来自韵脚(尽管很不规则),也来自巧妙的腹韵(rime intérieure),更来自一种时而徐缓,时而急促,时而庄严,时而谐谑的节奏。《区域》标志着诗人的创作开始了一种新的探索。诗人受到德罗奈等先锋派画家的启发,有意把他们的拼贴画技法运用于诗歌,创作所谓“同步诗”。大约写作于1915年底至1916年初的《有》,几乎每句诗都以“有”

开始,将诗人在战场上看到、听到、想到的人、事、物一件件堆砌起来,是“同步诗”的另一首典型作品。诗歌利用这种手法突出世界的纷繁混乱。诗人的态度是很微妙的,他为世界的纷乱而苦笑,却也为蕴含在混乱中的那种生命力所欢欣鼓舞。诗人还尝试所谓“谈话诗”,将他在街头或咖啡馆里听到的谈话加以组织和提炼,写成诗篇。诗人曾经说过,在反映事实这一点上,诗和新闻异曲同工。这个观点并不反映诗人基本的诗歌理念,但是表达了他尝试用诗直接表现现代都市生活的愿望,对于理解他的创新作品是有帮助的。这个时期,许多艺术家的心底里都潜藏着强烈的创新意识。虽然他们对“新”的理解并不完全一致,但是在创新意识的引导下,他们都渴望标新立异,并且在标新立异之中寻找自己的位置。

1918年出版的《图象诗》显示了诗人诗歌试验的另一种尝试,反映了他与美术界的朋友进行同步革新的决心。《图象诗》收入了诗人1912至1917年间发表的作品,其中一部分并非“图象诗”(例如《有》),另一部分则是所谓“图象诗”,其立意是将诗画结合,像他的朋友毕加索的立体画把绘画从传统的透视理论束缚下解放出来一样,阿波利奈试图使诗也能够从单纯的文字形式中解放出来,获得直接的视觉经验。20世纪末,马拉美的《骰子一掷永远消除不了偶然》已经在这方面作了初步尝试,阿波利奈进一步发展了马拉美的观念,将诗句构成图案,图案与诗的主题相吻合,以此扩大诗的表现力。例如《被刺杀的鸽子》、《喷泉》等。《图象诗》的作品继续《区域》、《有》的探索,用支离破碎的拼贴表现世界与人的意识的混乱。

阿波利奈对世界和生活始终怀着一种独特的幽默感。他的幽默感不是贵族式的自得,也不是居高临下的嘲讽,而是饱尝生活的艰辛,无可奈何,却又对生活怀着执着感情的人特有的一种嘲讽的目光。这种幽默感在他的剧本《特雷齐亚的乳房》(1917)里得到淋漓尽致的表现。这是一个两幕诗剧。剧中的桑给巴尔夫妇把男人和女人的角色完全颠倒,夫人黛莱丝拒绝承担养育子女的责任，改名特雷齐亚去从政，后来当上了元帅，丈夫桑给巴尔则生了40049个子女，并且兴致勃勃地承担起养育子女的责任，因为“子女越多”，他便“越富有，越吃得好”。这出戏可以说是“满纸荒唐言”，满台荒唐事。对这样一个似乎是开玩笑的作品，意义的诠释十分困难。不过，有两点可以肯定。第一，桑给巴尔夫妇角色的颠倒，和诗人素有的关于男人与女人之间无法沟通的意识有关，第二，作品反映了诗人对现代社会的一种感受，这种感受可能连他自己也“说不清，道不明”，于是只能付诸于一种荒诞滑稽的形式。这个剧本在雅里的《乌布王》和后来的荒诞剧之间起了承前启后的作用。

阿波利奈生前，他的诗歌没有取得主流文学的地位，直到他去世前几年，他也仅在先锋文学的小圈子里得到承认并被年轻的先锋诗人拥戴为领袖。大战后，超现实主义诗人将他奉为先驱，于是声名日隆。现在，文学史界公认他是20世纪初最伟大的诗人，他完成了清理象征主义诗歌遗产的任务，并且开创了20世纪的新诗歌。

戏剧　在“美好时代”，戏剧作为社会的主要娱乐手段，得到空前的发展。传统的大剧院观众如云，中小剧院，特别是位于市中心各条大街上的剧院也热闹非凡，这些剧院以演出雅俗共赏的情节剧和轻喜剧招徕观众，形成独特的“林荫道戏剧”。“林荫道戏剧”既强调戏剧的娱乐性，又注意对社会和人生进行具有一定深度的探析，因此受到不同阶层观众的欢迎。乔治·库特利纳（1861—1929）的喜剧，被称为“法国易卜生”的弗朗索瓦·德·居莱尔（1854—1928）的所谓“观念剧”都曾热门到家喻户晓的地步。为了满足资产阶级观众感情和心理的需要，剧作家们热衷于编撰具有浪漫情调的情爱故事和英雄故事，从而出现了许多“新浪漫主义”作品。在这方面，昂利·费利克斯·巴塔伊（1872—1922）、乔治·德·波尔图-利希（1849—1930）和**爱德蒙·罗斯当**（1868—1918）都是很受欢迎的剧作家，其中成就最高的是罗斯当。1897年，罗斯当以《西哈诺·德·贝热拉克》一剧成名。剧中主角西哈诺·德·贝热拉克历史上实有其人，是法国17世纪著名作家，不过剧本的主要情节却是虚构的。戏中的西哈诺是个正直勇敢的军人，也是一个感情充沛、才华横溢的诗人。他长了一个大鼻子，自惭形秽，因而在爱情上缺乏自信。他深爱着表妹罗克萨娜，却没有勇气表白。后来罗克萨娜爱上了风度翩翩的青年军官克里斯蒂安·德·内维耶特，为了成全这对恋人，西哈诺替不善言词的克里斯蒂安写情书，甚至在克里斯蒂安到罗克萨娜的阳台下向她表达感情时，隐藏在暗处为克里斯蒂安提词。西哈诺和克里斯蒂安所在的军队即将上前线与西班牙人作战，队伍出发的前夜，罗克萨娜和克里斯蒂安成了婚。克里斯蒂安不幸战死，罗克萨娜进了修道院。西哈诺每天到修道院看望她。15年后的一天，西哈诺遭仇人暗算，身负重伤，但他强忍剧痛，像往日那样到修道院看望罗克萨娜。罗克萨娜把克里斯蒂安临死前写给她的信拿来让西哈诺读。天色渐晚，信上的字迹被夜色隐去，但是由于西哈诺对自己写的信谙熟于心，所以依然动情地朗诵。罗克萨娜终于明白，她收到的每一封信，都是西哈诺的爱情自白。她也终于明白，她十多年来深爱着的其实不是克里斯蒂安，而是聪明高尚的西哈诺。西哈诺终于获得了爱情，幸福地与人世告别。

这出戏有迎合时尚的痕迹，而且一如浪漫主义戏剧，细节的真实性经不起推敲，情节也不免显得造作。然而它尽管有这些缺点，却仍然不失为一部比较成功的作品。其成功主要在于突出了一个“情”字。它在美丽动人的情节中，处处表现高尚、富于牺牲精神的主人公西哈诺内心丰富而复杂的感情。西哈诺性格热情果敢，心底里却充满忧郁，对世事，对自己的遭遇都有一种深沉的悲凉感，这就在他内心世界形成强烈的张力，从而使人物感情的丰富变化获得了一种内在的动因，并且引导出悲剧的结局。不少浪漫主义文学形象都具有这样的特征，不过西哈诺的塑造更为充实饱满。在其他方面，这个人物的塑造也颇得益于浪漫主义文学传统。

例如他相貌不扬，但是心灵高尚，这种丑与美的混合，显然继承了雨果人物塑造的理念。他的情感动辄如大潮涌动，常有大段独白的宣泄，口若悬河，滔滔不绝，令人想到雨果笔下的艾那尼或吕伊·布拉斯。

罗斯当另一部比较成功的作品是《雏鹰》（1900）。这也是一部充满浪漫情怀的作品，背景是1830年的奥地利，描写拿破仑与奥地利公主玛丽亚–路易丝所生的儿子雷切塔德公爵的悲剧。主人公虽然被封为奥地利公爵，生活舒适优裕，但是他念念不忘自己是拿破仑的儿子。女友芬妮向他讲述了拿破仑的许多丰功伟绩，更激发了他摆脱奥地利首相梅特涅的钳制，实现父亲遗志的愿望。他逃离维也纳，但最终仍败于梅特涅之手。他身染重病，临死前，梅特涅下令强行给他穿上奥地利贵族的白色礼服。

《雏鹰》虽然表现了梅特涅时代奥地利宫廷复杂的政治形势，也通过雷切塔德公爵的故事追思了拿破仑的业绩，透露出民族主义情绪，但是从更深层的意义上说，《雏鹰》其实和《西哈诺·德·贝热拉克》表现了同样的主题，即人对于生命最真实部分的追寻。西哈诺追寻的是对本真情感的表达，而雷切塔德公爵追寻的则是真实的自我。罗斯当在两部作品的结尾都使用了具有强烈感染力的象征手法。《西哈诺·德·贝热拉克》的结尾，象征性地表现了主人公最终抛弃了禁锢自己多年的假面，在自己心爱的人面前吐露出埋藏多年的心声，而雷切塔德公爵临死前套上的白色礼服，则象征他在短暂地寻回自我之后，最终被剥夺了真实身份，带着假象离开人间。他的结局要悲惨得多。

这个时期法国戏剧另一个重要潮流是象征主义戏剧。象征主义戏剧诞生于19世纪末，与象征主义诗歌的影响有直接关系。象征主义戏剧反自然主义戏剧之道而行，也同流行的斯克里布式的戏剧大相径庭。象征主义戏剧与象征主义诗歌一样，以极大的兴趣关注人的内心世界，企图从内心深处发见“真实”，而把客观世界仅仅看作“真实”的表象。按照象征主义戏剧家梅特林克的说法,每个人心中都存在一种“本质的生活”。把这种观点运用到创作上,象征主义戏剧作品经常有意识地对比“本质”和“表象”这两个层面。而这种对比,往往借助象征来完成,就是说,从客观环境中寻找“本质”的某种对应物。这种象征手法成为象征主义戏剧结构的基点。和象征主义诗歌的理路相似,象征主义戏剧认为表象与本质的对应超乎理性的认知范围,如梅特林克所说,这种对应出现于某些“神秘的时刻”,戏剧作品应该捕捉住这些时刻并将其置于作品的核心。不难想见,这样一个戏剧理念,决定了象征主义戏剧的诗意特征。为了突出诗意,象征主义作品的情节和人物往往具有寓意性,而且积极调动灯光、布景等一切舞台艺术手段来烘托富于诗意的语言。

象征主义的代表作家是比利时籍的戏剧家**莫里斯·梅特林克**(1862—1949)。他出身于贵族世家,受过良好教育。1886年赴巴黎学习法律,接触了巴黎文学圈。1889年,梅特林克发表了诗集《暖房》和第一个剧本《玛莱纳公主》,引起批评界的注意。1892年《佩列阿斯与梅丽桑德》在巴黎上演,获得成功。四年后,他移居法国。这时他已经是象征主义戏剧的领袖和代表作家。不久他接触了德国作家诺瓦里斯和美国作家爱默生的作品,为他们作品中所感染,连续发表了《莫娜·瓦娜》(1902)、《青鸟》(1908)等一系列优秀剧作,1911年获诺贝尔文学奖。

梅特林克热爱自然,对研究昆虫的生活习性有浓厚的兴趣,发表过《蜜蜂的生活》(1901)、《蚂蚁的生活》(1930)等研究昆虫的著作。第一次世界大战后,他在法国南方的尼斯购置了产业,经常在那里居住,从事写作和园艺活动。“二战”期间,他移居美国,1947年回到法国,两年后去世。

《佩列阿斯和梅丽桑德》是梅特林克早期的重要作品。高洛亲王的妻子梅丽桑德和亲王的弟弟佩列阿斯相互产生了纯真的感情,高洛因此备受猜疑和嫉妒的煎熬。佩列阿斯决定离开他们居住的古堡,临行前的晚上与梅丽桑德在盲人泉边相会,不料高洛跟踪而来,杀死了佩列阿斯。

梅丽桑德极度悲伤，不久也离开人世，死前她告诉高洛，她和佩列阿斯是清白的。

表面上看，作品讲述了一个陈旧的关于爱情和嫉妒的故事。梅特林克的独特之处在于他赋予了这个古老的题材以象征意义。首先，梅丽桑德和佩列阿斯这两个主要人物不是作为有血有肉的真实人物来刻画，而是作为一种象征和一种寓意出现在作品中的。无论思想感情和言语行为，他们都天真得有如儿童，与实际年龄完全不符。他们似乎不是生活在现实世界中，而是生活在童话世界里。事实上，梅丽桑德一出场就具有神秘色彩。高洛是在密林深处偶然遇见她，带回城堡成婚的，她是什么人，从哪里来，要到哪里去，始终是个谜。这个出场显然暗示她超脱现实的品质。她与佩列阿斯象征着现实世界之外（或之上）的一个纯朴世界，作品竭力暗示这个世界的本真性，以显示它比现实世界更加"真实"。梅丽桑德与佩列阿斯的感情究竟是爱情还是友情，朦胧不清，其实在他们的世界里，爱情和友情本来就是一回事，都植根于精神土壤，纯粹得不能再纯粹，空灵得不能再空灵。他们所代表的世界使得整个故事蒙上了一层童话和理想色彩。其次，作品将这类古老故事的主题完全改变了。剧中人高洛具有普通人的感情，他爱梅里桑德，但是他的爱是自私的，他嫉妒，并且在爱与嫉妒之间作着艰难的选择，终于在愤怒中杀死了骨肉兄弟。高洛的世界，是受到七情六欲困扰的尘世。梅丽桑德与佩列阿斯的爱情（或友情）愈是纯净无邪，高洛的猜疑与嫉妒就愈显现出悲剧性。他的嫉妒产生于两个不同世界的隔阂，他根本就理解不了梅丽桑德和佩列阿斯所代表的那个美好世界。他的世俗性决定了他必然会残酷地毁灭梅丽桑德和佩列阿斯代表的那个单纯美好的世界，最终也毁灭自己。作品利用象征手法，将故事直接提高到哲理层面上来。同时，作品中穿插了许多富有象征意义的场景和道具，有力地支持了哲理层面的表现。

梅特林克另一部代表作品是《青鸟》。剧本采用了童话剧的形式，剧中的一对小主人公蒂蒂儿和米蒂儿在梦中被巫婆带走，寻找青鸟。他们到了记忆国、黑夜宫、大森林、幸福园、未来王国，他们多次发现了青鸟，然而一旦抓住青鸟，青鸟便死去或改变颜色。他们醒来，发现自己饲养的斑鸠就是一只青鸟，然而青鸟又因他们的不慎飞走了。最后，蒂蒂儿对观众说："如果有哪位找到了那只鸟，请把鸟还给我们好吗？为了我们今后的幸福，我们需要青鸟。"蒂蒂儿兄妹俩与其说是在寻找青鸟，毋宁说是在寻找青鸟的象征意义。在记忆国，青鸟似乎象征死后的安宁；在黑夜宫，青鸟似乎象征光明；在大森林，青鸟似乎象征人的力量；在幸福园，它似乎象征精神的欢乐和人与人之间的理解；在未来王国，他似乎与记忆国相反，象征祥和的前世世界。到结尾，青鸟又似乎象征人世最普通的生活。青鸟的象征意义是朦胧的、复合的、多解的，这使作品从头至尾笼罩着神秘的气氛，令人困惑，又发人深思，而这正是作品的艺术魅力之所在。

这部作品探讨了人生的各种问题，例如时间与永恒、生与死、幸福与痛苦、人的价值、人与自然的关系等等。这些问题，显然属于作者所说的本质生活的范畴。对这些问题，作品没有给出明确的答案，但是蒂蒂儿和米蒂儿作为人类的代表，由于其天真无邪，因而得以在"神秘的时刻"感悟到这些问题的"灵魂"，和它们有了心灵的沟通。作品大量运用了寓意和象征，令人想到中世纪的《玫瑰传奇》，而寻找青鸟的过程又令人想到《巨人传》第五卷寻找圣杯的历程。这是一个充满诗意的作品，抒情性远远超过其戏剧性。

倘若说梅特林克的作品多少可以说是19世纪末象征主义思潮的余波，那么另一位剧坛人物雅里的作品则是戏剧革新的前兆了。**阿尔弗莱德·雅里**（1873—1907）出身于商人家庭，幼年时父母离异，雅里随母亲生活。1894年雅里发表了第一本书《分分秒秒难忘的沙子》。他在雷恩念中学时常听大家谈论一个被唤作"艾布"的物理教师，此人神秘古怪，成为全校师生议论的话题，学生还常常作诗文加以戏谑。这个人物后来便成为雅里的代表作《乌布王》系列主人公乌布王的雏形。雅里生活贫困，在从事剧本创作的同时，还兼任演员、舞台技术等工作，终于积劳成疾，不幸早逝。他的创作生涯虽然不长，但是却在法国戏剧史上占有重要位置，他的《乌布王》系列——包括《乌布王》（1896）、《戴镣铐的乌布王》（1900）、《当乌龟的乌布王》（1944年演出）等三部作品，赢得了观众欢迎，也博得了批评界的赞誉。

从广义上，无妨说《乌布王》系列也属于象征主义戏剧。主角乌布王是一个明显具有象征意义的人物。不过，与梅特林克等人诗意盎然的作品不同，雅里的作品故意以粗俗的面貌出现；象征主义的作品多是正剧或悲剧，而雅里的作品则是接近闹剧的喜剧。《乌布王》系列中最重要的是第一出戏《乌布王》。主人公乌布原是一个小人物，后来当上了波兰国王的龙骑兵队长。正当他密谋造反的时候，国王突然召见他，他以为阴谋败露，一见国王便痛哭流涕地忏悔，并把罪过推到自己的妻子和部下头上。国王以为他是说醉话，未予理睬。后来他弑君篡位成功，一朝权力在手，便横征暴敛，强迫贵族交出财富，对农民更是敲骨吸髓。前朝王子的军队在外国支持下逼近华沙，乌布王下令他的军队抵抗，却又不肯拿出半个子的军饷，终于众叛亲离，仓皇登船出逃。

乌布王的形象一登台，便立刻获得公众的承认，从此成为贪婪、残暴、愚蠢、粗俗、怯懦的代名词。这个形象，对于历史的和现实的统治者是尖锐的讽刺和批判。不过，对这个形象的感受和理解，不同的人往往不尽相同。由于作品并不完全是从政治角度来刻画这个人物的，而是更多地在一般人熟悉的日常生活的场景中来加以表现，所以这个人物有时与其说像个君主，莫如说像个粗俗贪婪的普通人，这就为人物形象的阐释留下了很大的空间。对统治者的嘲讽意义并不妨碍人们从这个形象身上看到现实生活中的人的影子。因此，这个人物具有典型意义。但是典型意义的获得，不是通过对现实关系的真实描写和人物的典型化塑造，而是借助于喜剧性地夸张。事实上,雅里的创作具有强烈的突破现实主义框架的意识。首先,他的剧本完全不拘泥于现实的真实,情节滑稽离奇,语言上大量运用民间熟悉的俗语俚语,从而和乌布王的身份造成喜剧性的反差。在表演上,雅里要求人物戴假面具,用特殊的腔调道白,做出夸张可笑的动作;要求在剧中大量使用象征性的道具。总之,几乎摈弃了传统戏剧中表现真实的一切手段。雅里的戏剧在对事件和人物极度夸张上,在舞台演出综合语言的运用上和喜剧空间的拓展上,开了法国现代主义戏剧的先河,和阿波利奈一道被认为是荒诞派戏剧的先驱。

第一次世界大战后的文学 第一次世界大战以其残酷性和荒诞性令世人震惊。大战刚结束,文学上就响起对现存社会秩序愤懑的抗议声,其中的最强音发自超现实主义运动。超现实主义是第一次世界大战后在法国兴起的文学艺术运动和重要文艺流派,而且也是这一历史时期重要的文化思想运动。因此,它不仅对文学创作和绘画、电影、雕塑、建筑、音乐等艺术领域有深刻影响,并且对后来的文化、思想的发展也有重要意义,成为盛行达半个多世纪之久,遍及欧、美、亚、非数十国家的国际性运动。

与**超现实主义**有极为密切的联系是**达达运动**。要了解超现实主义,必然要接触到达达运动。达达主义(Dada)是第一次世界大战期间出现的文艺运动。一些厌恶战争,避居瑞士的青年知识分子,于1916年初在苏黎世伏尔泰小酒店聚会,组成一个松散的文艺团体。运动的创始人罗马尼亚籍诗人特里斯当·查拉将一把裁纸刀插进一本法德词典,翻开后随意选出一个字"达达"(Dada)为运动命名。这个字在法语里本是儿语"马"的意思,作为运动的称号纯粹出于偶然,并无任何意义。同年7月,出版了由查拉主编的刊物《达达》。

达达主义并不是一种文艺流派,而是一批怀有愤激情绪的文艺青年的反抗运动。正如查拉所说:"达达主义并未建立在任何理论基础上,它只不过是一种抗议。"达达运动的参加者不仅痛恨屠杀人民生命、毁灭社会财富的战争，憎恨产生战争的资本主义世界和资产阶级价值观，而且企图推翻一切，唾弃一切，摒除为人们所接受的思想和确立的制度，反对一切文学传统，甚至要摧毁语言和一切精神生活。查拉在1918年发表的《达达宣言》中指出："有一种破坏性和否定性的巨大工作要完成。要横扫一切，清除一切。""达达"成为反对一切形式的思想束缚的口号。达达主义者认为，在摧毁一切之后，剩余下来的才是任何结构体制都不会违背的真正现实。为此他们不惜采取各种手段，如公开宣传，侮辱谩骂，制造混乱，揶揄嘲讽。在文艺创作上，则极力标新立异，用混乱晦涩的语言和离奇怪谲的形式，表现神秘的不可思议的偶然想象，例如把各种零碎的照片拼贴在一起，给《蒙娜·丽莎》的嘴唇上画上胡须，在台上敲打音键和音箱代替音乐演奏，直到观众提出抗议为止。

从1916年到1922年，达达主义者陆续发表一系列文艺作品和论述著作，其中反映的叛逆和反抗精神很快在西方世界青年中引起反响，在欧洲、美洲的一些城市里相继出现达达主义团体。巴黎的三个年轻诗人安德烈·布勒东、路易·阿拉贡和菲利普·苏波和"达达"一样，也猛烈抨击现实社会、传统文化和价值，并于1919年创办名为《文学》的刊物，借以批判旧的文学传统，他们接触到达达主义，对运动逐渐有所了解。1920年，查拉来到巴黎，组织起法国的达达主义团体，除布勒东等三人外，还有一些诗人、画家参加，如艾吕雅、戴斯诺斯、佩雷、皮卡比亚、恩斯特等。《文学》杂志也随之成为达达团体的刊物。

达达运动虽然风行一时，但是本身并没有系统的理论和明确的战斗目标，也没有取得什么显著的创作成果。这样只追求破坏旧传统的激情很难持久，而且运动从一开始便带有虚无主义和无政府主义的烙印。达达主义者荒谬古怪的创作思想和方法也受到指责和摒弃。1921年，巴黎大学生将达达主义的模拟像抛进塞纳河，标志着运动已声誉衰微。内部意见分歧进一步导致运动的瓦解。1922年，布勒东在《文学》杂志上发表文章，提出“抛弃达达”，未来的超现实主义者与达达主义从此彻底决裂。到1924年，达达运动实际上已不复存在。

应当指出，尽管达达运动存在着先天的种种缺陷，但其实践仍是具有积极意义的。达达主义作为对当时资产阶级社会造成的异化的抗议运动，尖锐地提示了资本主义文化与价值的虚伪性、腐朽性，对人们冲破思想禁锢，争取精神解放起了促进作用。达达运动对超现实主义孕育和诞生也有重要影响。

达达运动虽然对超现实主义的产生起了准备和催化作用，但是超现实主义并非由达达运动衍生而来，也不是继达达运动之后出现的另一种文艺流派。实际上，早在达达运动到巴黎之前，布勒东等人在文学领域就已经提出自己的思想，预示了后来超现实主义运动的主要方向。尽管达达主义和超现实主义都代表文学艺术和文化思想领域的反抗运动，但超现实主义运动并未停留在单纯地怀疑、否定和批判传统价值上，而是将批判精神和想象力结合起来，提出奋斗目标和行动纲领，力求构建一种探究现实的新方式，去努力追求“一个绝对的现实，一个超现实的世界”[①]，或者更明确地说，就是“改造世界，改变生活，重建人类理解力”[②]。因此，超现实主义代表一种有建设意义的运动，它的产生和发展具有更扎实的基础，也有更深刻的影响。

对整个欧洲来说，大战对战胜和战败的双方都是空前的灾难。与此同时，俄国十月革命取得胜利，使青年一代似乎看到了改造古老僵化的欧洲的范例，看到了进行社会革命最积极的表现形式。上过战场，经历过战争苦难的布勒东、阿拉贡和艾吕雅等青年诗人，不满足于社会再回复到战前的状况，在文学艺术方面不愿再局限于探索纯形式的东西而无视现

① 见布勒东：《超现实主义宣言》。

② 见布勒东：《田野的钥匙》。

实。他们不仅以实际行动奋起反抗，而且期望最有革新思想的科学家、哲学家挺身而出，对人、人的精神活动及社会中各种关系等根本问题，做出新的解释和阐述，以便给人们的行动指引方向。

两次世界大战之间，在哲学、科学领域出现的令人注目的新理论，对超现实主义的产生和发展具有重要影响。一般说来，超现实主义者对自然科学的成就并不大感兴趣，但是著名物理学家爱因斯坦的相对论却使他们深受启发。爱因斯坦认为“我们在物质问题上都弄错了，真正的世界并不像我们认为的那样，那些牢固确立的观念只适用于我们日常生活的常规，除此之外，它们就是错误的。我们的空间概念是错误的，我们创造的时间是错误的。光以曲线的方式传播，物体的质量完全是灵活可变的。”①这一划时代的深刻论断无疑为人们拨开云翳，使他们摆脱思想桎梏，认识到世界上现有的一切事物并不是永恒不变的，对世界的传统感知方式、对如何全面地解释世界都提出了疑问，并且力求进行深层的挖掘和探索。

20世纪初，在法国兴起柏格森热，柏格森的非理性主义广泛引起人们的兴趣，各种研究论述和阐释层出不穷，为超现实主义运动提供了理论依据。弗洛伊德的理论对超现实主义的影响更为突出，其中最主要的是关于无意识、梦幻和性本能的论点。布勒东、阿拉贡都曾学过医学，1916年布勒东在南特精神病院服兵役时，就已经接触到弗洛伊德的理论，阅读了《释梦》、《性欲论文三篇》等著作，并从患精神疾病的伤员身上进行各种试验。弗洛伊德关于理解人的内心真实、心理状态和行为的理论，自然为力求探索超现实的人们所欢迎，被奉为圭臬。布勒东在《超现实主义宣言》中给予弗洛伊德极高的评价：“应当感谢弗洛伊德的发现。由于相信这些发现，终于形成一股思潮。借助这股思潮，人类的探索

① 参见莫·纳多（Maurice Nadeau）《超现实主义史》。

者将能作更深入的发掘探究，而不必再拘泥于粗浅的现实。想象力或许正重新夺回自己的权利。”另外，法国神经病学家、心理学家皮埃尔·雅内（1859—1947）提出的无意识概念也引起超现实主义者们浓厚的兴趣。

超现实主义运动的参加者从这些思想理论中得到启示，这不仅促进了超现实主义思潮的形成和发展，为文艺创作开辟了新的途径，而且通过文艺作品扩大了这些思想理论的传播，这样，超现实主义运动的影响便不仅限于文艺创作和其他艺术领域，而且成为一种思想武器，促进了思想解放和文化变革。

超现实主义团体正式成立于1924年。这年10月，在巴黎设立了常设机构“超现实主义研究室”，作为参加者交流思想和开展活动的场所。布勒东于同年11月发表了纲领性的《超现实主义宣言》。《宣言》为超现实主义下了权威性的定义：“超现实主义。纯粹的精神自动反应，以口头的、书面的或其他任何形式，表达思想的实际活动。这是思想的真实记录，它不受理智的任何监督，也没有美学和伦理的任何挂碍。超现实主义基于信仰由迄今遭到忽视的某些联想产生的高级现实，信仰梦幻的巨大威力，和不受利害关系影响的思想活动。它力求最终摧毁其他一切精神机制，并取而代之，以解决人生的首要问题。”《超现实主义宣言》阐明了超现实主义运动的目标、宗旨、理论和创作方法。12月，运动的新机关报《超现实主义革命》创刊，由纳维尔和佩雷负责主编，直到1930年出版新的刊物《为革命服务的超现实主义》为止。当时除运动的发起者布勒东、阿拉贡、苏波、艾吕雅等人外，参加的有诗人巴隆、戴斯诺斯、尤尼克，剧作家维特拉克，画家恩斯特、皮卡比亚等，以后又有作家阿尔多、纳维尔、夏尔和画家马松等人陆续加入。从1924年到1929年，是超现实主义建立和发展的时期。在这几年中，超现实主义者一方面批判文艺创作中的形式主义观点，一方面经过不断探索，创造了自己的艺术表达方式，成果丰硕，其中许多作品成为超现实主义的传世代表作。

超现实主义运动在文艺创作方面的主张，首先应提到的是对现实主义的批判。在布勒东看来，现实主义态度受实证哲学的影响，把对现实世界的探索范围缩小，阻碍人的思想奔放驰骛，只限于描写人物、情景和地点，而忽视世界深层和人内心的真实。他在《超现实主义宣言》中贬斥现实主义，认为现实主义"对科学、艺术的发展横加阻挠"，"对知识和伦理的一切飞跃都怀有敌意"，"以低级趣味迎合舆论"。他对现实主义小说的抨击尤为尖锐，认为小说所展现的只是庸俗、肤浅甚至是扭曲的现实。

其次是语言问题。超现实主义者把语言看作是人从社会思想繁芜的清规戒律下解放出来的手段，而解放语言又是实现人的价值的必要条件，因为语言是一切表现形式的中介。布勒东认为，社会压制非理性的表现方式，因而人浑然不觉地将无意识践踏在脚下。他在《论超现实主义》中指出，"应该恢复语言真正的生命力"；在《关于缺乏现实性的演说的引言》中又指出："我们的世界平庸无奇，主要不是应归咎于我们的表现能力吗？"超现实主义者要在语言方面进行革命，无异于宣布理性和逻辑是语言的枷锁，不砸烂枷锁，语言得不到解放，便无法深刻地表现超现实世界。

超现实主义者为了使精神自动性得到最充分的表现，使心理活动完全处于无意识支配下的自由状态，系统地探索无意识下的纯精神活动的奥秘和作用，便在创作过程中借助于叙述梦幻、催眠的试验和自动写作的方法。

超现实主义者认为，人在睡梦中精神活动不受理智和逻辑控制，可以自由驰骋，产生各种联想，因而得到的是纯信息，反映的是比日常生活中的真实更加确切的超现实。他们认为要恢复无意识（或潜意识）的作用，梦幻是一个理想的有力手段，因此非常重视叙述和描写梦幻。艾吕雅曾说："梦幻，谁也不会把它当作诗歌。但是对于心中萦绕着神奇的人来说,它便是生动的现实。”布勒东也认为,文学作品应当再现在梦境中显示的潜在的秩序,使人看到被日常生活所掩盖的东西。但是,人要回忆起梦境才能叙述出来,而人的记忆很可能歪曲睡梦中所得到的信息,因此催眠后的半睡眠状态似乎是达到精神自动反应最实际的方法,诗人戴斯诺斯甚至尝试不睡觉而做梦并进行说梦。超现实主义者做过大量的催眠试验,他们在半睡半醒状态中,凭借每个人的想象力和无意识的支配,随心所欲地表达自己的思想活动,然后记录下来,作为真实思想活动的成果。他们认为疯狂、幻想、感觉失常的想象力,也是与理性主义相对抗的行为模式。超现实主义者不把疯狂看作是病理现象,而是超现实主义存在和表现的方式,疯狂可以表达最纯粹的主观愿望,使自由意志畅行无阻。他们认为幻想是介于逻辑和理性之间的,幻想的激化便成为疯狂的实际表现形式。至于想象力,超现实主义者则把它看作比理性更可靠的认识源泉,是文艺创作的动力。

所谓“自动写作”起初的设想就是与睡梦状态相等的写作方法,也就是根据梦幻与现实、意识与无意识互相渗透、互相贯穿的方法进行写作。自动写作解放了想象力,发挥了语言的潜力,因而能表现作者内心的潜在欲望,改变逻辑次序,不再由形式决定美学标准,使反映精神活动的范围得以扩大。超现实主义者并不是这种创作方法的首创者,而是继承了兰波、洛特雷阿蒙的诗歌传统。自动写作很快便成为超现实主义者最佳的创作方法,甚至达到不采取这种方法就不是超现实主义者,并会招致谴责的地步。当然,作者以这样神秘玄妙的方法,随心所欲地写出的作品佶屈聱牙,晦涩难懂,如同梦呓一样。“曲高和寡”,自然很难吸引读者。超现实主义者认为精神解放和对自动性的探索主要是整个集体的事,因此主张在文艺创作上采取集体行动。他们共同搜集材料,共同思考和写作,甚至集体做一种称为“美妙的尸体”的游戏,由几个人共同写一句话或作一幅画。

超现实主义在绘画、雕塑、电影、建筑等造型艺术领域也得到充分发展。精神自动性的论点同样也体现在绘画创作中，皮卡比亚、迪尚、达利、恩斯特等人都作过许多大胆的尝试和探索，创作出像文学作品一样受潜意识支配，排除理性和逻辑约束的绘画，这类作品造型奇特古怪，似乎比超现实主义诗歌更难理解。粘贴也是超现实主义画家的一种技巧，利用外界的各种材料拼凑粘贴在一起，构成一幅图画，与“美妙的尸体”的集体游戏有异曲同工的效果。电影无疑是表现梦幻、幻觉等超现实的最理想的手段，它可以不受时间和空间的限制，充分表现自动性精神活动，《安达卢西亚之犬》和《黄金时代》是超现实主义电影的著名作品。

超现实主义运动既然对资产阶级政治的虚伪和欺骗性提出疑问和谴责，介入政治生活便是理所当然的。当时法国和欧洲发生的一些重大事件也促使超现实主义者投入现实斗争中去。从1924年起，他们便通过《光明》杂志与法国共产党接近。但是与法共的合作也引起运动内部意见分歧，造成运动分裂。纳维尔主张以更明确的态度加入共产主义队伍，投身于社会主义革命。布勒东虽然也赞成社会革命，认为只有社会革命才能为思想领域的革命开辟道路；但是他更强调超现实主义运动需要保持独立性，不受外来的干扰和控制。1926年，他发表《正当防卫》一文，明确肯定超现实主义团体坚持独立自主的立场，同时批评法共不关心精神世界的革命。1927年，阿拉贡、艾吕雅、佩雷、尤尼克和布勒东先后加入法共。但是他们入党后处境十分尴尬，法共对他们始终抱有戒心，而运动内部的人则对他们靠拢法共大加抨击。1933年6月，布勒东、艾吕雅等人被法共开除出党。超现实主义者虽然与法共保持一定距离，坚持行动自由的要求，但并未脱离政治生活和斗争。在国内，他们反对摩洛哥战争，反对法西斯势力，支持民主运动；在国际上，他们站在西班牙共和国力量一边，积极投身国际战士的行列。

超现实主义运动运动内部的意见分歧由来已久。由于种种原因，一些成员先后被开除出团体，如苏波、阿尔托、戴斯诺斯、科克多、萨洛蒙等；同时也有一些新的力量陆续加入进来。1930年发生的“阿拉贡事件”使运动内部的矛盾更加尖锐。这年底，阿拉贡参加在苏联举行的第二届国际革命作家代表大会，会议期间他谴责唯心主义和弗洛伊德学说，表示承认错误，接受会议的路线。阿拉贡回国后，受到布勒东等人的严厉批判。1932年，阿拉贡被开除出团体。阿拉贡被开除与1938年艾吕雅与超现实主义决裂是对运动的沉重打击。第二次世界大战爆发后，有的成员从军入伍，有的避居国外，超现实主义从此声势大减。

超现实主义这一文艺流派中多数人是诗人，以诗歌创作为主，其成果也最为突出。他们接受浪漫主义、象征主义的启蒙，把奈瓦尔、波德莱尔、洛特雷阿蒙、兰波、阿波利奈视为先驱。超现实主义者认为，诗歌是通过梦幻、诡异、疯狂、幻觉等各种试验，系统地探索无意识境界的最佳手段，是超越自我达到超现实的有效方法，因此也是最理想的创作形式。他们在创作实践和批判旧的诗歌传统的同时，不断提出自己的理论，主张诗歌应尽情宣泄内心的感受，自由表达想象力的驰骋，它不靠理智、技巧的辅佐，也无需酝酿构思和修改润色，而是无拘束地通过潜意识信息表现最富魅力的神奇世界。不过超现实主义诗歌的形式和内容离奇古怪，令人不可思议，难以理解，因而诗人的创作意图与实际效果之间有着不小的距离。

超现实主义运动的创始人**安德烈·布勒东**（1896—1966）是诗人、理论家、小说家。1913年到巴黎学习医学，第一次世界大战后开始从事文学活动，与诗人瓦雷里、阿波利奈、雅克·瓦歇（1896—1916）及弗洛伊德结识来往。布勒东的著作不论诗歌、散文、小说或宣言、评论，都与他毕生为之奋斗的超现实主义运动密不可分。他始终不渝地维护超现实主义运动的原则和观点，写过许多理论著作，如1924年和1929年两次发表的《超现实主义宣言》、《正当防卫》（1926）、《关于缺乏现实性的演说的引言》(1927)、《超现实主义与绘画》(1928)以及《诗的贫困》、《超现实主义的政治立场》、《什么是超现实主义》等。他的诗歌作品也很丰富。《当铺》(1919)是他的第一部诗集，是他从开始热爱文学到萌生反抗意识的见证。《大地之光》(1923)是诗人内心的声音在自言自语，然后用书写方式记录下来的不可思议的词语和形象，是在《超现实主义宣言》发表以前，以自动写作方式写成的诗。诗集《可溶解的鱼》(1924)是超现实主义理论的具体体现，将相距甚远的东西进行对比，打破词语形式上的对立，创造新奇怪谲的表达形式，如“在小学校的粉笔里，有一架缝纫机”之类。《白发左轮枪》(1932)中展现出想象力的奇妙力量，探索内心里比自我更广阔的天地。收入《水的空气》(1934)集子的诗则是由瞬间感觉和词语自由组合拼出的“纯粹的诗”，生动优美的形象直接呈现在读者眼前：“我面前是风趣仙女 / 她那绣着羊羔的长裙 / 一直垂到海里”。布勒东和艾吕雅、夏尔合写的《慢行，前面施工》(1930)，是超现实主义者集体创作的典型作品之一，其中除三人各自署名的简短序言外，分不出哪句诗出自哪个诗人之手。布勒东其他重要作品还有《磁场》(1920)、小说《娜嘉》(1928)、《连通器》(1932)、《狂爱》(1937)等。

超现实主义运动的另一位诗人、小说家、文学评论家、政论家**路易·阿拉贡**(1897—1982)的一生曲折起伏，充满矛盾，不断变化。1928年，他结识苏联诗人马雅可夫斯基，并与后者夫人的妹妹爱尔莎·特里奥莱产生爱情之后，在文学创作和生活道路上都发生突变，最后与超现实主义决裂。

阿拉贡的优秀作品如抵抗运动时的诗歌、歌颂爱情的诗歌、《现实世界》系列小说和后来的许多小说，都是在脱离超现实主义后写的。不过他在超现实主义诗歌、散文和理论方面也不乏重要作品。《欢乐之火》(1920)是阿拉贡的第一部诗集，这些诗写青年的发现、不安和忧郁，诗中兼有阿波利奈诗歌中的忧伤情调和立体派诗人勒韦尔迪(1889—

1960)简约的笔风。《永恒运动》(1926)收入诗人参加达达运动到超现实主义团体成立这一时期的诗,这些诗在形式和内容上已带有浓厚的超现实主义色彩,读了使人如坠五里云雾,难以理解,如《百叶窗》这首诗只是一再重复标题的"百叶窗"这个词,《自杀》一首则只列举26个字母。有人认为诗人是想借此抨击陈旧的诗歌创作,并暗示要以超越自我,从与现实相反的角度透过表面字句辨读诗歌;当然也有不少评论者认为,诗人是在糟踏自己的才华智慧。《大喜集》(1929)的标题实际上是反语,诗集发表时封面是一幅服丧的图景,内容突出三个主题:嘲讽、绝望和愤慨。诗人讽刺诗歌中充斥陈词滥调,空洞乏味。他奋起反抗,倾诉自己的绝望和不安,认为世界毁灭了一切,连爱情也未能幸免。他愤怒地控诉世界上的秩序只对某些人有利,并尖刻地嘲讽鞭笞军人、警察、神甫、教士、形形色色脑满肥肠的人物。诗人在抨击、针砭荒谬的社会时,流露出黑色幽默式的苦涩无奈心情。《有迫害狂的迫害者》(1931),是阿拉贡从苏联归来后发表的诗集,这时诗人已不再采取单纯反抗的态度,但诗中仍未排除超现实主义的影响。

阿拉贡在奠定超现实主义理论基础方面的功绩可能与布勒东不分轩轾。《梦幻之潮》(1924)在《超现实主义宣言》发表前便已提出相似的理论。《阿尼塞或西洋景,小说》(1921)是第一部超现实主义小说,《巴黎的土包子》(1926)则是超现实主义的代表作。

保尔·艾吕雅(1895—1952)是超现实主义著名诗人,生于巴黎郊区圣德尼一个商人家庭,在巴黎读书时因患肺病辍学,去瑞士疗养。第一次世界大战时在医院服役,后与布勒东、阿拉贡、苏波、查拉等人结识。艾吕雅起初受一体主义(unanimisme)诗人的影响,后来在达达运动和超现实主义创作实践中,不断进行语言上的研究探索,逐渐形成自己的独特风格。

艾吕雅的诗通透开放,清澈明朗。他以朴素、直接、大胆的丰富形象，歌颂爱情、友谊、自由和光明，抒发心中孤独、抑郁和失望的痛苦感情。他认为只有能够相互交流的诗，才是真正有血有肉的好诗。艾吕雅强调诗的语言的力量，主张尽量减少平庸、僵死的语言。语言应优美喜人，适于彼此交流。他的诗虽然不乏突兀奇特的比喻，但语言简洁明快，在超现实主义诗歌中独树一帜。

在他的超现实主义诗歌如《痛苦的首都》(1926)中，梦幻与现实相互交织，彼此矛盾、对立的词语组成独特的词组，创造出的形象奇妙谲异："从那令人惊奇的岛中间 / 穿过她的四肢 / 她就靠这迷离的世界生活。"诗中也表现梦幻者的孤寂，怒恚于外部世界冷漠无情，布满陷阱："风变了形 / 它需要一件合体的衣服 / 却太大了/ 这就是为什么 / 我讲了真情却未说真话。"《爱情与诗歌》(1929)中歌颂纯真的爱情净化了世界，清除了邪恶，使生活、幸福、友谊成为可能。这些诗短小紧凑，达到高度的简练。《公共的玫瑰》(1934)中包括诗人最优秀的超现实主义诗歌。诗人写这些诗时，视野、灵感已大为开阔，他的心境不再与他人隔绝，而转为分担他们的痛苦和不幸。诗中不乏奇谲的幻象、反抗的呼声，也充满唤起人们团结友爱的深厚感情。

正当超现实主义诗人试图摆脱理性的束缚，尝试在潜意识状态下写作的可能性的时候，诗人**保尔·瓦雷里**(1871—1945)则走了一条几乎完全相反的创作道路。瓦雷里出生于地中海滨小城赛特，父亲是海关职员，母亲是意大利贵族世家的后裔。瓦雷里在中学时代就对文学、音乐和绘画产生兴趣，喜爱浪漫主义诗歌。后来，在于斯芒斯的小说《逆向》的影响下，他和同时代许多青年一样狂热地迷上了象征主义诗歌，尤其崇拜被青年象征派尊为大师的马拉美。中学毕业后，瓦雷里入蒙佩里埃大学攻读法科，开始发表诗歌，不久结识了马拉美和纪德。1894年他定居巴黎，第二年到国防部工作，任文稿起草人。从1900年到1922年，他做著名的哈瓦斯通讯社负责人勒贝的私人秘书。第二次世界大战期间他留居巴黎，但坚决不与占领者合作，后来参加了作家民族阵线。瓦雷里曾四次由政府授勋，并享有英、葡、匈等国的荣誉职衔，1925年入选法兰西学士院，1937年起主持法兰西学院诗学讲座。1945年巴黎解放后不久，他因病去世，法国政府为他举行了国葬。

瓦雷里21岁时经历了一次短暂的精神危机，这次危机使他决心放弃文学理想。在以后的20年时间里，他虽然并未完全停止诗歌创作，但主要的兴趣是在哲学和数学研究上，著作大多探讨人的精神活动方式，研究精神活动与人的本质之间的关系。1894年发表《与台斯特先生夜谈》，这部散文作品以古典主义简约洗练的笔法刻画了一个生活清峻、思维严谨的知识分子。台斯特先生经过20多年自觉的智力训练，能够用清醒的意识和缜密的思维控制自己的活动和行为，包括情感行为。他把人的本质力量归结为精神的力量，坚持不懈地探索智性活动在深度与广度上的可能性。不言而喻，瓦雷里描述的正是他自己智力训练的体会和理想。这部作品说明瓦雷里的主要思想特征在这个时期已经基本成型。

1895年瓦雷里发表《莱奥纳多·达·芬奇方法导论》。这部长篇论文并没有具体讨论达·芬奇的科学研究方法或艺术方法，而是以这位学识修养跨越科学和艺术两个领域的“巨人”为例，证明从精神本源讲，在诗与科学之间并不存在天然的不可逾越的鸿沟。精神最重要的特征在于它具有综合能力，能够把感官的印象加以综合整理。因此，创造的起点不是自发产生的灵感，而是理智对感觉的作用，是精神活动，而精神活动的起点则是形式和结构。这部著作奠定了瓦雷里诗歌创作和诗学理论的基础。

1913年，瓦雷里应友人纪德等人的要求，着手整理青年时代旧诗稿，与此同时，他开始构思一首新诗，以此与青年时代的“戏作”（瓦雷里语）告别。旧诗于1920年结集付梓，题名《旧诗集存》，共20首韵文诗和一首散文诗。新诗经过两年呕心沥血的苦思，由最初设想的三四十行的短诗扩展成512行的长诗，亦收入《旧诗集存》，初拟题名《灵魂》或《岛》，发表时改为《年轻的命运女神》。1922年诗人发表了第二个诗集《幻美集》。这两部诗集受到了诗歌界和批评界的高度评价，从此瓦雷里蜚声诗坛，他的许多诗，例如《织女》、《那喀索斯的话》、《女巫》、《那喀索斯的断想》、《海滨墓园》等，很快成为脍炙人口的名篇。

瓦雷里是法国后期象征主义的主要代表。他开始创作诗歌时正值19世纪80、90年代，当时以"颓废派"自居的第二代象征派诗人十分活跃，瓦雷里的诗深受这一派诗歌的影响。他的许多诗运用波德莱尔的通感理论，努力捕捉事物在诗人感官上留下的印象，表现不同感官印象之间的联系，描写感情的反应和变化，力图赋予主体的印象和情感以不同凡响的个性特征。

瓦雷里收入《旧诗集存》中的诗与同时代年轻的象征派诗人的作品一样，在捕捉并且夸张自我心灵特征的同时，抒发一种抑郁的、朦胧的、带有神秘色彩的感情。这些作品虽然写得很精致，诗歌形象在色彩、线条、力度等方面都有出神入化的手笔，不过，还没有完全突破早期象征主义诗歌的窠臼，与后期的创作相比，多少显露出稚嫩的痕迹。

收入《旧诗集存》的《年轻的命运女神》标志着诗人经过20年"智力锻炼"，终于找到了自己诗歌创作的道路。从题材上看，这首长诗仍旧像《旧诗集存》中的许多作品一样，选取了神话题目，然而实际上诗歌完全超越了神话而具有全新的象征意义。诗歌是年轻的命运女神的独白。半夜时分，在海边沉睡的命运女神突然惊醒，感觉到一种巨大的痛苦侵入她的身体，物质世界各种新鲜而强烈的印象刺激、侵扰、压迫着她的感觉。她回忆起过去曾经一度沉湎于波动的激情，因而悔恨不已。在极度的懊恼与痛苦之中，她想一死了之。然而东方已经孕育着曙光，她重又感到了生命的冲动，这种冲动尽管还潜伏在心灵深处，却已经主宰了她的意志。女神又昏昏睡去，当她再次醒来时，东方已经破晓。

《年轻的命运女神》的主旨是描写"意识在一夜之间的变化"(瓦雷里语)。这首诗表明诗人已经超越《旧诗集存》的阶段。他不再满足于一般地刻画主观印象,而是力图用诗的形式反映人的意识对感觉和感觉状态的观照,对心灵复杂运动的探索,让隐蔽的、潜在的心理活动经过智力的整合和处理而进入诗的领域。我们从诗中看到,气象万千的物质世界、日新月异的感觉印象、内心世界对物质世界的反应变化,这些东西无时无刻不在激动着有感有知的人,然而人生的真正价值不能从变动的感觉世界中寻找,只能从一个永恒的秩序中寻找,而主观永恒的秩序只有通过意识的观照、探索、判断才能把握。

从《年轻的命运女神》开始,瓦雷里在诗歌中突出了智性的作用,突出了思考的地位。用他的术语说,是突出了"清醒意识"的作用。此后他的诗大多带有哲理色彩,形成了带有诗人个性特色的哲理诗。《海滨墓园》可以说是瓦雷里哲理诗的登峰造极之作。在《年轻的命运女神》里,诗人借女神之口说话,而在《海滨墓园》中,诗人直接出面侃侃而谈。诗人坐在海滨的一座墓地里,远眺碧海苍天,近观坟冢石碑,宇宙的演化、人生的变幻,万千气象纷来沓至,诗人浮想联翩,慨然而歌。在这首诗里,生与死、动与静、永恒与无常、有限与无限、绝对与相对、精神与物质等等传统的哲学的二元对立都被纳入诗人的视野。诗人思考的结论是绝对、纯粹、永恒是不可企及的(人死后才能归入永恒之物),应该肯定不断的运动和变化,在运动中获得人生的意义。诗的结尾召唤海涛撞碎凝固静止的物象,希望自己的诗篇随着海风高扬,表现了诗人的自信、热情和勇气。不过应该指出,瓦雷里在这首诗里虽然高呼"起来,投入不断的未来",表示要"畅饮风催的新生",但是这并不意味着他准备介入现实的生活和斗争,因为对他而言,"未来"、"海风"、"新生"都是心态的东西。这首诗赞美的是人的精神力量、意识力量,是人自觉运用意识反观自我时所获得的生命价值。瓦雷里曾经说:"人的特征是意识,意识的特征是永恒地穷尽探索，是对于在意识中出现的所有东西——无论何物——无例外、无休止的超脱。他是与出现的事物在质量和数量上均不相干的无止境的行动。聪明人应该凭借这样的行动最终有意识地使自己得以永恒地拒绝任何一种存在。”

瓦雷里的诗常常被称作哲理诗。然而对瓦雷里的诗而言，所谓哲理并不是在纯粹思辨意义上讲的。瓦雷里从来就不喜欢纯粹思辨的哲学，认为“真正哲学的奥秘在于创立超验的秩序”，而他自己“没有这个野心”。事实上他早就借台斯特之口说过：“哲学使我感到不舒服。”对瓦雷里来说，精神活动或者意识活动不是纯粹、抽象的思维活动，而是对于感性认识和感情活动的把握，或者说介入，是与感觉、印象感情紧密相联系的，这一点无论是在《年轻的命运女神》中或在《海滨墓园》里都可以看得很清楚。正因为如此，瓦雷里才一方面写了像《石榴》这样对理智的礼赞，另一方面也写了像《蜜蜂》这样的诗，强调物质世界的刺激和印象对于创作的意义。也正因为如此，他的诗虽然大多包含一定的哲理意义，但却完全不是抽象的玄想，他的诗充满了强烈的感觉印象的描写，充满了奇特的、突兀的形象，蕴含着丰富的象征底蕴。哲理潜藏在生动的感性画面背后，理智深入到感觉与感情之中，这是瓦雷里诗歌的一个重要特点。

瓦雷里的诗除少数外都是格律诗，甚至包括现代诗人很少问津，音律要求极其严格的十四行诗，这使他的诗在形式上接近古典主义。《旧诗集存》中大部分作品以及《年轻的命运女神》都采用了亚历山大体，到写《幻美集》时诗人逐渐放弃了这种典型的古典形式，较多地采用八音节或十音节体，有时甚至采用奇数的七音节体，使诗句更富有流动感。尽管诗人在音节上采用了灵活多样的形式，但他却始终恪守格律的整一，使每首诗在诗体和诗节上保持一致，在韵律上瓦雷里更是一丝不苟，他不但坚持用韵，而且爱用富韵（rimes riches）（例如《蛇的诉说》），在那个自由诗呼声很高的年代里，这种做法难免遭到讥诮，但是就是嘲笑他的人，大多数也并不否认他的诗歌总体的艺术成就。

瓦雷里继承马拉美的传统，强调诗句的音乐性，同时力图增加诗歌语象的密度和诗歌的整体容量。为此他用词十分俭省，而且常用生僻词，这些都是他的诗歌晦涩难懂的原因。

《幻美集》出版后，瓦雷里又发表过一些诗作和三部诗剧，同时瓦雷里对诗学理论的建设倾注了越来越多的精力。他先后写了《心灵和舞蹈》（1921）、《厄帕里诺斯》（1923）、《固定的思想》（1932）、《我的浮士德》（1945）等对话体的理论著作。他写了许多论文，并在欧洲各地演讲，介绍法国文学，阐述自己的诗学观。哲学论文和讲演辞陆续收入以《杂文集》为题的论文集，从1924年到1944年共出版五卷。

在诗学理论上，瓦雷里继承并发展了马拉美的思想。瓦雷里年轻时是马拉美耳提面命的弟子，以后终生对马拉美怀着近乎虔诚的崇敬。瓦雷里的美学和诗学理论虽然不构成严密的体系，但是内容很丰富，其核心是他的"纯诗论"。何谓"纯诗"？瓦雷里说："纯诗是从观察中推演出的想象，它应该帮助我们明确关于诗的一般概念，引导我们对语言和语言对人的作用之间不同的、多样的关系进行十分困难然而又十分重要的研究。"他又说，"纯诗"究其实质，是一个"分析观念"，与道德概念无涉。瓦雷里提出"纯诗"的概念，目的是要把诗人和读者的审美注意都引导到语言以及语言与精神的关系上来。不难看出，这个理论是建立在唯心的理智主义基础上的。瓦雷里承认"纯诗"实际上是一个可望而不可即的目标，而整个诗歌的历史就是诗人为达到这个目标而艰辛劳作的历史。通常所说的诗，不过是"语言物质中一些纯诗的片断"。从这样的思想出发，瓦雷里做出关于诗的著名论断："诗是语言中的一种语言。"

瓦雷里从纯诗理论出发为诗歌的形式提出了这样一个定义：形式是"声音、节奏、词与词之间的形态比较，以及这种比较的感应效果或者相互影响”。既然“纯诗”是语言创造的极致，那么由语言的各种机制所构成的形式便顺理成章地成了诗歌创作与欣赏活动中的决定因素。瓦雷里并不否认诗歌的思想内容（不过必须指出，他讲的内容是所谓“内心的话语”，“精神的意愿和感觉”之类），然而他认为倘若在散文里内容是主要的，那么在诗歌中，“起决定作用并存在下去的则是形式”、他甚至进一步认为，“诗歌是形式的女儿”，“形式产生于作品之前”。这些见解比法国文学史上的任何一种形式主义都更为极端。

由于瓦雷里重视理智在诗歌创作中的作用，又把诗歌的语言形式放在决定性的地位上，因此他强调在语言形式上的惨淡经营，而对传统的灵感说持保留态度。他不否认灵感的存在，然而他认为灵感的价值有的是“虚幻的，无法传达的”。他多次批评灵感说，显然和超现实主义宣扬自动写作有关。他毫不掩饰对那种认为诗的美来自潜意识或者梦幻的理论的反感。他曾用激烈的口吻说：“我宁可在完全有意识、完全清醒的情况下写出贫瘠的东西，也不愿在精灵附体不能自已的情况下创造最美的东西。”

瓦雷里以“纯诗”为核心的美学和诗学理论的产生不是一个孤立的现象，而是在20世纪初文学艺术领域里出现了各种形式主义，俄国和德国以语言学为基础的形式主义文学批评开始兴起这样一个大环境中生成的。瓦雷里的诗歌虽然在形式上接近古典主义，但是在诗的本质、作用与审美价值上却和现代主义相认同。

与瓦雷里并称为后期象征主义代表的是**保尔·克洛代尔**（1868—1955），他的创作生涯长达60多年，在文学史上以其充满强烈宗教感情、艺术上孜孜不倦永远探索的戏剧和诗歌闻名。

1868年8月6日，克洛代尔诞生在埃纳省小村维尔纳夫，父亲是当地的房地产抵押登记官。1882年，全家迁居巴黎。克洛代尔从14岁就开始写诗，后来在大学法律学院和政治学院学习期间，仍迷恋于戏剧和诗歌。

1886年圣诞之夜,保尔在巴黎圣母院望大弥撒,被管风琴神妙无比的圣乐演奏和唱诗班气势磅礴的圣歌会唱所震撼,感到心中有一股勃发欲喷的激情,仿佛灵魂受到了天主的召唤。他当即立志,为歌颂天主教信仰而献身。四年后,他正式皈依天主教。1890年,他参加了外交会考并夺得桂冠,自此开始了外交生涯。皈依天主教和履行外交使命赋予克洛代尔的文学创作两个最鲜明的特征:狂热的宗教激情和对东西方文化的融会贯通。

克洛代尔曾在许多国家任职。其中在中国任职时间很长,前后三次居留。1895年7月到1899年底,克洛代尔先后任驻上海候补领事、驻福州副领事,期间游历华东,并在汉口工作几个月。1901年初到1904年底,他任驻福州领事。1906年5月至1909年8月他先任北京法国使团的首席秘书,后任驻天津领事。在几十年的外交生涯中,他担任过驻纽约、波士顿、汉堡等地的领事,驻巴西、丹麦、日本、美国、比利时等国大使,几乎走遍全球。1936年克洛代尔退休回乡,仍潜心写作,1946年被入选法兰西学士院,1955年2月13日在巴黎病逝。

克洛代尔一生笔耕不辍,著作丰厚,即使在任外交官时,也与巴黎文学界保持密切联系,频频发表作品;他还是《新法兰西评论》特约撰稿人。克洛代尔戏剧作品主要有《金头》(1889, 1894)、《城市》(1890, 1897)、《少女薇奥兰》(1892, 1898)、《第七日的休息》(1896)、《正午的分界》(1905, 1948)、《给圣母马利亚报信》(1912, 1948)、《人质》三部曲、《硬面包》、《受辱之父》(1908, 1914, 1916),《缎子鞋》(1923, 1943)。另外还有神话喜剧《普洛透斯》(1913)、抒情喜剧《熊和月亮》(1917)、清唱剧《火刑台上的贞德》(1935)以及若干剧本的提纲,他还翻译了古希腊悲剧家埃斯库罗斯的三部曲《阿伽门农》、《奠酒人》和《复仇女神》。

克洛代尔的诗歌集主要有《流亡诗集》(1905)、《五大颂歌》

（1910）、《三重唱歌词》（1914）、《战争诗集》（1915—1916）、《圣徒诗叶》（1925）、《扇面百言》（1926）、《光辉形象》（1947）、《诗歌杂集》（1952）以及死后由别人整理的《重拾诗集》等。他还翻译了不少外国诗，并有根据中文诗改写的作品《拟中国小诗》（1935）和《拟中国诗补》（1938）。除诗歌与戏剧，克洛代尔还写有大量散文，结集的有《创造的艺术》（1907）、《形象与比喻》（1936）、《眼在听》（1946）等。

戏剧是克洛代尔作品的主要成分，也是他艺术才华的主要表现形式，他本人也因其剧作深刻的思想内涵和灵活生动的艺术形式赢得了声誉和观众。

早期剧作《城市》运用象征手法描绘了一个毫无宗教信仰的现代工业化城市的命运。主要人物分别象征互相斗争着的政治、文化、宗教倾向。城市的原统治者伊西多尔·德·贝姆体现的是资产阶级的统治精神，他善于经营，富于创造性，但无视心灵的生活，将世上一切都物质化了，最终导致城市的失控，自己也转向彻底的悲观主义。阿瓦尔是个煽动家，号召人们起来反对窒息人、毒害人的金钱统治，于是城市造反了，暴动的烈火烧了七天七夜，把城市夷为一片瓦砾。最后，充满基督精神的诗人科弗尔在天主处找到了光明，引导全城人脱离混乱与灰烬，投向神恩的怀抱。剧中贝姆、阿瓦尔和科弗尔的冲突中正是作者从1886年12月以后四年中经历的内心冲突的反映，不仅科弗尔身上体现着克洛代尔的理想，连那一心想毁灭肮脏的城市以求看到更广阔的空间，呼吸到更纯净的空气的阿瓦尔也代表了作者的思想。

《第七日的休息》是克洛代尔到中国后写的第一部剧作，集中体现了诗人对古代中国传统文化的一种否定中的肯定，在东方传统文化的背景中渗入了西方的基督教精神。剧情很简单：中国某朝皇帝上朝时，众臣禀告：国家遭灾，鬼魂作乱，争抢活人的吃食，求神拜佛、施行巫术全都无济于事。皇帝决定亲自赴阴曹地府探个明白。他在阴间见到了母亲的亡魂，会见了阎罗王，"大米天使"告诉他灾祸的原因是活人妨碍了死人的宁静生活。皇帝从地府回返，恰逢饥民造反。他高举起十字架模样的龙杖，令叛逆者臣服。他向臣民转告上天的旨意：六天干活，第七天休息作祷告。并宣称，惟有如此，勤劳耕织之人才能丰衣足食，祛病延寿，说完，皇帝乘云而逝，追随他的"道"去了。剧本主题无疑是天主教对"异邦蛮族"文明的胜利，是寄托着某些西方人士理想的一厢情愿。该剧和《城市》一样，表明了克洛代尔对人类生存问题的思考：如果对一个建立在公平法则与和谐原则之上的古老帝国来说，有一个探知神秘的更高正义和更和谐世界的问题，那么对一个经济畸形发展的资本主义世界来说，更应有一个追求精神上的和谐平衡的问题。

《正午的分界》讲三男一女四个欧洲人在当时中国的感情生活。梅萨爱上了有夫之妇漪瑟，两人默认让漪瑟的丈夫去从事有生命危险的冒险买卖。在中国义民的一次暴动中，梅萨与漪瑟等西洋侨民被围在房屋中，命在旦夕。面对死亡，两个情人才认识到自身的罪孽，在明澈的月光下，梅萨与漪瑟归入天主的怀抱。诚如克洛代尔所言，剧的主题是罪孽，"见善而行恶，世上再无比这更大的不幸了"。该剧具有自传的性质，可以看作克洛代尔与波兰女子萝萨丽·维齐夫人那段长达四年（从1900年到1904年）的非法恋情的精神总结。作品的艺术力量在于真实地吟唱了主人公在世俗爱和对天主的爱之间的犹豫不决和内心的痛苦。另外，该剧第三幕的围困背景无疑是克洛代尔耳闻目睹中国人对"洋鬼子"仇视行为的艺术写照。轰动上海的1898年"四明公所事件"中他所亲自参加的与宁波同乡会人士的浴血冲突（克洛代尔曾"身先士卒"，率领法国水兵攻打同乡会的会馆），他所风闻的"教民血案"以及震惊中外的义和团起义都在这一幕中经过他的曲笔处理，留下了历史痕迹。

《给圣母马利亚报信》是一出类似中世纪神迹剧的戏，它的主要情节是，少女维奥兰和雅克相爱，已经订婚。维奥兰之妹玛拉嫉妒姐姐，欲独吞家产，便告诉雅克，说维奥兰与一麻风病人好过并已染疾。维奥兰为了雅克的幸福，忍痛成全了妹妹与雅克的婚事，自己只身进山隐居。几年后的圣诞之夜，玛拉在山中找到又瞎又瘸的维奥兰，求她救活自己病死的女儿。伴随着子夜弥撒的钟声，孩子在维奥兰的怀中奇迹般地复活了，并且，原先的黑眼睛变成了蓝眼睛，与维奥兰的一样蓝。维奥兰的神迹与圣母马利亚无玷而孕一样是神恩的结果。明白了真相的雅克原谅了维奥兰，玛拉也当众忏悔了自己的罪孽，维奥兰回到庄园，在教堂的祷钟声中死去。剧本体现罪恶与神恩的对立、肉欲与灵魂的冲突，并宣布傲慢、贪婪和嫉妒必遭失败，而克己、容忍和牺牲则将产生奇迹。在克洛代尔所有的剧中，这一出表现的宗教感情最为炽烈，禁欲主义也最为极端。《正午的分界》中提出的性爱与圣爱的矛盾在维奥兰身上得到了最终的解决。

《缎子鞋》是克洛代尔最长也是最著名的剧本。它以欧、美、非三大陆为背景，呈现了16世纪末、17世纪初以西班牙为中心的殖民帝国的巨幅画卷。剧的中心线索是西班牙重臣堂·罗得里格与贵妇堂娜·普萝艾丝的爱情悲剧。普萝艾丝与罗得里格邂逅相识，一往情深。她不顾丈夫的禁令，与情人约定在海滨旅店见面，但罗得里格途中遇险无法前往。普萝艾丝逃脱樊篱赶往情人家中，却始终不敢与他见上一面。在天主的启示下，她悟出灵与肉之理，毅然赴非洲要塞摩加多尔担起天主教国家给她的使命。罗得里格于去美洲总督府赴任途中借道非洲邀她同行。但已献身天主的她回绝了。两人天各一方，但心心相印。十年后，已成寡妇的普萝艾丝被迫嫁给为西班牙守要塞的异教徒卡米叶。又是十多年后，历尽磨难的罗得里格已失宠于朝廷，他又老又残，被卖作奴隶。除了这条中心线索之外，还有贫穷少女缪西卡与那不勒斯总督之间富于田园诗情调的理想爱情的情节以及许多零碎的插曲过场。

《缎子鞋》剧情跌宕起伏，地点、时间跨度极大，舞台色彩斑斓，人物众多，是一部史诗般的戏剧巨著。

《缎子鞋》的情节不但繁多，而且纷乱，颇有“乱哄哄你方唱罢我登场”的味道，但这种不仅考虑到线索的连贯，而且照顾点与面沟通的情节布局，颇像一条支流纷杂、众水融汇的大江，它奔腾不息，有急流，有浅滩，有瀑布，有回折，有峡口，也有宽阔的入海口。这种气势非凡的大框架处理反映出作品的主导思想：世界统一在“万能的天主”下，天主无所不在地统治着人类，拯救着一切生灵。罗得里格与普萝艾丝之间的障碍并非婚姻的障碍，而是使命的障碍。罗得里格的使命在美洲，在扩张疆域；而普萝艾丝在丈夫死后还不得不在卡米叶的怀抱中履行遏制伊斯兰势力的使命。她死后，女儿七剑还将继续这一事业。男女主人公都是在基督教精神驱使下，自愿禁锢个人欲念，导致天各一方的爱情悲剧。这不仅构成罗得里格在美洲、普萝艾丝在地中海的情节分支，而且引出统霸全球的殖民事业和献身天主的宗教事业的两重主题。两人的后代七剑与缪西卡之子奥地利的胡安的结合又使两条主要线索——“崇高”的悲剧与“浪漫”的田园诗——统一于剧尾。七剑与胡安分别象征着基督教精神和殖民扩张精神，如此，“统一全球土地”的近代资本主义原始积累过程又与所谓“拯救灵魂”的基督教传教进程形成了一个“最高”的“宇宙整体”精神；而这种“宇宙整体”又坐落在毫无情节整一的“戏剧整体”中。

《缎子鞋》描写了上至王公大臣，下到市民百姓、三教九流共70多个人物（不计哑角），众多人物运用众多的语言风格，全剧形成一个雅俗各异，然而又统一于人物性格特征的语言框架。如此处理的目的在于体现世界的多样化，并通过多样化的世界和人，体现出某种更高级的精神本象的存在：偶遇、命运，也即基督教认定的天命。

关于这出戏的地点，克洛代尔本人说过：“这出戏的舞台是整个世界。”从西班牙到美洲大陆，从意大利到非洲要塞，从布拉格的教堂到浩瀚的大西洋，五洲四海都搬上了舞台，作家的想象之翅甚至还伸到了月亮、星星上，这正说明了克洛代尔心中的世界围绕一个中心转，历史均在向一个方向发展：全球的征服、福音的传播。

最后，从舞台设计和导演设计上，剧作者更是花费了一番心血。粗粗一瞥，他的戏实在很乱，舞台上一片乱糟糟。但克洛代尔认为，混乱正是戏剧的原则之一。他借报幕人之口说："秩序是理智者的爱好，混乱则是想象力的乐趣。"恰恰是基于一种面对杂乱纷呈的世间万物表象的高度把握，他才在剧中抛弃一切经典戏剧规则，将各种不同的舞台艺术手法自由地糅在一起：乐队奏起乐曲，演员唱起歌谣，跳起舞蹈，演起哑剧、杂耍，天幕上放起电影。可以说，这一切创举都是"天主"通过艺术家本人表现出来的万物旺盛，生命力变化无穷的能动性。总之，无论从情节、时间、地点、人物、舞台等角度看，《缎子鞋》都是一个极稳固的艺术整体，犹如一座各部分比例协调匀称的巍峨的哥特式建筑，体现了宗教戏剧艺术的和谐统一之美。

克洛代尔的主要剧作都经数次改写，发表时往往有几种不同文本，其中《给圣母马利亚报信》是费时最多的一部，从1892年到1948年先后四易其稿（最初的两稿定名为《少女维奥兰》），每次均作重大改动。克洛代尔感到有必要重写已写过的题材，因为在相同的题材中，一些问题会反复提出，人的精神面对着同一题材也会不断地以一种更简单更深刻的表达法做出自己的反映。从这点足可见出剧作家在创作上的良苦用心和不懈的探索精神。

在诗歌艺术中，克洛代尔同样是一位不懈的探索者。克洛代尔自幼就十分喜爱兰波的诗，读《彩图集》和《地狱的一季》时，曾激动万分，兰波使他感觉到超自然的存在。他也曾是马拉美家星期二聚会的常客。他继承发扬马拉美诗中的神秘成分，并把这种神秘性与兰波不倦的追求精神以及自己心中的宗教激情融合一体，形成一种独特的气势磅礴的抒情诗歌。这也是克洛代尔作为法国象征主义诗歌后期大师的一大特点。克洛代尔早年写过一些格律诗，如《流亡诗集》，后来便独创了一种新的诗体,叫作“诗节”(verset)。它是一种相当自由的散文化诗体,一行或几行构成一节,类似《圣经》中的长短句。他这样解释诗节:由一行诗句和一个空白停顿构成一个诗节,这种诗行的长度取决于呼吸周期的长短,而呼吸则因诗人的激动程度不同而不同。声音的表达在时间上展开,受我们的心脏——我们生命的搏动——这个节拍器的控制,诗歌也因而出现基本的抑扬顿挫,一时弱,一时强。克洛代尔和马拉美一样,一贯强调“空白”在诗行中的重要性,希望蕴涵于诗中的思想通过诗节之间的空白停顿迸发出来。他将诗歌中的诗行、字词、思想和节奏比作铁匠铺中的煅炉、熔铁、火焰和风箱。确实,这种不求押韵,没有音节格律,但节奏十分明快的诗节成了克洛代尔抒发宗教感情、强调基督精神的有力工具。从1889年用这种诗体写出《金头》一剧以后,他的绝大多数诗歌和剧本都采用这种诗体。其中《五大颂歌》和《三重唱歌词》为诗人心灵深处对天主的神恩,对缪斯神,以及对崇高的诗歌境界的歌颂,最为有名。如这一段:“我的身外是黑夜,我的身内,夜神之力的飞梭,荣耀的酒浆,还有这负载满盈的心的疼痛!/如若制作琼浆的酿工不遭恶果便不能进入酒槽,/您以为我竟可以尽情地挤榨话语的滚滚汁液,/而不忍受醉意从胸中溢出直冲脑顶!”他的诗歌理论和创作手法对后来的圣-琼·佩斯、皮埃尔·艾玛努埃尔、让-克洛德·勒那尔(1922—?)等人都有决定性的影响。

在中国度过的14年是克洛代尔一生中的重要阶段。在辽阔的东方大地上,诗人既看到了清王朝统治末年混乱的政局和落后的社会,也看到了壮丽的锦绣河山、勤劳朴实的人民、源远流长的文化传统。他被富有魅力的神秘大国迷住,眼中的神州大地俯拾皆诗。他也确实在散文诗集《认识东方》中写下了和煦的春风、碧绿的禾田、空灵的古塔、幽静的庙宇、醇香的佳酿、鲜亮的金橘、闹忙的街市、蛙噪的池塘……尽管《认识东方》大多写于1896至1897年,即克洛代尔初到中国的头两年,所叙所议多为刺激感官的异国情调，认识之肤浅与片面在所难免，然而从中不难看出中国的山山水水、风土人情对克洛代尔诗情诗意的启迪。

克洛代尔喜欢中国的风光，更喜欢中国的文化，虽然他不懂中文，但他凭着诗人的敏感，对传统的华夏文化做出了自己独特而有意义的理解，而且这种理解还反过来影响了他自己的创作。他的《拟中国小诗》（据曾仲鸣的译本转译）和《拟中国诗补》（据朱迪·戈蒂耶的《玉书》改译）是对中国古诗借题材发挥般的自由创作，其中有的“拟作”对中文原诗的再表达十分有意思。克洛代尔对道家思想也颇有研究，在来中国之前，他就通过英译本把《道德经》的第五和第十一章译成法文。《庄子》一书更是他常年放在床头的必读之书。读了就谈，谈了就引用。他写的《老子出关》一文，把老子对“道”的执着追求与诗人对诗意美的刻意探索相比较。他在散文作品、讲座报告中反复引用出自《庄子》的“庖丁解牛”、“庄周梦蝶”、“井底之蛙”、“遗失玄珠”、“混沌开窍”等寓言故事，在戏剧作品中也有类似的隐喻影射，一厢情愿地以“东方圣人”的玄理来阐释自己对种种文化现象的理解。

克洛代尔对中国的地方戏曲艺术、民间传说也是处处留心，在创作中随时借鉴。《缎子鞋》中罗得里格与普萝艾丝在月光下分别奔走于两大汪洋这一场景，就是牛郎织女“盈盈一水间，脉脉不得语”的欧洲式翻版。他受中国传统剧种对串场戏处理手法的启发，在他的剧中设计了一类与剧情并无多大联系的角色，让他们在幕间插科打诨，嬉笑怒骂，或讽刺艺术上的老顽固，或对戏的表演指点一番，或向观众交代几句，形式活泼，使人耳目一新。他甚至在剧中让类似京剧中的检场人走上舞台，当着观众的面更换道具。另外，他在日本和美国两次观看梅兰芳的演出，并在散文和日记中高度赞扬了梅兰芳的表演艺术。

克洛代尔在创作中确实借鉴了中国文化的许多东西，并把它们有机地化入作品的情景中，但他更多地还是将中西两种不同文化中的类似现象放在一起比较。这种比较依靠的是他的诗人气质和博学知识。克洛代尔寻求中华文化精华之目的，是探求艺术创作上东西文化的共同点，或广义上的人类精神文化的共性。其出发点可能是传教意识或文化宣传，但他的探求无疑有助于后人在比较文化现象时更准确地抓往什么是人类本质的共性，而不同文化又是如何不同地表达这些相同点的。

在中法文化交流史上，克洛代尔可算是20世纪法国文坛上人介绍中国文化的第一人。在他之前，法国人所知的中国大多来自近三个世纪在中国传过道的传教士，而从克洛代尔之后，才有不少作家以诗歌、散文、小说、戏剧等形式反映他们对中华文化的所触所感。可以说，正是从克洛代尔开始，中国文化进入了法国文学中。在维克多·谢阁兰的《碑》（1912）中可以找到克洛代尔喜爱的艺术意象“界碑”的影子，而谢阁兰的《勒内·莱斯》（1921）的主人公与中国青年的情谊使人联想起《缎子鞋》中的罗德里格与中国仆人。圣-琼·佩斯在北京郊外的道观写下的《阿纳巴斯》（1924）歌颂心灵世界的征战，与同为颂歌的克洛代尔的《五大颂歌》用的是同一种自由的诗律，安德烈·马尔罗的《人类的命运》（1933）以当代中国历史为背景，写西方人的精神生活，与《正午的分界》如出一辙。亨利·米肖的《一个野蛮人在亚洲》（1933）以观察家的眼光描写了在中国与印度的见闻与感受，与《认识东方》同样为诗意盎然的游记。

小说 第一次世界大战前夕，法国小说的上空已经升起了革新的信号。1914年纪德发表《梵蒂冈的地窖》，以扑朔迷离的情节，向小说传统的表现形式发起挑战。同年，普鲁斯特出版了《追忆似水年华》第一卷，这部小说成为现代主义文学经典和意识流小说的代表。大战后，小说革新的势头渐趋强劲。几乎和瓦雷里提出“纯诗”论同时，纪德开始进一步思考如何摆脱小说的传统理念和方法，提出了“纯小说”论。他在《〈伪币制造者〉日记》中提出了写纯小说的任务，以期净化良莠混杂的局面。纪德认为，小说的功能不在于反映社会现实或再现社会现实，而在于挖掘人的本质。小说的主要任务就是探求人生的价值、意义和真谛。作为“各种问题的聚汇处和交叉路口”，小说须促使读者不断思考，叙事的发展和文本的构建过程也应得到读者的积极参与。

1928年，小说家莫里亚克发表论文《小说》，首次提出了“现代小说”的概念，矛头直指巴尔扎克倡导的小说是社会的画卷，小说家是历史的“书记员”的传统观念和理论。论文主张将希腊、拉丁文化的清晰明快与斯拉夫、北欧文化的复杂曲折融为一体。此后，主张变革的小说家纷纷投入了小说革新的实践，革新派小说家他们尝试重新探知小说的性质和功能。一些小说家对“内心独白”这种表现手法给予了较大的关注，运用这种手法揭示人的深层意识的活动。超现实主义思潮在小说创作中的传播和应用，也形成了小说革新的一个亮点。小说家们力求索解人与生存环境的关系，他们的作品常带有象征主义的色彩。莫里亚克致力于人物心灵的挖掘。马尔罗和圣埃克苏佩利在作品中探讨人类的命运和生命的价值，他们肯定行动的意义，也以各自的方式涉及了社会重大问题。吉奥诺作为乡土作家，怀着对大自然的浓厚情感、讴歌人与自然的关系。贝尔纳诺斯寄希望于天主教，让天主来感召人的精神，驱逐撒旦的邪恶。蒙泰朗居高临下，对生活持冷静的审视态度。赛利纳的小说描写社会下层的小人物，大量采用粗俗语言，表现了作者悲观情绪和厌世哲学。

马塞尔·普鲁斯特（1871—1922）出生于巴黎一个富裕的资产阶级家庭。父亲是著名医学教授，曾任全法卫生总监。母亲是一名犹太裔交易所经纪人之女，有良好教养，喜爱文学艺术。

普鲁斯特自小身体羸弱，9岁那年突发哮喘病，从此病魔伴随了他一生。在中学读书时，由于健康原因他经常缺课，但学习成绩优异，数次获奖。中学毕业后，他自愿应征，在奥尔良76步兵团服役一年，随后遵照父母的意愿进大学攻读法律和政治学，1893年获法学士学位。接着，他又到巴黎大学继续深造，1895年获文学士学位，同年经考试被马扎林纳图书馆录用。但他立即请假一年，并于1900年正式辞职，以便全力投入创作。

普鲁斯特在读书期间便开始出入社交界，结识了法朗士、莱翁·都德等作家，1893年经人引荐进入巴黎圣日耳曼城关的贵族沙龙。在社交圈里，他有机会与王公贵胄、金融巨头、外交官、艺术家、社会名流等各色人物接触，其中不少人后来成为其小说人物的原型。普鲁斯特还经常参观博物馆和画展，听音乐会和看戏，在国内外旅游，到海滨疗养。这些经历丰富了他的生活积累，锻炼了他的观察和分析能力。1898年，在要求重新审理德雷福斯案的运动中，他坚决站在以左拉为首的反政府营垒一边，支持为这位遭到陷害的犹太裔军官平反昭雪。

这期间，普鲁斯特的哮喘病日益严重。1903年，父亲在医学院授课时猝然去世。两年后，他挚爱的母亲又患重病亡故。他受到极大的打击，不得不住院治疗。出院后，哮喘病仍不时发作。为了防止花香、异味等致病因素的侵扰，他经常足不出户，待在门窗紧闭、挂着厚厚的蓝缎帷幔、天花板和墙壁镶有软木护板的房间里，一边进行呼吸道烟熏疗法，一边在病榻上勤奋写作。

普鲁斯特受母亲影响，自幼酷爱读书，从法国经典作品中汲取了丰富的滋养，还从哈代、艾略特、狄更斯、罗斯金等英国作家和美学家的作品中得到过教益。他的创作活动可以上溯到学生时代。1892年，他与几位友人创办了《宴饮》杂志，因经费短缺只出了八期便停刊。他在该杂志以及《白色杂志》、《每周评论》上面开始发表一些短篇小说和随笔。《欢乐与时日》是他第一部结集出版的作品，发表于1896年，由法朗士作序。这个集子包括多篇随笔、短篇小说和短诗。年轻的作者把自己的所见、所感和所思用流畅的语言记录下来，既有对浮云、落日、树林、大海的景物描绘，又有对上流社会人物的刻画，对追逐时尚、爱慕虚荣的女子心理活动的分析，显露出作者洞察力的敏锐和文笔的细腻。不过这些作品好似温室里培养的花朵，阴柔有余而阳刚不足，染上了世纪末的颓风，在读者中没有引起反响。

从1895年9月起，普鲁斯特开始创作一部第三人称的小说，但最终没有完成，1952年初版时被整理与校勘人贝尔纳·德·法卢瓦定名为《让·桑特依》。作者事先没有确定写作提纲，只把不由自主的回忆所唤醒的种种印象和感受随时记录下来，形成一个个长短不等、各自独立的片断。然后他开始组织章节，把这些片断衔接起来。可惜普鲁斯特生前，谋篇布局才刚刚开始，这项工作大部分是由法卢瓦完成的。1971年伽里玛出版社《七星文库》的新版增加了一些从未发表过的片断，更加接近手稿的原貌。《让·桑特依》是一部带有自传性的小说。小说的《序言》说，匿名叙述者于1895年9月和一位友人去孔卡尔诺海湾度假，结识了仰慕已久的作家C。这位作家每天下午到灯塔管理员的小屋去写作，自称写的是真人真事。应两个年轻人的要求，他每晚把自己当天写的段落读给他们听。几年后，作家去世了。叙述者不知从哪里得了小说的一个抄本，决定拿去发表，这就是小说《让·桑特依》。普鲁斯特在此采用了传统的叙述手法，虚构了搜集手稿的情节，似乎有意要与传记保持一定的距离。这部小说可以看作普鲁斯特耕耘了一生的大作《追忆似水年华》的第一个版本。它描写了主人公让·桑特依童年和少年时代的生活，他极度敏感的天性，对母亲的挚爱，阅读过的书籍，同学间的友情，社会交往和恋爱经历，军旅生活，德雷福斯案件，以及上流社会形形色色的人物。这些内容与《追忆似水年华》的内容大致吻合，某些情节后来甚至原封不动地移植到《追忆似水年华》中。普鲁斯特之所以中途对《让·桑特依》弃之不顾，是因为第三人称的写法与作品的内容产生了无法克服的矛盾。

另一部未完成，也被普鲁斯特束之高阁的作品是《驳圣勃夫》。他早就想批评这位久负盛名的文学评论家，酝酿了四年后于1908年开始动笔。他试图通过批判圣勃夫的批评方法来阐述他本人的美学思想。他认为圣勃夫对同时代大作家的评价有失偏颇，原因在于他没有深入作品的核心去探寻作者的奥秘，而仅仅注意作者的生平经历、性格特征以及与其交往者提供的轶闻趣事。普鲁斯特认为艺术创造的主体不是社会实践中的人，而是另一个“自我”，即深层的自我。这是对法国19世纪实证主义批评原则的彻底否定，为日后兴起的法国新批评开创了道路。普鲁斯特反对艺术创造中的唯物主义，要求作家摈弃粗陋的表象，发掘含有永恒性的东西，以求达到“内在的真实”。他虽不否认智力和理性在艺术创造中的作用，但认为创作的基础主要是感受力、直觉和本能。普鲁斯特还在书中对奈瓦尔、波德莱尔和巴尔扎克的思想方式、创作手法和风格作了专题分析，陈述了他本人对艺术和文学批评的观点。《驳圣勃夫》不同于一般的理论性文章，思想观点多用小说笔法来表述，甚至还采用了作者与母亲谈话的形式，读来津津有味。尤其重要的是，我们在《驳圣勃夫》中提前看到了将在《追忆似水年华》中叙述的某些插曲(如睡眠、记忆中的房间、家庭姓氏引发的联想、贡布雷的假期生活和威尼斯之旅等)。作者在书中描绘的一些人物亦将用原名或更名在《追忆似水年华》中出现。因此，《驳圣勃夫》也未尝不可以看作《追忆似水年华》的序曲。这部作品在作者生前未发表，1954年，后人根据遗稿整理成书出版。1971年鲁斯特诞辰一百周年之际，出版了《七星文库》版。

普鲁斯特对美学理论的研究不限于这部作品。1900至1906年，他花费大量时间研究英国美学家罗斯金的著作，发表了《罗斯金在法国的朝圣》和《论约翰·罗斯金》，还翻译了罗斯金的著作《芝麻与百合》等。这些研究提高了他对事物的观察力，对本人风格的形成起了促进作用。1908年，普鲁斯特借一则社会新闻为《费加罗报》写了一系列模拟米什莱、圣西蒙、福楼拜、巴尔扎克、圣勃夫、龚古尔兄弟、勒南、法盖等作家文笔的仿作，后收入《仿作与杂文》，于1919年出版。普鲁斯特对模仿始终乐此不疲，早在《欢乐与时日》中就有模仿福楼拜风格的《布瓦尔和佩居谢的社交热和音乐癖》一文。在《追忆似水年华》的最后一部里又有仿造龚古尔兄弟日记的一个片断。这些仿作是批评理论与创作实践相结合的产物，不仅是一种文体练习，而且是普鲁斯特与大师们拉开距离，创造别具特色作品的一种尝试。

自1909年秋至1912年，普鲁斯特创作了长篇小说《心灵的间歇》，它包括两部：《失去的时间》和《寻回的时间》。没有一家出版社愿意接受它。1913年，格拉塞出版社同意由作者自费出版第一部。由于它篇幅太长，决定分成两卷《在斯万家那边》和《盖尔芒特家那边》发表，并把全书更名为《追忆似水年华》（又译《寻找失去的时间》）。第一次世界大战爆发后，格拉塞出版社停业，第二卷未能出版。此时，《新法兰西评论》所在的伽利玛出版社认识到当初拒绝普鲁斯特的作品是个错误，与他正式签约。战争期间，普鲁斯特大大扩展了小说的篇幅。他始终有种紧迫感，害怕完不成作品。他受着哮喘病的煎熬，半卧在床上争分夺秒地写作，修改作品和校样，以惊人的毅力与病魔斗争，终于完成了小说的创作，并陆续发表了第二部《在如花的少女们身旁》（1918，获1919年龚古尔文学奖）、第三部《盖尔芒特家那边》（1920—1921）、第四部《索多姆和戈摩尔》（1921—1922）。

1922年11月18日，普鲁斯特因肺炎引发了败血症，溘然长逝。小说的最后三部是在作者死后发表的：第五部《女囚》（1923）、第六部《失踪的阿尔贝蒂娜》或《女逃亡者》（1925）、第七部《重现的时光》（1927）。

《追忆似水年华》这部长达240余万字的鸿篇巨制，以主人公马塞尔怀念和追忆逝去的青春年华为主线，向我们展现了一幅19世纪末至20世纪初法国上层社会的图景。虽然小说不以重大社会问题为主题，但作家将它置于广阔的历史背景中，从1870年的普法战争至1914年的第一次世界大战，这期间的许多重大历史事件在书中都有所反映。小说家着力描绘了贵族阶级、资产阶级以及劳动人民，尤其是仆役的群像。书中的贵族阶级有旧王朝贵族和帝国贵族，巴黎贵族和外省贵族之分。处于社会阶梯最顶端的盖尔芒特家族，比10至14世纪统治法国的卡佩家族还古老。资产阶级内部也有不同的阶层，活跃在小说中的人物有巴黎的资产者和诺曼底的显要、实业家和银行家、艺术家和外交家、医生和大学教授，还有富裕的犹太裔群体。普鲁斯特是一位头脑清醒、目光犀利的观察家，他十分精到地分析了不同阶级、阶层的价值观和风俗习惯，以及贵族和资产阶级的逐步融合。饱食终日、思想空虚的公子哥，趋炎附势、追逐时尚的习性，光怪陆离的社会图景，庸俗可笑的人生百态，都是他辛辣讽刺的对象。从这一点来看，《追忆似水年华》可以说是一部具有社会意义的编年史。

《追忆似水年华》又是对心灵“深层矿脉”的开掘，是主人公潜在意识的记录。小说没有讲述引人入胜的故事，甚至没有一个连贯的情节。作者关注的不是物，而是人；不是外部世界，而是内心世界。他深刻分析了主人公意识中最微小的感受，捕捉思想上最细微的波动，借助潜意识、不由自主的回忆、梦幻和想象，交叉地重现逝去的岁月，抒发对故人和往事的无限怀念。

时间是贯穿小说始终的一个主题。普鲁斯特在大学就读期间认识了柏格森，受到这位哲学家提出的“生命冲动”概念、直觉主义和“心理时间”说的启迪。普鲁斯特正是依据心理时间来处理《追忆似水年华》的时空结构的。在小说家看来，时间改变一切，摧毁一切，但是回忆可以复活贮存于梦中和下意识中的过去的自我。不过普鲁斯特的回忆不是有意识的、理性的回忆，而是一种不由自主的回忆。在现实生活中接触到的某个事物使我们产生某种感觉，它打开记忆的闸门，潜存在下意识中的往事便如潮水般涌来。《追忆似水年华》第一部第一卷《孔布雷》中有关“小玛德莱娜”点心的插曲便是一个著名的例子。冬季里的一天，主人公回到家里，母亲劝他喝茶暖身，并叫人端来一种叫做“小玛德莱娜”的点心。

他掰了一块点心放进茶水准备泡软后食用，无意间舀了一勺茶送到嘴边。带着点心渣的茶水一碰到上腭，他顿时浑身一震，一种美妙的快感传遍全身。这种感觉从何而来？他百思不得其解，只感到内心深处有什么东西在颤抖，在浮升，并且遇到阻力。突然间，回忆出现了，那小玛德莱娜的滋味，正是儿时在孔布雷度假期间，有个星期天早晨姨妈莱奥妮在茶水中浸过后拿给他吃的那种扇贝状小点心的滋味。于是，姨妈住过的那幢临街的灰楼、午餐前他玩耍的广场、花园里的鲜花、善良的村民和他们的小屋，还有教堂及孔布雷的一切和周围的景物，全都从他的茶杯中浮现出来。又如，小说接近尾声时，主人公去参加盖尔芒特王妃的午后聚会。他通过听觉和触觉，几次三番有过类似的感受，每次内心都充满了喜悦。他发现这种感觉是现时和过去某个遥远的时刻同时领略到的，它使现在和过去部分地重叠。而由于有现时的感觉做依托，往事显得更加清晰，让我们明白流逝的岁月在我们心中依然风光无限。这是一种超越时间的体验，因此不必再担心遗忘和死亡。但是，对逃脱了时间制约的存在片断的体味转瞬即逝，要把它固定下来，永葆心灵的狂喜，非仰仗艺术的功能不可。在王妃的午后聚会上，主人公发现所有的相识全变老了，相互间的关系也发生了变化，这是时间产生的效应。他顿生年华似流水的感慨，决心写一部以时间为主题的书。凭借写作艺术寻回逝去的年华，超越时间的局限获得永生，这正是普鲁斯特创作《追忆似水年华》的动机和出发点。

爱情是这部小说的另一个重要的主题。普鲁斯特通过斯万之恋和主人公马塞尔的情感经历，对爱情心理作了深入的探索和细致入微的分析，准确地阐述了贯穿恋爱全过程的种种现象和心态：萍水相逢的快乐、彼此的迷恋、等待的焦虑、相聚的烦恼、离别的痛苦、嫉妒、猜疑、感情的冷淡和最终的遗忘。他笔下的人物从切身的感受中领悟到爱无平静可言，它包含着持久的痛苦，而爱得最深的人最易受伤害。在《索多姆和戈摩尔》中,普鲁斯特着力描写了变态的爱情。索多姆和戈摩尔是《圣经》所载的著名罪恶之城[①],由于居民道德沦丧,受到上帝的惩罚,被燃烧的硫磺焚毁。小说作者分析了夏尔吕斯男爵、青年军官圣卢、昔日做背心的裁缝絮皮安、军乐队员莫雷尔、音乐教师之女万特依小姐、主人公的女友阿尔贝蒂娜等男女同性恋者的性心理特征,试图对索多姆和戈摩尔城居民后裔的变态行为做出解释,并把他们的境遇与遭到排斥、生活于社会边缘的犹太人相比:这些人一旦原形毕露,就会为社会所不容,被人类群体所唾弃。普鲁斯特是个极为敏感的人,对爱有着难以满足的渴求。当他发现自己也背离了道德规范,对男人比对女人更感兴趣,这难言之隐使他痛苦不已。他在小说里触及同性恋问题,恐怕是出于忏悔和自我剖析的需要。

普鲁斯特在《追忆似水年华》中,尤其在第七部《重现的时光》中,发表了关于艺术创造的长篇议论。他反对视文学为一种趋于淘汰的精神游戏,并认为小说不应对事物作电影式的展示。仅仅满足于记录事物的外表,是离现实最远的虚假的现实主义。只有在记忆中现实才呈现真面目,过去的事物才得以保留本质,未来又促使我们去重新品味它。这种本质才是艺术所应表现的内容。普鲁斯特抨击象征主义的抽象性,认为它"缺乏生活,因此也就没有深度"。作家要表现的真实的现实,其实就是我们真正经历过的生活。普鲁斯特还十分强调隐喻的重要性,创造了涉及日常生活、动植物、自然科学、心理学、政治学诸领域的丰富奇特的隐喻,使描写对象形象化,在整部作品中营造出浓浓的诗意。

普鲁斯特把这部长篇小说当作一座大教堂来设计,一开始就精心安排了对称的结构,即代表资产阶级的斯万家那边,和代表贵族的盖尔芒特家那边。看似相互独立的部分逐步展开,那么多细部在两翼遥相呼

---

① 在《圣经》中通译"所多玛"和"娥摩拉"。

应，那么多石块在开工伊始就砌置整齐，渐渐形成一个有机的整体，到全书最后呈现出一座宏伟教堂的全貌。而圣卢小姐——盖尔芒特公爵夫人的侄子罗贝尔·圣卢与斯万之女吉尔贝特·斯万联姻的结晶，成为教堂的拱顶石，把斯万家那边和盖尔芒特家那边联结起来。普鲁斯特善于为人物的发展埋下伏笔，一个似乎不经意写出的细节如同压下的枝条，它生长，发芽，开花，又扎下新的根。比如主人公儿时在叔祖阿道尔夫家中遇到的一位穿粉红色衣裙的神秘女郎，原来是交际花奥黛特·德·克利西，后来的斯万夫人，丈夫死后又改嫁，成为福什维尔夫人。人物保持动态，穿针引线，把作品有机地联结成一个整体。

《追忆似水年华》在写作手法上有许多创新。它打破了传统的叙述模式，大量运用倒叙、预叙、集叙等时间倒错手段，以表现超越时空的潜意识。篇幅极长的场景描述与叙述空白交替出现，单一事件的叙事与同类事件的综合叙事相互结合，改变了小说叙述节奏的总体系。《追忆似水年华》一改《让·桑特依》的第三人称写法，除主人公出生前发生的《斯万之恋》外，其余全部用第一人称叙述。小说中的“我”是位成年的叙述者，他回首往事，带着某种屈尊俯就或冷嘲热讽的优越感，检讨自己即主人公年轻时的迷失和错误，记述思想的演变，寻求生活的真谛。叙述的我和被叙述的我这两个声音或并列，或交织，到最后主人公兼叙述者顿悟自己有写作才能并决定写一部书时，二者合而为一，叙述也戛然而止。除去这两个声音外，间或还可以听到无所不知的叙述者或者说作者的声音。叙述者、主人公和作者不引人注意的同名——均叫做马塞尔——象征着三者之间的微妙关系。而三个主体的并存打破了小说叙述的传统形式，动摇了小说话语的逻辑。《追忆似水年华》的结尾也不落俗套，它是开放式的，许多人物的命运没有交代，当小说结束的时候，书中的主人公正开始写我们刚刚读完的那本书。普鲁斯特在小说艺术上的种种创新，对西方现代小说产生了重大的影响。

普鲁斯特是一代语言大师,在《追忆似水年华》中表现出极高的语言造诣。他的语言生动准确,丰富细腻,流畅自然。作品中既有辛辣犀利的语句,又有秀美俊逸的篇章。语言的特色还突出地表现在人物语言的个性化和长句的使用上。《追忆似水年华》中有名有姓的人物多达五百余位,主要人物个个血肉丰满,呼之欲出,被作者赋予了特定的语言。这种语言透露了他们的身份、地位、智力和个性,同举止行为一样在人物形象的塑造中起了重要的作用。比如盖尔芒特公爵夫人以其家族具有法国最纯洁、最古老的血统自居,惯用外省方言和近似农民的发音来显示她与古老法国、与土地的千丝万缕的联系。前大使诺尔普瓦侯爵在长期的外交生涯中养成了谨慎持重的职业习惯,寡言少语,长于外交辞令。巴黎大学教授布里肖以教书匠的方式讲话,学究气中混杂着蛊惑人心的俗气。主人公的母亲和外祖母喜欢引经据典,语言带有17世纪女作家塞维涅夫人的风格。主人公的同学布洛克缺乏教养又爱赶时髦,谈吐中残留着风靡一时的新荷马史诗风格的痕迹。

为了突出人物语言的特征,普鲁斯特十分注意并不厌其详地描述他们讲话的口音、语调、语病和习癖。比如作者在第二部《在如花的少女们身旁》中用了近五页篇幅叙述巴尔贝克大旅馆电梯司机的言谈举止,指出他的用词不当、联诵错误、打断对方话头的习惯、斩钉截铁的口气,以及希望抹掉仆役制在语言中的痕迹而做的种种努力。普鲁斯特为再现人物话语所运用的语言模拟手法,与巴尔扎克的手法十分相近。在《人间喜剧》中占主导地位的正是这种生动逼真、模拟效果最强烈的“转述话语”,普鲁斯特在《驳圣勃夫》中称其为“客观化语言”。不过《追忆似水年华》中的人物不是巴尔扎克式的典型人物。他们无“本质”可言,不好捉摸,稍纵即逝,有的一出场就表现出难以捕捉的多重性。况且,不同阶层人物之间的接触和交流使社会等级体系不断发生量变和质变,如有些人借助婚姻或事业上的非凡成就平步青云,甚至厕身于社会的最上层。

这些变化导致了词语和语言习癖的混杂和流通，使人物的话语表现互相重叠，难以逆料。我们不得不像辨读隐迹纸本一样细心阅读作品，才能分清哪些话出自原来的习惯，哪些话源于新鲜的经验。比如我们发现，交际花奥黛特嫁给与王公贵胄过从甚密的斯万后，一方面仍喜欢用英语外来语，另一方面从丈夫那儿学到了上流社会惯用的某些词语和特殊的发音。小说家跟踪每一个人物的语言变化，并集中援引例子，而不把它们分散在对话中。

在长句的使用上，普鲁斯特继承了古典主义的传统并加以发扬，形成了自己独特的风格。他把人物的举止行为、心理活动、片言只语，以及叙述者的分析、评论、感想甚至题外话，按照一定的逻辑交错排列，糅合成一个和谐的复合句。《追忆似水年华》中有些句子长达十几行或数十行，好似一幅色彩缤纷的镶嵌画，又有如一阕多主题乐曲，更像一条汊流纵横、九曲十八弯的长河。这自然体现了普鲁斯特驾驭语言的深厚功力，同时也反映了作者对世界的看法和美学倾向。他感到自己面对的客观现实如万花筒一般光怪陆离，千变万化；他要探究的内心世界同样纷繁复杂，隐秘多变。因此，普鲁斯特认为必须采用长句，通过反复的探索和不断的修正，把纷乱的思绪、丛生的意念、心灵的感受、思想的演变、认识事物本来面目和探索人生真谛的过程，用尽量完美的语言表达出来。

普鲁斯特以《追忆似水年华》这部里程碑式的杰作，确立了在世界文坛的地位，被公认为20世纪最重要的小说家之一。

与普鲁斯特几乎同时试验小说革新的有**安德烈·纪德**（1869—1951），他的作品对20世纪法国文学也产生了重大影响。

纪德1869年11月22日生于巴黎一个资产阶级家庭。父亲是法学教授，母亲出身于阿弗尔地区名门望族。父母笃信新教，他自幼在浓厚的宗教环境中成长。这对他内向、自省而又充满矛盾性格的形成起了潜移默化的作用。他10岁丧父，在母亲严格的管教下生活，幼小的心灵受到了许多无形的压抑，他时常为自己的个性受到教规和家规的管束而苦恼。

纪德天资聪颖，在阿尔萨斯学校读书时获法语作文比赛第一名，但因“坏习惯”被学校开除。后来，进入蒙佩利埃中学就读，又遭到同学们的奚落和围攻。学校变成了他的“地狱”，于是他假装精神病发作，医生只得让他休学疗养。

为了摆脱现实中的精神束缚和各种压力，纪德投身于文学创作。他的第一部自传体作品《安德烈·瓦尔特的笔记》(1891)就是为了向表姐玛德莱娜表述纯洁无瑕的爱情而写的。这部作品结构凌乱，并杂以引文，出版后没有在文坛引起什么反响。不久，他在蒙佩利埃结识了保尔·瓦雷里，在巴黎结识了马拉美，从此开始参加象征主义文学团体的活动。在象征主义和尼采超人哲学的影响下，纪德撰写了论述象征主义理论的《那喀索斯的论文——象征论》(1891)、象征主义诗集《安德烈·瓦尔特的诗》(1892)、幻想小说《乌有国游记》(1893)。纪德的早期作品形式多样，他自己称之为专论，其创作主旨在于借助文学形式象征性地阐述其思想和观点。

1909年，纪德与文学界志同道合者创办了《新法兰西评论》，这份杂志对法国20世纪初期的文学产生过较大的影响。《新法兰西评论》的作家们主张与自然主义和象征主义决裂，推崇“古典主义”，在小说中强调心理分析和写作技巧。

1893年，纪德患肺结核，去北非旅游疗养。绚丽而纯净的大自然令他心旷神怡，痊愈后，他不顾道德和伦理的约束，钟情于阿拉伯少年的美貌，堕入同性恋之中，开始与家庭的清教徒式的生活决裂。1894年，他第二次赴北非旧地重游，结识了王尔德。这位英国作家玩世不恭的生活态度与狂热的说教给纪德留下了深刻印象。两次非洲之行使纪德的人生观发生了转折性的变化，他决心冲破新教的禁欲主义和家庭与社会的清规戒律，大胆释放人的自然本能，以期满足多年来受到压抑的欲望。然而，他依然眷恋着少年时代与他私定终身的表姐。1895年回国，母亲死后，他终于与表姐玛德莱娜完婚。但这仅仅是法律形式上及精神上的结合。不久纪德又陷入了两难的境地：既要与妻子进行纯属心灵上的沟通，又恣意放纵其对同性的情欲而不能自拔。社会的压力、良知的自律、妻子无声的谴责，使他十分苦恼。纪德在精神与肉体上，经历着激烈冲突的煎熬。这时，他的作品反映了他充满矛盾的切身经历和体验。1895年发表了《巴路德》，这是一部以“我”为第一人称，记述其创作小说时各种感受的笔记式叙事作品。用词精当，文笔考究。纪德关于革新小说叙事形式的主要观点和思想在这部作品中已具雏形。

第二次旅居北非时，纪德就开始创作《地粮》（1897，又译《人间食粮》）。全文共分八卷及一篇“颂歌”，一篇“寄语”。这是纪德影响最大的一部作品，出版后成为几代青年的案头书和精神养料，在蒙泰朗和加缪的作品中都可以看出该书对他们的影响。纪德从《圣经》、东方传说和尼采著作中获得灵感，将许多充满诗意的断想连缀成篇。作者以假想的导师梅纳克教育其弟子那塔那埃勒的方式，鼓励人们摆脱社会、家庭与道德观念上的各种桎梏，打碎一切陈规陋习，听任本能去行动，去爱，去享受生活，以便重新深刻地认识自我和外部世界。纪德反复强调个人必须不断努力，必须不断调动自我的全部天赋。他写道：“重要的是你看，而不是所看到的东西。”另外，当时文学界禁锢封闭和矫揉造作的气氛令纪德感到压抑和不满，他觉得，文学迫切需要赤脚接触大地。纪德劝告读者：“抛开我的书。从我的书中解脱出来。离开我！”劝告他们无拘无束地感受自然和人生。不过，在讴歌人生的同时，作者也不时流露出内心的矛盾和不安。

20世纪初，纪德进入了一个新的文学创作时期。他的创作视角发生了变化，注意力离开人和来世，转向了自我和他人；叙事形式和体裁趋向多样化；作品中的抒情色彩也被冷静的分析和犀利的讽刺所替代。这一时期，他的代表作有《背德者》（1902）、《窄门》（1009）、《梵蒂冈地窖》（1914）、《田园交响乐》（1919）。

1895年至1901年期间，纪德几次携玛德莱娜出游，他沉溺于恋童癖的隐私被妻子发现，夫妻感情破裂到了难以挽回的程度。《背德者》就是纪德这个时期非洲之旅的折射。主人公米歇尔是一位年轻的科学家，从小在思想和精神上受到了宗教戒律和家庭清规的禁锢。一次，他与妻子到非洲出游，突然患病，卧床不起，医药无效。妻子悉心的守护和温柔的照料也无济于事，把他从死神手里夺回来的是生生不息的大自然和挣脱精神枷锁的生之本能。大病痊愈的米歇尔，尽情地享受绝对自由，恣意放纵背德之情欲。回国后，妻子患病，米歇尔带她重返非洲，以为她也能从大自然中获得自愈和新生。然而，希望得到真情的妻子，既未得到丈夫的关怀，也未得到应有的医治。在妻子重病期间，米歇尔置她于不顾，收养了一个有偷窃陋习的阿拉伯少年，以满足自己的欲望。最终，妻子病入膏肓，客死他乡。虽说米歇尔摆脱了最后的精神羁绊——爱情和忠诚，可是他又变成了受自我欲望支配的奴隶。作品以主人公米歇尔的第一人称进行叙述，他把中学同窗邀到家里，倾诉自己在非洲的这段经历，希望得到救助。《背德者》使纪德主义逐渐闻之于世。舆论认为，纪德主义，就是背德主义，也就是主人公米歇尔表现出来的大胆蔑视一切既定的道德观念，冲破宗教和家族的各种桎梏，尽情地满足人的自然本性，追求个人主义的人生理想。然而，作者又以讥讽的笔触揭示了主人公精神上的空虚、无助乃至灭亡，这使作品的思想变得相当复杂。这种复杂性说明了作者思想上的矛盾冲突。

《窄门》（1909）讲述了一年轻女子因为虔诚的信仰而放弃尘世爱情的故事。主人公瑞洛姆以第一人称的口吻回忆往事。瑞洛姆与表姐阿丽萨相爱，表妹朱丽叶特也暗自钟情于瑞洛姆，但当她了解到，瑞洛姆确实爱着阿丽萨时，主动割舍了这缕情丝，毅然与别人结婚，希望姐姐能得到幸福。阿丽萨和瑞洛姆都是虔诚而狂热的宗教信徒，他们互相勉励，冀盼对方能更靠近上帝。阿丽萨最终坚信通往天堂的窄门，只能一人通过，不能容二人并行。为了上帝，为使爱情永远纯真，阿丽萨宁愿牺牲自己。她尽量回避瑞洛姆，设法断绝与他的来往。最终在自我矛盾的痛苦折磨之中死去。这部作品与《背德者》截然相反，刻画了与米歇尔完全不同的人物阿丽萨。后者在宗教热忱的驱使下，克制爱情，以肉体的消亡去殉教和殉情。米歇尔精神的毁灭与阿丽萨肉体的消亡，都反映了纪德在探求灵与肉的和谐统一的过程中，无法摆脱的矛盾和内心的复杂斗争。

《梵蒂冈的地窖》(1914)是一部讽刺性的著作，作者称之为“傻剧”。作品讲述一伙歹徒以营救被绑架的教皇为借口，四处游说骗取钱财，展现了第一次世界大战之前资产阶级社会的不同侧面，刻画了信仰各异的人物，揭示了社会价值观和道德观的沦丧。作品中的人物最终都沦为各自信仰的牺牲品，就连代表上帝和现存社会秩序与道德规范的教皇，也失去了往日的绝对权威，使本来已腐败不堪的社会变得更加混乱和荒诞。作品塑造了拉弗卡迪奥这一新的典型人物。他被无动机的行为所驱使，不顾个人安危，从烈火中救出了遇难的儿童，以无畏的英雄壮举赢得少女日尼薇的倾心爱慕。然而，还是在无动机行为的驱使下，他又把受骗前往营救“被绑架教皇”的阿梅德推下火车。拉弗卡迪奥成了“无动机行为”的英雄。从他身上可以看出纪德对自由大胆而执着的追求，以及对彻底摆脱社会枷锁和道德桎梏的强烈企盼。同时，透过这个人物，也折射出了那一时代泛滥于青年中间的虚无主义和极端个人主义思潮。作品用第三人称来叙述故事，显得客观而公正，表面干涩，实则饱含讥讽，这样的风格增加了作品的魅力。该书一出版就得到读者的青睐和赞赏，后来，为祝贺他的八十寿辰，法兰西剧院将它改编成三幕闹剧并公演。

第一次世界大战期间，纪德停止了文学创作，爱国之心促使他到比利时参加救援法国难民的工作。他皈依天主教，开始重读《福音书》并仔细作注释。与此同时,他却又深陷于恋童癖之中,与一名叫马克的少年到英国小住,给玛德莱娜写了断绝夫妻关系的信。得知妻子大怒并烧毁了他早年给她的情书后,纪德更加放纵自己。

《田园交响曲》(1919)是纪德与马克旅居英国时完成的。故事采用日记形式,其内容与这时纪德的日记有相似之处,说明作者又一次将生活中的切身体验写进了作品。小说叙事人兼主人公是新教牧师。他收养了自幼双目失明而聪慧过人的孤女瑞特吕德,希望将她从穷困、愚昧中解救出来并帮助她走上通向天国之路。牧师悉心照料她,用盲文教她学习,通过语言和音乐让她领略田园风光和美好的大自然;向她灌输新教思想,最终把她培养成了笃信上帝的少女。天长日久,牧师与养女之间产生了微妙而隐秘的感情。同时,牧师的儿子也暗中热恋着瑞特吕德。牧师一方面阻拦儿子与盲女的结合,另一方面继续骗取盲女的爱慕之情。经治疗,瑞特吕德眼睛复明。复明后她发现自己真正爱恋的是牧师之子,而不是牧师;她真正应该皈依的是天主教,而不是新教。内心的矛盾难以调和,情感的缺憾无法弥补,她经不住这无情的折磨,在回家的路上投河自尽。纪德在书中着力描述了"我"内心展开的灵与肉的斗争,将爱念与信仰之间的矛盾直言不讳地展现出来。这也是作者在精神苦刑中发出的呻吟。作者调动了倒叙、内心独白和跳接等艺术手法,达到了情景交融,单纯蕴含着多变,直白中表现出委婉的境界,耐人寻味,动人心弦。

1921至1922年,纪德发表了《如果种子不死》一书,当时印数极少,1924年在伽里玛出版社再版,但到1927年才正式发行。这部自传性的著作回忆了他从孩童时期到青年时期的生活,为其同性恋行为进行辩解,因而招致社会各界的抨击。

1925年《伪币制造者》问世。在纪德看来,这是他唯一的一部可以称之为小说的长篇著作。这部作品内容丰富,涵盖了大千世界的方方面面。小说从两条叙事线索展开,一条是围绕贩卖伪币展开的关于一伙中学生和大学生的故事，以交叉或平行的形式推演；另一条是正在撰写小说《伪币制造者》的作家爱德华与身边人物之间的纠葛，两条线索纠结缠绕。作品主题模糊，变化不定，不过从复杂事件构成的多棱镜中毕竟还是折射出了20年代“不安的青少年”的焦虑、痛苦、彷徨与求索。整部作品人物众多，轮廓不清；情节复杂，纷繁无序；时空变幻，交错缠绕。加之“小说套小说”的手法、日记与叙述重叠、间接介绍与议论的对话并存、开放式无结局的尾声等革新技法，使读者难以把握其中的美学主旨，造成理解和诠释的歧义。这部自出机杼，独具风格的小说凝聚了纪德对小说形式革新的思考。在作品中他有时借爱德华之口直接阐述自己的小说观，并且表达了自己在探索过程中的徘徊和苦闷。

1925至1926年，纪德的非洲之行促使他思想上发生了新的转折，在《刚果游记》（1927）和《乍得归来》（1928）等作品中如实地报道了白人殖民者对黑非洲的残酷统治和压榨。他对殖民主义的罪恶行径表现出了极大的愤慨，对非洲人民的悲惨生活寄予了深厚的同情。纪德更加关注社会和政治问题，在《伪币制造者的日记》（1926）中表达了对资本主义社会的不满和愤恨，对不顾受苦的民众，躲进逍遥塔中的诗人的谴责。纪德意识到，利他主义如同利己主义一样，都是人的“原始本能”。

30年代，纪德公开申明拥护共产主义。他研读马列书籍，发表揭露资本主义的演讲和文章，积极参加反纳粹的活动，在当时法国和欧洲文化界产生了很大影响。1936年，他应邀访苏，回国后发表《访苏归来》。书中的苏联生活贫困，物品匮乏，人民缺少独立思考，纪德对苏联的现状的失望溢于言表。

第二次世界大战期间，纪德陷于孤独和矛盾之中：他失去了精神寄托和狂热的追随者，政治上摇摆于正义和反动之间，只得闭门读书度日，战后蛰居突尼斯。1947年，他获得诺贝尔文学奖。1951年病逝。同年发表《日记》的最后部分，结束了他的写作生涯，也是他对纪德主义的反思和忏悔。

纪德对法国小说的革新作出了重要贡献。他放弃了传统小说的“逼真”原则,有意识地把小说与现实隔离开来。他借用《伪币制造者》医生兼作家爱德华的日记,陈述了“纯小说”理论。为了摆脱现实主义的影响,纪德采用了源于纹章学的大纹章套小纹章的手法,构思了“小说套小说”(la mise en abyme)的结构,使作品的情节一环套一环。小说中爱德华也在撰写小说《伪币制造者》。占作品三分之一的爱德华的日记既对情节的发展进行了说明,又代替叙事者展开评述。这样就为读者提供了思考和参与创作的可能。

纪德主张提炼小说,“取消小说中一切不属于小说的元素”,保留其“纯净的精髓”。他刻意表达的仅仅是有意义的,关键的和必要的东西。他认为,作家不应在小说环境的描写与人物形象的刻画上下功夫,而应该深入发掘主人公的心灵活动,着力表现人的本质。《伪币制造者》中的人物约40余个,虽然轮廓模糊,但各具不同的精神面貌。纪德以对话为手段,塑造人物,然后再分析这些对话,进而诠释人物的性格,小说情节也是在人物的对话中跳接,交叉,变化,铺展。

纪德的另一个创作原则是“听其自然”。他主张即兴构思,随感而发。他认为,自然的东西毫无掩饰,最贴近真实,“小说始终是最自由、最无法则的”。同时,他开始自觉地运用多线条、多视角的写作技巧,构建多主题、无中心的文本和立体交叉的结构,以此来打破传统的单一线性叙事结构,达到了突破传统小说模式,并使现实文体化的目的。纪德有意识地运用视角功能,在创作中进行了大胆的尝试。在《背德者》中,他从单一视角出发,让米歇尔审视整个故事的发展过程。《梵蒂冈的地窖》情节迷离,无动机行为异乎常理,令人难以捉摸,叙事者与人物之间也被一道鸿沟隔离开来。《伪币制造者》不仅突出了视角功能的作用,由不同人物的不同视角出发讲述故事,并展示不同人物对世界的不同看法和不同印象。从整体上讲,《伪币制造者》以全新的、更集中的方式对小说的叙事结构进行了大胆革新,成为"纯小说"创作领域的经典之作。纪德的小说革新,为后来的"新小说"派作家开创了在艺术上不断求索,不断前进的先河。

弗朗索瓦·莫里亚克(1885—1970)出生于法国波尔多一个信奉天主教的,殷实的资产阶级家庭。自幼丧父,由笃信教义,恪遵古训而又性格乖僻的母亲抚养成人。这对其日后的文学创作产生了较大的影响。他就读于教会中学,毕业后进入波尔多大学文学院学习,获学士学位。1906年赴巴黎,开始了他的写作生涯。1909年出版了第一部诗集《合手敬礼》。1913年,他的第一部小说《戴镣铐的孩子》问世。

第一次世界大战期间,莫里亚克应征入伍,但因生病被送回国。以后继续从事写作,不少小说以故乡波尔多为背景,如《肉与血》(1920)、《优先权》(1921)。1922年发表《给麻风病人的吻》,获得成功,引起社会的重视。从此,莫里亚克进入了创作的重要时期,陆续完成了《火之河》(1923)、《爱的荒漠》(1925)、《戴莱丝·台斯盖鲁》(1927)、《复蛇结》(1932)等代表性作品。《戴莱丝·台斯盖鲁》的出版标志着作者的写作技巧已臻于成熟。小说主人公戴莱丝暗地加大丈夫胃药的剂量,企图让丈夫缓慢中毒致死。事情败露之后她丈夫为了维护家族的声望和尊严,到法庭证明其妻无罪,最终诉讼案宣布撤销,但戴莱丝家庭的悲剧依然在继续,最后戴莱丝离开家庭,到巴黎寻找新的生活。戴莱丝复杂的心态在小说中得到细致的表现。她难以忍受丈夫家庭的自私、庸俗和心灵空虚,平庸无聊的资产阶级社会环境让她感到窒息,但是她对自己的行为的动机和结果并没有清醒的意识,她对环境的厌恶乃至反抗,是在一种模糊的感情和精神状态下,以一种似乎是本能的形式表现出来。《蝮蛇结》是莫里亚克的另一部代表作,同样表现资产阶级家庭的悲剧,作品着重刻画了一个老守财奴与家人的对立和仇视心态。

1932年，莫里亚克出任法国作家协会主席。1933年被接纳为法兰西学院院士。1935年他的《爱的荒漠》获法兰西学院小说大奖。

1936年，西班牙内战爆发，莫里亚克公开支持西班牙共和派，在报刊上发表文章声讨法西斯的卑鄙行径。第二次世界大战期间，他投身抵抗运动，撰写了战斗论文集《黑色笔记本》（1943）。法国解放后，莫里亚克作为记者，在《费加罗报》、《快报》发表文章，继续支持民族解放运动，拥护戴高乐的民族独立政策。他同时出版了小说《脏猴儿》（1951）、《羔羊》（1954）。1952年，因其在文学创作中对人的内心世界的深刻洞察力以及其艺术激情，荣获诺贝尔文学奖。

另外，莫里亚克以灵与肉为主题，编写了《阿斯摩泰》（1937）、《错爱的人们》（1945）、《地上的火焰》（1951）等剧本，显示了他的戏剧才能。

莫里亚克晚年著有回忆录《内心回忆》（1959）、《内心回忆续》（1965）。阐述了他的政治和文艺观点。1969年发表最后一部小说《昔日的青年》。

莫里亚克受拉辛、波德莱尔、兰波等影响颇深，善于细致深刻的心理分析，文笔简约而深邃，别具一格。其作品是古典文学传统与现代主义潮流融合的产物。

安德烈·马尔罗（1901—1976）是著名文学家、艺术评论家、政治家（历任戴高乐政府新闻部长和文化部长），生于巴黎，年幼时父母离异，中学未毕业就开始谋生，从事出版工作。后就读于东方语言学院，对东方文化和考古学产生了浓厚的兴趣。1923至1927年，马尔罗不仅目睹了远东地区发生的重大历史事件，而且亲身参与了许多革命运动。他曾到柬埔寨吴歌窟考古，因发现并运送一批古代雕塑而被殖民当局逮捕。服刑期间，对殖民地人民的疾苦有了深入了解。出狱后创办《印度支那报》，揭露殖民主义者，特别是上层人物的非法行为，主张“法安（越）亲善”。1925年，他目睹了中国省港大罢工的壮烈场面。在西贡他又办了小报《枷锁下的印度支那》，宣扬更加激进的思想。1925年底马尔罗回到法国，1926年，发表哲理小说《西方的诱惑》，对东西方的文明和价值观进行了论述和比较。翌年参加《新法兰西评论》的工作。

1928至1933年，马尔罗相继发表了小说《征服者》（1928）、《大道》（1930）、《人类的命运》（1933）。《征服者》以1925年中国省港大罢工为背景，刻画了革命阵营中以瑞士人加林为首的几个人物，他们视“行动”为一切，希望在冒险中探求人生价值。《大道》塑造了在柬埔寨古老的丛林庙宇中从事探险活动的青年探险家培肯的形象。为了摆脱死亡的缠绕，培肯以超人的毅力，通过斗争、创造和破坏来证明其自身存在的价值。甚至连贪图肉欲的性爱，也成了他探求自我的手段。《人类的命运》是马尔罗以亚洲为题材的小说中最重要的一部。小说描写了1927年上海工人武装起义和武汉工人运动，以及蒋介石阴谋发动“四·一二”反革命政变，残酷镇压革命运动等事件，由于作者对中国革命的情况不甚了解，他塑造的仅是几个外国激进分子（沃洛金、加托夫和一个叫“清”的混血儿）和个别思想尚未成熟的中国革命者（陈等），因此并没有能够反映出中国革命历史的真实面貌。作品中的这些人物以极大的勇气和热情投身革命，却未能实现自己的梦想，因此感到迷茫和孤独；他们敢于冒险和牺牲，却只是为了以死来实现自我价值，改变人生和命运，因此恐怖主义支配着他们的行动。最终他们的行动均以失败告终，或在恐怖暗杀时身亡，或被捕入狱而自杀，或被敌人投入火车头锅炉内，活活烧死。然而，小说中充满了作者对中国革命的同情，马尔罗讴歌了上海工人起义，鞭挞了反动派血腥屠杀无辜、残酷镇压革命的罪恶，对错误的右倾机会主义路线也略有评说。《人类的命运》一书的思想价值和社会意义不仅得到了评论界的肯定，而且在社会上引起较大的反响。小说获当年的龚古尔奖。

1933年，马尔罗又投入了反法西斯的运动，参与了争取释放德国工人领袖台尔曼和保加利亚革命领导人季米特洛夫的活动。1935年发表小说《可悲的时代》，表示赞同共产主义的主张。1936年西班牙内战爆发，他号召世界人民募捐，组织了一支国际志愿空军中队，自任队长，他多次亲自驾机执行任务，两次负伤。1937年，《希望》一书问世。小说以西班牙内战为背景，通过许多短小的场面和对话，探讨了革命理想与现实、目标与手段、友情与纪律等问题。战火锻炼了共和派领导人，他们的思想发生了转变。随着革命的不断发展，主人翁奴曼埃尔不断成长，从一个温情主义者转变成坚强果敢的战斗指挥员。

第二次世界大战爆发后，马尔罗参加了坦克部队。1940年受伤被俘，后逃出战俘营。1943年出版了《阿尔滕堡的胡桃树》，小说情绪低落，昔日的革命激情几乎荡然无存。同年，马尔罗重振精神，又投入了抵抗运动。1944年再次受伤被俘，后被盟军解放。同年，他创建了"阿尔萨斯-洛林旅"，参加了解放阿尔萨斯的战役。

战后，马尔罗积极追随并支持戴高乐的路线，成为法国政坛举足轻重的人物。1965年曾代表戴高乐访华。1969年，戴高乐引退后，他也离开了政界，从事对艺术、哲学的研究，在美学领域继续对人的状况进行探讨，著有《艺术心理学》三卷（1948，1950）、《想象中的世界雕刻博物馆》三卷（1953，1955）、《诸神的变异》（1957）等著作，于文艺界颇有影响。晚年撰写关于1965年访华之行的回忆录《反回忆录》（1967），及记载与戴高乐最后会晤的《被砍倒的橡树》（1971）。

安东尼·德·圣埃克苏佩利（1900—1944）生于里昂，年幼时丧父，由母亲抚养成人。他先在芒城市中学学习，第一次世界大战期间赴瑞士弗里堡就读，1917年中学毕业后到巴黎。他爱好绘画，曾在美术学校进修。1921年应征入伍，在空军服役并获得飞行员资格，1927年进入拉泰戈埃尔航空公司任邮政航线飞行员，往返于图卢兹和达喀尔之间。1928年，出任位于西非沙漠边缘的朱比角航空站站长。他在搏击长空的经历中体验了人生，得到了灵感，将其领悟到的人生经验和哲理付诸笔端，1928年发表了第一部小说《南方邮航》。作者崇尚果敢迅疾的行动，热爱那种只有在行动中才能体验到的幸福。翌年，圣埃克苏佩利担任拉泰戈埃尔公司新成立的阿根廷邮航经营部主任。他冒着生命危险，克服了常人难以忍受的困难，飞行于安第斯山的云雾之间，飞跃大西洋和萨哈拉大沙漠，来往于欧美大陆。“法航”成立后，他又为开辟新的航线，扩大航空业务作出了突出贡献，因此，获法国荣誉军团骑士勋章。1931年，他写出了代表作《夜航》，歌颂了航空事业的先驱们为理想而奋斗的献身精神。作者主张的行动哲学在这本书中得到了充分的阐释：只有进行中的事情才有意义，只有充满斗争的生活才有价值。不过，人所追求的价值究竟是什么，作品很少涉及。小说出版后受到读者的欢迎，获得当年法国的“费米纳”奖[①]。

1932年之后，圣埃克苏佩利在试飞新型飞机的过程中又经历了许多危险。他曾两次试图打破世界飞行记录，但因飞机出故障，一次迫降在非洲东北部沙漠之中，被商队搭救而幸免遇难；另一次飞机坠毁于危地马拉机场附近，全身八处骨折，侥幸生还。他返回法国疗养期间完成了另一部著作《人的大地》（1939）。书中，作者回忆了他和同事们经历并战胜危险的过程，歌颂了飞行员的崇高的责任感和与险情搏斗、克服困难的坚强意志。作者在纪德的启发下写了这部随感录。他对人生经历之感悟以及大写的“人”对生活环境的忧患和向命运挑战的精神都跃然纸上。小说荣获法兰西学士院小说大奖。

1934年他发表了《给一个人质的信》，对祖国的命运和人类的前途表达了无限关注之情。同年发表富有哲理的童话《小王子》，作品以简练而含蓄的手法，透过充满童趣的象征，宣扬了爱的责任和相互沟通的意

① 费米纳（Femina），一个评委完全由女性组成的小说奖。

义；在呼唤人类之爱的同时，用喻意手法谴责了法西斯的罪恶。

第二次世界大战爆发后，圣埃克苏佩利立即中断了在北美的旅行，毅然回国投入反法西斯的战斗，当了一名普通的侦察机飞行员。绥靖政策导致了法国的失败和沦陷，他拒绝与"合作者"同流合污，愤然离法赴美。在流亡期间，他写了《空军飞行员》（1942）一书，表达了对祖国必胜的坚定信念。小说英文本先在美国出版，被誉为民主派对希特勒《我的奋斗》的有力回击。这部作品在法国遭到德国占领当局的查禁。

《城堡》（1948）是作者死后发表的作品，由朋友整理而成。这部作品虽然比较粗糙，却是圣埃克苏佩利人生哲学的总结，包含了作者对历史、人生、文学、艺术深入的思考和独到的见解。可惜文笔单调冗长，加上严肃说教的口气，不免令读者感觉有一点兴味索然。

圣埃克苏佩利是一位伟大的爱国者和实干家。1943年，他从美国赴阿尔及利亚，参加了在那里的法国航空部队，在一次侦察任务后未返回机场，为国捐躯。

圣埃克苏佩利以为数不多的作品赢得了大量读者。他的语言朴实无华，富有诗意，发人思考，引起了许多读者的共鸣。

乔治·贝尔纳诺斯（1888—1948）出生于巴黎一个天主教家庭，有西班牙血统。1906年至1913年间在巴黎大学学习文学和法律，并积极参与保王派的政治活动，为由极右分子组成的《法兰西行动报》派摇旗呐喊。这时，贝尔纳诺斯结识了都德等作家。第一次世界大战爆发，他于1914年8月志愿到前线参战。停战后，他出任一家保险公司的稽查员，业余时间进行文学创作。早年，他发表了一些文章和诗篇，未曾引起文艺界的重视，然而他的戏剧才能和写作对话的艺术已经初露锋芒。1926年，他发表了小说《在撒旦的阳光下》，得到了都德的好评，保尔·克洛代尔也给予高度评价。小说中的姑娘穆歇特年幼无知，被一侯爵引诱失身。义愤之情驱使她杀死了企图抛弃她的情人。后来，她又遭侮辱，患精神病，感到失去生存的意义，于是在向神父忏悔之后自杀身亡。作品通过穆歇特这个叛逆者的形象，说明撒旦随时可能把人引入歧途，走向了犯罪的深渊。穆歇特临死前遇到的年轻神父铎尼桑是个决心献身宗教事业、为拯救人类灵魂而进行不懈斗争的神职人员。他同情穆歇特，在她死后不顾可能出现的闲言碎语，将她的遗体放到了教堂前。后来铎尼桑成了本堂神甫，以清心寡欲而闻名，教会中有人认为他行为乖张，而普通老百姓则将他视为圣人。最后他突发心脏病猝然去世。贝尔纳诺斯希望告诉人们，天主教的事业是神圣的事业，可以驱赶邪恶，拯救人的灵魂。不久，贝尔纳诺斯又撰写出版了《诈骗》(1927)、《欢乐》(1929，同年获费米纳奖)等小说。

在举家移居西班牙的巴里阿里群岛期间，贝尔纳诺斯目睹了西班牙内战，他同情佛朗哥分子，然而对他们残酷无情、滥杀无辜的行为，他又表示出强烈的反感。1936年，他发表了《一个乡村教士的日记》，同年获法兰西学院小说奖。小说采用日记的形式，向读者展示了一个年轻乡村教士的内心世界。教士一方面忍受着贫困和疾病的折磨，另一方面还要与世俗的冷漠和低级趣味进行着抗争，最后身心交瘁，不得不到里尔市求医，不久即死在那里。作者创作这篇小说，旨在通过一个普通教士受苦受难的经历，揭示邪恶如何支配人的灵魂，以图最终拯救道德沦丧，陷入罪恶深渊的社会。他着力于对人物心灵的剖析，将情节结构仅仅作为烘托人物思想感情的依托和营造氛围的手段。1938年论著《月光下的公墓》发表。在这部著作中，贝尔纳诺斯谴责了佛朗哥政权的白色恐怖，揭露教会与佛朗哥政权同流合污，同时对整个欧洲的政治面貌和精神状况表示深切的担忧。从此他割断了与佛朗哥派的所有联系。

第二次世界大战爆发前夕，为了表示与法西斯彻底决裂，他举家迁居巴西。1942年，作者发表了《致英国人的信》，实际上是向在戴高乐领导下的法国青年发出呼吁，希望他们为法兰西自由而战，恢复并发扬祖国昔日的荣耀。

贝尔纳诺斯认为，人因为“原罪”，一直受撒旦的支配。作家的任务不在于如何对人进行心理分析，而在于拯救人的灵魂。他一生珍视荣誉和自由，而基督徒的荣誉就是人的荣誉与上帝的慈悲的“神奇”融合。他呼吁人们恢复天主教的良知与共和派的气质，用以抵制蛊惑灵魂的现代文明和现代技术。他的全部作品都贯穿着一种所谓的“孩提精神”，向往纯洁无瑕的境界，这是作者执意追求的理想目标。

让·吉奥诺（1895—1970）生于普罗旺斯地区马诺斯克城的一个贫苦家庭。父亲是鞋匠，母亲是熨衣工。他16岁辍学，曾在一家银行当职员。自幼爱好文学，读过《圣经》、荷马史诗、希腊悲剧，莎士比亚、斯丹达尔、陀思妥耶夫斯基等人的作品，这些经典著作对他的文学创作产生了潜移默化的作用。1924年吉奥诺出版诗集《长笛伴奏》。1928年在纪德主编的杂志上发表小说《山冈》，这时他的文笔的朴实无华的风格和浓厚的乡土气息已经初露端倪，引起文学界的注意。1929年，发表了《一个博莫尼人》并被搬上银幕。1930年，《再生草》面世。这三部作品构成了《潘神》三部曲。普罗旺斯地区和它养育的人民，给了吉奥诺灵感和精神上的养分。作者笔下的村民们过着世外桃源般的生活，他们依照自己的传统和习惯来判别世间的是非曲直，其中一些人历尽辛酸和苦难终于得到了幸福。

第一次世界大战时，吉奥诺参加了著名的凡尔登战役，他所在连队仅有几个生还者。吉奥诺回乡后几乎再未离开故土。小说《羊群》（1931）是对那场罪恶战争的控诉书，作者以细腻而平实的笔调描绘了战争给无辜的人们带来的灾难和不幸，从而反衬出战争的残酷。

吉奥诺热爱家乡，善于描写田园生活和普罗旺斯的自然风景。他热情讴歌大自然，风格纯朴，文笔流畅，被誉称农民小说家。代表作品还有《四海之歌》（1934）、《愿我的欢乐长存》（1935）、《生命的凯歌》（1942）。

第二次世界大战爆发，吉奥诺发表《拒绝服从》（1939），拒绝应征参战，因此被捕入狱。1943年，发表《活水》，描写故乡的自然风貌及对儿童时代的回忆。1945年，德国法西斯战败投降，吉奥诺被控与维希政府关系暧昧，据说他的一些讲话曾为维希政府的投降政策提供了依据。但因证据不足，并未立案起诉。

1951年他出版了《屋顶上的轻骑兵》。这是一个动人的历史故事，讲述路易-菲力普王朝时期，普罗旺斯地区发生了霍乱，年轻的骑兵少校昂日洛不顾死亡的威胁，奋力抢救病人，其中穿插了对爱情和友谊的描写。这是作者的一部重要作品，在法国有很大影响。

1953年，吉奥诺获摩纳哥文学大奖。翌年被选为龚古尔学院院士。

吉奥诺的作品主题鲜明，热情讴歌了人与土地、人与自然的关系。在他的作品里，尽管不幸总是与主人公形影不离，但主人公追求幸福的决心从不动摇。

赛利纳（1894—1961）原名路易-菲迪南·德杜什，生于巴黎郊区，家境贫寒。父亲在一家保险公司工作。母亲开一家小店，她望子成龙，希望把路易-菲迪南也培养成商人，在他年幼时就把他送到德国和英国去学习外语。18岁时，路易-菲迪南当上了送货员。

1912年，他志愿参战，出生入死，多次立功，1914年受伤退伍，后随国际联盟医疗调查组到伦敦、非洲等地进行实地考察。

路易-菲迪南自学成才。在顺利通过了中学会考之后，1918年进入雷恩医学院学习，1924年获博士学位，成为流行病专科医生。曾于1929年在美国底特律福特汽车公司工作，对社会问题和民众医疗卫生表现出极大的关心。后到欧洲各国、非洲和北美洲游历和行医。1930年，回到巴黎郊区克利希市，设立诊所。1933年以他母亲的名字赛利纳为笔名发表处女作《茫茫黑夜漫游》，作品回顾了他的军旅生活、战时的经历、旅非和旅美的见闻，以及他的情感生活和与友人的交往，书中揭露了战争的残酷，鞭挞了殖民主义的野蛮，描写了巴黎郊区的贫困、疾病和死亡。他一针见血地指出：金钱是吞吃灵魂的毒瘤。小说形式新颖，文体独特，语言粗俗，却又包蕴着深刻的幽默。出版时轰动法国文坛，获雷诺多文学奖。《缓期死亡》（1933）一书，以巴黎为背景，再现了资产阶级家庭为生存而含辛茹苦，为培养后代而费尽心机，讲述了学徒生活的心酸经历，不仅表达了对资本主义的愤恨，而且显示当今的社会正走向土崩瓦解。作品非线性的、断断续续的跳接手法，粗俗而贴切的语言，别具一格。

1936年，赛利纳从苏联归来，发表《我的罪过》，批评苏联政权。第二次世界大战时，他继续发表反犹太人的文章，为德国法西斯摇旗呐喊。他在《大屠杀前的琐事》（1937）、《尸体学校》等一系列抨击性的小册子中，毫不掩饰地发表反犹太主义的言论。战后，他受到法国政府通缉，畏罪逃往丹麦，在哥本哈根被关押两年。1950年被法国法庭缺席审判。1951年，赛利纳获特赦回国，在墨东市行医并继续写作。在《从城堡到城堡》（1957）、《北方》（1960）等书中，仍然流露出他对世界的不满和怨恨。

1961年，他写作了小说《里戈东》，不久即去世，生前未能看到小说发表。这是一部回忆往昔生活的书，作者抨击了战后的法国社会，反映了悲观厌世和痛苦绝望的情绪。对他来说，整个社会是一出是非难辨的闹剧，而死亡就是人生的归宿。

赛利纳认为，小说不应注重故事情节，而应通过运用俗语、俚语和口头语言，去煽动读者的情感，去描述被不同情感驱使而庸碌终生的各种人物。他主张与传统的伏尔泰的笔法决裂，推崇以民间口语为创作载体的拉伯雷是唯一的文学泰斗。他反对写作中程式化的文法，主张省略、跳动、断续的文体。在这层意义上说，赛利纳是现代小说创作方法的开拓者之一，他对小说创作技法的贡献，得到后人的重视。

亨利·德·蒙泰朗（1896—1972）生于巴黎一个虽不十分富裕，却十分看重血统的贵族家庭，他深受家庭的影响，毕生在生活和创作上都保持一种贵族姿态。他自幼爱好体育、竞技和斗牛。1915年应征到前线，参加第一次世界大战，屡建战功，1918年受重伤回国。他厌恶金钱和荣誉，专心于文学创作，几乎从不抛头露面。只是在院士们的劝说下他才于1960年进入法兰西学士院，充分显示了他的贵族性格。他生前曾说："如果疾病和社会环境使我失去了爱情和工作，我将怎么办呢？我们将面对自杀。"蒙泰朗这样说也这样做了，1972年9月21日，他因双眼几乎失明而自杀身亡。

蒙泰朗1920年自费出版第一部小说《接早班》，描写青年人崇尚英雄行为，勇敢作战，热爱体育运动和文学创作。后来又出版了《梦》（1922）、《奥林匹克运动会》（1924）、《斗兽者》（1926），内容大多涉及战争、体育、斗牛等，表达了作者热爱体育运动的生活情趣，歌颂了尚武精神及人们在战争和体育运动中结下的友谊。蒙泰朗认为："行动就是梦幻的孪生姐妹。"

1925年以后十年间，蒙泰朗的足迹遍及西班牙、北非和意大利。旅游丰富了作者的精神世界。在《欲望之泉》（1927）和《卡斯蒂利亚小公主》（1929）中，作者不再提倡尚武精神，而是激情满怀地描写了对爱情的执着追求，同时也流露了对女性的轻蔑。1934年发表长篇小说《独身者》，刻画了两个没落的贵族形象。他们与现代社会格格不入，遇事往往不知所措，显得庸俗而可笑。由《少女们》、《怜惜女人》、《善良的魔鬼》、《女麻风病人》（1936—1939）组成的四部曲是蒙泰朗的重要作品。主人公科斯塔尔是一位小说家，他风流倜傥，玩弄花招，想方设法摆布和折磨两个涉世未深的少女的灵魂。

1939年，蒙泰朗作为记者在战地采访，后来受伤。1942至1945年，他在红十字会从事救助战争受害儿童的工作。从1942年起，他把主要精力转向了戏剧创作。晚年，他又相继发表了《混沌与黑夜》（1963）、《沙上的玫瑰》（1968）、《男孩们》（1969）等小说。

20到30年代，法国文坛出现一种倾向，这就是撰写多卷本的小说：或描写一个人物、一个家庭的遭遇，并通过其命运表现社会的风貌，或在更广阔的范围内对社会进行一种全景式的描写。其情景与17世纪作家们竞相写多卷本小说颇有些相似。罗曼·罗兰称这类作品为“长河小说”，其中最成功的作家有罗曼·罗兰、马丁·杜加尔、罗曼和杜阿梅尔。阿拉贡的某些小说也具有“长河小说”的特点。更宽泛地说，普鲁斯特的《追忆似水年华》、蒙泰朗的《少女们》等四部曲也可归入其中。“长河小说”以反映社会现实为己任，其创作方法基本上继承从巴尔扎克、左拉到法朗士的现实主义传统。不过，由于这个时期现实主义潮流与小说的革新潮流互相影响，互相渗透，因此不能简单地说“长河小说”家都属于现实主义传统，而上面介绍的那些比较注重内心世界探索的作家则属于反现实主义的革新派。其实，即使在被誉为现代小说奠基人之一的普鲁斯特的作品里，现实主义的成分也是显而易见的，而在公认的现实主义小说家罗曼·罗兰的作品里，也不乏现代小说的技巧。因此，我们只能说，在“长河小说”中，现实主义创作方法更为突出，构成作家观察生活和社会，理解生活和社会的出发点和他们小说美学的基础。

罗曼·罗兰（1866—1944）出身公证人家庭，受母亲的影响，幼年即喜爱音乐和文学。后就学于被他称为“人文主义修道院”的巴黎高等师范学院，学习历史。毕业后到罗马做了两年考古研究。他曾长期从教，但是个人的兴趣却在文学上。他为人正直热情，又深受人文主义传统的熏染，对人与社会的完善抱着坚定的理想。乌烟瘴气的现实社会令他深恶痛绝。他追求真诚，却到处碰到伪善的面孔；他向往和谐，却见人们尔虞我诈、纷争不断。这使他始终对社会冷眼旁观，保持批判的态度。在现代作家中，像罗曼·罗兰这样从个人修养到文学创作，都恪守人文主义传统，不苟且，更不同流合污的人，并不多见。他有一种大贤大智的气度。正是凭借这种气度，他在对待欧洲以外的文化上，能够采取完全平等的态度，没有像许多作家那样走入欧洲中心主义的误区。也正是这种气度，使他与许多同时代人拉开了距离。他对社会的批判态度，也使他自然地同情乃至支持民主和社会主义运动，对苏联革命也抱有好感。甚至当他到苏联实地考察，发现苏联的现实与他的理想相距甚远时，他也不愿意像纪德那样公开批评苏联，而是将记录自己真实感受的旅苏日记不予发表。50年后的今天这部日记才公之于世。

罗曼·罗兰的文学创作从戏剧开始，而且他终生对戏剧抱有浓厚的兴趣。他曾参与“民众剧院”的筹备，并且把自己的戏剧评论集定名为《民众戏剧》。他创作了21部剧本，完成且保存下来的大约有12部，其中8部冠以“革命剧”的总题，都以法国大革命为背景。这是作者为“民众剧院”编写的剧本，是对法国大革命的历史反思，肯定了法国民众在大革命中的无畏精神和战斗热情，也批评了种种违背理性的行为。总的说，这些作品理念大于形象，比较枯燥。究其原因，无疑与作者的戏剧观念有关。这些作品为现实服务的目的过于直露，因而忽略了戏剧表现的自身规律。

首先为罗曼·罗兰赢得文学声誉的是1903年发表的传记文学《贝多芬传》。以后他又陆续发表了《米开朗琪罗传》（1906）、《亨德尔传》（1910）、《托尔斯泰传》（1911）、《甘地传》（1924）等传记作品。传主都是敢于藐视传统，敢于向世俗挑战的非凡人物。歌颂具有伟大心灵和超凡精神力量的英雄，赞扬他们特立独行，敢于同多数人对抗的勇气这个主题在罗曼·罗兰早期的一些戏剧作品中就已经初露端倪，在他的两部长河小说《约翰·克利斯朵夫》（1903—1913）和《母与子》（1921—1933，亦译《欣悦的灵魂》）里得到了深化。

罗曼·罗兰既继承了法国理性主义的传统，又受到尼采超人哲学和柏格森生命哲学的影响。后来他虽然对超人哲学的负面影响有所警觉，但是从这两部小说主人公形象的塑造可以看出，罗曼·罗兰的作品一方面赋予理性以崇高的地位，另一方面又始终把人的本质定位在生命力的显现上，而且像尼采一样，他始终将生命力的自然显现和世俗道德的虚伪对立起来，将具有自然生命力的人与凡夫俗子对立起来。

《约翰·克利斯朵夫》的主人公约翰·克利斯朵夫·克拉夫脱出身于一个音乐世家，家乡的小镇位于德法边境，他从小受到德法两种文化的熏陶，终其一生抱着融合德法文化的理想。他父亲一心想出人头地，却始终只是一个被贵族社会轻贱的乐师，母亲鲁意莎出身寒微，疼爱他的舅舅是个小商贩，这种社会地位早早地在小约翰的心里播下了平民意识的种子。约翰具有非凡的音乐天赋，加上超凡的毅力和勇气，终于成为知名的音乐家。但是，他的奋斗充满了艰辛和坎坷，他需要战胜社会的歧视、文化的偏见，也需要战胜自我的弱点。他纯真自然的品格与德国贵族的傲慢和法国资产阶级的伪善格格不入，非但给他的生活造成困难和挫折，而且使作为他生命自然流露的音乐作品也屡遭非议。小说通过约翰·克利斯朵夫的奋斗史，刻画了这个平民出身的音乐家高尚伟大的灵魂。罗曼·罗兰在小说《序言》里讲的一句话，点明了小说的思想内核："真正的英雄之所以伟大，是由于他具有伟大的心"。

这个思想内核对阅读和理解《约翰·克利斯朵夫》是重要的，然而这部作品的感染力又显然不仅仅在于此。"伟大的心"在这部小说里并不纯然是精神层面的，并不完全表现为一种精神的感召力，而是人的生命力的升华和结晶，甚至可以说是滚滚的生命长河经过与暴风雨的搏击之后的自然归宿。因此，伟大的心，作为最终表现，必然是一种至高的、悠远和谐的精神境界，与宗教的最高境界相仿佛。这就是约翰·克利斯朵夫在生命的尽头所达到的境界。而在生命的过程中，伟大的心不能离开身体的力量，不能离开生命的力量，从约翰·克利斯朵夫的身上，可以看到，伟大的心和生命的力量是浑然一体的。小说从约翰的体魄、性格、情感生活、艺术创造力、政治活动等多个层面上，以审美的态度刻画了他生命内部汹涌奔突的生命力，那种本能的、爆发式的、不可遏制的冲动。罗曼·罗兰的另一部长河小说《母与子》的主人公李维埃无论在体格上和气质上都与约翰·克利斯朵夫有许多相似之处：精力过人，内心充满激情，具有百折不挠的意志力量，行事往往凭本能的冲动。《约翰·克利斯朵夫》以莱茵河象征主人公的生命力（“克拉夫脱”在德语里的含义就是“力量”），而《母与子》则用“河流”当作主人公的姓氏[①]。作者在《序言》里说：“河流奔向大海……什么都不能阻止它！奔流的生命……向前进！”这两个人物的塑造说明作者对人的生命力怀着一种类似对于宗教的崇敬，一种由衷的礼赞。当然，在罗曼·罗兰笔下，“伟大的心”具有多层面的蕴藉，还包括崇高的操守、博爱的胸怀、吃苦耐劳的精神等，因此，《约翰·克利斯朵夫》里主人公的母亲、爱麦虞限、奥里维也都无妨称为“伟大的心”。但是，作者在约翰·克利斯朵夫和安乃德这两个人物身上倾注的感情，那种急于要把自己的全部生命注入人物的生命中的焦躁和狂热，透露了作者对“伟大的心”生命本质的体认。

这两部作品体现了罗曼·罗兰对知识分子思想历程的关注。实际上，这两部作品主人公的经历在一定程度上可以看作作家自己生活经历和思想道路的折射，而且也是同时代知识分子历史处境与历史选择的反映。约翰·克利斯朵夫走的是以个人意志和独立精神对抗落后保守的集体意志的道路，他的苦闷和奋斗反映了世纪交替时期相当一部分法国知识分子的心态和生活经验，富于典型意义。安乃德最初走的是和克利斯朵夫相同的道路，不过最终她把个人的力量融入了争取进步民主的民众斗争中，同时她又仍旧强调“自由独立精神”的可贵，而且认为知识分子的自由精神将在新的社会里得到充分的扶持和滋养。安乃德的选择，真实地反映了20至30年代法国知识分子阶层普遍左倾，同情支持乃至参与民众的斗争和社会主义运动的现实状况。克利斯朵夫和安乃德这两个人物形象

---

① 李维埃，法文原文Riviere， 意为河流。

的塑造具有深刻的现实主义内涵。同时，围绕主人公形象的塑造，小说也继承了19世纪现实主义传统，对19世纪末到20世纪30年代的法国社会作了广泛的描绘。

由于罗曼·罗兰对人的本质和意识行为的理解受到尼采和柏格森哲学的影响，后来又受到弗洛伊德精神分析学的影响，所以他在小说中经常把描写的重点放在人物的意识活动和潜意识活动上。和同时代不少法国作家一样，他最常用的手法是内心独白。他作品中的内心独白的表现方式是多种多样的，或是直接引语，或是间接引语，或者间接自由引语。这些内心独白展现了人物丰富的内心世界，多层次地揭示了人物复杂的思想和情感，对人物塑造的深化和立体化起了重要作用。不过，罗曼·罗兰对于心理描写和分析有时表现出过分的热情，一旦落笔便失去控制。如果说在《约翰·克利斯朵夫》里，对人物意识活动的描写虽然有时显得冗长，但总体上与叙事、场景描写、对话构成了有机的整体，那么在《母与子》里，心理描写的冗长累赘就变得令人难以忍受了。《母与子》这部作品一方面证明了作者试图在追寻并再现意识活动的轨迹方面进行了新的尝试，另一方面也暴露出作者在题材方面生活积累的欠缺。由于他对群众性民主运动缺乏实际的观察和体验，对普通人民的生活也缺少切实的感受，所以不得不依靠冗长的心理描写来加以弥补。《母与子》发表后，受到批评界的冷遇，除却意识形态的因素，即作品表现出的支持社会主义运动，支持苏联的立场为一部分读者和批评家所侧目外，艺术上的明显不足也是不可否认的原因。

路易·阿拉贡30年代初，阿拉贡在思想上发生转变，逐渐摆脱超现实主义，开始从虚无缥缈、神秘主义的“精神革命”小圈圈走向现实世界，他的“现实世界”系列小说的标题就足以说明问题。小说包括五部作品：《巴塞尔的钟声》（1934）是阿拉贡脱离超现实主义后写的第一部小说，对作者来说，这是一次新鲜的尝试，作者后来自己承认，他刚开始学习创作现实主义小说的写作技巧。两年后又发表了《富贵区》(1936)，作者意识到真正的法兰西不在“富贵区”，而在人民群众之中。小说获雷诺多文学奖。《双层车上的乘客》是在“二战”前夕写成的，于1943年发表，是一部以反面人物为主角的小说。主人公把街车比作人生，有的人满足于在车顶层观察生活，被车拖着走而浑然不觉；有的人却深谙这个怪物的奥秘，懂得驾驭它并从中捞取好处。《奥雷利安》(1944)是在抗德战争期间写成的悲剧性爱情小说，不少人对作者在艰苦的岁月里竟然有闲情选择这样的主题颇有微词。五部作品最后一部是描绘法国人民英勇斗争，反抗法西斯侵略的史诗《共产党人》(1949—1951)，遗憾的是作者只写到原计划第一篇的第六卷，便宣布“现实世界”的创作终了，使这部作品成为未完成的杰作。1965年，作者将这部历史长卷作了较大修改并写了长篇后记重新发表。

与这个时期出现的其他长河小说不同，这五部作品并没有连贯的情节，也没有统一的人物和地点，每部小说都可独立成篇，只是有的人物在其他作品中再现。但是这五部小说都贯穿着统一的思想，即都围绕战争、金钱、妇女地位、阶级矛盾、被资产阶级社会腐蚀和玷污的爱情、知识分子的特点和转变等主题展开。纵览全书便可发现，这是1880年至1940年的60年里，法国社会生活面貌、社会矛盾与冲突、国际资本与政治舞台的广阔图景和真实写照。

战争是这组小说的中心主题，每部作品都有关于战争的描述。书中揭露金融寡头、垄断资产阶级是制造战争的罪魁。《巴塞尔的钟声》热情赞扬了巴塞尔反战代表大会的正义呼声和人民反对战争、维护和平的强烈愿望。另外一个主题是妇女解放和爱情。《巴塞尔的钟声》描叙三个不同类型的女性形象，以及她们在社会生活中的地位、处境和命运。《奥雷利安》描写战争对主人公的心灵和精神造成创伤，使他在生活和爱情上都与现实格格不入。在《共产党员们》中，青年医生蒙塞和大资本家的女儿塞西尔的爱情贯穿全书，标志着知识分子在斗争中思想感情的转变。系列小说还有力地揭露了金钱在资产阶级社会里的威力和罪恶。《富贵区》中的主人公之一埃德蒙被金钱魔爪攫住，沦为金钱的奴隶，社会的寄生虫；《双层车上的乘客》中的梅卡迪埃堕落为拜金主义者，他蔑视并拒绝金钱以外的一切现实。知识分子的命运也是作品关注的问题之一。作品批评知识分子在尖锐的社会斗争中徘徊观望、因循苟且的态度，特别强调知识分子要走出象牙塔，“参与”、“介入”现实生活，《富贵区》中的阿芒看清方向，最后成为革命者，而《双层车上的乘客》中的梅卡迪埃却悲惨地结束了荒谬的一生，成为反面的典型。

罗歇·马丁·杜加尔（1881—1958）出身于法官家庭。1900年入巴黎文献学院，毕业后从事档案和古文献工作。后来他阅读了托尔斯泰的《战争与和平》，为这部史诗的历史和审美价值所震撼，决心投身文学事业。1906年写作《使徒传》，因灵感枯竭而辍笔。他很气馁，不但怀疑自己的文学才能，而且对自己神经系统是否健康也产生疑虑，因此曾求治于一些著名的神经科大夫。他后来的作品关注神经和精神疾病无疑与此有关。

1909年，马丁·杜加尔发表了第一部小说《未来》，他的作品的重要美学特征在这部小说里已经现出雏形。1913年第二部小说《约翰·巴鲁瓦》发表，马丁·杜加尔在这部作品里尝试了新的叙事方法。小说的场景大多以人物的对话构成，场景之间用类似于剧本中场景说明那样的文字相衔接。对这种方法，批评界褒贬不一，作家自己似乎也不太满意，到写作《蒂博一家》时便基本放弃了，不过仍保留了对话场面的戏剧性。

从1920至1937年，马丁·杜加尔以主要精力创作八卷本长河小说《蒂博一家》（1922—1940）。由于这部作品的成功，他在1937年获诺贝尔文学奖（当时最后一卷尚未完稿）。小说取名《蒂博一家》，但实际上描写了两个家庭，一个是奥斯卡·蒂博和两个儿子安托万与雅克（还包括家庭总管德·威兹小姐和她的侄女吉丝)，另一个是冯塔南夫妇和他们的儿子达尼埃尔和女儿贞妮。小说围绕两个家庭成员的不同经历，描绘了从世纪之初到1918年这一段时间里法国社会生活的画卷。小说对“美好时代”上层资产阶级的骄奢和盲目自信、他们对战争威胁的麻木不仁、政客们的自私与无能、政治角逐给社会造成的混乱、战争给法国人带来的痛苦和精神创伤等等，都作了真实鲜明的描绘。

在高屋建瓴地审视历史的变迁，探索历史事件的意义，把握自然、社会环境和人之间的关系等方面，《蒂博一家》继承并发展了19世纪现实主义传统。同时，小说通过生动的艺术形象，提出了个人的价值是否能够实现以及如何实现，在现代社会条件下生活的意义究竟是什么等问题。对这些问题的思考，具有鲜明的时代特征，包孕着人文主义精神在新时代的发展。作品揭示了现代社会生活中若干具有普遍意义的现象，反映了时代的精神、道德和思想的某些特征，使人们对作品所描写的时代，以及在这个时代活动的人，获得了深刻真切的感受和认知。

整部作品围绕四条主线展开。第一条主线是两代人的矛盾冲突。老蒂博是天主教徒，为人古板，脾气暴躁，是正在衰落的一代的象征。他独断专行，经常不自觉地用一种过分严厉苛刻的态度维护自己信奉的道德规范（例如将小儿子雅克送进自己办的教养院），这显露出他对旧生活规范的式微感到焦虑，潜意识里怀着惊惧不安。他以牺牲亲情来换取个人权威的稳定，因为他有一种“大道将覆”的危机感和“匡正时弊，舍我其谁”的使命感。然而他的两个儿子对他的使命感并不恭维。在宗教上，他们把父辈的虔诚当作嘲讽的对象。小儿子雅克彻底背叛了宗教，大儿子安托万的信仰也只是表面文章，骨子里早已把信仰抛诸脑后。宗教信仰的动摇和丧失，造成新一代人对传统道德伦理观的全面质疑。这一点，这个时代的许多文学作品中都有所表现，但是像《蒂博一家》这样通过父子两代人的冲突，浓墨重彩地加以描写，还不多见。

第二条主线是战争。小说创作于第一次世界大战后，作者对这场人类巨大惨祸的反思渗透在作品中。他作为小说家，没有（似乎也不必）做出历史学或政治学的结论，他关注的是，在战前和战争中，法国人是如何进行选择的？这种选择对他们每个人的命运产生了怎样的后果？在这种群体的、种族的灾祸中，个人究竟能做什么？雅克积极参加了国际社会主义团体阻止战争的斗争，当他觉察到这个团体的软弱无能之后，采取个人的行动，搭飞机只身到前线散发和平传单，不幸飞机失事，他被法国军人误当作德国间谍杀死。安托万不问政治，埋头医学实验，不相信战争会爆发。应征入伍不久在前线中了毒气，在与毒气造成的神经病痛进行了无效的抗争之后，给自己注射吗啡身亡。具有象征意义的是，他曾经每日目睹老父受病魔折磨的痛苦，终于下决心为父亲注射过量吗啡，让他早一点得到解脱。而到头来他又用同样的手段结束了自己的生命。两代人尽管有不同的价值观，却走上了几乎同样的归宿，这中间似乎包含着一种悲观的宿命论预言。作者显然对个人在集体灾祸面前的软弱无能感到悲哀。蒂博兄弟俩对战争采取了不同的立场和态度，但是都没有逃脱被战争吞噬的厄运。

第三条主线是人与人之间的沟通。在这个问题上，马丁·杜加尔似乎也相当悲观。在两代人的关系上，老蒂博与儿子之间始终处于冲突碰撞之中。其实，老蒂博在内心深处是一个感情丰富的人，但是他受传统天主教道德观的束缚太深，滥用意志力量，同时严厉压制自己内心的温情。而两个儿子对父亲也缺乏基本的理解。安托万后来看到了父亲的遗留下来信件和札记，才发现自己对父亲的品质和内心世界相当隔膜，然而为时已晚，只能留下悔恨和内疚。人与人难以沟通也表现在同代人、甚至兄弟之间。安托万与雅克是同胞兄弟，彼此也不缺乏手足之情，但是在关于人生和社会等一系列问题上，他们却没有多少共同语言。

第四条主线是性爱。这条线索在第三卷《美好的季节》最为突出，在其他各卷例如第一卷、第七卷里则时隐时现。小说的主要人物安托万、雅克、达尼埃尔、贞妮、吉丝等都有一番爱情的波折，甚至在雅克和达尼埃尔之间，小说也暗示存在同性恋关系。不过小说着墨最多的还是雅克与贞妮、吉丝三个人的爱情纠葛。有人批评这部小说缺乏连贯性，理由是前六卷笔墨集中于家庭纠纷与情爱描写，后两卷却转向了对社会的大场面刻画。其实，尽管第六卷《父亲之死》与第七卷《1914年的夏天》这两卷的创作在时间上相隔较长，可能给作品的连贯性带来一些负面影响，但是总的说，这种变化还是符合小说自身发展逻辑的。在性爱主题上，这种变化正说明了作者希望超越一般性爱主题的描写，将这个主题从个人生理与感情的世界中抽出来，放到更广阔的社会历史背景中来观察，看看爱情的价值在社会历史的大变迁中如何变化，如何真正得以实现。雅克和贞妮的真正结合是在他们目睹了社会党领袖饶莱斯被杀之后，这样的情节设计说明小说力图将性爱主题与社会主题联系起来。而最后一卷里，贞妮拒绝了安托万娶她为妻的要求，决心独自把她与雅克的儿子让-保尔抚养成人，她这种意志力量的出现显然也只有在战争前后的种种曲折经历之后才有可能。

安托万和雅克是小说着力刻画的两个人物。他们之间有着深厚的手足情谊，然而由于性格迥异，在事业上和爱情上走上了完全不同的道路。作品通过这两个人物，探索了人的性格对人的精神面貌、生活状况以及道路选择所起的作用。这里，自然主义的影响是不容否认的，尤其是作者对疾病和由疾病造成的痛苦不惜笔墨加以渲染，更使我们注意到他与自然主义之间的继承关系。雅克性格浪漫，是个具有理想主义色彩的人。在爱情上，他爱着贞妮，却又不能忘情于吉丝。他数次离家出走，显示出叛逆精神。安托万的性格与雅克相反，稳重求实，思想上信奉实证主义。由于他在事业上的成功，他像父亲一样成为上流资产者，而父亲的性格也更多地遗传给他。但是他毕竟属于新的一代，无论对雅克还是对生活，都采取了与父亲完全不同的态度。安托万与雅克两个主要人物之间的强烈对比构成的性格张力,成为作品结构的基点。

《蒂博一家》在背景设计和情节线索的组织上都与《战争与和平》有类似之处,说明马丁·杜加尔确实深受托尔斯泰这部伟大著作的影响。尽管《蒂博一家》没有《战争与和平》那样壮阔的战争场面,但是小说的主要人物除老蒂博外,都经历了战争和战争前后的社会动荡,而他们个人的生活,尤其是爱情纠葛,都与大大小小的社会事件纠缠在一起,使个人的命运与历史的发展密不可分地结合成一个整体。这一点和《战争与和平》的基本构思也是一致的。

除罗曼·罗兰和马丁·杜加尔的作品之外,当时有影响的长河小说还有罗曼的27卷本的长篇《善意的人们》和杜阿梅尔的《帕斯齐埃家兴衰史》。**儒尔·罗曼**(1885—1972)是法国“一体主义”(Unanimisme)的创始人之一。“一体主义”是一种文学创作观,糅杂了象征主义、未来主义和社会主义等不同的文学和社会思潮。“一体主义”的基本思想是反对文学局限于反映个人的生活和心灵,提倡反映社会群体的情感和思想。1908年罗曼的第一部诗歌集《一体生活》就热情地歌颂了“一体主义”思想,而长篇小说《善意的人们》(1932—1946)无论在思想内容是还是在艺术构思上都是“一体主义”的具体实践。罗曼在小说《序言》里明确宣布自己的意图是写“一部散文体的宏大的想象作品,通过运动和多样性,细节和变化,表达一种现代的世界观”,这种世界观最初他“曾经在《一体生活》中全面加以颂扬”。

罗曼认为“一体主义”的小说不能对社会各阶层和各领域进行分割式的表现,更不能只描写某一个人的命运,而应该从整体上把握并表现现实社会。换句话说,“一体主义”小说追求一种鸟瞰式的全景描写。这个基本思想,决定了《善意的人们》的基本架构是散点取景,犹如摄影师多机位、多角度拍摄,较少采用追踪某个主人公生活的长镜头描写。没有贯穿27卷首尾的情节,也没有统一的主人公。小说第一卷《10月6号》时代背景是1908年，巴尔干危机已经点燃。作品的重要人物先后登场，其中有的人为欧洲的局势担忧，有的人则完全沉浸在个人的感情生活中，对日益恶化的形势熟视无睹。小说由此开始一直讲述到第一次世界大战，再讲述到1933年，此时新的大战的阴云已经隐约出现在地平线上。在这样一个27年的时间跨度上，作品力图全方位地勾勒出法国乃至欧洲的政治、经济、文化、教育、宗教、社会心态、民族意识等各方面的历史变化，刻画贵族、大资产阶级、中小资产阶级、教师、工人、神职人员等各社会阶层的生活和精神面貌。小说涉及这个时代的一些重要历史事件，如俄国十月革命、法西斯在欧洲的猖獗等，也描写了一些真实的历史人物，从而形成了一个广阔的空间架构。在这样一个叙事时空中，作品相对集中地展示了杰尔法尼翁、扎莱兹、德·尚斯奈夫妇、齐奈特、米奥奈特神甫等十来个人物在二十多年时间里所经历的沧桑变化。

值得特别指出的是，这部恢宏的著作在构思上非常讲究。不但巧妙地处理了真实历史人物与虚构人物的关系，而且在主要人物的塑造上精心采用了两两对称的手法，以突出人物性格和命运的社会历史内涵。不仅于此，小说在篇章结构上也采用对称法，使得整部作品的结构显得十分工整和谐。这种结构表现了作者的历史轮回观。作品创作于“二战”前，而它所表现的是“一战”前后的历史。30至40年代，作者目睹现实事件与“一战”前的历史有惊人的相似之处，他感到历史在重演，而人们对此却似乎茫然无知，因而他感到自己有责任凸现历史的相似性以警示世人。形式结构上的对称正源出于此。

十卷本的《帕斯齐埃家兴衰史》（1933—1945）是**乔治·杜阿梅尔**（1884—1966）的代表作。小说时间跨度很大，上起19世纪80年代末，下至20世纪30年代。从结构上说，它与《蒂博一家》接近，也是以一个家庭不同成员的遭遇为叙事线索。其中最主要的线索是这个家庭的三子罗朗·帕斯齐埃成长经历。罗朗幼年时家境困难，后来父亲终于获得医学博士学位，母亲又持家有方，家境渐趋好转。但是父亲用情不专，屡次引起家庭纠纷。于是罗朗离开家庭，与几个志同道合的朋友合租了一幢乡间的房子，他们的理想是建立一个和睦共处的小社会。然而不久这个乌托邦式的小社会便分崩离析。经过这次教训，罗朗抛弃了美丽而不切实际的空想，勤奋学习，获得医学和生物学两个博士学位，成为这两个领域里的佼佼者，获得了国家生物研究院实验室主任这个令同行们企羡的职务。但是，由于他发表了揭露研究院人事黑幕的文章，招致众多非议，最终不得不辞职。与罗朗的命运并行展开的是这个家庭其他几个成员的故事。进入商界的长子约瑟夫，进入艺术界的长女赛西尔和次女苏珊，在爱情上或事业上也都经历了实现理想随即又遭受严重挫折的过程。这一家人，从老帕斯齐埃到几个子女（除次子费迪南碌碌无为外），都竭尽全力朝理想的目标前进，结果虽然不能说"折戟沉沙"，但在残酷的命运面前都有心灰意冷的感慨，然而他们又并不因此而消沉。小说结尾作者借罗朗的一句话点明了全书的旨意："在这悲惨的尘世还有许多未了的事。只有在死亡之星上才能得到休息。"

与《善意的人们》和《蒂博一家》不同，《帕斯齐埃家兴衰史》的故事虽然跨越半个世纪，对重大的历史事件却笔墨不多，对社会面貌变迁的描写也大多浮光掠影，而是聚焦在这个家庭成员的个人命运之上。当然，作品透过人物的命运，多少反映了社会的风云变幻，但是与《善意的人们》和《蒂博一家》将个人与历史紧密地联系起来的创作构思相比较，它淡化时代背景，凸现个人的性格和历程的意图是十分明显的；而在个人历程中，又有意识地凸现个人的内心历程。杜阿梅尔对政治经济等事件构成的历史持怀疑态度，认为这个历史并没有多大价值。面对资本主义社会令人失望的历史和现实，他宁可去探索个人心路历程的奥秘。

杜阿梅尔的另一部长河小说《萨拉万的生平和经历》（1920—1932）在艺术成就上虽不及《帕斯齐埃家兴衰史》，但也是当时一部相当有影响的作品。

戏剧　上文介绍的克洛代尔的剧作，无疑是第一次世界大战前后法兰西戏剧的巅峰作品，然而由于作家不断进行修改，也由于其他一些原因，这些剧本当时都保留在文本状态，而恰恰在此时，法国戏剧舞台发生了革命性变化，其中最引人注目的变化就是导演取代剧作家和演员，占据了戏剧的主导地位。导演不再简单地、机械地把剧作家的作品搬上舞台，而是根据自己的理解和意图对原作进行改编和再次创作。演员的表演、舞台背景、灯光音响等也成为导演创作的重要内容。这一潮流的开拓者是著名导演雅克·科波（1879—1949），他于1913年创立老鸽舍剧院，一方面强调剧本和演员的重要性，另一方面强调布景的简单化。在科波之后，皮托埃夫、杜兰、茹韦和巴蒂四大导演对法国戏剧的发展也有深远影响。

在创作方面，一批剧作家沿着拉辛、莫里哀开辟的道路，在传统戏剧的创作上进行着新的开拓。这一时期，喜剧创作硕果累累，涌现了一批优秀的剧作家和剧本。

阿沙尔（1899—1947）的喜剧《你愿意跟我玩吗？》（1923）、《月亮上的让》（1939）、《土豆》（1957）等，掺入了许多闹剧成分，人物不是取材于现实社会，而是近似于意大利喜剧中的小丑和类型人物。女人妖艳轻浮但不令人讨厌，男人天真而温柔，乐观而自信，往往自作聪明，弄巧成拙。阿沙尔的喜剧虽然缺乏现实深度，但想象丰富，人物活泼生动，气氛轻松欢快。

儒尔·罗曼既是诗人和小说家，也是一位出色的剧作家，代表作有《克诺克》（1924）和《勒特鲁阿代》（1923—1930）三部曲（包括《多诺戈奥-童喀》[1]、《勒特鲁阿代先生风流史》、《勒特鲁阿代先生的婚

① 其中《多诺戈奥-童喀》写作于1920年，最初是电影脚本，未拍摄。1930年改编成剧本上演。由于这个时间差，有人把它作为三部曲的第一部，有人把它当作第三部。

礼》）。《克诺克》是现代法国喜剧史上一部重要作品，讲述了一个江湖郎中行骗的故事。克诺克在老医生帕巴莱的引荐下来到一偏僻的山村行医，但吝啬的村民从不看病，根本无油水可捞。克诺克先是宣布免费看病，引来众村民，继而用花言巧语进行欺骗恐吓，使身强力壮的村民个个自以为病入膏肓，三个月后竟把这个山村变成了一家大医院，克诺克被捧为妙手回春的神医，连老医生帕巴莱也成了他的病人。这部喜剧堪称莫里哀喜剧风格在现代社会的完美再现，它以妙趣横生的幽默语言讽刺了现代骗子们的无耻行径和善良人的无知轻信，既让人捧腹又发人深思。

萨拉克鲁（1899—1989）的创作涉及各种戏剧形式，早年创作通俗剧，后转向喜剧，写下了《地球是圆的》（1938）、《笑的历史》（1939）、《勒努阿群岛》（1947）等作品。这些剧本以资产阶级家庭和社会关系为讽刺对象，既有强烈的现实色彩，又有鲜明的哲学色彩。萨拉克鲁试图以喜剧形式探索诸如生活、死亡、痛苦、命运等问题。在代表作《勒努阿群岛》中，年迈的酒店老板勒努阿因引诱未成年女子而被捕，家人们为了维护家庭荣誉，避免酒店关门，私自对他进行审讯并判处他死刑，然而他却死里逃生。该作品喜剧形式背后隐藏着一个悲剧性思想：人都是以我为中心的，生命对于个人来说，是生活的全部，而对于别人来说却是无关紧要的。除喜剧外，萨拉克鲁还创作了一些批判现实、伸张正义、政治色彩浓厚的剧本，如《愤怒之夜》（1946）、《杜朗大街》（1960）等。

马赛尔·帕尼奥尔（1895—1974）以《窦巴兹》（1928）和马赛三部曲（《马里尤斯》、《法妮》和《恺撒》，1929—1936）而蜚声文坛。《窦巴兹》的主人公是一位卑微胆小的教师，因过于诚实而遭解雇，后来投身商业，依靠不正当的手段大获成功。作品无情地揭露金钱的罪恶、政治的腐败、商人的卑鄙。轻松诙谐的对白和漫画般的简练笔调，将各种人物刻画得入木三分，活灵活现。

在悲剧创作方面，古典悲剧在两次大战期间得到了回归和复兴。

1931年纪德发表《俄狄浦斯》，借用俄狄浦斯破解斯芬克斯之谜这一传说来表达人道主义和崇尚自我的现代思想和观念。在诸多作家中，改编古典悲剧最孜孜不倦的是**让·科克托**（1889—1963）。科克托多才多艺，在诗歌、戏剧、小说、绘画、电影、编舞等各领域都进行过尝试，并取得了斐然的成绩，所以人们把其创作形容为绚丽缤纷的焰火。在戏剧创作方面，科克托对古希腊神话有着浓厚的兴趣，《安提戈涅》（1922）、《俄耳甫斯》（1926）、《俄狄浦斯》（1937）和《地狱机器》（1934）构成了古希腊题材四部曲，把俄狄浦斯的传说加工成一个整体的故事，悲剧、喜调色彩兼备，笔调亦庄亦谐，时间和空间系统被打乱，古老的神话被赋予了新的含义。这些悲剧是按照作者"时代的节奏"进行创作的，目的是用古代神话表达现代意识，用现代文化观念丰富古代题材。

让·吉罗杜（1882—1944）堪称这个时期法国与克洛代尔比肩的剧作家。他曾参加过第一次世界大战，后来长期在外交部供职，创作了《西格弗里德和利穆赞》等一批中短篇小说。1928年他结识了著名导演路易·茹韦，并与之结下了深厚的友谊，遂转向戏剧创作，写下了《安菲特里翁38号》（1929）、《特洛伊战争不会爆发》（1935）等一批成功的剧本，吉罗杜的人生观和技巧在这些剧本中得到了尽情的表现和发挥。

吉罗杜的创作题材大都取自古代神话、传说及圣经故事，不过作品所要表达的却是作者对现实社会、人生、命运等重大问题的思考。如《安菲特里翁38号》是戏剧史上以同一神话为题材的第38部作品（依吉罗杜的说法），普罗图斯、莫里哀、约翰·克莱顿、海因希里·封·克莱斯特（1777—1811）都曾写过同一题材的作品。它讲的是朱庇特试图勾引安菲特里翁的妻子阿克梅纳，但他却不得不装扮成安菲特里翁方能赢得阿克梅纳的爱，始终不能让她爱上真实的自己。阿克梅纳对安菲特里翁忠诚不渝，朱庇特沮丧地放弃了自己的企图。吉罗杜对古希腊神话加以改写，去掉其宿命色彩，使之蒙上一层喜剧色彩，歌颂了人间美好的真情。他后期的作品,如《特洛伊战争不会爆发》、《厄拉克拉特》、《水精》、《夏约的疯婆》等,基调逐渐变得灰暗、低迷、沉重,人不论如何努力,似乎都无法摆脱悲剧性的命运。

《特洛伊战争不会爆发》是这一时期的代表作。特洛伊首领赫克托耳竭尽全力消除特洛伊和希腊之间的隔阂,试图关闭战争的大门。但是一切都与他的努力背道而驰:卡桑德拉预言“命运在躁动”,“开始了它的步伐”;诗人极力美化战争,称其为“美的代价”;特洛伊民众更是摩拳擦掌、积极备战。赫克托耳感到越来越难以平息人们的好战情绪,终于一个阴差阳错的事件点燃了战争的导火线,赫克托耳不得不痛苦地说:“战争将要爆发”。该作品影射了“二战”前的气氛,预示了“二战”的不可避免,但更重要的是作者表达了自己的宿命论观点:一切都是命运的安排,而命运的安排是人的愿望和努力都无法抗拒的。

吉罗杜的作品多为凭空虚构,神话世界写得较多,社会现实触及较少。作者充分发挥自己的想象力,融悲剧和喜剧各种技巧于一炉,现实与梦境交织,语言华丽、深沉而流畅,显示了一个大剧作家的手笔。

蒙泰朗 蒙泰朗早期的创作以小说为主,1942年《死去的王后》的发表标志着其戏剧创作生涯的开始。以后他又陆续发表了《马拉泰斯塔》(1946)、《圣地亚哥团的首领》(1947)、《波尔·卢瓦雅尔修道院》(1954)、《少年王子之城》(1951)、《内战》(1965)等。尽管蒙泰朗钟情于戏剧创作,但对舞台演出却采取一种轻蔑的态度,认为表演是对剧本的拙劣模仿,只能歪曲剧本。他宣称:“我写作时不考虑场景的安排。”蒙泰朗追求的是具有寓意的“内心戏剧”:“对于我来说,只有一种形式配得上戏剧的名称,这就是心理剧。”他把戏剧作为探索人类心灵的工具。

蒙泰朗明确宣称自己属于法国古典传统,追求“最真实、最丰富、最深刻地表现人类灵魂的某些活动”。他深受高乃依、莫里哀,尤其是拉辛的影响,某些作品的主题和结构就是取自拉辛的作品。他的剧本情节单一，只讲述一个事件；结构严谨，故事一开始便进入高潮，而省略危机的逐渐发展过程，最后引出一个出人意料的结局。他的语言丰富多彩，运用大段的对白抒发感想和议论，尽管显得典雅高贵，但有时有冗长做作之嫌。《死去的王后》是其代表作，这是一部性格悲剧，取材于葡萄牙历史传说，刻画了国王弗朗特复杂矛盾的性格。作品以古喻今，暗示了法国的复兴之路，同时表现了人类灵魂深处的波动，充满了现代人的矛盾和犹豫不决。《马拉泰斯塔》以意大利文艺复兴为背景，揭示了马拉泰斯塔与教皇之间的纠葛，这是剧作家最优秀的剧本，使其声誉达到了最高峰。《少年王子之城》以法国一教会学校为背景，描绘了教会学校的压抑和沉闷的气氛，讥讽了教会学校的墨守成规的教学方法。

无论是古装剧还是现代剧，蒙泰朗对其塑造的各类人物的灵魂都进行了深刻的剖析，力图展示他们内心深处是与非、灵与肉之间的矛盾和斗争，反映现代社会中人们的忧患和不安，作者颂扬男子汉的阳刚之气，贬斥女性的所谓“狭隘之情”，主张苦与乐、自律与放任之间“交替”的理论。他认为，戏剧应以不同人物性格的和谐为基础，然而现实生活则是建筑在人的性格不和谐的基础之上的。蒙特朗的作品具有古典主义的严谨和浪漫主义的激情等特点，但其令人称道的风格并不能掩饰内容上有时表现出的夸张与虚泛。

在传统的悲、喜剧形式得到发扬光大的同时，由雅里开始的反传统的新潮流也有了新的发展，**安托南·阿尔托**（1896—1948）便是这股潮流在这个时期的主要代表。他以愤世嫉俗的言论和对传统戏剧理论的疯狂扫荡为以后荒诞派戏剧的诞生奠定了理论基础。

阿尔托少年时便患有精神疾病。1920年他来巴黎当演员，曾参加导演杜兰的戏剧探索，并追随布勒东的超现实主义运动。后来与他们先后决裂。1938年他把自己的部分文章和讲演结集出版，定名为《戏剧及其副本》，阐述了他独特的戏剧见解。他因神经错乱，沉湎于毒品所产生的幻觉世界中，终于被关进疯人院，出院后更是以诅咒和谩骂来抨击社会。

《戏剧及其副本》是一本奇书。阿尔托把戏剧比作鼠疫，“如果说本质上戏剧像鼠疫，这并不是因为它具有传染性，而是因为它和鼠疫一样，把一种潜在的残酷的本质暴露出来，摆在面前，推向外面，精神的一切邪恶的可能性都是通过这种本质存在于一个民族或个人身上。”他要求戏剧不仅要运用语言，还要运用动作、布景、服装、音乐等手段。他摒弃戏剧经典作品的概念，推崇“残酷的戏剧”，对戏剧的意义、结构和语言都进行了新的阐释。他把戏剧性视为残酷性。戏剧不再是以道白为本的形式，而是一种身体和造型戏剧。戏剧的语言也不再像传统戏剧语言那样掷地有声，其作用被大大削弱。残酷的戏剧就是要解放人被压抑的潜意识，改变感官的被动、舒适的状态，把生活还原到野蛮状态的极限，令人躁动、不安。观众不再是被动的欣赏者，而是主动的参与者。阿尔托激进的戏剧革新理论影响了战后一代剧作家和导演。

第四节　俄苏文学

20世纪初俄国文学　19世纪末、20世纪初，俄国资本主义工业的发展较迅速，修建了西伯利亚“大铁路”，石油产量显著增加，但广大农村仍十分贫困和落后，国内阶级矛盾异常尖锐。1894年亚历山大三世逝世后，末代沙皇尼古拉二世即位，推行专制制度，阻挠政治改革。自1895年列宁在彼得堡建立“工人阶级解放斗争协会”起，俄国无产阶级革命运动风起云涌。1903年俄国社会民主工党形成了布尔什维克（多数派）和孟什维克（少数派）两个派别，列宁领导的布尔什维克党成为马克思主义政党。1904年至1905年发生了日俄战争，这是一场日本和俄国为重新瓜分中国东北以及朝鲜而进行的帝国主义侵略战争，结果俄军惨败。1905年1月

9日，彼得堡工人举行反对沙皇专制、要求民主的请愿游行，遭到沙皇政府血腥镇压，这一天被称为“流血星期日”。这一事件引发了1905年至1907年俄国第一次革命，但是工农群众和士兵与沙皇政府的斗争暂时以失败告终。1914年爆发第一次世界大战，沙皇俄国与法国、英国结盟，同德国和奥匈帝国作战。1917年2月，发生了二月革命，推翻了沙皇尼古拉二世的统治，形成资产阶级临时政府和工兵代表苏维埃两个政权并存的局面。1917年11月7日（俄历10月25日），列宁领导的布尔什维克党举行武装起义，推翻资产阶级临时政府，取得社会主义革命的伟大胜利。

这一时期，俄国社会思潮纷纭，有资产阶级立宪民主党的自由主义，保皇党的大俄罗斯民族主义等。在布尔什维克党领导下，马克思主义理论在俄国迅速传播，并与工人运动相结合。普列汉诺夫相继发表《没有地址的信》（1899—1900）、《艺术与社会生活》（1912—1913）等一系列美学著作，将历史唯物主义运用于艺术与社会生活、社会心理关系的分析，在思想界产生重要影响。列宁在《党的组织和党的出版物》（1905）和《列夫·托尔斯泰是俄国革命的镜子》（1908）等论文中，将俄国文学的发展同俄国解放运动的发展紧密联系起来，并以辩证唯物主义的反映论阐述了托尔斯泰创作中反映的俄国宗法制农民的力量和弱点，提出艺术“为千千万万劳动人民”服务的重要思想。另一方面，此时期出现一批宗教哲学批评家，如梅列日科夫斯基（1865—1941）、别尔嘉耶夫（1874—1948）、罗扎诺夫（1856—1919）等等。他们对宗教哲学或一般哲学问题进行了独特的探索，并相当广泛地涉及了文学批评领域。

此时期的俄国文学在继往开来的探索中呈现多种艺术倾向。以高尔基和绥拉菲莫维奇为代表的无产阶级作家批判地继承俄国和西欧古典现实主义，以高昂的乐观主义精神描绘正在觉醒的俄国工农群众。高尔基的小说和戏剧创作在1905年革命时期进入高潮，使俄国现实主义文学达到前所未有的力度，并对本世纪世界文学产生了强烈影响。此时期的俄国文学创作还显现出印象主义、自然主义、新浪漫主义、象征主义或表现主义的某些特征和倾向。库普林（1870—1938）相继发表了描写俄国军队生活的中篇小说《决斗》（1905）和描绘妓女悲惨生活的中篇小说《亚玛》（1915）等等，他的创作除继承俄国文学传统的社会批判特色外，还显示出艺术描写的中心从典型人物塑造向生活状态研究的转移，具有自然主义的若干特征。布宁将现实主义和印象主义艺术加以糅合，开拓了高度浓缩地描绘生活的艺术天地。列米佐夫（1877—1957）的中篇小说《钟》（1908）、《结义姊妹》（1910）等作品，独特地表现了广大小资产阶级在日常生活中挣扎的多种声音。安德烈耶夫（1871—1919）取材于日俄战争的短篇小说《红笑》（1904）以象征手法概括社会生活，并且具有表现主义特色。

此时期俄国文学的一个重要现象是1892至1912年间的俄国象征主义文学运动。它包括理论、诗歌和小说创作等各个方面，是继法国象征主义之后的欧洲象征主义第二浪潮。继象征主义之后，1911至1914年在彼得堡出现了阿克梅主义团体“诗人车间”。古米廖夫（1886—1921）、阿赫玛托娃、曼德尔施塔姆等诗人主张摆脱象征派的神秘性和朦胧性，以人类原始的激情表达对生活魅力的新鲜感受。“阿克梅”一词源自希腊语，意思是盛开、最高度。同一时期，俄国未来派形成，包括青年诗人赫列布尼科夫（1885—1922）、马雅可夫斯基等，他们于1912年发表宣言《给社会趣味一记耳光》。未来派诗人具有对传统文化的无政府主义的反叛情绪，主张创造新文化、新诗歌和新词语，使文艺走上街头，参与群众的社会生活。未来派的街头喧闹使社会感到不安，但其诗歌的新鲜力量也震惊了社会。

伊凡·阿列克谢耶维奇·布宁（1870—1953）出生于俄国中部沃罗涅日一个古老贵族家庭，这个家族曾在19世纪初期出过茹科夫斯基那样的著名诗人。由于家道中落，布宁早年辍学，在其兄指导下靠自学完成学业。青年时期离家谋生，并以诗人身份开始文学生涯。19世纪末，布宁主要从事诗歌创作和翻译，先后出版了《在露天下》（1898）、《落叶集》（1901）等诗集，翻译了朗费罗的《海华沙之歌》，1903年获得科学院普希金奖。20世纪初的十几年是他创作的“黄金时期”，有许多小说佳作问世，其中中篇小说《乡村》（1910）、《苏霍多尔》（1911—1912）等作品以前所未有的深度和独特的角度展示了俄国乡村生活画面，给作者带来极大声誉。1920年流亡国外，定居法国，先后出版了中篇小说《米佳的爱情》（1925）、短篇小说集《暗径》（1943）等反映爱情和流亡心态的作品。他唯一的长篇小说是自传体的《阿尔谢尼耶夫的一生》（1927—1933）。1933年他成为第一位获诺贝尔文学奖的俄罗斯作家。“二战”期间尽管生活窘困，但拒绝与纳粹合作。1953年因严重的呼吸系统疾病死于巴黎。

布宁的诗歌继承了普希金、莱蒙托夫、费特的诗歌传统，同时又受到法国帕纳斯派诗风的影响。虽然当时诗坛盛行象征主义等各种现代诗风，但是布宁始终坚持古典的诗歌传统。他的诗歌主题与散文创作有许多共同之处，爱和自然的主题占相当重要地位。布宁的爱情诗主要是回忆逝去的爱情（《我们偶然相遇在街角……》，1905），强调人的现实生活和死后的虚无（《傍晚》，1909；《没有名字》，1906—1911）。他的大自然主题的诗歌则在冷静观照中表现出对生活的肯定和赞美。

布宁凭借罕见的艺术天赋和意志，延长了俄国古典现实主义的青春，不过与同时代的高尔基、库普林等人相比，他的现实主义具有更大的复杂性。这首先表现在他强化了普希金、莱蒙托夫和屠格涅夫等人作品中的浪漫因素，使作品呈现出浓烈的诗意。令人惊讶的是，他将诗意建立在近乎自然主义的客观描写上，高雅的幻想气质和一丝不苟的严谨刻画使他锤炼出一种既未失于冷漠又未坠入醉意朦胧的散文风格。其中，细节是创作的起点，占据核心地位，染上了万物有灵论的色彩；氛围感则是他的艺术在完成时呈现出来的品质，往往遮没人物心理，也吞没了细节，产生强大的超文本力量。这种特征在他所有重要作品中几乎都有所表现，如《乡村》、中篇小说《旧金山来的绅士》（1915）、短篇小说《伊格纳特》（1912）等等。另一方面，布宁还像许多对乡村有深刻体验的作家那样，善于运用质朴而意味悠远的民间语言来平衡自己的文人气质。这在一些描写中部草原地带的作品中给人印象尤深，如《富裕的日子》（1911）、《扎哈尔·沃洛比约夫》（1912）等等。

布宁的作品具有浓厚的唯美主义色彩。自传体小说《阿尔谢尼耶夫的一生》第五篇是一篇可以解释布宁整个创作的动人之作。它讲述了作家青春期意识的成长史以及在此期间文学所扮演的重要角色。唯美情调一直深入到作家的人生观领域。在作品中，作家对爱情、大自然、民族意识等不朽主题，结合青春期纯真气质做了非常感人的表现。在布宁的题材中，爱与死占了很大部分。他以柏拉图的方式理解爱情，并以有时显得生硬的暴死或自杀的结局来完成对爱的探讨，从而强化爱在生命中的本体地位。中篇小说《米佳的爱情》（1925）是此类作品的代表。作品以对乡间风光的描写为基调。主人公米佳对卡嘉这一理想女性的爱，表现了米佳认识世界的幻想气质。然而卡嘉与人出走，米佳对一个农妇纯性欲的爱也不能挽救他的失落感，生命由于爱的消失而失去了存在的意义。布宁曾用整部作品（如《爱的法则》，1915）和整部小说集（如《暗径》）来探讨爱情，在他心目中，爱并非只是一个人生插曲。

布宁是一个对俄国自然景观极为敏感的作家。景物描写不仅使他的文体具有有机感，而且给人以鲜明的俄罗斯感受。成名作短篇小说《安东诺夫卡苹果》（1900）以多彩的笔触描绘了绚丽的秋景，充满对逝去的“黄金时代”的神往。他对自然界有自己独特的观念。在《阿尔谢尼耶夫的一生》中，自然界对主人公意识形成过程起了非常重要的作用。春雷、春雨以及树木发芽，都神奇地与主人公对自我生命的惊讶和探究联系在一起，表现了一种前宗教意识的神秘观念。因此，景物描写在布宁那里不是装饰性因素，而是表达主题不可缺少的一部分。在他后来漫游地中海等地写下的游记中，他以同样方式观察自然，渗透了渺小生命个体在自然界的博大深邃面前眩晕、敬畏之感。这一感觉在他的代表作《旧金山来的绅士》中成为着力表达的世界悲剧主题，在揭示金钱世界罪恶的同时，作家在大自然宏大背景下指出个体生命的渺小和微不足道，无论谁拥有多少财富和声望，在死亡面前人人平等。

布宁之所以令人感到强烈的旧俄气息，还与他观察俄国乡村和贵族精英文化所采用的方式有极大关系，在这方面，他的思想与斯拉夫主义者的某些观念相吻合。在《乡村》中，布宁以农奴出身、分别拥有了一定资产和文化知识的库兹马兄弟为视角，全景式地扫描了1905年革命前后的农村生活与人们的心态。布宁所描绘的俄国农村成为令人惊讶的苦难尘世。在姊妹篇《苏霍多尔》中，布宁美化了地主与农奴的关系，它与《乡村》相辅相成，构成了布宁心目中古老俄罗斯乡村的有机图景。

布宁的创作以其高雅的气质、浓郁的诗意成为俄国古典“贵族庄园文学”绚丽的晚霞。

19世纪末至20世纪初，以弗·索洛维约夫学说为精神先驱，在继承和借鉴俄国丘特切夫、费特的诗歌创作和法国象征主义文学经验的基础上，形成了**俄国象征主义文学**。如果说从普希金开始的俄国文学（特别是诗歌）的黄金时代以巨星争辉而著称，那么以象征主义文学为标志的俄国文学的白银时代便以群星闪耀为特征。俄国象征主义的出现有着社会历史、文化形态、哲学美学以及文学自身诸多方面的原因。民粹派革命运动的失败，加剧了相当一部分知识分子对“黑暗王国”的思索和惶惑，而欧洲的“世纪末情绪”助长了知识分子的迷惘乃至绝望的情绪，使得他们试图通过文学中介（特别是象征）到彼岸世界去寻求解脱和超越。突飞猛进的科学技术和资本主义工业文明所滋生的功利主义，激起作家、艺术家的艺术自我保护意识。因此，在继承未能充足发育的唯美主义艺术思潮的基础上，以象征、暗示为主要表现手段的象征主义文学应运而生。象征主义文学借助于对“词语的局限”的新突破，力图克服19世纪后半期盛行的重内容、轻形式造成的文学颓势，极力提高艺术感染力，满足读者在传统浪漫主义、现实主义那里无法完全得到满足的审美需求，以顺应文学由社会历史层面向人的内心深处转变的历史趋势。

如果说法国象征主义的先驱波德莱尔提出的“象征的森林”启动了象征主义文学在法国的广阔发展，那么俄国象征主义者们相应更多地从神秘主义宗教哲学家和诗人**弗拉基米尔·谢尔盖耶维奇·索洛维约夫**（1853—1900）的“世界神灵说”和“世界末日说”找到艺术思维的民族源头。索洛维约夫是俄国19世纪末期哲学面临危机时期思想的集大成者，作为其思想核心的“绝对同一说”和“世界神灵说”，把谢林的“同一哲学”与俄国东正教融为一体，认为绝对同一是真、善、美的完美结合，属于神的范畴，而现实世界应该只是这一结合的具体体现，在现实与神灵世界之间有个被称为“世界灵魂”或“世界女性本源”的中介。正如象征派大诗人勃洛克在《美妇人诗集》所明确表示的，“世界女性本源”或“永恒女性”既是完美地融合真善美的神界的象征（即圣母马利亚），又是理想在人间的化身，即象征性形象与写实性形象的重叠。俄国的象征主义比法国的象征主义更具宗教神秘色彩，这与许多俄国思想家、文学家认为俄国与西欧具有不同的起源和发展道路，俄国肩负拯救人类灵魂的特殊历史使命这样一种思想意识有密切关系。

对于象征主义本质理解的不同和创作倾向的不同，使俄国象征主义阵营庞大而复杂，形成两代作家，年长一代作家包括梅列日科夫斯基及其妻子吉比乌斯（1869—1945）、勃留索夫、巴尔蒙特、索洛古勃（1863—1927）、安年斯基（1855—1909）等，年轻一代包括勃洛克、别雷、维亚切斯拉夫·伊万诺夫等，不同时期与象征派关系比较密切的作家、诗人还有明斯基、沃洛申(1877—1932)等。作为文学运动,俄国象征派文学经历了1892至1900年的形成期、1900至1907年的昌盛期和1908年至1912年的危机期三个阶段,它的影响延续到20年代末。

早在1884年,诗人明斯基(1855—1937)在《曙光报》上发表了《古老的争论》一文,呼吁作家回到"纯艺术性"中去。1893年,梅列日科夫斯基(1865—1941)在《论现代俄国文学衰落的原因和新的文学流派》一书中,首次完整提出新艺术的创作纲领:"神秘的内容、象征、艺术印象的扩大"。1894年至1895年间,勃留索夫(1873—1924)等人出版了三部诗集《俄国象征派》,发表俄国象征派诗人的作品,译介西欧象征主义文学主张,提出他们对新艺术的理解与实践。勃留索夫主张象征主义诗歌是"暗示"的诗歌,是诗人在表现微妙、难以捕捉情绪时"用相互对照的形象催眠读者",唤起其某种情绪。在以后的发展过程中,许多象征派作家对象征主义做了各种理论阐释。巴尔蒙特(1867—1942)在《山峰》(1904)中认为象征主义诗歌是"隐秘的抽象和明显的美十分轻松而自然地交融在一起",别雷(1880—1934)、维亚切斯拉夫·伊万诺夫(1866—1949)、勃洛克等人在思想上则更直接受到索洛维约夫学说的影响,把艺术看作此岸通向彼岸不可或缺的媒介或彼岸世界的组成部分。别雷在《作为世界观的象征主义》(1904)中说:"弗拉基米尔·索洛维约夫用一个特殊术语确定了象征主义艺术顶峰与神秘的结合,……随着认识理论的变化对艺术的看法发生了变化。艺术不再是自我满足的形式;它也不能受命去帮助功利主义。它越来越成为通往最本质认识——宗教认识的途径。宗教是可以用逻辑扩展的象征体系。"尽管象征派文学家有作家群和发展阶段之分,但是在思想上,泛神论和"审美至上论"几乎是彼此相同的。如巴尔蒙特认为美就是目的,美是诗人的偶像,超越于一切善与恶之上,美与幻想构成他诗歌创作两个基本主题。他对大自然的感受是对音乐美、色彩美和建筑美的总体把握,是对物质世界与精神世界在象征层面上的瞬间感受：

也许，大自然是色的镶嵌品？
也许，大自然是不同的声响？
也许，大自然只是线条和数？
也许，大自然是对美的期望？

——《对瞬间说声："站住！"》，1901年

许多象征派诗人爱用各具特色的传统象征或个人象征表达内心的压抑感和失落感，如索洛古勃用被囚的野兽这个象征抒发文人对失去自由的哀鸣：

我们是一群被囚的野兽，
扯开了嗓子嚎叫一气。
动物园被紧锁着大门，
想打开它却谈何容易。

——《我们是一群被囚的野兽……》，1905年

许多诗人在作品中倾向张扬夸大的自我，如巴尔蒙特的《我们将像太阳一样》（1903）、勃留索夫的《亚萨戈顿》（1897）等，而"年轻一代"象征主义者则更多地追求终极宗教意识的集体主义，并对自己的思想体系进行阐释，有时这种体系与盛行于欧洲的通灵术、神智学等神秘主义思潮有密切的联系。

俄国象征主义和法国象征主义一样，可以说是一种新型的表现思想感情的艺术。它不同意传统浪漫主义的直抒胸臆，也不满足传统现实主义的工于描绘，而是通过象征的手段向读者暗示某种思想情绪，让读者与

作者共同参与艺术境界的营造。但与此同时，象征的滥用也产生了使语言面临丧失词义的具体规定性、化为单纯符号的危险，使象征派文学终于走进意象晦涩难懂的境地。

象征主义文学主要成就在诗歌领域，但是同时一些诗人如梅列日科夫斯基、吉比乌斯、索洛古勃、勃留索夫、别雷等人的笔下也产生出一批别开生面的长短篇小说，只是与诗歌相比受重视的程度差得多，连一些一流作品也鲜为人知。梅列日科夫斯基早在1895年至1905年间便创作了阐释自己宗教思想的历史小说三部曲《基督与反基督》。在象征派小说创作中，以别雷、索洛古勃和勃留索夫的成就最为显著。勃留索夫于1908年发表了他的长篇历史小说《燃烧着的天使》，在严谨的历史主义描绘中以中世纪宗教斗争来暗喻现实的思想、美学冲突，曾被誉为“俄国文学史上长篇历史小说的经典”。作为诗人的别雷的成就远不如他对小说艺术的探索更引人注目。他大胆革新传统小说，在世纪初就尝试将散文与“交响乐”结合。他的代表作长篇小说《彼得堡》（1913—1914）奇特的表现手法历来使评论家叹服，作品呈现多层次结构，小说的象征意义同时含纳在政治、社会、历史、文化、心理、宗教哲学等各层面中。小说所叙述的故事发生在1905年10月9日和10日两天里，但整部作品同时又辐射着世界的过去和将来。小说的三个主人公，参议官阿波罗·阿勃列乌霍夫、恐怖主义分子杜德金和大学生尼古拉·阿勃列乌霍夫，代表着追逐主宰俄罗斯命运的三种彼此冲突的力量。作者自己承认，作品中所有人物都不过是作家——叙述者“脑力游戏”的产物。这部长篇小说熔象征性、讽刺性于一炉，揭露帝都彼得堡和整个俄罗斯帝国历史共同具有的梦魇虚幻的特征，而前者又是后者的象征，两者共同说明俄罗斯文化本身需要自省。另一部堪称象征派小说杰作的是索洛古勃的长篇小说《卑劣的小魔鬼》（1907）。除诗歌作品外，索洛古勃曾写下近百部中短篇小说。《卑劣的小魔鬼》是一部鞭挞俄国外省社会生活的力作。索洛古勃用强化了的假定性手法，尽情渲染人身上魔鬼习气的嚣张气焰，使一切人与物都被这种氛围所浸染。从篇名就可以窥见作者的良苦用心：这不是莱蒙托夫的恶魔，也不是陀思妥耶夫斯基的群魔，而是每况愈下、越来越渺小的“小魔鬼”了。小说主人公是外省小镇的中学教师彼列多诺夫。他的人生目标是弃教从政，出人头地，被督学的高位迷住心窍，最后堕入凶杀的犯罪深渊。索洛古勃在这部小说中继承了果戈理、契诃夫等作家写小人物的传统，又用崭新的象征手法表现主人公病态心理和荒诞意识向周围辐射，酿造了整个社会的非理性氛围。俄国象征主义文学以其大胆的实验和丰富的创作为俄罗斯文学的发展积累了宝贵的文化财富。

19世纪90年代，工人阶级逐渐走上历史舞台，起到越来越大的作用。与之相适应，新的文学——无产阶级文学应运而生，其最初的体裁以诗歌为主。最早的无产阶级诗人主要有三个来源：工人中自学成才者，如施库辽夫(1868—1930)、涅恰耶夫(1859—1925)；职业革命家，如拉金(1860—1901)、柯茨(1872—1943)、波格丹诺夫(1874—1939)；还有一些来自具有民主倾向的知识分子。大多数革命者在作品中表现了高昂的斗志和不屈不挠的精神，如拉金于1897年创作的诗歌《同志们，勇敢地前进！》被配上曲调，广泛传唱。克拉日扎诺夫斯基(1872—1959)则利用波兰歌曲曲调填词写出《华沙工人颂》(1897)。柯茨于1902年翻译了《国际歌》，他在《我听见他话语的声音》(1902)中批判了托尔斯泰的不以暴力抗恶的思想，这些作品充分发挥了鼓舞人、教育人的作用。1905年至1907年革命极大提高了工人诗人的觉悟，给革命题材创作注入新的题材和激情。长期做过玻璃制造工的涅恰耶夫在《自由之歌》中唱出对自由的热切渴望，塔拉索夫(1882—1944)的诗集《1903—1905年诗歌》(1906)歌颂了武装起义，柯茨匿名出版了诗集《无产者之歌》(1907)，施库辽夫写出气势豪迈的《我们是熔铁匠》(1906)等作品。这些诗人的作品充满了蓬勃的朝气，洋溢着劳动者的自豪以及为自由而勇敢战斗的精神，反映了千百万被压迫、被奴役者的心声。

无产阶级文学运动的发展与列宁的名字有着密不可分的联系。列宁提出了无产阶级文学的性质和任务："这将是自由的写作"，它"为千千万万劳动人民，为这些国家的精华、国家的力量、国家的未来服务。"①他指出无产阶级文学事业"绝对必须保证有个人创造性和个人爱好的广阔天地，有思想和幻想、形式和内容的广阔天地。"②他关于继承文化遗产的理论对无产阶级文学的发展有着重要意义。在无产阶级文学的发展过程中，高尔基也功不可没。他从登上文坛之日就提出文学的目的是"提高人的自信心，激发他对真理的渴求，同人们的鄙俗行为作斗争……文学的任务是使人变得高尚。"他的早期作品中许多勇于行动、奋不顾身的英雄形象，对后来的无产阶级作家影响很大，《鹰之歌》、《海燕之歌》等作品中的一些警句直接被借入他们的作品中予以进一步发挥。他的《母亲》等作品成为这一运动的丰硕成果。1914年高尔基主持出版了《无产阶级文集》，高尔基称这一文集是"俄罗斯无产阶级向创造自己的文学迈出的第一步"。此外，绥拉菲莫维奇描写工人生活和斗争的小说，杰米扬·别德内依（1883—1945）的政治讽刺诗和寓言诗等都为无产阶级文学增添了光彩。

格奥尔基·瓦列廷诺维奇·普列汉诺夫（1856—1918）是俄国最早的马克思主义的传播者，哲学家和文艺学家。1875年在彼得堡矿业学院学习期间加入民粹派组织。1880年起流亡国外，侨居瑞士日内瓦37年。1883年和他人一起创立俄国第一个马克思主义团体——劳动解放社（1883—1903）。1903年成为孟什维克，后与之脱离。1917年二月革命后回国，对十

① 《列宁选集》第一卷，第666页，人民出版社，1995年。

② 同上书，第664页。

月革命持反对立场。1918年逝世于芬兰。

普列汉诺夫在俄国第一个用马克思主义的唯物史观研究文艺理论和批评的基本问题，在美学和文艺学发展的方法论、任务和途径等方面提出了富有创见的观点。他一贯注重继承俄国革命民主主义的文学传统，吸取世界精神文化的优秀成果，批判主观唯心主义美学理论，为马克思主义文艺社会学的创立奠定了基础。他的主要文艺美学和文学批评著作有：《没有地址的信》（1899—1910）、《论艺术》（1904）、《无产阶级运动与资产阶级艺术》（1905）、《从社会学观点论18世纪法国戏剧文学和法国绘画》（1905）、《艺术与社会生活》（1912—1913）等。

19世纪90年代，普列汉诺夫在《没有地址的信》中论及艺术起源问题时，依据劳动创造世界也创造了人类本身的唯物史观，发展了原始社会艺术起源于劳动的理论，批驳了艺术的游戏起源说。普列汉诺夫主张从社会生活与历史发展的角度研究文艺的发生、发展与变化更新的规律，开展科学的、符合艺术规律的文艺批评。他针对康德的有关审美无功利性的观点，提出一个人的审美情趣包括在社会审美意识之中，这一观点贯穿其美学思想体系。普列汉诺夫对俄国革命民主主义美学理论做了较为全面的探讨。他肯定别林斯基反对主观唯心主义美学的斗争及其文艺批评的客观态度，指出车尔尼雪夫斯基的艺术“再现生活”理论的意义和局限，认为杜勃罗留波夫的“现实的批评”具有明确的社会倾向性，其弱点是在研究艺术的方法论上缺乏历史的、发展的观点。在此基础上，普列汉诺夫提出，艺术不仅表现美的“思想”，而且表现人的其他愿望（渴求真理、爱情等）。作为一门科学的文艺美学，其任务在于探讨人的这些愿望如何反映在其对美的理解中，如何在社会发展中变化，对美的“思想”产生何种影响等。艺术与社会生活的关系是普列汉诺夫美学论述的重要课题。他认为，艺术是用形象反映社会生活，是一种社会现象，艺术创作的任务不仅是再现生活、说明生活，而且要表现社会生活中普遍的、必然的东西，塑造出一定社会环境中的人物性格。艺术作品往往有着对生活做出判断的作用。他反对“为艺术而艺术”的论调，认为“为艺术而艺术”的主张割裂了艺术与社会生活、与社会历史条件的关系，鼓吹脱离作品内容的独立的审美价值，对艺术创作产生消极有害的影响。他在对庸俗社会学理论进行批评时指出，艺术对社会经济基础的反映并不是直接的、简单化的，往往是通过“中间环节”以曲折复杂的形式表现出来，在原始社会主要通过宗教、巫术、神话等等，而在比较高级的文明社会则通过政治、心理、道德、哲学等中介因素，社会发展的过程不断改变着艺术的性质、倾向及其使命。

作为哲学家和艺术批评家，普列汉诺夫从来十分重视作品的美学分析。他认为作品中完美的内容是通过完美的形式表现出来的，文学批评不应只局限于探讨作品的社会价值，社会学不应当关掉美学之门。由于艺术具有种属性（意识形态的属性）和类属性（艺术本身的属性）的特征，因此批评的第一个步骤在于把一部作品的思想从艺术语言翻译成社会语言，找出它的“社会学等价物”，第二个步骤是对该作品的审美价值本身进行评价。

早在19世纪末叶，普列汉诺夫就提出创立无产阶级文艺的问题，认为在革命的新时代，描写无产阶级解放斗争是俄国文学史上的新篇章。他高度评价高尔基的小说《马特维·科热米亚金的一生》，将其同巴尔扎克的杰作相媲美，认为如果不读高尔基的这部作品，就无法理解俄国。他称高尔基是无产阶级的海燕，出色地描写日常生活的20世纪新型作家，其作品包含着深邃的启示和人生哲理。他认为高尔基的剧本《敌人》表现了工人阶级崇高的自我牺牲精神。

普列汉诺夫的文学批评不仅涉及俄国从18世纪到20世纪初的许多著名作家，而且包括欧洲各国不同时代的作家、艺术家。他的众多论述不乏真知灼见，但有时也表现出公式化和简单化的观点。他对托尔斯泰世界观的复杂性和矛盾性缺乏深刻的整体分析，认定这位伟大的作家是远离时代的大地主；他认为普希金的诗是工人阶级所不需要的；对高尔基的《母亲》也有过否定性的评价。在评论易卜生的戏剧创作时，简单化地将作家观点同作品主人公的观点混为一谈。

普列汉诺夫的文艺思想和论著对苏联文艺学理论的发展产生过很大影响。在20年代，他的许多观点被一些庸俗社会学者片面理解和错误发挥。这些学者认为艺术是意识形态、特别是政治和社会学的"图解"，排斥对艺术表现形式的研究。后来在对庸俗社会学的批判中，理论界又只注意他的弱点和失误，把各种庸俗社会学观点都归咎于他。直到50年代后期才开始对他进行全面分析和评价，认为他对马克思主义文艺理论作出了杰出贡献。

马克西姆·高尔基（1868—1936）是无产阶级文学的杰出代表。他的一生带有强烈的传奇色彩，走过艰苦自学的道路，干过二十几种职业，几陷囹圄，几遇风险，足迹遍及俄罗斯大地、欧美数国，在荆棘中不懈地探索人类精神解放的途径。他的创作继承了俄国古典文学的优良传统，反映了人民对自由与光明的追求，塑造了一代新人形象，折射出俄罗斯民族精神的变迁。

高尔基原名阿列克谢·马克西莫维奇·彼什科夫，马克西姆·高尔基是他的笔名。他出生于伏尔加河上游尼日尼·诺夫哥罗德一个细木匠家庭，4岁丧父，10岁丧母，从小寄养在开染坊的外祖父家里。高尔基刚读到小学三年级便因外祖父破产而辍学，被送进鞋店当学徒，开始走上坎坷的生活之路。他当过小伙计，干过洗碗工，卖过圣像，在集市的剧团里跑过龙套。1884年满怀上大学的梦想徒步来到喀山，结果却与流浪汉一起住进了贫民窟。后来在面包房做工时参加了自学小组，结识了进步的大学生和工人。在曲折的人生道路上，高尔基经历了从探索到失望，从绝望到觉醒的风风雨雨。1889年高尔基回到故乡，在律师处做书记员。他曾拿着自己的诗作向作家柯罗连科请教，后者劝他不要写诗，要写自己感受最深的东西。1891年春，高尔基沿着伏尔加河来到顿河、多瑙河，再沿黑海到高加索，漫游期间靠打短工过活，在码头上当过装卸工，在海边渔村当过采盐工等。同年年底，高尔基来到革命工人运动风起云涌的梯弗里斯（今第比利斯），在铁路工厂做工。在流放归来的卡柳日内（1853—1939）的鼓励下，高尔基于1892年在《高加索报》上发表了第一篇小说《马卡尔·楚德拉》，受到文坛好评。1895年高尔基成为《萨马拉报》的编辑，主持"星期杂谈"和小品栏目，撰写一些犀利的讽刺杂文。1898年他的三卷本的《特写和短篇小说集》问世，在俄国以及欧洲文坛引起强烈反响。1901年春，彼得堡大学生的游行示威遭到政府镇压，高尔基创作了呼唤暴风雨到来的散文诗《春天的旋律》。1902年他当选为俄国科学院名誉院士，沙皇却下令撤销其当选资格，契诃夫和柯罗连科愤而退回自己的院士证书以示抗议。

19世纪末、20世纪初，高尔基开始长篇小说和剧本的创作。第一部长篇小说《福玛·高尔杰耶夫》于1899年问世。剧本《小市民》和《底层》1902年在莫斯科公演，轰动戏剧界。1905年高尔基在彼得堡因抗议沙皇政府在冬宫广场的暴行而第四次被捕。他在狱中创作了剧本《太阳的孩子们》，塑造了脱离人民的知识分子形象，描述了他们可悲的命运。同年发表的长诗《人》表达了作者的哲学和美学理想。1906年高尔基的长篇小说《母亲》在美国出版，俄国当局以"散布有害文字，煽动工人造反"的罪名对作者进行通缉。侨居意大利期间，高尔基先后撰写了《论犬儒主义》（1908）、《个性的毁灭》（1909）、《论卡拉马佐夫气质》（1913）、《再论卡拉马佐夫气质》（1913）等论文，抨击知识分子中的消极颓废情绪。高尔基在中篇小说《忏悔》（1908）中力图表现"一个人如何从个人走向群体"，作品问世后，引起不同凡响，褒贬不一。中篇小说《夏天》（1909）描写了变革中的农村生活，塑造了为土地和自由而奋起的新型农民形象。在中篇小说《奥古洛夫镇》(1909)和长篇小说《马特维·科热米亚金的一生》(1910)中,高尔基对俄罗斯偏僻城镇的小市民生活进行了深刻的剖析。以早年流浪生活为基础写成的《罗斯游记》(1912—1917)扩展了作者早期小说的主题,深化了对俄罗斯人的心理描写。1913年高尔基从意大利回到俄国,创办了《纪事》杂志。1913年至1923年间相继完成自传体三部曲。十月革命后,高尔基创办了出版古典作品的世界文学出版社,编辑儿童刊物,致力于文物保护工作,1918年8月当选为科学院院士。20年代他主要在意大利养病,先后创作了《阿尔塔莫诺夫家的事业》(1925)、《克里姆·萨姆金的一生》(1927—1937)等长篇巨著、回忆录《列夫·托尔斯泰》(1919—1923)以及《列宁》(1924—1930)。1928年回国,以《苏联游记》(1929)和《英雄的故事》(1930)反映"新的俄罗斯人,新的国家建设者"。他还创作了剧本《叶戈尔·布雷乔夫等人》(1931)、《托斯契加耶夫等人》(1932)等。1934年当选为第一任苏联作家协会主席,1936年病逝。

高尔基自从走上文坛就提出艺术要表现美,要反映积极乐观的情绪,要点燃自由的火炬以照亮通向未来的路。他早期带有浓郁浪漫主义色彩的小说和诗歌正是这一艺术宗旨的产物。短篇小说《马卡尔·楚德拉》通过茨冈老人马卡尔·楚德拉所讲的故事试图回答"人为什么而活?"、"如何使人幸福?"、"什么是自由?"等贯穿作家毕生创作的重要问题。在小说中,勇敢的左巴尔和美丽的拉达相爱,但他们更爱自由,在自由和爱情不可兼得的情况下,他们双双含笑死去。小说揭示了人活着就要自由,作品在读者心中留下一首"不自由,毋宁死"的自由赞歌,具有催人向上的力量。与《马卡尔·楚德拉》有异曲同工之妙的《小仙女和青年牧人》(1892)是一篇牧歌似的童话。小仙女爱上了青年牧人,但她又念念不忘阴暗、潮湿、安逸、温暖的安乐窝——森林。青年牧人却离不开他那自由辽阔的大草原。小仙女古老夜莺曲的缠绵歌声与青年牧人豪迈雄壮的胸怀格格不入。小仙女对暴风雨惶恐不安，而青年牧人却感到它的壮丽与威严。小仙女在林边抑郁而死，而青年牧人迎着乌云，走向大草原。《少女与死神》(1892)是一首独具特色的叙事诗。战败回国搬兵的沙皇听见从林里热恋中的少女开心的笑声，勃然大怒，将少女交到死神的魔掌。面对少女的真情，死神也不能无动于衷，准许她继续活在人间。爱战胜死，蕴涵着对生命、对人类尊严、对正义与光明的热爱。在《鹰之歌》(1894)中，克里米亚老牧人以古歌的旋律唱出对鹰的赞颂：黄颔蛇蜷曲在潮湿峡谷里，突然从天上落下一只胸口受伤的苍鹰，这只鹰勇敢地战斗过，在广阔的天空度过了美好的一生。在临死前，它要再享受一次飞翔的幸福，于是挣扎着爬到悬崖上，向大海跳了下去。黄颔蛇目睹了鹰的壮举，也跃入空中，几乎摔死。黄颔蛇以自己的尝试为依据嘲笑苍鹰的狂热和骄傲。作品富于象征意义，抨击只会爬行的黄颔蛇，歌颂永远向往自由的天空的苍鹰，指出鹰的热血会化为黑暗中的火花，点燃勇士心中对自由、对光明的渴望和激情。小说《伊则吉尔老婆子》(1895)中塑造了一个为民众献身的勇士丹柯的形象。古时候，一个部族被围困密林，在后有追兵前无出路的危难关头，有人沮丧灰心，有人动摇，有人准备屈膝投降，去当奴隶，而丹柯却撕开自己的胸膛，掏出闪闪发光的心，把它高高举起，驱散黑暗，照亮道路，引导人们走出了阴森恐怖的森林。《春天的旋律》写于1901年，作品以诙谐的笔调描绘了鸟儿们的高谈阔论：乌鸦对于金翅雀大声谈论春天和梦想自由感到万分惊恐，斥之为"危险分子"；四品文官灰雀更难以忍受空气中"春天的气息"。当局的书报检查官以其散布"自由的毒药"为由，禁止全文发表，只允许发表其结尾部分，即著名的散文诗《海燕之歌》。在这首以扬抑格写成的散文诗中，作者以寓意手法描绘了暴风雨来临之前动荡不安的景象以及各种海鸟的反应。勇敢的海燕在怒吼的大海上，在闪电中飞翔，它似乎在高呼"让暴风雨来得更猛烈些吧！"海燕这个勇敢的"胜利的预言家"形象，表达了崇高的理想和胜利的信念。

高尔基早期创作中有许多作品主要描写社会底层生活，但是并不着笔于人的苦难，而侧重于探讨造成人们精神扭曲和生活悲剧的原因，发现普通人身上内在的美和蕴藏着的力量。他的早期现实主义小说从不同视角展现异彩纷呈的场景，讲述真实的生活故事和感受。小说《科柳沙》（1895）中，12岁的男孩科柳沙看到母亲拼命干活，却无法养活瘫痪的丈夫和家庭，他体会到母亲的痛苦和无奈，悄然离家。他以为被车轧伤可以得到赔偿，因而可以减轻母亲的痛苦。结果他去撞马车，被马踩得遍体鳞伤，第二天就死去了。这就是一个穷孩子的心。《博列斯》（1896）中的女主人公杰列扎是个受尽凌辱的女人。为安慰自己破碎的心，她臆造了一个未婚夫，她口述情书请大学生代笔，然后再请大学生以未婚夫的口气写回信。当大学生把代写的回信读给她听时，她听着听着就痛哭起来。作品表现一个人苦味尝得越多，对幸福的渴望就越是强烈。《二十六个和一个》（1899）讲述26个面包工人和一个少女的故事。在阴暗的地窖里，沉重的劳动压得工人透不过气来，金绣作坊的使女塔妮娅给他们苦闷的生活带来一抹阳光。工人们把她当作亲人照顾，当成天使看待，常常背着老板把烤得最好的面包卷倒在她的围裙里，劝她穿暖和些，不要在楼梯上跑得太快，帮她劈木柴……然而她突然被以勾引女人为能事的大兵骗走了。无情的生活夺走了26个工人心中唯一的欢乐，也夺走了他们纯朴的爱，留下的只是痛苦的叹息和沉思。小说对工人们发出的沉郁的歌声的出色描绘极富感人力量。与此同时，高尔基在《好闹事的人》（1897）、《万卡·马金》（1897）等小说中表现了社会生活中出现的新人物、新现象。《好闹事的人》写报社追查擅改稿件的故事，有人在原稿中“我们工厂的立法经常是报界热烈讨论的对象”后面加上“也就是说，是些愚蠢的、毫无意义的胡诌的对象”，见报后出版商和编辑暴跳如雷。排字工人格沃兹杰夫挺身而出，用老板克扣工资、打骂童工的事实揭露自由派报刊所谓“博爱”和“维护工人利益”的谎言。《万卡·马金》中包工队的木工虽然貌丑嘴笨，却冒死救下挂在坍塌的脚手架上的包工头，并且坚决拒绝后者的“奖赏”而毅然离去，显示了堂堂正正的人格力量。

19世纪90年代，高尔基创作了一组描写流浪汉的小说，如《叶美良·皮里雅依》（1893）、《阿尔西普爷爷和廖恩卡》（1894）、《切尔卡什》（1895）、《科诺瓦诺夫》（1897）、《马尔华》（1897）等。《切尔卡什》描述了海港上“机灵大胆的偷儿”——切尔卡什同来自农村的加弗里拉一次深夜走私冒险，展现了以切尔卡什为代表的流浪汉鄙视金钱、放荡不羁、富于叛逆性的精神世界，与以加弗里拉为代表的小私有者懦弱胆小、贪婪自私的本性形成鲜明对照。切尔卡什的反抗一方面表现了他对奴隶般劳动的蔑视，另一方面也暴露出自发性和盲目性。在小说《沦落的人们》（1897）中，小小夜店里居住的尽是来自四面八方的流浪汉，他们穷困潦倒，常常酗酒闹事，喜欢在人前表现得比自己本来的面目更糟，他们对生活完全绝望，恨不得地球忽然起火把一切烧个精光。同时，他们也帮人打官司，给穷孩子买面包，有的还极富想象力，整天编故事。高尔基真实地勾画出流浪汉生活悲剧之所在，盼望一场暴风雨把苦难深重的世界的污秽统统冲刷干净。1901年写作的剧本《底层》表现了夜店里各色流浪人物在生活底层的痛苦挣扎，具有鲜明的社会哲理倾向。作品的戏剧效果产生于各类人物之间带有哲理性的交谈和论辩。流浪汉萨金在慷慨激昂、具有哲理韵味的言辞中喊出：“人就是真理……一切在于人，一切为了人……人这个字听起来多么令人自豪！人！一定得尊重人！……不要拿怜悯去污辱他……”游方僧鲁卡以美丽的谎言来安慰人，而帽匠布伯诺夫则苟安于屈辱的人生，认为生活的黑暗是无法改变的。作者不仅揭示了底层人们苦难的根源，同时也表现出彻底改变这种生活的勇气和信心。

随着20世纪的到来，在高尔基的作品中出现了“大写的人”这一新概念，它指的是历史的创造者、现实的改造者和真理的传播者。这一新概念的出现标志着高尔基创作思想的新发展。与“大写的人”相对立的是自私、贪婪、因循守旧的小市民，这两种人的命运艺术地反映在他的作品中。

高尔基在自己第一个剧本《小市民》(1901)中塑造了火车司机尼尔和两代小市民的形象。在富裕的小市民家里，头等主要的话题是买锯开的方糖，还是整块的糖更为合算些。父亲瓦西里·别斯谢苗诺夫是个视钱如命、因循守旧的市侩，儿子彼得是个善于伪装的市侩。彼得是大学生，因参加学潮被开除，他后悔自己鬼迷心窍“做过半小时的公民”。与这些市侩相对立的人物是别斯谢苗诺夫的养子——火车司机尼尔。他响亮地喊出：“谁劳动，谁就是主人！”他认为做人的权利只有靠自己去争取，为人类美好的未来而献身是他的生活目的。尼尔代表了一种反抗旧世界的积极力量，这是俄罗斯文学中崭新的形象。剧本《敌人》(1905)第一次把俄国工人群体形象搬上舞台，描写了他们为维护自身的尊严和生存权利而同工厂主进行的一场较量，工人们在斗争中认识到强硬派和温和派两类老板在压榨工人血汗方面本是一丘之貉。

长篇小说《母亲》(1906)是一部具有划时代意义的作品。小说描写了青年工人巴维尔和他的母亲尼洛夫娜探索生活真理的艰难历程，表现了千百万劳动群众为自身解放而进行的英勇斗争，在俄罗斯文学中第一次艺术地阐释了劳动者是国家未来的主人和历史的创造者这一真理。小说的开头逼真描写了工人居住区贫困艰难的生活。巴维尔14岁丧父，进厂当了工人。正当他在父辈那种干活和酗酒的老路上徘徊时，母亲的慈爱使他有所醒悟。他结识了秘密活动的革命者，开始读书，参加工人集会，在探索真理的过程中逐渐觉醒，找到了通向未来的生活之路。巴维尔的母亲尼洛夫娜是小说的中心人物。她刻苦耐劳，心地善良，艰难的生活和丈夫的打骂使她胆小怕事，卑躬屈膝，沉默寡言，只有儿子是她生活中的安慰和希望。起初她常为儿子的活动担忧，生怕出事，后来她渐渐明白巴维尔和他的同伴是为穷苦人做事，在他们的精神感召下，母亲终于挺起腰板，走进了儿子的队伍，了解到工人的苦难是老板们剥削压榨的结果。儿子被捕后在法庭上揭露了现行制度道德的虚伪和反人道的实质，使她决心把儿子讲述的真理告诉更多的人。小说的结尾，母亲在运送宣传品时在火车站被暗探发现，她把印有巴维尔演说的传单撒向周围群众，人们用身体结成围墙保护她。她不顾暗探的殴打，高呼："复活的灵魂是杀不死的！""真理是用血海也扑不灭的……"小说通过主人公尼洛夫娜"灵魂的复活"，表现了普通妇女向高尚精神境界的飞跃，母爱与真理、历史与永恒融为一体，在人们心中留下一个伟大母亲的光辉形象。《母亲》在美国问世后，虽然在俄国遭到查禁，但很快被译为德、法、意等国文字，在世界各国流传。

自传体三部曲《童年》、《在人间》、《我的大学》以及长篇小说《阿尔塔莫诺夫家的事业》、《克里姆·萨姆金的一生》等作品扩展了具有跨时代意义的哲理主题，深化了对俄国社会的历史认识和对市侩习气、奴性心理的剖析。作品人物心灵的透视有声有色，别具一格，讽刺的光彩闪烁其中。

自传体小说在高尔基的创作中具有独特的艺术价值。三部曲通过高尔基童年和青少年时代的亲身经历描绘了俄国外省生活的真实情景。小说力求表现来自底层的主人公如何顽强地与逆境搏斗，战胜沉重的生活中的丑恶，求得精神成长的自由；如何不懈地用高尚、美好的思想和情感来充实自己，探索有价值的人生。《童年》（1913）以蒙太奇的叙述结构展现了那些刺伤主人公阿廖沙纯真心灵的一桩桩丑事：母亲遭受继父的毒打；雅科夫舅舅经常喝得醉醺醺，毁坏家里的东西，甚至打死了自己妻子；米哈伊尔舅舅把烧红的顶针递给半瞎的老匠人；外祖父对外祖母连踢带打，以致她的两根发针扎进头皮里；漂亮的小帮工伊凡不幸惨死……这个充满仇恨的生活圈子在阿廖沙内心深处引起强烈的反感。他最爱的是心地善良的外祖母，在她讲的故事里蕴藏着对光明和美好生活的幻想，她对世界无私的爱使阿廖沙获得了应付困苦生活的坚强力量。母亲病故后不几天，外祖父便把他推入“人间”，让他孤零零地走向坎坷的人生道路。《在人间》(1915)描述了年仅10岁的阿廖沙离家在外自谋生路的经历。他起初在鞋店当学徒，老板让他干各种伺候人的杂活。后来他因烫伤双手而离开靴店，此后在绘图师家当了半年学徒，因受不了女主人的虐待而逃到“善良号”轮船给厨师斯穆雷打下手。斯穆雷喜欢读书，并教给阿廖沙去读正当的书。从此，阿廖沙贪婪地读书，书给贫苦的少年展示了不寻常的世界，开阔了他的视野，使他感到好书的力量和美。由于读书，少年消除了孤独感，增强了抗争丑恶的力量。17岁的阿廖沙决心改变自己的生活，实现上学读书的愿望。《我的大学》(1923)是三部曲的最后一部，描写阿廖沙怀着大学梦来到喀山的生活。大学对于贫穷的阿廖沙只是空中楼阁，命运给他安排的是住贫民窟，到处打工糊口。在广阔的社会大学，主人公经历了各种各样的事，结识了各种各样的人，也遇到了各种各样的问题。他苦苦思索人活着为了什么，从读过的书里没有找到答案，面对“生活是无理性、无意义的”，“人类寻求的是忘忧和安慰”，“真理就是爱！”等等五花八门的议论，阿廖沙不知所从，如坠云雾。他在大学生中得不到信任，在受苦最深的工人中也得不到理解。他满怀信心地学习、劳动，立志有所作为，却强烈感到自己不为人所需。苦闷、迷惘、失望使他朝自己开了枪，幸而未中要害。沉痛的教训使他惊醒，在工人兄弟真诚的关怀下，他振作起来，继续向探索真理的道路走去。除三部曲外，1923年高尔基还创作了《柯罗连科时代》和《初恋》，这是他构思而未完成的第四部自传体小说的片段，其中短篇小说《初恋》被罗曼·罗兰和茨威格誉为“真实到无与伦比程度”，好得“惊人”的作品。自传体作品凝聚了高尔基从艰辛探索中得到的生活真谛，展现出一种不达目的不罢休的勇气和坚韧不拔的精神，作品中人物肖像千姿百态，各具风采，自白与生活纪事相交融，比喻奇妙，语言纯朴，自始至终贯穿着真实的美。

早在19世纪末，高尔基已经开始描写资产者精神的退化。第一部长篇小说《福马·高尔杰耶夫》（1899）中出现了原始积累型的资产者形象。福马的父亲伊格纳特绰号“狂人”，他贪婪地工作，积攒每一个戈比，贪婪地享受，永远听不腻金钱的叮当声，最后不得不一连几小时跪在圣像前忏悔。连儿子福马也诅咒他：你们建立的不是生活和秩序，而是监狱和锁链。当福马因天性善良终于走向对社会的叛逆时，他被宣布为患了精神病，失去财产，沦落街头。剧本《瓦萨·日列兹诺娃》（1910）的主人公瓦萨·日列兹诺娃是一个轮船公司的女老板，她心狠手辣，伪造遗嘱，谋害亲人，把自己家变成了仇人窝。在金钱的角逐场上，她不仅失去了作为母亲应有的慈爱，连起码的人性也丧失殆尽。在1936年的改写本中，作者加上了女革命家腊塞尔形象，她是瓦萨·日列兹诺娃的儿媳妇。瓦萨为了让孙子成为公司的唯一继承人，指使心腹去告发儿媳妇，但自己却因心脏病去世。

长篇小说《阿尔塔莫诺夫家的事业》（1925）构思于20世纪初叶，小说通过阿尔塔莫诺夫一家几代人的生活经历，概括了俄国农奴制改革后半个世纪资产阶级的兴衰史。第一代人伊里亚当过公爵的家奴，后来开办了纺织厂。他既有干练的性格，又有巧取豪夺的手段，编织发财网络的本领也颇为不凡。他来到德廖莫夫城后，为挤垮对手，先让儿子与市长女儿结亲，而后又把市长的寡妻弄到手里当情妇兼谋士。他厂里的工人劳动繁重，衣食不保，许多人因肺病而丧生。仆人季洪识破了这个家族的真面目，称他们是“一伙骗子”，季洪是这个家族种种罪恶的见证人和审判官。伊里亚死后，他儿子彼得继承家业。虽然他更加疯狂地追逐金钱，但“家业”压得他精神恍惚，渐渐对一切失去兴趣，最后成了整天与女人厮混、酗酒放荡的浪子。他的表弟阿列克谢为人机灵，主张“所有官吏都应当由我们商人中的人来做”，一心想谋取一官半职。彼得的弟弟尼基塔看不惯生活的残酷和不公正，内心惶惑，只好进修道院以求解脱。到了第三代，阿尔塔莫诺夫的家业每况愈下，不肖后代除了安逸与享受已别无他求。彼得的儿子雅科夫觉得自己在家里多余，整天在情妇那里寻欢作乐，完全无心于家业兴衰，又担心工人闹事，终于和情妇出走，被人从火车上扔出摔死。只有彼得的长子小伊里亚具有爷爷身上的意志和力量，他在寻求新生之路。阿尔塔莫诺夫家的事业已成旧迹，小说人物的生活道路却引起人们深思：疯狂的掠夺和肆意的挥霍给他们内心世界带来的是无法回避的精神危机，使他们人格扭曲、分裂，堕入毁灭的深渊。

史诗性作品《克里姆·萨姆金的一生》（1927—1937）是高尔基一生文学创作、思想探索的结晶。高尔基在对"人为什么活着"这个问题的不懈探索中塑造了一系列艺术形象，通过作品人物不同的命运，揭示出燃烧和腐烂两种生活道路的本质。那些同祖国和人民的命运息息相关的人具有无限的生命力，定会铸造出辉煌的人生；而那些脱离人民、以自我为中心的人，只能落得个昙花一现的悲惨结局。小说以主人公克里姆·萨姆金的生活经历为主线，描绘了十月革命前40年间俄国社会生活的历史画卷，展示了俄国知识分子思想探索的历程。萨姆金的一生是一个"空虚灵魂"的毁灭史。萨姆金自幼娇惯，养成傲慢、自私、装腔作势的恶习。小小年纪便自命不凡，认为同学不喜欢他是因为他比别人聪明。当小伙伴滑冰不慎落水时，他竟然一溜烟儿跑掉。在大学期间，他从不吐露真言，卖弄从家庭教师那里学来的冠冕堂皇的理论，貌似革命派，背后却向颓废派、虚无主义者取经问道。大学毕业当上律师后，他穿梭于各派政治力量之间，装出不偏不倚的模样，讨得各方面的欢心，捞取小小虚名。莫斯科工人武装起义时，他虽被迫卷入运动，但一心盼望革命风暴早日过去，自己谋上个肥缺过安稳、舒适的日子。他标榜超然于党派之外，却推崇颓废派作家，为自由派文集《路标》的出笼大声喝彩，宣称"自上而下的贵族专政是唯一合法而自然的社会制度"。他沉湎女色，与沙皇暗探往来。他吹嘘自己有"独立人格"，实际上已经沦为旧世界的奴才。在小说的结尾，萨姆金“像一袋骨头，被人们抛向路旁”，结束了可鄙的一生。作者在时代浪潮的起伏中揭示萨姆金的性格是时代的产物。他这个“中等价码”的文人眼高手低却自命不凡，他不学无术，精神堕落，却极力把自己包装成广见博识、高雅谦恭的名士。他高唱个人自由，却拒绝社会义务，他蔑视人民，心中没有祖国，没有亲人和朋友，只有自己。利己是他处事待人的准则，就连对亲人也不例外，妻子病重住院时，他将她的财物席卷而去，因为后者对他已无利用价值。小说详尽描述了他如何一步步丧失人格，卑鄙和自私的本质终于达到登峰造极的地步。与萨姆金截然不同的人物是他的大学同学库图佐夫。这是个有理想、勇于献身、踏踏实实的革命者，也是充满生活情趣、有说有笑的普通人，喜爱音乐和民歌，和天真的孩子玩耍。作者虽在这个人物身上着墨不多，却成功地塑造出一个新型知识分子形象。小说具有史诗般的宽阔视野，辛辣的讥讽语调突出了人物个性。小说以哲理统帅全篇，各类人生重大问题的论争与思辨此起彼伏，构成了内涵深远的时代交响乐。

高尔基一生留下许多文学理论和文学批评论著。在早期的《保尔·魏尔仑和颓废派》（1896）中，高尔基认为文艺应当肩负改造现实的社会使命，反对文学中的自然主义和颓废派倾向。苏联时期他先后写下《我怎样学习写作》（1928）、《论文学》（1930）、《论语言》（1934）等阐述文学原则、创作方法与技巧等方面的论述，强调文学要鲜明地反映现实生活，强调从未来现实的高度观察描写现实，主张将浪漫主义与现实主义结合起来作为新文学的创作原则和方法。1933年写的《论社会主义现实主义》提出把“社会主义现实主义”作为苏联文学的创作方法。他的文学理论和创作实践对苏联文学发展产生了极为重要的影响。

苏联文学　十月革命胜利后，列宁领导的布尔什维克党建立了俄罗斯社会主义联邦苏维埃共和国。新生的苏维埃政权刚建立，就遭到保皇党和资产阶级组织的白卫军的军事抵抗以及英、法、德、美等14国的武装干涉，1918至1920年间，红军经过艰苦卓绝的斗争，取得了国内战争的胜利，巩固了苏维埃政权。1922年12月，成立苏维埃社会主义共和国联盟（简称苏联）。

在此期间，原有的文坛在政治上发生分化。高尔基、绥拉菲莫维奇、杰米扬·别德内依，象征派诗人勃留索夫、别雷、勃洛克以及农民诗人叶赛宁等站在革命一边，勃洛克于1918年便发表了歌颂十月革命的著名长诗《十二个》，别德内依和马雅可夫斯基的宣传鼓动诗在红军和广大群众中广为流传。另一方面，小说家列米佐夫、布宁、库普林，象征派文人梅列日科夫斯基、诗人巴尔蒙特等人先后流亡国外。在流亡作家中，一部分人对革命持反对态度，而另一部分则在一度徘徊后接受革命后的现实，返回祖国，如阿·托尔斯泰、茨维塔耶娃等。还有一些作家虽未出国，但对新政权采取不合作和观望态度。

从"一战"到国内战争相继持续了六年的战争，使国内经济遭到严重破坏，生活极为艰难。1921年3月，俄共（布）[①]中央决定结束战时实行的"军事共产主义"政策，开始实行"新经济政策"，以粮食税代替余粮征集制，准许私人企业的经营和外国资本的承租等等。由于"新经济政策"的实行，苏联经济迅速恢复和回升，文化生活也逐渐活跃起来。

20年代新兴的苏联文学在诸艺术流派和文学团体的竞赛和论争中迅速发展起来。从十月革命到20年代初期，最为活跃的是"无产阶级文化派"和"未来派"。"无产阶级文化派"（全称"无产阶级文化协会"，成立于十月革命前夕）本是群众性文化组织，国内战争以及战后一段时期，在广大工人群众中间开展文化启蒙活动，培育无产阶级文学青年。但是

---

① 原俄国社会民主工党（布），1918年3月改名为俄罗斯共产党（布）；1925年12月更名为苏联共产党（布），1952年10月改称苏联共产党。

它的一些主要领导人追求纯粹的无产阶级文化和文学，藐视过去的文化遗产。因此，一度盛行的无产阶级文化派的诗歌创作虽然洋溢着革命浪漫主义激情，却写得相当抽象，较少能反映现实生活。列宁在《关于无产阶级文化》（1920）、《宁肯少些，但要好些》（1923）中强调无产阶级思想体系“并没有抛弃资产阶级时代最宝贵的成就，相反却吸收和改造了两千多年来人类思想和文化发展中一切有价值的东西”，因此不能抛弃这些有价值的文化去“臆造”和“侈谈”无产阶级文化[①]。列宁的思想为苏联文学的发展指出了方向。后来，无产阶级文化协会并入了工会，1932年解散。

未来派诗人马雅可夫斯基、阿谢耶夫（1889—1963）等人于1923年组成“艺术左翼战线”（简称“列夫”，1923—1927）；后改名为“新列夫”（1927—1928）。他们主张“建设生活的艺术”、“事实文学”，重视语言技巧的革新，提出满足革命和建设需要的“社会订货论”。“列夫”属于主张从形式到内容都进行革新的先锋派艺术潮流。从而与先锋派戏剧家梅耶霍尔德（1874—1940）的“群众广场剧”理论和实践，以及以什克洛夫斯基（1893—1984）为代表的形式主义批评学派相联系。形式主义学派强调艺术是手法的总和，并对结构和韵律等方面进行卓有成就的研究，但这些研究由于脱离作品思想内容而受到过批判。

此外，较有影响的文学团体有“谢拉皮翁兄弟”、“山隘派”和“岗位派”。“谢拉皮翁兄弟”（1921—1929）的名称取自德国浪漫派小说家霍夫曼的同名小说集，是围绕高尔基建议创办的彼得格勒世界文学出版社形成的创作团体，不定期聚会研讨成员的作品。虽然他们在1922年发表的文集《文学纪事》中表达过“为艺术而艺术”的思想观点，引起舆论界的轩然大波，但是他们都是拥护新政权的文学青年，注意吸收各种艺术流

---

① 《列宁选集》，第四卷，第299、784页。

派的成就，热爱艺术的幻想，较早地推出一批成功的苏俄小说，如符·伊凡诺夫（1895—1963）的中篇《铁甲列车14-69》（1922）等一系列“游击队”小说、左琴科的幽默讽刺故事集（1922）、费定的长篇小说《城与年》（1924），浪漫派诗人吉洪诺夫（1896—1979）的叙事谣曲等。

1921年，在列宁的倡导下创办了苏俄第一部大型文学月刊《红色处女地》（1921—1942）。布尔什维克批评家伏隆斯基（1884—1943）任主编（1921—1927），他主张有助于认识苏俄现实生活的文学，在刊物上登载了当时被划分为无产阶级作家、农民作家、同路人作家[①]的各种思想和艺术倾向的作品。1924年，围绕《红色处女地》周围形成“全苏工农作家协会”，它因发行季刊《山隘》（1924—1928）而被称为“山隘派”。其成员起初不多，后来人数增加，其中包括老作家普利什文、青年小说家马雷什金（1892—1938）、浪漫派诗人巴格里茨基（1895—1934）等人。“山隘派”反对否定文化遗产的各种理论，主张抒情的心理现实主义，强调“真诚”和“直觉”在文学创作中的作用。

1923年由“十月”等几个无产阶级作家组织联合成立莫斯科无产阶级作家协会，其中一些激进分子瓦尔金、列列维奇、罗多夫等人组成的“岗位派”（1923—1925）（因发行杂志《在岗位上》而得名）接连发表文章，宣称无产阶级面临的任务是要建立自己的文化，攻击伏隆斯基的办刊方针，认为“同路人”文学是“资产阶级最后的一个堡垒”，主张在文艺领域进行一场推翻资产阶级的阶级斗争，以夺取无产阶级对文艺的领导权。

鉴于文艺论争的激化，俄共（布）中央出版局于1924年5月召开党的文艺政策讨论会，并于1925年6月作出《关于党在文学方面的政策》的

---

① 托洛茨基在其《文学与革命》一书中首先使用“同路人”一词，指那些虽然接受十月革命、但不具备共产主义思想和世界观、有一定动摇性的作家。随后“同路人”作家这一称呼在苏俄经常使用。

决议。决议指出，在无产阶级已经取得政权的条件下，应当“把‘和平组织工作’提到第一位”；在重视思想斗争的同时，不能采取狂妄的、一知半解的和傲慢的态度对待文学事业，不应对旧文化遗产和文学专家采取“轻率和蔑视的态度”，主张以各种团体和流派的“自由竞赛”来实现苏联文学的“历史文化使命”，不容许某一组织觊觎文化特权。俄共（布）的决议表明党对文艺工作领导的加强，受到广泛支持。“岗位派”占上风的无产阶级作家组织发生分化，瓦尔金等人不接受党的政策，成为少数派，而多数作家和批评家在阿维尔巴赫、李别金斯基、富尔曼诺夫以及后来的法捷耶夫等人领导下，形成新的作家联盟，即“俄罗斯无产阶级作家联盟”（简称“拉普”，1925—1932）。

在20年代，苏俄文学逐步走向繁荣。老一代文学家继续创作，革命后开始写作的新人走向成熟，十月革命和国内战争成为最重要的文学题材。别德内依的长诗《主要大街》（1922）描绘十月革命时工人群众从熏满烟黑的工厂走向主要大街，取代高利贷者、银行家而成为新社会主人的盛况。马雅可夫斯基发表长诗《列宁》和《好！》，以宏亮的声音、独创的技巧讴歌革命和革命领袖。叶赛宁的长诗《安娜·斯涅金娜》（1925）则以纯朴、自然的抒情和人物对话，反映农村的变革。新兴诗人中引人注目的是吉洪诺夫和巴格里茨基。他们发表了许多脍炙人口的抒情诗，以浪漫激情表现正在变革中的苏联现实生活，其中吉洪诺夫的诗集《家酿啤酒》（1922）以歌谣体表现红军的坚强意志，而巴格里茨基的一些诗歌则富有传奇色彩。此外，革命前就开始创作的帕斯捷尔纳克发表了著名诗集《我的姐妹——生活》，阿赫玛托娃刊行诗集《耶稣纪年》（1922）。20年代前半期还出现过“意象派”和“构成派”等一些影响较小的流派或团体。总之，苏俄诗坛呈现各种艺术流派群芳争艳的局面。

苏俄最早一部长篇小说是“同路人”作家皮利尼亚克（1894—1937）的《荒年》（又译《裸年》，1921）。它以象征主义、自然主义的艺术手法，用许多片断记述国内战争年代“赤裸裸的真实”：有生活放荡的公爵一家的瓦解，有饥饿的难民抢乘火车奔往盛产粮食的西伯利亚的场面，有对“穿着皮夹克”的布尔什维克英勇行为的象征性描绘。这部小说的出版曾引起轰动和争议。稍后，一批歌颂红军战士在国内战争中业绩的长篇名著相继问世，如富尔曼诺夫的《恰巴耶夫》（又译《夏伯阳》，1923）、绥拉菲莫维奇的《铁流》、法捷耶夫的《毁灭》等，形成了一股当时被称为“无产阶级现实主义”的小说创作潮流。富尔曼诺夫（1891—1926）曾担任过红军骑兵师政委。在《恰巴耶夫》中，作者以传奇式英雄恰巴耶夫师长为原型，详细报道国内战争战场，既刻画这位草莽英雄的豪放性格，又描绘他在共产党的领导下克服鲁莽、任性等缺点的过程。拉夫列尼约夫（1891—1959）的中篇《第四十一》（1924）以浪漫色彩描绘红军女战士马特柳卡在押解一个白军中尉去司令部的途中，漂泊到一个孤岛；女战士爱上了白军中尉，但是当中尉看见白军轮船驶来，便朝轮船奔去时，马特柳卡毫不犹豫地开枪打死了他。巴别尔（1894—1941）于1926年发表了带有写实主义色彩的短篇故事集《骑兵军》。他是出生于犹太商人家庭的知识分子，曾作为战地记者参加著名的布琼尼第一骑兵军。他的小说注重描写趣闻轶事，色彩鲜明地表现了国内战争时期各阶层人物微妙的思想感情的波澜。

在反映战后现实生活方面，革拉特科夫（1883—1958）的长篇《水泥》（1925）描写一个复员军人以饱满的热情投入恢复水泥厂生产的艰苦斗争，而列昂诺夫的长篇《贼》却从另一个角度描绘一个复员军人在新经济政策时期的彷徨和一度陷入盗窃小集团时的心理过程。同时，以幽默、讽刺、怪诞等手法批判现实生活消极现象的小说也相继问世，如左琴科的多篇幽默故事、卡达耶夫（1897—1986）的中篇《盗用公款的人》（1926）、奥廖沙（1899—1960）的长篇《嫉妒》（1927）、布尔加科夫的中篇《不祥之蛋》和普拉托诺夫的《格拉多夫城》等。此外，从格林

(1880—1932)的富有童话色彩的中篇《红帆》(1922)到普里什文描绘俄罗斯大自然的抒情小说《大自然的日历》，形成一股浪漫、抒情的哲理小说潮流。20年代中期，史诗小说和历史小说的创作潮流迅速兴起。高尔基开始发表《克里姆·萨姆金的一生》(第一部)，阿·托尔斯泰推出三部曲《苦难的历程》的第二部，年轻作家肖洛霍夫开始发表《静静的顿河》(第一部)。历史小说的著名作品有女作家福尔什(1873—1961)描写19世纪中期革命者的《硬汉》(1925)、蒂尼亚诺夫(1894—1943)描绘19世纪初十二月党人革命运动时代的《丘赫利亚》(1925)和恰佩金(1870—1937)描写17世纪哥萨克农民起义的三卷巨作《斯捷潘·拉辛》(1926—1927)等。

革命初期占据苏俄舞台的主要是先锋派的"广场剧"，到20年代中期，传统的"室内戏剧"复兴。特列尼约夫的剧本《柳波芙·雅罗瓦娅》描写女主人公得悉丈夫加入白卫军后与之决裂。布尔加科夫的《屠尔宾一家的日子》展现基辅白卫军的崩溃和知识分子迎接新生活的经历和心理过程。

1924年1月列宁逝世后，苏联进入斯大林领导的时期。20年代后期开始推进社会主义工业化。1928年起执行规模宏伟的"第一个五年计划"(1928—1932)，建立起重工业的基础。从1929年到1930年，开展大规模的农业全盘集体化运动，出现过"左"的偏差。

在这种形势下，"拉普"于1928年提出"辩证唯物主义方法"的文学口号，独尊现实主义，排斥浪漫主义及其他艺术流派。"拉普"在文学上的宗派主义愈演愈烈，对其他团体和作家横加指责，再度激化了文学界的纷争。1932年4月，联共(布)公布《关于改组文学艺术团体》的决议，取消"拉普"等文学团体，筹建统一的作家组织——"苏联作家协会"。这一时期，出现一批紧密反映社会急剧变革的作品。描绘农业集体化的有潘菲罗夫(1896—1960)的《磨刀石农庄》(1928—1937)、肖洛霍夫的《被开垦的处女地》等,描写工业化的有列昂诺夫的《索契河》、女作家莎吉娘(1888—1982)的《中央水电站》(1931)等。普拉托诺夫的中篇《日后备用——贫农纪事》(1931)批评了集体化运动中的简单化弊病,受到批判。此外,伊里夫(1897—1937)和彼得罗夫(1903—1942)合写的以没落贵族和投机冒险者的经历为主线的著名讽刺小说《十二把椅子》(1928)和《金牛犊》(1931)相继出版。在诗歌领域,除浪漫派诗人吉洪诺夫、巴格里茨基进入创作成熟期外,还涌现出伊萨科夫斯基、特瓦尔多夫斯基等新诗人。在戏剧方面,除马雅可夫斯基的讽刺喜剧《臭虫》和《澡堂》外,新一代剧作家阿菲诺盖诺夫、包戈廷的作品相继被搬上舞台。但是以"拉普"为代表的"左派"文学批评严重影响文学创作和批评,1928年布尔加科夫描绘白卫军土崩瓦解的剧本《逃亡》被禁演,1929年皮利尼亚克描绘苏联城镇、乡村生活的《红木》和扎米亚金(1884—1937)的反乌托邦小说《我们》(写于1920年)由于在国外出版而受到严厉批判。普拉托诺夫警告"左"倾倾向危害性的长篇《切文古尔》未能全文发表,中篇《地槽》只好束之高阁。

1932至1934年间苏联文学界开展关于社会主义现实主义的热烈讨论。高尔基提出"把现实主义和浪漫主义结合成为第三种东西"的见解。1934年8月,在莫斯科召开了苏联作家第一次代表大会,在会上成立统一的苏联作家协会,在其章程中规定社会主义现实主义为"苏联文学和苏联文学批评的基本方法"。其基本点是"要求艺术家从现实的革命发展中真实地、历史具体地去描写现实",同时这种描写必须与社会主义教育的任务结合起来。章程也提到要保证艺术创造的主动性,形式、风格和体裁的多样化。但是没有像1925年决议那样提倡各种艺术流派的"自由竞赛"。

30年代的苏联,经过第二个五年计划(1931—1937)和第三个五年计划(1938—1942,因战争中断),国民经济和教育事业的成就举世瞩目。但是相对于重工业，轻工业和农业较薄弱。同时，30年代中后期，政治上出现对斯大林的个人崇拜和肃反扩大化的严重错误。在这期间，皮利尼亚克、巴别尔、曼德尔施塔姆等作家、诗人蒙冤遭镇压或受迫害。

为社会主义建设热情所鼓舞，许多作家创作了大量紧密联系时代、以歌颂劳动和英雄人物为中心内容的作品。特瓦尔多夫斯基发表反映农村变革的长诗《春草国》，伊萨科夫斯基写了《喀秋莎》等一批深受人们喜爱的著名歌曲。而女诗人阿赫玛托娃则写了反映肃反扩大化受害者苦难的组诗《安魂曲》（1935—1940，1987年发表）。奥斯特洛夫斯基在双目失明的情况下靠口述完成自传体长篇小说《钢铁是怎样炼成的》。教育家马卡连柯（1888—1937）根据在儿童教养院教育改造少年违法者的工作经历写出长篇小说《教育诗》（1935）。克雷莫夫（1908—1941）的长篇小说《油船“德宾特”号》（1938）是反映社会主义劳动竞赛的名篇。而马雷什金的长篇《来自穷乡僻壤的人们》（1938）是此时期所谓“生产小说”中比较侧重于描绘人物心理深度的佳作。此外，儿童文学作家盖达尔（1904—1941）相继发表《学校》（1930）、《铁木儿和他的队伍》（1941）等一系列富有儿童情趣的作品。卡达耶夫的中篇《我是劳动人民的儿子》（1937）以国内战争中的一个生动故事提出永记劳动人民儿子的崇高责任的主题，这类小说也反映了当时文学界对法西斯侵略战争威胁的预感和警觉。肖洛霍夫继续他的名著《静静的顿河》后两部的写作，阿·托尔斯泰埋头写作历史小说《彼得一世》。普拉托诺夫的注意力集中于苏联建设的艰难一面，发表了颇有见识的中篇《黏土地带》和《德然》，表现出他独特的艺术风格。布尔加科夫默默无闻地用毕生最后精力创作了批判社会生活及文学界不良习气的怪诞现实主义小说《大师与玛格丽特》。在戏剧方面可以看到两种不同派别。维什涅夫斯基（1900—1951）侧重于表现群众心理，著有《第一骑兵军》（1929）、《乐观的悲剧》（1933）。而阿菲诺盖诺夫则通过家庭生活的戏剧性冲突和个人道德风貌反映现实生活。

从1941年6月到1945年5月，苏联经历了反法西斯侵略战争的严峻考验。苏联人民付出了巨大牺牲，许多作家投笔从戎，盖达尔等作家在战争中牺牲。在战争年代，苏联作家创作了一批揭露法西斯残暴罪行和歌颂苏联人民英勇斗争的作品。在列宁格勒长达900天的被围困期间，吉洪诺夫写出长诗《基洛夫和我们在一起》（1941），以基洛夫[①]的崇高精神鼓励人民斗志。西蒙诺夫的抒情诗《等着我吧……》将爱情诗与战争场面结合起来，表达战争初期处于不利局面的苏军士兵对忠贞爱情的祈愿和必胜的信念。这首诗被谱成乐曲，广为流传。女诗人阿丽格尔（1915—1973）的长诗《卓娅》（1942）描绘被捕的年轻女游击队员卓娅坚强不屈、英勇就义的壮烈事迹，诗句优美、工整。特瓦尔多夫斯基的长诗《瓦西里·焦尔金》以一位机智、勇敢、忠厚的普通士兵为主人公，描绘战地生活，诗句纯朴，富于幽默感和民间诗歌特色，深受士兵喜爱。

战时苏联小说的国际影响十分广泛。原籍波兰的女作家瓦西列夫斯卡娅（1905—1964）的中篇小说《虹》（1942）揭露了德寇的罪行，如在被俘的母亲面前残杀她的幼儿，使世界为之震惊。西蒙诺夫的中篇《日日夜夜》描绘的是1942年秋天在斯大林格勒的巷战，它标志着从战争初期的前线笔记体裁向战争小说文学体裁的转变，并且以分析性倾向为特色。列昂诺夫发表抒情叙事的中篇《攻克大舒姆斯克》，肖洛霍夫发表长篇《他们为祖国而战》的部分章节。法捷耶夫的《青年近卫军》更被视为战时小说的杰作。

在戏剧方面，最著名的有列昂诺夫的《侵略》和乌克兰剧作家考涅楚克（1905—1972）的《前线》（1942）。《前线》提出必须依据时代的变

---

① 基洛夫（1886—1934）曾任联共（布）中央政治局委员，列宁格勒州委第一书记，长期在列宁格勒工作。

化，改变国内战争时期过时的军事观点，以适应现代战争的需要，从而在战争期间起了重要作用。

诗歌诸流派　弗拉基米尔·弗拉基米洛维奇·马雅可夫斯基（1893—1930）出生于格鲁吉亚山区一个林务官家庭。1906年父亲去世后，全家迁往莫斯科。1908年参加布尔什维克党，并担任宣传员。1908—1910年间曾三次被捕，均因未成年和审讯证据不足而获释。第三次出狱后，他一心“想搞社会主义艺术”，却把它同党的工作对立起来，因而脱离了党的组织。1911年进入莫斯科绘画雕刻建筑学校，结识了先锋派诗人大卫·布尔柳克（1882—1967），由绘画转入写诗。1912年，他和布尔柳克、赫列勃尼科夫等一起编辑出版了文集《给社会趣味一记耳光》，其中刊载了俄国未来派的宣言和诗人的两首诗《夜》和《早晨》。

和其他未来派诗人一样，马雅可夫斯基的早期创作表现出对旧传统的蔑视和对“未来的艺术”以及“词语革命”的热衷。他们经常出外与人辩论，公开演出和演讲，标榜自我。值得注意的是，诗人在早期诗歌中就表现出强烈的民主主义倾向和出众的艺术才能，把批判的锋芒指向资本主义的城市，展示城市的喧嚣和污浊，如《夜》、《城市大地狱》（1913）等。1915年，他写下一组名为“颂歌”的讽刺诗《法官颂》、《学者颂》、《贪污颂》等。他的大型诗剧《弗拉基米尔·马雅可夫斯基》（1913）显示了诗人强烈的社会批判激情。在此期间，他先后发表了一系列长诗：《穿裤子的云》（1914—1915）、《脊柱横笛》（1915）、《战争与世界》（1915—1916）、《人》（1916—1917），其中《穿裤子的云》是这一时期的代表作。在这部作品里，诗人力求表现“关于革命的主题”。长诗从叙述主人公和玛丽娅在敖德萨的爱情悲剧开始，扩展到对整个社会的揭露和批判，表露出诗人对整个社会制度和生活方式的强烈憎恨，以及对即将到来的革命的憧憬。诗人在长诗第二版的序言中喊出的“打倒你们的爱情！”、“打倒你们的艺术！”、“打倒你们的制度！”、“打倒你们的宗教！”四个口号构成了长诗的四个乐章，概括了长诗的基本思想倾向，但是作品的基调仍属诗人个人自发的反抗。诗人使用未来派惯用的词藻，奇特的节奏韵律，不规整的诗行和怪诞的标点以及夸张的粗俗语汇，将抒情和讽刺、抨击结合起来。

年轻的马雅可夫斯基大喊大叫，放荡不羁，时而悲歌恸哭，催人泪下，时而冷嘲热讽，痛击世风，充满对邪恶与鄙俗的坚决否定和对善良与美好的热切追求。在十月革命前夕，他以短诗预言资产阶级的末日已经来临：“你吃吃凤梨，你嚼嚼松鸡，/ 你的末日到了，资产阶级。”

马雅可夫斯基把十月革命称为“我的革命”（《我自己》），积极投身革命活动。他宣称：“老一辈人总在那陈腔滥调里陶醉。同志们！到街垒去！”“街路——我们的画笔。/ 广场——我们的调色板”（《给艺术大军的命令》，1918）。诗人高呼：“愿你四倍地受人赞颂，无限美好的革命！”（《革命颂》，1918）。在革命初期，他还写下《我们的进行曲》（1917）、《向左进行曲》（1918）等作品。《向左进行曲》表达了“公社决不能被征服”和“俄罗斯决不向协约国屈服”的坚强决心和必胜信念。

革命初期的马雅可夫斯基积极为“艺术与生活相结合”的新内容和新形式而努力，实践中有成功，也有挫折。1918年诗人创作了《宗教滑稽剧》，以圣经中有关世界洪水的故事来反映十月革命，通过“七对干净人”和“七对肮脏人”的对立来表现社会冲突和革命的胜利，这是苏维埃戏剧史上最早一部现代剧，曾由先锋派戏剧家梅耶霍尔德执导演出，艺术上比较抽象化和概念化。1920年的长诗《一亿五千万》用伊凡来代表俄罗斯人民，而美国总统威尔逊则是世界资本主义的象征，双方的斗争最终以共产主义在全球的胜利而告结束。1919至1922年间，马雅可夫斯基参加了俄罗斯通讯社的“罗斯塔（俄通社简称）之窗”的工作，用诗作和绘画配合形势进行宣传，“用色彩的斑点和响亮的标语”动员人民进行艰苦的斗争。这段工作经历使诗人的诗歌语言趋向朴素和精练。马雅可夫斯基等人组建了“左翼艺术阵线”。马雅可夫斯基创作了抒情长诗《我爱》（1922）、《关于这个》（1923）以及政治讽刺诗《开会迷》（1922）。发表于《消息报》的《开会迷》用夸张和怪诞的手法塑造了“半截子的人”的形象，辛辣讽刺了国家机关中沉湎于会议的官僚主义和事务主义的作风。

1924至1930年间，马雅可夫斯基写下了《致奈特同志——轮船和人》（1926）、《苏联护照》（1929）、《赫列诺夫讲库兹涅茨克的建设和库兹涅茨克人的故事》（1929）等抒情诗，讴歌革命先烈的业绩和社会主义新人的成长，表达作为苏维埃国家公民的自豪感情。这时期他到过德、法、西班牙等西欧诸国以及古巴、墨西哥、美国等美洲国家，写下大量国际题材的诗歌作品以及特写《我发现美洲》等。《摩天大楼的横断面》（1925）、《黑与白》（1925）、《梅毒》（1926）等诗，揭露资本主义物质文明所掩盖的堕落和倒退，谴责美国对黑人的种族歧视和压迫。在《不准干涉中国！》（1924）等中国题材的诗作中，诗人表达了对中国革命的理解和支持以及对中国人民的深厚友谊。

长诗《列宁》（1924）是苏联文学史上最早成功描写革命领袖的抒情叙事诗，其艺术构思的最主要特点是将列宁一生的革命实践与社会历史的发展过程、无产阶级的革命斗争紧密联系起来。以叙事为主的第一章和第二章回顾了列宁不平凡的一生，他在俄国革命史上的丰功伟绩，而在以抒情为主的序曲和第三章中表达了对列宁逝世的深切哀悼。长诗中列宁的形象既伟大又平凡，既杰出又普通，既出类拔萃又平易近人，诗人称列宁既是“革命的儿子”，也是“革命的父亲”，“他一眼/望尽了/整个世界，/看透了/时间掩盖着的/一切事物”，在他身上体现了个人与集体、英雄与群众、领袖与政党关系的有机统一。全诗高屋建瓴，气势磅礴，具有史诗的宏伟规模。长诗《好！》（1927）是为纪念十月革命十周年而写作的，叙事与抒情紧密结合，尤以抒情见长。长诗编年史般地描述了十月革命的斗争历史以及苏维埃共和国的成长过程，赞颂社会主义祖国的建设成就和美好生活，称祖国是“人类的春天”，抒发对未来的热爱与憧憬。长诗讲述自我与讲述时代、讲述集体相统一的风格，对苏联诗歌的发展产生了重要的影响。

20年代末，马雅可夫斯基创作了著名讽刺喜剧《臭虫》（1928）和《澡堂》（1929）。前者描写一个腐化变质分子和臭虫一起作为怪物被饲养在未来社会的动物园中，后者主要讽刺官僚主义者，他们妄图窃取劳动者的成果，结果被驶向“共产主义”的“时间机车”所抛弃。梅耶霍尔德曾执导上演过这两部讽刺剧。这两部喜剧在当时曾受到过激烈批评，以至一度被禁演。

1930年2月，马雅可夫斯基举办了个人创作20周年展览会，在展览会上他朗诵了自己最后的诗作《放开喉咙歌唱》，这是诗人关于自己一生的创作经验、美学观点的总结，也是同后来人的一次对话，他宣布他要把自己的一切献给全世界无产阶级，献给党。晚期的马雅可夫斯基受到来自“拉普”的极“左”倾向和宗派势力的攻击，个人也经历感情危机和疾病的折磨，1930年4月12日写下遗书《给大家》，14日自杀身亡。

马雅可夫斯基把诗歌作为武器；重大的题材与内容，粗犷有力的语言，大胆的夸张、想象，辛辣的讽刺、幽默，以及对诗歌格律的革新，使他的作品具有鲜明的艺术特征，构成了俄罗斯诗歌中一个完整的学派。

亚历山大·亚历山德罗维奇·勃洛克（1880—1921）是一位卓越的诗人，曾以一部《美妇人诗集》称雄于世纪之交的俄罗斯象征主义诗坛，又以长诗《十二个》开创了苏维埃俄罗斯诗歌的先河。

勃洛克出生于具有浓厚文化氛围的贵族知识分子家庭，外祖父别克托夫是著名的生物学家，曾任彼得堡大学校长。幼年的勃洛克生活在一个非常纯净的温情世界里，并且有汲取俄罗斯和西欧传统文化精华的充分条件。1898年考入彼得堡大学法律系，后转入历史语文系。1903年与著名化学家门捷列夫的女儿柳波芙·德米特里耶芙娜结婚。1904年发表他的处女诗集《美妇人诗集》。弗·索洛维约夫所谓的完美和谐的生活理想是勃洛克早期诗作的哲理思辨重心。在风雨飘摇的世纪之交，许多价值观念都遭到了崩溃的命运。勃洛克被黑暗的现实压抑着，极度苦闷和忧郁。

一个灵魂沉默不语，——
在寒冷的天空
星星始终在对她眨眼
而周围喧闹的人们
为黄金和面包在大喊大叫
灵魂沉默着，——
她在凝神地观察遥远的宇宙
在谛听人们的呼喊。
孤独时，她又违心
给自己的偶像们准备圣餐，
并且，她搽上香膏，在肃穆中
聚精会神地捕捉着
远方另一个灵魂的呼喊……

在诗集中，勃洛克一方面恪守“诗人是和谐之子”的观念，锤字炼句，努力在混乱失衡的世界寻求一方平和安宁的净土，另一方面又注重把握和传达诗的整体乐感，求得富有暗示性的多层次多声部的音乐效果，同时借助语气色彩的变化，营造象征主义独有的空灵美妙的乐感。勃洛克对未来寄予强烈希望：幻想以真善美拯救世界，用爱溶解仇怨和纷争。

他从自己恋人身上读出了永恒温柔和神性源泉的化身。在这部诗集中,勃洛克铺排庄重的背景,描述理想的极致:美妇人是超现实的彼岸美的化身,也是诗人宗教救世的理想象征。对美女的倾倒与膜拜被赋予了独特的含义。

1905至1907年间,勃洛克严肃反思了自己既有的思想和创作,嘲笑和否定了自己的一些象征主义观念,有意识地拓宽视野,尝试着赞赏劳动,剖析复杂的生活背景,思索俄罗斯的历史道路。他十分羡慕列夫·托尔斯泰等现实主义大师与俄罗斯身心相连的能力。

1906年勃洛克出版了诗集《意外的惊喜》,诗集收入了诗人1904至1906年间的作品,传达了作者在1905年革命前后睁眼看世界的惊诧与喜悦,《陌生女郎》(1906)就是其中的一首。这里没有《美妇人诗集》中常见的尘世羁绊和超然美女的对立;相反,二者在鲜明对比中合而为一,现实与超然出世的美在主人公身上并现,人们从陌生女郎的面纱后面可以看到她眼里令人迷醉的彼岸和令人神往的远方。

她,从容不迫地走过醉汉们身旁,
她,从来没有男伴,一向独来独往,
带着她那浑身的香雾,
在窗前落座,姿容安详。

她那飘洒的云衣霓裳
她那插有黑色羽毛的帽子和丧装,
她那戴满珠宝的纤手,
都令人相信:传说中的神女降临世上,

我被一种奇妙的亲密感情征服了,

对着那黑色的面纱凝望，
在那里，我看见了迷人的彼岸，
我看见了令人神往的远方。

（王　燎　译）

从接近现实到置身其中，诗人的浪漫主义理想变得更为明确和坚定。新的世界开拓了勃洛克的视野，尽管仍有忧郁，尽管仍有感伤，他还是不自觉地开始为俄国革命的发展低吟高唱。

此后勃洛克相继出版了一大批诗作，有组诗《可怕的世界》（1909—1916）、《复仇》（1908—1913）、《抑扬格诗集》（1907—1914）、《意大利诗集》（1909）、《祖国》（1907—1916）、戏剧长诗《命运之歌》（1908）、长诗《夜莺花园》（1918）等。

经历了对1905年革命失败的颓丧和对1917年二月革命的失望，勃洛克热烈欢迎十月革命的到来，积极参加新生苏维埃政权的文化和社会活动。1918年，他发表了《知识分子与革命》一文，呼吁文人"要以整个身体、整个心灵和整个意识去倾听革命"。同年年底，他写出象征革命凯旋行进的优秀长诗《十二个》。他还参加了高尔基组织的世界文学出版社的工作。1920年他当选为全俄诗人联合会彼得格勒分会主席。

鲁迅在给《十二个》中译本所作后记中称《十二个》是"俄国革命时代最重要的作品"。长诗凝练而又具象地描绘出十月革命后彼得格勒的面貌，是一首带着"倾听革命"的热情而作的长诗，纯熟的诗歌艺术技巧与激情在诗中交相辉映，使其当之无愧地成为第一部生动反映十月革命现实的长诗力作。在《十二个》中，勃洛克的视野由个人与社会的对立拓展为新旧两个世界的对峙，象征性的笔法和近乎真实的生活细节融合为一体，展示了12个赤卫队员自发革命意识的觉醒和坚定不移的革命行动，构造出声音、影像和色彩的立体交响：

十二个没有圣名的人
向着远方走过去，
　他们为了一切都准备好，
　他们什么都不惋惜……

他们的钢枪
向着那隐藏的敌人……
就在那偏僻的小街上，
那儿正刮着暴风雪……
就在那鹅毛似的雪堆里——
靴子陷进去都拔不出来……

……
雪风刮着他们的眼角
　日日夜夜
　永不停息……

前进，前进，
劳动的人民！

（戈宝权　译）

诗人以暴风雪的呼啸象征社会变革的动荡进程，以哭泣的贵妇人和“像问号一样”站在十字路口的资产者象征旧世界的覆灭；朴素的12个赤卫队员仿佛新世界的12个使徒，在前进的过程中获得了新生。勃洛克让人民熟悉的头戴花环的耶稣形象做赤卫队战士的引导者，从宗教救世的传统寓意上给革命以最高赞誉。

谢尔盖·亚历山德罗维奇·叶赛宁(1895—1925) 苏联诗歌有两大传统,马雅可夫斯基代表诗人的使命意识高于一切的外向型民族诗传统,而叶赛宁则代表以生命意识支配诗人命运的内向型民族诗传统。

叶赛宁出生在梁赞省梁赞县康斯坦丁诺沃村一个农民家里,在富裕的外祖父家度过了童年和少年时代。中部俄罗斯的茫茫沃野和奥卡河的清澈流水孕育了他的诗情,外祖父家民间文学的氛围和罗斯的古老传统在他心田里营造了牧歌式的人间天堂。他9岁开始写诗,到十五、六岁已写出像《湖面上织就朝霞的锦衣……》、《稠李花飞似雪片飘舞……》等抒情诗杰作了。1912年从教会师范学校毕业后,只身去莫斯科,先在书店当店员,后在一家印刷厂任助理编辑,业余参加苏里科夫文学与音乐小组,不久便入沙尼亚夫斯基人民大学补修哲学、历史等课程。从此,他的创作热忱盖过了政治热情,而且反映城市现实的兴趣由对童年和家乡的回忆所取代。身居城市而又心向农村,使叶赛宁写出大量饱含生活气息和艺术魅力的优美抒情诗来。1915年,叶赛宁专程去彼得堡拜访勃洛克,在后者的提携下开始在当时有影响的刊物上发表诗作。1916年应征入伍,在皇村服役。1917年2月离开沙俄军队。1916年,他的第一部诗集《亡灵节》(又译《扫墓日》)问世。书中收入自成一格的景物诗和乡愁诗,展现了色彩绚丽、声情并茂的迷人境界,或拟人于物或拟物于人:布满欢快、惆怅的鲜红晨曦,给周围的一切披上银装的月夜,含情脉脉地抚慰着心灵的星星,凌空的悬崖下低声絮语的松涛,用镀金的针叶给天穹佩带花环的森林,明镜般的水面上漾起涟漪的河湾,在灿灿的金辉里闪着晶亮的雪花的白桦……

叶赛宁不仅从大自然捕捉美的瞬间,而且从俄罗斯的文化历史和道德审美理想中开掘诗泉。如1912年的叙事诗《叶甫巴季·哥洛弗拉特之歌》赞颂了一位抗击鞑靼侵略军的俄罗斯民族英雄。这类诗在风格上刚劲奔放，与柔声细语的抒情诗大相径庭。叶赛宁叙事诗的主题是对罗斯时代宗法制度的缅怀和对革命后新的“农民天堂”的企盼。如《悠扬的召唤》（1917）赞美1917年二月革命是对人间的一次新的洗礼。《八重赞美诗》（1917）和《决裂》（1917）欢呼建立“农民的天堂”，使普天下和解的时代终于来临。《变容节》（1917）、《乐土》（1918）、《约旦河的鸽子》（1918）、《天上的鼓手》（1918）等从不同的视角讴歌了十月革命。“农民的天堂”的理想使诗人萌生了对旧世界的憎恨和对神灵的怀疑：“我要在圣像上用舌头舔去/殉教者和圣徒的面影，/我答应给你们一个乐土城，/里面住着活人们的神灵”（《乐土》）。世界大同的理想与十月革命的精神在叶赛宁的叙事诗中碰撞出新的激情的火花：“天穹像一口大钟，/月亮是它的钟舌，/我的母亲是祖国，/我是布尔什维克”（《约旦河的鸽子》）。但这种热情曾几何时便烟消云散，在新旧世纪的残酷搏斗面前，叶赛宁“带着农民的倾向”发出了“铁马已战胜活马”（《四旬祭》，1920）的叹息，哀哭起灵感之树的枯萎（《我是乡村最后一个诗人》，1919）。但即使诗人陷入长达四、五年之久的精神危机，仍念念不忘乡村俄罗斯的命运：“我的罗斯，/木头的罗斯啊，/我是你唯一的代言人和歌手。/我用木犀草和薄荷喂养过/我那兽性的诗篇中的烦忧”（《无赖汉》，1919）。在艺术探索上，叶赛宁也在这一阶段经历了较大的转折。1919年他在意象派宣言上签了名，并被推举为该派的首领，但由于不同意意象派割断诗歌与生活的联系，于1921年退出这个文艺团体。尽管如此，在叶赛宁的一些诗作中已留有雕琢意象的痕迹，甚至连表现农民在革命中的命运的诗剧《普加乔夫》（1920—1921）也不例外。

诗人在城乡关系的认识上一度表现得偏激，在某些作品（如组诗《莫斯科酒馆之音》，1921—1923）中还表现出扭曲的心态，但这种情绪在20年代初随着国内经济形势的好转而有所减轻。诗人在高加索等地的旅行和1922年至1923年偕新婚的妻子，美国舞蹈家邓肯所作的欧美五国之行，使他走出了将工业发展当作乡村不幸的根源的认识误区，在生命最后的两年中进入新的创作高峰，写出了抒情组诗《波斯抒情》（1924—1925）、叙事诗《安娜·斯涅金娜》（1925）、《伟大进军之歌》（1924）、《二十六人之歌》（1924）、《三十六个》（1924）、《列宁》（《风滚草》的片断，1924）等一批反映新的现实的优秀作品。《波斯抒情》由15首各具特色而又相映成趣的抒情诗组成，在诗人坎坷的创作道路上占有重要的位置，以其进取向上、憧憬未来的思想特征而与《莫斯科酒馆之音》泾渭分明。诗人生前曾称《波斯抒情》是他写得最好的一部作品。诗人采取异国神游的想象手法，假借波斯这个文明古国和玫瑰之乡巧妙地将祖国、爱情、大自然和诗人使命等主题融为一体。从“莎甘奈呀，我的莎甘奈！/也许因为我是从北国来，/早想把那里的田野向你描绘：/起伏的麦浪花沐浴着皓月的银辉，/莎甘奈呀，我的莎甘奈！”从这些诗句的情怀中可以看出叶赛宁一生的主旋律。《安娜·斯涅金娜》（1925）是诗人继早期历史题材的小叙事诗和中期诗剧《普加乔夫》等作品对农民的历史命运探索之后而取得的最高成就，在苏联诗歌史上最先塑造出普隆·奥格洛勃林这个农民革命家形象。长诗的涵盖面极大，从第一次世界大战，二月革命、十月革命、国内战争到农村阶级斗争，从主人公与一位地主小姐的感情纠葛的角度真实地反映了俄国的历史性变革及其国际意义。

叶赛宁在彼得格勒的一家旅馆中不知何故死亡，中断了风华正茂的创作实践，但他已用天才的诗笔淋漓尽致地表现了新旧交替时期在俄国普通人、首先是知识分子心田里掀起的波澜，完成了对新时代的侧面折射，与马雅可夫斯基从正面表现新时代的努力相互补充，共同描绘了一幅时代画卷。

叶赛宁是俄罗斯文学史上为数不多的几位被称赞为民族诗人的大诗人之一。他为俄罗斯而赞叹和沉思，为俄罗斯而忧虑和哀伤。他的许多诗作渗透着对俄罗斯大地的挚爱。

奥西普·艾米里耶维奇·曼德尔施塔姆（1891—1938）出生在彼得堡一个犹太裔皮革商家庭。中学时代即迷恋诗歌、音乐和戏剧，爱读赫尔岑的作品，觉得“政治思想听起来永远像贝多芬的月光曲”。自幼跟随父亲到过芬兰和波罗的海诸国，1907年至1910年间到过法、德等西欧国家，在索邦学院、海德堡大学听过课，精通法语和德语，对哲学产生了浓厚的兴趣。1911年入彼得堡大学历史语文系学习，不久就进入文学界，与古米廖夫所组织的“诗人车间”保持接触，随后成为阿克梅派的重要诗人和理论家，从实践与理论两个方面对俄国象征派陷入深刻危机后的现代诗歌艺术进行新的探索。

曼德尔施塔姆于1910年发表处女作。1913年出版第一部诗集《石》，立即博得文坛好评。20年代是诗人创作的旺季，出版了《哀伤》（1922）、《第二本书》（1923，收入1916—1922年的作品）、《诗集》（1928，收入1908—1925年间的抒情诗）、《诗论》（1928）、《时代的喧嚣》（1925）、《埃及的邮票》（1928）等作品集。除从事诗歌创作外，还写了不少散文以及小说（收入后两部作品集中），其中《埃及的邮票》是他唯一的一部小说，具有超现实主义的风格。此外，他还发表过《汽油炉子》（1925）、《两辆有轨电车》（1925）、《气球》（1926）、《厨房》（1926）等儿童诗集。在曼德尔施塔姆的创作中，诗歌创作与散文创作是相得益彰的两个组成部分，散文的诗化与诗的散文化并举，使诗人在创立俄罗斯现代诗的过程中跨出了新的一步。曼德尔施塔姆在诗歌理论方面著述甚丰。《阿克梅主义的早晨》（1913）、《论词语的特性》（1922）、《论诗歌》（1928）、《关于但丁的谈话》（1930—1937）等文论具有很高的学术价值。

曼德尔施塔姆对俄罗斯诗歌的重大贡献，在于解决了使俄国象征派走进死胡同的症结问题，从而使20世纪俄国现代诗歌得以继续往前发展，他从诗歌的语言载体入手阐明诗歌的本质，纠正了象征派把诗歌语言单纯看作“象征的词语”的偏颇认识，提出了“作为本体的词语”的新命题，使诗歌语言得以充分发挥象征性和物质性的双重功能。他认为词语自身就可以成为象征，无须词语之外的第二重象征意义，诗歌语言的内在形象是一首诗的生命内核。这一诗歌理论首先在诗人自己的诗创作中得到验证和阐释：“你的形象折磨人而又缥缈，/迷雾中我无法将它触摸，/主啊！——我牛头不对马嘴道，/脱口的话儿本没有想说。/主的圣名像一只大鸟，/已经飞出了我的胸中，/前面升起了浓雾袅袅，/后边只剩下笼子空空。”这里的想象非常自由，甚至运用了神学意义，但与象征主义截然不同的是，它构筑在“话非雀鸟，一飞出就抓不到”这一谚语的文本基础之上，达到作为物的词和作为象征的词的统一。

曼德尔施塔姆诗学的另一贡献，是从世界文化的背景上考察诗歌发展的过程。他认为“诗的语言是个杂交的过程”，并以自己掌握多种语言（俄、德、法、英、意、希腊、亚美尼亚等语言）的优势，通过原著广采博收世界文化的优秀遗产。此外，他还将艺术的触角伸向世界艺术时空的四面八方，从古希腊罗马到当代诗歌，从文学到音乐、绘画、建筑……把创新与传统这个古老的命题解决得极富现代气息。

曼德尔施塔姆继承了丘特切夫的诗歌传统，在20世纪的俄罗斯诗坛上架筑现实与历史间的桥梁，寓永恒性于哲理性之中。理论上，他认为伟大的诗人属于永恒，实践中，他请话语“返回自己的音乐”，认为“心灵本与生命的本原一体”（《沉默吧》，1910），“我是花匠，也是花朵，/在永恒的玻璃上降落/我的呼吸、我的温热……”（《无题》，1909）。他因追求永恒的自由主题而触怒了高层领导，两度被捕，1938年死于远东流放地。1989年恢复名誉。

鲍里斯·列昂尼德维奇·帕斯捷尔纳克（1890—1960）是历尽坎坷而终于获得世界声誉的现代俄罗斯诗人、小说家。他因“在现代抒情诗和俄罗斯伟大叙事诗传统方面所取得的重大成果”而获得1958年度诺贝尔文学奖，被誉为"唯一的一位以独特的方式将现代俄罗斯诗歌三大流派（即象征派、阿克梅派和未来派——笔者注）的精华融为一体的俄罗斯诗人"。[①]

帕斯捷尔纳克出生于莫斯科一个艺术家家庭，父亲列昂尼德·奥西波维奇是著名画家，美术院院士，母亲是位有才华的钢琴家。帕斯捷尔纳克自幼在家中受到美术和音乐艺术的熏陶，曾在著名钢琴家斯克里亚宾影响下学过六年音乐，后因自认为"缺乏绝对听觉"而放弃。在诗歌方面，帕斯捷尔纳克受到经常到他家做客的奥地利著名诗人里尔克的启蒙。1909年帕斯捷尔纳克入莫斯科大学法律系（后转入历史语文系），1912年春到德国马堡大学研究新康德主义哲学。他早在美术与音乐催生下萌发的诗才从此在哲理性思辨的滋养下渐趋成熟，借用绘画的色彩、线条和音乐的节奏、旋律，揭示人的复杂而微妙的内心世界。

帕斯捷尔纳克早期诗歌的创作活动与未来派小组"离心机"有密切联系，诗风具有先锋派实验性质。1914年问世的第一部诗集《云中的双子星座》和1917年出版的第二部诗集《越过壁垒》呼喊出诗人独特的声音，涉及生与死、爱与恨、人与自然等主题，用现代意识继承和发展了莱蒙托夫、丘特切夫、里尔克等诗人的哲理诗传统，但因为感受与意象之间的联系隐晦而艰涩难懂。1922年发表的诗集《我的姐妹——生活》和1923年问世的诗集《主题与变奏》使诗人跻身俄罗斯诗坛巨匠行列。他的一些独特见解，例如认为诗是通过隐喻而变了形的"第二现实"，认为诗与生活是一母所生的两姐妹等等，加上他从瞬间感受中捕捉永恒的执着追求，为他赢得了"诗人的诗人"的美名。

长诗《1905年》（1925—1926）和《施密特中尉》（1926—1927）的创作标志他的诗歌创作抒情性减弱，叙事性增强，同时也显示诗人20年

① 《20世纪世界文学百科全书》，第三卷，第45页，弗里德里克·昂加出版社（纽约：1967年）。

代后期向历史主题的倾斜。这两部长诗以独特的视角审视1905年俄国革命，并涉及革命与爱情，历史与大自然等主题。1923年和1928年先后发表的长诗《高尚的疾病》第一部和第二部描写了革命和列宁，并表达了对新时代诗人使命的思考。这几部长诗格调昂奋激烈，与早期诗集的冷峻隽永形成极大的反差，但晦涩的弊病并未根本克服。30年代初所写的诗集《第二次诞生》（1930—1931）又回到早期精于写景，重在抒情的老路子，但诗人同时也写作直接反映社会现实的作品，如1931年的诗体小说《司倍克托尔斯基》这部大型作品的片断。这部作品虽然仍旧以革命与战时人的命运为主题，但否定革命暴力，主张让现实生活自行发展。

30年代与40年代，帕斯捷尔纳克遭到批判，他的诗作被指责为缺乏思想性、人民性和非政治化，他因而几度被迫中止创作，转向文学翻译，重要译作包括《哈姆雷特》等莎士比亚的剧作、歌德的《浮士德》以及席勒、魏尔仑等外国诗人的名著，还翻译了格鲁吉亚诗人的诗作，译文质量享誉国内外。

40年代后，诗人重新开始创作。他的诗歌风格发生了明显转变，由早期的晦涩奇异变得质朴、深沉与明晰，主要表现在诗集《在早班车上》（1936—1944）和《雨霁》（1956—1959）中。《雨霁》成为帕斯捷尔纳克诗歌创作的总结和最高成就，诗人以观察入微的画面，随情起伏的旋律，从人与自然的和谐中捕捉到无数美妙的瞬间，揭示了人类心灵的奥秘，展现了自己旷达的胸怀和对历史的彻悟：“我对过去半个世纪的回忆，/像一场已逝的雷雨正成为过去，/世纪已从回忆的监护下走出，/如今已该为未来把道路开辟。/并不是那震动和转折的本身，/就能为新的生活扫清道路，/还需靠人们点燃起来的心灵 /所包孕的风暴、慷慨和彻悟”（《雷雨之后》，1958）。他花费八年时间写成的长篇小说《日瓦戈医生》（1948—1956）就是他心灵所孕育的“风暴、慷慨和彻悟”的集中体现。

《日瓦戈医生》是帕斯捷尔纳克一生创作的总结，是他从采用意识流手法完成的中篇小说《柳威尔斯的童年》(1918),到影射暴力的残酷的短篇小说《空中路》(1924),一直到自传体中篇小说《安全证书》(1929—1931)的创作活动发展的必然归宿,是作者几十年生活积累和观察思考的结晶。据作者自述,他如不把多年来亲眼目睹的令人心酸的事实泄出胸怀,诉诸笔端,便愧对自己受难的同辈。这便决定了这部小说的基本主题是反思历史,从一个非正统的角度冷眼旁观20世纪初叶发生在俄罗斯土地上的伟大变革。小说记述了主人公日瓦戈和他的情人拉腊及其他一些人物在战争与革命风云变幻环境里的经历,反映了作家对历史和个人命运的思考。小说的主人公日瓦戈医生在一定程度上反映了作者本人对革命以及国内战争的态度:从欢呼、怀疑直到不满。日瓦戈是个禀赋极高的人,他正直善良,博学多才,受宗教意识影响很深,充满博爱的人道主义理想,但在动荡多变的现实生活中他屡遭打击,身心憔悴,对政治逐渐厌倦,只从个人的好恶来衡量亿万人的千秋大业,对新事物的光明面失去热情和兴趣,对它的负面却毕生耿耿于怀。这一方面表现了转折时期新旧思想的尖锐冲突,另一方面也反映出新事物远非像许多作品所描写的那样完美,需要对它冷峻地进行反思。由于小说首先在意大利出版,特别是书中对十月革命的评价明显反映出反对一切暴力的思想,因而围绕此书的出版,西方世界掀起了反苏浪潮。帕斯捷尔纳克受到苏联各方面的严厉批判,一度有被驱逐出境的危险,最后以公开表示拒领诺贝尔文学奖才得以幸免。对这部小说的评价至今仍存在分歧,有待于历史做出结论。

安娜·安德烈耶夫娜·阿赫玛托娃(父姓高连柯,1889—1966)出生于敖德萨一个退伍的海军机械工程师家庭,在彼得堡度过童年和少年时代。1905年在基辅读完中学后进入女子高等学校法律系学习。阿赫玛托娃自幼受母亲影响酷爱文学,1907年开始在巴黎出版的俄文杂志《天狼星》上发表诗作。后来与阿克梅派首领古米廖夫结婚(后离异),并加入阿克梅派文艺团体。1912年出版第一部诗集《黄昏集》，1914年第二部诗集《念珠》问世，接连在文坛引起轰动。这些诗集中的许多作品具有明显的室内性，描写闺阁女子的情感体验。十月革命的洪流曾一度冲击她的心灵，但她没有像许多文人那样离开祖国。1921年前夫古米廖夫被处决，给她的生活蒙上阴影，从此她沉默了，但是没有沉沦，转而从事普希金研究并翻译包括屈原的《离骚》和李商隐的无题诗在内的东方古典诗歌，这使她的诗艺更加炉火纯青。在经历了20至30年代的沉默后，她在卫国战争的爱国高潮中迎来了自己创作道路的第二个里程碑，写出了《誓言》（1941）、《勇敢》（1942）等具有血性男儿气的诗篇，展现了自己抒情才华的又一方面。卫国战争期间，女诗人经常到军医院去给伤病员朗诵诗作，鼓舞士气，自己也深受教育。1944年6月她从疏散地塔什干返回列宁格勒时，为战争创伤所震惊，写下了《走访死神》等特写，并为献给已故读者们的长诗《没有主人公的长诗》（1962）收集素材。正当阿赫玛托娃处在第二个创作高峰期并积极酝酿新作的时候，又一次重大打击从天而降。1946年8月联共（布）中央《关于〈星〉和〈列宁格勒〉两杂志》的决议称她的诗是与苏联人民"背道而驰的空洞的无思想性的诗歌的典型代表"，接着她被开除出作家协会。50年代中后期她被恢复名誉，迎来了第三个创作高峰，出版了《时代在飞奔》（1965）等多部新的诗集。1964年在意大利被授予"埃特纳·陶尔明诺"国际诗歌奖，1965年英国牛津大学授予她名誉博士学位。女诗人辞世前，已经成为享誉世界的著名诗人。对于她一生坎坷的创作道路，苏联作协等组织在她去世的讣告中做出了结论，称她为"卓越的苏联诗人"，"诗歌语言的光辉大师"，赞誉她"把人领进一个美好的世界"，从而推翻了过去加在她头上的诋毁之辞。

和曼德尔施塔姆一样，阿赫玛托娃十分重视诗歌语言的锤炼，从语言自身去探索诗歌的奥秘，反对象征派的传统，从词语中不但看到象征性，更看到物质性。因此，阿赫玛托娃的诗富于质感，善于细腻地捕捉情感震颤和灵魂律动，如在一首无题诗中，她唱道："你好重呀，爱情的记忆！/我在你的烟雾中歌唱和烧燃，/对于别人——这只是一团火，/用来给冷却的心一点温暖"（1914）。在这里，抽象的爱的心态被写得可感可触，有形，有温，还有重量，成为一个鲜活的形象。随着年龄的增长和时代的变迁，阿赫玛托娃追踪心灵涟漪的探索进入更高的层次，升华了母爱的情愫，积淀下历史的内涵。这既表现在以母亲的身份血泪控诉肃反扩大化过程中人的尊严惨遭践踏的长诗《安魂曲》（1935—1940，发表于1987年）等叙事诗中，也使许多抒情诗增添思想的底蕴。例如，晚期所写的《故土》（1961）一诗尽情抒发了一生坎坷而晚年欣逢第二次青春的女诗人对亲如母亲的故土的细腻而缠绵的爱。

阿赫玛托娃的创作曾与阿克梅派有密切联系，但是她以自己卓越的诗歌艺术探索超越了流派的局限，特别是晚年，她的诗越来越接近普希金亲切、柔和、晶莹、悦耳的风格。曼德尔施塔姆认为，她的诗不是源于诗歌，而是源于小说，起源于托尔斯泰、陀思妥耶夫斯基等人的社会心理小说，在这个基础上发展了自己独特的诗歌形式。阿赫玛托娃始终遵循自己认为"抒情诗是最少暴露自己的一种体裁"的美学主张，用最丰富的暗示表达出散文无法表达尽的各种意蕴。

玛琳娜·伊凡诺夫娜·茨维塔耶娃（1892—1941）是俄国白银时代登上诗坛的杰出女诗人。其父伊万·弗拉季米洛维奇为莫斯科市普希金艺术博物馆的创办人，母亲梅茵是有波兰血统的贵族，文学、音乐造诣都很深。女诗人从小生长在一个文化、艺术气氛很浓的家庭，精通德、法两国语言。诗歌创作起步很早，1910年发表第一本诗集《黄昏像册》。1912年，茨维塔耶娃与埃夫伦结婚。同年，第二本诗集《魔术灯笼》问世。写于1916年的诗集《里程标》（1922年出版）显示女诗人富于民间文学色彩的浪漫抒情风格。十月革命后，除抒情诗外，她还创作了长诗《少女沙皇》（1920）、《奇遇》（1922）等。1922年至1939年，女诗人先后在捷克和法国侨居。由于她坚持人格的独立，侨民生活不免孤单寂寞，但她仍继续写作，先后发表诗集《致勃洛克的诗》（1922）、童话长诗《青年好汉》（出版年代不详）、取材于古希腊神话的悲剧《阿里阿德涅》（1927）和诗集《离开俄罗斯后》（1928）等。1937年她在巴黎的杂志上发表了随笔回忆录《我的普希金》。1938年至1939年德军入侵捷克期间，女诗人写出反法西斯诗集《致捷克》。1939年，茨维塔耶娃返回祖国。同年，她丈夫因参加过白军被捕，后被处决，女儿也被捕。女诗人的生活陷入困境，她在绝望中于1941年8月自杀。

茨维塔耶娃的创作内容丰富，形式多样，手法新颖。她的创作反映了20世纪人们对文学艺术的思考和追求。女诗人对生命、爱情、死亡等永恒主题的处理不是流水式的抒情，而是紧张的思考和孤独的体验。她的诗歌贯穿一种高亢的悲剧基调，充满了预感和自尊，同时，对激情的表达坦率而炽烈。在词语的选择上，她追求极致，将相反两极的意象浓缩在一起，表现出一种极强的张力。对人生、历史，女诗人都有概括性的深邃体验。在她的笔下，时间和空间形成一种富于动感的交织，在律动的背景下，她裸露灵魂的真实，触摸生命的本质。上述艺术特色表现在她的许多诗中，尤以抒情诗《祖国》（1932）最为突出："啊，艰深难解的语言！/通俗点该多好——想想看，/庄稼汉在我之前就唱过：/'俄罗斯，我的祖国！'/而且从卡卢加丘陵起，/它一直在我眼前展拓——/远方，千里迢迢的地方，/我的异域，我的祖国！/那个天生似痛苦的远方，/是贴心的祖国和缠身的命运，/远远近近，无论到哪里，/我总要把它携带在身。/那个使咫尺变天涯的远方，/那个说着：'归来吧！'的远方，/它到处，直到高天的星星，/都在拍摄我的身影！/我就是为此在孩子们额上，/泼洒比水更蔚蓝的远方。/你啊！我纵然断去这只手，/哪怕一双，也定用唇作手，/写在断头台：揪心的处所——/我的骄傲，我的祖国！"

茨维塔耶娃的世界充满矛盾，这种矛盾以两个世界，即现实世界与精神世界，或客体世界与主体世界的对话方式存在于创作中。对艺术世界的执着追求与最大限度地超越现实的倾向构成了她特有的精神境界。而文学精神的高度概括及审美体验的敏锐捕捉，构成女诗人刚柔并济的独特诗风。

在流派纷呈的白银时代，茨维塔耶娃不专属于任何一个流派，却兼容各个流派的特点。她继承普希金诗歌传统又兼收民间文学之长，开拓新的语言风格，形成丰碑式、格言警句式的诗章。高度概括、浓缩密集的诗歌意象如同雕塑一般反映出她深刻紧张的思考，而诗中强化了的音乐性则要求听众全方位的紧张参与。

茨维塔耶娃对民间文学、古代神话的涉猎很深，因此在她的长诗中象征性与戏剧性常常得到深邃的统一。茨维塔耶娃的创作是不可多得的瑰宝。目前，对这位女诗人的研究方兴未艾。

米哈伊尔·瓦西里耶维奇·伊萨科夫斯基（1900—1973）生于斯摩棱斯克州一个贫苦农民家庭，兄弟姐妹13人中有8人死于饥饿和疾病。他从童年起对农民的悲惨生活就有切身的体会和感受，因此衷心拥护十月革命，热爱新的社会制度。他曾说“你把幸福的生活送进破旧的茅屋，从你那里我第一次听到自己的名字”。1918年伊萨科夫斯基加入布尔什维克党，被派往叶林斯克主办县苏维埃《消息报》，既当通讯员，又当编辑，有时还要排字、校对。1921年至1930年他在斯摩棱斯克《工人之路》报社做编辑，1931年被调到莫斯科负责编辑《集体农民》杂志。后来眼疾恶化，1932年起不得不放弃编辑工作，专门从事诗歌创作。

伊萨科夫斯基从小喜爱诗歌。1914年，他的处女作《一个士兵的请求》发表在莫斯科《新处女地》杂志上，引起人们注意。后来陆续出版了《四万万》（1921）、《沿着时代的阶梯》（1921）等诗集，在创作上日趋成熟，对诗歌创作方向有了明确认识。1927年，诗集《稻草中的电线》出版。这部诗集是诗人20年代歌颂社会主义新农村的代表作。与当时有些诗人迷恋“永世不变的”、“木头房子的”旧农村，并且执拗地把农村和城市对立起来的倾向迥然异趣，诗集描绘了十月革命后农村发生的巨大变化和新一代劳动者的内心世界与精神风貌。

30年代是伊萨科夫斯基诗歌创作的旺盛时期。他先后出版了《外省》（1930）、《种地能手》（1931）、《四个愿望》（1936）等诗集，这些作品主要取材于农村生活，进一步充实、丰富了他反映苏维埃农村新变化的创作。长诗《四个愿望》（1928—1935）继承了俄罗斯民主主义诗歌（包括涅克拉索夫在内）的传统，努力回答俄罗斯农民世世代代最关心的问题——寻找真理和幸福生活的道路。长诗由七部分组成，副标题为《雇农斯杰班·季莫菲维奇生活之歌》。斯杰班有四件心事：一是能与娜塔莎成亲；二是买双钉掌的皮靴；三是学会认字；四是坐上一次火车。这些本属一般的“愿望”，在旧时代一一化为泡影，只有在十月革命后才能实现。贯穿长诗的基调是对旧社会的揭露和对新社会的讴歌，最后一章《春天的黎明》不仅描绘了苏维埃制度下的幸福生活，而且抒发了对美好未来的向往。

30年代中期苏联群众性歌咏形成热潮，涌现一批深受欢迎的诗人、歌词作者，伊萨科夫斯基就是其中的佼佼者。他并非特意为音乐写词，但是他的诗歌具有浓厚的生活气息和鲜明的地域特色，充满民间文学的智慧和幽默，富有旋律性，因而许多诗作很快被谱成歌曲，传遍四方。

卫国战争期间，伊萨科夫斯基写下大量充满爱国激情的诗篇，从1941年的出征曲《再见吧，城市和乡村》到1945年对胜利的祝贺《第一次祝酒》，真实记录了苏联人民所走过的艰难而光辉的历程。诗人时而作为父辈对奔赴疆场的儿郎发出殷切的嘱咐（《对儿子的嘱咐》，1941），时而与身穿戎装的战士出没在前线密林里（《在前线的树林里》，1942），时而表达对法西斯的满腔怒火（《复仇者》，1942），时而抒发对后方默默奉献的俄罗斯妇女的深深敬意（《给俄罗斯妇女》，1945）。不少抒情诗如《再见吧，城市和乡村》、《灯光》被谱成歌曲，广为传唱，家喻户晓。这些诗歌具有共同特点：感情真挚，形象感人，对亲人的爱和对祖国的爱完美交融在一起。它们既是感人肺腑的爱情诗，也是催人奋进的宣传诗。特别是那首脍炙人口的《喀秋莎》（1938），深受人们喜爱，甚至用它命名新型火炮，使“喀秋莎”这个普通姑娘的名字，不仅成为忠于祖国、忠于爱情的象征，而且具有威慑敌人的巨大力量。这充分说明伊萨科夫斯基诗歌创作所蕴涵的特殊魅力。

战后时期，伊萨科夫斯基诗歌依然保持自己的抒情风格，写出许多歌颂祖国、歌颂劳动建设、歌颂和平的诗篇，这些作品后来汇编为《诗与歌》（1949）、《祖国之歌》（1957）、《和平颂》（1957）等集子。《候鸟飞走了》（1948）是其中出色的一首。抒情主人公把自己与候鸟相对比，候鸟随气候变化而迁徙，而他作为祖国的儿女却跟祖国生死与共，永不分离。诗人对祖国母亲倾诉：“虽然我曾陷入泥泞沼泽，/虽然我曾卧冰爬雪手脚冻僵，/但只要你重新一声令下，/我就把一切重新体尝”，“我的心愿，我的希望终生寄托在你的身上。”全诗音节铿锵有力，充满作为苏维埃人的自豪感和对和平事业的忠诚。1956年以后，伊萨科夫斯基很少发表诗作，但是翻译了大量乌克兰、白俄罗斯等民族诗人的作品，包括谢甫琴科、乌克兰因卡、库帕拉等。

伊萨科夫斯基的诗歌感情真挚，语言质朴，富有民歌旋律，常伴有民歌特有的情节、主题和形象，不追求过度修饰，开创了反映苏联农村新貌的“斯摩棱斯克抒情诗歌流派”，对苏联诗歌发展产生了重要影响。

亚历山大·特里丰诺维奇·特瓦尔多夫斯基（1910—1971）生于斯摩棱斯克州的一个偏僻乡村，父亲是个村里的铁匠。据诗人《自传》的记述，他童年时期家庭生活相当贫困，经常缺食少穿。小学毕业后，便中断学业，随父参加劳动，并担任农村通讯员，给地方报纸写稿。1925年发表了他的第一首诗《新农舍》。他最初的诗作主要以农村生活为题材，歌唱苏维埃农村的新变化。诗人伊萨科夫斯基发现了他的艺术才华，并给予支持、培养，后来特瓦尔多夫斯基对伊萨科夫斯基一直怀着深深的感激之情。1928年，特瓦尔多夫斯基离家到省城斯摩棱斯克，一方面在师范学院学习（后来转入莫斯科文史哲学院继续深造），同时，仍作为报刊记者深入农村，广泛收集材料，积极进行创作活动。20年代末30年代初，苏联广大农村开展了农业集体化运动。特瓦尔多夫斯基于1934年开始构思长诗《春草国》，1936年发表。《春草国》成功地刻画了中农尼基达·莫尔古诺克的形象。他热爱劳动和土地，但具有传统的私有意识。面对汹涌的集体化热潮，他套马驾车外出巡游，一心要寻找到一块不搞集体化的"乐土"——春草国，但所到之处，各地农民，就连茨冈人也纷纷组织起来。在现实生活的教育下，莫尔古诺克终于醒悟，返回到自己的村庄。作者以幽默的笔调，童话般的情节描述了主人公的各种奇遇，写得十分生动有趣。诗人通过对这个人物细致的心理描写，揭示了广大农民摆脱私有观念走上集体化道路的复杂、艰巨的进程。《春草国》富于民间文学色彩，而莫尔古诺克周游各地的情节结构与涅克拉索夫的长诗《谁在俄罗斯能过好日子》中七个农民寻访何处能过上幸福生活的描写也有着前后一脉相承的联系。《春草国》的成就使特瓦尔多夫斯基成为全国闻名的诗人。

1938年特瓦尔多夫斯基加入了苏联共产党。卫国战争开始后，他作为随军记者立即奔赴前线，与战士们同生死共患难，在战火纷飞的岁月里创作了著名的长诗《华西里·焦尔金》和《路旁人家》。

《华西里·焦尔金》（1941—1945）是诗人的代表作，也是卫国战争文学的珍品。长诗的写作进程与战争的发展几乎是同步的，当它在报刊上逐章发表时，立刻受到战士们的热烈欢迎。长诗共分30章，每章有相对的独立性。主人公华西里·焦尔金是个普通的红军战士，勇敢积极，豁达开朗，既坚忍不拔，勇挑重担，又淳朴幽默，永远乐观。通过这个形象，诗人描写了战场上的艰苦生活和战士的平凡功勋，同时也反映了苏联红军由撤退到反攻，由失败到胜利的整个历程。作者强调，焦尔金是个"普通的青年"、"平凡的人"，"往往每个连队都有，每个排里也都少不了"。然而，正是成千上万像焦尔金这样的战士，在国家危亡时刻自觉地、无怨无悔地奋起保家卫国，抗击法西斯侵略，俄罗斯祖国才赢得了战争的胜利。诗中写道："艰难的岁月来到了，轮到了我们头上，/如今我们都负有责任，/对俄罗斯、对人民、/对世上的一切"。

长诗采用了俄罗斯古典诗歌的传统写法，也保留着古老的壮士歌和传奇人物传记的风格。在体裁上它近似叙事诗，但是作者的抒情也占有着重要的地位。作者常以焦尔金的朋友和老乡的身份出现，或直接以作者的身份出现，时而叙事，时而抒怀，时而争辩，时而沉思，因而特瓦尔多夫斯基在《自传》中声称，《焦尔金》是"我的抒情诗、我的政论、歌曲和箴言、笑话和打趣、谈心和插白。"基于这种体裁上的特点，作者给长诗加上一个副标题——"关于一个战士的书"。全诗语言流畅，生动自然，格言谚语，随处涌现，具有高度的艺术价值。

1946年，诗人完成了在战时就已经动笔的另一部长诗《路旁人家》（1942—1946），它描写了主人公安德烈·谢符采夫一家人在战争中的遭遇，再现了千百万个普通家庭妻离子散的悲惨景象。战争爆发那天清晨，主人公安德烈正在田间挥镰割草，但无情的战争打断了和平生活的旋律。他立即奔赴前线。后来他的妻子安娜和3岁的幼孩被德寇驱赶到东普鲁士服苦役，过着艰辛的日子。战争结束后，安德烈负伤回到家乡，他的住宅早已变成一片废墟。他一面重建自己的家园，一面翘首期盼亲人们早日归来……。诗人在长诗中加强了抒情的成分（长诗的副标题是《抒情纪年》），倾诉战争给这个"路旁人家"带来的苦楚和创伤。如果说《华西里·焦尔金》主要表现的是战场上的经历和战士们的业绩，那么，《路旁人家》则是从另一个角度反映这场战争，反映它给人民造成的巨大灾难和痛苦。所以，《路旁人家》堪称为《华西里·焦尔金》的姐妹篇。

特瓦尔多夫斯基战后转向抒情诗的创作。1952年发表了《战后诗选》，1967年《近年抒情诗抄》问世。他战后的抒情诗歌与战前的相比，格调上显得更加深沉、凝练，更富哲理性。诗歌的内容涉及到社会道德、人生价值、祖国的前途与命运等各个方面，但是，写得最多的还是对战争的思考和回忆。诗人认为，活着的人对于为共同事业而牺牲的人负有一种永久的义务，因此今天人们所做的一切要对历史负责。《我战死在尔热夫城下》（1946）、《对他们的纪念》（1951）、《残酷的记忆》（1951）等都是这方面著名的诗篇。除创作大量的抒情诗外，50至60年代，他还写了长诗《山外青山天外天》（1950—1960）、《焦尔金游地府》（1963）和《记忆的权利》（写于1966至1969年，1969年被查禁，作者逝世后于1987年才在《新世界》和《旗》两杂志上刊登）。其中，《山外青山天外天》是诗人战后时期杰出的代表作。

《山外青山天外天》共计15章，这些诗篇以"旅途日记"的形式，抒写了从莫斯科到符拉迪沃斯托克旅途中的见闻与感想。通过联想、回忆、思考，作者既歌颂了战后建设的成就和祖国山河面貌的巨变，也回顾了苏维埃国家和人民所走过的坎坷不平的道路，所遭受的种种不幸和挫折。值得注意的是，在"童年的朋友"和"有过这样的事"等篇章中，诗人提出了发人深省的"个人崇拜"问题。他写道："这样的事情就这样发生了：/这个人的名字在几十年中，/一直是对战斗和劳动的号召，/和祖国这个词一起发出轰鸣"，但是，"这个名字被神化了"。诗人时而高声歌唱，时而低吟徘徊，时而哀婉叹息，将个人和祖国、历史和未来紧密地结合在一起，透过小小的车厢描绘出广阔的大千世界，凭借短短的旅程反映了时代的变幻风云。长诗的标题更具有深刻的寓意，它向人们揭示：道路漫漫，山外有山，跨越艰险，风光无限。

战后时期，特瓦尔多夫斯基于1950至1954年、1958至1970年两度担任苏联作家协会机关杂志《新世界》的主编，这个杂志与柯切托夫主编的《十月》成为当时文坛上两大营垒交锋的主要阵地，《新世界》提出了“写真实”、“非英雄化”、“写小人物”等主张，并发表了一系列有争议的作品和评论。这些争论对50到60年代的文学发展进程产生了重大影响。

特瓦尔多夫斯基的诗歌思想深邃，富于哲理性，语言质朴，清新自然。他的一生在诗歌创作的道路上不断追求。诗歌的主人公，无论是《春草国》里莫尔古诺克的周游全国，《华西里·焦尔金》里焦尔金的战斗历程，《路旁人家》里安德烈一家的颠沛流离，还是《山外青山天外天》里抒情主人公的旅途纪行，都与道路结下了不解之缘，“道路”或“旅途”在诗人的笔下，不仅具有象征的丰富内涵，而且拓展出山外有山、天外有天的邈远意境。因此，评论界指出，他长诗的主人公永远“走在道路上”，并把诗人称作“旅途诗人”。

小说及戏剧　亚历山大·绥拉菲莫维奇（原姓波波夫，1863—1949）生于顿河哥萨克军人家庭，在彼得堡大学学习期间参加革命小组，结识了列宁的哥哥、民意党人亚历山大·乌里扬诺夫。1887年乌里扬诺夫谋刺沙皇失败，被处以绞刑，绥拉菲莫维奇因起草抗议宣言而遭逮捕，被流放到偏远的北方。在流放期间他开始了文学创作。早期的短篇小说大多以北方严酷自然环境为背景，描写渔民、猎人、放排工的艰辛生活，揭露现实的黑暗和罪恶，展现人为生存而与大自然搏斗的惊险画面。《浮冰上》（1889）讲述以猎捕海兽为生的农民索洛卡冒险在冰上作业，明知浮冰已经破裂，却不忍丢下猎物，结果连人带海豹被海潮卷走。《小矿工》（1895）描述幼年丧母的童工塞尼卡圣诞节里随父下井加班劳动，在阴暗潮湿的矿井中身心疲惫，幼小的心灵受到极大的创伤。

1902年，绥拉菲莫维奇迁居莫斯科，参加了“星期三”文学社，成为高尔基主持的“知识”丛刊的撰稿人。在高尔基影响下日益接近无产阶级革命运动。1905年革命时期，他创作了不少表现工人斗争的作品。短篇小说《炸弹》(1906)描写一个普通工人的妻子在丈夫和革命浪潮推动下走上革命道路,《葬礼进行曲》(1906)描写一个革命家的葬礼如何演变成工人群众的政治示威。在以后的年代里,他创作了《沙原》(1908)、《草原上的城市》(1912)、《耗子王国》(1913)等中长篇小说,其中以《草原上的城市》最为著名。这部长篇小说描写荒僻草原上一个小镇因铺设铁路而发展成资本主义城市的故事,反映了革命前俄国资本主义的发展导致阶级矛盾激化的过程。小说主人公查哈尔初到草原时,在刚兴建起来的小火车站附近开设饭店,用种种野蛮的手段聚敛财富,后来成了拥有几千名工人的产业主,他的发迹史具有资本主义原始积累的鲜明特征。

十月革命爆发时,绥拉菲莫维奇坚定地站在无产阶级一边,1918年加入了布尔什维克党。国内战争期间,他作为《真理报》记者,写了大量的特写、报道,收集在《革命、前方、后方》(1917—1920)里。20到30年代,他领导过《创作》和《十月》两部文学杂志的编辑工作。1924年他的著名长篇小说《铁流》问世。从此,这位革命前已成名的作家"也更被确定为伟大的无产阶级文学的作者了。"①

《铁流》是绥拉菲莫维奇的代表作。它描写国内战争初期达曼劳动人民英勇的革命斗争。1918年8月,一支基本上由农民和小手工业者组成的"部队",从反革命叛乱中突围出来,到北高加索去与红军主力会师,这次行军史实构成了小说情节的基础。小说中一群衣衫褴褛、受尽苦难的劳苦大众,在突围过程中经历了难以想象的困难和险阻,几乎处于绝境。然而他们在血泊中求生存,终于赢得了突围的胜利。刚开始转移时,这群乌合之众完全不像一支部队,到行军结束时,却已成为有高度觉悟和铁的纪律的战斗集体。小说表现了人民群众的斗争如何由自发的无组织状态转变为自觉的有组织的革命运动。

---

① 《鲁迅全集》,第十卷,第368页,人民文学出版社,1981年。

小说以事件描述为主，突出群体形象的塑造。情节发展急速紧凑，体现出这支革命队伍以急行军速度，风驰电掣般地向前挺进。悲剧性的事件与喜剧性的场面，紧张激烈的战斗与自然景物的描写生动地交织在一起。全书以浪漫主义的笔触和诗一般的语言，描述了“铁的人物和血的战斗”，[①]展示出十月革命初期独特的时代风貌，被公认为早期苏维埃文学的优秀作品。早在1931年，这部小说就由曹靖华译成中文，鲁迅在《编校后记》里曾称赞它“在读者眼前开出了鲜艳而铁一般的新花”。

康斯坦丁·亚历山大罗维奇·费定（1892—1977）生于伏尔加河畔的城市萨拉托夫。1911年就读于莫斯科商学院经济系，1914年春到德国进修德语，时值第一次世界大战爆发，被当作敌侨扣留在德国，直到1918年秋，苏俄和德国签订和约，双方交换战俘才返回俄罗斯。费定在学生时代便开始文学创作，20年代曾是文学团体“谢拉皮翁兄弟”的成员。1923年他的第一部小说集《荒地》问世，接着发表长篇小说《城与年》（1924），使他成为国内外知名的作家。

《城与年》写的是知识分子在革命中的道路问题。俄国青年安德烈在德国留学，第一次世界大战爆发，德俄成为敌国。安德烈的德国朋友古尔特宣布与他断绝友谊，古尔特从军上战场，安德烈被作为敌侨扣留在德国。古尔特在战场上被俄军俘虏，在俄国接受了布尔什维克的思想，成为革命者，并加入布尔什维克党。安德烈同德国姑娘玛丽相爱，玛丽曾帮助他逃亡，但没有成功，直到德俄媾和、交换战俘时安德烈才返回俄国。回国后，他被派往西伯利亚做捷德战俘工作，恰恰是在古尔特的领导之下。战俘中有个德国中尉曾于安德烈有救命之恩，安德烈悄悄放走了他，古尔特知道后，便把安德烈枪毙了。这部小说从第一次世界大战、十月革命，一直写到苏俄国内战争，概括了20世纪初欧洲风云变幻的那些年代。“城”

---

① 《鲁迅全集》，第四卷，第85页，人民文学出版社，1981年。

是德国和俄国的城，是事件发生的地点；“年”便是那些动荡的年代，是事件发生的时间。小说精心刻画了一个内心感受丰富，心地善良，但在剧烈的社会变革中软弱动摇的知识分子安德烈的形象。在历史的变革中，他徘徊于十字路口，因而造成了他的悲剧。小说细致地描写了他的动摇、彷徨和矛盾的心理。费定试图在小说中通过古尔特这个人物塑造布尔什维克革命者的形象，但没有成功。作品只强调他对革命事业的忠诚和坚持原则的精神，使他显得简单化、概念化，没有成为有血有肉的人物。小说采用倒叙结构将时序颠倒，各条情节线索互相交叉。时间的倒置和空间的跳跃使故事情节紧张，扣人心弦。

随后费定又完成了长篇小说《弟兄们》（1928），它也是通过知识分子在革命中的命运来探讨社会问题的。费定后来两度访问西欧，对西方资本主义世界有较深的认识，回国后接连发表了两部长篇小说《盗窃欧洲》（1934—1935）和《阿尔图尔疗养院》（1940）。两部小说都以对比的笔法鞭挞资本主义世界的种种弊端，热情地赞美当时苏联进行的五年计划建设。苏德战争期间，费定深入前线的城镇乡村，写了许多报道和短篇小说，并以《消息报》记者身份出席了纽伦堡国际法庭对法西斯头目的审判。反法西斯战争胜利后，费定认为俄罗斯人民面对强敌而取得胜利，其根本原因是布尔什维克党领导人民推翻腐败的沙皇制度，建立了社会主义的苏维埃国家的结果，产生了艺术地再现这段历史，塑造时代的形象的强烈愿望，于是创作了长篇小说《初欢》（1945）和《不平凡的夏天》（1948）。这是三部曲的前两部，第三部《篝火》于60年代写完第一部分《进犯》，第二部分《时刻到了》只发表了零星章节，因作者去世而没有完成。

《初欢》和《不平凡的夏天》广阔地描绘了俄罗斯中部伏尔加河畔萨拉托夫城十月革命前后波澜壮阔的社会生活。《初欢》的故事发生在1910年。女教师的儿子，工业专科学校学生基利尔·伊兹维科夫与商人的女儿丽莎倾心相爱，但是在动荡的历史时代中，他们却走上了完全不同的生活道路。基利尔在布尔什维克革命工人腊戈静的影响下，投身革命，因印刷和散发革命传单而被捕，被判刑流放。丽莎没有勇气和力量摆脱家庭束缚，违心地嫁给了一个富商的少爷。“初欢”就是基利尔革命道路的开始，他的革命斗争的初步的欢乐。《不平凡的夏天》写的是1919年国内战争最激烈、最紧张的夏天。基利尔经过革命斗争的锻炼，成熟起来，成为萨拉托夫的市委书记，领导着城市的革命和建设。工人出身的安诺奇卡是个有艺术才华的姑娘，她和基利尔田园诗般的爱情是小说中最有诗意的篇章。为了战胜敌人，挽救革命，基利尔吻别安诺奇卡，奔赴前线，任红军军团政委。小说成功地塑造了基利尔和腊戈静两代革命者的形象。第三部《篝火》写的也是俄罗斯历史上的关键时刻：布尔什维克党和它培养起来的一代新人经历着抗击法西斯入侵，保卫祖国的考验。除了前两部作品的主要人物之外，还有新一代苏维埃人：腊戈静的儿子伊万，基利尔和安诺奇卡的女儿娜佳以及作家帕斯图霍夫的儿子阿列克谢等，小说不仅描写了前线战士的命运，而且更着重于展示人物在新的历史条件下精神和道德的成长过程和老一辈革命家的历史作用。但可惜作品没有最后完成。法捷耶夫去世后，费定曾长期担任苏联作家协会第一书记和主席的职务（1959—1977），是苏联重要的社会活动家。

亚历山大·亚历山大罗维奇·法捷耶夫（1901—1956）生于加里宁州基姆雷市。父亲是农民，母亲和继父是助理医生，他们都是第一次俄国革命的积极参加者。法捷耶夫从小受到革命思想熏陶。1908年全家迁往远东，法捷耶夫在符拉迪沃斯托克商业学校读书时，同当地革命者来往密切，这一切对作家的生活道路产生了重要的影响。1918年他加入了布尔什维克党。1919年受党委派去苏昌游击队工作。1921年以远东边区代表身份出席了俄共（布）第十次代表大会，大会期间曾参加镇压喀朗施塔德叛乱并在战斗中负伤。复员后，1921年至1924年在莫斯科矿业学院学习，

1924年至1926年先后在克拉斯诺达尔和罗斯托夫等地担任党的工作。从1927年起，一直在莫斯科专门从事文学活动，担任俄罗斯无产阶级作家协会（“拉普”）、全苏作家协会的主要领导工作。

20年代初，法捷耶夫和富尔曼诺夫、符·伊凡诺夫等人从前线归来进入文学界，成为苏维埃文学的一支生力军。法捷耶夫的早期作品，如处女作中篇小说《泛滥》（1923）、《逆流》（后经过改写更名为《阿姆贡团的诞生》，1924）和长篇小说《毁灭》（1927），都取材于国内战争，与作者亲身经历有着直接的关系。《泛滥》描写十月革命前夕一个山村的群众在布尔什维克聂烈金领导下同富农进行斗争的故事。《逆流》写布尔什维克薛列兹涅夫等帮助一个团队克服无政府主义者的叛乱并把它改造成人民军队的过程。这些作品在艺术上不够成熟，作者对有的作品也不满意。不过，这些作品着意表现布尔什维克党的领导作用，展示主人公的精神成长和性格形成的过程，因此引起了文坛的关注。《毁灭》的问世，更给作者带来了广泛的文学声誉。这部小说描写远东南乌苏里边区，由莱奋生率领的一支约150人组成的红军游击队，为了冲破日本干涉军和白卫军的包围，浴血奋战，几经挫折，最后只剩下了19名战士。小说通过这支红军游击队的战斗经历揭示了一个重大主题：在国内战争中进行着人才的精选，革命的洪流犹如大浪淘沙，冲击着、改造着队伍中每一个成员。作者指出：“在内战中进行着人才的精选，一切敌对的都被革命扫荡掉，一切不能从事真正的革命斗争的，偶尔落到革命阵营里的都被淘汰，而一切从真正的革命根基里，从千百万人民大众中间站起来的都在这次斗争中受到锻炼，并且不断壮大和发展。人的最巨大的改造正在进行着。”作者运用托尔斯泰式的“心灵辩证法”，刻画人物的内心世界，塑造出个性不同的艺术典型。队长莱奋生，布尔什维克党员，忠于职责，积极乐观，不仅肩负着指挥战斗的重任，而且热爱战友，善于抓住每个时机对他们进行教育，鼓舞他们去为革命建立功勋。在他身上体现了党对游击队的领导。

矿工莫罗兹卡属“革命根基里”的坚定力量。他在旧社会受尽种种压迫和折磨，尽管存在着某些不良习气和缺点，如粗鲁、愚昧和无政府主义的思想残余，但对革命无限忠诚，在关键时刻用实际行动实现了自己的诺言：“为了同志，我可以献出自己最后一滴血来”，表现了无产阶级战士的崇高品质。知识分子密契克是“一个卑鄙的、怯懦的人”，他孤高自傲，与工农群众格格不入，他用利己主义的眼光观察一切，衡量一切，最后在面临生死考验的时刻，他为了保全自己，当了可耻的逃兵。作者在他身上揭示了资产阶级极端个人主义的本质。这部小说为年轻的苏维埃文学增添了光彩。

卫国战争爆发后，法捷耶夫作为苏联作家协会的负责人积极组织作家参加反法西斯斗争，同时又以战地记者的身份亲临前线。1942至1943年曾两次奔赴被围困的英雄城市列宁格勒。1944年出版了特写集《在列宁格勒被包围的日子里》。1945年完成了长篇小说《青年近卫军》。

《青年近卫军》是作者的一部重要作品，它以真人真事为基础，描述了在德寇占领期间，乌克兰顿巴斯矿区克拉斯诺顿城的一群共青团员和爱国青年，成立了“青年近卫军”，与敌人进行不屈不挠的斗争。后来，在苏军光复该城前夕，整个组织被破获，100多名队员除9人逃出敌人魔掌外，其余全部壮烈牺牲。法捷耶夫受苏联共青团中央的委托，于1943年至1945年间创作了小说《青年近卫军》，1947年至1951年又根据《真理报》针对小说中党对地下活动的领导描写不足的批评进行了加工修改。

小说最突出的艺术贡献，在于塑造了苏联青年一代的英雄群像，展示了他们崇高的道德情操和精神魅力。作者精心刻画了五个总部委员的个性：奥列格心地纯洁、坚毅沉着，具有高度的原则性和出色的组织才能，严酷的斗争环境使他过早地成熟，但仍不失其天真稚气。邬丽娅像百合花一样端庄秀雅，性格内向，对人对己严格要求，外形美和心灵美在她身上和谐一致。万尼亚谦逊质朴，好学深思，精神世界极其丰富，在同志中间享有“教授”和“诗人”的雅号。如果说这三个是具有“知识分子气质的人”，那么另外两位则属于“直接行动的人”：邱列宁热情似火，浑身是胆，向往建立英雄业绩，乐于承担艰险的任务。刘巴青春焕发，热情奔放，能歌善舞，具有演员的模仿和揣测对方心理的特殊才能，善于巧妙地与敌人周旋，出奇制胜地完成各种侦察和联络的任务。他们都过早地结束了自己的生命，但他们生命的价值将永放光芒。法捷耶夫曾说过：“我是怀着极大的爱来写克拉斯诺顿的英雄们的。我为这部小说倾注了很大的心血。”全书洋溢着浓郁的抒情和浪漫色彩，大量地运用抒情插叙，对理想、友谊、爱情、家庭等问题进行哲理的探讨，通过母子之情、夫妻之情、同志之情来展现一种新型的人际关系，字里行间激荡着感情的波澜。作家在小说中所显示的艺术才华得到了苏联文艺界的肯定。

从20年代末至50年代初法捷耶夫还从事长篇小说《最后一个乌兑格人》和《黑色冶金》的创作，前者在广阔的历史背景上，描写曾处于不开化状态的落后氏族在十月革命和国内战争时期的觉醒和成长，后者则反映现代苏联工业战线的斗争。由于种种原因，这两部小说都未能完成。《最后一个乌兑格人》原计划写六部，只完成四部（1929—1940）。《黑色冶金》只写了几章。

法捷耶夫也是一位文学理论家和批评家。1957年出版了作者在世时亲自整理过的论文集《三十年间》。他的理论批评活动与他担任的文学领导工作是分不开的。他参加了党的文学艺术政策的制定工作，对一系列问题，如社会主义现实主义、文学的传统与革新、古典文学的批判与继承、具体作家作品的分析评论等发表过不少精辟的见解，但他也提出过一些错误的文学观点和文学主张，如在20年代后半期，他与“拉普”的其他理论家一起提出了“辩证唯物主义的创作方法”，1929年他在“拉普”第二次全会上做了题为《打倒席勒！》的报告等。50年代初，苏联社会生活发生了急剧的动荡，在时代思潮的冲击下，他在生活和创作上陷入困境。他曾多次上书中央要求克服官僚主义，改善对文学事业的领导，但未得到积极的回应。1956年5月13日，写下了《致苏共中央》一封信后，以自杀结束了自己的生命。

米哈伊尔·亚历山大罗维奇·肖洛霍夫（1905—1984）生于顿河沿岸的维申斯克镇克鲁日林村。父亲祖籍梁赞省，在顿河哥萨克地区，作为外乡人，他没有自己的土地，只能经营商业或受人雇用。他受过良好的教育，虽然家境并不富裕，但仍尽全力让肖洛霍夫上学。年幼的肖洛霍夫曾在莫斯科、波古恰尔、维申斯克的几处中学上过学。那时正是第一次世界大战烽火连天的年代，肖洛霍夫虽然不了解这场战争的性质，但是却看到了战争造成的家破人亡，土地荒芜，瘟疫流行的悲剧。1917年十月革命后，顿河地区是红军和白军激烈争夺的地带。少年时代的肖洛霍夫亲眼目睹暴动的哥萨克残忍地屠杀被俘的红军以及其家属；也看到红军对暴动的哥萨克的严厉镇压。肖洛霍夫从15岁起便参加粮食征集队，为新生的苏维埃政权而战斗。国内战争结束后，肖洛霍夫于1924年来到莫斯科，开始了他的文学生涯。早期作品《顿河故事》（1926）是一部短篇小说集，大都以他在国内战争中的亲身经历和见闻为素材，反映了顿河流域尖锐复杂的斗争。其中，《死敌》写复员军人叶菲姆同篡夺了村苏维埃主席职位的富农进行斗争而惨遭杀害。《看瓜田的人》写一家人由于政治倾向不同而造成流血悲剧。激烈的社会斗争淹没了父子、夫妻之情，撕破了温情脉脉的家庭面纱。《人家的骨肉》则以浓郁饱满的感情描绘了两个哥萨克老人对陌生的苏维埃征粮队员的亲子之爱。《顿河故事》中有的作品充满剑拔弩张的紧张气氛，有的作品却洋溢着哥萨克的纯朴善良和人与人之间的亲情。这些作品虽然在艺术上不够成熟，但是它们已显示出肖洛霍夫独具一格的艺术风格的某些特点：大胆地描写现实生活中的矛盾和冲突，表现斗争的激烈和残酷；从生活出发，多方面，多角度地刻画人物的性格和心理状态；浓郁的地方色彩。这些特点显示出年轻的肖洛霍夫具有深厚的生活基础、敏锐的洞察力和驾驭形象化语言的能力。如果说这些特点在《顿河故事》中还只是一种萌芽状态，那么在长篇小说《静静的顿河》中却有了长足的发展，得到了充分的发挥。

长篇小说《静静的顿河》（1928—1940）写的是俄罗斯历史上从1912年到1922年至关重要的十年，这是社会动荡，新旧制度交替，新的意识形态同传统的思想、习惯激烈搏斗的年代。在这样的社会历史背景上，肖洛霍夫深刻地揭示了顿河地区哥萨克在历史转折关头的命运。哥萨克不是一个民族，而是俄罗斯人中一个特殊的社会阶层。顿河地区的哥萨克是由16世纪以来从俄罗斯中部地区逃亡而来的农奴和仆人组成的，他们在顿河地区以打鱼和农作为生，并自发组织起来保卫家园。战斗和劳动相结合的生活世代相传，养成哥萨克人剽悍、坚强的性格。历代沙皇政府都利用哥萨克的勇敢精神为扩张政策服务。因此入营当兵成为哥萨克男子的神圣职责，效忠沙皇成为他们的传统思想，这样哥萨克便形成具有独特经济条件和生活方式并保持家长制宗法社会的特殊社会阶层，这正是小说主人公生活悲剧的社会历史根源。

小说共分四部，以顿河岸边鞑靼村几个哥萨克家庭的经历为情节线索，表现了20世纪初顿河流域农村动荡变革的历程。其中主要写了葛利高里·麦列霍夫一家和他的邻居斯捷潘·斯塔霍夫等几个家庭。在十年的社会大变革中，这几个保持着宗法社会家长制传统的家庭都遭到毁灭性的打击，家破人亡。葛利高里的妻子纳塔利娅在战乱年代死于流产，兄嫂及父亲在哥萨克暴动中相继死去。斯捷潘在暴动失败后逃亡国外，他的妻子阿克西尼亚同葛利高里倾心相爱。葛利高里经过种种遭遇后决定和阿克西尼亚逃离鞑靼村，途中阿克西尼亚不幸被巡逻的红军士兵打死。葛利高里心灰意懒，当他把枪支弹药扔进刚刚解冻的顿河返回家园时，他那个曾经充满欢乐和幸福的大家庭只剩下已出嫁的妹妹和失去母亲的儿子。作者用经纬交织的笔法，通过几个哥萨克家庭的悲欢离合，展示俄国社会的这段历史进程，描绘了大变革时期社会的冲突和人们的思想、意识、感情、习俗、性格遭受的激烈震荡。

尽管肖洛霍夫描绘这场历史变革时保持着冷静客观的笔调，但作品总的思想倾向是十分明显的。哥萨克宗法制社会生活的崩溃可以看作是一场悲剧，而肖洛霍夫是站在十月革命的立场上来看待这一悲剧的。一方面他为小说中哥萨克男女在历史动荡中的悲剧命运感到惋惜，深表同情，同时又认为十月革命是历史的潮流，是不可阻挡的社会进步。整个小说的结构、情节安排、人物命运等都让人感到，革命尽管不是一帆风顺，会遭受种种挫折，包括革命者的缺点和错误造成的失败和挫折，但革命终究要向前发展；哥萨克劳动人民只有摆脱旧制度的羁绊，才能获得新的生活。正因为这一点，小说中虽然写了家破人亡的悲剧，但始终保持对生活充满信心的乐观基调。

小说的中心人物是葛利高里·麦列霍夫。整个小说的情节、结构都是围绕他展开的。葛利高里是劳动者，勤劳、淳朴、善良、真诚、热情、勇敢是他最显著的性格特征。他从小就跟着父兄干各种农活。像所有哥萨克一样，葛利高里爱马，善于骑马，而且骑术高明。他心地善良，割草时无意中砍死小野鸭，感到十分心疼。他待人宽厚，甚至对阿克西尼亚的丈夫也不记前仇，救他脱险。如果说葛利高里具有劳动哥萨克的种种优点，那么他身上也充分体现了哥萨克的种种弱点。效忠沙皇、遵守父命、入营当兵、哥萨克光荣等观念是葛利高里的生活信条。作为劳动者，他对土地的感情是纯朴的，但是作为私有者，他继承家业、占有财产的欲念是刻骨铭心的。他之所以不愿同阿克西尼亚远走高飞，正是因为他不愿离乡背井，舍弃土地、房屋和父亲挣下的那份家业。如果不是生活在20世纪初期这个动荡的时代，葛利高里会像父辈一样，作为一个勤劳勇敢的哥萨克而度过一生。但是时代的波浪将他推到了历史选择的十字路口上。在历史的剧变中，他有了新的追求，但是又不能摆脱传统观念的羁绊，于是便在人生的历程上留下了摇摆不定的轨迹，从而走上坎坷曲折的生活道路。在小说中葛利高里这一性格和命运的特点，是从两个侧面展示的。在爱情生活中，他深爱阿克西尼亚，刻骨铭心，始终不渝，但却不敢冲破哥萨克的传统观念，只能谨遵父命而娶纳塔利娅，然而婚后又不忘前情，因而在某种程度上造成了两个女人的悲剧。在人生道路上，葛利高里少年时代在鞑靼村的生活，是他最无忧无虑的幸福时光。但是从他入伍当兵起便被投入到颠簸激荡的历史长河中去了。作为血气方刚的哥萨克，他作战勇敢，但不明白为什么要打仗。布尔什维克贾兰沙的一席谈话，揭穿战争实质，葛利高里效忠沙皇、哥萨克光荣等传统观念第一次受到剧烈冲击，在他的头脑中发生了动摇。但是他一回到家中，家人的崇敬，邻里的奉承，又煽起哥萨克的优越感和偏见，回到前线又继续效忠沙皇。葛利高里曾两次参加红军，又两度离开红军投入白军。在历史发展急骤变化的关头，他徘徊于人生的十字路口，茫然四顾，不知所向。当他终于认清了应走的道路时，已经铸成了终生的大错。这就是葛利高里的悲剧。

肖洛霍夫是在急骤变化的历史潮流的大背景上来展现葛利高里的人生悲剧的。社会进步，革命胜利，同个人的悲剧恰成鲜明的对照。这里当然有葛利高里自身背负的因袭重担所造成的迷误，也有客观形势使之坠入错误泥坑的因由。肖洛霍夫在《静静的顿河》中将葛利高里的命运置于小说结构的中心是企图通过这个形象提出一个十分重要的问题：工人阶级在革命运动中如何对待农民，特别是如何对待处在中间状态的农民的问题。俄国十月革命后，有的哥萨克聚居地区推行所谓“斗争哥萨克”的方针，不加分析地把哥萨克一律当作“沙皇的走卒”进行斗争，因而造成非常严重的后果，而且在某种程度上导致顿河地区的哥萨克叛乱。在历史急剧转折的时刻，人民群众对于革命运动的态度是千差万别的。领导阶级在革命过程中如何正确对待那些并非革命的敌人，而是觉悟较晚、行动摇摆的人，从葛利高里的悲剧命运中，便有值得吸取的教训。肖洛霍夫对于哥萨克劳动者寄予真切同情，他在肯定十月革命的同时，也注意到那些本不应该被历史淘汰、但却成为历史前进的牺牲品的人。对于他们所走过的一段弯路（或者说在历史进程中的迷误），他是站在十月革命的立场上从总结历史教训的高度来看待的，并不是简单地把他们归入反革命的营垒。肖洛霍夫的这一立场许多年来不被一些批评家所理解，因而使葛利高里成为苏联文学界争论不休的人物。

20年代末苏联开始在农村地区展开农业集体化运动。肖洛霍夫作为十月革命时代成长起来的青年，他放下正在写作的《静静的顿河》，积极地参加了顿河地区的农业集体化运动。长篇小说《被开垦的处女地》（第一部1932，第二部1959）就是作家根据亲身体验"趁热打铁"写成的。为什么要成立集体农庄？"只有加入集体农庄，劳动农民才能摆脱贫穷"。小说主人公达维多夫这句话说出了当时一代人的信念和心声。共同劳动，集体致富是他们当时的认识。肖洛霍夫关心农民的命运和前途，他正是从探索农村发展道路的角度创作这部长篇小说的，小说的成功之处在于它比较真实地记录了俄罗斯农村中这场天翻地覆的变革：既肯定集体化应当作为农村的发展道路，又深刻地写出了农民在接受这条道路时的疑虑、观望，甚至反抗；既写出了布尔什维克为引导农民走上这条道路而进行的艰苦斗争和牺牲精神，也写出了他们工作中的缺点和失误。小说生动地塑造了达维多夫、纳古尔诺夫、拉兹苗特诺夫三个共产党员和梅谭尼科夫等几个农民的艺术形象。《被开垦的处女地》的艺术结构与一般以人物命运为线索的结构方式有所不同。它的第一部以事件为中心，围绕事件刻画人物，展开情节，取得了事件进展和人物性格逐步展开、交相呼应的艺术效果，而第二部倾向于抒情性描写和塑造人物的精神风貌。

1941年苏联卫国战争爆发，肖洛霍夫作为《真理报》战地记者上了前线，写了许多政论文章和战地通讯。小说创作除短篇小说《学会仇恨》（1942）外，还有长篇小说《他们为祖国而战》。肖洛霍夫从1943年动笔写这部小说，发表了若干章节，但直到1984年病逝仍未完成。在50年代中期苏联文坛“解冻”的气氛中，肖洛霍夫发表了短篇小说《一个人的遭遇》（1956—1957）。就情节而言，这是战争年代屡见不鲜的故事。战争破坏了主人公安德烈·索科洛夫的美满生活，离别妻小上了前线，受伤被俘，历尽磨难，回到祖国，已是家破人亡。对于这样一个并不新颖的题材，肖洛霍夫从一个新的角度作了独树一帜的艺术处理。他没有着重描绘苏联人民抗击侵略者的英雄气概，也没有突出表现主人公在战争中的丰功伟绩，而是浓墨重彩地展示一个普通的俄罗斯人在战争中的遭遇和感受以及他面对命运的考验所表现出来的坚韧不拔的精神。震撼读者心灵的不是激烈的战争场面，而是凝聚在人物内心深处的痛苦体验，是对于战争的回味和反思。《一个人的遭遇》开创了卫国战争题材文学创作的新阶段，为表现心理体验的“战壕真实派”创作奠定了基础。

早在20年代，肖洛霍夫为他的小说集写的序言就提出文学要反映生活真实，反对虚假地表现生活，反对粉饰现实。他毕生的创作中都坚持文学的真实性原则。然而这并不意味着作家只是照搬现实中的生活现象，而是要做出高度的艺术概括。肖洛霍夫从现实的体验中认识到，历史的前进总要伴随不可避免的牺牲，有前进的成功，也有为此而付出的代价。因此肖洛霍夫在进行艺术概括时，史诗的恢宏中总蕴含着悲剧的忧伤，总体的乐观笔调中总有一种情不自禁的悲剧氛围。这是他小说创作的重要特点。肖洛霍夫曾谈到，他的小说是通过揭示人的心灵的运动来表现人的魅力。他总是力求充分地展现人物的内心世界以表现人物的性格、神态。这是他的艺术追求，也是他的艺术特色。这一切，再加上他敢于揭露现实矛盾的胆识，对自然风物独特的感受和情景交融的描绘，构成了肖洛霍夫现实主义艺术的独特风格。1965年，肖洛霍夫荣获诺贝尔文学奖。

米哈伊尔·阿法纳西耶夫·布尔加科夫（1891—1940）是苏联讽刺文学领域独树一帜的小说家和剧作家，生前屡受贬斥而60年代以来声誉渐起，被认为20至40年代重要代表作家之一。

布尔加科夫生于基辅神学院教授家庭，母亲婚前曾当过家庭教师。在这个典型的知识分子家庭中，布尔加科夫受到良好的教育和文化熏陶，眼界开阔，性格开朗。少年时代，他考取著名的基辅第一中学，许多应聘在此授课的大学教师使其深受教益。中学毕业后，他进入了基辅大学医学院。毕业前夕，第一次世界大战爆发，他毅然参加了圣红十字会组织的战地救护工作，后被调往一家偏僻的县医院。行医期间，他恪尽职守，医德高尚。在国内战争时期，他的亲友中很多人参加了白卫军，他在情感上也倾向于白军。后来经过数次被白卫军和彼得留拉匪帮强征为医的痛苦经历，他逐渐认识到白军的腐败以及红军胜利的历史必然。像阿·托尔斯泰一样，布尔加科夫把这一过程写进了一系列以内战为主题的小说、戏剧作品之中（《白卫军》，1925—1927；《屠尔宾一家的日子》，1927；《逃亡》，1928）。

1920年初，国内战争接近尾声，布尔加科夫决定放弃医生职业，专门从事文学创作。这一年秋，他来到莫斯科。在物资匮乏的环境里，他为维持生计变换过多种职业，顽强地进行写作，为多家杂志报纸撰写小品文和中短篇小说。早期的中篇小说《袖口手记》（1923）和《青年医生札记》（1925—1927）从题材到手法都较为传统，但是表现出他对新闻时事敏锐准确的把握力，而包括《魔障》、《不祥之蛋》在内的小说集《魔障》（1925）反映出他对讽刺文学的偏好和对创作手法的革新。1925年底，布尔加科夫第一部长篇小说《白卫军》开始在《俄罗斯》杂志上连载（该杂志未及全文刊完《白卫军》即告关闭）。1926年10月初，由布尔加科夫从《白卫军》改编的剧本《屠尔宾一家的日子》在莫斯科艺术剧院首演。同月，他的另一部讽刺“耐普曼”[①]的剧作《卓娅的住宅》也在瓦赫坦戈

① 指新经济政策时期的暴发户。

夫剧院上演。两剧并演的盛况把布尔加科夫推上了他人生第一个也是最后一个事业高峰。评论界的反映表现出极大的反差，总的基调是否定的，评论的焦点集中在对剧本的政治倾向的极度反感上。斯大林、卢纳察尔斯基和高尔基分别从思想和艺术角度指出《屠尔宾一家的日子》的成绩与偏差，对该剧的继续上演予以有力支持。20年代后期，布尔加科夫受到“拉普”批评家的攻击和排斥。1927年8月，《屠尔宾一家的日子》被禁演，同年作家的住宅遭到搜查，日记和中篇小说《狗心》手稿被没收。1929年，布尔加科夫以白卫分子的逃亡和回归为主要内容的剧作《逃亡》也遭到剧目审查委员会的否定。从此，他逐渐失去了发表作品的机会，生活和创作都陷入了困境。在极端困难的条件下，他写出了历史剧《莫里哀》。在排练过程中，布尔加科夫与当时的戏剧界权威斯坦尼斯拉夫斯基发生尖锐冲突，布尔加科夫拒不接受后者拟定的展示天才成长历程的思路去修改剧本，最终剧本被打入冷宫。1930年4月，经斯大林过问，布尔加科夫在莫斯科艺术剧院获得了一份助理导演的工作，后来又转到大剧院做歌剧脚本作者。整个30年代，布尔加科夫就在希望、失望和再希望的循环中，坚定地继续他心爱的写作事业。除创作反战倾向的《亚当和夏娃》（1931）、描写普希金之死的《最后的日子》（1940）等剧本外，他还把《死魂灵》、《堂吉诃德》改编为剧本，写出自传体长篇《剧院故事》（未完成）和呕心沥血的落日之作《大师与玛格丽特》（创作于1929年至1940年间；1966年至1967年发表）。这些作品在其生前都未能发表。弥留时，布尔加科夫还同家人开着玩笑。历尽坎坷的布尔加科夫始终微笑着面对生活，他把心中的爱和希望全部融进写作，留给后人。

以内战为背景、以知识分子与革命为主题，是布尔加科夫前期创作的一大特色。代表作品包括《白卫军》、《屠尔宾一家的日子》和《逃亡》，其中思想性和艺术风格结合比较完美的当属《逃亡》，而影响最大的是《屠尔宾一家的日子》。不同于同时代苏联作家的是，布尔加科夫把着眼点放在革命的对立面——白卫军上。在进化论哲学的影响下，表现了一批立志精忠报国却走错了路的知识分子的悲剧。作者没有回避红军与白军两大阵营之间的对立情绪，却也没有着力铺陈。他在剧本中描写丑恶、仇恨和流血，也描写美妙的琴声，美好心灵对和平与安宁的憧憬，对俄罗斯灵魂的眷恋。作品中既有水火不相容的阶级冲突，也有沉重的幻灭感，更有对人类优秀道德的探索和人道主义的追求。由于世界观所限，他从未深入剖析白卫军起来反对布尔什维克的阶级本质，这是他的作品往往为苏联文学评论界所诟病的重要原因之一。

布尔加科夫作品的另一主题是对和平年代社会生活中反面现象的讽刺，他把科幻、怪诞和写实手法融入讽刺文学创作。代表作品有中篇小说《狗心》、《不祥之蛋》（1925）以及杰作《大师与玛格丽特》。在《狗心》中，一位医学教授在实验中把一个死于酗酒斗殴的流氓无产者的脑垂体移植到狗身上，使这一条狗变成了“带着狗心的人”，成为一个粗鄙、贪杯、借政权之威尽泄私欲的无赖。当教授意识到他的实验给人类带来可怕的灾难时，又做手术将这个无赖还原为狗。这部作品通过“带着狗心的人”的胡作非为，影射、批判某些以“无产者”自居，缺少文化的青年在社会上的粗暴行为，但也流露出作者脱离、鄙视下层民众的思想倾向。《不祥之蛋》讲述一个急于求成的人妄自采用未成熟的新技术，想以此振兴鸡瘟大灾后的共和国养鸡业。他强行借来了尚在实验阶段的促使生物高速繁殖的“红光技术”。由于运输方面的失误，一批蛇蛋被误当作鸡蛋运到农场，结果酿成了一场巨型怪兽横行全国的重灾，人力已经无法抑制，幸好天降寒流才消除了灾难。布尔加科夫用理性显微镜，把社会弊病放大到令人瞠目的程度，以期警醒世人。他的怪诞讽刺手法得益于他所敬仰的果戈理和谢德林。

长篇小说《大师与玛格丽特》是布尔加科夫精心设计的贯穿历史、现实和幻想等几个层面的道德法庭。在这里，人类精神沦丧的种种形态得到了充分揭示。在20至30年代的莫斯科，魔鬼沃兰德使用法术，使渎职受贿的官员、偷情的丈夫、贪污巨款的吝啬鬼、为满足物欲而丢失了羞耻心的妇女、觊觎别人一间地下室而不惜诬陷告密的人、享有吃喝玩乐特权而无所事事的某文学联合会成员、指鹿为马的文学评论权威等等一一显露原形。沃兰德及其随从手持道德的天平，对他们进行特有的宣判和惩处，说明作者不赞成否定一切文化传统和精神价值。小说的另一条线索是一个取材《圣经》的历史故事新编：约两千年前，罗马帝国犹太行省的执政官彼拉多违心地核准了对无辜的耶稣执行死刑的判决。由于内心怯懦，害怕权势，担心丧失名利，他一再失去了纠正错判的机会。从那以后，一种最可怕的悔恨，一种回天无术、无可奈何的悔恨烧灼着他的身心。在原《圣经》故事中，彼拉多在核准死刑后只是洗手说："罪不在我，你们承担吧。"布尔加科夫以此为切入点，让彼拉多直面自己的行为，让一瞬间的错误绵延为长达将近两千年的悔恨和折磨。贯穿小说各个有机部分的是"大师"本人的命运。他的诚实和正直为世人所不容，他所撰写的彼拉多与耶稣的故事无法发表，生活中屡遭厄运，只有善良的少妇玛格丽特与他相伴。后来他竟被关进了精神病院。在沃兰德的帮助下，玛格丽特在报复了迫害大师的仇人后，与大师一起飞离凡尘。他们目睹了彼拉多的忏悔，宽恕了他。布尔加科夫试图用他的作品证明丧失信仰和行为准则的人只能可悲又可笑地领受罪与罚的考验。

对永恒道德主题的探索几乎贯穿布尔加科夫的所有作品，从稍嫌幼稚的探索逐渐成为深邃的哲理反思。在经济迅速发展的20年代后期和30年代，布尔加科夫能敏锐地关注人们精神道德的缺憾，提出完善人类精神世界的重要性，这是富于前瞻性的思考，如同不断进取的浮士德博士一样，他的探索不断深入，别具一格。

布尔加科夫从俄罗斯和西欧文化精华中汲取养分，以其幽默和讽刺天才针砭时事、评点道德。在创作实践中，他继承了果戈理、谢德林以来的讽刺文学传统,借鉴20世纪艺术潮流中超现实主义和意识流的技巧,叙事复杂多变,在他那些狂放的、轻蔑的、抒情的多彩笑声背后,隐含着作者对20至30年代苏联社会精神生活的关注和反思。

安德烈·普拉托诺维奇·普拉托诺夫(原姓克里缅托夫,1899—1951)出身于沃罗涅日附近驿差镇一个铁路技工家庭,曾在铁路工厂做工。十月革命时期参加红军,1924年毕业于铁路技工学校,成为一名电机技师和土壤改良工作者,广泛接触了苏联偏僻省份的城乡生活。20年代初期在无产阶级文化派的思想影响下,发表了一些诗歌和科幻作品,表达了革命建设的激情。1927年出版中短篇小说集《叶皮凡水闸》,引起文坛重视。

普拉托诺夫以现实主义手法和丰富的生活知识,对革命前后俄国的严峻现实进行艺术探讨。中篇历史小说《叶皮凡水闸》描写彼得大帝为连接俄国水路,重金聘请英国工程师在叶皮凡城附近修建水闸。这是一个雄心勃勃的计划,但是连当地农妇都知道,当地的地层多砂质,不适于修建水闸。由于依据了错误的地层勘察资料,工程被看作是"沙皇的游戏和外国人的异想天开"。尽管沙皇强制农民做苦役,修建水闸计划终于失败,英国工程师被判死刑。小说尖锐抨击了沙皇专制和脱离民众的主观主义。中篇小说《驿差镇》(1927)是对作者故乡——发端于叶卡捷琳娜女皇时代的一个驿差聚集的村镇——十月革命时期人民生活状态和心态的剖析。在这个极其贫穷、落后的村镇里,人们误认为发生了革命就应当赶紧抛弃乡镇去抢劫贵族的领地和城市,致使小说的中心人物——雇工费拉特终日彷徨无所适从。中篇小说《格拉多夫城》(1928)以怪诞手法虚构了一个城市,在这个城市里,千百年来专制农奴制度积重难返,造成了官僚主义盛行和生活惰性蔓延。革命后,莫斯科拨来500万卢布救济饥荒,该城执委会开会讨论了四个多月仍拿不出分配方案。官僚主义者整日埋头办理公文,而不问民间疾苦。人们都慢吞吞地工作着,从来不知什么是劳动激情。这三篇作品以历史的眼光审视现实，对革命后社会改造的艰巨性做了充分估计。作品侧重社会阴暗面的描绘，形成独特的怪诞和讽刺的艺术。

从1928年的中篇小说《内向的人》起，普拉托诺夫作品中，凭朴素的内心感受进行思考的劳动者形象开始占据显著地位。他们以“革命如同火车头，而革命者应当是司机”的观点审视现实，反对乌托邦的不切实际的幻想，批评官僚主义和“工人贵族”的肆意妄为，强调渴望幸福的心最为宝贵。名篇《一个师傅的诞生》（1928—1929）是作家生前未能全文发表的长篇小说《切文古尔》的序曲部分，以独特的艺术魅力探讨了革命前干旱饥荒年代，俄国偏僻农村一个手工艺人的世界观形成过程。主人公扎哈尔是个能工巧匠，会修鞋、修闹钟，甚至还会修生平第一次见到的钢琴。平时埋头手工艺，很少与人往来。由于饥荒，村民逃的逃，死的死，村庄荒无人烟。扎哈尔最后也不得不离开村子，到处流浪。忧愁和不安占据了他的心灵（时钟所代表的时间流动的观点进入他的意识中），使他产生了与其他人联合的渴望。他进城当了火车头清洗工，收养了在农村时的朋友、一个想了解生命的意义而投湖自尽的渔夫的儿子萨莎·德瓦诺夫。十月革命爆发时，扎哈尔带着萨莎去寻找能给人民带来幸福的革命党，这样萨莎便加入了布尔什维克党。

《切文古尔》（副标题《敞开心扉的旅行记》）是一部以20年代初期从军事共产主义向新经济政策过渡的时空为基础的超现实主义和怪诞现实主义作品，讽刺贫穷和无知的乌托邦“社会主义”。萨莎从红军复员后，被省委派去视察农村自发的社会主义集体化运动。路上遇到披甲的骑士科片金。他是堂吉诃德式的人物，充满理想，骑着骏马漫游省区，警惕地保卫革命成果。两人成了挚友，一起去视察乡村公社。他们目睹了农村的赤贫状态特别是妇女和儿童的苦难，认识到公社计划的不切实际和农村生活的惰性。他们来到自命为已经实现了共产主义的切文古尔城时，了解到这里枪毙了所有资产阶级，把小资产阶级统统赶到草原上让其自谋生路，城里只剩下11个无产阶级。夜晚，“他们当中的十个人睡觉，而一个人忧伤而惴惴不安地徘徊着”。他们幻想阳光能自然地带来丰收，因而不必从事生产，结果整个城市濒临饥荒和死亡，科片金痛斥这不是共产主义。萨沙则赶紧组织生产自救。切文古尔的领导却不听从上面关于纠偏的指示，一意孤行，最后切文古尔城遭到流窜的白匪军的围攻而毁灭。这部作品以怪诞的艺术手法尖锐地指出乌托邦社会主义和极“左”思潮的危害性。由于它强烈的讽刺色彩与苏联当时的时代气氛非常不协调，因此被出版社拒绝，直到1972年才在巴黎首次出版。

中篇小说《地槽》（1930）当时也为出版社所拒绝。它描绘一群疲惫不堪的工人整天挖地槽，要建设一座能让所有无产阶级共同居住的高楼大厦，而指挥工程的官僚却早已住进花园小楼享清福，不关心住在工棚的工人的疾苦。主人公沃谢夫渴望能想出“共同生活的方案”，当了挖地槽的工人，却又对这建造巴比伦塔式的计划充满疑虑。残疾军人扎切夫热爱幼小生命，因工人们收养的工厂主的孤孙女娜斯佳夭折而对生活前景失望。《地槽》是《切文古尔》的姊妹篇，再次提醒人们警惕乌托邦幻想和极“左”思潮的危险，但是也流露出一些无政府主义的思想情绪。作品在苏联国内直到1987年才首次发表，评论界认为它是警世的“沉钟”。

中篇小说《为日后备用——贫农纪事》发表在1931年《红色处女地》杂志上。普拉托诺夫艺术探索的一个核心问题是现在与未来的关系，认为不能为了“日后备用”而忽略现实的需求。《为日后备用》以贫农出身的电机技术员漫游农业集体化时期许多集体农庄的笔记形式，描绘了由于巴比伦塔式的幻想，不做脚踏实地的工作，热衷于胡思乱想的种种荒唐情景。如一个农庄为了防备阴雨天，用一百个电灯泡做“人造太阳”，结果由于电流过强，电线烧毁。又如在一个由复员战斗英雄组成的农庄里，人们不敢在食堂用大餐，都躲在房里偷偷享用，以防备周围农庄嫉妒他们得到的优越条件。这部作品虽然以怪诞滑稽的笔墨写成，却带有报告文学的性质。作者借笔记作者的口气在作品开头说："他可能会犯错误，但不会撒谎，而且对社会主义革命的一切重大局势采取慎重而纯洁的态度。"作品发表后受到"拉普"的激烈批判，被认为是"具有双关语义的作品"，是"进行反抗的小资产阶级自发势力的意识形态的反映"。

从30年代中期起，普拉托诺夫创作中的怪诞现实主义倾向减弱，开始以深沉的哲学眼光观察苏联社会的现实问题，并且开始具有较为明亮的色彩。中篇小说《初生海》（1934，当时未能发表）仍然采用漫游小说的体裁，不乏讽刺色彩，但是笔调却较为轻松。一位电机工程师来到苏联东南部草原上一个畜牧农场。农场经理在干部审查时有一段痛苦的经历，因而信奉"不要到处插手"的消极哲学，但是广大干部群众仍充满建设激情。后来一位挤奶女工当上农场新经理，同工程师一起为开发深埋地下的水源（即初生海）以灌溉整个中亚地区而艰苦地奋斗。短篇小说《黏土地带》（1934）和中篇小说《德然》（1938年部分发表）都是作家作为苏联作家考察团成员，到土库曼沙漠地区体验生活后完成的力作。《黏土地带》描写14岁波斯少女扎林·塔齐在革命前被土库曼贵族俘虏，戴上脚镣，从波斯艰难步行到土库曼，在土库曼部落被当作男人玩乐的工具。感受美好事物，渴望和追求理想，本是人类心灵的特性，可是在奴隶制度的可怕的摧残下，她的心完全枯萎了。小说描写扎林·塔齐被吸干血，惨死于沙漠，当她女儿为红军所救前来寻找母亲遗体时，"看见在她的胸脯上两条暗色的僵死了的蠕虫样的东西，而这正是曾经哺育了自己的奶头的痕迹，母亲肋骨上的皮肤都脱落了，但看不到心脏"。塔齐的悲惨遭遇被描绘得淋漓尽致，像可怕的恶梦那样触目惊心。《德然》写的是大学毕业生恰加达耶夫回到与阿富汗接壤的土库曼沙漠，去寻找和拯救他的同胞、濒临灭绝的最后几十名德然族人的艰险历程。童话式的艺术虚构（如假定性的德然族）和感人的现实生活描写交融在一起。作品中那些紧张的场面，如在荒漠的沙地上恰加达耶夫与秃鹰搏斗的场面，显现出海明威小说那种描述的时间速度与读者的时间感觉相一致的逼真，而人物描写则像普鲁斯特的作品那样注重日常心理活动的描绘。例如恰加达耶夫的母亲在沙漠的困苦生活中长期流浪，"她的心脏早已不是因感情而只是因习惯而跳动"，因此当她见到阔别多年的儿子后，"第二天就再也不去注意儿子了"，因为"她的心的力量"只够去回忆前一天重逢时的情景，并且立刻回到操劳家务的生活习惯中。作者还在小说中进行弗洛伊德式的、对非理性状态中的人物的精神分析，描绘出一群像梦游病患者的德然族人亦真亦幻的心灵世界，进一步拓宽了他早期的超现实主义风格。普拉托诺夫运用这种艺术手法，令人震惊地揭示边远地区少数民族苦难深重，以至连心灵都枯萎干涸了。同时小说中又有高尔基某些作品的那种革命浪漫主义成分，例如主人公为拯救德然族人免于饥饿，装死来诱使秃鹰啄他的肉，然后将其捕获，这个情节就充满了和丹柯"燃烧的心"一样的伟大的牺牲精神。

30和40年代，普拉托诺夫创作了许多短篇小说，其中既吸收了普希金的和谐的美学和契诃夫的抒情心理描写手法，又回荡着作者毕生创作中关于善良、体贴和渴望幸福的心灵的主旋律。《雨蒙蒙的青春的曙光》、《七月的雷雨》（1938）细致地刻画了在艰苦环境中儿童纯洁的心灵历程。《弗洛》（1936）、《火车司机的妻子》（1940）描绘了技工对建设事业的热爱，同时提出家庭温暖具有不可忽视的道德价值。《精神崇高的人们》（1943）等战时短篇描绘苏军普通战士英勇不屈的斗争，《归来》（1946）提醒复员战士要体贴妇女在后方的艰辛，重视家庭的完整和谐。《无名的小花》等儿童故事纯熟地运用童话艺术，充满对幼小生命的热爱。

列昂尼德·马克西莫维奇·列昂诺夫（1899—1994）是重要的小说家和戏剧家。他出生于莫斯科商人和小手工艺者聚居的扎里亚吉耶地区。

祖父曾在那里开过杂货铺，父亲从事报刊工作。列昂诺夫1918年毕业于莫斯科第三中学，1920年在阿尔罕格尔斯克参加红军，当过部队记者。1922年复员后定居莫斯科，开始走上文坛。他曾说，动荡的革命年代为他提供了异常丰富的素材，应当通过鲜明深刻的形象来描绘思想的冲突，巩固新的道德伦理原则，记录新世界的诞生。他的早期中篇小说着重分析处在新旧交替时期人们复杂矛盾的心理状态。例如，《一个小人物的结局》（1924）描绘一个古生物学教授误认为现在不再需要书籍和文化，而粮食和火柴比什么都重要，因而把珍贵的论文手稿付之一炬。这个中篇小说揭示了旧知识分子的彷徨和精神悲剧，显示出陀思妥耶夫斯基作品对列昂诺夫的影响。

1924年后半年，列昂诺夫在《红色处女地》杂志上连载他的第一部长篇小说《獾》。小说描绘十月革命前，阿尔罕格尔斯克农村的两兄弟谢苗和巴维尔因家境贫苦被送往莫斯科当店铺学徒。十月革命后，两兄弟走上了对立的道路。哥哥谢苗准备娶老板女儿为妻，返乡后在农村无政府主义思潮影响下，成为反叛的土匪头目，率几百名误入歧途的农民躲进密林深处，像昼伏夜出的獾一样对抗革命。弟弟巴维尔拥护布尔什维克，率领红军前来平定叛乱。叛乱队伍逐渐瓦解，众叛亲离的谢苗终于投诚。小说在描写两兄弟学徒生涯时，独具匠心地记录了莫斯科的生活习俗和心理风貌。小说关于阿尔汉格尔斯克自然景色的描写，以冬去春来的变换，衬托新旧事物更替的规律，反映了十月革命的光芒照进密林最深处的复杂过程。这部小说在20年代末至30年代初相继被译成德文和法文，介绍到西欧。

第二部长篇小说《贼》（1927，1959年改版）以冒险小说、流浪汉小说形式剖析十月革命前后普通工农内心的意识活动。主人公维克申出身于农村的铁路看守人家庭，内战时期曾是英勇的红军骑兵。当他复员到莫斯科时，新经济政策时期花花绿绿的商店橱窗使他大为惊讶。在一家著名食品店，他为一个衣着华丽的“耐普曼”太太开门，然而她却鄙夷地用手套打了一下维克申的手，这使他觉得“比在战场上敌人子弹打在身上更加疼痛”。当晚，他喝得酩酊大醉。由于对革命后生活的复杂性不理解，他沦落为盗窃小集团的头目，却自以为这是和“耐普曼”展开游击战。像陀思妥耶夫斯基作品那样，列昂诺夫小说让人物在偶然性场合中相遇。有一次，维克申在火车上偷窃了一个年轻妇女的皮箱，他从照片上了解到她是演空中飞人的演员，深为偷人血汗之钱而难过。接着他又从箱底的旧照片上，惊讶地发现她正是阔别多年的姐姐。另一次，维克申以为所窃的是“耐普曼”分子的金库，结果却是老战友的公款。维克申屡经波折，内心万分痛苦，终于跳上开往西伯利亚的列车，到那里去当伐木工，开始寻求新的生活。小说对此时期苏联的社会生活和人们的心理风貌做了精辟描绘，揭示树立新的道德伦理原则的艰巨性。作者在小说中说：“每一代人都自以为是生活的完全主人，其实只不过是逻辑长链条中的一环，过去紧跟在我们的脚后面，要离开它比飞离宇宙还要艰难。”

1927年夏，列昂诺夫访问西欧，到意大利时拜访了高尔基，后来发表《关于高尔基》（1932）等文章。1928年工业化运动开始，列昂诺夫走访并考察了伏尔加河上游地区的造纸厂建设工程。他在《新世界》杂志上发表了第三部长篇小说《索契河》（1930），高尔基在《论文学》（1930）一文中说《索契河》是一部“用耐人寻味的、有力的、明朗的俄罗斯语言写成的优秀作品”。小说以造纸厂建设为题材，对苏联城乡生活和各类人物进行了典型概括。主人公乌瓦季耶夫革命前是造纸厂工人，因参加革命活动曾被流放过，十月革命后参加了红军。他内心充满为子孙造福的理想，鄙视新经济政策时期泛滥起来的小市民享乐主义思潮，而他妻子却沾染上“耐普曼”太太俗不可耐的习气，家庭因此而发生了裂痕。小说展示了理想主义和享乐主义之间的冲突和斗争。作为建设工程的党代表，乌瓦季耶夫具有排除困难的坚强意志，敢于和官僚主义者斗争，但也有简单粗暴、不善于团结人和争取老技术专家的毛病。这部小说具有独特的结构手法，它以建设工程为情节基础，同时将许多人物的生活故事编入小说，有如一部中短篇小说集锦。小说令人信服地揭示在改造大自然的过程中人们的精神面貌也得到改变。

在《索契河》之后，列昂诺夫在1932年发表了具有更强烈哲理倾向的长篇小说《斯库塔列夫斯基》，剖析旧技术专家走向新生活的思想和心理历程。他的长篇小说《通向大洋之路》（1935）刻画了充满革命理想的干部库里洛夫的崇高形象，并对30年代苏联社会诸思潮进行了深刻描述。从20年代末开始，列昂诺夫创作了多部剧本，如反映30年代后半期肃反扩大化时期社会心理风貌的剧本《暴风雪》（1940）等等。

1941年6月，苏德战争爆发后，列昂诺夫以军事记者身份参加战斗。1942年发表了著名爱国主义戏剧《侵略》。故事发生在老医生塔拉诺夫家庭。德军兵临城下，但老医生仍忙于治疗病人。突然，他的独生子费多尔刑满归来，他是因恋爱争执枪击伤人被判刑的。他向前来劝父亲撤离的市委书记安德烈请求参加游击队，遭到拒绝。德寇入城，沉渣泛起，旧政权的市长跳出来充当德军走狗，四处寻找被没收的财物。安德烈领导的游击队给侵略者以严厉打击，德寇悬赏高额奖金搜捕安德烈。费多尔在与德寇搏斗时为掩护安德烈而不幸被捕，他自称是安德烈，光荣就义。剧本还描写了费多尔的母亲忍痛作证自己的儿子就是安德烈的感人场面。剧本的冲突围绕父母、姊妹对失足的儿子、兄弟信任与不信任的矛盾展开，通过一个失足青年身上潜在的爱国感情，反映了苏联人民普遍高涨的爱国主义激情。

“二战”后，列昂诺夫发表长篇小说《俄罗斯森林》（1953）。小说运用了推理小说的某些手法，通过女共青团员波丽雅探寻父亲生活之“谜”的过程，完成对诸多人物性格的塑造，描绘了苏联社会的生活进程和道德伦理风貌。小说的中心主题具有双关性，即爱护俄罗斯的木材和人才。作者试图告诉人们，革命结束了过去剥削阶级糟踏俄罗斯森林的局面，提供了爱护森林、合理利用森林的可能性；革命也结束了旧时代埋没人才的局面，提供了培养和爱护人才的可能性。

继《俄罗斯森林》之后，列昂诺夫还发表了《金马车》(1955年定稿)等剧作和《叶夫盖尼娅·伊凡诺夫娜》(1963)等中篇小说。1994年列昂诺夫发表了他经过长期构思的长篇小说《金字塔》。此时，作者早已进入耄耋之年，因患有眼疾，不能亲自校对稿件；这部小说是在作者亲属和友人等的协助下出版的。

列昂诺夫的创作以复杂的时间和空间结构、富有象征性的形象体系、蕴含隐喻和诗意的丰富的语言，折射了苏联各个时期社会生活许多重要特征。他是一位优秀的心理小说家，他的作品一方面对社会、家庭和个人生活的细节进行准确、敏锐的描绘，另一方面注重展示人物思想意识、心理过程和道德风貌。人物对话中富于哲理涵义的争论，对展现人物内心世界起了重要作用。

米哈伊尔·米哈伊洛维奇·左琴科(1895—1958)是著名的幽默讽刺作家。他生于乌克兰的波尔塔瓦市，父亲是画家，母亲是演员。1913年中学毕业后进入彼得堡大学法律系学习。第一次世界大战时曾随军参战，受伤后复员。1918年参加红军，一年后因病退伍。1919年以后的三年中，他走遍了12个城市，更换了十几种职业，当过民警、鞋匠、会计、办事员、法院文书、演员等。这段经历为左琴科的小说创作奠定了广阔的生活基础。1921年他发表了第一篇小说《彼得堡纪事》。1922年出版幽默故事集《蓝肚皮先生纳扎尔·伊里奇的故事》，塑造了形形色色的小市民群象，揭示出这些人物愚蠢、因循守旧、懒散、自私、残暴等畸形性格与心态。左琴科深入探讨了人的灵魂被扭曲，被毁坏的过程并对这种庸人习气施以尖锐的针砭。中篇小说《一头奶羊》(1922)中的扎别什金生活中追求的唯一目标就是拥有一头奶羊，为此他机关算尽，处心积虑，奶羊成了他内心深处的全部希望和寄托。作者辛辣地嘲讽了主人公灵魂的卑微。《贵族小姐》(1923)篇幅虽短，情节却十分生动。小说描写一个囊中羞涩的青年邀女友去剧场看戏，幕间休息时，他假作慷慨请女友吃点心，可是口袋里只有买三块点心的钱。随着女友一块接一块吃点心，他心中越来越紧张，结果当女主人公抓起第四块点心时，他的血涌上头顶，大叫："放下！真见你妈的鬼！"结果两个人关系告吹。《狗鼻子》(1923)讲述一个警察用警犬破案的故事：狗鼻子嗅出了盗窃公物的小偷；嗅出了私酒贩子；就连自称"受害人"的家伙也被它嗅了出来，原来这是一个偷了自家兄弟貂皮大衣的贼。最后，狗鼻子居然嗅出了它的主子——一个贪污犯，他私吞了30卢布狗膳费，弄得这位堂堂警官不得不向"狗兄弟"下跪求饶。《可怕的夜晚》(1924)对主人公在变革中的恐惧心理作了鞭辟入里的剖析。《夜莺在唱什么》(1925)不仅着意揭示人物的内心世界，而且给讼棍以机智巧妙的讽刺，对骗子进行了有力的鞭挞。《产品质量》(1927)中的主人公古谢夫把外国房客留下的防跳蚤粉当香粉往脸上搽，别人告诉他那是防跳蚤粉，他仍赞不绝口地大夸外国货质量好："别看是小虫子，精着呢，也识货呀……自从我搽了这种粉以后，跳蚤一次也没咬过……。"左琴科的幽默讽刺小说将大众俚语与书面语融合成自己独特的小说语言，以夸张怪诞的情节淋漓尽致揭露了愚昧无知、道德堕落而又自命不凡的市侩习气。

左琴科30年代创作中最引人注目的是《一本浅蓝色的书》(1934)。这是一组人际关系的小故事，历史与现实有机地结合起来，讽刺中饱含着善意与期望。作者以浅蓝喻希望、谦虚、青春以及高尚与美好的一切。全书共分五部分：《金钱》、《爱情》、《阴谋》、《倒霉事》和《奇闻怪事》。作者以新颖独特的手法描绘了市侩心理的发展过程，将讽刺与抒情熔于一炉。他的小品集《现场报道》(1923—1934)是以真人真事为依据的纪实性作品。中篇小说《返老还童》(1933)则描写一位老教授由于爱上妙龄少女而异想天开地试图返老还童的轶事。左琴科的传记体小说，由于主人公不同，写法各异。中篇小说《克伦斯基》(1937)是用嘲讽与审视的笔触给克伦斯基画像，而另一中篇《塔拉斯·谢甫琴科》(1939)却是以抒情与忧伤的语调为作者所敬重的诗人树碑。40年代左琴科创作了自传体小说《日出之前》(1943)和儿童文学作品《列宁的故事》。除散文之外，左琴科还创作了喜剧《罪与罚》(1933)、《帆布公文包》(1944)等剧本。《日出之前》以作者对巴甫洛夫和弗洛伊德心理学的深入研究，从幼年生活回忆中分析长期困扰自己的精神紧张、忧郁和恐惧等精神疾病的成因，表明自己坚信意志能战胜死亡，战胜衰老，克服精神疾患。这部作品刚发表就被认为是"严重个人主义"的典型而受到批判。战后发表的《猴子奇遇记》(1946)描写一个从动物园跑出来的小猴子在城里与各色人物之间发生的故事，其中有好人，也有坏人，最后这只猴子在一个善良的小男孩爱护教育下改掉顽劣脾性。这部作品当时被认为是"卑鄙地诽谤苏维埃生活和苏维埃人"，受到严厉批判。但作者认为，他从事文学创作的目的是为人民造福，他讽刺的是遗留在人们身上的劣根性。受到批判后，左琴科被开除出作协，失去工作和创作机会，生活拮据。50年代中期以后，左琴科创作了描写游击队员的特写和短篇小说，还发表了一些译著。左琴科去世后，他的作品在书店一上架就被抢购一空，在剧场演出中也常常朗诵他的《澡堂》、《贵族小姐》、《生病的故事》等作品。左琴科在艺术风格上继承并发展了果戈理的传统，创造了多层次的性格类型和带有自己独特结构与句法的讽刺文学语言。

伊利亚·格里戈里耶维奇·爱伦堡(1891—1967)生于乌克兰基辅市一个犹太人家庭。父亲是工程师。5岁时爱伦堡随全家迁居莫斯科。中学时代受到1905年俄国革命浪潮的影响，加入布尔什维克地下组织，因在沙皇军队中从事革命活动而被捕，保释出狱后流亡巴黎，以诗人和诗歌翻译者的身份开始文学创作活动，先后出版多部诗集。作品受当时现代主义艺术潮流的影响。在第一次世界大战期间他成为几家俄国报纸驻西欧记者，从此便走上了记者兼作家的道路。1917年6月回到俄国，他在1918—1923年间的诗集《为俄罗斯祈祷》（1918）、《沉思》（1921）中对时局表现出彷徨和犹疑，1921年春再赴欧洲。1922年发表第一部长篇小说《胡里奥·胡列尼托及其门徒奇遇记》。在这部充满怀疑主义和讽刺色彩的作品中，作为教师的主人公经常对战争、爱情、金钱、婚姻和艺术发表议论，通过他们周游世界的遭遇，表达了对现代文明的嘲弄和讽刺。小说结构松散，语言怪异。以13个烟斗为线索串联起来的短篇小说集《13个烟斗》（1923）富于先锋派小说的实验性。长篇小说《欧洲灭亡史》（1924）批判了资本主义社会和资产阶级道德。《让娜·涅伊的爱情》（1924）将爱情和个人情感与共产党员的责任和义务相对立，《贪图私利者》（1925）等小说对新经济政策时期的阴暗面予以揭露。1932年以后，他的作品走向写实，手法趋于传统。中篇小说《第二天》（1933）展现了苏联第一个五年计划时期库兹涅茨克建设工地火热的建设场面，描述了主人公罗扎诺夫的成长经历和利己主义者萨丰诺夫的毁灭，对30年代初期苏联的社会思潮进行了较为深入的描绘。中篇小说《一口气干到底》（1935）描写北方伐木场青年建设者的成长，塑造了正面楷模米琴采夫和一批由落后转变为先进的青年形象，描述了他们的生活、工作和爱情。

1924年后爱伦堡多次任苏联报纸长驻国外的记者。1939年德国法西斯发动战争，当时爱伦堡正在巴黎，亲眼目睹了德国法西斯侵占巴黎的情景，后来写了长篇小说《巴黎的陷落》（1941），德国入侵苏联后，回到苏联。战争期间随军赴前线，写了大量政论文和通讯报道，揭露法西斯暴行。战后他又写了两部长篇小说《暴风雨》（1947）和《九级浪》（1952），与《巴黎的陷落》合称战争三部曲。三部曲人物众多，事件纷繁，情节起伏，变化迅速，没有贯穿全书的主人公，糅合了纪实报道、政论和哲理，笔锋敏锐但是较为表面化，人物形象不够丰满。《巴黎的陷落》描绘了法国政界的政治斗争，揭露资产阶级背信弃义，腐败愚蠢，引狼入室。《暴风雨》写的是第二次世界大战开始以前和战争期间法国、德国和苏联人民的反法西斯斗争。全书共六部，同《巴黎的陷落》一样，小说没有直接描写战争场面，也没有中心人物。它通过苏联工程师弗拉柯夫、法国工厂主朗西安和他的女儿美达、人类学家仲马教授等人物在战争期间的感受和活动来揭示民主力量同法西斯主义的尖锐斗争，展现不同民族、不同阶层的人们在战争考验面前的种种表现和心理活动。为此小说采用了沦陷前后的巴黎和卫国战争开始前后的莫斯科两条线索交错展开，造成小说情节的起伏跌宕。《九级浪》描述的是战后东西方“冷战”开始时期复杂的国际局势和政治斗争，表达对和平的期望和信念。

50年代初期，苏联社会酝酿着一场重大变革。爱伦堡以新闻记者的敏感觉察到人们内心对于改变人和人之间那种冷漠关系的渴望，便通过艺术形式把它表现在小说中，并且直言不讳地将作品命名为《解冻》（1954，第二部发表于1956年）。小说写的是1953年冬至1954年春伏尔加河畔一小城市中某工厂发生的变化。厂长茹拉甫辽夫只追求完成生产指标，拿修建工人住宅的资金扩建生产车间，生产超额完成了计划，受到上级表扬，但一场暴风袭来，工人居住的破旧工棚倒塌，造成事故，上级追究，茹拉甫辽夫被撤职。这可以说是当时苏联经济模式的缩影：用压缩人民生活资料的分配比例来扩大生产，造成人民生活水平长期增长缓慢。茹拉甫辽夫正是这种经济模式弊端的必然产物。小说中另一条线索是老布尔什维克普霍夫一家的故事。小说将追逐名利、作品粗制滥造的“时髦”画家小普霍夫与自甘清苦、献身艺术的风景画家萨布罗夫的经历加以对比，肯定了后者对创作自由的追求。老普霍夫是个退休教师，不顾年老多病，每天走很远的路去辅导十来个学习差的学生。他的女儿索尼亚认为这样做很不值得，他应该坐在家里总结毕生的教育工作经验以教育更多的人。普霍夫不同意女儿的看法，认为不能在“为了千百万”的抽象前提下而把对具体的个别人的关怀与帮助置诸脑后。小说通过强调关心“每一个”，突出个人命运，使之成为50年代苏联文学人道主义思想的核心。小说中广泛地涉及到文学、艺术、经济生活等社会生活的方方面面，长期以来，由于苏联政治经济体制的弊端，人们在交往中往往不能敞开心扉，彼此显得冷漠而隔膜，人人都给自己的心戴上了个“箍儿”。解冻，就是要用人情的温暖把这个僵硬的“箍儿”融化掉。《解冻》没有像当时许多苏联文学作品那样塑造典型人物，却以细腻的笔触描绘了人们期待生活发生重大变化的急切心情。

爱伦堡晚年发表了长篇回忆录《人，岁月，生活》（1961—1965）。在这部内容庞杂的作品中，作者描绘了60多年来他所经历的重大事件，所接触的包括政治家在内的各种人物，并做出他个人的评价，许多内容具有一定的史料价值。

阿列克赛·尼古拉耶维奇·托尔斯泰（1883—1945）生于萨拉托夫州尼古拉耶夫斯克一个贵族（伯爵）家庭。母亲是个儿童文学家，阿·托尔斯泰自童年时代便受到母亲的熏陶。1901年秋托尔斯泰考入彼得堡工业学院机械工程系。大学期间他迷上文学创作，写了许多象征主义诗歌。临毕业前夕，他决心离开工学院，完全投身文学事业。1907年出版了一本诗集，但是他对这些诗作很不满意，后来便改写小说，1910年第一个短篇小说集《伏尔加河左岸》问世，接着又发表了长篇小说《怪人》（1911）和《跛老爷》（1912）。这些作品描写的都是他所熟悉的外省地主和贵族的生活。阿·托尔斯泰以辛辣的讽刺笔触真实地记录了沙俄帝国崩溃前夕最后一代贵族和地主们精神上的衰颓和经济上的破产，表现了他善于讲述奇闻轶事的才能。1917年初俄国发生推翻沙皇制度的二月革命，阿·托尔斯泰为之欢欣鼓舞，但是对于同年发生的十月革命却很不理解，便携带家眷离开俄国，开始了流亡生活。怀念祖国的思想贯穿在他流亡期间的大部分作品中。中篇小说《尼基塔的童年》（1919—1920）洋溢着对俄罗斯自然风光和民风民俗的深切怀念。阿·托尔斯泰说过，“侨居国外的这段生活是我一生中最不好过的时期”。他体会到一个人脱离祖国便成为“在任何情况下都不为人所需要的人”，于是在1923年返回祖国。他首先以科学幻想小说而受到人们的欢迎，其中描写火星探险的《艾里塔》（1924）和写战争狂人的惊险小说《加林工程师的双曲线体》（1926）流传最广。此外他还创作了《蝮蛇》（1928）等反映现实的小说以及一些戏剧作品。

对祖国的感情体验激发阿·托尔斯泰创作了长篇小说《苦难的历程》。这是情节连贯的三部曲，第一部《两姊妹》（1921）写于流亡期间，回国后改写，接着完成了第二部《一九一八年》（1927—1928）和第三部《阴暗的早晨》（1941）。三部曲通过两姊妹卡嘉和达莎以及她们的恋人旧军官罗欣和工程师捷列金四个知识分子在十月革命前后的生活历程，反映从第一次世界大战前夜到苏维埃政权战胜外国武装干涉、取得国内战争胜利这个历史时期俄罗斯动荡的社会变革。整个三部曲贯穿着知识分子要与人民相结合这个主题，表现出知识分子走向人民是一个“在清水中泡三次，在血水里浴三次，在碱水里煮三次”的脱胎换骨、净化灵魂的“苦难的历程”。阿·托尔斯泰的小说情节性强，语言优美生动。他善于通过人物的言谈举止来展示人物的心理状态，善于在生动的情节、广阔的画面和复杂的内心世界中塑造人物性格，并通过相互对比衬托来突出人物性格。真诚善良、追求高尚的理想生活，是卡嘉、达莎、罗欣和捷列金的共同特点，但是卡嘉温顺，富有同情心，达莎刚强而爱幻想，罗欣孤傲清高，捷列金宽厚，富有正义感。阿·托尔斯泰在三部曲中继承俄罗斯文学揭示人的“心灵辩证法”的传统，把人的心理活动和时代运动、社会斗争的紧张变化密切结合起来，把人物思想感情的变化放在社会生活动荡的大背景下来描写，同时又透过人物的精神活动来映照时代的变迁。

阿·托尔斯泰小说创作的另一部杰作是长篇历史小说《彼得一世》

（1945）。这部小说广泛地概括了彼得时代的重大事件，是一部波澜壮阔、气势宏伟的作品。小说从彼得的童年时代写起。彼得从小喜欢战争游戏，随着年龄的增长，彼得的木制假炮换成了真枪真炮。彼得在战争游戏中培养了军事才干，训练了一支得力的军队。他10岁继承皇位，由异母姐姐索菲亚摄政。索菲亚野心勃勃，在宠臣戈利津支持下准备以武力篡夺皇位。彼得闻讯，及时赶到莫斯科，在射击军支持下果断地挫败政变阴谋。彼得掌握了政权，年仅17岁。他囚禁索菲亚，流放戈利津。为了改变俄国的落后状况，他力主学习西欧，大刀阔斧地推行政治经济改革。彼得的改革引起了封建贵族等保守势力的激烈反对，彼得同他们进行了坚决斗争，同时他大力扩张军备，创建海军，整顿军纪，改进装备，远征土耳其和瑞典，夺取出海口，终于使落后的俄国成为强盛的国家。《彼得一世》塑造了众多真实历史人物和虚构人物。彼得的姐姐索菲亚、大贵族布依诺夫、宠臣戈利津公爵等都是历史上真实的人物，都刻画得栩栩如生。彼得一世的形象是阿·托尔斯泰天才的艺术创造。这是一个复杂的性格，一方面热情刚毅，精力充沛，聪明果敢，是个有远见的政治家，另一方面又残暴蛮横，行为放荡，是个专制帝王；一方面任人唯贤，不论门第出身，对小贩出身的缅希科夫也能言听计从，委以重任；另一方面又横征暴敛，连年用兵，四面扩张，拿士兵的血肉换取他的赫赫战功。阿·托尔斯泰用历史唯物主义观点处理彼得题材，从历史的发展进程中揭示彼得一世改革的进步作用和历史局限。小说以大量历史文献为基础，通过对已经绝迹的古风俗的生动描绘，同时通过大量采用17世纪的习语，相当准确地再现了时代氛围。阿·托尔斯泰从1929年动笔写作《彼得一世》，计划写三部，1934年完成第二部后因创作《阴暗的早晨》而中断，卫国战争期间他又续写第三部，直到1945年病逝，没有最后完成。战争期间，他创作了宣扬爱国主义精神的戏剧两部曲《伊凡雷帝》（1941—1943）和短篇小说集《伊万·苏达列夫的故事》（其中包括著名的《俄罗斯性格》，1942—1944）。

米哈伊尔·米哈伊洛维奇·普利什文(1873—1954)是描绘俄罗斯大自然的抒情和哲理小说作家,出色的语言大师。普利什文自己曾说,他的创作是"在大自然中寻找和揭示人的灵魂的美好方面"。

普利什文出生于俄国中部奥廖尔省耶列次县赫鲁谢沃村商人兼地主家庭。1881年在耶列次县城中学读书时因议论时政而被开除,便转到西伯利亚秋明市的舅舅家,就读于实科学校。1894年,进入拉脱维亚的里加工艺学校学习农艺学。青少年时代的经历使普利什文有机会接触到各地的自然风光,产生了对祖国山川的强烈感情。1897年,他由于翻译和传播革命书籍而被捕入狱。1898年获释后,到德国莱比锡大学继续攻读农艺学。1902年回国,担任农艺师和农业实验站研究员等职。普利什文经常接触农民,对民间语言、传说、神话发生了兴趣,并进而为民志学和文学所吸引。

1906年,普利什文经俄国地理学会推荐,到俄国北方维格河地区进行自然和人文地理考察。根据这次考察所写的特写集《飞鸟不惊的地区》(1907)生动地描绘了该地区的自然景色和地理风貌,以富于民间文学特色的语言描述了当地农民、渔夫、猎人、妇女和儿童的风俗习惯,获得了地理学会的银质奖。1908年,普利什文发表了游记《跟着神奇的小圆面包》,以会蹦跳的小圆面包的童话为衬托,描写了作者到白海、巴伦支海和挪威的旅行见闻,赞美纯朴、友善和勇敢。普利什文喜欢旅行,每一次旅行之后都有作品问世。1909年到中亚旅行后,写成具有童话色彩的特写集《黑黝黝的阿拉伯人》(1910)。普利什文逐渐闻名于俄国文坛,并同象征派作家接近。第一次世界大战爆发后,普利什文曾作为报刊记者到过前线,抨击了帝国主义战争。

普利什文在经过一些思想波动之后,接受了十月革命后的变革。他曾回顾这一时期说,他不再需要"像童年时代那样去寻找童话般的国土",他"已经找到了它"。在20年代的主要作品《大自然的日历》(1925)中,普利什文以其独特的艺术视觉，描绘了莫斯科以北雅罗斯拉夫尔地区普列谢耶沃湖一带春夏秋冬的景色，描写细致、准确而又富于联想和诗意，既使读者获得动植物界以及俄国地理历史和社会人文的丰富知识，又获得美感与哲理启示。其中，以《熊猎》一篇最为精彩，它使读者如身临其境。普利什文善于揭示自然界、动植物界生活中不易察觉的运动过程，使读者感受到它们同人类生活的共同点，在人的心灵中引起对生命、生活的热爱。《大自然的日历》的出版，使作者作为富于哲理抒情性的、"描绘大自然和狩猎的作家"而闻名于苏联。高尔基在1927年给普利什文的信中说："在您的书中我看不到在自然面前卑躬屈膝的人。是的，在我看来，您写的不是自然，而是更伟大的东西，那就是我们的土地，我们的伟大母亲。"

30年代普利什文发表了著名的笔记体抒情中篇小说《人参》（1933），它是依据作者在30年代初期到乌苏里江地区的采风旅行印象而写的，但把作品时间推前到20世纪初期，像他的许多作品那样既是写实的，又依靠高度的艺术幻想。中心情节是描写笔记作者在旅行中遇到一位坚毅、纯朴的中国老猎人，人参采集者卢文，并同他一起去采集人参时的感受。笔记作者从卢文那里获得丰富的知识。人参喜欢树荫，因而生长在樱桃树和野苹果树下茂密的野草间。一路上见到一些树皮或树洞上做有记号，原来这是为了告诉别的采集者："这里已寻找过，不必在这里白费力气"。采集人参既然是为了延续人的生命，采集者就应当具有这种纯洁、善良的心灵和互助精神。作品以诗意的笔调描绘乌苏里江地区波涛汹涌的海边，春花盛开的原野和宝藏丰富的山野。将美丽富饶的大自然同人的生命做类比，认为人身上也像大自然那样蕴藏着无价之宝，这就是人的信心、勇气和创造性。人参不仅长在野苹果树下，也深埋在人的精神之中。只是许多人一生像匆忙的过客，既看不到大自然的美妙，也看不到人身上的美和力量。作者还将生动精确的写实同富于诗意和哲理的感受糅合为一体。例如，描写他匍匐在山林时见到一只梅花鹿时的情景："它屏息不动了，发呆了，端详着我，像是在揣测我是一块石头呢，还是会运动的呢？它的嘴是黑色的，对于动物来说是很小的，然而耳朵却异常大……其他细节我未能留意，因为我的全部注意力都被它的一对美妙的大眼睛所吸引住了，不，不是眼睛，而完全是一对花朵，——于是我立刻明白过来，为什么中国人称这珍贵的鹿为花鹿。"普利什文是深有造诣的文学语言研究者，创造性地开发了富于智慧和感情的民间语言。

40年代初期，普利什文发表了由短小精练的小品组成的抒情散文集《叶芹草》（1940）和《林中水滴》（1940）。《叶芹草》抒发了作者对年轻时代一段失落的爱情的怀念：青春的恋情有如莫斯科近郊开满田野的美妙的叶芹草花，它们仿佛是青鸟飞到这里留下的一片青色羽毛的原野，令人久久难以忘怀。作品既咏唱了爱情的珍贵，又表达生命有如溪水，在克服痛苦和障碍中前进；抱着与人友善的态度和一颗童心进行的创作会像牧笛那样传到每户人家，飘进每一个沉睡中的灵魂。《林中水滴》除了与大自然相呼应的哲理抒情外，还包括一些幽默讽刺小品。如，《降落伞》描写一片白桦树叶忽然飘落，所有的树木都感到惊讶："为什么在这样宁静的时刻，那片树叶会落下来呢？"仔细察看后，发现那片树叶不是自己掉下来的，而是因为有一蜘蛛想降到地面，便摘下它当作降落伞。这篇寓言式小品揭露了损人利己的丑恶行为。

普利什文创作的特点在于童话色彩和严峻而美好的现实生活描写相交融。他还专门写过一系列儿童故事，用充满诗意的作品为儿童"打开知识的大门"，培育勇敢、坚强和友爱的精神。其中最著名的一篇是《太阳的仓库》（1945）。它描写在苏德战争中成为孤儿的姐弟俩坚强的生活。在邻居们的帮助下，弟弟米特拉沙继承父业，成了出色的桶匠。姐姐娜斯佳接替母亲，喂养成群的牲口。春天，他们俩到一块泥潭地附近采酸果。当分成两路前进时，米特拉沙陷进沼泽泥潭中，但他临危不惧，而娜斯佳大声呼弟弟的名字，招来了一只猎狗。在猎狗的帮助下，米特拉沙脱险，并打死一只经常袭击农舍的老灰狼。正如作者所说，在这篇故事中表达了“小主人公们克服巨大困难，在同生活的艰难困苦的斗争中所取得的第一次胜利。”故事中穿插了丰富的自然科学知识，如制造木桶的技巧、树木生长的习性等。普利什文的总结性作品是自传性长篇小说《恶老头的锁链》。从1923年发表最初三章起，到1954年作家逝世，共写了11个章节，描绘了从作者童年到成为一个作家的经历及思想过程。高尔基曾多次称赞这部小说。《恶老头的锁链》的中心思想是：“不要像野兽那样单独地去寻找幸福，而要友好地探求真理”。

普利什文说：“我是这样一个作家，把写书看作是给未来一代人写的抒情的遗嘱。”他将他毕生所体察到的有关自然和社会生活的知识，用卓越的语言艺术传达给后代。他像猎人捕捉猎物那样，寻找最准确地表达某一事物、现象、情感的词语，开发了民间语言、传说、故事、谚语的宝藏。他又是富于哲理抒情的一位散文诗作者，在苏联文学中占有重要地位。

康斯坦丁·格奥尔基耶维奇·帕乌斯托夫斯基（1892—1968）出生在莫斯科一个铁路统计员家庭。父亲出身于乌克兰查波罗什哥萨克家族，性喜迁居。帕乌斯托夫斯基从童年时代起就随父亲移居普斯科夫、立陶宛古都维尔诺和基辅等地，爱好旅行。1912年从基辅古典中学毕业后，先后就读于基辅大学和莫斯科大学。第一次世界大战时，当过救护列车的担架兵。十月革命时期，在基辅加入红军，在敖德萨参加过杂志《海员》的工作。从1923年起担任莫斯科罗斯塔通讯社编辑，并开始发表作品。

在20年代末到30年代初的社会主义工业化高潮中，帕乌斯托夫斯基作为罗斯塔通讯社的记者到各地采访，创作了一些富于“抒情和英雄主义音响”（作者语）的名篇。中篇小说《卡腊-布加兹海湾》（1932）描述里海的这个海湾一带经常飘着蒙蒙雾气，海水具有剧烈的侵蚀性。早在

19世纪上半期一名俄国海军中尉就发现了这里海水具有芒硝盐成分，可提取来制造上等玻璃，但在沙皇时代他的科学报告无人理睬。1920年邓尼金白匪军溃退时，竟把300名被俘的红军水兵遗弃在海湾一个没有淡水的孤岛上。到30年代初，苏联考察船来到这里，创办海湾硫酸盐公司，并开辟水渠，治理沙漠，给土库曼人带来新生活。小说对海湾一带的人文历史、自然地理做了深入细致的描绘，将丰富的自然科学知识收纳于文艺创作之中。

帕乌斯托夫斯基在发表《卡腊-布加兹海湾》后，成为一名职业作家。1934年发表的中篇小说《柯尔希达》（又译《金羊毛的国土》）是一部描写改造格鲁吉亚西岸沼泽地的非常优美的作品。柯尔希达是古希腊神话中伊阿宋前来寻找过金羊毛的土地，留有古罗马妇女石像，仿造君士坦丁堡圣苏菲亚教堂的教堂遗迹，后来受海水侵蚀而变成沼泽地，物产匮乏，疟疾流行，还经常刮起一种可怕的热带风。小说的女主人公植物学家涅甫斯卡娅来到这片土地，发现可以利用那里亚热带的气候，培养出珍贵的加里树。她强调科学需要幻想，“大自然只会产生，而不会创造，只有人才能创造。”她具有不畏艰险的坚强性格和善于体贴他人的高尚品德，既是富于灵感的科学家，又是充满热情的诗人，《柯尔希达》将读者引进格鲁吉亚严峻的自然环境和女主人公改造大自然的令人钦佩的诗意世界。

30年代后半期和40年代，帕乌斯科夫斯基继续创作描写改造大自然生活的巨大变化和普通工农群众纯朴思想感情的中篇小说，如《黑海》（1935）、《麦肖尔地区》（1938，麦肖尔地区在莫斯科附近）、《北方的故事》（1939）、《森林的故事》（1948）等。这些作品以主人公对生活的强烈感受为线索，将自然景色的特写，生活中的小故事，有关俄罗斯自然资源的知识小品连串起来，笔调细腻，富于抒情散文的特色。

帕乌斯托夫斯基的短篇小说也很出色。一般都是通过一件小事，歌颂平凡而伟大的劳动，赞美诚挚的感情，或者提出被忽略的道德伦理问题。《电报》（1938）描写画家的女儿娜斯嘉在列宁格勒美术家协会当秘书，工作得很出色，却忘记应当经常回故乡看望守寡的老母亲。一天收到母亲病危的电报，当娜斯嘉赶回家时，母亲已经下葬。《破旧的小船》（1940）描写一位林务区长乘火车去克里米亚疗养，途中遇暴风雨，列车在某站中途停车。在一群潇洒的旅客当中，他感到自己是"森林里的土包子"，而重逢阔别多年的老守林人华西里又使他满心欢喜。他们回忆过去一起栽培的美丽松树林"像是一排排美女，一对对姊妹花"。当林务区长听说松树林正遭受严重虫害，便放弃疗养计划，同老守林人一起去抢救树林。来到守林人小屋前，那里存放着一只破旧的小船，而从它的"每一条裂缝里都长出了鲜花。"华西里说，每当看着它，他就想："也许我这个老头子对生活也有点好处吧"。热爱大自然，对生活有所贡献，这是这个短篇的抒情主题。《雪》（1943）描述在严峻的战争年代，一位海军军官回家探亲，遇到了疏散到这个偏僻小村的莫斯科女演员，短暂的交往使两人心中产生脉脉温情，军官甚至觉得她就是自己在黑海海滨避暑时遇到的一位少女。小说带有深沉的感伤情调。在战后短篇中，《宝藏》（1953）回顾30年代作者与儿童文学作家盖达尔一起到奥卡河密林沼泽地时的一个小故事。盖达尔给那里的一个小姑娘讲了白石头下面有宝藏的童话，后来又写信给她说，最珍贵的宝藏是"一颗真挚的心"，这个小姑娘后来成为人民教师。《短暂的会见》（1954）写一位莫斯科音乐学院毕业的老作曲家，他觉得自己才华不足，但坚信可以通过传播著名作曲家的名曲使人心得到温暖，因而热心地在僻静的小城里从事平凡的音乐事业。帕乌斯托夫斯基的创作赞美平凡的主人公为他人着想的纯朴、崇高的感情，充满优美的诗意。

战后年代帕乌斯托夫斯基的主要作品是六卷本长篇小说《一生的故事》（1954—1964）。它具有回忆录性质，从1905年革命年代讲述到20和

30年代作家走上创作道路这一时期的苏俄生活，其语言艺术达到新的高峰。在散文集《金蔷薇》(1955)中，作者选择一两件生动的生活故事，塑造了契诃夫、勃洛克、高尔基、普利什文、莫泊桑、雨果等文学家形象，同时也讲述了作者自己的创作经验和文学观。

尼古拉·阿列克谢耶维奇·奥斯特洛夫斯基(1904—1936)出生于乌克兰沃伦省的农村。作为贫苦工人家庭的孩子，他从小就饱受人间的屈辱，10岁的时候就干起了杂工，后来又陆续放过牛，做过童工、学徒和司炉助手。艰苦的生活磨炼了他的意志。1919年，15岁的奥斯特洛夫斯基成为共青团员并参加了红军，当过联络员、骑兵和侦察兵。1923年至1924年他在乌克兰边境地区担任共青团领导工作，1924年参加俄共(布)。在炮火的考验中，他变得更加成熟和刚毅。由于头部和腹部严重受伤，右眼失明，他不得不复员。1927年他病情恶化，全身瘫痪，双目失明。但是他以惊人的毅力和顽强的斗志，在病榻上开始创作小说，以此作为人生奋斗的新方式。著名长篇小说《钢铁是怎样炼成的》(1932—1934)就是在这种情况下通过口述创作的。1989年，莫斯科青年近卫军出版社出版了新版三卷本《奥斯特洛夫斯基文集》。编者根据《钢铁是怎样炼成的》的俄文第五版进行了校勘，并把当年作品删节的文字整理出来，以附录的形式收于卷末。

奥斯特洛夫斯基阅读了大量俄罗斯古典名著和当代优秀作品，他参加了共产主义函授大学的学习，并以优异成绩通过了考试。这些活动弥补了他少年时代基础教育方面的不足，使他积累了比较深厚的文学功底。1928年，奥斯特洛夫斯基开始学习创作，写下了中篇小说《暴风雨所诞生的》。这是一部关于苏联红军一支骑兵队英勇战斗经历的作品。这部得到战友们好评的处女作在邮寄途中丢失了，于是，奥斯特洛夫斯基开始构思新的长篇小说《钢铁是怎样炼成的》。

起初，奥斯特洛夫斯基准备将它写成一部自传体小说，因此他在作品里相当多地描写了自己的亲身经历：在小学因与神学教员发生争执被开除，在车站餐厅打杂，参加地下革命工作，在红军中的战斗经历，修建铁路，在生命最后时刻坚持工作等等。但是，在创作过程中，作者渐渐改变了初衷，突破了个人传记的框框，加强了艺术虚构的分量。经过典型化处理，小说主人公保尔·柯察金的形象不仅成为广大读者的楷模，而且也成为作者本人心目中的榜样。

《钢铁是怎样炼成的》塑造了鲜明完整的主人公个性形象。保尔·柯察金原本是一个家庭出身贫寒，性格桀骜不驯的少年，并非生来的革命战士。在他身上不仅存在一定的情感偏执，而且意志上也表现出一定的软弱性。他对富人和权贵怀着一种偏激的仇恨，这表现在他在处理与女友，林务官的女儿冬妮娅，以及冬妮娅的朋友们的关系时所采取的简单方式上。他曾挥拳打过一个吹嘘自己玩弄女性的"战绩"的士兵，曾违反纪律，擅自跑到另一个部队去。在身体状况最糟糕的时候，他曾拿起手枪对准自己，准备放弃斗争。地下工作者朱赫来引导他走上革命道路，而革命征程中经受的种种磨炼使他成熟和坚强起来。他渐渐抛却个人恩怨，成为一个视野开阔、胸怀广大、立场坚定的战士。他最终超越了疾病和死亡的威胁，放眼于人生和祖国的未来。他说："生命于每个人只有一次。人的一生应该这样度过：当他回忆往事时，不会因为虚度年华而悔恨，也不会因为碌碌无为而羞愧。在临终的时候，他能够说：'我的整个生命和全部精力，都献给了世界上最壮丽的事业——为人类的解放而斗争。'"这段名言被一代又一代青年人引为座右铭。

《钢铁是怎样炼成的》以十月革命前后革命和建设的历史为背景，有机地、动态地描绘了主人公的成长史。然而历史并不单纯作为主人公生活的背景出现在小说中，它还是主人公成长的生活基础，而主人公成长的历史又构成了伟大时代的一部分。这是作品独特的艺术感染力之所在。

此外，作品还具有浓厚的文化底蕴。保尔·柯察金这位乌克兰青年身上表现出来的爱国主义、英雄主义和献身精神不仅体现了苏联人民迸发的革命热情，而且也继承了俄罗斯文学中英雄人物的品质，例如果戈理的小说《塔拉斯·布尔巴》的同名主人公大义灭亲的爱国主义壮举，高尔基小说《母亲》里像巴威尔那样一批地下工作者临危不惧的牺牲精神等。

作品继承了俄罗斯古典文学侧重主人公心理描写的传统。如果说小说的第一部主要反映主人公在革命队伍里经受暴风骤雨的战斗考验的话，那么第二部分则着重表现主人公深刻而丰富的内心世界。书中保尔对革命后社会现状的思考，对如何解决自身残疾的困难和献身社会主义建设事业之间的矛盾的思考，对爱情和事业关系的思考中含有许多精辟的格言，这些格言构成了作家语言的独特风格。

1934年末，奥斯特洛夫斯基又重新开始创作《暴风雨所诞生的》。按照作者的说法，这是一部与《钢铁是怎样炼成的》题材相近的“姊妹篇”。作者原计划写三部，但是1936年第一部刚写完，他就溘然长逝了。

康斯坦丁·米哈伊洛维奇·西蒙诺夫（1915—1979）生于彼得格勒的一个军人家庭，父亲是红军军官，母亲在军事学校供职，邻里亲友中也大多是军人，这样的环境使他从小爱慕军人的生活，对他后来致力于军旅题材的创作，直至成为一名“军事作家”产生了重大影响。1930年他从萨拉托夫的七年制中学毕业，在当年浪漫主义建设热忱的鼓舞下，他进入技工学校学旋工，并到工厂直接投身建设，1934年至1938年作为一名工人作者被推荐入苏联作家协会附设的高尔基文学院深造。1939年日本军国主义发动对蒙古的战争，西蒙诺夫以随军记者的身份参加了苏军同侵略者在哈勒欣地区的战斗。1941年他发表了剧本《我城一少年》，作品描写一个少年学生在苏维埃政权下如何参军入伍，锻炼成长为一名坦克指挥员的故事。从此作者在文艺界崭露头角。

1942年西蒙诺夫参加苏联共产党。在反法西斯卫国战争期间，他作为《红星报》和《消息报》的战地记者活跃在烽烟弥漫的前线。他参加过举世闻名的斯大林格勒大会战，后来又跟随苏联红军大反攻，足迹到过罗马尼亚、匈牙利、保加利亚、南斯拉夫、奥地利、捷克斯洛伐克、波兰以及德国等许多地方。在这些艰苦岁月里，他写下了大量的通讯、报道、特写和政论，战后结集出版，题名为《从里海到巴伦支海》（共四卷），同时在诗歌、戏剧和小说等方面都创作出一批优秀作品。这时期的诗作大都收集在《前线诗抄》（1942）、《悲欢离合》（1942）等诗集里，其中如《等着我吧……》（1941）、《阿廖沙，你可记得斯摩棱斯克一带的道路……》（1941）等都是战时广为流传的名篇。抒情诗《等着我吧……》倾诉了前方战士对后方亲人的眷恋，表达了对反法西斯正义战争必胜的信心，前方的战士相信："她一定在等待"，后方的亲人相信："他一定会回来"，这首诗把对亲人的爱和对祖国的爱交融在一起，情真意切。它在《真理报》刚一发表便风靡全国，17位作曲家争相把它谱成歌曲。剧本《俄罗斯人》（1942）是一曲高昂的爱国主义颂歌，它描写了苏联南方某小城被德军包围后，守城军民在萨方诺夫大尉的领导下，坚守阵地，浴血奋战，取得反击的胜利。剧本的主人公都是苏维埃时代普普通通的俄罗斯人，平时在平凡的岗位上默默奉献，一旦祖国需要，便挺身而出，表现出大无畏的英雄气概。当时苏联几乎所有的剧场都相继上演了这个剧本，鼓舞了广大人民的斗志。

1943年西蒙诺夫根据他在斯大林格勒前线的见闻，创作了他的第一部中篇小说《日日夜夜》。小说集中描写沙布洛夫营的战士们守卫已成废墟的三座楼房的战斗生活。他们打退了敌人一次又一次的进攻，失去了再夺回，片瓦不让，寸土必争。保卫这三座楼房成为保卫祖国的象征。小说反映了战争的艰难困苦，表现了红军战士顽强拼搏、宁死不屈的精神风貌。其中的战斗场面写得详细具体。小说发表后很快被改编成话剧，拍摄成电影。它是最早描写斯大林格勒战役的作品。

卫国战争结束后，西蒙诺夫以作家和记者的身份先后出访过日本、美国、法国、英国、加拿大和中国,同时不断有新作问世。剧本《俄罗斯问题》(1946),中篇小说《祖国炊烟》(1947)和诗集《友与敌》(1946—1949)等,可以说是这一阶段的代表作。从40年代末到50年代中期,他先后担任《新世界》杂志主编(1946—1950,1954—1958),《文学报》主编(1950—1953)。

60、70年代西蒙诺夫创作了著名的小说《生者与死者》三部曲,这是他小说艺术的最高成就。作品包括第一部《生者与死者》(1959),第二部《军人不是天生的》(1964)、第三部《最后一个夏天》(1971),从1955年开始酝酿构思到1971年完成,前后经历16年。它从德国法西斯入侵第一天起开始,一直写到1944年夏德寇被赶出苏联本土,是反映伟大卫国战争的多人物、多线索、多层次的历史画卷。第一部《生者与死者》写军报编辑辛佐夫和妻子玛莎刚刚到达疗养地便爆发了战争,小说通过辛佐夫返回西部战线,在白俄罗斯莫吉廖夫附近寻找部队的经历,表现了法西斯突然进攻给苏军造成的失利和混乱,在困难形势下,苏军顽强抵抗,终于取得了莫斯科保卫战的胜利。第二部《军人不是天生的》的故事内容围绕斯大林格勒战役展开,通过谢尔皮林、辛佐夫、塔尼雅三条线索纵横交织,并以辛佐夫从一个文人、普通士兵成为英勇善战的营长这一事实,点明了“军人不是天生的”而是在战斗中锻炼出来的主题。小说以苏军全歼德国鲍留斯第六集团军而结束。第三部《最后一个夏天》写1944年夏苏军在1941年撤退的地方,组织白俄罗斯战役,收复莫吉廖夫和明斯克,把德国军队赶出国土。三部曲完整地反映了卫国战争在苏联本土上转败为胜的历史过程,在布局上巧妙地形成一个环形结构。整部小说通过对卫国战争中重大战役和历史事件的描写,提出了诸如战争初期失利的原因、作战指挥中两种对立的原则、30年代末肃反扩大化的后果,以及如何评价斯大林的作用等人们关切的焦点问题,从而大大地深化了作品的思想内涵。同时作者还塑造了谢尔皮林、辛佐夫、库兹米奇、玛里宁等一系列红军将领和战士的艺术形象，特别是谢尔皮林的形象被誉为西蒙诺夫的重大创作成果。晚年，西蒙诺夫将他50年代以来所写的几个中篇小说加以整理，组成了一部长篇小说《所谓个人的生活》。他逝世前几个月口述的回忆录《我们一代人眼中的斯大林》1988年在《旗》杂志上发表。

康斯坦丁·安德烈耶维奇·特列尼约夫（1876—1945）生于哈尔科夫省一个农民家庭，靠顽强的努力掌握了文化知识。1896年进宗教学校学习，1903年同时毕业于彼得堡考古学院和神学院，但他的兴趣却在文学创作上。1898年他的第一个短篇小说《赶集》发表在《顿河之声》报上，随后又写了《在市场上》（1912）、《潮湿的山谷》（1913）、《雇农们》（1916）等中短篇小说。他的作品大都表现旧俄农民生活的艰难困苦和农民的不满与反抗。无论是悲惨的境遇或可怕的场面，可笑的趣事或诗情画意的情景，他都写得独具风采。

十月革命期间，特列尼约夫正在克里米亚。他亲身经历了德国占领者对克里米亚的入侵，亲眼看到起义群众对入侵者的英勇抵抗和红军战士的革命献身精神。人民的革命热情激发了作家的创作激情，他创作了表现农民起义的历史剧《普加乔夫起义》（1924），接着又创作了革命现实题材的剧本《柳波芙·雅洛瓦娅》（1926）。剧情发生在十月革命后俄罗斯南方的一座小城。红军和白军轮番占领该城。女教师柳波芙·雅洛瓦娅拥护苏维埃政权，在红军撤离该城后，她为红军游击队掩藏武器，送情报，她的丈夫雅洛伏依与她分离已经两年，她一直认为丈夫为革命在前线牺牲了。但是白军占领该城之后，她突然发现日夜思念的丈夫不仅活着，而且已成为身居要职的白军军官。戏剧冲突沿着革命斗争和柳波芙·雅洛瓦娅的感情纠葛两条线索展开，互相交织，推向高潮。柳波芙·雅洛瓦娅怀着善良的愿望和纯真的爱情希望丈夫改弦易辙，但是残酷的社会现实却打碎了她温情脉脉的美梦。她落入雅洛伏依的圈套，游击队领导人也险遭毒手，水兵施万佳冒着生命危险，化装成白军军官才把她救出监牢。是忠于丈夫，还是忠于革命事业，柳波芙·雅洛瓦娅必须做出抉择。在大是大非面前，她毅然克服个人私情，抛弃了与丈夫破镜重圆的幻想。这时女主人公达到了道德的升华，产生了巨大的精神力量。红军重新解放这座城市，雅洛伏依乔装打扮，妄图逃跑，被柳波芙·雅洛瓦娅认出，终遭逮捕。这个剧本在20年代苏联的戏剧创作中具有时代意义。剧作家力求通过人的思想感情的变化和精神意识的成长来表现革命的主题。柳波芙·雅洛瓦娅真诚正直，具有强烈的责任感，这些品质使她同19世纪俄罗斯文学中那些优美的妇女形象具有一脉相传的特征。全剧写了40多个人物，作家用笔简练，一些角色虽着墨不多，但都写得既具社会属性，又有鲜明的个性。如政委柯什金是个有胆有识的革命领导者形象，即使在不利的情况下也仍然沉着坚定。水兵施万佳，既有俄罗斯人民的幽默和热情，又有布尔什维克的坚定性，在斗争中表现得英勇无畏，显示出传奇般的机智。《柳波芙·雅洛瓦娅》继承和丰富了俄国古典戏剧的传统，找到了表现时代精神和新人的艺术形式，被誉为苏联戏剧史上划时代的作品。

30年代和卫国战争期间，特列尼约夫还写了歌颂列宁的剧本《涅瓦河畔》（1937），反映新社会道德伦理的剧本《安娜·鲁钦宁娜》（1941）和描写俄国爱国将领库图佐夫的历史剧《伟大的统帅》（1944）等多种剧作。

亚历山大·尼古拉耶维奇·阿菲诺盖诺夫（1904—1941）生于梁赞省斯科平市一个铁路职工家庭。1924年毕业于莫斯科新闻学院，后投身文学艺术事业，曾得到高尔基的许多帮助。阿菲诺盖诺夫的剧本《怪人》（1929）是苏联戏剧中最早歌颂工人劳动热情，批评官僚主义的剧作之一。剧本写外省一家小造纸厂的会计波利斯·沃尔金以主人翁的精神组织积极分子投入工厂建设，并同官僚主义、因循守旧等不良习气进行斗争。阿菲诺盖诺夫在主人公的性格刻画中着重揭示新生活建设者的新道德风貌。20年代末苏联展开了轰轰烈烈的工农业建设，人的精神面貌，道德风尚，乃至人和人之间的关系都发生了巨大变化。阿菲诺盖诺夫的剧本《恐惧》(1930)反映了这个时期知识界新旧思想的斗争。某生理科学研究所所长包罗金教授为人正直，但学术思想却是错误的。他认为“爱情、饥饿、愤怒和恐惧”乃是“永恒的生理动机”。他想从这一点出发探讨人的行为动机，但是他的这种“纯学术”的动机却被研究所里某些反对苏维埃制度的人所利用，因而在研究所里展开了学术思想上和政治思想领域的斗争。这个剧本的成功之处是生动地塑造了老知识分子波利斯·包罗金的形象，令人信服地展现了他的思想转变过程。

阿菲诺盖诺夫是很有才华的剧作家，他继承了19世纪俄罗斯文学戏剧创作传统，特别是契诃夫的戏剧艺术传统，发扬光大心理剧和描写日常生活剧的艺术。他的剧作不注重外在的情节，而着重表现人物内心世界的矛盾，往往是通过一个或几个人物的命运来揭示时代的冲突。他被誉为深入人类灵魂隐秘世界的心理剧大师。他的剧本《远方》(1935)和《玛申卡》(1940)都体现出他这方面的艺术特点。《远方》写远东军团司令马特维和他的妻子薇拉乘坐从远东开往莫斯科的火车，因列车出现技术故障，在西伯利亚一个从来没有客车停靠、名叫“远方”的小站上停留。小站的站长因为能见到高级首长而心情激动，请马特维下车到站上检查工作。马特维夫妇和小站上的人们交上了朋友。在交往过程中，小站上的人们从薇拉口中得知马特维身患绝症，只剩下三个月的生命。大家都很难过，纷纷以各种方式表示要帮助他们，希望能够延续这位革命功臣的生命。马特维谢绝了小站上人们的盛情，离开小站时，他说，“即使我死后，我将仍然活着，不是活在遥远的星空，而是活在地上人们的心中，我的事业之中”。这个剧成功地展示出30年代苏联普通劳动者的精神世界和道德情操。他们没有英雄的壮举，但是脚踏实地，从事平凡的劳动，为亲手建设祖国而深感自豪。剧本刻画了同人民保持血肉联系、相信能够在革命事业中永生的老布尔什维克马特维的动人形象。整个剧作就像一首优美的抒情诗，洋溢着人们互相关怀，互相爱护的纯真感情。

1937年肃反运动时，阿菲诺盖诺夫被诬陷为“与人民的敌人有联系”，受到开除党籍和作家协会会籍的处分，全部剧作遭禁演。1938年平反，恢复党籍。阿菲诺盖诺夫遭受沉重的精神打击，但仍坚信革命事业，相信人们的正义感。1940年发表的《玛申卡》是一部富于生活哲理性的名剧。古文字学家奥卡耶莫夫整天埋头研究羊皮文稿，没有善待儿媳维拉。维拉在丈夫去世后再婚，把女儿玛申卡送到祖父家生活。起初，奥卡耶莫夫生怕孙女打扰他的工作，但15岁的少女玛申卡的纯真、对祖父的爱护慢慢感动了他，消除了他与维拉的对立情绪。老学者懂得了除职业外，还有关心家庭、培养子女的义务。剧中洋溢着真诚和温情。阿菲诺盖诺夫善于在平凡的日常生活环境中，通过主人公的心理变化来表现现实生活中典型的、本质的东西。1941年苏德战争爆发，莫斯科遭到轰炸，这位天才的青年剧作家不幸在轰炸中牺牲。

尼古拉·费多罗维奇·包戈廷（原姓斯图卡洛夫，1900—1962）出生于顿河地区一个贫苦农民的家庭。十月革命后，他参加了征粮队的工作，同时给顿河地区的一些报刊写通讯报道。从1922年起开始给《真理报》投稿，后被《真理报》聘为记者。他以记者身份到各地采访，对当时正在进行的工农业建设有较深的了解和感受。30年代初期开始转向剧本创作，接连发表了剧本《速度》（1930）、《斧头之歌》（1931）和《我的朋友》（1932）。这些剧本反映当时的五年计划建设，大都取材于他过去的采访报道，洋溢着热气腾腾的生活气息。在《真理报》工作期间，包戈廷同列宁的妹妹乌里扬诺娃有了较多的交往，更为具体地了解到列宁的为人，从而产生了在戏剧舞台上塑造列宁形象的愿望，于是他创作了歌颂列宁的三个剧本：《带枪的人》（1937）、《克里姆林宫的钟声》（1940）和《悲壮的颂歌》（1958），组成一个戏剧的三部曲。这是包戈廷戏剧创作的主要艺术成就。

《带枪的人》描写十月革命前夕，沙皇军队在前线纷纷瓦解，农民出身的士兵雪特林来到彼得堡，在斯莫尔尼宫走廊里巧遇列宁。他并不认识列宁，但是在交谈中列宁思想的远见和说服力、列宁对人质朴而又亲切的态度，完全把他征服了。他改变了回家买牛的打算，决心为建立苏维埃政权而战斗。剧本通过这个情节概括了千百万俄国农民在十月革命期间所走过的道路。列宁不是剧中的主要角色，却是全剧的灵魂。列宁同雪特林交谈的一场是全剧的高潮，列宁的质朴和平易近人、他的令人折服的思想威力在平平淡淡的交谈中充分显示出来。《克里姆林宫的钟声》写列宁团结旧知识分子，调动老专家的积极性，为实现宏伟的全俄电气化计划而奋斗。20年代初期，俄国国内战争刚结束，百废待兴。列宁外出打猎，在农民家做客，看到农民缺吃少穿，没有电灯，靠点松明照亮，但是他们相信人民当家作主，能克服一切困难。列宁为人民的精神所鼓舞，提出全俄电气化设想。当列宁苦于缺乏实现这一宏伟计划的人才时，著名的电气工程师扎别林却在莫斯科大街上卖火柴。列宁召见扎别林的一场戏非常富于戏剧性。扎别林曾说过不满新政权的怪话，以为列宁派来的卫兵是要抓他进监狱的，没想到列宁会在克里姆林宫向他请教电气化问题。列宁的热诚使他感动，电气化的宏伟计划使他兴奋，但是旧知识分子的偏见又使他不愿彻底地为苏维埃政权服务，列宁的严厉批评终于使他猛醒。这场戏波澜起伏，生动表现出列宁重视人才的远见卓识，他的原则性和人情味。《悲壮的颂歌》写列宁遇刺受伤后，重病在身仍然为苏维埃政权的巩固而奋斗不息。苏维埃政权度过了困难的岁月，在即将开始大规模建设的时候，列宁去世了，但是他的思想和事业却鼓舞广大工人奋发图强。剧本的结尾充满悲壮气氛。三部曲比较成功地处理了艺术虚构和历史真实的结合，从不同的侧面刻画列宁形象，突出他平凡而伟大的人格，使人感到列宁不仅是领导千百万群众的领袖和导师，也是生活中的同志和朋友，可敬又可亲。包戈廷的三部曲同高尔基描写列宁的特写和马雅可夫斯基歌颂列宁的长诗一起，被誉为苏联文坛上列宁题材的经典之作。

包戈廷还写了一些反映现实生活的剧本，如反映科技领域新旧思想斗争的《当辩论激烈的时候》（1952），写劳动者的生活和爱情的《我们三人去垦荒》（1955）和《活的花朵》（1960）等。

第五节　德国文学

在普法战争期间成立的由25个王国组成的德意志帝国，其首脑是普鲁士国王威廉一世，首相是俾斯麦。普鲁士除了在军队、政府部门掌握大权外，尤其重视向民众灌输军国主义的思想，在教育领域里大力培育臣仆意识。但另一方面由于帝国的统一，资本主义迅速发展，19世纪末的德国逐渐具有了垄断性。专制政体的高压政策与广大群众的不满情绪形成水涨船高的形势，从而导致了两次鲁尔区矿工的大罢工。

1914年具有极强掠夺性的德意志帝国终于参与挑起了世界大战。它利用德国人民对于祖国、国王和上帝的信仰和感情，驱使大批青年充当炮灰，而结果却是失败，不但没有达到瓜分世界殖民地的目的，反而促成了广大人民的觉醒。1918年1月柏林工人带头开始罢工。11月基尔水兵起义，由此爆发了十一月革命。德皇威廉二世逃往荷兰。12月底德国共产党成立。1919年2月魏玛共和国宣告成立。此后几年德国经济受到战胜国的压制，通货膨胀达到顶点，失业人数与日俱增，罢工事件不断发生，但都被血腥地镇压了下去。国社党乘机在慕尼黑引发啤酒店骚动，企图政变，实现法西斯专政，但未得逞。随后几年共和国获得了暂时的稳定，但由于世界经济危机的波及，1932年德国失业人口达700万人，致使群众运动不断。1933年希特勒任内阁总理，德国开始了独裁统治。2月发生国会纵火案，借此，查禁了共产党和社会民主党。从此除国社党外，一切政党均被取缔，魏玛的民主政体成为一党专制。1934年兴登堡去世，希特勒成为国家政权的唯一执掌者。他掌握军权，控制教会，并以修筑公路、桥梁、整治河流等工程缓解了失业现象，使许多群众增强了对新政权的认可，从而在思想上把他们纳入了他所建立的制度，心甘情愿地服从他的绝对权力。

为控制全民思想，文化宣传至关重要。1933年5月10日在奥佩恩广场纳粹公开焚烧了约12400种所谓“非德意志的作品”，涉及到149位作家。11月戈培尔成立了“帝国文化总局”，以国家社会主义精神统治文学、音乐、新闻、广播、戏剧等各个领域，要求在政治上绝对“纯正”。与此同时，法西斯也反对立体主义、超现实主义，表现主义，颓废主义等各种现代的文学与艺术，把它们称之为“变质的艺术”。

从1933年起希特勒就开始迫害犹太人。1938年11月9日夜晚他制造了所谓的“水晶之夜”，全国性地对犹太人进行了第一次大屠杀，将犹太人的商店玻璃全部砸坏，犹太人的教堂也被毁。这次行动杀害了90多名犹太人，被送进集中营的近3万。许多犹太人不得不想法逃离故土。没有能走掉的，其中许多人于1941年一批一批地被送往死亡集中营。

希特勒在国内实施这些政策，而对外则实施其“扩张生存空间”的计划。1936年他跟墨索里尼狼狈为奸干涉西班牙内战。1938年强占奥地利，接着是捷克斯洛伐克。次年侵袭波兰，由此引发了第二次世界大战。德军于1940年占领挪威、丹麦。继之闪电式地征服了比利时、荷兰和卢森堡，扫清了通往法国的道路。6月德军开进了巴黎。次年入侵南斯拉夫和希腊。这之后希特勒撕毁《苏德互不侵犯条约》，攻入苏联，占领了大片领土，但是纳粹于1943年2月在斯大林格勒遭到惨败。同年盟军在西西里登陆，墨索里尼于7月垮台。接着1944年盟军在诺曼底登陆，苏联红军也在东线发动攻势，这样才使这场大战于1945年5月宣告结束。整个纳粹政权终于崩溃。

与1918年一样，德国为自己的冒险付出了代价。但与1918年及意大利的1943年不同的是，在德国本土始终没有出现任何具有群众性的反对纳粹统治的行动或革命。这次是外来势力把德国从极权主义的桎梏中解脱出来的。因而战争结束时，德国呈现出的是一片混乱，不仅国土遭到惨重破坏，到处是废墟，思想上也是处于迷惘状态。一切的机构、系统突然分崩离析，人们感到无所适从。1948年美英法占领区合并，于1949年9月20日成立德意志联邦共和国。苏联所属地区则于1949年10月7日建立了德意志民主共和国，而柏林则分为东西两个部分。德国人民就在这种分裂状况下开始了重建家园的艰难历程，而道德和精神上的创伤却久久不能治愈。

从20世纪上半叶来看，德国民族经历了如此曲折多难的历史过程，但它在学术和文化方面的发展却令人瞩目。19世纪末20世纪初，德国出现了许多杰出的科学人才：发现X光的伦琴、提出量子论的普朗克以及发表相对论的爱因斯坦等。这些科学成就开阔了人们的视野，改变了人们的思维模式。而对文学艺术更具直接影响的是尼采、弗洛伊德等人的学说。尤其是尼采，他的影响涉及了整个意识形态的领域。他所宣称的“上帝死了！”从根本上改变了旧的道德价值观念。他所提出的酒神精神以及对德国市侩的抨击，其影响至今不衰。而弗洛伊德对人的精神世界所作的研究，把情绪、本能、欲望视作人的行为动力的学说使作家对人格的探讨有了新的理解和理论根据。

法国哲学家泰纳的学说把种族、环境和时代视作决定文化艺术发展的三要素，把艺术看作是各部分相互联系的总体。他的这些思想在使用科学方法探讨精神文化的构因方面迈出了一大步，在德国也产生了极大影响。

从20世纪上半叶的德国文坛来看，1933年是一条分界线。这之前属帝制及魏玛共和国时期，其间发生了第一次世界大战。这是个多变的年代，思潮纷纭，反映在文学领域里的是流派众多。除传统的现实主义文学外，自然主义依然存在，但其辉煌时代已成过去，霍普特曼的创作也走向了象征。当时出现了许多反自然主义的流派，诸如印象主义、象征主义、新浪漫派及最有声势的德国土生土长的表现主义等。由于它们之间往往有着千丝万缕的关系，因而很难把一些作家限于某一种流派，更何况在有些作家的作品中同时就具有多种流派的特点。

1933年以后，对待法西斯的态度成为区分作家的重要准则。当时一部分作家由于反法西斯就不得不离开德国，因而出现所谓的流亡文学，当然也有一些作家没有离开故土，由于他们与法西斯政权的不合作，被称之为国内流亡或内心流亡作家。

这时期继承传统现实主义手法创作的当首推苏德曼及瓦塞尔曼。当然流亡文学和国内流亡作家中绝大部分也都属现实主义作家，只是程度不等而已。这在流亡文学的作家介绍中会较清楚地看到。

德国印象主义代表人物是德特勒夫·封·李林克隆和里夏德·戴默尔。后者的作品既有印象主义也有象征主义的特色，是表现主义的先驱，影响较大。

德国象征主义来自法国。它着重描写人的内心真实，善于赋予抽象概念以感性的外衣。其热衷的主题是永恒与变化，灵与肉、自我与社会等问题的矛盾冲突。它喜欢探讨艺术的形式，追求“真正的艺术”，要求表现人的内心精神世界。德国象征主义的代表人物是格奥尔格。他和他创办的宣扬“为艺术而艺术”的刊物《艺术之页》曾吸引了大批青年，影响深远。

新浪漫主义产生于19世纪末。它的产生与人们对浪漫主义的研究及重视密切相关。当时历史和浪漫主义热衷的童话、传说、神话等题材再度成为文坛上的热门话题。霍普特曼的《汉娜升天记》（1896）、黑塞的《浪漫之歌》（1899）就是例子，但最有代表性的却是女作家胡赫。

表现主义是德国土生土长的文学流派。它开始于19世纪末的德国美术领域，它不再以再现自然为艺术的目标，而是以追求直接表现情绪和感觉为宗旨。为达到这目标，画家往往牺牲平衡的构图和传统的审美观念，甚至以“扭曲”和“变形”来表达画家强烈的情绪。1905年有些画家在德累斯顿成立“桥”社，他们的画用形体的扭曲和色彩的扭曲（如蓝色的马，大红色的狐狸）以示对社会现存秩序的不满。1911年画家弗朗茨·马尔克（1880—1916）和瓦西里·康定斯基（1866—1944）等人又在慕尼黑成立“蓝骑士”社，还以同名出版了年鉴，从而留下了大量表现主义的理论文章。

德国文学上的表现主义，其性质和美术上的表现主义相同。它的全盛时期是1910至1924年。最初的十年曾被称为“表现主义的十年”。表现主义的出现和德国动荡的时局密切相关。这时期正是第一次世界大战前后，整个世界似乎处于冲突的激流中，人们普遍感到惶恐、激动、压抑，缺乏安全感，而战争又使人丧失了对祖国、国王和上帝的信仰。面对充满矛盾的现实，不论是自然主义还是印象主义或是象征主义都已无法有力地反映出这样的现状。文学艺术的创作需要新的活力，新的形式，而尼采对创造力和生命力的崇拜更使表现主义的出现有了深厚基础。

表现主义的创作方法全然不同于传统的流派，由于强调表现内心的激情，人物形象往往被歪曲或被抽象化，因为表现主义作家着力描绘的并非某一具体客观事物，而是事物的共性，因而作品中的人物大多没有个性特征，甚至连姓名也没有，常常只是某种事物的抽象或观念的象征。表现主义的戏剧不管事物的因果关系，结构散乱。人物的内心斗争及对话代替了人物的行动，因而独白和喊叫就成了人物表达思想情感的重要手段。尤其是大声喊叫被看作是表现主义表达激情的特殊方式，为此，表现主义的戏剧也被称为“喊叫的戏”。戏剧矛盾冲突一般在表现主义戏剧中不突出，倒是灯光、音乐、面具及哑语受到了一定的重视，用来增强舞台效果。在语言的应用上具有故意使用不规则的韵律，语句不精确，句法不受束缚等特色。表现主义在诗歌形式上更是非常自由，句子极简练，常常以音响来引起联想。这些手法的应用在于突出对事物本质的分析和阐明，以摈除繁琐的细节真实的传统原则。

表现主义的出现说明作家已把个人的问题结合到普遍的问题来加以分析认识，也即个人的思想和感情要从它的全面性和广泛性来考察。同时因为传统的文学形式已不能表达现代生活的复杂性及随之引起的思想感情，因而促使表现主义甚至借助人的声音直抒人的内心，以呼喊来披露人的灵魂，从而加强了戏剧震撼人心的力量。

表现主义最先以诗歌出现。它们一方面激起人们的生活愿望，反对强权统治，同时也反映了战争将临的紧张情绪及人的精神困惑。其代表诗人有贝恩、拉斯克-许勒及海姆等人。后来随着战争的爆发，戏剧创作就成为主流。作品多以人的精神方面的贫困，人存在的孤独或异化，空虚和无目的性以及都市的罪恶，战争对精神和物质的摧残等为主题。它们以爆发式的激情呼唤真正的人性，呼唤新人的出现。表现主义的作家大多属左翼知识分子，他们不满现状，极力赋予作品以积极的政治性，以唤醒民众改变现存社会。表现主义的先驱是韦特金德。具有代表性的剧作家是哈森克莱费尔、施特恩海姆和托勒尔及凯泽等人。

德国的表现主义影响深远，但对它的评价众说不一：有的认为它是德国的精髓，有的认为它只是资产阶级的理想主义等等。但要把表现主义简单归纳为一种文学哲学现象，确实有点困难，因为它本身就具有各种矛盾，主要表现在：自由与束缚、个人与群众、理性与本能、理想主义与无政府主义间的冲突。当然印象主义、象征主义等流派都强调“作家的内心”，但表现主义所表达的内心激情却是前所未有的，而且它明确把政治作为目标。然而所提倡的抽象概念往往远离生活现实，它所发出的有关时代精神的激昂言论是建立在直觉和模糊的认识基础上的。但不可否认它把舞台变成了为群众所包围的演说家的讲台。读它的戏剧会觉得很死板,但它演出时却富有生气,极具感染力。它以激情表达了对现代生活的思考,从而激起观众激进的情绪。表现主义影响很大。当时的青年作家几乎无不经受过它的洗礼。

新实际主义(Neue Sachlichkeit)产生于战后相对稳定时期,它是表现主义的对立物。它排除感伤和幻想、否定非理性的激动,也不追求古典"美"及深刻的心理分析,它主张实际,功效,具体,理性。它不从主观角度去美化或丑化生活,它对科学发明感到兴趣。当时这种思潮不仅表现在文学艺术中,也表现在日常生活的趣味和爱好中。新实际主义实际上是代表一种转向现实主义的倾向。它主张按生活的本来面貌看待生活。在这时期出现的纪实剧、专题广播、报告文学、传记文学等都具有新实际主义的性质。受到其影响的也有许多作家,如德布林、弗朗克、雷恩、弗伊希特万格、布莱希特等。但最具代表性的作家是凯斯特纳。

现实主义作家　**赫尔曼·苏德曼**(1857—1928)是当时和豪普特曼齐名的戏剧作家。他出生于商人家庭。大学期间攻读历史和哲学。他的创作受左拉、易卜生等人的影响。他的剧本戏剧效果很强,当时受到人们的欢迎。他一生写了35部剧本,1890年发表的《荣誉》是他的成名作,内容讲述的是由于贫富差异造成的婚姻问题,着力批判了封建的门第观念及金钱具有决定一切的社会现实。剧中主人公出身工人,因为没有财富,他和富商女儿的爱情就得不到承认,一旦他成为伯爵的财产继承人,一切问题就迎刃而解。故事情节很简单,但因结构布局合理,安排巧妙,而获得了成功。他的另一代表作《故乡》(1893)讲述的是一个不堪忍受父亲封建专制作风的女孩离家出走,当她成为一名歌星后回归故里,她的父亲逼迫她与曾经抛弃她的人结婚,但她坚持要过独立自主的生活。该剧本反映出当时旧的封建传统思想与新的自由思想之间的矛盾冲突。苏德曼的剧作还有《索多姆城的末日》（1891）、《德国的命运》（1921）等。今天已很少上演他的剧本，他写的小说却较他的戏剧流传更广。他的第一部长篇小说《忧愁夫人》（1887）1949年前我国就有了译本。忧愁夫人是个象征性人物，故事是讲一个农家子一生多变的发展道路。他自一出生，忧愁就伴随着他，他受到父亲的轻视，同学的欺侮，但他本性善良，勤奋刻苦，在经历了种种坎坷之后，最后他得到了善报，“忧愁夫人”终于离开了他。他写的小说还有长篇《小木桥》（一译《猫桥》1888），描写了在反拿破仑战争中德国人民共同抗击敌人的故事，反映当时德国的各种社会情况。1917年的《立陶宛故事集》以立陶宛的农村生活为题材。苏德曼的小说以其情节多变，人物丰富，乡土气息浓厚为特色，他的小说继承了德国现实主义文学的传统。

雅各布·瓦塞尔曼（1873—1934）生于犹太商人家庭，但生活很贫困，他曾从事过许多种职业。后来因任杂志编辑，与许多文艺界人士来往。1893年开始专事文学创作。在20年代至30年代，他是很受读者欢迎的作家。他的创作主要是长篇小说。1897年发表小说《切恩杜夫的犹太人》。1903年《火神》，1905年《巴比伦的亚历山大》。他的《卡斯帕·豪塞或心灵的惰性》（1909）讲述的是1828年纽伦堡的一个弃儿的经历。卡斯帕长期与世隔绝地生活在一间暗房里，因而不会说话，当人们发现他时已17年过去了，他穿着破烂，无人知道他的身世，有人说他是骗子，有人说他是王室的后代，他辗转由教员、市参事、市议员和一个英国勋爵所收留，最后于1883年被人刺死。这个弃儿的命运唤起了社会的同情。瓦塞尔曼最著名的作品是《牧鹅少年》（1915）及《克里斯蒂安·万沙弗》（1919）。前者的故事讲述了主人公丹尼尔因19世纪德国大工业兴起，作为衰落的手工业者的独生子外出寻找出路，他自力更生想成为一位音乐家，后来成了剧院指挥，但因他结交了市场上的牧鹅少年，许多熟人就不再与他来往。后来因他遭受了丧妻的痛苦，接着他深爱的小姨子也去世，人们才重又与他交往,他也开始了新生活,不但在音乐学院任教,同时也得到了管风琴师的职位,并与教授女儿结婚,但谁料妻子挥霍无度,还有情夫,致使丹尼尔因殴打妻子的情夫而被革职,最后他回到故乡成了一位著名的教师。通过丹尼尔一生的经历和所接触的各种人物,瓦塞尔曼反映了这时期德国的社会面貌。而牧鹅少年对丹尼尔的一番嘱咐话:"跳出个人的圈子,要不,你的音乐就不能给人们带来什么益处。"也正是瓦塞尔曼对于"个人"的新认识。在后一部作品中的主人公克里斯蒂安·万沙弗原本是德国工业巨头的儿子,是个浪荡子,但在结识了俄国革命流亡者后,思想起了变化,他同情工人,厌恶自己的生活,对于个人的一切有了新的看法,他决心放弃父亲的财产和下层人一起生活,并成为医学院的学生,极力要用具体行动来消除底层人的痛苦,虽然父亲一再劝说,但万沙弗最终放弃了原来的姓名,远走他乡。在这部作品里瓦塞尔曼不但"跳出了个人的圈子",而且在动荡的年代里向人们提出了人生价值究竟何在的问题。

瓦塞尔曼于1928年根据1906年的真实的案例写出了揭露当时资产阶级司法制度腐朽的《毛里求斯案件》。1931年出版的有《艾策尔·安德加斯特》。上述两部作品与《约瑟夫·克尔克霍芬的第三生存》(1934)构成小说三部曲。他的作品深受陀思妥耶夫斯基和精神分析学的影响。他还采用了电影剪接的手法,使多变的情节自由地展现在观众面前。他的作品构思十分巧妙,心理描写很多,瓦塞尔曼经常将自然主义和表现主义的手法融合到一起。从总体来说,他是位现实主义作家。虽然他作品的深度还不够,不过却能广泛地反映出在那交替混乱时代的各种社会思潮及各种不同阶级人物的面貌,因而他曾经是那时代作品最畅销的作家之一。

象征主义诗人　史台方·格奥尔格(1868—1933)生于葡萄酒商人家庭,在大学时攻读语言学、哲学和艺术史。他游历过整个欧洲。在巴黎时他结识了马拉美、魏尔仑、罗丹等人，在维也纳和霍夫曼斯塔尔交往。他受马拉美等人的艺术思想影响甚大。回德后立即传播象征主义，并于1892年创办文艺刊物《艺术之页》（1892—1919），大力宣扬"为艺术而艺术"的思想。认为艺术不应为任何功利所影响，艺术作品应排除所有不属于艺术的成分。格奥尔格对现实社会是不满的，但他不像自然主义或现实主义那样去反映现实和揭露现实，而是企图用优美的艺术形式来反对丑恶的人及丑陋的社会。由于他提出的这种"新艺术"、"纯艺术"当时在青年人中引起轰动，因而许多年轻诗人聚集在格奥尔格及《艺术之页》的周围。在德语文学史上，这一批人称谓"格奥尔格派"，其中奥地利的里尔克、霍夫曼斯塔尔都是它的成员。在这圈子里不仅有作家、诗人，也有艺术家和文学评论家。1910年至1912年他们还出版了《精神运动年鉴》。这两个刊物都是格奥尔格唯美主义思想的喉舌。

在哲学上格奥尔格深受尼采哲学思想的影响，他鄙视现存社会及生活在这社会里的俗人，因而他寻找的出路就是遁入"纯艺术"及"自我"之中。他全力追求作品的艺术美，他一生从事诗歌创作及诗歌的翻译。他不但精通希腊文、拉丁文，而且也通晓法、英、意大利、西班牙、荷兰、丹麦、挪威等文字。他的翻译作品以波德莱尔、马拉美、兰波、莎士比亚、但丁等人为主，由于他是位诗人，他的译文非常优美准确，从而使他在翻译外国诗歌方面作出了很大贡献。

格奥尔格的诗歌不仅在思想上要求与这个世界"决裂"，而且在艺术手法上也一反常规，名词不大写，逗号也不用，往往在右上角用一个句点来代替逗号。他用抒情的笔调抒写纯粹超然的感受，不受现实的任何束缚。他的诗歌音调和谐优美，朗朗上口，用字很讲究，往往超出一般的意义，需要读者细细品味思考。他创作的最初阶段有《颂歌》（1890）、《朝圣行》（1891）及代表作《阿尔加巴尔》（1892），第二阶段以牧歌和赞歌为主，重要的有《心灵之年》（1897）、《人生之地坛和梦与死之歌》

（1899）以及《第七个戒指》（1907—1908）。后来阶段的主要作品有《联盟之星》（1914）。写于1928年的有《战争》和《新帝国》。

格奥尔格由于某些诗歌受到纳粹分子的赏识而成为有争议的作家，但格奥尔格本人对于纳粹对他作品的解释表示出了极大的愤慨，从而于1933年离开德国去瑞士并在那里去世。从这事件可看出，格奥尔格对纳粹的态度是明确的。他的作品反映出的尼采的"超人"思想，得到纳粹的好感和推崇是可以想象的，但并不应该由此而贬低格奥尔格。

格奥尔格的作品过去只为高层知识分子和青年作家所承认、所喜爱，但近年来，各阶层的读者愈来愈多地接受他的作品，而他对青年诗人的影响作用也愈加显著。

表现主义诗人　戈特弗里德·贝恩（1886—1956）出生在一个牧师家庭。在大学期间攻读神学，语文学。后学医学并获博士学位。以后在柏林行医。第一次世界大战时任军医。1932年任普鲁士艺术研究院院士。1933年纳粹执政，他错认为纳粹可以挽救德国而表示支持，他在电台发表了演说《新国家和知识分子》（1933），写了《艺术和权力》（1934）等文以示拥护。但不久，他就意识到了自己的错误并与纳粹决裂。由于他态度的转变，1936年他被纳粹从医生协会及作家协会除名，而且从1937年起他被禁止写作。

从此他就保持沉默直到1948年。在1950年发表的自传性作品《双重生活》中，贝恩坦率承认自己从1933年到战后过的是双重生活，他通过自传的形式探讨了一系列艺术与哲学性质的问题，例如艺术与创作者，创作者与社会现实经验的关系，实际上涉及到了思想与行动，艺术与权力等诸多矛盾冲突。第二次世界大战后，他又再度在柏林行医，直到1956年去世。

贝恩的创作从表现主义开始。他的早期作品以表现主义的手法，用激进的态度否定了传统诗歌的观念。他常常使用一些医学方面的专业词表达主题，例如诗作《陈尸所》（1912）及1916年的短篇《脑》，诗集《肉》（1917）等。他于1927年及1928年分别出了《诗集》和《散文集》。贝恩能冷静地从社会表层去发现人的自我分裂及孤独失落的感觉。在后来的日子里，他又进一步尝试进行哲学和美学性质的反思。贝恩对人生采取的是一种虚无主义态度。在他看来，诗人既不能改造世界，也不能影响世界，诗人所能做的不过是描写世界而已。他所看到的是世界正在走向没落，对此却无能为力，唯一能做的，就是用语言的力量来对抗这现存世界，为此他以诗歌的创作来抗拒各种主义及思潮的围困。他致力于创造自己所独具的语言风格。他的作品包括有诗歌、戏剧、散文和杂文等各种体裁。在第二次世界大战后，他重新开始创作生活，作品数量不少，例如诗集《静止诗》（1948）、《喝醉了的洪流》（1949）、《片断》（1951）及《蒸馏》（1953）等，散文有《关于我自己》（1950）及《双重生活》。还有戏剧和广播剧《三个老人》（1949）、《帷幕后边的声音》（1952）等等。

贝恩经历了纳粹时期的失误及随之而来的长期沉默，他深感压抑、内心矛盾，极为痛苦，正如他在给友人的信中所说的，15年来，纳粹把他当作一头猪，共产主义者视他为笨蛋，而民主主义者又把他看成是出卖灵魂的人，流亡者把他看作是变节者，教会的人则把他看成是个病态的虚无主义者。但就在这种离群索居，被人疏远的情况下，他却写出了许多许多作品，并具有个人所独具的风格。他的作品不但揭露了社会的腐朽，而且深刻地反映了这时代的人们所深深感受到的孤独、迷茫、恐惧、失落和愤慨等情绪。为此，1951年他获得了毕希纳文学奖，他的才华终于得到了承认，并且他的作品正为愈来愈多的读者所理解和喜爱。

艾尔斯·拉斯克-许勒（1869—1945）是德国表现主义女诗人，出生在一个银行家家庭，但很早她就与家庭断绝了经济来往，以创作谋生。她曾获得克莱斯特奖。因她的母亲为犹太人，1933年她被驱逐出境，流亡到瑞士和巴勒斯坦，后来定居在耶路撒冷，最后孤独贫困地死在那里。她的作品主要是写自我的世界，从中表达了诗人内心的强烈不安和深切的哀伤。她的作品充满了炽热的激情和带有梦幻式的渴望，语言的音乐性很强，她是德国最重要的女抒情诗人之一，曾被人称为“以色列的黑天鹅，一位萨福”。她的成名作是1902年发表的诗集《冥河》，带有极强的表现主义色彩。她的早期作品，大多韵律没有规则，对未来还抱有信心。但后来的作品开始逃避现实，转向写宗教和爱情，大多是无韵诗。1913年发表的《希伯来叙事谣曲》就是以爱情和宗教为题材的作品，在风格上具有民歌式的朴素。总体来讲，拉斯克-许勒的诗作从她最初的《冥河》开始，直到1943年为抒发对死者怀念而作的《我的蓝色钢琴》，都反映出一种极力想逃避现实世界的倾向以及东方异国风味的童话情调，从中可以看到作者对于幻想和梦想的心醉神迷，她所具有的无边无际的丰富的感性世界。

除诗歌外，拉斯克-许勒还写有剧本，小说和散文，并为其作品绘制插图。短篇有《巴格达的蒂诺斯之夜》（1907），剧本有《我和我》（1970年出版），小说有《我的心》（1912），散文集有《希伯来人之国》（1937）等。

格奥尔格·海姆（1887—1912）出生在检察官的家庭。曾先后在维尔茨堡大学，耶拿大学和柏林大学攻读法律。1911年任候补法官，次年在滑冰时为救友人而淹死在湖中，生命很短促，仅活了25岁，但他却是德国表现主义早期的重要诗人。他的诗作最初受波德莱尔、魏尔仑、兰波、荷尔德林和格奥尔格的影响，后来逐渐形成自己特有的风格，尤其是他那强有力的语言表达形式。在他的作品中描绘了人们在大都市中犹如被抛弃在荒漠地里所感受到的那种寂寞和孤独。他显示了世界末日来临时的幻象并预言了战争的产生和对于世界的毁灭性的后果。他的诗作还指出人的生存的无意义。著名的代表诗有《城市的妖怪》和《你那长长的睫毛》

等，他的诗集《永恒的一天》于他去世前1911年出版。1907年出版了悲剧《雅典人的出游》。他的小说《小偷》及十四行诗等都在他死后才出版。他的作品虽然不多，但影响却很大，尤其是诗歌，表现主义的特征极为突出，对后来者产生了很大影响。

表现主义戏剧作家　法朗克·韦德金德（1864—1918）出生在一个医生家庭，母亲为演员。早先他在瑞士受教育，后来才到慕尼黑大学攻读法律。最初，他为《新苏黎世报》及《当代诗歌年鉴》撰稿，后为《痴儿》杂志写稿。1899年因发表嘲讽威廉二世的诗作而入狱。释放后他随马戏团以秘书的身份周游许多欧洲大城市。1908年在慕尼黑从事创作并当演员。他的戏剧与传统剧不同，往往各场之间情节不连贯，以电影剪接手法来组合场与场之间的关系。独白很长，抒情性也很强，他的这种打破常规的新手法，不仅使他成为德国表现主义戏剧的先驱，而且影响深远，布莱希特对他推崇备至，在布莱希特的戏剧生活中韦德金德的影响不可低估。

韦德金德主要的创作是戏剧，此外，他也写诗歌和中短篇小说。他的第一部悲剧《青春的觉醒》（1891）在1906年首演，获得了极大成功，连演117场。这部戏剧不仅打破了戏剧常规并采用了象征手法，而在内容上更是提出了青年性成熟的问题，剧本不仅通过几个少年显示了他们发育期间的下意识的欲望和冲动，同时指出，父母和教师对这问题所采取的违反本性的狭隘的道德观念的态度，致使两个年轻人走上了死亡的道路。这部作品曾一度被看作有伤风化而受到谴责和禁演，但是该作品却奠定了韦德金德的声誉。

《露露》是由1895年完成的四幕悲剧《地神》和三幕悲剧《潘多拉的盒子》合并而成的剧本，后改编为歌剧。在欧洲颇有名气。露露是女主角的名字，她美丽而放荡。在《地神》中充分展现了她强烈的情欲和她对男性的诱惑力。而在《潘多拉的盒子》中她走上了做娼妓的道路，最后为凶徒所杀。通过露露的一生，韦德金德表达了这样一种看法，那就是情欲往往控制了人。露露固然放荡，但那些和她接触的男性同样也是情欲的奴隶，他们对露露还具有强烈的占有欲，他们和露露是同一类型的人，但人们往往对他们的不道德视而不见，一味指责露露道德沦丧。露露在第二部中被杀正是她自己行为的恶果。而露露生活道路的演变正是社会环境所造成的，她的结局也是社会的必然，该剧反映了整个资本主义社会的道德堕落。同时它也充分表现了韦德金德的性道德观念，从而使他成了有争议的作家。

韦德金德的其他作品有《凯特侯爵》（1900）、《国王尼古罗》（1901）、《痴儿诗集》（1897—1902）等。《凯特侯爵》描述了一个野心家利用虚伪的道德干了许许多多坏事，最终被人识破的故事。《国王尼古罗》讲述一个高贵的国王不被人理解，被人视作“宫廷小丑”的事件，作品原名《生活就是这样》，主人公，不被理解的国王实际上指的是作者本人，以此道出韦德金德不得志的境遇。他的后期作品有《俾斯麦》（1916）、《赫拉克勒斯》（1917）等，但其水平不如前期的作品。韦德金德生前不断受到攻击，他的作品被指责有伤风化，但实际上他作品中有关性问题的实质涉及到对性本身的探讨，同时也包含有对资本主义社会的批判以及对传统道德的背叛。

韦德金德作品的艺术手法不仅与传统戏剧不同，而且常常使用寓意和象征，把人物性格类型化，他的作品在生前不被重视，甚至遭到禁演，但到魏玛共和国时期却受到了青年的欢迎，产生了极大的影响，对于表现主义的作家这尤为难得。

瓦尔特·哈森克勒费尔（1890—1940）是德国表现主义的中心人物。他出生在一个军医家庭，曾先后在英国的牛津大学，瑞士的洛桑大学和莱比锡大学攻读哲学、文学史和历史。在莱比锡时结识了表现主义作家。

第一次世界大战时曾志愿服役，受伤后养伤期间写了许多作品。1924年至1930年在巴黎任柏林《八点钟晚报》的驻外记者。法西斯上台后他被取消公民资格，曾流亡许多国家。1940年他被关押在法国南部时，因希特勒军队迫近法国，绝望自杀。

《儿子》是哈森克勒费尔的代表作，写于1914年。剧本的主题是父子冲突，父亲在剧中是暴君的化身，儿子则是被压迫者。反映的是一个代沟问题。剧中的儿子因考试失败受到父亲的责备而逃离家庭，与一帮青年人结成团伙，准备杀死父亲以报复。不久，儿子在妓院过夜，被警察送回家中，父亲严加训斥并要逐出家门，儿子要枪杀父亲，但尚未开枪，父亲却因中风猝然倒地身亡。虽然儿子没有杀父亲，但父亲的死是必然的，其象征的意义是代表了封建专制的家长式统治的消亡。1916年《儿子》上演后引起轰动，尤其因为该剧使用了表现主义的创作手法，人物没有具体姓名，作品充满强烈的激情，并以大量的对话来说明剧情。《儿子》在当时一度成为反抗传统封建专制统治的代表作，而作者哈森克勒费尔也因这个剧本一度成为当时青年一代的代表人物。

哈森克勒费尔的另一重要作品《安提戈涅》（1917）讲的是希腊神话故事，实际上是借古喻今，反对第一次世界大战。哈森克勒费尔一生共写有十八部剧本，五部诗集，两部长篇小说，三百多篇专论。早期作品反映了他激进的思想，体现了表现主义的“精神政治化”特色。他的早期作品还有诗集《小伙子》（1913）、剧本《救星》（1916）等，20年代末他曾一度脱离现实，逐渐失去了早期明确的政治方向，转而从事佛经和神秘主义研究。1930年的剧本《拿破仑在进攻》，虽以拿破仑为题，实则对墨索里尼的法西斯主义进行了嘲讽。1932年发表剧本《克里斯托夫·哥伦布》，又名《发现美洲大陆》揭露了德国20年代末的种种社会弊病。写于1934年至1939年的长篇自传体小说《错误和激情》于1969年才得以出版。

卡尔·施特恩海姆（1878—1942）出生于银行家家庭。在大学时攻读哲学、历史、艺术史和文学史。由于他叔父是剧院老板，他很早就接触到戏剧并产生了兴趣。他曾是杂志《徐培里昂》的创建人之一。从1912年起他不断迁徙于许多国家和城市，最后定居在布鲁塞尔。他善于写小市民的生活，而且许多作品以讽刺喜剧的形式出现，有人曾称他是“德国的莫里哀”。他善于使用夸张、荒诞的手法进行嘲讽。他写了一系列喜剧，总名为《资产阶级的英雄生活》，通过一个小职员的发迹到没落描述了20世纪初的德国社会的众生相。其中的第一部《裤子》（1911）很为著名，剧情是讲小职员马斯克为人势利，一心想发财。一次在观看皇帝检阅时，他的妻子路易丝因神思恍惚，当众掉下了裤子。马斯克非常担心，害怕自己会因而失去职业，决定把两间房子出租，准备弥补即将引发的经济损失，结果招来的两个房客却想勾引他的妻子，而马斯克因为妻子给他引来房客而致富却感到非常满意。剧本辛辣地对马斯克这种利欲熏心的市侩作了讽刺。正由于施特恩海姆的讽刺如此尖锐，他的一些作品在第一次世界大战前，魏玛共和国时期就因“有伤风化”而遭到攻击和禁演，而到法西斯统治时期则更是遭到了全面的禁止。

喜剧系列的优秀作品还有《盒子》（1912）和《市民席佩尔》（1914）。前者讲述一个中学教师由于他姑妈有个钱盒，为了从这个老姑娘手中获得这个盒子，他百般献媚，低声下气，同时用漂亮的妻子引诱自己的竞争对手，结果姑妈把钱盒子捐给了教堂，他落得了人财两空的境地。后者讲的是某城有一个由绅士组成的合唱团，其中有个成员突然去世，但找遍全城没有一个人能替代他，唯有贫穷的私生子席佩尔有一副好嗓子，但他出身低贱，粗俗不堪，可为了能在比赛中获奖，合唱团只能用席佩尔。不料比赛获胜，从此私生子登上了“绅士”的地位而趾高气扬起来。施特恩海姆以简练的精确的对话勾画出了丰富多彩的典型的市侩的思想境界及行为方式。他的作品不仅有戏剧和小说，同时还有政论文、杂文及文学评论，都具有鲜明的艺术个性。

恩斯特·托勒尔（1893—1939）出身于犹太商人家庭。他和哈森克勒费尔均为当时剧作家中思想最为激进的代表人物。第一次世界大战发生时，托勒尔正在法国的大学攻读法学，他回国当了志愿兵。1916年重伤退役，战争的亲身体验使他成了战争的反对者。战后他入海德堡，慕尼黑等大学攻读哲学和文学。1917年在海德堡大学组建和平主义的组织，并因而被捕入狱。1918年出狱后，革命倾向更为明显，积极参加了德国的十一月革命，还担任了巴伐利亚苏维埃共和国的主席及红军总指挥的职务。革命失败后，被判五年徒刑。在狱中他写了剧本《转变》（1919）、《群众与人》（1921）、《机器破坏者》（1922）等作品。出狱后，他到处旅行，号召反战和反法西斯。1933年纳粹上台，托勒尔流亡到瑞士、法国、英国等地，最后定居美国。在托勒尔看来，法西斯的胜利说明人民甘愿被奴役。他在1939年终因理想与现实的巨大矛盾陷于极端的精神痛苦之中而自杀。

托勒尔的作品是他思想演变的最好证明。《转变》一剧中的主人公弗里德里希最初认为战争可以使人摆脱沉闷的日常生活，而且出于爱国主义，他志愿参加了战争，但残酷的战场使他看到了双方的士兵都是些受骗上当的牺牲品，为此他痛苦万分。主人公的经历，也是托勒尔自己的思想转变历程。但托勒尔的思想矛盾最根本的还在于对暴力的看法，跟许多知识分子一样，他深深感到，良好的革命愿望与流血的暴力手段之间存在着不可调和的矛盾。这在《群众与人》一剧中反映得更为明显。剧中的女主人公认为流血杀人是一种罪恶。另一主角名为“无名氏”，他代表起义的人民，他认为通过流血战斗可以换来永远的和平，可以结束贫困，罪恶也就会消失。剧中的人物没有具体的姓名，没有性格，都是某种概念或思想原则的体现。剧中的女人和无名氏代表了两种不同的思想和立场，彼此对立。全剧充满了双方针锋相对的对话和辩论，因而，政治词汇，标语式的语言比比皆是，如果阅读就会显得苍白无力，但演出时由于表演者慷慨激昂的热烈情绪，效果却大不一样，显得生动而有煽动性。这是德国表现主义戏剧所具有的很大特点。另一个特点是现实与梦境交错出现在舞台上。《群众与人》中的女人实际上反映了作者自己的思想,女人的丈夫“男人”属统治者阵营,女人为了群众甘愿牺牲对丈夫的爱情。但因梦中见到丈夫在暴动中为革命者所杀,她醒悟到暴力只能产生新的暴力,暴力和革命的人道主义是互不相容的。为此当她因叛乱罪要被处死时,她拒绝了无名氏劫狱的主张,以避免与看守人发生流血斗争。她的思想核心是任何人不能因为事业而去杀死别人,因而她宁愿从容就义。在这里无疑女主人公做了托勒尔思想的传声筒。这个剧本一方面道出了革命与暴力之间的矛盾,另一方面也提出了群众自发的破坏力量的问题,托勒尔把个人与群众置于一种对立地位。他的下一个剧本《机器破坏者》写的就是英国1810年至1811年间发生的一次捣毁机器的工人自发运动,也即勒德运动。在这次运动中起来叛乱的工人失去了理智,不但毫无意义地毁坏机器,而且杀死了自己的领导人。在托勒尔看来,似乎起义的群众是唯一能采取行动的力量,而在起义中却又会产生罪恶。这个剧本指出,对于那种革命的自发破坏力量应该抱有戒心。

20年代对于托勒尔来讲是很沉重的,许多革命者和他一样被关在狱中,当时在魏玛共和国的政治犯达到七千之多,许多人被处死。托勒尔在这期间写的诗,有1921年写的21首十四行诗及《燕子的书》(1924),后汇成《狱中之歌》,这些诗流露出了作者苦闷的空虚感。在这年代写的剧本《不幸的欧根》(1923)和《瞧,我们这么活着!》(1927)也都反映出托勒尔痛苦的绝望。它们道出了托勒尔所看到的现实:自己所热爱的国家到处是唯利是图,投机取巧,国家的权力为革命的叛徒所瓜分,下层人民依然过着贫困的受压迫的生活,但一切唤醒人民的企图都是徒劳,为此,《瞧,我们这么活着》中的主人公托马斯无奈,终于在绝望中走上了自杀的道路。

在纳粹掌权之前,托勒尔已看到了这种强权势力的危险性,早在

1923年写的讽刺剧《解放了的沃坦》中，他就通过一个靠吹牛发家的理发师的“奋斗”生涯给希特勒勾画出了一幅漫画像，说明托勒尔已预感到即将来临的德国政治上的变化。《双目失明的女神》（1932）描述了法西斯上台前夕的德国普通老百姓的命运，他们对纳粹的暴行已无能为力，而有些卑劣的愚民又在其中起着推波助澜的作用。《不要和平》（1937）和《哈尔牧师》（1939）是托勒尔的最后两个剧本。前者是政论式的戏剧，故事发生在一个虚构的国家里，事件演变仅在一天之间。其中的人只是掌权者手里没有灵魂的兵卒，他们不理解应该对自己的生死存亡做出选择，他们毫无反抗的意识。而《哈尔牧师》一剧反映出作者还是看到了在德国有一些人身上依然保持着宁死不屈的反抗精神。

托勒尔的作品对德国戏剧的发展具有很大的影响。他所运用的表现主义戏剧手法，诸如梦幻般的舞台气氛，鬼灵的出现，演员自由的抒情独白以及直接向观众发表演说，辩论式的对白等不仅打破了第四道墙而且直接而集中地道出了作者所要表达的感情、思想和观点。凡此种种在很大程度上影响了后来的德国戏剧创作。

格奥尔格·凯泽（1878—1945）出生在马格德堡的一个商人家庭。中学毕业后没有进入大学而去商界当练习生，曾被派往阿根廷、西班牙、意大利；后因得病于1901年返回德国。在养病期间他阅读了大量书籍，最初受霍夫曼斯泰尔和格奥尔格的熏陶，后受韦德金德及斯特林堡的影响。凯泽一生创作丰富，共写了六十多个剧本（另有七个独幕喜剧），两部长篇小说，还有一卷抒情诗以及一些短篇戏剧理论和美学论文。他的作品具有独特的艺术风格和极大的社会现实意义。他从1905年开始写作，从1918年到1933年他的戏剧上演次数很多，当时与霍普特曼同样负有盛名，曾经在伦敦、巴黎、柏林、布拉格、莫斯科、纽约和东京风靡一时。凯泽在这时期成为西欧激进青年一代的思想上的导师。1933年法西斯上台，凯泽被禁止写作。1938年他流亡到荷兰，后到瑞士。1945年孤独地死于瑞士的一个小城。

1905年，他发表了讽刺喜剧《克莱斯特校长》，剧中有两个主要人物，一个是天生发育不全的外省中学校长克莱斯特，但他知识渊博，另一位是身材魁伟，却头脑顽固，自以为是的体操教员。通过这两个人物作者提出了精神与物质的矛盾关系。但由于剧本塑造了唯利是图的资产阶级怪诞形象，抨击了市侩道德而受到当局的非难，直到1918年才得以上演。

凯泽的早期作品不仅反映了尼采那种对于虚伪的资产阶级假道学的叛逆精神，同时也被一些评论家认为是“性爱剧”，例如滑稽喜剧《犹太寡妇》（1911）及《戴绿头巾的国王》（1913）等。前者改写了圣经故事，把美丽的朱迪丝[①]杀死祖国敌人的动机改成为她苦于情欲得不到满足而采取的行动。在凯泽的这些作品中显示出尼采否定任何道德标准和韦德金德表现炽热情欲的双重影响。

凯泽在创作的第二阶段转向了有关“新人”的探索。当时战争气氛非常强烈，而凯泽则全力为和平和博爱疾呼。这时期的主要剧本是《加莱的市民》（1914），剧本是戏剧体叙事诗形式。故事背景是14世纪的英法百年战争。根据历史描述，1339年英王爱德华在长期围攻加莱城后发出最后通牒：要不让加莱城毁灭，要不就让加莱城里六名最有声望也最为高贵富有的市民，穿着悔罪的粗布衣服，颈上套着绳索，手拿加莱城的大门钥匙来见战胜者接受惩罚。根据法国历史学家的记载，当时加莱城站出了六名自愿牺牲自己生命的市民以拯救自己的同胞和经过几代人建立起来的加莱城。凯泽给这故事注入了新的内容，使六名市民变成了七名，于是通过抽签有一人可以免于死亡，但是，在高贵的行为前七个人谁也不愿

① 朱迪丝（Judith）是犹太人的民族女英雄，她用计谋杀死了巴比伦王派来攻打犹太国的霍洛菲恩（Holofernes）大将。见《圣经》“经外书”（Apocrypha）。

当这个侥幸者。于是，凯泽塑造了一个新人，那就是德高望重的加莱公民埃斯塔什，他反对采用抽签的方式使自愿牺牲者存有偶然性，为保持这种高贵行为的纯洁性，抽签前他在六位志愿者离城出发的前夕，喝下一杯毒药而完成了自我牺牲的行为，使其他六位公民不致失去履行自己道德责任的机会。这样，七个人都可以实践道德的最高标准。但故事的结局却是由于英国国王前一晚得了一个王子，这六位公民意外地得到大赦而活了下来。

埃斯塔什在剧中是表现主义所推出的一种新人。他自杀后，他的衰老的、双目失明的父亲跟在棺材后面庄严地宣告："我看到了一位新人，他诞生在今天夜间。"在凯泽看来，埃斯塔什的自杀是具有崇高目标的。这个形象具有象征意义，正如罗丹在1895年所创作的塑像《加莱的市民》一样，凯泽在这里所塑造的是英雄气概和严峻坚毅、充满道德信念和自我牺牲精神的形象。这种完成了伟大行动的"新人"正是表现主义所追求的理想和精神。虽然剧中表现的似乎只是一种献身精神，但作者却明确表达了对战争的憎恶，正因如此，在埃斯塔什与法军司令之间的冲突中，作者让主张和平的一方战胜了主张战争的一方，从而使公民的人道主义精神达到了震撼人心的地步。

《加莱的市民》于1917年在柏林上演时，立即引起轰动，凯泽一下成为具有世界声誉的剧作家。

为了宣扬这种"新人"的伟大精神，凯泽于1920年又写了剧本《阿尔西比亚德获救记》，以古希腊哲学家苏格拉底作为"新人"的典型，但并未达到《加莱的市民》那样的历史高度。而在1916年发表的《从清晨到午夜》却更能说明凯泽对新人的进一步的探索。

这是凯泽作品中最重要，最具社会性的一部杰作。它显示了作者对现存社会中资产阶级关系的实质性的理解和剖析。它不是来自抽象的、思辨的公式，而是立足于人对金钱追逐而丧失人性的真实世界。剧中的主人公是个外省银行的普通出纳员，他忠厚、勤劳、知足地过着小市民的幸福生活。但一天来了位漂亮女性，她身上散发出的香水味和伸出的娇嫩的手突然触发了出纳员的生活欲望。由于银行的手续不全她未能取到汇款，于是他私自拿了银行的六万马克便去追赶那位女性。但这位妇女却是一位已婚的贤淑之女。出纳员在失望中离开了她，从此开始了他的逃亡旅程。他先是逃到原野，但在白雪茫茫的世界中，他看不到出路，后又来到自行车比赛场，他宣称愿以马克作为比赛的奖金，促使全场人员为此疯狂，为钱而拼命，当时他见到只有一位小姑娘没为钱动心。以后他又来到救世军的布道厅，见到那些善男信女都在真挚地忏悔，他受到感染也随之一起悔罪，并把盗来的马克撒于大厅，指望那些信徒们会蔑视这些赃钱，把这些钱撕碎，踩在脚下，但情况恰恰相反，眼看着金钱在空中飞舞，信徒们却为抢夺这些钞票，乱成一团，互相打得难分难解，抢到钱的随即逃离了大厅。这时只有那位出现过的小姑娘一直站在台上不为这些金钱所动，出纳员为此感到欣慰：他终于看到了一个不爱金钱只爱真理和上帝的人。但就在人群已散，大厅空空的瞬间，小姑娘却叫来了警察，而且指着出纳员说："他就在那儿，是我把他指出告诉你的，应该把奖金给我！"原来这个小姑娘要的是捉拿盗犯的悬赏，这笔钱可是远比空中飘舞的钱要多得多。至此，出纳员才明白，这个世界上已经没有一处干净的地方，已经全部为金钱所污染。于是，在出纳员从清晨到午夜，马不停蹄地在这世界上兜了一圈后，最终不得不举枪自杀，离开了这个世界。全剧通过出纳员的遭遇揭示出金钱在这世界上所具有的罪恶力量，人们追求金钱远甚于追求真理。出纳员自身固然也是追求金钱的牺牲品，但他自始至终头脑是清醒的，观众随着他一起从希望到失望，企图找到一个真正不为金钱所诱惑的人。小女孩的屡次出现，令观众产生一种近似悬念的强烈希冀，而她最后要求获得奖金的简单几句话，一下击碎了观众的期望，同时也表现出凯泽深刻的讽刺手法和他作品的揭露性。显然主人公出纳员在剧中不仅是金钱追求的牺牲品，同时也是剧中唯一能认识到资本主义金钱罪恶的孤独的“新人”。

在《从清晨到午夜》之后，凯泽又写了《珊瑚》(1917)、《瓦斯一》(1918)、《瓦斯二》(1920)。这三部剧本由于人物和故事都有关联，因而有人就称它们为三部曲，但凯泽自己并没有这样命名。《珊瑚》一剧可以看作是后两剧本的序曲，剧中主人公是一个出身于普通劳动者的百万富翁，他要他的孩子不再受到贫苦的困扰，他要建造一个“珊瑚乐园”，但现实粉碎了他的理想，他的女儿离开了他，他的儿子起来反对他剥削工人，因而只有死亡成了他摆脱矛盾的出路。在《瓦斯一》中，百万富翁的儿子把利润给了全体参加生产的工人。工厂所生产的瓦斯也成了人们普通使用的能源。但百万富翁的儿子却看到对利润的追求正在使人变为机器，预感到由此会发生的大祸。果然，不久，机器因不堪重负而发生了爆炸，不仅厂房被毁，几千人因而丧命。这事使百万富翁的儿子醒悟到资本主义制度不论在何种条件下都不可能给人带来幸福。为此他企图为工人在远离城市的地方建立一个乌托邦式的乐园，但工人对此毫无兴趣，宁愿跟随总工程师重新恢复生产。剧终时百万富翁的儿子陷入了精神上孤立的状态。在《瓦斯二》中，百万富翁的孙子成了“百万富翁工人”，穿着和工人完全一样，在早先属于他祖父及父亲的瓦斯厂里劳动。为了高额利润，工人拼命干，瓦斯又再度爆炸，工人提出抗议，他们不愿为军事需要而生产，但出现的“穿黄衣服的人”用武力威胁工人，此时有两条道路摆在工人面前：一是总工程师提出的生产有毒瓦斯，使“穿黄衣服的人”在战争中获得大量利润。另一条是“百万富翁工人”提出的，不使用暴力，建立一个新社会，建立起新的人与人之间的关系。总工程师和“百万富翁工人”之间发生了剧烈的争吵。但工人的态度却是倒向总工程师，他们对“百万富翁工人”的和平说教毫无兴趣。在这种情况下“百万富翁工人”终于发现了能建立理想王国的唯一出路，那就是消灭人类，重新再创造一个新的人类，于是他打破毒瓦斯的瓶子，毁灭了整个世界。从这个剧本的结局来看，凯泽对于建立一个博爱幸福王国的信念已完全破灭，他的“新人”的宣传也就到此为止了。但从另一个方面看，这三部曲的悲观气氛正说明在魏玛共和国初期，德国进步知识分子找不到出路的绝望情绪。

在《从清晨到午夜》和上述三部曲中，凯泽在舞台构造，布景装置，灯光效果，音乐等方面充分使用了表现主义的手段。剧中的人物也没有具体姓名。出纳员、工程师，“百万富翁工人”等角色都没有性格描绘，其形象的功能就在于体现某种思想。但演出的效果却具有极大的吸引力，这跟凯泽使用的语言很有关系，他的对话语言非常简洁，富于表现力，他使用了大量的感叹词以及动词和命令式，因而语言本身就具有某种动作性。

凯泽在20年代到30年代初写的作品没有涉及太多的社会问题，主要是些消遣性质的。但后来写的《十月的一天》（1930）、《图卢兹的园丁》（1938），不但刻画了充满险恶的现实世界，而且趋向心理的描绘。

1933年他被开除出普鲁士科学院，其作品也全部禁演，他不得不离开德国。在流亡期间他写了12个剧本，两部长篇小说及许多抒情诗。其中《士兵田中》（1940）是这时期的代表作。剧中的主人公是日本青年农民田中，他是一个崇拜天皇和现存制度的士兵，后来他得知家中为了纳捐把妹妹卖给妓院，自己又和一军士发生冲突，他终于醒悟过来，刺死了军士。这一行动反映出他对天皇及现存制度的彻底反叛，也表现了凯泽对于法西斯军国主义的看法。作者把剧情移到日本，是由于他不能公开抨击第三帝国。他在瑞士必须定期往外侨管理处登记，要是他在文字中涉及反希特勒，就有可能会把他从“中立”的瑞士驱逐出境。这是使凯泽非常痛苦的事。

在1944年和1945年凯泽写了许多抒情诗，其中有回忆，有风光描绘，但最主要的是揭露法西斯的罪行，如《自画像》、《此路不通》、《诅咒》、《孙子》等。

从凯泽的全部创作来看，其中大部分剧作表现出了他对新人的渴望，凯泽希望通过新人能制造出一个宁静的世界，而这些新人必须要经受种种罪行、暴力和心灵的苦难历程。由于凯泽主张戏剧是“思考”而不是“观看”的戏剧，因而他的人物都是某种思想的代表，显得概念化，缺少心理活动和个性。但他的剧本层次分明，以理性的分析方法让对立的双方进行有力的争论辨析，从而使作者认为正确的一方最终获胜，借此启发观众。

凯泽是德国表现主义最优秀的代表作家。他的表现主义戏剧虽然打破了传统的戏剧模式，但可以看到他不仅从席勒、黑勃尔、毕希纳等前辈，同时也从同时代的韦德金德、施特恩海姆等人那里吸收了营养，他的表现主义戏剧是诞生在德国的土壤里的。

流亡文学　1933年出现的流亡文学，约由1000名外出作家构成，是一支庞大的队伍。除了个别例外，几乎整个德国文学界都移到了国外。尽管这些作家的立场不尽相同，但都一致反对纳粹的意识形态和政治制度。甚至一些主张不问政治或颓废倾向的作家这时也多变得富有政治色彩起来。但是在艺术手法上却依然是各个不同。大部分作家采用的是传统的现实主义手法，也有很多作家兼用现代派手法，例如托马斯·曼和德布林等。而像布莱希特这样反传统的戏剧家，则在流亡期间完善了他的叙事戏剧理论。

对于流亡在外的作家而言，物质和精神上的压力和苦难远远超出一般人的想象。他们失去了自己生长的本土，就意味着丢失原有的出版社，本国的读者。他们突然不得不生活在陌生语言的国度里，且不说他们的生活来源极度艰难，更糟的是他们随时随地会有生命危险。尤其在占领奥地利和捷克后，希特勒几乎控制了所有欧洲国家。这些国家很少敢于保护流亡者，因而不断发生流亡者被驱逐的事件。流亡者为了逃避盖世太保的袭击、绑架，为了躲避所在国将他们送交法西斯当局，他们不得不千方百计地申请过境，以便从一个国家流浪到另一个国家。这样颠沛流离的生活，使他们心灵极度忧郁，神经高度紧张，有的甚至处于饥饿状态。于是有的精神崩溃，有的病死或饿死，而图霍尔斯基、哈森克莱费尔、托勒尔等人则走上了自杀的道路。

流亡文学的生存尽管这样艰苦，但它在希特勒执政时期却代表了民族的良心，与纳粹进行了不懈的斗争。1933年流亡作家在巴黎成立了德国作家联盟。这个组织不仅向贫困作家提供物质帮助，而且制定反法西斯斗争的统一纲领，它参与筹备了1935年召开的国际作家保卫文化大会。在流亡期间这些作家组织出版过多种杂志，如《论丛》、《新世界舞台》、《国际文学》、《言论》及1941年在墨西哥出版的《自由德意志》等。有23位流亡作家直接参加了西班牙人民的反法西斯斗争，如布莱德尔、雷恩、魏纳特等，有两位作家甚至牺牲在战场。在苏德战争爆发后，贝歇尔、魏纳特等人参加了向德国士兵和军官的宣传工作，号召他们不要为法西斯当炮灰，并在斯大林格勒战役时，上前线通过传单和广播来瓦解德军。

在12年里，这些流亡作家出了约2000种书，每册虽然印数不多，但质量都很高。它们具有题材、思想和风格流派多元化的特点。它们向全世界人民报告了法西斯专政前后的德国情况、法西斯的暴行以及流亡作家在异国他乡的种种遭遇和心态。这时期最为丰富的是历史小说、社会小说、心理小说、日记、信件、回忆录、报告文学等。从这些作品中，我们可以看到，抽象的人道主义、和平主义已经淡化甚至消失，取而代之的是反法西斯的斗争信念。尽管一些作家在逆境中自杀或耗尽精力而去世，但流亡文学却是德国在残暴统治期间保持德国传统民族精神的主流文学。这从下列介绍的作家和作品就能得到证实。

库尔特·图霍尔斯基（1890—1935）出生于一个贸易公司经理家庭。大学期间攻读法律。在学期间就为《世界舞台》杂志撰稿。1915年应征入伍，参加第一次世界大战，战后曾先后加入独立社会民主党和社会民主党。1924年起在巴黎任《世界舞台》及《福斯报》记者。1929年图霍尔斯基移居瑞典，此后只短期回过德国。1933年他的作品被查禁和焚毁。1935年在瑞典自杀。

图霍尔斯基是位杰出的杂文家，虽然他也写诗歌和小说，但他的杂文和游记更富有特色。他的第一部作品《莱茵斯贝格——恋人的画册》（1912）虽然是短篇小说，讲述的只是两个年轻人离开大城市到莱茵斯贝格玩了三天三夜，没有什么故事情节，但作者通过自然景色的描绘及人物间的对话宣扬了青年的自由恋爱观，冲破了陈旧刻板的传统道德观念，鞭挞了小市民的狭隘和贪婪。作者以充满激情，却又幽默机智的语言把大自然的美丽景色和小市民的封闭、偏狭自私的生活作了鲜明的对比。这部作品是图霍尔斯基的成名作。

1913年起他的撰稿主要涉及政治，他写的政治小品文尖锐有力，充满了热情澎湃的精神力量。从1907年到1932年他在报刊上用真名及各种笔名发表了约2500篇文章，它们不仅从人道主义、和平主义的立场抨击了军国主义、沙文主义和官僚政治，同时也涉及到了文学与艺术，美学和伦理等多种领域。它们还批评了当代资产阶级各阶层中较为富裕的并且受过教育的代表人物，他锐利地揭示了他们的守旧、虚伪和利己思想，以及对成功的崇拜。

1929年他与政治照片剪辑专家乔恩·哈特菲尔德合作出版了著名的《德国，德国高于一切》，立刻引起了世界性的反响。该书收集许多具有典型性的照片，配以解释性的文字，让读者通过图文并茂的方式看到德国的一个横断面。这些照片和图霍尔斯基所独有的文献记录性的文字不仅真实地反映了德国人民沉重的生活，而且揭露了德国现存制度下的警察、法院、军队、教育等各方面的问题。这些照片和文字以尖锐讽刺和离奇夸张的手法指出了现实中的种种矛盾。该书充分显示出图霍尔斯基既是诗人又是政论家、讽刺家、文艺评论家和宣传家。这个时期出版的还有散文集《五马力》(1928)、《蒙娜·丽莎的微笑》(1929)、《别哭，要学着笑》(1931)以及格言集《拾零》(1930—1932)等。

图霍尔斯基是魏玛时期的一位不可多得的具有尖锐观察力和讽刺才华的作家，他的作品对于当权者而言，正如他的同时代人所说：其作用犹如红斗篷对于公牛的效应。

莱昂哈特·弗兰克(1882—1961)出生于木匠家庭。由于家境贫寒，弗兰克曾当过工人，驾驶员，杂务工。1904年才入慕尼黑大学学习美术，直到1910年。1912年他开始在《新文艺》、《革命》等杂志上发表一些故事。他的第一部作品《一伙强盗》于1914年第一次世界大战爆发前两个月出版。由于这部作品他获得了冯塔纳奖，从此结束了贫困生活。小说写的是在古城维尔茨堡有12个年轻的学徒工，他们先是受到学校教师的虐待和凌辱，后来又受到师傅的压榨，因而他们结成一个团伙，发誓要把全城烧毁然后去美洲大陆寻找自由，他们把席勒《强盗》一剧中的口号“打倒暴君！”作为他们的座右铭。但是当他们渐渐成熟起来，意识到他们的想法不切实际后，各人走上了不同的道路，有的当了酒店老板，有的去了修道院，有的成了画家。这部小说不仅揭示了德国当时青年所遭受到的摧残，同时也反映了青年们的反抗意识。

1914年第一次世界大战发生时，弗兰克公开表达了他的反战立场，这是难能可贵的，因为当时绝大部分人，包括一些知识界的精英也没有能正确对待沙文主义的狂热。但是也正由于这个原因，1915年他被迫流亡瑞士。1918年他回到德国参加十一月革命。此后他从事文学创作。1933年纳粹上台后他再度流亡瑞士。此后他到法国，曾几次被拘留，最后逃亡到美国。1950年回到慕尼黑。从弗兰克的经历来看，他对下层人民的贫困生活深有体会，因而在思想立场上和他们接近，他的作品也充分反映了这一点。1925年的中篇《在最后一节车厢里》描述了处在危险状态中的旅客的种种表现，道貌岸然的银行家只知自己逃命，置即将分娩的妻子于不顾，而被解雇的工人却不顾危险，帮助银行家的妻子生下孩子。最后，这节脱钩向下滑行的车厢为运木料的货车所救。弗兰克通过这节车厢化险为夷的过程揭露了上层阶级人士的虚伪和自私，颂扬了工人的道德品质。1932年发表的《三百万中的三个》以20年代世界性经济危机作为背景。1930年，在德国有失业人员三百万，作者把《一伙强盗》中的三个成员（一个抄写员、一个裁缝、一个工人）作为小说主人公，他们因在德国找不到工作，在一个富翁的帮助下来到美洲寻找出路，谁料美洲同样笼罩着经济危机的阴影，他们的希望成了泡影，其中的裁缝客死在异乡，其余两人只能先后流浪到阿根廷、法国、意大利等国，但都没有找到工作，只能回到德国，先在柏林乞讨为生，最后不得不返回老家。作者通过这三个人的遭遇说明当时在西方各国无产者的命运都是相同的，揭露了资本主义社会的种种弊病。

在流亡期间，弗兰克发表了《梦中的伴侣》（1936）、喜剧《旁观者》（1937）等作品，其中从1937年就开始动笔的长篇《玛蒂尔德》直到1948年才出版，它的情节也从第二次世界大战前开始延伸到大战结束：女主人公玛蒂尔德在历经了婚姻破裂、与旧恋人重逢获得幸福后，战争又将她的家庭拆散，丈夫饱经战火及当俘虏的磨难，结局是这对恋人终于在战后重又相会，获得了美满生活。1949年弗兰克发表长篇《耶稣信徒》，讲述一些年轻人惩罚纳粹的故事。《心在左边》（1952）是弗兰克的一部自传体小说。小说叙述了弗兰克一生的生活经历和他在各个历史时期及重大政治事件中的思想倾向。正如小说的标题所显示的，作者一生的追求是反对资本主义社会，建立一个平等的社会主义社会。

弗兰克的作品很多，除上述重要作品外，他还写有抨击威廉二世时代的教育制度的《原因》(1916)、反对帝国主义战争的《人是善良的》(1918)以及《奥克森富特的男声四重唱》(1927)、《兄弟姐妹》(1929)等。从思想内容看,弗兰克的作品所反映的现实是多方面的,他深信社会主义的最后胜利。而在艺术手法上,他的早期作品受到表现主义的影响,里边有许多象征的、抽象的、怪诞的、梦幻的成分。但这些因素日益减弱,尤其到《三百万中的三个》他几乎完全放弃了表现主义的手法,走上了现实主义的道路。就他所塑造的人物来看,个性不够突出,但他的写景却很有特色,他用简练的几笔就能给读者呈现出山、林、草地的景色,优美而带有浪漫色彩。

弗里德里希·沃尔夫(1888—1953)生于莱茵河畔的一个资产阶级家庭。在大学攻读医学。第一次世界大战时任军医。1918年曾参加十一月革命。1928年加入德国共产党。1933年流亡瑞士、法国、苏联和美国。1945年回到民主德国。他的创作有诗歌、小说、电影剧本和广播剧,但最主要的是戏剧。他的早期剧本受到表现主义的影响,企图塑造"新人"。例如《穆罕默德》(1917)、《这就是你》(1919)等。1924年的《穷苦的康拉德》表现出沃尔夫已摆脱表现主义的影响。20年代开始沃尔夫创作的明确目的是为政治服务,他认为"艺术就是武器"。1929年反映穷人堕胎问题的《氰化钾》使沃尔夫获得了国际声誉。但沃尔夫真正的创作高峰是在流亡期间,这时期他完成了九个剧本,大部分都取材于现实,例如《马门教授》(1935)、《弗洛里茨多夫》(1936)等。《弗洛里茨多夫》写的是1934年2月发生在维也纳郊区奥地利工人保卫同盟反对亲法西斯政府的起义事件。而《马门教授》讲的是一个著名犹太医生,他专心于他的外科业务,不问政治。当法西斯上台时,他坚信自己是"第三势力"不会受到影响,还因此跟反法西斯的儿子发生争论,但直到纳粹分子在他胸前挂上一块"犹太人"的牌子把他驱逐出他的医院时,他才醒悟过来。他忍受不了这种奇耻大辱,以自杀结束了自己的生命,临终时他承认儿子主张要斗争是对的。剧本向观众揭示了这样一个真理：在法西斯的残酷统治下，知识分子要保持中立是不可能的。沃尔夫这样的人物是有广泛代表性的，为此，该剧在世界各地，如华沙、苏黎世、东京、上海、马德里、莫斯科、纽约等大城市演出都获得了巨大的成功，后来还搬上了银幕。它唤起了人们的反抗意识。

沃尔夫后来又写了《博马舍》（1941）、《爱国者》（1943）、《女村长安娜》（1950）、《托马斯·闵采尔》（1953）等。他的戏剧创作遵循传统戏剧的准则，与同时代的布莱希特的叙事戏剧形成鲜明对照。

埃里希·魏纳特（1890—1953）出身于工程师家庭。曾学过绘画、雕刻。第一次世界大战时应征入伍。在战争经历及德国十一月革命的影响下，他不仅投身工人运动，同时开始在报纸杂志上发表政治讽刺诗。经常在酒店和歌舞厅朗读自己的诗作。1929年参加德国共产党。1933年纳粹毁坏了他很多手稿，他被迫流亡国外。从1918年至1933年他所写的诗歌反映了魏玛共和国时期的社会历史，于1950年以《插曲》的书名出版，被誉为“魏玛共和国时期的韵文编年史”。1937年他参加国际纵队和西班牙人民一起进行反法西斯斗争。这时期的经历，他后来用诗歌、小说、通讯等方式作了反映，此时他还翻译了有关西班牙战争的俄语、法语、英语和汉语的诗歌。有关这些创作及译作后来结集为《伙伴们》（1951）。1939年他赴苏联，在前线向同胞呼吁投降，不要上当受骗，其中著名的有《告德国士兵书》（1942—1943）。1951年出版的《斯大林格勒回忆录》是写斯大林格勒大血战的日记，是一部有关这场决定性战役的珍贵文献。《黑夜中的呼唤》（1947）收集的是1933年至1945年间创作的诗歌。

魏纳特的诗歌简洁、明快、机智、诙谐，非常受广大群众的欢迎。他的诗歌没有个人内心生活和哲理思考，永远具有明确的政治内容，和社会政治密切相关。他的诗有时也表现为日常生活，但却具有深刻的现实性。他的诗往往是为朗诵用的，从1924年至1933年他在德国、奥地利、瑞士各城镇举行了大约2500场朗诵会,他的诗歌还经常使用柏林、萨克森、维也纳的方言以增加幽默、生动的效应。魏纳特的诗歌在揭露军国主义、沙文主义和社会改良主义方面起到了极大的宣传作用,他的诗歌不仅是动人的、热情的号召,同时也是艺术性很高的文学作品。

路德维希·雷恩(1898—1979)原名阿诺尔德·菲特·封·戈尔森瑙,出身贵族世家。曾参加过第一次世界大战,战后在魏玛共和国的警察局任职。1920年开始先后在哥廷根、慕尼黑等大学学习并漫游意大利、希腊、埃及等国。此时他的思想逐渐倾向马克思主义,不久于1928年加入德国共产党。任德国无产阶级作家联盟书记。1933年被捕,1935年获释。1936年流亡国外并参加西班牙人民反佛朗哥的斗争。此后他再度在法国被纳粹逮捕,后逃脱,流亡墨西哥。1947年回德国任德累斯顿文化研究所所长等职,1954年曾访问过中国。雷恩的创作大部分根据自己的亲身经历。他的第一部长篇《战争》(1928)使他一举成名。小说讲述的是主人公路德维希·雷恩,一个上等兵在第一次世界大战期间在前线的所见所闻及他的种种经历。他作战非常勇敢,为此得到了奖章,他也负过伤,他是个忠于职守的盲从的士兵。作者通过雷恩描述了战壕里的艰苦生活,行军和前线炮火下的互相残杀,也道出了士兵们的真实情感,他们的所思所想,从而揭露了战争的罪恶和它的残酷性。小说发表后得到了一致的好评,因为除战争的真实描绘外,雷恩这一形象也具有极大的典型性。作者也从此用雷恩作为自己的笔名。

1930年另一长篇《战后》发表,是《战争》的续篇。主人公雷恩战后回国,虽然不断得到提升,后在警察局任职,但他感到与周围的人及政府对人民的野蛮行为格格不入,他意识到这个政府应该被推倒,但他的职责却应该为它服务,这使他处于极端的矛盾之中。当工人起义时,他拒绝向他们开枪,这样的表现引起了其他军官的不满和怀疑,不久,他就辞去了警察局的职务。这部小说和《战争》一样带有自传性质。它突出了主人公思想转变的过程。1944年雷恩在墨西哥时写的《没落的贵族》，其自传性就更为强烈，具有回忆录性质。它的主人公改用雷恩原来的真名，作品从主人公的少年时代写起，描写他的军官前程，他所经历的饮酒作乐、追逐爱情和荣誉这些似乎辉煌的生活，但军官们的精神空虚和虚荣心逐渐令他生厌，而士兵们的纯朴使他倍感亲切。他希望用一场战争来结束这种无聊生活，当第一次世界大战迫在眉睫时，他已深信贵族不再会有任何前途。

雷恩的作品很多，前边提到的作品均以一种平静的、不加修饰的朴素语言由主人公娓娓道来，没有感伤情调，没有夸张，有的只是真实。叙述者把非常复杂的事情讲得简单扼要，把最悲痛的感受记载得沉着而冷静。小说往往没有开端，也无结局，这种客观的报道形式使它们更具可信性。回到德国后雷恩又写了长篇《特里尼》（1954），讲述一个墨西哥农民之子成长为一个英勇的游击队员的经过。其他还有《没有战役的战争》（1957）、《在帝国的废墟上》（1961）、《出路》（1967）等。雷恩也写儿童文学，其中著名的有《黑人诺比》（1955），描写非洲森林里的黑人孩子和他的动物朋友，诸如大象和猩猩等一起与白人斗争的故事。

列翁·福伊希特万格（1884—1958）出身于犹太工厂主家庭，大学期间学习语言学、哲学、人类学等科目。1908年创立《明镜》杂志。第一次世界大战后全力从事文学创作。1933年在美讲学时被纳粹剥夺国籍，流亡法国。纳粹入侵法国时，逃亡至美国，直至逝世。期间于1936至1939年与布莱希特和布莱德尔共同创办流亡者杂志《发言》，该杂志主要发表反法西斯作家的作品，为团结反法西斯力量作出了很大贡献。

福伊希特万格的作品先是接受印象主义和象征主义，后来又深受布莱希特、德布林、亨利希·曼的影响。他以擅写气魄宏大，场景复杂的长篇历史、文化小说著名，许多作品涉及犹太人问题和知识分子在现实生活中思想转变的问题。他最初只是站在人道主义及和平主义立场对德国的军国主义、法西斯主义进行抨击，但在1916年发表的剧本《华伦·赫斯丁斯》中已经表露出必须通过暴力建立新社会的思想。

福伊希特万格是个多产作家。具有代表性的作品有《犹太人徐斯》（1925），主人公确有其人，生活在1692至1738年，他在排犹的声浪中，以自己生命作为代价坚持了自己的信念。《候车室》是以反法西斯为主题的三部曲。第一部《成功》（1930）通过20年代发生在慕尼黑的一件冤案展示了当时复杂的社会政治形势和法西斯势力的兴起。第二部《奥佩尔曼一家》（1933）讲述柏林一个犹太人家庭在法西斯残暴统治下的悲惨命运，同时提出了只有斗争才能消灭法西斯的观点。第三部《流亡》（1940）中的主人公是一个不问政治的作曲家，但他却被迫流亡巴黎，通过生活的教育，终于参加到反法西斯的行列，并创作了《候车室交响乐》，坚信等待已久的列车必然会来到。

与此同时写作的还有《约瑟夫》。这也是三部曲，它们是《犹太人的战争》（1932）、《儿子》（1935）、《这一天会来到》（1942）。这套三部曲是大型的历史小说，讲述的是犹太历史学家约瑟夫（37—100？）的故事。他经历了犹太人反对罗马帝国统治的起义，耶路撒冷的陷落，尼禄的死亡和弗拉维王朝的兴起。书中的许多细节都引自约瑟夫自己的著作。在小说里，约瑟夫是个聪明贤能，热情奔放的人物，他年轻时追逐名利，相信自己的力量，但随后的经历却终于使他认识到唯有和起义人民结合在一起才能真正找到生活的意义。这部小说描绘了约瑟夫捍卫人道主义，宣扬不分种族人人平等的思想，以及他从保持行动和静观之间的折中哲学中摆脱出来的过程。另一方面也指出专制政体得逞所依靠的正是人的卑贱的本能和失去理智的兽性。只有专制政体尚能愚弄人民时，它才能继续存在下去。有关这一点福伊希特万格在长篇《假尼禄》（1936）中作了更为明显的刻画，小说通过古罗马冒牌尼禄的成功和失败，指出了希特勒的欺骗性和他最后不能逃避的灭亡命运。福伊希特万格在这段流亡期间写的许多小说都涉及历史，但正如他自己所言，他从未为了单纯的历史本身而去写历史，其创作目的是为了用历史题材来认识和解决当代现实社会的冲突和矛盾。

第二次世界大战后，福伊希特万格依然笔耕不辍。他于1951年及1952年分别写出了两部名人传记《戈雅》和《愚人的智慧，或名让-雅克·卢梭之死和他的光辉》。前者描述西班牙农民出身的画家戈雅在进入宫廷后，看清了上层社会的丑恶、残忍和虚伪，在认识的道路上披荆斩棘向前迈进，最终成为一位人民的艺术家。在后一部传记中福伊希特万格把卢梭描写成孤独地生活在不理解他的人群里，因为他走在时代的前边，因而那些目光短浅的人不能理解他的思想，反而把他的智慧看成是愚蠢，而他的著作却鼓舞了人民的革命。

福伊希特万格的最后两部小说是《西班牙歌谣》(1955)及《耶夫塔和他的女儿》，都是有关进步和人道主义的题材。

福伊希特万格的小说往往情节曲折，而人物形象则用来表达作者的思想。篇幅虽长，却不沉闷，生动而幽默，语言简练，但感情色彩强烈。他的善用历史事件及人物来借古喻今是有口皆碑的。

阿诺尔德·茨威格(1887—1968)出身于犹太手工业者的家庭，曾在慕尼黑、柏林等大学攻读日耳曼语言文学、历史、哲学和艺术史。他的早期作品受到印象主义、象征主义的影响。1915年入伍并参加了第一次世界大战。残酷的战争经历改变了茨威格的思想，他的创作步入了新的阶段，开始揭露现实，尤其对战争、军国主义做出猛烈的抨击。1933年他流亡瑞士、法国和巴勒斯坦等国，为许多进步杂志撰稿，积极参加反法西斯的斗争。1948年回到民主德国，1950至1953年任民主德国艺术研究院院长及笔会主席等职。

第一次世界大战后，他认识到他有责任向人民揭露这场战争的真相，它的产生原因，它的残酷和荒诞性，以及它对人的心理和精神上所造成的伤害和对社会所造成的破坏。为此，他就这次战争为题材计划写一套系列小说，名为《白种人大战》。完成的共有六部长篇，按出版次序是：《关于军曹格里沙的争辩》(1927)、《1914年的青年妇女》(1931)、《凡尔登的教育》(1935)、《国王登基》(1937)、《暂时停火》(1954)、《时机成熟》(1957)，但在内容上却并非按年代排列。第一部《关于军曹格里沙的争辩》发生的事件是在1917年。格里沙是个俄国战俘，因听说家乡发生革命就逃出了战俘营，一心想回家，但他却被抓了回来，因间谍嫌疑而要处死，尽管有许多人为拯救他进行了斗争，有关他案件的争辩长达数月，但最终他还是被杀害了。作者通过这一案件深刻揭露了权力机构的反动本质，说明在这种政府的统治下，人权、法律、真理根本不可能存在。《凡尔登的教育》的情节则发生在1916年，小说通过士兵贝尔丁的遭遇揭露了德国军队里的黑暗腐败，社会现实教育了贝尔丁，因为战争恰恰充分暴露了社会政治制度的矛盾性，使"恶"有了具体的明确的社会性。上述两部小说是六部中写得最为成功的作品。茨威格的这套作品为读者展示了第一次世界大战时期德国广泛的社会画面。不论涉及的是伦理、道德、法律，还是权力体制等各种范畴，作者的基调都是一个：那就是为正义而战。小说以大量的社会历史材料描写这场战争，表现了战争中的各色人物，通过这些人与事，作者着力分析这个时代。这套小说原打算写到1919年，但六部作品只写到1918年，因此这套小说最终未完成。但已完成的六部小说已足使茨威格获得了世界性声誉。

除长篇外，茨威格还写文学评论及政论文章。在他的文学评论中对现实主义的推崇尤为突出，茨威格把它看作是全面反映生活各个方面的最佳手法。1943年他又写了长篇《万兹倍克的斧头》，小说主人公原本是个心地善良的屠夫，由于他不问政治，在重金雇佣的诱惑下，他用屠刀砍下了四个反法西斯战士的脑袋。茨威格通过这个象征性的形象提出了德国人民的过失问题，他们中有些人成了法西斯的帮凶，因此必然要为此付出代价。这是个战后为许多作家所探讨的复杂问题。

茨威格的小说往往情节紧张，心理描绘很细腻，人物行为具有真实动机，环境描写很现实，语言明快，他善于从揭示个人和历史，个人和现实社会之间的矛盾来反映时代、国家和政治的复杂性。

阿尔弗雷德·德布林（1878—1957）出身于犹太商人家庭，父亲抛弃母亲和孩子去了美洲，因而德布林从小就深知贫困生活的艰难。大学时期攻读神经医学，毕业后到1933年他一直在柏林东部的工人住宅区行医，这一段生活阅历对他的创作起了决定性的作用，他不但深刻了解底层人民的生活，而且把自己看作是他们中的一员。在此期间，他同时也从事文学创作活动，他是表现主义杂志《风暴》的创始人之一。1933年法西斯上台后，他流亡到法国，入了法国籍。法国沦陷后去美国。德布林在第一次世界大战时对战争的态度经历了由观望到反对的过程。1918和1921年他先后参加了德国独立社会民主党和德国社会民主党，同时发表了大量政论抨击社会时弊及法西斯主义。虽然1941年他在美国皈依了天主教，但他的乐观精神，对现实不妥协的立场并没改变，直到去世。

德布林的创作在德国文学史上具有很大的意义。他的创作不仅涉及了许多流派，而且拥有鲜明的独特风格。他的早期代表作是《王龙三次跳跃》（1915）。该书摈弃了他最初作品的那种幻想倾向，转而描绘一场社会运动。小说以18世纪的中国为背景，主人公是渔民之子王龙，他出于抱不平打死了一名衙门官吏，事后逃到山里。他从这一事件得出结论，人不能改变这世界就最好不要去改变，因而他和逃亡者建立了“无为”组织，扶危济贫。但在皇帝军队的进攻下，他只能放弃“无为”率众反抗，最终被镇压。在王龙被处死前，他自问：“沉默，不反抗，我能这样吗？”这问题不仅王龙的三次思想变化没能回答，作者同样不能解决。通过王龙从反抗无用到不得不进行反抗的经历恰恰反映出作者在是否应使用暴力这问题上，思想是矛盾的。在这部小说里，德布林在艺术手法上打破了传统小说的写作模式，不但在叙述上不连贯，采用了蒙太奇的结构，而且使用了内心独白进行心理分析。

1929年出版的《柏林亚历山大广场》不论在思想内容及艺术手法上都要比《王龙三次跳跃》成熟丰富得多。它使德布林获得了世界声誉。小说的主人公是个搬运工人，他因失手致未婚妻死亡而在狱中待了四年。出狱后，一心想重做新人，他在亚历山大广场做小商贩养活自己，但因结识了流氓，被迫卷入了盗窃案件。由于他的善良、轻信，他的女友被流氓杀害，自己蒙上了不白之冤再次入狱，这次释放后他决心真正开始新的生活。作者通过主人公所生活的环境，所结交的人，他想弃恶从善而不得的遭遇，以及他在各种事件中的所思所想，真实地反映了魏玛共和国时期德国广阔的社会生活。小说中的柏林，柏林市中心的亚历山大广场是德国社会的缩影。这里道路四通八达，广场角上的大百货商店里熙熙攘攘，共产党人在集会，社会民主党人在开会，而法西斯分子则成群结队。作者不仅以简洁的语言描述了都市的喧嚣，还以只字片语介绍天气情况，体育新闻等，使那些看似单个的事件纠结成一个大都市的整体。德布林在这里施展了他的蒙太奇手法，同时使各种城市生活的细节与主人公的内心世界紧密结合在一起。小说中，德布林的意识流手法是通过生活的外在印象来展示的。在亚历山大广场上，城市与人融合在一起，"我"与世界的关系无比紧密。很明显，德布林否定了世纪初那种内心反省式的心理描绘而强化了它的社会意义。在语言上，他不仅应用方言、报刊用语、广告语言，甚至使用黑话。他的小说往往没有开端，也没有结尾，更没有作者的议论，它给读者的是混浊的、看不到底的生活本身。

在流亡期间，德布林写的作品有《不能原谅》（1935）。叙述出身农民的主人公由于个人利益徘徊在革命与反革命的道路上，最终走向毁灭。1935年至1948年德布林写有三部曲《亚马逊河》，包括《不死国之行》（1937）、《蓝虎》（1938）及《新原始森林》（1948），主题是批判殖民主义制度的罪恶，描述了欧洲人对印第安人的欺压和迫害。最后一部描写了法西斯政变后的德国，指出新的一代只要统帅下令，他们就会抢掠和杀人。

德布林的另一部三部曲是《一九一八年十一月》，它们由《被出卖的人民》、《前线部队归来》及《卡尔和罗莎——一个天堂和地狱之间的故事》组成。这套作品写于1937年至1940年，但分别于战后的1948年至1950年间出版。作品涉及到了大量的历史事件，从十一月革命的前因后果，共产党的诞生，魏玛共和国的建立，直到右翼势力对革命的出卖等。主人公在这动荡的错综复杂的时局面前无所适从，最后以宗教为归宿，以传道士身份，到处宣讲人道，直至离开人世。

德布林的最后一部小说是批判法西斯思想流毒的《哈姆莱特或漫漫长夜有尽头》（1956），指出个人在历史宣判面前应负有责任。

德布林的作品数量很多，除长篇外，他还应用哲学小品、政论文、剧本等不同体裁。他从表现主义开始，也使用自然主义手法，最后形成了自己的风格：情节的松散，语言风格的混合，利用寓言和比喻等。在蒙太奇和意识流的运用上他受到电影技术、未来主义及达达派的影响，并充分使用了他心理病学方面的专业知识。德布林的作品，尤其是《柏林亚历山大广场》一书为消解小说危机作出了贡献。有人把他看作是德国现代派小说的开路人，许多德国文坛上的后起之秀都受到他的影响。

艾利希·马利阿·雷马克（1898—1970）原名艾利希·保尔·雷马克。生于工人家庭。1916年参加第一次世界大战，至战争结束前一直在西线的战壕里，曾先后负伤五次。战后从事教师、会计、石匠、记者、编辑等多种职业。1931年移居瑞士。1933年法西斯焚烧了他的作品并于1938年剥夺了他的德国公民权。1939年他流亡美国，1947年加入美国国籍。1970年在瑞士逝世。

雷马克的成名作是《西线无战事》（1929）。该书一出版在德国的发行量就达120万册，先后被译成29种文字。中国30年代就有了译本。这部作品之所以引起如此巨大的反响，是由于作者首次用极其真实的笔触淋漓尽致地刻画了战争的残酷场景，毫不留情地揭开了这场战争的神圣面纱——为上帝、国王和祖国而战。小说篇幅不长，情节简单，主人公用第一人称叙述了八个士兵在前线的生活，他们所经受的精神和肉体上的痛苦和折磨。战场对他们犹如“一个笼子”，没有人能解救他们，他们穿梭在炮弹的网络下，“生活在茫然难知的悬念之中”，只有他们紧贴着的大地是他们唯一的亲人。战友一个一个死去，主人公也在1918年10月的某天死在沙场，而这天司令部的战报只有简略的一句话：“西线无战事”。雷马克用这样简洁的几句话结束全书：“他脸上有一种沉着的表情，几乎像是满意的样子，因为事情终于这样结束了。”对主人公死亡的这种冷静的描绘犹如经过惊心动魄的暴风骤雨之后的昏暗天空，显得如此压抑、深沉，还有隐隐的悲哀。但它却震撼了人心，唤起了人的良知，使读者禁不住会提出一个问题：这一切究竟是为什么？有关这个问题，主人公曾和他的伙伴们讨论过，得出的结论是：战争是为了那个由宪兵、警察、捐税组成的国家。而且“一定有些人，战争对他们有好处”。正由于这样的认识，书中才会出现主人公在刺伤法国兵后产生痛苦的内疚而企图帮助这个濒临死亡的人的生动一幕。雷马克就是这样从人道主义的角度生动细致、冷静客观地描绘这些士兵的战场生活，他们的七情六欲，他们的生与死，从而让读者参加他们的全部经历，体验他们的各色思想感情，透过他们看到战争的发生、经过和它的后果。作者没有在理论上发表有关战争的言论，仅用八个士兵的衣、食、住、行、打仗、死亡来说明战争是怎么回事。小说里没有相关的历史说明，也没有对环境的刻意描绘，更无人物性格的细致介绍，作者采用的是人物间的对话及人物的行动，而且对话所使用的语言极为简洁。在这里，八个士兵本身就是战争，他们的思想和行动与战争无法分离，他们的一切体现了战争的庞杂和它所具有的含义。雷马克没有像有些反战小说那样将战争看作是造成主人公命运的原因或是事件发生的背景。《西线无战事》淡化了个人的内涵，而突出了战争和它的罪恶。这正是这部小说的特点，也正是在这场战争结束多年后尚能引起如此轰动效应的原因。这部小说是雷马克亲身参加第一次世界大战时的体验及进行思考的一个总结，也是第一次世界大战时被毁的德国青年一代的一份控诉书。

《西线无战事》之后的重要作品中，许多是写流亡者的生活和命运。其中最为著名的是1946年发表的《凯旋门》，叙述一个德国外科医生逃亡到巴黎，偶然碰到曾将他妻子施酷刑而致死的纳粹军官，经过不断追寻，最终将这军官杀死的故事。小说不仅反映了流亡者的艰难生活，同时表达了他们强烈的爱与恨。以流亡者为主题的还有《流亡曲》（1941）、《里斯本之夜》（1962）及《天堂里的阴影》（1971）等。《生死存亡的年代》（1954）及《黑色方尖碑》（1956）描绘的则是德国的本土。前者描绘了法西斯给德国带来的灾难和青年一代对生活道路的探索。后者写的是第一次世界大战后的德国情况，具有一定的自传性质。雷马克的这些长篇在艺术手法上都具有客观、冷静和简洁的特色，和美国的海明威有相似之处，而在思想内容上则充满了人道主义精神，他反对战争并不是出于政治观念。雷马克自始至终没有和政治或社会运动发生关系，和“左派”或“右派”都不来往，但他却维护人的永恒价值，他的全部作品充满了对军国主义和法西斯主义的仇恨。

海尔曼·黑塞（1877—1962）出生在一个传教士家庭里，他在这个家庭受到了严格、虔诚的基督教教育。1891年他入毛尔布隆神学校学习，次年辍学，后入文科中学。黑塞当过书店雇员、机工。1899年迁居瑞士巴塞尔，并在那里经营书店，同年发表作品，诗集《浪漫之歌》及散文集《午夜后一点钟》。这些作品显示出黑塞所受到的浪漫主义和象征主义的影响，但同时也表现出了作者真实的情感和抒情色彩。1904年出版长篇小说

《彼得·卡门青德》。该书具有自传性，叙述主人公卡门青德生在农村，后去城里学习成为作家，但深感都市文明的鄙陋，处于苦闷彷徨之中，后因照顾一个残废青年而醒悟到要为他人服务的生活道理。最后卡门青德重返故乡，生活在淳朴的人们中。这是一部教育小说，但黑塞着重刻画的不是外部世界，而是主人公的内心历程。小说大获成功。1906年发表中篇《在轮下》，主题是揭露威廉皇帝时代的德国教育制度。在这里，黑塞一方面现实主义地描绘了压制人性的营房般的可怕的学校生活，另一方面也运用了怪诞而含蓄的讽刺和幽默的手法。小说一出版再次受到欢迎。

黑塞不论在音乐还是美术方面都有很高的造诣。在文学上获得成功后，他开始在乡村过起隐居生活，结交一些作家、画家和音乐家。但他的生活和内心并不平静。不久他和画家友人赴印度旅行。由于他的外祖父是印度学者，父亲也去过印度，因此从小他对东方就有着浓厚的兴趣。途中他遇到一个中国留学生，从他那里首次听到了《诗经》中的名篇。这次东行实际上他只到了锡兰、马来亚、新加坡和印尼，并没有到印度，但对他却影响极大。从华人身上他看到了“第一个真正的文化民族”。黑塞曾念过许多中国哲学及文学书，他称老子为“中国最伟大的智者”，他最喜欢的中国诗人是李白。

1914年的世界大战使黑塞抛弃了他的不问政治的立场。他“被战争的残酷现实所惊醒”，写出了反战文章《呵朋友，不要这种声音》，呼吁人们要坚持人道原则。为此，黑塞曾被德国报界诬蔑为“叛国者”。但黑塞不仅继续发表他的反战文章，而且还设法改善德国战俘的待遇。1916年父亲去世，妻儿患病，这一切使黑塞处于内外交困的境地，内心极端痛苦。就在这一时期他读了弗洛伊德和荣格的著作，这对他影响甚大，以后他把心理分析用到了他的作品中。

1919年黑塞以辛克莱的假名发表长篇《德米安》，引起轰动，其效应甚至可与歌德的《少年维特之烦恼》相比。辛克莱既是作者又是书中的自述者，他力求对周围的客观世界及自己进行剖析，而他的朋友德米安向他指点出路，认为首先要做的就是进行自我认识。德米安规劝辛克莱要摆脱资产阶级的传统观念，打破旧有的道德规范。小说受到青年的欢迎，吸引了整整一代人，他们认为这部小说宣讲了他们自己的内心生活。

1923年黑塞加入瑞士国籍，与妻子离婚。自从他和艺术史家尼侬·道尔宾结婚后才开始有了融洽的夫妻生活，并迎来了他创作的丰收期。此时期重要作品有《纽伦堡之旅》（1927）、《草原狼》（1927）、《纳尔齐斯与戈德蒙德》（1930）、《东土之行》（1932）等。

其中《草原狼》尤为重要。主人公是知识分子哈勒尔，他反对战争，反对军国主义，他厌恶物质至上主义，跟资产阶级社会格格不入，他追求不朽的理想。但另一方面他又认为自己灵魂中有狼性，是个"半人半兽"，所以也要和自我作斗争。该书描述了资本主义社会中知识分子的孤独、彷徨，企图解决存在于自身的对立矛盾。小说中出现的同一个人身上的两个不同方面是黑塞成熟时期的作品中经常出现的题材。表面看来它们往往互相否定，但实际上却常常是互相补充。它们是生活中的两面，它们所代表的是：精神和自然，理智和直觉，光明和黑暗。这方面的代表作还有中篇《席德哈尔塔》（1922）及长篇《纳尔齐斯与戈德蒙德》。在后一部作品中纳尔齐斯及戈德蒙德的矛盾尤为明显。修道院中的纳尔齐斯是中世纪"纯洁精神"的代表，他头脑冷静，生活在抽象的精神世界中，而戈德蒙德却追逐感官享受，他要体验丰富多彩的各种生活，为此他逃出了修道院，但在小说的结尾他们又走到了一起。黑塞很清楚，在资产阶级的社会范围内，这两种生活追求都是不完美的，都具有局限性。

1933年后德国法西斯的报刊攻击黑塞是"犹太人毒化德意志民族灵魂的典型例子"，而此时，在瑞士的黑塞则在接待来自德国的流亡者。1942年他完成长篇《珠玑演算》（又译《玻璃球游戏》）。这是一部寓言小说，它反映了黑塞对于世界的命运以及艺术命运的思考。故事发生在

2200年左右的未来世界。在与世隔绝的卡斯塔利亚有一宗教团体，其宗旨是通过玻璃球游戏培养出杰出的精神人才。孤儿克奈希特12岁就在此学习。这种游戏是音乐和数学演变而成的符号系统，它包含有科学、艺术、思想与情感等各个方面。克奈希特过着苦行僧式的生活，钻研中国的古代哲学，终于获得最高法师的称号。最后当克奈希特和他的学生蒂托游泳时，克奈希特淹死在山阴笼罩的湖水中。黑塞在这里把学者和艺术家的精神活动比喻为玻璃球的游戏，而卡斯塔利亚则显然是个乌托邦的设想。与歌德《维廉·麦斯特》中的理想教育区相比，歌德要培养的是全面发展的人，追求的目标是改变生活，而卡斯塔利亚人只培养精神发展的人，追求的目标是拯救文明。在探索出路的过程中，黑塞把西方和东方的智慧结合了起来，其中黑塞阐释和发挥了他对《易经》、《老子》、《庄子》、《吕氏春秋》等作品的研究心得，同时继承和发扬了德国的人文主义思想。在文明遭到毁灭危险的时期，黑塞提出了应该如何拯救个性和精神本原的问题。尽管逃避现实，让诗人和学者躲进“纯艺术”和“脱离实际”的梦幻般的科学世界肯定不会解决问题，但黑塞反对纳粹思想在这里却是显而易见的。

在艺术手法上黑塞不仅把古典的和现代的风格糅在一起，而且小说情节复杂纷繁，象征意义丰富多彩。在结构上更是奇妙，黑塞把多种体裁，例如政治评论、诗歌、故事、传说和言行录，甚至历史著作等都用上了。但这一切却在黑塞手中汇成了一首优美的交响乐，显得如此和谐、统一。

黑塞是20世纪西欧最为使人感到兴趣的作家之一。他不仅写小说，同时也是一位杰出的诗人、文艺批评家。他的作品主要是探索人的命运。他自认为自己是一个一生都“在进行探索”的作家。尽管他的作品以优美、抒情著称，但他自认为他作品的特点不是和谐，而是不断地为寻找使人摆脱灾祸的道路而进行的斗争。他是人道主义传统的捍卫者。为此他获得了歌德奖和诺贝尔文学奖（1946）及德国书商和平奖和法国和平级功勋章（1955）。

托马斯·曼（1875—1955）生于德国北部城市吕贝克，祖父曾创设一家庞大的谷物商行，他的父亲继承家业，并获得了参议员的地位。母亲是巴西人，富有艺术天赋，尤其是她对音乐的领悟力对托马斯·曼影响很深，因此托马斯·曼的才能日益朝艺术方向发展，而祖传的商业传统却反而消失了。

童年的托马斯·曼是在无忧无虑中度过的。到16岁那年父亲去世，母亲和弟妹们迁居慕尼黑，托马斯·曼由于学业关系留在吕贝克，几个月后才搬到慕尼黑。父亲的去世是他第一次体验到失去亲人的痛苦，同时也意味着家庭没落的开始，并进而促使他思考其背后隐藏的有关人生、社会等各方面的问题。

在慕尼黑，他在一家火灾保险公司当练习生，同时结识了许多艺术家。他的第一部中篇小说《堕落》（1894）就是在保险公司时写成的，发表时用笔名保罗·托马斯。在离开保险公司后，他还做过杂志的编辑工作。后来他和其兄亨利希·曼一起到意大利旅行，并着手写作长篇小说《布登勃洛克一家》。

1901年，《布登勃洛克一家》出版，小说最初没受到重视，直到1905年，才被人接受并视为当代文学的杰作。这部作品显示出托马斯·曼非凡的艺术感受力以及深刻的思想，他把一个家族的兴衰史写成了超越单纯家庭兴衰而具有广泛时代内涵的宏伟画卷。1929年颁奖词这样说道：授予托马斯·曼诺贝尔文学奖"主要是由于他的伟大小说《布登勃洛克一家》，这部作品日益被公认为当代文学中的经典作品之一。"这部小说描写布登勃洛克家族四代的兴衰，带有较强的自传色彩。作者用叙述历史的手法，对家族四代中的两代作了详尽的描绘。作者对第三代代表人物托马斯的刻画，一方面着意于他对祖业的继承与发扬，另一方面又暗示着他与第四代人物汉诺之间的代沟问题。汉诺秉承母亲的艺术气质，却丢失了家族的商业传统。他们之间的隔阂意味着思想与生活的脱节，这是托马斯·曼一直思考的问题。

1903年托马斯·曼发表了中篇小说《特利斯坦》和《托里奥·克吕格尔》，探讨了艺术家与生活、艺术与社会的关系问题。1905年，他和慕尼黑大学一位数学教授的女儿结婚，婚姻生活很美满。他在谈及妻子时说："如果没有这样一位聪明、勇敢与富有毅力的贤内助，我不知道将如何度日。"

不过，这种对生活的幸福平静的感觉随着20世纪第二个十年的临近而慢慢逝去。第一次世界大战爆发时期，亨利希·曼发表《论左拉》（1915）一文，抨击德国的战争政策，而托马斯·曼却与之相反，发表《一个不问政治者的看法》（1918），反对民主政治，坚持保守的民族主义观点。他认为，精神生活与国家生活的分离，乃至知识分子对政治的疏远都是德国固有的传统。托马斯·曼的这种思想在20年代后渐渐得到克服。1922年，为庆祝霍普特曼六十诞辰，托马斯·曼在柏林大学发表《谈德意志共和国》，对自己的保守主义观点作了极为深刻的检讨，并重新审视了自己的人道主义思想，承认精神和政治的结合是一个人以至一个国家获得健康发展的重要标志。原先《一个不问政治者的看法》中的精神与政治相分离的观点在此得到了修正，也就是说，托马斯·曼认识到了，政治和人道主义必须统一。

这种转变和当时局势的动荡有密切关系。托马斯·曼看到了恐怖主义活动带来的恶果。他意识到，精神和政治的分离可能会助长这种恶果的产生。因此，20年代以后托马斯·曼对哲学、艺术、古典文化遗产的研究远远超乎单纯的民主与保守或者精神与政治二元对立的范围，这种研究可看作是他在当时日渐复杂的社会局势面前，试图寻求答案的努力。他的重要作品《魔山》（1924）就是在这种思想认识的背景下写成的。

《魔山》是托马斯·曼的一部巨著，也是他走向创作新阶段的标志。和《布登勃洛克一家》不同，《魔山》的象征意味极为突出，作品通过对瑞士一家疗养院里病人的描绘，展示了一个没落社会濒临死亡边缘的景象。书中的众生相不仅肉体上患有痼疾，而且精神上同样需要治疗。在《魔山》中，早期创作中生与死、精神与生活的对立关系被纳入更为广阔的宏大结构中，并且作者还表达了鲜明的反法西斯主义思想。

从精神与政治的分离到鼓吹反法西斯主义思想，显示托马斯·曼的新人道主义思想也渐趋成型。《魔山》在纳粹时代被列为禁书，其中一个原因就是包含了反法西斯思想。这一思想在1930年的中篇小说《马里奥和魔术师》里得到更为鲜明的表达。

法西斯危险的日益增长引起了托马斯·曼的担忧，特别是，当托马斯·曼感到自己最初的精神与政治相分离的观念与这种情形有密切关系时，他更感到反省与批判的必要。在1933年希特勒上台后，他就不断遭到恐吓与威胁，纳粹分子处心积虑地阻遏他在国内外不断扩大的影响，但他并不因此改变自己的立场。在瓦格纳逝世五十周年之际，他在慕尼黑大学发表了《瓦格纳的苦难与伟大》的演讲，公开反对纳粹。第二天，他就离开德国，到欧洲各地旅行，进一步宣扬反纳粹思想，实际上从此开始了他的流亡生涯。

从1933年流亡开始到1955年逝世，他只有两次回过德国。在流亡期间，他写了不少书信、日记。1936年纳粹政权剥夺了他的德国国籍，并没收了他的财产。波恩大学也取消了1919年授予他的荣誉博士资格，他的反法西斯活动成了他流亡生涯的重要内容。这里值得一提的是他和美国的关系。在被取消其荣誉博士资格前一年，即1935年，美国哈佛大学授予了他和爱因斯坦荣誉博士。托马斯·曼和美国总统罗斯福私交甚笃，他认为罗斯福的新政是注重经济发展和社会道德的。1938年，托马斯·曼移居美国，在北美15个城市作巡回演说，讲的主题是“民主政治即将获胜”。

他曾接受美国普林斯顿大学的聘请担任客座教授。1940年迁居加利福尼亚。在那里住了十年才回到欧洲。此间，他还接受英国广播公司的委托，定期向德国广播达55次，他广泛接触流亡到美国的德国人士，通过各种方式宣扬人道思想，抨击纳粹政策。

托马斯·曼在美国恢复了他的创作生涯。1939年完成了长篇小说《绿蒂在魏玛》，1943年完成四部曲《约瑟夫和他的兄弟们》中的最后一部：《赡养者约瑟夫》。前三部是《雅各的故事》（1933）、《年轻的约瑟夫》（1934）以及《约瑟夫在埃及》（1936）。

在《绿蒂在魏玛》（1939）中，托马斯·曼表达了他对歌德的敬仰之情。这部作品依然与他的反法西斯思想相关，它超越一般平庸的爱情重逢的浪漫故事而试图通过歌德来确立人道主义思想。这部作品虽然在许多方面都体现了作者对历史事实的尊重，但也包含了许多虚构成分。小说的时间安排极为紧凑，前后只有三天，但却容纳了前前后后相当长的时段及众多的人物和事件。而《约瑟夫四部曲》创作时间的跨度达11年之久，这部小说取材于《旧约全书》，作者以往的长篇小说大都发生于近代，这部作品却追溯了遥远的神话时代，它似乎暗含着这样的努力：在神话中寻求人道主义要素。它还涉及弗洛伊德心理学以及关于古代神话中生死轮回的许多观念。作品的特点在于把神话传说和现实暗示糅合在一起，从而展现出丰富复杂的主题。

1947年，托马斯·曼发表长篇小说《浮士德博士》，这是他一生总结性的作品。这部作品，不仅对他早期就感兴趣的艺术与生活的对立关系重新加以审视，而且还把德国民族命运的思考融化在其中。在托马斯·曼的作品中，音乐家总是一个悲剧角色。同样，《浮士德博士》的主角莱弗金就是这样的一个人，这位与魔鬼订约的音乐家为了完善音乐方面的造诣，不惜牺牲一切以达到发展音乐的潜能。莱弗金的创造力总是与“恶”连在一起，他和妓女厮混，激起了他生命中天才创造力的高峰，他毕生的作品《浮士德博士的哀歌》却包含着浓重的渎神论以及否定幸福、善良、光明等诸多因素。莱弗金最后因疾病折磨而死，作为一个纯粹唯美主义的音乐家是失败了。看似他把艺术中的人道主义因素排除殆尽，实质上是让艺术获得最纯粹的存在形式而不必附着于外物。然而，这种做法却包含着个人主义的极端膨胀，它使得音乐家莱弗金根本不愿顾及别人如何看待他的作品，而只是一心沉迷于自己创造的世界中。因此，在他的作品中，残忍、苦难和人道、光明占据着同等重要的位置。

此时的托马斯·曼已经很有意识地在批判精神与政治、艺术与生活分离的观点。事实上，莱弗金的结局说明，过分追求艺术或者精神的完善将会陷入暴力的深渊。正是在这个意义上，艺术的唯美与政治上的残暴是联在一起的。由于个人主义的极度膨胀，一个国家最容易陷入迷狂与非理性的状态。托马斯·曼自觉地揭示出当时德国法西斯给国家造成的毁灭性打击，从而表达了艺术的悲剧与民族的悲剧在本质上是相同的，这实际上也是托马斯·曼对自己过去思想的清算。

《浮士德博士》之后，1950年，托马斯·曼完成了在美国未完成的《优选者》。这是一部以教皇格里戈里的传说为题材的长篇小说，涉及到赎罪与犯罪的问题。1953年完成中篇小说《受骗的女人》，显示出作者重新对病理学现象感到兴趣。50年代最重要的作品是未完成的《大骗子菲利克斯·克鲁尔的自白，回忆录第一部》（1954）。与以往作品不同的地方在于作者对讽刺和摹拟风格的运用。主角菲利克斯·克鲁尔依靠自己的聪明机智纵横于上流社会，他擅长弄虚作假，特别是依靠博取女人的欢心而过着荒唐生活。表面上看，克鲁尔只是一个浪荡子，而实际上，在他玩笑的背后是将生活艺术化的过程。托马斯·曼又回到早期创作中艺术家和社会伦理道德相冲突的必然性这一主题上。克鲁尔把对待艺术的态度移植到生活中，或者说把生活看作艺术一样没有功利目的，他是一个活生生的唯美主义者，无疑他和莱弗金有相同的地方，只是两人的表现方式不一，一个带有悲剧色彩，另一个则富有喜剧因素。

但《大骗子菲利克斯·克鲁尔的自白》并不纯粹是一部幽默的喜剧性作品，克鲁尔和考古学教授库库克之间的对话涉及到人类的生存问题。在《魔山》和《浮士德博士》中已经出现的有关生与死，对自然界及人类命运的关心在这部作品里又一次出现。在笑的背后，《大骗子菲利克斯·克鲁尔的自白》包含着严肃的内容。

1955年，为纪念席勒逝世150周年，他发表了《试论席勒》的演说，分别在东、西两个德国宣读。托马斯·曼剖析了席勒美育教育思想的重大意义，意图号召德国人民要热爱和平，从而表明了托马斯·曼维护德国统一的坚定立场。

托马斯·曼一生的思想几乎可以用艺术与生活、精神与政治的相互对立关系来加以概括。他早期发表《一个不问政治者的看法》，而一生最后的二十多年时间却一直和政治打交道。他发展了自己的新人道主义观念，从而对于艺术和政治的片面发展分别有了制约。他把自己成熟的文学艺术技巧导入到政治问题上，进而探讨了精神与政治的关系。

托马斯·曼以《布登勃洛克一家》登上文坛时，正是社会大动荡的前夜。由于第一次世界大战给西方造成了焦虑、绝望和无所归依的精神困境，人们很自然地倾向于寻求同情、怜悯以及人道的情怀乃至精神的解脱。与此同时，由于科技的日渐进步，人的存在及相关本质的理解也发生了不同程度的变化。文学艺术自19世纪末以来充斥着忧郁、颓废和悲观主义的风潮。在这种精神变化中，如何寻求一条解救之路，是许多艺术家包括托马斯·曼在内所面临的共同难题。

托马斯·曼在早期阶段就受到叔本华、尼采和瓦格纳的影响。叔本华的悲观主义哲学以及艺术可以摆脱意志束缚而进入审美状态的观念对他影响颇深。尼采对于西方文化的抨击以及对于精神高贵自由的赞颂对托马斯·曼颇多启发。托马斯·曼认为尼采所具有的苏格拉底式的理性主义因素，对他的新人道主义有启示作用。托马斯·曼还喜欢瓦格纳的音乐，瓦格纳对于感官的推崇，对于死亡的沉醉都引起他的共鸣。在文学上托马斯·曼还接受了诸如托尔斯泰、福楼拜等人的影响。由此可见他的精神与文学资源来自各个方面。

托马斯·曼创作的突出特点在于二元对立的区分，特别是艺术与生活的矛盾一直是他关心的主题。他的作品大都表现这样一种倾向，即精神或思想与自然生活能力成反比关系，一个精神方面愈是优越的人，他的生活能力也就趋于下降，反之亦然。这种失却平衡的关系在托马斯·曼看来是值得批判的。他一方面反对市民生活趣味，另一方面又认为艺术是与天才、疾病、颓废等联系在一起的。虽然他有时认为疾病、颓废在某种程度上可激发创造的热情，但他从日趋成熟的理性主义角度出发，又认为这中间还存在着许多应当反省的因素，所以，他喜欢用讽刺的手法，一方面既可以和描述的对象保持相当的距离，另一方面又避免自己陷入虚无主义的玩世不恭之中。对他而言讽刺不是一般意义上的修辞手段，它更具有哲学和美学方面的意义。举例来说，在《大骗子菲利克斯·克鲁尔的自白》中，克鲁尔讲述自己那些内容庸俗轻佻的故事，用的却是典雅的文体，从而在相反的对照中获得反讽的效果。

从文学史的角度看，托马斯·曼处于19世纪现实主义消退而现代主义萌生的时期。与传统现实主义不同的地方在于，托马斯·曼虽然依旧注重细节的描绘，人物的刻画，但他更侧重于内心意识的挖掘。在他的作品中时间经常处于模糊状态，而情节的发展依凭的是人物的思想活动。托马斯·曼还有意识地把音乐结构引进自己的小说中，在《魔山》中疗养院的细节，好像音乐中的主旋律，一节一节地演奏下去，最后引起了普遍的联想。他对象征手法特别感兴趣。他在创作《魔山》时说过，在叙述时运用现实主义手法，但常常会越出现实主义的范围，这时用象征手法推动和提高它，就会使读者有可能透过它看到精神领域和思想领域。他的创作还涉及到许多病理学方面的题材，这又与弗洛伊德和荣格的心理学影响有关。所有这些都表明，托马斯·曼在创作中已经融合了20世纪许多学科的知识，而尤为注重的是哲学和思想方面的形而上思考，而不是对外部现实的模仿。在他的作品中作家已不是万能的主宰者，而是和作品人物保持距离的叙述者。此外作品中人物的对话和讨论愈来愈占重要的地位。因此，托马斯·曼的创作已带有20世纪现代主义文学的某些特征，但他又很难被归属到20世纪的某个文学流派。至少他与20世纪一些激进的文学流派把文学实验当作创作的最终目的是截然不同的。总之，在从传统向现代转变的过程中，托马斯·曼以自己面对现实的诚挚、深思熟虑的机敏与智慧，在德国文学史上占有重要的地位。他从思想上及艺术技巧方面影响了整整一代青年，后来的德国重要作家几乎无一不从他那里得到启发。他在国际文坛上也被公认为最具影响力、最富于文学见解的德国人文主义者。

亨利希·曼（1871—1950）生于吕贝克，是托马斯·曼的哥哥。亨利希·曼是家中长子。中学毕业后，当过书店的学徒及出版社的见习生。他从1885年开始发表作品，第一本小说《在一个家庭里》于1894年出版。

亨利希·曼早期的创作主要是对怪诞的社会现象以及市民习气的讽刺，这与他小时候的经历颇有关系。他父亲曾希望自己的儿子能够继承祖传的商业生涯，所以经常带他出入各种场合，亨利希·曼因而养成了敏锐的观察力，他早期的作品都可归入这类。

1896至1898年亨利希·曼在意大利旅居的生活开拓了他的视野，在创作上开始把目光投向现实世界以及各种各样的社会现象。在此之前，他在1894至1895年所写的论文《地方分权》中就表达了这样的文学见解：“文学所赖以生存和更新的精神潮流是与时代的政治、社会的进程和发展趋势紧密地联系在一起的。”因此，从早期的讽刺世事如何转到描写更为广阔的时代精神是他创作面临的新问题。在这转变的过程中，亨利希·曼从法国的文化、历史中汲取了有益的营养。

亨利希·曼的一生经历了德国的君主政体制、魏玛共和国、第三帝国等重要阶段，对德国的社会、政治制度感到失望并对其进行批判。在他看来，德国是一个非民主的国家，缺少人权，与之相反，法国是一个讲人权、自由、平等的国家，这种观点是他在意大利旅居时对法国历史、文化深入思考后形成的，因而对法国倍加赞赏。亨利希·曼论述了19世纪的法国文学与民主、平等、人道的关系，论述了雨果、巴尔扎克、左拉的作品对于人民的教育作用。他在创作上直接借鉴的法国作家有莫泊桑、福楼拜、斯丹达尔、巴尔扎克、左拉等人，在人物的心理描写以及社会现实的塑造方面和这些作家相近，尤其是巴尔扎克的创作方法对他影响最大。对金钱的抨击，对世俗社会各种丑恶现象的揭露，以及同一个人物在不同作品的反复出现都可看出他模仿巴尔扎克的痕迹。

20世纪初亨利希·曼发表的作品有《女神》（1903）、《垃圾教授》（1905）、《种族之间》（1907）等。这些作品主要探讨德国国民性的问题。特别值得一提的是《垃圾教授》，作者在这部作品里塑造了一个在帝国精神熏陶下，心灵扭曲的中学教师拉特的形象，这位绰号"垃圾"的教授对学生的要求极为苛刻，而自己却是一位女歌手的情夫；他还是一位脆弱、色厉内荏、外强中干、经受不起小小打击的人，拉特教授最终沦为杀人犯而像垃圾一样被警车运走。通过这个人物，作者对德国的教育制度、道德问题以及人性中的阴暗面作了深刻的揭露。

亨利希·曼花费很多笔力揭示德国专制制度奴化教育下的帝国顺民、奴颜婢膝的势利小人的丑恶面目，其目的是为了批判德意志帝国及其政治基础。在《垃圾教授》里，亨利希·曼就提出了"臣仆灵魂"这个概念，1912年至1914年写作的《臣仆》对这个概念的根源、影响及表征作了更为具体的发挥，并用"威廉二世时代公众灵魂的故事"作为它的副标题，揭露了德意志民族精神上的病态及其性格上的劣根性，这部作品被认为是亨利希·曼的代表作。

《臣仆》的主人公狄德利希·赫斯林是一个小工厂老板的儿子，自小就欺软怕硬，崇拜权力和金钱，他获取博士学位、继承遗产、结婚都和金钱联在一起。他一方面追求统治他人的权势，另一方面又心甘情愿地充当统治者的奴才。作品描写赫斯林遇见德皇时诚惶诚恐的情景最能体现他的“臣仆”性格；同时，赫斯林在工厂、家庭的表现又俨然是一个暴君。作品经常采用对比的手法，如把皇帝和臣仆结合起来描写，把自由主义者布克和沙文主义者赫斯林相对比。作者通过赫斯林这个人物一方面揭示了德国“臣仆”的内涵，另一方面也批判了德意志民族的历史、现状以及国家形式。

《臣仆》和另外两篇作品《穷人》（1917）、《首脑》（1925）一起统称为“威廉二世时代德国社会的三部曲”，简称“帝国三部曲”。《穷人》写的是工人，《首脑》塑造了大官僚、工业巨头这一特殊阶层。这两部作品在艺术成就上不如《臣仆》，但对社会批判的尖锐程度并不比后者逊色。

亨利希·曼对时局的关心和洞察力是同时代人少有的。他之所以对德国市民的劣根性以及“臣仆”形象深恶痛绝，就是看到政治制度和它们之间的必然联系，所以他经常通过文学表达对时政的见解。早在第一次世界大战时，在德军取得节节胜利的时候，他就写了《论左拉》（1915）一文，预言德国帝国主义的必定失败。在《超民族主义信仰》（1932）中又预感到法西斯的崛起和得势。1933年，希特勒上台前，亨利希·曼就被迫流亡到国外，他在法国的尼斯生活了八年。

在法期间，亨利希·曼成了国外反法西斯作家的中坚人物，坚持不懈地与法西斯主义进行斗争。他的论文集《仇恨集》（1933）和散文集《勇气集》（1939）鞭笞社会的罪恶。同时，他把对现实的思考和批判浸透到历史题材的创作中，早在接触法国文学时，亨利希·曼就对历史题材感兴趣，并喜欢在创作中借历史题材与现实相类比，借古喻今。这时期创作的

《亨利四世》以及死后出版的《腓特烈大帝的可悲历史》(1958)都明显地体现了这一创作意图。在《亨利四世》中，亨利希·曼把法国和它的历史作为德意志的参照物。小说分为二部：《亨利四世的青年时代》(1935)和《亨利四世的完成》(1938)，以16世纪法国宗教战争时期的法王亨利四世为主人公，塑造了一位完成民族独立、国家统一的开明君主形象，再现了法国光辉的历史，以此来批判德国当时的政治制度，并与希特勒纳粹形成鲜明的对比。这部作品融入了亨利希·曼所有渊博的知识和对历史的深入思考研究，通过人文主义者来颂扬建立在理性和知识基础之上的人的形象，正是这样的人被托马斯·曼认为是他哥哥"生活和人格的综合与概括"。

1940年法国沦陷后，亨利希·曼逃亡到美国，在加利福尼亚和托马斯·曼等人度过了他生命中最后而艰苦的十年。但他仍心系欧洲，继续从事反法西斯斗争，他把自己对19世纪末至第二次世界大战期间的德国历史的回顾写进自传作品《观察一个时代》(1945)。

亨利希·曼喜欢把人物与历史，历史和现实的描写交叉进行，以增强人物的内涵及作品的现实意义，在虚构的作品中用上真实的日期，后者恰恰对背景和框架起着说明作用。他的最后一部小说《呼吸》(1949)标出的最后日期是：1939年。它通过一个行将死亡的女人在呼吸停止前的几个小时回忆，思考了她的一生(她是作为一系列社会、政治变迁的见证人)，这部作品带有很强的自传色彩。

1950年，亨利希·曼接受民主德国艺术科学院院长的职务，准备回欧洲定居，不幸在启程前因突发脑溢血而病逝。

亨利希·曼一生创作了19部长篇小说，55部短篇小说，11部剧本以及大量的政论、散文等。他对市民庸俗习气的抨击，对各种非人道政体的批判，特别是对法西斯纳粹的斗争，使得他的作品具有一种动人的力量。他一直认为精神与政治，人道与社会应该取得和谐一致，所有这些都使得他无法容忍德国当时的现实，有时他的思想也无法被亲人所理解，他是一个孤独的人，也是一个思想深刻的作家。

贝托尔特·布莱希特（1898—1956）是当代西方戏剧史上很重要的一位剧作家。他留下了将近40部戏剧，大量有关戏剧的论著以及诗歌和散文。尤其是他所创立的叙事剧理论更是影响深远。

布莱希特的“叙事式”戏剧理论是建立在剧作家不仅要解释世界，同时也要改造世界这一认识基础上的。布莱希特认为由于20世纪科技的发展，舞台有可能把叙述的因素纳入戏剧表演的范畴。在他看来，如果用科学家观察事物的方法来看待舞台艺术，就会发现传统式（也即亚里士多德式）戏剧产生的效果是使观众进入一种幻觉状态，其结果是压制了观众的思考能力，不能对舞台上所发生的事件做出理智的判断。为排除这种幻觉，布莱希特提出了“陌生化效果”的论点。“陌生化效果”又被译作“间离效果”、“打破幻觉手法”。有关“陌生化”的概念，黑格尔、马克思、诺瓦利斯等人都有过类似的说法。而布莱希特则把哲学的、社会学的、美学的各种“陌生化”综合起来，在实践的基础上建立了一套完整的有关“陌生化效果”的理论体系，并以此奠定了他的“叙事式”戏剧理论的基础。

所谓“陌生化效果”就是舞台要把人们所熟知和习以为常的事件以另一种样式展示给观众，也即要把日常平凡的东西以“不平凡”的面目展现，以引起观众惊奇，从而诱发观众去思考。为达到这目的，布莱希特从编剧、导演、表演和舞台美术、音乐等各个方面提出了不同于传统戏剧的主张。在戏剧方面，他提出了开放式的形式，只分场不分幕，每场可以独立存在，它只在结局及人物上与整体有关。而在表演方面，布莱希特认为演员和角色之间应该保持一定的距离，演员应该把自己理解的角色表演给观众看，而不允许把自己融入角色，因为只有这样才能使观众保持清醒的头脑，如果演员演得逼真，就会激起观众的共鸣，使观众跟随剧中人物体验各种情感，造成一起哭，一起笑的后果，从而使观众失去理性思考能力而处于一种幻觉状态。舞台美术方面，布莱希特主张摈除一切与剧情无关的道具，布景可以是象征性的，以免分散观众的注意力。音乐不求优美，免得观众神思恍惚。他主张演员可以戴假面具，当众换服装。剧本演出时，可以配备解释员，演员也可以和观众对话等等，凡此种种，其目的就是要阻止观众产生幻觉，让他们以一个“审视者”的身份对舞台上发生的一切进行评论和判断。

当然布莱希特的叙事戏剧理论是逐步形成的。他从古典传统作品中吸取了营养，但并不满足于消极地模仿自然。他认为作家面对不断改变的社会现实，若坚持旧的传统形式，本身就是一种形式主义。因而他积极地用科学的探索精神提出疑问，寻找答案。这从他一生创作和实践的过程中可以得到证实。

布莱希特生于巴伐利亚州的奥格斯堡，该城在第一次世界大战时是德国军火工业的中心之一。布莱希特的父亲是个造纸厂厂长，家庭经济富裕，他在家中尤其得到母亲的宠爱。在家乡上中学时他就以贝托尔特·欧根的名字在学生杂志及奥格斯堡的《最新消息报》的副刊上发表诗歌、评论。从当时作品看，布莱希特和许多青年一样接受了普鲁士精神的教育，而且还感染到了大日耳曼主义、英勇献身的狂热情绪，1914年8月写的《塔顶值班》一诗就是例子。但是随着第一次世界大战的进展，这种狂热很快消失，在11月写的《现代传奇》一诗里取而代之的是对敌我双方的死者的哀悼。布莱希特很快认识到“为祖国去死”是一种骗人的宣传。年轻的布莱希特这时期很喜欢豪普特曼、韦德金德、萧伯纳和斯特林堡的作品，同样很欣赏维庸、兰波和魏尔仑。1917年他赴慕尼黑上大学，先学哲学，后又学医。他的生活放荡不羁，随心所欲，衣着随便，喜欢出入下层社会，广交各色友人，尤其是民间艺人，他们对他后来的创作有一定的影响。1918年布莱希特应征入伍，但由于心脏不好，被指派做医院的护理员。就在这时他写出了《死兵传奇》（1918），这首诗不但阐明了作者的反战立场，同时也显示了作者非凡的想象力，诗中的情节既离奇又荒诞：军国主义者为了寻找炮灰，把墓中已死的士兵掘出来，把之装扮成英雄，敲锣打鼓地再次把他送上战场。这首诗的语言辛辣有力，结构完整，讽刺性极强，已充分表露了布莱希特诗歌艺术的独特风格。

战后，布莱希特继续学习。期间他跟文艺界人士往来频繁。同时开始了戏剧创作。1919年布莱希特完成了剧本《巴尔》。全剧24场，场与场之间虽然似链条的环节那样连在一起，但却又保持了自己的独立性，这种结构已显露出叙事剧的端倪。巴尔是个诗人，但他玩世不恭，酗酒，追女人，无所不干，他不信上帝只信自己，最后无声无息地死去。《巴尔》一剧所涉及的天地是狭小的，但从他身上人们可以看到青年布莱希特的影子，他的人生观和艺术观，从而窥视到第一次世界大战后德国青年一代的某些精神状态。当时普鲁士精神已崩溃，思想纷纭，不满现状的青年中的一部分人采取了嘲弄性的反抗，他们的堕落和毁灭针对的是社会现实。《夜半鼓声》于1922年首次在慕尼黑演出，该剧获得了克莱斯特奖。布莱希特也因而在德国成名。但布莱希特自己对这部作品并不满意，认为自己的知识远不足以再现1919年革命形势的严肃性。这是部喜剧，主人公在第一次世界大战时应征到非洲打仗。回来时，未婚妻正跟一个富商举行订婚仪式，于是他参加了正在起义的革命队伍。但未婚妻却又回心转意，于是他面临跟未婚妻走还是跟随革命行列的选择问题，最后他选择了前者。布莱希特认为他的剧本仅仅反映了主人公参加这次起义的不严肃性。但这部作品却获得了好评，因为主人公的动摇和退却，是符合当时的实际情况的。接着1923年，布莱希特的另一部重要作品《在城市密林中》在慕尼黑首演。这是布莱希特最难被人理解的一部作品，有人称它是部荒诞派戏剧。剧本描写一个图书馆馆员的小说创意被一位木材商看中，木材商用尽手段欲占为己有，二者之间展开了一场多少有点离奇的较量。

木材商人以金钱力量迫使图书馆馆员听从于他，而后者为维护自己的立场却不得不失去了工作和未婚妻。而当他一旦屈服，也就丧失了自由。这场殊死的斗争是离奇的，它寓意式地向人们阐述了人类工业的不断发展，随之而来的是人的日愈异化。

上述三部剧本是布莱希特早期的作品，当时他的叙事剧理论尚未成熟，但却已经处处显示出它们与传统戏剧的不同。例如《巴尔》和《在城市密林中》，时间和地点的变化不受限制，各场之间的联系是一个人物或一个事件。《巴尔》的开场以合唱的方式，道出了巴尔的一生和全剧的主题思想。而在采用传统形式的《夜半鼓声》中，作者使用了幕外音与招待员之间的对话。在最后一幕结束时，主人公突然向观众大声说道："我已经腻透了，这是个普普通通的剧场。这是木板墙和纸做的月亮，还有那块在幕后的剁肉板（击鼓），只有它算是有点生气……你们不要浪漫地那样盯着看，你们这些高利贷者（击鼓），你们这些杀千刀……"这一片突如其来的，冲着观众讲的刻薄咒骂声无疑会把那些陶醉在剧情中的观众拉回到现实中来。布莱希特正是这样想尽各种方法以打破观众的幻觉，唤醒他们的理性思考的。

布莱希特于1924年来到柏林，被聘为柏林剧院的艺术顾问。1926年入柏林工人夜校学习唯物辩证法，这对他的创作启发很大。当时的柏林文艺界非常活跃，各种流派竞相争艳，这使布莱希特大大开阔了视野。1928年他的另一离奇的剧本《男人就是男人》在柏林演出，布莱希特通过该剧向观众展示：人是可变的，但往往向消极方向变，主人公听任外界力量的支配，唯唯诺诺，任人揉捏，他是个失去个性的人物。这个夸张的"陌生化"了的人物果然激起了观众极大的兴趣。这时期的重要作品还有《三分钱的歌剧》（1928）。该剧借用了英国作家约翰·盖依（1685—1732）的乞丐歌剧形式。主人公是名叫麦基的强盗，他无恶不作，罪行累累，又是玩弄女性的能手，他引诱了乞丐王的女儿，又勾引警察头头布朗的女儿。麦基和布朗在战争中就认识，作为友好表示同时也是一种贿赂，麦基有什么好处就会给布朗一份，为此警察局没有麦基的档案。但乞丐王由于麦基拐骗了自己的女儿而告发了他，最后麦基被逮捕并被判死刑。但就在他即将被绞死的瞬间，女皇来了赦免令，还授麦基以爵位并赠了封地。这个结局，不仅具有喜剧性，更重要的是可以引起观众对强盗、乞丐、警察这三位一体，他们和女皇之间关系的微妙之处进行有趣的思考。这阶段他还写有《马哈哥尼城的兴衰》（1927）、《屠宰场里的圣约翰娜》（1931）等剧本。同时他也写一些短小精悍、主题鲜明、具有哲理意义的短剧，它们被称为“教育剧”。其中重要的有《例外与常规》（1930），《措施》等。它们的布局往往不平常，发生的事件又似乎不真实，而正因如此，它们常常激起观众的思考。例如《例外与常规》一剧，人物只有三个。一个资本家带一个仆人由向导带领穿过沙漠。资本家害怕仆人和向导关系过密，找借口把向导打发走。主仆两人继续赶路，傍晚时，仆人要把壶里的水给主人喝，主人却误以为仆人要砸死他，就开枪打死了仆人。但法律却宣判主人无罪，因为仆人把自己仅剩的水给口渴的主人，这是“例外”。按照常规，这时的仆人一定要加害主人，而主人就有权开枪自卫，打死仆人。法律只能按“常规”而不能按“例外”来判决。由这个例子看，布莱希特有意把政治和哲理糅在一起以寓意的形式来表达剧本的主题思想。这类戏剧完全不同于一般结合当代事件的政治教育剧。

在这阶段布莱希特还经常把现代科学技术成就应用于戏剧。他从著名导演艾尔文·皮斯卡托（1893—1966）那里受到启发，以灯光、字幕、照片等手段来丰富舞台的表现力。另一方面又从西方古老戏剧中吸取有用成分，诸如序幕、合唱、尾声等形式都为他所采用。

从1933年起可算作是布莱希特创作的最后阶段，也是他创作的全盛时期，而在生活上却是他最不安定的时期。1933年他和家人流亡国外，先后到过奥地利、瑞士、丹麦等国。1941年取道苏联去美国。1947年赴瑞士，次年回东柏林。1949年和夫人海伦娜·韦格尔建立并领导“柏林剧团”，直到1956年去世。在流亡期间，他生活颠沛流离，经济拮据，在美国时，他还被“非美运动调查委员会”怀疑是共产党人而遭到审讯，这些遭遇都很不愉快。但另一方面，这时期由于他经历丰富，接触广泛，促使他思想活跃并日趋成熟，不仅写出了大量思想性和艺术性很高的作品，他的“叙事剧”理论通过实践也更为系统化，并日趋完善。

这时期的重要作品有反战主题的历史剧《大胆妈妈和她的孩子们》（1939）。写德国30年战争时期的一个随军女商贩，她靠战争做小买卖，有三个子女，都在战乱中丧生，但至终她不醒悟，仍然追随军队做买卖。布莱希特企图通过主人公的遭遇告诫人们：战争是宗大买卖，它不是小人物所能从事的。作者在剧中所表露的反战立场是鲜明的，而且通过大量的人物间的对话，对战争的本质剖析得清晰而明确。写于1939年的《伽利略传》提出了科学家与政治的关系问题，也刻画了在伽利略身上的灵与肉的冲突。伽利略这个人物具有多层次的复杂性格，与布莱希特早期写的巴尔有许多相同的特点，他们生命力旺盛，全力追求各种欲望的实现。

这时期布莱希特还写了一些寓意剧。寓意的手法可以产生陌生化效果，使抽象思想具体化。寓意可以使平凡的事件变得不平凡，引起观众的兴趣。寓意是象征的，往往是具有普遍意义的生活哲理。它能抓住本质，揭示生活中的客观规律。但寓意的创造需要丰富的想象力，有时甚至会显得有点荒诞，但在布莱希特看来，现实生活本身是广阔多样的，反映它的表现方式也就是多种多样的。就在这种思想指导下，他写下了《潘蒂拉老爷和他的男仆马狄》（1940）。这是部喜剧，主人公潘蒂拉是个地主，他凶狠、不讲理，但一旦他酒醉时，却变得多情而温柔起来。这双重人格不断在潘蒂拉老爷身上交替出现。布莱希特从人以及从阶级代表这两个不同的角度探索了人性。同样《四川好人》（1942）一剧也涉及到人性善恶的问题。主人公沈黛是个妓女，她是神仙下凡找到的唯一的好人，但在现实社会里，她不能坚持做一个单纯的好人，必须以又善又恶的面貌出现，才能保存自己。在这里布莱希特把人的善恶与社会制度联系了起来。《高加索灰阑记》（1945）是根据元朝杂剧作家李潜夫的《包待制智勘灰阑记》改编而成。该剧写真假两个母亲抢夺一个孩子，最后由民间的法官把孩子判给了假母亲，因为她爱这个孩子，养育了他，而真母亲要他却是为了继承遗产。这里布莱希特提出了一个“一切属于善于对待它的人”的原则，改变了中国原著中的血缘关系而代之以无私的母爱。

布莱希特在这阶段还写了一些以当代生活为题材的作品。如《卡拉尔大娘的枪》（1937）及《第三帝国的恐惧和贫困》（1938）都以反法西斯为主题，在当时的反法西斯斗争中起到了积极作用。

布莱希特的叙事剧理论是在上述几个创作阶段通过实践逐步形成的，愈往后，思想愈明确。到30、40年代布莱希特才开始比较有系统地以文字的方式总结他的戏剧理论，如《娱乐剧还是教育剧》（1936）、《人民性和现实主义》（1938）、《戏剧小工具篇》（1948）、《舞台上的辩证法》（1951）等。它们从各种不同角度论述了科学与艺术、生活与戏剧、教育与娱乐、理智与情感等各种关系。他尤其强调的是演员、角色与观众之间的辩证关系。

布莱希特同时也是位诗人，他从下层百姓学来的民间俗语、成语、惯用语及方言，在他的诗歌里随处可见。他的诗歌风格简洁、诙谐、幽默、富有哲理性。他的最早的诗集《家庭格言》出版于1927年。1934年出版的《歌曲、诗篇、合唱曲》是他离开德国后写的诗集。中心主题是他的祖国，他为祖国大地上发生的事变发出痛苦的呼声。此外有《斯文堡诗集》（1939）及1951年的《诗一百首》等。此外，布莱希特也写有小说，如《裘力斯·恺撒的事业》（1948）、《负伤的苏格拉底》（1949）等。

布莱希特50年代才被介绍到中国。他的《大胆妈妈和她的孩子们》、《伽利略传》、《高加索灰阑记》、《四川好人》均在中国上演过。布莱希特本人对中国的哲学和传统戏抱有极大兴趣。他曾在30年代看到过梅兰芳出国的演出，感到很大的震惊，他看到京剧演员表演时观察自己，他把这叫做"艺术的自己间隔"。他尤其欣赏中国戏的"表演"功夫，中国舞台上的简单道具。为此他写了有关中国戏曲的陌生化效果及第四道墙等问题的文章。他从东方的传统艺术中看到了自己所追求的艺术目标。

显然布莱希特的戏剧观与苏联著名导演斯坦尼斯拉夫斯基的"体验艺术"完全不同。斯坦尼斯拉夫斯基主张演员应深入角色，把自己融入角色之中，这样才能打动观众。而布莱希特则拒绝演员与角色融为一体，只把角色表现给观众，因而他的主张被称为"表现艺术"。这两种艺术观，长期以来为世界各国的戏剧工作者广为应用，但随着布莱希特的"叙事剧"理论在中国的传播，近年来，在中国出现了"三大戏剧观"的说法，即除斯坦尼斯拉夫斯基和布莱希特的戏剧外，再加上中国京剧代表梅兰芳的戏剧观。至于它们之间的区别则由中国著名导演黄佐临在一次布莱希特讨论会上曾高度概括地道出："最根本的区别是：斯坦尼斯拉夫斯基相信第四堵墙，布莱希特则要推翻这堵墙，而对于梅兰芳，这堵墙根本就不存在，用不着推翻"。这个简洁的论断点出了它们之间的不同。不可忽视，这三者同样都是当代的现实主义戏剧大师。正如布莱希特所言，通往真理的道路不只一条。他认为，关于文学形式不应去问美学，也不是问现实主义，而是必须去问现实生活。既然人们能采用多种形式掩盖真理，那么同样也能采用多种形式说出真理。

国内流亡文学

在法西斯执政时期，固然有大批作家流亡在外，但在国内也并非毫无文学。当然其中也有一派拥护法西斯政权的，例如著有长篇小说《没有空间的民族》（1926）的汉斯·格林（1875—1959），他所鼓吹的民族沙文主义是显而易见的，而埃尔文·戈依多·珂尔文海叶尔（1878—1962）则公然颂扬法西斯主义。与此相对的,反抗法西斯的斗争文学也没有被斩尽杀绝。1935年在巴黎召开“国际作家保卫文化大会”时,化装逃出的作家扬·彼德森(1906—1969)代表德国地下文学给大会带来了三部长篇小说的手稿,50个短篇故事和一些诗歌。它们证明在法西斯严酷的独裁统治下,地下文学依然存在。这些作品的每一行字都是作者冒着生命危险写下来的。许多作家就像埃利希·缪萨姆(1878—1934)那样惨死在法西斯匪徒的屠刀下。

除上述两种作家外,当时德国还有好几百个作家出于各种原因并没有外出流亡。他们没有成为法西斯的信徒,而是依然坚持理性和进步的文化事业。只是他们有着各种各样的政治观点和美学原则,因而他们在不接受希特勒的意识形态和社会实践上也有程度的差异和形式的不同。他们被称为“国内流亡文学”,从字义上看“国内”一词,德文的含义也有“内心”的意思,因而也有人提出把他们称为“内心流亡文学”,这意味着他们在法西斯暴政之下采取不合作的态度,从而造成心灵上的流亡状态。他们中有的不关心政治,企图在专制制度下仍然做一个“心地善良的人”,例如艾恩斯特·维歇尔特(1887—1950),他的作品一直回避当时的政治问题。即使如此,他也难逃纳粹党徒的迫害,曾一度被关进集中营,在里面他深有感受,后来把这一段亲身经历写成了长篇小说《死人之林》(1945)。他们中有的忠于宗教伦理观念,凡尔纳·贝尔根格鲁恩(1892—1964)就是这样的作家,他既反对法西斯主义,也不赞成共产主义。他从人道主义立场出发思考法与权的关系,正义与国家目的性之间的矛盾。他认为暴君有无边无际的权力,而人民忠君,于是恐怖手段和独断专横就能成为治理国家的原则。他的长篇小说《大暴君与审判》(1935)就揭示了这样一种关系。简而言之,不管这些国内流亡作家是出于对传统的民主准则的信仰,社会正义感,还是反对民族主义和种族主义,或是作为作家,他们忠于良心,不愿违心粉饰现实,他们一直在难以想象的艰难条件下对法西斯的暴虐统治进行着抵抗。就以霍普特曼而言，他留在德国，虽然没有公然反对法西斯当局，但他当时的作品安魂曲《黑暗》(1937)中就有对种族迫害的抗议；长诗《伟大的梦》(1942)刻画了被玷辱的祖国的形象，作者所表露出的愤怒和悲哀是强烈的。他们为了作品能在德国出版，往往要通过曲折的语言或形式才能表达他们的反法西斯思想，由此，隐喻、历史故事、传说、童话等就成为他们常用的形式。还有一些不能在当时出版，只有在法西斯垮台之后才能让读者读到的作品，它们一直被存放在抽屉里，战后，人们就称它们为“抽屉文学”。

里卡达·胡赫(1864—1947)生于大商人家庭，在瑞士攻读历史、哲学和语言学，获得了哲学博士学位。曾在苏黎世市图书馆工作。后来到不来梅当女教师。她曾两次结婚，但都以离婚告终。胡赫最初的作品充满幻想和抒情的气息，大都以个人追求生活和幸福以及瞬间的热情、尘世生活的过眼烟云作为题材。她的处女作是长篇小说《小鲁道夫·乌尔斯劳的回忆》(1893)，讲述的是一个资产阶级家庭的没落，小鲁道夫以一种旁观者的口吻叙述了整个家庭的演变。这种演变不仅因为经济也因爱情的纠葛而不可避免。小鲁道夫的表兄虽已结婚却又爱上了小鲁道夫的妹妹，而他的妻子又不愿离婚。老鲁道夫因这事件，同时由于商号的破产而自杀。表兄的家族不久也陷入经济困境。小鲁道夫的妹妹因为同时爱上表兄及表嫂的弟弟而不能自拔，最终跳窗自杀。而小鲁道夫由于不能应付来自生活的各式各样的问题，害怕竞争，惧怕困难而到瑞士的一座修道院当了修士，这样乌尔斯劳家族不仅衰败而且断了后裔。这一家族不仅在经济上不是暴发户、投机商的对手，而且在精神上也走向了衰落，不是沉湎于爱情的纠葛就是趋向宁静的生活，不能也不愿参与竞争和博弈。这个主题在九年后托马斯·曼的《布登勃洛克一家》得到了更深刻的描绘。《胜利巷纪事》(1902)写的是意大利北部某城贫民区里的一条小巷里发生的故事，主人公是一位青年商人，他来到这条胜利巷收房租。他目睹了贫民的艰苦生活，认识到这些人的坚强、善良，他们忍受着各种打击和不幸。胡赫通过现实和梦幻交织一起的手法，描绘了各种人物的生活片断，从而揭示了底层百姓苦难的生活以及他们对生活的期望。这部作品无疑反映了胡赫已开始正视社会现实。1903年发表的《生活是个短暂的梦》又回到了个人的主题。该小说讲述的是个人自我价值的实现与社会道德准则之间的矛盾。主人公是一个富商儿子，他过着美满的家庭生活。但这种生活并不能使他满足，他感到不充实，他的天赋和才干得不到发挥。当他遇到女画家罗瑟后，很想和她远走高飞去过另一种新生活，但关键时刻他又改变了主意，回到了妻儿身边，挽救了濒于破产的父业，生活重又走上了日常的轨道，他彻底放弃了"短暂的梦"。这部小说显示出胡赫对于个人与社会之间的矛盾有着敏锐的感受。

在这些作品之后，胡赫的创作题材转向了客观现实和历史领域。这一阶段的创作高峰是反映德国历史上可怕的三十年战争的作品。1912年至1914年她完成了三卷本《在德国的大战》。她以丰富的史料，深刻的洞察力和优美细致的文笔描绘了这场战争的前因后果和它给德国带来的灾难。在1937年再版时该书改名为《三十年战争》。而她的文艺论著《浪漫主义的兴盛时期》（1899）和《浪漫主义的发展和衰落》（1902）更是奠定了她在文学界的特殊地位。这两部具有文学价值和文化历史意义的作品再度发掘了浪漫派，对浪漫派的重要意义作了阐释，同时也对它的局限性进行了分析，对于后人重新评价浪漫派具有极大的影响作用。

1933年她为抗议纳粹当局而退出普鲁士艺术科学院。在法西斯统治期间，她没有离开德国，属于留在国内的内心流亡的作家行列，她一直秘密支持反法西斯的抵抗运动。在她去世前还在计划出版一本有关反法西斯运动的书，书名为《无声的起义》。这本书直到1953年才由魏森堡所完成。

胡赫的创作不仅在数量上很丰富，同时涉及了文学的各种类型。

除上述长篇小说，文艺论著和历史外，她也写诗歌。1920年的《旧诗与新诗》就具有新浪漫主义色彩。1910年出版短篇集《最后的夏天》。她的回忆录《在瑞士的春天》出版于1938年。著名的历史小说《保卫罗马》（1906）及《为罗马而战》（1907）是有关意大利自由英雄加里波第反抗法国，保卫罗马的一组历史故事。胡赫是位杰出的历史作家，传记作家，她所写的人物还涉及马丁·路德、华伦斯坦，甚至无政府主义者巴枯宁等人。在这之后，她的创作又转向哲学和宗教的领域，写出了《圣经的意义》（1919）这样的作品。

简而言之，胡赫在20世纪的德国文坛上是位杰出的、才华出众的女作家。她思想深邃，善于以诗人的敏锐性观察社会现实，以哲学家的深刻剖析社会历史，并以优美的语言书写各种类型的文学作品。为此托马斯·曼称她是“德国第一女性”。

贝恩哈特·凯勒曼（1879—1951）生于一个官员家庭。曾在慕尼黑、罗马、柏林等城市学过工科、日耳曼语文学、绘画。1910年起他去欧洲、美洲和亚洲的许多地方。20年代末他作为报馆工作人员在中国待过半年。他生活的年代历经了威廉帝国，魏玛共和国，第三帝国，第一、二次世界大战，可谓见多识广。凯勒曼最初的作品受到挪威的汉姆生和丹麦的雅可布森的影响。他的小说《卫斯特和利》（1904）、《英格博格》（1906）及《大海》（1910）都具有印象主义的风格。其中后两部作品涉及到了人与自然融合的问题，作者明确表达了对文明社会的蔑视。但到1913年发表的长篇小说《隧道》说明凯勒曼已步上了批判社会的创作道路。这部小说当时看来像科幻小说，主人公企图建造海底通道，使火车由美国的纽约直达欧洲的法国。这在当时真是一种大胆设想，但今天的科技已使海底隧道成为现实，而凯勒曼的《隧道》则成了一种预言。但凯勒曼写这部小说的目的并非出于预测科技发展的未来，而是为了说明在资本主义社会中科技的发展与私有财富之间的密切关系。工程师麦克·阿伦要在15年内建成一条海底通道，使火车在24小时内从美国直达法国，他争取到一些资本家及银行家的支持，但工程到第七年时，发生海底地震，引起爆炸致使2800名工人丧生，阿伦成了大罪人，死者家属打死了他的妻子和女儿，由于造成的经济损失他被判六年徒刑。后来他被无罪释放，当他继续想争取政府及富翁的投资时却一无所获。他不得已只能和大银行家的女儿结婚，以得到经济上的资助，此后历经24年的辛勤努力，海底隧道工程才终于建成。从小说的情节来看，作者无疑说明了这样一个事实：科学家想造福人类，但资本家要追求利润，没有资本家经济上的支持，科学家无法进行他的科技发展。这就是科学家在资本主义社会中的遭遇。但凯勒曼不仅通过阿伦的命运阐释了这种认识，在小说中，他还对资本主义社会中诸多具有本质性的问题作了描绘，例如周期性的经济危机，残酷的竞争，国家机器，报纸刊物和法庭甚至还有教会对资本的从属关系等。小说所反映的社会面甚为广阔，这部作品是凯勒曼创作道路的一个转折点。《隧道》发表不久就爆发了第一次世界大战。1918年十一月革命后，凯勒曼开始动笔写《十一月九日》，这部长篇到1920年才出版。

这部作品非常尖锐地提出了一个当时显得尤为重要的问题：那就是谁要战争？在1946年版本的序言中，凯勒曼明确指出，他有责任要让德国人民看到军国主义思想的危害性，把军国主义的本质暴露在光天化日之下。为此他在《十一月九日》一书中塑造了一个典型的普鲁士军国主义者的形象，他就是容克地主黑希特—巴本贝格将军。由于他的一意孤行，在指挥凡尔登战役时，使数千士兵死于非命。他看待人民就像是没有定型的东西，爱捏成什么样儿就什么样儿。这个被士兵叫做“血腥的黑希特”的人是德国文学中出现的第一个鲜明的普鲁士军国主义者，也是凯勒曼对德国现状的深刻认识的反映。在小说中作者描绘了许多大规模的群众运动场面，诸如一月罢工、反军国主义示威、舰艇和军队里发生的起义等等，作者都以现实主义的手法进行刻画。但有时在小说中也采用象征的手段，例如“阵亡者大军”从战士墓中出来，来到柏林的画面。而最具象征性意义的是作者以“血腥的黑希特”的死亡作为小说的结尾，以此象征军国主义必然灭亡。但将军临死的话：“没有关系！这次就算了，……等下一次！下次要比这次流更多的血，要更恐怖！”却又道出了作者认识到，军国主义并非就会如此轻易地退出历史舞台。

1933年法西斯统治期间，凯勒曼被开除出纳粹的作家协会，但他并没有流亡国外，而是像胡赫一样选择了留在国内，并经受了“内心流亡”的过程。在这期间他完成了长篇小说《友谊之歌》（1935）、《蓝绶带》（1938）以及《格奥尔格·万特兰特的转变》（1941）等作品。这些作品的时代历史背景不是在法西斯执政时间，地点也往往是在国外，原因是他在国内无法公开明确自己的态度，因而只能曲折地表达抵制的立场。

第二次世界大战结束后，凯勒曼写了《死之舞》（1948）。在这部作品里，凯勒曼塑造了一个放弃原有的民主思想，转而追随法西斯政权的律师法兰克·法比安。在法西斯执政初期，他希望这个政权很快就能垮台，但两年后，眼看这个政权非但没有垮台，他的许多亲朋好友都走上了趋炎附势，继之升官发财的道路，他也步入他们的后尘，穿上了纳粹军官的制服，后来竟然当上了市长。在法西斯崩溃前夕，他的两个儿子在前线一死一失踪，他对纳粹的忠心促使他想亲自上前线。他的弟弟是个决不与法西斯同流合污的坚定的反纳粹分子，他耻笑他哥哥的行动，兄弟之间发生了剧烈的争论。第二天早晨，人们发现法兰克已在夜间开枪自杀。这部小说无疑提出了一个极具现实意义的问题，那就是法西斯统治与这类为了私利而为虎作伥的人的关系问题。也就是说，法西斯的专政在很大程度上就是依靠这些人而得逞的。那么，这样的人对法西斯的所作所为是否负有责任呢？在战后，这是个令全世界尤其德国人沉思并惹起争论的问题。而凯勒曼提出这样的问题就足以看出他的反法西斯的坚定的民主主义立场。

凯勒曼也写短篇、游记等,例如《扬子江》(1934)、《亚洲游记》(1940)等。但主要以反映现实、批判现实的长篇小说为主。他的重要长篇还有《傻瓜》(1909)、《舍伦贝格兄弟》(1925)等。

汉斯·法拉达(1893—1947)生于一个法官家庭,原名鲁道夫·迪岑。1912年就与家庭脱离关系,开始在德国流浪。为贫困所迫,他当过农业工人、搬运工、出纳员、清道夫等,从而接触到了各种各样的小人物。他熟悉他们的思想,了解他们的生活,这些亲身经历为他以后的创作打下了基础。他深受莫泊桑、福楼拜、狄更斯,尤其是陀思妥耶夫斯基的影响。他的最初两部长篇小说《少年格德沙尔》(1920)及《安东和海尔达》(1923)采用的是表现主义手法,但不久他就放弃了这种艺术手段,认为这是为了追求时髦,实际上与他的个性格格不入。

使他闻名于世的是1932年发表的《小人物,怎么办?》。小说中的主人公皮内贝格是个小职员,他在德国30年代经济危机中屡次被解雇,结婚生子之后,全家处于贫困之中,只能依靠妻子做缝工和自己的失业救济金生活。为了失业救济金他参加了一次示威游行而遭到了警察的殴打,他从而明白,贫穷不仅要受苦,还要忍受耻辱和惩罚。面对这样的前景,他向自己提出了个问题:“小人物,怎么办?”由于这个问题不仅是皮内贝格个人的问题,它道出了20年代末世界经济危机给所有底层老百姓所带来的灾难,它是世界上的小人物所共有的问题,因此,这部作品一出版很快就被译成20多种语言并被搬上了银幕。

1933年法西斯上台后,法拉达没有离开德国,他错误地以为这个政权不会维持很久,这时期他写了一些趣味性的、不涉及现实问题的作品。不久,他就失去了信心,从而写出了一些别具特色的儿童读物,从中他歌颂了正直和人道,善良和光明,谴责了残暴、无耻和贪婪。例如《霍佩尔波佩尔,你在哪里?》(1936)、《穆尔克莱的故事》(1938)等。而1934年问世的《用洋铁罐吃过饭的人》一出版立刻遭到了戈培尔审查机关的查禁。该书讲述了一个银行小职员因贪污一小笔款子而被关了四年。出狱后，他想重新做人，但社会却不允许他做一个正直的人，不得已他只能偷窃，于是再次入狱。当他回到牢房时竟然产生了“重返老家”的感觉，因为此后他可以再次拿起洋铁罐吃饭，不必为每天的面包操心了。小说不仅抨击了资本主义的经济，更重要的是对社会各个领域里的不道德现象作了批判。

在法西斯的统治下他还写了长篇《狼群中的狼》（1937）和《顽固的古斯塔夫》（1938）。在这两部作品里，法拉达的视野已超出了小人物命运的范畴，而是在更广阔的社会和民族的大范围内揭示军国主义、复仇主义的狂热和整个社会道德的沦落。在前一部作品里法拉达描述了第一次世界大战后德国人民所遭到的灾难，通过三个退伍军官经营农庄失败的故事，不仅使读者看到了大地主、投机商等人的面目，更重要的是刻画了纳粹分子用威胁、暴力和无耻的手段为后来的法西斯政权铺平道路的过程。作品深刻地分析了当时极为复杂的各种社会关系。在后一部作品里，以古斯塔夫一家的命运揭示了古斯塔夫顽固忠于主子的民族主义思想如何毁坏了他的儿女。古斯塔夫对于普鲁士黩武精神的崇拜具有极大的典型意义。

在希特勒最后几年的统治期间，法拉达被指责是“文化布尔什维克”，受到了监视并长期被软禁。在此期间他写了《没人爱的人》（1940）。主人公是个盲人，他因为向视力健全的世界妥协而讨厌憎恶自己。《酒鬼》是用密码写的一部自传小说，直到死后1950年才出版。

法西斯崩溃后，他终于可以毫无拘束地书写反纳粹题材的作品。长篇《每人都孤独地死去》（1947）就是这样一部作品。小说再现了第三帝国时期的政治气氛，塑造了盖世太保、纳粹官僚、暴徒、告密者、杀人犯等各色人物形象，但最重要的是作者歌颂了一对“小人物”式的夫妇。丈夫是木工，妻子是农妇，他们忠厚善良，与世无争，过着平静的生活，但他们的独生子在侵法战争中丧生，这一事件促使他们对生活和纳粹的看法起了变化。他们开始思考，逐渐对法西斯的专制制度产生了反感，进而采取了书写反法西斯标语的反抗活动，两年后被纳粹抓获并判死刑。小说充满了反法西斯的人道精神。

法拉达是位专写小人物的现实主义作家，他把小人物看作是一定的社会环境的代表者，因而他们的悲剧，不论是受尽苦难成为牺牲品还是受蒙蔽成为希特勒的支持者都同样是社会悲剧的反映。他使用的语言明晰简洁，朴素无华，但却生动活泼，在他的小说中常常使用多种布局的纪事形式，显得丰富多彩，更贴近现实。

埃里希·凯斯特纳(1899—1974)生于德累斯顿，曾在师范学校学习，后又先后在莱比锡、柏林等大学攻读文学、历史和哲学。很早就为多种报刊撰稿。1933年他的作品被禁，创作受到限制，1934年及1937年两次被逮捕。第二次世界大战后他任联邦德国国际笔会中心主席达十年之久。

凯斯特纳经历了两次世界大战。他从1927年起专事文学创作，但他的创作高峰是在魏玛共和国时期。他是德国新实际主义的代表人物。他的作品富有新实际主义的特色：内容明确清晰，形式也简洁明快，作者的社会道德立场具体而鲜明，正好和表现主义所具有的狂热和杂乱完全相反。

凯斯特纳的创作有诗歌、小说以及儿童作品。他的诗作有《镜子里的喧闹》(1928)、《椅子间的歌声》(1933)等。他的小说中著名的有《法比安》(1931—1932)，讲述的是一个法学博士在世界经济危机年代里的种种遭遇。由于他在这个混乱的社会里始终保持着良心和道德责任感，因而处处上当受骗，最终这个不会游泳的人因为要救一个会游泳的人而淹死在河中。作者指出法比安所处的环境充满了贫困、淫荡、堕落和犯罪。这实际上正是当时德国社会的写照。凯斯特纳是位杰出的儿童文学作家，他的代表作《埃米尔和侦探》（1928）在中国早就有了译本，即《爱弥儿捕盗记》。它讲述了主人公，一个小学生和小朋友团结互助逮住了偷钱的罪犯。小说以贴近现实生活的场景、人们所熟悉的儿童心理及语言、紧张惊险的情节，尤其是全书所洋溢的浓厚的人情味博得了儿童，甚至成人的喜爱。

凯斯特纳的作品很丰富，他的诗歌和小说不仅抨击了德国当时的现存制度，而且鞭笞了军国主义和法西斯主义，以及资产阶级的市侩习气。例如长篇小说《雪地三游客》（1934）、诗集《埃里希·凯斯特纳大夫的抒情家庭药房》（1936）、《日常琐事——1945—1948年的歌谣和散文》（1948）、《小自由——1949—1952年的歌谣和散文》（1952）等。他的儿童作品不但写得引人入胜而且富有教育意义，因而享有国际声誉，除《埃米尔和侦探》外，还有《飞翔的教室》（1935）、《动物大会》（1950）、《两个小路特》（1956）等。

第六节　奥地利和瑞士德语文学

奥地利文学　19世纪末，老迈的哈布斯堡帝国气数已尽，第一次世界大战更是它自掘坟墓的最后一步。但强权的消失恰恰为思想自由和文化的繁荣带来了机会，奥地利——尤其是维也纳——成为对世界产生多种巨大影响的政治、科学和文化学说的发源地：德国植物遗传学家格里哥·门德尔（1822—1884）创立了现代遗传学，西格蒙特·弗洛伊德（1865—1939）创立了心理分析学，奥地利人鲁道夫·施泰纳（1861—1925）创立了人智学，作家泰阿多·赫尔策尔（1860—1906）创立了犹太复国主义，为建立以色列描绘了蓝图；格奥尔格·舜纳峨（1842—1921）的极端德意志民族运动则为希特勒上台打下了基础。

奥地利文学同样精彩纷呈。从自然主义到新浪漫派，从印象主义到表现派，从轻歌剧到颓废派，应有尽有。有的作家还成为后世景仰的大师，其中首推卡夫卡。大师之外，作家兼批评家赫尔曼·巴尔（1863—1934）以其特有的敏感和善变正确预言并积极参与、影响了多种流派的创作，颇值一提。贝尔塔·封·苏特纳（1843—1914）以和平主义小说《放下武器！》（1889）留名后世。

弗兰兹·卡夫卡（1883—1924）是属于全世界的作家。但他又首先是一位奥地利作家，是多民族奥匈帝国的明珠都市布拉格的作家。如果说奥地利文化直到第一次世界大战结束是以德语文化为主的多元文化，卡夫卡就是这多元文化综合体灭亡前的完美体现。

19世纪末的布拉格，德语文化、犹太文化和捷克文化共存共荣，尤其历史上曾一度为帝国首都的布拉格在哈布斯堡家族统治区的地位常常超过布达佩斯，几乎可与维也纳一比高下。这里早在1348年就建立了世界上第一座德语大学，德语文化在哈布斯堡家族倡导下历来成果丰硕。19世纪末，生活在这里的讲德语的犹太人更成为当地经济文化生活的上层。

布拉格是卡夫卡生长和度过几乎一生的地方。城里丘陵、谷地横陈遍布，各种通道纵横交错，仿佛迷宫一般，使卡夫卡一生不得逃脱。“布拉格像是长着利爪的母亲，你怎么也挣不脱”，19岁时的卡夫卡如是说。他的作家朋友约翰内斯·乌尔齐狄尔（1896—1970）则写道：“卡夫卡就是布拉格，布拉格就是卡夫卡。”

卡夫卡本来对犹太宗教和历史不感兴趣，但1918年捷克斯洛伐克独立后斯拉夫民众的反奥地利情绪使当地主要讲德语的犹太人也遭受株连。这一方面增加了卡夫卡对自己德语犹太出身的感性认识，同时也使他对赫尔策尔的犹太复国主张陡增兴趣。在给米勒娜的信中，卡夫卡写道：“我下午在街上到处都感到众人对犹太人的憎恨，……离开自己受憎恨的地方不是再自然不过的事吗？……尽管如此仍不离开——这种英雄气概是洗澡间斩不尽杀不绝的蟑螂所有的英雄气概。”卡夫卡真的做过迁往尚待建立的犹太国的打算。不仅如此，他还在1923年专门去波罗的海，以检验自己的病体能否经得起有朝一日去巴勒斯坦的辛劳。当然，卡夫卡没有真的去犹太国，正像他没有真的离家出走、没有真的去找一个女人结婚一样。但他和他的作品毕竟与犹太文化有着天然联系，用他自己的话说：“和犹太人在一起，我并不感到幸福，可我却在幸福的门槛前。”

卡夫卡是奥地利作家，他从出生就是奥匈帝国的公民。他在生命的最后五年虽因帝国崩溃而被划为捷克斯洛伐克国民，但随着斯拉夫单一文化迅速取代多元文化，他的失落感更为加剧，他终于离开生活了多年的布拉格，最后死于维也纳附近的基尔灵。卡夫卡当然没有一般所谓的爱国情绪，他更不是奥匈帝国的卫道士。但这里的世纪末气氛尤其浓烈：官僚机构的臃肿庞大造成百姓的迷惘无助，荒谬怪诞比比皆是，帝国虽尚未解体，灾难却弥漫在空气里。卡夫卡笔端人物生活中的荒诞，他们的懵懂和无名恐惧可在崩溃前的奥匈帝国找到根源。但卡夫卡之所以是卡夫卡，最重要的原因在于他不是简单地模拟现实，而是通过时间地点的不确定，情节的非逻辑、非直线发展使故事人物具有寓言般的飘忽朦胧；展现在读者面前的是一个变化多端的多面体：局部条块历历在目，故事整体不易把握。同时，卡夫卡笔调中充满极为细腻、令人难以觉察的幽默和讥讽，这使卡夫卡得以在认同人物的怪诞、绝望的同时对他们保持相当程度的超然、冷漠和无动于衷。

试图认同、参与，很快又保持距离、无动于衷，这是现实生活中卡夫卡性格的基本特征。用他自己的话说，他的一生到处是“一再中断的起跑”。卡夫卡青少年时期曾认真阅读克鲁泡特金（1842—1921）的《叛逆者语录》，参加集会与警察对峙；后来，他也常参加社会民主党人的聚会，研读赫尔岑的著作。但他更多是观察者，“不开口的大个子”便是他当时的绰号，直到后来他完全与革命党人拉开距离。

卡夫卡对“文学和出版界”同样冷漠。1912年，马克斯·布洛德（1884—1968）把他介绍给出版商恩斯特·罗沃尔特，以便他能有机会发表作品，当时，他沉默寡言。他后来的出版商库尔特·沃尔夫说：“在公众场合跟卡夫卡在一起毫无意义。”在被介绍和霍夫曼斯塔尔认识时，卡夫卡同样少言寡语。他说，他的思维是“冷峻、缓慢”的；他需要时间，需要倾听和观察。他相信，文学界的繁闹嘈杂如同“地狱”一般，人卷进去会严重妨碍写作。他害怕陷入人际交往的圈子“失落自我”。这一点，任凭他的好友布洛德怎么安慰规劝，任凭里尔克、穆西尔、威尔弗尔、施特恩海姆和图霍尔斯基对他如何首肯称赞，也任凭他自己的出书愿望有时多么强烈，都无法改变。

卡夫卡的沉默首先来自父亲的严厉。在他的童年记忆里，永远是父亲“不许争辩！”的训斥。在《给父亲的信》里，卡夫卡回忆道：小时候，每当他从外面回到家里，满怀喜悦地讲述所见所闻时，得到的总是父母的冷嘲热讽。经过一次又一次失望之后，卡夫卡变得沉默了。成年之后，他的少言寡语当然还有别的原因：许多人不经大脑的言辞在空气里飞来飞去，速度之快令他无法仔细品味，就像电影里的画面一个紧接一个，变化之快令人无法尽情观赏。因此，卡夫卡既不爱看电影又不爱讲话。在他看来，滔滔不绝、语调激昂掩盖不住言辞的空洞。“开口是银，闭口是金”这句德语俗语被卡夫卡赋予了不俗的内涵。“对表达不清的事，我们只好不表达”，路德维希·维特根斯坦的这句语言哲学名言正好与卡夫卡不谋而合。卡夫卡要去掉语言虚饰伪装的部分，他尤其要戳破侃侃而谈的人造成的似乎语言无所不能的假象。于是，他写作，他要通过写作努力发掘语言的纯真。

当然，卡夫卡并非一味沉默。1900年，他作为中学代表作了“如何理解歌德《塔索》结尾部分”的报告；1908年，他代表布拉格工伤事故保险公司全体职工向新到任的经理致了欢迎辞；1911年，他向工商界人士作了“论工伤事故保险实质”的启蒙报告；1912年，他以“论俚语”为题作了东欧犹太文学报告晚会的开场报告。但卡夫卡更爱朗诵。在1912年12月初的布拉格作家晚会上，他第一次朗诵了自己的作品《判决》，他“扯开嗓门向听众吼，把邻厅的音乐驱得不见踪影”；一年后，他朗诵克莱斯特的《米歇尔·戈尔哈斯》，“整个下午我都在为朗诵而激动得发抖，嘴都合不上”，他写道：在对妹妹奥特拉朗诵了格里尔帕策《可怜的戏子》之后，他说：“我为作品所充溢，容不得重音、呼吸、声调、感觉和理解上的半点错误。文字以惊人的通畅从我口中流出，我对每个字都感到幸福。”他经常兴奋地朗诵他新发现的佳作，如罗伯特·瓦尔泽的《作文》和托马斯·曼的《运气》，他尤其喜欢《运气》里“小心，我们要看一个人的灵魂”这一句；当时出版的一本《中国抒情诗》也是他喜爱的读物，他甚至说自己从根本上讲是个“中国人”；他曾借着街灯的弱光诵读犹太法典，他更曾梦想在一个挤满听众的大厅日夜不停地朗读福楼拜的《情感教育》。卡夫卡确信，可以通过朗诵时语句的韵律和节奏证明作家用词的正确性，通过词句的“音乐”可以证明作品的“内在真实性”。《判决》写好后，他立即读给妹妹听，第二天又读给朋友们听；《锅炉工》印好后，他甚至朗诵给父母听，只是父亲听时显得“极为厌烦”。朗诵的习惯卡夫卡保持了一生，即使在重病之后，他仍在向亲友诵读他的小说《城堡》、歌德的《赫尔曼和窦绿苔》、霍夫曼的《公猫摩尔的人生观》、安徒生和格林兄弟的童话。

“纸张的惨白剜着我的眼睛”，卡夫卡说。所以，他要写作，要“写向纸张的深处”。他写信，写日记，写随笔，写纸条，写小说。他不求作品的完整，他只想写出心中写不尽的话。他的大部分作品既无题目又无结尾。《判决》就和许多其他短篇作品一样夹杂在他的日记里，既无标题，又无和上下文的明显分界，作品下面只是作者随手画的一条横线和一道简单方程式24：17=56：X，再往下就是对写作《判决》时情景的描述：“极度紧张、极度兴奋，故事在我眼前展开，就像我在水中缓慢前行。一夜间，我几次躺倒，苦苦思索着我要表达的一切……。这才叫写作——全然开启整个身心。”他这样连夜写作八小时后，第二天（1912年9月23日）实在无力去上班，就请假说自己“极度虚弱”，还“发着烧”。卡夫卡说：写作时，要一口气干上十个小时才过瘾，要“溶入作品”，要“彻夜写作”；“真正的猎物隐藏在夜的深处，……只有彻夜穷追，才能捕获”，其他一切都是“劣质贱货”。他想象把自己锁在大地窖最内层的小房间里写作，饿了当然要有人送饭来，但来人只准许把饭放在地窖最外层的门前，不许再靠近一步。卡夫卡需要的安静几乎是坟墓里死人的安静。他一年的写作多在秋季到春季进行，因为这时昼短夜长。他一天的作息基本是这样的：7点早餐，常喝牛奶，吃饼干和水果罐头；8点到下午2点在办公室，做保险公司职员的工作；2点半午餐，多以蔬菜为主，尽可能少吃肉；饭后午睡，“能睡多久就睡多久”，然后做操、散步；晚9点半吃饭，以酸奶、面包、各种水果和果仁为主，然后开始写作，“能写多久就写多久”——这才是他真正的工作，真正的生活，“战争般的生活”。他把写作看成战争，看成“内心的战争”。他写《判决》，本来就是要描写一场战争。但在他看来，他不像亚历山大大帝或拿破仑那样横扫千军，所向披靡，而是一直遵循着“开战、逃跑、彻底失败”的模式；他像一个毫无生活能力、毫无战斗能力的“职业兵”，一生都在“原地不动地行进中”。卡夫卡说，他并不“具有”写作能力；这“能力”来去不定，如同幽灵。作家只需要坐在桌旁等待，世界会展现在他面前。对卡夫卡来说，写作还能使他被病痛折磨的身体获得暂时安宁。于是，他不停地写作，同时又不停地焚烧——用他自己的话说：“今天将许多讨厌的旧纸张扔进了火堆。”他的临终愿望——片纸不留地烧掉自己的作品——更可谓登峰造极。他好像要惩罚自己的作品，同时又好像要惩罚世界。好在马克斯·布洛德未把它当作遗嘱执行。

"内心世界只能通过实际生活来表现，而不能通过文学"，"要真正摆脱烦恼只有通过生活，而不能通过写作"，卡夫卡如是说。这样，他在把写作看作自己真正生命的同时又否定了写作，他把全部作品付之一炬的临终愿望也可从这一认识得到解释。结婚、生育被他看作生活中"最值得追求的"，但看到任何一对夫妇，他都禁不住感到厌恶，他几次订婚之后又一再解除婚约；他还去找妓女，但过后同样厌恶不已。可他毕竟朝着"生活"迈开了几步：他支持最小的妹妹奥特拉离开父母去乡下种田，他鼓起勇气写了"给父亲的信"，他和女朋友一起生活并在生命的最后几个月离开他一直赖以生存的布拉格。尤其最后一点，是他不再"原地不动"的最佳例证。

卡夫卡生于布拉格犹太商人家庭，一生都处在对父亲恐惧的阴影中（彼得·汉特克说他"永远是儿子"）。1901年到1906年他在最古老的德语大学布拉格大学学习德语文学和法律并获法学博士学位，然后去法庭实习。1908年起在布拉格波希米亚王国工伤事故保险公司任职员，直至1922年由于健康原因提前退休。他两次和费丽丝·鲍尔订婚，又两度解除婚约。他曾与记者米勒娜·叶森斯卜恋爱，并于1923年和多拉·迪阿曼特同居。他于1917年起患结核病，1924年6月3日在维也纳附近的基尔灵疗养院病终。

卡夫卡的作品除了自己烧掉及被纳粹毁掉的之外，最有影响的要数《判决》（1912）、《变形记》（1916）、《给父亲的信》、《美国》（1912—1914）、《审判》（1914—1918）和《城堡》（1926）。由于写作风格独特，根本无法把他归于任何"主义"。

《判决》写乔治·本德曼一天写信给远在俄国的朋友，告诉他自己订婚的事并请他来参加婚礼。然后，乔治到父亲的房间告诉他自己的结婚打算，父亲立即不悦。可乔治还是帮他脱下脏衣服，把他抱到床上，为他盖上被子。这时，父亲突然挺坐起来，指责乔治订婚是对父母和朋友的出卖，并判他死刑。接着，乔治冲出房间，溺水而死。

写《判决》时，卡夫卡刚认识自己的初恋情人费丽丝·鲍尔不久，这篇短篇小说就是献给她的。并且，乔治未婚妻的名字以“F”和“B”开始，与费丽丝·鲍尔的起始字母相同。《判决》是卡夫卡的成名作，多年之后，卡夫卡还称这篇短篇是他全部作品中“最可爱的”一篇。

对乔治而言，父亲尽管老朽却“依然是个巨人”。这正是卡夫卡的亲身感受，在他的童年记忆里，父亲永远是“衡量万有的尺度”。在卡夫卡笔下，父亲无慈爱可言，而纯粹是权力的化身。但另一方面，不论卡夫卡还是乔治又都有蔑视父亲、反抗强权的意愿。乔治甚至看准了作为权力化身的父亲的致命弱点：只要结婚、建立自己的家庭，儿子就可以逃脱父亲权力的魔掌，甚至可取父亲而代之。儿子的反抗和进攻，自然遭到父亲最无情的镇压：他判儿子死刑。但有趣的是，一遇父亲的压制，儿子便立即败下阵来，并且一败涂地。这点，正是贯穿卡夫卡所有作品的游戏般自嘲的表现。

《变形记》同样写于1912年。卡夫卡曾把它定名为《臭虫》，经弗朗兹·维尔弗尔建议，出版时改为现名。《变形记》写格里高·萨姆沙突然变成甲虫后的情形。作为推销员，他曾一天到晚忙个不停，以自己的艰辛劳动供养着整个家庭；变形后，父母离弃他、责骂他，妹妹虽非一直出于爱心，倒会偶尔喂他些食物。他由家庭的支柱变为家庭的负担，最后不无羞愧地死去。这里，父子对立仍是主线。由人变为甲虫则既是父亲、家庭及公司上级压抑的结果，又是萨姆沙不满与反抗的表现——他要打破家庭内部虚假的和谐与安宁。甲虫不久死去表示萨姆沙的无力。这里，可以清楚地看到，卡夫卡的作品既不想教育读者，又不想给读者以娱乐，他甚至不期望通过作品使自己得到解脱。因此，尽管他作品的主人公从思想、经历乃至姓名构成都非常像他，他还是冷眼看待他们，并一再判他们以及自己的全部作品死刑。他这样做，并非像某些人所认为的那样，是出于对自己的痛恨，是自卑情结或负疚感，而是因为他认识到，人并不能通过文学作品达到什么“目的”。于是，他一方面不停地写作，写自己心灵深处的感受，同时又并不沉醉，而是随时保持冷峻，随时和笔下人物进行没有直接目的、表面看来也并不欢快的游戏。一般作家，需要的是成功，希冀的是读者的肯定；他们写作像演员演戏，所作所为都是为了给别人看。卡夫卡则不同，他虽也曾希望过自己的作品出版，但绝大多数情况下并不关心作品写下之后的情况，他的快乐尽在写作过程中。正因为如此，他才可以写了《给父亲的信》而不交给父亲，他才可以在写作之后把许多作品毫不吝惜地烧掉。这种无外在目的性是游戏和演戏的根本区别：演戏是给别人看，游戏是自足自乐。它使卡夫卡在自己的作品面前表现出异乎寻常的自由和超脱；也恰恰因为这一点，他的作品才空前诱人。

未完成的长篇小说《失踪的人》始写于1912年秋，1927年由马克斯·布洛德出版时定名为《美国》，其中第一章《锅炉工》曾作为短篇小说单独出版。16岁的卡尔·罗斯曼由于受女仆引诱而被家人打发去美国。因而，美国从一开始就是卡尔的流放地，而非理想国。尽管卡尔努力把这一旅行看作新生的开始，尽管他积极工作，他还是无法找到安身之所。关于小说结尾，布洛德认为，卡夫卡最后会让卡尔找到职业，得到自由，建立幸福的家园。但这种猜测显然与卡夫卡作品风格及已有信息不相符合，况且小说的名字也决不乐观：“失踪的人”顾名思义是失落、丧失，是被人遗忘。

《审判》写于1914年8月到1915年1月。小说的开头像侦探小说：“一定有人诬告约瑟夫·卡，因为他没做坏事，却在一天清晨被捕。”读者立即产生悬念：谁是诬告者？卡为什么被捕？随着小说的发展，这些悬念却始终悬而未决。逻辑关系被打破，法庭梦幻般朦胧，卡的行为也梦幻般朦胧。读者顺着作者提供的支离破碎的线索全力找寻，却一无所获，自己也陷入作品的迷宫——这是现代作品、尤其是卡夫卡作品的一大特征。卡不明不白地被捕之后，一方面确信自己无罪，另一方面则一直接受法庭的审判，同时也得以继续从事银行职员的工作，直到一年后被处死。

"审判"在很大程度上是约瑟夫·卡自愿进行的："这审判之所以是审判，只是因为我对它的承认。"但审判并不像一些评论家认为的是卡的自我审判。它几乎从一开始就是卡对法庭这一带有绝对家长威严的社会上层建筑的审判。正如卡夫卡在别处所说，"您高高在上"，好像是"法官"，"其实是我坐在法官的位置上并且至今仍未离开"。卡不断出击，处处表现出对法庭这一庞然大物的轻蔑和厌恶：他称法警是"乌合之众"，骂法官是"腐化堕落的黑帮"，说法庭的唯一"意义就在于它的无意义"。我们可以说，卡夫卡在用自己的作品向社会清算。但正像卡夫卡的强权父亲，法律机器也是实际存在的，它们虽然腐朽，却阴影四布，不可抗拒。因此，卡夫卡的清算是专为自己的纸面清算，他既不想以此说服人，又不想号召大众起来反抗。卡也像卡夫卡其他作品中的一系列人物一样最后事实上是自判死刑——不为抗争，也不对他人负疚，只表示自己无力也不愿在这父权（法庭是机构化了的父权）决定一切，以及法律和正义名存实亡的世界继续生存这一事实。"'真像条狗'，他说。他觉得自己死后都会羞得无地自容"，卡临死前的这最后一念表明他要和这世界彻底决裂，他为自己曾活在这个世界上，和这个世界有染而感到无比"羞愧"，他对自己直到最后仍有些贪生念头痛恨不已，说自己在这一点上"活像条狗"。这实际上是对世界最严厉的审判和最辛辣的嘲讽。——作者卡夫卡并不去死，他通过极像自己的笔下人物的死进行不求生死的文学游戏。

《城堡》是卡夫卡的又一部未完成小说。主人公卡一天晚上来到一个村庄，在酒馆里却受到村民的骚扰，原因是这个村子隶属于一座城堡，卡在这里逗留必须有城堡伯爵的许可。卡先是大惑不解，接着则说是伯爵亲自让他来做土地测量员的。第二天一早，他动身去城堡，城堡却一直可望而不可即，卡失望而归，回来后却见到城堡委派给他的两名助手。此后几天，他虽和克拉姆等城堡人有过接触，他的工作也受到城堡的表扬，但直到最后，他既未到达城堡，又未见到伯爵。据布洛德讲，卡夫卡计划在小说结尾让卡力竭而死，恰在此时，城堡却来消息说，卡可以在此地居留和工作。

在这部小说里，同样可以看到卡夫卡反对家长强权的游戏。“城堡”是权力的象征，它左右着村民的思维言行，决定着他们的祸福生死。卡从一开始就对这涵盖一切的强权进行讥讽嘲弄，向它提出挑战。在卡夫卡笔下，“城堡”这一权力中心昏庸无能、自相矛盾：它要土地测量员，而村长作为城堡下属则说根本不需要土地测量员；“城堡”为卡派来两名助手，这两名“助手”却对土地测量一窍不通；卡未做工作，却受到“城堡”表扬……事实上，卡在对“城堡”进行审判。同时，卡还主动出击，他说：“我不要城堡的仁慈施舍，我要我的权利。”他不但大喝城堡官员克拉姆的美酒，还引诱克拉姆的情人费丽达，并以此表示对“城堡”的轻蔑。“城堡”是庞大的，它的权力基础是村民的盲从，卡明知自己势单力孤，却倔强地对“城堡”进行审判，虽然最终卡未进入城堡，但他始终是精神上的强者和胜利者。他自知弱小，使他得以超脱地进行包括自杀在内的自嘲；他不求审判的执行因而也成为作者卡夫卡自娱的游戏。小说中另一个具有反抗色彩的人物是阿玛丽亚，但她的反抗直接又严肃，在某些人看来似乎也更彻底。可在小说作者看来，她的反抗根本达不到目的。这样，分野就出来了：卡夫卡要的——确切地说——不是反抗，而是游戏；不是仇恨，而是轻蔑。

卡夫卡的特别之处恰在于，他在作品里刻意和读者、阐释者捉迷藏，使作品显得扑朔迷离。一个典型例子是小说《审判》中的“传说”故事：一个乡下人一生都试图进入法律的大门，却始终受到“看门人”的阻止。在他弥留之际，看门人却告诉他：“此门是专门为你而设。现在我要关上它并离开这里了。”紧接在这谜一样离奇、谜一样媚人的“传说”之后，小说中的人物约瑟夫·卡和监狱教士自己便讨论起解释这一“传说”的种种可能来,他们最后认定,许多种解释事实上并不成立,它们只表明阐释者无计可施而已。卡夫卡对阐释者在他的作品面前一筹莫展显然不无兴趣,他特意把“传说”定名为“法律门前”单独出版。但藏的人藏得越严实,找的人就找得越起劲;卡夫卡愈不让阐释者解释他的作品,阐释者就愈绞尽脑汁地对他的作品咀嚼玩味。以《城堡》为例,同样是众说纷纭,仁者见仁,智者见智。

马克斯·布洛德认为“城堡”是对上帝恩典的譬喻;阿尔贝·加缪则视“城堡”为现代人孤独的象征;德国文学评论家瓦尔特·本雅明(1892—1940)把父子冲突看作贯穿卡夫卡全部作品的主线并指出:“许多迹象表明,卡夫卡笔下的官僚世界和父亲世界是一致的。”法兰克福学派先驱泰阿多·阿多诺(1903—1969)在卡夫卡作品中看到的是对未来世界的隐讳描述,认为卡夫卡准确预言了希特勒的残酷统治;马丁·瓦尔泽着重对卡夫卡作品作形式研究;当代文学评论家威廉·艾姆里希则把卡夫卡作品中的卡看作传统意义上的发展小说(教育小说)的典型,说他成功地经历了“个体与社会冲突”的考验,最后成为一个“自由生存同时又关心社会”的人;有人则把《城堡》和德国经济学家、社会学家马克斯·韦伯(1864—1920)在《经济与社会》中对官僚统治的分析相提并论,认为《城堡》是韦伯“官僚形而上学”论断的文学翻版……凡此种种,足见卡夫卡作品阐释的多种可能性,也足见卡夫卡作品的魅力无限。

在卡夫卡作品中具有关键地位的是他《给父亲的信》。他1919年写这封信,为的是回答父亲的疑问:为什么他这个经济独立、职业优良的法学博士直到36岁的今天还说自己怕父亲?当时,卡夫卡和出身鞋匠家庭的尤丽·沃里茨克订婚遭到父亲反对,他新出版的小说集《在流放地》(1914)和《乡村医生》(1919)也遭父亲白眼。信一开始,卡夫卡先说自己对与父亲之间的隔膜负有全部责任,但不久即转而指责父亲,他对父亲的所谓敬畏也骤然变成对父亲的轻蔑与讽刺。他说，他的整个文学创作是“故意拖长的”和父亲的“告别”，他要在作品里倾吐自己儿时“无法躺在父亲怀里”倾吐的苦水。我们知道，卡夫卡作品里的确随处可见“大家长”的阴影，但卡夫卡吐苦水并非张开大口直接倾倒，而是看似低沉，实则充满讽刺地做文学游戏。事实上，卡夫卡也真的没有把这封控诉父亲的信交给父亲，这更证明了我们的游戏说：卡夫卡知道，以文学方式向父亲诉苦（控诉父亲）起不到让父亲改弦易辙的作用，因而他虽名曰给父亲写信，实则给自己写信，完全不考虑所谓读者，就像小孩游戏不考虑观众一样。如果有人不经意看到孩子们专心致志、乐在其中的游戏，反倒更容易被吸引。

卡夫卡作品中最不具有游戏性质的是他给费丽丝·鲍尔的信件。它们有确定的读者，有针对性，也有目的性。从1912年9月20日到1917年10月16日，卡夫卡给在柏林工作的鲍尔共写了350多封信和150多张明信片（其中将近一半写于从他们相识到首次重逢的半年时间）。卡夫卡在布洛德家初次见到鲍尔时，觉得她长得有点像“女仆”，鲍尔觉得卡夫卡让人“不舒服”。但不久，他们即通过书信开始恋爱。卡夫卡喜欢的是鲍尔的简单自然、她旺盛的生命力和她在现实生活中与人交往的能力——这些都是卡夫卡所缺乏的。卡夫卡迫切希望鲍尔成为他与众人沟通、与生活联系的“桥梁”。但随着第一次重逢的临近，卡夫卡才突然明白，他虽需要与人接近，可他孤独的内心却无法容忍任何一个现实的人真正走近自己。于是，他不得不与恋人也保持距离。订婚后，他更清楚地感觉到：一旦结婚，他的“不存在也会被化解”，他也就真的会完全“荡然无存”；婚约于是被解除。卡夫卡深知文学和生活之间的距离（我们也不妨说文学和生活之间的对立），但他既否定文学外在目的又否定文学外在功用，因而没有，也不可能把文学创作当作自己的理想（文学创作对卡夫卡而言是生活现实），他的理想一直是接近生活、投入生活，或至少在自己和生活之间架起一座“桥梁”。在第二次和鲍尔订婚后，卡夫卡大胆地对自己偏爱书信而不愿实际交往这一状况提出疑问：他不想让他们之间的关系停留在不冷不热的水平上，他不想只让恋人做他“文学生活方式”的补充。但要完全投身生活对卡夫卡来说谈何容易！他不时感到实际生活的乐趣，但更多的依然是由着自己长期养成的习性，沉浸在文学游戏的自我排遣中。鲍尔责怪他“自我陶醉”，他也为自己徘徊于无为的文学和有为的生活之间而痛苦。他甚至说：“我几乎从未受人欺骗，却一直受到书信的欺骗，……受我自己书信的欺骗。”的确，他不曾受到自己其他作品的骗，因为他写作时总是冷峻的，明了的细节和整体的混沌里充满讽刺和自嘲——是他在玩作品；他也不曾受人的欺骗，因为他骨子里的“孤僻”使他不轻信任何人，也不让任何人在现实生活中真正走近他。但当他给自己不甚了解的情人写信时，他的心中燃起熊熊烈火，他不再冷峻，不再嘲讽，他憧憬自此走进生活，他希望不久建立家庭。他纸上的希望由于他那并非强者的个性而迅速遭到重创，于是他深感不幸。但他没有真的绝望，而是和别的女友一起继续尝试他立脚生活的梦想。

卡夫卡的日记比书信更完整地记录了他的心路历程。这些日记写于1910年到1923年间，但六分之五写于1910年到1916年间，其中1911年写得最多。从书信和日记看，卡夫卡愈到后来愿意诉诸文字的愈少，与此同时，他靠近生活的步伐则明显加大。卡夫卡日记一开始就有作者对独身、对文学创作、对生活的长篇思考，其中还夹杂着许多狭义上的文学作品，但对所谓历史大事——诸如第一次世界大战之类——他都避而不提。这或许能给我们一些启迪，使我们纠正把文学过多看作时代产物和历史附庸的偏差。

格奥尔格·特拉克尔(1887—1914)在短暂的一生中，和比自己小五岁的妹妹格里特有近乎乱伦的亲密关系；他酗酒、嫖娼、吸毒，生活极为颓唐。为了尽量满足自己的毒瘾，他到维也纳学习了药物学。他1904年开始写诗，1912年起在表现主义的刊物上发表诗作。第一次世界大战爆发后，特拉克尔应征入伍，战争的残酷使他精神崩溃，最后因服过量可卡因而死亡。1906年，他的独幕剧《亡灵日》和《幻影》在家乡萨尔茨堡首演，与易卜生及梅特林克的作品有异曲同工之妙，可惜后来遗失。

特拉克尔的成就主要在诗歌创作。以《1909年诗选》为代表的早期创作有印象派的朦胧特征。内容消极颓废，但感受缺少深度，1913年发表的《诗集》及1914年出版的《梦中的塞巴斯蒂安》标志着特拉克尔创作的成熟。前者充分表现诗人独特的生活感受，尤其是他和妹妹的关系及与此相关的罪恶感、恐惧和疯狂；后者到处是悲哀、衰败和死亡，一切都漆黑黯淡，生与死、春与冬的界线荡然无存。诗歌的用词断句越来越与惯用语言脱钩，神秘气氛越来越浓烈。特拉克尔最著名的诗《哀歌》、《格罗德克》、《启示与死亡》全部由费克尔在诗人死后发表，它们对表现主义文学及第二次世界大战以后的诗歌创作产生了重大影响。

莱纳·玛丽亚·里尔克（1875—1926）是内心生活和外在生活都无法平静的所谓纯诗人的代表。他去过布拉格、下奥地利、慕尼黑、柏林、意大利、俄国、法国、瑞典、北非、西班牙、维也纳、瑞士等地，可谓一生都在旅行，一生都在迁徙。他的早期作品相当平庸，但他仍十分努力地争取出版，争取在书评界引起反响。他和女作家安德里亚斯-莎乐美两度漫游俄国，写了《每日祷文》。与此同时成书的长篇散文诗《旗手克里斯多夫·里尔克的爱与死之歌》（1899）则更为有名，它取材于里尔克的叔父为证明里尔克家庭贵族血统而写的家史材料，在创作手法上受到俄罗斯英雄史诗的影响。1660年，年轻的奥地利旗手克里斯多夫·里尔克和战友横穿匈牙利平原，向南迎击“土耳其狗崽子”。战斗打响的那天早上，他却不在战友的行列。原来，他和伯爵夫人花前月下过了一夜。等他赶回营地，敌人已攻了上来，里尔克不顾个人安危，从熊熊烈火中抢出战旗，只身跃向敌群。这部作品既美化了年轻旗手的英勇，又重笔描绘了他的浪漫，在第一次世界大战期间成为众多青年的崇拜读物。

里尔克真正成为文学大师起始于他在巴黎停留期间。当时，他作为雕塑家罗丹的私人秘书直接接触到现代艺术的精华。在《新诗集》（1907）中，里尔克把"实在之物"直接看作"艺术产品"，因而不再像传统的咏物诗那样需要象征。这种观察世界的新方法在日记体小说《马尔特·劳里茨·布里格的笔记》（1910）中得到进一步发挥。它和19世纪所谓现实主义小说分道扬镳，既没有联贯的情节，又没有所谓的"叙述者"，而是"虚构人物的假想日记"：病态、贫困、死亡等种种景象使只身在巴黎谋生的丹麦破落贵族之子马尔特不由联想起自己幼年的恐惧。这联想逐渐演变成深层的生存恐惧。但马尔特恰在这种情况下掌握了一套观察和表述现实的新方法，像在房屋倒塌后人们可以看到墙的内层一样，马尔特在衰败的现实中也看到了事物的"内层"，并进而看到自己孤独无依的内在现实。马尔特的身外世界和内在世界（尤其是他的童年记忆）交织在一起，过去、现在和未来的时间顺序也完全被打破。小说第二部分由马尔特的童年记忆转入人类历史并夹杂大量评论。叙述中止了，故事没有结果，马尔特的命运也完全没有定数。作品完成后，里尔克陷入严重的创作危机，直到1923年发表《杜依诺哀歌》和《致俄菲依斯十四行诗》。《杜依诺哀歌》语言奇特、比喻大胆、象征隐秘，是现代德语文学中最艰深的组诗之一，它也是里尔克创作的巅峰。它的前六部分诉说人生的悲哀；人不只受到外界的威胁，还受到感官冲动的内在威胁；由于人有意识，会思考，他注定无法和自然真正融为一体，他的存在注定是矛盾的、分裂的。第七部分则一转而为对存在的肯定和称颂：由于人无法改变现实，一味悲哀也是枉然，倒不如不顾现实，欢呼人生："存在多美好！"组诗的最后三部分又对这种极端"存在主义"态度加以修正，通过对"无形世界"的描述使悲哀和欢乐趋于平衡。升沉祸福、悲欢生死的界线取消后，诗人稍露"乐在悲哀中"的超然态度。这样，里尔克的《杜依诺哀歌》不只表现了现代人的生存危机，它还赋予这种危机以不同于任何宗教的神秘意义。

阿图·施尼茨勒（1862—1931）的剧本和小说中的世界是19世纪末、20世纪初奥匈帝国灭亡前享乐生活的写照。从《阿纳托尔》（1893）和《轮舞》中的少女少妇到《古斯特少尉》（1901）中的年轻军官，从《未婚女爵迷齐》（1909）中的贵族到《北塔·加兰太太》（1901）和《伯恩哈地教授》（1912）中的市民，维也纳形形色色的人物应有尽有。施尼茨勒的描写真实、细腻，因他对色情享乐的描绘而常受到道德卫士的责难，他的作品也屡遭禁止。但和弗洛伊德一样，施尼茨勒描写性享乐并不是为了沉溺其中；他的笔调是带嘲讽性的，细细品味便会感到其中的苦涩。世纪末的维也纳上流社会已无幸福可言，轻歌曼舞、肉欲享乐的表象下隐藏的是空虚衰败。施尼茨勒的笔下人物从阿纳托尔到“甜姐”多是“轻浮的哀伤者”。

喜剧《轮舞》是德语戏剧史上争议最大的作品。1903年作品发表后，公众哗然，奥地利帝国检查机构禁止将作品搬上舞台。十几年后，奥地利著名导演马克斯·莱恩哈特在柏林导演此剧，遭到许多人游行抗议，普鲁士文化部长立即下令停止演出。1921年，两名演员还因“伤风败俗”被送上法庭。在慕尼黑的演出也遭到德意志民族主义者、反犹团体和天主教会组织的集体骚扰。有鉴于此，施尼茨勒亲自禁演此剧60年。1982年，《轮舞》终于被搬上舞台，但直到今天，不少观众看到的仍然只是其中的性爱享受。《轮舞》由五男五女进行的十次对话组成，每次对话均暗示以性交作结束。随着场次更迭，对话双方被依次换下。第一场是妓女和士兵，第二场是士兵和女仆，第三场是女仆和公子，第四场是公子和夫人，第五场是夫人和丈夫，第六场是丈夫和甜姐，第七场是甜姐和诗人，第八场是诗人和女演员，第九场是女演员和伯爵，第十场是伯爵和妓女。轮舞一周，有性无爱，联系人与人之间的纽带是偶发的冲动。一个人即使有道德感，还是无法驾驭性冲动这一非道德、非理性力量。但在性交之后，他得到的不是满足，更非幸福，而是空虚、无聊和哀伤。于是，人成了性欲的奴隶，成了性冲动的牺牲品。施尼茨勒的思想在本质上是悲观的，但他努力不把自己的主观评判写入作品，也不借作品进行说教，他要尽量客观，客观中略带嘲讽。他曾借笔下人物的口说："悲天悯人？不，嘲天讽人！"

施尼茨勒不同于19世纪作家，他在德语文学中率先大量使用心理分析和内心独白，小说《古斯特少尉》和《艾尔泽小姐》(1920)是这方面的代表作。这里的人物一反传统文学中的完整、系统，成为瞬息即变、互不关联的心理活动的集合体，人生表面享乐而时时不幸，危机看似解决而处处隐伏。

在长篇小说《自由之路》(1908)和《德丽萨》(1928)中，施尼茨勒试图将维也纳的世纪末情调和现实尽收书中。《辽阔原野》(1911)是描述多角关系笼罩下婚姻和人生的悲喜剧，它于1911年10月14日在维也纳、布拉格、柏林、汉堡、慕尼黑、莱比锡、汉诺威等九个城市同时举行首演，轰动极大。游戏是剧中人物的生活准则：他们不只在网球场上进行体育游戏，还在人际交往中进行社会游戏、爱情游戏和人生游戏，真真假假，扑朔迷离。人的内心世界像"辽阔原野"，不仅他人不了解，连自己也不知晓。剧中人物的对话言不由衷，语言造成的假象世界和现实世界之间南辕北辙，这也初步显露出维特根斯坦语言哲学的端倪。

19世纪末20世纪初，维也纳文化界的一个最重要议题是心理分析。克拉夫特-艾冰(1840—1902)早在1886年就发表了《性心理病理学》，1903年，奥托·韦宁格(1880—1903)发表《性与性格》。两年后，弗洛伊德更发表了《性学三论》。施尼茨勒是医学博士、开业医生，再加上作家的敏感，他对人物心理有细致的观察和精深的分析，常被看作文学界的弗洛伊德。但是，施尼茨勒并不把自己的文学创作看作弗洛伊德哲学的副产品，他和弗洛伊德的交往既友好但又保持距离。弗洛伊德则同样没有努力加深和施尼茨勒的个人关系，却对施尼茨勒的作品爱不释手。1906年5月8日，弗洛伊德给施尼茨勒写信说："我常常自问，您是怎样获得我经过艰辛研究才获得的这些隐秘知识的。现在我终于要说：我不仅敬佩诗人，而且也羡慕诗人。"施尼茨勒常谈起心理分析，但在赞扬弗洛伊德之余，也不乏批评。在1912年7月的日记中，施尼茨勒写道："……谈及心理分析，谈及弗洛伊德及其弟子的片面与夸张。"同年9月，他写道："……对释梦和心理分析作了有趣的讨论，弗洛伊德学派过于强调俄狄浦斯情结。"在《对心理分析的几点意见》(1912)中，施尼茨勒更开门见山地写道："心理分析并不新，新的是弗洛伊德；正像美洲大陆并不新，新的只是哥伦布一样。心理分析从来就有。"

施尼茨勒9岁即学习创作，但他的多年文坛好友**雨果·封·霍夫曼斯塔尔**(1874—1929)才是维也纳真正的文学神童。霍夫曼斯塔尔16岁即用化名连续发表风格成熟、高雅哀伤的抒情诗，成为一代青年崇拜的偶像。尤值一提的是，他不像文学才子兰波虽少年老成，却老大无为，20岁就停止创作，而是将文学才思不断拓展，保持一生，在诗歌、戏剧、小说各方面均独树一帜，成为少有的文学全才；作为杂文家和文化活动家，他更表现出卓越的远见和深邃的思想。霍夫曼斯塔尔的作品成为世界经典文学的一部分，不只因为它们形式高雅完美，内容博大精深，还因为霍夫曼斯塔尔以他惊人的学识有意识地吸收了世界多国文化成果。他17岁起陆续结识了易卜生、格奥尔格、里尔克、罗丹、梅特林克、德国音乐家理查德·施特劳斯(1864—1949)和施尼茨勒等，他们的交往合作直接影响了德语区乃至整个欧洲的文化生活。霍夫曼斯塔尔的诗中不仅有法国印象派、象征主义和唯美主义的硕果，也有古波斯、古印度文学的影子；他的《三行体诗歌》(1899)直接师承但丁，诗剧《提香之死》(1902)、《窗口妇人》(1899)取材于意大利文艺复兴时期；《萨尔茨堡世界大剧院》

(1922)、《塔楼》(1925)以卡尔德隆的《世界大剧院》和《人生一梦》为“蓝本”;《每个人》(1911)、《傻瓜与死神》(1909)植根于中世纪戏剧传统;《厄勒克特拉》(1903)、《俄狄浦斯与斯芬克斯》(1906)、《纳克索斯的阿里亚德娜》(1912)、《难以相处的人》(1921)则是奥匈本国土地上的奇葩。

霍夫曼斯塔尔的诗哀怨、忧伤、消极、颓唐,风格典雅,是世纪末创作的代表。他声誉鹊起之后,以“先知”自居的格奥尔格曾专程去维也纳见他,使他也受宠若惊。但格奥尔格的同性恋倾向不久就让这位文学少年感到怯惧,他的父亲出面干预后,格奥尔格离开维也纳,但霍夫曼斯塔尔仍在其《艺术之页》上发表诗歌。后来格奥尔格的自我崇拜愈演愈烈。霍夫曼斯塔尔则逐渐由诗歌转入戏剧创作。后人常十分推重霍夫曼斯塔尔的早期诗歌,说他的每一首诗都自成流派、独为一家,而后来的戏剧、小说创作则浮浅、平庸。霍夫曼斯塔尔自己则完全不这么认为,他说,他早期诗歌中的哀怨、忧伤是由于阅读了众多名人名作而发,不是根据自身的生活体验,与现实生活相距甚远。于是,他努力从唯美、新浪漫的“先验”中解脱出来,进入现实人生。在虚构的《山多斯爵士(给培根)的一封信》(1902)里,霍夫曼斯塔尔解释了少年老成的全才诗人山多斯突然停止创作的原因:“我完全失去了系统思考、系统表述的能力。”因为如果一个人不以惯常的简单眼光看世界,而是凝神专注,就会发现许多概念作为符号与它们所指的外界事物毫不相干,人当然也就无法使用这些概念进行系统思考和系统表述。霍夫曼斯塔尔在这封信中表达的对语言的怀疑与当时许多作家、哲学家不谋而合。奥地利作家、哲学家弗里茨·茅特纳(1849—1923)的《语言的批评》和物理学家、哲学家恩斯特·马赫(1838—1916)的维也纳经验批评学派也同样表达了对语言的不信任。在他们的基础上,路德维希·维特根斯坦于1922年发表了著名的《逻辑哲学论文》,创立了语言哲学,对现代思维、现代文学产生了巨大影响。

既然概念和现实相距遥远，霍夫曼斯塔尔便从行为入手，在戏剧中着力表现事件。他说："我不喜欢以思辨方式写戏。"喜剧《难以相处的人》的主人公也坚信，滥用概念的思辨语言是对现实的肢解和歪曲，它会破坏一切。

以《厄勒克特拉》为开端，霍夫曼斯塔尔和作曲家理查德·施特劳斯进行了长达20余年的合作。在生活观点上，两人大不相同；在歌剧创作上，霍夫曼斯塔尔也常因音乐破坏作家初衷而与施特劳斯争执不断。但他们的共识在于，歌剧在任何时候都必须将高雅和通俗熔于一炉。正由于这样，他们的歌剧才作为音乐和文学的结晶成为世界文化宝库不可缺少的一部分，生动表现暂时与永恒、自我与世界对立关系的《玫瑰骑士》更是其中的珍品。

霍夫曼斯塔尔对现实世界的推崇不只表现在戏剧里，第一次世界大战爆发后，他还越来越多地涉足文化政治领域。他周游列国，宣讲奥匈帝国存在的意义。但与许多宣扬并投身战争的爱国作家不同，霍夫曼斯塔尔钟情的是超越狭隘民族界线，融合德意志、斯拉夫和拉丁文化的多元国家。尚在战争爆发之初，他就反对奥匈帝国中小学禁教英语、法语的浅陋做法，大力宣讲莎士比亚和雨果等所谓敌国作家对人类文化的贡献。第一次世界大战结束不久，战争创伤尚未抚平，他就联合著名导演马克斯·莱恩哈特（1873—1943）等人创立了萨尔茨堡艺术节，利用萨尔茨堡所处的欧洲中心位置，在"奥地利天主教的土地上弘扬欧洲各国文化"。现在，萨尔茨堡艺术节早已成为世界最著名的一大艺术节，而霍夫曼斯塔尔倡导的上述人文、融合理念也成为"二战"后欧洲联合共荣的先驱思想。

《每个人》是霍夫曼斯塔尔最著名的神秘剧，1920年8月22日在萨尔茨堡主教堂广场的演出揭开了声势浩大的萨尔茨堡艺术节的序幕。富豪"每个人"荒淫无度，上帝派"死神"提他到台前受审。和"每个人"一起吃喝玩乐的人见“死神”来临,都落荒而逃,丢下“每个人”不管。“每个人”拿来财宝柜和“死神”一道上路,以便在生命的最后旅程也拥有财富。“金钱”跳出财宝柜,向“每个人”道出一个真谛:不是“每个人”拥有“金钱”,而是“金钱”占有着“每个人”,“每个人”一直是“金钱”的奴隶。后来,“每个人”以“信仰”和“勤劳”为伴。“勤劳”本来非常虚弱,在听了“信仰”讲述基督牺牲自己救赎众人的道理之后才变得强壮起来,并和“信仰”一起将“每个人”救出魔鬼之手。霍夫曼斯塔尔寓普通而根本的教谕于神秘而惊心动魄的情节里,以致能雅俗共赏。

五幕悲剧《塔楼》是霍夫曼斯塔尔20年代的代表作。波兰国王巴西路斯把自己的儿子西基斯孟德从小就关进塔楼,因为有人预言他会篡夺王位。22岁时,西基斯孟德被带进王宫,他果然施暴,将父亲打倒在地,于是,他被重新关进塔楼。一场民众起义把他解救出来,他被推举为领袖。但看到民众的暴行和自己的暴行,西基斯孟德内心得到净化,他决心弃绝暴力,与父亲和好。野心勃勃的塔楼看守尤利安见西基斯孟德没有了权力欲和暴力精神,便决定取而代之,结果被民众击毙。崇尚暴力的军官欧丽沃也设计杀害西基斯孟德,西基斯孟德则得以在死前将政权交给弃绝暴力的神童王。

视“行为”高于“言辞”的霍夫曼斯塔尔对暴力行为则完全拒绝。20年代后期,政局动荡,血腥事件日多,霍夫曼斯塔尔对《塔楼》进行了修改。他删去非暴力获胜的乌托邦结局,把暴力的肆虐表现得更淋漓尽致,同时也增加了情节的戏剧性:国王在王宫遭打后,王子未被送回塔楼,而是被判死刑。在行刑时,大贵族则联合倒戈,罢黜巴西路斯,推举王子为王;新王却放逐所有大贵族,仅留尤利安一人为谋士。崇尚暴力的欧丽沃不仅处置了老国王和大贵族,还杀了尤利安和不愿做傀儡的西基斯孟德,然后找了一个替身掩人耳目,自己则大权独揽。这样,《塔楼》就更接近残酷的现实,但霍夫曼斯塔尔自己的非暴力信仰却始终未变。

罗伯特·穆西尔（1880—1942）是开一代文学新风的宗师。他的主要成就首先是他的传世佳作《无个性之人》。著名奥地利文学批评家、作家弗朗兹·布莱（1871—1942）说："一部《无个性之人》（1930—1943）把迄今为止德语文学史上的所有小说都远远甩在后面。……它涵括了当今整个世界。"穆西尔对世界的观察既有自然科学的精确，又有哲学家的深邃，更有文学家的敏锐，他对人物心理的发掘虽不如施尼茨勒顺畅，却比施尼茨勒精深。

穆西尔的渊博来源于他涉猎领域的广泛。他12岁进入埃森施达特军校初中，14岁转到美伦地区军校高中，17岁考进维也纳军事技术学院，后又到美伦地区技术大学学习机械制造；他20岁开始进行文学创作，23岁去柏林学习哲学、逻辑和实验心理学，1908年以关于恩斯特·马赫的论文获哲学博士学位。

穆西尔的第一部小说《少年托乐斯的迷惘》（1906）带自传性，发表后反响强烈。寄宿学校学生巴西尼偷东西，权力欲旺盛的同学莱挺和拜纳贝格于是想尽一切办法无休止地"惩罚"他，以满足自己的虐待狂欲望。托乐斯则不然，他既对莱挺的兽行不满，又鄙视巴西尼。同时，他还感到巴西尼偷窃行为和自己带有同性恋倾向的性要求之间的隐秘联系。从这部处女作起，穆西尔的描写重点即不在外在现实，而在青春期少年复杂、细腻的内心现实；也正是从这部作品起，故事中叙述和论述相互交错也初露端倪。此后出版的小说集《结合》（1911）、《三个妇人》（1924）同样以性心理这一游离不定的非理性世界为描述对象，进一步体现了穆西尔"内心世界比外在世界更真实"的信条。话剧《热恋者》（1920）和喜剧《文采茨和大人物的女朋友》（1924）以沉稳而幽默的笔调表现了处于婚外恋等感情游戏中的人物的复杂心理，与当时时髦的表现主义戏剧大不相同。

穆西尔为未完成的三卷巨著《无个性之人》耗费了十多年的精力。

小说主线具有极大讽刺性:1918年将是奥地利皇帝弗朗兹·约瑟夫一世登基七十年纪念,同时也是德国皇帝威廉二世登基三十年纪念。为庆祝这一盛大节日,濒于灭亡的卡卡尼亚帝国成立专门委员会加以筹备,但由于当时面临巨大的政治、经济和思想危机,大家虽绞尽脑汁,却仍然一筹莫展。“无个性之人”乌尔利希作为筹备委员会的秘书想出了一条不是办法的办法:先组织一个“确定性与心灵总秘书处”,对历史进行审慎地总结,以制订出一套思想标准和道德规范。小说的第二条主线是乌尔利希和妹妹阿嘎特的生活:他们儿时分开,参加父亲葬礼时才重新相见。阿嘎特于是离开丈夫,和乌尔利希过着尽可能与世隔绝的生活并越来越接近乱伦。他们希望进入与众不同的“另一种状态”,同时又知道这注定要失败。但他们坚信:要创造新现实,必须先否定眼前的旧现实;要建立真理性,就必须废弃现存的假理性。在这两条主线之外,小说还包括狂女克拉莉莎和杀人犯莫斯布鲁格等一系列人物的故事。

小说的特别之处首先在于故事叙述和专题议论相互交错。在穆西尔看来,传统小说故事完整、叙述明了,说明作家对复杂现实随意切割,进行“简单化操作”;但要真正写出涵括现实的作品,既不能通过首尾一贯的叙述给读者造成“简单明了”的假象,又不能自然主义地摹写现实,而必须以杂文的灵活、犀利打破“讲故事”的简单线条和虚幻整体,夹叙夹议,通过杂文将美学、哲学、文化与社会批评最大限度地融入文学,做到率真而不虚假,渊博而不单薄。但穆西尔开创的“杂文主义”首先表达的是活生生,是不确定,是博大深邃而不呆板、沉重。乌尔利希作为把“可能性”看得高于“确定性”的“特殊人”正是作者“杂文主义”的最好体现。卡卡尼亚帝国不只影射奥匈帝国,而是充满精神危机的现代世界的一个缩影。穆西尔通过这部鸿篇巨制对世纪末西方世界人文全貌进行反思和总结,用他自己的话说,他是在用杂文主义从思想上“整理世界”。

赫尔曼·布罗赫(1886—1951)同样对讲故事式的传统叙述方式提

出质疑。在他看来，现代世界不仅改变了传统世界的表层面貌，它还使原为一体的世界精神四分五裂。“价值的衰落”因而成为他第一部长篇大作《梦游者》（1931—1932）的主题。他以世纪之交的几十年历史为背景，文学叙述和哲学议论相结合，再现了欧洲社会道德沉沦的各个阶段。布罗赫的代表作《维吉尔之死》（1947）尤以内心独白见长。小说写维吉尔死前的情形，故事情节无足轻重。维吉尔通过自我审视得出结论，他的作品使他远离客观世界，只有销毁作品，才能消解他心中的怨气；奥古斯都大帝劝他不要这样做，这更加剧了他的困惑和自我怀疑，最后，他觉得死亡意味着消失和诞生的结合，意味着毁灭与创造的统一，因而对这一神秘时刻渴求不已。布罗赫一生的创作都力求神秘和理性、叙述和论述、文学和哲学的合一。

卡尔·克劳斯（1874—1936）是第二次世界大战之前奥地利文化界勇敢而机敏的斗士。他巨大的道德勇气和不妥协精神使他赢得了极大荣誉，他的敏锐、尖刻又使他树敌过多，常显得十分孤单。一段时间里，他曾在维也纳格林施泰德尔咖啡馆和霍夫曼斯塔尔、施尼茨勒等所谓“青年维也纳”①作家交往，但随后却写了《毁坏的文学》（1896），对他们颇有微词；对赫尔曼·巴尔（1863—1934）等副刊作家，他更是毫不留情地大加攻击，因为副刊文字在他看来是毫无深度的半瓶醋；他还写了《海涅及其后果》（1910）一文，指出海涅是副刊文字的老祖宗，是“没有骨头的天才”。在《内斯特罗伊与后世》（1912）一文中，克劳斯把内斯特罗伊称为与海涅截然相反的作家。以此为开端，人们重新认识、接受了内斯特罗伊。克劳斯和新闻界的论战一贯激烈，他于1899年自办杂志《火炬》作为自己的论战工具和思想阵地。他反对报纸语言的空洞虚假，反对记者不

---

① 青年维也纳是19世纪末奥地利的一个文学团体。其成员虽持不同的哲学和艺术观点，但一致反对资本主义的发展。他们认为艺术应表现人的内心世界，追求艺术形式的完善。他们反对现实主义创作传统。其理论方面的代表是巴尔，创作方面的代表是施尼茨勒。

顾事实、不顾道德的哗众取宠。克劳斯极重视语言，认为语言不只是互通信息的工具和符号，而是“有内在规律的精神实体”。他对德语的研究独有创见。他甚至认为，审慎、独特地使用语言是一个人明辨是非的表现，是消除邪恶的手段。但在希特勒上台后，他不得不修正这一认识。他分析、批判第三帝国丑恶现实的杂文集《第三巫女夜》（1933）开头就写道：“对希特勒，我不知道该怎么说。”

克劳斯的主要作品是五幕悲剧《人类的末日》（1918—1919），它包括220场，共有500多个人物。它与传统戏剧的不同还在于，它没有完整的情节，宏大庞杂中贯穿首尾的只是“人类末日”（第一次世界大战）的非理性。故事从奥匈帝国皇位继承人在萨拉热窝遇害开始，每幕写一年的战争情形，人物从弗朗兹·约瑟夫一世、威廉二世到各级官兵、平民百姓，地点从维也纳、柏林到各个战场，无所不包。“挑剔者”从头到尾评论种种现象，在很大程度上是克劳斯的代言人。戏剧一幕幕走向灾难，“挑剔者”的语气也越来越绝望。最后，冻死的士兵，熊熊战火和少儿亡灵也纷纷登场，一场鲜血、陨石、尘埃混合的大雨泻向濒于灭亡的世界。一时沉寂后，响起上帝的声音：“我本不想这么做。”——这句话恰是德皇评论自己的《开战宣言》时所说。克劳斯说，对他的这部剧当时人和后人都无法理解，它是写给外星人的。由于内容繁杂，这部剧的确至今仍未被全部搬上舞台，观众看到的，无一例外是缩写本。《人类的末日》发表后，对表现主义戏剧影响巨大，布莱希特的叙事剧也受到它的直接启发。

远比辛辣、锐利、一针见血的克劳斯要温文尔雅的是，维也纳在世纪之交盛行的咖啡馆文学。阿尔吞贝格（1859—1919）、弗里德尔（1878—1938）、波尔嘎（1873—1955）等文人整天泡在咖啡馆里，在那里观察世界、了解人物，然后把偶感、偶想、偶闻在咖啡馆就地写成短小、机智、风趣的文章，在报纸的文学副刊发表或结集出版。维也纳成为德语区副刊文学的中心。这些作品幽默中略带哀怨，讽刺中又充满对维也纳风土人情的依恋。咖啡馆是咖啡馆文学家们生活和工作的场所，阿尔吞贝格有一次在“家庭住址”一栏填的便是维也纳“中央咖啡馆”。纳粹的到来粉碎了他们闲适愉快、充满小情趣的梦。

厄东·封·贺瓦特（1901—1938）是维也纳民风剧在20、30年代的代表作家。《维也纳森林的故事》（1931）讲的不是美丽动人的浪漫故事，而是玛丽亚娜受勾引、被抛弃、生活无着、偷盗入狱的痛苦经历，她获释回家后，又不得已嫁给了自己不爱的人。贺瓦特语言辛辣，不留温情虚幻；他以喜剧形式写悲剧，进一步开拓了民风剧的表现空间。《费加罗离婚》（1934）名曰博马舍《费加罗婚礼》的续集，实则对它从题材到精神实质都加以否定。费加罗不再是打破陈规的英雄，而是渴望稳定的普通人，由于革命的暴力才不得不流亡。贺瓦特反对任何不顾人性的极端政治，在他眼里，法国大革命的暴力和纳粹德国的暴力异曲同工。贺瓦特的长篇小说《时代之子》（1938）和《不信上帝的孩子》（1938）都以反对希特勒上台后的丑恶现实为题。

约瑟夫·罗特（1894—1939）是奥匈帝国东部加里西亚的犹太人，1919年当记者之后，名气迅速传遍奥地利和德国。他发扬维也纳副刊文学传统，写的报告文学尤其有名。在早期的文章中，他以辛辣、尖锐的笔调描写奥地利第一共和国和魏玛共和国衰败的经济状况，抨击右翼势力的嚣张，表现出明显的左派倾向。1926年，他受《法兰克福报》之托，去苏联进行了深入采访，发表了长达17部分的连续报道，敏锐地分析、批评了苏联的社会现实。经过这次采访，罗特失去了他的左派梦想，开始转向基督教人道主义。他的长篇小说《缄默的预言家》明确反映了这一转变。

罗特在做记者之初就写小说。《蛛网》（1923）、《萨沃伊旅馆》（1924）、《无尽的逃亡》（1927）客观反映出20年代的社会动荡。杂文《流亡的犹太人》（1927）细腻描绘了东欧犹太人的状况，显示出罗特在离弃社会主义之后萌生的寻根意识。希特勒上台后，罗特流亡到巴黎。他明确表示对纳粹政权的极度愤恨，同时越来越留恋1918年逝去的多民族奥匈帝国；他主张在奥地利恢复帝制。

罗特的代表作是《拉特茨基进行曲》(1932)和《托钵僧墓地》(1938)。前者的故事从1859年奥军在索尔费里诺被法军打败到1916年奥皇弗朗兹·约瑟夫一世去世，帝国国力日益衰落，特洛塔一家三代也一代不如一代：爷爷是救皇帝性命的英雄，父亲是循规蹈矩的区长，第三代则碌碌无为，在战场上无功而终。《拉特茨基进行曲》本是老约翰·施特劳斯为纪念拉特茨基元帅平定意大利起义而作，代表了奥匈帝国的强盛和光荣，罗特以此为题写奥匈帝国的衰败垂死，本身即具有极大的讽刺意味。但与此同时，罗特笔下的奥匈帝国和谐、人道，多民族融合，这客观上和当时纳粹的专制、暴虐形成鲜明的对比。《托钵僧墓地》可以看作《拉特茨基进行曲》的续集：区长特罗塔的一个侄儿从第一次世界大战战场回到维也纳，感到自己和战后的现实格格不入，于是决定对日益膨胀的纳粹势力装聋作哑，而一心从逝去的奥匈帝国历史，从自己对旧日的记忆中找安慰。但他记忆的美梦不久即被政治的残酷所打破：1938年，当他要去托钵僧墓地参拜奥匈帝国皇帝陵寝时，墓地已被新政府封闭。这说明一个人不只无法改变现实，就连关起门来做梦都不行。

在第二次世界大战前为逝去的哈布斯堡帝国唱眷恋之歌，甚至变成保皇党的不止罗特一人。意大利当代德语文学评论家克劳第欧·马格里斯指出，第一次世界大战以庞大的奥匈帝国崩溃而告终，众多的奥地利作家也因而失去他们曾赖以生存的文化氛围和精神家园，于是情不自禁地在自己的作品里编织起奥匈帝国多元共荣的神话，吟唱起“昨日世界”美好和谐的哀歌。罗特、茨威格、维尔弗尔是他们的代表。这三位作家都是奥匈帝国的犹太人，他们在第二次世界大战前都不得不流亡国外，以躲避纳粹的迫害。在他们看来，奥匈帝国的古老、中庸、多民族共荣和都市的繁华恰与普鲁士及纳粹德国的暴发户心态、狭隘、极端和排犹、反斯拉夫的凶残形成鲜明对照。他们用“哈布斯堡神话”反纳粹，显然具有十分积极的意义。但另一方面，这些作家都不是功德歌手，他们知道，奥匈帝国固然远不如“第三帝国”残酷，可也并非真正的民族乐园，更不是诗人的理想国。因此，“哈布斯堡神话”是钟情和讽刺的产物，是留恋和哀怨的结合。

除“哈布斯堡神话”外，**斯台方·茨威格**（1881—1942）和**弗朗兹·维尔弗尔**（1890—1945）著有题材广泛、数量众多的作品。他们都出身富裕，博学多闻，眼界开阔，是典型的世界公民。茨威格的早期抒情诗创作受到印象派、新浪漫派和象征主义的影响；小说注重情绪和心理描写，有施尼茨勒、弗洛伊德的影子。他还写了大量杂文、传记和戏剧，文笔非常流畅，适合大众口味，是两次世界大战期间被翻译最多的德语作家。但他模仿吸收有余，独创性不足。

维尔弗尔从发表表现主义诗集《世界之友》（1911）一举成名后，诗歌、戏剧、小说创作数量巨大，从历史、宗教到政治、艺术，取材非常广泛。他在小说《木萨·达克的四十天》（1933）中描写土耳其专制政权1915年到1917年间对亚美尼亚民族的疯狂屠杀和亚美尼亚人民不畏强暴的殊死反抗，被亚美尼亚人奉为文坛圣人。但他同样是流畅有余，深度不足。茨威格和维尔弗尔常游移于畅销书作者和创造性作家之间。

瑞士德语文学　20世纪初发表处女作的一代作家审慎地、创造性地对待以凯勒为代表的现实主义文学传统，同时开始接受来自德国和法国的现代艺术流派的影响。在他们的作品中也把反映社会变革作为主题，使瑞士文学逐渐摆脱了狭隘与闭塞，同德国和奥地利文学有了共同的语言，尽管比较谨慎，不是那么大张旗鼓，但也开始小心地表现忧虑、不安、反抗等时代特征。这一代作家的代表是罗伯特·瓦尔泽。

20世纪20年代末的世界性经济危机造成的社会动荡，人民的不满给法西斯势力以可乘之机，在瑞士出现了各种“战线”组织，他们一方面反对共产主义运动，另一方面企图让资产阶级自由民主党走向专制来抵挡日益发展的革命运动。这时期工人罢工游行反对削减民主权利得到了一些作家的支持，例如雅各布·比雷尔甚至公开宣布加入工人党，在左派政党以及一些进步出版社的支持下积极干预现实的文学有所发展。

然而在30年代中期，政治文化生活出现了新的转折。欧洲的经济开始复苏，社会矛盾趋于缓和。由于德国和意大利法西斯的威胁，瑞士重新确定中立政策，倡导社会和解，禁止法西斯政党和共产主义组织，提出精神卫国方案，加强民族意识，发扬民族传统，开展热爱祖国、保卫祖国的运动，其高潮是1939年举办的全国展览会，差不多有一千万人参观了展览。文学艺术在这项活动中发挥了很大作用。不少作家如比雷尔、洛斯里、措林格尔等支持这个运动，但并不排除对瑞士的问题进行批评，这与大多数人毫无保留地肯定一切是有本质区别的。他们看到发展新的民族主义会导致瑞士保守和固步自封，陷入小国的闭塞和狭隘。文学界当时遇到了怎样对待流亡作家的问题。瑞士作家由于在德国出版书籍受阻，面对瑞士狭小的市场，他们不愿意让流亡作家到瑞士来加重他们的生存危机。但是许多进步的瑞士作家热情帮助流亡瑞士的外国作家，苏黎世话剧院成为反法西斯战士、世界文化精英战斗的舞台，比如上演了弗里德里希·沃尔夫的名剧《马门教授》以及布莱希特的戏剧作品。

总之，在瑞士大多数人不太对世界发展的全局进行思考，只愿意将瑞士视为当时特殊情况下西方传统与西方价值的堡垒，而瑞士得以安然无恙地从第二次世界大战中走出来就更加强了这种观点，却不去审视瑞士在第二次世界大战这一重大国际政治事件中的实际表现。

两次大战间瑞士德语文学开始从20世纪末的乡土文学转向紧密干预现实、反映现实的文学，出现了不少很有影响的作家，根据他们作品表现现实的特点可划分为两个部分。

第一部分作家关心政治，积极参与现实生活，代表作家是卡尔·阿尔贝特·洛斯里、雅各布·比雷尔、迈因拉德·英格林等。第二部分作家往往生活在社会边缘，社会地位低，生活贫苦，住的地方多半是亭子间、地下室，甚至疯人院。这一派作家的先驱是阿道夫·韦尔夫里（1864—1930），出生于艾门河谷，在农村打工，1896年住进精神病院，开始学习绘画与写作。他奇特的自传《从摇篮到坟墓》（1908—1912）让今天的人们看到，他在绘画与文学中超前作了不少现代表现方法的探索。这一派作家的重要代表当然是罗伯特·瓦尔泽，他的作品集中发表在20世纪初的十年里。属于这一派的作家还有弗里德里希·格劳泽尔、卡尔·施塔姆（1890—1919）、汉斯·莫尔根塔勒（1890—1928）、阿尔宾·措林格尔、韦尔讷·蔡姆普（1906—1959）等，这些作家的作品以其退却、幻灭、苦情、孤独的内容和冷嘲、讽刺与机智的语言风格对第二次世界大战后的作家影响很大。

第一部分作家为首的是**雅各布·比雷尔**（1882—1975），他出身于贫苦家庭。比雷尔坚信生活在地球上的人类一定能找到一个合理的社会，而这个社会应该是社会主义的社会制度。他不主张以流血的革命方式，而是通过改良与渐进来达到改变社会的目的。到30年代他的政治态度更加鲜明。1912年成立的作家协会这时已有350位作家会员，1936年有20多位作家成立了一个“左派小组”，比雷尔任主席，主要成员有胡姆、米勒施泰因等。但他们对文学发展的推动并没有维持多久，不久瑞士作家由于瑞士政府强调中间立场和精神卫国而面临两种选择：要么同政府一致为宣扬民族精神传统而写作，要么保持自己作为作家的自由，走自己的路，游离于社会边缘。这样资产阶级社会与持社会批判立场的艺术家之间的矛盾就难以调和。比雷尔的小说《办不到》（1932）表现了作者对资本主义社会的认识。作品指出具有进步思想的工厂主企图以自责、降低利润等手段来实现新的社会理想是行不通的，而在旧制度与社会主义之间抉择是不可避免的。另一部小说《施蒂夫利斯村的风云》(1934)描写了社会改革的艰难。面对经济萧条,村民一方面把罪责加在共产党人和犹太人身上,另一方面对以合作经济振兴村社使大家共同富裕的道路也不感兴趣,只有当村子突然遭火灾袭击需重建时,人们才表现出某种集体意识。作者希望他的作品能在民众中产生反响,虽然他也运用了某些现代文学的表现形式,但却尽量做到让大众喜闻乐见。由于他在1936年加入社会民主党,他的小说受到极右势力的攻击,书籍出版也遇到了困难。比雷尔最重要的作品是关于一个国家诞生的三部曲小说《在红色的土地上》,由《起程》(1938)、《途中》(1944)和《到达》(1951)组成,描写现代瑞士是如何在法国大革命的时代中诞生的。作者的目的在于从历史中寻找摆脱可怕现实的途径。主人公哈根巴赫反对瑞士政府与路易十六的法国结盟,参加了革命活动。1789年革命之后瑞士的现实使他失望,中产阶级的保守和自我满足造成了瑞士的停滞。小说以描写普通人物为内容,第一部以第三人称叙述,第二、三部随着主人公思想的成熟改用第一人称叙述。

作为罗伯特·瓦尔泽同时代人的**卡尔·阿尔贝特·洛斯里**(1877—1959)的生活道路十分坎坷。养母去世后洛斯里进了教养院,在尝试多种职业后进大学读自然科学和新闻学。他进过管教所和戒毒所,后因受指控伤人致死而逃亡巴黎,五年中同在巴黎的瑞士艺术家建立了密切关系。回瑞士后担任瑞士画家、雕刻家和建筑家协会秘书,创立了一份报纸并担任编辑。他的最重要的一部作品小说《草席棚的农民》(1932)是对不公正的法制和社会的控诉,它告诉人们,草席暖棚里的农民和他们居住的哈卜灵恩村才保持着历代伟大文学作品所表现的、维系人类社会的永恒的精神。这部小说曾被29家德国和瑞士的出版社拒之门外,最后还是作者自己创立了出版社后才得以出版。

鲁道夫·雅各布·胡姆(1895—1977)为捍卫人道主义积极参加反法

西斯斗争，他是“新俄国协会”的创立者之一。30年代中期曾参加阿姆斯特丹反法西斯代表大会和巴黎国际作家大会。苏联对季诺维也夫和布哈林的审判使他深感失望，加之瑞士当时的国内政策促使他与政治活动疏远，返回个人生活领域。1936年发表的《岛屿》就表现出他这一心态。该书写一个40岁的人放弃直接参与政治斗争，以便更好地思考他的人生历程，他的童年，尤其是与父亲之间的矛盾。小说的情节在外部与内心、静观与行动、回忆与回忆起的事实之间进行，是这个时期少数瑞士德语现代主义文学作品之一。

迈因拉德·英格林（1893—1971）与比雷尔和胡姆不同，他在作品中着力表现的是对瑞士资产阶级人道主义价值观念的总体思考。代表作品是1938年发表的《瑞士之镜》，小说讲述1912年至1918年间苏黎世一个家庭的故事，作为缩影反映第一次世界大战期间瑞士的重大历史事件、政治变革以及人们的观念和行为的变化。父亲阿尔弗雷德·阿曼是位上校和议员，主张保持现存的民主制度，对任何改革的尝试都表示怀疑。然而形势的发展首先使他无法保持本人的现状，军队司令的职务被解除，同自己的儿子们发生分歧，家庭的正常关系发生破裂。不同代人之间的冲突缘于政治观点上的分歧。长子斯维林的观点极端，他寻求新的联盟和建立新秩序的主张接近于30年代具有法西斯主义倾向的“阵线派”观点。次子保尔认为第一次世界大战的爆发是荡涤父辈社会令人窒息的陈腐空气的巨大力量，战争的残酷现实使他的这一观点有所改变，开始接近工人运动，但他认为应设法避免阶级斗争。小儿子弗雷德虽然也是个探索者，但讲究实际，他与表兄的一番谈话可以看作这本书的总结：瑞士是以农民的传统、农村和以联邦国家为其组织形式的联邦原则为特点的。人民要求这个国家维护秩序、制定法律、保护正义，它应该是理智、明智、宽容的机构，一个建立在与民众保持最基本亲缘关系基础之上的精神机构。小说的作者以这种对国家的认识在实践中检验，认为在他那个时代的国家还远没有达到这个要求，从中体现出作品对现实的批评。正因为如此，小说无法在瑞士出版，而是由德国一家出版社首先发表的。

关于第二部分作家，首先介绍犯罪小说家**弗里德里希·格劳泽尔**（1896—1938），人们在20世纪70年代和80年代才开始注意这位作家和他的作品。他的成就不仅在于他描写法国外籍军团的小说，例如通过叙述在摩洛哥沙漠中迷路的一支队伍，一方面表现了个人的命运，另一方面也象征性地表现了这世界使人陷入悲惨孤立的境地。格劳泽尔的文学成就更重要的是他的犯罪小说。代表作品有《警长施图德》（1936）、《中国人》（1939）、《体温曲线》（1938）、《三位老妇的茶》（1941）等。除最后一部小说外，所有这些小说中的警长都是施图德。与同类犯罪小说不同，他的小说中警长这个形象有血有肉，富有人情味，让读者感到他首先是一个人，而不仅仅是一个官员。他不是一个陈旧的机器，在打击犯罪、维护现存法制的大前提下，他的内心里还有一个道德法则来指导他的行为，对被压迫者、被损害者怀有同情，在侦破疑难案件时总是不被察觉地修改某些具体条款，或者对其作有利于被欺凌者的解释，最后达到抑恶扬善的目的。

格劳泽尔短短的一生充满坎坷和挫折，他不是一个生来就安分的人，他本来要像人们通常所希望的那样做一个对社会有益的人，这样就必须有同情心，否则日常生活的完美是不可想象的。然而冷酷的社会现实拒绝对痛苦、不幸和死亡给以怜悯。可以说格劳泽尔完全有意识地去寻求苦难的感受，对灾难的渴望甚至将他引向牢房，只有受苦才能使他从罪过的感觉中解脱出来，才能真正地去深刻感受生活。这或许正是他对犯罪小说情有独钟的原因。他写作的目的是要艺术地研究造成犯罪的社会心理因素，在德语文学中他第一个使这类小说摆脱纯逻辑推理和立案侦破的模式，让这些小说表现普通人，特别是那些与社会潮流不合拍的、为社会所排斥的底层人、局外人的生活，从而表现出他们的心态和感情。格劳泽尔对此有亲身的体会，如同他笔下的人物一样，他的一生就是同现存法律发生冲突的一生，他因吸毒被拘留，被当作精神病人治疗，被剥夺自主决断权利，为逃脱这一切他曾加入法国外籍军团。关于这种处境他曾写道："有时我如同一只被穷追不舍的兔子，幸亏躲在田垄沟里才未被群狗发现——他们是当局、监护所、精神病医生和牢狱长。"可以想象在较长时期由于资本主义顺利发展而变得富裕的瑞士这个国家里，格劳泽尔和他的作品是难以为人们所重视的。在他逝世30多年后他的作品才被大量发行，并被拍成电视剧和电影。瑞士著名电影导演库尔特·格洛尔认为格劳泽尔熟悉他笔下的人物，他对人物的描写不是自然主义的，而是经过艺术加工的现实主义，作者对小人物、弱者、被忽视被损害者寄予很深的同情，包括对他们的过错。他以朴实的叙述方法、准确的语言揭示了他们的过错，分析了犯罪的社会原因，他认为人并非本性就是恶的。他的作品有助于人们全面认识瑞士社会。

格劳泽尔是瑞士唯一的一位与达达主义有交往的作家，但达达主义对他的创作没有多大影响。当时盛行的精神分析对他是有影响的，他开始接触这种方法是作为病人，同精神病医生打交道使他注意到人的潜意识，但格劳泽尔并没有因此孤立地看待人的心理，没有把潜意识同社会环境脱离开来。他吸收了精神分析的长处，将它用到人物刻画上，他的人物不是简单的划分为正面、反面，而是具有复杂心态的完整人物，这也使他的犯罪小说区别于传统的模式，给人以耳目一新的感觉。

罗伯特·瓦尔泽（1878—1956）生于瑞士比尔的瓦尔泽，16岁时母亲去世，一家九口的生计靠不善经营的父亲维持。瓦尔泽不得不在读高中时辍学去银行当徒工。1896至1906年他离家到苏黎世做工，其间多次更换工作，总觉得不合适和不满意，心里的不安使他无法在生活中安定下来，他前后曾14次改变住所。他希望摆脱做工挣钱的生活去实现自己的写作爱好。1904年发表处女作《弗里茨·柯赫尔的作文》，这本书的内容和形式可以说预示了作家后来整个创作的特点：用描写办公室生活来表现小雇员，以描写森林来表现感受自然，借描写画家表现艺术和艺术家的命运。采用的形式是瓦尔泽终生喜爱的短文、随笔、速写、故事等体裁。他的三部代表作《塔纳尔兄弟姐妹》（1907）、《帮手》（1908）和《雅各布·封·贡腾》（1909），虽说是长篇小说，但在艺术风格上不注重完整的故事情节，而是强调人物内心独白以及在不同场合的感受和遐想；不注重人物性格特征的刻画，而着重借助人物表达作者的情怀；让读者感动的往往不是人物的命运，而是作品所表现的对人生和社会的深刻思考。

1906年瓦尔泽在他哥哥的帮助下来到柏林，在短时间里创作发表了上面所说的三个长篇。1913年返回瑞士故乡比尔的瓦尔泽被评论界看成是写报刊副刊文章的二流作者，经过种种努力无法在文学界立足，由此开始了他生活和创作上的危机时期。这时他的一部小说手稿被出版社丢失，因而最后一部小说《强盗》1925年写成后，他无意再交付出版。瓦尔泽一生最后的三分之一时间留给后世可供研究的资料很少，1929年瓦尔泽住进精神病院，从他在此期间所写的短文杂感等文章中看不出他的精神有什么大的毛病，他还可以常常从医院里出来办理一些事情。1933年根据家属要求他被送进另一家制度严格的精神病院，完全停止了文学创作。瓦尔泽的病因很难解释，很可能是理想与现实相差太远所致。他虽然已筋疲力尽，却还是看不到光明的前途，只能离开这充满物欲、平庸世俗的世界，逃遁到病人中去，以此排解惆怅、孤独和寂寞。

小说《塔纳尔兄弟姐妹》的主人公小职员西蒙生活贫寒艰辛，除兄弟姐妹外很少与外人来往。他常常更换工作，因为工作只能压抑他的个性而不能给他带来生活乐趣。他只有在工作的间隙才享受到一点自由，这是一种无所事事的、快乐的漫游和观察。在小说结尾西蒙讲述自己时说："我仍然站在生活的门前，不停地敲着门，急切地倾听是否有人愿意来为我拉开门闩，我仅仅是个倾听者，一个等待者，对此我可是训练有素，因为我学会了在等待时去梦想。"听他讲述的，是对他一见钟情的女人，她称自己是他可怜的幸福的俘虏，要他不要再讲了，要他跟她一起到冬夜里去。这个结尾是一个美丽的冬天的童话，从梦幻中醒来，西蒙仍然在生活的门外。瓦尔泽写这部小说时刚28岁，仿佛预见到了自己的一生，包括最后去世的情景。小说中事业无成的诗人塞巴斯蒂安被人劝告应找个正经的事去做，至于要写作就应等到50岁后再去写，这位诗人后来冻死在雪地里。而瓦尔泽本人恰恰正是在50岁时永远放弃了写作，1956年圣诞节那天他独自一人散步时冻死在雪地里。瓦尔泽在他的这部小说里讲述了一种似乎不值得讲述的生活，因为主人公西蒙除了让读者感到乐趣外一事无成，但小说却展示了受压抑的小人物的经历。

如果说《塔纳尔兄弟姐妹》具有浪漫主义色彩，那么《帮手》是一部偏重写实风格的小说。从实质上看两部小说都围绕着一个主题：在资本主义社会里离群索居者能否实现自己的理想，假如种种努力都归于失败那又是谁的责任。小说中的主人公约瑟夫·马蒂离开冷漠、陌生的大城市，希望在工程师托布勒家中帮助做事，在这里找到温情与安全感。但这个家庭整洁与文雅的外表只是为了遮掩受到严重干扰的家庭和社会关系。不管他作为帮手如何谦卑勤劳也无法帮助维持这个业已散了架的资产世界，以自嘲和严肃的态度来观察这一切的马蒂摇摆于适应与反抗、家庭一员与陌生人、仆人与职员的角色之间。这部小说结构完整，符合读者传统的欣赏口味，是瓦尔泽最受欢迎的作品。

作者本人最喜欢的长篇小说是《雅各布·封·贡腾》（1909），这部日记体小说的主人公雅各布本是名门之后，他愿意放弃一切特权在培养奴仆的学校里接受教育，成为像球体一样圆的“零”。学校教育目标是放弃自我意志、盲目服从和适应。当他的同学克劳斯模范地朝着时代所要求的奴仆方向努力时，雅各布身上艺术家轻松自由的天性却促使他朝另一方向发展，他主动接近教师，变逆境为有利条件，在强制压迫下能感受到最大的自由。当学校解散后，雅各布同教师一起去闯世界，去尝试新的经验，他说如果我破碎了，那破碎的仅仅是一个零而已。瓦尔泽在作品里所描写的主人公的自我贬低，一方面体现出艺术家的敏感，另一方面也是为能生存下来的一种迫不得已的适应办法。

1917年瓦尔泽发表的《散步》虽然是个短篇，但体现了瓦尔泽整个创作的艺术风格。散步是他生活中最常见的活动，是他生活的节奏。常有人把《塔讷尔兄弟姐妹》与艾兴多尔夫的《一个废物的生涯》相比较，从内容来讲无法相比，从叙述方式看有相似之处。如果说《塔讷尔兄弟姐妹》还有某种结构特点的话，那就是"散步体"。也就是说作者在散步，他遇到什么看到什么就写什么，写过了也就过去了，接下来再写别的。在某种意义上说他的全部创作可以说是大型的漫长的散步。如果说西蒙可与废物相比，倒不如用瓦尔泽与之相比更合适。当然有很大的区别：废物的漫游是无忧无虑的，瓦尔泽的散步则带有惆怅的情绪。散步者的路途往往是熟悉的地段，没有什么触景生情，但在表面的平静安详之下，内心在不停地思考与独白。瓦尔泽是一位擅长写内心独白的作家。

只有少数同代人认识到瓦尔泽作品的特点和价值。比如穆西尔、卡夫卡等人。卡夫卡称赞《雅各布·封·贡腾》是一本好书，又说西蒙是那些兄弟姐妹中的一个真正的人。

直到20世纪70年代人们才重新发现了瓦尔泽，因为人的异化、各种联系纽带的失效、对话解体成无人倾听的独白以及性的困惑，这些瓦尔泽在《塔讷尔兄弟姐妹》等作品中表现的问题现在已成为许多人的日常烦恼，人们开始理解瓦尔泽作品中所流露的焦虑不安和忧郁迷惘，认识到他的作品的现代意义，认为应该把他列入现代文学经典作家之列。

阿尔宾·措林格尔(1895—1941)出生于机械师家庭，曾在家乡的中学任教，1936年主办《时代杂志》，由于经济原因该杂志不久停刊，之后他去"民族周报"做编辑。他的主要著作有《诗歌集》(1933)、《晨星》(1936)、《秋之寂静》(1939)等诗歌，小说有《国王花园》(1929)、

《惶恐》(1939)、《法南施蒂尔》(1940)、《博南卢斯特，或名教育家》(1942)等。

措林格尔虽然也写政治诗歌，但它们不代表他的诗歌主要成就。他认为诗歌应表现人生体验的最深层、最内在的王国，他不愿意把它向日常政治生活敞开，因为日常政治不植根于灵魂深处。他认为艺术不仅供人欣赏、享受，而且是认识事物的最敏感的手段，通过艺术人们可以达到理智或感情都无法企及的境地。他的许多诗歌体现了对人类永恒价值所具有的人道主义力量的信仰。他在寻找它们，维护它们，同时他痛苦地预感到，这些价值将在不久可能发生的残酷和野蛮的战争中丧失殆尽。措林格尔在诗歌方面的成就对本世纪瑞士德语诗歌的发展无疑起了很大作用。

措林格尔在文学上的主要成就是他的散文和小说。《半个人》(1929)是一部报怨或者叫做控诉小说。以艺术家生活为主题的这部小说反映了有才华、富于创造性、敏感的艺术家与平庸的环境之间的尖锐矛盾。主人公巴赫是位教师、诗人，他谴责冷漠、僵化的客观环境，揭露围绕政治理想的空谈，讽刺有钱有势人的虚荣和狂妄，同时巴赫生活在他的艺术天地里，好似处在玻璃罩里，让幻想和自由在内心里活动便是他整个的生存。面对现实，巴赫认为只有在下列三种状况中人们才能真正的有所感受：童年、发烧和梦境。巴赫虽然认为他这种不与世俗同流的生活方式是必要的，但同时也是极其痛苦的。他感到自己是"半个人"，不得不认识到人不能生活在梦境里。小说的结构是松散的，甚至是杂乱的。年轻教师的故事是通过不连贯的片断表达出来的，叙事的角度也经常变换，抒情的场景和回忆交替出现。

在完成《半个人》后作者即开始构思长篇小说《惶恐》，几乎用了整整十年时间才完成。小说开始写主人公建筑学家察尔讷逃离瑞士小市民的狭隘环境，到巴黎去寻找脱离现代社会文明生活的机会。他在巴黎接触了不少知识分子，其中有文学家、艺术家，还有不少流亡者。同他们的交往使他明白，他个人的不满不过是那个时代笼罩着整个欧洲大陆的不满和惶恐的一部分。他无法摆脱他的出身的束缚，在小说结束时重新回到瑞士，希望这里的生活境况能有所革新。小说的另一位主人公泰塞特因厌恶社会虚伪地以自由、爱国、艺术和科学这些高尚的名词来掩盖金钱欲望，决心做一个现代的隐士，放弃稳定的生活同劳苦大众生活在一起，以此了解世界经济危机带来的失业、贫困和饥饿。他理解这些人的政治态度和行为，但他不能参加他们的政治斗争，后来在一次反法西斯游行中他中弹死去纯属偶然。无论是察尔讷还是泰塞特，他们的道路已被事实证明都是不正确的，但是一个主人公的死亡和另一主人公的重返故土都没有削弱小说中对狭隘、麻木的社会的尖锐批判。

小说《法南施蒂尔》仍然探讨着同样的主题：雕塑家马丁·施塔弗尔克服种种困难回到故乡瑞士，尽管他愿意爱他的国家，但这个社会的性质，以及只崇尚金钱和物质的倾向使他无法实现他的艺术家理想和他的民主思想，他怀着一颗日感孤独的心迁居到苏黎世附近的法南施蒂尔山上，从此生活在一个古朴的小村子里。

1933年法西斯在德国上台后，几乎没有哪一个瑞士作家像措林格尔那样关注瑞士的民主，并在创作中表现出来。他的行动总是遭到反对，他的感觉是到处都是塞着棉花的耳朵。在那些表现出对他理解、受他启发的少数人中，有一位在第二次世界大战后成为享誉国内外的作家，他就是马克思·弗里施。

第七节　西班牙和葡萄牙文学

西班牙文学　1898年美西战争爆发后，西班牙失去其最后殖民地——古巴、菲律宾等。1902年阿方索十三世成年后，开始执掌朝政。在第一次世界大战期间，西班牙持中立立场，大发战争财。西班牙人分化为亲协约国派和亲德派。1917年到1919年罢工、起义如暴风骤雨，席卷全国。为缓解矛盾，在国王阿方索十三世默许下，里维拉将军推行军事独裁统治（1923—1930）。1931年全国大选，共和派获胜，阿方索十三世被迫退位，出现了第二共和国执政时期（1931—1939），但社会集团矛盾重重。这个时期的两股新势力：民族主义分子和人民阵线尖锐对立，最后导致爆发1936年到1939年的西班牙内战。1939年4月1日以后开始了西班牙现代史上的一个重要时期——佛朗哥独裁统治时期。

20世纪上半期西班牙文学经历了“98年一代”、“14年一代”（或“新世纪派”）以及“27年一代”作家先后叱咤西班牙文坛的繁荣局面。20世纪的西班牙文学应该从“98年一代”产生算起。在“14年一代”以及“27年一代”时期，各种新思潮不断涌入西班牙，也有人将它称之为“各种主义”阶段。1936年西班牙内战爆发，这一政治事件导致欣欣向荣的西班牙文学的发展突然中断，内战结束后西班牙文学转向另一个发展阶段。

“98年一代”是西班牙文学史上一个重要的文学流派。1898年，西班牙在与美国的战争中失败。腐朽、没落的西班牙君主制度的一切弊端暴露无遗，导致人们开始从各方面探索酿成西班牙悲惨现状的原因。一群年轻作家、哲学家站出来，为祖国的兴亡而疾呼，探索拯救西班牙的方式。他们大都出生在1864至1875年之间，家庭背景和所受到的教育大致相同，对祖国命运的关注将他们联系在一起，又受到来自欧洲其他国家的文艺思潮、哲学观点的影响，逐渐形成了一个客观存在的文学实体（或称文学流派），这就是文学史上的“98年一代”。

“98年一代”中最早在一起活动的有阿索林、拉米罗·德·马埃斯图（1875—1936）、皮奥·巴罗哈和乌纳穆诺。1901年，阿索林、巴罗哈和马埃斯图三人共同发表宣言，成立“仨人”，这就是“98年一代”最初的核心组织。他们的活动得到萨拉曼卡大学校长、作家乌纳穆诺的支持。以后,小说家、剧作家巴列-因克兰、诗人马查多也加入了这一行列。1905年,“仨人”成员由于政治观点、文艺创作上的分歧而自行解体。

“98年一代”的称谓最早是由阿索林提出的。他们是当时西班牙文坛上的“少壮派”,深受流行一时的无政府主义、社会主义、叔本华和尼采的哲学思想、托尔斯泰和爱伦·坡文学观点的影响,对旧的文学形式进行抨击。他们提出根治西班牙弊病的种种方法。一些人认为,拯救西班牙的关键在于使西班牙全盘“欧洲化”,“以英、法为楷模”,在文化领域中奋起直追。而另一些人则强调解决西班牙问题有待于对西班牙自身传统进行革新。总的态度是既反对西班牙现存代议制的虚伪自由和民主,又肯定有一个“自然而永恒的西班牙”的存在(阿索林语)。

“98年一代”反对19世纪作家的过分修饰、咬文嚼字、平淡无奇的写作技巧,主张文体简洁、用词精当,对诗歌、戏剧和叙事体文学进行革新,希望寻觅一条新路以便更加完美确切地表达作品内容。这些作家主张在文化上重建西班牙,他们既研究欧洲其他国家的文化、思想、社会风俗,也整理被淹没已久的西班牙国粹。他们还把一些来自民间或古典文学中的题材和词汇挖掘出来,丰富了他们文学创作的内容和语言。“98年一代”的美学思想带有强烈的主观色彩。他们的抒情完全是个人感受的体现,即使描写的是自然风光也夹杂着主观臆断的色调。可以说,景观和灵魂,现实与感受在作品中已经水乳交融了。

拉蒙·马利亚·德尔·巴列-因克兰(1866—1936)出生于西班牙蓬特韦德拉,童年时期在农村度过,读完中学后到圣地亚哥-德孔波斯特拉学习法学,1890年父亲病殁后,他中途弃学,出走墨西哥,一年后,又回到故乡。他自幼受到口头传说和作为业余作家的父亲的熏陶,再加上他的墨西哥之行不仅引起他对文学的热爱,而且还向他提供了创作的素材。回国后,他在马德里过上波希米亚式的文人生活。1899年与人决斗中,左腕受伤，后因感染而不得不截去左臂。他最初的社会公众生活是从出没于聚谈会开始的。他为自由派报纸《环球报》撰写故事与文章（1891—1892），演出戏剧，翻译葡萄牙作家埃萨·德·克罗兹、法国小说家保尔·阿莱克西斯（1847—1901）的作品。这期间他发表了他的重要作品，如《四季奏鸣曲》、《圣洁之花》以及《阴暗的花园》。1907年他与女演员何塞菲娜·布兰科结为夫妻。1910年随同妻子赴西班牙语美洲进行戏剧演出。

在第一次世界大战期间他赴法国并亲临协约国的法国前线采访，此后出版了这次采访的见闻《半夜》（1915—1916）。1915年在法军前线发表了著名的攻击德国人的演说。1921年受到墨西哥官方邀请赴该国参加独立庆典，在那里大力称赞土地改革。1923年抗议将作家乌纳穆诺非法流放。巴列-因克兰的文章激怒了当局，1929年将他拘留两周，禁止上演他的戏剧《上尉的女儿》。从此他的名声日盛。共和国期间，1932年担任马德里自由派的阿特纳奥斯主席职务。1933年共和国任命他为西班牙驻罗马美术学院院长。1935年，巴列-因克兰身患癌症回国，1936年1月在圣地亚哥-德孔波斯特拉去世。

巴列-因克兰的创作风格大体上可以分为两个阶段：现代主义阶段（1894—1905）和表现奇怪、愚蠢或荒诞的人或物的“埃斯佩尔蓬托”阶段。在第一个阶段里，他深受拉丁美洲现代主义大师、尼加拉瓜诗人卢文·达里奥以及19世纪法国美学运动的影响。这个时期他的创作是怀旧的、优雅的、感伤的，代表作是《圣洁之花》（1904）和《四季奏鸣曲》（1902—1905）。在《四季奏鸣曲》中作者将主人公布拉多明侯爵四个阶段的恋爱经历命名为《春季奏鸣曲》（1904）、《夏季奏鸣曲》（1903）、《秋季奏鸣曲》（1902）以及《冬季奏鸣曲》（1905）。布拉多明侯爵是一个其貌不扬的、狂热的天主教徒，同时也是一个情意绵绵的唐璜式的人物。全书以侯爵老年时的回忆形式阐述以往的爱情经历。主人公从意大利罗马的情场遭遇，讲到与墨西哥女孩查莱的邂逅。在《冬季奏鸣曲》中这位年事已高、经验丰富的偷情老手回忆了与马克西米里阿的恋情，这个年纪与他女儿相仿的姑娘在那瓦罗的战地医院里遇见了侯爵。侯爵回忆这段恋情往事，叹息无法回避的自然规律，流露出悲切之情。作者完全遵循法国诗人魏尔仑在《诗学》一诗里的告诫："首先是音乐"。作者十分注意笔法的细腻，遣词造句的推敲，使之具有铿锵的音乐感。这是一部用现代主义手法撰写的叙事文体的杰作。此后，巴列-因克兰又开始尝试撰写更加带有个人文风的作品，如反映加利西亚农村生活的戏剧三部曲《野蛮的喜剧》。他还写了关于阿方索十三世的祖母伊萨贝尔二世统治下的西班牙颓废景象的历史小说《卡洛斯战争》三部曲（1908—1909）。

在"埃斯佩尔蓬托"阶段他的叙事文体的杰作首推《班德拉斯暴君》（1926），此外还有原本计划为九卷集的《伊比利亚竞技场》，但只出版了《神奇的宫廷》（1927），《吾主万岁》（1928）以及《剑定乾坤》的某些片段（1932年在《太阳报》上发表）。《班德拉斯暴君》描述了19世纪拉丁美洲太平洋沿岸一个虚构的共和国里，一个名叫桑托斯·班德拉斯将军的独裁者三天时间内被推翻的故事。班德拉斯原本是印第安人出身的将军，曾在秘鲁参加过抗击西班牙殖民主义者的战争。但是，他后来背叛了自己的民族，死心塌地地维护西班牙白人移民者的利益。班德拉斯心狠手辣，他将大批革命者投入阴森恐怖的牢房，他还亲自带兵镇压武装起义。暴君的高压手段抵挡不住方兴未艾的革命运动，班德拉斯处于内外交困的境界之中。虽然要尽种种花招，企图挽救其统治，但仍然逃脱不了覆灭的命运。当班德拉斯看到自己的末日即将来临之际，便先亲手杀死自己的女儿，最后他也被起义者乱枪打死并处以分尸。作者以精湛的西班牙语描绘了一幅在一个独裁者统治下的社会生活画面，用讽刺、揶揄的手法塑造了一个暴君形象，借以影射和鞭挞本国的独裁政权，同时也揭露了新闻界歪曲报道的丑行。桑托斯·班德拉斯的形象不是来自一个原型而是多个拉丁美洲暴君原型，虽然他的一举一动、一言一行都会使人联想起20年代的西班牙独裁者普利莫·里维拉将军。这部小说的发表不仅震动了西班牙文坛，而且还为西班牙语美洲后来出现的反独裁小说开了先河。

巴列-因克兰的戏剧创作也经历了上述这两个阶段。尽管有人将他的剧作分为现实主义的或自然主义的，或心理剧、社会剧，但是不管怎么划分，他的剧作最后都演变为以"埃斯佩尔蓬托"手法写就的戏剧。巴列-因克兰在1928年接受采访时再次向读者阐述了他的"埃斯佩尔蓬托"的理论。他认为，从艺术或美学的视点出发可以用下面三种方式来观察世界：跪着，站着，或从高空上俯瞰。跪着看世界时，这个世界是伟大的，人变成了超人，这就是古典的史诗和悲剧；站着看世界时，映入眼帘的是和你平等的世界，周围的人是你的兄弟，这是莎士比亚的世界；而当你从空中俯视这个世界时，人变成了木偶，众神也成了滑稽剧中的人物。巴列-因克兰认为，后一种方式是极其西班牙化的方式。巴列-因克兰以第三种看世界的方式创造了"埃斯佩尔蓬托"这种艺术形式。

他最初的剧作有从他的短篇小说集《女人》（1895）中的一篇故事改编的《遗体》（1899），从《秋季奏鸣曲》改编的《布拉多明侯爵》（1906），意大利式的闹剧《国王的情妇》（1920）等。而以"埃斯佩尔蓬托"手法创作的代表剧目无疑是《波希米亚之光》。

《波希米亚之光》最初于1920年发表在《西班牙》周刊上。1924年又成册出版，并增加了三幕。作品讲述的是盲诗人马克斯·埃斯特雷利亚生命中最后一夜的经历。盲诗人的原型是小说家亚历杭德罗·萨瓦（1862—1909）。萨瓦曾在巴黎住过很长的时间，认识雨果和波德莱尔，后与一位法国女子结婚，生有一个女儿。这在《波希米亚之光》中都有体现。萨瓦回到西班牙后，混迹于"现代主义"文人当中，是西班牙语国家的诗圣、拉丁美洲现代主义诗歌缔造者卢文·达里奥和巴列-因克兰的朋友，最后死于贫病。《波希米亚之光》取材于真人真事，但它也是一个关于畸形的、不公正的、压抑的、荒诞的西班牙社会的寓言。在这样的西班牙，纯洁、真诚和高尚的艺术找不到用武之地。

《波希米亚之光》遵循古典戏剧在时间上的规定，故事情节是在24小时之内进行的。故事从冬季的某天夜晚延续到翌日的下午时分，但故事的核心部分是主人公在天亮时去世，整部作品情节十分简单。

马克斯，一个盲诗人，与其老婆、女儿在一个破烂的阁楼里过着清贫的生活。一个冬季的夜晚，当他得知报刊主编中止了他为该刊专栏撰稿、中断了他唯一的经济来源后，建议全家“集体自杀”。为了与一个旧书商谈一笔出售旧书的生意，他的朋友堂拉蒂诺——瞎子领路人陪同他离家外出。为了碰碰运气，在一家酒馆马克斯典当了他的披肩以便购买一张彩票。在路上诗人因跟一群高唱讽刺首相莫拉的民歌的现代主义派青年作家在一起而被捕。

青年作家们到报社请求声援，抗议非法逮捕马克斯。在《人民报》主编的斡旋下盲诗人获释。马克斯前去找内务部大臣(青年时代一道过过流浪汉生活的朋友)告状。大臣向他提供了一份养老金。但具有讽刺意味的是，这笔钱竟是从警察基金里拨出来的。马克斯在堂拉蒂诺的陪同下在马德里大街上溜达的时候，在一条街上看到一个儿童被警察的子弹击毙。母亲在一旁哭叫、诅咒着。一名政治犯因试图逃跑被枪杀。面对此情此景难过万分的马克斯想到自杀。这时天色渐明，两人已来到诗人住处附近。诗人感到全身发冷，冻僵在大街上，堂拉蒂诺乘机拿走他的皮夹子后扬长而去。白天为主人公守灵的仪式上，喝得醉醺醺的堂拉蒂诺的出现以及在场的波兰籍流亡者顽固地坚持说马克斯并没有死，只是患了僵硬症，这使得肃穆的吊唁活动变得滑稽可笑。在酒馆里，获悉藏在马克斯皮夹子里的、后来被堂拉蒂诺偷走的彩票竟然中了彩。这时店主和一些泼皮试图与这个喝得烂醉如泥的老家伙平分秋色。此时从报纸上得知马克斯的妻子和女儿自杀的消息。

主人公马克斯是个贫病交加的荷马式诗人。但他是个畸形的荷马，哈哈镜中的荷马，他虽然被人们称之为“大师”，被誉为“西班牙第一诗人”，但又深知自己的平庸。巴列-因克兰在这个人物身上多多少少地注入了对自己的反讽。资本主义的文明和物欲，对真正的艺术来说，是一种禁锢。这是西方现代艺术家共有的一种体验。现代人处于一种永远两难的境地，你无法像古代希腊、罗马人那样，为了美、正义或善良去歌唱、战斗甚至视死如归，献出生命，但也做不到像蝼蚁那样苟且地生活。生活是平庸、荒诞和没有意义的，人在严重的异化侵蚀下变成了动物、东西或木偶，这就是巴列-因克兰想借助“埃斯佩尔蓬托”这一艺术形式表述的看法。

剧中展现了马克斯从第一天傍晚离家到翌日清晨在家门前冻死的过程。他的整个行动是一次夜间旅行。有许多评论家认为，这是一次掉进地狱的旅行，是对但丁《神曲》的滑稽模仿。但丁是由罗马诗人维吉尔陪着完成他的地狱之行，而马克斯是在堂拉蒂诺的伴随下在马德里的夜晚走完了自己的人生旅途。这不是偶然的巧合，而是作者的匠心所在。

《波希米亚之光》共有15场。初看起来这15场之间没有什么内在联系，只是松散地排列在一起。但仔细分析一下，它们还是一个整体。从第一场到结尾，死亡的主题（包括彩票）反复出现，成为贯穿全剧的线索。《波希米亚之光》虽然没有像传统戏剧所具有的那种序幕、展开、高潮和尾声类似的结构，也缺乏戏剧化的冲突，但它仍不失为一部结构精致的剧作。

该剧出场的人物有50多个。正如巴列-因克兰所说，它是“侏儒和罗圈腿们上演的悲剧”，因而印证了“埃斯佩尔蓬托”的理论。但其中有些人物，如主人公马克斯、加泰罗尼亚的工人或死去的孩子的母亲，他们逃脱了哈哈镜的命运，他们的形象更接近真实的人。

马克斯是一个相当复杂的人物。他远非一个高尚的人，但某些时刻却显示出了他的伟大，他集幽默和抱怨、尊严和卑下于一身。一方面，他痛苦地意识到自己的平庸。他对失败的不满，时而显得滑稽可笑，时而又表现得痛苦异常。他对不公正的社会充满了愤恨，对受压迫的弱小充满了同情。巴列-因克兰在他的身上倾注了自己某些人格因素。

和马克斯相对立的人物是堂拉蒂诺。他和书商查拉图斯特拉沆瀣一气，蒙骗了自己的好友。在马克斯需要帮助的时候拒绝了他，并最终抛弃了患难中的朋友，还带走了死者的钱包。他的虚伪和卑劣行径使他成为一个漫画式的小丑人物。

其他一些被扭曲了的、漫画式的人物可以分成几种类型。一类是资产阶级，像查拉图斯特拉、酒店老板皮卡·拉尔加托，但值得一提的是，查拉图斯特拉这位尼采书中的英雄，在巴列-因克兰的哈哈镜里摇身一变成了马德里的一个唯利是图的、丑陋的书商。此外还有警察、书呆子们。而另一类是普通的老百姓、卖彩票的女人恩利盖塔·拉皮萨卡、“葡萄牙国王”、妓女们和掘墓人。作者在表现这些人物时，尽管笔墨含有诸多同情的色彩，但这些人物也躲不过哈哈镜的命运。

作者采用较多的手法是对现实的扭曲。这种扭曲是建立在“埃斯佩尔蓬托”的基础之上的。例如，在第11场中，妓女出没的场所被喻为塔索笔下耶路撒冷的阿尔米达花园。此外还将人物动物化或木偶化。这是对现代社会中人类异化的一种讽刺，人物常被当成动物来描写，如堂拉蒂诺，他不止一次地变成了狗、骆驼、猪或驴。还有书商查拉图斯特拉，他生活在狗、鹦鹉、猫和老鼠中间，像一个丑陋的木偶。对比也是剧中常常出现的手法，尤其是痛苦和滑稽怪诞之间的对照。如第13场为马克斯守灵的那场戏里诗人的遗孀科列特夫人和女儿克劳西纳的悲痛欲绝与堂拉蒂诺和现代主义诗人加德斯的滑稽表现形成鲜明对照。

作者驾驭语言的能力确实是无与伦比的。在他的叙事体文学作品《四季奏鸣曲》里，语言的优美准确的程度可以与尼加拉瓜诗人卢文·达里奥相媲美。而在《波希米亚之光》中，体现出巴列-因克兰语言天赋中的另一个方面。他能把不同阶层人物说话时使用的语言、口气和方式娴熟地运用到自己的作品中去。所以，《波希米亚之光》中既有书呆子式的文绉绉的语言、官员和警察们的那种一本正经的套话，也有像报贩子、卖花女、妓女等下层人民所讲的俚语。

但是，在巴列-因克兰生活的时代，统治着西班牙戏剧舞台的是贝纳文特的剧作，巴列-因克兰的戏剧被视为“不宜上演的戏剧”，或仅仅被看作是“对话小说”。这主要是因为巴列-因克兰剧本的提示有极强的文学性，在当时还没有条件把它们在舞台上实现，而且剧中场景的频繁更换，也不同于传统的戏剧，而更倾向于电影的表现手段。所以，他的作品被称为“自由戏剧”。但不久之后，当欧洲、美国也开始进行类似的先锋派实验时，马德里和巴黎重新发现了巴列-因克兰的才干，他被誉为近三百年来西班牙最伟大的戏剧家。

此外，他还写有其他剧目，如《堂弗里莱奥拉的触角》(1920)、《死者的殓装》(1926)、《上尉的女儿》(1927)。作者将这三出剧冠以一个总的标题——《狂欢节中的战神们》。这个标题暗含着作者的深邃的引申含义。在西班牙语中“战神”与“军人”谐音，而“狂欢节”则有低廉的次品货的含义。上述三出戏剧都与军方有关。如《上尉的女儿》就是巴列-因克兰根据当时社会上发生的两个事件写就的。1913年桑切斯上尉和他的女儿谋财害命，一道杀死了女儿的情人，抢走赌资；另一个事件是，当议会正研究如何解决与摩洛哥交战的难题之际，里维拉将军发动军事政变，转移矛盾。这些在剧作中均有影射。

阿索林(1874—1967)原名何塞·马丁内斯·鲁伊斯，出生于阿利坎特省的莫诺瓦镇，父亲是律师，家道中衰，而母亲则是一位腰缠万贯的财主的继承人。阿索林的童年是在严父的呵斥和慈母的呵护中度过的。1888年他进入巴伦西亚大学法学院攻读法律，但他的兴趣却在文学方面。他又先后在马德里、萨拉曼卡、格拉纳达、巴利亚多利德等大学读过书。在巴伦西亚期间，他对戏剧产生浓厚兴趣，曾为《巴伦西亚商报》撰写剧评，也曾尝试写剧本，但未成功。此后阿索林为西班牙著名作家伊巴涅斯创办的报纸《民众报》撰稿。1896年来到马德里，担任《国家报》记者。他在该报发表的抨击教士、统治阶级以及旧婚姻制度的言词激烈的文章引发非议，不久便被辞退。1905年进入全国最有影响的报纸《公正报》社工作，在这家报纸发表了他的著名随笔《堂吉诃德之路》（1906）以及系列报道《悲惨的安达卢西亚》（1905）的一部分。安达卢西亚是贫困落后的地区，从阿索林的报道中可以看出，青年时代的阿索林具有敢于写真实，敢于针砭时政的社会正义感，但同时也反映出作者对解决西班牙社会问题所持的绝望、悲观态度。最具有讽刺意味的是，只是由于他如实地报道了安达卢西亚地区劳动人民的苦难生活，他便被《公正报》不公正地解雇了。此后他文章的调子变得温和起来，特别是进入西班牙最保守的《阿贝塞》报之后，阿索林的政治态度开始变得日益保守。

1893年到1894年他一直交替使用“查第格”（伏尔泰同名小说中的人物）和“阿布尔曼”这两个笔名。直到1904年才开始正式采用他的小说三部曲中的主人公阿索林这个名字作为笔名。

阿索林是“98年一代”作家中思想激进的“仨人”社团成员之一。他像“98年一代”其他一些成员如乌纳穆诺、巴罗哈和马埃斯图一样，思想摇摆不定，一度受俄国克鲁泡特金的影响，成为坚定的无政府主义者，后来终于成为保守分子，数次被保守派推选为国会议员，担任过公共教育部高级官员。他的政治立场也从最初反教权的激进分子转变为怀疑主义者，继而成为虔诚的天主教徒、坚定的教会利益维护者。1924年当选为西班牙皇家语言学院院士。西班牙内战期间逃亡巴黎避难。1939年回国后，继续为报刊撰稿。由于文学事业上的卓越贡献，曾多次获得地区和国家级的文学奖、勋章乃至国际文学奖。1967年逝世。

阿索林是一位杰出的文学评论家和文体学家，在西班牙语国家有着深远的影响。不过必须指出，他的文学评论集如《古典的和现代的》（1913），《古典作品眉批》（1915）等不是建立在准确无误的文献资料和深入细致的分析之上的学术著作，而是作家本人主观印象和阅读体会的记录。他对所评述的作品仅仅给予主观的描述，或者谈论作者及其背景材料，或者对过去的历史作一番随性的记叙。这些评论文字优美，打动人心，因此可以说他的这类作品文学价值高于学术价值。其他的论著如《西班牙文学随笔》是阿索林1893年至1912年间阅读经典作品的读后感，其主观性和随意性更为明显。

阿索林的小说主要有三部曲《意志》（1902）、《安东尼奥·阿索林》（1903）以及《一个小哲学家的表白》（1904）。上述作品是以他在耶克拉度过的童年和少年时代为背景，以在巴伦西亚、马德里居住时期的亲身经历和熟悉的人物为素材写成的。他的小说突破了传统的形式，不注重故事情节而着力于人物的外形体态的描写，由一组组对话和主人公阿索林的冥想串联起来，更像是由形形色色的画面构成的印象派散文。三部曲宣扬虚无主义，情调低沉，但是文字上却刻意求精，字句铿锵，富有音响效果，小说每章均可独立成篇。他在创作中善于捕捉转瞬即逝的细微事物，并以细致的笔触赋予其生命，注入他自己的思想和情感。

阿索林著名的随笔散文集有《卡斯蒂利亚的灵魂》（1907）和《堂吉诃德之路》（1906）。前者以17、18世纪卡斯蒂利亚人（特别是马德里地区）的习俗、服饰、娱乐、爱情生活和修士们的苦行生涯为主题；后者描写阿索林重游堂吉诃德走过的路线，试图探索和发现所谓“西班牙的灵魂”和“深奥的西班牙精神”。此外，还有《市镇——关于省城的生活》（1905），1905年写的关于安达卢西亚的报道就收在这个集子里。这部作品对内地城市、乡镇及各种人物单调生活细部以及瞬间的印象作了描述，塑造了西班牙普通妇女形象，突出了她们纯朴、刚毅、平静、默默忍耐的特点。《西班牙》(又名《人与景》)是作者1906—1909年左右在《白与黑》报上发表的随笔短文汇编。这部作品通过对人物、景观外形的描述，揭示了西班牙人所固有的本质特征。阿索林的散文随笔的巅峰之作是《卡斯蒂利亚》(1912)。卡斯蒂利亚是西班牙国土上埋藏着众多“宝物”的地区，被人们视为西班牙的灵魂，也是“98年一代”作家们共同讴歌的对象。这是一部由14个短篇汇集而成，系新闻报道性文章的汇编。

阿索林散文、随笔大都着力于探讨西班牙文化中永恒的卡斯蒂利亚精神，号召保护西班牙古老的传统。他与巴罗哈一样，谋求“西班牙是古老的，但祖国要新型的”这一目标。他的散文随笔具有潜移默化的力量，感化、引导读者去寻觅卡斯蒂利亚的灵魂。他的作品摒弃了19世纪流行的富丽堂皇、冗长繁琐的文体，形成了风格朴实、用词精粹、音韵和谐、语言优美的特点，独具一格，成为西班牙现代抒情散文的典范。

皮奥·巴罗哈·内西(1872—1956)生于圣塞巴斯蒂安城，他的父亲是个喜爱文学、思想进步的矿山工程师。巴罗哈的童年时期生活可以说是四海为家，家庭所在地完全取决于他父亲的工作调动。父亲很少管家，而母亲是个勤奋、信仰虔诚，但对人严厉的妇女，这形成了巴罗哈徘徊于具有反抗精神与寻求保护与温暖的双重性格。1886年巴罗哈随全家回到马德里。在他14岁的时候，进入中学学习。这个时期开始对小说感兴趣，如凡尔纳、大仲马、雨果、左拉、都德等人的作品以及报刊上的连载小说。中学毕业后，他选择了医学院，但很快对学医的选择后悔不已。这一阅历在他的自传体小说《知善恶树》里得到详尽的反映。在这个时期他开始写长、短篇小说，但写成的大部分作品被他销毁了，剩下的一些成为他以后撰写作品的素材。1890年在《自由联盟》发表了他最初的文章，都是有关俄国文学的评介论述。翌年他迁到巴伦西亚，在该城修满医学院的课程后，获得毕业证书。然后重返马德里准备博士论文，并为马德里城具有共和派倾向的报刊撰稿。他于1893年以题为《从精神物理学角度所作关于疼痛研究》的博士论文获得学位，这个题目与叔本华的悲观哲学思想有关联。他成为可以开业的医生了，为谋生去吉普斯夸省的一个村镇行医。那段行医生活被写进他的名著《知善恶树》中。不到一年巴罗哈回到马德里城，经营管理他姑妈的面包房。在巴罗哈经营的五年时间里，曾经数次与面包房的工人们发生过劳资冲突，这些在《为生存而奋斗》三部曲以及其他作品中都有详尽的反映。在处理一个又一个的货单的同时，他的文学爱好从未减弱，他抓紧一切业余时间从事小说创作，如《西尔维斯特雷·帕拉多克斯的冒险、发明和迷惑》就是这个阶段的作品。与此同时他也为刊物《新杂志》撰稿。

1899年巴罗哈迁到巴黎，本想在出版社或杂志社谋个职务，但均无所获。在旅居巴黎期间，他目睹了德雷福斯事件带来的紧张政局，并在文艺沙龙与咖啡馆结识了马查多兄弟。当他囊空如洗时不得不重返马德里，再次从事面包房行业。他曾在青年作家的园地刊物《芽月》、《青年艺术》上，特别是在《公正报》的文艺副刊上发表大量作品。这个时期他结识了阿索林并结为莫逆之交，他与另一个瑞士朋友保罗·斯密茨的交往使他了解了尼采，改变了他对这个哲学家最初的反感情绪，并逐渐成为尼采的忠实信徒。

1900年他的第一部作品《忧郁的生灵》出版，这是一部反映作者的阅历与关切的社会问题的短篇小说集。尽管当时现代主义流派处于高峰时期，作家们争相模仿，但巴罗哈仍以其独具一格的文风和传统手法与之抗衡。尽管小说销路不佳，但获得加尔多斯和乌纳穆诺的推崇。此后不久又发表了他的第一部长篇小说《艾斯戈里一家》（1900）。这是一部对话体的、具有不少象征主义、自然主义成分的新作。

他与马埃斯图、阿索林组成“仨人”社团，并发表了具有复兴派思想特点的成立宣言。宣言抨击了社会上的种种弊端并提出了一些大胆的建议。宣言并未在舆论界引起什么反响。

1902年，他出版了具有自传性质的小说《完美之路》。这是一部反映“98年一代”这代人的思想危机的作品。这个时期他还担任《环球报》的编辑，撰写戏剧评论，还曾一度作为战地记者去丹吉尔。他的三部曲《为生存而奋斗》的第一部分《寻觅》就是以连载小说形式在《环球报》上与读者见面的。此后的几年里他曾去伦敦、意大利、巴黎旅行。他笔耕不止，每年至少有一部新作问世。这个阶段出版的小说有《拉布拉斯的长子继承权》（1903）、《为生存而奋斗》（1904—1905）、《国王，帕拉多克斯》（1906）。从1909年开始几度从政的企图都以失败而告终。第一次世界大战中巴罗哈公开宣称同情德国，从而遭到公众的严厉谴责。

西班牙内战爆发后，他到了法国巴黎。在那儿主要靠为阿根廷首都布宜诺斯艾利斯的《民族报》撰写文章为生。后又去瑞士巴塞尔，于1937年9月回到西班牙，但是由于经济拮据，他只得再次出走法国，直到1940年才回到西班牙。

1942年的皮奥·巴罗哈已年逾七十，对周围的事物与现状业已兴趣索然，就闭门撰写题为《最后归来》的回忆录，在《星期》周刊上陆续发表。这是一部了解巴罗哈的为人以及那个时代文学氛围的作品。这部自传体作品是巴罗哈晚年的唯一著作。巴罗哈于1956年在马德里逝世。

巴罗哈的小说创作分为两个阶段。1912年之前是他的第一阶段，撰写了大量他自己划分的、情节不甚连贯的“三部曲”。这个时期的作品，在很多情况下是作者没有多少内在关联的三部曲，如《巴斯克的土地》（包括《艾斯戈里一家》（1900）、《拉布拉斯的长子继承权制》（1903）、《冒险家萨拉卡因》（1909））。将人物、情节毫无关联的这三本书冠以《巴斯克的土地》总标题的原因在于故事发生的场地均在巴斯克地区。其中的《冒险家萨拉卡因》描写了只活到24岁的马丁·萨拉卡因短暂的一生。小说分为三个部分，反映了主人公一生的三个阶段：童年，接受教育；卡洛斯战争，复辟时期的冒险业绩和萨拉卡因之死。马丁自从父母死亡后，被寄养在舅公特里亚戈利家中，这个老头是远近闻名的酒鬼，能偷善抢的泼皮。在舅公的教导下，马丁继承了舅公的全套“本领”。他听从舅公临终赠言，离家出走，利用战乱进行走私、猎艳，闯荡江湖。萨拉卡因与奥兰多两家为世仇，而马丁恰恰爱上了奥兰多家的卡塔利娜。由于卡塔利娜之兄反对这门婚事，马丁通过轰动一时的抢亲娶到卡塔利娜，使卡洛斯——卡塔利娜之兄对他恨之入骨，最后在卡洛斯的挑拨、纵容下，卡乔——卡洛斯的保镖将萨拉卡因害死。西班牙卡洛斯战争结束多年之后的某年2月29日——马丁遇害之日，在马丁墓前摆着三束不同颜色的玫瑰。这是不约而同来扫墓的三位老年妇女敬献的花束。她们是马丁的妻子以及曾与马丁相爱过的玛丽娅和林塔。巴罗哈将卡洛斯战争中的某些轶事穿插在卡洛斯·奥兰多和马丁·萨拉卡因之间的恩怨争斗中去描写。在这本书中我们可以找到巴罗哈小说创作的主要特色：节奏快，对话紧凑，但结构支离破碎。

《流浪的女人》（1908）（又译《闺秀出逃》）、《雾都》（1909）以及《知善恶树》（1911）形成题为《种族》的三部曲。读者再次看到，这是由同一个故事分述在其中两部作品《流浪的女人》和《雾都》与在情节上与前两部无甚关联的第三部《知善恶树》组成的三部曲。前两部叙述了两个无政府主义者，阿拉希尔博士和他的女儿玛丽娅，试图在国王举行婚礼之际谋害国王阿方索十三（历史上是发生在1906年），犯下滔天罪行，仓皇逃出京城马德里。作者利用他们逃往里斯本途中的遭遇，详尽地描绘了西班牙悲惨的景观和社会氛围。第二部书的故事场景是在伦敦展开。阿拉希尔最后与一位富孀结婚并一起奔赴美洲，而酷爱自由的玛丽娅留下继续斗争，但毫无所获，最后不得不屈从于资产阶级的陈规陋习。她回到马德里城后结婚生子，但无任何爱情可言，最后成为一位“不爱活动的安详的夫人”。

三部曲的最后一部《知善恶树》是象征“98年一代”的大部分作家的

思想情感的作品。巴罗哈在他的回忆录中说过：《知善恶树》是在他的哲理性小说中写得最好的一部，可能是他全部作品中最为刻意加工、最为完美的著作。他的这个自我评价与以阿索林为代表的评论家的评价是相一致的。阿索林认为，没有任何一部作品能像这本书那样概括了巴罗哈的精神。

《知善恶树》是一个迷惘人生的故事。主人公安德列斯是“一个毁于荒谬世界的人物”，在格格不入的社会环境中一再遭受失败，失望地度过痛苦的一生。家庭环境把他养育成一个“性格内向、爱伤感”的孩子。他觉得“灵魂空虚”、孤独、被人遗弃。为了找到能使自己感到生活有意义的指路明灯，他勤奋学习，但这并未使他改变沮丧情绪：他看到的是西班牙高等学府与科学界的可悲境地。同时他在与患者接触的过程中发现了贫困和残酷的世道，这又使他的情绪更为低落，但也促进他萌发“人道主义的热情”。安德列斯是个矛盾体，一方面他是个乌托邦式的革命激进主义者，同时又是个爱好清谈的人。在学习之余，他发现了围绕在女友璐璐——在他生活中占据极重要位子的女性——周围的弊端，再加上他的小弟弟长期生病后离开人间，所有这些使得安德列斯对科学产生怀疑，对人生有了最为黑暗的看法。他从乡村行医回到马德里以后，这种沮丧情绪有增无减，他认为自己过着“毫无生气的生活”，“马德里除了无赖、寻欢作乐的少爷外，别无他物”，“政客、军人、教授、神甫都是靠吸吮别人的血汗养肥了自己的无赖”，“从比利牛斯山到加的斯都被这群无赖统治着”。这个城市依然是个处处让人忧虑、窒息的泥塘。

在他与璐璐结婚后，有了平静生活的环境，尽管是暂时的。但生活本身不会让他那么顺顺当当地生活下去，很快更大的不幸向他袭来，璐璐难产，不幸去世。最后的绝望导致主人公自寻短见。

故事情节发展的结局是很悲惨的，深刻地反映了巴罗哈本人和他所处的那个时代共有的、深沉的忧患意识。实际上小说情节的思想背景完全建立在叔本华的哲学思想上。这部小说成为巴罗哈的悲观主义观点的典型范例。

其他著名的三部曲还有表现马德里贫民窟生活的《为生活而奋斗》。它由《寻觅》(1904)、《莠草》(1904)以及《红色曙光》(1905)三部小说组成。作者通过主人公马努埃尔·阿卡萨尔，一个流氓无产者的自我奋斗经历，把马德里社会各阶层，特别是底层社会的不同生活场景串连起来。马努埃尔自幼丧父，寄养在索里亚城的舅父家多年，后来到京城投奔在一家膳宿公寓当女佣的母亲。母亲为他在公寓里找到一个送信跑腿的差使。他与公寓的一个房客，大学生哈斯丁相识并成为挚友。这个青年学生正在为继承一笔遗产而四处奔波着。但人人都说他是异想天开。马努埃尔因与房客发生口角，被公寓老板解雇。为生活所迫，他不得不数度更换职业，先到亲戚伊戈纳西奥先生的修鞋铺当学徒，通过店里的表兄认识了当地的泼皮，鞋铺关张后，到帕塔大叔的蔬菜摊帮助卖菜，后来又到面包房做工，累得生了病。后经母亲求情，公寓老板答应让马努埃尔回去工作，但又由于他试图与老板的侄女鬼混再次被辞退。母亲去世后，马努埃尔不得不帮助一个捡破烂的老头拾荒。与拾荒者的女儿恋爱失败后，情绪低落的马努埃尔便流浪街头与流氓地痞为伍。通过主人公与鞋铺、布拉萨酒店等上述场所出现的各类人物的接触，作者展现了马德里城郊下层居民的生活。《寻觅》的结尾是对马德里太阳门前冲破清晨寂静的熙来攘往的行人的描述。在这个云集着西班牙各类人物的神经中枢——太阳门的大街上，过惯夜生活的人群、醉眼惺忪的阔佬们与黎明即起奔赴工厂的劳动者擦肩而过。作者预言道："这两股属于不同世界的人，只能擦肩而过，永远不会合二为一的"，而马努埃尔——不幸的流浪汉——直觉地感到，他应成为"黎明即起的劳动者，而不是黄昏外出寻欢作乐的人"。这表明马努埃尔正在觉醒。这部作品缺乏连续性的情节，而作者本人恰恰希望通过镶嵌进来的各种轶事形成整体画面来揭示底层社会的悲惨境地。在《莠草》中，作者通过马努埃尔后来的一些经历，让读者认识了摄影师、雕塑家、新闻记者、无政府主义者、印刷厂厂主等另一类城市下层人物。最后，主人公步入歧途，被拉进马德里的流氓盗窃团伙、阴森恐怖的黑社会——“瘸子”窑洞。挣扎在求生线上的马努埃尔因涉嫌谋杀而被捕入狱，最后无罪释放。而他的朋友哈斯丁一直在关心着马努埃尔的健康成长，力图使他摆脱流浪汉的生活。经他介绍马努埃尔当上印刷工人，特别是在印刷工人赫苏斯、女友萨尔瓦多拉——他后来的妻子的帮助下，马努埃尔改邪归正，依靠双手吃饭。无政府主义者、马努埃尔的挚友哈斯丁谴责社会的不公正的同时，也现身说法，启迪主人公的觉醒，鼓励希望有一个美好未来的马努埃尔自我奋斗。在《红色曙光》中，除了原有主要人物外，还重点描述马努埃尔的弟弟胡安——一个堂吉诃德式的革命者。对胡安过多的描写冲淡了马努埃尔的形象，他们弟兄二人经常出入于“曙光”咖啡馆。马德里的无政府主义者常在此聚会，故人们在“曙光”招牌前面冠以“红色”二字，将这个店铺称为“红色曙光”。这部作品主要描写马德里无政府主义者企图推翻国王的革命活动。这个时期的马努埃尔不仅有了固定职业，而且成了工厂主。业已继承了巨额遗产的哈斯丁赴英国之前，将他与马努埃尔合股开办的印刷厂也让给后者。在“红色曙光”出入的各类人物已经不是被排除在社会之外的冒险家、流浪汉了，而是深受20世纪思想熏陶的人物，如“解放者”、“贫困的哲学家”、“激进的共和派人士”。这些人把社会上最突出的哲学问题带到“红色曙光”的桌面上来争辩，诸如法律、自由、权利、所有制、工作、政府等。这些都是20世纪前三十年里牵动整个西班牙的社会问题。为了实现乌托邦革命理想而奋斗终生的胡安在阿方索十三世登基之日企图推翻国王的打算失败后，生病身亡。如果说前两部作品中还带有古典的流浪汉小说的印迹的话，那么这部作品已接近今天西班牙社会小说的文体了。可以说，《红色曙光》是西班牙“社会小说”的前身。写实主义以及对社会问题的关注是这套三部曲的突出特色。

巴罗哈是一个一直对周围环境不满的人。在他青年时代的作品里，他塑造的人物是他最感兴趣的人物，诸如强者、胆大妄为的人和积极进取的人。他笔下的人物来自他周围的现实生活和他本人的亲身阅历。人物极其众多，他们之中的不少人随着故事情节起伏跌宕的发展出现与消失。情节与人物是巴罗哈小说结构上的两大支柱。他笔下的人物有的是在一旁冷眼旁观的观察者，一般讲他自己不直接参与到故事情节中去，这种人物常常影射巴罗哈本人。还有被社会所排斥、逆来顺受的意志薄弱者，在他的早期作品里这种人物较多，如《知善恶树》中的安德列斯。此外还有从尼采的作品中得到启迪而塑造的胜利者，如《为生活而奋斗》中的马努埃尔。在巴罗哈眼里，世上只有两种人：胜利者与失败者。在巴罗哈的书中还出现各种冒险者。这是一些能够战胜一切艰难险阻、摆脱温情干扰和克服自身弱点的硬汉子（如《冒险家萨拉卡因》），是一些极有成就的、也是体现巴罗哈思想的人物。但是他们最后总是以失败的下场而告终。

从巴罗哈的文风与技巧上看，巴罗哈很可能没有对文体和形式给予专门的关注。他不认为小说创作上有一个放之四海而皆准的具体的"技巧"，尽管他仍然沿着几乎不变的模式去写：故事总是围绕着一个主人公在一定的环境里的所作所为而发展。他的作品的艺术特点是尽量写得自然。他不赞成那种咬文嚼字、装模作样的行文方式。一切所谓的静穆圆熟之类的文字技巧，他并不十分着意，他只凭自己对生活的观察与最深切的感触，以他质朴、劲健的文字而尽兴发挥、吐纳，而且一旦写就之后就从不再去检查修改，故而巴罗哈的文字便少了些斧凿雕刻的痕迹，多了些天成的自然情趣。巴罗哈的小说故事结构是平铺直叙的，其故事情节的安排受制约于主人公们的活动的开展，类似流浪汉小说。

巴罗哈第二阶段的作品是题为《一个活动家的回忆录》的多卷集巨著，共计22卷，写就于1913—1935年。书中的主人公的原型——一个酷爱冒险生涯的人物是巴罗哈的一个远房亲戚。他曾参加过独立战争和卡洛斯战争。这部巨作以19世纪头50年的西班牙为历史背景,又以冒险家、自由派分子阿维拉内塔的亲身经历为主线艺术地再现了这个时期的西班牙。巴罗哈用从家人处获得的传说、轶事以及从西班牙各地收集到的档案文献资料再现了自由派、冒险家神奇的一生。巴罗哈立足于历史现实的基础上,驰骋于自由虚构的广阔天地之间。

巴罗哈的这部作品囊括的历史时间与加尔多斯的《民族轶事》的某些历史背景时间相一致,这两部巨著的区别在于:加尔多斯从捍卫自由派利益出发描写落后与进步两股力量进行殊死搏斗的历史事实,而巴罗哈则认为历史只不过是由一些偶然事件组成的、一堆毫无意义的混沌事物。他不相信史实能够阐述得清楚。巴罗哈的怀疑主义态度使他采取一种游离于历史之外的立场。不管是法国人也好,西班牙人也好,卡洛斯派也好,自由派也好,他既不站在这一边也不站在那一边。巴罗哈的悲观主义以及他那把战争视为野蛮和狂热带来的必然结果的看法表现在他的字里行间。

巴罗哈的文学创作种类繁多:三部传记体小说、两部戏剧(其中一部实为对话体小说)、一本他不喜欢的诗集《郊区之歌》、九本散文随笔、四部短篇小说、五部中篇小说、六十六部长篇小说(其中大部分被作者编为三部曲)。此外还有七卷集的回忆录《最后归来》。从而我们可以说巴罗哈是西班牙最多产的小说家之一。

米格尔·德·乌纳穆诺–胡戈(1864—1936)于1864年9月29日出生在毕尔巴鄂一个殷实的商人家庭,在条件优裕的私立圣尼古拉斯小学完成最初的学业。1870年丧父。12岁进入比斯开中学。1874年卡洛斯党的军队炮击毕尔巴鄂城,这是他一生中难以忘怀的事件之一。对此,他后来在小说《战争中的和平》中有很精彩的描述。他少年时期的往事被他写进《少年时期的回忆》。1880年中学毕业后到马德里中央大学学习哲学和文学,在这个阶段为报刊撰写了最初的稿件。他很不喜欢首都的城市生活，十分怀念自己的家乡巴斯克。三年后他就以优异的成绩获得硕士学位。1884年取得博士学位后，回到家乡，在比斯开中学任代课教师，讲授拉丁文，并为报考教授席位做准备。经过几次失败后，终于在1891年获得萨拉曼卡大学的希腊语言文学教授席位，1901年出任该大学校长。任职期间，经常为教育经费等问题与政府中的政客展开不调和的斗争。他通过各种办法奔走呼吁，均未奏效，最后导致公开抨击国王阿方索十三世，使得他成为当时引起争议的重要人物，以致在国内形成拥护乌纳穆诺派和反对乌纳穆诺派。乌纳穆诺早在1894年到1897年间就与西班牙工人社会党的创始人巴勃罗·伊格莱西亚接触，并投书《阶级斗争》刊物，撰文表示赞同社会主义学说。但从1895年开始对社会主义思潮逐渐采取冷漠、疏远的态度。

自从全家搬进校长府邸后，生活安排得井然有序，表面上也很平静，但他的内心世界却增加了更多的忧虑与不安。1897年开始了折磨了他一生的宗教思想危机。

这时他已出版了最初的文学作品，并还扩大了与国内著名报刊的合作，如《西班牙的启蒙》、《公正报》、《先行者》以及巴塞罗那的《新闻》等。从1900年起开始为阿根廷的《民族报》撰稿。他需要为这些报刊工作以帮助家庭渡过经济难关。他担任着繁重的教学工作。从1900年起，不仅讲授希腊文学和语言，而且还承担了卡斯蒂利亚语与拉丁语的比较语文学课程。这个时期撰写了他的一些重要作品，并经常出席赛诗会或到各地做学术报告，足迹遍及全国。他带着沉痛的反思心情观察着各种社会现象。经过对西班牙历史的回顾、思考与对现状的考察、分析后，从他口中迸发出“西班牙让我痛心”的名言。有关西班牙的这一爱国主题，在他后来的许多作品，如散文随笔《关于纯正性》（1895）、游记《穿越西班牙、葡萄牙的土地》（1911）以及《西班牙游历见闻》（1922）中都有充分的体现。

1914年第一次世界大战爆发后，他撰写文章赞扬协约国，猛烈抨击西班牙君主国与中欧“列强”的勾勾搭搭的行径。不久，他被撤掉校长职务。这个事件引起西班牙知识界的强烈不满。乌纳穆诺发动了一场巨大的反对王室的运动，从而在知识界、政治界他的威信与日俱增。

1923年他发表不少文章反对以政变手段上台的军事独裁者里维拉将军，后者把他流放到加那利群岛的富埃特文图拉岛。后来乌纳穆诺逃到巴黎，在巴黎一直住到1925年8月。他不佳的健康状况以及他的宗教思想危机，使得他的孤独感越来越严重。在他的《如何写小说》一文中刻划了这段苦恼的生活经历。

后来，乌纳穆诺去了西法交界处的法国小城昂戴。他继续写作，特别是诗歌与戏剧。他遥望着祖国巴斯克的土地，撰写抨击独裁者的文章。

里维拉军事独裁垮台后乌纳穆诺结束了流亡生涯。1931年，共和国成立。他再次被任命为萨拉曼卡大学校长，被选为西班牙皇家语言学院院士。

佛朗哥起事时，乌纳穆诺支持佛朗哥。内战期间他宣布反对共产主义，共和国政府撤销他的校长以及其他一切公职。然而，年迈的乌纳穆诺对民族主义者滥施淫威也是无法苟同，1936年10月在大学的开学典礼上——西班牙民族派的领袖佛朗哥也出席了这个典礼，佛朗哥的一名将军在大会上做了报告。乌纳穆诺听完之后，提出异议，并说出流传于后世的名句：“您可以把我们压服，但不能使我们信服”。没过多久，1936年12月31日，报上发表一则消息说：“乌纳穆诺教授逝世……”。

他从不隐瞒自己的好恶，从不畏惧强暴，也从未被功名利禄诱倒过。不少人崇拜他，因为他们认为没有谁能比乌纳穆诺更了解西班牙了。他对西班牙的脉搏摸得十分准确，而且力图热情地讴歌它。欧洲资本主义残暴面目早就使他感到厌恶。他从西班牙封建历史中寻找优点来与欧洲的资本主义抗衡，实际上，他在客观上美化了中世纪制度。他的随笔《既反对这个，又反对那个》（1912）的标题恰如其分地概括了他的一生为人。这是充满斗争的一生，不仅跟别人斗，而且更主要的是与自己头脑中的矛盾思想进行自我斗争，从未平息过，正如他所说的那样“平息即意味着自欺欺人”。

乌纳穆诺30岁才开始写作出版。起步虽晚，但著作等身，而且涉及的种类极广。他写散文、小说、诗歌、戏剧、文艺评论、语文学研究、政论杂文等，但他是以散文作家、思想家著称于文坛的。乌纳穆诺总共写了8部小说、70余篇短篇小说、12部散文随笔、7部诗集和11部戏剧。

他的小说有：《阿维尔·桑切斯》（副标题：情感的故事，1917），这是他所写的小说中最富有悲剧性的一部。他利用《圣经》里该隐和亚伯的传说，对嫉妒成性——“西班牙民族的麻风病”进行了深入的剖析与抨击。《爱情与教育》（1902）以19世纪末教育事业的失败为主题，描述了父母以望子成龙的心态渴望将儿子培养成天才，结果最后导致青年的自戕的故事。其他小说还有反映信仰危机的《殉教者，堂马努埃尔·布埃诺》（1933）等。在乌纳穆诺的小说中很难找到人物的内心、外表的描述和景观的描写段落。他的小说很短，给读者这样一种印象：每部作品都是即将写出的一部优秀作品的一个草图、一个框架。乌纳穆诺最长的小说，如《迷雾》、《战争中的和平》每部也不超过300页。其他的都可以说是短篇小说。

《迷雾》（1914）是乌纳穆诺小说创作中的最佳作品之一。全书共33章，另外还有两个前言和一个后记。小说包含五个同心圆式的环形结构，一环套一环，充满神秘、不可捉摸的氛围，直到最后读者才醒悟过来，发现小说描写的人和事都是文字游戏。唯一真实的是明白了作者的哲学观点。《迷雾》 的第一环包括前言和后前言，前言是由维克托·戈蒂，小说的主人公奥古斯托·佩雷斯生前好友，一位不知名的作家，在小说的作者乌纳穆诺的亲自请求下撰写的。后前言则是由乌纳穆诺本人写成的。因此小说的第一环就已经暗示读者，本文的作者不仅仅是位全知全能的叙述者，而且也是小说中的一个人物，从而引导业已进入这座文学迷宫的读者找到步入《迷雾》的大门。一至七章形成本书的第二环。这一环中，一方面由叙述者介绍主人公奥古斯托的外出活动：出门上街，邂逅少女欧亨妮娅，对她产生爱慕之情。叙述者在此以嘲讽的笔调把奥古斯托不谙世事，因而显得滑稽荒唐的举止描写得淋漓尽致。另一方面，奥古斯托本人通过意识流、内心独白和与从大街上捡回来的爱犬欧费欧的单向对话表现出自己的内心冲突和痛苦。第8章到第30章形成第三环：是小说的中心环节，篇幅也最长。这一部分奥古斯托拜访欧亨妮娅一家。两位年轻人正式相互认识。欧亨妮娅并不爱奥古斯托，但是出于经济上的原因，少女假装答应奥古斯托的求婚，可是在举行婚礼的前两天，欧亨妮娅背叛了奥古斯托，与她的恋人毛里西奥私奔。在这一环中出现了一系列人物，通过与他们的对话形式，揭示主人公的内心隐秘。在奥古斯托从最初的自我封闭式(表现为独白、意识流)的生活到能够与外人交流思想的心理变化过程中，起主导作用的是爱情的力量。爱情使得奥古斯托从人性的麻木沉睡中苏醒。

从第31章起到第33章形成第四环，值得注意的是叙事者的人称发生变化，前30章都是用第三人称，而在这里开始用第一人称。这样一来，乌纳穆诺以小说的一个人物身份出现在读者面前。情场失意的主人公奥古斯托读了乌纳穆诺的一篇文章后，决定在自杀之前去萨拉曼卡的乌纳穆诺的寓所以求和这位大名鼎鼎的作家见上一面。

在《迷雾》中，奥古斯托不仅与其他人物来往，而且还走进了乌纳穆诺在萨拉曼卡的书房兼办公室。乌纳穆诺不仅是这部小说和其他名著的作者，也是《迷雾》中的一个人物。

本书后记形成第五环，但此刻叙述者又重新用第三人称方式，以跟读者通力合作的语气，借奥古斯托的狗欧费欧之口哀悼主人公的自尽身亡。

狗所扮演的角色无非是加强读者的再创造能力，赋予奥古斯托这个人物一种真实性，一种建立在读者凭借各自想象阅读这部作品的基础上的真实性。

在后记中，乌纳穆诺强调奥古斯托一直在寻找“人的存在”。作者认为人有两个基本的方面，即“社会的我”和“自身的我”。当奥古斯托遇到欧亨妮娅，看到他与少女生活在同一社会天地里时，他首先发现了“社会的我”；随后，由于遭受痛苦和欺骗，他最后发现“自身的我”，而奥古斯托的自杀则意味着“人”的存在是虚无的。《迷雾》不仅吞噬了主人公奥古斯托，也深深地潜入了读者的内心，使读者久久难以排遣心中那片忧伤、迷茫的雾。

他的另外一部小说《殉教者，堂马努埃尔·布埃诺》讲述在巴尔贝德的卢塞纳村的一个神甫堂马努埃尔·布埃诺在世时的传教业绩。村民们正在为他申请行宣福礼，授予圣徒的称号。他在世的时候是个犹如“慈母般的男子汉”，并将他的一生献给了他的教徒。他竭尽全力使得教民对耶稣笃信无疑。

而他自己为了排遣个人的信仰危机，通过为男女间的婚姻牵线搭桥、调解家庭纠纷（特别是父子间的矛盾）、安慰不幸者等途径打发时间，同时也为教民做好事。他的活动不仅限于宗教事宜，而且还扩展到百姓的日常生活里去，诸如代写书信文书、在地里帮助干农活、帮助穷苦人劈柴、为孩子做玩具、陪同医生探视病人等。他特别注意的是想方设法让教民愉快地享用今世并相信来世的永生，而这两个东西却都与他无缘。

一天，一个叫拉萨罗·卡巴耶诺的人回到村庄。他从西班牙语美洲回来并还带回反教权的进步思想。所有村民们都殷切地希望堂马努埃尔能够调教这个青年人，以便让他皈依天主教。所以神甫对他比对其他任何一个膝下的“羔羊”格外地呵护、关照。当拉萨罗的母亲逝世之际，拉萨罗答应为他死去的母亲祈祷。过了数日后，他又去教堂做弥撒并接受圣餐。全村居民都为这一皈依天主的举动兴奋不已。但是这个青年坦率地告诉他的妹妹安赫拉，他之所以这样做，只不过是应神甫的请求以便安抚这些无辜的善男信女们的心。堂马努埃尔对拉萨罗坦言相待，并说他自己也并不相信，但是他之所以保持表面上的信仰，是因为他觉得自己没有权利剥夺教民的精神寄托，打乱他们的平静生活。

堂马努埃尔背着这个信仰危机的重担，变得日益衰老，而且这个思想重负现在还和业已知道这个秘密的拉萨罗、安赫拉分享着。最后好人堂马努埃尔在众教民的簇拥下，重复着往日曾高声诵读的经文，在教堂的布道仪式上死去。死前将从精神上安慰好他的羔羊的重任委托给卡巴耶诺兄妹。信女安赫拉就把自己对“精神上的真正父亲”的一切回忆都诉之于纸上。

通过《殉教者，堂马努埃尔·布埃诺》乌纳穆诺提出下面的问题：一个人公开某个真相就意味着给其他人带来痛苦与失去精神上的依托，在这种情况下人们应该怎么办？是公开真相还是不惜让自己生活在欺骗之中，虚假地维持别人的精神平衡？缺乏信仰的神父的不幸事件与个人认定的真理两者的矛盾问题一直在乌纳穆诺的心中冲撞着。

小说一开头就引了一段《新约》上的话：我们若今生只等待基督，那我们是人类最可怜的人（保罗《哥林多前书》第15章第19节）。乌纳穆诺引用圣彼得的一句话是为了告诉读者：书中主人公堂（或圣）马努埃尔的怀疑、不安就是那些跟随耶和华但又不相信永生的人们的那种不安和怀疑。但在拉萨罗看来村民之所以认为马努埃尔是“圣徒”，就是因为他把自己的一生贡献给了别人，是为了别人的幸福做出自我牺牲、做了无私贡献的人。然而整个情节都是围绕着堂马努埃尔的内心矛盾展开的。他愿意相信灵魂的不朽以及生命的永生，但他又无法像教民们那样笃信无疑。因此可以说其中心主题是灵魂的不朽。从这个中心主题派生的次要主题是在痛苦的实情（不存在永生）和幻梦的和平共处（建立在盲从而天真的信仰基础上的）的矛盾对立。

这部作品表现了乌纳穆诺的人生的悲切情感。这部篇幅不长的小说里囊括了浓缩的神学内容和哲理思想：人的存在和灵魂的不朽。这实际上也是作者本人没有解决的问题，如作者把风景做了拟人化的描绘。通过大自然的永存，如村庄、湖水和高山的永存去象征神秘的来世、永生，但大自然的一种现象，如下雪在某种情况下是永存的，在另一种情况下又是短暂的：在高山上是永存的，在湖水里是消失的。“拉萨罗，你看到了吗？雪下到湖里，死在水里，但它却覆盖了群山，这是多么不可思议！”堂马努埃尔很惊奇地观察下雪的神秘现象。人像雪一样。但是人像高山上的雪，还是落在湖里的雪？他不知道。乌纳穆诺的创作意图在于想引起读者的思考，向他们提出不朽的问题，一个一再折磨他的问题，请读者跟他一道思考，也许使读者也陷入迷惑不解的困境。

在他的另外两部散文作品《对生活的悲戚情感》（1913）和《基督教的末日》（1925）中作者反复探索生存、死亡、神性等的真正含义以及人类死后永生不朽的问题，反映出他在信仰与理性间的永恒矛盾。他认为神之所以存在是基于人们渴望永生不朽而产生出的宗教感情，因而人才是宗教的基础。他还认为，人们需要一个上帝，一位位于众人之上的超人，这是不言而喻的。但不是让他来解释人类的起源——创世记说，而是让他保证人类得以永生不朽。他希望对世界、上帝进行理性分析，但他又怀疑理性的作用，认为“理性永远是生命的对头”。所以他在对人类永生、上帝、生命、死亡等问题的探讨上，都无法得到圆满的结论。其他散文作品还有论述西班牙历史特点的《关于纯正性》，反映在法国流亡期间痛苦心态的《怎样写小说》（1925）、《我的宗教和其他杂文》（1910）、《青少年时期的回忆》（1908）。乌纳穆诺是一位优秀的散文家。散文的内容涉及面极广,有历史、政治、文学、语文学、宗教以及伦理。他笔下的散文几乎都是用第一人称写就的。用第一人称写好似在独白,在读者眼前,他就是作品的主人公,又好似在与读者促膝谈心。

他的诗歌与散文相比略显逊色,但在诗歌界乌纳穆诺也占有一席之地。他从1928年到1936年共写了1775首诗(其中包括他死后出版的《歌谣集》(1953))。生前发表的诗歌有:《诗集》(1907)、《流放的谣曲》(1928)、《贝拉斯克斯的基督》(1920)等。

他在西班牙戏剧革新方面也作出一定的贡献。根据戏剧涉及的内容来看,反映思想危机的剧作有《蒙眼》(1898),反映女性问题的有《费德拉》(1910)、《被管制着的拉克尔》(1921),带有推理性质的、侦破杀死与剧中主人公长得一模一样的《另一个人》(1926),此外还有一些短剧作品。

他的创作紧紧围绕两大主题:西班牙的问题和人生的意义。而后者在其散文随笔中表现得尤为突出。对生存问题的关注使乌纳穆诺成为盛行于法国的存在主义哲学运动的明显的先行者。他虽然为当代思想的演变起过决定性的作用,但又并非是一个为了某个思想体系或一成不变的原则去奋斗的人。由于他今天这么主张,明天又换了主意,使得那些想系统地整理他思想的人无所适从。他从活的语言中汲取了滋养,并且又反过来丰富了口语。他轻视语法上僵死的、所谓高深的西班牙语,所以不是仅仅使用所谓正统的、伊比利亚半岛上官方的西班牙语,而是使用一种世界性的西班牙语。他的文学影响在他死后才逐渐扩大。

安东尼奥·马查多(1875—1936)出生在塞维利亚,是西班牙现代主义诗人马努埃尔的弟弟。这两位诗人的生平经历有许多相似之处。他们二人同是诗歌的爱好者、诗人,互相尊重、爱慕,情感甚笃,尽管在政治观点上不尽相同。他8岁时全家迁至马德里,安东尼奥从此再也没有回过故乡塞维利亚。这座安达卢西亚的名城成为安东尼奥童年回忆和家族传统的象征。首都的自由教育对安东尼奥的世界观、生活观的形成起了潜移默化的作用。他1889年在圣伊西德罗学校学习，后来又转到西斯内罗斯学校，直到1900年毕业。他父亲去世的1893年他以笔名卡贝耶拉发表作品《漫画》。他与里卡多·卡尔沃、安东尼奥·德·萨亚斯（1871—1945）结为莫逆之交，戏剧、斗牛、弗拉门戈舞是他们的共同爱好。自从1895年祖父去世后，家境窘迫，安东尼奥不得不去做些报酬极低的工作。他曾在《联想字典》编辑部门打工（1896），去巴黎数月，为出版社搞文字翻译，在剧团当见习生（1900），与哥哥、现代主义诗人比利亚埃斯佩萨一道改编雨果的《艾那尼》（1903）。1903年他的第一部诗集《孤独》出版。这个时期，马查多过着流浪生涯，光顾咖啡馆的聚谈会，在报刊上发表诗作。

1907年起他在索里亚中学担任法语教师，同年他发表了《孤独、长廊和其他的诗》，并为地方报刊撰稿、写诗，其中包括：《索里亚土地》、《卡斯蒂利亚的未来》、《努曼西亚的报信者》。

在索里亚工作时，马查多住在特阿迪诺斯广场旁边的一家膳宿小公寓。两年后与公寓店主的女儿莱昂诺尔结婚。1910年得到“扩大学习委员会”的资助携妻赴法国巴黎研究法国语言，师从于法国语言学者贝迪埃、梅耶以及雷夫朗，并在法兰西学院聆听了柏格森的系列讲座。

这时莱昂诺尔突然患了咳血病，而且病情日益恶化。安东尼奥不得不中止学习，携妻回国。不久莱昂诺尔在索里亚去世。在他的妻子离开他的两个月前，《卡斯蒂利亚的田野》第一版面世，并得到资深评论家的好评。莱昂诺尔不幸与世长辞，诗人受到致命打击，痛苦不堪，甚至一度想了结此生。然而诗人的伟大志向使他坚强地渡过难关，诗歌创作上的巨大成就多少弥补了一些他心灵上的无限悲哀。这位自认为“流着雅各宾派血液”的诗人深感自己有责任把“死气沉沉、令人生厌”的西班牙从“死海边缘拉回”。

为了避免触景伤情，他迁到安达卢西亚地区的巴埃萨任教。在这座小城，马查多继续撰写《卡斯蒂利亚的田野》的第二部分。在这里居住的八年(1912—1919)里，他有机会潜心阅读以及继续自修哲学、文学的课程，并于1918年获得学位。

1917年他发表了作品《选集》和《全集》。1919年《孤独、长廊和其他的诗》的第二版问世，诗人也转到马德里附近的塞哥维亚中学任教，从而得以利用周末去首都与家人团聚，与首都文化界朋友交流。此间，他创建了塞哥维亚的人民大学。在塞哥维亚时期，安东尼奥·马查多为《印蒂塞》、《笔》、《公正报》、《西方杂志》、《西班牙》等刊物撰稿。

里维拉军事政变并未影响到安东尼奥·马查多的生活与个人的发展。他在内心深处并不赞同军事独裁政权，但被军方取缔的国会的种种腐败也让马查多极为不满。在这个时期他被选为西班牙皇家语言学院院士。1926年安东尼奥与他的哥哥合作的处女剧作《不幸的命运或胡丽阿尼约·巴尔卡萨尔》的上演博得好评，特别是《洛拉到港口去》得到里维拉的青睐。尽管得到当权者的认可，诗人在1926年还是加入了共和派联盟组织，并于1931年4月14日成为在塞维利亚市政府升起共和国旗子的人们之一。1928年他与女诗人皮拉尔·德·巴尔德拉马，即诗人诗作中的吉奥马尔相识，保持着一段特殊的关系。

1931年9月他被派往马德里的卡尔德隆中学任教，在首都与他的母亲及弟弟何塞生活在一起。他为《太阳报》、《马德里日报》撰稿，发表了《胡安·德·马雷纳》的头一部分。1936年他出席了为西共党员“27年一代”诗人阿尔维蒂所组织的活动，在保卫和平世界联盟的宣言上签名。他申请到马德里塞万提斯中学任教并获得批准，尽管由于内战爆发最终未能在该校授课。这时他出版了《安东尼奥·马查多诗作全集》第四版以及《胡安·德·马雷纳》。并完成了与他的哥哥合作撰写的剧作《在战争中死去的人》。

内战使得他的哥哥马努埃尔与他的恋人吉奥马尔被隔绝在佛朗哥军

队占领区。安东尼奥以笔墨作刀枪投身到保卫共和国事业中去。11月他同家人一起迁到巴伦西亚。他老年体弱多病，而且烦心事不断发生。过去的朋友归顺到佛朗哥阵营，但他对他们仍一视同仁，继续珍视旧时的友情。乌纳穆诺的突然去世使他极为痛惜。

1938年4月他与他的家眷撤退到巴塞罗那。马查多抱病坚持为《西班牙的钟点》及其他报刊撰稿，还为《先锋报》开辟了一个新的专栏“战事（NFECC）望台”。1939年1月22日他再次撤到法国，一个月后在西法交界的边城高里奥尔病逝。

安东尼奥·马查多的政治思想可以追溯到他家庭的自由派传统。他对君主复辟政权从来没有好感。从他的诗作中可以看到，诗人首先对腐朽、没落的西班牙深为忧虑不安，接着抨击它的弊端以及表达通过行动改变西班牙现状的愿望。他们这代人的抗议精神在马查多身上体现为放荡不羁和复兴主义。

安东尼奥的思想逐渐发生转变，复兴主义的模糊理想逐步被清晰的阶级斗争意识所取代。这种转变在“98年一代”的作家中还是比较突出的。他在小城镇巴埃萨居住期间，亲眼目睹了当地难以从记忆中抹去的社会不平等后，发生思想变化并写诗抨击、讽刺。他从悲观的抨击转向对未来充满信心；从不了解民众的主人翁作用转向高度评价劳动人民，从唯美角度或理想角度看待“西班牙问题”转到直捣西班牙的社会问题。他的这种立场在西班牙内战阶段变得更加坚定。

马查多的作品不多，主要是诗歌，还有散文、戏剧。诗歌创作有三大主题：土地、风光和祖国。根据诗人生活的轨迹，他的创作可以分为四个阶段。首先是现代主义诗歌阶段（1899—1902）。此阶段，诗人深受拉丁美洲“现代主义”诗人卢文·达里奥的影响，作品晦涩难懂，代表作是《孤独》。其次是摆脱“现代主义”诗歌束缚阶段（1903—1907）。这时诗人已从表现内心世界转向关注外界事物。马查多虽然擅长于反映西班牙人民的生活和描绘内心复杂细腻的感情，但他最杰出的作品是风景诗。在短短的几行诗中，卡斯蒂利亚葱绿的橄榄林园、变幻的四季、繁忙的街巷场景等众多景观尽收眼底。在他的笔下，一切事物都获得了生命，所以有人说是安东尼奥·马查多把优美的诗意赋予了西班牙的自然风景。他这个阶段的代表作是《孤独、走廊及其他诗歌》。在体现"98年一代"思想阶段（1907—1912）里，诗人主张"诗歌就是人们与其所处的时代的对话"，他逐渐将社会生活作为创作主题。在索里亚凝视着卡斯蒂利亚风光，诗人产生了对卡斯蒂利亚—西班牙的灵魂的反思。他触景生情地联想到国家未来的命运。这阶段的代表作诗集《卡斯蒂利亚的田野》就反映了诗人的这一基本思想。诗人首先描绘独特的卡斯蒂利亚风光：乱石滩、丛生的野草、橡树林、榆树林、青紫色的山丘。接着，由风光联想到卡斯蒂利亚的现实、人民的生活，将西班牙昔日的光辉业绩与今日的贫困状态加以对照，发出"啊！可悲但又高尚的土地……，贫穷的卡斯蒂利亚"的悲叹，这是"98年一代"共同关心的主题。同样，《一个年轻的西班牙》、《短暂的明天》等诗歌也揭示了同一主题。马查多还模仿民间谣曲形式写出了叙事体长诗《阿尔瓦尔·贡萨莱斯的土地》。在创作哲理诗阶段（1913—1939），他的诗作与前期相比都是一些思想内容不深、艺术价值不高的警句式短诗，以《新歌集》为代表作。

马查多的诗歌语言新鲜朴素，诗歌形式十分近似于西班牙民歌，朗朗上口，易于吟唱、朗诵。他的诗歌含义深邃，描写细腻，但又不过分雕琢。他反对矫揉造作、鹦鹉学舌的创作，曾说过："我们需要的是声音，而不是回声。"安东尼奥·马查多具有的这些良好文风，尤其是他高尚的品德，使得今天西班牙语国家新一代的诗人都把他奉为自己的楷模。

马努埃尔·马查多（1874—1947）出生于塞维利亚的一个书香门第。父亲是个著名的民俗学家兼律师。祖父也是一位远近闻名的学者。整个家族具有明显的自由主义政治思想倾向，并在传统上对民俗研究颇有造诣。这种政治上与文化上的家族氛围对年幼的马查多兄弟的日后为人与诗歌创作无疑产生了潜移默化的影响。自从西班牙王权复辟之后，他父亲由于反教权的激进立场无法再履行律师职务，给家庭生活带来困难，全家只得依靠祖父的经济收入维持生活。1881年祖父放弃塞维利亚大学的教学职务，就任马德里中央大学理学院系主任，此后不久举家迁到首都。

马努埃尔与弟弟安东尼奥均在推行先进教学方法的自由教育学校就读，他们对这所学校极有感情。1893到1895年间父亲与祖父相继身殒。马努埃尔被送回塞维利亚的外祖父家中借住，攻读人文科学，并与表妹埃乌拉利阿相恋。

由于遇到经济拮据问题，马查多兄弟二人到《联想字典》编辑部工作。1899年马努埃尔赴巴黎，在那里为一家出版社进行文字翻译工作糊口。他在法国认识了纪德、尼加拉瓜诗人卢文·达里奥以及同胞巴罗哈等人。1900年12月返回马德里，参加了现代主义文学团体，与巴列-因克兰、马埃斯图、萨瓦、比利亚埃斯佩萨等人一起活动，与此同时在《埃莱克特拉》和《青年》上发表作品。此后不久出版他的第一本诗集《灵魂集》。1902年在巴黎小住不久后又回到马德里，为现代主义刊物《西班牙的灵魂》、《埃利欧斯》撰稿，文学界对他的诗作褒贬不一。他仍然过着流浪文人的生活。1910年与埃乌拉利阿结婚后，马努埃尔·马查多不得不改变流浪文人的放荡生活，应征档案、图书管理员的工作。他曾在国家图书馆工作，1924年起几乎用了毕生精力负责马德里市图书馆的管理工作。1916年成为《自由人》刊物的戏剧评论作家，然后又成为专栏作家。

1919年他离开《自由人》。在里维拉军事独裁时期，马查多兄弟处于仰首伸眉阶段，一方面马努埃尔升任为图书馆馆长，另一方面，他们兄弟俩联手创作的戏剧作品受到观众的欢迎。

马努埃尔带着某种兴奋心情迎来了共和国的成立，并为此写下了一首新的国歌。后来发生的一系列政治事件，与他陈旧的自由主义立场相悖,使他改变了看法。1934年由于他的右派观点被逐出《自由》刊物。内战前夕他和妻子像往年一样到西班牙北方布尔戈斯探望卡门——他妻子的姐姐,一个在家修行的修女。军队举事叛乱使得马努埃尔一家无法返回马德里,身陷在佛朗哥军队占领区,但此后不久他的自由主义立场受到抨击,从而变成新政体的官方诗人。

对马努埃尔拥护佛朗哥阵营问题可能舆论上过于夸张了。他如同当时的许多西班牙人一样,由于客观环境的限制,出于被迫、无奈,有保留地接受了这个政权。战争的噩梦经历、弟弟与母亲客死异邦等悲惨事件,给他的晚年生活蒙上一层阴影,使得他热衷于宗教,这种情况很难区分是出于逃避当时政治气氛的压力,还是由于妻子的影响,还是出于寻找慰藉的需求。他于1947年在马德里去世。

内战使他拿起笔,结合当时具体形势撰写了带有宗教性的爱国诗篇。纵观马努埃尔的全部诗作基本上有以下四种模式:他在1894年到1899年之间写就的抒情诗作,显而易见是受到贝克尔的诗歌以及民间歌谣的影响,如《灵魂集》(1900—1909)、《随想集》(1906);具有帕纳斯派和印象派特点的描写性诗歌,如《博物馆》(1907)、《阿波罗》(1911)、《民族节日》(1906);具有安达卢西亚地区民歌特色的诗篇,如《悲伤与欢快》、《深歌》[①](1912);以放荡的浪人生涯为内容的诗歌,如《歪诗集》。除了上述一些诗集之外,还需要加上晚期撰写的诗歌,如抒发内心苦痛的诗集《死的艺术》以及宗教和爱国内容的诗集《黄金时间》(1938)、《时钟》(1947)等。与他的父亲、弟弟一样,马努埃尔也是弗拉门戈舞蹈与其民歌的鉴赏家。他很早就开始撰写深歌,一直到1912年才将零散深歌作品收集成册出版。

《灵魂集》中的灵魂一词,在民间语汇中相当于人品、特点、情感、内

① 深歌系指在安达卢西亚地区民间演唱的、为弗拉门戈舞蹈伴唱的一种凄切委婉的曲牌。

心深处……。诗集试图以抒情形式挖掘“内心王国”、潜意识、不为人知的诗人内心感受。这是一部极其具有象征主义特点的诗集，使用众多形象表示难以言喻的“死亡”、“爱情”、“孤独”。公园、傍晚、黑夜是作者经常重复使用的象征性词语。其中作为诗集开篇的《夹竹桃》犹如诗集的前言，展示了作者的自画像。马努埃尔的主题严肃的诗作主要是缅怀历史名人，如熙德、贝尔塞奥、费利佩二世以及西班牙的一些伟大画家。《卡斯蒂利亚》一诗描写了熙德被流放的悲壮场景，再现了《熙德之歌》中讲述的被流放的熙德一行人马路过乡村打算借宿，百姓出于惧怕国王的淫威不敢留宿客人的情景。诗歌展现了熙德一行竟遭到9岁女孩的婉言谢绝的轶事。在诗人笔下，民族英雄熙德的温柔、好客、儿女情长与骑士固有的刚强、豁达都得到鲜明的体现。以“醇醪、情感、诗文、吉他/汇成家乡的歌儿，”开头的《歌儿》极其具有安达卢西亚民歌特色，通过朗诵已广为流传。这首诗作可以视为作者后来的《深歌》的先声，但其深度尚嫌不够。

《随想集》是一部模仿魏尔仑的诗作。其中有歌颂浪人生涯的作品，如《模特儿米咪》，也有探讨灵魂世界的象征主义诗歌，如《含混模糊的》。

具有帕纳斯派和印象派特点的描写性诗歌《民族节日》，1906年在马德里先发表了一部分，后来发展到59首。这是一部以印象主义手法描绘西班牙斗牛场景的作品。全诗共分七大部分，囊括了斗牛的全过程以及对夕阳西下的塞维利亚的描述。斗牛场上刺耳的鼓号声，与公牛的格斗惊险场面，颜色的综合使用（“黄金、丝绸、鲜血和太阳”）与诗歌结尾处塞维利亚宁静的黄昏形成鲜明的对照：“犹如发自宽厚胸怀的叹息/逐渐昏暗的黄昏/太阳也变得黯然失色……。”

纵观作者的全部诗作，可以看出颓废悲伤、内心空虚以及晚年的宗教寄托对他的创作的影响。总的来说，马努埃尔·马查多为数不多的诗篇有着外形的优美与内心的深思相结合、世界性与民族性并存、现代主义的夸饰文体与民间歌谣体相渗透的特点。

哈辛托·贝纳文特·伊·马丁内斯(1866—1954)出生于马德里的一个著名的儿科医生家庭。曾在马德里中央大学攻读法律,因酷爱戏剧而放弃学业。他当过演员,随剧团到西班牙各地巡回演出,有机会接触到社会各阶层人物,取得丰富的社会经验。1885年父殁后,他去欧洲旅行。此后又曾多次涉足欧美诸国。他很熟悉西欧古典的和现代的戏剧作品,早在大学时期就开始写作。后来曾主编《文学生活》、《诙谐的马德里》,并为西班牙重要报刊撰稿。1894年以揭露社会丑恶现象的《别人的窝》开始在戏剧舞台上崭露头角,尽管由于他的革新手法不被西班牙观众与评论界所理解,演出没有达到预期效果,但揭示资产阶级、贵族出于利益驱使而发生的一系列婚姻、爱情纠纷的《熟人》(1896)却轰动京城。

贝纳文特一生的剧作甚多,出自他笔下的不同类型的剧本近200部,但其中有不少剧本价值并不高。他写过风俗喜剧、心理分析剧、情节剧、伦理剧、象征剧,而他最擅长的是社会讽刺剧。他的剧作内容广泛、题材与风格各异,可以说为西班牙现代戏剧开拓了新境界。他写的剧本哲理性强,寓意深远。某些剧本对资产阶级和贵族阶层的伪善、自私进行了无情的嘲弄,笔锋犀利,语言风趣,但批判的范围尚嫌狭窄,亦不够深刻。他最优秀的代表作是早期剧作,以揭露资本主义制度下金钱关系为内容的社会讽刺喜剧《利害关系》(1907)。其他佳作还有富于浓厚地方色彩的、反映农村婚姻悲剧的《不吉利的姑娘》(1913),颂扬母爱的《女主人》(1908),讽刺上层社会腐朽生活的《周末之夜》(1903)等,还为儿童写过妙趣横生的幻想剧《本本主义的王子》(1909)。贝纳文特曾与"98年一代"作家们一道高举批判社会弊端旗帜,当处在是坚持抨击社会的不公正,还是为迎合观众的口味而磨平戏剧棱角的十字路口时,贝纳文特选择了后者。戏剧革新者贝纳文特的主要功绩在于使戏剧作为批判社会的工具回到现实中来，表现了当代文明社会的冲突；使诗体朗诵式对白变为富有风趣的散文对白；把单纯追求悬念的情节剧改革为通过人物富有哲理性的对话、反映现实生活矛盾的正剧；使程式化的表演变为依靠生活体验的演出；把舞台上冲动性的任意动作改变为舞台语言和思想交锋。这些都适合资本主义社会观众的口味，使之成为继埃切加赖之后的西班牙剧坛上独领风骚的戏剧家。他是20世纪西班牙戏剧最杰出的代表之一。尽管在20年代后期贝纳文特便不再被视为革新的戏剧家，但几十年来的影响一直比较深远，他的作品普遍受到了观众的推崇。1922年因"继承和发扬西班牙戏剧优秀传统风格"而获得诺贝尔文学奖。

"14年一代"　本世纪初，当"98年一代"作家乌纳穆诺、巴罗哈、巴列-因克兰等人正处于创作高潮之际，出生于1876年至1890年左右的西班牙后起之秀已经开始在文坛上崭露头角。这一代的代表作家之一奥尔特加·伊·加塞特22岁时就著文抨击"98年一代"的某些权威作家，同时激烈指责现代主义创作手法的表面化。1906年，另一位青年作家欧亨尼奥·多尔斯（1882—1954）在巴塞罗那第一次提出"新世纪派"（或译为"九百年代"）的名称，以示他们与19世纪的作家有所区别。这一代的作家认为自己不仅从思想上而且从所受到的教育上都不同于19世纪末的作家，他们确信已具备20世纪人的条件，因此宣称要进行一场文化上的革新。不久，一批青年作家团结在"新世纪派"的旗帜下。除了上述两位作家外，还有小说家佩雷斯·德·阿亚拉（1881—1962）、加夫列尔·米罗（1879—1930），拉蒙·戈麦斯·德拉·塞尔纳（1888—1963），随笔作家、政治家格雷戈里奥·马拉尼翁（1887—1960）等人。这些作家都经历过第一次世界大战，故又被称为"14年一代"。

在政治思想上，他们从资产阶级自由派立场出发，采取一种改革的态度，重视严格的、科学的教育培养方式，这种唯理主义的主张有别于"98

年一代”所具有的自学成才的、主观主义的、非理性主义的特点。他们把西班牙视为欧洲不可分割的一部分,投身于欧洲文化的发展事业。从美学角度上看,他们的创作态度严谨,十分注重个人文体的雕琢、修饰。“优雅”与“精益求精”是他们创作上的座右铭。总之,他们的作品是为少数上层知识分子服务的。他们对现实主义手法明显地疏远,认为艺术作品首要的是美学价值。奥尔特加·伊·加塞特于1925年发表的有关文学艺术的评论《艺术中的非人性化和关于小说创作的想法》一书在西班牙文学界引起不小的争论。他认为艺术作品只有摆脱现实才能成为真正的艺术品;艺术本身应是高尚的,为特权贵族阶层所拥有的;艺术是一种纯粹的游戏,不应有社会作用;艺术是一种优雅的成果,凡属优雅的东西就不能去追求社会效益;艺术应该风格化,风格化就是指对现实的扭曲,奥尔特加称之为“非人性化”。他认为,应该逐步摒弃在浪漫主义、现实主义和自然主义时代作品中占据统治地位的人性成分,他列举音乐家德彪西、画家达利、剧作家皮兰德娄、诗人马拉美以及达达主义者们在作品中的非人性化,号召不要用小说、戏剧去描绘人类的不幸,因为风格化与作品中对人类疾苦的关注这两者是水火不相容的。他要求艺术家们以冷漠的态度游离于社会性之外去追求个人的美学风格。他提倡印象主义的写作手法。奥尔特加的这种贬低文学艺术的社会效益的观点在当时产生了不小的影响。但他的美学观也是自相矛盾的,他在其他文章中曾不止一次地强调“艺术是人类感情的王国”。他的《艺术的非人性化》一书被视为指导20年代新诗歌、新艺术创作的重要源泉。奥尔特加·伊·加塞特对“27年一代”作家们的思想有很深的影响,他创办的《西方杂志》为这些崭露头角的青年诗人和小说家提供了施展才华的园地。

何塞·奥尔特加·伊·加塞特(1883—1955)是“14年一代”的核心人物,是哲学家和散文家,对当时西班牙文化界产生过突出的影响,西班牙20世纪上半叶的文学艺术和政治思想都留有他智慧的痕迹。他曾在马拉加和德乌斯托的教会学校学习，后来入马德里大学文哲系，1904年获博士学位。1905年赴德国的莱比锡、柏林进修哲学。在国外所受的教育使他能够从一个全新的角度正视西班牙面临的问题。1910年至1936年，他在马德里大学任哲学教授。西班牙内战爆发后，他自我流亡到美国、阿根廷、德国和瑞士，从事学术讲座活动，还访问过葡萄牙、荷兰和法国。1948年回国后，与他的学生胡里安·马里亚斯一起创建了人文学院。

由于奥尔特加的外祖父和父亲都是著名记者，他从年轻时起就与报刊结下了不解之缘，并将它作为活跃文化生活和激发民族情感的工具。他先后于1915、1917和1923年创办了《西班牙》、《太阳》和《西方评论》，尤其是后者成为联系西班牙知识分子与国外同行的纽带。1983年奥尔特加12卷本的全集问世，其内容大体可分为三部分：哲学、文艺批评和政论。奥尔特加的哲学思想并非一个完整的学说，而是一个“开放的体系”。在其演变的过程中，可以看到胡塞尔的现象学与海德格尔的存在主义的烙印。他试图通过客观主义和前景主义来超越现实主义与理想主义，来克服纯粹理性与实用理性的对立。在《天堂里的亚当》（1910）中，他阐释了“我”（第一人）的人格及其与周围世界（天堂）的关系。《观察家》是他作于1916年至1936年间、发表在报刊上的哲学和文学杂文的汇编。《没有脊梁的西班牙》（1921）研究了历史上病态的社会结构，认为西班牙数百年来的弊端早已孕育在西哥特人弱小帝国的胚胎中。《我们时代的主题》（1923）是奥尔特加早期形而上的代表作，在这部作品中，他已摆脱了新康德主义的影响。他已经将生命置于思想之前，以生命理性取代了他的前辈们孜孜以求的绝对理性或形而上的理性。生命是一个持续的过程，而环境会破坏或改变理性的作用。生命理性（包括思想、感情）服务于生命，因而便需要思想上的真、意志上的善和情感上的美。在《艺术的非人性化》中，他表明了自己对先锋派文学较为冷静的态度。他认为，先锋派是一种逃避现实主义的艺术。他认为，艺术如果不食人间烟火，就会变得无法理解。所谓新艺术是少数人的艺术,诙谐是新艺术家的主要工具,但不应循规蹈矩,而应着眼于青年和未来。从本质上说,这是一部为新艺术辩护的书。在《关于小说创作的想法》中,他同样站在印象派的立场上驳斥了现实主义小说。米罗和巴列-因克兰都受到了他的文学主张的影响。1929年他又发表了一篇与《没有脊梁的西班牙》风格类似的作品——《群众的反叛》。但这时他的主张是欧洲各国联合起来以抵御国际争端中的民族主义。在此期间,他又发表了一组哲学专论,如《米拉波》(1927)、《康德》(1929)、《歌德》(1933)等。同时还发表了《关于大学的改革》、《大学的使命》(1930)、《关于爱的探讨》(1940)、《论罗马帝国》(1940)等。他死后又出版了《何谓哲学》(1957)、《关于戏剧的思考》等著作。奥尔特加是生活在复杂时代的复杂人物,也是个颇有争议的人物,但有一点却是人们的共识:他对西班牙本世纪的文学和文化产生了重要的影响。

胡安·拉蒙·希梅内斯(1881—1958)是20世纪西班牙杰出的抒情诗人,从时间上讲,他也属于“14年一代”,在“98年一代”和“27年一代”之间起着承上启下的作用。1956年“由于他的西班牙语抒情诗为情操的高尚和艺术的纯真树立了典范”而获得诺贝尔文学奖。

希梅内斯于1881年出生在西班牙南部的莫格尔小镇。父亲以种植果园和经销葡萄酒为业,家境颇为富裕。希梅内斯在父母的宠爱中度过了幸福的童年。1896年入塞维利亚大学学习法律,而他本人更喜欢绘画。一次历史课考试的失败使他抛弃了法律专业,同时他的兴趣也从绘画转向了诗歌。

1900年,有两件事对希梅内斯产生了巨大影响:一是现代主义诗歌大师卢文·达里奥来到马德里并会见了他,二是他父亲突然离开了人世。前者对他是个莫大的鼓舞,因为那位比他年长14岁的尼加拉瓜诗人一直是他崇拜的偶像;后者却使他的身心健康受到了严重的打击,不祥的预感始终像噩梦一样纠缠着他。心情好转之后，他又回到马德里，醉心于诗歌创作，这使他成为当时正在兴起的西班牙现代主义诗歌运动的先驱者之一。1900年，他出版了诗集《紫色的灵魂》和《白睡莲》，同年去法国波尔多的波斯卡疗养院疗养，后来去法国其他地方以及瑞士、意大利旅游，回国后又在卡斯蒂利亚乡村居住了一段时间。1902年他重返马德里，住进了罗萨里奥疗养院。在休养期间，他创办了《阳光》诗刊，从而凝聚了一个作家群体，其中包括阿亚拉、比利亚埃斯佩萨、奥尔特加·伊·加塞特、阿索林等。这个时期的诗作有《悲哀的咏叹调》（1903）、《远方的花园》（1904）等。1904年的一天，或许由于忧伤的缘故，他突然决定回到故乡莫格尔那"白色的仙境"中去，并在那里埋头创作达七年之久。这时期的诗作有《牧歌》（1905）、《响亮的孤独》（1911）、《思考的前额》（1911—1912）等。1912年，希梅内斯回到马德里，在著名的"大学生公寓"住了四年，结识了诗人加西亚·洛尔卡和画家达利等人，并结识了他的终身伴侣坎普鲁比·阿伊玛尔（塞诺薇娅），他们共同翻译的泰戈尔的选集在西班牙语国家的翻译界堪称楷模。1915年他们到了纽约并在那里结为伉俪。他在这个时期的创作有《心灵的十四行诗》（1914—1915）、《夏令》（1915）和脍炙人口的长篇抒情散文《小银和我》（1914）。

从1916年起，希梅内斯的诗歌创作进入了新的阶段。在此后的20年间，安定和谐的家庭生活使他得以专心致志地从事文学活动。他不断在报刊上发表文章，应邀到各地做学术演讲，先后发表了诗集《一个新婚诗人的日记》、《永恒》（1918）、《石与天》（1919）、《歌集》（1935）等。

1936年，西班牙内战爆发。战争初期，他与妻子在马德里筹建了一个小小的幼儿园，后来共和国任命他为驻美国的名誉文化参赞。他曾应邀到波多黎各和古巴讲学。在整个"二战"期间，他一直努力与盟国合作，一再表明自己"过去、现在乃至今生今世都要成为自由的人"。这时期他的作品有诗集《在另一侧》（1936—1942）和散文集《三个世界中的西班牙人》（1942）等。不幸的是神经官能症复发，他不得不住进华盛顿的一家疗养院。病愈后，他怀念自己的母语，希望听到人们用生动的西班牙语交谈、议论、祈祷、呻吟和歌唱，以丰富和充实自己的诗歌创作。1948年他前往阿根廷和乌拉圭，主持一系列的讲座，听众对他表示了"追星族"般的热情。然而听众热烈的掌声并没有改变这位"少数人的诗人"的文学主张，他继续沿着"纯诗歌"的道路前进，将诗歌视为上帝的"意识与光辉"。这期间的作品有《底层的动物》（1949）、《流去的河》（1951—1953）以及他最长的诗作《空间》（1954）等。1951年他重又陷入精神危机。塞诺薇娅为了减轻他的痛苦，决定迁到一个讲西班牙语的地方去。于是，他们接受了波多黎各大学的邀请，来到这个美丽的海岛。希梅内斯在那里开设了关于现代主义诗歌的课程，并经常到学校去为青少年朗诵诗歌。1952年，塞诺薇娅患了癌症。1956年10月，当希梅内斯获得诺贝尔文学奖时，她已不能说话，但仍竭尽全力哼了一支童年的歌谣。三天后，她与世长辞。希梅内斯痛不欲生，他没有亲赴瑞典，而是委托波多黎各大学校长代他领奖并致谢："我感激地接受杰出的瑞典皇家学院授予我这份我不敢奢望的荣耀。……我的夫人塞诺薇娅是这一奖赏的真正得主。没有她40年的陪伴、鼓励和帮助，我的作品是不可能产生的。……"从此，希梅内斯再也没有进行诗歌创作。1958年，他在一次车祸中致残，同年5月告别人世。

希梅内斯的诗歌创作以1916年为界，可以分为两个阶段。在第一个阶段，他主要是受现代主义诗歌的影响，同时也具有浪漫主义的遗风，德国诗人海涅以及他的同胞贝克尔都曾是他效法的楷模。他的《悲哀的咏叹调》与法国诗人魏尔仑的作品有相似之处。希梅内斯这时期的作品多写家乡的自然风光和个人心中的哀愁，格调悲凉、低沉、内向。这主要与诗人自己的不幸以及国家的衰落、人民的苦难有关。尤其是诗人家乡的凋零、颓败使他陷入苦闷而难以自拔。他的家乡莫格尔是海滨小镇、两条河的入海口，当年哥伦布的帆船就是从这里起程驶向“新大陆”的。那里风光绮丽，景色迷人，酿酒业和运输业兴旺发达。但由于连年虫灾使葡萄减产，港口又因内河上游的煤矿大量倾倒废物而阻塞，昔日繁荣的小镇失去了赖以生存的支柱，以至市井萧条冷落，人民流离失所。诗人目睹这悲惨的现实却无可奈何，因而使早已笼罩在他心上的阴云更加浓重。无论“言志”或者“抒情”，这一切都不能不流露出来。但到这一阶段的后期，他的诗风有所改变。1912年，马德里“大学生公寓”的气氛感染着他，对复杂的知识界的观察开阔了他的视野，对德国哲学家克劳泽的进一步研究，尤其是与塞诺薇娅的相识，充实了他的内心世界，使他的创作从富于人情味和巴罗克风格的封闭型向着具有神秘色彩和理想主义情趣的开放型转化。我们从《心灵的十四行诗》和《夏令》中可以看到这种转化的痕迹。前者的灵感之源来自诗人的未婚妻，后者被作者称为这一时期“最好的书”，因为“它比其他任何一部作品都具有更多的血液和骨质”，“包含着具体、光明而又严酷的现实”。

从《一个新婚诗人的日记》（1916）开始，希梅内斯的诗歌创作进入了第二阶段。这时，他摆脱了现代主义的束缚，逐渐形成了自己的风格。他追求形式的完美，语言的新颖，并力图打破诗歌与散文的界限，但在内容上却始终未能挣脱形而上学的桎梏，总想创造一个绝对的世界。“人生苦短”是他经常慨叹的主题。诗人的思想中既有天主教的成分，又有泛神论的因素，既有德国哲学家克劳泽和尼采的烙印，又有东方哲学的影响。对“上帝、大自然和美”的崇拜同时并存于他的头脑，对语言的推敲特别执着。他极力提倡“纯诗论”，主张写“袒露无饰”的诗歌。正如在一首诗中所说：

她最初到来，
纯洁无瑕，天真的穿戴。

我像孩子般将她喜爱。

后来她穿戴起
我叫不上名字的衣冠。
不知不觉,使我厌倦。

她竟成了女王,
浑身珠光宝气……
不可一世又毫无意义!

诗中的“她”无疑是指诗神缪斯。“浑身珠光宝气的女王”显然指的是语言华丽而内容空泛的现代主义诗歌,而他所追求的却是“全身赤裸”的纯诗。他将这种诗歌视为自己的生命和上帝。按照他所信奉的克劳泽的哲学思想,上帝既包括世界又超越世界。对希梅内斯来说,诗歌是上帝的同义词,是一种特殊的文学现象,它高于一般的文学:“一般人将诗歌作为文学来理解,而我将它作为心灵来理解。”他认为:文学安于相对的美,诗歌寻求绝对的美;文学是模仿性的艺术,诗歌是创造性的艺术。他认为,“非诗歌的语义是可以传递的,外在的,约定俗成的,符合逻辑的;而诗歌的语义则相反,它是不可以传递的,内在的,符合美学的;……总之,文学的语言是为了达到某种目的的手段,而诗歌的语言就是目的本身。”他认为,文学是暂时的,而诗歌是永恒的。文学是技巧,诗歌是艺术。希梅内斯的诗论未免玄奥并失之偏颇,但却是他数十年努力追求的目标。正是这种锲而不舍的刻意追求,使他对自己的作品要求甚高,近乎苦吟。

在第二阶段中,有两部诗集尤其引人瞩目。一部是《一个新婚诗人的日记》,另一部是《空间》。《一个新婚诗人的日记》是他一生中具有划时代意义的里程碑。这是他在去美国与塞诺薇娅结婚的途中开始创作的。诗人的海上旅行与内心思考相辅相成。大海是日记的主要题材。诗人与大海既是矛盾的又是统一的：他既害怕离乡背井，失去童年的安乐窝，又渴望美好的爱情，渴望自己的成熟与自立。作为诗歌体的日记，要确切地破译它的内涵很不容易，因为它全部是用象征的手法表达的。有不少诗句互相关联却又互相矛盾，这正是诗人内心冲突的写照。日记的内容大体可分为四部分：

一是关于乡情与爱情：诗人像初生婴儿一样从梦中醒来，心中充满对家乡的眷恋和对爱情的向往。把握住诗人这样的内心冲突，就不难理解那些意境朦胧、形象优美的诗句，如：根与翅膀。但翅膀生根/而根却飞翔。

二是关于大海与太阳：诗人在旅途中很快发现了一个崭新的、奇异的、与安达卢西亚不同的世界——大海。当时的大海是单调的、孤独的、无生气的。然而诗人的心情并不像大海那样单调，却又像大海那样起伏。太阳则是光明的象征，它使诗人心中绽开爱情与春天的花朵。大海与太阳的冲突正反映了诗人心中的矛盾：在你的心中/太阳与水/正在斗争……

三是大海与爱情化解了诗人心中的块垒，并使他终于找到了避风的港湾：你，我的大海，还有你，我的爱情，/宛似从前的大地和天空！/ 一切皆属于我，一切！一切又皆不属于我，一切！/我说什么都行！/

四是对美国不人道的生活做了具有讽刺意味的描述。

在这部诗集中，诗人的象征主义手法得到了充分的发挥，并打破了诗与散文的界限，改变了他“无韵不成诗”的一贯主张，在自由诗的创作中取得了成功。

希梅内斯于1954年发表的长诗《空间》被誉为本世纪最杰出的象征主义的代表作。为了创作这部充满哲理的长篇抒情诗，诗人倾注了自己全部精力。这是他对生命与死亡、时间与空间、他人与自我等重大命题长期思考的结晶。它包容了诗人各个时期的思想，或者说，诗人一生中所走过的道路都在《空间》里会合。

值得一提的是希梅内斯的诗歌创作得益于他的绘画与音乐才能。拉美现代主义大师卢文·达里奥曾说“希梅内斯有动听的舒伯特作为他富有音乐性和感伤情调的诗作的保护神”。瑞典皇家学院院士古尔伯格在为他颁发诺贝尔文学奖时也说，他的诗歌“诉说月亮和愁思，与舒曼和肖邦共鸣”。

除了诗歌之外，希梅内斯还有两部散文为他赢得了很高的声誉，即前面提到的《小银和我》与《三个世界中的西班牙人》。《小银和我》是一部抒情散文(又称抒情小说)，作于1909年至1913年。这是一曲“安达卢西亚的哀歌”，是一幅展示他的家乡莫格尔风情的画卷。“小银”是他对自己的亲密伙伴——一头可爱的小毛驴儿——的昵称。《三个世界的西班牙人》(1942)是一本描绘人物肖像的“抒情漫画”集。所谓三个世界指的是西班牙、“新大陆”和死神的领地。由于希梅内斯具有诗歌和绘画两方面的天赋，他笔下的人物总是活灵活现、栩栩如生，却又不使人感到作者在随心所欲地调侃。

对20世纪前50年的诗歌很难进行全面系统的分类，因为各种思潮的涌入不断影响着诗歌的发展、演化。从形式上看，既有遵循传统韵律的诗歌，又有对诗段刻意加工的“现代主义”诗作，还有极端主义派取消韵律的自由体诗。从主题上看，乌纳穆诺的充满哲理思想的诗作与阿莱桑德雷的体现弗洛伊德理论、用梦呓表现手法苦心钻研的诗歌并存。从流派上，大致可分为三种诗歌：纯属现代主义派的诗人，如马努埃尔·马查多、比利亚埃斯佩萨(1877—1936)；自成一体、不属于任何流派的诗人，如安东尼奥·马查多，胡安·希梅内斯、乌纳穆诺，这派诗人人数虽少，却影响深远；“27年一代”的诗人，具体指第一次世界大战后20、30年代的诗人，他们对西班牙诗坛的繁荣昌盛作出了巨大贡献。

“27年一代”　第一次世界大战后，欧洲的青年艺术家们接二连三地发动美学革新运动，甚至一个流派刚刚诞生不久就被另一个新的流派所取代。在西班牙这些流派统统被称为先锋派。先锋派的主要目的在于对当时的文艺进行革新，探索为艺术而艺术的道路，在诗歌中排除浪漫主义的情感，摆脱对现实的描述。

1918年智利诗人**维森特·维夫多罗**（1893—1948）受到法国青年诗人们进行革新的启迪，从巴黎来到马德里，向西班牙诗人传播了他的“创造主义”理论，提出诗歌是“绝对的创造”的主张，在渴望超越“现代主义”与“98年一代”的青年作家中引起强烈的反响，继而在西班牙逐渐形成先锋派运动。这一运动不仅影响到诗人，而且还扩展到小说界、戏剧界甚至绘画界、电影界。一向主张摧毁陈旧形式、寻觅新的表现形式的诗人胡安·拉蒙·希梅内斯也提出“纯诗论”，提倡自由诗体。这个时期初露锋芒的青年诗人萨利纳斯、迭戈（1896—1987）已发表了受先锋派影响的诗歌，后来他们成为“27年一代”的主要成员。急风暴雨式的先锋派运动与文坛上昙花一现的各种“主义”为西班牙诗歌改革创造了条件，在西班牙文坛上逐渐形成一个举足轻重的诗人集团，开创了诗歌创作上欣欣向荣的新局面。这些诗人（包括文艺界其他一些成员）出生于1890年到1906年之间。这一代作家曾有过不少名称，如“共和国一代”、“友好的一代”或干脆称之为“先锋派”。但“27年一代”这一称谓对他们最为合适。这是因为一方面可以与西班牙文学史上业已约定俗成的“1868年一代”、“98年一代”、“14年一代”相呼应，另一方面恰恰是在1927年到1928年间，这一代的主要作家，特别是诗人都以其著作在西班牙文坛上占据了重要位置。再加之1927年他们在西班牙南方城市塞维利亚的阿特纳奥斯集会纪念西班牙黄金世纪夸饰主义诗人贡戈拉逝世三百周年。这次聚会不仅从组织上肯定了“27年一代”的存在，而且将贡戈拉的诗作奉为他们诗歌创作上的美学准绳。他们从贡戈拉身上为诗歌找到一种专门的语言,即与日常通用语言截然不同的一种语言,这是一种“语言中的语言”。这次集会无异于是“27年一代”的文学宣言。“27年一代”诗人的每个成员都自觉地意识到自己是“27年一代”的成员。他们都是以诗歌为主要创作形式,而戏剧、随笔等创作仅处于次要地位,因此有的评论家也将他们称之为“27年一代诗人集团”。他们使西班牙抒情诗坛迎来了第二个黄金时代。年龄相差无几的十名代表诗人中,除阿尔维蒂外,大部分诗人家境宽裕,受过高等教育,而且其中不少人还曾在高等学府任教。他们在为推动西班牙新诗歌的发展而共同组织的诗歌鉴赏与学术报告活动中结下了深厚友谊。他们有着共同崇敬的国内外文学大师,特别是以希梅内斯为其宗师。尽管他们每个人具有各自不同的风格,经历过不同的创作道路,从主张“纯诗歌”转向诗歌干预社会生活,甚至有的诗人以其诗歌为某一具体政治主张服务,但他们都有着寻觅、探索诗歌表现新形式的共同愿望。但是,他们与其他某些“先锋派”作家不同之处在于对文学遗产没有采取断然拒绝的虚无主义态度,而是把这种渴望革新的愿望与公正的评价、汲取文化遗产的滋养结合起来。

“27年一代”诗歌创作大体上经历了三个发展阶段:1918—1929年探索、革新的第一阶段。这一阶段前期迭戈率先发表重要诗作,而其他成员尚处于起步时期。1927年“27年一代”从组织上正式成立,每位成员均有重要著作问世。第二阶段(1929—1939)随着西班牙国内政治局势的变化,“27年一代”的大部分成员的创作主题开始转向社会现实,而表现手法上仍借助于超现实主义(特别是洛尔卡、阿莱桑德雷与布拉多斯)。尽管“27年一代”的成员都是站在共和国一边的进步知识分子,但对这场内战(1936—1939)的态度尚可分为三种:保持缄默(萨利纳斯、纪廉),积极投身于捍卫共和国的活动(阿尔维蒂、洛尔卡和布拉多斯),处于上述两者之间的中间态度(阿莱桑德雷、塞尔努达)。第三阶段

（1940—1975年左右）的流亡阶段，十名主要成员中，洛尔卡在内战中遇害身亡，六人流亡国外（其中三人自我流亡），另外三人由于不同原因留在西班牙（阿莱桑德雷、达马索和迭戈）。尽管“27年一代”作为实体已不复存在，其成员天各一方，但他们的思想感情一直是息息相通的。流亡在外的诗人将过去的政治激情转化为对这场内战的反思，继续撰写具有进步思想的诗歌，过去从未触及这一主题的诗人也加入这一行列，如纪廉的《呼声》（又译《怨艾集》）中的一部分诗作，萨利纳斯撰写的反战诗歌《风与战争》、《零》。留在国内的三位诗人成为西班牙与国外流亡诗人进行联系的纽带，成为培养战后西班牙新一代诗人的宗师，为复苏西班牙诗歌作出贡献。对于“27年一代”诗人来说，这个阶段的终点不尽相同，萨利纳斯、塞尔努达（1904—1963）、布拉多斯和阿尔托吉亚（1905—1959）在异邦相继离世，而纪廉、阿尔维蒂得以重返西班牙定居。

“27年一代”的诗歌创作上基本上表现出四个倾向：纯诗歌、新传统主义、超现实主义以及创造主义。不能说某位诗人属于某一流派，因为他们在不同创作时期受到不同流派的影响。洛尔卡的诗歌开始带有民歌体，后来则处于纯诗歌和新传统主义之间。如果从他们创作开始时所采用的手法或就其大部分作品表现形式来判断、划分的话，纯诗歌则有萨利纳斯、纪廉、达马索·阿隆索、布拉多斯、阿尔托亚吉雷；超现实主义或创造主义则有洛尔卡、阿尔维蒂、迭戈、阿莱桑德雷、塞尔努达。阿尔维蒂的《天使》、洛尔卡的《诗人在纽约》以及阿莱桑德雷的相当一部分诗作可视为欧洲超现实主义诗歌佳作代表。

费德里科·加西亚·洛尔卡（1898—1936）是“27年一代”中最著名的诗人，也是在世界范围内传播最广的诗人。加西亚·洛尔卡于1898年6月5日出生在格拉纳达郊区的富恩特瓦克罗斯小镇，父亲是个开明而又有文化修养的庄园主，母亲是村里代课的小学教师。他于1914年入格拉纳达大学学习法律，后改学文学、绘画和音乐。1919年赴马德里大学学习，在著名的“大学生公寓”结识了不少诗人和艺术家，并经常在“公寓”和马德里各地朗诵自己的诗歌和戏剧作品。1921年他出版了第一部《诗集》。1932至1935年，他率领“茅屋”剧团在西班牙各地巡回演出。1936年7月内战爆发，同年8月19日凌晨，法西斯分子杀害了这位如日中天的天才诗人和剧作家。

洛尔卡的诗歌创作可分为三个时期。1920年到1927年为第一个时期。在《诗集》（1921）之后，《深歌》（1921）、《歌集》（1921—1924）和《吉卜赛谣曲集》（1924—1927）的风格相近，传统的韵律和现代主义的影响并存，基本上是表现客观的诗歌体验，个人内心情感的抒发是有节制的。1927年初，《吉卜赛谣曲集》的创作基本完成，它为洛尔卡赢得了极高的声誉。但他对这部诗集的局限性有十分清醒的认识，因此，在一片赞扬声中，他不无惋惜地告别了第一个时期，开始了一种全新风格的创造。这是一种抒发苦闷、宣泄愤怒、表现困惑的自由体诗歌，是一种开放型的诗歌，它通向现实生活的各个领域。1929年，为了克服情感和创作上的危机，他前往美国，《诗人在纽约》（1935）就是在那里创作的。资本主义大都会的高度现代化和不公正搅动了诗人心灵深处那一汪清水。他以最先锋的艺术形式创作了《诗人在纽约》，对纽约种种不人道的现象进行了抨击，对受压迫的黑人寄予了深厚的同情。后来他又去了古巴、阿根廷和乌拉圭。经过这次革新之后，他的诗歌的象征色彩更浓了。《诗集》中闪烁的点点光辉已经化作五彩斑斓的世界。这是个丰收的年代，无论在数量上还是在质量上，都达到了令人吃惊的程度。诗人自己也一直以此为骄傲。遗憾的是，诗人在世时，对这时期的许多作品未来得及做系统的整理。可以说，《诗人在纽约》是他第二时期的最高成就。

从纽约回到西班牙之后的六年，洛尔卡将主要精力投入于戏剧创作，诗歌写得不多。主要诗集是《短歌》与《十四行诗》。这两本诗集以抒发个人的亲情为主，有较大的随意性，也有较强的情爱色彩。在此期间，诗人收拢了在纽约时张开的翅膀，重又回到传统的韵律上来，尽管没有摒弃自由诗的风格。或者可以说，这是前两个时期的概括和总结。斗牛士兼诗人伊格纳西奥之死，导致了本世纪一首伟大挽歌的产生。它将《诗人在纽约》的先锋派风格与《吉卜赛谣曲》及《深歌》的魔幻色彩融为一体。

无论就民族性还是就先锋性而言，洛尔卡都是独树一帜。与其他“27年一代”诗人相比，这一点是非常突出的。他的作品的民众性比西班牙同时代的任何诗人都强。在短短十八年的文学生涯中，加西亚·洛尔卡创作了七部诗集、一部游记散文《印象与风光》(1918)、12个剧本和一个电影文学脚本。此外，还搜集整理了大量的民间音乐，创作了数以百计的素描。

洛尔卡的诗品深沉又狂热，平凡亦崇高，植根于传统而又不受约束，贴近现实却不易捉摸。无论将他称作“诗魔”还是“诗仙”，都不为过。事实上，社会的不公正和生活的不稳定始终伴随着他。洛尔卡始终处在生活的激流和心灵的冲突之中。正是诗歌，使这种冲突得到了平息和升华。因为对他来说，诗歌就是生命，是根，是他的天职。正是这份执着和虔诚，使他对诗歌的追求达到了走火入魔的地步。对洛尔卡来说，诗歌并不是逃避现实的栖身之地，不是自我陶醉的象牙之塔，而是他对大地的忠诚，对人生的感悟，对社会的探索。

作为人，他是一个纯真、热情、有理想、有追求的人；作为艺术家，他是一个天赋超群、才华横溢的艺术家。洛尔卡决心在本世纪20年代的戏剧界开拓新路的举动就是有力的说明。这种职业的不稳定后来虽有所缓和，但直到1933年都没有消失。1933年《血婚》的发表才使他的成就和才能得到了社会的认可。然而正如挫折未能削弱他的意志一样，成功也没有束缚他的手脚。

在20年代的马德里，洛尔卡是享有很高的声誉的，但他活动的范围毕竟只限于当时的“大学生公寓”、具有文学沙龙性质的莱昂咖啡馆或《西方杂志》周围的知识分子当中。尽管这批年轻人有这样或那样的缺点，却使马德里成了欧洲艺术和思想界的大都会之一。当然，在他接触的人中也有一些是浮躁、浅薄和赶时髦的人。这使得洛尔卡“厌恶到了可怕的程度”。1928年《吉卜赛谣曲集》的出版取得了令人瞩目的成就，同时却又使他经受了平生最大的压抑。原因是复杂的，但其中之一是他看到自己被当作“时髦诗人”来摆弄，人们肆意歪曲他的诗作，玷污其诗作的纯洁性。这无疑是他1929年前往纽约的重要原因。在《诗人在纽约》的《三个朋友的轮子和童话》中有这样的诗句：“扇子和掌声饮着泉水”。就是说，诗歌不过是手持扇子的太太们和浅薄而又愚蠢的读者们手中的玩意儿。

加西亚·洛尔卡的戏剧作品具有更加鲜明的人民性和社会性。具有代表性的剧目有《血婚》、《叶尔玛》(1934)和《阿尔瓦一家》(1936)，俗称他的三部悲剧，题材都是写安达卢西亚地区农村妇女在爱情和婚姻方面的不幸。《血婚》是其中最有影响的作品。它取材于格拉纳达地方报纸上的一条报道：在阿尔梅里亚的一个村庄里，当举行婚礼时，新娘被她原来的情人抢走……该剧于1933年5月8日在马德里首次公演，它那将诗歌与幻想熔为一炉的艺术形式即得到了广大观众的认可，从而奠定了他作为诗剧作家的地位。在这部剧作中，传统与现实、继承与创新、高雅与通俗得到了很好的结合。这也正是加西亚·洛尔卡的成功之处。对此，只要把《血婚》与《羊泉村》中的婚礼场面比较一下，只要把剧中大量的谣曲与安达卢西亚乡村流传至今的民歌比较一下，就不言自明了。洛尔卡其他的剧作还有《玛丽娅娜·皮内达》(1927)、《坐愁红颜老》(或译为《单身女子罗西达或花儿的语言》，1935)等。此外，他还于1930年和1931年先后创作了两部“无法上演的”超现实主义戏剧《观众》和《五年就这样过去》。

共和国的诞生使洛尔卡得到了官方的支持。否则，“茅屋”剧团是难以成立的。演出和讲座使他成了具有人民性的作家，无论在知识界还是全社会都有广泛的影响。他是自觉、激进的自由主义者，他和社会主义者费尔南多·德·洛斯里奥斯的友谊就是证明。作为艺术家，他毫不犹豫地为第二共和国服务。

洛尔卡作品的题材是多方面的，而且是贯彻始终并相互交织在一起的，它们的核心是关于失望。这种失望反映在个体与社会两个不同的层次上。洛尔卡在揭示历史与社会的苦闷时，其根源在于人世间不合理的等级制度。在反映个体的失望时，常常指出一种难以摆脱的恶运肆虐于人间，这是对生命之根的阉割，是世界和人彻底的孤独。

在洛尔卡的诗歌中，回荡着三种不同的声音：爱情、死亡和艺术的声音。洛尔卡对死的态度是既脆弱又坚强，既恐惧又勇敢。他所希望的是"死得其所"，因为在他看来，"活着的死亡同样是死亡"。对他来说，关于死的题材具有极大的魅力。爱的声音在洛尔卡的作品中回荡得最为长久，也最为广泛。至于艺术的声音，在他的作品中，是与歌颂之声或抗议之声联系在一起的。他既不像现代主义诗人那样躲在象牙之塔里无病呻吟，也不像某些承诺主义诗人那样违心地屈从于某个政治派别的需要。

爱情是洛尔卡作品中的基本主题。与其他同时代的诗人不同，洛尔卡不是仇恨的诗人，也没有自我欣赏的表现。即使在他最气愤的时候，我们也可以感受到爱的存在和鼓舞：爱情在被渴望撕裂的肌体/ 在与洪水抗争的茅草棚里。/爱情在堑壕，饥饿发怒的人们在那里搏斗，/爱情在将海鸥尸体摇荡的痛苦的海洋，/爱情在枕头下面黑暗、刺人的吻上。（《向罗马的呐喊》）

在剧本《阿尔瓦一家》中，他将爱情与阶级矛盾交织在一起；在《坐愁红颜老》中，他塑造了一个充满爱心的女管家的形象，她对不公正有强烈的意识，这个人物的形象因而显得丰满真实。仇恨与嫉妒也经常出现在诗人的笔下，他总是站在受害者一边，对受宪警迫害的吉卜赛人的同情就是最有力的证明。

性爱在洛尔卡的作品中具有不可抑制的力量，在诗歌和戏剧中都是如此，这种爱一般具有悲剧性。《血婚》、《叶尔玛》以及《阿尔瓦一家》都是这样。从社会学的角度来分析，洛尔卡反映的是妇女在地中海文明中的地位，因为他要通过自己的作品反映被压迫者的处境。在他生活的时代，妇女无疑是受压迫最深的社会群体，妇女的爱情被封建礼教压抑乃至阉割。当然，男性的绝望也并非没有，如《叶尔玛》中的丈夫，只是远不如女性那么强烈。在诗歌中，这种对爱的抒发也是十分突出的。一种对爱情的绝望情绪贯穿在《诗集》和《歌集》中：吉卜赛之星啊/将你的樱唇给我！/在中午金色的阳光下/我要品尝那禁果。（《夏日情歌》）。但是到了《诗人在纽约》的时候，洛尔卡的情诗得到了充分的发挥。《沃尔特·惠特曼的颂歌》完整地体现了诗人的爱情哲学。他所主张的是一种泛爱论。他认为只要双方彼此爱慕就是有价值的，他显然不把爱情与繁衍后代联系在一起。对他来说，重要的是爱，而性别却是无关紧要的。

在洛尔卡绝望的世界中，死亡起着十分突出的作用。然而在洛尔卡的观念中并没有对死的向往。恰恰相反，正是对生活炽烈的爱导致了他在黑暗中噩梦的产生。

对洛尔卡来说，死是人生的失误。《歌集》中的骑手知道他永远无法到达自己向往的科尔多瓦，致命的敌人从那里注视着他："死神在向我张望/从科尔多瓦的塔楼上。"在表现死亡的同时，诗人顺理成章地表现了另一个相关的题材：时间。从某种意义上说，时间则是死神的同谋或帮凶，因为它无时无刻不在消耗着生命，使人一步一步地接近死亡。这也是先锋派诗人所偏爱的题材之一。

像所有伟大的作家一样，洛尔卡也一直瞄准着现实，用自己的作品对现实进行解剖与概括。从思想上看，他是人道主义者，从美学上看，他反对"纯艺术"的主张，同时也拒绝所谓"革命诗歌"的承诺。实际上，像洛尔卡那样使自己的诗歌贴近革命的诗人是不多见的。从少年时代起，他就对丑恶的社会现实表现了愤怒。在《西班牙宪警谣》中对横行霸道的宪警的揭露和对备受欺凌的吉卜赛人的同情不仅使这首诗作化为永恒，或许还是法西斯分子剥夺他生命的原因之一。有人把这首谣曲与毕加索的名画《格尔尼卡》相提并论，不是没有道理的。

加西亚·洛尔卡在诗学方面有自己独到的见解。他认为艺术的基本价值之一在于交流。因此，不仅重视作品的创作，也重视作品的传播；不仅重视作品的美学思想，也重视作品的社会功能。

对洛尔卡来说，诗歌神秘而又简单。当他写《诗人在纽约》的时候，他不是"从外部诉说纽约，也不是描述一次旅行"，而是表述"情感的反应"。这就是说，他所表达的是自己对那座大都市的理解而不是大都市本身。他不是用诗歌表现现实，而是对现实进行诗的转化；不是将它转化为非现实，而是将它转化为超现实。洛尔卡的美学主张像画坛上的毕加索一样，对艺术风格的创新永不停顿地孜孜以求。对洛尔卡来说，这种创新是不会重复的，因为"同一个精灵不会重复出现，就像风暴中的大海的形体一样"。正是这样的诗学主张，使加西亚·洛尔卡成了西班牙20世纪独一无二的诗人，成了文艺复兴和巴罗克时期伟大天才们的继承者。

洛尔卡的语言很有特色。他的语言不是概念化的，而是具体的，富有感情色彩的。他的比喻是人格化的，而且常常采用联觉的形式。在一次"关于贡戈拉诗歌意象"的讲座中，他说：诗人应是五种感觉的先知，其顺序应当是视觉、触觉、听觉、嗅觉和味觉。在他诗歌的意象中，的确常常将这五种感觉联系起来，从而给人一种非常新奇的感受。

在动物中，马是洛尔卡运用最多的形象。在《吉卜赛谣曲集》中可以听到它的奔驰；《诗人在纽约》中可以看到它的身影。它出现在《血婚》里，也出现在《观众》中。它是生命的象征，骑手失去了它也就失去了生命，然而生和死是相反相成的两个端点，因此它也可以带来死亡，强盗和宪警的马都是如此。所以在《不贞之妇》里，诗人将那位吉卜赛姑娘比作小母马（那一夜我跑过了/世上最好的路程，/骑着螺钿的小母马/不用马镫和缰绳）；至于《阿尔瓦一家》中的马更是激情与性爱的象征。

洛尔卡常用的象征还有花草和金属。尤其是后者，往往与死亡联系在一起，因为它是打制匕首和利刃的原材料。此外，他还经常在诗中运用神话传说和典故，尤其是《圣经》中的典故。如《伊格纳西奥·桑切斯·梅西亚斯的挽歌》（1935）中有这样的诗句：我不想看那鲜血流淌！/没有圣杯将它存放，/没有燕子将它观赏，/没有冷却它的冰霜在闪光，/没有歌声和盛开的百合，/没有水晶为它披上银装。诗人在这里显然是将伊格纳西奥与受难基督的形象联系在一起了。类似的例子在他的剧作里也屡见不鲜。

最后值得一提的是他的故乡——安达卢西亚为他提供了一个巨大的神话空间。公元前11世纪至1492年，塔尔特苏人、腓尼基人、希腊人、迦太基人、西哥特人、阿拉伯人都在此留下了自己的历史痕迹。这里有丰富的文化融合的传统和基因。这是安达卢西亚人的骄傲。格拉纳达有闻名遐迩的阿尔罕布拉宫，科尔多瓦有气势恢弘的大清真寺，塞维利亚有巍峨壮观的哥特式大教堂。这里有银装素裹的雪岭，有风光旖旎的海滩，洋洋洒洒的瓜达基维河流淌着神秘的故事，漫山遍野的橄榄林孕育着爱情的传说。无论是人文景观还是自然景观，都浸透着无穷的魅力。从某种意义上说，安达卢西亚对于加西亚·洛尔卡， 就如同马孔多对加西亚·马尔克斯、约克纳帕塔法对福克纳一样。如果说，加西亚·洛尔卡是西班牙当代诗坛的一部神话， 那么他首先是一部安达卢西亚的神话。

豪尔赫·纪廉（1893—1984）出身于中产阶级家庭，父亲是报业发行人。纪廉受过完整的大学教育。1911到1913年住在“大学生公寓”，在那里结识了奥尔特加和希梅内斯。1913年在马德里大学获硕士学位。1917年到1923年在巴黎大学教授西班牙语，并开始发表诗作。1924年获博士学位。曾在穆尔西亚、塞维利亚大学和英国牛津大学任文学教授。1936年曾被佛朗哥军队关入监狱。1938年流亡到美国，一直在大学任教。佛朗哥死后，他回国到马拉加定居。1976年，他获得了首届塞万提斯文学奖。

纪廉诗歌的内涵决定了它的风格。结构严谨、语言鲜活是其主要特点。激情与理智在这种风格中融为一体。激情在对造化的慨叹中迸发，理智则在寻求事物的本质。诗人将直观的感受化作抽象的话语。这样的诗歌要求准确、鲜明、精练的语言。但纪廉同时又是一个不拘一格的诗人，有时在严谨、精练的作品中也会镶嵌上一段巴罗克风格的诗句；不仅完全遵照古典的韵律，而且也符合诗人对平衡与对称的偏爱。

纪廉的诗歌创作，以1950年为界，可以分为两个时期，每个时期的诗作都是一部完整的作品。当他的第一部诗作《颂歌》（1928）出版时，他已然35岁。后来他又对这部诗集进行了三次扩充（1936，1945 和1950）。第二部诗集《呼声》（1957）由三部分组成：《人群》（1957）、《汇入海洋》（1960）、《环境的高度》（1963）。1967年发表了诗集《纪念》。1968年他将自己所有的作品汇编在一起，题名为《我们的天空》。他在晚年又发表了两部诗作，分别题为《题外的诗》（1973）和《尾声》（1982），作为他庞大的诗歌体系的“跋”。这些作品并不是随意地汇编起来的，而是一种有机的结合，就像波德莱尔的《恶之花》和惠特曼的《草叶集》那样。《颂歌》分为五部分，《呼声》分为三部分，《纪念》又分为五部分。这种结构反映了诗人提倡对称与和谐、反对混乱与失衡的主张。《颂歌》发表于30年代，体现了“纯诗”的风格。从这部诗集中，可以明显地看出法国诗人瓦雷里的影响，但两位诗人的区别也是很明显的：纪廉很尊重现实，瓦雷里几乎只尊重语言。《颂歌》本身就是现实直觉的发展，作者于1945年又给它加了一个副标题：生活的信念。这种直觉是在现代主义的悲观情绪向欧洲先锋派的乐观情绪过渡的背景下产生的。诗集的第一部分创作于1917年至1920年间，具有立体主义特色。立体主义就是将人置于事物中间，这与纪廉的宇宙观是一致的。《颂歌》是一部生命和创造的赞歌。它赞颂的是宇宙的和谐，是人与宇宙的交融。在万物之中，精神与躯体之爱处于核心的地位。诚然，世界并非像诗人憧憬的那么美妙，在1945年和1950年扩充的诗作中已经出现了不和谐的音符，这正是世界多元化的反映，也是诗人思想发展的结果。但总的来说，纪廉的思想境界很接近奥尔特加的“生命理性”。

1950年出版的《颂歌》包括334首诗作。此后，开始了一个新的阶段，代表作为《呼声》。就诗人的世界观和诗作的基本结构而言，实际上并没有发生根本的变化。只是在作品中出现了大量否定性的因素，语调变得悲壮、沉稳，风格变得缓慢、凝重。诗人倾向于较长的作品，与《颂歌》前期的短小精悍形成了明显的反差。这部诗集仍然分为三个部分，就内容而言，依然保持着对称的结构。《人群》与《环境的高度》在题材和韵味上是一致的，紧张、激荡的旋律与否定力量的迸发相吻合。中间部分的《汇入海洋》则是以哀歌的节奏来表现类似箴言的内容。如果说在《颂歌》中，作者吟咏的是泛指的人，在《汇入海洋》中则是吟咏历史的人，他们是历史、自然乃至偶然因素摧毁的对象。在这部作品中也出现了讽刺的意味和漫画的风格。这是关于记忆、往事、衰老和岁月流逝的哀歌，这是人生经历与历史变迁的结合。《纪念》是纪廉诗歌大厦的顶层，它有三个层面：开始是诗歌、文化和对其他诗人作品的翻译与友谊；中间是情诗；《尾声》是诗人对大地召唤的永恒的忠诚。观念的新颖和风格的独特使纪廉在20世纪的欧洲诗坛占有一席之地。

拉菲尔·阿尔维蒂（1905—1999）生于西班牙南方城市加的斯的圣玛利亚港。1917年随父母迁居马德里。他最初学习绘画。1925年出版的诗集《陆地上的水手》为他赢得了国家文学奖并奠定了他在西班牙诗坛的地位。自1931年起，他同时进行戏剧创作。西班牙内战期间，他以文学为武器，为保卫共和国而英勇奋斗。战后他长期流亡在阿根廷和意大利，1977

年回国并当选为加的斯省的众议员。1983年获塞万提斯文学奖。

阿尔维蒂的诗歌创作可以分为四个时期。第一个时期的诗作有《陆地上的水手》、《情人》（1926）和《紫罗兰的黎明》（1927）。这是这位先锋派诗人借鉴古典歌谣而创作的。在《陆地上的水手》中，诗人将大海升华到了神话的高度，在自己的十四行诗和歌谣中，以优雅的意境和节奏，勾勒出一个崭新的天地。《情人》抒发的是一次在西班牙旅行的纪实性的感受。《紫罗兰的黎明》则糅进了更多的悲剧韵味。

《石灰与歌》（1929）是第二时期的代表作，作于1926和1927年间。安达卢西亚题材、城市题材、情爱题材，再加上一些朦胧的色彩，使这部作品变得颇为复杂。此外，贡戈拉主义又使这些题材经受了风格的变化，在古老的文学传统中融入了未来主义的激情。《天使》（1929）作于1927和1928年。在此期间，无论诗人自己还是西方文坛都经受了一场严重的危机。超现实主义在新浪漫派的气氛中突现出来。从前的古典主义已经消沉，虽然诗人还会依恋传统的韵律，但自由诗已是势不可挡。这部诗集的结构与戏剧相似，诗中的天使是精神力量的体现。意象的密集，诗句的张力，梦境和地狱的浮现，使这部诗集获得了新的成功。这是阿尔维蒂最长的一部诗集，其启示录的色调延续到《布道词与住所》中。后者作于1929和1930年间，它以讽刺与天真的幽默结束了阿尔维蒂超现实主义时期的创作。

具有超现实主义特征的举止使阿尔维蒂的思想接近于无政府主义。反对崇拜任何偶像的《我要穿着鞋死去》（1930）就是证明。1931年至1932年，阿尔维蒂在游历欧洲的过程中曾羁留苏联，由于受马雅可夫斯基的影响，加上西班牙国内的政治动乱，他的诗歌创作很快从超现实主义转向了现实主义。《埃斯特雷马杜拉的农民》（1933）就是这种转变的表现。在第二共和国时期，阿尔维蒂接受了马克思主义。这时期的诗作有《口号》（1933）、《一个幽灵在欧洲游荡》（1933）、《13条和48颗星》

(1936)、《我们日常的语言》(1936)和《随时随刻》(1937),1938年作者将其汇编为《诗人在街头》。这时期值得一提的作品还有《见得到你与见不到你》(1935),这是一首对斗牛士梅西亚斯的挽歌。

在流亡中,阿尔维蒂同样写出了大量优秀的诗作。非政治性作品有《在石竹花与剑之间》(1941)、《致绘画》(1948)、《遥远记忆的回顾》(1952)等。怀念故土是这些作品的基调,高雅的与新大众化的诗句交替出现,其中不乏脍炙人口的名篇佳作。1964年出版的《开向所有的时刻》和1968年出版的《罗马,步行者的危险》也属这一类作品。与此同时,他继续创作政治色彩很强的诗歌,其代表作为《胡安·帕纳德罗的歌》(1949)和《人民的春天》(1961)。

通过丰富多彩的内容与形式,阿尔维蒂为我们描绘了一个充满活力的多元的世界。童年(大海)、爱情和流亡是他的中心题材。他将对传统的继承和突出社会性结合起来,在这方面堪称典范。阿尔维蒂的剧作有《费尔敏·加兰》(1931)、《随时随刻》(1938—1939)、《开花的三叶草》(1940)和《普拉多博物馆的战争之夜》(1956)等。

维森特·阿莱克桑德雷(1898—1984)是"27年一代"的重要成员之一。他生于安达卢西亚首府塞维利亚市,但他的童年是在西班牙南方的港口城市马拉加度过的。那里的海滩、天空、浪花、朝霞给他留下了终生难忘的印象。13岁时他随家人到了马德里。1913年入大学攻读法律和商学。毕业后曾任商业法教师。一场大病使他不得不放弃工作,闭门休养多年,于是便转向诗歌创作。1934年他由于《毁灭或者爱情》的创作而获得了国家文学奖,1949年成为皇家语言学院院士,1977年"由于他伟大的创作植根于西班牙的抒情诗传统和现代光辉的诗歌流派"而获得了诺贝尔文学奖。

阿莱克桑德雷的诗歌创作分为两个阶段。第一阶段的作品主要有《轮廓》(1928)、《大地的激情》、《毁灭或者爱情》(1935)、《天堂的影子》(1944)等。《轮廓》既有萨利纳斯和纪廉的“纯洁”又有希梅内斯的严谨。年轻的诗人从观察世界入手，其内心活动与19世纪大诗人贝克尔颇为相似。《大地的激情》作于1928至1929年间，既受了弗洛伊德和超现实主义的影响，又具有新浪漫主义的风格。这是一部散文诗，是一部兼具创造性与破坏性的作品，其语言似乎是在整个宇宙的绝望中孕育出来的。诗集《如唇之剑》同样是这种宇宙观的忠实反映，但它是通过生命、死亡、现实、梦境等具体事物体现出来的。《毁灭或者爱情》的题材虽然没有改变，但已突出了两个完全相反的观念：爱情或者死亡。阿莱克桑德雷具有近乎泛神论的宇宙观，诗人通过动植物世界与个人的人生经历来反映自己的爱情与忧愁。随着《天堂的影子》的出现，大自然的题材已经具有历史的时间性。这本书是作者从第一个阶段过渡到第二个阶段的桥梁。这部作品，在很大程度上是一种隐喻，它象征着作者由于内战而丧失了的世界。作品已不那么深奥，诗人的情绪尽管凄怆却趋于平缓。《独处的世界》虽发表于1950年，却是在1934年至1936年间创作的。

第二阶段的创作有《心的历史》(1954)、《在一个辽阔的领域》(1962)、《带名字的肖像》(1965)、《终极的诗》(1968)和《知识的对话》(1974)等，主要是写昔日的经历。这时，他的目光已从宇宙空间和自然界转向人类自身。在《心的历史》中，他呼唤人间的爱与真诚。在《在一个辽阔的领域》中，他憧憬人与社会、人与自然的和谐。在《带名字的肖像》中，诗人以老练而又传神的笔法对一些人物做了生动、形象的描绘。《终极的诗》和《知识的对话》这两部诗集的风格又有所改变，与第一阶段的作品有些相似。语言又变得深奥了，表达又变得隐晦而且不连贯了。《终极的诗》主要写的是对衰老与死亡的思考；《知识的对话》主要写的是人类意识和世间情感的神秘。1984年，在经过与病魔的长期斗争之后，这位热爱自然、热爱生活、热爱人类的诗人与世长辞，为世界诗坛留下了宝贵的文学遗产。

佩德罗·萨利纳斯(1891—1951)在"27年一代"中年纪最大,与达马索·阿隆索一样,也是一位学者型的诗人。他生于马德里,曾在塞维利亚和马德里大学任文学教授。内战后,流亡美国,依然在大学里任教。萨利纳斯是一位高雅的抒情诗人。

他的诗歌创作可以分为三个时期。第一个时期是1923年至1931年,诗集有《预言》(1923)、《可靠的偶然》(1929)和《寓言与标志》(1931)。这是诗人的探索时期。第二个时期是1932年至1939年,主要创作是爱情三部曲:《属于你的声音》(1933)、《爱的理性》(1936)和《漫长的怨言》(1939)。在20世纪30年代,西班牙出现了新浪漫主义诗派,爱情三部曲就是在这个背景下产生的。在萨利纳斯看来,爱情是"生命的核心和全部",是"你和我的绝对空间",是"重返伊甸园"。《属于你的声音》是一首长诗,它描述了爱情的各种变化,其中不乏丰富多彩的心理因素。《爱的理性》属于同样的题材,只是语调趋于平缓。《漫长的怨言》与前两部诗集已有明显的区别。第三个是流亡时期,主要诗作有《信念》(遗作)、《被观察者》(1946)、《一切都更清楚》(1949)等。在这个时期,诗人和世界都处在危机中。矛盾与冲突是当时的一个中心主题。城市和工业文明以阴暗的色调出现在诗人的作品中。《被观察者》无疑是这一时期的代表作。在这首长诗中,作者与波多黎各圣胡安的海洋进行对话。世俗绝对的爱情已让位于一种新的神秘,诗人在其中成了人类的代言人。

萨利纳斯的世界观是柏拉图式的。他认为事物的外表具有欺骗性,因而要透过表面现象寻求事物的本质,这本质就是我们在内心世界里所创造的现实。他的诗歌是理智主义的,是"通向绝对化的探险",某些诗集的名字就反映了这一点。他所追求的是躯体与灵魂的统一。萨利纳斯的很多诗作具有格言的结构,然而这种结构与方式和他对现实与诗歌的理解是一致的,因为他认为诗歌应当表现一种新的更深刻的现实。同时应当指出的是萨利纳斯也并非总是理智主义的,因为他常常通过比喻将抽象的东西客观化和人格化，将柏拉图式的思想与浪漫主义的观念协调起来。对话的结构和散文的神韵是萨利纳斯对西班牙诗坛的卓越贡献。

作为学者，萨利纳斯的著作有《二十世纪的西班牙文学》（1941）、《曼里克或传统与独创》（1947）以及《卢文·达里奥的诗歌》（1946）等。此外，他还著有散文和戏剧作品。

葡萄牙文学　1910年10月葡萄牙发生共和主义革命，推翻王朝，成立临时政府，国王曼努埃尔二世逃往英国。1911年召开立宪会议，通过新宪法，宣布废除君主制，天主教会与政府分离，从而葡萄牙建立了历史上的第一共和国（1910—1926）。但掌权不久的共和主义者缺乏执政纲领，治理无方，见解不一，特别是第一次世界大战期间，葡萄牙的政治势力在联合协约国还是轴心国等问题上发生严重分歧，分化成不同派别。后来由于与英国联手参战，各个对立的党派方携手成立了跨党政府，但相安无事的时间不长。第一次世界大战结束后，葡萄牙的经济、财政和社会问题愈加严重，政治危机不断妨碍这些问题的解决。1920至1926年是第一共和国历史上最为动乱不定的阶段。仅1920年一年就八次更换内阁，货币贬值，国库空虚，工薪阶层日益贫困化。于是1926年4月在布拉加发生革命，后由卡尔莫纳将军接任总统（1926—1933），从此开始了军人统治。面对国内严峻的经济问题，促使政府将科英布拉大学经济学教授萨莫拉招入内阁。萨莫拉从1932年起执政36年之久，声称要建立"新国家"，并于1933年颁布新宪法，逐步进行政府机构改革，平衡预算，稳定货币，使财政管理井然有序。这个时期的葡萄牙政府进入独裁统治时期，对工人运动进行残暴镇压。

19世纪末20世纪初的葡萄牙文学虽然还在接受法国和英国文学的影响，但是作家们把主要精力放在认真探索发展民族文学的道路上。这个阶段重要的代表作家是**费尔南多·佩索阿**（1888—1935）。他出生于里斯本。5岁丧父，母亲再嫁葡萄牙驻南非德班领事。8岁随母亲和继父来到南非，在那里读完小学和中学。17岁时只身返回里斯本，进入里斯本大学文学院攻读哲学和拉丁语课程。两年后辍学，开始自己钻研希腊和德国哲学，并大量阅读法国和葡萄牙现代文学作品。1908年起，先后在几家贸易公司任外联员，同时从事文学创作。1915年，与其他文学青年共同创办《俄耳甫斯》文学杂志，掀起一场反对当时文坛停滞、僵化状态的运动。这一刊物虽然仅仅出版了两期，但它提倡的新的文学思想和形式却对后来的葡萄牙文学产生了深远影响，成为葡萄牙文学进入现代主义的标志。

佩索阿采用不同的笔名发表诗作，其作品风格也随笔名变换而迥然不同，各具特色。当他使用里卡尔多·雷斯的笔名时，其诗风显露出古罗马诗人贺拉斯的恬静，具有古典诗歌的风韵，人们会把他当成拉丁语言学家和半个希腊语言学者。在使用阿尔贝托·卡埃罗的笔名时，其诗风则放荡不羁、雄浑洒脱，且有追求散文化的倾向，极富感染力。当他使用阿尔瓦罗·德·坎波斯的笔名时，则仅仅是位工程师，只对机器和日新月异的科学技术感到兴趣，“既没有自我，也没有对生活的激情”，不过有时对内心深处的“我”也会反躬自问。他也使用真名费尔南多·佩索阿发表作品，此刻他又成为一名抒情诗人，讲究韵律，追求诗歌内容与形式的和谐完美，作品极富音乐感，令人赞不绝口。他以不同笔名发表的作品内容相同，至少是部分地相同，其风格却迥然各异，而且笔名下的风格又均符合以这个笔名所倡导的理论。因此，他的作品既自成体系，又似乎是集各家之大成。这种情况在葡萄牙诗坛可谓绝无仅有，佩索阿故而被视为葡萄牙诗坛的一大怪杰。

诗人具有天才的想象力和创造力，运用形象思维十分大胆，而且作品哲理深刻。其诗作摆脱了传统的束缚，形成了一种崭新的倾向。佩索阿一生用葡萄牙语和英语写下了大量诗歌、散文、文学评论和书信，大部分发表在报纸杂志上。1934年出版的自选诗集《使命》是他生前发表的唯一一部用葡萄牙语创作的诗歌作品。

《使命》一书是诗人花费20余年时间悉心构思和创作的结晶，围绕葡萄牙历史，探讨了葡萄牙的本质和未来，有着史诗的气魄。全书分为《纹章》、《葡萄牙的海》和《隐逸》三个部分，共收诗44首。《纹章》含《原野》、《城堡》、《五盾国徽》、《美德》、《光荣》五个小节，记述葡萄牙的传统象征，赋予国王、圣贤和英雄以神话般或真实的面貌。《葡萄牙的海》内容涉及葡萄牙人航海大发现的和海上称雄的历史，描绘了葡萄牙人不惧艰险的精神和坚定不移的信仰。《隐逸》包括《象征》、《启示》、《天候》三个小节，是以国王塞巴斯蒂昂远征摩洛哥史实为背景创作的。1578年塞巴斯蒂昂在一场战役中失踪，葡萄牙从此一蹶不振。但人们传说国王被上帝隐匿于一个迷人的岛屿，他们期盼他重归故土，拯救葡萄牙。

无论是激昂的爱国主义精神，还是其高度的艺术成就，《使命》都可与葡萄牙诗圣卡蒙斯的壮丽史诗《卢济塔尼亚人之歌》相提并论。正因为如此，佩索阿被誉为葡萄牙诗坛上唯一可与卡蒙斯比肩的诗人。和卡蒙斯一样，他对祖国“沉沦于贪婪、卑劣和每况愈下的凄凉之中”备感绝望。诗歌赞颂国王塞巴斯蒂昂的同时，将他比之于象征伟大前程的灯塔，预言祖国重新振兴之时已为期不远，表达了葡萄牙人的心声。

像卡蒙斯及其他许多天才人物一样，佩索阿也是在他去世数十年后才为人所“发现”，并显示出他对葡萄牙文学所产生的影响。生前他只有三卷用英文写的《诗集》（1918）和一部葡萄牙文诗集《使命》问世，现在已整理出版的佩索阿作品计有十一卷诗集、九卷散文集（内容涉及文艺理论、美学、哲学、心理学、社会学等诸多领域）和三卷书简，还有许多作品正待进一步发掘和整理。对收藏在国家图书馆的近三万页遗稿的每一项新的研究成果，都使世人对这位天才的诗人和思想家刮目相看。无疑佩索阿已作为20世纪文坛巨匠而名垂葡萄牙文学史册。

但是,告别浪漫主义、率先举起象征主义旗帜的是**埃乌热尼奥·德·卡斯特罗**(1869—1944)。他在20岁时去法国留学,接受象征主义的影响,回国后第一个运用这一流派的创作方法写诗。代表性诗集有:《私房话》(1890)、《钟点》(1891)、《莎乐美》(1896)、《罗马浮雕小像》(1921)等。他在《私房话》的序言里批评葡萄牙浪漫主义诗歌语言贫乏、形式单一,主张借用诉诸感官的各种想象和比喻。因此,他的作品讲究辞藻和押韵,追求奇特的节奏,故而缺点也由此而生,即形式与内容脱节。与埃乌热尼奥同举象征主义旗帜并取得突破性成就的是**卡米罗·佩萨尼亚**(1867—1926)。他曾经在澳门生活多年,从事过中国文化研究,翻译过唐诗宋词。法国象征主义的重要诗人魏尔仑对卡米罗·佩萨尼亚有很大影响。他的诗作也非常讲究旋律,坚决遵循"乐感第一"的理论。他的十四行诗写得精美绝伦,未等正式发表就广为流传。1920年,代表性诗集《滴漏》正式出版,在葡萄牙诗坛上引起轰动。他的作品完全排除了浪漫主义的矫揉造作之风,韵脚的平衡与和谐、用词的简洁都是经过仔细斟酌的。1944年,葡萄牙为纪念这位重要的诗人,特别出版了《中国,研究与翻译专集》。

葡萄牙象征主义诗歌派生出来的另外一个群体名叫"萨乌达德派"(saudade)。萨乌达德意为"对往事的思念",以文学期刊《鹰》为中心,集合了一批诗人,他们信仰泛神论,认为基督教和异教的结合可以包括任何精神境界,主张思念和欲望、精神和肉体结合。其代表人物是**特谢拉·德·帕斯夸埃斯**(1877—1952)。他的作品使葡萄牙诗歌中的泛神论倾向趋于典型化了。诗人力图表现这样的思想:所有的自然物都具有神性,而神性则弥漫于所有自然之上。与此同时,他还用形而上学的方式表现邪恶与痛苦。神性与邪恶的较量是推动人类进化的关键所在。其代表作有长诗《马拉诺斯》(1911)和《回到天堂》(1912)。"萨乌达德"是葡萄牙人传统思想的表现之一，帕斯夸埃斯在诗中将其现代化、哲理化、抽象化，成为一种泛神论的思想感情。

1927年，文学杂志《现场》问世，它为宣传“俄耳甫斯”派的佩索阿等主要人物作出了贡献，更为葡萄牙文学摆脱19世纪的传统束缚发挥了关键性的作用。创办《现场》杂志的是若泽·雷吉奥、卡斯帕尔·西蒙埃斯（1903—1987）、布兰吉诺·达·丰塞卡（1905—1974）、米格尔·托尔加、卡扎伊斯·蒙特罗（1908—1972）等诗人。**若泽·雷吉奥**（1901—1969）在科英布拉大学文学院读书期间就开始写诗，1925年出版诗集《上帝和魔鬼的诗》，其艺术风格仍然属于浪漫主义。1927年，与友人创办《现场》，开始发表象征主义诗歌。其作品主题经常为真、善、美讴歌并与假、恶、丑展开不懈的斗争。重要诗作有《传记》（1929）、《上帝的十字路口》（1936）等。这些作品表现了诗人对真诚爱情、纯洁友谊和思想知己的热烈追求；同时结合自身的生活体验批评了社会上的虚伪、丑恶与肮脏。30年代以后，他开始了长篇小说的创作，代表作有：《抓瞎子的游戏》（1934）、《法多民歌曲》（1941）、《驴耳朵的王子》（1942）、《女人的故事》（1946）、长篇小说系列《老房子》（共五部，1945—1966）等。这些作品大多采用了农村生活题材，以写实手法为主，语言风格清新、明快；就思想内容而言，他从理想化的伦理出发，表述了自己切身经历中的某些思想，旨在针对新现实主义的批评为传统现实主义辩护。他的诗歌作品饱含着戏剧性，其中的角色主要是一个社会化的“我”和另一个“他”。“我”代表“芸芸众生”；“他”代表某个“天神”。“他”要把“我”唤入一个既是堕落又是圣洁的深渊。但实际上，“他”在心理现实和社会现实中都没有地位。这表明了诗人在追求真、善、美的过程中无所依托的彷徨心情。雷吉奥创作思想的嬗变是集聚在《现场》周围的作家们的缩影和代表，以他为核心形成了“现场”派。另一位比较年轻的“现场”派诗人——**米格尔·托尔加**（1907—1995）出身于农民家庭，曾经随叔父去巴西生活五年。1925年回葡萄牙读大学，这期间开始参加《现场》杂志的工作。1931年出版了诗集《贡品》；1932年发表了《深渊》；1936年《另一本约伯记》问世，从此确立了他在葡萄牙诗坛上的地位。这些作品多以讴歌人类的创造精神为主，非常讲究韵脚和音乐感，追求意境和形象感。40年代以后，他转入短篇小说创作，代表性的作品有《动物趣事》（1940）和《山区的故事》（1941）。这些作品大多以农村生活为题材，充满了乡土气息和反宗教色彩。由于它们的艺术风格雄浑有力、语言简约而生动、故事风趣而深刻，因而被评论界列入葡萄牙最佳短篇小说。此外，托尔加还创作了长篇小说《文图拉先生》（1943）和《葡萄收获季节》（1945），也都是农村题材的作品。他在长达20多年的时间里，努力营造一种农牧生活的神话气氛，让种子、作物、水、土、风、粮食、放牧、分娩、亚当和夏娃在作品中成为一个个光辉的形象。托尔加以精雕细刻的艺术手法对待这些形象，试图赋予这些形象排山倒海的力量。

1934年，围绕在《现场》杂志周围的作家们发生分裂，出现了以**若泽·戈梅斯·费雷拉**（1900—1985）为首的“新现实主义”。他主张描写平凡的事物，反对象征主义追求比喻和精雕细刻的艺术原则，转向朴实无华和自然流畅，不赞成孤芳自赏，坚持与敌对的世界辩论。新现实主义的作家们创办了《魔鬼》、《朝阳》、《新诗刊》等杂志。这一流派出现的原因是进入30年代以后的葡萄牙社会处于全面的政治、经济危机之中，暴力和不公正事件层出不穷，作家面对这种种悲剧感到不安和愤怒，他们要通过文学替老百姓呐喊。正如诗人马里奥·迪奥尼济奥（1916—1993）在《诗艺》中所说的：诗歌不是姑娘妩媚的秋波，不是紫丁香的花园，而是工厂，是汽车的长龙，是钢铁的心脏，是码头，是工人，是列车……是人类的残酷斗争。但是，当西班牙内战的战火波及到葡萄牙的边境时，他们又很难下决心站到工人和农民一边，表现出忧郁、彷徨和无能为力的压抑心情。诗人阿尔明多·罗德里格斯（1904—1993）用“无望的希望”恰如其分地形容了这种矛盾心态。当然，勇敢地站到人民一边与反动政府进行斗争的个别诗人也是有的，儒瓦金·纳莫拉多（1914—1986）就是一例，他在诗集《烦恼》中表现了昂扬的斗志，因而受到广大读者的欢迎。

1940年以后，葡萄牙诗歌的发展明显受到法国超现实主义运动的影响，但是费尔南多·佩索阿和阿尔玛达以及内格雷罗斯开创的民族文学之路依然发挥着重要作用。率先改变"现场"派和新现实主义艺术风格的先驱者之一是**维多里诺·内梅西奥**（1901—1978）。他分别于1938年和1940年发表了《和谐的小动物与我》和《震动西方》，第一个改变了"现场"派的颓废之风。他用自己的诗作否定了象征主义的苍白无力，同时批评这一流派仅仅局限在自己的内心隐私之中。他时而讲述一个幽默微型故事，时而把他在亚速尔群岛度过的童年故事嫁接到诗歌中来，其中可以听到天真的小伙伴们的声音。有时他还用柔情稀释肉体的痛苦，一面描写大海、港口、田野和住宅，一面用生僻的字眼制造具有动感的幻觉。他前期的诗作极力要创造一片伊甸园式的乐土，唯一惊扰这一乐园的是青年时期对爱情的渴望；后期的诗歌致力于开发民谣和表达神秘主义思想。

20世纪的葡萄牙小说以**拉乌尔·布兰当**（1867—1930）的创作为开端。他21岁入伍当兵，服役长达24年。对底层的人们有着深刻的了解。1890年，曾参加波尔图市的文学高级班学习，做过新闻记者。陀思妥耶夫斯基和列夫·托尔斯泰的作品对他有重大影响。他信仰过进化论、泛神论、基督教社会主义、无政府主义、神秘主义、先知弥赛亚教。这一切在布兰当的作品中都有所反映；他通过梦境和幻觉极力渲染死亡、痛苦、人性、生活荒谬等主题。1923年，他的代表作《渔民》问世，以清新动人的文字描绘出渔民们原始古朴的生活以及他们喜怒哀乐、色彩斑斓的精神面貌。更为深刻的是，他不仅非常同情这些苦难的人们，而且能够深入思考酿成这一苦难的社会原因。其他重要作品还有《小丑的故事》（1896）、《父亲》（1901）、《闹剧》（1903）、《腐殖质》（1917）、《小丑之死》（1926）。剧本有《幻想中的国王》（1923）、《疯子和死亡》（1923）。人物传记有《儒诺特国王》（1912）、《戈麦斯·弗雷伊雷的阴谋》（1914）等。葡萄牙文学史界认为布兰当是葡萄牙存在主义先驱，一定程度上也是新现实主义、甚至当代“新小说”的先驱。

20世纪上半叶的另外一个重要作家是**阿基利诺·里贝罗**（1885—1963）。1902年到1904年他就读于神学院，后在巴黎大学读书（1910—1914）。先后做过中学教师和国立图书馆管理员。与友人合作创办过《新园地》杂志。由于思想激进、积极参加革命活动，曾经多次被捕入狱和被迫流亡国外。1932年在首都里斯本定居。这之前的动荡生活都在他的文学创作中有着明显的反映。1913年，发表处女作《暴风雨中的花园》，展现了作者讲述故事的才能。他的代表作有三部：《魔鬼的土地》（1919）、《玛利亚迪尼西斯》（1922）和《法乌诺斯在森林中行走》（1926）。这些小说都以葡萄牙内地农村生活为题材，其中既有个人亲身经历的叙述，也有民间风俗习惯的描写，还有大量历史故事穿插其间。作者既对传统文化进行分析，也对现实问题进行批判。充满乡土气息的语言和把人与自然融为一体的描写是这些作品成功的重要因素：人物的感情与村镇、山川、树林、溪流、飞鸟、花草等的描写交融在一起，使读者感到作品中有一种原始的生机活力。此外，阿基利诺还在儿童文学创作方面取得了优异的成绩。

小说家**费雷拉·德·卡斯特罗**（1898—1974）12岁时远渡巴西，在亚马孙地区的森林里当橡胶工人，后来移居到帕拉州的贝伦生活，历尽了人间的苦难。18岁时发表第一篇小说《野心使他犯罪》，同年为南里奥格兰德州的报纸撰稿。21岁返回葡萄牙。24岁创办《钟点》杂志，同时担任《魔鬼》和《文明》周刊的编辑。在此期间发表的短篇小说有《黑白》（1923）、《新大陆游记》（1926）等。1928年和1930年，长篇小说《侨民》

和《原始林》先后问世。这些作品可以被视为葡萄牙新现实主义出现的标志。书中作者用自己的切身经历揭露了非人的移民制度和森林工人经受的残酷剥削与压迫。这两部作品在葡萄牙文坛和广大读者中引起震动，同时也奠定了作者在文学界的地位。此外，他撰写的旅行见闻也以积极干预社会生活的态度赢得了读书界的好评。这方面的著作有：《永恒》（1933）、《风暴》（1940）、《环游世界》（1944）等。50年代以后，费雷拉选取了一些重大社会问题为题材，揭露时弊，批评丑恶的社会现象，尤其是官场的贪污腐化。这类作品有《弯道》（1950）、《至高无上的天性》（1968）等。由于他在群众中的崇高威望，1958年曾被推选为葡萄牙共和国总统候选人，1962年，当选为葡萄牙作家协会主席。文学界公推他为新现实主义的先锋。

其他著名的新现实主义作家还有迪雅戈、丰塞卡和纳莫拉。

曼努埃尔·迪雅戈（1913—　）出身农民家庭。1924年移居到首都里斯本生活。17岁即加入葡萄牙共产党。大学期间攻读法律专业。在党内担任总书记长达30年，真实的名字是阿尔瓦洛·库尼亚尔；从30年代至1975年4月25日革命止，他长期生活在地下、监狱和国外。他用迪雅戈做笔名，在40、50年代以马克思主义观点写下大量文章，对于推动新现实主义文学的发展起了重要作用。如今这些文章已经成为研究新现实主义文艺运动的重要参考资料。晚年，他根据自己参加革命活动的经历创作了三部长篇小说：《同志们，明天见！》（1974）、《五天五夜》（1974）和《六角星》。此外，他还有大量政治方面的专著。

曼努埃尔·达·丰塞卡（1911—1993）是新现实主义的诗人和小说家。1940年出版诗集《风中的玫瑰》；1958年出版《丰塞卡诗歌全集》。1942年起开始发表一系列短篇小说，同年结集出版，取名为《新村》。1945年长篇小说《大山》问世。1951年又一部短篇小说集《火焰与灰烬》出版。1958年完成长篇小说《风中农田》。60年代以后仍有作品问世，如短篇小说集

《秋千上的天使》(1968)和《团结的时代》(1973)、散文集《阿尔加维尔记事》(1986)。所有这些作品都有一个共同点:真实而生动地再现了葡萄牙南方阿连特如地区的人文和自然景观:破败的村落、朦胧而令人惆怅的地平线、被破坏的绿色植被、失去生活希望的人们。其中,作者以写实的笔触描绘出诸多可歌可泣的人物、事迹,表现出嫉恶如仇的斗争精神,因此被文学评论界誉为"当代葡萄牙文学的重要代表之一"。

费尔南多·纳莫拉(1919—1989)也是诗人兼小说家。青年时在科英布拉大学攻读医学,毕业后在家乡贡德萨开办诊所。1933年发表诗作《浮雕》,从此登上诗坛。1941年,在《诗歌集》上开办了新现实主义诗歌专栏。作为小说家,纳莫拉的创作可以分为三个时期:第一个时期,他着重描写童年和少年时期的故事,如:《世界各地》(1938)、《黑夜里的火焰》(1943);第二个时期多以农村生活、特别是发生在作者诊所里的故事为主,创作了中篇小说《玛尔塔之家》(1945)、长篇小说《圣弗朗西斯科的矿山》(1946)和《一个医生的生活琐事》(1949);第三个时期作家转向了城市生活,他的观察非常细致,对于一些社会现象进行了深入的思考,在艺术手法上,他不断地把现实与想象结合起来,坚持对实际经验进行艺术加工,充分发挥了作家善于编织、构筑故事的才能。纳莫拉晚年创作的特点是在讲述故事的同时发表议论,他尤其喜欢把社会现实与所处文化环境进行比较。这样的作品有长篇小说《星期日下午》(1961)、《地下的人们》(1972)和获得三项文学奖的长篇小说《伤心河》(1982)。

第八节　意大利文学

20世纪上半叶意大利的历史以1922年建立法西斯统治为界分成两个阶段。意大利在1896年至1907年走完工业起飞阶段,同时对北非发动几次侵略战争，通过工业化和对外扩张与掠夺，迅速确立资本主义制度并且进入帝国主义阶段。其后是法西斯上台统治的黑暗的20年。世纪之初的意大利文学出现极为活跃的局面，随着19世纪真实主义的衰落，颓废主义、未来主义、先锋派文学相继兴起，现代文学以崭新面貌出现。然而，法西斯主义的专制统治，剥夺人民的言论自由，扼杀作家的创作活力，方兴未艾的现代文学被窒息。这一时期的作家政治介入较多，支持法西斯和反法西斯营垒分明。尽管法西斯政权开动宣传机器鼓噪不已，但始终未能拼凑出自己的文学。人民的文学事业虽然转入低潮，却没有停止。隐秘派诗歌发出在高压之下的喘息声，现实主义小说直面惨淡人生，形成同法西斯的对抗，被称为“反对派文学”。

帝国主义时代的发展创造了巨大的物质财富，却没有实现理性的胜利和社会的进步。实证主义哲学遭受严重挫折，代之而起的是非理性主义思潮。以实证主义决定美学为创作思想基础的真实主义文学界不可避免地走向衰落。黛莱达和托齐的小说代表了真实主义的嬗变，既显示出传统现实主义文学的深化发展，又预示了现代主义文学的新趋势。

颓废主义产生于真实主义接近尾声之时，是世纪之交重要的文学流派。以邓南遮为代表的颓废派作家回避垄断资本主义社会的各种危机，沉湎于梦幻，陶醉于主观臆造的虚幻美好世界，企图超脱污浊丑陋的现实社会。他们强调表现个性，追求艺术形式的完美，又被称为唯美主义派。福加扎洛的小说描写封建贵族“无可奈何花落去”的没落命运，帕斯科利的诗歌表达失去田园之乐的小资产阶级的幽怨，邓南遮鼓吹放荡不羁、玩世不恭的生活方式。

未来主义是20世纪初崇尚以机器和科技为主要特征的现代都市文明的文学艺术流派。科学技术的巨大进步从根本上改变了人们的感觉和观念。机械的力量、速度和节奏成为未来主义讴歌的中心。未来主义艺术家视力量和速度为美。他们讴歌都市生活的动乱，赞美暴力、恐怖、战争，描写打架斗殴、冲动冒险、骚动造反等狂热行为，表现神秘意识和刻画人的病态、梦魇、死亡。他们提倡用"自由不羁的字句"写诗，以便表达运动的各种形式和速度；主张用一系列"类比"、"感应"表现人的直觉，用"断断续续的想象"表现不可理喻的奥秘感受。有些未来主义者要求取消语法，消灭形容词、副词、标点符号，用词形的变化、图案组合、数学符号、乐谱音符传达意图。由于以马利涅蒂为首的右翼分子同法西斯公开合作而引起未来主义者队伍分化，20年代末未来主义走向终结。

黄昏派诗歌与喧嚣的未来主义相反，是一种失去追求，没有强烈激情的沉郁而冷漠的诗。黄昏派反对进行政治的和道德说教和反对浮华诗风，以哀伤低沉的声调，自由随意的形式，朴实无华的语言，抒写对日常普通生活的切实感受，准确地反映了第一次世界大战前低沉的社会情绪。但他们产生的社会影响也不大。

第一次世界大战结束不久，意大利的先锋派文学产生，杰出代表人物是皮兰德娄和斯维沃。

战后意大利工人运动在俄国十月革命的影响下高涨，社会党曾经在议会拥有最多席位。垄断资产阶级感到利用议会形式难以控制局面，力图使用专制和恐怖主义手段。1922年10月29日国王授命法西斯党魁墨索里尼组阁，从此世界上第一个法西斯独裁政权在意大利出现。一系列镇压性和专制性法律出台，取消了人民结社、出版和言论的自由权利。进步的作家被监禁或流放，正直的作家只能使用间接手段发表自己的意见。

隐秘派诗歌以隐晦曲折的方式表达出对法西斯统治的愤懑和垄断资本主义社会的失望。翁加雷蒂关于第一次世界大战的一组短诗《被埋葬的港口》（1916）是隐秘派的先声，蒙塔莱、夸西莫多在30年代的创作使隐秘派诗歌达到高峰。"隐秘派"是当初评论家给予的贬称，意为晦涩难懂。隐秘派主要描写西方现代人的危机意识。他们认为人迫于生存的需要而成为客观世界的囚徒，一切社会学、科学和文化对世界的解释都是不确切的，只有人对事物的直觉认识，超越事物的表面意义，才是真实的；诗人通过一系列象征、隐喻和意象把这种隐秘的、复杂的感觉表达出来，是文学残存下来的唯一价值。他们在诗里排斥任何逻辑的、叙述的、解释的因素，强调表达绝对的直觉灵感，因此而不顾及语法结构，舍弃词汇的日常普通含义，用极经济的语言组成一系列的类比，通过隐喻形象或词的声音造成形而上的象征。作品大多以自由体的形式描写片断的场景、瞬间的感受，往往很难让人读后立即明白其中奥秘的含义，但抒情意向显而易见，韵味隽永无穷。隐秘派诗歌实际上以克罗齐的直觉主义美学为其核心，并接受了法国象征主义的影响。

反对派文学主张现实主义的创作道路，是战后新现实主义文学的先导，一些小说是最早的反法西斯文学作品。

克罗齐和葛兰西分别是这一时期资产阶级和无产阶级最优秀的文艺理论家。

格拉齐娅·黛莱达（1871—1936）出生于撒丁岛努奥罗城。她虽然是在一个富裕的资产阶级家庭里长大，但由于轻视妇女的封建陋习，她只受过几年正规教育。黛莱达通过勤奋的自学，练就写作才能，从13岁起就开始为报刊撰写文章，17岁时出版第一部短篇小说集，18岁发表第一部长篇小说。1900年她同在财政部工作的帕尔米罗·莫德桑尼结婚，迁居到罗马，从此离开了故乡。在罗马，她踏入文化名人的社交圈子，广泛地了解到当时意大利和欧洲其他国家的文学状况，拓展了视野。但是撒丁岛的社会生活和风土人情始终是她描写的对象。她是一位乡土作家。1926年瑞典皇家学院授予她诺贝尔文学奖时，表彰她“以明晰的造型手法描绘海岛故乡的生活，并且以深刻而又同情的态度处理一般人类活动”。

黛莱达以贫穷、落后、保守的撒丁岛为背景，用现实主义手法着重描写善与恶，罪与罚的主题，表现社会的变迁，人生的艰难，流露出浓厚的宿命论思想。她的文笔清丽婉约，富于抒情性。作品大多描写弱小者的悲苦命运，揭示社会的阴暗面。环境描写和人物形象逼真，富于浓郁的乡土气息，具有真实主义文学的基本特征。她被认为是真实主义文学晚期的杰出代表作家。

在长达50年的创作时间内，黛莱达写下了数量极多的作品，共发表长篇小说、中短篇小说集50余部，诗歌、戏剧作品数卷，还翻译了巴尔扎克的《欧也妮·葛朗台》。1900至1920年是她的创作高峰时期，写出一系列长篇小说，如《埃里亚斯·波尔托卢》(1900)、《骨灰》(1904)、《常春藤》(1908)、《风中芦苇》(1913)、《玛丽安娜·西尔卡》(1915)、《橄榄园里的火灾》(1918)、《母亲》(1920)等。这些优秀的作品继承了真实主义描写苦难生活的题材，但它们不是真实主义的"纪实文学"，或多或少带有传奇色彩。她不用撒丁岛方言写作，而是采用标准意大利语。她不是客观冷静地叙述，而是满怀激情地宣讲撒丁岛的变化。她不着意描写人物的生理病态，而是突出描写人物在高压之下的扭曲心理。因此，她的这些作品里呈现出不同于真实主义文学的新风格。

黛莱达以饱满的激情绘声绘色地叙说人与命运的抗争。长篇小说《常春藤》和《风中芦苇》通过古老封建家庭衰败和解体的故事，真实细致地描绘撒丁岛旧的封建社会关系在资本主义新势力的冲击下分崩离析的情景，揭示封建主义的经济基础、道德观念、生活方式发生了空前的变革，资本主义因素的发展给宁静的海岛造成了动乱，也带来了新的生机，不幸的是人们不能顺应历史的进程，不是成为封建社会可悲的殉葬品，就是变成新兴资产阶级的可怜依附者。这两部作品是黛莱达为封建庄园制的消亡所作的挽歌。它们突破了真实主义不偏不倚的客观描写立场，以哀伤凄婉的抒情笔调述说人世沧桑，抒发宿命论的悲叹，对不幸的人们给予极大的同情，对逐渐失去古老风貌的故土深表惋惜。百转千回的咏叹使作品具有比一般真实主义的平板描述更强烈的感染力。浓重的抒情性是黛莱达作品超越真实主义的特色之一。

黛莱达在这两部小说中将历史的悲剧演绎为神秘的命运悲剧，将人的不幸遭遇写成是不可知的命运的摆布。人犹如常春藤那样，“一旦攀援在墙头，就不再脱落，直到藤条枝干叶枯为止”，人们无法挣脱命运的桎梏；人“好似芦苇，命运就是风”，命运像风折芦苇一样无情，人只能像芦苇一样听任摧残。这种悲观宿命论的苍凉叹息是抒情的主旋律。因此，作品缺乏优秀真实主义文学敢于正视社会和人生的气概，削弱了主题思想的认识价值。具有鲜明社会意义的主题被淡化，是真实主义文学走向衰落的突出特征。

黛莱达是描写苦难精神历程的作家。她的几部爱情小说《邪恶之路》、《埃里亚斯·波尔托卢》、《玛丽安娜·西尔卡》分别讲述主仆之恋、叔嫂之恋、绿林强盗与大家闺秀之恋，这些不合常规的恋情与传统的道德观念发生严重冲突，不仅没有获得圆满的结局，而且在男女主人公的精神上留下重创。小说在讲述爱情悲剧故事时，着意描写灵与肉的搏斗，将人物复杂曲折的心理过程刻画得淋漓尽致。主人公们不仅遍尝爱的诱惑，欲的煎熬，情的割舍等苦恋的滋味，而且心灵都被一种犯罪意识所纠缠，恋情变成恶梦。黛莱达详尽地描写了他们在恶梦中的挣扎。他们借助忏悔和赎罪来解救灵魂，以痛苦来洗涤和净化心灵。在女主人公身上救赎意识尤为强烈。由于罪过意识始终同爱的情感纠结交错在一起，主人公的灵魂受到拷问，伦理剖析在所难免。这种分析使心理描写得以深化。深度的心理描写是黛莱达作品的又一特征。

作品向心理深度的开掘达到了心理描写的真实，超越了真实主义文学浮浅的表面真实。但是，伦理剖析成为一种道德批判，不及真实主义文学的社会谴责有力。

费德利科·托齐（1883—1920）出生在锡耶纳城，幼年丧母，并从母亲那里遗传癫痫病，终生受累，37岁时便夭亡。他的父亲经营小饭馆，没有送他上学校念书，他从小只受过带有宗教色彩的非正规教育，成年后当过铁路职员，后来创办一份地方天主教文化半月刊。他生前只发表过几部作品，临去世前才成名，大部分作品身后出版，但在文学史上占有特殊地位，代表了从真实主义向现代主义的过渡，后来日益受到重视。

诗集《绿色的风笛》(1911)和《圣母之城》(1913)不曾引人注意，去世前两年发表的短篇小说集《野兽》(1917)和长篇小说《闭目》(1918)稍有影响。重病期间发表的长篇小说《三个十字架》(1920)使他成名，也是他的代表性作品。死后出版的作品有长篇小说《庄园》(1921)、《自私自利的人们》(1923)、《一个职员的回忆》)(1927)、《阿德莱》(1929)，书信集《休耕地再种》(1925)、《短篇小说集》(1967)等。

托齐基本遵循真实主义的乡土文学模式，描写故乡锡耶纳的现实生活，小说主人公是一些在物质上和精神上都极端贫乏的农民、小职员，作品展现一幅幅痛苦和辛酸的生活图景，揭示出一种忧伤和孤独的精神状况。但是，托齐的创作深深打上了作家本人的痛苦经历和悲观思想的烙印，与真实主义的客观描写有所不同。

《三个十字架》是刚比一家受骗的故事。三兄弟开了一家小书店，由于经营不善而濒于破产。一张假支票给他们带来更多的麻烦。他们束手无策，提心吊胆地等待灾难。老大朱利奥决定引咎自杀，以维护两位弟弟的名声信誉。但此举没能拯救他们，埃利科和尼科洛也相继可悲地死去。这部小说像他其他作品那样描写严酷的现实：人性恶毒，生存环境恶劣，容不得任何幻想存在；作品表达了生存就是痛苦的绝望观念，反映了存在主义思想。小说中的主人公都是一些善良的无能之辈，但他们不同于真实主义文学中逆来顺受的小百姓，而是做出一些不合时宜、不同流俗的表现，并且在绝望之中产生自我毁灭的冲动。作为小说背景的锡耶纳本来是一座风景秀丽的古老山城，但是小说人物痛苦的主观感觉，却使锡耶纳的阴暗面得以强化，变成一座人间地狱。因此，从不十分精确的乡土描写中产生出超现实的象征意蕴。托齐的作品在主题思想、人物形象和环境描写上已经超越真实主义文学而更加接近现代小说。

安东尼奥·福加扎洛（1842—1911）出生在北方维琴察市一个资产阶级化的贵族家庭，父亲当过国会议员。他从小在当神父的叔叔指导下学习，笃信宗教。1864年他从都灵大学法律系毕业后迁往米兰，开始文学创作。早期的诗歌，如长篇叙事诗《米兰达》（1873）、抒情诗集《瓦尔索达》，具有浪漫主义和神秘主义色彩。

1881年他发表第一部小说《马隆布拉》，这也是他成名的奠基之作。作品采用侦探小说凶杀案的框架，在神秘恐怖的气氛中叙说贵族马隆布拉家族里奇特的爱情纠葛，展现人物非理性的复杂心态。通过衰败的旧家族以怪诞方式走向死亡的故事，刻画没落阶级的悲观绝望情怀和疯狂的自我毁灭感。这是封建贵族颓废精神状态的写照。如诗如画的湖畔风景、如痴如狂的人物，极富浪漫色彩，又有唯灵论的印记。

小说《达列莱·柯尔蒂斯》（1884）讲述一个空想政治改革家的故事，表达了上层资产阶级不满现状的危机意识和希望改变现实的紧迫感。作品中内心冲突的描写深入到对潜意识和性本能的挖掘，突出了非理性意识的作用。

《诗人的奥秘》（1888）是一位意大利诗人与一个德国姑娘相爱的故事。他们的爱情在新婚的蜜月旅行途中以悲剧结束。作品刻意描绘人物下意识的隐秘感觉、心灵深处的疑惑不安、捉摸不定的精神状态。

长篇小说《古老的小世界》（1895）是福加扎洛的代表作，描写贵族青年弗兰科的遭遇。他是贵族，由于同资产阶级平民结婚而丧失财产和地位；他是天主教徒，遭到非教徒的妻子的冷遇；他是爱国者，被迫参加侵略者之间的普奥战争，为侵略者的利益争夺付出性命。小说是为主人公唱的一曲深情哀歌，也是为整个贵族阶级的没落而唱的挽歌。

小说是在自传基础上创作的，虚构的人物形象中有作家自己和他的亲人的影子。小说的长处在于人物心理的深度刻画，显然是作家内心活动投射的结果。另一特色是作家对所熟悉的景物的生动描写,有力地起到了渲染气氛和烘托人物心理的作用。因此,福加扎洛由于对特定环境的忠实描写而再现19世纪真实主义的光彩,同时又在多重矛盾冲突的描写中预示了20世纪现代人的生存焦虑与困惑。这部乡土气息很浓的小说通过日常生活事件透析人物复杂的精神世界和矛盾心态,因而超越了真实主义文学。

小说出版后很快被译成几种欧洲文字,广为流传。作家因这部小说而名声大振,原本隐居静思的福加扎洛活跃起来,参加政治活动,曾当选为参议员。他还投身于天主教改革潮流,研究科学与宗教的关系,1899年发表研究成果《人类的升天》,一度成为宗教界议论的中心人物。

《现代的小世界》(1901)、《圣人》(1905)和《莱伊拉》(1910)构成一部系列小说,分别描写了市侩习气的资产阶级与因循守旧的封建贵族,以及他们之间的冲突、宗教"现代主义"改革活动和伦理道德危机,展现在天主教思想分化瓦解之际,平民百姓在旧的宗教信仰、保守的封建道德、资产阶级新思想的不同观念的束缚之下,无所适从的精神困惑和道德彷徨。小说反映出资产阶级新思想的冲撞与封建主义和天主教组成的旧思想体系分崩离析,造成整个社会的精神危机。

福加扎洛善于描写没落封建贵族的颓败之势,擅长描写教会与资产阶级的权力之争,宗教与科学的是非之争,在颓废主义文学中占据独特的位置。他继承了真实主义小说的长处,比如,除真实地再现环境之外,在描写社会发展进程时,力图用进化论加以说明。但是他在作品中流露出浓重的天主教思想,如推崇救世主式的英雄,提倡精神恋爱,宣传死后灵魂在天堂相聚,相信人可以通灵等,为作品覆盖了一层神秘的宗教色彩。向宗教寻求出路是颓废主义者逃避现实的一种方式。

乔万尼·帕斯科利(1855—1912)出生在意大利中部小镇圣毛罗,父亲是贵族农庄的管家,乔万尼12岁时,父亲被人枪杀,母亲与姐姐在次年相继去世，他幼年失怙，家道中落，心灵蒙受巨大创伤。1873年他考入博洛尼亚大学文学系，深得老师、大诗人卡尔杜奇的欣赏。他在大学期间曾经积极参加政治活动，因参加游行示威被囚禁107天，其后思想变得消沉，在政治上采取保守与调和的态度。

1882年他从大学毕业后开始在各地教书，同时创作诗歌和研究拉丁文学，成绩卓然。1906年接替卡尔杜奇的位置，在博洛尼亚大学任文学教授。1912年病逝于博洛尼亚。

帕斯科利的主要作品有诗集《柽柳集》（1890）、《卡斯特尔维基奥之歌》（1903）、《歌集》（1914）等，他还曾用拉丁文写诗获奖。他有不少关于诗歌的论述，对但丁和莱奥帕尔迪的研究尤为深入。

帕斯科利创作的主题是怀旧，表达对失去的天堂的留恋，对童年时代的缅怀，对田园生活的向往，以及对大自然景色的赞颂，以此来逃避现代生活和都市文明。他善于从日常生活细小事物中提取新的含义，以常见的题材表现新颖独特的意趣。诗的内涵丰富，意境深邃，形象鲜明，格调深沉含蓄。

《柽柳集》描写故乡四季变化的农村田野景象，布谷鸟的啼唱，云雀的啭鸣，知了的嚣叫，春天的杏花，秋天的浓雾，夏日的骄阳，冬日的清冷，象征着岁月的缓慢流逝。他感叹自己在故乡的土地上变成了陌生人，表达“逝水年华”的伤感和“人生孤苦”的哀叹。视觉中的景物与内心的感悟交融在一起，创造出与现实若即若离，似梦似真的虚幻境界。他成功地运用具有象征意义的艺术形象，突出诗的主题思想。在《洗衣女工》中他写道：

在灰黑色的田野里，
仿佛被遗忘了，
留在薄雾中，

一把没有牛牵引的犁。
……
起风了，
吹落枝头的雪花，
你为什么还不回家！
你走了，我将怎么办！
就像休闲田里的那把犁耙。

被遗忘的、扔在休闲地里的犁富含孤寂与失落的象征意蕴。

《卡斯特尔维基奥之歌》仍然是描写童年时代的农村生活，表达对死去亲人的怀念，对平静生活的企盼，但诗中寄寓了更多的人生思考。作品已不是对他青少年时代生活过的卡斯特尔维基奥地方的讴歌，而是对整个人生的咏叹。《我的夜晚》是其中著名的诗篇。诗人用“暴风骤雨的白日”比喻动荡不安的青年时代，用闪电霹雳比喻人生的坎坷经历，而“白日里最乌黑的云朵，乃是傍晚玫瑰的彩霞”一句形象地概括了从青年到晚年的人生过程。诗人赞美“晴朗的夜晚”，也就是期盼拥有恬静安适的晚年。帕斯科利的“夜晚”，是有象征意义的田园夜景，将人的一生浓缩在一首写夜景的诗里。

有时帕斯科利还会描绘完全脱离具体历史环境的时间和空间的意境，陶醉在美妙的梦幻和神秘的意念之中。如《孤儿》一诗中写道：

雪花缓缓地飘落，飘落，
听，摇篮轻轻地，轻轻地摇着。
一个婴儿在啼哭，
小小的指头在嘴里吮嘬；
老妇手托下颏，哼着儿歌。

她唱道："在你的小床四周，
有玫瑰，百合，
是美丽的花园一座。"
小宝贝在花园中安睡了。
雪花轻轻地飘着，轻轻地飘着。

他在这种温馨、柔美的世界中寻觅心灵的慰藉。他对爱的赞美和对生命的祝福，只能在这种虚幻的童话世界里得以表达。帕斯科利的诗是对失去的旧风景线的挽歌，表达了农村小资产阶级恢复传统生活的愿望。

加百列·邓南遮（1863—1938）是颓废派作家中影响最大的人物，在诗歌、小说、戏剧诸方面均有建树。他不仅通过创作将唯美主义的艺术追求推向极致，而且对颓废主义思想身体力行，以奢靡腐化的享乐主义作风惊世骇俗，又以狂热的"超人"式战争冒险行为轰动一时。他的传奇般经历与他的精美作品一样广为人知，使颓废主义成为一种社会时尚。

邓南遮出生于意大利中部东海岸边的古城佩斯卡拉，家庭属于中产阶级。他在中学开始写诗，16岁时由家长出资为他出版诗集《国王翁贝尔托一世颂》（1879）。抒情诗集《早春》（1880）以其深厚的古典文学功力引起评论界的注意，成为小有名气的少年英才。1881年秋他注册罗马大学文学系，不断发表诗作，也不断发生绯闻。第二年他辍学结婚。他在无聊生活中写下许多香艳诗篇，结集为《间奏诗》（1883）和《少女的书》（1884），出版后激起公愤，引发一场对他的诗歌价值的争论。促使邓南遮进行反思。

他在深入研究古典与现代欧洲诗歌之后，逐渐形成颓废主义的美学思想，主要总结在六篇关于《爱弥尔·左拉的道德》（1892）的文章中。他主张艺术的目的在于寻求美的享受，而不应受社会的或道德观念的约束，文艺作品只局限于表达艺术家个人的精神世界，而且是不受理念约束的非理性世界，探索潜意识，挖掘心灵中神秘的"禁区"，寻觅"被禁止的梦"。他认为诗人的创作灵感是认识未知世界的奥秘的途径，诗歌体现宇宙至高无上的和谐，是最广阔的真理之所在，它所反映的空间超过科学知识所表述的广度和深度。他还提倡唯美主义的人生哲学，认为美具有最高价值，人生应当最大限度地充满高雅刺激，生活应当像艺术一样美。他在生活中也不遗余力地追求美，喜欢美的环境、美的伴侣、美的动作、美的语言，竭力把自己塑造成一个完美的超凡脱俗的人物。

这一时期的诗集《伊索泰奥》(1886)、《幻想》(1888)、《罗马哀歌》(1887)、《天堂诗篇》(1891)，描写缠绵悱恻的情感，内省性的沉思冥想，表达对生活的失望和厌倦，采用法国象征主义诗歌手法，以精美的语言和音乐般的节奏与韵律，抒写世纪末的伤感，反映忧郁、孤寂的心态。其中不少作品为摆脱寂寞而虚张声势地颂扬纵欲享乐的狂放生活，有些作品则以狂妄的英雄主义填补精神空虚，如《海战颂》，通过讴歌古代威尼斯海军征服亚德里亚海来振奋颓丧的情绪。总之，追逐自我欲望满足的极端个人主义生活态度与光复古罗马辉煌的社会理想是他反复抒写的主题，华丽、高雅、精致，是他追求的唯美主义风格。这部诗集确定了他的颓废主义诗歌的内容与形式。

他还以颓废主义为指导思想写长篇小说。《欢乐》(1889)、《无辜者》(1892)和《死的胜利》(1894)组成《玫瑰三部曲》。《欢乐》描写一个贵族艺术家疯狂的爱情以及失恋后的空虚痛苦，以典雅华美的词藻大肆渲染人的性欲本能。《无辜者》描写一个贵族青年为追求"纯洁"爱情，在婚外恋情上的变态心理，意志薄弱、心理失衡的主人公是典型的颓废人物，小说的叙事艺术散文化，富于音乐性。《死的胜利》记述一个精神创伤未愈而向往完美精神生活的资产阶级青年，因找不到出路而以自杀救赎自己的经历。小说成功地刻画了人物复杂的性格和多变的心理状态。这三部作品描写的全都是精神贵族的生活。《岩间圣母》（1895）是一部诗化的小说，淡化情节，刻意营造极具诗情画意的场面，追求达·芬奇同名油画的高雅、深邃、细腻的艺术效果，主要描写现代人思想感情逐步净化的过程，塑造完美的“超人”形象。它被认为是唯美主义在小说创作中的登峰造极之作。

1894至1896年间邓南遮的思想和创作又一次发生改变，进入颓废主义的第二阶段，他受到尼采哲学的影响，接受“唯意志论”，认为历史的进程是权力意志实现其自身价值的过程，尤其信奉“超人”哲学，视人生的目的为“扩张自我”，发挥权力，思想从原来的历史虚无主义变为权力意志论。他认为艺术是权力意志的一种表现形式，艺术家是高度扩张自我和表现自我的人。他不再描写碌碌无为的“庸人”，而要写英雄。他将颓废主义由消极情绪的宣泄改变为对极端狂热情绪的鼓吹。

长篇小说《火》（1900）是描写“超人”的作品。故事以威尼斯为背景，颂扬一个青年艺术家强烈的创作欲望和他对一位中年女演员的激越恋情。在他身上艺术与生活融为一体，梦幻与成就得到统一，自我得到完美表现。小说以浓墨重彩描写环境，热烈赞颂完美人性，扫尽过去描写无聊生活的消沉之气。

邓南遮1898年迁往佛罗伦萨，住进古典豪华别墅，度过十年王公般的奢华生活。这也是他文学创作的重要时期。为了扩大自己的影响，他开始写可供演出的剧本。剧本《琪娥康陶》（1898）形象地阐释了唯美主义思想。这是一个雕刻家同妻子和女模特儿之间的三角恋爱故事。雕刻家宁死也不愿放弃艺术；女模特儿琪娥康陶是艺术的化身，将永远留在雕刻家身边；而妻子是平庸生活的代表，注定要失败。作品旨在说明“艺术就是生命”，宣扬“艺术至上”的观念。诗剧《里米尼的弗朗齐丝科》（1901）取材于但丁《神曲》的《地狱篇》第五歌，是一个流传甚广的中世纪爱情悲剧。《约里奥的女儿》（1904）也是一出悲剧，根据古代传说编写而成，以弑父罪为主题，大肆渲染情欲。由于剧本《荣光》（1899）上演失败，邓南遮暂时停止写剧本，回到诗歌创作。

他的重要诗集《赞歌》问世。1903年至1904年间发表的前三卷《玛雅》、《埃莱特拉》、《阿尔乔内》是他最为成功的诗作。《赞歌》的其余两卷《梅罗塔》和《阿斯特罗培》迟至1912年才完成。第一卷《玛雅》是邓南遮在一次乘船从希腊到非洲的地中海旅行途中写下的赞美古希腊众神的诗篇，用世俗的神话对抗基督教教义。第二卷《埃莱特拉》是一些凭吊怀古的诗章，诗人在一些历史名城中，追忆过去的光荣业绩，缅怀古代英雄豪杰和艺术巨匠，表现对建立丰功伟业的向往。第三卷《阿尔乔内》全部是诗人歌咏大海和天地的抒情诗。他以特别敏锐和细致入微的感觉，深切体味和领略大自然的美妙，以优雅柔美的文字展示自然界声光色味变幻的各种美景，表达诗人对自然之美心醉神迷的爱恋。诗人因景生情，情景交融的描写创造出物我两忘、天人合一的境界。在他抒发的种种激情之中，最动人的是他在凄凉景色中的忧郁情怀。相反，一些表现英雄主义气概的作品显得生硬。他那种以柔美为主的诗风难以表达刚劲的雄心壮志，也是他艺术上的致命弱点，也是他强做"超人"姿态的生活追求与唯美主义的艺术追求之间的根本矛盾的反映。这种不平衡贯穿于《赞歌》的始终，使《赞歌》从整体上看来显得冗长、累赘，矫揉造作，有些作品节奏过分紧张而欠舒展。音乐性强是这些诗歌的最突出特色。犹如音符般的字词，读来韵味无穷，妙不可言。

1909年邓南遮因入不敷出，负债累累，只能拍卖豪宅，告别富贵生活。1910年他为了躲债逃至巴黎，在那里流亡五年。其间写成几个剧本：《圣塞巴斯蒂安的殉难》（1911）、《比萨姑娘》（1912）、《巴黎女郎》（1912）、《金银花》（1913）等。这些剧本充斥色情描写，并且有神秘色彩。散文《对死的默想》（1912）是邓南遮在同时获得诗人巴斯科利和他的另一位朋友去世的消息时的伤感之作，是一篇极佳的艺术散文。这一时期失意的生活与颓废的艺术情调相吻合，他又刻意追求文字的音乐感，创作艺术更趋完善。

随着意大利进入帝国主义阶段和频繁发动对外侵略战争，邓南遮的“超人”思想极度膨胀，他与反动的政治势力同流合污，逐渐堕落为鼓吹民族沙文主义和对外扩张的军国主义作家。他从宣扬“超人”式的个人变为鼓吹“超人”式的民族，作品中的主人公由原来那些醉生梦死的消极人物让位于能够肩负“伟大使命”的强悍者，对个人主义行为的赞美变成对古罗马民族伟业的歌颂，从对风花雪月的赞叹变成对战争武力的颂扬。如剧本《战舰》（1908），通过描写昔日意大利的海战胜利，为对外侵略耀武扬威。

第一次世界大战爆发后，他以为施展“超人”宏图的机遇到来，1915年5月他返回意大利，志愿入伍，到前线作战，当过步兵、水兵、飞行员。1916年他驾驶失事，右眼受伤失明。他从颓废主义者的消沉这个极端走向“超人”的狂热冒险的另一个极端，成为轰动全国的“爱国”英雄。战后他不满意大利政府在和谈中的软弱立场，于1919年11月11日策动和指挥了一次向意大利和南斯拉夫边境城市阜姆进军的行动，占领了这个归属尚存争议的城市。邓南遮在这个所谓“自由王国”当了一年首领。1921年初他决定隐退，在意大利北部加尔达湖畔的一座别墅里开始安度晚年。此后他发表了在战争期间所写的长诗《夜曲》（1921），借一个伤员的日记形式，颂扬战争，赞美死神，宣扬“超人”有统治人民的权利。最后一本《密书》（1935）是他以忏悔的心情写下的回忆录。

1937年法西斯政权任命他为意大利科学院院长，他因年老体虚未曾到任。1938年1月1日他突发脑溢血，不治而亡，结束了梦幻般的一生。他留下的大量小说，戏剧作品和长达四万多行的诗歌，成为评论界长盛不衰的议题。尽管众说纷纭，争议很大，但对他瑰丽的文学语言的丰富性和艺术审美的独特性均给予肯定。

菲利普·托马索·马里内蒂(1876—1944)是未来主义的创始人和理论家。他出生在埃及亚历山大港的意大利侨民之家，父亲是律师，母亲是诗人。他从小入亚历山大的法国教会学校，后赴巴黎读中学，1893年随父母迁回米兰，1899年毕业于热那亚大学法律系。

马里内蒂早期用法文写自由体诗歌，1905年创办《诗歌》杂志。他于1909年2月在巴黎用法文发表《未来主义的创立和宣言》，然后在《诗歌》上发表该宣言的意大利文本。他带领一批未来主义的作家、音乐家、画家穿梭于各大城市，组织集会、游行，鼓吹未来主义。1911年他迁居罗马，投身于政治活动。当年9月他以记者身份赴意大利侵略利比亚的战场采访，发表一系列战地通讯，吹捧殖民主义政策。1913年他在《拉切巴》杂志上发表《未来主义政治纲领》，将他的政治主张系统化，进一步暴露其反动面目，引起未来派内部的分裂。1914年8月第一次世界大战爆发后，他自愿入伍，1917年在前线作战受伤。1918年他带头建立"未来党"，从此同法西斯党合作。1926年他出访阿根廷，巴西，在拉美鼓吹未来主义。1927年回国后试图掀起未来主义运动新浪潮，遭到法西斯当局的遏制。从此未来主义运动走向衰落。

马里内蒂1935年随意大利侵略军进入埃塞俄比亚，1942年7月他又跟随意大利军队进入苏联。他发表《墨索里尼战争之歌》(1942)，充当法西斯军国主义的吹鼓手与辩护士。1944年底因心脏病发作逝世。

马里内蒂著述甚多，作品包括文艺理论、政治理论、小说、诗歌、散文、戏剧。他的政治文章是宣扬无政府主义、民族沙文主义和反社会主义的反动糟粕，如《未来主义与法西斯主义》等。他最有价值的作品是一系列未来主义艺术宣言:《未来主义的创立和宣言》、《未来主义文学技巧宣言》(1912)、《未来主义合成戏剧宣言》(1915)、《未来主义电影宣言》(1916)、《航空诗宣言》(1931)等。这些宣言及时地提出了文学艺术应当适应新时代的工业化社会而进行变革的合理要求，以摧枯拉朽的气势为20世纪现代主义文学艺术的诞生与发展扫清障碍，又以大胆新奇的设想启发人们创新的思路。但是一些过分狂热又荒谬的主张违背了文艺创作的基本规律，根本无法实行。宣言的核心思想是把革新与传统对立，将传统一概视为大敌，而将革新捧为艺术的唯一标准。它导致不顾一切的盲动，造成弄巧成拙的结果。

马里内蒂虽然声称彻底反传统，却并不能始终不渝地在文学创作中恪守未来主义的信条，他的创作呈现出日益远离未来主义的趋势，而且离未来主义越远就越成功。从整体上看，他的小说并没有脱离传统的构架，诗歌与戏剧的改革创新的力度更大一些，而戏剧比诗歌更成功。

马里内蒂的小说创作主要有：长篇《未来主义者马法尔卡》（1909）、《难以驾驭的人们》（1922），短篇小说《未来主义的爱》（1922）、《染色嘴唇的故事》（1930）。第一部长篇小说《未来主义者马法尔卡》是典型的未来主义作品。主人公被塑造成一个"超人"式的英雄，他长得像一个机器人，身体的每一个部分像零件一样可以拆卸更换。他具有万能的本领，但没有心灵，没有感情，没有良知，没有爱心。这种蔑视理智和道德，崇尚意志和力量的冷酷形象就是理想中的"未来人"。但是从1919年发表的诗体小说《一颗炸弹里面的八个灵魂》开始，马里内蒂向传统艺术手法退却，写到《难以驾驭的人们》时，就更明显地背离了未来主义的初衷。小说采用寓意的手法，描写处于原始野蛮状态的黑人横遭暴力镇压的悲惨遭遇以及他们对自由的渴望。

他的散文创作也出现同样的情况。早期的战地通讯《的黎波里之战》（1912）使用了大量的"类比链"进行描写。比如他用一连串的比喻形容机关枪："小小的机关枪，您是一位魅力十足的女人，骄悍成性而又美丽绝伦，驾驶着一辆看不见的百匹马力的汽车，急促地按喇叭声……夫人，我看见您像一位杰出的演说家，以滔滔不绝的雄辩的语言打动周围听众的心灵……此刻您是一把万能的钻头，在这个顽固的黑夜的头盖骨上凿出一个圆洞……您是一架轧钢机，一台电动镟床……是一只大型氢氧吹管，正一点一点地将邻近的星星点点的金属棱角燃烧、切割和熔化……”机关枪是贵夫人、演说家、钻头、轧钢机、镟床、氢氧吹管，众多的比喻奇特至极。而后期作品《埃及的魅力》（1933）回忆童年时代的埃及，幻想建立符合未来主义蓝图的新埃及，行文流畅优美，是接近邓南遮的唯美主义作品，完全回归传统的散文艺术，这也是他最优秀的作品。

马里内蒂的诗歌是典型的未来主义实验之作。他摒弃传统诗歌的韵律规则，完全以跳跃的节奏，绝对自由地表现直觉、感应、联想和想象，过分勉强生硬的词句，构成一种恣意宣泄的粗暴怪异的风格，缺少诗意和美感。有些“自由诗”只用名词、动词不定式和数学符号堆砌而成，混沌一片，紊乱不堪，难以卒读。较早的诗集《扎——勃——土勃》（1914）、《沙丘》（1914）中充斥着未来主义的生硬实验。

马里内蒂晚年写“航空诗”，主要作品有散文诗《飞速的西班牙和未来主义公牛》（1931）、《拉斯佩齐亚海湾航空诗集》（1935）。所谓“航空诗”就是以远距离的动态视角描写事物，抹杀不同事物之间的细微差别，而强调它们的相似性，因此可以大量使用类比手法。描写怪诞而神秘，偶然有独特新鲜的意象出现。总之，诗歌创作集马里内蒂的未来主义实验之大成，却缺乏成功之作。

马里内蒂在戏剧方面的改革较有成效。他创造出一种时间短促、台词简单、动作急速的“合成剧”，展示一种幻觉与现实交叉、意识与无意识相混的境界。代表作品是《他们来了》（1915）。这是一出只有三句话的短剧。一群不说话的人在台上忙碌地、机械地搬动桌椅，等候客人到来，客人没有露面，而桌椅在灯光的照射下，自动地移向门口，好像去迎接客人。戏给人以恍如置身梦幻的感觉。这种“合成剧”是荒诞剧的雏形，是现代派戏剧的开路先锋。另一出较为成功的剧作《火的战鼓》（1922）描写善与恶的关系，强调二者存在的客观必然性和相互的依存性，采用了传统的戏剧结构，运用未来主义的强烈声响、音乐、色彩对剧情进行渲染。短剧作品还有《拘捕》（1915）、《一个青年的末日》（1915）、《人的海洋》（1927）、《闪光》（1929）、《赤裸裸的提示者》（1929）等。

意大洛·斯韦沃（1861—1928）是著名小说家。原名埃托雷·施密茨，父亲是在意大利经商的德国人。母亲是意大利籍犹太人，他出生在意大利北部边境城市的里雅斯特。他在德国巴伐利亚上中学，然后就读于的里雅斯特商学院。由于家里的生意破产，中途退学，进入奥地利联合银行的里雅斯特分行工作，低微的职员生活持续了20年，直到1896年与表妹结婚，并于1899年进入岳父开设的染料厂负责管理工作之后，境况才有所好转。

在德国完成的早期教育培养了斯韦沃对哲学和科学的爱好，意大利丰富的文学遗产又使他对文学产生兴趣。他在工作之余博览群书，学识丰富而庞杂。他对达尔文、马克思、弗洛伊德、爱因斯坦的学说都有相当的了解，对于生物学和精神病理学尤感兴趣，推崇叔本华的哲学思想，赞同德·桑克蒂斯关于文学与当代科学、思想新成就的关系的见解。他研究过意大利薄伽丘、马基雅维利、奎恰尔迪尼等人的古典文学作品，喜欢读法国巴尔扎克、斯丹达尔、福楼拜、都德和左拉的作品，表现出现实主义的艺术趣味。他通晓德文和英文，又经常外出经商，能及时了解和考察欧洲的新思潮和新科学。以上诸种文化因素在他的思想上打下现代意识的烙印，并促使他选择一条将文学与科学相结合、探索新的艺术表现手法的创作道路。

斯韦沃1892年自费出版第一部长篇小说《一生》，1898年又自费出版另一部小说《暮年》，这两本书的内容都是描写小职员的失意与孤独，运用的都是现实主义的传统写实手法，着意揭示人物内心世界。但是这两本书问世之后均遭冷遇，他灰心丧气，停止发表作品。1907年他结识流亡在的里雅斯特的乔伊斯，两人成为挚友，在文学上相与切磋。

第一次世界大战爆发之后,工厂关闭,他有时间专门从事写作。1918年他与一位当医生的侄子合作,将弗洛伊德的《释梦》译成意大利文。1919年他开始写第三部长篇小说《塞诺的意识》,于1923年出版,与他的第二部小说发表的时间相隔25年。这本书起初也没有引起注意。他将小说寄给那时在巴黎的乔伊斯,乔伊斯读后大为欣赏,向法国的研究意大利的学者们推荐,小说于1926年被译成法文发表,引起轰动,法国评论界称赞斯韦沃是"意大利的普鲁斯特",随后在英国、德国、美国反响迭起,斯韦沃获得国际声誉。与此同时,意大利著名诗人蒙塔莱于1925年底在米兰的刊物上著文赞扬,为在意大利掀起"斯韦沃热"推波助澜。热潮方兴未艾,斯韦沃却在1928年遇车祸身亡,留下第四部尚未完成的小说《一个老人的自白》。

《塞诺的意识》既是他的成名作,也是代表作。小说采用第一人称的内心独白的方式,也就是后来被称为"意识流"的手法,叙说一个中产阶级知识分子百无聊赖的空虚生活和他本人对这种生活的反思,表现资产阶级摒弃传统价值观之后的迷惘、彷徨和绝望的心理,活画出一个现代灵魂的痛苦挣扎。斯韦沃在小说中运用弗洛伊德精神分析的自由联想法组织材料,使小说的结构形成由心理逻辑和推理逻辑组成的一个完整的主观逻辑系统,打破了传统小说的情节线索为主的客观叙事逻辑。他还根据弗洛伊德的人格理论展现人物的内心冲突,在表现人物形象的复杂性和真实性上突破了描写典型性格的旧程式。这部作品以其现代意识和全新的写法,在意大利文学史上别开生面,成为第一部现代小说,确立了斯韦沃现代小说家先驱的地位。

除以上提到的三部长篇小说和两部短篇小说集《高贵的酒》(1927)和《成功的玩笑》(1928)之外,斯韦沃的其他作品均在死后才出版,共计有13个剧本,30个短篇小说,10个中篇小说以及第四部长篇小说的片断。后来他的书信集也被整理出版。

路易吉·皮兰德娄(1867—1936)是著名小说家和剧作家。他出生于西西里岛阿格利琴托市一个富裕的资产阶级家庭,曾先后就读于巴勒莫大学和罗马大学的文学系,1888年赴德国波恩大学深造,获得语言博士学位。1892年回国定居罗马,从此在罗马高等女子师范学校执教多年。1925年他组织"罗马艺术剧团"并且担任剧团的艺术指导。1926年至1934年他带领剧团在欧美各国巡回演出。1936年病逝于罗马。

皮兰德娄的创作极为丰富,有短篇小说300多篇,结集为《一年里的故事》(1937),长篇小说7部,剧本40多部,诗集7卷。他从写诗开始文学创作,但青年时代模仿卡尔杜奇写出的抒情诗不很成功。在20世纪的头10年里,他主要写小说,小说创作使他蜚声文坛。1910年以后转入戏剧创作,取得了卓越成就。1934年"因为他果敢而灵巧地复兴了戏剧艺术和舞台艺术"而被授予诺贝尔文学奖。

皮兰德娄早期的小说受真实主义文学影响,以故乡西西里岛为背景,暴露社会的阴暗面,对下层劳动人民寄予深切同情。属于真实主义的第一部长篇小说《被抛弃的女人》(1901)是其成名作,第二部长篇小说《已故的帕斯卡尔》(1904)则在主题上发生变化。小说通过帕斯卡尔企图寻找"自我"的失败经历,表现现代人的孤独和苦恼。从此之后皮兰德娄着力刻画一个荒诞的、不可知的外部世界与一个充满种种焦虑的现代人的内心世界以及两者之间的冲突。长篇小说《老人与青年》(1913)、《一个电影摄影师的日记》(1915)、《一个人,既不是任何人又是千万个人》(1925)以及一些短篇小说都表现了这样的主题。

皮兰德娄把他关于哲学与文学的新思考集中阐述在《艺术与科学》(1908)、《幽默主义》(1908)两部论著中。

皮兰德娄利用戏剧艺术将他的思想发挥得淋漓尽致,同时为了表达清楚极其复杂的思想内容,他在剧本构思和舞台艺术方面进行了许多革新和实验,使戏剧的内容与形式达到了高度的统一。《六个寻找作者的剧中人》(1921)和《亨利四世》(1922)是代表作品。皮兰德娄的全部剧作收集在戏剧集《赤裸的面具》(1958)之中。

《六个寻找作者的剧中人》是一出"戏中套戏"。正在排演新戏的剧场里,六个脸色苍白的幽灵闯了进来,自称是被作者废弃的某剧本中的人物,他们想获得舞台生命,请求导演把他们的戏排出来。于是原来的排演中断,导演和演员们成了观众,看着这些"剧中人"把自己的遭遇表演出来。

原来这六个人是一对离异的夫妻和他们的四个同母异父的孩子。20年前丈夫默许妻子与其秘书私奔,于是母亲与儿子分离。秘书死后又留给她三个孤儿,其中大女儿因贫困所迫当了妓女,在妓院遇到了母亲的前夫,正巧母亲赶来,及时阻止了乱伦的发生。做父亲的良心发现,便将前妻一家人接回,但这重聚的家庭却不能和睦相处。一家人互相不理解,冲突不断发生。

六个"剧中人"的"戏中戏"表面是讲述一个家庭悲欢离合的陈旧故事,但是这个故事是被人们断断续续地追述出来的,情节不完整,主要内容是主人公们对造成自身悲剧的原因进行探讨。他们互不相容的原因在于人本身的存在。人自身的变化莫测使人与人之间的关系显得不稳定,不真实,人们调整关系的种种努力总是徒劳无益,因此人们互相折磨、永远痛苦。这种不可知论的悲观思想是他的人生哲学,构成了这出戏的第一个主题。

作为框架的"戏"的内容是剧团的导演和演员观看、争论"戏中人"的戏,这其实是一出讨论"戏"的戏。通过讨论说明皮兰德娄反自然主义的戏剧理论,这就是该剧的第二个主题。皮兰德娄让"剧中人"从剧本中脱身而出,跳到舞台上。直接与观众见面,这是对演员作用的否定。"剧中人"代表着最忠实于原作的表演,而排练的演员们则代表粗糙低劣的演技,形象地对比出戏剧表演艺术上的危机。他以此说明表演与剧本严密吻合这种要求的合理性与不可解性。这是艺术品上的相对论。他还在剧中明确反对斯坦尼斯拉夫斯基的体验派观点，否定演员表演过程中掺进去的主观成分。这个副主题以清晰的逻辑来表达，与前一主题的狂热混乱交替穿插，使整个剧本的节奏趋于和谐平稳。

在一个三幕剧里容纳这么丰富的思想内容，全仗巧妙的结构。六个“剧中人”灵活地起双重作用，他们代表一部辛酸的故事，说明人生的苦恼，同时又作为剧本的活的化身，说明剧本与导演、演员以及舞台的关系。他们的活动把两个“戏”交织在一起，把两个主题有机地联系起来，并且使两种颇为艰深的理论得到形象生动的解释，使人不觉枯燥。

《亨利四世》记述一位现代青年的不幸遭遇。一位青年绅士在化装游行中遭到情敌暗算，跌落下马，大脑受伤导致精神失常，从此以他扮演的亨利四世自居。家人顺从他的意思，把别墅布置成皇宫，并派几名仆人着古装照料他。12年后他从疯狂中清醒过来，发现心上人已被情敌夺走，无心再回到现实生活中来，决定装疯逃避现实。几年后，过去的情人和情敌双双来探视他，他情不自禁地流露出一些真实情感。这时又有一位医生使用古怪的办法替他治病，吓得他几乎重新发疯。他无法再忍受装疯卖傻的生活，主动道出真情。在复仇的冲动之下，挥剑刺向情敌。为逃避凶杀的罪责，他只有再次借用亨利四世的身份掩护自己，永久的装疯下去。

皮兰德娄通过这出戏生动地说明他对人生的又一见解，即人的双重性格——一个真正的自我和一个社会造成的自我永远相互冲突，冲突的结果是社会的自我压迫真正的自我而取得暂时的平衡。由人们集合组成的社会对于个体的人来说竟成了异己的迫害力量，皮兰德娄对他所处的那个社会的揭露更深入了一层。剧中情节离奇，人物造型夸张，运用大量的对比和象征手法，集传统的悲剧、讽刺剧、假面剧的特点与现代的表现主义手法、黑色幽默于一体。这是一部丰富多彩的佳作。

皮兰德娄在剧中保留了真实主义描写社会阴暗面和人物病态心理的传统题材,但他以夸张的手法和强烈的主观宣泄走到了与真实主义相对立的表现主义的极端。他的剧作中,故事情节离奇,而且变化突兀,一般不是人物性格发展的必然逻辑。夸张怪诞的剧情把人物放到了令人难以置信的荒唐环境中,使人物触发出内心深处的呼喊并对其处境作出哲理性的解释,在收到由悬念造成的出人意表的戏剧效果的同时,新颖的思想见解也起到了振聋发聩的作用。他的戏剧具有强烈的感官上的和思想上的双重刺激性。

皮兰德娄在人物精神面貌的刻画方面相当成功,他不以人物的遭遇来说明人物性格的形成,而是截取人物生活中某一时刻的特殊处境表现人物特有的感受和独特的思想,勾画出人物的灵魂。这是一种描写人的心理变化和思维演变的戏。戏中的人物形象不同于传统文学中的人物,往往较少个性特征,概括性多于具体性,共性大于个性,然而人物身上渗透着的时代精神,放射出近乎光怪陆离的奇异色彩,给人留下强烈的印象。皮兰德娄在剧中塑造了一些诸如《亨利四世》中的主人公那样的悲观绝望、孤独苦恼的现代资产阶级人物形象,他们渴望生存而不得生存,寻找出路而无出路,这是资产阶级人物画廊的新类型,是一些“反英雄”角色,具有深刻的认识价值。

皮兰德娄对戏剧进行革新,突破了许多旧框子,他在以表现冲突为特点的戏剧里,加进了比重相当大的说理性议论;主角的大段独白经常是独立完整的论证。非情节因素的增多,改变了戏剧以剧情动人的功能,而是更多的诉诸观众的理性,把舞台变成了讨论问题的场所。皮兰德娄几乎每一出戏的结构,都是独出心裁,做到了内容与形式的统一。他的戏将舞台的时间和空间的限制打破,用奇妙的编排方法消除了过去与现在、幻想与现实之间的界限,有时台上台下连成一片,演员甚至跑到剧院外的广场上,以种种方法扩大戏剧的容量。

贝内德托·克罗齐(1866—1952)是意大利著名哲学家、美学家、历史学家、文学评论家,也是一位政治活动家。他出生于意大利中部阿圭拉城附近的佩斯卡塞罗利镇,他家是当地一个大地主兼工商资本家的名门望族,后来全家迁居那波里。他从小在那波里的天主教学校学习,后入罗马大学哲学系。由于家境富裕,得以毕生致力于学术研究。他从1903年至1944年主编大型理论刊物《批评》达41年之久。该杂志广泛讨论文史哲各方面的理论问题,在欧洲有很大影响。1947年他在那波里建立意大利历史研究所。

他积极参与社会活动,1910年当选为参议员,1920年担任教育部长之职。1922年墨索里尼上台后,克罗齐因拒绝宣誓效忠法西斯而被撤职。1925年克罗齐起草著名的《反法西斯知识分子宣言》,征集几百名文化界人士签名,公开与反动当局决裂,他的住宅遭到搜查,他的活动从此一直受到法西斯政权的监视。1943年,克罗齐带头重建自由党,1944年担任该党主席。1944年1月他参加了抵抗运动最高领导机构全国解放委员会的第一次代表大会。1944年4月他出任战后第一届联合政府中的不管部部长。1947年他辞去自由党主席职务,专心致力于学术研究。

克罗齐是一位高产作家,一生共发表了70部著作。他的“精神哲学”、自由主义的历史学和直觉主义的美学在意大利思想界和文艺界产生重要影响,为建立具有20世纪特征的资产阶级新文化和现代文学批评作出了重要的贡献。

克罗齐的哲学思想的重要来源是黑格尔的唯心主义,因此被称为新黑格尔学派。他像黑格尔一样提出“精神哲学”的概念,认为精神是唯一的实在,但他不像黑格尔那样以“自然哲学”为前提,没有设立一个客观的“绝对精神”。他认为,本来“无形的物质”借心灵综合作用而得到形式。他是一个主观唯心主义论者,在方法论上,克罗齐与黑格尔也是有区别的。黑格尔的辩证法指出,思维规律与事物发展的基本规律是对立的统一，强调对立是发展的动力；而克罗齐认为精神生活进行的节奏不仅有对立也有差别，精神活动是在不同层次上的永无止境的循环过程，因而与之相对应的事物呈现的是形态上的差别，而不是本质上的对立。因此，从哲学体系上来说，克罗齐抛弃了黑格尔的“绝对精神”也就否定了作为客观精神的神学，而从方法论上来说，他排斥了黑格尔的辩证法，主张机械的循环运动，强调思维活动与事物发展的和谐性。

克罗齐的理论中最具特色的是美学，其次是历史学。他在这两个学科上都不同程度地接受了意大利历史学家维柯（1668—1744）的影响。

克罗齐美学思想的核心观点是直觉即艺术。直觉是认识的起始，是最基本的感性认识，产生对具体事物的意象。意象是由直觉创造出来的主观感情的外化，一切直觉既是赋形式于物质，也是抒情的表现，那么，集景状物抒情于一体的直觉就是艺术。意象使感情形象化。如果感情通过意象得到了恰当的表现，就产生了“美”。克罗齐简而言之谓“成功的表现就是美”。这种直觉主义的美学观的优点在于强调了艺术的特殊属性和规律，缺点是将直觉在艺术活动中的作用绝对化，排斥了观念和行动的意义，否定了艺术家的世界观在创作中的主导作用。

克罗齐认为，每个人都具有直觉，人人都是艺术家。普通人与艺术家之间只有艺术活动的量的区别而无质的区别。因此少数人的艺术作品能够被大多数人理解和欣赏。克罗齐继承了维柯关于艺术是尽人皆有的精神活动的平民化观念，扫荡只有少数“优选者”具有辨别美丑本领的“精神贵族”的观点，认为语言与艺术都是人的感情的表现，是心灵活动的创造，在本质上是同一的，语言学就是美学。

克罗齐的历史学基本观点也趋向于唯心论。他认为精神活动是推动历史进程的决定力量，经济、社会等制度因时而变，不存在永久的真实，他反对把历史看作是“政治历史”，认为只存在“精神历史”，历史是精神发展的过程。历史发展过程的各个阶段只有差别而无矛盾，并且周而复始地循环不已。这也是继承了维柯的《新科学》中的历史循环论。

他还认为历史学不只是简单地复述历史过程，历史事件经现代历史学家用的分析、判断，已是现代人思想的产物。一切历史都是现代史，是为现实服务的。他写的史学著作，就是这一历史学观念的体现。从自由主义的思想出发，以史为镜，古为今用，提倡民主精神，抨击专制主义，为反法西斯主义抵抗运动提供舆论准备。

克罗齐在文学评论领域内的贡献也是多方面的。他写过文学史著作《十九世纪欧洲文学史》，也写评论著名作家的专著：《但丁》、《莎士比亚》、《歌德》、《阿里奥斯托》、《维柯》；还写过许多评论文章，对薄伽丘、高乃依、斯丹达尔、巴尔扎克、邓南遮等作家有精辟论述。他遵循意大利文学家德·桑克蒂斯（1817—1883）开创的现代文学批评的新方法，反对古典批评只论艺术形式，而19世纪实证主义和社会学的批评只论文章道德的两种极端倾向。他提出诗歌的道德目的是诗魂，诗人的激情来自他所生活的历史环境。他的评论既重视文学作品的艺术个性，也重视研究作品的思想内容以及作品与产生作品的社会和时代的关系。他还认为对文学作品的欣赏既要置身于作者的历史情境，又要结合欣赏者自己当前的现实情境，提出了接受美学的新课题。他的文学批评主张和实践有效地抵制了当时意大利文学中存在的唯美主义和颓废主义倾向。

克罗齐的文章虽然内容深奥，但条理清晰，行文简练流畅，遣词恰当精确，具有科学散文严谨简洁的风格。他的全部著作于1936年汇集成72卷，分成《精神哲学》、《哲学论文》、《文学和政治历史著作》、《杂论》四大部分出版。

安东尼奥·葛兰西（1891—1937）是意大利无产阶级革命家和文艺理论家。他出生于撒丁岛，毕业于都灵大学，1919年创办马克思主义周刊《新秩序》，1921年参加创建意大利共产党。1922至1926年，他代表意大利共产党参加共产国际第四、五次代表大会，当选为执行委员会主席团成员。1924年他当选为议会议员，领导意共议会党团进行反法西斯的斗争。1926年他遭到法西斯政权逮捕，被判处20年监禁，1937年病逝。葛兰西作为革命政治家，既是活动家也是理论家，在其不长的一生中写下大量著述，在马克思主义的发展上卓有建树，具有国际影响。

葛兰西在铁窗下坚持斗争，奋力写作，32卷本的《狱中札记》（1947—1975）是他的主要作品。他结合意大利的历史与现状，通过论述人文主义、马基雅维利学说、克罗齐思想、民族复兴运动、南方问题，阐明国家政权与社会文明建设之间的关系。他特别注重研究上层建筑领域的阶级冲突与斗争，强调意识形态和文化因素对工人运动和无产阶级政党的影响。

葛兰西的文艺理论集中在从《狱中札记》中整理出来的《论文学与民族生活》（1950）之中。他运用历史唯物主义的立场和观点，对文学从理论上和现象上进行精辟的论述，代表了马克思主义文艺思想在意大利的运用和发展。葛兰西批判克罗齐的“直觉即艺术”的唯心主义观念，认为文学艺术是历史的产物，是特定的社会思想和道德观念体现。主张文艺批评的任务是研究作品与作家的世界观与一定社会集团思想之间的关系和探讨作品的形式与内容之间互相依存的辩证关系。他认为作品是内容与形式的有机统一，强调形式与内容的一致性，他认为作家的任何艺术技巧尝试都有其客观的必然原因。

葛兰西对但丁、马基雅维利、曼佐尼、皮兰德娄等意大利作家的独树一帜的评论，曾在50年代引起热烈的争论；对于世界文学大师托尔斯泰、莎士比亚的评论也很有创见；对于流行报刊连载小说、科幻小说的现象所做的解释涉及接受美学的新课题。他对于建设无产阶级的文学有着理想的设计，指出无产阶级在完成夺取政权的历史使命的同时，也要建立自己的新文化与新文学，创造“民族的人民的文学”；新文学的作家应当成为“人民的组成部分”，理解人民，表达人民的愿望与情感，并承担起“民族的教育者”的职责；但同时也认为文艺不是政治说教的工具，艺术创作是作家的专业性活动，应当是自由和独立的，不应受到官僚机构的干涉。

葛兰西的其他著作还有《狱中书简》(1947)、《青年时代文论1914—1918》(1958)、《社会主义与法西斯主义》(1966)等。

伊尼亚齐奥·西洛内(1900—1978)是意大利著名的政治活动家，也是出色的反法西斯文学作家。他出生在意大利南方阿奎那省内一个偏僻的小镇，父亲是一个小土地主。他从小上教会学校念书，思想上留下较深的宗教烙印。1915年因遭地震灾害，家破人亡，他和一个兄弟侥幸逃生。从此他中断学业，不久便投入政治斗争，17岁时开始在社会党青年机关报《先锋报》当编辑，后来主办《先锋周刊》，曾任社会党青年团总书记。1921年他脱离社会党，加入共产党，并担任重要职务。1926年他转入反法西斯的地下斗争。1927年他与陶里亚蒂一起代表意共参加在莫斯科举行的共产国际会议。1930年流亡瑞士，同年因对斯大林的一些做法持异议而被共产党开除。他仍然坚持反法西斯斗争，积极组织侨民和流亡者开展各种政治活动，并且开始文学创作。

1933年西洛内的第一部长篇小说《丰塔玛拉》在瑞士苏黎世用德文发表，第二年在巴黎和苏黎世出版意大利文版，震动了全世界，风行欧美，数十次再版。这是一部由十篇特写组成的小说，采用农民自叙形式，以第一人称描写。“丰塔玛拉”是虚构的一个地名，意大利原文的含义是“苦水泉”，意谓“痛苦的源泉”。小说平铺直叙地诉说了1930年前后意大利南方农民痛苦的灾难性经历，控诉法西斯的残暴统治。地主勾结教会，依仗法西斯政权的庇护和纵容，肆意侵害农民的利益。他们霸占水源，使农民无法耕种；法西斯党徒还乘男人下地干活之机闯入了各户农民家里，轮奸妇女。农民们的反抗软弱无力，只有以咒骂来发泄心中的仇恨。青年农民贝拉多敢于与法西斯分子面对面地进行斗争，为此遭到酷刑折磨，为捍卫大众的利益他坚强不屈，壮烈牺牲，在他的精神感召之下，农民创办了小报《怎么办？》，向外界揭示丰塔玛拉的真相，向整个社会提出“我们应当怎么办？”的严峻问题。小说不加任何语言修饰，以农民的质朴语言，将赤裸裸的生活现实昭示天下，一连串的“怎么办”提问，振聋发聩，令人深思。这是一部成功的社会问题小说，打响了意大利作家反抗法西斯政权的第一枪，既向世界揭露了法西斯统治的反动真相，又振奋了意大利作家的精神。

西洛内的第二部作品《面包和酒》首先于1936年在伦敦出版英译本，次年意大利文本和德文本在瑞士问世，1955年改名为《酒和面包》重版。小说描写一个神学院的学生的思想经历，他原来向往当神父，后来丧失宗教信仰，改信社会主义，但在反法西斯斗争中历经坎坷，在失败与失望中不幸毁灭。作品反映了法西斯统治之下知识分子在残酷现实中受到的刻骨铭心的惨痛教育，在斗争中的困惑以及悲观情绪。西洛内谴责法西斯践踏自由和正义，但把社会主义理解为宗教信仰。小说当时在意大利境内秘密流传，人们争相传阅，影响很大。

1944年西洛内回到阔别多年的祖国，定居罗马，1946年被选为意大利共和国制宪议会议员，并且一度担任社会党领袖和机关报《前进报》和《社会主义欧洲》杂志的社长。1948年，社会党分裂，西洛内宣布退出，从此不再参加任何政治活动。

西洛内的另外两部描写流亡国外的爱国志士的侨居生活和斗争的小说《雪地下的种子》（1941）和《狐狸与茶花》（1960）也是深受读者喜爱的作品。小说《一把黑草莓》（1952）刻画一位老游击队员在战后苦闷失望的心情，展示新的精神危机。

西洛内晚年的作品宗教色彩浓厚。《路加的秘密》（1956）描写农民路加为心爱的女人保守秘密而蒙冤入狱服刑40年的故事，宣扬基督教的仁爱与忍耐。《一个可怜的基督徒》（1968）是历史小说，描写13世纪教皇西莱斯廷五世与红衣主教卡埃塔尼之间的冲突与斗争。

西洛内的政论文集《太平门》(1965)是他的政治生涯的总结，被称为他的“自白书”。

埃利奥·维多里尼(1908—1966)是法西斯统治时期最早的反对派作家之一。他出生于西西里岛锡腊库萨一个铁路工人家庭，1925年从中等技术学校毕业后当过建筑工人、排字工人、校对员，通过自学练就写作能力。从1931年开始在佛罗伦萨的文学杂志《索拉利亚》上发表短篇小说，后来结集为《小资产阶级》(1935)，描述小资产阶级企图逃避现实，追求理想生活的幻想。1933至1934年他在同一杂志上发表第一部长篇小说《红石竹花》的连载，这是继《丰塔玛拉》之后意大利最早的反法西斯文学作品，也是维多里尼的成名作。小说描写一个青年误入歧途，成为法西斯突击队员的故事，展示了法西斯统治初期一代青年人的经历。他们在彷徨、苦闷之中，幻想通过暴力寻求出路，极易蒙受法西斯主义宣传的蛊惑。作品试图揭示法西斯主义同小资产阶级意识的关系。小说不是客观地写实，而是“对现实的抒情性解读”，通过回忆，将人物的主观理性判断和感情起伏变化交织在叙事之中，形成一种独特的视角与抒情风格。《红石竹花》被法西斯审查机关查禁，单行本迟至1948年才得以出版。

维多里尼被迫暂时停止创作后，转而从事文学翻译。他精通英文，在1930至1940年间翻译评介了大量北美作家的作品，在社会上产生重要影响。1936年发生西班牙内战，国际纵队的英勇介入，使维多里尼深受鼓舞，亲身投入意大利国内的反法西斯斗争，并且于同年9月着手创作新的长篇小说《西西里谈话》。1938年4月至1939年4月《文学》杂志予以连载，1941年正式出版。这是维多里尼的代表作。通过从米兰回西西里岛探亲的主人公同故乡许多劳动群众的倾心交谈，指控法西斯政权的专横残暴，反映西西里人民的贫穷、痛苦的处境和愤懑情绪。小说在纪实的基础上，迫于当时的政治环境，采用了一些隐喻手法。由于抒情意味浓重和语言具有诗一般的节奏感被誉为“音乐剧”式的小说。抒情性成为维多里尼小说的特殊格调。

1941年维多里尼迁居米兰，在那里参加了意大利共产党领导的抵抗组织的地下活动，配合山上的游击斗争。他根据这段经历，写成第三部长篇小说《人与非人》（1945），反映1943年冬季米兰市人民反抗德意法西斯的英勇战斗。这是黎明前的黑暗，斗争残酷，许多战士牺牲。维多里尼从人性论出发，毫不留情地抨击代表"非人"的法西斯组织，谴责它的反人民的倒行逆施，是对"人"和"人性"的摧残和毁灭，同时赞扬反法西斯战士捍卫了人的生存权利和做人的尊严。小说中夹有作者的大段议论，还有各种形式的对话，有活人同死者的对话，有人同物的对话，也有人物的内心独白，增加了抽象说理的成分，追求哲理化效果，显示出与众不同的风格。小说采用了闪回、倒叙、插叙等电影蒙太奇手法。这三部长篇小说被称为维多里尼的反法西斯三部曲。

1945年维多里尼创办文艺刊物《工艺》，积极开展各种不同文化思想之间，以及文化界同政治界之间的对话。他同意共领导人陶里亚蒂就文化与政治、艺术与革命的关系问题在杂志上以公开信的形式进行辩论。他强调创作的独立性与艺术的人道主义使命。该杂志于1947年停刊。1949年他发表描写战后人民群众在废墟上重建家园的小说《墨西拿妇女》，带有新现实主义文学的倾向。从此之后，他由于对战后形势的失望而辍笔，进入出版社从事文学编辑工作，培养青年作家。1957年发表随笔《公开的日记》，打破多年的沉默。这部作品记录了他在《工艺》上主持的各种辩论的过程以及他本人对所争论的问题的思考。1959年他和作家卡尔维诺主编《梅那博》杂志，倡导"工业题材文学"，号召作家描写工业化社会中人的异化问题，得到不少作家的响应，形成一股潮流。杂志还对新先锋派的试验进行评介，促其发展。维多里尼不仅是小说家，也是一位活跃的评论家。他的评论作品收入《两种力量：文学思想笔记》（1969）。小说创作还有长篇《世界城市》（1969）、短篇集《名字和眼泪以及其他故事》(1972)。

朱塞佩·翁加雷蒂(1888—1970)生于埃及的亚历山大，父母是意大利中部卢卡城人，因参加开凿苏伊士运河到了埃及。翁加雷蒂在埃及度过青少年时代，20多岁回到意大利，随即去巴黎上大学。他在巴黎结识了一些法国象征派艺术家和意大利未来主义者。他尤其欣赏法国诗人马拉美隐晦难懂的作品，认为深奥是诗的魅力之所在。1914年第一次世界大战爆发后他回到意大利，开始在未来主义的刊物上发表诗歌。不久之后他奔赴前线参加战斗，在意大利与奥地利的边境地区卡尔索当步兵。艰苦的战争经历在早期诗歌创作中打下烙印。

战争结束后他定居罗马，并以报社记者身份周游各国。1936年他去巴西圣保罗大学教授意大利语言和文学。1942年翁加雷蒂回到罗马，在罗马大学文学系讲授意大利现代文学。1962年他被推选为欧洲作家联合会主席，后来曾担任过国际笔会副主席。1964年他赴美国，任哥伦比亚大学客座教授。1970年6月2日因肺病逝世于米兰。

翁加雷蒂的创作主要分为三个阶段。第一次世界大战结束前是早期阶段，他出版了最初的两部诗集《被埋葬的港口》(1916)和《覆舟的快乐》(1919)。《被埋葬的港口》是一部抒情短诗集，短小精悍的诗句，立意新颖独特，语言精新雅致，大多抒发哀伤幽怨的个人情怀。《覆舟的快乐》叙述他在战争中的痛苦经历，表达在残酷的环境中人“不顾一切的求生欲望”，诗人在战场上经历了生死的体验，觉得人生好似海上触礁遇险的一叶轻舟，在小舟翻落之际的瞬间激起人们对生的强烈渴望和对生之欢乐的无限向往。诗篇揭示了战争的实质是给人类造成毁灭性灾难和死亡，这种谴责与邓南遮狂热鼓吹战争的军国主义诗歌形成鲜明对照。诗歌写得凝练含蓄，优美动人。翁加雷蒂偏爱节奏感强烈的短诗形式，以极其经济的笔墨造成富有刺激力的诗句，竭力挖掘个别词语蕴含的特殊意义，曾经写过的一首诗，只有一句话，由两个词组成。他采用象征主义诗歌的一些特别手法,恰当运用想象和隐喻。这些早期的作品被认为是隐秘派诗歌的起源。

1920至1937年是翁加雷蒂创作的第二阶段,这也是意大利法西斯日益猖獗的时期,主要作品是诗集《时代的感情》(1933)。诗人通过作品表达了时代安危的灾难意识,揭示大难临头的威胁,他为人类的和文明的安危而担忧。他对世界的前景深感忧虑。他说:“我的诗歌不再写景状物,而是描写人类对命运的极端忧虑和不安。”诗人也不再探索个人主观世界,而是关注外部世界的变化。作品表现为理性的呼声,而不是感情的火花。《时代的感情》在诗人的笔下凝聚为一种忧患意识。翁加雷蒂抛弃从前的不加标点的短诗形式,诗的内容更加充实,形式更为完整,讲究结构的完美匀称,语言更为朴素凝练,同时也保留了原来含而不露、寓意深刻的特点。《一只鸽子》是这部诗集的画龙点睛之作,只有一句话:我听到了大洪水时的/一只鸽子。这是《圣经》里的那只鸽子。

翁加雷蒂诗歌创作的第三阶段是第二次世界大战期间。诗人所担心的灾祸果然降临,人类遭受浩劫,诗人的生活也发生很大的不幸,兄弟去世,只有9岁的儿子夭折,使诗人的精神蒙受了严重创伤。个人的丧子之哀与战争给人类造成的悲剧感交织在一起,组成悲怆的主题曲,贯穿于诗集《悲哀》(1947)。诗集中有抒发个人悲痛的作品《我失去了一切》,也有痛斥德国纳粹野蛮轰炸的作品《别再喊叫了》。诗人从抒发失去亲人的痛苦和对战争的痛恨升华到对生之痛苦的抽象感慨,有一些作品是对人生的哲理性沉思默想。这部诗集的特色是返璞归真,极富传统诗歌古朴的抒情风格,除了悲切之情外,还表现出强烈的空虚感与失落感。

诗集《乐土》(1950)通过对古希腊神话故事的描写,借人物之口抒发失去青春年华的落寞之感。晚年的其他作品还有《呼喊与风景》(1952)、《老人笔记》(1960)和《对话》(1968)等诗集。

埃乌杰尼奥·蒙塔莱(1896—1981)出生于热那亚城,其父是一家化工公司经理。由于天生一副好嗓音，他自幼师从著名歌唱家西沃里，后因导师早逝而中断声乐学习，但是培养了对歌剧和抒情歌曲的爱好，因而他日后在音乐评论上卓有成绩，并且训练了音乐感，在写诗时能够敏锐地掌握诗歌的韵调和节奏。1916年他写了《夏日正午的漫步》，后来这首诗因其完美的形式被收入中学课本。1917年他应征入伍，作为步兵军官参加第一次世界大战，在前线作战的两年中，又陆续写下一些诗篇。战争结束后他从事新闻工作，1922开始发表诗作，1925年将1916年以来的作品编辑成第一部诗集《乌贼骨》，出版后引起轰动，使他成为著名抒情诗人。

《乌贼骨》集蒙塔莱早期创作之大成。诗人在其中一首著名的抒情诗《柠檬》中宣称，他同官方的和学院派的“高贵的诗人们”决裂，把“小径”、“田野”、“柠檬树”等平凡事物看作诗歌的源泉，从中感受和体验生活的真谛。柠檬是“金色阳光”、“金色诗歌”的象征，是真善美的象征，代表着诗人的理想。这首诗实际上成为诗人的创作宣言。现实与诗人的追求相反，是丑恶的，因而披露“生活之恶”构成诗的主题。“生活之恶”像蛀虫一样蚕食着世界，缓慢而无情地喝光吃净一切生命的血和肉，使之只剩下一副残骸——“乌贼骨”，这就是诗集名称的含义。诗集虽然没有从正面直接描写法西斯统治的黑暗年代，而是通过抽象的“生活之恶”进行形而上学的概括描写，却集中而强烈地表达了人们在高压之下的失望、厌恶和悲愤。

诗集中运用一系列具有象征意义的形象，如“枯黄萎缩的败叶”、“奄奄一息的鸟儿”、“喉管被扼断的溪流”、“被汹涌的大海波涛席卷而去的浪花”等来描写“生活之恶”的暴虐所造成的生存悲剧和心灵的创痛，体现了隐秘派诗歌善于运用象征和隐喻的手法，寓意于日常生活的事物，创造出深邃而又朦胧的艺术意象等特征。这部诗集为诗人全部创作的思想内容和艺术形式奠定了基础。

1927年蒙塔莱迁居佛罗伦萨，在此居住20年，这是他创作上的第二阶段。他起初在佛罗伦萨维俄舍文学馆当馆长，结识了许多进步作家，为各种文学刊物撰文，同时勤奋写诗。他还先后赴巴黎、伦敦旅行。蒙塔莱始终站在法西斯当局的对立面上，早在1925年就在克罗齐发起的《反法西斯知识分子宣言》上签名，1938年又因拒绝加入法西斯党而被开除公职。他没有屈服，闭门从事英、美、法、西班牙等国的文学作品翻译。1943年德国纳粹占领佛罗伦萨，诗人的寓所成为进步作家和从事反法西斯地下斗争的战士的聚会点。蒙塔莱后来流亡瑞士，1945年亲身投入战斗，加入反法西斯的行动党，主持该党的机关刊物《自由意大利》。他被全国民族解放委员会任命为文化艺术委员会委员。

《境遇》（1939）是蒙塔莱的第二部诗集，也是诗人创作成熟时期的代表作。诗集继续开掘《乌贼骨》的主题，抒写人生的孤独与哀伤。由于诗人生活经历的丰富和社会动荡的加剧，作品展现的场景更加多姿多彩，思想内涵更加深沉。诗的立意新颖独特，意蕴无穷，多用简洁的短诗形式，显示出格言警句式的风格。象征和隐喻的手法，达到炉火纯青的境地。诗人在《剪子，莫要伤害那面容》一诗中写道："莫要伤害那面容呵，剪子，它是记忆中唯一的幸存，逐渐地迷蒙暗淡，莫要把阴霾永远地笼罩沉默的、亲切的面容。"在这一节诗里诗人采用"面容"和"剪子"两个具体物象作为象征意象的载体，剪子代表着时间，剪裁着人们的记忆，而"面容"就是记忆中埋藏着的亲朋好友的脸。诗人请求"剪子"不要伤害"脸容"，因为它是"记忆中唯一的幸存"，这种担忧道出了诗人对"面容"的一往情深和对"剪子"的无奈，人们永远处于拥有与失去的永恒的矛盾之中……"剪子"和"面容"拓展的艺术空间是十分广阔的，可以引起人们无限遐想。紧接着在下一节诗里出现的是："一阵飕飕的寒气……树冠在凶狠的一击下落地。负伤的洋槐把蝉的外壳抖落在11月的最初淤泥中。"对斧子砍掉树冠，树又把蝉壳抖落的这个进程，象征一场突然发生的灾变。永远的得与失的冲突，猝不及防的灾难，人生的幸与不幸尽在其中，令人回味无穷。

1948年蒙塔莱离开佛罗伦萨，定居米兰，创作进入最后阶段。他在米兰《晚邮报》任编辑，并开始撰写音乐评论文章，显示出他对音乐的出色鉴赏力，这些评论后来结集为《乐盲》出版。米兰的文艺团体较少，诗人的朋友也少，他感到寂寞，妻子去世之后，更觉孤单，便开始绘画，专攻水彩画。他以音乐绘画为伴，但诗歌创作在数量上较以前更多，主要作品是诗集《暴风雨以及其他》（1956），收集了第二次世界大战之后的作品。其后又发表了婚姻纪念诗集《萨图拉》（1962）和悼念亡妻的《泽尼亚》（1966），还有诗集《71年和72年日记》（1973）、《四年诗抄》（1977）。1975年荣获诺贝尔文学奖。1981年病逝于米兰。

《暴风雨以及其他》是诗人创作第三阶段的代表作。战后意大利进入工业化社会，但诗人没有受表面繁荣的迷惑，而是敏锐地感觉到在工业化社会中人的本质的异化，因而在作品中集中描写西方现代人的悲惨生存处境。他以老年特有的睿智的目光透视生活，通过对身边事物的观察和深思熟虑，获得许多灵感和顿悟，写出一首首简练隽永的短诗。这些诗较之以前的作品更加朴素凝练，哀伤忧郁的情绪更深重，哲理意味更浓厚，警句格言俯拾皆是。

《暴风雨》这首诗中表现了人的惊恐不安，个性遭到暴力摧残，犹如在暴风雨之夜撞死于灯塔的飞鸟，悲剧结局是不可避免的，“死亡，生存，是同一个圆点”，“炼狱，永远持续”，“酷刑和忧伤的时辰敲打着人世”，由于绝望人们的心灵已经变成了“一潭冷漠的湖水”，任凭人世的暴风雨袭击。诗人探究的不再是个人的境遇，而是生存的普遍意义。诗中的激情少了，代之以冷静的思索。某些意境更加深邃幽暗，含意更加隐晦，令人颇费揣摩猜测。这是一部更具现代派色彩的集子，因此人们对它的评价不尽相同，不如前两部诗集那么受欢迎。

蒙塔莱的诗采用象征和隐喻手法，抒写西方现代人孤独和凄凉的人生感触，细致入微地描绘人的感情世界，意境幽深，略显朦胧隐晦；诗的字句精雕细琢，音韵和谐，被誉为“纯诗歌”，在诗歌界产生了广泛的影响。

萨尔瓦多雷·夸西莫多(1901—1968)出生于西西里岛莫迪卡镇。父亲是铁路职工，他从小随家庭沿铁路线不断迁移。受姑母的影响爱好诗歌。15岁时他在中学里同朋友们创办文学刊物，发表诗歌习作。进入大学后，起初学习土木工程，很快改学古希腊、罗马文学，后来因经济困难而辍学。他为谋生四处流浪，当过描图员、店员、会计，饱尝生活的艰辛。1929年他在佛罗伦萨结识了一些著名文学家，同诗人蒙塔莱成为莫逆之交，开始为进步文学刊物《索拉里亚》撰稿。翌年他出版第一部抒情诗集《水与土》，一举成名。1939年他被米兰音乐学院聘请为意大利文学教授。他具有深厚的古典文学修养，对外国文学也素有研究，做了大量的译介工作，先后翻译了荷马、索福克勒斯、埃斯库罗斯、维吉尔、奥维德、莎士比亚、莫里哀、裴多菲等人的名作。在第二次世界大战期间，他积极支持反法西斯抵抗运动，写出许多脍炙人口的爱国主义诗篇。1959年夸西莫多因“以充满古典热情的抒情作品表现现代人生的悲剧”而获得诺贝尔文学奖。此后他重病缠身，但他一直乐观积极地与疾病搏斗。1968年6月14日因脑溢血死于那波里。

夸西莫多的诗歌创作分为两个阶段。前期作品除成名作《水与土》之外，还有30、40年代陆续发表的诗集《消逝的笛音》(1930—1932)、《厄拉托与阿波罗》(1932—1936)、《新诗》(1932—1942)，这些作品记录了诗人前半生的心路历程。他在漂泊异乡的途中，思念故土，追忆童年，从中寻求慰藉。他把故乡的山山水水和那里的亲情友情看作幸福的象征，满怀深情地赞颂西西里明媚旖旎的风光，向家人和乡亲遥致敬意和祝福。但是对童年和家乡的回忆“仅仅带来短暂的梦幻”，在现实生活中无法获得幸福和希望。他那时感到孤独和忧伤，常常只能向青年时代的恋人寄托情思，宣泄痛苦，因此爱情诗也在集子中占据一定的比例。诗人说："爱情是抵御忧伤的盾牌"。

《归乡》和《廷达里的风》是两首代表作。前者描写在一个星光灿烂的夜晚，客居异乡的诗人独坐在罗马市中心的广场上，"驾起记忆的轻舟"，"重返遥远家乡"的一次心驰神游；后者抒写诗人在想象中重回西西里的廷达里的欣悦而惆怅的复杂心绪。回忆的梦幻，现实的情景，重叠交叉，互相映衬，把诗人的心境刻画得细致入微。回忆与写实，梦幻与现实交织在一起，是诗人前期作品的重要特点。

第二次世界大战给诗人进行了一次战火的洗礼，他认为战争和抵抗运动"摧毁"了诗歌的传统内容，"提出了人的价值和新观念"；他开始"更多地追求对话，而不是独白"，不再仅仅是抒发个人的感慨，而是在抒情诗的内涵中增添了"社会诗"的成分，从表现个体的"我"过渡到集体的"我们"，他一改过去低回婉转的吟唱，写出激奋昂扬的战歌，代表作品是诗集《日复一日》（1945）。这部诗集写成于1943至1945年，标志着诗人在创作上的转折。经历了战争的苦难之后，诗人走出个人情感的狭小天地，视野变得开阔，更加关注祖国和人类的共同命运，将个人的哀愁融入博大深沉的忧国忧民的感情之中。他的诗内容更新，出现了对政治时局发展的描述，展现了社会生活的前景，谴责法西斯暴行，歌颂抵抗运动。

在《柳树枝头的竖琴》一诗中他痛斥法西斯匪徒将铁蹄践踏在意大利人民的心上，揭露他们屠杀善良无辜百姓的罪恶行径。在《我的祖国意大利》、《致切尔维七兄弟》。在这些诗篇中，他热情赞颂同法西斯刽子手展开英勇斗争的抵抗运动战士，称他们为祖国的优秀儿女，民族复兴的希望之光。这一曲曲高昂的爱国主义战歌，曾极大地鼓舞了斗争中的人民，一时被人们争相传诵。通过这部诗集，诗人完成了走出内心走向现实的转变；诗风变得刚健清新，将隐秘派诗歌推进到一个新的阶段。

夸西莫多在战后出版一系列诗集：《生活不是梦》（1949）、《真假绿色》（1956）、《乐土》（1958）、《给予和拥有》（1966）等。这些作品表达了诗人坚定崇高的生活信念：生活不是梦幻，而是义务，人应当不断追求生命的真谛和探索生活的哲理，诗人的使命是“改造世界”和“重新造就人”。

夸西莫多善于捕捉内心感触最深的瞬间和摄取自然景象中新奇的意境，写出情景交融、浑然一体的抒情佳作。他的诗想象丰富、语言简练明快，在隐秘派诗歌中独树一帜。

第九节　东欧文学

波兰文学　第一次世界大战结束后，波兰获得了独立，资产阶级民主党建立了资本主义国家，但社会矛盾并没有缓和，20、30年代发生了严重的经济危机。萨纳奇亚政府根本解决不了任何重要社会问题，相反，倒是在镇压左派和民主力量方面大施淫威。第二次世界大战一开始，波兰就被德国法西斯侵占（1939年9月），广大人民陷于水深火热之中。波兰人民奋起抵抗。1942年1月成立了波兰工人党，组织了人民近卫军，与流亡英国的资产阶级政府领导的国家军一起，同希特勒法西斯进行了长期顽强的斗争。最后在世界反法西斯战争进攻的有利形势下，终于打败了德国法西斯，建立了波兰人民共和国。

错综复杂的社会矛盾和斗争，反映在这一时期的文学作品中。现实主义文学仍然占主流地位，作家们干预现实，直面人生，从各个角度广泛地描绘出灾难深重、龌龊黑暗的社会现实，也反映了无产阶级的斗争。东布罗夫斯卡、纳乌科夫斯卡、克鲁奇科夫斯基、博西谢夫斯卡、杜维姆、斯沃尼姆斯基等人的作品，成了反映这一历史时期波兰社会生活的一面镜子。

玛丽娅·东布罗夫斯卡（1889—1965）是一个出身贫苦，谙熟农民生活，又在国外受过高等教育的女作家。20世纪20年代开始了文学生涯，早期的作品有短篇小说集《祖国的儿童》（1921）、《樱桃枝》（1922）、《童年的微笑》（1923）、《别处来的人们》（1925）。这些作品以女作家特有的细腻的笔调，生动地反映了波兰农民灾难重重的悲惨命运和他们同反动恶势力进行的斗争。一种乐观、昂扬的情绪展现在这位女作家大部分作品中。长篇小说《黑夜与白昼》（1932—1934）是她的代表作。全部情节围绕包古米尔和芭尔芭拉男女主人公一家三代的生活经历和他们复杂的关系，将1863年1月起义失败后到第一次世界大战爆发初期大约五十年的社会生活，作了有声有色、激动人心的描绘与概括，同时，对这一时期波兰城乡风起云涌的革命活动和人民在世界大战中蒙受的灾难，也作了真实的反映。

卓菲娅·纳乌科夫斯卡（1885—1954）是一位出身于知识分子家庭，亲自参加过反法西斯斗争的女作家。她的小说创作具有复杂性，象征主义和现实主义在她的作品中均有很深的印迹。长篇小说《泰蕾莎·亨涅尔特的浪漫史》（1923）和《界线》（1935）是她的主要作品。前者围绕暴发户亨涅尔特与上层官僚的复杂关系，深刻地剖析了萨纳奇亚政府的腐败之风及他们之间争权夺利的尖锐斗争。《界线》写了一个普通编辑的一生。这个编辑经过多方拼搏，荣升为市长，然而地位一变，马上推行起维护统治阶级利益的政策，成了工人们仇恨的反面人物。小说具有很深刻的现实意义和认识价值。

利昂·克鲁奇科夫斯基（1900—1962）是一个出身于装订工人家庭，受过高等教育，在煤矿区任过教，熟悉矿工生活的小说家。历史小说《科尔迪扬和乡下佬》（1932）是他在两次世界大战之间创作的最重要的作品。小说在1830年11月起义的广阔背景上，揭露了波兰地主勾结沙俄侵略者残酷压迫、剥削农奴的罪恶，讴歌广大被奴役的人们的反抗斗争，塑造出19世纪上半叶波兰农民革命者的英雄群像。

海伦娜·博西谢夫斯卡(1883—1978)是1933年成立的“城郊文学社”主要倡议者和组织者。这个文学社的成员的作品描写的基本上都是无产阶级和劳动人民的生活。这些作品多方面地反映了广大工农群众凄苦命运,是声讨希特勒法西斯滔天罪行的控诉书。

在这一时期的诗歌创作中,现实主义也占主导地位。这一特点体现在杜维姆、斯沃尼姆斯基等诗人的作品中。

尤利扬·杜维姆(1894—1953)是20世纪上半叶波兰的著名诗人。主要作品有诗集《窥视上帝》(1918)、《跳舞的苏格拉底》(1920)、《第七个秋天》(1922)、《血语》(1926)、《黑林村纪事》(1929)、《吉卜赛的圣经》(1933)等。对大自然热烈的爱和对美妙青春的追求,蕴含在杜维姆早期的诗作中。波兰独立后,社会依然是百孔千疮,杜维姆在这一时期的诗歌中常常描写伤残者和精神失常者的心态和情绪,实际上这是对病态社会的影射。20年代末,杜维姆诗歌中突出了阶级对立的内容,对饥寒交迫的穷苦人给予无限的同情,严厉抨击银行家和交易所的经纪人的无耻行为。在30年代的诗歌中,诗人则把笔锋对准了战争狂人和腐朽没落的统治者。鲜明的政治色彩,贯穿在杜维姆的诗歌作品中。

安东尼·斯沃尼姆斯基(1895—1976)是出身于知识分子家庭的诗人。在诗集《十四行诗集》(1917)和《黑色的春天》(1918)中,诗人写到了个人生活中的痛苦经历,抒发了对旧世界和当时的社会制度的不满和愤恨,另外,也揭露了世界大战给人民群众带来的巨大灾难。诗集《没有格子的窗》(1935)以清醒的现实主义精神,深刻解剖了贫富不均、阶级对立的资本主义社会,并以政治家锐敏的眼光预示帝国主义发动战争必将给人类带来大灾难。两次世界大战之间,斯沃尼姆斯基还写下了许多小品、政论。另外,还创作了剧本。喜剧《家庭》辛辣地讽刺了法西斯主义的种族歧视。

两次世界大战之间，无产阶级革命诗歌得到进一步发展，并形成了一个颇具声势和影响的革命诗歌流派。1925年，革命诗人弗瓦迪斯瓦夫·布罗涅夫斯基（1897—1962）、斯坦尼斯瓦夫·雷沙尔德·斯坦德（1897—1939）和维多尔德·万杜尔斯基（1891—1937）联合出版的诗集《三声排炮》就是这一诗歌流派形成的标志。稍后参加这一流派的诗人还有艾德瓦尔德·希曼斯基（1907—1943）、卢齐扬·辛瓦尔德（1909—1944）和布罗诺·雅显斯基（1901—1939）等。他们的诗歌从内容到形式都很好地继承了19世纪末无产阶级革命诗歌的传统。在这些诗人当中，布罗涅夫斯基的成就最大，共有《风车》、《城上的烟雾》两部诗集和长诗《巴黎公社》（1929）问世。布罗涅夫斯基的诗歌是波兰共产党领导广大人民群众进行革命战斗的真实而生动的艺术记录。诗歌语言通俗、生动，对波兰工农革命运动起了推动作用。

20世纪上半叶，现代派文学在波兰文坛上也得到了一定的发展，出现了先锋派诗歌。属于先锋派的诗人有尤利扬·普日博希（1901—1970）、尤泽夫·切霍维奇（1903—1939）和斯坦尼斯瓦夫·卞达克（1909—1964）等。现代派文学得到发展的另一个标志，就是荒诞派戏剧的出现。创作荒诞派戏剧的代表作家是斯坦尼斯瓦夫·伊格纳奇·韦特凯维奇（1885—1939）和维托尔德·贡布罗维奇（1904—1969）。前者的荒诞戏剧作品有《水鸭》（1922）、《小庄院里》（1923）、《母亲》、《疯狂的火车头》等。后者有《轻歌剧》和荒诞小说《弗迪杜克》和《横渡大西洋》等。

捷克文学和斯洛伐克文学　20世纪初，捷克社会矛盾错综复杂，反映在文学上，是各种文学流派竞相出现，呈现出多元的局面。不过，与其他东欧国家不同，这些流派并未形成完整的体系，也都未成为文坛的主导力量。在各种流派中，有以下一些代表人物：

卡·马·恰佩克-霍特（1860—1927）是自然主义的代表人物，受左拉的自然主义理论影响较深。长篇小说《涡轮机》（1916）是他的代表作，写的是两个社会地位特别悬殊的家庭的变迁。

布热齐纳和索瓦两位诗人是象征主义的代表人物。他们忽视作品的思想内容，致使文学的社会教育功能大大削弱。布热齐纳（1868—1929）有五部艺术性较强的诗集：《神秘的远方》、《西方的黎明》、《来自两极的风》、《神殿的建筑师们》和《双手》。这些诗作是诗人从忧郁、彷徨走向热爱、拥抱全人类的心路历程的真实记录。诗歌的形式很美，但有时晦涩难懂。安·索瓦（1864—1928）有诗集五种：《我的家乡》、《故乡之歌》、《同情与反抗》、《被揉碎的心灵》及《暴怒后的哀愁》。在这些诗集中诗人怀着深挚的爱，描绘了捷克南部美丽的自然风光，表达了对个性解放的强烈要求和对人尊严的珍重。索瓦的诗富有表现力，但是，语言也比较抽象费解。

颓废派诗歌的代表人物是卡·赫拉瓦切克（1874—1898）。这位诗人英年早逝，只活了24岁，有《迟到的早晨》及《复仇的歌》两部诗集问世。诗人特别注意旋律的优美，追求语言的音乐性，但所表现的情绪却是那样的悒郁、苦闷。另外，深受尼采艺术思想影响的约·斯·马哈尔（1864—1942，著有诗集《信仰》、《来自维也纳的哀歌》、《这时可能盛开玫瑰花》和《抹大拉的女人》等），把自己的命运与祖国的命运紧密地联系在一起的维·迪克（1877—1931，著有诗集《轻快的和沉重的步履》、《或许》以及《最后的一年》等），对故乡和女性怀有炽烈的爱的抒情诗人卡·托曼（1877—1946），具有澎湃的爱国主义激情，猛烈抨击军国主义和教权主义的诗人弗·什拉麦克（1877—1952），也都是颇具影响的代表人物。

第一次世界大战后，捷克的形势处于激烈的动荡之中。西欧的哲学思想和结构主义、象征主义、表现主义和超现实主义等多种现代主义文学流派，开始渗透、影响捷克文学。奥勃拉赫特、萨波托茨基、诺伊曼、沃尔凯尔、霍拉等一批革命作家和诗人，却迎着时代的暴风骤雨成长起来，在自己的作品中展示了革命的美好前景。玛耶罗娃、万丘拉等共产党员作家，在作品中塑造了革命者的光辉形象，反映了劳动人民的艰难生活。现实主义作家哈谢克、万丘拉的小说和恰佩克的表现主义戏剧，在揭露、抨击资本主义制度的腐朽黑暗和帝国主义战争的罪恶方面，起了巨大作用。

30年代，捷克文学接受了苏联文学的巨大影响，社会主义思想得到了传播和加强，涌现出了瓦茨拉维克、伏契克等马克思主义文艺批评家，发表了一大批反映工人阶级生活，突出共产党人在斗争中的组织领导作用的文学作品。

1939到1945年，捷克斯洛伐克人民经历了反法西斯斗争的严峻考验，伏契克、万丘拉和瓦茨拉维克等革命作家，为国家的独立和民族的解放，献出了宝贵的生命。

20世纪上半叶，在捷克文坛上享有较高声誉的诗人和作家有：

斯·科·诺伊曼（1875—1947）是捷克无产阶级诗歌的主要代表。早期的作品受象征主义影响较深。《森林、河流、山坡集》（1914）的问世，标志诗人的世界观、艺术观发生了重要转变。他热情地歌颂大自然，为十月革命欢欣鼓舞。《生活万岁》、《红色之歌》两本书是诗人艺术走向成熟的标志。

伊·沃尔凯尔（1900—1924）是无产阶级诗人。《无产阶级的艺术》、《自由的捍卫者们》等论文是年轻诗人最早的关于革命文艺的宣言。代表诗作有表达热爱全世界、拯救全人类的《宾至如归》和批判自己博爱思想的《分娩》。沃尔凯尔对叙事诗的表现形式作出了可贵的贡献。

维·奈兹瓦尔（1900—1958）也是个无产阶级诗人。早期的诗集《令人叫绝的魔法师》和《哑剧》深受兰波和阿波里奈的影响，成为捷克唯美主义的代表。30年代他又成为超现实主义诗歌的领头人。他关心时代发展和人民命运，又写出了一批反映时代面貌，描绘人民生活和斗争，揭露30年代严重经济危机的诗歌，如《爱迪生》、《玻璃大衣》、《回程票》等。50年代初发表的长诗《斯大林》和《和平歌》，使其诗作的思想深度和艺术水平都得到了升华。

雅·哈谢克（1883—1923）是一位出身贫寒，参加过苏联红军和布尔什维克党的革命作家。一生共创作了短篇小说、政论和小品文千余篇，另有剧本和三部长篇小说。揭露、鞭挞旧社会的腐朽与黑暗，是哈谢克作品的中心内容。使哈谢克赢得世界声誉的作品是长篇小说《好兵帅克》（1920—1923）。这部早已被译成十多种文字，成为世界文学名著的小说，非但成功地塑造了好兵帅克这个栩栩如生的典型形象，而且还十分全面而深刻地反映了奥匈帝国统治者的专横凶残，教会的贪婪伪善，帝国主义战争的野蛮残酷等各种复杂多变的社会现象。它是反映捷克20世纪上半叶社会生活的一面镜子。小说中使用了大量的民间谚语、笑话，在小说语言的民族化方面作出了贡献。

卡·恰佩克（1890—1938）生于知识分子家庭。20年代欧洲风起云涌的革命形势对恰佩克的思想有一定影响。不过，他的世界观有相对主义哲学思想的困扰，再加上又与上流社会有过密的交往，因此，对当时的社会制度抱有一定的幻想，对从根本上改变这一制度感到恐惧。这时期他发表了一系列科学幻想作品，其中主要有剧本《万能机器人》（1920）、《长生诀》；科幻小说《专制工厂》（1922）、《炸药》（1924）等。这些作品揭露了资本主义社会的黑暗与腐朽，但调子过于低沉，流露出悲观情绪。恰佩克的科幻作品博得国内外的关注和赞赏，他对人类掌握原子能的预言和制造机器人的推想，今天已变成现实。30年代，面对日益猖獗的德国法西斯，他创作了四部具有强烈的反法西斯斗争精神的作品，其中有长篇小说《鲵鱼之乱》（1936）、《第一救生队》；剧本《白色病》、《母亲》。恰佩克喜欢用富有戏剧性、曲折动人的情节，使作品具有很强的可读性。他是捷克文学中最具有世界性的伟大作家。

伊万·奥勃拉赫特（1882—1952）长期从事报刊编辑工作。初期的作品主要有短篇小说集《邪恶的愤世嫉俗者》（1913）和长篇小说《最黑暗的牢狱》（1916）、《艺人耶塞涅的奇怪友情》等。20年代赴苏访问后，著有《今日俄罗斯印象》（1921）、《奥地利及共和国趣事九则》（1927）等。代表作长篇小说《无产者安娜》（1928）以贫苦的农村姑娘安娜的成长为路标，展示出20年代捷克工人运动发展的历程。它形象地反映了各社会阶层的真实状况。其他的作品还有小说《被遮蔽的镜子》，报告文学集《无名之地》和中短篇小说集《山谷中的戈利特》等。

玛·玛耶罗娃（1882—1967）出身工人家庭，当过佣人的女作家，曾积极地参加过工人运动。她的小说拓展了捷克文学的主题，以新鲜生动的画面展示了资本主义时期工人们的生活和斗争，如小说《贞洁》、《红花集》。小说《汽笛》（1935）是她的代表作。小说围绕矿工胡德茨一家三代人的坎坷遭遇，真实地概括了克拉德诺矿工和冶金工人从个人自发反抗发展到有组织的大罢工的斗争史。长篇小说《矿工之歌》是《汽笛》的姊妹篇，不过，它描写的中心是一对矿工夫妇的悲惨命运。玛耶罗娃的小说风格素雅，文笔生动感人，成功地运用了口语、民间谚语及俗语，具有鲜明的地方特色。

尤·伏契克（1903—1943）是闻名全球的报告文学作家。他出身于工人家庭，热烈地拥护十月革命，18岁就加入了共产党，以《在我们的明天已成为昨天的国家里》（1931）和《在亲爱的国家里》（1931）等书里讴歌苏联社会主义。后来他积极参加工人罢工，应征入伍，继续从事革命宣传工作。1939年3月捷克被德国法西斯占领后，伏契克继续写作。在被逮捕关进监狱的411天的时间里，他在碎片纸上用铅笔头写下了不朽的震撼世界的报告文学名著《绞刑架下的报告》（1945）。这部极具感染力的长篇报告文学，详尽地描述了作者自己被逮捕、遭拷打、战友救护等真实情况，显示了忠于革命、忠于祖国，宁死不屈的高尚行为和美好心灵。崇高的革命理想激荡在全书的字里行间。这本书已译成90多种文字。

弗·万丘拉（1891—1942）是一位勇于反对剥削制度、反对侵略战争的进步作家。主要作品有小说《面包师扬·马尔胡尔》（1942）、《耕地与战场》（1925）、《最后审判》（1929）、《三条河》（1936）、《捷克历史图画》（三卷，1939—1940，其中第三卷未完成稿）等。

大部分斯洛伐克作家出身农村，故农村题材的作品相当兴盛。在这些作品里反映了农民和山乡老百姓的生活，展现了他们勤劳、勇敢、朴实、多情重义的品格。这一点在卢·翁德列约夫（1901—1962）的小说《绿林好汉的青春》、《耶尔库什·拉宾》中表现得很充分。

扬科·耶森斯基（1874—1945）在斯洛伐克第一共和国时期担任过副总统，但高官厚禄并没有影响他的文学创作。早期的作品有诗集《新歌集》、《捕捉》及中篇小说《小城的交谈》、《拉斐科娃太太》等。他的代表作长篇小说《民主主义者》（1934—1937）以辛辣的笔调讽刺了第一共和国上升时期的选举制度，揭露了反动政界的丑闻陋行。这部作品对斯洛伐克30年代上层社会的剖析十分深刻，具有重要的认识价值。

彼得·伊伦姆尼茨基（1901—1949）是斯洛伐克无产阶级文学的开拓者。早期的作品有长篇小说《胜利的挫折》（1926）、《处女地》（1932），短篇小说集《响亮的脚步声》、《归来》和《穿堂风》等。小说《一块糖》（1934）深刻地反映了第二次世界大战之前斯洛伐克农村阶级斗争的情况。伊伦姆尼茨基的作品在斯洛伐克社会主义文学中，具有示范意义。

匈牙利文学　1918年10月匈牙利爆发了资产阶级民主革命，奥匈帝国的统治被推翻，成立了资产阶级民主共和国。接着又成立了匈牙利苏维埃共和国。但无产阶级政权很快就失败了，共产党转入地下。第二次世界大战期间，匈牙利成了法西斯德国的附庸，参加了侵苏战争。后来在苏联红军的支持下，推翻了法西斯政权，揭开了历史发展新的一页。

在动荡的政治形势下面，文学的发展道路自然是坎坷不平的。20世纪初，各种文学刊物和社团组织开始活跃起来，首先在布达佩斯创办了《西方》文学杂志，成立了“西方社”。这一杂志和文学组织积极介绍西欧现代作品和俄罗斯现实主义文学，并以 “现代性”、“新颖性”作为自己的行动口号。“西方社”深受资产阶级民主主义影响，在反封建主义的斗争中起过重要推动作用。

在第一次世界大战中，奥匈帝国以失败而告终。匈牙利失去了原来领土的三分之二，匈牙利族居民有三分之一被并入邻国。因此，在捷克、斯洛伐克、罗马尼亚和南斯拉夫，也都有了匈牙利语文学。鲍拉日、戛波尔、伊列什等人成了流亡作家，他们在国外创办有影响的文学刊物有《匈牙利作品》（1932—1937）、《道路》（1931—1936）。国内的文学刊物有《篝火》（1921—1944）和《当代》（1926—1940）。两次世界大战期间的文学创作，更多的是描写经历过战争和革命、又遭受法西斯统治的多灾多难的社会。关心社会进步和人生未来的政治倾向鲜明的作品越来越多，各种流派和风格相继出现。表现主义、结构主义、新古典主义和客观现实主义等文学派别，已不再是陌生的文学景观。在各种体裁的文学作品中，诗歌仍然处于遥遥领先的地位。在小说方面，乡土文学与城市文学并驾齐驱，且各具风格。无产阶级文学经历了血与火的考验，流亡到苏联的作家创办了《新生》（1938—1941）文学杂志，旨在建立反法西斯统一战线。20年代末曾涌现出一批民粹派作家，后来在革命势头低落的情况下，其中的一些人开始动摇起来，既反对资本主义，也不拥护苏联的社会主义，梦想走第三条道路。不久，他们发生了分化，有的人竟然走到法西斯营垒一边。

20世纪上半叶的文学批评和文学研究中，也存在着多种流派共荣共争的现象。实证主义流派、精神历史学派、形式主义、结构主义、“实用批评”、“新批评”等多种派别都曾有过一定的影响。在这一时期，也有一些运用马克思主义观点进行创作和研究的作家和批评家，其中巴林特·久尔吉（1906—1943）、法布里·佐尔坦（1897—1970）、卢卡契·久尔吉（1885—1971）和列瓦依·尤若夫（1898—1959）的影响较大。

奥第·安德莱（1877—1919）是典型的民主主义作家。曾著文《地震》，热情赞颂俄国1905年革命。《新诗集》（1906）开匈牙利现代文学发展的先河，对封建主义的憎恨，对西方资本主义的向往之情，展露在诗集的字里行间。诗集《血与金》（1907）、《在伊列什车上》（1908）进一步深化了第一部诗集的主题思想，艺术形式也更臻完美。其中愤怒控诉封建制度的《匈牙利荒原》，畅想新时代、渴望革命的《在新水上行舟》，讴歌劳苦群众为争取解放而英勇斗争的《孔雀起飞》，以及赞颂无产阶级伟大力量的《进军之路》、《无产者儿子之歌》（1909）等诗篇，都是具有强大生命力，深受读者喜爱的名诗。奥第的诗歌深受古典诗歌影响，结构完整严谨，语言洗练晓畅，充满澎湃的激情，某些描写充满神话般的神秘色彩。

莫里兹·日格蒙德（1879—1942）是匈牙利现代文学史上重要的民主主义作家之一。他曾热烈地拥护过1918年资产阶级革命，衷心地欢呼过1919年无产阶级革命。曾与巴比契合编过《西方》杂志（1929），主编过"民粹派"作家的刊物《东方人民》（1939—1942）。莫里兹以写作反映劳动者疾苦的短篇小说驰名文坛。小说有《七个铜板》（1908）、《悲剧》（1909）；揭露、控诉帝国主义侵略战争的《穷人》（1916）；抨击黑暗的封建社会的《污金》（1910）、《在上帝的背后》（1911）和《火炬》（1917）等。20年代后半期，又写出了揭露贵族阶级腐朽溃烂的《通宵达旦》（1928）、《老爷的狂欢》（1928）和《亲戚》（1930）。30年代，他扩大了小说的主题，不再单纯地描写农民的疾苦，而是进一步表现他们的反抗斗争，如《幸福的人》（1932）、《强盗》（1936）和《罗饶·山陀尔》（1940—1942）等。另外，还著有自传体小说《我的一生的小说》（1939）和描述孤儿痛苦生活的《孤儿院的孩子》(1941)。

卡夫卡·马尔吉特(1880—1918)是匈牙利文学史上著名女作家。反映妇女解放的问题在她的文学创作中占有最主要的位置。代表作是长篇小说《色彩与年代》(1912)。这部小说在一个妇女的命运的展示中,让读者看到了贵族阶级在时代前进的车轮前面走向沉沦的过程。卡夫卡另一部重要作品,是揭露教会黑暗统治的长篇小说《蚁巢》(1917)。擅长心理描写和烘托气氛,文笔抒情,构成了这位女作家的艺术特色。

纳吉·劳约什(1883—1954)是位多产作家,作品从各个不同角度广泛反映了两次世界大战期间的匈牙利社会生活(主要是都市生活)。而《1919年5月》(1932)、《英雄》(1929)、《搜查》(1925)等,则另具风采,描写和歌颂的是工人阶级在反法西斯斗争中大无畏的革命精神。《车祸》(1921)、《狼与羊》(1922)触及的是贫富对立的尖锐问题,具有鲜明的政治倾向。给小说以寓言的意味,大大增添了纳吉小说色彩的多样性。《母亲》(1931)、《灵丹妙药》(1929)是这方面的代表作。纳吉的长篇小说有《基什豪洛姆》(1934)和自传体小说《反抗的人》(1949)及《逃遁的人》(1954)。纳吉的小说吸收了现代派的某些表现手法。讽刺中含有抒情韵味,批判中夹杂着喜剧的夸张。

在匈牙利现代文学史上,有一些长期流亡国外的共产党员作家。长篇小说《蒂萨河在燃烧》(1929)和《喀尔巴阡山狂想曲》(1939)的作者伊列什·贝拉(1895—1974),长篇巨著《多拜尔多》(1937)的作者查尔卡·马德(1896—1937),就是这些流亡作家中的代表。

颇具声誉的作家还有当过匈牙利红军政委的卡里卡什·弗里杰什(1892—1938),著有《费采克先生》(1936)和《马尔东和他的朋友们》(1963)的作者希达什·安道尔(1899—1980),著有三卷集的历史小说《多饶·久尔吉》(1936—1945)的作者盖尔盖茨·山多尔(1896—1966),著有《维赛格拉德街》(1938)的作者连捷尔·尤若夫(1896—

1975)等。

巴比契·米哈依(1883—1941)作为"西方社"的第一代诗人,同莫里兹共同主编过《西方》杂志。诗作颇丰,代表作有诗集《伊里斯花圈上的叶子》(1909)、《约拿书》(1938);重要诗篇《5月13日在拉科什帕洛塔》(1912)、《复活节前》(1916)、《最强的声音》(1917—1918)、《裴多菲花圈》(1923)、《死牢中的茨冈人》(1927)、《秋与春之间》(1934—1937)。巴比契还有《鹳鸟哈里发》(1916)和《死亡之子》(1940)两部长篇小说。巴比契早期的诗歌词藻华丽,讲究音律的严整和谐,后期语言通达明快,简洁素朴。

尤哈斯·久拉(1883—1937)是经受过革命考验,深刻了解劳苦大众的艰辛与斗争的诗人,作品中激荡着深厚的人道主义和爱国主义感情。重要作品有诗集《匈牙利画家笔下的匈牙利景物》(1912—1914)、《匈牙利之夏,1918》(1918)、《为工人之家题词》(1920—1921)、《大平原之夜》(1924—1925)。

尤若夫·阿蒂拉(1905—1937)是17岁就出版了诗集《美的乞讨者》,深得前辈诗人赏识的匈牙利无产阶级诗歌的奠基人。因加入共产党遭受迫害。后又出版《熊之舞》(1934)、《悲痛欲绝》(1936)、《外城之夜》(1932)三本诗集,博得好评。他的诗作大都以描述普通百姓的苦难生活,揭露资产阶级的虚伪奸诈而闻名于世。他还有一部阐释自己诗学观点的诗集《不是我在叫喊》(1925)留给后人。他认为诗歌的真正价值在于表达劳苦大众的心声。

伊叶什·久拉(1902—1983)是集诗人、小说家、戏剧家、传记文学作家于一身的多才文人。远在30年代就成为民粹派运动的核心人物。诗作主要有叙事诗《三个老头》(1932)、《说英雄》(1933)、《青春》(1934)、《废墟上的秩序》(1937)等。反映贫苦农民的历史命运,表达自己对劳动者的同情与尊敬,是伊叶什诗歌的中心主题。他的小说很多,代表作是

《草原上的人们》(1936)。传记作品《裴多菲》(1936)被公认为匈牙利迄今为止最好的一部裴多菲传。

劳德诺蒂·米克洛什(1909—1944)是一位从事过地下革命活动，被德国法西斯杀害的烈士诗人。主要诗集有《异教的祝词》(1930)、《新式牧歌》(1931)、《复苏的风》(1933)。这些诗歌作品揭露了资产阶级虚伪的道德，猛烈地抨击了种族歧视的罪恶，热情地歌颂了纯真的爱情，号召人们同反动的统治者进行英勇的斗争。其他的诗集还有《行走吧，被判处死刑的人》(1936)、《陡峭的山路》(1938)。另外，还有《童年时代的日记》(1938)等多种自传体散文作品。

20世纪上半叶匈牙利的戏剧作品主要有莫尔纳尔·费伦茨(1878—1952)的《魔鬼》(1907)、《莉莉约姆》(1909)、《侍卫官》(1910)、《天鹅》(1920)、《奥林匹亚》(1928)和鲍拉日·贝拉(1884—1949)的《蓝胡须公爵的城堡》和《木雕王子》等。

罗马尼亚文学　20世纪以后，在罗马尼亚文学各领域中不论是小说、戏剧，还是诗歌，在坚持本民族特色的基础上，作家们更多地尝试着现代化的语言和手法，使罗马尼亚文学逐渐走上了与世界文学大环境相融合的道路。

进入20世纪，尤其是第一次世界大战之后，小说便在罗马尼亚文学中占据着最重要的地位，长篇小说更是独占鳌头。这一时期现实主义是小说发展的主流，雷布列亚努、萨多维亚努等最具影响力的作家都坚持了这一创作道路。与此同时，具有一些现代派倾向的反传统作品，如杜·拉·波佩斯库的作品也开始崭露头角。因为许多作家出生在农村，又对农村生活有着相对深入的了解，所以反映农村生活的作品丰富而且成绩突出。许多佳作几乎都取材于乡村生活。

利维乌·雷布列亚努(1885—1944)中学毕业后曾在军事学校学习，后在军中服役，对文学的爱好使他辞去军职，回乡从事写作。他从短篇入手，而后转入长篇的创作。

雷布列亚努是罗马尼亚现代长篇小说的创始人，他的小说风格朴素自然、深厚凝重，犹如深耕而翻起的黑油油的泥土。

《依昂》是他的第一部长篇，创作于1920年。小说在展现出20世纪初罗马尼亚农村的生活画卷的同时，也深刻地揭示了农民与土地的复杂关系。主人公依昂一贫如洗，为得到梦寐以求的土地，他抛弃恋人，娶了富农的女儿。如愿以偿之后，依昂逐渐厌烦了婚姻和妻子。妻子不堪他的百般虐待自杀身死。这时，依昂又想拾起往昔的爱情，于是回头去追求旧情人，结果丧生于情敌之手。1932年完成的《起义》是一部反映罗马尼亚1907年农民起义的长篇，具有很高的艺术和史学价值。

米哈依尔·萨多维亚努（1880—1961）自幼酷爱文学，当过杂志编辑、剧院经理，1929年当选为罗马尼亚科学院院士。他留下了百余部作品。

萨多维亚努的文学之路始于1897年，初期的创作多以底层人民为描写对象。1904年他连续出版了《故事》、《肖依姆》、《难忍的痛楚》、《布列库老汉的酒馆》四部小说集，获得了巨大的成功，以至于人们戏称1904年为“萨多维亚努年”。这以后，他几乎每年都创作两部以上的作品。

在萨多维亚努的创作题材中，乡镇、现代与远古、现实与梦幻、自然与社会都广有涉猎。现实主义、浪漫主义、自然主义、象征主义这些不同的创作手法在他的作品中不仅均有运用，而且他能将之很好地融合在一起，这正是他常为后人称道的高明之处。

萨多维亚努的代表作有：《泥棚户》（1912）、《漂来的磨坊》（1915）、《安吉察客栈》（1928）、《斧头》等。中篇小说《斧头》被认为是他最优秀的作品。小说通过叙述一个坚强的农村妇女凭借自己的智慧，在好心人的帮助下，为被谋害的丈夫报仇的故事，表现了罗马尼亚人民不屈不挠的精神，展现了罗马尼亚丰富多彩的民俗和如画的风光。

20世纪初的罗马尼亚戏剧舞台依然由19世纪的剧作占领着。直到30年代，一批新人才涌现出来。两次大战期间，最著名的剧作家米哈依尔·塞巴斯蒂安（1907—1945）通过自己的努力使罗马尼亚戏剧前进了一步。

20世纪的罗马尼亚诗坛，各种风格流派竞相涌现。本世纪初期，象征主义繁荣一时，代表诗人是乔治·巴科维亚。两次大战期间抒情诗盛行，图道尔·阿尔盖济、卢齐安·布拉加等人在诗的语言、形式、意境等方面都多有出新，创作出颇具艺术价值的作品。

卢齐安·布拉加（1895—1960）集诗人、剧作家、哲学家、杂文家于一身，这在罗马尼亚文坛是极为罕见的。他曾出版了《光明诗篇》（1919）、《先知的脚步》（1921）、《睡梦颂歌》（1929）、《分水岭》（1933）等十几部诗集。布拉加是位在哲学上颇有建树的诗人，他的诗中常带有哲人深邃的思考，如短诗《三种面孔》描述人生三个阶段不同的特征，富于哲理。

保加利亚文学　资产阶级独裁政权将保加利亚推入两次巴尔干战争和两次世界大战。第一次世界大战后，保加利亚文学进入发展时期，无产阶级文学逐渐取得了胜利。战后不久，出现了许多青年诗人，壮大了作家的队伍。《青年》、《红笑》、《新路》等刊物，成为繁荣革命文学的重要阵地。在20年代的文学创作中诗歌仍居领先地位，其中讽刺诗流传尤为广泛。围绕1923年9月起义惨遭残酷镇压的血腥现实，许多诗人写下了反映这一斗争的不朽诗篇，如米列夫的《九月》、拉茨维特尼科夫的《祭奠的火堆》、弗尔纳吉耶夫的《乡间荆棘》等，这些诗篇被称为“九月文学”。

30年代，《星》、《工人文学阵线》、《盾》等报刊是革命作家的阵地，他们建立了“劳动战斗作家联盟”，促进了反法西斯作家的团结。这一时期，文学创作的题材得到了进一步的丰富和拓展，体裁也更加多样化，涌现出反映社会生活广阔画面的中长篇小说。瓦西列夫、丘里亚夫科夫、维尔科夫、卡拉斯拉沃夫是这一领域里的佼佼者。在诗歌方面，除了斯米尔宁斯基、丘里亚夫科夫等人之外，拉德夫斯基、瓦普察洛夫等人也以自己面貌全新的诗歌汇合到革命诗歌创作的热潮中，而这一热潮终于成为诗歌创作的主流。

赫里斯多·斯米尔宁斯基（1898—1923）在短暂的一生中，创作了五百余首诗和不少散文作品，多方面地反映了资产阶级统治下的深刻的社会矛盾，真实地描绘出劳动者所受的苦难。第一本诗集《总有一天》（1922）生动地表达了诗人坚定的革命信念和胜利信心。诗人还满怀革命豪情，歌颂古罗马奴隶起义的英雄斯巴达克斯，巴黎公社委员德雷克留兹，卡尔·李卜克内西和罗莎·卢森堡以及十月社会主义革命。斯米尔宁斯基的诗歌画面鲜活，感情浓烈，气势磅礴，表现手法新颖独特。

柳德米尔·斯托扬诺夫（1888—1973）早期写作印象派诗歌，20年代后作品逐渐贴近现实生活。《人类之母》（1925）、《人间生涯》（1939）等诗表达了对祖国、大地、人民和自由的热爱。组诗《西班牙》赞美了反法西斯斗争中的英雄。

另外，这一时期颇具影响的诗歌作品还有格尔·米列米（1895—1925）的抒情长诗《九月》，尼古拉·赫列尔科夫（1894—1950）的《半夜宰割》、《党证》，赫里斯托·拉德夫斯基（1903—　）的著名诗集《心向党》（1923）、《脉搏》（1936）等。这些作品以鲜明丰富的色彩，反映了20、30年代的社会生活。

第二次世界大战前夕，保加利亚文学界建立了反法西斯战线，“劳动战斗作家联盟”的出现推动文艺创作起了积极的作用。无产阶级文学进入了新的发展阶段。具有代表性的诗人是赫里斯托·拉德夫斯基（1903—　）、姆拉登·伊萨耶夫（1907—　）、安格尔·托多罗夫（1906—　）、尼科莱·赫列尔科夫（1894—1950）。具有代表性的小说家是克鲁姆·维尔科夫（1902—1960）、格奥尔基·卡拉斯拉沃夫（1904—1980）、奥尔林·瓦西列夫（1904—1977）等。

第二次世界大战爆发后，作家们的生活和创作遇到了极大的困难。反动当局查禁进步报刊，镇压迫害无辜的作家，文学处于一片白色恐怖之中。维尔科夫、巴甫洛夫、伊萨耶夫被逮捕入狱；瓦普察洛夫、兹维坦·斯帕索夫（1919—1944）等为革命献出了宝贵的生命。尽管形势险恶，但革命文学在反法西斯斗争中依然发挥了积极作用。地下刊物《爱国者报》发表了许多洋溢着高昂的战斗精神的诗歌和政论作品，沉重地打击了敌人，鼓舞了正在与法西斯强盗进行浴血奋战的广大军民。

尼古拉·瓦普察洛夫（1909—1942）生于现今马其顿共和国的班斯科，自幼就受到革命思想的熏陶，并且对文学产生了浓厚的兴趣。17岁进瓦尔纳航海学校学习，研读过马克思列宁主义经典著作，接受了共产主义世界观。毕业后，他当过纸浆厂的火夫和机工，对工人阶级惨遭资本家压迫和剥削的情况，有比较深刻的了解。1933年，他参加了保加利亚工人党，积极参加工人运动。他建立了工人剧团，经常组织文学和音乐晚会，领导工人与厂主展开斗争。被厂方解雇后，瓦普察洛夫辗转到索非亚，先后当过面粉厂火夫、火车司炉、屠宰场技工，与工人建立了密切的联系，而且还同无产阶级作家们结下了深厚的革命友谊，这直接影响了他的文学创作，1940年他出版了诗集《马达之歌》。在严酷的形势下，瓦普察洛夫更加积极地投身于革命的洪流，很快便担任保共中央军事委员会委员，担负起领导各地人民开展武装斗争的重任。1942年3月4日瓦普察洛夫不幸被捕。在法庭上他严厉地控诉了法西斯的罪行，就义时年仅33岁。

瓦普察洛夫的文学事业与保加利亚人民的反法西斯斗争和革命活动紧紧地联系在一起。他1926年开始发表作品，用诗歌表达了对自由幸福的向往和对真理的追求，但在艺术上还显得稚嫩。1936年到达索非亚，参加了无产阶级文学团体之后，他的诗歌创作发生了质的飞跃。《祖国》、《高尔基》、《世纪》等诗是他走向成熟的标志。

瓦普察洛夫的革命抒情诗，是反映无产阶级反对资产阶级斗争的镜子。他能够在革命发展中观察生活，描写现实，展望未来，使自己的诗歌具有一种奋发向上的革命乐观主义精神，不同于那些以低沉、凄怆的调子倾述人民的灾难与痛苦的诗作。

《工厂》一诗向读者展示了在资本主义制度下广大工人群众悲惨的生活图景，表达了他们愤怒的心声："世界是一所监狱"。不过，工厂也是提高工人的阶级觉悟，促使他们团结一致求解放的熔炉。他在《工厂》中表达了这样的思想：工厂/给工人带来无穷的灾难，/还不仅仅是敲骨吸髓，/但它教会我们起来斗争，/我们跟它在一起，/能把天上的太阳摘回手中！

瓦普察洛夫不愧是人民的诗人。在他的笔下，工人和农民占有很重要的地位。例如，《历史》一诗多方面地描写了人民的生活和斗争，对人民群众的历史地位和作用，作了充分的肯定。

瓦普察洛夫的诗歌又是爱国主义和国际主义相结合的典范，在《决斗》、《西班牙》等诗篇中，诗人对各国人民相互支援的伟大力量，予以热情的赞颂。

格·卡拉斯拉沃夫（1904—1980）是在反法西斯斗争中成长起来的作家。他的文学创作起步于本世纪20年代，1926年出版了短篇小说集《街头沦落人》，真实地描述了社会底层人民和流浪儿的悲惨生活。1927年发表的《牧笛悲咽》深刻地再现了九月起义失败后法西斯分子残酷镇压人民的可怕场景和血腥现实，但也表现了人民不屈不挠的革命气节。30年代中期出版的短篇小说集《在岗位上》（1932）和《两条战线》歌颂了劳动者成长壮大的业绩。在这两部作品中，作者不仅真实地描写了劳动者与统治阶级生死搏斗的场面，而且还塑造了一系列大智大勇的英雄形象。30年代后期写的几部小说，对农村私有制度下的种种黑暗，作了深刻的揭露。长篇小说《曼陀罗》（1938）和《儿媳妇》是这方面的代表作。

《儿媳妇》出版于1942年。它通过对一个富农家庭的剖析，反映了30年代保加利亚农村复杂的阶级关系。富农尤塔兰是全书的中心人物之一，他专横、贪婪，千方百计地抢占农民的土地，用卑鄙手段剥削雇工。他丧失人性，竟把妻子、儿子当作奴隶使唤。他不以经济的富有为满足，政治上也有不小的野心，妄图通过竞选爬上政治舞台。他的儿媳妇谢芙达是个勤劳、善良的良家女儿，仪表端庄美丽，但公公并不把她当人看待，对她百般挑剔、刁难，强迫她干无法承担的苦活儿，累得她筋疲力尽，过早地丧夫，又造成她心灵上受到很严重的创伤。然而，狠心的公公反而把她赶回娘家，给她造成更大的精神痛苦。一向以忍耐求生存的谢芙达，终于坚强起来，当面揭露了公公尤塔兰曾经打死过邻居家一个小孩的罪行，让尤塔兰的凶残面目暴露于天下。尤塔兰与谢芙达的尖锐冲突已超出了一般儿女情、家务事的范围。富农尤塔兰的贪婪、凶残、伪善等本性在小说中表现得非常充分。作者的高明还在于细致地、条理分明地展示了这个贪得无厌的富农由气势汹汹一步步滑到垂头丧气、失魂落魄的经过和心路历程。小说结构严谨，情节曲折，富有戏剧性。

1944年9月9日，保加利亚建立了人民共和国。在这时期歌颂反法西斯斗争伟大胜利的诗歌在文学界处于遥遥领先的地位。诗人拉德夫斯基、伊萨耶夫、丘里亚夫科夫等都敞开胸怀，以欢欣鼓舞的心情，为革命的历史性胜利，写下了美好的赞歌。拉德夫斯基的诗集《空气窒闷》（1945）描绘出30、40年代影响全国的革命风暴，伊萨耶夫的诗集《火》（1946）烘托出集中营的斑斑血泪，安得列耶夫的《游击队之歌》是献给革命烈士的一曲颂歌，抒写了烈士在诗人心里留下永世不灭的印象。描写、讴歌民族解放斗争，也是40年代走上文坛的现实主义诗人很感兴趣的主题。在这方面，应当提上一笔的诗作有汉切夫的诗集《子弹袋中的诗》（1953）、贝伊切夫的《进攻之前的一瞬》、加贝的歌颂女英雄的长诗《维拉》（1946）、拉林的《士兵日记》（1953）等。社会主义建设事业，强烈地吸引着诗人们。有的诗人甚至还亲赴建设工地参加义务劳动，体验生活，写下了许多描写社会主义建设的宏伟图景，赞美建设者们崭新的精神风貌的诗篇。具有代表性的作品有伊凡·拉多耶夫（1927— ）的《旗帜飘扬》（1951）、布拉加·迪米特洛娃（1922— ）的诗集《罗多彼颂》（1954）、潘留·潘涅夫（1930—1959）的诗集《早晨好，人们！》（1956）等。

反法西斯斗争，也是这一时期戏剧创作的重要主题，著名戏剧作品有克·丘里亚夫科夫（1893—1955）的《斗争在继续》（1944）、《第一次打击》（1952）；奥·瓦西列夫（1904— ）的《警报》（1948）和《幸福》；卡·齐达罗夫（1902—1989）的《皇上的恩典》（1949）；罗·斯特列尔科夫的《侦察》（1949）等。

这一时期反映城乡社会主义建设的戏剧作品有格·卡拉斯拉沃夫的《加贝罗夫一家》（1955）和根据自己的同名小说改编的话剧《儿媳妇》；伊利亚·沃伦（1905— ）的《狼的时代》（1956）等。

1956年，在消除个人迷信的后果和反对教条主义的政治气候下，一些曾有过创伤的诗人，如塔尔切夫、佩伊切夫、拉伊诺夫、格罗夫、鲍日洛夫等首先站了出来，写出了一些呼唤解冻的诗。在这个领域里，产生过一定影响的诗作有格·加夏罗夫（1928— ）的《早春》、阿·格洛夫（1919— ）的长诗《不平静的思绪》（1962）等。

40、50年代，小说创作的中心题材是反法西斯斗争，围绕这一主题作家们创作了一大批具有历史价值和艺术审美价值的作品。这期间也涌现出不少反映社会主义建设的小说，但普遍存在着公式化、概念化的缺点，人物形象刻画也显得苍白无力。1956年解冻后，表现不正当的生活对社会和个人造成危害的小说多了起来。其中一些作品具有一定积极意义，如古利亚什基的《金羊毛》、卡尔切夫的《新城奇缘》、拉伊诺夫的《路茫茫》等，就是这方面的代表作。

南斯拉夫文学　20世纪初期的南斯拉夫文学，以越来越加关注欧洲文化和中心地兴起的文学运动为其显著的特点，不少地方涌现出一批具有欧洲文化素养，谙熟文学艺术现代倾向的作家。美学家波格丹·波波维奇（1863—1944）、评论家约万·斯凯尔里奇（1877—1914）的著作标志着塞尔维亚文学发展新时期的来临。在克罗地亚文学中，马托斯、米兰·马良诺维奇（1879—1955）以接受现代派文学的主张对文学的发展作出了一定的贡献。在斯洛文尼亚，伊万·参卡尔、奥东·茹潘契奇、约希普·穆伦·亚历山大洛夫（1879—1901）具有共同的文艺思想和愿望："斯洛文尼亚作家接受欧洲文学中全部的内容和形式，包括颓废派、印象主义、象征主义在内。"参卡尔后来转向现实主义，成为斯洛文尼亚无产阶级文学的奠基人。

塞尔维亚文学、克罗地亚文学、斯洛文尼亚文学，都毫不例外地向欧洲现代主义文学靠拢。现代主义倾向比较明显的作家有约万·杜契奇（1871—1943）、米兰·拉基奇（1876—1938）、伊希道尔·赛库里奇（1877—1958）、伊沃·沃依诺维奇（1857—1929）、弗拉迪米尔·纳佐尔（1876—1949）、米兰·贝戈维奇（1876—1948）等。

在这一时期里，不少诗歌表达了南斯拉夫各族人民民族解放的先进思想。巴尔干战争之前，塞尔维亚的爱国抒情诗空前繁荣，成绩显著的诗人有维里科·彼特洛维奇（1884—1967）、阿列克斯·珊蒂奇（1868—1924）等。对民族解放的渴望与追求在斯特拉希米尔和马托斯的创作中有明显的表现。这一时期的斯洛文尼亚文学，也对自己的民族问题积极关心起来。

20世纪初，在塞尔维亚和斯洛文尼亚还出现了"社会文学"派。这一派作家注重描写无产阶级的生活和斗争，塑造工人运动中的新人形象。塞尔维亚"社会文学"派还创办了《新文学》（1928）等革命文学刊物，集中地介绍苏联无产阶级革命文学,宣传历史唯物主义,反对资本主义和法西斯主义。"社会文学"派的代表作家有普雷日霍夫·沃兰茨(1893—1950)、约万·波波维奇(1905—1952)及拉多万·佐果维奇(1907—)等。

在这一时期里,许多作家为推行新的文学创作方法,建立崭新富有活力的文学流派,进行不懈的努力。新老两代作家对许多文艺问题持有不同的见解,展开了很有意义的争论,结果是青年一代作家的思想取得了胜利。

第一次世界大战给文学领域带来了一系列的动荡和变化。1918年建立的塞尔维亚克罗地亚斯洛文尼亚王国,并没有满足人们对解决民族、社会问题的愿望。这时期在全国最有影响的作家是科尔莱扎、米洛什·茨尔尼昂斯基(1893—1977)、伊沃·安得里奇(1892—1975)和沃兰茨等人。

两次世界大战期间,当表现主义在斯洛文尼亚和克罗地亚取得显著的成果时,在塞尔维亚的文学中心之一贝尔格莱德,超现实主义空前地活跃起来。贝尔格莱德甚至成了欧洲第二个超现实主义中心。两次世界大战期间,社会文学作为一个强有力的文学流派,也得到了长足的发展。这期间,原来比较落后的马其顿文学也开始复兴,主要代表人物是科乔·拉钦(1908—1943)。

自19世纪末到第二次世界大战之前,南斯拉夫各地的主要文学报刊有:塞尔维亚的《塞尔维亚纵览》(1895)、《塞尔维亚文学报知者》(1901);克罗地亚的《克罗地亚思想》(1897)、《声音》(1899)、《生活》(1900)、《桂冠》(1905)、《现代人》(1906);斯洛文尼亚有《卢布尔雅那之声》(1881)、《自由》(1907)、《青年》(1904)等。

自20世纪开始到"二战"前这一时期里,南斯拉夫各民族最重要的作家有参卡尔、科尔莱扎、安得里奇、沃兰茨和布拉尼斯拉夫·努希奇(1864—1938)等。

斯洛文尼亚革命作家**伊·参卡尔**(1876—1918)以写作带有西欧现代派诗歌特点的抒情诗走上文学之路，后来逐步摆脱现代派文学的影响，转向现实主义的创作道路，写出了许多很有影响的小说和剧本，反映人民群众的苦难生活，抨击资本主义剥削制度。小说方面主要有中篇小说《仆人耶尔奈和他的权利》(1907)、《助手玛丽雅的家》(1904)等。长篇小说有《在山谷里》(1902)、《巴尔丁·卡丘尔》(1905)等。主要戏剧作品是《贝塔伊诺瓦的太上皇》(1902)。这些作品反映了斯洛文尼亚下层人民群众的苦难，鞭挞贪得无厌的资产阶级和腐败无能的官吏。参卡尔文笔洗练简洁，并富有浓郁的感情色彩和高尚的人道主义精神。

奥东·茹潘契奇(1878—1949)是19世纪下半叶、20世纪上半叶最著名的诗人，早期作品有用现代主义表现手法写的诗集《醉心杯》(1899)，感情充沛，富有号召力。诗集《穿过平原》(1904)对美丽的大自然作了酣畅淋漓的描绘与赞美，激荡着爱国主义情感。诗集《独白》(1908)真实地描绘出人民遭受的痛苦与灾难，具有很强的人民性。诗集《血染朝霞》(1920)猛烈地抨击侵略战争，并对未来表达了坚定的信心。反法西斯战争期间的诗作都辑在《大雪覆盖的长春花》(1945)集子中。全书情感真挚热烈。他还写过相当多的儿童诗，著名的有《金鸟》、《小雪人》、《白桦与灌木丛》等。此外，他还翻译了不少西欧和俄国的文学名著。

米·科尔莱扎(1893—1981)是南斯拉夫共产主义者联盟最早的成员之一，与安得里奇齐名的著名诗人、小说家、戏剧家。他一生共创作了60部作品。

长篇小说《菲利普·拉丁诺维奇的归来》(1932)围绕着私生子菲利普·拉丁诺维奇由奋发图强成为画家到腐化堕落的人生演变过程，刻画了淫妇波波契卡、神经衰弱者巴洛珊斯基、好色之徒里毕赫、疯狂的冒险家卡里雅莱茨等一系列散发着恶臭的腐朽形象，展现出一幅资产阶级腐败沦亡的全景图画。长篇小说《在记忆的边缘》(1938)描述了一个资产阶级知识分子对社会的愤愤不平和对资产阶级议会所抱幻想的破灭,展现了两次世界大战期间克罗地亚的社会生活和法西斯主义在欧洲的泛滥。

《戈莱姆巴依家族的老爷们》(1928)最初是以小说的形式问世的,后来又改编成了话剧。评论家们把这部作品称作两次世界大战期间南斯拉夫的现实主义高峰作品。它以广阔的画面,描绘了克罗地亚资产阶级由兴起、发展到衰落的历史进程,形象地阐释了克罗地亚资产阶级必然灭亡的真谛。近一个世纪以来,“戈莱姆巴依家族的老爷们”这一概念,在南斯拉夫已经家喻户晓,成了“没落资产阶级”的同义语。

从科尔莱扎在政治、文化、政论等领域里所表现出来的巨大的积极性和所作出的杰出贡献来看,称他是南斯拉夫当代文学中最有影响的人物之一,并不过分。第一次世界大战之后,当许多作家对南斯拉夫的前途丧失信心,他向现代派作品学习了不少好的表现手法。他明确地指出:南斯拉夫文学既应当摆脱庸俗社会学的束缚,也要从现代稀奇古怪的理论中解放出来。他还认为:文学作品的形态既不应该满足现状,也不应该自封为是最先进的。

普雷日霍夫·沃兰茨(1893—1950)在斯洛文尼亚当代文学中占有重要地位。1935年出版小说《与水搏斗》,受到文学界普遍好评。后来还发表了描写克留什卡人反对奥匈帝国统治者的小说《纵火者》(1939)和反映斯洛文尼亚军队武装起义的小说《妙龄》(1940)。还有描写南斯拉夫统一后斯洛文尼亚社会生活的《小坑》。另外,他还创作出版了《从科特利到贝利沃德》(1945)、《在国外土地上的战斗》(1946)、《我们的界石》(1946)等小说。

布拉尼斯拉夫·努希奇(1864—1938)自19世纪80年代初开始发表作品,在50年间,出版和发表了大量的小说、小品文、诗歌和戏剧作品,其中在喜剧方面成就最高,著名喜剧作品有《大臣夫人》(1931)、《多拉尔先生》(1932)、《悲伤的亲属》(1934)、《博士》(1936)、《亡人》

(1937)等。

1941至1945年，是南斯拉夫历史上最光辉的五年。各族人民在以铁托为首的南斯拉夫共产党领导下，同德、意法西斯进行斗争。在这场战争中，许多作家、诗人献出了宝贵的生命。阿·采萨雷次(1893—1941)、奥·普查(1899—1941)、特·丘法尔(1905—1942)等人不屈地牺牲在法西斯监狱里；而科瓦契奇(1908—1943)、卡尤哈(1922—1944)则英勇地战死在疆场上。作家们在极其困难的条件下从事写作，揭露敌人的血腥暴行，讴歌人民和游击队的英勇斗争，涌现出很多闪耀着历史光辉的爱国主义诗歌、小说和戏剧作品。著名的有布·乔皮奇的诗集《祖国在烈火中诞生》、短篇小说集《游击队员的故事》；纳佐尔的诗集《游击队之歌》；波波维奇的诗集《机枪巢里的燕子》以及科瓦契奇的长诗《坑》等。

克罗地亚作家**弗拉迪米尔·纳佐尔**(1876—1949)是民族解放战争时期最有代表性的人物之一。战前从事教育工作多年，1942年参加游击队，1943年当选为克罗地亚人民解放反法西斯委员会主席。战后任克罗地亚人民共和国国民议会主席团主席。从事文学活动五十余年，作品很多，《斯拉夫传奇》(1900)和《克罗地亚国王们的故事》(1904)代表他最初的文学成就。在民族解放战争时期和解放后，发表了一系列赞美游击队英勇战斗、军民团结的诗歌和小说，其中著名的有《游击队之歌》(1944)、《同游击队在一起》(1945)、《铁托同志的故事》(1946)等。

这时期是南斯拉夫戏剧发展的黄金时代。1941年夏天，南斯拉夫人民解放游击队一成立，就建立了自己的剧团。从此，每个旅、每个师、解放区的每个村子里，都组织了剧团或文化小队。1942年7月在比哈奇召开了南斯拉夫反法西斯人民解放委员会第一次会议之后，又建立了南斯拉夫人民解放剧团。在烽火连天的战地上，为了满足革命事业的需要，建立了许多专业剧团和业余剧团。这些剧团通过演出短小精悍的独幕喜剧、闹剧，揭露、控诉法西斯侵略者的野蛮罪行，讥讽、鞭挞叛徒的可耻勾当。

在战争年代里，许多戏剧工作者如同战士一样，过着紧张而艰苦的战斗生活，无充足的时间对作品进行周密的构思和细致的润色，因此，不少剧作缺乏较高的艺术性。但在动员群众、组织群众积极投入到革命洪流中，游击队戏剧无疑起过巨大的教育作用。另外，从戏剧发展的意义上来说，游击队戏剧是30、40年代戏剧过渡到现代戏剧的桥梁。这一时期著名的戏剧家有玛戴依·鲍尔（1931— ）、米兰·考洛普契奇（1915— ）、普·菲利鲍维奇（1917— ）、米尔科·鲍日奇（1919— ）等。其中鲍尔的《衣服褴褛的人们》是一部家喻户晓的作品。

第二次世界大战结束后的南斯拉夫当代文学，经历了四个发展阶段。一、1945至1950年，是行动一致的开始阶段。二、1950至1955年，是各种文艺思潮同社会主义现实主义论战阶段。三、1955至1960年，是现代主义文学迅猛发展阶段。四、1960至80年代末，是各种文学流派都得到了稳定发展的兴旺阶段。

在最初的两年里，南斯拉夫全国呈现出一派生机勃勃的景象。老作家颇为活跃，出版了民族解放斗争时期创作的传统风格的佳作。塞尔维亚的伊·安得里奇、伊·赛库里奇（1877—1958）；克罗地亚的乌·戴斯尼查（1912—1967）、兰·马林科维奇（1913— ）；斯洛文尼亚的尤·科扎克（1892—1964）等人，都以自己新奇优美的作品引起了人们的注意。

在这一时期里，许多声誉很高、具有民族优秀传统的抒情诗人，努力创作出一批反映社会主义建设的诗歌。代表人物有戴·马克西莫维奇（1898—1995）、古·科尔科莱茨（1899— ）等。另外，原来属于社会文学运动的约·波波维奇（1905—1952）、契·敏戴洛维奇（1912—1966）等人，也怀着对崭新的社会主义制度的激情，创作了不少感情激越、格调高雅的赞歌。以薇·巴伦（1922— ）、尤·卡斯戴兰（1919— ）为代表的被称为“铁路工人”的一批年轻诗人，也加入了这支诗人队伍。

新兴的马其顿文学、阿尔巴尼亚民族文学，也开始走上了复兴的道路。马其顿诗歌具有很好的传统，当时涌现出一大批才气很高的诗人，代表人物有斯·雅奈夫斯基（1920—　）、阿·绍波夫（1923—　）等。他们在马其顿民歌丰厚的基础上，开辟了新诗发展的道路。马其顿真正的小说也是在这一时期发展起来的。著名的小说家有乌·马莱斯基（1919—　）、科·恰舒莱（1921—　）等。民族解放斗争和解放后的新生活，是马其顿作家创作的主要题材。

生活在科索沃和黑山、马其顿的阿尔巴尼亚民族，是伊里亚人的后裔，有着悠久的文化。然而，由于几百年的异族侵略和统治，文化的发展大大地落后了，作家们甚至连使用本民族语言文字写作的权利都没有。人民政权的建立，使直接用阿尔巴尼亚文字书写的阿尔巴尼亚族文学应运而生。这一文学既受阿尔巴尼亚文学的深刻影响，又与南斯拉夫各民族的当代文学保持密切的联系。各种文学种类、样式和倾向，在阿尔巴尼亚族文学中都存在，其中颇为有名的是诗人埃·麦库里（1916—　）、小说家希·舒莱曼尼（1912—1975）和希·哈桑尼（1922—　）。

苏联文学对南斯拉夫文艺产生了一定的影响。老作家伊·安得里奇的一些新创作的小说、《青年诗选》和《青年短篇小说选》的一些特点，是极好的说明。但是，随着南斯拉夫与“共产党情报局”①的决裂，这一情况很快就发生了变化，特别是1952年10月第三次南斯拉夫文学家代表大会以后，南斯拉夫文学艺术便彻底地与社会主义现实主义分道扬镳了。从此以后，社会主义现实主义受到更加严厉的批评和攻击，成了教条主义、公式化的代名词。在这种情况下，本来就有一定基础和影响的现代主义文学便迅速地蔓延开来。现代主义文学的种类和样式繁杂，其中奥·达维乔（1909—　）的长篇小说《歌》集中地代表了先锋派小说的特

① 共产国际（即第三国际）1943年解散以后，在斯大林领导下于1947年成立新的共产国际组织。该组织称为“共产党情报局”。

点。斯·维纳威尔（1891—1955）、米·茨尔尼昂斯基（1893—　）、米·科尔莱扎（1893—1981）等人的作品，显示出从表现主义到超现实主义转变的历程。崇尚唯智论，宣扬叛逆精神，反对和唾弃都市文明，是这批作家创作的共同特点。现代派诗人极力推崇自由诗，蔑视通俗易懂的民歌形式，无论是小说家，还是诗人，都随心所欲地反对常规，把表现主观世界和内心的激情看作是至高无上的使命。

现代主义对文学的猛烈冲击，也使一些具有古典倾向的作家感到困惑，某些人开始模仿现代派的表现手法，使自己作品惯有的面貌发生了很大变化。安得里奇、米·拉里奇（1914—1992）、维·卡莱布（1905—　）、奇·科斯玛奇（1910—　）等在各个共和国很有影响的作家，都发表了与自己原来具有现实主义特色的小说很不相同的新作。在这方面，安得里奇的只有七万余字的小说《罪恶的牢院》（1954）最有代表性。这是一部典型的意识流小说，也是他解放后最成功的作品。

50年代初期，文坛上出现了一批追随现代派诗歌的新诗人，其中影响较大的是杜·马蒂奇（1898—　）、瓦·鲍巴（1922—　）、米·巴乌洛维奇（1928—　）、齐·兹洛贝茨（1925—　）、兹·高洛布（1927—　）、马·迪兹达尔（1917—　）及马·马戴夫斯基（1929—　）等。

这一时期著名的文学评论家有杜·马蒂奇和马·里斯蒂奇（1902—　）。具有特殊地位的文学评论家是鲍·米·米希兹（1922—　）和米·鲍戈丹诺维奇（1892—1964）等。

观点截然不同的两大派作家在《青春》、《文学报》、《新思想》、《作品》和《现代人》等报刊上进行了长达八年的论战。这一论战在文学界旷日持久地进行，使文学面貌发生了显著的变化。现实主义文学也好，现代主义文学也罢，都深深地打上了唯美主义、形式主义和先锋主义的烙印。

这一时期最著名的作家、诗人和戏剧家是伊·安得里奇、米·拉里奇、布·乔皮奇、道·乔西奇、安·伊萨科维奇（1923—　）、米·科尔莱扎、戴·马克西莫维奇、瓦·鲍巴、德·道布雷强等。

远在20、30年代就驰名文坛的小说家**伊·安得里奇**（1892—1975），"二战"期间居住在贝尔格莱德，潜心创作三部长篇小说。战争刚一结束，1945年这一年里就将《德里纳河上的桥》、《特拉夫尼克纪事》和《小姐》三部巨制奉献给了广大读者。

《德里纳河上的桥》是没有采用人们非常熟悉的传统的讲故事的方法写成的小说。整个作品没有一个中心故事，也没有一个贯穿始终的人物。它以德里纳河上的一座大桥为主线，通过一连串真实感人的故事情节，巧妙而生动地概括了波斯尼亚自15世纪中叶被奥斯曼土耳其占领开始，到本世纪初第一次世界大战爆发为止大约450年的历史，准确地描画了在漫长的历史岁月里错综复杂的民族矛盾和阶级矛盾，如实地展示了各阶层人民遭受的种种苦难，热情地讴歌了坚强骁勇的波斯尼亚人民勇于斗争、敢于胜利的优秀传统。这部小说已被译成40多种文字。1961年，安得里奇因为这部小说十分成功地反映了"自己国家历史中的事实和命运"，具有"史诗般的力量"，"作为小说艺术大师"，获得了诺贝尔文学奖。

《特拉夫尼克纪事》是一部样式新颖的心理历史小说。书中的人物和事件，都与法国资产阶级革命后外国在特拉夫尼克设立领事馆那段时间紧紧地联系在一起。波斯尼亚是欧洲三大强国角逐的场所，四种宗教之间展开了一场你死我活的斗争。安得里奇以此为背景，凭借机敏、独特的艺术构思，展现了东西方两种文化、两种世界、两种人生观之间的尖锐冲突。作者还以纤细的笔触描写了以达维尔和米代尔为代表的两个领事馆同土耳其官方之间的关系和外交活动，刻画了十多个栩栩如生的人物形象，细腻地描绘了他们各不相同的心理、思想、民族和文化特征。总之，安得里奇在这部小说里，以娴熟的技巧，自然生动地展示了相距遥远的东西方两种全然不同的文化。

同前两部历史题材小说相反，《小姐》反映的是现实生活里的问题。主人公是一位孤独的女高利贷者，她一生最大的愿望就是要尽量发财。作者采取传统的现实主义手法，剖析了这位疯狂追逐金钱的小姐。通过对这一人物的刻画和剖析，入木三分地揭露了市民社会里道德堕落的根子。

《罪恶的牢院》（1954）是解放初年安得里奇完成的一部只有七万字的长篇小说，也是他创作后期的力作。从表面上看，小说讲的是一个无辜的正教修道士落入罪恶的牢院前后所遭受的苦难（原因是他被怀疑做了某种违背奥斯曼帝国利益的事情），可是，随着情节的展开，画面愈来愈变得复杂起来，读者看到的不是一个人的不幸遭遇，而是众多的受难者的大悲剧。土耳其监狱实际上是整个世界和生活的象征。在这座监狱里，聚结了各种各样的人：杀人犯、骗子、强者、弱者、机灵鬼、恐惧者、沉默寡言的人、多嘴多舌的人、疯子、贪婪鬼等等。当然，在这些人中间，还有理想主义者、幻想者、心地善良者、胸怀宽广的人、聪明者、慈善家、纯洁的受苦人……罪恶的牢院已成为一切时代暴政的象征。这部小说很短，只有一般中篇小说的篇幅，但从它反映的生活广度和深度来说，完全算得上是一部长篇小说。它的结构很复杂，故事中还孕育着故事。作者想象的翅膀任意翱翔，但又不离开一条主线，犹如千百条小溪都汇集到一条主要的大河中。

米·拉里奇（1914—1992）是南斯拉夫最有影响的作家。他写了很多关于民族解放斗争的小说。主要有多部短篇小说集和长篇小说《婚礼》等。

《婚礼》（1950）是拉里奇的代表作之一，也是南斯拉夫反法西斯文学的名著。小说的卷首引用了英国作家高尔斯华绥的一句名言："在被称作文明的社会里，希望的唯一的源泉，是持久的勇敢精神。"这句话是支撑整个作品的灵魂，也是显示作家革命人生观的一面镜子。

以达迪亚·切梅尔基奇为首的一大批青年革命者，陷于囹圄，受尽严刑拷打，但他们并没有失去斗争的信心和勇气。切梅尔基奇从入狱之日起，就鼓励、领导战友们越狱，并精心制定逃跑方案，勇敢地开辟为自由而战斗的特殊战场。监狱里的气氛极其恐怖，令人窒息；法西斯强盗的刑罚非常残忍，灭绝人性。然而，革命者战胜了一切，终于逃出死亡的陷阱，重返游击队，迎接起义的来临。作者把忍受酷刑和流血牺牲，比作走向“婚礼”，而婚礼上的新娘，就是真理和自由。近半个世纪以来，《婚礼》一直在南斯拉夫当代文学中、特别是在军旅小说中占有重要地位。

布·乔皮奇（1915—1984）在军旅小说创作方面与米·拉里奇并驾齐驱，不过，他的成就主要体现在短、中篇小说创作上。主要作品有《刺刀上的露水》（1947）、《山民学校》（1948）等短篇集，长篇小说有《决口》（1952）、《无声的火药》（1957）；还有多部儿童文学作品，如《游击队的故事》（1947）、《蛇翼下讲的故事》（1950）等。

描写普通人，表现普通人，为普通人画像，乔皮奇从开始走上文学创作道路之日起，就遵循这样一条美学原则。在数以百计的短篇小说中，他细致入微地描写了一系列为反对不公平和暴力而战斗的小人物，塑造了一大批普通战士、革命者的形象；歌颂他们顽强的斗志和不惧流血牺牲的献身精神。在乔皮奇的小说中，妇女形象占有重要位置，其中母亲的形象尤为突出。米丽娅是英雄母亲们的杰出代表。她没有儿子，把自己全部的爱都奉献给了游击队员。即使在生死关头，也依然把满腔的爱倾注在游击队员身上，口里念叨着战士的名字，昂首阔步地走向刑场。这一革命母亲的英雄形象家喻户晓，小说《米丽娅》也成了最有光彩的名篇佳作。《跟随自己的军队》中的母亲萨乌卡·卡恰万塔是一对双胞胎的母亲，跟随自己的部队，走遍了黑暗的波斯尼亚，最后牺牲在暴风雪中，小说从头到尾充满一种威武不屈的英雄气概。如同年长的母亲们一样，年轻的姑娘们对革命事业也怀有坚定的信心，坚信人民起义必定胜利。系列故事《尼科列丁纳·布尔萨奇生平轶事》（1955）中的布尔萨奇，是一个英勇果敢的神枪手，但对乡亲却怀有一颗鸽子般善良的心。这个人情味十足的战士早已成为南斯拉夫国内无人不晓的英雄。乔皮奇一生为儿童写了15本书，在以战争为题材的儿童小说中塑造的一系列栩栩如生的小游击队员、通讯员、司号兵、警卫员等形象。长篇小说《决口》细致而真实地描画出穷乡僻壤的人民群众，在共产党的领导教育下，由分散落后的小生产者变成有组织守纪律的革命战士的成长过程。

与拉里奇庄重、古朴的艺术风格不同，乔皮奇是一位幽默大师，是时刻带着微笑的作家。

安·伊萨科维奇（1923—2002）是一位以少而精的作品取胜的作家。他著有三部描写民族解放斗争的短篇小说集《大孩子》（1953）、《蕨与火》（1962）和《空岸》（1970）。伊萨科维奇具有独特的风格，他不去描写敌我部队的军事冲突，而是全力剖析战斗者的心理活动，捕捉他们思想的火花。在伊萨科维奇的小说里，看不到沙场上的枪林弹雨，作者竭力展示给我们的是客观环境如何影响普通战士的生活，如何改变他们的思想意识。他的短篇小说虽然都以民族解放斗争为题材，但每一篇构思的角度却不雷同，都具有很强的感染力。

《远方的太阳》（1951）是以反映民族解放斗争起家的著名作家**道·乔西奇**的代表作。它以拉辛游击队政委巴威尔和副旅长葛沃兹金的思想矛盾为主线，多方面地描绘了波斯尼亚人民的丰功伟业，热情地歌颂了他们的革命精神，揭露了法西斯强盗的血腥暴行。小说故事紧凑，情节扣人心弦，在群众中颇具影响。

戴·马克西莫维奇（1898—1995）是20世纪南斯拉夫最著名的浪漫主义诗人。20年代就开始发表作品。1945年以来她出版的诗作甚多，其中主要有爱国抒情诗《茨薇塔·安得里齐的解放》（1945），诗集《诗人与故乡》(1946)、《梦中的俘虏》(1959)、《我请求宽恕》(1964)、《我再也没有时间》(1973)、《秘鲁后世人纪事》(1976)和《瑞士留影》(1978)。另外，还有五卷本的《戴·马克西莫维奇诗集》出版。其中最有名的诗作有《五一节游行队伍中的祖国》、《祖国啊，我在这里》、《血的童话》、《大地的芳香》、《请你低声把话说》、《我再也没有时间》、《春之歌》等。诗人始终在为促进人与世界、人与人、人民与人民之间的相互了解，进行不懈的努力。以作品所具有的意境美和语言的音乐性，以及所表达的炽烈而细腻的感情来评价，完全可以把她列入南斯拉夫当代优秀诗人的最前列。

瓦·鲍巴(1922—　)是塞尔维亚和南斯拉夫现代主义诗歌的旗手，被誉为诗歌领域里的宙斯的后代。截止到80年代，鲍巴共出版了七本诗集:《树皮》(1953)、《一直耕耘的土地》(1956)、《次要的天空》(1968)、《狼的盐》(1976)、《大路中间的人家》(1976)、《活肉》(1976)和《白刃》(1981)。鲍巴是战后在塞尔维亚土地上最早涌现出来的著名的先锋派诗人之一。他的功绩在于:把塞尔维亚古代的和近代的诗歌传统巧妙地运用到现代派的诗歌中，表达了当代人丰富而高昂的感情。他的诗歌的表现形式，既具有明显的民族风味，又具有两次世界大战期间诗歌的那种大胆泼辣的特色。然而，最为可贵的是，鲍巴并不呆板地沿袭别人的老路，而是保持并发扬了自己独特的风格。在战后成长起来的一批先锋派诗人当中，他占有特别重要的地位。

60年代中期，在诸多戏剧家中独占鳌头的是德·道布雷强。这与他的喜剧《共同的住宅》获得很大的成功有直接关系。这是一部颇具著名戏剧家努希奇(1864—1938)戏剧特色的现实主义作品。为使南斯拉夫解放后的戏剧恢复努希奇戏剧的现实主义传统，道布雷强作了艰苦的努力。这部作品也是坚持现实主义创作道路的剧作家使戏剧从虚假的、矫揉造作的境况里解放出来的可喜成果。它的基调轻松明快，富有幽默感。剧情真实感人,语言通俗易懂,接近群众的口语。这些特点在一段时间里甚至成了理论家评价戏剧作品时依据的标准。

在此期间,焦·莱鲍维奇(1928—)和亚·奥布莱诺维奇(1928—)合著的话剧《天上的队伍》是南斯拉夫解放后戏剧发展中的重要成果。这个剧本虽然写的也是战争,但与所有的战争题材戏不同,它属于哲理戏的范畴。作者深刻地提示了人物的命运,对生与死这一问题阐明了自己独到的见解。

阿尔巴尼亚文学 在反对本国封建主和土耳其的统治中发展起来的、以浪漫主义为基调的阿尔巴尼亚民族复兴文学后期的另一个重要爱国诗人是**恩德莱·米耶达**(1866—1937)他的主要作品有诗集《青春之歌》(1917)、《利苏斯》(1921)和《自由》(1937)。米耶达是一个浪漫主义诗人和民族主义者,为在阿尔巴尼亚建立民主制度进行了不懈的斗争。虽然他是一个耶稣教信仰者,但却无情地揭露、鞭挞了反动的天主教首领。米耶达在抒情叙事诗创作方面作了巨大的努力和大胆的尝试,为发展新文学中崭新的体裁作出了贡献。他在使用描写、对比、比喻、借喻、讽刺等艺术手法方面独树一帜。他的景物描写别具特色。他的语言丰富优美,在使用诗行、诗段、韵律等方面,显示出很高的艺术修养。这个时期其他较为有成就的诗人、作家和学者,还有萨米·弗拉舍里(1850—1904)、阿斯德伦(1872—1947)、米哈尔·格拉梅诺(1872—1931)、留依吉·吉拉库奇(1879—1925)和雷斯托·西里奇(1882—1936)等。

1912年,遭受土耳其统治五个世纪的阿尔巴尼亚,终于获得了民族的解放和国家的独立。从这时候开始到民族解放战争前夜的文学,被称作民族独立时期文学。这一时期文学经历了三个发展阶段。1912年至1924年为第一阶段。这一阶段的文学,主要继承了民族复兴文学的进步传统。歌颂爱国志士为建立民主制度而进行的斗争,仍然是中心主题。1924年至1934年为第二阶段。在这一阶段里,索古皇帝的独裁统治,使进步文学遭到极大的摧残和破坏。1934年至1936年为第三阶段。在这一阶段里，革命与反革命、进步与倒退进行了非常激烈的斗争。在文学领域里，一批新生力量在同旧势力的斗争中成长起来，诗人、作家米吉安尼是新生力量的杰出代表。许多青年作家团结在米吉安尼周围，形成了著名的“1935年的一代”。他们当中著名的人物有威里·斯塔发（1915—1939）、依达·布尔卡（1908—1967）、谢夫契特·穆萨拉依（1914—1988）、迪米特尔·斯·舒泰里奇（1915—　）、阿列克斯·恰奇（1916—1988）、安德烈·瓦尔菲（1914—　）等。

米吉安尼（1911—1938）是民族独立时期文学的中心人物，主要作品有诗集《自由的诗》和大量的散文。《自由的诗》由《复兴之歌》、《贫困之歌》、《西方之歌》、《青年之歌》和《最后的歌》五部分组成。《复兴之歌》部分共有《新时代的儿女》、《让人诞生吧》、《觉醒》、《火星》、《青春颂》及《未唱出的歌》六首诗。这些诗篇表达了诗人对外国侵略者的痛恨和对民族解放事业的同情。《贫困之歌》描绘了城市贫民艰难凄惨的生活画面，抒发了对“封建主义千百年来的堡垒”以及其他压迫者无比愤恨的感情，揭露了宗教的虚伪性。《西方之歌》痛斥了某些拜倒在西方颓废文化面前的知识分子。《青年之歌》以激越奔放的旋律，歌唱纯洁的爱情、美好的未来和生活的欢乐，欢呼“春天（即共产主义）已经来到人间”。

米吉安尼的散文作品有讽刺小品，描写城市生活的散文作品和描写农村生活的散文作品。早期创作的讽刺小品，揭露、控诉了宗教、卖国知识分子、统治阶级和法西斯主义的罪恶行径。描写城市的散文名篇有《我的城市的复唱曲》（1934）、《在教堂里》（1935）、《禁果》（1935）等。这些作品真实地描写了城市乞丐、失业者的悲惨遭遇。准确地反映了战争前后的阿尔巴尼亚状况，表达了作者盼望革命早日到来，消除人间痛苦的真诚愿望。几篇农村题材的散文和作者根据在普克镇任教期间的生活经历写成的短篇小说，是米吉安尼全部作品中最优秀的一部分。其中的作品有反映封建主义、资本主义制度给山民们带来奇耻大辱的《玉米的传说》（1936），描写贫穷卖炭者悲哀与辛酸的经历的《大人，你要木炭吗？》，以震撼人心的艺术力量和催人泪下的人道主义精神，描述穷苦的农民孩子一贫如洗的可怜状况和孩子对老师纯真的爱的《小留利》（1936）。在这些作品里，米吉安尼不仅真切感人地描写了生活现象，而且还深刻地揭示了造成农民悲惨命运的原因，那就是：灾难和痛苦来自于索古王朝专政时期的统治者和议会，他们是穷人最凶恶的敌人。

米吉安尼一生写下了不少诗文，这些作品有的属于浪漫主义，有的属于现实主义，有的两者皆有，不能绝然分开。米吉安尼文笔犀利，清新隽永，作品具有强烈的战斗性。他善于巧妙地运用幽默、讽刺、象征、寓意、对比等艺术手法，使作品的主题思想表现得非常深刻。米吉安尼对后来的阿尔巴尼亚作家和文学具有巨大的影响。米吉安尼带来了诗歌的新风气，新的主题，新的表现方法，新的视野，新的旋律。

这一时期的优秀作品还有弗乔·波斯托里（1889—1927）的长篇小说《为了保卫祖国》（1919）和《记忆之花》（1921），舒泰里奇的诗集《觉醒的歌手》、《致阿尔巴尼亚》，布尔卡的诗集《当夜莺哭泣和欢笑的时候》，恰奇的诗集《我的理想》，瓦尔菲的诗集《被压迫者的呼声》等。这些作品在不同程度上揭露了索古政权的腐败与反动，反映了人民多灾多难的贫穷生活，谴责了法西斯主义、反动宗教和帝国主义战争，表现了对祖国美好未来的憧憬。

在民族解放战争（即1939至1944年的反法西斯战争）中诞生的革命文学，继承了民族复兴时期文学和民族独立时期文学的优秀传统，为后来的文学打下了良好的基础。

《人民之声报》、《自由的号召》以及各种游击队战斗小报、小册子，是发表反映广大军民战斗生活的文艺作品的主要阵地。全国各地涌现出成千上万首民歌描绘民族解放战争的风貌，表达人民群众誓死保卫祖国、击败侵略者的意志和决心。每个突击师、突击旅，都有自己的进行曲。这些歌曲以强烈的时代气息、深刻的思想和热烈的感情，成为游击队民歌的精华。

在反法西斯斗争中，成长起许多优秀的作家和诗人。法特米尔·加塔（1922—1989）是爱国教师的后代，17岁就加入到反法西斯斗争的行列，20岁又挎枪上了战场，与广大游击队员同生死、共患难，写下了数以百计的歌词，谱曲后唱遍全国。像《青年，青年！》、《呐喊》、《老人与少年》、《重峦叠嶂的群山》等铿锵有力的赞歌，鼓舞、抚育了一代又一代的阿尔巴尼亚人。加塔还写下了《少年》、《契里库》、《阿尔巴尼亚心》等数十篇充满革命激情，富有人情味的短篇小说，塑造了宁肯牺牲性命也要保护游击队的红星的小游击队员，为祖国和革命战士献出亲生儿子的坚强母亲等一系列英雄形象，讴歌了人民的英雄气概和崇高气节。

拉扎尔·西里奇（1924—　）是民族解放战争时期与加塔齐名的诗人。他是一名游击队员。1944年，西里奇被捕入狱，关进集中营。无论在战场上，还是在集中营里，西里奇都创作了不少诗歌作品。后来收入《囚徒》（1940—1942）和《在战斗中》（1943—1944）两本诗集里。这些诗作抒发了诗人热爱祖国、向往自由的情怀和对法西斯强盗的憎恨，并号召人们为祖国的解放而斗争。

作家、诗人**谢夫契特·穆萨拉依**（1914—1988）把毕生的精力都献给了民族解放战争，曾荣获社会主义劳动英雄的称号。在反法西斯斗争年代里，经常在秘密刊物《自由的号召》上发表诗文，长篇通讯《步步跟随第一突击师》（1944）在全国产生巨大影响。讽刺长诗《国民阵线的史诗》（1944）以辛辣的漫画式的笔触，揭露和嘲讽了“国民阵线”在民族解放战争时期可耻的行径和反动本质，刻画了弗勒希里和科尔楚里等“国民阵线”头子阴险、奸诈、毒辣的典型性格，塑造了人民群众非常喜爱的爱国者达伊·琛尼的形象。

科尔·雅科瓦(1916—　)因为积极参加反法西斯斗争被敌人关进斯库台监狱。他在狱中写的《斯库台三英雄之歌》，以激越的情思，讴歌了以约尔丹·米夏为首的三位革命者的革命英雄主义精神。诗人在暴风雨中创作的《游击队之鹰》，是家喻户晓的传世之作。

第十节　北欧文学

十月革命的胜利，苏维埃国家的诞生对近在咫尺的北欧产生巨大影响。随着北欧诸国工业不断发展，资产阶级和工人阶级之间矛盾冲突日趋剧烈，工人罢工此起彼伏。19世纪90年代兴起的唯美派作家虽仍然活跃在文学舞台上，但是唯美主义已经反映不了尖锐复杂的社会现实，因此，现实主义文学又重新崛起。此外，随着工人运动的发展以及成人学校的普及，一大批无产阶级出身的作家脱颖而出。他们的作品大多是自传体小说，通过描述作家的"自我"或化身为主人公来展示北欧社会的发展变化、阶级关系和工人运动。自传体这种形式之所以被工人作家所广泛采用，是因为他们大多来自农村，为找职业而辗转流浪，尝尽艰辛、饥饿和失业的痛苦。他们都干过各种笨重的体力劳动，他们的父辈像瑞典雇工派作家伊瓦尔·鲁-约翰逊的长篇小说《文盲》(1951)中所描写的那样都是些目不识丁的庄稼汉、长工或雇工，他们本人也主要是依靠刻苦自学才学到文化和知识，大多是在投身于工人运动之后，在社会民主主义思想熏陶下成长起来的。他们处在社会的最底层，同人民大众息息相通。他们本身的丰富经历就是创作的素材。这些自传体小说有不少已成了北欧文学中的经典作品。

希特勒德国发动第二次世界大战，使北欧五国人民也卷进了战争旋涡。在国难当头、民族危亡的时刻，北欧的爱国作家和诗人，尤其是饱尝被占领之苦的丹麦和挪威爱国者们，站到了反法西斯斗争的前列。他们怀着对法西斯的仇恨，创作出了大量小说、诗歌、剧本和纪实文学作品。这些作品无论从其品位或层次来看均达到一流水平，是这些国家现代文学史上极为光辉灿烂的篇章。

北欧文学史上将这一时期的文学称为“大战期间文学”或称之为“占领期间文学”。30年代初期，正当希特勒在德国夺取政权并且开始战争叫嚣之际，瑞典出现了“战备文学”。随着反法西斯斗争的开展和战争的爆发，作家们或是站在人民立场上，或是站在捍卫西方资产阶级民主自由的立场上，声讨德国。法西斯主义在欧洲大陆猖獗肆虐的1933年，瑞典的拉格克维斯特发表了长篇小说《绞刑吏》，倾诉了他对法西斯主义的抗议。挪威作家诺达尔·格里格，在美国黑人运动员詹姆斯·欧文斯1936年在德国举办的第十一届奥运会上夺得多项赛跑冠军后发表了一首只有十二行的政治讽刺短诗《短跑手》，淋漓尽致地挖苦希特勒和他对犹太人的迫害，丹麦剧作家卡伊·蒙克在1938年发表剧本《他坐在熔化炉上》，抗议纳粹迫害犹太人的罪恶行径。

1936年西班牙内战爆发，不少北欧进步作家和共产党人创作了大量充满国际主义激情的诗歌、散文、戏剧和纪实文学作品。不少北欧人参加了国际纵队，有的北欧人还为正义献出了自己的生命。

1940年4月，随着纳粹德国对丹麦、挪威的进攻和占领，北欧的反法西斯文学进入新的阶段。从1940年直到1945年战争结束，北欧文学无论从数量和内容上都有比较大的变化。被占领的丹麦、挪威的爱国作家，不分信仰和派别，除极少数站在德国入侵者一边（如挪威的哈姆生）外，都投入到保卫祖国、抗击法西斯统治的洪流中，不少作家参加到地下抵抗组织中直接进行战斗；处在中立国的瑞典作家也纷纷站到支援兄弟国家的反法西斯的行列中来。这一阶段的北欧文学在号召、动员和激励人民向法西斯展开斗争中起了直接作用。

借古喻今是北欧作家们在这一时期创作中的一个特点，通过历史故事来揭露敌人、鼓励人民，如瑞典作家威廉·莫贝里的历史小说《今宵驰骋》（1941）等。

以象征主义手法进行创作是这一时期北欧文学中的又一个特色，这类作品尤以德国占领的丹麦、挪威为最多，如挪威作家塔尔耶·韦索斯一改以往现实主义表现手法，采用象征主义，以巧妙的隐喻和寓意表达他对法西斯的憎恶和对抵抗运动的支持，如他的长篇小说《萌芽》（1940）和《黑暗中的房子》（1945）。

芬兰共产党作家虽然自己身处险境，随时都会遭到逮捕、杀戮，但是他们凭着自己对社会主义、共产主义事业的一片赤胆忠心，记录了芬兰共产党员和进步人士在“二战”期间的丰功伟绩，塑造了他们的英雄形象，为北欧文学增添了光辉的一页。

从北欧反法西斯文学看北欧作家，他们大致可以分为两大类。一类是进步人士、共产党员，他们在苏联十月革命影响下，向往社会主义，如出身于知识分子家庭的挪威作家诺达尔·格里格，丹麦作家、共产党员马丁·尼尔森等。他们的作品不仅真实地反映了历史，而且经过作家艺术加工后极富感染力。

另一类作家有一定的进步倾向，反对希特勒法西斯主义迫害犹太人，发动侵略战争，但这类作家在反对希特勒的同时，也对社会主义持怀疑态度，这些思想也深深地反映在他们的作品中。

丹麦文学　随着工业革命和资本主义的发展，丹麦工业无产阶级的队伍迅速壮大，一批出身于无产阶级、描写自身疾苦和觉醒的文学作品开始出现。丹麦的无产阶级文学比其他北欧国家早，产生于19世纪末叶，1900至1920年是它的繁荣时期，主要作家有约翰·舍尔德堡（1861—1936）、耶普·阿克耶尔（1866—1930）、马丁·安德逊·尼克索和汉斯·基尔克等。约翰·舍尔德堡的短篇故事、长篇小说、诗歌和戏剧着重描写雇农和贫苦农民的悲惨生活和艰苦劳动。他的代表作是长篇小说《一个战士》(1896)，描写一个叫舍伦·勃朗德尔的贫苦农民为争取生存含辛茹苦的一生。耶普·阿克耶尔的作品主要描写贫苦农民，批判地主在社会、政治和文化诸方面对小土地拥有者和农业工人的欺压和掠夺。他的《愤怒的孩子，一个雇农的故事》(1904)描述雇农彼尔从苦难走向更加悲惨的苦难，最后走投无路，只得漂洋过海到北美去谋生。书中几乎每一页都充满对非正义社会的控诉。

20世纪前半叶丹麦除了一批优秀的工人作家外，还有以达尔文主义为思想基础、信仰技术进步的著名作家约翰内斯·维尔海姆·延森等。

随着德国法西斯日益猖獗，丹麦作家也日益觉醒。他们抛弃和平主义幻想，纷纷发表小说、戏剧和诗歌，抗击法西斯主义。在德国占领丹麦期间，诗歌创作较多，发挥了动员人民、宣传爱国主义的作用。这一时期主要有剧作家凯·蒙克、凯尔·阿伯尔和青年作家马丁·尼尔森(1922—1944)等。马丁·尼尔森是丹麦共产党员，积极参加反法西斯抵抗运动。德国占领丹麦后，他被丹麦当局逮捕并被送到斯图特霍夫集中营服苦役。1944年牺牲，年仅22岁。他发表过不少爱国主义诗篇。他最重要的作品是纪实文学《大消灭——来自斯图特霍夫集中营的报告》，发表于1947年。《报告》用铁的事实揭露了德国法西斯凶暴地虐待和残酷地杀戮犹太人的罪行。

马丁·安德逊·尼克索(1869—1954)是丹麦无产阶级文学创始人，也是北欧最重要的无产阶级作家，他的作品对北欧无产阶级作家产生了重大的影响。

尼克索出生于哥本哈根一个工人家庭。10岁时就给人放牛，后又当过雇工、鞋匠、泥瓦匠等。1891至1893年，尼克索在两所成人学校学习，以后曾一度担任过成人学校的教师。他于1893年开始文学创作，同彭托皮丹一样，早期的作品具有乡土色彩和社会批判的内容，但是，尼克索同彭托皮丹不一样的是他对阶级压迫深为愤慨，主张社会革命，作品以描写被压迫阶级为主，对社会最底层的人民寄予无限的同情。1894至1896年他到意大利、西班牙等地旅行后，更坚定了自己无产阶级立场和要为世界上最贫困的劳苦大众写作的信念。他积极参加工人运动，在俄国十月革命鼓舞和教育下，尼克索彻底同丹麦社会民主党决裂，成为丹麦共产党创始人之一。“二战”期间，尼克索积极参加反法西斯斗争，1940年，丹麦被德国占领，70岁高龄的尼克索因抗击德国法西斯而被捕入狱，但他不屈不挠，坚持斗争。不久，他越狱到瑞典。“二战”以后，尼克索回到丹麦，由于反动分子的诋毁，他不得不于1951年再度流亡国外，侨居当时的德意志民主共和国，1954年，在德累斯顿逝世。

尼克索最重要的作品是长篇小说三部曲：《征服者贝莱》(1906—1910)、《蒂特——人的孩子》(1917—1921)、《红色的莫尔顿》(又译《赤色分子莫尔顿》)(1945—1948)。《征服者贝莱》以丹麦工人运动的兴起和发展为背景，描述了贝莱从一个农村的贫苦少年成长为社会民主党的领导人以及最后走上改良主义道路的过程，《蒂特——人的孩子》通过对一个被遗弃的私生女、孤苦的农村姑娘蒂特遭受欺侮、受尽压迫的悲惨命运的描写，对资本主义提出了严正的抗议。《红色的莫尔顿》是《征服者贝莱》的续篇，主人公莫尔顿反对贝莱的改良主义路线，主张进行不屈的斗争。这部长篇巨著是有关丹麦工人运动的史诗般的作品，贝莱是一个从革命者蜕化为改良主义者和机会主义者的人物，莫尔顿则是在俄国革命影响下走上革命道路的一个形象。

尼克索还著有短篇小说《阴影》(1989)、《朝向光明》(1938)；中篇小说《生命的代价》(1899)、《母亲》(1900)以及长篇小说《铁器时代》(1929)和四卷回忆录《一个可怜虫》(1932)、《在露天里》(1935)、《旅途的终点》(1939)等。

约翰内斯·维尔海姆·延森（1873—1950）出生在丹麦日德兰半岛的希默兰镇的一个兽医家庭，父亲对动物学和植物学有很渊博的知识，并且也很有文学修养。延森在后来的文学创作中对丹麦和北欧的各种动植物细腻入微的描写，尤其是对植物性毒药的描写，可以说主要得益于他父亲的教诲和帮助。延森的母亲是一个纯朴的农村妇女，既要照料家庭和养育10个子女，又要忙于农田活计和饲养奶牛。她对延森讲了不少希默兰一带的逸事趣闻，这些都成为延森日后从事文学创作的绝佳素材，而她自己也成为延森笔下描写的丹麦农村妇女的原型。

1893年，延森念完了教会学校后就到哥本哈根去学医。由于家庭清贫，无力供养他上大学，他只得白天上课，晚上为报纸创作连载小说以赚取菲薄的稿酬。1895年初，延森以惊险小说《卡茜娅的宝物》步入文坛，接着又发表了《亚利桑娜的血祭》（1896）等有关谋杀凶案的作品。他的这类小说虽然脍炙人口，颇受杂志编辑和一般市民读者的欢迎，但是却受到了文学评论家勃朗兑斯的批评，他指出延森的作品庸俗肤浅，希望他能以其才华写出一些有益于社会而格调高雅的作品。延森虚心地接受了批评，并于1896年发表了第一部真正具有文学价值的小说《丹麦人》。此后的十多年是他创作精力最充沛的多产时期。他以日德兰半岛北部故乡风光人物为背景，写出了许多描写农民生活的短篇小说，后来收集在三卷本《希默兰的故事》（1898—1910）之中。在这些短篇小说中，他热情讴歌希默兰的农民，赞美他们日出而作、日落而息的简朴而健康的生活，同时也描写了当地剽悍粗野的民俗乡风，其中最著名的短篇《安恩和母牛》已经成为丹麦学校的语文教材，并且不时在广播中朗诵。《希默兰的故事》的出现一扫当时流行的无病呻吟、追求华丽词藻的时尚，为丹麦文坛输入了一股清新的气息。

在延森弃医改而从事新闻报道和文学创作之后，他曾被报馆派赴美国、西班牙和法国进行采访，并且来到亚洲，访问了中国、马来西亚和新加坡等地。美国之行使他对先进的科学技术的发展和机器的广泛运用赞叹不已，认为这是人类文明进步的前景，因而他出版了赞扬美国进步的书籍，如文集《哥特式的文艺复兴》（1901）、《新世界》（1907）等。

1900—1901年，延森出版了历史小说《国王的失落》三部曲，其中包括《早春夭折》、《伟大的夏日》和《隆冬》。这部小说以平民大学生米歇尔的悲欢离合，以及他同年轻贵族奥托之间的恩仇冲突反映了当时丹麦社会的阶级矛盾，同时也展示了暴君的昏庸无能以及对外穷兵黩武、对内大肆杀戮的凶残面目。这部小说将丹麦军队和穷乡僻壤的剽悍风俗描绘得淋漓尽致，不少文学评论家认为其中的复仇心理和凶杀场面是丹麦文学作品中写得最精彩的，可与法国大仲马的《基度山伯爵》相媲美。

《德奥拉夫人》（1904）和其姊妹篇《车轮》（1905）表面看来是推理小说实质是深刻描写社会问题的作品，情节曲折离奇，引人入胜，作品的出版引起丹麦文坛极大轰动。这两部作品是延森的所有作品中最为人所熟知和广泛阅读的。

从1906年起，延森写了不少神话和短篇小说，其中主要的有《北欧神话》，从1906年起陆续发表至1944年，共收录成九册，约150篇。

延森的代表作是大型系列历史小说《漫长的旅行》（1908—1922），这部巨著共包括六部小说：《冰河》（1908），《船》（1912）、《诺尔纳·盖斯特》（1919）、《失去的天国》（1919）、《奇姆利人的远征》（1922）和《克利斯托弗·哥伦布》（1922）。这部巨著是叙述人类进化过程和表现达尔文进化论观点的小说，从混沌初开的史前时代描写起，一直写到哥伦布发现美洲新大陆，作品由许多自成一体的短篇散文体故事串连在一起。1923年，延森又写了《美学与进化》，这篇散文是《漫长的旅行》的后记。为了进一步阐明《漫长的旅行》的基本思想，他又写了不少哲学性很强的散文集，如《进化与伦理》（1925）、《动物的蜕变》（1927），《精神的目标》（1928）、《我们的起源》（1941）。延森由于《漫长的旅行》这部巨著于1944年获诺贝尔文学奖，“因为他那雄浑而丰富的诗意想象力，他运用的这种想象力，使渊博的智慧探求同大胆、新奇的独创风格结合起来。”

延森还出版过许多诗集、游记和论文集。他最后一部作品是在临终前一年出版的游记《非洲》(1949)。他中晚期作品大多采用表现主义和印象主义手法。丹麦一些著名作家深受他的影响。

汉斯·基尔克(1898—1962)出生在一个乡村医生家庭中，父亲为人正派，责任心强，有正义感，对社会上的等级差别和不平等甚为反感。基尔克继承父亲的优良品质，同情劳苦大众，一生为被压迫阶级的生存进行着不懈的努力。

1922年，基尔克获得法学学位，不久即成为丹麦进步刊物《火炬》和共产党报纸的记者、左翼文艺评论家。他运用马克思的学说，撰写文章，发表关于文学任务是为争取社会主义而斗争的评论文章。

长篇小说《渔夫》(1928)是基尔克的处女作，描写一群笃信宗教的渔夫的艰难生活。《雇工》(1936)和《新时代》(1939)是两部描写农村工业化后小土地拥有者成为产业工人的长篇小说，描绘了工人们遭受资本主义剥削、组织工会、举行罢工和忍受失业痛苦的经历。“二战”期间，基尔克因为抗德亲苏，于1941年被捕入狱。大战后，基尔克又发表了不少长篇小说。《奴隶》是基尔克于大战期间在监狱的恶劣环境中创作的历史小说，发表于1948年，内容是描述西班牙奴隶起义，以此来鼓舞丹麦人民的斗争。《愤怒的儿子》(1950)也是一部历史小说。《魔鬼的金钱》(1951)是描写丹麦被德国法西斯占领后，地下抗德英雄们怀着对敌人的刻骨仇恨，向德国法西斯占领者展开英勇斗争的悲壮故事。

卡伊·蒙克(1898—1944)是剧作家和诗人。“二战”期间，蒙克由于抗德和积极参加地下抵抗运动，一度曾是抵抗运动的发言人而遭敌人逮捕，并于1944年被纳粹杀害。

蒙克一生著有60余部剧本，几十篇政论文和诗歌。他的作品自成一体，不属于任何流派。他出生在一个笃信宗教的家庭中。家庭的影响使他后来到哥本哈根学习神学，获神学学位后于1924年被任命为牧师，一直在西日德兰贫瘠的凡德尔斯厄当牧师，直到他被杀害。

蒙克最初崇拜"强人"，赞赏德国和意大利的法西斯独裁统治，剧本《胜利》(1936)是以意大利1936年入侵埃塞俄比亚为素材的作品，但是蒙克很快改变了观点和立场，谴责和抨击法西斯，并发表了抗议纳粹迫害犹太人罪恶行径的剧本《他坐在熔化炉上》(1938)以及描写14世纪丹麦人抗击异族入侵斗争的历史剧《尼尔斯·埃伯森》(1942)等。他的其他剧作还有《一个理想主义者》(1928)等。

谢尔·阿贝尔(1901—1961)1927年在哥本哈根大学获政治学学位，同年赴巴黎和伦敦学习现代戏剧，他在巴黎从事过舞台布景设计和艺术指导。1930年阿贝尔返回哥本哈根，在皇家剧院担任舞台设计。1941年至1949年，他担任哥本哈根著名的大型游乐场梯沃利的经理。

剧本《安娜·苏菲娅·赫兹维》(1939)提醒人们，由于资产阶级采取消极态度，德国纳粹的势力正在不断扩大，威胁着欧洲的安全。在德国占领丹麦期间，阿贝尔写了两个以隐喻手法呼吁抗击敌人的剧本《尤蒂丝》(1940)和《女王又在巡视》(1943)。1944年1月，当阿贝尔获悉卡伊·蒙克被纳粹谋害，他立即终止皇家剧院正在进行的演出，向观众宣布这一噩耗，自己也不得不转入地下。大战以后，阿贝尔发表了剧作《丝堡》(1946)，严厉谴责在战争期间对敌人采取绥靖政策和勾结敌人的行径。此外，他还发表过剧本《消失了的乐曲》(1935)和《在云上的日子里》(1947)等。

阿贝尔是一个激进的剧作家，他主张社会改革，建立一个无产阶级掌权的社会。在政治上他反对资产阶级，在戏剧舞台上，他也反对陈规陋习，主张进行舞台布景改革，他创作的每一部戏剧在艺术指导和舞台设计方面都标新立异，独具风格。

卡伦·布利克森-芬内克（1885—1962）原姓迪内森，出身于富裕的地主家庭，1903年至1906年布利克森在丹麦艺术学院就读，后又赴巴黎和罗马学习绘画。1914年，她同布利克森-芬内克男爵结婚。婚后至1931年，她居住在非洲。在肯尼亚经营咖啡农场。农场破产后，布利克森返回丹麦居住，并开始其创作生涯。贵族生活和东非经历为她的写作提供了极为丰富的素材，长期的艺术熏陶又使她观察敏锐，笔触细腻，描写生动，生活情趣盎然。

布利克森第一部短篇小说集《七个神奇的故事》（1934）以伊萨克·迪内森的笔名用英文首先在英国和美国发表，次年用丹麦文出版。它着重探讨了人在生活中的作用，提出对生活和世界的精辟和总结性的看法，使她一举成名。此后，她又发表了短篇小说集《冬天的故事》（1942）、《最后的故事》（1957）、《命运的轶事》（1958）和《草坪上的影子》（1960），以及描写强盗浪漫生活史的长篇小说《报复的道路》（1944）等。

《非洲农场》（1937）（又译《走出非洲》）是布利克森的代表作，由54篇既独立又联贯的散文组成，描述她在非洲经营咖啡农场时的所见所闻，有非洲的风俗习惯，那里男女老少的命运，外来移民的生活等等，熔自传、人类学、诗歌和论文为一炉。

布利克森去世后，她的长篇小说《埃伦加德》（1963），《论文集》（1963）和短篇小说集《狂欢》（1977）又相继被整理问世。

布利克森于1960年被选为丹麦学院院士。1955年获安徒生奖，1959年获彭托皮丹奖。

瑞典文学　20世纪初期至两次世界大战之间的瑞典文学是现实主义和现代主义并存的时期。现实主义于世纪初重新兴起。到了30、40年代涌现出一批工人出身的作家，写出了社会影响很大的作品，使瑞典文学面目为之一新。另一方面，自20世纪以来，法国的象征主义和超现实主义、德国的表现主义相继传入瑞典，尤其是表现主义和超现实主义对瑞典文学影响很深，到40年代，瑞典的现代主义初具雏形，不再是一味模仿法国和德国文学，本民族的特色更为浓厚，在诗歌方面尤其显著。

瑞典的工业化使社会财富增加，但也引起社会结构剧烈变化。资产阶级狂热地进行原始积累，而小农庄不断凋零破产，陷于赤贫的农民急剧增加，大批农民流入城市，上百万人漂洋到北美谋生。第一次世界大战、苏维埃政权的诞生及芬兰的工人起义等也引起了瑞典社会的动荡，工人运动蓬勃兴起，社会民主党的改良主义运动声势日益浩大，瑞典共产党也成立起来了。在动荡的社会现实中，现实主义又逐渐重振旗鼓，出现了一批广泛反映瑞典社会问题的作家。这些作家大都出生在19世纪80年代，1905年前后发表作品，他们当中不少人当过一段或长或短时期的记者，对现实问题有浓厚的兴趣，他们同90年代钟情于古老庄园文化的唯美主义作家不一样，对工业化带来的经济和技术发展持积极态度，他们面向社会现实，密切注视瑞典人民的生活和思想变化，作品中的主人公来自各个社会阶层，有商人、企业家、妇女和军人等。他们创作的主要特点是沿袭了斯特林堡的风格，揭露上流社会的拜金主义，资产阶级的贪婪、自私；并且开始描写下层小市民的日常生活，对他们寄予同情。在思想上，这一批作家受尼采和叔本华影响较深。他们成熟和形成自己风格大约是在1910年左右，因而又称“20世纪10年代派”。代表作家有擅长写短篇小说的刘德维·诺德斯特罗姆（1882—1942），作品有短篇小说《渔民》（1907）和故事集《彼得·斯文斯克的故事》（1923—1927）等；古斯塔夫·赫尔斯特罗姆（1882—1953）长期担任《每日新闻》驻国外记者。他的主要作品有小说《制带者赖克霍尔姆的心意》（1927），描写一个出身卑微名叫赖克霍尔姆的人千方百计想让他的儿子受教育，从而可以跻身于上流社会的故事；女作家爱林·维格奈（1882—1949）著有描写当时女权运动以及女权运动的理论基础、政治纲领和组织形式的小说《笔杆》(1910);席格弗里德·席维兹(1882—1970),其最著名的小说《下游》(1920)通过一个家庭五个孩子的成长过程无情地揭露了资本主义社会中自私自利、残酷无情的寄生虫们的贪得无厌的本性;雅马尔·贝里曼(1883—1931)是这一派作家中较为重要的作家,他多才多艺,一生共写小说、剧本和故事集等30余部,他是继斯特林堡后瑞典重要的戏剧家,作品幽默、想象丰富。他的两部关于瓦德巧平的长篇小说《瓦德巧平的马尔库列尔》(1919)和《祖母和上帝》(1920)最为著名,也是最受欢迎的作品,它们都是描述性格好强的人发现自己幻想破灭时的痛苦心情,前者的主人公马尔库列尔发现自己喜爱的儿子竟不是亲生子时幻想破灭了,后者则是写女主人公意识到谁也不需要她的关怀,连改邪归正的浪子都不需要她的爱护关怀时,幻想也破灭了。这两部小说后来都改编成剧本上演,均受到观众的喜爱和好评。

1914年第一次世界大战爆发,瑞典虽然没有卷入大战,但是有一部分作家对大战感到不安和苦闷,认为传统的创作手法对摇摆不定的残酷现实来说已经不够用了,人们应当寻求创作的新途径。在欧洲大陆早已出现的一些现代主义文学潮流,如象征主义、超现实主义、表现主义、未来主义、达达主义等很自然地受到瑞典作家的青睐,他们应用这些新流派观察事物的方法,运用它们的表现手法来创作。一大批相当出色的小说家和诗人,如比耶尔·谢贝里(1885—1929)、尼尔斯·弗林(1898—1961)、卡琳·鲍耶(1900—1941)、郭纳尔·埃盖洛夫(1907—1968)等荟萃于一时,其中擅长于描写瑞典南部斯考纳风景的诗人维尔海姆·埃克隆德(1880—1949)模仿法国的波德莱尔,成为瑞典象征主义的代表人物,郭纳尔·埃盖洛夫师从于法国的安德烈·勃勒东成为瑞典的超现实主义派代表人物。

在这一段时期里,出类拔萃的是**帕尔·拉格克维斯特**(1891—

1974)。他是斯特林堡之后的瑞典表现主义大师,不但在瑞典,而且在国际上享有盛誉。

拉格克维斯特生于瑞典南部的伐克舍,父亲是铁路职工,全家都是虔诚的信徒。但拉格克维斯特青年时代在达尔文的进化论的感染下,逐渐摆脱了宗教的偏见和束缚,他和当时的青年学生一样,热情关注和倾听斯特林堡对教会和社会的抨击,接受了社会主义思想的启蒙,并且组织了激进的社团。拉格克维斯特主张文学作品必须反映出时代的精神。他的作品实际上反映了资产阶级的没落和消沉情绪,宿命论气息颇浓。他将视觉形象的艺术手段运用到文学创作中,作品的主题往往是倾吐对生活缺乏信念的苦闷,对黑暗和死亡的恐惧。作品简单鲜明,往往没有什么故事情节和连续性。主人公往往不是有血有肉的活生生的人,而只是一些形象化、人格化的抽象概念。他用强烈的虚拟对比手法来表现爱与恨、善与恶、美与丑、生与死、物质和精神、光明与黑暗之间的转换与斗争,而象征丑恶、死亡、黑暗的代表人物虽往往占上风,但是又心存苦闷,精神上受到莫大的烦恼折磨。

第一次大战期间,拉格克维斯特发表短篇小说集《铁和人》(1915),他用五篇小说集中描写了战争。他用柔软的、鲜红的血肉象征善良的人类,用冷酷的、灰色的枪炮象征战争机器来表现人类爱与恨之间的较量。1916年发表诗集《苦闷》,这是他的代表作,以阴暗而令人震惊的画面、用绝望和困惑的语言描绘了人类的处境。诗集阐明了理想中的和谐、美好的生活同现实中的恐怖和令人厌恶的生活之间的矛盾。

“苦闷,苦闷是我的继承物,
是我喉咙的伤口,
是我的心在世界上尖叫,
……

一切都是那么严峻，
那么僵硬、黑暗和寂静。

我在这朦胧的房间中四处摸索，
我的手指感到了岩石锋利的边缘，
我向上伸开的双手撕裂，
鲜血滴入寒冷的残云中。
……”

《苦闷》的主题流露出作者对生活缺乏信念、感到前途没有希望的情绪，宿命论色彩较为浓厚。诗中的“我”象征所有活着的人。

20年代后，拉格克维斯特诗作的主题为对童年时代安宁环境的向往和对善与恶的关注。对生活的信念较之20世纪前十年的作品明显地得到增强。他收在《幸福之路》（1921）中的诗作《一封来信》是较为典型的一首，写他老母亲日日夜夜忙碌，总是没有休息。她用颤抖的手，“在那花园的香气中，/在薰衣草和晚祷歌的气息中，/在星期日的一片宁静里，她写信给我。”

30年代，由于法西斯主义在欧洲蔓延，一向很少过问政治的拉格克维斯特，这时也积极参加反法西斯斗争，写出了不少具有反法西斯内容和社会价值的进步作品，主题大多是探讨人生的奥秘，寻求找到一种合理的答案。作品的语言简洁清新。小说《绞刑吏》（1933）用一个绞刑吏来象征人类的邪恶内心和黑暗力量，上帝创造了绞刑吏以为有能力控制役使他，但是事实相反，邪恶力量一旦得势，便抛弃了上帝而为所欲为，奴役人类。绞刑吏端坐在小酒馆里吃喝，颐指气使四周的一切人，而人类却堕落到甘心盲从吩咐，对邪恶力量迷信膜拜。绞刑吏身边还有一个美女，用以象征人类善良的天性毕竟还没有完全泯灭殆尽。该小说出版的当年又改编成剧本上演。当时正值法西斯主义在欧洲大陆猖獗肆虐之际，这一作品的出现无疑具有进步意义和社会价值。

《侏儒》(1944)可以说是《绞刑吏》的姊妹篇。侏儒象征永恒存在的邪恶势力，他对毫无人性、唯利是图、以战争毁灭生存的雇佣军康道梯里百般崇拜，象征人类善良本性的贝那道是侏儒不共戴天的敌人。侏儒的主人莱纳王子是善良与丑恶的混合物，他象征着人类，但是随着时光的推移，在侏儒潜移默化之下，他的丑恶本性占了上风。

1950年，拉格克维斯特的代表作《巴拉巴斯》问世，这部著作使他在1951年获诺贝尔文学奖。书中的主人公是象征黑暗的强盗巴拉巴斯，他被判死刑，但是为上帝的化身基督所拯救释放，基督把他带到耶路撒冷，要他改恶从善，而他却冥顽不化，拒不接受人类可以相爱的哲理，最后基督在众人热爱中离开人世，巴拉巴斯也孤独一人在充满仇恨的心理中悄然死去，作品表现了丑恶与善良冰炭不相容。

1956年，拉格克维斯特完成了长篇小说《女巫》，女巫是一个可以在人与神之间沟通精神的人，虽十分富有，内心却和巴拉巴斯一样惶遽苦闷。

表现主义在拉格克维斯特的最后一部作品《玛丽阿奈》(1967)中更为明显。代表人类邪恶的男人赫鲁德生性暴戾焦躁，代表人类善良的女郎玛丽阿奈性情像天使般温柔，他们相爱后，他在很短一段时间内也变得顺和起来，然而玛丽阿奈始终无法突破他的自私与孤独，最后悻悻死去，而赫鲁德也沉湎于对她的怀念之中，忧悒苦恼不已。善与恶的冲突并未得到解决。

20世纪初至30年代，在美国作家杰克·伦敦、俄国作家高尔基和丹麦作家尼克索的影响下，一大批人数颇多的工人作家也在瑞典涌现了出来。他们大多出身于社会最底层的工人和农村中的雇工家庭，因贫困，没上过几年学，从小当过工人、雇农，过着痛苦的生活，尝到过饥饿的痛楚和社会的冷遇。他们靠自学成才，作品大多采用自叙体裁，描写自己切身的悲惨遭遇，对地主、资产阶级剥削和压榨写得既具体细腻，又深刻生动。他们的作品反映了下层人民的疾苦和他们的觉醒。

早在第一次世界大战前后，有些无产阶级作家就已登上文坛，如马丁·考克（1882—1940），他虽出生于小资产阶级家庭，但初中毕业后曾学过四年油漆匠，主要作品是描写劳资矛盾和反映1909年大罢工的长篇小说《工人》（1912）；玛丽亚·萨恩德尔（1870—1927）是瑞典第一个女工人作家，处女作长篇小说《在饥饿线上》发表于1909年。《旋涡》（1913）也是一部长篇小说，描写斯德哥尔摩一家巧克力工厂女工们在大罢工年代的生活及斗争；丹·安德松（1888—1920）既写小说也创作诗歌，作品主要有长篇小说《三个无家可归的人》（1918）和《大卫拉姆的遗产》（1919）以及诗集《烧炭工之歌》（1915）和《黑色民谣》（1917）等。

30年代的工人作家更多，更出色，形成了一股强大的无产阶级文学潮流。

威廉·莫贝里（1898—1973）生于瑞典南部斯莫兰省一个土地贫瘠的小村里，自幼在农田上劳动，11岁到玻璃工厂做工。他的作品格调浑厚，笔力遒劲，语言朴实纯正，能运用自如地使用各地方言，使得书中人物栩栩如生。主要作品是移民四部曲：《外迁者》（1949）叙述19世纪40年代斯莫兰省尤德教区佃农奥斯卡夫妇在女儿惨遭洪水溺毙后为生活所迫决定移民美国；《迁入者》（1954）叙述来自瑞典尤德教区的农民终于来到了新大陆，在明尼苏达定居下来；《开拓者》（1956）叙述瑞典尤德教区来的农民三年后建设起了一个繁荣的小城镇，盖起了教堂、学校，生活日益富裕起来，奥斯卡一家也家道小康，日子过得很好；《寄给瑞典的最后一封信》（1959）是叙述美国南北战争和明尼苏达印第安人起义冲击了这个安乐的小城镇，奥斯卡的妻子产后死去，奥斯卡在战火中丧失了大部分家产，又被一棵倒下的橡树砸伤而成了残疾，他十分思念故乡尤德，可是无法回去，终于悒悒寡欢死去。儿女们打算发讣告到瑞典去告知亲友，然而他们却都已太美国化了，没有一个人能用瑞典语写出这封讣告信。莫贝里的这部杰作发表后在北欧和美国引起巨大反响，已于1970年拍成电影。

伊瓦尔·鲁–约翰逊(1901—1990)出生在瑞典中部舍尔姆兰的一个雇工家庭，父母都给地主打活，每年从地主那儿得到微薄的实物报酬，生活十分困苦，作为家中的长子，他只上了一、二年学就去给地主干活以帮助父母养家糊口。

15岁时，他离家独立生活，用外祖母给他的一点零花钱买了针、线等小商品，当上了小货郎，骑着自行车沿途兜售商品。他气质浪漫，加上年轻没经验，生意做得一团糟，寻找“诗和女人”的梦想没有实现，不过他看到了绚丽的大自然的美、人民的性格，自己也经受了磨练。后来，他把这一段经历写入了他的第二部自传体长篇小说《货郎》(1953)。

1925年他因长期失业，只得背井离乡去法国、英国、匈牙利等国打短工，童年的苦难生活，青年时期的流浪生涯，使他饱尝了痛苦，这对他后来的文学创作具有十分重要的意义。

1929年，伊瓦尔·鲁回到瑞典，专心从事有关雇工生活的文学创作。第一部长篇《晚安吧，大地》(1933)通过一个雇工孩子米格尔17岁之前的生活遭遇描述了整个雇工阶层的苦难和经历，写作风格十分近似高尔基的《我的童年》。《国王街》(1935)描写自耕农之子阿特里亚和雇工女儿玛塔怀着美好梦想来到首都斯德哥尔摩，以为首都财富俯拾皆是，但事与愿违，玛塔堕落成了暗娼，阿特里亚虽当了建筑工人，但只能勉强度日。《只有一个母亲》(1939)是使伊瓦尔·鲁赢得巨大文学声誉的小说，它描述雇工女儿累亚18岁赤身在河里洗澡，引起非议流言。后来雇工亨利克娶了她，对她十分粗暴，动辄揍她，累亚由于痛苦婚姻以及困苦生活的折磨，过早地离开了人世。瑞典文坛以往一直由“大人先生们”占领，作品主人公不外乎是地主、贵族、商人、官员、牧师、小城市的居民或学生等。而伊瓦尔·鲁以经济和社会地位均在最底层的雇工为主人公的一系列作品使“小人物”登上了瑞典文学舞台，打破了“大人先生”一统文坛的局面。伊瓦尔·鲁把雇工世世代代所受的苦难和凌辱朴实而有力地展现了出来，不但擦亮了雇工的眼睛，也赢得了工人和其他社会阶层的同情和支持。1945年，瑞典政府正式宣布取消“雇工制度”，伊瓦尔·鲁的创作变成改造现实社会的力量，为瑞典社会进步作出了贡献。

1945年以后，伊瓦尔·鲁的创作进入第二阶段，即自传体小说创作。他逆当时流行在北欧文坛上那种以“自我为中心”的自传体文学潮流，尝试用“我”这一滴露珠去反映整个社会。他一共发表了八部自传体小说，包括《文盲》（1951）、《货郎》（1953）、《斯德哥尔摩人》（1954）、《记者》（1956）、《作家》（1957）、《社会主义者》（1958）、《士兵》（1959）和《无产阶级作家》（1960）。这些自传体小说，不只是对个人和生活的描述，而且是对社会现象的揭示，作品的主人公不只是“我”，而是社会上形形色色的人。他在《斯德哥尔摩人》中，以瑞典首都斯德哥尔摩为缩影，用幽默的笔调，对20年代瑞典社会中各色人物，工人、店员、学者、诗人、政府官员、议员、社会活动家乃至外国侨民都作了生动的描述，绝妙地讽刺和深刻地揭露了社会上种种恶习和弊病，它出色地再现了20年代瑞典的社会环境和时代气氛。

从1968到1972年，伊瓦尔·鲁先后发表了包括《受难者》（1968）和《撒谎集》（1971）在内的七部短篇小说集，在写作技巧上，他一反以往的真实叙述，而使用浪漫或类似黑色幽默的手法，他的这些短篇独树一帜，打破了长期以来瑞典短篇小说暗淡的局面。1976年以后，他又出版了四部回忆录。

伊瓦尔·鲁是一位多产的作家，一共出版了60余部作品，除长短篇外，还有游记，论文集等。他的作品意境深邃，爱憎分明。

埃温德·雍松(1900—1976)原名乌洛夫·厄尔纳尔，出生在北部铁路工人家庭，他幼年时，父亲已经积劳成疾，久病不起。因贫穷雍松不得不去依靠叔婶过日子。1914年，14岁的雍松外出流浪，在铁路沿线寻找各种苦活，当过流放木材工人、锯木工人、机车上的火夫等，饱尝了底层人民的痛苦生活。在积极参与社会民主党的工人运动以后，他开始为社会民主党的报纸《火焰》和《我们的新时代》写诗，逐渐成为一个工人作家。

雍松的早期创作是富有时代气息的现实主义作品，尖锐地批判资产阶级和市侩的卑鄙龌龊，在不同程度上表现了工人群众政治上的觉醒，如描写工人与资本家之间尖锐冲突与斗争的《提曼斯和正义》(1925)、描写北部小城市教员生活的《黑暗中的城市》(1927)、写无名作家清贫生活的《回忆》(1928)和讽刺城市资产阶级生活的《离开哈姆莱特》(1930)等。

20年代末期起，雍松开始吸取和模仿乔伊斯的意识流表现手法和纪德的“生活的横切面”的写作手法，如《对巨星堕落的评论》(1929)、《黎明中的雨》(1933)、《生活长久》(1964)和《走向沉寂的几步》(1973)等。他在这些作品里偏爱用主人公内心独白的方式来表达人物的思想感情，但独白又支离破碎、互不连贯，流于晦涩。作品对资产阶级社会的庸俗卑劣、虚伪腐朽和残酷无情揭露得淋漓尽致，但又找不到解决社会危机的出路。

雍松的代表作是自传体长篇小说四部曲《乌洛夫的故事》。第一部《现在是1914年》(1934)描写他离开父母去依附叔婶，过着寄人篱下的生活，童年时即去当烧窑工，干笨重的劳动。第二部《这里有你的生活》(1935)描写他丧父之后成为锯木厂工人，并且如饥似渴地寻求知识。第三部《切莫回头》(1936)写他在电影院里找到工作后，同名叫玛丽的姑娘恋爱的经过。第四部《青年时代的最后一局》(1937)描写他积极参加工会活动并开始走上创作道路。他在这部长篇小说里插进不少独立故事，这种在长篇小说中穿插许多短篇故事的写法曾一度在瑞典文坛上引起广泛的争论，不少作家竞相仿效。

《夜间演习》（1938）、《士兵归来》（1940）和《克里隆三部曲》（1941—1943）都是以反法西斯为主题的作品。其他还有历史小说《堤岸》（1946）、《玫瑰与火之梦》（1949）和《殿下的时代》（1960）等。

雍松一生共著书20余部，他的作品结构严谨，描写细腻，语言凝练，修辞清雅，在创作方法上不断探索和开辟新途径，使他的作品具有强烈的艺术感染力。

1974年，雍松同另一位瑞典作家哈里·马丁逊一起获诺贝尔文学奖。

扬·弗里德高尔德（1897—1968）也是20世纪30年代“雇工派”作家，出身雇工家庭，放过牛，当过兵，做过小买卖，作品有长、短篇小说和诗歌，最重要的作品是自传体小说《拉斯·霍尔德》（1935）三部曲。

姆阿·马丁逊（1890—1964）是20世纪30年代工人女作家，幼年丧父，母亲是工人，从小饱受贫困和虐待之苦，1929年她和当时尚未成名，后来获诺贝尔文学奖的哈里·马丁逊结婚，从此走上写作生涯。主要作品有自传体三部曲：《母亲结婚了》（1936）、《教堂婚礼》（1938）和《国王的玫瑰》（1939），描写她悲惨的童年和瑞典工人阶级的苦难。

阿格内斯·封·克吕森谢娜（1894—1940）是瑞典20、30年代重要的女作家。她出身于瑞典极有声望和富有的贵族家庭，父亲是个军官，她从小聪明好学、观察敏锐。这位名门闺秀不顾门第悬殊、热恋上文学和戏剧评论家戴维·斯帕雷昂尔，他出身于既不富裕又无社会地位的小工场主家庭，比她大14岁。两人于1921年结婚。为此，克吕森谢娜和家庭闹翻。她痛恨贵族上层社会的腐朽没落，而同丈夫及其周围人的交往又使她深刻了解平民阶层的处境，这对她的生活及创作道路产生了重大影响。

《汤尼书》（三卷，1922—1926）、《冯·帕伦小姐们》（七卷，1930—

1935）和《贫困的贵族》（四卷，1935—1938）是克吕森谢娜最重要的三部长篇小说。这三部浩繁巨著描写了贵族在第一次世界大战期间和瑞典工业化进程中的没落和颓废，以及这个没落阶层中的妇女的命运：她们有的被强制婚姻逼得精神失常而死去，有的则为争取自主婚姻和自身权利而进行积极斗争。作者着重揭露和鞭挞贵族的堕落、腐朽和精神的空虚颓废，对上流社会的虚伪丑恶作了入木三分的刻画和嘲讽，而对贫苦的下层人民则寄予深切同情。克吕森谢娜擅长塑造女性形象，尤其是贵族小姐和女佣形象，她们个性突出，真实感人，这在瑞典文学作品中极为罕见。

克吕森谢娜的早期作品笔锋犀利辛辣，往往刺痛了上层名流而引起轩然大波，一再受到围攻，她中年迁居欧洲大陆后，她的作品从争取妇女婚姻自主转向运用弗洛伊德的精神分析法探索两性关系，注重描写性觉醒和性挫折。

克吕森谢娜在短短45年生命中共著有15部作品，除了上面提到的巨著外，还有长篇小说《海莱娜的第一次爱情》（1918）和《埃斯特夫人的供膳寄宿小旅馆》（1927），短篇小说集《一个女佣的笔记》（1923）、《路上的事件》（1929）和《嗓音甜蜜的姑娘维维》（1936），诗集《女修道院》（1937）等。

20世纪30和40年代是瑞典诗歌高潮迭起的时期。诗歌方面占主导地位的是现代主义。

这一时期主要诗人有哈里·马丁逊、阿图尔·隆德克维斯特，女诗人卡琳·鲍耶（1900—1941）和贡纳尔·埃盖洛夫（1907—1968）等。

哈里·马丁逊（1904—1978）。1929年，瑞典知识分子进步社团“火炬社”组织了一个命名为“五个年轻人”的诗社，哈里·马丁逊是其中重要成员。

马丁逊6岁丧父，母亲遗弃了他到美国去谋生，他由瑞典公共福利机关交给收取最低报酬的农家来领养，他在养父母家得干繁重的家务和农活，还挨打受饿，他忍受不了这样的剥削和虐待，常常离“家”出走，他渴望得到家庭温暖，幻想着能飞向大自然，飞向大海。这一切在他的著名自叙体长篇小说《荨麻开花》（1935）和《出路》（1936）中都有极为详细和生动的描述。

1919年，15岁的马丁逊离开瑞典在外国轮船上当司炉工、水手，在德国、法国漫游，乃至漂洋过海，到印度和南美洲等许多地方流浪漂泊，他没有受过多少正规教育，却在各国的“社会大学”中学习锻炼。长期的流浪，苦难的经历，再加上异国情调和海洋风光为他日后的创作提供了丰富的素材。散文《无目标的旅行》（1932）和诗集《再见吧，好望角》（1933）对他这一段的经历作了叙述。

长篇小说《通向钟国之路》（1948）中的主人公鲍里是一个用手工做卷烟的工人，他不喜欢机器，喜欢做一个自由自在的人，是一个漂泊不定而又与世无争的流浪汉。他在瑞典各地流浪，帮人用手工做卷烟，有时也帮人干农活，饱尝了辛酸和痛苦，但是也享受到了夏季农村瑰丽的景色。这位具有哲学气质的流浪汉鲍里在很多方面实际上是作者本人的化身。这部作品使他在国内的声誉和地位大为提高，而且使他成为北欧乃至整个欧洲的重要作家。1949年，马丁逊作为第一个工人出身的作家被选为颁发诺贝尔文学奖的瑞典学院18院士之一。

马丁逊是一位才思敏捷又多产的诗人，诗作浩繁，他在诗歌创作中成就卓著，他的诗作大致可以分成三类：一是对童年和以往经历的回忆，如他的第二部诗集《诺尔美》（1931）中的《回忆的列车的摘录》和《倾听者》等；二是对海洋、大自然景色的感情抒发，如第一部诗集《鬼胎》（1929）；三是从科学和哲理的角度去探讨人生，如1956年发表的长篇叙事诗《阿尼阿拉》，它描述了由于人类的愚蠢招致地球的毁灭，而侥幸地有8000个难民逃上了“阿尼阿拉”号宇宙飞船，想乘着飞船逃到一片能够活下去的礁石上，但是飞船上导航仪器失灵，难民全部死亡，飞船载着尸骸向天琴星座方向翱翔飞驶。1959年这首长诗被改编成歌剧，至今仍屡演不衰，成为当代瑞典的经典作品。

马丁逊是一位多才多艺的作家，作品有诗集、长篇小说、随笔、游记、剧本和广播剧等，1974年"由于他的作品通过一滴露珠反映出整个世界"同瑞典另一位作家埃温德·雍松分享诺贝尔文学奖。

阿图尔·隆特克维斯特（1906—1991）出生于瑞典南部农民家庭，靠自学成才。他长期在瑞典各大报纸如《斯德哥尔摩日报》、《每日新闻》等任文化版编辑，他又是瑞典最重要的文学杂志《波尼尔文学杂志》的文学评论员。1968年他被授予斯德哥尔摩大学名誉博士，同年又被选为瑞典学院院士，曾荣获过许多文学奖，如瑞典文学大奖（1963）以及两次获取贝尔曼诗歌奖（1964、1982）等。

隆特克维斯特是瑞典现代主义文学中的重要作家。20年代起就从事诗歌创作，共出版了20余部诗集，他受法国超现实主义和美国文学影响较深，十分推崇加缪、乔伊斯和劳伦斯。他把大量英、美、法等国现代派作品译成瑞典文，把瑞典的现代主义文学推向一个新阶段。

他主张诗要给人们以"生活的崭新旋律"。他的作品描写的大多是喧闹繁杂的现代化城市生活和令人瞠目结舌的工业化速度。诗集《黑色的城市》（1930）在这方面尤为突出。他还主张诗要给予情欲的欢乐和享受，因此关于情欲和性爱的诗也占有一定篇幅。他的主要诗集有：《灼烬》（1928）、《夜之桥》（1936）、《动物和神之间的诗》（1944）、《生命如小草》（1954）、《风、逆火》（1955）和《眼睛中的生活》（1974）等。

40年代起，隆特克维斯特对生活的乐观态度转为悲观主义。"二战"以后，他较多地从事游记和小说的创作。他酷爱旅行，除欧洲诸国外，还曾到过拉丁美洲、苏联、澳大利亚、古巴和中国等地。游记作品有《黑人国家》（1949）、《变化着的龙》（1955）和《古巴是这样生活的》（1965）。

论文集有《大西洋的风》（1932）、《美国的新作家》（1940）和《阅读成果》（1973）等，此外他还编著了《欧洲文学史1918—1939》（1946）、《美国伟大的小说家》（1962）和《拉丁美洲的叙事艺术》（1964）。

20世纪30年代，随着反法西斯主义斗争的开展和战争的爆发，瑞典时兴一种类似中国30年代国防文学的“战备文学”。作家们或是站在人民立场上，或是站在捍卫资产阶级民主自由的立场上，义愤填膺地声讨德国法西斯，反对第二次世界大战。作家们的民族感情、爱国主义精神和锄恶除暴的正义感跃跃可见于纸上，有些作家，如埃温德·雍松还抨击瑞典政府的亲德中立，要求政府挺身而出参战反抗。“战备文学”不失为瑞典文学史上光辉的一页。

在战备文学中，不少是出自巨匠大师之手的名作，如拉格克维斯特的《侏儒》、《绞刑吏》以及《没有灵魂的人》（1936），雍松的《克里隆三部曲》、《夜间演习》和《士兵归来》以及伊瓦尔·鲁的《晚安吧，大地》（1933），马丁逊的《现实死亡了》（1940）等。

莫贝里的历史小说《今宵驰骋》（1941）可以说是一部十分出色的战备文学作品。书中写了1650年克里斯蒂娜女王时代，德国贵族并吞了瑞典的土地。勃兰德布尔村沦为德国的采邑。村民们被德国地主奴役得走投无路，拉格纳·斯维吉（瑞典的谐音）率众奋起反抗，但是被人暗算出卖。斯维吉虽然被捕，在火刑柱上当众壮烈牺牲，反抗德国贵族的地下运动却如火如荼地开展起来。

挪威文学　1905年，瑞、挪联盟解体，挪威五百年来在政治经济上先是臣属丹麦，后又从属于瑞典的状态彻底结束了，成了一个独立的君主国家。独立后的挪威，随着水力资源的开发、铁路的兴建，工业飞速发展，无产阶级队伍不断扩大。文学上现实主义传统得到恢复并有所发展。同丹麦和瑞典一样，挪威也涌现出了一批无产阶级作家和反映工人生活和斗争的作品，如诺达尔·格里格、奥斯卡·勃拉登（1881—1939）、鲁道尔夫·尼尔森（1901—1929）、克里斯托夫·乌普达尔（1878—1961）以及约翰·法尔克贝格等。勃拉登是挪威第一个描写奥斯陆工人区东恩德的贫苦人民生活的作家。作品有描写女工生活的长篇小说《工厂周围》（1910）、《闺房》（1917）、《狼窝》（1919）和《玛蒂尔达》（1920）；短篇小说集《奥斯陆的故事》（1935）；剧本《这个孩子》（1911）。尼尔森以写诗为主，内容以友谊、团结、革命为主，主要诗集有《在多石的土地上》（1925）、《再会》（1926）和《平常日子》（1929）。乌普达尔的小说《工头》（1914）和《教堂建筑者》（1921）通过对一个工会领导人的描写叙述了自1880年至第一次世界大战结束之间的工人运动和矿工之间的矛盾和冲突。

在小说创作方面，这一时期分为两大派："乡土文学派"和"心理文学派"。随着工业发展和小农经济的解体，作家们怀念田园生活，"乡土文学"随之兴起，主要作家有乌拉夫·杜恩等。"心理文学派"是在现代心理学派的影响下产生的，这一派的创作特点是以描写人物的心理状态为主，代表作家有女作家温塞特等。

1940年，德国法西斯出兵进攻挪威，挪威人民奋起抗战，在德国强大的军事力量攻击下，挪威战败，被德国纳粹占领，国王和政府官员逃到英国，组成流亡政府，继续抗德。挪威人民在法西斯统治下没有屈服，拿起武器同敌人进行殊死斗争。挪威爱国作家和诗人们用他们的笔揭露法西斯的惨无人道，反映人民所遭受的灾难，讴歌人民不畏强暴的英勇气概。这些用血和泪凝聚而成的作品成为抗击法西斯、动员人民、保卫祖国的有力武器，主要作家有诺达尔·格里格、贡纳尔·雷斯-安德森（1896—1964）和韦索斯等。

约翰·彼得·法尔克贝格（1879—1967）出生在挪威特洛德拉格南部的洛鲁斯矿区。这是一个自18世纪中期以来就进行开采的矿区，矿区内有不少来自瑞典和德国的矿工，因此在这个矿区里有着不同的语言、文化和生活习惯。法尔克贝格就是在这样的环境中长大的。父亲虽是一个矿工，但酷爱文学。当他还在孩提时，父亲常为他朗读左拉的作品。他11岁时就当矿工，一直到25岁才离开矿井，从事写作。几百年来，法尔克贝格的祖祖辈辈都住在这一地区，因此，他喜欢自称为"山里人"。他的作品大多以山区的风土人情为题材，真实地反映了山区民众的艰苦生活和文化习俗。长篇小说《第四次守夜》（1923）、《克里斯蒂安努斯·塞克斯图斯》（三卷，1927—1935）和《晚上的面包》（四卷，1940—1959）通过对一个矿的发展历史的描述，详细而生动地反映了矿工的生活和斗争。此外，他还著有长篇小说《黑黝黝的群山》（1907）、《终年积雪》（1908）、《雅思凡尔德的里斯贝特》（1930）等。

西格里德·温塞特（1882—1949）的母亲是丹麦人，父亲长期担任博物馆馆长，是挪威考古学界的知名人士。她11岁时，父亲亡故，家道骤然中落。温塞特只得放弃原先学绘画的打算去当一个小职员以谋求生计。长期单调乏味的小职员生活使她备感孤寂、沉闷。她开始接近宗教，从正统的宗教和道德观念来探索人生的意义、剖析人和社会的关系。在这十多年里，温塞特利用工余闲暇阅读了大量文学作品，其中有本国的，也有英国、德国的诗歌和中世纪作品，以及民间的传说等。

她在1907年发表了处女作长篇小说《玛塔·奥莉夫人》。此后又陆续发表了不少作品，如长篇小说《幸福的年龄》（1908）、《珍妮》（1911）、《春天》（1914）和《镜中人》（1917）等。这些富有伦理性的现实主义作品大多以中产阶级妇女为主人公，写她们或是婚姻不如意或是另有所恋而深感苦闷和不满现实。她们想冲破社会习惯势力的束缚和道德观念的羁绊而去追求自己的幸福，但结局不是受骗被弃就是失败灰心，最后都没有得到幸福。温塞特认为妇女必须以家庭为归宿，日常生活琐事中无不包含着幸福。她主张妇女只有留在家庭中，使家庭和睦，子女成长才是幸福。由于这一成见，温塞特早期的作品虽然构思细腻入微，文笔流畅秀美，但社会影响不大。

温塞特所以一举成名，享有世界声誉，是由于她写出了几部十分优美的古代北欧人民生活的小说。《屠夫约特和维格蒂丝》（1909）探幽入微地刻画了维京时代也即北欧海盗时代北欧男子的凶悍恣睢、无法无天、动辄以命相搏的野蛮性格，同时也写出了当时的女子在横遭强暴之后不甘忍气吞声、誓死报复的飒爽气概。

温塞特的代表作是长篇小说《克丽斯汀·拉芙朗斯多蒂》（1920—1922）三部曲，该书共分《花环》、《主妇》、《十字架》三个部分，用白描的遒劲笔法，朴实无华地叙述了14世纪北欧人民的生活习俗和风土人情。她成功地刻画出克丽斯汀这个中世纪妇女的形象。她热烈追求爱情，力求摆脱社会习惯势力的束缚。这部作品一直被视为挪威和世界文学中的珍品之一，至今仍为北欧和世界读者所喜爱。

此后，温塞特皈依了天主教，致力于写作宣扬宗教的论文和哲理小说，如长篇小说《赫斯特岬湾的乌拉夫·安德逊》（1925）、《乌拉夫·安德逊和他的孩子们》（1927）、《燃烧的灌木丛》（1930）、《伊达·伊丽莎白》（1932）、《忠诚的妻子》（1936）以及长篇历史小说《桃乐赛夫人》（1939）等。在这些作品里她进一步提出对人类有能力在地球上建立善良的社会的怀疑，并声称，人性已经腐化堕落之极，只有积极信仰上帝方可洗清罪恶。这些作品对当时的风尚习俗、迷信思想、饮食男女、甚至对子女的抚养教育都写得十分周全，情节动人，但读来也不乏道德说教之感。

温塞特是位正直的作家，热爱自己的祖国和人民，憎恶种族主义和法西斯主义。1940年纳粹德国入侵挪威之后，她同其他一些爱国作家一起，毅然亡命。她先到瑞典，后经苏联、日本，涉洋到美国。她用笔为武器动员人民抗击入侵者。她写出了爱国主义色彩浓郁的随感集《回到未来》（1942）、《在挪威的愉快日子》（1942）。这些书吐露出她眷恋可爱的故乡的情愫、对国破家亡的忧愤，情绪之惆怅抑郁，读来令人心酸。她还写过一本自传体小说《十一年》（1934），以明快的笔调描述了她父亲对她的培养熏陶，是一本优秀的儿童文学作品。

1928年温塞特获诺贝尔文学奖，这是“为了她对中世纪北欧生活的强有力的描绘”。

考拉·萨恩德尔（1880—1974）原名萨拉·法勃立西厄斯。父亲曾在法国海军当过中尉，后来是挪威海军军官。母亲是农村穷牧师的女儿，由于生活所迫，才嫁给了比她大18岁的父亲。父母不如人意的婚姻生活，自幼在萨恩德尔的心灵上打下很深的烙印。萨恩德尔出生于克里斯蒂尼亚城（今奥斯陆），但是在她12岁时，父亲陷入经济困境，债台高筑，不得不举家由首都迁至北部偏僻的小城市居住。萨恩德尔25岁时只身前往巴黎学习美术。为了赚取生活费用，她为挪威《晨报》撰写旅行通讯。此后她一直为挪威的报纸杂志写文章，以赚取微薄的稿费资助家用。她在巴黎居住15年，1939年后一直定居在瑞典，在挪威居住的时间并不长久。

妇女的婚姻问题是萨恩德尔文学创作的主要题材。她的作品主要描写婚后男人对妇女的专横霸道，而女子虽然忍气吞声、逆来顺受也得不到谅解，结局往往是女主人公郁郁寡欢悲伤地死去，但也有愤而挺身争取自由的。她笔下的女主人公多半性格温柔，胆小怕事，在出嫁前听从父命，婚后则服从丈夫。萨恩德尔以自己的生活经历写下了阿尔蓓蒂三部曲，作品描写了女主人公幸福的初恋如何横遭干涉而演变成痛心的悲剧，以及没有爱情的不和谐的婚姻所带来的精神苦楚。《阿尔蓓蒂和雅可布》（1926）是三部曲中的第一部，在她46岁那年发表，主要描述阿尔蓓蒂在北极圈小城市里的童年生活；第二部《阿尔蓓蒂和自由》（1931）描写她在巴黎当模特儿，爱上了一个男子，但却同另一男子结了婚；第三部《只有阿尔蓓蒂》（1939）描述她当艺术家的经历，在贫困逼迫下，她只好回到挪威开始创作小说。

萨恩德尔的其他长篇小说还有《克朗家的点心铺》（1946）和《不要买唐迪》（1958）等。此外，萨恩德尔还发表了大量描写妇女生活、呼吁男女平等和反对大男子主义的短篇小说，分别收入《一只蓝沙发》（1927）、《多谢啦，医生》（1935）、《暗处人影》（1949）、《我们烦恼的生活》（1960）和《热爱道路的孩子》（1973）等作品。

塔尔耶·韦索斯（1897—1970）出身农民，幼时受教育不多，曾上过成人学校。1929年他购置了一个小农庄，以务农为生。他自幼酷爱文学，劳动余暇便从事创作。1923年发表第一篇短篇小说后，连续写出了不少取材于本地山水和人物、具有浓郁乡土气息的短篇小说和诗歌。1928年他发表了长篇小说《黑马》。这部描写一个拥有四匹快马的驭手的小说，虽然在揭露社会问题和人物心理方面的功力远不及他后来的作品深厚，但已初露锋芒，成为当年畅销书，深受好评，以挪威北部农家孩子克拉斯·德尔高特一生经历为主线的四部曲奠定了韦索斯在挪威当代文学史上的地位。这四部曲包括《父亲的旅行》（1930）、《西格里特·斯塔尔布鲁克》（1931）、《不知名的人》（1932）和《心倾听着乡音》（1938），描述克拉斯一生所经受的坎坷磨难以及家庭纠纷，然而他没有气馁沮丧，毅然担负起艰苦重任并同家庭成员和睦相处。

第二次世界大战期间，在德国法西斯占领下，韦索斯不得不放弃现实主义表现手法，转而采用象征主义手法，以巧妙的隐喻和寓意表达他对法西斯的憎恶和对抵抗运动的支持。1940年他发表长篇小说《萌芽》，象征地展示邪恶势力煽起人类间的仇恨，而人类的天职则在于抗拒野蛮和暴虐，迎接未来的解放。长篇小说《黑暗中的房子》（1945）把挪威隐喻为一幢处在黑暗和暴风雨冲击下的旧屋。风雨虽然冲击得旧屋嘎嘎有声、摇摇欲坠，然而始终未能将它摧毁，屋里的居民尽管担惊受怕却仍能处变不惊、顽强抗衡。作者此后发表的长篇小说《晒布场》（1946）、《塔》

（1948）、《信号》（1950）等作品，题材有所不同，描述人类之间的善恶正邪两股势力的冲突较量，最后善良正直战胜邪恶。然而韦索斯笔下的善良正直的人们并非都是无畏无惧、所向披靡的英雄。面对非人的野蛮，人们手足无措，恐惧害怕，最后不得不铤而走险、奋起反抗。小说以人物的心理变化描写见长。

战后，韦索斯的作品题材更为拓展，还写有一些爱情小说，如《春夜》（1954）、《鸟》（1957）和《火》（1961）等。韦索斯是战后享有国际声誉的挪威作家，被公认为是挪威当代文学的象征。他的有些作品曾获意大利国际文学奖及北欧理事会文学奖。韦索斯也是挪威现代新诗的代表人物之一，曾出版过多部诗集。

诺达尔·格里格（1902—1943）出身于知识分子家庭，其兄是挪威著名的出版商。诺达尔·格里格本人当过记者。第二次世界大战期间，他由于德国法西斯侵略而投笔从戎，在1943年2月2日乘坐英军飞机参与轰炸柏林，在空战中壮烈牺牲，以身殉国。

格里格是挪威近代文学史上一位现实主义作家，他对底层人民的痛苦生活寄予深切同情。第一部诗作《在好望角的周围》（1922）和长篇小说《船在航行中》（1924）都描写水手们惨痛的命运。《溪流中的石头》（1925）和《挪威在我们心中》（1929）是两部充满爱国热情的诗集，热情地歌颂挪威雄伟的大好河山和为挪威的繁荣作出贡献的劳动群众——水手、渔民和邮递员等。

1927年格里格作为记者来到中国，发表了《在中国的日子里》（1927）。同一年开始，他的创作转向戏剧，发表了《一位青年男子的爱》（1927）、《巴拉巴》（1927）和《大西洋》（1932）等剧作。前两部剧作获得较大成功，但《大西洋》一剧不太成功。1932至1934年他侨居在苏联。这一段生活对他的思想和创作具有十分重要的意义。他从十月革命中看到了人类的希望，对未来充满信心。不久便写出了三个极为成功的剧本：以谴责挪威商人为获取暴利对劳动群众进行残酷剥削为内容的《我们的力量和我们的荣誉》（1935）、《但是，明天……》（1936）和《失败》（1937）批评了西方的和平主义，而以巴黎公社为背景的《失败》更是最受欢迎的作品。

1936年西班牙内战爆发，1937年6月他应邀出席马德里作家代表大会。大会以后，整个夏天他就待在炮火连天的西班牙，深入到前沿阵地，在硝烟弥漫中采访了国际纵队和在其中战斗的北欧人，并发表了《西班牙之夏》（1937），这是一篇纪实文学，记载了他的印象和经历。1940年4月9日德国法西斯军队不宣而战，以闪电战术突然对挪威首都奥斯陆和其他两个港口重镇发动偷袭，挪威军队虽然进行英勇的抵抗，但是终因德国海空军兵力和武器占有绝对优势而失败。就在这国难当头的时候，诺达尔·格里格一方面率领士兵抗击敌人，一方面用他的诗歌和电台讲话来激励挪威人民为保卫祖国而战。这一时期的诗作有《一九四零年五月十七日》、《挪威的好年景》、《国王》和《希望》等等。他在《希望》一诗中吼出了"希望必将赢得胜利"！这些作品如同他初期的作品一样充满对挪威的无限热爱，但语言更为激昂、奔放、富于战斗性。

格里格的其他作品还有评论英国诗歌的论文集《青年之死》（1932）和长篇小说《但愿世界年青》（1938）等。

冰岛文学　20世纪头十年冰岛在制造业、渔业和贸易方面出现飞速发展，从而使经济出现快速增长。在首都雷克雅未克，以商人和船商为主的中产阶级开始形成。与此同时，农村人口大量涌向城市，1900年，城市人口只有九千人，而到1915年城市人口猛增到两万人。无产阶级队伍迅速壮大。他们主要在渔业加工厂工作。随着资产阶级在政治上影响日益加强，农民们为了保持同资产阶级抗衡力量，也组织起了合作协会，工人们也于1916年成立了工会，同年组织了海员大罢工。

20世纪初的冰岛以传统诗和新浪漫派诗以及戏剧为主，内容从鼓动民族独立转向描写国内社会问题和各阶层之间的政治冲突。这一时期最重要的诗人有女诗人霍尔达，笔名厄诺尔·贝纳迪克斯多蒂·比尔克林德（1881—1946），其诗作音乐感强，主要作品有《诗集》（1909）等。这一时期的剧作家有约翰·西古尔永松和古德蒙德尔·卡姆班。

随着社会发展，工业增长，1920年以后冰岛的诗歌出现转折，从新浪漫派转向现实主义。著名诗人有霍伊塔达尔的斯坦芬·西古德松（1887—1933）和达维德·斯坦芬松（1895—1964）。前者的诗作有《流浪者之歌》（1918）和《神圣的教堂》（1924），后者最重要的诗作有《黑色的羽毛》（1919）以及《诗集》（1922）、《致意》（1924）和《新诗集》（1947）等。

20世纪20年代末期，冰岛四位小说家：贡纳尔·贡纳尔松，克里斯特曼·古德蒙德松，索尔贝尔古·索尔查松和哈多尔·拉克斯内斯的作品使冰岛的现代文学享有世界声誉。

30年代世界经济危机期，冰岛出现宣传社会主义思想、发展新文学的文学社团“语言和文化”，索尔查松和拉克斯内斯都是这个文学社的成员。

约翰·西古尔永松（1880—1919）是20世纪初期重要的剧作家，他用冰岛文和丹麦文创作，但他的剧作都在丹麦发表。他最著名的剧作《山里的埃温德和他的妻子》（1911）。根据冰岛民间传说写成，叙述女主人公哈拉宁愿放弃农庄、丢弃孩子跟着一个自己钟爱的男人——一个贼，一起生活而成为一个逃犯。最后当哈拉感到自己的爱已经不复存在的时候，她就走向狂风暴雪之中，让自己死去。这个剧作获得巨大成功，不但在斯堪的那维亚国家演出，而且还在英国和美国上演。《愿望》（1915）是一出“浮士德”式的作品，描写一个名叫洛夫特的学生希望自己能驾驭一切邪恶势力。他的其他剧作还有《龙格大夫》（1905）和《说谎者》（1917）等。

古德蒙德尔·卡姆班（1888—1945）曾在哥本哈根学习哲学、文学和戏剧。他是仅次于西古尔永松的重要剧作家，同西古尔永松一样，用丹麦语和冰岛语进行创作。最初两部剧本《哈达·帕达》（1914）和《国王的争斗》（1915）属新浪漫派戏剧，以爱情为题材。1915至1917年他在纽约居住，此后他的创作转向现实主义。他对社会问题，尤其对犯罪心理和惩治手段的效果感兴趣，发表过揭露资本主义社会弊端和谴责资本主义垄断的剧本和长篇小说，如剧本《大理石》（1918）和《我们这些谋杀者》（1920）以及小说《拉格纳尔·芬松》（1922）等。其他还著有长篇历史小说《斯卡尔霍尔特》（1930—1934）和描写发现格陵兰和美洲大陆的长篇小说《我看到了一个伟大而美丽的国家》（1938）等。

贡纳尔·贡纳尔松（1889—1975）出身于佃农家庭。1897至1939年他居住在丹麦，在此期间，他用丹麦语创作了40余部作品，每部作品的内容都涉及冰岛。在当代冰岛文学中，除1955年诺贝尔文学奖获得者拉克斯内斯外，贡纳尔松是最重要的作家。他的作品一般是多部曲长篇巨著，内容大多是对往昔事件的回顾或是历史题材的小说。

贡纳尔松第一部小说《鲍里家族史话》（1912—1915）是四部曲，描写冰岛岛内的工业化和陈旧的农民观念之间的冲突，深刻揭露了丹麦对冰岛在经济上的残酷压榨以及冰岛人民渴求摆脱丹麦统治和争取民族独立的强烈愿望。他的第二部六卷本长篇巨著《山上的教堂》（1923—1928）描写一个名叫乌吉·格雷帕松的农家子弟从小到成为作家的生活道路，这实际上是作者本人的经历，是一部自传体小说，而他本人并不承认这一点。

1929年，贡纳尔松发表了他的最重要的作品《黑鸟》，展示19世纪初暴力与情欲、命运与罪孽交织的画面。他还发表了大量历史题材小说，如《登陆》描写公元870年挪威海盗首先在冰岛登陆定居的故事，全书计划出12卷，从1918至1952年出版了七卷。

1939年贡纳尔松回到冰岛居住后出版了长篇小说《荒野的悲哀》

（1940）和《安魂弥撒》（1952），这两部作品都是描写贫苦农民在农村现代化的社会变革中的困难和问题。《海边奏鸣曲》（1954）是一部描写人与自然、土地关系的长篇。

贡纳尔松还著有诗集、论文和九部短篇小说，其中最有名的短篇小说集是《基督降临节》（1937），在美国极为畅销。

贡纳尔松的作品以分量重大和题材广泛见称，在创作艺术上，他沿袭冰岛古代埃达和萨迦的英雄史诗的传统，采用平铺直叙的白描手法。

克里斯特曼·古德蒙德松（1902— ）的处女作——短篇小说集《冰岛的爱情》（1926）是用挪威语创作的，作品发表后使他一举成名。接着他又发表了多部长篇小说，有描写爱情的《第一个春天》（1933）、自传体小说《白色的夜晚》（1934）、《新娘的礼服》（1927）和《生命之晨》（1929）等。此外，他还发表过一部诗集《克里斯特曼诗集》（1955）和三部历史小说：《圣山》（1932）、《女神与公牛》（1937）和《红雾》（1950—1952）。《红雾》叙述了冰岛古代"埃达"诗中的序曲诗。

古德蒙德松的作品是冰岛作家中被译成外国文字最多的作家之一，共被译成36种语言。他60、70年代的作品较为肤浅，属消遣性作品。

索尔贝尔古·索尔查松（1889—1974）出身农民，自己务过农，捕过鱼。他的论文集《致劳拉的信》（1924）是一本社会、哲学著作，猛烈抨击资本主义制度，批判教会。他最重要的作品是两部自传体小说：《冰岛贵族》（1938）和《怪人》（1940—1941），这虽是两部写实主义的作品，但内容充满想象和奇人怪事。

哈多尔·奇里扬·拉克斯内斯（1902—1998）是冰岛当代最杰出的小说家和剧作家。原名哈多尔·古兹永松，出生于首都雷克雅未克的一个工人家庭。父亲后来务农，在首都附近经营拉克斯内斯农场。他3岁时，父母把他带到农场，他在那里度过了童年和少年时代，那里的一草一木、朴实勤劳的农民给他留下深刻印象，后来他便以农场的名字作为自己的笔名。

由于家庭清贫，拉克斯内斯很小就辍学。17岁时用冰岛文发表第一部小说《自然之子》（1919）开始步入文坛。第一次世界大战后，他到欧洲大陆旅游、侨居，接受德国表现主义、法国超现实主义文学思潮影响，并于1923年在卢森堡皈依天主教。《来自克什米尔伟大职工》（1927）是他第一部重要长篇，真实地描写了他这一段时间的内心苦恼和骚乱，是部自传体小说。1927至1930年，他先后在加拿大和美国旅居，目睹资本主义经济危机和资产阶级的尔虞我诈，尤其看到十月革命后马克思主义在美国工人中迅速传播对他震撼极大，思想上产生变化，最终抛弃宗教，接受马克思主义，走上为社会主义而斗争的道路。

1930年，拉克斯内斯回到冰岛，居住在首都，专门从事文学创作。此后十年间，他接连发表了三部多卷本长篇小说，这三部杰作不但确立了他在冰岛文学中的地位，也是对世界文学"红色的三十年代"的重要贡献。这三部作品是：《莎尔卡·瓦尔卡》（1931—1932），它通过对渔家女莎尔卡·瓦尔卡面对渔村中贫困与黑暗，坚忍不拔，勇敢奋斗性格的描述，深刻反映了人民的苦难和工人的觉醒；《独立的人们》（1934—1935），这是拉克斯内斯最重要的代表作之一，是他在抛弃宗教、逐渐接受马克思主义、共产主义世界观时期创作的两卷本长篇小说，它通过贫苦农民比亚图尔坎坷悲壮的一生和为自身独立进行的斗争遭到失败的故事，真实而又深刻地揭露了资本主义制度的剥削性和残酷性；《世界之光》（1937—1940），它描写19世纪冰岛一个穷苦的民间诗人在腐败的社会中悲凄地度过一生的惨痛经历。

第二次世界大战期间，英、美占领了冰岛，拉克斯内斯对此极为反感，发表了几部以冰岛人民遭受异族统治时期为背景的历史小说，歌颂自由和民族独立，歌颂爱国主义精神，最重要的作品为总称《冰岛之钟》（1943—1946）的三部曲，其中包括《冰岛之钟》（1943）、《聪明的姑娘》

(1944)和《哥本哈根的火光》(1946)。小说借17世纪冰岛人民反抗丹麦统治的事迹，鼓舞冰岛人民争取民族独立的斗争。1948年，拉克斯内斯发表了一部以现代政治为题材的小说《原子站》，它通过对一个大企业家、国会议员家中孩子们酗酒、偷盗和淫乱的描写，揭露了第二次世界大战以后，美国生活方式对冰岛青年的毒害，抨击了美国文化对冰岛传统文化的侵蚀；猛烈地反对冰岛上层人士出卖祖国利益、把冰岛变为美国原子站的叛卖行径。1954年他又用同样的题材发表了剧作《银色的月亮》。《布雷克科特村编年史》(1957)中的主人公是一个贫苦家庭出身的年轻人汉松，他有音乐才能，决心将来献身艺术事业，他经常把自己对人生的理想和音乐的热爱向著名歌唱家霍尔姆倾诉，但是，不久他明白了霍尔姆的世界性声誉完全是靠诡计和广告巧妙的吹嘘赢得的。此外，拉克斯内斯还发表了具有反战意向的《歌颂英雄的萨迦》(1952)和追求幸福和人生价值的《重新赢得的天堂》(1960)的长篇小说，以及回忆自己从20岁到43岁期间重要经历和评述世界各地生活、文学、艺术和政治概况的自传体小说《诗人的时光》(1963)等。

拉克斯内斯是位多产而全面的作家，作品除长篇小说外，还有随笔、论文集、戏剧、短篇小说和诗歌等。他在艺术上勇于创新，批判地继承了冰岛古代史诗的艺术传统，善于通过渲染、烘托、暗示、嘲讽和独白来表现人物的内心世界，作品抒情、幽默，创造了现代冰岛文学独特的风格。冰岛许多作家大都用挪威语和丹麦语进行创作，而拉克斯内斯一直坚持用本民族语言——冰岛语来描写祖国的历史和现实生活，为冰岛新一代作家树立了榜样。1955年，“为了他在作品中所流露的生动的、史诗般的力量，使冰岛原已十分优秀的叙事文学技巧更加瑰丽多姿”而获诺贝尔文学奖。

1998年2月，拉克斯内斯去世，冰岛政府为其举行了盛大的国葬。

芬兰文学　19世纪末至20世纪初是芬兰社会急剧变动的时期，一方面，资本主义发展，城市人口增加，无产阶级队伍迅速壮大，劳资矛盾重重；另一方面沙皇俄国加紧对芬兰控制，并于1899年发表旨在取消芬兰独立自主的“二月宣言”，这一举动激起芬兰人民强烈不满，导致了1905年的全国大罢工。在大罢工期间，芬兰形成两股敌对武装势力，一股为红色赤卫队，得到俄国革命力量的支持，另一股是白色近卫军，受到德国的帮助。

芬兰自1809年起一直在俄国控制之下。1917年俄国十月革命爆发，成立苏维埃政权，12月，芬兰立即宣布独立，得到苏维埃政权的承认。芬兰无产阶级为了建立革命政权于1918年1月27日在首都起义，革命迅速扩展到南部广大地区。资产阶级的白色近卫军在德国支持下向首都进攻，战争进行了三个月，红色赤卫队战败，大批赤卫队员被杀或被监禁。

20年代，芬兰政府进行了一系列改革，颁布了教育法、信仰自由法和禁酒法等，经济出现较快增长。但是到了30年代，在世界经济危机影响下，芬兰经济也出现萧条。“二战”期间，芬兰同苏联发生了战争。芬兰国内法西斯势力抬头，民族矛盾日趋尖锐，但是一些进步作家仍支持反法西斯斗争，组成了以马克思主义为指导思想的文学社团——“基拉社”，它的中坚分子中有一部分人是20年代成立的“火炬社”成员。这一系列重大政治事件在文学中都得到反映。

这一时期，即20世纪初至40年代，有三种文学流派活跃在芬兰文坛上：一是从19世纪90年代最后几年一直延续到20世纪30、40年代的新浪漫派，它由一些爱国青年作家组成，代表作家是诗人雷诺。二是1909年出现的新现实主义，它的特点是继承芬兰文学中接近大自然的传统，主人公是普通人，往往是穷苦的小人物；主人公的人生价值由其血统和社会关系来决定；不管主人公的社会地位如何，他们都是个人的，非社会的，甚至是反英雄的；对人民生活的描写既现实又幽默。这一派的代表作家有西伦佩等。三是现代主义文学，又称“新的一代”，它是在受到欧洲现代派影响下于“一战”后产生的，主要流行在用瑞典语创作的芬兰瑞典语文学中，这种现代主义文学在芬兰出现的时间早于任何一个斯堪的纳维亚国家。作品以诗歌为主，特点是主题内容广泛，无韵无律，运用新隐喻和新的语序。代表作家是女诗人舍德格朗。

除了以上三种流派作家外，在芬兰文坛上还有一批工人作家。芬兰同其他北欧国家一样，随着工人运动的发展，一批工人作家脱颖而出。他们发表富有战斗性的诗篇，创作描述工人生活和斗争的小说，上演社会道德问题的剧本，翻译外国进步著作。在芬兰文学史中，只要创作关于工人题材作品的作家，尽管有的出身于上层阶级或知识分子家庭，也归纳到工人作家之中，但是在这些工人作家中，绝大部分，即三分之二的人出身于工人家庭，由于贫穷没有上过几年学，主要靠自己刻苦努力，自学成才。在大罢工斗争中，工人作家经过磨炼，因而大罢工后工人文学相当繁荣。他们的作品生动活泼，不拘泥于形式，充满激情。但是芬兰的工人文学没有形成一股潮流，1918年国内战争后，由于赤卫队失败遭到镇压，工人作家有的被杀或被逮捕，长期受监禁，有的则流落到国外。工人文学遭到严重挫折。

埃依诺·雷诺（1878—1926）是芬兰文学史上最享有盛名的诗人之一，素有当代芬兰诗歌的奠基人之称。雷诺出身于职员家庭，父亲是地质勘测员，母亲是位受过良好教育的大家闺秀，哥哥是19世纪现实主义诗人，这对雷诺日后的创作有很大的帮助。

雷诺17岁时考入赫尔辛基大学，第二年发表第一部诗集《三月之歌》（1896）。大学毕业后在《日报》和《赫尔辛基新闻》任戏剧和文学评论员。雷诺一生著有小说、戏剧、评论、散文和诗歌，《埃依诺·雷诺全集》共有16卷本，诗歌只占五卷，但就其文学价值而言，当首推诗歌。

雷诺早期的诗歌热情奔放，充满对美好理想生活的追求，如《三月之歌》、《夜纺女工》（1897）和《一百零一首歌》（1898）等。1905年芬兰爆发全国大罢工，他发表了一百余篇诗歌和评论文章，讴歌芬兰工人斗争，热情支持俄国十月革命。1905年以后，雷诺一方面由于国内政治形势变化，另一方面由于妻子突然离异，精神上受到严重打击，此后创作的诗歌格调低沉，充满忧伤。晚年作品主题大多是死亡，反映了哀伤失望的情绪，如《盛开的丁香花》（1920）等。代表作为叙事诗《降灵节的圣歌》（1903），是一幅反映芬兰民族气质的图画。

雷诺是19世纪末20世纪初芬兰新浪漫主义的代表，他的诗歌节奏感强，语言精练优美，想象丰富。

弗朗斯·埃米尔·西伦佩（1888—1964）出身农民家庭，中学毕业后，于1908年考入赫尔辛基大学攻读数学和生物学。由于经济困难，中途被迫辍学，以文学创作谋生。他的作品以反映劳动人民、尤其是农民的生活为主，对他们的疾苦怀有深厚的同情。他擅长人物的心理刻画，自然景色的描绘，使人物和景物水乳交融，富有艺术感染力。他作品中的主人公往往大多以悲剧结束，成为命运的牺牲品。

长篇小说《赤贫》（1919）描写一个名叫尤哈的佃农，生活困苦，被卷进战争旋涡，最后惨遭杀害。《少女西丽娅》（1931）是写一个贵族出身的少女，因家庭破产，父母双亡，只得外出帮工，最后在贫病交加中去世。这两部长篇是西伦佩最重要的作品，被译成多种文字发表。《生命和太阳》（1916）是西伦佩的处女作，是一部描写青年人爱情生活的长篇。他创作的其他长篇小说还有《赤贫》的续篇《海尔杜和拉纳尔》（1923），是描述尤哈的女儿海尔杜给人帮工，被少爷诱奸后投水自尽。另外还有《一个人的道路》（1932）、《夏夜的人们》（1934）和《八月》（1941）等。

此外，西伦佩还著有短篇小说集《河底》（1933）和《第十五》（1936）以及回忆录《年青的岁月》（1953）等。

1939年，西伦佩“由于他对其国家农民的深刻了解和他刻画农民生活、农民与大自然关系时所运用的精湛技巧”而获诺贝尔文学奖。

沃尔特·基尔皮（1874—1939）在20世纪初发表了三部具有很高美学价值的长篇小说：《巴塞巴》（1900）、《帕西弗尔》（1902）和《安蒂奴斯》（1903）以及一部散文集《人和生活》（1902）。这三部长篇成为学校里教授新浪漫主义文学的教材，而他的散文集则是新浪漫主义文学的宣言书。此后30年，他默默无闻，专心致志地在奥堡的芬兰大学图书馆工作。1933年他重返文坛发表了一部描写家乡库斯塔夫塔岛上农民和海员生活的两卷本长篇小说《在阿拉斯塔洛的大厅里》，洋洋900页描写了1860年芬兰西海岸农民聚集在一起讨论购置一艘新船的事，整个故事发生在六小时之内，作者以历史与现实相结合，运用内心独白和倒叙等手法进行创作，描写细腻生动。不久他又发表了短篇小说集《村子里的小人物们》（1934）和长篇小说《到教堂去》（1937）等。

米卡·瓦尔塔里（1908—1979）生于赫尔辛基一个教师家庭，自幼酷爱文学，少年丧父后即常向各种周报投稿，以菲薄的稿酬资助家用。18岁考入赫尔辛基大学文学系，20岁出版长篇小说《伟大的空想》（1928），引起芬兰文坛注意，被誉为“天才作家”。《伟大的空想》写一个青年在悲观失望中奋发图强，逐渐成熟。他的前期作品大多反映青年人的爱情生活，充满浪漫色彩。

1929年瓦尔塔里获文学硕士学位，后任报纸和芬兰电台记者、文学评论员等职。第二次世界大战，尤其是芬苏两次战争使他由理想主义转向悲观主义，作品基调比较低沉，在创作上多以历史题材为主，借古喻今。他发表过多部杰出的历史小说，并以历史小说家蜚声文坛，主要有篇名为《从父亲到儿子》的三部曲，它包括《一个男人和一场梦》（1933）、《灵魂和火焰》（1934）和《燃烧的青年时期》（1935）。另外有《陌生人来到农场》（1937）、《埃及人西奴海》（1945）、《米卡尔·路登福特》（1948）和《米卡尔·哈凯姆》（1948）及《约翰·安克洛斯》（1952）和《永存的土尔穆斯》（1955）等。《埃及人西奴海》是他的代表作，描写公元前14世纪古埃及的宗教和社会改革以及对外发动战争、内部权力纷争。这部作品使他在西方世界，尤其在美国赢得众多读者。

瓦尔塔里是芬兰当代全面而多产的作家，作品除长篇小说外，还有描写30年代妓女悲惨命运的中篇小说《金发女郎》（1946）。以一对青年人悲欢离合为内容，实际反映战争时期青年人的消极、悲观和绝望情绪的中篇小说《月球景色》（1953）以及推理小说《谁谋杀了克鲁尔》（1939）。此外，他还发表了许多剧本、电影脚本和诗歌等。

瓦尔塔里于1957年被芬兰总统任命为芬兰科学院院士，1970年成为士尔库大学名誉博士，1930至1945年当选为芬兰作家联盟理事，1938至1940年任该联盟主席。

本蒂·韩培（1905—1955）出身贫困农民家庭，曾当过放木排工人和农业工人，是位靠自学成才的作家。1925年开始创作，一生共有著作20余部，作品主人公大都是农民、工人和流浪汉，内容以揭露劳资矛盾和批判资本主义社会制度为主，作品富有讽刺和幽默感。主要作品有短篇小说集《操场和兵营》（1928）、《当代》（1942）和《原子研究者》（1950）以及长篇小说《荒原战争》（1940）、《九个士兵的皮靴》（1945）和《面包》（1949）等。

埃迪特·舍德格朗（1892—1923）是瑞典和芬兰现代派诗歌的重要作家，对两国现代主义文学均有很大影响。

舍德格朗出生于彼得堡，并在那里的德国学校上学，父亲是个商人。1968年她因肺病到瑞士和芬兰疗养。在彼得堡上学和在瑞士疗养期间，她大量接触法国、德国和俄国文学，深受尼采超人思想的影响。她用瑞典语创作。处女作《诗集》（1916）着重感情描写，不拘格式，语言生动，引起文坛轰动。其他诗集有：《九月的七弦琴》（1918）、《玫瑰祭坛》（1919）、《未来的阴影》（1920）。诗集《不存在的国土》（1925）和《埃迪特书信集》（1955）是在她去世以后发表的。她在最后几年创作的作品中放弃尼采主义而转向探讨宗教问题。

哈加尔·乌尔松（1893—1978）是芬兰女小说家、戏剧家和文艺评论家。乌尔松出身于牧师家庭，曾就读于赫尔辛基瑞典高等商业学院。1922年至1974年任北欧第一份现代主义文学杂志《极端》主编。她是芬兰瑞典语文学中重要的表现主义作家之一，处女作长篇小说《拉斯·托尔曼和死亡》（1916）充满悲观厌世情绪，而长篇小说《木刻家和死亡》（1940）开始对人类产生希望。《中国游》（1949）是部自传体长篇小说，描述人类有能力利用自己的经验创造美好的生活。剧本《心舞》（1927）、《紧急信号》（1929）和《蓝色的奇迹》（1931）赞扬人类反抗社会现实、打破生活中的清规戒律的能力。剧本《强盗和处女》（1944）歌颂新老两代人之间的相互理解和支持以及善与恶之间的斗争。

乌尔松其他作品还有论文集《夜间的工人》（1933）和《我活着》（1948）等。她的作品生动紧凑，寓意深刻，对芬兰现代文学的发展起了有力的推动作用，曾获赫尔辛基市荣誉奖（1964）、雷诺奖（1965）和瑞典学院大奖（1966）。1969年被授予赫尔辛基大学荣誉博士。

郭纳尔·比林（1887—1960）是用瑞典语创作的诗人。他曾在军事学校就读，涉足文坛较晚，35岁发表第一部诗集《休息的日子》（1922）。他是一位注重实验的作家，试图摆脱传统语言规范，对瑞典语语法和词汇组合进行卓有成效的改革，创作风格受达达主义和德国表现主义影响，作品较为晦涩难懂。他的其他诗集有《十字架和诺言》（1925）、《太阳绿》（1933）、《我知道那是你》（1938）、《没有颠倒的面孔》（1939）、《不可救药》（1943）、《啊，有一天》（1944）、《事务》（1949）、《在你的眼中》（1954）和《你说的这些话》（1955）等。

卡特里·瓦拉（1901—1944）是位女诗人，参加芬兰左翼文学家组织，并且长期担任左派政治杂志的会计。她收入菲薄，忙于写诗，年纪较轻时就染上了肺结核，1944年当战争进行到最艰苦阶段时，她终丁因为经济拮据和肺结核的加重，在贫病交加中悲惨地客死在瑞典。

瓦拉是“二战”芬兰最著名的诗人，也是芬兰自由体裁诗的先驱者，因而在芬兰诗坛上曾经独步一时，并且对战后芬兰诗歌的发展有着重大的影响。她和诺贝尔文学奖获得者西伦佩等一起组成了左翼文学团体“火炬社”（或称为“失望的浪漫主义”）。由于她曾经学过花卉描绘，因而她的诗作往往色彩鲜艳，充满鸟语花香，有时还带有浓厚的异国情调。早期作品有诗集《远方的花园》（1924）、《蓝色的大门》（1926）和《渡口》（1930）。在她身染重病时还出版了两本诗集《回归》（1943）和《橡树在燃烧》（1942）。

李赋宁　总主编

欧洲文学史

（修订版）

第三卷

下册

二十世纪欧洲文学

（第二次世界大战后）

主编　罗芃 孙凤城 沈石岩

修订主编　刘意青 罗芃

商务印书馆
创于1897 The Commercial Press

目　　录

下　　册

第二章　二十世纪第二次世界大战后文学

第一节　概述

第二次世界大战是一场全球性的灾难。它所经历的时间之久，涉及的空间之广都是空前的。就欧洲而言，很少有国家幸免于难。而发起这场战争的罪魁祸首德国最后也几乎成为一片废墟。绝大部分参战国由于这场战争的巨大消耗而大大削弱了实力。像英、法那样的大国，过去拥有众多的殖民地，在“二战”结束后，随着世界性的民族独立运动的高涨，印度、巴基斯坦、缅甸、越南、阿尔及利亚等许多殖民地相继获得独立，使英、法的辉煌时代一去不复返。与第一次世界大战相比，世界形势的巨大变化不仅体现在许多殖民地的独立，在东欧更是出现了波兰、捷克斯洛伐克、匈牙利、罗马尼亚、南斯拉夫等社会主义国家。它们在苏联的率领下形成了一股强劲的与西方国家体制完全不同，并与之对立的营垒，从而构成了东西方两大阵营的对峙。正由于美国和苏联两个超级大国的争霸，致使战争的危险再次像阴影一样威胁着人们。不同的是，世界大战枪炮的“热战”转而为两大阵营间长期的“冷战”。在此境遇中，作为战胜国的英国，由于遭受到巨大的物质和人员的损失，战后经济情况急剧恶化，其工业发展退居世界第六位,国家财政赤字剧增,美国乘机以借款、马歇尔计划等手段,促使英国逐渐依附于它。在战争中同样遭受严重破坏、人口锐减的法国,战后不仅经历了长达八年之久的越南战争,而且在非洲的政治势力也日益削弱,政治和经济上都陷入了困境。同时它还经受着来自美国的压力。尽管如此,法国却极力奉行独立的外交政策,于1966年退出北大西洋公约。在“二战”中付出重大代价的苏联,战后在艰难的条件下,开始复兴国民经济,取得了成就,成为美国的强劲对手。而战败的德国分别由苏、美、法、英所占领。1949年,苏联占领区成立德意志民主共和国,而美、法、英占领区成立德意志联邦共和国。这样,在德国的土地上形成了东西方两大阵营并存而又对立的局面。

1943年由于美、英、加盟军在西西里登陆,墨索里尼彻底垮台,意大利不得不倒戈相向,对德宣战。战后意大利开始了医治创伤的重建时期,逐渐步上了工业化过程。从1939年即由佛朗哥掌权的西班牙则一直处于独裁统治之下。在“二战”期间,虽然佛朗哥宣布不参战,但暗中却和德国及意大利的法西斯互相勾结。战后,联合国曾一度对西班牙采取孤立政策。独裁统治执行的关闭政策使西班牙经济长期陷入困境,直到1959年在西欧一体化进程的影响下,佛朗哥政权才实现了由管制经济向自由市场经济的转向,开始了经济起飞,工农业走向现代化,但政治上的民主化却直到佛朗哥1975年去世后才逐步启动。

第二次世界大战给世界人民,尤其是主要参战国所带来的不仅是物质和人员的破坏和伤亡,更重要的是它所造成的精神上的严重后果。和第一次世界大战一样,成千上万的家庭遭到家破人亡的命运。人们再次深受战争带来的痛苦、恐惧、疾病和死亡的威胁和折磨。但通过这场战争人们也更清楚地看到了战争的残酷性和破坏性,而且更进一步地引发了人们对人自身存在意义、对现代文明的怀疑。青年人普遍认为自己是被欺骗的一代,他们的前途夭折了,因而充满了失望和愤怒的情绪,有的甚至走向精神崩溃的境地。在这种情况下，传统伦理道德和价值观严重动摇。

纵观20世纪下半叶，由于旷日持久的“冷战”，世界曾经呈两极分化格局。就西方阵营而言，大部分欧洲的参战国在经过战后恢复修整后，尽管国内发生过许多政治、经济的风波，甚至历经了各类局部战争，如阿尔及利亚战争、苏伊士运河之战等，实力受到严重消耗，但还是逐渐走上了稳定发展的路途。而东方阵营则发生了巨大的变化。1956年赫鲁晓夫在苏共二十大有关个人崇拜的“秘密报告”引发了世界范围的激烈的思想震荡。发生在匈牙利和捷克的事件同样激起了不小的波澜。1989年11月柏林墙的拆除不仅标志了“冷战”的结束，也是1990年10月3日德国重新统一的序曲。接着，1991年11月苏联解体，这事件使两个超级大国的争霸至此告终。

科技的发展是人类进步、社会发展的最根本的推动力。它不仅对生产方式，生活模式产生强大的影响，而且正在改变人类社会的结构，改变人们的思维方式，改变人们对自然界，对人本身的认识。随着时间的推移，20世纪的，尤其是20世纪下半叶的科技发展，速度愈来愈快。战后，核原子、计算机、雷达、航天航空等技术得到了进一步的发展。人们将质子、中子分裂成更微小的粒子，在微观世界里进行了更深层的探索。而当代英国物理学家史蒂芬·霍金的黑洞理论则从宏观的角度提出了比爱因斯坦的广义相对论更为完善的宇宙演化的观念。生命科学中的遗传基因也已成为研究人自身的一把钥匙，它将解开许多不为人知的人的奥秘。而类似超导、激光等发明创造则更是直接影响到了人们的生活。人们可以感觉到工业社会已悄然进入信息社会。40年代出现的第一架大如房间的计算机，如今已缩小到手掌般大，其计算速度和存储容量却惊人地提高。短短几年内，电脑已成为普通家庭的日常电器用品，信息加上计算机形成的互联网已成为必然的趋势，网络时代已来临。

人们致力于科技的发展，并普遍相信科技的进步能为大部分人带来富足的生活，事实也是如此。但另一方面人们也不得不承认，伴随科技发展也出现了种种社会恶果,如贫富不均,失业人口的增长,环境的破坏等,人们在繁荣的乐观情绪中隐藏着忧虑和恐惧,尤其是现代化所付出的社会文化代价不得不引起人们的思考。于是,人们在为科技的高速增长而欢呼的同时,也开始了对现代化道路的怀疑。

由怀疑走向批判,许多有识之士,其中有经济学家、科学家,还有政治家和文学艺术家,他们面对现实不得不重新对人与自然、人与社会、人与人之间的关系以及人本身进行更深层的分析和认识。他们忧虑地看到:由于人对自然的破坏、大自然对人类已开始了惩罚性的报复,地球生存环境正在剧烈恶化。由于社会财富的增长,物质与精神的对立日趋严重,由此造成的理性与感性的分裂更是到了不可愈合的地步。这些问题20世纪上半叶固然也已存在,但到下半叶,演变得更为剧烈、尖锐。

在这种科技高速发展,历史社会变化多端的处境下,20世纪下半叶的欧洲思想及文学在继承上半世纪的思潮和文学流派的基础上呈现出色彩缤纷、演变频繁的局面。

在上半世纪流传广泛的尼采、柏格森、弗洛伊德等学说到下半世纪影响依然巨大。但就整个20世纪的各种思潮来看,自然科学、哲学、语言学、心理学、文学等各学科的渗透现象日益加深,如建立在结构主义语言学基础上,运用结构主义方法产生的结构主义文艺批评把文艺现象看作是一个整体,避免了传统的孤立地分析文艺现象的某一部分,某一要素的缺陷。又如语义学的学科,从20年代开始发展迅速,而且学派众多,有语言语义学、哲学语义学、逻辑语义学等,英国文艺批评家理查兹(1893—1980)由此开创了语义学文艺批评学派。他提出了诗歌是一种特殊语言,对文学作品要作文字分析等思想。但在语言学问题上,最具影响作用的当推奥地利的维特根斯坦。不论在他前期还是后期的作品都关涉到“什么是一个语句的意义?”这样一个问题。在前期他把语言看成是由互不依赖的简单单位逻辑地构造而成的一个结构。而后期他又修正了这一看法。他把人说语言看作是一种活动或生活形式的一部分。他把由语言和行动组成的整体叫“语言游戏”。维特根斯坦这种对于语言哲学问题的探讨从50年代开始到现在在欧美可谓方兴未艾，而且直接影响到一些作家的创作，奥地利的汉特克就是一例。

20世纪下半叶，影响最大的哲学思潮还是存在主义。早在第一次世界大战后，存在主义就在德国盛行。雅斯贝尔斯（1883—1969）不仅提出了人所体验的客体存在、自我存在及自在存在的方式，而且认为1914年以来对每个人而言，发生了“个人生存”的震动感。海德格尔（1889—1976）则将笛卡尔的“我思故我在”改变成为“我在故我思”。但到萨特，他不仅对“存在”与“虚无”作了深刻的阐述，而且把存在主义的思想观念应用到文学、政治学、心理学等领域。以萨特为首的法国存在主义比起德国的存在主义更偏重于伦理及政治学。他们重视黑格尔和马克思，他们崇尚历史辩证法。正由于存在主义探讨的是人的存在问题，涉及的是人的痛苦和存在的偶然性、人的自由等方方面面，而这些正是“二战”后欧洲人所具有的普遍思想及心理状态。因而它传播很广。

存在主义哲学对当代西方文学的影响是非常巨大的，而且有些存在主义哲学家本身就是文学家。萨特作为一位哲学家用文学作品对他的存在主义思想作了深刻的阐明。他的长篇小说《厌恶》为存在主义文学开了先河。存在主义认为苦恼、恐惧、厌烦等情绪不能简单地用概念去理解，人们只能对它们加以体验，而存在主义小说恰恰做到了这点，这也许正是萨特、加缪和波伏瓦为代表的存在主义小说在20世纪下半叶如此风靡世界的原因之一。同样，产生在法国的荒诞派戏剧的思想基础也是来自存在主义。基于存在主义把人生、把世界看作是荒诞的，因而荒诞派戏剧家一反传统的戏剧模式，不再重视戏剧的主题和情节，而是想方设法把人类生存的荒诞状态呈现在观众面前，并以多义性的舞台形象及直喻、象征、夸张和变形等手法激起观众的思考。出生爱尔兰定居巴黎的贝克特以他的《等待戈多》奠定了荒诞派在戏剧史上的地位。

除上述与哲学思想直接相关的文学流派外，在20世纪下半叶出现的还有新小说派。它也产生在法国，由于它全盘否定西欧传统小说，因而也被称为“反小说”。这一流派刚出现时遭到过反对，但到60年代却成了法国影响较大的文学派别。这派作家描绘的对象主要不是人而是物，他们极力摈弃任何主观色彩去细致地写事物的“纯客观”存在。但他们很注意语言技巧、运用类比、节奏、语音等很讲究。他们反映出“二战”后，经济复苏后的社会特点：物排挤了人的地位、财富的增长不能解决精神的危机。

除此以外，20世纪下半叶还有各种新流派，如意大利的新先锋派、丹麦的奇幻文学、西班牙的新浪潮、暴力文学等。再加之上半世纪产生或成熟起来的象征主义、超现实主义、意识流等，可谓五花八门。但有一点却是清楚的，跟任何时代一样，现实主义的创作手法始终被普遍采用。尤其是“二战”后，在许多国家，不论是战胜国还是战败国，有过一段时期，出现大批描绘第二次世界大战或是反映艰苦的反法西斯斗争的文学作品，有小说、戏剧、诗歌。它们的手法大都以现实主义为主。英国、意大利和西班牙的一些作家在反映战后人民生活时，还以新现实主义的面貌出现：英国的新现实主义着重于对道德的反省，很多描绘的是由战争产生的怀疑、焦虑和负罪感，是一种内省的探讨人性的现实主义。意大利的新现实主义则致力于反映下层人民辛酸的日常生活，暴露社会的黑暗面，作品对小人物充满深切的同情，具有传统现实主义和19世纪末的真实主义的文学特点。至于西班牙，由于50年代政治环境有所松动，促使一批内战时期出生的青年作家对西班牙的政治、经济、文化有可能采取批判的态度。他们中的一些人从人道主义角度冷静地描绘客观现实、揭露社会的不公正，与此同时也反映了处于这种社会环境下的人们所感受到的孤独、屈辱和失落感。

第二次世界大战后，许多国家，如英国、法国、意大利、联邦德国等由于经济的发展，工业的增长，因而在60、70年代相应地这些国家的工人运动也日益高涨，而且往往和激进的学生运动互相呼应，相互支持。在这种社会形势下，不仅出现了大批工业题材和反映工人生活的作品，而且也产生了不少工人出身的工人作家，甚至有的还建立起工人作家的社团组织。这种现象在北欧文坛上也很普遍，尤其在芬兰、丹麦和瑞典更为突出。这类作品大多为现实主义的作品，有的还采用了纪实性的报道手段，甚至应用社会调查报告、统计数字等资料，大大增强了它们的真实性和可信性，使读者对工人的状况有了极为具体的认识。

在苏联以及包括民主德国在内的东欧的一些社会主义国家，社会主义现实主义在它们的文坛上占有主导地位，不论是有关社会伦理的或是历史的和知识分子命运等题材的作品，绝大部分用的是现实主义手法。这些作品画面广阔丰富，故事情节复杂，人物和社会历史密切相关，主人公常常是些英雄人物。但自从50年代苏联发生社会政治变化后，不仅苏联的，同时也包括东欧一些社会主义国家的作家开始纷纷摈弃写"理想人物"转而表现普通人，从无冲突论及粉饰现实转而大胆揭露社会生活中的各种矛盾。其中有些作家在创作手法上也逐渐接受西方当代文学流派的各种曾被视作反现实主义的新颖手法。

纵观20世纪下半叶的欧洲文坛，传统与反传统的流派，古典的与现代的创作手法，反映客观世界与反映主观精神世界的作品共存共荣，这不仅反映在一个国家，往往也反映在一个作家身上乃至一部作品之中。

第二节　英国文学

第二次大战后的小说　"二战"结束，英国虽然是战胜国，但无论在国内或国外，其政治、经济实力已经大不如帝国往昔的繁盛年代。战后工党执政，并没有给人民带来预期的福利。国际上，前殖民地印度、巴基斯坦、缅甸、锡兰相继独立。国内经济在经历了50至60年代相对稳定的发展阶段后，70年代经济增长迟缓，国力落后于美国和战后发展起来的德国。战争中暴露出来的人性问题和普遍的怀疑、焦虑和负疚感，加强了人们对道德的反省。战后艰苦的生活和破败的经济秩序，更加加深了这种思想情绪。在这种情况下，一种内省的、探讨人性恶的现实主义成为必然选择。这种现实主义也常常被叫作"新现实主义"。从威廉·戈尔丁到C.P.斯诺，从金斯利·艾米斯到艾丽斯·默多克，整个50年代的小说大体上都可称为"新现实主义"小说。

但进入60年代后，情况发生了很大变化。形式上的实验主义，乃至一种装模作样不作价值判断的非道德主义很快成为小说创作的主调，譬如戏拟，改编，拼凑，对既有作品风格进行模仿性嘲弄，直接搬用社会调查报告和统计数字，大量引述非小说文类的文字，不同文类的自由交叉乃至嫁接融合，文体风格与语言风格在雅与俗之间自由流动等等。这里最突出的例子是B.S.约翰逊。他在《阿尔伯特·安杰罗》（1964）这部"小说"的书页上留下若干个孔，以使故事能够从叙事的一部分"漏"到另一部分。他的另一部"小说"《不幸的人》（1969）由装在一个盒子里的若干书页组成，读者可以随心所欲决定"故事"的顺序。把形式夸张到极端的地步，则丧失了故事。当然，叙事手段的创新本身并不意味着创造力的衰竭，甚至恰恰相反，可能意味着一种全新的小说的出现。这一时期甚至可能是"二战"后最富于创造性的时期，尽管与20年代的现代主义相比，它的灵气确实少一些，它的开创性也确实弱一些。但这并不是说，这些实验本身没有价值可言。在某种意义上，它是对战前现代主义传统富有成果的继承。它虽然在十字路口徘徊，但大多数小说家终究没有完全抛弃"讲故事"这一小说的根本属性，而且毕竟将小说这一文类朝前推动了。至于前方有没有新的十字路口，那完全是另外一回事。事实上，60和70年代英国小说的相对成功所依赖的，并非主要是五花八门的形式翻新，而是相当明晰、有时甚至是非常传统的线性叙事模式。福尔斯、威尔逊、默多克、戈尔丁等人的创作实践清楚地表明了这一点。

80年代以来活跃于文坛的小说家固然不少，但最突出和最有特色的可能要算马丁·艾米斯、伊恩·麦克尤恩、朱利安·巴恩斯、彼得·艾克罗伊德等人。如果说60年代是战后英国小说最富创造性，最生机勃勃的年代，那么70年代则是一个相对萧条的时期，威尔逊、默多克、福尔斯、戈尔丁、莱辛等风云人物似乎已经过了鼎盛期，新一代小说家则尚未脱颖而出。从《法国中尉的女人》(1969)到《钱：自杀者的绝命书》(1984)似乎是一个十分漫长的时期。但是，马丁·艾米斯和其他几位新型小说家如伊恩·麦克尤恩、彼得·艾克洛伊德和朱利安·巴恩斯等人早在70年代后期便已在给死气沉沉的英国文坛注入新的活力，及至80年代，终于使英国小说重新进入了一个极富创造性的时代。这一创造性时代至今似乎仍然方兴未艾，甚至大有超过多产而富于创意的60年代的势头。

乔治·奥威尔(1903—1950)生于现在孟加拉国的莫蒂哈里，后来回到英国，靠奖学金上了伊顿公学。在那里，他没有少受势利的同学们的欺负和校长的白眼，这对他后来社会政治立场的形成产生了极大的影响。1922年至1927年，他在驻缅甸的印度英皇警察局服务。这一时期的经历后来被写进模仿福斯特《印度之行》的反殖民主义小说《缅甸岁月》(1934)中。1936年，他参与了西班牙内战，在战斗中受伤，这段经历成了《向加泰罗尼亚致敬》(1938)的素材。在这期间，奥威尔无意中加入了一个托派组织，该组织后来遭清除，许多成员被处决。要不是因为在战场上受了重伤，奥威尔完全可能丧生于党内政治斗争。这一经历对他的政治观点产生了根本性的影响。"二战"期间他在英国广播公司工作，战争结束后立即出版了《动物庄园》(1945)。在《1984》(1949)出版后的第二年，奥威尔便因肺结核去世，年仅46岁。

《动物庄园》的故事开始时,“动物庄园”里长期受苦受难受压迫的动物们终于发动了一场反对主人残酷统治的大革命。革命成功了,旧主人被推翻了,但新主人很快腐化堕落。以平等博爱为目的的革命蜕化成了一种集权主义的统治秩序,靠思想控制、恐怖镇压和检举告密来维持。在这种政治秩序里,统治者为达到目的不择手段。他们大搞党同伐异,实行少数人专政,使动物庄园腐败成风、贪污盛行,群众不仅失去了自由,而且遭受严重的剥削和压榨。这个故事显然以变质了的俄国革命以及30年代斯大林主义统治时期对政治反对派的清洗和镇压为原型,但也十分自然地使人联想到法国大革命,以及近代以来或大或小的诸多革命。奥威尔的本意并非反对革命,而是提出一种警告,即现代条件下的革命包含着蜕化变质的可能,包含着结果与意图完全相反的风险。作为在西欧自由主义传统中成长起来并经历了30年代乌托邦运动的知识分子,奥威尔对自由主义传统极其珍惜。这部讽喻小说十分辛辣深刻,出版后在西方知识界立即引起强烈反响是毫不奇怪的,而1949年出版的姊妹篇《1984》更是大大提高了奥威尔的声誉。

《1984》是奥威尔以政治寓言的形式写的第二部反乌托邦小说。它不仅篇幅比《动物庄园》大得多,而且影响也大得多。故事的时间设在35年后的1984年,地点设在英国。这时,英国已不是自由的民主国家,而是暴君“大哥”统治下的专制国家。更有甚者,世界上的三个超级大国“欧亚国”、“大洋国”和“东亚国”处在连年战争之中,它们的人民也都遭受着毫无自由可言的集权统治。独裁者“大哥”洞悉人性的弱点,手段阴险毒辣。在他的控制操纵下,英国人已无价值、尊严、仁爱、友情可言,他们彼此出卖,彼此伤害。故事中的小英雄或反英雄温斯顿·斯密斯虽然有一定的独立思维能力和反抗精神,但很快就在这种新现实面前碰得头破血流,在精神上被彻底打垮了。作为对乌托邦运动有亲身经历的人,奥威尔对集权政治的运作机制有深刻的理解,对统治者扭曲语言,偷换概念,搞心理恐怖和精神侵凌，以达到控制操纵之目的的做法更是了如指掌。因此，在这一未来乌托邦里，英国人讲的语言是已严重败坏了的所谓“新语”（newspeak）。“新语”被统治者宣布为主持“公道”和实现“社会进步”的语言。在“新语”里，“战争”等于“和平”，“无知就是力量”。这种指鹿为马，颠倒黑白的做法使作为人类本质属性的理性遭到了无以复加的亵渎，未来的乌托邦的反面性因而得到有力的表现。

金斯利·艾米斯（1922—1995）于1922年出生于伦敦南部的一个中产阶级下层家庭，就读于伦敦城市学校和牛津圣约翰学院。他虽然因考试不及格，未能取得牛津大学的文学学士学位，但在1947年出版的一部诗集《灿烂的十一月》却弥补了他学历的不足，使他在威尔士的斯旺西大学获得教职。但真正使他一举成名的，还是其第一部小说《幸运的吉姆》（1954）。许多评论家认为这部小说是最具有50年代特色的作品。艾米斯堪称战后反实验主义思潮的代言人，其艺术实践也的确给文坛带来了一股新鲜空气。他在50年代对现代主义的晦涩朦胧表示蔑视，坚持认为作品清晰易懂是作家的责任。

《幸运的吉姆》是一部喜剧式作品，挖苦讽刺当时教育界的学院派环境。从立意和结构上看，这部小说可以说是一篇性别颠倒的、变形的现代灰姑娘故事。出身寒微的大学历史教师吉姆·迪克森不得不忍受其低下的社会地位，在学院里那些装模作样的资深人士尤其是威尔奇教授面前低三下四、忍气吞声。后来他逐渐走上一条同威尔奇及其儿子伯特兰抗争的道路，甚至把伯特兰的女朋友克里丝汀争取过来。最后他与威尔奇一家决裂，彻底脱离大学，带着克里丝汀，投到她的富商叔父门下，干起一份高薪水的闲差来。作品涉及到阶级对立、精英与大众的矛盾、文化界与工商界的龃龉，意蕴极其丰富。虽然它是反学院、反文化、反精英的，但几十年后回头来看，不能否认它手法十分细腻，结构严谨完整，在心理刻画、景物描写以及气氛营造方面尤其精彩。

艾米斯50年代发表的其他两部小说在格调上与《幸运的吉姆》差不多，都是喜剧小说。在这些作品中，作者念念不忘抨击现代主义作家，例如《拿不准的感觉》(1955)就讽刺了写过超现实主义诗歌的迪伦·托马斯所代表的诗派。艾米斯让作品中的主要人物老老实实地做普通平凡的人。《拿不准的感觉》的主人公约翰·刘易斯是威尔士一所大学的图书馆馆员。出身矿工家庭，比吉姆·迪克森的出身更“卑贱”。他受过良好的教育，却喜欢读准文学作品，故意装出一副无知的样子。出身寒微使他投入贵妇人伊丽莎白·格勒菲德威廉斯夫人的怀抱。他在心底里痛恨格勒菲德威廉斯夫人所代表的一切，但又不得不保持与她的关系。

刘易斯是一个“愤怒的青年”的形象，他愤怒是因为他感觉到不被现存秩序完全接受。与伊丽莎白的暧昧关系并不能使他良心平静，他产生了一种拿不准的感觉。对于这种关系给他带来的高薪工作的诱惑，他的感觉也是拿不准。他最后终于良心发现，抵制住了伊丽莎白的诱惑，即否弃她的肉体，否弃她代表的价值观，否弃她展现在他面前的远大前程，毅然决然回到妻子的怀抱，甚至更下一层楼，返归穷乡僻壤的家乡，以卖煤为生，从而获得灵魂的拯救。

《拿不准的感觉》出版后，艾米斯荣获萨默塞特·毛姆(1874—1965)旅行奖。这是颇有反讽意味的，因为30年代的英国作家毛姆对50年代成名的那一代作家评价颇低，称他们为“渣滓”。毛姆出钱设这一文学奖的目的，是要让在英国长大的青年小说家像他当年那样周游列国，开阔眼界，从而摆脱岛国的狭隘性，写出好作品来。艾米斯得此奖后，写出了《我喜欢这里》(1958)。这部小说表明毛姆白费了一片良苦用心，他心目中的“渣滓”毕竟是“渣滓”，朽木终究不可雕也。故事的主人公加尼特·波文像艾米斯本人那样，来到葡萄牙。在那里，他不能虚心学习外国文化，理解外国人，觉得来到这“可恶的国外”纯粹是遭罪。他见到的外国人似乎人人都是骗子和无赖，人人都会让他受一肚子窝囊气。他感到如果把葡萄牙搬到英国某个地方，那将对葡萄牙大有好处。他所喜欢的“这里”，不是葡萄牙，而是当时的英国。波文作为故事主人公，可以说集50年代的种种流行观念于一身，即反中产阶级上层、反布卢姆斯伯里、反伦敦、反现代主义、反外国事物。波文的语气是反讽性的，故而很难把他的态度归结为艾米斯本人的态度，但故事的整个基调模棱两可，免不了让后来人把波文视为艾米斯的化身，把《我喜欢这里》当作英国文人岛国狭隘性的活标本。

威廉·戈尔丁（1911—1993）1954年在“二战”后英国小说史上是一个丰收年。戈尔丁的《蝇王》、默多克的《在网下》、艾米斯《幸运的吉姆》在同一年问世。前两部小说的作者并没有过分自我标榜属于何种流派或主义，所使用的语言也十分平实。但是这两部小说，尤其是《蝇王》，清楚地标示着英国小说未来发展的实验主义新方向。

《蝇王》的稿子在被英国著名的费伯出版公司接受前，曾遭到二十几家出版社的拒绝。但它出版后立即在读者和评论家当中引起强烈反响。《蝇王》的主题是人性之恶。它以现代儿童寓言的形式讲了人由天真堕落到邪恶，最后酿成大灾难的故事。戈尔丁写这部小说之时，东西方两大阵营正严重对峙，剑拔弩张，大有再打一次世界大战之势。小说假想在未来某一天，世界上发生了核战争。一群英国小孩被飞机抛到一个荒芜的珊瑚岛上。这里远离文明的喧嚣，简直是一片世外桃源。在这新世界里，孩子们为了生存组织起来采野果、猎野猪、搭棚子，用文明人使用的眼镜片聚焦取火，甚至还上演了一出出民主政治的笑剧。但由于人性恶的内在因素作祟，孩子们很快由合作走向争吵、从理性走向迷信、从民主走向独裁。他们分裂成两派相互残杀起来。要不是一个海军军官如“机器降神”般适时地介入，岛上的儿童世界完全可能在这场微缩内战中彻底毁灭。

戈尔丁的第二部小说《继承者》（1955）比《蝇王》更加远离现实主义。威尔斯在他极受欢迎的通俗历史读物中曾把尼安德特人描写成一群吃人肉喝人血的野蛮人。戈尔丁刚好相反，为了反衬现代人的人性恶，他笔下的尼安德特人笃信宗教、性格温柔、爱好和平。他们的智商不高，只使用也只需使用极其简单的语言，这不仅是因为他们心目中的世界是简单的，也因为他们之间的交流很大程度地靠的是心灵感应。在一种“人之初”的境界里，他们过着幸福美好的生活。但好景不长，现代人的祖先智人出现在他们的土地上。这些被尼安德特人称为“新人”的智人属于完全不同的种族，尼安德特人根本不是其对手。这些智人邪恶堕落，奸诈狡猾，嗜杀成性。对于如此的“新人”，尼安德特人竟像美洲新大陆生性和平的印第安土著人欢迎欧洲殖民者那样，满怀爱心地拥抱他们。尼安德特人不仅不做邪恶的事情，甚至不能理解邪恶。因此，他们被智人消灭，他们的土地被智人“继承”也就十分自然了。在此，贯穿戈尔丁创作生涯的人性恶之主题凸显出来。现代人的祖先与纯洁的尼安德特人相比，原来是那么不干净。尼安德特人没有堕落，而“智人”之所以能够消灭他们，恰恰因为在此之前“智人”已经堕落了。由此可见《继承者》的书名含有强烈的反讽意味。耶稣基督在《登山宝训》中说：“温柔的人有福了，因为他们必承受土地。”但在《继承者》的世界，“温柔的人”偏偏没有福，世界被强悍而堕落的智人“继承”了。耶稣基督的话被颠倒过来。戈尔丁没有明言的话是：别忘记刚刚打了第二次世界大战的现代人就是这些“继承者”的后代，他们也是一批“继承者”。

戈尔丁的第三部小说《品切尔·马丁》（1956）同样写的是人性邪恶。英国水兵克里斯多夫·品切尔·马丁在驱逐舰被鱼雷击沉后，在大西洋光秃秃的岩石上挣扎求生。他不光彩的过去通过临死前的回忆展现在读者面前。他自私、偏狭、算计、嫉妒、忌恨、支配欲强，为达目的不惜牺牲任何人的利益。他追求玛丽·洛维尔纳，但又不能理解她，也不试图理解她，只知道在白日梦中与她交合，因此被她拒绝是很自然的。很快他对她连欲望也说不上了，有的只是仇恨。他对她进行了威胁和讹诈，结果遭到她的鄙夷。他的朋友纳桑尼尔·沃尔特逊与他完全相反。纳桑尼尔善良、脱俗、真诚、谦卑、一片仁心。他与玛丽结了婚，请克里斯多夫做男傧相。他在克里斯多夫最沮丧的时候来安慰他。克里斯多夫对纳桑尼尔是有感情的，他们的关系是一种复杂的同性恋关系。但友好的感情中也夹杂着仇恨。仇恨来自克里斯多夫内心深处的自我中心主义。他对纳桑尼尔的感情应当说属于善的范畴。但是为了不让那个自私透顶的自我受影响，这种善也得让路。在克里斯多夫的自我的黑暗深处，纳桑尼尔成了他存在的绊脚石，必须毁灭掉。机会在驱逐舰被鱼雷击中时终于来到。当纳桑尼尔闭着眼跪在甲板上作祷告时，克里斯多夫发出了“右满舵”的指令。该指令若在几秒钟前发出，是为了躲避鱼雷，但现在起的作用只能是把纳桑尼尔抛到海里。这时，克里斯多夫的动机既不是嫉妒，也不是仇恨，而是寻找心灵的“安宁”。这“安宁”只能来自纳桑尼尔的毁灭加上他自己的毁灭。但船沉后，他又显得十分贪生。对此，戈尔丁作了这样的评论：“对生的贪恋是他本性中的主要动机。这动机迫使他拒绝死亡这一无私的行动。于是，他在一个由自己的凶恶本质构成的世界上继续单独存在下去”。

进入60年代后，戈尔丁的创作速度显然慢了下来，不像在50年代那样几乎一年出一部小说。直至1979年他才发表了《黑暗昭昭》。这部作品一出台便引起了广泛的注意，尽管从探讨人性的善恶和讲儿童故事等方面来看，它与戈尔丁的早期小说并没有太大的不同。但是这部作品充满了大量有关《圣经》、摩尼教、其他原始宗教，以及弥尔顿《失乐园》的引喻。它的宗教成分明显多于戈尔丁的其他小说。这些宗教成分又带有神秘主义色彩，再加上这部小说的叙事手法比较新颖，有时甚至过分复杂，因此很自然地在评论家中引起了困惑，比如在它的基调到底是悲观还是乐观这一问题上，评论界便众说纷纭，莫衷一是。1983年戈尔丁荣获诺贝尔文学奖。

艾丽丝·默多克(1919—1999)出生在都柏林一个英裔爱尔兰人家庭。母亲是都柏林人,父亲一家则是道恩县的牧羊人。默多克出生不久家庭便移居伦敦。她在布里斯托尔的巴明顿学校就读,后进入牛津的索默维尔学院,在那里读了大量的古典名著。1942年至1944年她在财政部做战时临时公务员。其后两年在伦敦、比利时和奥地利的联合国救济总署工作,安置战后难民。在比利时,她接触了存在主义哲学。1947年,她得到剑桥纽南学院萨拉·斯密森哲学奖学金,在该院学习一年。1948年回到牛津,在圣安妮学院做了多年的哲学研究生。1956年,她同文学教师及批评家约翰·白利结婚。默多克是享有国际声誉的作家,1953年以来,发表小说、剧本、诗集、哲学及批评著作近四十部,其中以《砍掉的头》、《黑王子》等小说较有名。1990年保守党政府授予她爵位。默多克对东方哲学、宗教、文化怀有浓烈的兴趣,这一点也反映在她的小说创作中。

她的第一部小说《在网下》(1954)发表后,许多人急忙在默多克与“愤怒的青年”之间画等号,因为故事是从男性主人公作家杰克·多纳古的角度讲述的,而杰克又是往返于伦敦与巴黎之间的一个流浪汉式的知识分子,他不仅处在主流社会之外,而且还在社会阶梯上继续往下掉。杰克这个新型“反英雄”与50年代其他小说中的“英雄”或“反英雄”非常不同的是,他沉默,对自己与世界的关系予以极大的关注。他进行着晦涩而又无结果的哲学追问,思索着语言的本质及其局限性,思索着能指与所指的关系。作品多处提到萨特。但默多克的“网”的内涵却比存在主义哲学更为丰富。“网”不仅指萨特“他人即地狱”之意义上的人际关系之“网”,也是政治之“网”、人与世界的关系之“网”、人与语言关系之“网”、人与逻辑的关系之“网”。人实际上就处在这天罗地网中,身不由己,却浑然不觉。显然,《在网下》将存在主义的哲学思考与对欧陆哲学的另一支即语言哲学或分析哲学的讨论结合起来。事实上,《在网下》的书名就直接取自当代哲学家维特根斯坦的著作。

1958年推出的《钟》可能是默多克早期作品中最受人瞩目的一部。从叙事手法、人物刻画和语言风格来看，它很像19世纪的小说。这当然受到了当时许多评论家的欢呼，而且与默多克本人当时推崇维多利亚时代小说家的态度也似乎吻合。但作品的中心意象，即修道院即将启用的一口新钟和从前沉在湖底的一口中世纪的钟似乎过分多义，弄得一些评论家不得不坦白怎么也解读不出它们的象征意义。《钟》的地点设在一个远离现代都市文明的圣公会茵伯修道院。在这样一个似乎是故意落伍于时代的地区，不仅建筑物是旧式的，而且居民的心态也好像与某个遥远的过去更为合拍。茵伯修道院里地位最高的两个人麦克尔·米德和詹姆斯·泰珀·佩斯就是很有维多利亚时代乡绅风度的人。这里的一切都似乎使人觉得回到了中世纪。但故事的发展证明事情远非如此。米德并不是正式的教士。他因有同性恋倾向而没有当上教士。他建立宗教社区的目的不过是以自己的方式将功补过，以期得到灵魂的拯救。但他的努力注定会失败，他的灵魂注定得不到安宁，这不仅是因为他个人的原因，而且更重要的是因为那种维系宗教情感的社会和物质基础已遭到动摇。修道院的私人祈祷处是一间维多利亚式的客厅，它散发出的强烈的世俗气味，恐怕很难使人专心致志地进行灵修，很难起到坚定人们宗教信仰的作用。米德从前为之丢掉教士职位的尼克·弗利精神不太正常，现正住在修道院里，而且米德又喜欢上了另一个男学生托比。这种几乎无法克服的矛盾使米德作为布道者的地位成了问题，同时也使得他对即将运到的新钟的象征含义的解释失去可靠性。这时，宗教社区里出现了一对外来者，他们是来此地访问的艺术史学者保罗·格林菲尔德及其颇富情趣的妻子多拉，多拉最近曾与他人同居。这对夫妇是当代知识分子，其价值观同与世隔绝的当地人很不同。在主教来社区主持启用新钟的仪式的前夜，多拉和托比把那口沉钟打捞了上来。钟上刻有“我是爱之声”的拉丁文字样。故事的节奏一下子紧张起来。根据传说，这口中世纪古钟是数百年前一个修女与情人在里面做爱时丢失的。那沉闷的钟声把多拉吃醋的丈夫惊醒了,对她疑神疑鬼起来;同时也把米德从其性压抑中惊醒。这口古钟的象征含义是明显的。如其铭文所示,这口钟具有强烈的性含义。是它起到了某种恶作剧的作用,使人们不得不面对真实欲望的自我,而不是通常展示给外人看的那个习俗的和社会的自我。

使情况更为复杂的是,精神不正常的尼克偷偷将堤道上的木板锯穿,使新钟在运往修道院的途中沉入湖中。这似乎意味着,宗教社区里的人们的罪是赎不了的,灵魂是拯救不了的。这似乎也表明,上帝是蒙骗不了的,他的眼睛是雪亮的,能识破人的一切表面假象。第三层意思是,米德的宗教社区成不了气候,他将功补过的计划注定不会实现,他的灵魂注定得不到安宁。在此意义上,多拉的功能凸显出来了,因为是她叫托比帮她把钟打捞上来的。与其说是钟起作用,还不如说多拉在起作用。默多克特别喜欢塑造多拉这样的人物形象,这个人物将在以后的作品中改头换面复出。

60年代的第一部小说《砍掉的头》(1961)引起了批评界的广泛注意。这部小说的实验色彩很明显,在主题、情节、人物和意象的使用上均很"朦胧",但它却有近乎通俗小说的可读性。这在很大程度上归因于六个主要人物之间错综复杂的婚姻和性爱关系,以及小说明快而紧凑的故事节奏。一如默多克50年代的小说,《砍掉的头》是一部哲学小说。50和60年代英国知识分子的道德和心理状况在这部作品中得到了剖析。在一些评论家看来,《砍掉的头》甚至是对布卢姆斯伯里小组成员的戏拟性嘲弄。无论怎样,这部小说表达了默多克的哲学和心理学观念。像默多克其他许多作品一样,《砍掉的头》为了表达作者的理念,常常不惜牺牲故事情节的可信性。极似恶魔而又不乏慈悲心肠的霍诺尔把自己的意志和意念强加于其他人,强加于事件的进程。她是扯弄着操纵线的"神"或"半神",而其他所有人物则被降低为可怜的木偶。这固然可以看作默多克这一最终的“神”作为艺术家对艺术与现实的关系的探索，对艺术进行的“神”一般的创造，但在此过程中，经验实在遭到了歪曲和否定，读者要作确定的道德判断十分困难，甚至完全不可能。既然经验实在没有受到应有的尊重，价值判断也总是那么模棱两可，默多克的小说招来诸多批评便很自然了。

默多克发表在70年代的最重要的小说是《黑王子》(1973)。与此前的所有作品相比，这部小说一个显著的特点是多方面的形式创新。它讲的是近60岁的作家布拉德利·皮尔逊与20岁的年轻姑娘朱丽安·巴芬的爱情故事。朱丽安的父亲，作家阿诺德·巴芬，是布拉德利从前的朋友，现在的敌人。布拉德利使朱丽安失去贞洁之前与她母亲蕾切尔·巴芬有过短暂的私通。而阿诺德也与布拉德利前妻克丽丝汀·伊文黛尔有过短暂私情。从精神分析的意义上看，布拉德利与阿诺德之间又存在着若即若离的同性恋关系。布拉德利与妹妹普丽西拉之间也有着微妙的感情。这些错综复杂的恋情关系说明《黑王子》是一部典型的默多克式小说。使故事情节更为复杂的是，《黑王子》包含了许多死亡事件。蕾切尔有谋杀倾向，阿诺德便死在她的手下。布拉德利对此事负有责任，因为是他将阿诺德与克丽丝汀的暧昧关系披露给醋意十足的蕾切尔的。他到谋杀现场后因急于销毁蕾切尔杀人的罪证而留下了自己的指纹，因而锒铛入狱，最后郁郁死在狱中，除此之外，普丽西拉是精神病患者，有强烈的自杀倾向，并且终于自杀。

《黑王子》在默多克的所有小说中最为明显地表现了她作为作家的自我意识，最集中地讨论了艺术的虚构性与现实性的关系。《黑王子》是布拉德利一部作品的名称。书中的人物在多处讨论了该作品作为虚构产物的地位，与之相关在多处出现了《哈姆莱特》的引喻和有关《哈姆莱特》的评论。故事中有许多人物是作家或艺术家或具有文学艺术气质的人。除了布拉德利和阿诺德是作家以外，年轻的朱丽安将要成为作家，蕾切尔也自视为艺术家，只不过未成气候。布拉德利的朋友哈特波恩和格雷佩勒姆虽是公务员，但分别具有文学家和记者的气质。四个写“附录”的人物都读了布拉德利的《黑王子》，都是它的阐释者。布拉德利本人作为叙述者除了讲他的故事以外，还俨然摆出一副哈姆莱特的姿态，在其独白或内心独白中思索着生活、艺术、真实之间的关系，思考着性爱与苦难这些问题。

另外，是布拉德利发现了阿诺德的写作才能，帮助他走上了文学创作的道路。可是阿诺德并不是一个全心全意追求艺术理想的人。他写得很快，但全是轻松易读的东西，因此他的书很畅销。与此相反，布拉德利本人坚持艺术至上，坚持慢工出细活儿，因此写得很慢，很吃力，产量也很小。事实上，布拉德利与朱丽安的恋爱这一故事主线与追求生活和艺术的真实有直接的关系。他与诸多女性发展性爱关系的动机也是为了艺术。他本来是个隐士般的人物，还是个讨厌女性和婚姻的人，但后来他认为，自己在艺术上之所以没有大的作为，正是由于自己性爱经历太贫弱，因而坚信，只有大大地扩展和深化自己的性爱经历，才能写出真正杰出的作品。爱情的确打开了他的眼界，给他以创作的动力和灵感。对一个年近60岁的人来说，爱情无疑使布拉德利焕发了新生命。年龄赋予他的阅历、智慧和技巧上的成熟，加上布拉德利对朱丽安的狂野激情，终于结出了丰硕的果实，这就是被众多人物写了“序”、“跋”和“附录”的《黑王子》。小说写成了，他人也死了，因此不妨说布拉德利用生命换来了艺术；对他来说，生命与艺术是等同的。在此意义上，他所自称的“替罪羊”就不简单地是与刑事犯罪相关联的“替罪羊”了。他是为了保全艺术、张扬艺术才做了“替罪羊”的。

布拉德利以他那一大把年纪，竟然有朱丽安、克丽丝汀、蕾切尔、普丽西拉这四个女人围着他转来转去，为他死去活来，因此他多少也算得上一个“王子”。然而，他又只可能是一个反讽性的“王子”，一个不仅不能带来大团圆的美好结局，反而导致了十分悲惨的后果的“黑王子”。这种安排必然使《黑王子》在价值判断上显得模棱两可。这种模棱两可性是默多克许多重要作品所共有的格局。这是一种结构性的格局，默多克被囿于这一模式之内，似乎永远走不出去。

约翰·福尔斯（1926—2005）是60年代典型的实验小说家。福尔斯生于1926年，60年代初以篇幅较短的小说《收藏家》（1963）在文坛崭露头角。在“收藏家”弗里德里克·克勒格这一人物形象身上，爱情与占有、创造与毁灭、自由与奴役的对立和冲突得到了集中的体现。故事几乎完全发生在幽闭的地下室里。通篇只有两个人物，情节结构高度紧凑。弗里德里克·克勒格起初捕捉收集的是蝴蝶，后来却捕到了一个名叫米兰达的姑娘。他爱上了她。但他能不能像收藏蝴蝶标本一样把她也收藏起来呢？故事的主线便是在收藏者和被收藏者的双重视角中展开的两者间的斗争，后者自然反抗着被收藏、被禁锢的命运。这部作品的格调具有一种颓废的美感。故事的结尾是十分灰暗而沉重的。可以看出，“新现实主义”正在向一种非常新颖的模式过渡。一些评论家也对《收藏家》作了这样的理解，即它以讽喻故事的形式描写了精英与大众的冲突，前者最终将被后者摧毁。

福尔斯篇幅极长的第二部作品《占星家》（1965）表明作者雄心勃勃地想开创一种极富新意的小说形式。这部小说出版后，在评论界引起的反应很复杂。仍然以现实主义的眼光来看待新作品的批评家们一方面觉得它难以理解，另一方面也对它表现出一种欣赏的态度。《占星家》有两个版本。作者在1977年对它作了重大的修改。这对一部已经产生很大反响的作品来说是很不寻常的举动，说明了作者对该作品重视的程度，同时在已经读了《占星家》第一版的读者中间也引发了极大的好奇，从而增加作品的魅力。故事的时间设在1953年，地点设在希腊的一个岛上。作者通过多处引喻把这个岛与莎士比亚《暴风雨》里的普洛斯彼罗的小岛紧紧地联系了起来。当然，故事并非孤立地发生在希腊的岛上，而是以同时代的伦敦以至整个西欧为参照和背景的。

第一人称叙述者英国青年尼古拉斯·厄非出身中产阶级，在一个被人看不上眼的私立学校接受了中小学教育，后毕业于牛津大学，却没有取得像样的学位。他染上了存在主义的时髦，对自己的背景、对现实都怀有不满情绪。为了摆脱与澳大利亚姑娘阿莉森·凯利的不尽如人意的恋爱关系，他到名为弗拉克罗斯的希腊小岛上找了一份教书的工作。他很快对学校校长感到厌烦。不久，他认识了一年只有部分时间在岛上度假的百万富翁莫里斯·康西斯。后者过着一种近乎隐居的生活，岛上的居民因他在德国占领期间与纳粹合作而冷落他。他似乎成了尼古拉斯的保护人。尼古拉斯对此感到十分得意。从他认识康西斯起，故事开始大量出现《暴风雨》的引喻。康西斯不仅以普洛斯彼罗自居，而且也像他那样有魔法。甚至这个岛也像普洛斯彼罗的岛那样充满了各种各样噪音、声响和神秘。康西斯以尼古拉斯为中心制造或导演了许多"神灵游戏"，他就是书名所指的"占星家"，亦即魔术师之类的人物(小说英文原名Magus与magic在词根和词义上相似)。经康西斯的介绍，尼古拉斯认识了年轻的女演员朱莉·霍尔姆斯。尼古拉斯立即在她身上看到了一个完美的女性形象，看到阿莉森身上缺乏的一切。但他在追求朱莉的过程中遇到了很多挫折和障碍，如她在性爱上缺乏自信，以及她的孪生妹妹朱恩的出现。更严重的是康西斯在此事上对尼古拉斯的暧昧态度。其实，从一开始，朱莉在康西斯的"神灵游戏"中便扮演着后者的初恋对象莉莉这一角色。这就使情况更加复杂了。尼古拉斯与朱莉的性爱关系不仅一再遇到阻碍，而且直到故事结束时也并没有明确的结果。

同样不明确或不确定的是康西斯这个人物。他是《占星家》中最大的谜。康西斯是通过尼古拉斯的视角呈现出来的。康西斯自称他父亲是英国人，他也是在英国受的教育，但他的真正身份以及策划这一切"神灵游戏”的动机神秘莫测，令人捉摸不透。实际上，福尔斯是要用康西斯这个形象来表现现代人的上帝概念。在现代人心目中，上帝是神秘莫测的，是不确定的。甚至对于福尔斯来说，康西斯也是“抽象概念的排列……他的目的是充当展现人对上帝的态度的舞台”。值得注意的是，在《占星家》出版之前，福尔斯还考虑过其他两个书名，它们是“迷宫”和“神灵游戏”。有评论者认为康西斯是作者本人的一个形象，某种没有小说的小说家；他是作为创造者、魔术师、发明者、游戏编排者的小说家，但也是灵魂的诱捕者，是伪造者、假冒者，是搞了许多欺骗的人，这个人有他自己的不良信仰，有历史和情感上的负疚感。这些话不无道理，不妨看作对福尔斯本人语焉未详的话的说明和展开。

也许是《占星家》篇幅过长，更可能是由于评论界的眼光仍然太传统，这部福尔斯本人最看重的作品并没有为他奠定在英国文坛上的地位，为他奠定地位的是《法国中尉的女人》。1969年，英国教授、文学批评家和小说家大卫·洛奇在《批评季刊》发表了题为《十字路口的小说家》的论文。洛奇罗列了当代小说家所处的窘状，如在现实主义和实验主义之间徘徊，表现出朝非小说文类发展的趋势等等。他同时也指出，小说家还可能作这么一种选择，那就是“在十字路口犹豫不决，甚至把这种犹豫不决写进小说”。洛奇的语气是悲观的。仿佛要证明洛奇的悲观没有根据似的，同年，《法国中尉的女人》问世。这部作品可以说是英国小说从创作方面对洛奇诊断的回应。从商业和艺术价值两方面来看，这部小说都可说至为成功。不过它同时也证明了洛奇的话并非胡说。《法国中尉的女人》不仅包含现实主义、实验主义和非小说成分，而且的确写出了小说家犹豫不决的窘态。它巨大的销量以及被好莱坞搬上银幕，证明所谓“严肃”小说也能分享一下畅销书的潇洒和风流。这不能不归因于它的传统的现实主义手法。它对19世纪社会环境的详尽描绘，它的形象鲜明的人物塑造，它的大部分故事脉络的清晰明了，无不说明它在很大程度上属于

19世纪而非20世纪的文学传统。然而，它对历史事实、社会调查报告，统计数字、马克思和马修·阿诺德的论述，以及对哈代和丁尼生诗句的随意自如的引用，又使它沾上了浓厚的“实验小说”甚或“非小说”气息。它甚至多次推出或长或短的脚注。这部小说最新颖之处，恐怕还在于它对维多利亚时代的小说人物和事件的戏拟，在于从20世纪的高度来观照考察19世纪的社会和人。除这一重要的实验成分以外，它的实验性还表现在作者—叙述者走出隐匿状态，来到读者中间，同他们面对面地讨论小说与现实、虚构与事实的关系。文学典故或明或暗的戏拟性引用更增强了该小说的实验色彩。因此可以不夸张地说，《法国中尉的女人》是一部集小说叙事、社会历史、文学典故、文学理论以及其他手段于一体的混和文类的小说。但这部作品最新颖、最有价值之处，还在于它以传统加各种实验手段所传达的独特的社会和历史信息。

《法国中尉的女人》既是对维多利亚时代小说的“重构”，也是对它们的“解构”，同时还是对它们的戏拟。但它所戏拟的维多利亚时代的小说并不是任何一个单独的维多利亚时代小说家——狄更斯、特罗洛普、乔治·艾略特、托玛斯·哈代——的小说，尽管包含了所有这些小说的成分，它所戏拟的是作为原型的维多利亚小说，是有关维多利亚观念的所有作品的总和。在传统的历史小说中，作者把读者引入一个仿佛天衣无缝的过去的世界，很少或几乎不使用自己因处不同时代所获得的那种优越的视角。但福尔斯却站在自己时代的高度不停地对人物和事件加以议论，而且不仅对此做法毫不隐讳，反而津津乐道。这显然不是传统的手法。福尔斯在写小说前无疑做了大量的历史研究，这一点从他大量引用各种统计数字和社会调查报告中不难看出。与此相关的，福尔斯把小说开章的时间设在1867年。这种安排不无深意。

1867年是马克思的《资本论》问世的一年。而此时，达尔文的《物种起源》早已发表，这使得有强烈博物学兴趣的第一人称叙述者查尔斯·斯密森有足够的时间充分思考和消化进化论，使他得以从进化论的观点来观照社会，甚至使他能够把自己所属的绅士或贵族阶级看作一个濒临灭绝的物种。把进化论用于小说中社会情景和人物的分析并非福尔斯首创。福尔斯不同之处在于把进化论用于讲故事时的那种自我意识。这一方面表现查尔斯清楚地意识到自己所属的阶级是一个行将灭亡的物种，另一方面也在于作者—叙述者的声音频频告诉读者，绅士阶级受到的挑战不仅来自"实干"的资产阶级，而且来自"专业化的蛮横统治"，因为职业化的科学家和技术人员阶层出现了，他们中有许多人便来自绅士阶级。这削弱了绅士队伍不说，更使这一阶级的社会重要性下降了。

《法国中尉的女人》故事的主线是所谓"法国中尉的女人"萨拉·伍德拉芙对查尔斯的引诱及其后果。这后果就是查尔斯与"实干"的商业大亨弗里曼的女儿厄尼斯蒂娜的婚约不得不解除。查尔斯的遭遇在维多利亚时代极具典型性。当时的社会似乎拥有太多的宗教虔诚，太富于道德心，以至于在婚姻、性欲问题上使用了现在看来十分可笑的双重标准。一方面，19世纪修建的教堂比英国以往历史上修建的加在一起还要多，另一方面，伦敦每六十幢房屋中就有一幢是窑子。换句话说，在公开场合，性欲遭到了否弃和压制，而在私下场合，性欲却得到了前所未有的放纵，或者说正是由于性欲在公开场合遭到了严重的压抑才产生这种过度的补偿性反应。显然，公开场合的标准和私下场合的标准之间存在着强烈反差，这就使得虚伪成为必要，或者说矛盾只有靠虚伪来加以克服。拿现代人的眼光来看，维多利亚时代的虚伪是极其严重的，是难以理喻的。事实上，《法国中尉的女人》一个十分重要的侧面便是用现代人的视角来观照和批判这种虚伪。

小说开始时萨拉住在莱姆镇上，受雇于虔诚得令人作呕的普尔特尼太太，给她做伴。此前，镇民中谣传她与一个受了伤的法国中尉关系暧昧，她因此丢掉了家庭教师的工作。读者看到她被莱姆镇镇民轻蔑鄙视，被普尔特尼太太羞辱欺负。萨拉既然被虔诚的莱姆镇排斥，自然而然地把贵族出身却思想开明的自由主义者查尔斯当作倾诉对象，告诉查尔斯她已失身于那个法国中尉。萨拉虽然身处19世纪，却全然超越了19世纪，身上散发着20世纪人文主义者的气息。她能够看穿“维多利亚时代教会的愚蠢、教堂的染色玻璃的俗气，以及教义直解主义的狭隘”。更重要的是，她能够看到“人世间充满了苦难”，她“祈祷这苦难的结束……她的精髓是那种罕有的力量：理解和同情”。她那张脸“拿任何时代的标准来说都不算漂亮”，可是在这张脸上，“悲哀像林中清泉一般纯净、自然、不可阻挡地涌流出来”。这些都说明，萨拉的视界与维多利亚时代普遍存在的沾沾自喜、社会进步论的盲目乐观，以及无处不在的虚伪形成了鲜明的对比。萨拉的心灵其实就是20世纪人文主义者的忧患意识的投影。她的声音在很大程度上就是福尔斯自己的声音。

人文主义的情操只是萨拉的一面。她还有神秘的另一面。认识查尔斯后，她很快同他亲近起来，这使普尔特尼太太解雇了她，使她不得不出走。不过这只是查尔斯的视角中发生的事。在读者眼中，情况并不是这样。读者发现，萨拉在认识查尔斯以后，是故意让普尔特尼太太辞了她的。她出走后，查尔斯费了很大的劲才在爱克斯特找到了她。他到她那里时，她看上去似乎毫无准备。这些情形说明，萨拉行为中显然带有操纵的成分，而这种操纵成分在她对查尔斯的关系上显得尤其突出。事实上在整个故事中，萨拉都在进行神秘的操纵。在故事的第二个结尾里，萨拉向查尔斯披露，他之所以一见钟情于她，完全是她操纵、策划、甚至“欺骗”的结果。另外，当查尔斯在爱克斯特那家旅馆与她做爱时，发现她仍然是个处女。这就是说，在“法国中尉的女人”的问题上，萨拉欺骗了查尔斯，欺骗了整个莱姆镇。对此，她后来向查尔斯作了如此解释：“我滥用了你的信任，滥用了你的慷慨……我很清楚你有其他义务。我那时简直是疯子……自那时以来，我看到艺术家们毁掉自己的作品，而这些作品在业余爱好者看来，却完全是完美无瑕的……我被告之，一个艺术家如果不是自己作品最严厉的批评者就没有资格做艺术家……我认为我有权毁掉我们之间发生的一切。"

事实上，萨拉不仅一开始便策划点燃了爱情之火，而且一直设法保持它，烧旺它。查尔斯为它解除了与厄尼斯蒂娜的婚约，为寻找出走的萨拉辗转于英国各地和欧美大陆之间，到头来却发现自己对萨拉的炽热爱情不过是一件有缺陷的"艺术品"，一件"做作，不纯净的艺术品"，发现萨拉是一个"斯芬克斯"，生活是一个"解不开的谜"。不过，萨拉之"谜"主要是在查尔斯眼里，读者看到的萨拉却并不像在查尔斯眼里那么神秘。读者看到的萨拉只是大大不同于传统现实主义小说中的人物罢了。传统现实主义小说的人物看上去完全是作者的"受造之物"，而萨拉看上去却有很大的自主性。她的自主性仿佛使她参与了作者对她的创造，即她是她自己和作者共同"制作"出来的。甚至不妨说她把作者排挤到一边，自作主张地把她与查尔斯的关系当作一件"艺术品"来制作，来毁弃。也就是说，"神秘"的萨拉是一个非常"自由"的萨拉，或者说她的"神秘"产生于她的"自由"。

对于萨拉可以有不同层次的解读。莱姆镇一般镇民虽然有维多利亚时代那种极其虔诚的道德心，但在深层心理学意义上却可以说他们觊觎着萨拉的肉体，因为他们过分关注她是"法国中尉的女人"这一事实或谣传。无论如何，他们把萨拉看作一个堕落的女人是很自然的。其次有查尔斯的解释。他虽然是第一人称叙述者，却陷于故事的叙事结构中，没能超越于这一结构之上，因此在对萨拉的认识上不能不被她牵着鼻子走。再次，有镇上的医生，查尔斯的朋友格罗根医生的解释。他显得比一般镇民和查尔斯都高明一些。他基于19世纪的医学水平，对神秘的萨拉进行了病理分析，说她是一个歇斯底里式的神经过敏者。最后，也是最高明的阐释来自福尔斯。他可以对萨拉进行居高临下的解读。

如果采纳福尔斯的视角，萨拉的“神经过敏”完全归因于她在社会中的无权处境。萨拉使人想起19世纪现实主义小说中许多主角，如《红与黑》里的于连、夏洛特·勃朗特笔下的简·爱、福楼拜笔下的包法利夫人、《无名的裘德》里的裘德以及哈代笔下诸多女性人物。他(她)们出身于贫穷阶级，却受过高于该阶级的教育。这教育赋予他们反抗精神，使他们能够拒绝接受社会安排给他们的角色。这教育虽然足以使他们尝一尝上层阶级生活方式的滋味，但却尚未把他们低下的经济地位提升起来，亦即尚不能根本改变他们无权的处境。然而萨拉又同他们有很大的区别。查尔斯与她在爱克斯特旅馆做爱后，她又失踪了，几年后查尔斯找到她时，她远远不像维多利亚时期小说中典型的“堕落”女人那样被社会侮辱和遗弃，而是活跃在罗赛蒂家族中的一个颇受尊敬的艺术家。另外，按照故事的第一个结尾，查尔斯承担了他与她的关系的一切后果，亦即否定维多利亚时代的社会道德，用人道主义情操来解决“堕落”女人的问题。但在更具权威性的第二个结尾，萨拉却是一个被社会认可的独立女性，有能力与查尔斯分道扬镳。因此，可以把萨拉视为一个动态变化中的类型，视为在历史变迁中被宏大社会力量造就的一个新的社会阶级，甚至把她看作动态变化中的一种社会力量。若采用这种阐释，则萨拉便不那么乖戾，不那么神秘了。

实际上，萨拉式的自主和自由概念在《法国中尉的女人》中占有举足轻重的地位。福尔斯在这部小说中明明白白地宣称小说家已具有“新的神学形象，这个形象信守的最重要的原则是自由，而非权威……关于上帝的定义只有一个是好的：那就是允许其他的自由存在的自由。”福尔斯这种自由概念的内涵并不十分确定，但它多少是源于萨特式的存在主义的，尽管已经被修改，已经被重新界定。萨特所谓的“自由”是一个十分冷峻的词，它更多意味着选择和责任，即，在“上帝已死”的世界上，终极的价值根据已不复存在，因此人是孤立无援的，不得不自己承担起价值选择的责任。在此意义上，不妨把萨拉控制故事中的事件发展的种种尝试，以及她因此所获得的那种“自由”看作法国存在主义意义上的选择。只是在这种意义上，她的乖戾、她操纵事件的神秘行为才具有正面价值。也只是在这种意义上，她才获得了一种超经验、非逻辑，却更为真实的存在样式。

《法国中尉的女人》男主人公查尔斯·斯密森出身贵族，与乐观主义的19世纪格格不入。但这部作品同时也描绘了一个与时代同步的人。他就是查尔斯的仆人萨姆。萨姆不仅与工人运动保持密切联系，对最新社会主义理论有为我所用的理解，而且在关键时刻还会毫不犹豫地出于“阶级利益”或“阶级本性”出卖自己的主人。福尔斯在中篇小说《黑塔》（1974）中也塑造了一个与时代同步的人。他就是大卫·威廉姆斯。他是搞艺术的。他的社会地位比萨姆高。他的画卖得很好。他有一个娴淑的妻子，有儿有女，几乎没有生过病。按世俗的标准看，他似乎拥有一切。像福尔斯笔下大多数人物那样，他也被给予选择的自由。他完全可以同一个他十分喜欢的年轻女士做爱而不会有任何后果，但他犹豫不决，以至机会转瞬即逝。不能爱，也就不能画。在爱情上不能选择预示了他在自己的艺术生涯中不可能有大的作为。由于大卫在艺术上采取了一种四平八稳的作风，结果表面上取得了成功，实际上是完完全全地失败了。作为画评家，他对每一个画展都尽说好话，这使得他容易交朋友，也确实交了不少廉价的朋友。最后，当临近死亡时，他痛苦地意识到自己属于没有活过的那一类人。与大卫·威廉姆斯相反，另一个人物布莱斯利是一个与时代格格不入的人。他不安于现状，不为自己所属阶级和所从事职业所束缚。他执着地追求着艺术和政治上的理想，而非一味迎合大众口味。既然他把现时现世的成功看得很淡，他就敢于爱，敢于恨，甚至敢于批评他最崇拜的毕加索。他为自己年轻时拒绝了时代可能强加于他的那种艺术风格而自豪。以世俗的眼光看，他肯定是失败了，但从坚持价值理想的角度看，他却是一个成功的人。

除了以上作品以外，福尔斯在70和80年代还发表了传统成分较显著的小说《丹尼尔·马丁》（1977），再度强调了当代小说创作多元样式的《尾数》（1982），以及像《法国中尉的女人》那样写历史题材的《狂想》（1985）。

多莉丝·莱辛（1919—2013）50年代便已跻身文坛的多莉丝·莱辛的《金色的笔记》1962年问世。这本名为《笔记》的书写的是一个女作家及其所记的笔记。从许多方面来看，这部作品都可以视为时代的记录。从中可以看到作者的自我意识和自我反省；看到作者对艺术在大众传媒统治的新社会里是否能够真实反映社会现实的疑虑；看到左派政治的方方面面和是非曲直，以及一些左派人士对共产主义运动的幻灭感；看到急剧变化中的女性意识和这种变化给女性带来的社会和心理困惑；看到对弗洛伊德式心理分析的反动，对容格所谓“集体无意识”的文化—心理原型说的认同，以及现代社会中自我分裂的人们对于重获整合自我的强烈冲动。在这部小说中也可以看到莱辛虽然否弃了现实主义的再现说，但却对当今小说不再有连贯的主题和文学创作中语言已经崩溃这些时兴的看法提出了挑战，这就使得她至少给她的小说以一个明确的主题，至少用明晰的语言叙事、描写、议论和分析，从而多少避免了过度“实验”的倾向。

莱辛1919年出生在伊朗，父亲是驻扎在当地的英军中尉。莱辛一家很快迁往罗德西亚，莱辛在那里度过了自己的童年和青少年时代。1949年她回到英国定居。她童年和青少年时代的经历和感受自然进入了《金色的笔记》。这部小说的故事主线是女作家安娜·弗里曼·沃尔夫的生命历程。她写了一篇关于她自己的故事，名为《自由的妇女》。这一情节并不是小说一开章便交代清楚了的，而是随着故事及其结构的展开才为读者所知。这一主线故事又与安娜写下的四部《笔记》的内容穿插交织在一起。

所谓《金色的笔记》，其实是她所记的其他四个方面内容的笔记在形式上的最终交汇。一个是“黑色笔记”，是关于她在非洲的生活记录；一个是“红色笔记”，讲的是她的政治经历，即她由最初一个坚定的共产党员到逐渐失望，最后感到幻灭而退出共产党的过程；一个是“黄色笔记”，讲的是她试图写一个关于她自己的小说，却没有成功；最后是“蓝色笔记”，是她心理崩溃、文学信念和实践的崩溃，以及相应的心理分析和治疗的记录。四部笔记描写了安娜生活中的各个不同的侧面。这些故事频频相互交叉、彼此呼应，对现实的真实性或虚构性、小说的真实性或虚构性、作家的自我欺骗性以及文学的谎言本质作了探讨。

安娜像莱辛那样是个作家，也像莱辛那样写过一本有关非洲的出色小说。安娜的故事其实就是莱辛的故事，但安娜又企图写一个关于自己的故事，仿佛莱辛一旦创造了安娜，安娜便享有自主性和独立性，便会像莱辛写有关莱辛的故事那样写一个有关安娜的故事。因此可以说，安娜所写的那个女人的自我就是莱辛的自我，安娜所写的那个女人的叙述是有关莱辛的叙述里的叙述。这就是现代流行的文学理论中所谓的“元小说”（meta-fiction）。从不同色彩的诸“笔记”记载的内容来看，可以看出这部小说是对社会、道德更为直接的关怀。这些“笔记”展现了安娜的无法统一的自我，讲的是她所经历的心理危机、政治危机和文学危机。它们描写的安娜那个自我不仅是躁动不安、精神分裂的自我，而且面临着崩溃。书名“The Golden Notebook”里的“Notebook”是用单数，而故事中不同的“notebooks”则用复数，作者这么做是有她的意图的，她试图表明语言意义上的圆整分裂为杂多是自我分裂的反映。现代世界的组成成分亦即社会、历史、政治、心理、文化、文学等诸多因素是不连贯的，在一个女性意识正经历着急剧变化的时代尤其是这样。最后一本“金色的笔记”讲的是安娜与美国作家扫罗·格林的性爱关系。虽然他和安娜不能取得完全的相互理解，但他讲的故事却与她的故事融汇在一起。她的一个故事由扫罗继续，而扫罗的一个故事则由她继续。把这一故事加以展开，便成了所谓"自由的妇女"，这就回到了那个讲安娜所经历的心理、政治和文学危机的故事，也就回到那个讲如何编故事、何谓编故事的故事，即所谓"元小说"。莱辛的这种安排虽然符合她在文学理论上的依归，与实验、探索的要求一致，算得上一种创新，但也使《金色的笔记》的结构变得非常复杂。

与安娜分裂的自我寻求完满圆整的故事主线密切相关的，是西方世界在精神和道德上的破产这一主题。在莱辛看来，西方经过文艺复兴和启蒙运动以来的理性化过程，工具理性已非常发达，而从价值理性方面来看，则不仅没有什么实质性的进步，反而有退步的迹象，而且产生了许多前所未有的新问题。更严重的是，工具理性的发达已经使人类掌握了恐怖的大规模毁灭性武器。在《金色的笔记》中，莱辛之采用分裂、破碎的叙事片断的方法，其实就是用戏拟的手段来反映现代社会中个人角色的单质化，来反映个人的社会角色在理性主义的现代社会中已经发生分裂这一现实。

《金色的笔记》中提出的问题，莱辛在《地狱之行情况简介》(1971)中、在《黑暗之前的夏天》(1973)和《幸存者回忆录》(1974)中继续不懈地进行了探索。

莱辛于2007年获诺贝尔文学奖。

马丁·艾米斯(1949—　)生于牛津，在英国、西班牙和美国受小学和中学教育，在牛津大学爱克斯特学院获得学位。1977年至1979年，他是《泰晤士报文学副刊》和《新政治家》报的编辑助理，也曾担任过《观察家》报的"特聘作家"一职。应当指出，他的美国背景使他的小说创作受益不浅。而且通过他给英国小说创作带了一股不小的活力。跨大西洋的活动自然成了他的一些小说的背景。他笔下的人物常常像他那样，往返于纽约和伦敦之间。

马丁·艾米斯是金斯利·艾米斯的儿子，这也令他获益匪浅。在英国文坛上，子承父业的情形并不多见。不过，小艾米斯并没有像父亲那样以一本处女作《幸运的吉姆》便在文坛上一炮打响，至80年代他才终于确立自己在文坛上的地位，而他所享有的赞誉也不同于他父亲在50年代受到的喝彩。父亲当时被视为典型的"新现实主义者"，而他却以其技巧的新颖被当代美国作家索尔·贝娄称为"新生的福楼拜"，"再世的乔伊斯"。小艾米斯是一个与"现实主义"相对的"实验主义"者。从另一方面看，艾米斯虽然在叙事技巧上有很大的创新，但在语言的锤炼和实验上，他是远不能同精雕细琢的福楼拜和很有灵气的乔伊斯相提并论的。

在艾米斯第一部重要小说《钱：自杀者的绝命书》（1984）中，性是最重要的基调，甚至比在从前的作品中更突出，但金钱作为一种破坏性力量，作为一种最主要的颓废因素，从来没有受到像这部小说那样猛烈的抨击。在艾米斯看来，60年代的极端自由主义的文化必然导致一种极度的精神空虚，而正是这种精神空虚加深并加速了纯货币主义对社会的侵蚀。在《钱》中，主人公约翰·塞尔夫骄傲地宣称自己是"60年代的孩子"。在艾米斯看来，60年代的时代特点是文化激进主义的高度亢奋与极度的精神空虚相伴随。这种精神空虚突出的外部标帜便是道德沦丧。20和30年代T.S.艾略特对颓朽世风的批判在60和70年代似乎找不到回音，现在得由80年代的艾米斯来收拾这精神上的烂摊子了。他的确也摆出了一副清算60年代的姿势。虽然艾米斯在《钱》之前发表的作品无不是对60年代泛滥成灾的激进自由主义的批判，但在《钱》中，这种批判的强烈性达到了前所未有的高度。《钱》明白无误地传达了这样的信息：形形色色人物良心的泯灭全都与60年代有直接的关系，而对钱的疯狂崇拜以及用金钱来满足疯狂欲望的做法恰恰就是道德沦丧的直接后果，也就是说，道德的衰落导致了金钱的全面胜利。

题献给父亲金斯利·艾米斯的《伦敦原野》（1989）是马丁·艾米斯

80年代的另一部重要小说。除了十分庞大的部头以外，这部作品给人留下的最深刻的印象，可能就是它的黑色幽默了。故事的时间设在十年后的1999年，即公元第二个千年的最后一年。故事地点设在伦敦，不过所谓“原野”更多地只是一种意象，而非实际地点。故事的基本架构是，在第三个“至福千年”来临之际，资本主义的乐园伦敦的“原野”上发生了一起似乎由被杀者导演的自杀—谋杀之剧。作者明白无误地勾勒出一派末日景象。在这部作品中，艾米斯对英国社会现状的批判达到了异常激烈的程度。如果说他父亲金斯利·艾米斯在50年代去了一趟葡萄牙，回到英国后就嚷嚷“我还是喜欢这里（英国）”，那么他本人现在似乎已是十足的“我不喜欢这里”了。

艾米斯在《伦敦原野》卷首语中声称他为此书的书名犹豫了很久，考虑过好几个书名，最后才决定用《伦敦原野》。被考虑的书名中有一个是《时间之箭》。两年后，艾米斯以它来命名了自己新发表的小说。在《时间之箭》（1991）中，他把时间的走向颠倒过来，把叙事的顺序颠倒过来，因果律也因此被打破，结果僭取了原因的位置。一个纳粹战犯在战争结束时逃到美洲，在那里把时间颠倒又活了一次，即从死亡活到出生。在大屠杀中死去的人自然也活了过来，绝灭营呈现出一派复活再生的景象。食物不是被吃进嘴里去而是从胃里回流出来。清洁工不清扫垃圾，而是把垃圾撒到地上。犯了罪的纳粹军官自然又回到清白无辜之状态。由此不难看出，这部小说叙事技巧的革新与《伦敦原野》一样，也十分适合传达作者的社会政治信息。如果说历史上的大屠杀能够取消，死于大规模灭绝行动的人能够皆大欢喜地复活过来，有罪的人能够顷刻间变得无罪，那么是非善恶问题就不再是问题了。这对艾米斯心目中世界末日的“后现代”社会来说似乎不是纯粹的想象，而在某种意义上是正在发生着的事情。借着不断翻新的叙事技巧，艾米斯尖刻的黑色幽默在《时间之箭》中达到一个新的高峰。

伊恩·麦克尤恩（1948—　）的名字常常与马丁·艾米斯的名字一起出现。除了因为他们几乎同年，而且在同一时期开始小说创作以外，也因为他们在同一时期成名。更重要的，也许是因为他们两人有着十分相似的禀性。那就是都对怪诞、荒谬和幻觉以及某种世界末日的景观表现出强烈的兴趣。虽然麦克尤恩的艺术灵气和创造力比艾米斯略逊一筹，他的前期作品更是过分沉溺于对个人心理状态和儿童在家庭情景中的心理活动的描写，但他所尝试的新颖题材和新奇的个人风格毕竟为80和90年代英国小说的复苏作出了重要贡献。

麦克尤恩出生在英格兰，青年时期在新加坡、利比亚与德国度过。1970年开始文学创作，现在住在伦敦。他在70年代写了许多短篇小说，发表在《美国评论》、《美洲评论》、《文汇》等刊物，以及荷兰和匈牙利的一些英语刊物中。这些故事后来集中发表在《最初爱情，最终仪式》（1975）和《在被单之间》（1978）等短篇故事集里。它们的主题大都是荒诞而令人不安的：死亡、病态、暴力、疯癫、性变态。

他的第一部小说《水泥庭院》（1978）是一部哥特式的恐怖小说。故事是从一个十五六岁的孩子杰克的第一人称视角讲述的。小说一开始，杰克的父亲便死了，不久母亲也死了。然而父母的去世似乎并没有引起杰克和弟妹们过多的哀痛。母亲死后，杰克没有通知有关当局，而是带领弟妹们把她的尸体用水泥封埋在地窖里，同时心中不无兴奋地想象着这事张扬出去，一定会成为全国各大报纸的头版头条新闻。这件事本身表明，孩子们在双亲去世后开始处在一种失去社会约束的状态中，或至少不再理会社会加诸他们身上的种种道德和习俗。也可以说，双亲的亡故意味着道德的闸门被最后打开了。孩子们现在可以毫无管束地、非道德地为所欲为，甚至倒退到动物的水平。大妹妹朱丽和杰克的血亲相奸便是这种倒退行为的最终成果。当然，用水泥封埋母亲尸体一事最终还是被一个局外人发现了。在故事结尾时，远房亲戚德里克斥责了朱丽和杰克的乱伦行为后，到地窖用铁锤敲砸封尸的水泥。故事中的孩子杰克、朱丽、苏和汤姆对他们所做之事的恐怖性似乎毫无自觉。他们似乎只是在作者的操纵下按自身的逻辑表演了一出儿童剧而已。只有作为成人的读者才能意识到整个情景的可怕和病态。这种间离效果实际上是麦克尤恩多年来所一直坚持和追求的。

《时间里的孩子》（1987）是麦克尤恩80年代的一部重要小说。这部作品虽然也是儿童故事，但作者在其创作生涯中第一次突破了家庭情景中儿童的心理活动这种较为单纯和狭窄的题材范围，进入了广阔得多的社会和政治视野。故事的地点设在世风日下、保守主义盛行的英国。在时间上，《时间里的孩子》提前进入了某种近乎世界末日的将来，但这并不是不着边际的遥远的将来，而是有着现实社会意义的不远的将来。艾米斯1989年问世的《伦敦原野》把时间设在十年后，很可能就是受了麦克尤恩时间把戏的启发。虽然童年仍是这部小说的主题，但不再像麦克尤恩先前的作品那样从儿童的非道德视角来呈现了。儿童生活的情景是在成人生活的更宏大的社会景观中展开的。基本的故事轮廓是，一个年轻小说家的女儿在故事开始前两年在一家超级市场被拐骗，这一悲剧性事件破坏了这个小说家的婚姻，然后他本人也因忧郁症而陷入冷漠之中，除非他偶尔在街上看到某个女孩子，希望这可能是自己女儿，才能稍稍提起一点精神来。

《时间里的孩子》还有另外一条故事线索，那就是一个政客的公众形象与私人生活之间存在严重的不一致，并造成严重后果。这个政客的童年生活远不尽如人意，为了寻求补偿，他近乎疯狂地把自己的能量投入到政治活动中。尽管如此，他仍然无法摆脱童年生活的阴影。从故事的叙述顺序来看，读者所看到的那幅图景是一个人从其成年生活倒退到他充满挫折、失望和压抑的破碎的童年生活中。当然《时间里的孩子》的故事主线是一个女孩被拐骗以及此后发生的事情。但它并非单单讲了一个儿童被拐骗的故事，它也在深层次上揭示了这么一个事实：我们每个人身上的那个“孩子”已被工具理性主义的国家拐骗了。从另一方面看，《时间里的孩子》虽然提出了严肃的道德问题，但它对这些问题的回应却是“隐退到幻想里去”，因此这部小说虽然是麦克尤恩的佳作，但在开发他的小说家的潜质方面，却一如以往，没有能够实现突破。

麦克尤恩90年代的小说《黑狗》（1992）又回到先前的严肃题材上来。这部小说的故事是用一种令人心神不宁的寓言形式来讲述的，这有点像早期的戈尔丁。它所探索的问题是人性邪恶这样的重大问题。它的整个格调可归入黑色幽默或黑色戏剧这样的类型，这又使人想到默多克，以及与麦克尤恩差不多同年的马丁·艾米斯。《黑狗》的地点设在法国乡村，故事是围绕一个女人对两只黑狗的看法而展开。这两只狗在战争期间曾被用来恐吓盖世太保关押的人，有着不光彩历史的两只黑狗自然影响了这个女人的心理状态，使她摆脱不了同它们联系在一起的往事的阴影。在更加广阔的意义上，这阴影就是那种已经侵入西方文明骨髓里的，以大灭绝、大屠杀为最高表征的恐怖遗产。麦克尤恩的这部作品可视为对当代生活、对一个抗拒着道德连贯性甚至道德理解力的世界所作的某种神经质反应。

索尔·贝娄称马丁·艾米斯是福楼拜“转世”，这显然有点言过其实，但如果把这种赞誉加诸**朱利安·巴恩斯**（1946—　），也许更加合适一些，至少巴恩斯无疑是福楼拜的公开崇拜者。巴恩斯也是马丁·艾米斯的好朋友。在形式技巧的实验方面，巴恩斯比艾米斯走得远得多，因而一般人得出了艾米斯与麦克尤恩更为接近的印象。在语言风格上，巴恩斯与艾米斯相比要精雕细琢得多，考究简练得多。

巴恩斯曾以“但·卡万纳夫”的笔名发表过一些格调低下的神秘的侦探故事。他的第一部以巴恩斯为名发表的小说《都市郊区》（1980）地点设在巴黎，时间设在多事之秋的1968年。这部小说讲了一个爱情故事，通过它，巴恩斯表达了他对法国生活、法国文化和法国观念的热爱。在《都市郊区》中，他公开宣布了自己对福楼拜的小说的兴趣。另一部作品《福楼拜的鹦鹉》（1984）既可说是福楼拜传记，也可说是包含着严肃批评理论的作品。当然，作品还讲了第一人称叙述者杰弗里·布雷斯韦特对“福楼拜的鹦鹉”的“探究”和“考证”的故事。所谓“福楼拜的鹦鹉”，是指福楼拜写小说《单纯的心》时出于塑造人物的需要而使用的一只鹦鹉标本。布雷斯韦特企图找到它。在此过程中，他发现了好几只据称是福楼拜使用过的鹦鹉，甚至发现了几十只似乎有同样悠久历史而且种类相似的鹦鹉标本。布雷斯韦特最后醒悟到，要找到福楼拜使用过的那个标本是绝对不可能的。不过《福楼拜的鹦鹉》并不是一个单纯的探寻和觉悟的故事。它也包含了在这种探究和考证的过程中布雷斯韦特对自己与妻子的关系的反省，对所谓“福楼拜的鹦鹉”性质的思考，事实上是对“生活真实”以及语言反映现实的能力的思索。

在对“福楼拜的鹦鹉”和对福楼拜本人的生活阅历和艺术创造的探究过程中，布雷斯韦特发现福楼拜的《包法利夫人》里包法利夫人的丈夫夏尔的生活经历与自己的生活经历之间有一种奇怪的重合，觉得自己完全可能像夏尔·包法利那样懵懵懂懂戴了绿帽子。在布雷斯韦特看来，生活和艺术之间并没有截然的界线，艺术可以模仿生活，生活也可以模仿艺术。两者可以相互跨越，但有一点可以肯定，那就是人永远不可能完全把握它们。这正好像寻找“真正”的“福楼拜的鹦鹉”那样，是徒劳无益的。在文本样式方面，巴恩斯也作了相当大胆，也许是过分大胆的实验，结果《福楼拜的鹦鹉》里不仅有传统的叙述性内容（尽管只占很小的比例），也有文学批评论文式的成分；不仅有反映福楼拜生活的三个不同侧面的“大事记”，而且有从福楼拜的角度讲述的动物寓言；不仅有以福楼拜为题的本科大学生考试试卷，而且有站在今人立场上对福楼拜时代所作的种种评论。

巴恩斯在下一部作品《十又二分之一章世界史》(1989)中，把小说实验推到一个更新的高度。在这里，小说的概念面临着被重新界定的威胁。这部“小说”或“世界史”的十“章”都有正式的标题，而第八和第九章之间那部分名为“插曲”(Parenthesis)，是非“正式”的，故有“十又二分之一章”之谓。所谓“世界史”，其实是十一篇幻想故事，历史故事，或报告文学。它们或采取寓言的形式，或讲述真实地发生在历史上的事情，或对宗教掌故进行篡改性的加工处理，或徜徉于尚待发生的未来事件中，甚或遨游在最飘渺虚幻的“天国”里。它们在多大程度上是“史”还是“小说”，大体上可以从巴恩斯从头至尾的讥讽语气上推断出来。稍有脑筋的读者都会知道它们既不是“历史”，也不是“小说”，而是语言风格和题材内容迥异的故事或准故事。巴恩斯把差异极大的叙事材料做成一个叙事拼盘，给它取了一个十分别出心裁的名字：《十又二分之一章世界史》，这种手法很难说具有持久的启迪性。

巴恩斯在90年代发表的第一部小说《谈心》(1991)以爱情为主题，这是一种三人关系的爱情。第二部90年代的小说名为《箭猪》(1993)讲的是柏林墙倒塌后发生在欧洲的事情，这在写这一类题材的英国小说家中，算是比较早的。这部作品以保加利亚原国家领导人日夫科夫为原型，讲述了一个前东欧国家领导人被废黜遭审判的故事。

80年代英国文坛上的另一个实验先锋是**彼得·艾克罗伊德**(1949—　)。他于1949年出生在伦敦，是剑桥大学毕业生。在开始文学创作以前，他已是《观察家报》的文学编辑和管理编辑及《泰晤士报文学副刊》的书评员。这种经历与马丁·艾米斯颇为相似。但不同的是，艾克罗伊德也是一个诗人，一个文学传记作家，写过一部颇有分量的T.S. 艾略特传记。正是这种背景使他的文学创作带上了一股神秘朦胧的诗味，一层非常浓重的文学传记色彩。

这不仅使得他与80和90年代其他实验小说家不太一样，也意味着他的小说可能过多地依赖文学模仿和戏拟。与这种过度依赖技巧的做法相联系的是，他能较为彻底地超越自身，基本上不把自身的生活经历作为素材。无疑，在把商业上的成功与批评界的青睐结合起来方面，艾克罗伊德是幸运者，是继马丁·艾米斯、伊恩·麦克尤恩和朱利安·巴恩斯之后在英国文坛上出现的又一颗新星。在某些方面，艾克罗伊德甚至可能显得比他们更加耀眼。他接二连三地得奖，其他三位作家望尘莫及。但必须看到，他过度利用自己的文学批评家和传记作家背景，而不是从自己的亲身经历和感受出发来进行创作已经导致了那种过度的实验性，甚至可以说已导致了作品的虚假性。这很可能使他在80和90年代的成功昙花一现。

艾克罗伊德的第一部小说是《伦敦大火》（1982）。书名很容易引起误解，叫人以为它讲述17世纪伦敦发生的大火灾，其实作品与那场大火几乎没有任何关系。不过那场火灾的情景以后将在艾克罗伊德的其他作品中出现。开始创作这部小说时，艾克罗伊德正准备写一部新的狄更斯传记。他顺势将狄更斯的小说《小杜丽》（1855）加以挪用，使它以“互文性”的形式贯穿在整部《伦敦大火》之中，像鬼魂一样出没在这部以现代生活为背景的新型小说里。其结果是，过去与现在之间出现了若隐若现的重合，若即若离的联系。《伦敦大火》中的许多人物似乎都处在《小杜丽》的符咒之下，它的许多地点也与《小杜丽》相合，其中最引人注目的是马歇尔希监狱（这是狄更斯的父亲因欠债蹲过的地方，在《小杜丽》中，狄更斯让威廉·多丽和亚瑟·克伦南这两个主要的男性人物因欠债先后被投入其中）。小说还包含把《小杜丽》改编成电影的场景（该小说的一个重要的电影版本确实是在80年代制作的）。因此，有关狄更斯的传记材料十分自然地大量进入《伦敦大火》，使之几乎可称为一部“狄更斯评注”。从这部小说开始，艾克罗伊德创作了多部以伦敦为背景的哥特式恐怖怪诞小说。

他的第二部小说是《奥斯卡·王尔德最后的遗言》（1983）。王尔德

1897年出狱后住在法国，直至1900年去世。在这期间，他并没有写下什么像样的“最后遗言”。艾克罗伊德以“后现代”眼光和风范替他做了这一工作。他从王尔德的视角写下了一部有关后者在巴黎的最后日子的故事。不用说，这又是把文学传记材料加以改头换面，制作出一部新型实验小说来。由于艾克罗伊德的手法比较老练，再加题材本身对于文学评论家们有很大的吸引力，这部作品为艾克罗伊德赢得萨默塞特·毛姆奖。

第三部小说《霍克斯莫尔》（1985）为艾克罗伊德赢得的奖就更多了，有“《卫报》小说奖”、“威布莱德小说奖”，还获得了“布克奖”提名。这部小说一直被评论界视为作者最成功、最重要的作品。从故事形式来看，这部小说十分新颖，甚至新颖得有点过分。它有两条故事线索，二者之间在时间上相差二百多年。从主题来看，则几乎没有哪个人能讲清楚它究竟说的是什么了。尽管如此，这并不妨碍它得奖，而且很可能正是因为这种主题的模糊性才受到如此青睐。另一方面，《霍克斯莫尔》虽然没有像先前的小说那样结构性地使用文学传记材料，但历史资料的结构性利用表明，作者的创作路数与从前一样，并没有太大的变化。主人公尼可拉斯·代尔的原型是英国18世纪建筑师尼可拉斯·霍克斯莫尔。小说有两条故事主线，一条时间设在17和18世纪，另一条时间设在20世纪。在前一条线索中，故事是从代尔的视角讲述的。代尔为了使他设计的那些新古典风格的教堂能够最后顺利地完成，或为了达至某种最终的完美，像浮士德那样与魔鬼定立了条约，允诺在修建过程中用人作牺牲填入地基作为祭奠。为此目的，他谋杀了一些流浪汉，并在适当的时机将他们的尸体填入地基。在后一条线索中，历史人物尼可拉斯·霍克斯莫尔的名字被赋予20世纪伦敦的一个侦探，该侦探负责调查发生在代尔设计修建的几座教堂周围和里面的一系列杀人案。这样的结构要求作者能用两种非常不同的文体来交替写作，即18世纪英语文体和当代英语文体。艾克罗伊德比较成功地做到了这一点。

故事中提到的几个教堂除了西敏寺大教堂以外,都以它们的真实名字、真实地点和真实建筑样式出现在后一条故事线索中。在两条故事线索中,代尔和霍克斯莫尔都各有一个名为瓦尔特的助手。在18世纪的故事中,代尔诡秘的行事方式受到了同事们的怀疑,首先受到了助手瓦尔特的怀疑。后一条故事线索中的瓦尔特远不是福尔摩斯的朋友华森医生那样的好助手,他出于自身的利益和前途的考虑,暗中破坏,甚至还跟踪监督他的上司。霍克斯莫尔最后的死与这个瓦尔特的心理迫害关系极大。如果暂时抛开故事的超自然层面不论,在现实层面上,霍克斯莫尔似乎是由于瓦尔特及其同党的"欺骗"和"背叛"才自行了断生命的。这样的情节安排表明,20世纪的侦探故事已经变成了一个反侦探故事。

调查杀人案的故事与18世纪设计修建教堂的故事在不同的章节中讲述,须用什么办法使两个故事发生联系,而非仅仅是主要人物名字的重合(都叫尼可拉斯)与主要地名的一致,否则从形式上说,这部作品便失败了。事实上,艾克罗伊德还做了其他更为重要的类比或平行安排。譬如,被代尔当作教堂牺牲的流浪汉的名字以及他们被谋杀的方式皆与20世纪故事里被害流浪汉一样。两条故事线索之间最重要的联系是20世纪的霍克斯莫尔与18世纪的代尔之间的联系。这个反侦探故事开始时,霍克斯莫尔正面临着调查一宗系列杀人案的任务。他虽然竭尽全力来调查这宗案子,但从现实逻辑看,直到故事结束也并没有一个水落石出的结果,凶手并没有抓住。然而,在一种非现实逻辑的意义上,悬案则并非没有一个最后的交待。这主要是通过两条故事线索隐隐约约的相互指涉来实现的。20世纪的霍克斯莫尔终于认识到,凶手抓到与否并不重要,重要的是,某种远远超出个人意识狭隘性的宏大目的尚未实现,或某种超自然的宏大"格局"仍未完成。要完成这"格局",需要他牺牲自己。他最终确实把自己献了出来。这样做似乎毫无理性可言。如果有某种理性在起作用的话,那可能也是霍克斯莫尔觉得(或给读者的印象)自己的前身就是代尔，现在必须牺牲自己来偿清两百多年前欠下的牺牲活人以祭奠教堂之债。在此意义上，第二条故事线索的反侦探故事意味就更加明显了，因为在超自然意义上，抓凶手的人两百年前便是凶手本身。当然还有一种解释，即霍克斯莫尔的最后行动恰恰是对自己信奉一生的理性的最终否弃。在故事结尾处，当霍克斯莫尔让自己被“小圣体教堂”的黑暗吞没时，他听到里边有无形体的人发出这样的声音：“我又是一个孩子，跪在永恒之门槛上乞讨”。

在接下来的《查特顿》（1987）中，艾克罗伊德又回到了以文学传记材料为创作题材的老路。下一部小说《最初有光》（1989）仍然有不少互文性指涉，但模仿的手法被摈弃了，故事地点也从伦敦转移到了哈代的故乡多塞特。这部小说讲的是不同的“考古学”的故事。一座新石器时代的古墓正在发掘，发掘的现场非常靠近一座现代天文台。天与地，人类与宇宙，地球的起源，当代物理学上的夸克、黑洞和全新的时间概念都被加以探究。

“二战”后的诗歌　20世纪中叶的英国诗坛和世界的诗歌大趋势是一致的：现代主义作为一种文学运动已经衰落了，连它的旗手艾略特的后期作品如《四首四重奏》也已经失去过去那种浓厚的现代主义气息了。而奥登则在战争前夕离开英国而常住美国，使英国失去了一位有世界声誉的诗人。一时间，英国诗坛显得凋零衰败。

看来，要再掀起一次像现代主义这样惊世骇俗的大运动，在短期内是不可能了。从弥尔顿的《失乐园》到华兹华斯和柯尔律治的《抒情歌谣集》，中间有大约有130年的间隔。从《抒情歌谣集》到艾略特的《荒原》则又超过120年的间隔。英国和西方诗歌还需要一段时间的休养生息，才能再迎来另一个真正的辉煌时代。

当然，如果我们不把眼光局限于划时代的人物和作品的话，那么，还是有一批杰出的诗人足以引起我们注意的。

从20年代起一直以独特的风格写传统形式诗作的罗伯特·格雷夫斯(1895—1985)1955年出版的《诗集》奠定了他的世界性声誉。

格雷夫斯自言写诗是为了自娱,而写其他作品则是为了谋生。他的作品里没有现代派的晦涩,他要求诗歌格调清新明快,形式齐整,读者能理解,风度闲雅。在他的诗里,特别是爱情诗,显示出他富有个人特色的个体风格。比如在1951年写的《麦秸》一诗中,诗人通过"我"的手指间不断颤抖的一根麦秸,描写了宁静和激烈,爱和怨之间相反相成,冷峻和热情融为一体的复杂情感。

在战争期间已经成名的**迪伦·托马斯**(1914—1953)是一位受到超现实主义影响的威尔士诗人。他把柯尔律治的浪漫主义诗歌中的神秘和梦幻因素加以进一步发展,又结合了弗洛伊德的潜意识学说,将想象力发挥到极致。1934年他发表的第一部诗集《诗18首》(1934),其主题均为生命、死亡、性以及三者的联贯性。此后,他又发表另一本诗集《诗25首》、笔下宗教色彩更加深浓。"二战"爆发后,又写了一系列关于德军轰炸伦敦的诗,如《空袭后的葬礼》《拒绝为死于伦敦大火中的孩子哀悼》。此时,托马斯已经成名,但是在艾略特和奥登等人的灿烂光辉下,他的成就无法得到预期的承认,他只被认为是一颗不太明亮的诗坛新星而已。他的成就主要是在战后才得到公认。可惜的是,1953年秋,当他旅美作诗歌朗诵时,因酒精中毒死亡。他在50年代初父亲病危时写了一首奇异的哀情诗《不要温情地走进那良宵》,在诗中,他把死亡比作"良宵",但却愤怒地斥责光明不该消逝,呼唤父亲不要弃光明而求黑暗。他写道:

庄重的人将死时,昏花老眼能看到
瞎眼会像流星闪耀欣喜,
　　狂怒吧,怒斥光明的消逝。
　　而你,我的父亲,在那伤心的高处,

请你用残忍的泪水诅咒我，祝福我。
不要温情地走进那良宵
狂怒吧，怒斥光明的消逝。

（参考顾子欣译文）

如果说格雷夫斯是年长一代的诗人，而迪伦·托马斯由于英年早逝而难以代表50至60年代的英国诗坛，那么，我们的目光大概会投向50年代中期的所谓“**运动派**”。“运动派”之名来自1954年10月1日《旁观者》杂志的一篇评论，它把当时一批青年诗人的崛起称之为英国诗歌的一次“运动”，因为他们的诗歌都反对战争年代流行过的启示性浪漫主义诗风，反对艾略特和庞德鼓吹的否定传统的纯试验性诗风，也否定迪伦·托马斯的晦涩的意象。这批诗人中最重要的是菲利普·拉金，其他人包括伊丽莎白·詹宁斯、唐纳德·戴维、汤姆·冈恩等。

运动派诗人大多受过高等教育，崇尚传统的诗风，所以写出来的诗都有较严格的韵律、严谨的诗节和流畅的语言。他们不抱庞德和艾略特那种创一代诗风的雄心壮志，不像他们那样在作品中掺入大量哲学概念以炫耀博学。他们崇尚英国的本土诗风。例如，拉金极力推崇的，是哈代那种朴素和深刻。

菲力普·拉金（1922—1985）是“运动派”诗人中的第一才子，属于战后崛起的最优秀的英国诗人。拉金早期的作品受到叶芝的影响，较为朦胧。但到了50年代，他开始推崇哈代的笔法，务求写得具体而准确，简练达意，技巧娴熟，但不追求惊人的词语。

以他最有名的《降灵节婚礼》一诗为例，诗歌具体准确的语言把英国50到60年代的破败景象描写得那样鲜明，虽以一斑而足以窥豹。诗歌一开始，诗人就以目击者的视角，向我们描绘了圣灵降临节经过街头和乡镇时，“热浪熏人几英里”，“河上漂着工业废渣”，然后他看见：

一间温室闪过，很别致：树篱时下时上：
不时地传来一股青草味，
冲刷掉帆布扣住的车厢里的臭味，
直到又一个小镇没有特征的新镇
用方圆几英亩的废汽车迎接我们。

(参考王佐良译文)

他的短诗《日子》更别致，简练之中把握了英国人生活的要害问题，平实里显示了深刻的思考：

日子有何用？
日子是我们的生活场所。
它们来了，它们把我们唤醒，
一次又一次。
在日子里面是快乐的：
除了日子我们还能在何处生活？
啊！为了解答这个问题
引得牧师和博士
穿着长长的外套
在田野上奔波。

诗中的失望而无奈的情绪跃然纸上。在英国社会经历着从日不落帝国没落为二流国家的历程中，拉金以枯燥沉寂的诗行诉说人生的悲怆。

拉金写了很多诗，但笔下几乎见不到一片绿叶，也许这就是拉金笔下英国社会的写照。从这一点上更可以看出，拉金的技巧和他的诗所描述的内容是融为一体的。拉金和运动派的其他诗人们用这种娴静的风格准确而具体地写出50、60年代英国的景物和时代情绪，终结了从20年代开始统治英国诗坛的现代主义诗风，回归到哈代为代表的另一种英国传统。

就诗歌风格而论，拉金的诗是对现代主义，甚至也是对浪漫主义的反拨。在经历了长期的咏叹和象征之后，出现了拉金这样用庭院闲谈语气抒写社会和人生的大众诗人，这确实是诗风的大转折。

但是，拉金在70年代中期停止了在诗坛的耕耘。

另一位活跃于50、60年代的英国诗人是**特德·休斯**（1930—1998）。休斯出生于约克郡，1956年与美国女诗人西尔维亚·普拉斯结婚，1957年以诗集《雨中鹰》一举成名，此后出版了十余部诗集，如《牧神》、《木神》和《乌鸦》。1984年12月，英国女王授予休斯桂冠诗人称号。休斯的诗歌风格是站在当时英国诗坛的主流"运动派"的对立面，因此这件事在一定意义上标志着"运动派"在诗坛优势的衰退。

休斯的父亲和叔父参加过第一次世界大战，休斯从小就熟悉战争的残酷性。休斯本人在第二次世界大战期间也当过两年兵，两代人的战争经历在休斯身上浓缩为对战争的掠夺本质和残酷性的厌恶。休斯的诗集简直可称为一部动物寓言集。诗里的主角不是人，而是各种动物：乌鸦、鹰、美洲狮、狐狸、狼、熊、牛、马等等。这些飞禽走兽不是起点缀作用的意象，而是诗歌的本体，象征着诗人的各种影射的寓意。

在名作《栖息着的鹰》（收于诗集《牧神》）这首诗中，诗人通过鹰的自述，写出了鹰高踞"森林之巅"，静观猎捕时机时那种无声无形，貌似懒散实则紧张机敏的形态。作品这样描绘鹰居高临下的感觉：

我的双爪牢牢地攫住粗糙的树皮。
宇宙的全部造化

是我的利爪和劲翅:
如今我的脚下是整个造化。

我展翼直冲霄汉,在苍穹缓缓盘旋
我随意捕杀,万物皆为我有。
我的躯体内没有区分是非的必要,
我的行当就是把人家的脑袋撕下

把死亡一一分配。
我的飞翔路线
直穿活物的骨骼。
我的权力毋须论证。

(参考张中载译文)

多么自豪,目空一切,主宰万物。鹰的高傲、残忍和君临天下使人自然而然地联想起人类社会里的许多现象。这首诗可以视为英国自劳伦斯以来最直接渲染暴力的作品。

休斯对动物界自小就有浓厚兴趣,他对自然界的敏锐的审美意识,使他能敏锐地感觉到资本主义世界尔虞我诈,弱肉强食的社会现象及其本质。对理性和野性融为一体的赞美,对鲜血淋漓的暴力和荒凉景况的生动描绘构成休斯诗歌的一大特色,使读者联想到:动物与人在本质上的某些相似性。动物毫无顾忌地表现出最基本的生存竞争和弱肉强食的丛林法则,而理性的人却往往用假象或虚伪的外衣掩盖这种实质,因而在作品中出现的形象往往是有气无力的,比起那些凶猛的动物来反而缺少生命的原始力量。

在他的代表作《雨中鹰》里是这样将人与鹰作对比的:人陷入了泥

潭，每一次“从大地的吞咽中拔出”脚步，便立刻又被泥土“陷绊住脚踝”，而鹰却“毫不费力地高悬着平静的眼睛。 / 双翼在轻松的恬静中包容宇宙造化。 / 沉稳得宛如幻景在流逝的风中。”（参考林骧华译文）

如果说，50年代的英国诗歌是以拉金为首的运动派占据了主导地位，那么，自从50年代后期休斯以《雨中鹰》一鸣惊人之后，英国诗风亦从淡雅而开始向豪放雄浑转化。而到了60年代初，随着《牧神》、《动物诗集》、《木神》和《乌鸦》这几本诗集的相继发表，似乎特德·休斯的势头已略占优势。

70年代以来，休斯仍笔耕不辍，发表的诗集有《穴中鸟》（1975）、《四季歌》（1976）、《沼泽城》（1979），《河流》（1979）等；题材越来越扩展，在诗歌创作中不断有所创新。在有些诗里，诗人已经开始从动物描绘中逐渐走出来，落实到人的命运中去。例如在《七愁》这首诗中，诗人伫立窗前，感叹秋天园中的残花，哀怨在“脸上的皱纹”中“岁月堆积 / 像一座卖儿童用品的 / 破旧的集市”，表达了对暮年的恐惧和悲哀。

当然，我们说拉金和休斯代表了英国诗在50、60年代的两股主流，并不是否定其他英国诗人的重要性。

例如，在以拉金为代表的“运动派”里，重要人物还应包括汤姆·冈恩、唐纳德·戴维和金斯利·艾米斯。其中，汤姆·冈恩作为运动派诗人在50年代时名声几乎跟拉金不相上下。他的诗风与拉金不同。拉金作品的主题往往是消极的，集中表现老年、死亡、失败、孤寂等感情，往往给人以无可奈何的解嘲和失落。而冈恩的诗歌创作则努力表现人类生存的艰辛困顿以及与之相呼应的英雄主义，在虚无主义的体验中寻找积极的时代精神。由于冈恩长期居住美国，有批评家将他称之为“大西洋或盎格鲁美利坚诗人”。他以计算音节数目为标准作诗的方法显然受到美国现代诗歌的影响。

再如约翰·贝奇曼，他是桂冠诗人，但并不归属于某一流派，而是自行其道，自得其乐，喜欢描写英国城市周边区域人民的传统生活。他用素体诗写了长篇自传《为钟声所召》（1960）、《高与低》（1976）和《空气转冷》（1972），受到奥登和拉金的赞誉。

而与特德·休斯同为"小组派"成员的英国有名诗人包括乔治·麦克贝斯、菲力普·霍布斯鲍姆以及爱德华·露西–史密斯等。

60年代"小组派"中成长起来的诗人，如彼得·波特、彼得·雷德格洛夫和乔治·麦克贝斯到70年代以后变得更加活跃。还有一批擅长写短诗的诗人，如伊恩·汉密尔顿、雨果·威廉琼斯和戴维·哈森特，他们受到世纪初意象派的影响，努力用短小的抒情诗和精练的具象的语言去捕捉瞬间的意象，往往表达伤感和忧郁。

此外，现代主义虽然已走向衰败，但也并没有完全消失，还有若干年轻诗人汲取了庞德的创作思想和审美标准，借鉴美国黑山派诗歌理论，在形式上进行标新立异，创造出晦涩难解的朦胧诗。

当代的英国诗坛，是一种多元共存，各具特色，地域化趋势明显的局面。虽然比不上小说创作那样生气勃勃，但也呈现出另一种百花齐放的繁荣。从时代精神的角度看，真正能反映70年代以来的英国精神面貌的诗歌应该要从谢默斯·希尼开始。希尼是北爱尔兰诗人。"二战"后在北爱尔兰争取独立的力量不断掀起各种形式的斗争，形成北爱尔兰长期动乱的政治局面，也培育出一批有才华的青年诗人，其中最突出的是希尼。

谢默斯·希尼（1939—2013）的早年诗作充满了对童年的回忆，对养育他的故乡的眷恋，以及对爱尔兰农庄文化的自豪。在《搅奶日》一诗中，他以带感情的诗行描绘他母亲带领全家在农庄工作的生动场面：

厚厚的一块干片，条纹粗糙，像脱落的石灰石，
在四只罐子上慢慢硬化，
罐子像大型陶制炸弹，站立在小小的厨房里。

……
出来了，四只罐子，沉甸甸的奶油唇皮
和白色的内容都倒进消毒过的搅奶捅。
搅奶棍，像一根巨大的威士忌调酒棒，
插进桶里，尺寸和桶盖正相配。
我母亲第一个上来，定下搅拌的节奏，
沉重的搅拌声持续几个小时。手臂酸了。
手上起了泡。脸上和衣服上溅着了
一块块软垂的牛奶。

诗人描绘了一幅质朴的农家乐图景。当然，诗人也没有忘记乡村景象的另一面——那些不幸的人们。例如《饮一口水》这首诗中描写了一位疾病缠身的老妪每天步履蹒跚地到水泵边来汲水，表现了老人生活的艰难。

北爱尔兰是英国的一个民族和宗教斗争非常激烈的地区，"共和军"和政府军经常发生武装冲突。笃信天主教的希尼的家庭经常受到当局的侵扰，这样的生活环境在诗人的作品中必然留下深刻的印记。例如《警察来访》这首诗就记录了诗人儿时的回忆，作品将骑着摩托车上门收税的警察傲慢无理的神态描绘得活灵活现。多年以后，当希尼回忆童年这一情景时，"粗黑的"摩托车手把、"闪闪发亮的拉杆"、"警棍挂钩"、"沉重的账本"等细节和警察的每一个动作都历历在目，可见以天主教信徒为主的爱尔兰老百姓与英国政府之间的深刻矛盾在孩子心中留下了深深的烙印。

希尼的根深深地扎在爱尔兰的文化土壤上。但是，他又是在英国的传统文化教育下成长起来的，作为诗人，他想在两者间找到一个共同的切入点。他的早期诗集《自然主义者之死》(1966)、《通向黑暗之门》(1969)和《北方》(1975)中有浓郁的乡土气息和民族意识。但是，为了使北爱尔兰天主教文化与英国传统文化能有机地结合起来，他在不断地摸索一种新的诗歌语言和创意。他企图从对民族文化的追溯中找到这种创意，往往倾向于把诗提高到哲学和象征意义的高度，进入抽象的纯理性境界。一次，他参观一具从丹麦的格劳拜尔地区乡村的泥炭地里出土的男尸，得知该男尸是宗教仪式上献给繁殖女神的牺牲（喉管被割断，以便使鲜血喷涌，从而向女神表示崇敬）。面对着不幸历史的见证，希尼有感而写成《格劳拜尔人》（1975）一诗：

似乎他曾被灌进
柏油，他躺着，
头枕着泥炭，
好像在哀泣

他自己成了一条黑色河流。
他的手腕的纹理
像久埋地下的泥炭栎。
他的脚后跟

像玄武岩制成的黑蛋。
他萎缩的足背，
冰冷，如大鹅的脚
如沼泽地里潮湿的块根。

这样一具奇特的尸体使诗人感到了生与死的深不可测，时间恍惚在消失。他叹道：“谁会说如此生动的 / 面貌是‘尸体’ / 谁会说如此深不可测 / 的安详是一个‘死人’？”

希尼无疑是当代英国诗坛的明星，企鹅出版公司1982年版的《当代英国诗歌》把他排在首位，把他的诗歌作为英国诗歌的主旋律。1995年希尼获得诺贝尔文学奖，更确立了他作为诗坛主将的地位。上面引的这首《格劳拜尔人》是希尼的《沼泽人》系列诗中的一首。丹麦考古学家格洛勃记载了在裘特兰半岛的沼泽地泥炭层中埋藏着古代被杀害的人的尸体。希尼读了这本著作，得到了一种历史的透视。从历史的视角，可以看到人类暴力行为的深远的根源，可以上溯到远古部落的祭祀仪式和迷信思想。只有把这些可怕的事发掘出来，用哲学和历史的眼光加以审视，也许才能使当代的人们头脑冷静，恢复理性。

从这样的哲学和历史视角看希尼的诗歌，我们可以看到其诗风与这种认识的一致性。他不写浪漫主义的田园小诗，因为现实中缺少这种浪漫的内容。他也不走现代主义诗的试验形式和标新立异的路子，因为现实世界在诗人周围是那么的冷峻。他的诗歌简洁有力，使用传统的格律，每一个词都经过洗练，凝聚着使命感和历史意识。

"二战"后的英国戏剧　"二战"后的英国，信仰危机进一步恶化；旧的宗教、文化、道德已是明日黄花，正随着历史漂流而去。在这个充满危机和对抗的时代，英国的戏剧家们，尤其是年轻的戏剧家们，继承英国现实主义的传统，继续在舞台上道出文学家"入世"的心声，或发出"救世"的呐喊。奥斯本让他的吉米"愤怒"地回顾过去，在舞台上畅快地宣泄他的恶毒诅咒与谩骂。但更多的戏剧家却用超现实主义的手法去表现现实生活的主题，力图回答那个千年未解的难题：我们到底是谁？我们在这儿做什么？贝克特、品特以及斯托帕德等人在他们的戏剧中加入黑色喜剧成分，在传统的重大严肃题材中发掘幽默，将恐惧、禁忌或压抑的愤懑敷衍成喜剧，从而创造出一个崭新的流派——荒诞戏剧。这或可以视作西方人的愤懑在戏剧中的最高级表现。只要还能将愤怒诉诸于文字或声音，那还不算特别愤怒；怒而无言以对，无声以泣，才达其极。此时也是愤怒之人极其无可奈何之际，不得已而转求其次，以讽代怒，以笑代泣。

塞缪尔·贝克特(1906—1989)于1906年出生于都柏林附近的一个新教中产阶级家庭，自幼受到良好教育。1927年，他毕业于都柏林三一学院，获文学学士学位。1928年，贝克特赴法，在巴黎高等师范学校教授英语。1930年，贝克特重返三一学院，获文学硕士学位，并留校教授法语，1932年，贝克特辞职，开始专门从事写作。1937年，贝克特定居巴黎。

贝克特的第一部作品《婊子镜》是一部带十六个脚注的九十八行诗歌，发表于1930年。"二战"前夕，贝克特发表了他的短篇小说集《少刺多踢》(1934)和第一本小说《莫菲》(1938)。在"二战"中，贝克特完成了他的第二本小说《瓦特》并于1953年出版。"二战"后的几年，贝克特完成了他的长篇叙事体三部曲：《莫洛伊》，《马隆之死》和《无名者》，并分别于1951年和1953年出版。

贝克特在1947年便写过一个三幕剧本《伊留塞里亚》，但未能发表。《等待戈多》写于1949年，1952年发表，1953年1月5日在巴黎巴比伦剧院上演，同年8月3日，在伦敦艺术俱乐部剧院上演，一举轰动。这以后，贝克特将主要精力转向戏剧创作，包括广播剧、电视剧，以及电影剧本，先后发表的戏剧有《最后一局》(1957)、《克拉普的最后一盘磁带》(1958)、《美好的日子》(1961)、《戏剧》(1963)、《来来往往》(1966)、《一段独白》(1979)，以及《俄亥俄即席演说》(1981)，发表的广播剧有《所有受难的人》(1957)、《余烬》(1958)和《不是我》(1975)。贝克特于1969年获诺贝尔文学奖。

被称为英国荒诞派戏剧第一剧的《等待戈多》试图通过描述人类一大堆无聊可笑的动作，说明人类存在的荒诞性。用贝克特自己的话说："一个人不能再谈论什么存在，一个人只能谈谈混乱"。但是，混乱是没有任何意义的，为了使我们的"混乱"变成有意义的"存在"，我们人类自己必须给"混乱"赋予它本来不具有的意义，就像《等待戈多》中的弗拉吉米尔和埃斯特拉冈一样，把他们所做的一切都赋予一个最终意义：等待戈多。这样，贝克特的《等待戈多》就成了萨特存在主义哲学的最好的文学诠释之一。

《等待戈多》的全剧核心在于等待"戈多"，至于"戈多"是谁，他是否就是上帝，是无所谓的。这是因为既然人类存在的意义本系虚无，那么，"存在"只具有"赋予"的意义，而不是"本身具有"的意义。贝克特似乎就是这样故意和观众以及剧评家们开了一个小玩笑，故意不给"戈多"赋予一个确定的意义。实际上，他也不可能给出一个确定的意义，否则，贝克特不就等于和自己的存在主义哲学"荒诞"起来了吗？此外，这出戏语言晦涩，口语体短句居多，富含典故、暗喻，故歧义重生，寓意丰富，增加了"戈多"意义的不确定性。

戏一开始，弗拉吉米尔和埃斯特拉冈首先要回答这样一个问题："我们在这儿做什么"？回答："我们正在等待戈多的到来"。有了这个"等待"，他们所做的一切都有了意义。弗拉吉米尔认为，等待戈多不是他们的臆想，而是"戈多"自己的指示。弗拉吉米尔告诉埃斯特拉冈道："他说在那棵树旁等"，但是弗拉吉米尔又接着说："他没有说死他一定要来"。于是，作品开始令我们怀疑起这等待的意义来了。特别是通过弗拉吉米尔和埃斯特拉冈的对话，我们知道他们二人对过去的记忆是极糟的，于是，我们对弗拉吉米尔的说法更有了怀疑的理由：弗拉吉米尔和埃斯特拉冈不知道"戈多"是否说过他要来，他们也不知道他是否会来。于是，弗拉吉米尔和埃斯特拉冈就处于这样一种尴尬境况之中：他们既不知道自己的过去，也不知道自己的未来，他们唯有的只是当下的等待。

但是，漫长的等待，哪怕是"有意义"的等待，也是难挨的。面对相会"戈多"前的永恒的"时间"和"虚无"，弗拉吉米尔和埃斯特拉冈简直无法打发，痛苦非常。在等待中，他们发现了人类的"孤独"、"无聊"；在等待中，他们发现"奋斗无用"，"人生来如此"，"世界本质不变"；如弗拉吉米尔所说："什么也没发生，什么人也没来，什么人也没走，这真可怕"。

这漫长的苦苦等待的主题也反映在《等待戈多》的重复结构之中。第二幕基本上是第一幕的重复。两幕的布景和等待的时辰完全一样，弗拉吉米尔和埃斯特拉冈继续在无聊的对话和可笑的动作中等待"戈多"的到来，他们仍然是欲走不能走，欲死不能死，处于永久的无结果的等待之中。在第二幕结束时，"戈多"的信使又带来口信说他今晚不来，"但他明天一定会来"。于是，弗拉吉米尔和埃斯特拉冈也就还要等待下去。

剧本在阴沉悲观的基调中涉及到了关于"存在"这样一个形而上问题，贝克特的回答是一个怀疑论者的答案，但在怀疑中又给人一丝希望。首先，在等待中，弗拉吉米尔和埃斯特拉冈找到了打发时间的各种法子：回忆、引经据典、观察分析、研究"戈多"、讲笑话粗话、说梦、骂架，于是，空虚得到填充，生命得到充实。其次，在等待中，弗拉吉米尔和埃斯特拉冈认识到，尽管他们最终也会死去，"像数十亿其他的人一样"，但在走向十字架以前，他们可以"冷静地谈话，因为我们不能保持沉默"，"我们无穷无尽"。在第二幕中，弗拉吉米尔和埃斯特拉冈有如下一段对话。

弗：我们有理性。

埃：所有这些死者的声音。

弗：他们发出声响如翼。

埃：如树叶。

弗：如沙粒。

……

弗：活着对他们来说不够。

埃：他们必须谈论它。

弗：死亡对他们来说不够。

埃：是不够。

确实，人类不能像虫豸那样活着与死去。他们要发出点儿声响，尽管无垠的宇宙和时间将会淹没他们那“如树叶”、“如沙粒”的微弱声响，他们也要在其中留下自己曾经活着过的痕迹，哪怕一丝也好。

贝克特在总结自己的戏剧作品时指出：“我的创作就是尽可能充分地发出基音，此外，我不再承担任何什么责任”。《等待戈多》就是这样的基音，它表明了一位优秀的剧作家对人生的另一种严肃思考。也许，关于“存在”的问题并不那样糟糕。贝克特帮助我们认识到了“存在”的荒诞，也就说明我们可以超越荒诞。

约翰·奥斯本（1929—1994）于1929年出生于伦敦的一个商业艺术家家庭，曾就读于贝尔蒙他学院，获教育学证书。1948年，奥斯本做了一名戏剧演员，但不久，就开始在剧本创作上一试身手。在与人合写了两个剧本后，奥斯本于1956年创作了第一个独立完成的剧本《愤怒的回顾》。剧本于当年5月8日在伦敦皇家宫廷剧院上演，震动英国剧坛，被称为“现代英国戏剧的里程碑”。

自从《愤怒的回顾》出名后，26岁的奥斯本自己也在戏剧评论家圈子里被冠以“愤怒的年轻人”之称号。此后，这个名称很快便被广泛用于战后的整整一代对现实不满的文学青年。仿佛是要证明自己是名副其实的“愤怒的年轻人”，也仿佛《愤怒的回顾》剧中的吉米还未将愤怒宣泄够似的，奥斯本后来的几部剧本也以孤独、失落、不满、愤怒的年轻人为其主人公，如《卖艺人》（1957）描写了失望、毫无出息、又无法与他人交流的年轻喜剧演员，《路得》（1961）描写了与父权及宗教权威愤怒抗争的年轻的路德，《承兑的契约》（1966）描写了一位公然蔑视上帝的圣徒。但是，50年代的英国年轻人到底因什么愤怒呢？

确实，《愤怒的回顾》剧中的主人公吉米·波特似乎没有什么可愤怒的，至少表面上看来如此。25岁的吉米有一张大学文凭，一个属于自己的糖果店，一套一居室公寓住房，和一位有教养的、出身于中产阶级家庭的妻子。在50年代的英国，这可算作是小康之家了。可是，物质生活的基本保障只能满足人的生理要求，却代替不了人所需要的心理和精神食粮。萧伯纳时代人民大众的物质匮乏在半个世纪后的英国已不复存在，代之而起的是一个富足的社会。但是，富足并未能像早期的社会主义者所预言的那样解决人类不幸福的问题。《愤怒的回顾》剧中的吉米可以说就是这种人类新的不幸的总代表。

吉米的妻子艾莉森有一段非常精辟的分析，揭示了这种危机的根源。她对父亲，一位从印度返英的退休英军上校说："你感到痛苦是因为什么都变了。吉米感到痛苦是因为什么都没有变。你们二人谁也不能正视它。什么地方一定出了点儿毛病，难道不是吗？"

英国社会确实出了点小毛病。旧时代已经过去，新时代却不见踪影。对于艾莉森的父亲雷德芬上校这株"爱德华时代荒原上残活下来的古老植物"来说，世道变化太快，但对于吉米这样的战后新一代来说，世道变化得太慢。他们全都感到个人在社会力量前的无能为力。对此，年迈的雷德芬上校只好无可奈何地观望，但年轻的吉米却愤怒地咒骂。

吉米感到战后的英国城市生活平庸难挨。他星期天无所事事，只有读报解闷，但又认为报上的书评篇篇雷同，毫无新意。于是，他叫道："上帝，我多么恨星期天呀！它总是那么压抑，总是千篇一律……我们的青春正在悄然溜走"。他真想有"一点儿普普通通的人类热情"。他捶胸顿足地喊道："哈利路亚（意即"赞美我主"）！我是活着的！"吉米大学毕业，但现在却开了一家糖果店，虽无缺吃少穿之虞，但肯定与他的抱负相去甚远。他感到空虚。他说道："我认为我们这一代人不会再为光荣的事业去献身了……再也没有什么光荣勇敢的事业了"。于是，他生气了，他愤怒了，他把愤怒变成尖酸、刻薄、毒辣的叫骂，向四周的人泼洒去，以使他们感到他的存在。

尤其让他不能容忍的是，竟无人理睬他的愤怒，更无人理解他的愤怒。亲人和朋友的淡漠令吉米更加愤怒。他恶毒地咒骂妻子艾莉森“谄媚、迟钝、怯懦”，咒骂岳父母“好斗、自傲、狠毒”，咒骂帮手克利夫“无知”。他对艾莉森挑衅地说：“我们为什么不吵架？这是我仅会干的事了。”他无不悲哀地说：“无论我做什么都不能激怒她，甚至我现在倒地死掉也不能激怒她”。吉米最后对他身处的现代世界总结道：“没有人思考，没有人在乎。没有信仰、没有信念、没有热情。只不过又过了一个星期日夜晚而已”。

应该指出的是，吉米与艾莉森都是很“前卫”的青年：吉米对于艾莉森和他相好之前居然是一个处女感到气愤，“他好像认为一个未与男人睡过觉的女人会玷污他似的”。而艾莉森在发现了女友海伦娜与吉米的私情后，便和后者抢着把吉米让给对方。可是，尽管吉米和艾莉森意气相投，他们却仍然不能共同面对生活中的危机，吉米的愤怒宣泄以及艾莉森压抑着的愤懑，使这个两口之家变成了一座“疯人院”。

具有讽刺意味的是，在艾莉森出走，吉米同较传统的海伦娜同居后，吉米的感觉悄然起了变化。他不无感慨地说：“我要关掉这该死的糖果店，我们要一切从零开始。我们要离开这地方。”可是，现实却又跟吉米开了个玩笑。怀孕的艾莉森失去了胎儿，带着悔恨和负罪感回到吉米处。海伦娜和艾莉森都令人吃惊地宣布自己将离开吉米，因为她们都认为对方更有权利和吉米在一起。但海伦娜却更坚定，她说：“我相信善与恶，但我也没有必要为此道歉。现在这是一个非常现代、科学的信念了，他们就是这样告诉我的。但是，就我的一切信仰和愿望而言，我做的事还是错的，也是邪恶的。”然后，她毅然决然地离开了吉米。

终于，这对非常“前卫”的年轻夫妇又重新团聚。面对因失去胎儿伤心欲绝的艾莉森，吉米以一种自我嘲弄但又温柔的语言说到，他们将个像熊一个像小松鼠似地共同生活，整天吃着蜜糖和松果，躺在阳光下，歌唱他们温柔的家。但是，愤怒的吉米能在这个他“生不逢时”的时代建立一个温柔的家吗？

哈罗德·品特（1930—2008）出生于伦敦东区一个裁缝家庭，父亲是葡萄牙裔犹太移民。品特幼时在学校便时常参加戏剧演出，深得一位热心的戏剧教师喜爱。16岁进入皇家戏剧学校学习，后又进演讲及戏剧中央学校学习。1949年成为一名职业戏剧演员，在以后的十年中，一直采用艺名“大卫·巴伦”在伦敦以外的各剧院演出。

品特的戏剧创作生涯开始于1957年，在这一年，他写了第一个剧本——独幕剧《房间》。该剧描写了一对随时可能被逐出房外的佃户夫妻，他们的生活始终处于某种神秘的外来危险的威胁之中。这个主题成为品特许多剧本的架构，以至于他的作品被人称为“危险喜剧”。品特一生中共创作了30部剧作（含广播剧），其中《生日晚会》（1958）、《送菜升降机》（1959）、《看守人》（1960）、《归家》（1965）、《背叛》（1978）、《大山的语言》（1988），以及《月光》（1993）等较著名。2005年品特获诺贝尔文学奖。

品特的“危险喜剧”与贝克特的《等待戈多》有异曲同工之处。“危险喜剧”往往发生在离群索居的地方：城市的破房或地下室、乡村、海边。剧中人物往往只有两个，他们在期待着发生什么事。环境不断变化，剧中人也随着环境的变化而发生相应的变化，于是，人物的个性和内心世界就在等待中发展和凸现。在品特的剧作中，快乐与危险共生，轻松与恐惧俱存。嬉闹中透出对人生意义严肃的思考，严肃借喜剧般的对话与动作得到发挥和展开。品特的剧作属于荒诞派戏剧这一类型。像一切荒诞剧本一样，剧中人貌似漫不经心的对白和一个看似不起眼的动作都可能隐藏着难以捉摸的深层寓意。就像《看守人》中的一个角色说的那样：“我不能在表层意义上理解你说的每一句话。你说的每一个词都有多种解释”。于是，在品特的剧作里，现实变得飘忽不定，语言也失去了廓清与沟通的功能，反而变成理解的障碍。

独幕剧《送菜升降机》(1959)就是这样的一出“危险喜剧”。剧中仅有两个角色，格斯和本，一对属于某一组织的杀手。他们潜伏在一地下室里，等待着上司的命令和被杀害对象的到来。最后，命令终于下达了。可是，作弄人的命运却让杀手之一的格斯变成了另一个杀手本的杀害对象。这个结局，是格斯和本始料未及的。在剧尾，他们惊愕地相立而视。哑口无言，直至幕落。这个结局，也是观众始料未及的，在惊愕之余，他们不禁要问，这出剧到底有什么意义？

《送菜升降机》自始至终笼罩在一种诡秘的气氛之中：抽水马桶注水时间太长；地下室门底下塞进装在信封中的一盒火柴；送菜升降机在地下室和地面以上的楼层之间缓慢穿行，下行时带来顾客的订餐指令；悬挂在墙上的话筒传来上司的指令；格斯外出取水再推门进屋时，其外套、领带及左轮手枪均被人扒下。格斯和本争吵了许久，也未能弄清这些事件的含义，但这些事件确实发生了。这时，他们就像他们在戏开始时读着报纸上那些奇特的“新闻”时一样莫名其妙。他们每天生活在一大堆孤立、破碎、神秘而又毫无意义的事件之中。他们绞尽脑汁，企图参透这些事件的意义，从而确立它们之间的联系，但一切努力都是徒劳的：现实如磐石一样坚硬，人类的智力无法穿透。

剧中不可解释的神秘事件也说明了格斯和本对他们在这个世界中所处的可怜地位既无知又无奈。这对无情无义的杀手，既不知道被杀人是谁，也不知道发令的上司是谁，对于被害者而言，他们似乎握有生杀予夺的大权，但他们又同时听命于幽灵般的上司；他们似乎就是一切，但他们似乎什么也不是，因为他们连自己的命运终将如何一点儿也不知道。那么，他们到底是什么？一个合理的答案是：他们是无限长的历史(事件)链环上的一个环节，无限大的命运之轮上的一个齿轮；他们驱动，同时也被驱动，但根本上是被他们看不见也控制不了的巨大的力所驱动。

剧中的格斯和本，犹如《等待戈多》中的弗拉吉米尔和埃斯特拉冈一样，是人类的代表和缩影。在剧的结尾处，品特给本出了一道存在主义的选择难题：他是按照命令杀死格斯，还是放格斯一条生路。本将做出怎样的选择，我们不知道。但是，我们知道，本第一次没有不假思索地执行上司的暗杀指令，他与格斯对视良久，直至帷幕落下。

汤姆·斯托帕德（1937—　）出生于捷克斯洛伐克的一个医生之家。1939年，全家迁往新加坡。太平洋战争爆发，日本进犯新加坡，斯托帕德父亲遇害。1942年，斯托帕德随母逃往印度。1946年，其母与一名叫斯托帕德的英军军官结婚，并带着全家随同丈夫到英国定居。

汤姆·斯托帕德先后在诺丁汉和约克郡两地读书，1954年成为记者，专写新闻报道，戏剧评论，以及影评。斯托帕德于1960年开始戏剧创作。先后有《漫行水上》（1964）和《赌徒》（1965）等作品问世。1966年，斯托帕德创作了成名作《罗森格兰茨和吉尔登斯特恩死了》。该剧于当年8月在爱丁堡艺术节由牛津剧团上演，并于第二年4月由国家剧院上演。演出获极大成功，被戏剧评论家誉为“60年代最辉煌的新作”。在此之后，斯托帕德创作了近30部作品（含广播剧和电视剧）。

斯托帕德的《罗森格兰茨和吉尔登斯特恩死了》，巧妙地借用了莎士比亚《哈姆莱特》中的两个微不足道的朝臣罗森和吉尔，反其道而用之，使他们变为自己剧本中的两个主角，上演了一出贝克特式的荒诞喜剧，再次揭示出人类自由意志终将阻挡不了命运铁轮的辗轧，以及人类在自己注定的命运面前束手无策的窘境。自贝克特以来，荒诞派戏剧的主题就是不断地揭示人类在一种不可理喻的命运前的无奈：无论他们做什么，无论他们怎样做，最终的结果（往往是人类难以接受的滑稽可笑的“厄运”）总是不变。与此主题相关的另一主题是人类在等待最终“厄运”到来时的那种无聊：既然他们所做的一切与最终结果毫无关联，那么，他们做什么都失去了意义，因而，他们也不在乎做什么。

这部作品向观众呈现了一对无论是对自己的命运，还是对发生在自己身边的事件毫无控制力的卑微可怜的小人物。剧本标题表明，罗森格兰茨和吉尔登斯特恩即便是做了主角，也无法改变他们原初的创造者即作者莎士比亚为他们选定的命运。剧中借用的《哈姆莱特》的片断及主要剧情的发展说明，不仅罗森格兰茨和吉尔登斯特恩逃脱不了他们自己的最终命运，就连他们自身的行动和身边发生着的重大历史事件也摆脱不了他们的创造者的制约。一句话，罗森格兰茨和吉尔登斯特恩的命运在冥冥之中早已注定，他们的故事即使重演一百遍，也仍然摆脱不了创造者莎士比亚的旨意。

当然，斯托帕德的作品绝不是《哈姆莱特》简单的翻新与改写。斯托帕德在剧中加入了自己的创造。最有特色的创造莫过于剧中第一幕开始时罗森格兰茨与吉尔登斯特恩玩的掷币游戏了。与《等待戈多》和《送菜升降机》中的主人翁一样，罗森格兰茨和吉尔登斯特恩在无聊的等待中玩游戏打发时间。可是，斯托帕德为罗森格兰茨和吉尔登斯特恩设计的赌钱游戏有其自身的深刻意义，它用现代数学的概率论来阐释罗森格兰茨与吉尔登斯特恩的命运犹如用一个两面硬币博弈的概率一样不可逆转。在游戏中，吉尔登斯特恩连掷硬币92次，罗森格兰茨连猜92次“正面”，连赢92块硬币。这个不同寻常的博弈结局令吉尔登斯特恩感到害怕。他对罗森格兰茨说道：“没有一丝怀疑？……没有一点儿害怕？……除了财富的重新分配外，这一定还意味着别的什么东西”。

从前92次掷币情况来看，似乎那铁的0.5的概率并没有发生，但这并不意味着0.5的概率不再是控制博弈的铁的规律，只不过是掷币的次数还不够多罢了。再掷硬币数次，终于出现了“反面”，吉尔登斯特恩赢了那一天的第一块硬币。概率论终于开始起作用了。但紧接着罗森格兰茨与吉尔登斯特恩的自由也就终结了。丹麦国王克劳狄斯和王后乔特鲁德出现，命他们去监视哈姆莱特的行动。他们于是一下子身不由己地卷入丹麦王室的血腥阴谋之中，并最后为此送了性命。这一切似乎意味着罗森格兰茨与吉尔登斯特恩的个人行为犹如博弈中的每次硬币投掷一样，尽管可以有这样或那样的不同，但改变不了他们最终将做王室阴谋的牺牲品的命运。“自由意志”可以改变个人一时的境遇，但左右不了他们最终的命运。这个可怕而残酷的概率游戏似乎从科学的角度对西方基督教的天命与自由意志这一对范畴作了再明白不过的阐释，证明人类存在的荒诞性是必然的。

剧本的另一个特点是戏中戏手法的使用，将现实与艺术虚构有机地结合起来，你中有我，我中有你，虚实交融一体，天衣无缝，真正体现了莎士比亚的那句关于人生与舞台关系的名言：“整个世界是一个大舞台，所有的男人和女人不过是演员而已”。就在虚与实的交融之中，吉尔登斯特恩与另一个角色的一段话表明了他这个朝廷弄臣对死亡这个最终命运的恐惧：“没有人死后能再站立起来，没有掌声 / 只有静寂和旧衣，那就是死亡。”在另一个角色列举了古典戏剧中的许多种死亡后，吉尔登斯特恩接着说，“死亡不是浪漫的，死亡不是一个马上要结束的游戏”，而是一个“永恒的无归”，一个“看不见的深渊”。

也许，吉尔登斯特恩的毫无英雄感的死亡观正是20世纪一个无英雄时代的死亡观。罗森格兰茨和吉尔登斯特恩身居朝廷，是与哈姆莱特一起长大的好朋友，但却对眼前发生的巨变的严重性浑然不知，也不愿加以任何理性的思索。当他们带着哈姆莱特跨海赴英时，创造丹麦王国历史从而把握自己命运的机遇就在身边，但他们却不敢抓住这机遇，而是卑怯地放过它。罗森格兰茨说：“我想不出任何有创造性的东西。我只会随声附和”。于是，罗森格兰茨和吉尔登斯特恩——一对毫无信仰、毫无原则、毫无胆识的丹麦弄臣，就这样带着对死亡的恐惧，稀里糊涂地死去了。

第三节　法国文学

法国是第二次世界大战的主战场之一。1941年英法联军大溃败，损失惨重。德国法西斯占领了法国北部半壁江山，南方成立了维希傀儡政权。法西斯的暴行，特别是对犹太人的种族灭绝，令人发指。法兰西民族蒙受了空前的屈辱。1944年，同盟军从诺曼底登陆，在法国领土上与德国军队展开激战，战火纷飞，横尸遍野。所有这些都给战后死里逃生的法国人留下了痛苦的记忆。另一方面，从1941年到1944年，法国的抵抗运动展开了可歌可泣的顽强斗争，维护了法兰西民族的尊严，以生命和鲜血为世界反法西斯斗争作出了贡献，对此，法国人又深感骄傲和自豪。这就造成了战后许多法国人心底里屈辱与骄傲相混杂，痛苦与喜悦相交织的复杂感情。法国国民经济在战争中遭受严重破坏，人口锐减，空前的浩劫使不少法国人感到悲哀和绝望，而战后接踵而来的政治危机和社会动荡，又加剧了他们对现实和未来的困惑和不确定感，怀疑否定传统价值观的情绪进一步加剧。

战后建立的第四共和国（1946—1958）期间，法国的政治形势一直动荡不安。从1947到1954年的越南战争使法国在政治上和经济上都陷入捉襟见肘的困境。越南战争结束之后，在当时属于法国海外省的阿尔及利亚，民族独立战争又渐成燎原之势，并在法国不同政治势力之间引发了激烈冲突。1962年，阿尔及利亚独立，法国国内动荡的政治局面得到缓和。然而此时民族解放和民族独立运动已经席卷非洲，这对法国的帝国主义政策是沉重的打击。随着原法属殖民地国家先后独立，法国在非洲的政治存在逐渐削弱，而经济存在也在美国资本咄咄逼人的攻势面前日益萎缩。昔日大帝国的辉煌和现实的黯淡形成强烈的反差，给一部分法国人心理上投下阴影，如噩梦缠绕心头，挥之不去。

冷战期间，世界呈现两极化，而法国则奉行独立的外交战略，与美苏两个超级大国分庭抗礼。法国独立发展核力量，并拒绝在核不扩散条约上签字。1966年法国退出北大西洋公约组织，更显示了政治上与军事上的独立意志。法美分歧成为西方政治格局中一个引人注目的现象。这种政治分歧，部分是法美两国文化传统的差异造成的，并且反过来给两国的文化差异染上了政治色彩。80年代后，法美关系有所改善，但是随着苏联的解体和欧洲一体化进程的加快，作为欧洲一体化“发动机”之一的法国，实际上在政治、经济和文化各方面遭受到美国强势政治更大的压力。如何在压力面前保持欧洲的独立地位和法兰西悠久民族文化的特性，成为相当多的法国人所关心的问题。

国内，左翼和右翼围绕立法权和行政权的斗争时紧时松。战时，法国共产党由于坚决进行反法西斯的武装斗争，威信大增，从而在战后成为一支强大的政治力量。然而50年代后，它盲目追随苏共，威望每况愈下，苏联解体后，更面临严峻考验。由于它及时调整了路线和策略，在政治舞台上仍然保留了一席之地。随着法共影响的缩小，许多知识分子与共产主义运动日益疏离。不过，马克思主义的影响仍旧相当广泛地存在。法国知识分子传统的人道主义关怀使他们始终关注社会，关注人类的命运，因此仍旧有不少人努力从马克思的学说中寻找理论支撑或思想材料。法国知识界仍旧是与权力中心相抗衡的重要力量。在这种抗衡中，文学无疑扮演了不容忽视的角色。

20世纪后半期，西方发达国家的核技术、电子科学、生物科学、信息产业的发展日新月异，带动了思想领域的推陈出新。法国文学家为科学技术的新成果所感染，所激动，感觉到时代发展变化之迅猛，产生了跟上时代的紧迫感。同时，50至60年代，核技术在军事上的广泛运用，冷战的威胁，工业发展的负面效果，使得具有深厚人文主义传统的法国文学家常以忧虑和怀疑的眼光审视现代科学技术，他们的作品经常表现科学技术以及它所支持的现代思想与人性的对立。例如小说家维昂的作品和荒诞派剧作，都以怪诞的手法和讽刺的笔调，表达了这种来自心灵深处的疑惧。从70年代开始，工业国家自觉地逐步调整发展生产与维护人的价值之间的关系，环境保护也日益得到重视并取得可观的进步。80年代以后，冷战结束，核战威胁缓和。在这种情况下，文学作品中对现代科技和产业的忧虑明显淡化，作家们逐渐以平常心态接受了现实的发展。不过疑虑并没有完全消除，作家们仍旧有一种随时捍卫人的基本价值的使命感。

在法国这样一个具有"自由、平等、博爱"悠久传统的国家，对资本主义现存秩序及其思想体现——工具理性主义的反抗，对资本主义现代文明异化作用的警惕，较乎其他欧洲国家，显得尤为突出。罢工、集会、游行等各种维护人的基本权利和价值的抗议活动此起彼伏。在这些活动中，经常可以看到法国知识精英活跃的身影。1968年5月，巴黎的大学生举行反对新教育法的游行，与军警发生暴力冲突。事态不断扩大，举国震惊。戴高乐总统为缓解危机，提出改革上议院和实行地区化的政治改革方案，提交全民公决。公决结果否定了改革方案，戴高乐被迫下野。五月事件的发生有着深层的社会历史原因。就文化层面说，它与大战结束后20多年来文化领域出现的对现代资本主义文明的质疑和批判直接相关。就社会内因讲，它是民众对社会的不满情绪经过长时间蓄积之后一次火山爆发式的发泄，所以当时有的法国报刊称这个事件是"不满现状运动"。

五月事件的国际国内背景十分复杂，对它的评价至今仍是桩公案。然而，不论如何评价它，它对法国政治和文化发展取向的影响是无法否认的。这次事件后，不论在思想领域或文化领域，总的趋势是，以激烈的态度和方式变革现实的狂热逐渐降温。公众对政治似乎感到厌倦，而知识精英对社会的政治、经济、文化诸方面的考察也逐渐显出冷静的一面，学术气息逐渐浓厚。当然，冷静并不一定削弱批判的锋芒，有时正相反，而是增强了批判的力度。

20世纪后半期是法国思想界异常活跃的时期。在对资本主义现代文明的考察、反思、质疑或批判中，产生了一批重要思想家，存在主义者萨特、梅洛-庞蒂、加缪就属于这个行列。此外，人类学家列维-斯特劳斯（1908—2009）借用结构语言学的理论研究原始部落的宗教、婚姻、饮食等文化因素，寻觅人类文化的共同结构；文化学者、文评家巴特（1915—1980）运用符号学原理考察各种文化现象，揭示其资产阶级性质；结构主义精神分析学家拉康（1901—1981）提出镜像理论，发展了弗洛伊德的学说；哲学家阿隆（1905—1983）站在自由派立场上，从历史哲学的角度批判所谓的极权政治；历史学家布罗代尔（1902—1985）继承了年鉴学派的优秀学术传统，对资本主义社会中复杂社会心态的诸多因素进行了富有启示意义的研究。法国文化在这个时期发生的转型和这些思想家理论的传播有密切关系。70年代以后，又有福柯（1926—1984）、德里达（1930—　）、德勒兹（1925—1996）、布迪厄（1930—2002）、波德里亚尔（1929—2007）等人先后进入法国思想界的核心，他们的理论为整个西方思想界所密切关注。福柯抛弃了传统历史学的总体方法，以“考古学”的耐心和方法，“挖掘”整理“性史”、“精神病史”、“监狱史”等不为人们所重视的历史“遗迹”，揭示权力话语对人类生活的深刻影响。德里达在结构主义理论的基础上，对以柏拉图为源头的西方形而上学进行“解构”，企图从根本上质疑西方现代文明体系。德勒兹对斯宾诺莎、尼采、柏格森、福柯等人的著作进行了广泛深入的讨论，力图否定柏拉图关于范畴分类的方法。布迪厄对资本主义社会的生产和交换、政治结构、大众传媒以及知识分子自身作了独具慧眼的考察，寻找现代生活发生危机的根源。波德里亚尔在企图建立自己的关于资本主义社会的文化符号体系的时候，揭示了“消费”在资本主义社会中的权力作用。他们的研究不但在法国，而且在整个西方世界都产生了很大影响。所有这些思想家的研究工作都具有毋庸怀疑的学术价值和现实意义。他们的思想绝对不乏批判性和建立民主多元格局的真诚，然而最终都未能逃脱为资产阶级意识形态所包容的命运。这种历史的尴尬使这些思想家有时自觉不自觉流露出一种无奈的心态。

自50年代末开始，不但思想领域出现理论林立的局面，其他文化领域也都进入了新一轮改革实验。在绘画方面，抽象画彻底否定了绘画的具象性。在音乐方面，以梅因兹和布莱兹为代表的序列音乐成为现代音乐的象征；在建筑方面，出现了像蓬皮杜文化中心这样尝试打破一切建筑常规，表现现代工业社会特征的建筑。这些改革实验对文学的革新起到了启示和推动作用，同时也从文学的革新中获得自身改革的参照。在文化的改革实验中，人们一度坚信文化的生命力来自不断的自我毁灭，毁灭得越彻底越好。这种极端的话语后来遭到质疑，传统的价值和作用得到更具历史主义眼光的评价。

20世纪后半期的法国文学大致经历了三个阶段。第一阶段是从1945年到50年代中期。这个阶段，“二战”和抵抗运动成为文学的重要题材。同时，存在主义作家的小说和戏剧作品构成一股强劲的潮流，其辐射范围相当广泛。在存在主义作家和其他一些作家的作品里，创作方法已经发生了变化。例如加缪的《局外人》（发表于“二战”初，广为流传是在战后）和波伏瓦的《他人的血》，都在叙事手法上进行了大胆的探索。不过在这个时期，作家们比较关注的是思想价值，在艺术手法上虽有创新，却没有大事张扬。第二阶段是从50年代后期到70年代。这个时期，法国文学进行了本世纪又一次重要的创新实验，已有的文学观念和方法受到空前猛烈的冲击。革新派的喧哗吸引了全世界的目光，标新立异的作品层出不穷，其中最令世人瞩目的是新小说和新戏剧（即荒诞剧）。与实验性的创作相伴出现的是新的文学理论和文学批评方法。俄国形式主义得到系统的介绍，精神分析学文学理论得到进一步发展，主题批评进一步丰富，符号学成为文化研究和文学研究的重要理论，结构主义由语言学和人类学进入文学批评，凡此种种，构成了文学理论和文学批评空前的繁荣。总的说，这个时期的法国文学既洋溢着创造活力，又显得喧嚣浮躁。第三阶段是70、80年代以后至今。这个时期，标新立异的鼓噪明显回落，但是前一阶段的实验的成果却不可逆转地融入了当下文学创作的观念和方法。过分标榜新奇的作品失去了魅力和市场，传统手法的审美价值得到重新评价。主流作家不再以鼓吹标榜与传统彻底决裂为能事，对现实主义等传统方法不再不问青红皂白地加以排斥，更多的是创新与继承的融合。一向坚持传统风格的女作家尤瑟纳尔的作品受到普遍欢迎和极高评价，她本人成为历史上第一个进入法兰西学士院的女性，这件事可以视为这种变化的一个显著标志。图尼埃、勒克雷齐奥、莫迪亚诺等优秀小说家的作品都以创新和传统融合的成功而赢得读者。

存在主义文学 存在主义的迅速传播，是战后法国的一个重要文化现象。从战争结束到1960年这15年间，存在主义的某些重要理论著作，例如萨特的《境遇》(前三卷，1947—1949)、加缪的《反抗的人》(1951)、梅洛-庞蒂的《感知现象学》(1945)、波伏瓦的《第二性》(1949)先后问世，萨特、加缪、波伏瓦的许多文学作品也都在这个时期发表。

法国存在主义的代表人物是萨特和梅洛-庞蒂(1908—1961)，此外，波伏瓦、加布里埃尔·马塞尔(1889—1973)、加缪通常也被看作存在主义者。存在主义是一种哲学思潮，德国哲学家海德格尔运用其老师胡塞尔的现象学方法，对个人的存在以及个人对存在的领悟方式进行本体论的研究，从而创立了存在主义哲学。另一位德国哲学家雅斯贝尔斯也是存在主义的创始人之一。萨特等人对德国存在主义进行了部分改造，他们的哲学思想带有明显的法国文化的特点，最明显的特征是它更关注人的存在的实践性方面，因此海德格尔等人认为萨特的存在主义哲学应该称为“存在”的哲学。法国存在主义构建于大战前，50年代最终完成并开始广泛传播。

萨特是法国存在主义最具影响力的思想家。他从关于存在的“自在之在”和“自为之在”的哲学划分出发，提出了世界是荒诞的（即世界与人所赋予的任何意义无关）、人的存在先于本质、人有选择的自由、他人的存在是自己的地狱等一系列重要思想。按照萨特的理论，人的存在是一种纯粹的偶然，从外部世界找不到任何根据可以证明人的存在的合理性，因而人生在世，时时有一种多余感。仅就这个思想而言，所有的存在主义者可以说是殊途同归。实际上，这种思想反映了当时法国人乃至欧洲人普遍的思想和心理状态。虽然在如何从多余感，或者说局外感中解脱出来这个问题上，萨特与加缪给出的答案不尽一致，然而他们都强调行动，反对消沉。这从萨特的《自由之路》和加缪的《鼠疫》可以看得很清楚。反映在他们的文学观上，他们都主张关注人生，关注社会，萨特更是明确地提出了“介入文学”的主张。

在存在主义思想家中，萨特、加缪、波伏瓦三人在文学创作上取得了举世公认的成果，他们的作品有时被贴上“存在主义文学”这个标签。必须看到，以一种哲学思想来命名文学，其外延是很不确定的。这里，我们按习惯把“存在主义文学”限定在几位存在主义哲学家的作品范围内，同时在存在主义的思想背景下，介绍几个与存在主义思想有关联的作家。

让-保尔·萨特（1905—1980）是法国20世纪无神论存在主义的代表人物。他的文学与他的哲学一样，是与时代的脉搏息息相通的，在第二次世界大战后影响深远。

萨特出生于巴黎一个海军军官家庭，幼年丧父，寄居外祖父家。他3岁时就开始读埃克托·马洛（1830—1907）的《苦儿流浪记》，7岁已能阅读福楼拜、高乃依、拉伯雷、伏尔泰、梅里美、雨果等法国文豪的作品，他是在书籍中成长起来的。中学时代他开始接触柏格森、叔本华、尼采、霍夫曼斯塔尔[①]等人的著作。1923年，萨特写了两篇短篇小说《病态的天使》和《耶稣猫头鹰》，显示了他的写作才能。1924年，萨特考入巴黎高等师范学校，攻读哲学。但他从未放弃从小酷爱的文学。他自信地宣称："我要同时成为斯丹达尔和斯宾诺莎！"在高师，萨特结识了许多志同道合的朋友，特别是在1928年认识了西蒙娜·德·波伏瓦，从此就结成形影相随的伴侣，再也没有分开过。萨特于1929年获大中学校哲学教师资格，随后在中学任教。经雷蒙·阿隆介绍，萨特于1933年赴德国柏林法兰西学院进修哲学，接受德国现象学和海德格尔存在主义的影响。回国后继续在中学任教，并陆续发表他的第一批哲学著作：《论想象》（1936）、《自我的超越性》（1937）、《情绪理论纲要》（1936）、《胡塞尔现象学的一个基本概念："意向性"》（1939），在此期间，他还发表了他的第一部中篇小说《恶心》（1938）以及短篇小说集《墙》（1939）。第二次世界大战中，萨特积极参加抵抗德国法西斯的斗争，并于1939年9月应征入伍。1940年在法国东部洛林地区被俘，被关进集中营，次年逃出，与左派知识分子一起建立"社会主义与自由"反战组织，目的是要集合反纳粹力量，为将来建立一个民主新政体而做准备。1943年秋，酝酿已久的哲学巨著《存在与虚无》出版。这部著作标志着萨特无神论存在主义哲学体系的基本形成。战争结束后，萨特与他的朋友们活动频繁，经常在巴黎拉丁区圣日耳曼大街上的花神咖啡馆聚会。1945年，萨特的长篇小说《自由之路》的前两部《理性时代》和《延缓》出版。同年，以萨特、梅洛-庞蒂、阿隆、波伏瓦等人为主编的杂志《现代》创刊。这份杂志成为存在主义的重要论坛，萨特后来的许多重要作品（如《词语》）都是首先在《现代》杂志上发表

① 霍夫曼斯塔尔（Hugo von Hoffmansthal, 1874—1929），奥地利作家。

的。此时，“存在主义”一词已不胫而走，成为战后法国乃至欧洲大陆一些国家中最有影响的哲学流派之一，并在文学、电影、戏剧诸领域都广有影响。1945年以后，萨特辞去教职，专门从事写作，而且越来越多地出现在社会活动中。1956年，萨特与法共公开决裂。1960年，萨特发表了他的另一部哲学巨著《辩证理性批判》。在这部著作中，萨特表明他不是要抛弃马克思主义，而是要把马克思主义与存在主义结合起来，突出“人”在马克思主义中的地位。这部著作系统地阐明了萨特的历史学和社会学观点。1964年瑞典皇家学院授予他诺贝尔文学奖，但萨特立即宣布拒绝接受：“我的拒绝并不是什么仓促的突然行动，我一向拒绝一切来自官方的荣誉。”1968年以后，萨特几乎不再著述，而是忙于出席集会、发表演讲、会见记者、签署声明，甚至上街游行，叫卖报纸。1971年至1972年间，他花费十年心血的长篇论著《家庭白痴》三卷出版。这是研究19世纪法国文豪福楼拜的书，也是萨特的最后一部论著。70年代之后，萨特身体状况日趋恶化，1981年4月15日病逝。出殡时约有五万群众自发赶来护送萨特的遗体到蒙帕纳斯墓地。灵车到达时，墓地已是人山人海，如此壮观的送葬场面，在法国是雨果逝世以来绝无仅有的。

萨特的文学最重要的特点就是主张废除所谓消遣文学和纯粹的感伤文学，提倡作家介入时代，介入社会，因此也有人把萨特等存在主义者的文学称作“介入文学”。萨特的文学作品因此与20世纪20至30年代纪德、普鲁斯特等现代派作家的作品有着鲜明的区别。后者的作品中很少涉及时代的重大政治事件，偏向于人物的主观意识世界。以萨特为代表的存在主义作家不满足于单纯观察内心世界，而要使作品的主人公直接接触时代最重大的社会事件。萨特的文学与他的哲学一样，是与时代的脉搏息息相通的。正因如此，萨特是一个极具特色的文学家：他的文学实际上就是他的哲学的一种表现形式，具体形象地揭示了他的哲学深藏的意义。

1）文学首先是对他人的关系，是交流。

萨特的哲学是入世的哲学，是主张干预社会和人生的哲学，他的文学渗入了这种精神。萨特认为，一个人只要存在，就必须进行选择。作家选择了写作，写作就是证明他存在的行动。作家写出作品是出于一种交流的渴望，这就是一种自由选择，是某种要求自由的方式。但是，一部文学作品要真正存在，还必须显现出来，也就是说，文学作品只有在读者阅读它的时候才有意义，所以文学创造包含两个方面：写作和阅读。文学创造就是交流，"作者和读者共同使这个具体而又是想象的、作为精神作品的具体对象涌现出来，任何艺术都不可能不为别人或没有别人参与"。只有在交流中，才可显现出文学作品的存在。

2）自由是萨特写作的首要原则。

萨特哲学的核心问题是自由，这也是他文学作品的首要写作原则。萨特作品的主人公多是在种种不同处境中进行自我选择的人。他努力要表现处境中的人，一方面揭露那些束缚人的自由的东西，暴露令人厌恶的自在的世界，另一方面又号召人们行使自己自由选择的权利，对自己的行动和整个世界负责。作家是对自由的人们讲话的自由人，他只有一个题材，那就是自由。作家一旦选择了写作，就是介入了自由选择的行动，就负有道德的责任。作家就是处境中的自由的人，他的言语和沉默都有一种分量。这就是作家的社会使命，也就是文学的社会功能。

萨特认为，小说作者不是万能的、无所不知的，他不是替人物说话，解答疑难问题，而是通过小说给人物行动和说话的自由，给读者想象的自由。

3）否定的哲学精神。

萨特的自由出自一种否定的立场，这种否定决定了萨特哲学中希求超越、摆脱自我、摆脱世界的精神。这种精神使萨特的文学作品具有十分强烈的吸引力和震撼人心的感染力。比如，中篇小说《恶心》体现的是对外部世界、即自在的存在的厌恶，也就是对外部世界的否定；独幕剧《禁闭》是对他人的否定，它隐喻的地狱则是对人的存在的否定；短篇小说《墙》实际上是否定人能够正面认识自己的存在。这种否定的哲学精神主宰着萨特的全部文学作品。他否定既定的一切，包括自身，甚至否定自然，要努力超越过去，向着未来进行自由选择。人的自由选择的行动实际上就是对过去和正在变成过去的现在的否定。人是孤立无援的，只有依靠自己的行动才能通向超越世界和自我超越的道路。外界归根结底是不可改变的，人永远达不到理想的自在的永恒，这也就最终导致对上帝的否定。

另一方面，萨特认为他的文学创造过程本身就是一个连续的、不断否定的过程。因为作家的写作是一种介入自由的行动，行动的过程就与人的存在过程一样，是一个“是其所不是，又不是其所是”的过程。他从不满足于已完成的作品，认为自己与已经写过的东西毫无联系。这体现了萨特的哲学理论对其文学创作的深刻影响：过去成为自在，重要的是向着未来创造自己的存在。萨特忠实于他的自由本体论，不懈努力，在文学领域里辛勤耕耘，就像他所提倡的从空无开始进行选择的人一样，他总是像一个空无所有的初学者从虚无开始进行文学创作。

4）提倡真实的文学。

萨特在《恶心》一书的开头就写道：“最好是逐日逐日地记述事件。记日记就是为了清楚地看待它们，不放过它们的细小差别，那些小事情，尽管看来微不足道，特别要对它们分门别类。应该说出我是怎样看这张桌子、街道、这些人、我的烟袋，因为正是这些发生了变化。”这段话形象地体现了萨特追求真实的精神。萨特的文学追求与具体、真实相联系，要表现最平常情况下的世界面貌，哪怕是最令人反感的面貌，它要塑造的人就是存在于具体面貌中的人，即真实的人，而不是虚构的人物。萨特不追求主题完整、情节曲折、人物典型，而是要着眼于真实性，把世界原原本本地显现出来，把真实的人的心灵和躯壳一览无余地显现出来。萨特认为，不应该把世界和人表现的比现实中的更美或更丑，重要的是要达到意识和感官上的真实，要给人一种活生生的现实感。这是萨特的文学要达到的最高目的。正因如此，萨特在文学创作中始终遵循他在哲学中所运用的现象学方法。他表现的是显现出来的现象，他的任务是描述这些现象，而不是去解释、分析。通过对具体个人的真实描述，说明每个人都应自己造就自己，都应真实地表现自己的存在。

中篇小说《恶心》是萨特的早期作品，也是他自己最满意的一本书。小说采用第一人称日记体的形式，故事讲的是一个名叫洛根丁的人在六年旅行之后来到小城布维尔定居，准备有关18世纪的罗尔邦侯爵的论文。在图书馆，他认识了按书名字母顺序阅读书籍的自修生。晚上，他经常去铁路工人餐厅消磨时光，总是听同一张唱片。每当他与老板娘厮混时，都会想起与他分手四年的情人，那个总是企盼完美时刻的安妮。突然有一天，洛根丁发现自己对周围的一切都感到恶心。他终于明白：恶心就是被显露出来的存在——看来并不美好的存在。不过他还心存一线希望：安妮要来看他。但是，安妮已变成一个笨重肥胖、心灰意懒的女人。他们之间似乎无话可说。洛根丁又处于孤立无援的地步。他周围的那些心满意足的人是那么陌生。他感到再研究罗尔邦侯爵已毫无意义，他决定离开布维尔去巴黎。

《恶心》要阐述的中心主题就是偶然性——存在和人生的偶然性。洛根丁在六年的“昏睡”后开始有了觉悟，开始感到与“事物本身”的关系发生了变化。这使他在经验的范围内发现了偶然性。这时的洛根丁从反思前的我思出发，体验到与过去相联系的一切价值都被摧毁了。他认识到，人是不可能躲避偶然性的。然后，他又从反思前的我思过渡到反思的我思。公园的栗树根使他认识到，“重要的是偶然性”。安妮代表着洛根丁对过去残留的最后希望，但与安妮的会面打破了这最后的梦想，他终于明白：他是自由的。洛根丁的遭遇预示着他要从头开始去选择自己的行动。《恶心》对偶然性的揭示，对人的内心体验淋漓尽致的描写，体现了萨特对存在的最初哲学思考。这部小说因而在萨特的作品中占有特殊的地位，它起到承前启后的作用。在萨特思想发展过程中，《恶心》是极端否定的重要开端，萨特的小说由此而继续发展：从对存在的体验过渡到实践。由于这部小说以哲学与文学相结合的特点开创了法国现代小说的新局面，因而在发表后的十年中，与加缪的《局外人》一道成为畅销书，也是人们研究最多、解释最多的现代小说之一。

以西班牙战争为背景的短篇小说《墙》也是一部具有深刻哲学含义的文学作品。小说主人公巴伯罗被俘后誓死不屈服，被判死刑，等待死亡。后来，他和敌人开玩笑，故意说战友拉蒙在坟地，不料拉蒙却真地躲到坟地去了，被“受骗的”敌人抓获。巴伯罗因此免受死刑，他得知真相后不禁发出苦笑。萨特通过对巴伯罗等待死亡的描写，揭示了人的存在与死亡的限制和荒谬性。从逻辑上讲，巴伯罗只有几个小时可活，但他终于逃脱了死亡。因而他最后明白，人永远是“不断处于延缓状态的存在”。死亡从外部来到人身上，又把人改变成为外在的，这就是一个“趋向墙的另一边的过程”。萨特用这个故事说明在人的存在和他可能成为的东西之间存在着一面墙——一面不可逾越的墙，试图逾越这面墙的人只能归于失败。因此，“没有任何人愿意正视存在”。人的生命是从荒谬开始，人的死亡也是荒谬的，人可以选择自己的存在，但却不能选择自己的命运。人是被判处死刑而又不知何时服刑的存在。

萨特早期的小说创作受到爱尔兰小说家乔伊斯和美国小说家多斯·帕索斯、福克纳等人的影响。特别是多斯·帕索斯，他塑造人物的手法，以及被萨特视为具有革命性的写作技巧，与萨特有关自由的理论相与契合。收在《墙》小说集中的其他四篇也都明显带有这种影响的痕迹。这些小说中的人物与多斯·帕索斯笔下的人物一样，是一种“混血”的存在，处于决定论与自由之间，处于现在与过去、内在与外在之间。如《房间》

中的爱娃处于“正常”与“疯狂”两个世界之间；《艾罗斯特拉特》中那个巴黎小职员希求用反人道的行动让自己的名字不朽；《亲密》中的露露（罗拉）不满意夫妇生活外在于“亲密”显示出虚假主动性；还有《一个工厂主的童年》中处于两难地步的主人公，工厂主的儿子吕歇。说自己想说的话这个权利引起信念，而信念奠定了权利，最终是权利逃避了存在而奠定了存在。这些小说均可归入《恶心》同时期的作品。它们致力于描写人的内心体验和情感，不注重情节的曲折和文字的优美，而是要刻画深受存在折磨的各种人物的内心世界。

三部曲长篇小说《自由之路》是萨特战后小说的力作，从一定意义上说，反映了萨特自己介入生活的历程。1949年，萨特在《现代》杂志中以《古怪的友谊》为名发表了《自由之路》第四部的两章，但通常人们谈到《自由之路》时，仍以三部曲看待它。（1981年伽利玛出版社出版的《萨特小说全集》把《古怪的友谊》正式列为《自由之路》第四部）。战前萨特在构思这部作品时就明确指出，小说的主题是自由。三部曲的第一部《理智之年》原名为《反抗》，要表现对社会压迫的反抗。与《恶心》一样，这部小说描写的是人的精神危机。小说在平淡无奇的日常生活的背景下描绘了主人公——巴斯德中学的哲学教师马迪厄及其情妇马塞尔、大学生鲍利斯、歌星洛拉、鲍利斯的妹妹伊薇士等普通知识分子的感情体验。马迪厄与马塞尔一起生活，但他发现自己并不爱她，他爱的是鲍利斯的妹妹伊薇士，而伊薇士谁都不爱。马塞尔意外怀孕，当时法律不允许打胎，马迪厄用尽各种方法筹钱让马塞尔暗地打胎。歌星洛拉年老色衰，她爱鲍利斯，但鲍利斯却没有一天不想抛弃她。而洛拉的妹妹则终日为考试担惊受怕……萨特用自然主义的手法深刻地揭示了这些生活在小圈子里的知识分子的内心世界。他们总是面对令人作呕的丑恶存在，终日感到平庸、无意义生活的压迫，无所依托。这种体验反映了萨特本人的精神危机。马迪厄可说是萨特的化身。马迪厄与萨特、洛根丁一样都还处于选择之前的焦虑中，马迪厄并不真正满足于自己的社会圈子，他想摆脱，但没有采取行动。他是清醒的，是已进入理智之年的人，他意识到自己在动摇，当务之急是去选择，但他没有能迈出这一步。所以，他的焦虑面对自由一无所用，他所意识到的自由也毫无用处。

《自由之路》第二部《延缓》标志着从个体的精神危机到集体的精神危机的发展过程。它一开始就把读者引向政治舞台。《理智之年》中的人物卷入了政治，18个新的人物又出现在读者面前。萨特展现的是1938年9月23日到9月30日这七天中间人物的活动，即慕尼黑条约签字前七天里发生的事情。萨特用变换不定的跳跃的时空描写和意识流手法，为我们展现了混乱、动荡的历史条件下法国知识分子的生活图画。在《延缓》中，马迪厄仍是中心人物，面对动乱的社会现实，他举棋不定，动摇与矛盾更加深化。一方面他痛恨战争，不甘心妥协，意识到了自己对时代和这场战争的责任。另一方面，他又总是感到人面对存在无能为力，注定无法反对集体的疯狂行为，若要反对，就注定不为别人所理解。马迪厄赞成介入，又没有介入。责任与无能的感觉同时存在于他身上，这种复杂的感情反映了萨特及许多同代知识分子的历史心境，马迪厄与他周围的人物成为历史的真实见证人。

《自由之路》第三部原名为《最后的机遇》，萨特在1945年的一次谈话中对其主题做了说明：马迪厄将找到他的爱情和事业。他将以自由的行动进行介入，对他而言，这种介入赋予了世界一种意义。但由于萨特不能把全部内容放在一部小说中，他决定把小说改名为《心灵之死》。萨特在这部小说中把悲剧推上高潮。前两部中的众多人物被迫投入到战争中去，被迫承受民族的苦难。与前两部相比，《心灵之死》更加赤裸裸地把处在灾难、失败、战俘营等最可怕的境况中的人物心灵最深处的痛苦展现出来，揭示了由此产生的最严重的以至病态的疯狂和荒谬的心灵状态：西班牙人高梅茨得知巴黎陷落，产生病态的兴奋，他身在纽约，不知在巴黎的妻儿的消息；他的妻子莎拉与儿子混在难民群中逃难；变态的达尼埃尔竟然对法国的灾难感到快乐，他预言刽子手的时代已经到来，但他又因同性恋而受到折磨；洛拉患了子宫癌，心怀恐惧；她仍爱着鲍利斯，而鲍利斯也总下不了决心抛弃她去英国；另外还有沙尔罗，他对德国人极害怕但又拿不出办法。这就是在德国人统治下的巴黎知识分子群的缩影。他们每个人都有自己的痛苦、悲剧，都有自己的心灵之死……而马迪厄在经历了种种磨难之后参加了游击队，就是说他最终介入了战争。在一次战斗中，他与最年轻的战士皮奈特退到钟楼继续抗击德国人。他们被包围了，最后只剩下马迪厄一人只身奋战。他下决心坚持15分钟。他在扫射德国人时有一段精彩的内心独白："这一枪是为着洛拉，我不该与她亲密；这一枪是为着马塞尔的，我本应该离开她；这一枪是为着奥戴特，我曾经不要吻她；这一枪是为这我不敢写的书；那一枪是为着我拒绝进行的旅行；另一枪是为着所有那些我渴望憎恨他们而又试图努力理解的家伙。"15分钟后，他倒下了。马迪厄终于抛弃了选择行动前的焦虑，把内在自由介入到行动中，他的行动并不追求什么目的和成功，他唯一追求的是行动，这种行动是一种刺激，是对平庸的反抗。他终于实践了存在主义的最高伦理准则。萨特的这部小说冗长、沉闷，又因使用了意识流跳跃的时空描写手法，更使人感到它结构松散，文字晦涩难懂。但这部长篇成功地完成了萨特要用小说形式论述自由的写作计划，它真实地表现了一个洛根丁式的孤独的、意识到自己的存在和自由的个人，最终怎样走上了集体和介入的自由之路。

萨特的戏剧是萨特文学作品中最引人注目的部分，在法国现代戏剧中占有重要地位。他的戏剧和他的小说不同，非常注重逻辑性和结构的完整，戏剧冲突安排精致，剧情波澜起伏。萨特在戏剧方面的成就和影响远远超过了他的小说。

萨特的戏剧并没有脱离法国戏剧的传统，但更强调对处境的刻画。

这种戏剧与心理戏剧是相对立的。它试图展示当代人面临的问题，突出表现人在进行选择而产生焦虑的那个时刻。萨特把这种戏剧命名为“处境剧”，也有人称之为“自由剧”。最形象又最精辟地体现萨特关于处境与自由及其相互关系思想的剧本当属1943年发表的《苍蝇》。

《苍蝇》借用古希腊神话，以古喻今。阿伽门农与克吕泰涅斯特拉之子俄瑞斯忒斯3岁时被逐出故乡阿尔戈斯城。他的母亲与情夫埃癸斯托斯合谋杀害了阿伽门农，夺取了王位。十几年后，俄瑞斯忒斯回到故乡。他看到故乡到处飞满苍蝇——从谋害阿伽门农那个罪恶时刻起，苍蝇就没有离开过阿尔戈斯。诸神派遣来的苍蝇象征着埃癸斯托斯的杀人行为使全城都承担着悔恨。俄瑞斯忒斯站在原来属于自己的宫殿前，心中充满仇恨和行动的欲望。他唯一的妹妹厄勒克特拉多年来在宫中像奴仆一样生活，也没有一天不盼望哥哥回来惩罚罪人。但是，主神朱庇特认为俄瑞斯忒斯与阿尔戈斯城民不一样，警告他不要触动城邦的秩序和人们心灵的平静，否则会引起灾难，并暗示他要屈从命运尽快离开阿尔戈斯城。俄瑞斯忒斯没有顺从朱庇特的旨意，他终于杀死母亲和埃癸斯托斯。然而，他的妹妹被鲜血吓坏了，她决心遵循神的法规，做神的奴隶。阿尔戈斯城的人民也反对俄瑞斯忒斯的复仇行动。俄瑞斯忒斯终于在向城民宣告他是为着解放他们而来之后永远离去，苍蝇也随他离去。《苍蝇》一剧生动具体地体现了萨特的自由观。人命定是自由的，自由是无所阻挡的，是绝对的。正如剧中朱庇特所说：“一旦自由在一个人的灵魂中爆发，神明就对这个人无能为力了。”《苍蝇》一剧在第二次世界大战期间首次公演，引起轰动，在特定历史条件下起到了重要的社会政治作用：它号召法国人民摆脱萎靡、悔恨的精神状态，冲破枷锁反抗德国法西斯。这部戏还明显影射当时维希的贝当政府的不抵抗立场。俄瑞斯忒斯的介入行动使人们看到了受到压迫和禁锢时的唯一出路。

萨特另一部剧作《禁闭》发表于1945年，它的主题是《存在与虚无》

中的他人问题，或者更准确地说，是他人意识的问题。在这部独幕剧中，萨特把怯懦的文人加尔桑、同性恋者伊乃丝和杀婴犯艾丝苔尔三个死人放在地狱中某个封闭的房间这个特定的环境中，他们相互窥伺，相互猜疑，因此每个人在其他两人的眼里都犹如刽子手，同时每个人又是另外两人的受害者。萨特通过这个荒诞的故事，说明自由的行动对人是多么重要。如果拘于习俗和他人的评论，那就是虽生犹死，他人就是地狱。《禁闭》一剧在艺术上也极具特色。剧本构思巧妙、新颖，语言生动、形象，犀利地刻画出三个死者的丑恶心灵，观众犹如亲临恐怖的地狱。这些都使这个剧具有强烈的艺术感染力。

以抵抗运动为背景的《死无葬身之地》、针对美国种族歧视并揭露美国民主虚伪性的《毕恭毕敬的妓女》以及反映虚构小国中的共产党内部派别斗争的《肮脏的手》，描写的是各种类型的人在特定处境中的不同表现，从而表现他们对于自由的态度。这些剧本都把行动置于社会范围内，从存在主义角度揭示重大的社会政治问题。《死无葬身之地》由于过于赤裸地表现酷刑，又缺少悬念，首演时反映极糟，萨特自己也承认“这是个不成功的剧本”。《毕恭毕敬的妓女》则因深刻揭露种族歧视，号召人们自由行动而产生积极的社会反响，在法国和美国演出都获得了极大的成功。《肮脏的手》由于涉及政治斗争的目的和手段这样一个敏感的问题，公演后被共产党人认为是一出反共的戏。引起这样的效果是违背萨特本意的，所以，1951年发表的剧作《魔鬼与好上帝》可看作是《肮脏的手》的补充和继续。萨特在这部历史隐喻剧中塑造了一个与《肮脏的手》中的雨果类似的人物格茨。格茨从恶到善的转变具体地体现了萨特相对主义伦理观，和从主观唯心主义出发的存在主义自由观。

在萨特的文学作品中，还有一些传记体但又有异于一般传记的评论性著作，它们是萨特运用存在主义精神分析方法的研究成果，是萨特哲学思想体系的组成部分，比如《圣热内——演员和殉道者》和被称作“20

世纪最伟大的忏悔录之一”的《词语》等等。特别是《家庭白痴》，实际上是《辩证理性批判》中提出的观点与方法在具体历史人物上的应用。

1954年，法国哲学家乔治·加罗第（1913—　）向萨特建议：“你我都选一个人并努力对这个人进行解释——我用马克思主义的方法，而你用存在主义的方法。”萨特接受了这个建议，并选择福楼拜为自己的研究对象。《家庭白痴》详述了福楼拜的一生，特别花费了大量篇幅描述了福楼拜痛苦不幸的童年。福楼拜从小就被缺少温情的家庭视为“家庭白痴”，使他养成了孤僻的性格。由于家庭强迫他学习法学，最终导致他神经官能症发作。萨特认为，正如他在《辩证理性批判》中指出的那样，福楼拜的一切都与他童年的家庭影响分不开。萨特的存在主义精神分析法把具体的家庭看作阶级和个人关系的中间环节，家庭实际上是由历史的普遍运动所规定的，同时作为绝对物存在于童年生活的深处。研究福楼拜，不能放弃家庭的分析。但是，这只是问题的一个方面。家庭的影响造成了个人存在的一种不透明性，从这种不透明性出发可达到某种半透明性，用后天的历史社会原因可以解释福楼拜何以会成为文学大师。福楼拜在神经疾病发作后的30年里一直处在病态之中，这种状态使他放弃法学而开始文学生涯，成为文学巨匠。萨特认为神经疾病的发作是一种超越，使福楼拜获得了表达自己的自由。福楼拜的作品大多反映的是他自己的精神状态。比如他的名著《包法利夫人》中的男性化的女人包法利夫人就是福楼拜的化身，塑造这样的人物使福楼拜受压抑的变态心理得以发泄。萨特的存在精神分析法是一种情感同化法（empathie）：福楼拜把自己的个性投射到包法利夫人身上，萨特则同样在福楼拜身上投射了自己的情感和个性。另外，还应指出，每当记叙和分析转入综合时，萨特就开始进行想象，于是就有了具体分析和想象之间的来而复往。实际上，萨特在《家庭白痴》中不是要建立具体的绝对，而是要得到一幅想象的图像。他本人则在想象的福楼拜的镜子中得到反映。因此，虽然萨特说他希望读者把他的福楼拜研究看作一部小说，这部著作还是应被视为哲学性很强的作品，萨特的目的并不是对福楼拜的一生及其作品进行评价，而是通过福楼拜的例子阐述存在主义观点。

阿尔贝·加缪（1913—1960）的名字曾经长期和萨特的名字摆在一起，他被认为是一个存在主义者。然而他在1945年存在主义风头正劲的时候却宣称："不，我不是存在主义者。萨特和我总是惊奇地看到我们的名字被连在一起。我们甚至想有朝一日发个小小的启事，具名者声明他们之间没有任何共同的东西，但并不担保相互间没有受到影响。这是笑谈。我们各自写的书，无一例外，都是在我们认识之前出版的。当我们认识的时候，我们是确认分歧。萨特是存在主义者，而我出版的唯一的论文《西绪福斯神话》，却是反对所谓存在主义哲学的。"

长期以来，尽管加缪多次否认，萨特也未曾首肯，他仍然被许多人认为是一个存在主义者。直到1951年，他发表了《反抗的人》，与萨特展开了一场为时一年之久的论战，并最后与萨特决裂，这才使法国的一些批评家如梦方醒，看出了加缪与萨特之间由来已久的分歧，加缪的哲学于是被称为"荒诞哲学"（关于荒诞的哲学），存在主义的帽子被摘去了。但是，在英、美及其他许多国家中，加缪继续被视为存在主义者，或被视为存在主义的右翼代表人物。

阿尔贝·加缪出生在阿尔及利亚东部的蒙多维镇，祖籍法国波尔多。父亲是葡萄种植工，第一次世界大战时应征入伍，在马恩河战役中身负重伤，不久死去，其时加缪还不到1岁。加缪后来曾说："我和我的同龄人一样，是在第一次世界大战的鼓声中长大的，而我们的历史，从此就未曾断过屠杀、不义和暴力。"他母亲是西班牙人，外祖母脾气暴躁，治家极严。父亲死后，全家旋即迁往阿尔及尔，住进一个贫民区，母亲进了一家弹夹厂做工，工余帮助别人做家务，一家人的生活十分贫困。按加缪自己的说法："我不是在马克思的著作中学到自由的，我是在贫困中学到的。"

他在一位小学教师的帮助下，考取了奖学金进了阿尔及尔中学，又靠勤工俭学进了阿尔及尔大学。他当过气象员、商号的雇员、政府机关的职员等。他知道生活的艰难和穷人命运的不合理，但他从不抱怨，而是尽情享受大自然的馈赠：阳光和海水。他喜欢游泳，当过大学足球队的守门员，“要紧的不是生活得最好，而是生活得最多。”不幸的是，他17岁上得了肺结核，这在他的精神上投下了终生不能抹除的阴影。他在大学主修的是哲学，深受他的老师，哲学家让·格勒尼埃的怀疑论的影响。1933年，希特勒上台，加缪很快投身于巴比塞和罗曼·罗兰领导的反法西斯运动。1934年底，他加入法国共产党，其任务是在穆斯林中开展宣传工作。1935年5月法国外长赖伐尔访问苏联，法共改变了对阿尔及利亚民族主义运动的政策，加缪随即退出共产党，但他在共产党控制的“文化之家”一直工作到1937年。这期间，他组建了“劳动剧团”，免费为劳动群众演出，并与人合作，写了以反暴政为内容的剧本《阿斯杜里起义》（1936），遭到禁演。他还参加了阿尔及尔电台的剧团，经常到城乡各地去演出。1936年，他完成毕业论文，内容是比较普洛丁和圣奥古斯丁著作中的希腊精神和基督教精神。由于健康原因，他未能参加教师资格会考，在大学中执教的希望破灭了。1937年，一批具有社会主义思想的法国知识分子创办了《阿尔及尔共和报》，加缪当了该报的记者，负责文艺评论，但他的活动很快就扩大到了政治方面，写了不少文章抨击政府和法律的不公，揭露居于少数的欧洲人对当地阿拉伯人的歧视和压迫等不合理现象。同年5月，他出版了散文集《反与正》，追述了童年的生活，处处显露出贫穷和欢乐的对立，这种对立成了他日后创作的基本源泉。1938年萨特的小说《恶心》发表后，他立即给予很高的评价。

第二次世界大战爆发以后，加缪担任了新创办的《共和晚报》的主编。他严厉批评达拉第纵容法西斯德国侵略的绥靖政策。他在批评苏联破坏波兰和芬兰的领土完整的同时，也反对某些人的反苏偏见和取消法国共产党的叫嚣。他曾经想参军，因健康的原因被拒绝，但他对大战的态度是明确的，即认为是反动派之间的战争，他说："第一件事是不要绝望，别太听那些人高喊世界末日。""让我们宣誓在最不高尚的任务中完成最高贵的行动。"加缪不肯屈服于新闻检查，触怒了当局，1940年1月，《共和晚报》被封，加缪经人介绍进入《巴黎晚报》，于是他离开阿尔及利亚，来到法国本土。《巴黎晚报》是一份右翼报纸，其政治观点为加缪所不齿，故他只肯担任行政秘书一类纯技术性的工作，空余时间就加工润色他的小说《局外人》，同时为《光明》等左派刊物撰稿。《巴黎晚报》很快堕落为与法西斯合作的报纸，加缪再度失业。此后的两年中，他回到阿尔及利亚的奥兰，全力以赴进行创作，完成了小说《局外人》、哲学随笔《西绪福斯神话》和剧本《卡利古拉》，并开始酝酿小说《鼠疫》。他同时在一家私人学校任教，教授被维希政府排斥于教育之外的犹太儿童，并建立了一个组织，帮助犹太人在突尼斯安顿下来。1941年12月5日，法共党员加布里埃尔·贝里被德国法西斯枪杀，其时加缪正在法国养病，他听到这个消息，立刻决定参加抵抗运动。他说："我一直觉得不能站在集中营一边。我憎恨暴力，但我更憎恨暴力的机构。"他参加了北方解放运动，担负情报和地下报纸的工作。1942年和1943年，《局外人》和《西绪福斯神话》相继出版，立刻引起评论界的注意，使加缪一举成名。

《局外人》的构思始于1937年，经过三年的酝酿，大概在1940年写成。小说篇幅不长，但以简单得近乎枯涩的笔调，冷静得近乎淡漠的口吻，震动了读书界。评论家一致认为，小说作者是一个古典主义的大手笔，是一位完全成熟的作家。有的评论家认为，小说受了美国小说中行为主义的影响，对此加缪回答说："在我看来美国小说技巧正走向死胡同。不错，我在《局外人》中利用了美国小说技巧。但是那是因为它正适合于我对一个表面上没有意识的人的描写。"至于《局外人》的内容，几十年来，众说纷纭，对其含义的挖掘似乎还没有穷尽。最有影响的，还是萨特的解释，他认为，小说是“荒诞的证明”，是对资产阶级法律的抨击。小说是以阿尔及尔一家船运公司的职员默尔索的自述形式写成的，他像讲别人的事情一样，以极冷静的口吻讲述自己单调的生活，母亲的死并未带来任何变化，直到一系列偶然的事件使他无意中扣响了不幸的大门：他成了杀人犯，被法庭判处了死刑，他终于领悟到生命的可贵，依恋之情油然而生。默尔索是个很复杂的人物，表面上看起来，他是个接近自然状态的人，他的生活就是吃饭、睡觉、上班、游泳、交友和看电影。但是他心中总有一种不安的感觉，总觉得自己有什么地方错了，他有两句口头禅，一是“无所谓”，二是“这不怪我”。默尔索只在大自然中才感到舒服，与社会却格格不入，他最后被判死刑，并不是因为杀了人，而是因为他没有遵守社会习俗：没有哭死去的母亲，对婚姻和事业上的升迁了无兴趣，对法庭上的辩护也漠然置之，总之，他是因为对社会表示冷淡而被视为社会的敌人。加缪在为美国版《局外人》写的序言中指出：“他远非麻木不仁，他怀有一种执着而深沉的激情，对于绝对和真实的激情。”他甚至说，默尔索是人类唯一配有的基督。这话确是奇特，但它的意义是明了的，基督为了人类的苦难而死，而默尔索是因为不适应社会生活，因为不尊重约定的观念而被社会判处死刑的，他承担了人类的命运，此非基督而谁？默尔索是诚实的，他不说谎，不想象别人那样在社会这个舞台上演戏。《局外人》的主题是人类与其生存条件的不协调，这个生存条件不是别的，正是人类社会。加缪说：“荒诞不在人，也不在世界，而在于两者的共存。”这与小说用形象反映出来的思想是一致的。认识到两者的对立，就是认识到了荒诞，默尔索的觉醒是从他打死阿拉伯人，扣响不幸的大门时开始的。对于加缪来说，《局外人》是他全部思想的一个出发点。

“小说从来都是形象的哲学。”以《论荒诞》为副题的《西绪福斯神话》则以哲学的语言论证了《局外人》的基本思想。所谓“荒诞哲学”，在加缪那里，是一个包括从觉醒（意识到荒诞）到行动（反抗荒诞）的完整的哲学体系。因此，世界就是荒诞，人生就是幻灭，这样简单的概括不能反映加缪的荒诞哲学的全貌。加缪认为，荒诞感首先表现为对某种生存状态的怀疑："起床，公共汽车，四小时办公室或工厂里的工作，吃饭，公共汽车，四小时的工作，吃饭，睡觉，星期一二三四五六，总是一个节奏"，一旦有一天，人们对此提出了"为什么"，就悟到了荒诞。这种状态是千百万人最经常的状态，所以此论一出，立刻引起了共鸣，而且过了20多年，法国人又有了一个更简练的表达，即把生活概括为"地铁—工作—床铺"这个公式。人们对这种生活感到厌倦，试图拒绝这种生活，这正是觉醒。"一个能用歪理来解释的世界，还是一个熟悉的世界，但是在一个突然被剥夺了幻觉和光明的宇宙中，人就感到自己是一个局外人。这种流放无可救药，因为人被剥夺了对故乡的回忆和对乐土的希望。这种人和生活的分离，演员和布景的分离，正是荒诞感。"因此，"荒诞本质上是一种分裂，它不存在于对立的两种因素的任何一方。它产生于它们之间的对立。"荒诞的存在，是以人为前提的，离开了人，荒诞也即消失。但是，认识至此并未完结，仅仅是迈开了第一步。荒诞，在加缪看来，仅仅是个出发点，重要的不是认识到荒诞，而是对荒诞采取什么态度，在荒诞的条件下人应该如何行动，是以死来结束荒诞状态，还是以反抗来赋予人生以某种意义，从而获得某种幸福。可以说，加缪的全部作品的中心思想，实际上是如何对待荒诞的问题。他在评萨特的《恶心》的一篇文章中说："对我来说，唯一的已知数是荒诞。问题在于如何走出去。……看到生命的荒诞不能成为目的，而仅仅是个起点。……令人感兴趣的不是发现（荒诞），而是人从中引出的结果和行动准则。"加缪的行动准则是挑战，是反抗，既要认识到理性的局限，又要"义无反顾地生活"。加缪把荒诞等同于笛卡儿的怀疑，以此为出发点，寻求建造人类的幸福。这种荒诞英雄的典型就是西绪福斯。据希腊神话，西绪福斯被天神罚做苦役，将一块巨石推上山顶，而巨石一到山顶，旋即滚落下来，他又得重新下山，再把巨石推上去，如此无休止地做着这种“无用而无望的工作”。加缪感兴趣的是下山途中的西绪福斯：“我看到这个人以沉重而均匀的脚步走向那无尽的苦难，这个时刻就像一次呼吸那样短促，它的到来与西绪福斯的不幸一样是确定无疑的。这个时刻就是意识的时刻。在每一个这样的时刻中，他离开山顶并且逐渐地深入到诸神的巢穴中去，他超越了自己的命运。他比他搬动的石头还要坚硬。”

1943年，抵抗组织实行合并，加缪担任了《战斗报》驻全国抵抗运动的代表。巴黎解放之后，《战斗报》公开发行，加缪是主编之一。这时，加缪作为记者十分活跃，为《战斗报》撰写了大部分社论，号召实行政治和经济改革。加缪的文章中所表现出的胆识和眼光使《战斗报》成为当时法国最重要的报纸之一，吸引了大批优秀作家为报纸撰稿。1945年以后，他的健康状况恶化。由于大批投靠德国法西斯的“合作分子”未受到惩处，各方面的改革又进展甚微，加缪的心情十分沉重。加上他的理想主义使他坚持把报纸办成一种超脱的见证，因而与同事发生分歧。这种种原因使加缪逐渐退出新闻界，埋头于文艺创作。但是，他仍然关心当代的重大事件。1947年，他谴责法国政府对马达加斯加的叛乱实施镇压，1949年，他声援被判处死刑的希腊共产党员。他坚信一个艺术家不应对时代的危机袖手旁观。这个时期，加缪发表了《鼠疫》（1947）、剧本《戒严》（1948）和《正义者》（1949）以及哲学随笔《反抗的人》（1951）。

早在1938年，加缪就打算写一部以鼠疫为题材的小说，并开始随手记下一些构思。三年后，他开始阅读有关鼠疫的各种著作，于1943年写出第一稿。1947年6月，《鼠疫》经过重大的修改出版了，立刻受到热烈的欢迎，几天之后即获得批评奖。加缪以科学家式的冷静客观的笔触，记载了阿尔及利亚奥兰市发生的鼠疫的始末和人们的不同反应。194×年4月，奥兰市连续不断出现死鼠，越来越多的人死于无名的高热。里约大夫断定是鼠疫流行，城市于是宣布戒严，病人被隔离，由此展开了一场人与恶之间惊心动魄的战斗。在灾难面前，城市变成一座孤岛，与外界的一切联系都被切断。市民们始则不肯相信，继则惊恐万状。正常的经济活动停止，黑市买卖日益猖獗，游乐场所空前热闹，道德风尚日渐沦丧。城市在沉沦。不同的人面对灾难表现出不同的态度：医生里约清醒地认识到鼠疫的本质，同时也在有效地进行着斗争。他追求的目标不是一劳永逸地消灭疫菌，他认为“最后的胜利是不可能的”。他的目标是控制鼠疫蔓延，减少死亡，恢复正常生活；知识分子塔鲁有过战斗的青年时代，他因为拒绝做一个“有理性的杀人者”而试图成为一个“不信上帝的圣人”，但是他反对不战而降，所以积极投入了对鼠疫的斗争；从巴黎来的新闻记者朗贝尔思念情人，几次试图偷渡关卡，但他终于认识到“一个人幸福是可耻的”，因而留了下来；政府的小职员格朗是个生活上和事业上的失败者，但不乏同情心和善良的感情，他一面苦苦思索他的小说的第一句话，一面积极参加救护工作；神甫帕纳卢开始时要人逆来顺受，一个无辜的孩子的死动摇了他的宗教信仰；商人科塔尔热衷于黑市活动，希望鼠疫继续下去。十个月后，鼠疫退去，戒严结束，人们恢复了正常的生活。在庆祝解放的欢呼声中，里约大夫清醒地知道，疫菌不会死亡，也不会绝迹，而是隐藏在各种地方，“也许有一天，为了使人类吃到苦头，受到教育，鼠疫将再度唤醒它的老鼠，送它们去死在一个幸福的城市里”。这是《鼠疫》的最后一句话，也是加缪对人类发出的警告：恶不会消失，它会卷土重来，人们应该对此保持警惕，准备投入新的战斗。《鼠疫》中的斗争象征着欧洲人民反对纳粹的斗争，也在更广泛的意义上象征着人类反对各种恶的斗争。与《局外人》相比，《鼠疫》表现出一种发展，由个人的觉醒上升为集体的斗争。加缪在回答著名批评家罗兰·巴特的信中说：“如果从《局外人》到《鼠疫》有发展的话，那是在团结和参与其事的意义上实现的。”这句话说明了从《局外人》到《鼠疫》加缪的思想发生的变化。

如果给《反抗的人》一个副题的话，可以叫做《论反抗》。加缪以欧洲为范围，对反抗的“态度、企图和成果”进行了一番历史的考察。他指出，在荒诞的环境中，唯一的出路是反抗，反抗是人对某种事物的发展超出了限度所作的反应，是人的本质之一。反抗意味着人性的存在，但是任何一种反抗如果违反了人性，超越了界限，就失去了意义，导致了虚无主义。加缪把反抗区分为哲学的反抗和历史的反抗。哲学的反抗是一个人起而反抗他的命运和整个世界。其矛头指向上帝。这种反抗由于接受杀戮和恶而迷失了方向。历史的反抗将历史当成绝对的价值，为达到某种政治目的而不考虑手段，将杀戮合法化，最终也失去了反抗的本意。他在这一番历史的回顾中，既肯定了萨德、陀思妥耶夫斯基、尼采等人的反抗，又批判了他们反抗的结果，指出他们最终走向虚无主义。加缪既否定法西斯的“不合理的杀戮”，又否定俄国共产主义的“合理的杀戮”；既肯定马克思对资本主义的分析和批判，又认为马克思的理论是空想的，他的预言是不能实现的。加缪反对革命，因为革命本能地倾向于绝对，否定一切。他提倡一种“地中海思想”，即讲求节制、平衡的希腊精神，追求适中的思想和行动。他说：“人在其最大的努力中，只能按算术级数减少世界的痛苦。”他既不相信宗教的乐土，也不相信共产主义的远景，他只相信现实的斗争和幸福。加缪对人类的命运是悲观的，但他对人本身的幸福是乐观的，这一点上，他又回到了《西绪福斯神话》：“应该设想，西绪福斯是幸福的。”《反抗的人》是加缪的思想发展的最后阶段，是一个总结。

《反抗的人》的发表，在加缪和萨特之间引起了一场激烈的论战，论战的结果是两人的彻底决裂。从此，加缪似乎逐渐不去过问政治问题，而埋头制定新的创作计划。不过，事实上他并没有真正超脱政治。他著文揭露审判北非民族主义者的暴行；他因佛朗哥的西班牙加入联合国教科文组织而辞去在教科文的工作；他抗议苏联对东柏林采取行动。为了支持孟戴斯·弗朗斯竞选，他于1955年重入新闻界，出任《快报》独立记者,赞扬旨在保障工人经济自由和社会主义的改革,揭露佛朗哥政权,谴责法国的极端主义者,呼吁在阿尔及利亚实行明智的政策等等。弗朗斯竞选失败,加缪大失所望。在阿尔及利亚战争中,他从人道主义立场和对阿尔及利亚的特殊感情出发,呼吁双方和解,然而他的努力不但遭到失败,而且引起双方的不满。从此,加缪的精神陷入苦闷,这个时期他发表了小说《堕落》、短篇小说集《流放与王国》和几部改编的剧本。

《堕落》是一本讽刺小说,发表于1956年。全书用第一人称写成,完全是主人公让-巴蒂斯特·克拉芒斯的独白,虽然有一个对话人,但此人自始至终未置一词。克拉芒斯曾是一位誉满巴黎的律师,运动场上的健将,情场上的幸运儿。正当他志得意满飞黄腾达之际,突然在某天夜里听见背后响起一片嘲弄的笑声,他从此对自己发生了怀疑,开始了内心的反省,结果发现自己远非一个完人,而是一个庸人,一个懦夫。他自许为孤儿寡母利益的捍卫者,实际上为的是博得他们一掬感激的眼泪;他热衷于帮助盲人和弱者,实际上是做给别人看的;他表面上谦虚随和,实际上内心里把别人视若草芥;他曾在一天夜里见死不救;他对情人进行卑鄙的报复和折磨;他要事事出人头地,等等。他在失去了往日的自信之后,离开巴黎,到了荷兰,在阿姆斯特丹的一家下等酒吧里当起了法官—忏悔者,即法官和忏悔者一身而二任,他向别人忏悔自己的堕落,目的在于引起对方的忏悔,他越是揭露自己的丑行,就越具有审判别人的权力,而经验证明,他的方法万无一失。最后,他发现他沉默的对话者也是一个律师。小说试图用克拉芒斯的堕落象征欧洲文明的堕落,作者在无情地揭破克拉芒斯的假面的同时,把解剖刀伸向西方所有的知识分子。克拉芒斯的身上有着作者本人的影子,但夸张的笔调,讽刺的口吻,使他更像以萨特为代表的存在主义者。但是,萨特认为,《堕落》也许是加缪"最美的,也最不被理解的一本书"。

《流放与王国》是一部包括六个短篇的小说集,其中有四篇以阿尔及利亚为背景，其余两篇分别以巴黎和南美为背景。流放与王国，这是两个对立的世界，一个在现实中，一个在理想中，如何经流放而达王国？这是加缪试图回答的问题。《不贞的妻子》的主人公雅尼娜，经过25年枯燥无味的婚姻生活，在一天夜里跑到漆黑的荒野上，仰观繁星密布的天空，与神秘的大自然心交神应，大彻大悟，获得了精神上的解脱。《沉默的人们》中，一家小工厂的十几个工人，因罢工失败而对老板心怀怨恨，但是老板的小女儿突然病倒，引起了他们深切的同情，工人和老板间的芥蒂涣然冰释，原来，死亡的威胁使他们走到一起去了。《来客》的背景是阿尔及利亚战争，小学教员达吕接受了一个阿拉伯犯人，他招待犯人吃住之后，并未按照警察的嘱咐把他解往下一站，而是听其自便，或自投，或逃跑，结果他悲哀地发现，“阿拉伯人慢慢地走上通往监狱的道路”。《约拿，或工作中的画家》讲的是一个淳朴的画家成功之后，宾客盈门，络绎不绝，使他欲求孤独而不可得，终致搁笔，最后发出了“孤独还是友爱”这样迷惘的慨叹。《生长的石头》是集中最精彩的一篇，它通过沉重幽邃的描写，展示出一个从法国来到巴西的工程师通过交流和友爱看到了王国的入口。《流放与王国》表明加缪又回到了他的最初的源泉，即《反与正》中表现出来的牢狱和大海、贫穷与欢乐之间的对立与平衡。“王国”所意味的“自由的、赤裸裸的生活”是经由“流放”获得的，只要人在“流放”中既拒绝受奴役，又拒绝支配他人。由于加缪本人并未到达王国，他的小说中的人物因此始终在流放中奔波，顶多到了“王国”的门口，朦胧地窥见了一点幸福的影子。

1957年10月，加缪“因他的重要文学作品透彻认真地阐明了当代人的良心所面临的问题”而获得诺贝尔文学奖。他与书籍工人、西班牙流亡者和抵抗运动的老战友一起分享了这一快乐。两年之后，加缪在一次车祸中丧生，时年47岁。他的皮包中有一部未完成的小说，叫做《第一个人》。1994年，经过长时间的修订，这部小说终于出版了。虽然这部小说有许多疏漏，情节也显得松散，但是它洋溢着青春的活力和史诗般的格调，通过自传体的描述显示出加缪是一个永远年轻的作家。

加缪是法国最年轻的诺贝尔文学奖获得者，曾经是一代青年的精神导师。他以西绪福斯下山那样沉重而均匀的步伐朝着荒诞走去，他知道恶不能根除，但唯其如此，才更应该为捍卫人的尊严和幸福而斗争。

西蒙娜·德·波伏瓦（1908—1986）出身于巴黎一个信奉天主教的中产家庭。14岁时，她放弃了天主教信仰。1929年她通过哲学教师资格会考，先后在马赛、卢昂、巴黎任教。1943年发表了第一部小说《女宾》，以后又陆续发表了《他人的血》（1945）、《人总是要死的》（1947）、《风流名士》（1954）等小说。1949年，她发表了讨论妇女问题的专著《第二性》，50年代后期，波伏瓦的写作转向散文、随笔、游记、回忆录、政治或学术论文。她与萨特等人1955年访问中国，回国后发表了描写中国印象的游记作品《长征》（1957），赞扬中国的革命和建设。四部自传性质的作品《一个乖女孩的回忆》（1958）、《年富力强》（亦译作《正当年》，1960）、《势所必然》（亦译作《物之力》，1963）和《了结一切》（1972）勾勒出了作家从童年到晚年的生活历程，在读者中引起了相当强烈的反响。

1926年，波伏瓦在巴黎高等师范学院学习时与萨特相识，两人志同道合，结为终生伴侣。为了表示对传统的叛逆，他们不举行婚礼，保持各自的独立和自由①。萨特去世后，她在悲伤中写作了《告别仪式》（1981），回忆萨特晚年的生活，以大量笔墨描写萨特的病痛，特别是失明给这位伟大作家带来的痛苦。

波伏瓦的小说和萨特的文学作品一样，大都以一个具体的生活情境来表现存在主义的哲学观念，或者说，是以存在主义的哲学观念来设计小说的生活情境。因此，她的小说具有相当强的观念性，比较枯燥。波伏

① 波伏瓦与美国作家奥尔格伦曾经有将近20年的恋情。

瓦与萨特曾经和另一个女子有过一段三角经历，小说《女宾》即以这段经历为素材。虽然小说描写的是一段复杂的恋爱关系，但是对主人公皮埃尔与两个女友弗朗索瓦兹和克萨维耶的感情纠葛，以及因此必然引发的曲折的心理活动，小说的描写是不充分的，缺乏感染力。小说完全从存在主义的哲学观出发，以一种过于理性的态度，着力探讨在复杂的三角关系中，每个人的存在对自身以及对其他两个人意味着什么，探讨他人的存在是否对自己的自由构成障碍。性的问题，包括性问题对于女性的意义，在这里与个人的存在这个基本问题联系在一起。小说的最后，弗朗索瓦兹无法继续忍受有如萨特的《禁闭》所表现的那种痛苦处境，趁克萨维耶熟睡之机，打开煤气阀，企图毒死她。这个情节使小说的主题——即《禁闭》的主题“他人即地狱”——得到高度凝练的表现。

《他人的血》讲述男女主人公在“二战”前与“二战”中的经历。男主人公布劳马虽然出身资产阶级家庭，却是一名共产党员，战争爆发后奔赴沙场，后来又在巴黎参加地下斗争。女主人公海伦是布劳马的女友，起先不理解布劳马的行为，后来目睹法西斯的暴行，毅然追随布劳马参加共产党的抵抗运动，在一次营救战友的行动中不幸牺牲。“二战”后，法国出现了许多以“二战”和抵抗运动为题材的作品，《他人的血》与其他许多同类题材的作品不同点在于它浓厚的存在主义哲学气味。小说对男女主人公选择生活道路过程的刻画，在当时的社会环境中具有一定代表性，从这一点说，小说真实地反映了那个特殊的年代里不同阶层法国人的精神面貌。但是，男女主人公以及其他人物，在选择自己的行动和道路时，心理活动缺乏真情实感，看不到人的生命被责任或激情点燃时放射出的光芒，相反，浓重的存在主义哲学色彩使得人物的心理活动显得单一而平淡，人物的个性被哲学的普遍性所淹没。人物虽然不乏思想，然而由于思想的个性特征不足，让人觉得是作者在代替人物进行思考。

《风流名士》的时代背景从战时一直延续到战后。和《他人的血》一样,小说描写了一群法国人面临德国法西斯的入侵,面临战后各种政治势力的复杂斗争所做出的生活选择。与《他人的血》不同的是,这部作品集中描写法国知识阶层。主人公佩隆是个作家,一方面,他出于思想深处的人道主义信念,同情左翼的朋友和他们的事业,另一方面,他信奉的不介入实际行动的生活原则又经常使他与朋友们的思想行为发生冲突,因此他经常被现实事件抛在一种两难的处境中。佩隆爱上了女演员约赛特,而约赛特曾与德国占领军有瓜葛,这就使佩隆后来为了保护约赛特,违心地作了伪证。佩隆的好友杜布勒伊投身政治活动,企图建立独立于共产党之外的左翼力量。由于政治观念的冲突,他与佩隆绝交。后来杜布勒伊的政治活动失败,佩隆也在作伪证后辞职,两人又恢复了友谊。最后,佩隆的另一个左翼朋友樊尚刺杀了出卖过犹太人的奸人,佩隆虽然不赞成樊尚的行为,却出于同情帮助樊尚转移尸体,从而使他不介入实际行动的原则最终成为空话。

这部作品反映了从"二战"到50年代法国知识分子的思想危机和精神困惑。小说中的人物意识到自己有选择政治立场与生活道路的自由,但是这种自由却并不等同于超越现实的纯粹个人意志,因此,这种自由选择固然是对个人存在的体验和肯定,因而是一种欢乐的体验,然而同时它也带来痛苦,因为个人的意志并不总是能够成为选择的唯一前提。把这部小说和萨特的《自由之路》、加缪的《鼠疫》联系起来分析,就可以发现,战后,"二战"中火与血的现实使存在主义者意识到,个人的行为不免要受到社会现实环境的制约,因而他们在过去那种仅仅具有纯哲学意义、比较抽象的自由选择中,注入了现实的、具有政治或道德意义的内容(对加缪来说,则是将个人对于荒诞的意识扩大为一种集体的反抗)。波伏瓦的这部小说反映的是作者熟悉的知识分子的生活,切身的经验为作品提供了活生生的素材,而且作品较多地表现了人物对现实生活的感受和体验,因此在艺术质量上明显超过了前两部作品。小说发表后,有人认为佩隆这个人物是影射加缪，而杜布勒伊则有萨特的影子，这当然多少有点穿凿附会。不过，读者的猜测说明小说中的知识分子的形象是真实的，具有一定的典型性。这部小说获得了龚古尔文学奖。

波伏瓦在西方社会常被看作女权主义的代表。这无疑与她作品中的女性形象塑造有关，然而更主要的是因为她写了研究妇女问题的专著《第二性》。这部著作刚一问世，舆论便一片哗然，包括许多知名人士在内的批评者大加挞伐。其结果却是扩大了这本书的影响，而且提高了作者的知名度。所谓“第二性”，即女性。在这部著作中，波伏瓦借用精神分析学的成果，以大量实证材料为依据，研究了妇女在社会中的地位，指出：“女人不是生来就是女人，而是变成了女人。”就是说，妇女形象是男权中心的传统文化造成的，男人的欲望、权力和话语塑造成了如今的妇女——永远属于从属地位的妇女。波伏瓦的这部书成为西方女权主义的经典，其影响要超过她的任何一部小说。

与存在主义作家同时期的另外一些作家，例如维昂、巴塔伊和布朗肖，在表现人的多余感和局外感方面与存在主义声气相通，不过，他们对人生的态度趋于消极，作品中充塞着焦虑和躁动。这种情绪郁积到极点，便不免化为绝望的诅咒。毋庸讳言，这种诅咒往往妨碍读者对作品的审美欣赏，但是它毕竟吐露了一部分人的心声，能够在这些人心里引起共鸣。而且他们的作品所表现的人的原始激情和对外界的本能反应，对于人对自我的感知也不乏探索意义。

鲍里斯·维昂（1920—1959）出生在巴黎近郊一个小资产阶级家庭。他自幼孱弱多病，与疾病的搏斗使他更加热爱生活，他希望像阿波利奈和兰波那样让自己相对短暂的生命发出奇异的光。19岁时他考入巴黎中央高等工艺制造学院，毕业后成为工程师。

维昂在1942年写了第一部小说《草堆里的骚动》，以独特的手法讲述了第二次世界大战期间青年爵士音乐迷举办家庭舞会的情景，显示出语言天赋。德国占领期间，爵士乐被当作退化的黑人音乐禁止演奏，维昂因身体原因不能直接参加抵抗运动，但他以极大的热情投入了推动爵士乐发展的事业，并于1943年写了反映该主题的小说《脑包虫和浮游生物》。

维昂的代表作是他在1945至1946年写的《岁月的泡沫》。小说家雷蒙·格诺称之为当代最动人心弦的爱情小说。23岁的男主角高兰起初过着舒适的生活，雇了一位职业厨师，经常请他的工程师朋友希克吃饭。在一次音乐舞会上，他结识了一位叫克洛埃的姑娘，她的名字正巧是高兰最喜欢的美国爵士乐大师杜克·爱灵顿的一首曲名。他们一见钟情，结为连理。不久，克洛埃开始咳嗽，医生在她的胸里检查出一朵睡莲。克洛埃的病耗尽了高兰的储蓄，他卖掉心爱的钢琴，辞掉厨师，并开始工作。爱妻死后，因为没有钱，葬礼显得很寒碜，不久他也抑郁而死。和高兰夫妇命运相交错的是希克和爱莉丝的关系变迁。他们最初都是让-萨尔·保特（影射让-保尔·萨特）的崇拜者，希克不惜一切代价到处买保特的书和他用过的东西如裤子和烟斗等，在保特的泥潭里越陷越深，连女友也忘了，最后因未付房租被催债的宪兵打死。爱莉丝是位富有反抗精神的女性。她用一切方法来唤回希克对她的爱，然而都失败了，于是找到正在工作的保特求他暂停写作。遭到拒绝后，她就掏出她的特殊武器"揪心"，把保特的心挖了出来。随后她又放火烧毁了城里的书店，自己也葬身火海。小说以老鼠和猫的对话而结束。老鼠在高兰死后也想自杀，而猫却懒得吃它。最后，猫同意老鼠把头放在它的嘴里，把自己的尾巴放在路边，等待行人踩上尾巴来靠本能完成这一行动。这时，孤儿院的11位盲眼小姑娘唱着歌走了过来……这部以超现实主义手法写出的作品让人回味无穷。

维昂在1946年9月到11月又写了一部晦涩难懂的小说《北京的秋天》。故事既不发生在北京，也不在秋天，而是描写一群人在艾克欧波达米的沙漠里修建铁路的经过。这个万花筒般的微型世界充满了悲欢离合和错综复杂的情节。艰难建成的铁路瞬息之间被沙漠吞噬了，董事会决定重建一条铁路，一切从头再来。这部具有“新小说”风格的作品再次揭示了著名的西绪福斯神话这个永恒主题。

维昂在1948年8月写的《红草》是一部关于生与死的哲理性很强的科幻式的小说。乌尔夫和他的机械师拉于利通过一台机器来摆脱他们对过去的记忆。乌尔夫代表寻找死亡的一面，他对宗教，社会道德和爱情等都提出疑问。拉于利代表生的欲望的一面，每次他拥抱未婚妻弗拉莉尔时，都看到一个人影在他旁边注视他们。他忍受不了这个驱之不去的人影，就挥刀与之搏斗，人影死而复生，层出不穷，拉于利最终只好自杀身亡。在海边，两位老妇询问乌尔夫的爱情问题，他承认从来没有爱过。在完全摆脱过去的记忆之后，乌尔夫本能地杀死了一位老汉，然后就跳入深渊，死在一片红草上，空空的眼睛向着太阳。

维昂独特的风格还表现在他的三部短篇小说集里：《神父洗澡》（1946），《蚂蚁》（1949），《狼人》（1947）。

第二次世界大战刚结束，法国就掀起了一股美国黑色小说浪潮。充满暴力和色情的美国翻译小说风流一时。维昂应他的出版商朋友让-达鲁安的请求用两星期时间（1946年8月5日至20日）赶写出了一部畅销小说《啐你坟墓》。维昂声称该书的作者叫韦尔侬·徐里旺，他只是该书的翻译。小说主人公李·安德松是位26岁的黑人和白人的混血儿，但他的相貌完全与白人一样。他的哥哥汤姆被白人种族歧视者迫害致死。为了报仇，他通过朋友打入了上流白人社会。他能歌善舞，结识了种植园主——种族歧视者阿斯基的两个女儿让和露。他使让怀上他的孩子，同时又引诱露。他告诉她们真相以后，掐死了她们，最后被警察打死在谷仓里。这部小说发行的头几个月并没有引起关注。1947年4月，一个叫爱德蒙·胡日的人在一家酒店里掐死了他的女伴，并在床头留下翻开的《啐你坟墓》。法国社会道德行为联盟主席控告该书有伤风化。维昂最终承认自己是作者，被判交十万法郎罚金，后来得到大赦。这件诉讼案使《啐你坟墓》成为1947年最畅销书。维昂以韦尔侬·徐里旺的笔名还先后写了另外三部美国黑色小说式的作品：《死人的皮肤都一样》（1947）、《杀尽所有的坏人》（1948）、《她们没有意识到》（1950）。

维昂同时还是诗人。大约在1939—1942年之间写的诗结集为《百首十四行诗》。从1946年到1949年，维昂给他最熟悉的20位朋友每人赠了一首诗，结集为《冻结的坎蒂列那》。1948年由让·布列作画，维昂赋诗，共同完成了诗集《巴尔楠的文摘》。1951年和1952年是维昂精神危机最严重和经济最困难的两年，他在这段时间写的23首诗汇集成册，题名《我不想死》，1962年出版。诗人沉吟道："在我还不知道阳光是冷的 / 四季真的只有四季之前 / 我不想死 / 在人们还没有发明出永恒的玫瑰，只有两个小时的一天，山上有海，海里有山，痛苦消失 / 品尝死亡滋味之前 / 我不想死。"

诗和歌在维昂的笔下没有明显的分界线，他的诗音乐性很强。维昂是著名的小号吹奏者，他所在的克罗德·阿巴蒂乐队荣获1945年布鲁塞尔首届国际业余爵士乐大赛冠军。他还在《爵士热》，《战斗》和《艺术》等报纸和杂志上主持音乐专栏。在1956—1958年，维昂写了许多关于音乐的文章，后来收集成册出版。他在1954年出了一本400多首的歌集《难易之歌》，当时印度支那战争刚结束，阿尔及利亚战火又将燃起，其中有著名的歌曲"逃兵"，曾风靡一时，反映了作者的反战思想。

戏剧也是维昂喜欢的一种文学形式，他在1947年写了反战的滑稽戏《人人都肢解》。该戏在1950年巴黎夜游剧院上演后，引起很大反响。故事发生在1944年6月6日盟军在诺曼底登陆时，一位在农场肢解牲畜的人不关心当时到处是战火硝烟和炮声，只想把他的三个女儿嫁出去。剧里的美国兵，德国兵，法国上尉和日本伞兵在一起玩牌，互换制服，串唱歌曲。战争的荒诞不经在作者1951年写的剧本《将军们的点心》里再次得到展现。1957年的《帝国的缔造者们或斯穆荷兹》讲述一个小资产阶级家庭最初住在宽敞的居室内。但是一种奇怪而可怕的声音把他们吓坏了，他们从一楼跑到二楼，最后躲进顶层的小屋。在这幢房子里有一个似人又似物的斯穆荷兹，它好像是这种恐怖声音的外壳。这个人物引起众多的评论和解析。作者的反军国主义和荒诞人生的思想还体现在他的其他剧本里，如《美杜莎的头》（1951）、《法国猎手》（1955）等。

维昂也涉足电影领域，写了许多电影剧本，如《相遇》（1941）、《波波夫医生在子夜》（1952）等，他还在影片里饰演过角色。

维昂万花筒般的世界充满了文字游戏。在语音方面，他大量利用同音异义词、近音词、合成词、象声词来使其语言妙趣横生。在词形方面，作者通过词缀、字母位置的变换、符号的添加来打破常规模式。为了使他想象的世界富有活力，维昂大胆创造新词。他从古拉丁文中挖掘新意，充分利用英语的影响，并且善于开发俗语、方言及儿歌的内涵。维昂的文字游戏具有共时性和历时性。共时性游戏表现在一词多义，按字面理解和重复。维昂从不忌讳重复，他主张简洁的文风。“有”，“是”和“做”等极平常的动词在他的作品中不断出现。维昂的天才之处正是使这些简单的重复显得一点也不枯燥。历时性游戏主要体现在三个层次：字词的替代，句子和形象的演变。《岁月的泡沫》中的厨师尼古拉像变色龙似的在不同的场合用过六种不同的句型：阿谀奉承型，高傲贵族型，粗俗型，技术型，学究型和正常型。

维昂的文字游戏世界以三种形式建成：解脱式的幽默，辛辣的讽刺和任意的变易。维昂从不正面迎击外界的问题，而是用幽默从侧面把它们变得滑稽可笑。第一层次的幽默通过对比、夸张、拟人、假逻辑等手段来引发自娱式的笑，第二层次的黑色幽默以喜剧的手法表达悲剧题材引发含泪的笑，第三层次的幽默通过揭示理智与非理智这一对抗性矛盾来引发荒诞式的笑。维昂辛辣地讽刺三个对象：宗教的虚伪和贪婪，国家的官僚机构，战争的残酷和愚蠢。他因此获得了三个别名：亵渎神明者、“无政府主义者”、反战主义者。维昂世界的一个明显的特点是任意的变易。物体、动物和人可以随意相互转换，这是一个近乎卡夫卡式的世界。

乔治·巴塔伊(1897—1962)既是小说家，又是很有影响的文学评论家。他的主要小说作品是《C神甫》(1950)、《蓝色的天空》(1957)、《爱神的眼泪》(1961)等，理论著作有《内心经历》(1943)、《论尼采》(1945)、《文学与恶》(1957)等。巴塔伊认为人生是一个自我否定、自我毁灭的过程，人生的各种形而上意义都是虚幻的，是人自己杜撰出来的。因此，他在死亡、享乐、性关系、常理、行为规范等重大生活问题上，都摆出激烈的挑战姿态，嘲弄人们已经习以为常的观念。他的作品令人想起超现实主义对待传统的激愤态度。

小说《C神甫》相当典型地代表了巴塔伊的风格。它描写主人公罗贝尔，即C神甫，耽于肉体享乐而不能自拔。书中其他人物，如罗贝尔的哥哥夏尔，和罗贝尔、夏尔同居的风流女人艾珀丽娜，也都把混乱的性关系作为个人存在的理由乃至基本价值。但是，他们并没有从放荡的行为中获得乐趣，这种理由和价值从一开始就似乎是模糊的，而且越来越显出虚幻的本质。这里，读者会不由自主地想到波德莱尔的《恶之花》。作品似乎要从原始本能中为人的存在发现一个支撑点，然而最终又砍掉了这个支撑点，让人看到存在的彻底毁灭。巴塔伊的其他小说也都给人一种类似的虚幻感和毁灭感，一种类似自虐的倾向。小说故事的主要背景设定在教堂，把秽闻和神圣的宗教联系起来，这种挑衅性的亵渎行为曾经引起众多非议。

巴塔伊对常理和传统的否定还表现在他的小说观念和技巧上。他的小说叙事手法的最大特点是有意识地留下许多模糊点和空白点。例如《C神甫》共五篇，分别是《出版商的讲述》、《夏尔·C的讲述》、《夏尔·C讲述的结尾》、《C神甫的笔记》、《出版商讲述之续》，由于叙事人视角的限制，许多事件都不可能完整清晰地呈现出来，而视角的切换，非但没有从不同方面对事件进行补充，相反，由于这些叙事都是不完整的，因而留下了更多的疑点。虽然小说讲述的“二战”中的事，从时间上说，是现实的故事，但是其神秘的空白却使人感到小说描写的事情既近在咫尺，又远在飘渺之乡。

诗歌　“二战”刚刚结束，诗坛大师瓦雷里便告别人世。另一位大师克洛代尔战后没有再发表重要诗作，1955年他也溘然长逝。随着两位大师的离去，后期象征主义诗歌宣告结束。曾经是超现实主义诗歌主将的阿拉贡和艾吕雅，“二战”期间成为抵抗运动的战士，发表了许多富有战斗精神的诗篇。可惜战后不久艾吕雅便去世了，阿拉贡的诗歌创作也基本终止，而超现实主义的领袖布勒东在1941年避乱美国之后便似乎失去了创作灵感。总之，两次大战之间的诗歌主流没有能够延续到战后。战后的诗歌主流属于新一代诗人。

当然，创作期跨越大战前后的诗人也不乏其人，例如圣-琼·佩斯。佩斯在战争期间流亡美国，陆续发表了许多脍炙人口的诗篇，60年代达到创作的巅峰。战后他的作品保留了战前的那种从容恢弘的气度，但是显得更加深沉，从本原上去探知人类在大千宇宙中的位置的愿望显得越发热烈而执着。至于战后崛起的新一代诗人，不少在战前或战争中也已小试牛刀，有些甚至已经崭露头角。代表人物有夏尔、米肖、普雷维尔、埃马努艾尔（1916—1984）、蓬热（1899—1988）等。这批诗人创作上日趋成熟，成为20世纪后半期法国诗坛的风云人物。

从战后至60年代，先后又有一批新秀步入诗坛，成就突出者有博纳福瓦、菲利普·雅克泰（1925—　）、雅克·莱达（1929—　）、罗朗·加斯帕尔（1925—　）、德尼·罗什（1937—2015）等。其中尤以博纳福瓦最引人注目。这个热爱象征主义诗歌，曾钻研过数学和哲学的诗人与瓦雷里有相通之处，但是博纳福瓦对智性的作用远不像瓦雷里那样有信心。他的作品执着地面向真实世界，并且对现代人的意识与真实世界脱节表示深深的忧虑。

60年代后，诗歌像其他文学体裁一样，出现了怀疑自身、否定自身的倾向。比较有代表性的观点是诗人卢波的主张，他认为传统的诗应该消亡，新诗学必须严格符合科学的（数学的）规则，这实际上从本质上否定了诗的价值。在解构浪潮中，“波普”（pop）诗无疑也起到推波助澜的作用。“波普”诗对传统意义的诗歌采取对立态度，它面向大众，多描写平凡小事和普通人细琐的感情，语言彻底大众化，完全不讲究语法和句法，粗鲁的口语和民间流行的美国大众语汇相糅杂。节奏强烈，令人想到青年们喜爱的摇滚乐；玩世不恭的气味，与青年一代尤其社会主流生活之外的青年人的情绪相合拍。

对诗的反思一方面形成自身解构倾向，另一方面也促成了对解构本身的合理性的质疑，这种质疑造成了某种程度上向传统的回归，有些诗人甚至尝试恢复颂歌、十四行诗等古老诗体的青春。总之，20世纪后半期，诗歌创作呈现不拘一格、多元竞争的局面，没有出现具有影响力的流派，诗人更注重的是个人的选择、个人世界的探险和个人魅力的展示。

圣-琼·佩斯（1887—1975）原名阿列克西·圣-莱热·莱热，出生于位于加勒比海的法国海外省瓜德罗普岛并在那里度过了童年。长大后他把名字简化为阿列克西·莱热，并以这个名字踏上了外交仕途，曾任白里安政府的办公室主任，外交部秘书长等重要职务，足迹遍及世界。1940年因抵制法国对希特勒的“绥靖政策”而遭免职，开始了漫长的流亡生涯。他在美国流亡期间，游遍了美国和加拿大，同时关注着世界局势的发展变化，写出了《流放》（1941）、《雨》（1942）、《雪》（1944）、《航标》（1957）等重要作品。晚年佩斯回到法国，仍笔耕不辍，先后发表《纪事》（1960）、《鸟》（1963）等诗集。1960年获得诺贝尔文学奖。他的诗被译成多种语言，是一位享有世界声誉的诗人。

诗人1924年发表《阿纳巴斯》时开始使用“圣-琼·佩斯”这个笔名。这个名字融合了法语和英语姓氏特点，诗人本人拒绝赋与这个名字任何意义，他这样解释道：“选择这个名字不意味也不包含任何精神意义：它没有任何理性的联系，诗人自忆也不知什么原因，这个名字就闯入了他的脑海并被他自由地接受。”但我们还是可以从中窥测到诗人的某种意图和倾向。“圣”是法国很常见的加在名字前的一个词，含有“神圣”的意思，它既表明诗人是属于法兰西的，也表现了他对神圣事物的怀恋和向往；“琼”是一个典型的英语名字，汉语通译作“约翰”，他用这样一个带有异国情调的名字可能是要永久地保留童年的回忆，而且这个名字竟不期而然地预示了在美国的漫长流亡生涯在其一生中占有的重要地位，“佩斯”则与一位拉丁诗人和东方古国波斯的名字谐音，表现了诗人对古代文明以及逝去的黄金时代的憧憬，而且“佩斯”的发音还与一种手工艺品“擦光印花布”的发音相同，诗歌创作不正像手工制作那样精雕细刻，以求尽善尽美吗？

佩斯的诗歌以恢宏的气魄和强烈的异国情调而著称，融合史诗、神话、传奇于一体，这与诗人辗转世界的丰富经历有关。他崇尚恩培多克勒、荷马、品达罗斯等古希腊诗人，折服于他们深邃的思想。他对一切考古发现都充满浓厚的兴趣，对茫茫宇宙怀着无限的好奇，对大自然、尤其是大海更是情有独钟。所以他的诗如行云流水，任凭想象力纵横驰骋，天马行空。他以华丽的语言描绘了大自然中的风沙雨雪、飞禽走兽，带给读者的不仅仅是心旷神怡般的阅读享受，还有深沉的思考。

佩斯着迷于古代神秘的礼拜仪式，他以史诗般的笔调追忆了浩如烟云、迷离恍惚的人类历史，讴歌了人类的冒险精神和征服业绩，并关注着人类的未来，所以佩斯的诗被称为“百科全书式”的史诗。不过这史诗不是歌颂某个英雄或某个民族的史诗，而是整个世界、整个人类的史诗。

佩斯笔下的英雄和伟人不断冲破各种界限和束缚，义无反顾地投身于征服和创建的冒险事业中。诗人并不是以某位英雄的生死为线索塑造一个典型形象，他的史诗不是叙事诗，却囊括了人类的一切冒险事业，歌颂了“那些面容高深莫测而又庄严古板的古代王公、征服者，那些埋头于实验室的学者，那些伟大的王位篡夺者和远方殖民地的创立者、受俸的教士和商人，产锡省份的伟大的独家开采者和有着水牛般脊背的伟大仁智的旅行者”（《航标》）。诗人笔下的人物有一种独步江湖、遗世独立的尼采式超人的孤独和痛苦，他们为了人类共同的事业孤军奋战，却追寻不到自己的天堂。佩斯的诗是人类征服世界、征服自我、催人奋进的赞歌：“自有后人，在层叠的页岩和熔岩上建设。自有后人，在城镇竖起一座座云纹石雕像。已经有更艰险的伟业在为我们歌唱。道路已被新的手开辟，火炬从一个高峰举向另一个高峰……”（《雪》）。其实，诗人所歌颂、所追求的，是一个逝去的黄金时代，是一个以语言为王、以诗人为王子和祭师的神秘王国，是一个从时间那儿夺来的重归于和谐的古希腊般的世界。

佩斯不属于任何流派，他的诗歌的风格也为他所独有。他没有写过押韵、规则的格律诗，他的诗句不讲究对称，长短不一，有时一个诗句只是一个简单的祈祷，有时整整一节诗只是一个长句子，所以他采用的是一种张弛结合、抑扬顿挫、音乐性和节奏感极强的抒情散文诗，语调像神谕般高雅、庄严，没有任何悲观绝望的色彩。他经常使用列举、重复、倒装、顿呼等修辞手段，努力制造一种庆典般的欢乐沸腾气氛。他使用的词汇也异常丰富而庞杂，有的来自学者的著作，有的来自技术手册，有的来自考古发现，有的来自已被遗忘的祭祀仪式，力求达到一种科学般的精确性。他又经常把一些貌似矛盾的词汇组合在一起，造成一种晦涩、神秘的“天书”般的效果。他灵活地采用了各种不同的形式结构，根据语音关系把一些词汇连贯起来，使得这些奇特的词汇都能巧妙和谐地入诗，读起来朗朗上口，如："抬起头，夜行人。岁月的硕大玫瑰转向你安详的额头。那天上的巨树，像一株仙人掌，西边覆满了红色胭脂虫。彩霞满天的傍晚，弥漫着干藻的芳香，为了开辟更高的牧场，我们培育半空中的巨大岛屿，上面种着野草莓和刺柏。"（《纪事》）

雅克·普雷维尔（1900—1977）出生于巴黎城西塞纳河上的纳伊区。他有一个和睦的家庭，但是生活并非无忧无虑，父亲丢掉了保险公司的工作，只能靠做短期工作挣钱养家。雅克和弟弟皮埃尔后来都继承了父亲未能发挥的文艺才华，雅克成为多才多艺的诗人，皮埃尔成为电影工作者。

雅克·普雷维尔青少年时代以打工干杂活为生。1921年，他结识了小说家马塞尔·杜阿梅尔。第二年，他进了一家报刊信息社做摘报工作，和他一起工作的有画家唐济（1900—1955）。杜阿梅尔为他们提供了住处，不久他们的住地就成为了超现实主义运动的活动中心，布勒东、戴斯诺斯、佩雷、阿拉贡等人经常到这里来聚会，普雷维尔和唐济都加入了超现实主义运动。1928年，普雷维尔因趣味不同被超现实主义运动开除。

1930年，他在超现实主义派抨击法朗士的小册子《一具僵尸》上发表了《某位先生之死》，并在《文件》、《比菲》杂志上发表文章，同时也为广告片写剧本并参加演出。在《交往》杂志上，他的嘲讽诗《试绘法国巴黎巨头宴会》与克洛代尔的诗篇排在一起。从1932年起，他为工人剧团"初出山的突击队"（后改名为"十月"）创作了一系列针砭时弊的讽刺小品及剧本。

1943年，在一位中学教师的帮助下，普雷维尔出版了一卷地下诗集。1945年，诗集《话语》出版，荟萃了诗人多年作品的精华。这是一卷大众艺术的杰作，产生了巨大的反响，发行量达到数百万册，引起了各个阶层各种年龄对诗歌的普遍兴趣。普雷维尔的诗歌产生于最平凡的日常生活中，单纯中带有巧妙的语言组合，既继承了法国民间口头诗歌的传统，也推动了诗向歌转变的趋势。他以后的作品有为孩子们写的书：《给不乖的孩子们的故事》（1947）、《小毛驴比姆》（1951）等。他的其他一些诗集，例如《伦敦的魅力》（1952）、《雨天与晴天》（1955）、《树》（1976）等，仍然像《话语》那样充满青春活力与清新的气息。

普雷维尔一次不慎从二楼跌落，经过长期的昏迷后恢复。他最后退居乡间，并在那儿去世。但他那难以描绘的蓝色的眼神，仍在他的诗篇中呈现，正如他描绘的凡高的眼神一般：

> 蓝色而温情的眼神
> 清醒而狂恋的真正眼神
> 属于那些把一切献给生活的人

勒内·夏尔（1907—1988）生于法国南方索尔格河岛镇，他的父亲艾米尔·夏尔从事石膏工业，是小镇镇长。夏尔11岁时父亲去世。他在镇上读小学，后来到省会阿维尼翁读中学。1924年，他曾去突尼斯，次年入马赛商学院。1927年至1928年间他服兵役，部队驻扎在尼姆城。

夏尔的首卷诗集《心上的钟声》（1928）写成于16至18岁间，其中许多诗篇已表现出他深沉、热烈、明确而不妥协的性格。1929年他在故乡创办刊物《子午线》并发表诗集《武器库》。这部诗集以全新的语言表现出诗人的独创性。情绪强烈，语调崇高，以及简洁精练的警句形式、深沉有力的节奏，都将是他以后的诗篇保持不变的特色。诗集为他赢得了诗人艾吕雅的友谊。不久，夏尔到巴黎参加了超现实主义运动。他与超现实主义派朋友共同创办刊物《为革命服务的超现实主义》。1934年他的诗集《没有主人的锤子》出版，收入了《武器库》中的作品以及随后两年创作的诗歌。这部发表于超现实主义高潮时期的集子由画家康丁斯基插图，达达派诗人查拉为诗集写了介绍。作品表达了诗人的忧患意识。诗人已经觉察到暴力正威胁着人类的生存，诗集中的某些诗篇似乎是对未来灾难的预言。夏尔虽然受到了超现实主义的影响，但是他更多地是表现出一种与超现实主义平行的倾向，并没有真正融入这个运动。

1933年夏，夏尔的创作转入低潮。由于家庭的需要，夏尔介入了沃克吕兹石膏有限公司的管理，不久出任经理（不过他终因管理工作妨碍诗歌创作而辞职）；1936年初，他染上了败血病，三个月后才恢复健康。因此，在两年多的时间里，他的作品很少。从1936年下半年开始，夏尔的创作才重新活跃起来。1937年，他发表了格言形式的诗集《第一磨坊》，以及《学童路上的告示》——这部诗集是因西班牙战争中儿童惨遭杀害而引发的思考。1938年，诗集《屋外，夜已被控制》颂扬了人的基本价值：进取、自由、友情、爱与反屠杀的斗争，表现出这勇猛而充满柔情的诗人对美的渴求，对未来的热望。在这些诗篇中，他成为了一个时代的诗的良知。大战开始后，夏尔应征入尼姆城的炮兵队，开赴阿尔萨斯前线。不久法军溃败，他回到家乡。因被指控是共产党员，受到清查。不久，他转移到阿尔卑斯丘陵地区，化名"亚历山大队长"，加入抗拒德军的游击战。后来他到阿尔及尔与英美军队联络，并参加了解放祖国的战斗。

夏尔在五年战争中写下的诗篇，如收入《狂热与神秘》（1948）中的《伊卜诺斯的纸页》，收集在《上下求索》（1955）中的《游击笔记》、《自由如龙卷风袭来》、《多米尼克·科蒂奇阿托》等篇与某些介入文学作品仅以政治理念取胜不同，都具有很高的艺术价值。夏尔歌颂战斗，是因为他是从战斗中生活过来的，诗人在加入反法西斯斗争时，通过文学深入认识了这场斗争对人类的意义。

战后，夏尔隐居在南方家乡，他与友人福尔卡德达成协议，将福尔卡德在《莱尔纳丛刊》上发表的夏尔年表中止在《伊卜诺斯的纸页》刊出的1946年，好像他个人的生活不再重要，而完全依附在作品上。

诗集《狂热与神秘》荟萃了部分已出版和未出版的作品。在这本集子中交织着分别象征狂热与神秘的两个主题：风与草。如散文诗《风你不要吹》，在诗人命令风停止后，呈现出一个绿草如茵的神秘世界：

> 在村庄的山腰上扎营的，种有金合欢花的园地。在采摘的季节，远离园地的地方，你偶然会有一次很芬芳的邂逅：遇上一位双臂抚弄了一天娇柔花枝的姑娘。她像一盏明灯，芳香就是她的光环，她走去了，背朝着西下的夕阳。
>
> 和她打招呼说话会是渎圣的行为。
>
> 布鞋踏进草中，把小路让给她吧。也许你会侥幸看到在她唇上，夜的湿润的梦。

以后的年间，夏尔的诗篇仍像那“汩汩的泉水”一般地涌现，汇入诗集《早起者》（1950）、《群岛碎语》（1962）、《失去的裸体》（1971）、《固定窗与屋顶门》（1979）中，传递着诗人的使命。夏尔的诗有不少显得幽晦艰深。夏尔认为世界由对立的力量构成，这些力量既是世界统一性的保证，又造成了世界的动荡不安。因此夏尔的很多诗篇里潜伏着一种怀疑不安的情绪。夏尔擅长写短诗，而且许多作品是散文体的，兰波的影响可见一斑。

亨利·米肖（1899—1984）是不属于任何文艺运动的诗人以及自由思想的典范。他生于比利时那慕尔城的建筑师世家，在布鲁塞尔完成学业。1922年到敦刻尔克当了一名水手，登上远洋船，一直航行到非洲的达喀尔。归来后，做过职员、交易人、中学辅导教员。不久，来到巴黎，成为诗人于勒·苏佩维埃尔的秘书，结识了画家马克斯、恩斯特及奇里柯。后来，他再次登程旅行，足迹踏至南美、土耳其以及远东。1927年到厄瓜多尔，1931年到达印度、中国与日本，经锡兰、埃及回到巴黎。

在旅行期间，米肖不仅周游世界，而且对想象的世界进行探索。这使他成为了“内在世界的探索者”。他为《交往》与比利时《绿唱片》等杂志撰稿，结交了一些超现实主义画家及文学界的朋友。1927年他发表了诗集《我曾是谁》。诗集通过语言的各种途径——分裂、重复、呐喊、幽默，寻求自我的统一及自律，最终达到自我的解脱。为彻底破除所有的陈规陋习，米肖不断以有分量的批评语言考查自己的幻觉。以后的几卷诗集都沿着这条线路进行。《厄瓜多尔》（1929）是一卷奇特的旅行日记，正如米肖所说：“诗人出门旅行，但旅行的所见所闻并不占有他们的心灵”。米肖为词语所吸引，常为词语在他想象中引起的联想与现实不符而感到不安。对现实的意识产生了悲观主义和空虚感。为填补这种空虚，这卷好似旅游杂记的诗集展现出一幅内在的图景，一幅不安的、充满斗争的景象。

同样，《我的领地》（1929）兼有坦白、幻想、叙述，用语言来重建并充实内在空间等性质。且看诗人如何创造了巨大的声响—— 一个表现身体痛苦的乐队——并从中获得平静：

> 于是，我开始从我的颅骨中搬出几只大鼓，几只铜管乐器，以及一架比管风琴更加响亮的琴，利用高烧使我产生的神奇的力量，我让这些乐器组成一个震耳欲聋的乐队。一切皆震动而颤抖。
>
> 这时，在喧嚣中，确知我的声音不会被人听见，我开始嗥叫，好几个小时中不停地嗥叫，终于逐渐减轻了我的痛苦。

但是有时，像暴风雨后的清晨，诗集中突然出现一些单纯优美、极其纯净的歌唱，如《载我去吧》：

载我去吧，在一只帆船中，
一只古老而温柔的帆船，
在船艏，或如你愿意，在浪沫里，

让我迷失在遥远的地方,遥远的地方。

《一个野蛮人在亚洲》(1932)是与《厄瓜多尔》截然不同的旅行杂记。反对西方物质文明的米肖发现了印度与中国,他带着惊异的眼光试图了解东方古老的文明与艺术。虽然如此,这并不是一卷客观的现实报道,而是诗人创造的奇异世界。米肖在以后发表的《魔幻国度》(1941)和《别处》(1948),所描写的更是纯粹的想象天地。他以博物学家布封一般的准确性描述他所创造的乡土、人群、野兽、花卉,使读者直觉地感到自然事物的奇特。

30年代初,米肖出版了诗集《某君普吕姆》。普吕姆(词义是羽毛)是他所创造的一个怪异、荒诞,带有超现实主义色彩的人物。综合诗集《内在之遥,附羽毛》(1937)中,也有他的出现。普吕姆不能适应现代社会,随时遇到狼狈不堪的局面,遭受各种粗暴的对待。他颇似卓别林影片中的无辜受害者,迷失在卡夫卡的宇宙中。每当读者追随诗人的幽默描述,面对滑稽可笑的场景时,不禁为生活中经常出现这种种噩梦不寒而栗。

米肖不断进行探索,陆续发表《内在空间》(1944)、《折子里的生活》(1949)、《直面锁闩》(1954)。在这以后,他开始了持续几年的新考察:以自己的身体进行毒品试验。他将所经历的苦痛与取得的启示写在他的书中,如《纷乱的无限》(1957)和《经历深渊的认识》(1961)。这笔耕不止的诗人还写成了《中国表意文字》(1975)、《沉默的日子》(1978)、《迁移与解脱》(1985)(遗著)等。

伊夫·博纳福瓦(1923—2016)生于法国中部城市图尔,先后就读于当地的小学和中学,毕业于数学与哲学班,又入普瓦提埃大学的高等数学班及特别数学班。20岁时,到巴黎入大学,不久,选择了诗歌的道路。

博纳福瓦自幼喜爱诗歌。超现实主义作品,特别是艾吕雅的诗篇是他进入诗歌殿堂的向导。到巴黎之后与超现实主义诗人和画家接触频繁，1946年发表了受超现实主义启发的一篇宣言式的文章，推崇马克思与诗人洛特雷阿蒙，谴责“古老的形而上学”。后来受俄国作家舍斯托夫《钥匙的力量》的影响，逐渐脱离了超现实主义。

博纳福瓦放弃了数学研究，但仍继续学习哲学。他的哲学教师有著名的哲学家加斯东·巴什拉、让·瓦尔以及让·伊波利特。博纳福瓦多次去意大利旅行，意大利绘画给他留下深刻的印象。这些印象和古希腊哲人直至黑格尔的西方哲学家与象征主义诗人的影响相结合，启发博纳福瓦构思了长诗《论多芙的动与静》（1953）。这是博纳福瓦的第一部诗作，发表后得到普遍的好评。

全诗是一套五部曲：剧场、最后姿态、多芙的话、橘园、真处。诗篇表现精神生活抗拒死亡的努力，以及寻索“真处”的一次艰难跋涉。全诗形象丰富，结构恢宏，节奏准确，充分发挥了语言的原创力，使读者听到一部前所未有并且能不断激起心灵回应的曲子：

它将长久歌唱着在树枝中离去，
阴影将来摘去它啼叫的边界。
它拒绝任何书写在树枝上的死亡，
敢于超越出长夜的峰巅。

博纳福瓦不是追求玄奥的诗人，但他的诗篇蕴含有多重意义。“多芙”这个女性形象是谁呢？是在火中焚烧又从灰烬中重生的凤凰？还是如诗人所说的那“被不屈不挠的存在拾掇好的散落的存在”？在众多可能性之中，可以肯定的是，“多芙”象征诗的诞生、诗的认识，诗的评说。诗篇表现的是最接近基本诗的语言。诗人相信语言的生命应在语言之外。他写道：“的确，只是话语的话等于迅速的死亡”。

1958年，诗人发表了另一卷诗集《昨日一片荒漠》。诗集的形式是古典的，语言优美而艰深，后来连诗人本人也承认它“隐晦，在某些地方，几乎是陌生的”。他于是从易于理解的角度加以修改。在以后发表的一些论文集中，他讲述了自己的探索历程，并对诗中的某些事实做出澄清。

60年代中，博纳富瓦与评论家加埃唐·皮贡、让·斯塔罗宾斯基等人同办杂志《瞬间》。他着手翻译莎士比亚全集，并发表了《写成的石头》（1965）。在《写成的石头》与以后的诗集中，夜与光明两种状态间的相互感应逐渐发展，诗人从中发现了新的希望。梦寐以求的光、热、与火都在现实中呈现：

> 我不曾是那没有眼珠的梦
> 它取而不取，不想留住
> 你的夏天光彩除了一枚宝石的蓝
> 为那宏伟的夏天，什么皆不结束？

博纳福瓦不断地寻索“真处的存在”。无论在他对意大利艺术的研究中，还是在他优美的诗篇中，甚至在他关于神话与宗教的著作中，他都在追求那永恒的东西，那失去的天人合一。在以后的年代中，他出版的诗集主要有《在门口的诱惑中》（1975）、《梦里叙事》（1987）、《那曾是无光的事物》（1987）。他的论文集与叙事作品有《阿蒂尔·兰波》（1961）、《关于诗歌的谈话》（1982）、《阿尔贝托·贾科梅蒂》（1991）等。此外还出版有八卷莎士比亚译作集和叶芝诗歌选译。

博纳福瓦曾在多所大学任教，1981年他成为法兰西学院诗学讲座教授。在《那曾是无光的事物》中，他以变得平静了的声音赞誉树木、飞鹰、风雪。平易的语言将我们心中“那曾是无光的事物”带入了光明。大地变得更加真实亲切，好像洗去了时间的污垢。

小说　“二战”后的文学变革在小说领域形成了强大的冲击波。

1948年女作家萨洛特发表的《陌生人的肖像》可以说是战后小说变革最早的信号。萨特为这部小说作了序，预言式地提出了“反小说”这个概念，认为萨洛特的这部作品，以及美籍俄国作家纳博科夫、英国小说家伊夫林·沃的作品，还有纪德的《伪币制造者》等，都带有用“小说本身来否定小说的特点”，这种否定性决定了这类小说可以称为“反小说”。但是当时无论是萨洛特的小说还是萨特的序言，都没有引起公众应有的注意。人们真正认识到萨特序言的意义，是在50年代后期。那时，在一片与传统决裂，一切重新开始的喧嚣声中，一批带有明显“反小说”特征的作品问世，汇聚成一股革新力量。这些作品后来被称为新小说。

1953年，小说家罗布-格里耶发表了一部类似侦探小说，但又与一般侦探小说大相径庭的作品《橡皮》。翌年，他的第二部小说《窥视者》出版。对这两部作品，读者反映冷淡，但是其独具一格的叙事形式引起了专家的关注，批评家巴特和作家兼批评家布朗肖都著文评说。文学史上一般将这两部作品看作新小说的发端。这两部作品分别获得费内翁奖和批评家奖。不久，罗布-格里耶的创作实验得到响应，1957年布托发表《变》，获得雷诺多小说奖，翌年奥利埃出版《排演》，获梅迪奇小说奖。这两个小说大奖授予新小说作品，意义重大，标志新小说的价值开始得到认同。由罗布-格里耶任顾问的巴黎子夜出版社出版了许多新小说作品，因此，新小说家当时又被称为“午夜派”，另外还有“反小说派”、“客观派”、“新现实主义”等名称，不一而足。与此同时，围绕新小说文学观的辩论也日趋激烈。60至70年代，新小说派的大胆革新逐渐获得广泛的认同，创作更加活跃，并且不断得到理论的总结。1985年，新小说家西蒙获诺贝尔文学奖，标志着西方文学界对新小说历史地位的最终肯定。

新小说并无共同宣言或纲领，它是一种文学现象，除了上面提到的四位作家外，玛格丽特·杜拉斯、克洛德·莫里亚克、罗伯尔·班热也写过新小说。新小说作家的共同之处在于拒绝和革新。所谓拒绝，是拒绝巴尔扎克式的小说程式;至于革新,则各显神通,有的使小说接近电影,有的使之接近戏剧,有的使之接近绘画,有的注重小说中的建筑式结构。

新小说现象的出现是有多种原因的。首先,在法国,对小说的探索早在第二次世界大战前,甚至在第一次大战前就开始了。普鲁斯特的《追忆似水年华》、纪德的《伪币制造者》、米歇尔·莱里的《人的时代》,萨洛特的《向性》都试图表现生活的本质,使小说得到净化,以摆脱固定的模式。陀思妥耶夫斯基、吴尔夫、乔伊斯、卡夫卡等外国作家对法国小说的影响也不可忽视。

"一战"后各种思潮流行,尤以现象学的影响为甚,现象学认为世界既是物理的领域,也是心理的领域,世界本身并无条理和秩序,因此不能凭借逻辑思维把握事物的本质,而只能凭直觉,一切诉诸直觉。从社会生活来看,50年代的法国尚未从战争摧残中复兴,对眼前的世界感到茫然,非政治化的趋向日益严重,与之相应的是反对战争的小说,直接反映社会问题的小说日益失去读者,于是另辟蹊径的新小说就异军突起。

自1968年以后,有的新小说家放弃小说而转向其他,有的则向传统小说靠拢,有的继续写新小说,并且出现了第二代、第三代的新小说家。

许多新小说一反传统小说的格式,没有身份及性格鲜明的人物,没有首尾呼应、跌宕起伏的故事,往往也缺乏明确的、理性化的时空坐标,晦涩难懂,读者不能像听故事那样去被动地接受作品,而必须积极参与,耐心地阅读与感受。

阿兰·罗布-格里耶(1922—2008)生于法国西部滨海城市布勒斯特,曾就读于巴黎国立农学院,后在殖民地蔬菜水果研究院任职,长期居住在北非及中美洲。自50年代开始写小说,作品有《橡皮》(1953)、《窥视者》(1955)、《嫉妒》(1957)、《迷宫》(1959)、《幽会的房子》(1965)、《纽约革命计划》(1970)等等,也写过几部电影小说,其中有《去年在马里安巴》。

罗布-格里耶被认为是新小说的理论家，其主张集中表现在论文集《创立一种新小说》中。他认为巴尔扎克式的小说适应了这些小说产生的时代，那是稳定的，以人为中心的时代，人赋予外界物体以象征意义，如一张空椅子意味着某人已离去或某人即将到来，意味着缺席或等待。然而到了今天，急剧多变的物质世界令人感到难以把握，因此要想写真实，就必须剔除物质世界中由人所附加的东西，还表象以原形，让物体和姿势首先存在，然后才能谈它们的意义或象征。例如椅子，先得写它的物理特征，长宽高，颜色、木料、位置、光影，等等。

《嫉妒》体现了罗布-格里耶的小说观。首先，题目就是一个双关语，这个词法文原义既是嫉妒，又是百叶窗。叙述者怀着嫉妒从百叶窗中窥视。这是一个男人，既是叙述者又是介入者，然而他的介入只是从餐桌上的三副餐具，露台上的三个酒杯显示出来。他怀疑妻子与一位叫弗兰克的邻居有暧昧关系，因此，当弗兰克来家吃饭或者喝饮料时，便暗中窥视。这里没有故事，唯一的事件是妻子随弗兰克的汽车进城，在外过了一夜，原因不详。而日常情景，餐桌上，露台上的场景一再重复，既无传统小说中的开场，也无高潮，更无结局。人物只有表象、姿势，没有传统小说中的心理或性格，谈话的内容无非是天气、健康、汽车抛锚、一本未读完的小说，等等。小说的时间不确切，时序颠倒穿插。地点大约是非洲一个白人种植园。

小说突出了一个直观的、实在的世界。不论是房屋的位置、结构：门窗、露台、柱子、栏杆、地砖、墙壁，还是家具：椅子、书桌、餐桌、酒杯，还是人物的姿势（如食指、无名指、中指的动作），都是以科学实验报告的语言来作精确的、客观的描绘，如形状、质地、颜色、方位、角度、光滑度、纹理、光影，等等。墙上有一个斑点，是一支被捻死的蜈蚣，它当初是怎样被捻死的，如何留下痕迹，痕迹的形状与颜色，痕迹的淡化，等等，这一切一再重复，每次略有不同，仿佛是挥之不去的顽念，令读者感受到物质世界的魔力。

娜塔丽·萨洛特（1902—1999）生于俄国一个知识分子家庭，后随父亲定居巴黎。曾在巴黎大学攻读英语，后赴英国及德国读历史、文学及社会学。1922年进巴黎大学专攻法律。1925年结婚后与丈夫一同从事律师工作。自1939年起专门从事写作。

1956年，即新小说成为令人瞩目的文学现象时，萨洛特发表了《怀疑的时代》，这篇论文是新小说的重要文献。萨洛特认为今天的小说应该摆脱故事和人物，因为它们都是僵化的，标签式的，是为了欺骗读者而虚构的。她认为小说应该在日常生活的表层下去捕捉人们内心的活动，提示其奥秘，顺着乔伊斯和普鲁斯特的足迹去发现真实复杂的内心世界。

罗布–格里耶着重于物体及姿势的表象，着重于“看”，萨洛特则着重于内心颤动，着重于“听”，她仿佛坐在窃听器前，紧闭双眼，聆听某个陌生人朦胧的、断续的内心颤动。

1939年萨洛特发表的《向性》被认为是50年代新小说的先驱。这个词也可以概括萨洛特小说的特点。向性是植物生理学词汇，表示在外界——例如光线——的刺激下，植物机体中产生一种特殊的倾向性。萨洛特借此比喻人与人的关系中，话语等外界刺激也会引起一种细微的、朦胧的、原始的内心活动，这种活动不同于心理小说中的心理，因为它不是理性的，它既不分析感情，也不说明行为动机或解释性格。这种难以捕捉的内心活动被萨洛特称之为潜对话。对话与潜对话共同形成她小说的支柱。在《向性》这本短篇集中，人物及故事都已消失，甚至连姓名也没有，只有代词“他”，“她”，“他们”，“她们”，剩下的只是人与人关系中微妙的心理活动。

萨洛特的小说有《陌生人肖像》（1948）、《马尔特罗》（1953）、《行星仪》（1959）、《金果》（1964）、《傻瓜们说》（1976），《你不爱自己》（1989）等，她还写过好几个剧本、散文及自传体小说《童年》。

《金果》曾获国际文学奖。书中没有故事，没有人物，没有中心叙述者，有的只是话语声音，而说话人却隐没在浓雾中，话语成了主角。这是一次社交聚会，众人对刚刚出版的新书《金果》议论纷纷，毁誉不一，有的声音对《金果》五体投地，誉之为大喜大悲的杰作，有的声音称之为像地震海啸一样振聋发聩的传世之作，有的声音说《金果》平庸乏味，矫揉造作，晦涩难懂。总之，《金果》究竟是杰作还是败笔，众说纷纭，莫衷一是，各有各的判断标准。在这一场热闹的谈话之后，小说就结束了。当然，读者可以感到书中充满了对夸夸其谈、自诩风雅的话语的讽刺，对文学判断标准的思考，但是整部作品的气氛，正像萨洛特的其他小说一样，使人觉得是沉浸一片喋喋不休的话语及尚未外化的内心话语的潮水之中。

米歇尔·布托（1926—2016）生于法国北部诺尔省一个铁路职工的家庭。在巴黎求学期间，攻读哲学，曾在著名哲学家巴什拉门下做论文《数学与必然的概念》。后当法语教师，长期旅居国外。1968年后，在法国尼斯大学执教并任教于瑞士日内瓦大学。

布托是巴尔扎克的崇拜者，他认为巴尔扎克就他的时代而言是位创新者，但今天的时代需要重新认识世界，重新认识自己，需要在小说中进行实验及探索。

布托的小说有《米兰巷》（1954）、《时间表》（1956）、《变》（1957）、《度》（1960）。在这些小说中，布托进行了大胆的探索，但并未完全抛弃某些传统的形式。在《米兰巷》中，作者探索的是同时同地的平行写法：描写一座八层楼的房子里，在同一时间里，每层楼所发生的事。《时间表》则是对时间进行的探索。

自《航空港》（1962）开始，布托逐步放弃小说形式，而从事广义上的文学创作，即打破文学类型的束缚，作品既有诗，又有对话，又有旅行札记或报纸摘录，而且在排版上不拘一格，有的是将行为描写与独白分开排，各成体系；有的采取五线谱式的排列。作者的目的是将文学与音乐、绘画结合起来。这种尝试还体现在《运动体》、《圣马可即景》、《每秒681万公升水》中。

《变》于1957年获雷诺多奖，讲的是一家意大利打字机公司巴黎分公司经理的巴黎——罗马之行。小说自人物踏进车厢开始到车抵罗马人物即将走出车厢为止，在21小时的旅程中，人物的所见、所感、所梦、所思，极其庞杂。他去罗马是为了接情妇来巴黎，但车抵罗马时，欲改变初衷，决定维持生活的原状。

《变》貌似传统小说，它有主人公，有情节，结构像法国古典建筑一样由三个部分组成，以中间部分为轴形成对称。它甚至符合法国古典戏剧的三一律：24小时内，同一地点，同一情节。

然而，主人公只是一个影子，作者用的是"你"，将读者置于主人公的位置，这与传统小说中的"他"或"我"是很不相同的，读者参与了创作。至于情节，在这段旅程中，没发生任何事件，一切情节都集中在主人公的内心活动中，他的回忆、联想、期望、梦想……由朦胧到清晰，最后导致意识的觉醒。

在传统的形式下，布托在时空方面作了成功的探索。小说的时间是精确的火车运行时刻表，地点是火车三等车厢，然而在这个大框架中，却包含着另外的多次旅行，时间是三天前、一周前、一年前、二年前、三年前、二十年前以及最近的将来，而对这些旅行的回忆和展望打破时序，像车站的铁轨一样纵横交错。主人公的意识作跨越时空的飞跃，却又始终围绕着此起彼伏的主题，即在妻子（巴黎）与情妇（罗马）之间进行选择。

在描写周围事物时，布托和罗布-格里耶一样，摆脱了理性概念，用纯粹的摄影机般的眼光来描写视线之内的事物，例如，餐厅侍者来卖餐券，主人公只看见白上衣；检票员来检票，最初只是敲窗子的一只手；主人公坐下时，只看见三只脚，等等。与罗布-格里耶不同之处在于，罗布-

格里耶在描写了外表世界以后，不作任何猜测，一切由读者去猜去想，而布托则将可能性告诉读者。如果和侦探小说相比，则可以说，在大量客观信息与迹象暴露出来之后，侦探小说给出答案，罗布-格里耶不给答案，布托则给出多种可能的答案。

克洛德·西蒙（1913—2005）生于马达加斯加。父亲是法国军官，在第一次世界大战中阵亡。西蒙随母亲在法国南方的庄园中长大。15岁丧母，赴英国求学，学习绘画。1936年参加西班牙战争，支持共和派。在抗德战争中，被德军俘虏。1946年起在老家定居，从事葡萄种植，一面写小说。

1957年西蒙在子夜出版社发表小说《风》，在此以前他已陆续发表过四本小说。《风》的叙述者是一位中学教师，他根据社会新闻栏的消息重述一件事：一位打破传统的年轻人与代表秩序的公证人之间在保留或出卖产业上的较量与对峙，最后年轻人失败，不得不出卖继承的产业，其间穿插有恋爱故事。这篇小说的副标题是"重建巴罗克式圣坛装饰屏"。这个副标题也适用于西蒙的其他小说。

首先，"装饰屏"是图画，是一个个的画面，西蒙正是用作画的手法来写小说的。他曾想当画家，未能如愿，如今以文字当作油彩作画。他对外界的感知，对往事的回忆首先表现为视觉形象。他将小说中的人物和情节都标上不同的颜色，然后精心调配成画面，色彩有浓有淡，相互交错，相互呼应，也就是说他在小说中追求绘画的立体感，因此小说的时序被打破，叙述往往无头无尾，过去和现在被切割成片断，相互重叠、渗透，形成不连贯的结构。

其次，"重建"即重新修建，重新表现已经存在过，已经发生过，如今或是隐没或是淡化的东西，也就是过去的历史，个人或集体的经历，例如战争。自《草》开始，西蒙的小说都带有自传性。

最后，"巴罗克"是指小说中细节的精雕细琢及装饰性的渲染。

西蒙的小说有《草》（1958）、《弗兰德公路》（1960）、《豪华大厦》（1962）、《历史》（1967）、《法萨尔战争》（1969）。1981年的《农事诗》以其深刻的历史感及新颖的技巧——三个不同时代的人相互重叠——而令人瞩目。1985年西蒙获诺贝尔文学奖，获奖评语赞扬西蒙“兼有诗人与画家的创造才能，在小说中致力于表现深刻的时间意识和人类的处境。”

《弗兰德公路》是西蒙的代表作。叙述者也是主要人物，自称乔治，有时用“我”，有时用“他”。有时叙述者又附在其他人物身上，讲述他们的回忆与经历。叙述者身份的变化或不确定性也出现在西蒙的其他小说中。

《弗兰德公路》的主要内容是乔治对战争经历的回忆，当然这些回忆不是依照时序的理性回忆，而是一组组画面，它们前后跳跃，交错重叠，并伴之以光线色彩的变化，仿佛有隆隆的大炮声。1940年，德军入侵时，乔治的骑兵队在靠近比利时边境的弗兰德地区撤退，最后只剩下四个人，队长雷沙克、伊格雷亚、乔治与另一位军官；队长与军官后来被打死，乔治与伊格雷亚被德军俘虏，在战俘营中忍饥挨饿。这是主要内容，但每个人身后都有过去的经历和故事，小说的时间似乎不是向平面延伸，而是向纵深发展；例如队长和他妻子科丽娜的关系，科丽娜与伊格雷亚的关系，科丽娜与乔治的关系，雷沙克与乔治的亲戚关系，等等。有些情节一再出现，或是另添枝叶，或是增加浓度。

战争、死亡、搏杀、恐惧、性爱都化为画面，画面具体、精确、生动，相互转化，纷乱而嘈杂，表现一种动态。

克洛德·西蒙认为新小说作为小说家个人的探索，是不会完结的。

与罗布-格里耶、布托、西蒙等人的小说革新同时，莱蒙·格诺（1903—1976）、于连·格拉克等人尝试把超现实主义的某些方法吸取到小说创作中来。他们的作品以幽默、滑稽的笔调把现实中丑恶的东西夸大，不是进行辛辣的批判，而是饶有兴趣地加以调侃，再配以怪异奇巧的想象，表现了现实的丑陋和荒诞，使读者在捧腹之余掩卷深思。70年代后，存在主义和新小说两大思潮衰微，法国小说进入了一个没有主义，没有流派，也没有大师的时代。但这并非意味着小说创作的低落。一大批有创见的作家，凭着自己对小说的理解和阐释，沿着各自的创作轨迹，创作出一批风格迥异，各具特色的作品。菲力普·索莱尔斯（1936—2016）、里卡尔杜（1932—　）等一批年轻的先锋派作家以《原样》杂志为阵地，对以罗布-格里耶为代表的新小说主张进行了更为激进的突破，对传统小说及传统文学原理进行了更为彻底的否定，主张把文学变为一门文学科学，即主张小说创作以文字为中心，不表达任何先验的主题，彻底摈弃现实主义的方法，把创作变为一种文学试验。原样派小说因为没有主题，没有情节，没有人物，甚至取消标点，因此难以卒读，影响甚微。小说家乔治·贝雷克与原样派作家一样，视创作为游戏，毕生都在追求小说形式的创新，但其作品却以法兰西文化传统特有的机敏的感知力和判断力，以及既有法兰西民族特点又有个人魅力的幽默感，赢得了众多的读者。

另外一些作家，例如巴赞、图尼埃，以及更年轻的一代作家勒克雷齐奥、莫迪亚诺等，更侧重对小说内容的思考。他们不拒绝传统小说的表现方法，同时也不囿于传统小说反映现实，揭露社会的框架，而是侧重于对人、人的本质和命运进行哲学思考，最大限度地发挥自己的想象力，或者对古代神话或历史传说进行新的诠释，或者虚构一些怪诞离异的故事。即使有时也以历史和现实为背景，但宗旨不是写实，而是借以表达深刻的哲理。

此外，当代法国的一个重要现象就是一批女作家的崛起，在波伏瓦、萨洛特各领风骚之后，尤瑟纳尔、杜拉斯更是取得了比任何男作家都毫不逊色的成就，她们以清新流畅的笔调、细腻入微的感情为这个时期的小说增添了绚丽的一笔。

埃尔维·巴赞（1911—1996）早年以诗作步入文坛，1948年发表中篇小说《掌中蛇》，一举成名。小说表现一个少年对专制的母亲的仇恨。50到70年代是巴赞小说创作的丰收时期，代表作品有《小马之死》（1950）、《母亲的家产》（1967）、《枭鸣》（1972）、《我所相信的》（1977）等。这个时期的作品虽然仍旧大多描写外省的家庭生活，但是气氛完全变了，《掌中蛇》里那样紧张阴暗的气氛消失了，人物大都宽容友好。小说显示出的和平宁静与当时许多小说的基调形成对照。

于连·格拉克（1910—2007）被称作"超现实主义第二浪潮的作家"，尝试过各种文学体裁。小说创作主要包括《在阿尔戈尔城堡》（1938）、《阴郁的美男子》（1945）、《沙岸》（1951）、《林中阳台》等，具有超现实主义色彩。格拉克性格孤傲，有意识地远离文学圈子和各种荣誉。1950年他发表《厚皮文学》，强烈抨击法国人只关注官方评论及文学奖项，使文学堕入商业泥潭。具有讽刺意味的是，第二年龚古尔评奖委员会将这一法国最重要的文学奖授予了他的《沙岸》。格拉克拒绝领奖。

《沙岸》的情节很简单。奥赛纳国在麻木状态中昏睡了三个世纪，尽管它名义上与沙洲对岸的法格斯坦处于战争状态。两国人民听到冥冥之中传来命运的召唤，要结束奥赛纳国这种不死不活的状态。奥赛纳海军部派阿尔多履行这一使命。阿尔多乘船靠近敌国岸边，朝本国发射了三发炮弹，唤醒了奥赛纳。《林中阳台》以"二战"期间"奇怪的战争"为背景。少尉格朗热和三个士兵驻扎在阿登森林的碉堡中，生活在远离战争的这片森林中，格朗热感到很惬意，不久还和邻近村子里的一个叫莫娜的女人开始了一段浪漫史。但是，他同时也预感到一种不可名状的灾难即将降临。终于战争全面爆发，德军进攻阿登森林，暂时没有进攻碉堡。格朗热及士兵与大部队失去了联系，好像被遗忘在远离战祸的天堂中。然而好景不长，德军的装甲车粉碎了他的梦想，他身负重伤，很快死去。

格拉克的小说目的不在于讲述一个动人的故事，而在于制造一种或明或暗的神秘气氛。他的大部分小说有一个中心主题，就是等待。读者在阅读过程中预感到某种灾难的降临或某种结局并焦灼地等待着，但这种灾难或结局始终不发生，往往在即将发生的瞬间，作者却笔锋一转，令读者捉摸不透。在焦灼的等待过程中，读者的注意力被引向世界的各种符号中。格拉克的小说和贝克特的《等待戈多》一样，提示了人类在自己命运面前的一种茫然等待的状态。人类的命运就是一个谜，格拉克以小说的形式编造一个个谜语，却拒绝给出谜底。

不论写小说、诗歌还是评论，格拉克都不拘泥于传统的规则，而是独创自己的形式。他写作从没有预定的计划，而是信马由缰，让激情尽露于笔端。在这点上，他崇尚兰波和布勒东。所以读者有时觉得格拉克的作品缺乏统一性，作者却说："人们过于看重小说中的严密性和过渡，而思想的作用之一就是无限地创造出从一种形式到另一种形式的合理过渡。"格拉克的小说是一个充满情感共鸣和震颤的世界。

玛格丽特·杜拉斯（1914—1996）是法国当代以高产多才著称，最具轰动效应的小说家和剧作家。她出生在法国占领下的越南，并在那里长大。家庭的不幸、生活的贫困以及在印度支那的所见所闻给她留下了终生难忘的印象，日后的多部作品都是以印度支那和亚洲为背景。18岁时她来到巴黎求学，毕业后到外交部工作。"二战"期间曾参加抵抗运动，一度加入法共，后脱离。

杜拉斯的早期作品，如《抵挡太平洋的堤坝》（1950）、《直布罗陀的水手》（1952）基本上用传统的现实主义手法写成，具有清晰的情节。《抵挡太平洋的堤坝》是她的成名作，它以印度支那为背景，讲述了一个老妇人与大海所作的艰苦而又徒劳的抗争。老妇人为了保护庄稼，一次次在海边筑起大堤，而海水又一次次将大堤冲毁，老妇人最后不得不离开土地。无数次的顽强抗争换来的竟是徒劳无获，这一主题或许是受了存在主义哲学的影响。

其后期小说主要有《塔基尼亚的小马》（1953）、《如歌的中板》（1958）、《劫持洛尔·维·斯坦》（1964）、《爱情》（1971）、《情人》等，尤以《如歌的中板》和《情人》为代表。这个时期，杜拉斯的写作风格发生了突变，在语言和叙述方式上进行了新的探索，这正与“新小说”的革命性探索不谋而合，所以有的评论家也将她列入新小说派，但她本人始终未予承认。《如歌的中板》讲述了一个貌似爱情故事的故事。工厂主太太安娜每天送儿子学钢琴，一天，钢琴课被一声尖叫打断，原来楼下的咖啡馆里发生了一起情杀案。此后安娜每天来咖啡馆与丈夫工厂的一名工人沙文（也是案件的目击者）约会，共同想象那对情杀男女的爱情故事，在交谈中他们之间产生了爱的欲望，但故事没有结局。该作品典型地反映了杜拉斯后期小说的特点：情节被淡化，变得断断续续，故事若有若无，没头没尾，人物成了可有可无的符号，更谈不上什么性格，人物的内心活动反映在平淡和缺乏逻辑的大篇幅对话中。作品既是小说，又像是戏剧和电影。1984年《情人》的出版更使杜拉斯的声名如日中天。《情人》讲述的是一个传统的悲欢离合的爱情故事，其特色在于语言和叙述技巧。作者的用词平实简洁，往往一个看似不经意的词语给读者一种强烈的感染力，产生一种挥之不去的印象。尤其是跨越时空的叙述和反反复复的场景切换更加显示出作者娴熟的手笔。《情人》不仅获得了龚古尔文学奖，还被改编成电影，被译成数十种文字。

杜拉斯创作的多样性使她很难归入某一个特定的流派。杜拉斯的许多作品表现了人类境遇的窘迫与尴尬，这一点无疑和新小说声气相通。她的《抵挡太平洋的堤坝》、《夏夜十点半》（1960）、《副领事》（1965）等都是这方面的代表作品。她对现存社会秩序的不满使她的这些作品时时让人感觉到一种反抗的冲动。杜拉斯又是一位善于揭示人的深层感情与心理的作家，她的《英国情人》（1967）、《情人》等作品以简洁却又不失细腻的笔法揭示了人物的内心世界无可奈何的矛盾，加上叙事的明快与新颖，使她获得了国际声望。杜拉斯还积极从事电影创作与改革。她与著名导演雷奈（1922—　）合作创作的影片《广岛之恋》是她深切关怀人类命运的鲜明例证。

玛格丽特·尤瑟纳尔（1903—1987）是一位学者型的作家，出生于比利时的布鲁塞尔，受父亲的影响，自幼酷爱旅行和阅读。她随父亲游览了欧洲，尤其是希腊、意大利等地中海国家的名胜古迹，长大后也是四海为家，1939年定居美国东北海岸。尤瑟纳尔继承了自古希腊罗马以来的欧洲人文主义传统，历史、哲学、艺术修养深厚；同时，她很早就意识到欧洲中心主义的局限，从早年起就对东方哲学和文学产生浓厚的兴趣。尤瑟纳尔的作品包括诗歌、戏剧、随笔等，但尤以小说享誉文坛。主要作品有：《阿列克西或论徒劳的战斗》（1929）、《火》（1936）、《东方故事集》（1938）等，《哈德良回忆录》（1951）和《苦炼》（1968）是奠定作家地位的代表作，晚年写作的以《世界迷宫》为总题目的回忆录三部曲《虔诚的回忆》（1974）、《北方档案》（1977）、《何谓永恒》（1988）也享有盛誉。1980年尤瑟纳尔当选法兰西学士院院士，成为获此殊荣的第一位女性。

《哈德良回忆录》以公元2世纪罗马皇帝哈德良的第一人称讲述，垂危之际的哈德良在给继承人马克·奥里略的一封长信中回顾自己的一生，其中有对治国理政之得失的反思，也有关于爱情、疾病、生死等人生经验的沉吟。在这个致力于振兴帝国经济，维护与周边国家和平的古罗马皇帝的形象中，寄托了作家在战后百废待兴的形势下对建立一个繁荣安全的世界的强烈愿望。这部作品大获成功更重要的原因，在于哈德良对于人生诸多问题的思考具有超越具体时空的普遍意义，哲理与诗意兼备。《苦炼》以16世纪宗教改革时期的欧洲为背景，主人公泽农身兼医生、哲学家、炼金术士多重身份，小说的名字就取自欧洲中世纪炼金术的一个术语，指的是将物质放在坩埚中进行煅烧和分离，以提炼出纯粹成分的过程，这是整个炼金术的第一步，也是最为艰辛的一个步骤。无论对世界还是对人自身的认识，泽农都不甘心接受任何现成的概念，他不惜冒着生命危险，用毕生的观察、实践和思考来努力获得接近于真理的知识。泽农身上有着达芬奇、伊拉斯谟、帕拉塞尔苏斯等历史人物的影子，他毕生的上下求索浓缩了从中世纪到文艺复兴这一历史转折时期人文主义者对于知识和人性的探求。《苦炼》出版的年代正值欧洲社会动荡不安的多事之秋，泽农身上体现的对现存秩序和价值观的质疑和反抗，在新的时代背景下引起了回响。

需要指出的是，尤瑟纳尔在坚持人文主义理想的同时，后期的世界观呈现出一种愈益清晰的变化，那就是从对人类历史的兴趣转向对生态环境的关切，用作家自己的话来说即是从“考古学”到“地质学”的转移，这一转变在作家的最后一部小说《默默无闻的人》（1982）以及晚年的大量随笔中有充分的体现。无论是对历史题材的偏爱，还是对自然的关注，贯穿始终的是作家对人在宇宙中位置的思考。尤瑟纳尔的作品除了以渊博的学识、广阔的视野和深邃的哲思见长，值得一提的还有她的语言，优美典雅，纯净洗练，将法兰西文学的古典主义语言提高到一个新水平。

乔治·贝雷克（1936—1982）在小说创作上更像一名技师，他孜孜以求的是小说形式的创新，终于开辟出一片令人眼花缭乱的新天地。

贝雷克视写作为游戏，舍弃作品的教谕功能。他努力变幻游戏规则，增加游戏的难度，所以每部作品在形式上都有创新。在《消失》（1969）中，他故意不用元音字母e，很多必用e的词便被列入禁区。给创作增加一些形式上的限制，可使作者摆脱一些主题、内容等方面的沉重负担。贝雷克认为，作家如果过多地考虑内容等文化因素，就会影响才华的施展。而形式的技巧，加上幽默的笔调，可使作品避免思想内容的严肃刻板。

贝雷克小说的另一特点是对物的详尽甚至着魔般的描写。《物》（1965）描写了吉罗姆和西尔薇房里的各种摆设，《沉睡的人》（1967）一一列举了主人公无聊时所读的各种报纸、文章、广告，《艺术收藏者的真宝》(1979)拟仿了17世纪荷兰画派的“画中画”题材，不仅表现了画与物，词与事之间复杂的关系，更体现出作家对艺术本体存在方式的思考。作者最后也是最重要的作品《生活使用说明》(1978)把这种描写推到了登峰造极的地步。这部洋洋洒洒的小说写的是巴黎一幢住宅楼内发生的故事，作者不仅详细描写了从地下室到顶楼的全部物品，还讲述了每个套间中住着或曾经住过的所有人物以及他们的经历和命运。贝雷克对物的这种详尽描写隐含着一种深层的含义：在现代社会中，物是财富的象征，权力、地位已经深深浸入日常生活的每件物品中。《物》中的主人公疯狂地追求各种豪华的物品，希望通过占有这些物品来确定自己的身份和地位，实现自己的价值，结果他们陷入了物质的陷阱，物质淹没了人，人失去了自我。

米歇尔·图尼埃(1924—2016)70年代，正当评论界大谈取消作品的主题和思想意义，大力进行形式创新之际，图尼埃却以完全传统的小说形式表达了深刻的哲理思想。图尼埃在大学时主攻哲学，后来又去德国学习，所以他的作品深受诺瓦利斯、黑塞时期德国哲理小说的影响。

他说：“我是借助于神话把形而上学引入小说中的。”他的每部小说都是对古代神话和传说的改写和再创造。《礼拜五，或太平洋上的灵薄境》(1967)改写了笛福的《鲁滨逊漂流记》，描写鲁滨逊摆脱文明习性，回归自然的故事。《流星》(1975)改写了柏拉图《会饮篇》中人被神分为两半渴望再结合的神话，描写了一对孪生兄弟在外界影响下痛苦分离的故事。《加斯帕、梅尔基奥尔和巴尔塔扎尔》(1980)改写了《圣经》中三王朝拜耶稣的传说。《大松鸡》(1978)改写了《圣经》的创世记和柏拉图的两性畸形人的神话。《桤木王》(1970)借用中世纪“吃人妖”的传说描写了一个法国士兵被俘后如何成为希特勒的帮凶、成为现代吃人妖的故事。

改写这些神话和传说的目的在于给人一种“启示”，阐发深刻的哲理。但是,作品的寓意并非清晰稳定,而是有着多种可能的阐释,有时甚至是矛盾的阐释。图尼埃说:“小说当然包含某种论点,但这不是作家而是读者放进去的。”作者不能确定作品的意义,而只给人一种启发,至于作品的意义则由读者来确定。图尼埃认为,文学和生活一样,是一种没有确定意义的流浪,这也正是阅读图尼埃的小说仁者见仁、智者见智的原因。

让-玛丽·居斯塔夫·勒克雷齐奥(1940—)少年得志,23岁时发表处女作《笔录》(1963)而一举成名。然而他对名利十分淡漠,远离文学界,像一个现代社会的局外人。他喜欢到地中海边冥思遐想或者生活于巴拿马和危地马拉的印第安人之中。今天,勒克雷齐奥尽管著作等身,却仍是一个神秘的作家,处于不断的“躲避”之中。不过,“躲避”并没有妨碍他于2008年荣获诺贝尔文学奖。

《笔录》的主人公或许就是作者的写照。亚当·波罗住在海边的一幢房子里,他没有工作,有时到充满魅力和恐怖的城市中闲逛,或者跟着一条狗漫无目的地游荡。主人公没有思想、没有感情,生活是在游荡中度过的,最后被关进了疯人院。作者以后的作品,诸如《发烧》(1965)、《洪水》(1966)、《逃遁录》(1969)描写的也是在生活中找不到位置的现代社会边缘人,他们仅凭感觉而生存,他们梦幻般的游历表现了“活着就是冒险”这一主题。

在描写上,为了制造真实的效果,作者喜欢对主人公看到的物品进行细致的描写,他喜欢写石头、蜘蛛、水龙头、女人头发等。作者曾这样表达自己的文学观:“写作,仅仅就是写作罢了。写作就是用词语进行探索,深入细致地研究并描绘,紧紧抓住词语,毫不通融地刻画现实。”作者对词语抱有一种拜物教般的感情:“词语,这些精雕细刻的符号,它们独自,或几乎独自在行进,它们布满了白纸,它们雕刻着平面,它们描绘着思想的行进……我喜欢它们,这些由环线和点线组成的军队。”

作者对城市文明抱有一种恐惧的反感。在《战争》(1970)中，一位年轻姑娘在幻景的宫殿中(其实是现代超级市场)发了狂，她想找一个出口，然而她所希望的，是消失在灯泡的灯丝中，在玻璃灯泡内恢复平静。十年后，作家发表了同一主题的另一代表作《沙漠》(1980)。女主人公拉拉是蓝种人后代，生活在非洲的沙漠中，她与一个聋哑牧羊人产生了爱情。后来她离开家乡到了马赛，遍尝城市的苦难，体会到了孤独和冷漠，情人也被轧死，最后她终于又回到了渴望已久的沙漠，即回到自然的怀抱中。

帕特里克·莫迪亚诺(1945—　)莫迪亚诺是战后出生并成长起来的作家，虽没有经历过“二战”，但是喜欢以占领时期为故事背景。但作者意不在写实，而是通过追溯主人公的过去，来反映世界戏剧性的一面，即人随着境遇和时间的变化在生活中扮演不同的角色。

《星形广场》(1968)中的犹太人施莱米洛维奇先是充当德军的合作分子，后成为犹太人的复仇者。在《夜巡》(1969)中，主人公受盖世太保派遣打入抵抗组织，但他既不愿充当叛徒，又无法成为英雄，左右为难。《环城大道》(1972)描写叙述者寻找神秘的父亲的故事，但我们不能确定他是一个黑市走私犯还是一个被追捕的犹太人。在其最著名的小说《暗店街》(1978)中，侦探得过遗忘症，把过去忘得一干二净，在对过去的踪迹进行调查的过程中，发现几个不同的陌生人原来都是过去的自己。《青春》(1980)的主人公是一对幸福的夫妇，经营着一家茶馆。然而15年前他们曾与走私分子合作过，茶馆就是从他们手中骗来的。生活中角色的变化、身份的寻求构成了莫迪亚诺小说的主题。2014年莫迪亚诺获诺贝尔文学奖。

戏剧　“二战”中，法国的戏剧非但没有像小说与诗歌那样因战争而萧条，反而取得了相当可观的成就。巴黎的舞台上不断推出新剧目，其中一部分作品后来还成为经典。出现这种状况的原因比较复杂。简单地说，在占领时期，到剧场看戏几乎成了巴黎民众唯一能够合法享受的娱乐，人们在戏院聚会，并且得到情绪的排遣。特殊时期形成的这种特殊需要刺激了民众对戏剧演出的渴望。虽然德国占领当局实行严格的审查制度，但是政治意义不强或比较隐蔽的作品经常能够通过审查而上演。战前以《没有行李的旅客》等剧本而出名的年轻剧作家阿努伊，1941年上演了《桑利的聚会》。1942年，蒙泰朗的剧本《皇后之死》演出，获得公众的欢迎。这虽然不是蒙泰朗的第一部剧作，但却是他在戏剧上的首次成功。以这部作品为契机，他的创作从小说转向了戏剧。同年，阿努伊的剧本《欧律迪刻》上演。1943年，巴黎的戏剧舞台更加引人瞩目。这一年，萨特上演了他的第一个剧本《苍蝇》，克洛代尔的名剧《缎子鞋》在发表20年之后由作者与著名导演让-路易·巴洛(1910—1994)合作搬上舞台，轰动巴黎，吉罗杜的名剧《索多姆和戈莫尔》也在这一年与观众见面。

战争结束，法国社会进入了一个新时代，但是就戏剧而言，直到50年代初，基本是战前与战时创作的延续，从而形成了一个过渡时期。战后的经济困难似乎并没有阻碍戏剧的发展，战前及战时著名戏剧家的名字，在公众心目中是法兰西民族的骄傲，他们的作品继续赢得公众的青睐。吉罗杜1943年发表的《夏约的疯婆》，1945年底由刚从南美回国的著名导演茹韦(1887—1951)指导上演。他去世前完成的《鲁克丽斯赞》也在1953年由巴洛搬上舞台，并于同年发表。蒙泰朗也是这个时期大受欢迎的剧作家。尽管描写意大利15世纪与教廷争锋失败的大贵族、人文主义者马拉泰斯塔的作品《马拉泰斯塔》(1946)由于作者过于执着于表现人物内心世界的多面性而显得有些松散，演出效果不甚理想，但是他的《圣地亚哥团的首领》(1947)却以其悲壮的气氛赢得了观众的普遍赞誉。著名小说家贝尔纳诺斯的作品《卡尔默罗修女的对话》(1949)原是一个电影脚本，1951年首先在德国搬上戏剧舞台，翌年在法国上演。作品讲述大革命时期一个名叫布朗什的修女舍生取义的故事。身体虚弱、多愁善感的布朗什在大革命后离开了修道院，但是当她闻知修道院的修女即将被送上断头台的时候，毅然回到修女中，和她们一道引颈受戮。作品对大革命的描写反映了作者保守的天主教立场，不过作品对暴力的抗议，对布朗什克服恐惧，坦然受死的勇敢精神的赞美，无疑受到了“二战”和法国人民抗击法西斯斗争的启示。这部作品后来不但在法国，而且在许多国家的舞台上常演不衰。

存在主义文学的优秀剧作如萨特的《禁闭》、《死无葬身之地》，加缪的《戒严》、《卡里古拉》、《正义者》也都在这个时期问世。

这个时期戏剧的一个显著倾向是比较强烈的抒情性，蒙泰朗的《圣地亚哥团的首领》是一个代表性例证，另一个例证是克洛代尔创作于几十年前的《正午的分界》等剧本被重新搬上舞台，这位大诗人的剧作鲜明的抒情色彩和牢固的宗教情结在刚刚从战争与法西斯占领的阴影下挣脱出来的法国公众中引起了共鸣。另一方面，他的作品再度辉煌也反映了公众迫切需要从象征法兰西民族灵魂的伟大作家的作品中重温民族的历史，从而振奋民族精神。此外，抒情性倾向在**雅克·奥迪贝尔狄**（1899—1966）的作品里也表现得很明显。这位已经以诗名和出色的小说创作而蜚声文坛的作家，这个时期创作了《考阿特-考阿特》（1946）、《邪恶横行》（1947）《黑暗的节日》（1948）等戏剧作品，其中以《邪恶横行》最为成功。《邪恶横行》原文是双关语，既谓邪恶四处散布，又谓邪恶必不长久。剧本讲述一个名叫塞莱斯提南克（意谓：天上的人）的国王把自己的女儿嫁给西方国王帕尔费（意谓完美），天真的公主在这个西方国家备受欺骗和污辱，最后自己也走上了邪恶之路。剧本对西方的道德和价值观提出质疑，这在不久以后的荒诞剧里将会得到回应。但是，剧本的独特之处不仅在于此，作者的匠心独运还表现在以抒情笔法处理严肃的主题。在表现以公主为代表的理想主义与残酷的现实之间的冲突时，作品在情节设计上以类似情节剧的结构来冲淡主题所带来的沉重感，加上语言幽默，常有双关意味，富于抒情性，因而作品总体上更像一出抒情性的情节剧。

在蒙泰朗、阿努伊、奥迪贝尔狄的部分作品里，观众已经或多或少地感觉到世界和生活的荒诞，而在存在主义作家的作品里，例如《禁闭》和《卡里古拉》，荒诞更成为作家思考的中心。这是战后过渡时期戏剧在内容上的一个特点。为了适应表现内容的需要，这个时期的戏剧在戏剧语言和手法上进行了许多大胆的革新，不过，这些革新和"二战"间的戏剧革新一样，没有构成对传统的全面否定。50年代后，随着荒诞剧登上舞台，情况发生了变化。荒诞剧的名称来自1961年英国戏剧理论家马丁·艾斯林的论著《论荒诞剧》。不过，荒诞剧的两位重要作家尤奈斯库和阿达莫夫对这个名称很不以为然，因为他们不愿意看到自己的作品与存在主义哲学挂钩。至今许多法国人仍然习惯用"新戏剧"这个名称。

荒诞剧的代表作家是原籍罗马尼亚的尤奈斯库，用英法两种文字写作的爱尔兰人贝克特、原籍爱沙尼亚的阿达莫夫、原籍黎巴嫩的谢阿岱，以及热奈、品热、塔尔迪厄等。

最早的荒诞剧作品当推热奈在1947年上演的《女仆》和次年他的另一部作品《死牢看守》。不过，文学史上通常把1950年尤奈斯库的剧本《秃头歌女》看作荒诞剧的滥觞。此剧在巴黎"梦游者"这个小剧院演出后，在批评界引发争论，荒诞剧开始引起世人的注意。以后几年，上演了多部类型相似的剧作，其中贝克特的《等待戈多》获得了相当大的成功，剧本被迅速移译成多种文字上演。

历史地说，荒诞剧的源头可以追溯到雅里的《乌布王》系列剧，以及阿波里奈的"超现实主义"戏剧《特雷齐亚的乳房》。这些作品情节荒诞，表演夸张，带有后来被称为"黑色幽默"的那种凄凉的喜剧性。这些特点在荒诞剧作品中都能找到。安托南·阿尔托（1896—1948）的"残酷剧"理论在戏剧的作用、戏剧语言、戏剧与观众的关系等基本理论问题上对荒诞剧的影响也是显而易见的。

1958年英国人肯尼斯·泰南著文批评尤奈斯库作品的反现实主义倾向，由此引发了一场争论。尤奈斯库在反驳泰南的文章中比较系统地阐述了荒诞派的戏剧主张。1961年艾斯林的专著似乎为荒诞剧最终正名。60年代到70年代初，荒诞剧得到越来越广泛的承认和赞扬，各种褒奖接踵而来，其中最重要的是贝克特1969年获诺贝尔文学奖和1971年尤奈斯库入选法兰西学士院。

荒诞剧的代表作除已经列举的之外，还有尤奈斯库的《椅子》、《阿梅黛或如何逃脱》、《犀牛》、《国王之死》，贝克特的《美好的日子》、《终局》，热奈的《阳台》、《黑人》，阿达莫夫的《塔拉纳教授》、《弹子球机器》。这些作品虽然面貌各异，却也有明显的共同点。首先，这些作品都表现了人类生存条件的非人性、反人性特征，甚至进而表现人的存在的无意义。尽管有的荒诞派作家认为自己的作品与存在主义哲学无关，但是荒诞剧产生的历史时代和它的基本思想倾向却使人们很自然地将它置于存在主义造成的社会心态环境中来考察。其次，这些作品都采取寓言的方式，将人的存在的荒诞性直接展示在舞台上，使观众得到强烈的精神震撼。再次，这些作品都以喜剧的方式表现悲剧的内容。人的存在具有强烈的悲剧性，然而这种悲剧性与人对自己处境的麻木不仁形成的巨大反差又造成一种喜剧效果。许多荒诞剧作品充分挖掘了悲喜剧反差的戏剧性，使荒诞成为无奈的笑声中强咽下的一颗苦果。

在荒诞剧之后，相继出现“新新戏剧”、“咖啡剧”（因经常在咖啡馆演出而得名）等新的先锋派，不过都没有获得荒诞剧那样的成就，基本上是昙花一现。

毫无疑问，荒诞剧并没有也不可能占领整个戏剧舞台。事实上，荒诞剧经常是在比较小的剧场上演。大量的剧院，特别是包括法兰西剧院在内的大剧院，仍然经常上演传统形式或接近传统形式的作品，甚至包括古典剧目。荒诞剧并没有得到大多数剧作家的认同，即使他们对荒诞剧的革新精神和对人类命运的关怀表示赞赏，他们在审美趣味和追求上仍旧与荒诞剧保持了比较大的距离。但是，这并不妨碍他们中间不少人积极参与戏剧的改革。在这方面，阿努伊是成就最高的作家。

让·阿努伊（1910—1987）出身于一个成衣商家庭，从小痴迷于戏剧，十多岁时便试笔写过诗体剧。中学毕业后，进大学攻读法科，一年半以后辍学。1928年他认识了剧院经理兼导演路易·茹韦，并且成为茹韦的秘书。这对阿努伊的一生具有决定意义，他从此进入演艺圈，并开始以一种新的眼光来认识戏剧。

1932年，阿努伊的《白鼬》（1932）上演，这是他的剧作首次被搬上舞台。作品主人公弗朗茨出身贫苦，与贵族小姐莫尼玛相爱，但莫尼玛的祖母因为他们二人社会地位悬殊，反对这桩婚姻。弗朗茨杀了老祖母，以为清除了婚姻的障碍，没料到他的暴力行为对莫尼玛感情和心理上的伤害和震动，形成了一道更加难以跨越的屏障。莫尼玛拒绝与他结婚，他在绝望中投案自首。弗朗茨的形象令人自然地联想到陀思妥耶夫斯基《罪与罚》的主人公拉斯柯尔尼科夫，这两个人物的共同点是，他们都相信，为了清除实现理想的障碍（这个障碍在两部作品里都是富有的老妇人）使用暴力是合理的。不过，虽然这两个产生于不同时代的人物形象具有某种精神上的亲缘性，但是就心理刻画与哲学意义的揭示而言，弗朗茨的形象要单薄得多。《白鼬》在阿努伊的戏剧中不能算成功的作品，但是它有比较重要的意义，因为它首次表现了不同社会等级之间的冲突这个主题，在作者以后创作中，这个主题将反复出现（例如在《野姑娘》、《洞穴》等作品中），成为作者戏剧创作的一个聚焦点。

1937年，阿努伊认识了著名导演乔治·皮托埃夫（1884—1939）和安德烈·巴尔萨克（1909—1973），在他们的帮助下，他对舞台时空关系的把握有了更加感性、更加深入的体认。从1937到1938年，他的《没有行李的旅客》、《野姑娘》、《窃贼舞会》分别由皮托埃夫和巴尔萨克执导上演。《野姑娘》创作年代比较早，大约在1932年，和《白鼬》同时，主题也与《白鼬》相仿。出身贫寒的姑娘黛莱丝·塔尔德是个小提琴手，一个富有的作曲家弗罗朗真诚地爱上了她。但是黛莱丝与弗罗朗社会地位的差异给她造成了巨大的心理压力，使她在内心深处感觉到一种无可名状的痛苦，最后她无奈地放弃了爱情。这部作品较之《白鼬》更加明确地揭示出社会不同等级之间难以消弥的隔阂与矛盾。更有意义的是，黛莱丝的痛苦说明，贫富差异对社会下层的人造成的伤害，主要还不在造成他们物质上的匮乏，更重要的是，这种差异给他们的心灵造成无法弥合的创伤，即使爱情对此也无能为力。这部作品和《白鼬》一样，注重现实关系的刻画。然而，如果我们从另一个层次来观察这个故事，我们就能发现，作者不但提出了贫富悬殊的问题，而且提出了人是否能够割断现实与历史的联系的问题。对黛莱丝来说，那个贫寒的姑娘是她的历史，弗罗朗热烈真诚的爱情非但不能改变这段历史，相反使这段历史成为黛莱丝人生道路上更加沉重的包袱。人如何面对过去的自我？阿努伊在《没有行李的旅客》中对这个问题进行了更加深入的思考。

《没有行李的旅客》是阿努伊的代表作之一。主人公加斯东原名雅克，是大富翁雷诺的次子，为人自私残忍，伤害过许多人，其中不但有仆人，还有他的朋友乃至亲人。剧本从雅克在战争（第一次世界大战）中负伤丧失记忆，在精神病院生活了17年之后开始，此时大家都叫他加斯东。加斯东与雅克判若二人，品质诚实善良。雷诺家认出加斯东就是雅克，然而加斯东从周围人的嘴里得知雅克有一段很不光彩的历史，因而坚决拒绝承认自己是雅克。最后，为了能够“选择”自己的过去，他故意错认是一个丧失了所有亲人的英国小男孩的叔叔，摆脱了雷诺一家，也摆脱了自己的过去。加斯东寻找自我，找到自我又放弃自我的过程具有深刻的社会与哲理内涵。他过去的情人瓦朗蒂娜劝说他接受现实时说的一段话代表了一种被普遍接受人生观："听着，雅克，你必须接受它。我们的全部生活，以及我们的道德观和我们的自由，归根结底就是要我们按我们原来的样子接受我们自己……"这种人生观正是加斯东坚决反对的。对他而言，自由不应是现存道德的附属，而应是反叛现存道德的武器和归宿。整部作品在虚构的层面上展开，虽然细节的真实包含了现实的因素，但是作品的意义并不在于反映现实，而在启发观众和作者一道从哲理的层面上思考人如何认识和对待自我。这个主题在阿努伊以后的众多作品中出现，它是吉罗杜和蒙泰朗戏剧传统的继承和发展。《野姑娘》、《没有行李的旅客》以及《窃贼舞会》的成功，使阿努伊在戏剧界崭露头角。

然而阿努伊真正成名是从1944年上演《安提戈涅》开始。安提戈涅的故事最早见于古希腊悲剧家索福克勒斯的悲剧《安提戈涅》，以后这个女性形象曾多次出现在欧洲剧作家的笔下。阿努伊作品的情节框架与索福克勒斯的作品基本相同，但是他塑造的安提戈涅的形象与索福克勒斯笔下的形象却大相径庭。在索福克勒斯的作品里，安提戈涅违抗国王克瑞翁的禁令掩埋哥哥波吕尼克斯的尸体，动机是遵守必须掩埋亲人尸体这样一条神律，而在阿努伊的作品里，当克瑞翁劝告安提戈涅不要把神律过于当真的时候，安提戈涅却宣称她埋葬哥哥并不是听从神律，而是为她自己，即证明自己的自由。在索福克勒斯的作品里，安提戈涅是个目标明确的反抗者，而在阿努伊的作品里，安提戈涅的行动带有很大的盲目性，最后竟承认自己也不知道为什么死。更值得注意的是，在阿努伊的作品里，安提戈涅被以象征主义的手法刻画成一个童心未泯的姑娘。她天真地用玩具小铲撮土覆盖哥哥的尸体，她像孩童一样喜欢玩具娃娃。面对这样一个形象，我们感觉似乎进入了梅特林克的世界。安提戈涅所代表的纯真的理想世界与克瑞翁所代表的那个成熟的、理性的现实世界之间的反差，构成整个作品象征意义的核心。

正因为如此，克瑞翁在阿努伊的作品里没有被刻画成暴君。安提戈涅与克瑞翁的冲突，不是所谓“不成文法”的神律和白纸黑字的城邦法律之间的矛盾，也不是反抗者与暴君之间的矛盾，而是对世界的不同认识之间的矛盾。克瑞翁劝解安提戈涅时两人的长篇对话，集中反映了两人精神上的差异。克瑞翁对现实说“是”，接受现实的秩序，按照现实秩序去治理国家。安提戈涅对现实说“不”，她宁可选择死亡，也不愿意按照克瑞翁的劝说随波逐流。克瑞翁承认现实的缺憾，但是他以成年人的理智认为这是现实存在的一部分，只能接受。从根本上说，他其实是一个悲观主义者。而安提戈涅，当她躲藏在童年理想主义的梦中时，她坚定地选择了死；然而当她稍微离开自己的梦的时候，她便茫然失去了自信，好似断了锚的船在风浪中漂流，随时有沉没的危险。安提戈涅是一个存在主义者。她选择了自由，但是对于选择的结果，她并没有信心，而且似乎也并不十分关心，对她来说，重要的不是结果，而是选择本身。

安提戈涅这个形象曾被看作是号召人民起来反抗不合理制度的英雄。然而，也有人提出相反的看法。他们认为，在剧的结尾，安提戈涅写信给情人海蒙，透露心底的迷茫。她的死，以及随后海蒙和海蒙母亲的自杀，似乎什么也没有改变，克瑞翁依旧去与臣下商量国事，卫兵们依旧在玩牌。这样的结尾，显示出对于反抗的悲观态度。《安提戈涅》在法西斯占领下的巴黎演出时，确实起了唤起民众爱国热情和斗争勇气的作用，安提戈涅对美好理想和自由的向往，客观上是对法国观众的鼓舞。至于剧中流露的无奈，在1944年那个时代，显然为大多数观众有意无意地忽视了。其实这种情绪在阿努伊几乎所有作品中都或多或少有所表现，在阿努伊的思想中这与向往自由并不矛盾。在时过境迁的今天，批评家更感兴趣的已经不是这个作品当时所造成的社会影响，而是它的哲理层面。阿努伊让剧中人物着现代服装，其用意绝不仅仅在于造成反讽或荒诞感，更重要的是因为作品所表现的是现代人的问题和现代人的忧虑，古代故事不过是提供了一个框架而已。

战后，阿努伊的创作进入了一个新时期，他的创作力十分旺盛，从40年代末到80年代初，创作了约40部作品。其中以古代女英雄贞德的故事为题材的《云雀》（1953）是继《安提戈涅》之后最成功的作品。在相隔十年之后，阿努伊似乎依旧被“安提戈涅情结”所困扰，贞德的形象是安提戈涅的再现。和安提戈涅一样，贞德追求自由，因此受到审判。她的理想与现实发生冲突。人究竟应该如何对待现实？是按现实的状况接受现实，还是按自己的理想改变现实？而理想又是否能够改变现实？《云雀》的创作证明，这些问题依旧在阿努伊的脑际盘旋。

《云雀》叙述手法很有特点。阿努伊深受皮兰德娄的戏剧技法和布莱希特间离理论的影响，因而对“戏中戏”的结构情有独钟。《云雀》以及其他一些作品，例如《桑利的聚会》（1937）、《可怜的比托或化装晚宴》（1956）都采用了这种结构。《云雀》开始的场面是贞德受审。审讯中有人提议把贞德的历史表演出来，于是在法庭上辟出临时舞台（台上台），表演贞德一生的重要事件。戏中戏的贞德由贞德本人扮演。这样，剧本便构建了一个双重时间：贞德的历史和贞德受审的现时。另外，贞德的故事虽然按时间顺序演出，却是不连贯的，仅仅是一些支离的片断。法庭上的人物还对表演发表评论。所有这些，造成了明显的间离效果，从而与观众的当下这个第三维时间建立了联系。较之吉罗杜和蒙泰朗，阿努伊在戏剧手法的革新上更加自觉，也更加大胆。戏的结尾的设计颇具匠心。贞德被判火刑，柴堆架起来了，这是“现时”贞德的结局；然而法庭上的演出还在继续，轮到演出贞德在兰斯教堂行加冕礼，参加演出的演员们拆散了柴堆，贞德一手握剑，一手扶旗，昂然挺立在台上，在“戏中戏”里贞德得到了永生。贞德的传奇本来就笼罩着神秘的云雾，包含许多超理性、超自然的因素，阿努伊利用了这一点，使他的戏剧能够超越现实的束缚，从神秘和超理性中去实现自由。无论对于阿努伊和观众，这都是对现实中不能实现的自由的一种代偿。

1959年上演的《贝克特或上帝的荣誉》取材于12世纪英王亨利二世的政治顾问托马斯·贝克特的故事。托马斯·贝克特是亨利二世的密友，王权的积极拥护者，但是亨利二世命令他接任坎特伯雷大主教后，他却一反过去的立场，坚决反对国王把王权凌驾于教权之上，结果国王派人将他刺杀。T.S.艾略特曾以这段历史创作了诗剧《大教堂凶杀案》。阿努伊的《贝克特》对这段历史作了不同于艾略特的诠释。

虽然阿努伊把这出戏与《云雀》一同划入所谓“古装戏”，然而从哲理层面说，这出戏实际上与《没有行李的旅客》、《欧律迪刻》（1941）等作品殊途同归。我们已经介绍了《没有行李的旅客》，这里简单谈一下《欧律迪刻》。这是一出将古代神话中俄耳甫斯和欧律迪刻悲欢离合故事进行现代演义的作品。小提琴手俄耳甫斯爱上了流动剧团的女演员欧律迪刻，纯真热烈的爱情改变了女演员，使她获得新生。但是，欧律迪刻无法从自身历史的阴影中解脱出来，与俄耳甫斯初试爱的欢乐之后便悄然离去，不幸身亡。死神允许她还阳与俄耳甫斯团聚，但俄耳甫斯固执地探究她的过去，结果再次失去了她。剧中的欧律迪刻虽然改变了自我，但是过去的存在仍然不时地与现实的自我发生冲突，最终造成自我的毁灭。如果说《欧律迪刻》是《没有行李的旅客》的主题在神话故事的框架中的延续与变奏的话，那么《贝克特》则利用历史题材对这个主题作了进一步的挖掘。作品主人公托马斯·贝克特因为职务的改变而经历了自我的深刻变化，由国王的密友变成国王的仇敌。他因为宗教责任感而重新塑造自我的形象，而且坚决拒绝回归历史的自我——有如加斯东拒绝承认自己是雅克，结果酿成了血溅教堂的悲剧。艾略特的诗剧歌颂了贝克特为教会的尊严而献身的精神，而阿努伊的作品则从人究竟是什么，人究竟怎样认识自己，怎样认识自己的过去，人的自我能不能统一这些问题上来阐释这段历史的意义。阿努伊对这些问题的回答，在上面的几出戏里似乎各不相同，但是，在有一点上答案是相同的，那就是人都有认识自我的需要，人在生活道路上可能会发生重大变化，然而人的历史，人过去的自我已经融入人的现时存在，永远会影响现在的生活。如果说《没有行李的旅客》还试图给一个光明结尾的话，那么到《欧律迪刻》，再到《贝克特》，阿努伊显然放弃了乐观的观点，暗示偶然事件对人生的改变潜藏着悲剧性的结局。

阿努伊的作品不乏对现实社会问题的针砭，例如《阿黛尔或雏菊》（1948）就揭露了上流社会爱情的虚伪，其中有些作品的政治立场还引起了激烈的争论，例如《金鱼或我父亲这个主角》（1970）被有些批评家指责为作者右翼立场的大暴露。总的说，阿努伊是一个关心社会，关心现实的作家，不过，反映现实显然不是他的创作力量之所在。他最有价值也是最成功的作品是那些从哲理的层面上探索人生的剧作。阿努伊创作的高峰期，正值存在主义在法国风行，人生观的灰色调弥漫在这个时代相当多的文学作品中，阿努伊的作品也不例外。阿努伊不是荒诞剧作家，但是他是最早肯定荒诞剧的人之一。实际上，他在思想上和荒诞剧作家确有相互呼应或相互沟通的地方。

欧仁·尤奈斯库（1912—1994）生于罗马尼亚，父亲是罗马尼亚人，母亲是法国人。他在法国度过童年，1925年回罗马尼亚上学，后又回法国准备攻读博士。战前他返回罗马尼亚，正值罗马尼亚法西斯猖獗时期，尤奈斯库感到无法忍受，不久又回到法国，从此定居巴黎。

1950年，尤奈斯库的第一部剧作《秃头歌女》在巴黎的一个小剧院里上演，揭开了尤奈斯库剧作家生涯的序幕。这部怪诞的剧作，它的产生过程如其形式一样不可思议。剧本原名《简易英语》，源起于一本学习英语会话的小册子。尤奈斯库发觉那些按语法、句式、词汇练习的需要而编写的会话，诸如“一周有七天”、“乡村比城里安静，但城里人口多，商店多”之类，全是毫无意义的废话。由此，他联想到，实际生活也和会话手册一样，充塞着这种无聊的废话，运用语言的人很难得到真正的思想感应和情感交流。这个思想触发了他的创作灵感，于是有了剧本《简明英语》。剧本排练时，一个演员把“金发歌女”误念成“秃头歌女”，观看排练的尤奈斯库拍案叫好，当即决定更名《秃头歌女》。他的意图很清楚，既然全剧都在表现语言只是什么也不说明的符号，那么用一个莫名其妙的剧名会更符合剧本的荒诞色彩。

全剧分为两场。在第一场里，用英国最通俗的“史密斯”为姓氏的一对夫妻坐在客厅里对话。他们的话前言不搭后语，甚至互相矛盾，毫无逻辑和理性可言。第二场，客人马丁夫妇来访。这对一同出来访友的夫妻进门后，彼此却好像素昧平生，竟颇有绅士风度地互相寒暄起来。与史密斯夫妇的对话不同，马丁夫妇的对话是连贯的，合乎逻辑的，然而荒唐的是，逻辑推理的结果不过是证明了他们原来是同榻而眠的夫妇。正当他们为这个结果兴高采烈的时候，史密斯的女仆却登台宣布，刚才证明他俩是夫妇的证据是他们都有一个红眼睛的孩子，然而这个证据站不住脚，因为马丁先生的孩子左眼是红的，而马丁太太的孩子右眼是红的，所以他们说的不是同一个孩子。正当马丁夫妇深感尴尬的时候，闯进来一个消防队长，语无伦次地讲了一个故事，女仆突然说她与队长是恋人，史密斯夫妇大怒，将他们赶走。此时灯光熄灭，当灯光重亮时，物是人非，台上的布景仍是史密斯家的客厅，然而坐着的却是马丁夫妇，两人开始重复史密斯夫妇刚才的废话。

作为最早出现的荒诞剧之一，《秃头歌女》已经包含了荒诞剧的几个重要特点。首先，作家从生活中体验到的荒诞，不再像萨特或加缪的小说那样包孕在作品的深层，而是以一种直观的手法呈现出来，即是说，作品直接利用形式的荒诞来隐喻生活的荒诞。其次，作品在表现生活的荒诞时，凸现了人与人之间的陌生感和隔绝感。人与人之间的交流成为天方夜谭，成为自欺欺人的神话，语言丧失了交流功能，成为毫无意义的声音外壳。再次，在舞台表演上，用人物重复的机械动作表现生活本身的单调与机械。最后，布景、灯光等戏剧语言也被调动起来表现世界的混乱和人生的无意义，例如剧中有座大钟胡乱报时，这显然是在暗示人类理性建立的重要概念“时间”，也远不是理性所能参透的。尤奈斯库曾想给这出戏起名《疯狂的英国大钟》，又担心被误解是讽刺英国人，便放弃了。名字虽然没有采用，但却说明了这个大钟在剧中确有重要的象征意义。

尤奈斯库的早期作品，例如《课》（1951）、《责任的受害者》（1953），都围绕语言功能的丧失这个主题，作品对语言的嘲弄显示这个时期尤奈斯库对现代社会中语言与事实的分离抱有深切的忧虑。不过，他的荒诞感并不止于语言层面，而是有着更深层面的体验。1952年上演的《椅子》说明了这一点。

尤奈斯库对在谈到何为荒诞时说过：“大凡没有目的就是荒诞……把人的宗教以及形而上学的根割断，人就没有救了，他的全部行为都变得失去理性，徒劳无益，令人窒息。”《椅子》表现的正是这种失去目的的行为的荒诞。剧本的主要人物是一对年过九旬的老夫妇，居住的地方似乎是一座海滨灯塔。老头子在像儿童一样哭闹，叹息孤独和青春永逝之后，表示要向全人类宣布关于人生奥秘的信息。不过他感到“说清楚自己的意思非常困难”，所以特地聘请一个演说家来代替自己发布信息。参加发布会的客人陆续到达，从老夫妇颠三倒四的答谢中可以知道客人中有诸如美夫人、上校、雕塑家之类各色人等。不过舞台上并没有客人的身影，只有不断增加的椅子表示客人越来越多，以至于把老夫妇挤得几乎无立足之地。最后，皇帝御驾亲临，老夫妇朝着象征皇帝的空椅子，语无伦次地表达感激之情。演说家终于到了，老人向演说家作最后的嘱托，然后与老夫人同时跃出窗户，投海自尽。演说家开始发布信息，然而他是个哑巴，呜呜哇哇吐出一串谁也听不懂的词，随后便心满意足地离开会场。全剧在看不见的听众的议论和笑声中结束。

这出独幕剧有一个简单的情节，而且开场似乎在暗示观众，他们对于戏剧情节的习惯性期待能够得到一定的满足。然而所谓的情节，其实空洞无物。空着的椅子、哑巴演说家、老夫妇的自杀，象征着生活的空虚无益，不但极其残酷地粉碎了观众对于情节的期待，也粉碎了他们对于生活的期待。老夫妇徒劳无益地生活了一辈子，连他们想在临终前做点什么的努力都可悲地归于枉然。尤奈斯库自己解释这出戏说："这台戏的主题是空虚。"具体地说，它表现的是语言的空虚，更是行为的空虚、人生的空虚。

《椅子》中满台的空椅子越堆越多，把老夫妻两挤压到舞台底部的两侧，评论家多认为这个场面象征人在物的挤压下逐渐失去了生存空间，是人被异化的一种隐喻。这类隐喻在尤奈斯库的其他作品中也经常出现。例如在《阿梅戴或如何逃脱》里，阿梅戴夫妇把他们杀死的人藏在卧室里，但尸体逐渐膨胀，把他们压迫到房间的一隅，最后尸体巨大的脚竟然轰然挤倒墙壁，伸到客厅里来。这种极度夸张以至荒诞不经的场面，淋漓尽致地揭示出人在物的压迫下窘迫无奈的困境。当然，这个无限膨胀的尸体也可以作另一种阐释，即认为它是阿梅戴夫妇意念的幻化，他们因为心存恐惧，所以产生幻觉，他们实际上成了一种思想甚至一种感觉的牺牲品。这样一种阐释也有一定道理，它不但能够从《阿梅戴或如何逃脱》的文本中得到支持，而且能够从尤奈斯库的其他作品得到印证。在这方面，尤奈斯库最成功的剧本是《犀牛》（1960）。

严格地说，《犀牛》很难说是一部荒诞剧，它似乎更接近象征主义戏剧。它有一个相对完整的故事情节。某省一个小城的街头上突然出现犀牛。媒体大肆炒作，逻辑学家在独角犀和双角犀的定义上大作文章，自认为博学的理性主义者对这个消息嗤之以鼻。然而不久，居民们相继变成犀牛。主角贝朗瑞是个厌倦于机械、单调、孤独生活的青年职员，他的朋友、上司、同事先后都变成了犀牛，最后连曾经发誓要与他共命运的女友苔丝也终于耐不住孤独，投入了犀牛的队伍。贝朗瑞被围困在房间里，墙壁四处伸进犀牛的头和角。在贝朗瑞"我是最后一个人,我将坚持到底。我绝不投降!"的喊叫声中,全剧结束。

成群结队的犀牛在镇里狂奔,变成犀牛成为对小镇居民的强大诱惑,这无疑是一种象征。然而究竟象征什么?许多评论认为象征"二战"前猖獗一时的法西斯主义。联系1938年尤奈斯库因法西斯势力猖獗而愤然离开祖国这段经历,应该说这样的诠释有一定的道理,尤奈斯库本人对此也未加否认。不过,仅仅以一段具体的历史事实来解释是不够的,事实上,观众也许未必联想到法西斯猖獗这个具体的历史意指,但是他们会鲜明地感觉到,这些疯狂地奔突,冲到哪里便将哪里的人裹挟而去的犀牛群,象征着一种巨大的、超越个人意愿的力量,这种力量可以是一种盲目的群体信仰,也可以是一种蛊惑人心的理论或思想。这种超越具体历史情境,更具普遍意义的哲学和人类学的阐释,也许更能揭示这部作品的深刻蕴藉。

贝朗瑞这个名字还出现在《不拿钱的杀手》(1957)和《国王之死》(1962)两剧中。他的身份在这几出戏里各不相同,但是这些身份不同的人却有一个共同点,就是既厌倦生活又执着于生活,对生活抱着最简单然而也最顺乎人性的看法。从他们身上可以依稀看见加缪《局外人》的主人公莫尔索的影子。在《国王之死》里,贝朗瑞是一国之主,在位已经一二百年,虽然偶染小疾,身体却依旧硬朗。可是,王后和医生突然告诉他,他的寿数已尽。国王立刻悲从中来,满头青丝瞬间变成白发。无论追思昔日的赫赫武功,或回忆当年缠绵的爱情,都不能让他平静地接受死亡。他感到浑身上下布满了洞,而且洞在不断扩大,深不见底。这就是说,他的全部生命都从洞里流失了,剩下的只有虚空。与生命流失相对应,他的宫殿也在一点点坍塌。如果说,《犀牛》里的贝朗瑞面临的是人被异已的力量异化的危险,那么《国王之死》里的贝朗瑞,面临的则是死亡这个人类存在最大的威胁了。《犀牛》里的贝朗瑞为作为人而存在,拒绝服从变为犀牛的“集体意志”,《国王之死》里的贝朗瑞则拒绝接受死亡这个摧毁生命,因而使生命失去所有价值和意义的最大荒诞。《国王之死》和《椅子》一样,调动各种戏剧语言来表达主题,布景的象征意义在剧中占有不可缺少的地位。前者中万乘之尊的君王和后者中作为卑微小人物的九旬老人,他们在荒诞的环境里显得同样渺小可笑,他们的生活显得同样空虚和无益。

让·热奈(1910—1986)是一个遭到很多人非议的作家,有“罪恶诗人”的恶名。他是个弃儿,从小被送进儿童救济院,后由一个贫苦农民收养。10岁那年,有人诬告他偷窃,被送进教养所,释放后就开始了在法国和西班牙的流浪生涯。1942年因盗窃入狱,在狱中写了他的第一首诗《判处死刑》。1948年再次被捕,萨特等文化名人曾联名上书请愿,要求释放他。他犯过罪,还是同性恋,长期生活在社会的边缘。萨特著有长篇专著《圣热奈》,对热奈的人与作品进行了深入剖析。

热奈的文学生涯真正开始是1947年,这一年,他的剧作《女仆》由著名导演路易·茹韦执导上演,同年发表。这部剧作为热奈的文学生涯奠定了基础。它后来被归入荒诞剧,不过当时“荒诞剧”一词还没有出现,它比荒诞剧的两部经典作品,尤奈斯库的《秃头歌女》与贝克特的《等待戈多》(1953年1月首演)要早好几年。以后,热奈又陆续创作了《阳台》(1956)、《黑人》(1959)、《屏风》(1961)等剧作。

热奈有诗作,也写过小说、自传,其中某些作品,例如《布莱斯特之争》(1947)、《一个小偷的日记》(1949),得到过好评。不过,他主要还是以剧作闻名。成名作《女仆》的故事讲述在一个阔太太家当女仆的两姊妹索朗日和克莱尔企图毒杀女主人,结果女主人侥幸逃脱,克莱尔却吞下了毒药。这个剧本的题材来源于一宗女仆谋杀主人的命案,然而热奈的作品,非但剧情与这宗命案有很大出入,更重要的是,其立意完全不在于讲述曲折离奇的谋杀故事。开场时,女仆克莱尔为女主人梳妆,主仆话不投机,主人有训斥之意,仆人也语含讥讽。冲突渐趋激烈,仆人暗生杀机,想“结果”了主人。正在这时,闹钟的铃声大作,原来,刚才主仆的冲突是一场“戏中戏”,两个女仆趁主人不在家,以扮演主仆取乐。克莱尔扮主人,索朗日则扮克莱尔。从她们的对话可以得知,她们每天玩这个游戏,一个扮演主人,另一个则扮演对方。闹钟是停止游戏的信号。索朗日很遗憾没有来得及下手铃声就响了。真的女主人回家,两个女仆为主人冲了一杯放有过量安眠药的椴花茶,然而主人闻知自己的情人获假释,急忙去与情人会面,并没有喝椴花茶。两个女仆非常紧张,因为是她们写信诬告主人的情人,才使他锒铛入狱的,她们预感阴谋即将暴露。两人在绝望中,互相埋怨,以至互相攻击。克莱尔重又装扮起女主人,叫索朗日把椴花茶端给她。她将茶一饮而尽,索朗日呆立在一旁,“双手交叉像是戴着手铐”。

这出戏在叙事手法上有两个特点,一个是“戏中戏”,另一个是身份的错置。在“戏中戏”里,妹妹克莱尔成为女主人,姐姐索朗日成为妹妹克莱尔。事情的复杂在于,克莱尔在扮演女主人时,她真实的自我和她的意识中的女主人相混合,而索朗日也成为自身和妹妹克莱尔的错杂。这样,两个女仆与主人的仇恨,两个女仆之间的怨恨,就在戏中戏里犬牙交错,叫人分辨不清她们究竟是在演戏,还是借演戏发泄愤恨。最后,两人似乎陷入了一种迷狂的状态,非但分不清对方的身份,连自己究竟是谁也有些昏昏然了。就在这种似真似假,亦真亦幻的情境中,命案发生了,戏也戛然而止。在这出戏里,两个女仆都在双重的意义上演戏——既在舞台上演给观众看,也在戏里演给自己的姐姐(或妹妹)看;同时,她们每个人又都是观众,一直在观看对方的表演。这样一种复杂的角色组合,造成了舞台与观众之间的间隔,而且造成了一种莫名的荒诞感。这种手法,与德国表现主义戏剧和皮兰德娄的戏剧一脉相承。

作品的荒诞感还来自于作品的暴力话语与主要人物柔弱胆怯的性格

形成极端的不谐和音。虽然作品并无意讲述凶杀事件，但是它却通过人物的道白着意揭示人性中的暴力倾向。在这一点上，既可以看到热奈本人生活经历与体验的烙印，也可以明显地觉察到自弗洛伊德学说诞生以来西方社会对人性的所谓新发现。作品的着眼点并不在暴力行为本身，当扮演克莱尔的索朗日产生了要掐死克莱尔扮演的主人的冲动时，猛然间响起的闹钟声制止了她，使暴力行为不能产生，这个细节就有力地证明了这一点。作品的着眼点在于揭示暴力倾向的根源，即人的存在之间的互相排斥。剧中三个人物的关系，可以用后来萨特《禁闭》中的名言“他人即地狱”来概括。事实上，热奈的这出戏在思想、结构和语言上都与《禁闭》有相似之处。

《阳台》是热奈的另一部代表作。全剧由九个场景组成，地点都是某妓院。在前三个场景中，作为权力代表的主教、法官、将军先后来嫖妓，此时妓院外发生暴动。第五、六、七、八场景主要围绕妓院老鸨伊玛、男妓罗歇，以及罗歇的情人香榻展开。香榻过去在这个妓院当过妓女，现在成了暴动队伍的参谋，所以不得不与罗歇分手。伊玛受女王之命，伪装成女王。香榻被打死，暴动平息。最后一个场景中，主教、法官、将军又回到妓院。罗歇自我阉割。伪装成女王的伊玛重现本来面目，她关掉所有的灯，舞台转暗，全剧结束。这些场景中还出现了妓院佣人嘉尔曼、亚瑟、警察局长等几个角色。

《阳台》典型地反映了热奈戏剧的一个特点，即祭礼式的风格。首先，在结构上，九个场景并不构成连贯的情节，而仅仅是场面的展示。其次，在表现手法上，无论是残酷的场面，抑或暗含讥讽的场面，抑或意义隐晦的场面，都显示出典礼的庄严，同时又明确地让观众意识到，这庄严不过是表演而已。皮兰德娄戏剧“戏中戏”的手法在这出戏里再次得到运用。伊玛伪装女王，一个无名的老人伪装成少女让人鞭打，这些场景都含有“戏中戏”的因素。进一步说，全剧九个场景，究竟是真实的事件，还是九场表演?主教、法官、将军、老鸨、男妓这些人物,究竟是真实的人物,还是“戏中戏”里的人物?换句话说,这九个场景或许不过是某剧团九个排练场面而已?那样的话,所谓的妓院或许不过是剧院的排练场?再进一步说,发生在妓院(或者剧院)外,始终是虚写的那场暴动是不是真实的?对这些问题,都很难明确地回答,因为作品故意含糊其词。其结果让观众感到,他们所看到的是经过多次折射的镜像,与其说是现实的反映,毋宁说是影像的游戏。

作品对主教等权力的代表进行了辛辣的讽刺。例如在第一个场景中,主教大人一面嫖妓,一面宽恕妓女的罪愆。在第二个场景中,法官在对妓女进行性虐待的同时逼迫妓女承认自己是小偷。以他们堂皇的身份,竟这样使用他们所代表的权力,让权力功能发挥到如此荒唐的地步,不能不使人哑然失笑。这些尖刻的讽刺,说明作者对社会权力以及社会权力所维护的主流社会怀有深切的痛恨。与此相联系的是作者对社会边缘人群的认同感。这种认同感未必是同情,但是无疑来源于作者本人长期的社会边缘生活经历。这种经历使他对一些为主流社会的道德眼光所不齿的“恶”,例如卖淫、偷盗、同性恋等,以审美的态度来对待。不过,他既不是加以客观的描写,也不是加以赞美,而是以向主流社会挑战的姿态加以夸张的表现。在这方面,我们多少可以窥测到萨德作品的影响。

热奈与尤奈斯库、贝克特同属荒诞派,可是他的作品在风格和表现手法上都与《秃头歌女》、《等待戈多》这些今天已经可以称为经典的荒诞剧大相异趣。最大的差异是,热奈的作品没有荒诞剧作品通常使用的喜剧性的夸张,他的作品在内容上,与萨德、波德莱尔、洛特雷阿蒙一脉相承,在手法上,与德国表现主义和皮兰德娄的戏剧不乏相通之处。从这些方面说,他的作品可以说是两次大战间的戏剧的延续,并不完全属于新兴的荒诞剧。

文学批评 文学批评成为了一个引人注目的文学门类,这是20世纪后期法国文学的一个特征。诚然，19世纪文学批评已经专门化，文学批评家作为文学家的地位已经得到肯定。圣伯夫虽然有诗作和一部小说，但是他基本上以批评家的身份留名青史。至于泰纳，撇开他的哲学家身份不论，他在文学史上的地位完全是由批评著作奠定的。进入20世纪后，出现了一批杰出的文学批评家，朗松、布吕纳蒂埃、勒麦特尔、蒂波代、李维埃尔，他们的地位也得到了历史的承认。但是，直至50年代前，文学批评似乎主要局限在大学的讲坛上，与文学的本体并没有太多的联系，而且对文学本体的影响也似乎微乎其微，或者说影响没有得到充分的肯定。50年代后，情况发生了变化。文学批评逐渐成为一门“显学”，而且对文学本体的创作活动产生了越来越大的影响，甚至出现某些文学创作活动以文学批评为轴而转动的现象。这种情况一直延续到70、80年代。这是文学批评的黄金时代。这个时代出现的批评被泛泛地称为“新批评”。

在文化领域里，一种新的现象、思潮或观念的兴起，往往促使人们向历史去追溯其源流。文学批评的情况就是如此。50年代后文学批评的兴起使人们的目光顺着历史的轴线向过去延伸，30年代后与新批评有具体的联系或纯粹精神联系的批评著作被重新发现或受到重视，结果都归入了新批评的范畴。

30年代之前，法国的文学批评局限于一种实证的历史主义批评，与文学史研究没有划清界线。这种批评的代表人物是朗松、布吕纳蒂埃和蒂波代。他们继承了圣伯夫与泰纳的批评观和批评方法，同时更注意作品分析，避免把文学现象归结为简单狭隘的公式。他们的批评既有扎实的实证研究，又有相当大的灵活性，而且由于这些批评家具有深厚的人文修养，他们的批评著作既具思想的深度，又具文笔的优美。

“二战”后，法国文化进入转型期，哲学、语言学、心理学、精神分析学、人类学等学科迅速发展，而且以前所未有的广度和深度渗透进文学批评，影响到文学批评的理论设计和方法规范，究其缘由，或是因为有的学科本身就与文学有传统的联系，例如语言学；或是因为有的学科有拿文学作品作为研究对象或论证材料的传统，例如精神分析学；或是因为有的学科在泛文化的层次上与文学相联系，例如人类学。而从更广泛的意义上说，学科间的互相参照和互相渗透是这个时代自然科学和人文社会科学发展的趋势，文学批评当然也不例外。不过批评家们虽然吸收相关学科的理论和方法，但是他们对批评的个性依旧十分关注，因此，要对文学批评进行流派的划分是很困难的。一般地说，战后代表性的批评流派是存在主义批评、结构主义批评（包括符号学）、意识批评（即日内瓦学派）、社会学批评。存在主义批评的代表人物是萨特，上文已经介绍。结构主义批评的代表人物有巴特、热奈特、托多罗夫（1939—2017）等。

罗兰·巴特（1915—1980）出身于一个海军下级军官家庭。1916年，父亲在一次海战中牺牲，巴特成为“国家孤儿”，生活和教育费用由国家负担。他在中学成绩一向优秀，可是毕业前夕，他患上了肺结核，不得不放弃报考巴黎高等师范学院的志愿，这对他是一个沉重的打击，而且在相当长的时间里成为笼罩在他心头的一块乌云。身体稍好之后，他进入巴黎大学学习，获得文学学士学位。“二战”爆发后，他因病没有应征入伍，在山区的结核病疗养院治疗，一直到1946年。战后，巴特开始在报刊上发表文学评论，1947年，他到罗马尼亚的法语学院工作，后来又赴埃及，在那里结识了语言学家格雷马斯（1917—1992），两人后来在巴黎与其他一些学者合作，创立了符号学。

1953年，巴特发表《写作的零度》，这部著作篇幅不大，却引起了较为广泛的注意，为巴特文学批评家的生涯奠定了基础。这部著作的历史价值主要不在它提出的某些结论，而在于它把“写作”当作一种符号系统来研究的这种方法。它提出建立“文学的符号史”，这就在语言的层面将话语、符号、意指等几个方面统一起来，既强调文学作品在时间和空间的有限性和独立性，又明确地阐述了文学作品的意识形态性质。此后，巴特的声望逐渐提高。1960年他担任了社会科学高等实验研究院的研究职务，1976年入选法兰西学院，主持“文学符号学”讲座。由于他仅有学士学位，一直没有资格指导国家博士论文，所以他进入法兰西学院的申请是以一票的多数勉强通过的，但是无论怎么说，成为法兰西学院的教授标志着学界对他学术地位的肯定。1980年巴特在巴黎大学附近横穿马路时被一辆小卡车撞倒，送到医院一个月后不治身亡。

巴特在《巴特自画像》(1975)里把自己的学术活动分为四个阶段，尽管这其中有戏拟的成分，意在讽刺传统学术研究有划分思想发展阶段的癖好，不过这个划分还是在相当大的程度上真实地反映了他的学术历程。这四个阶段是社会神学阶段、符号学阶段、文本阶段和道德阶段。

在社会神学阶段，他的文学（包括社会文化学）的研究主要定位于文本的生成研究，代表作品是《写作的零度》(1953)和《神话集》(1957)。

在符号学阶段，他的学术研究的重心偏向符号学。从这个阶段开始直到文本阶段，巴特以索绪尔的结构语言学为基础，积极参与了符号学和结构主义文学批评的建设，代表作品是《拉辛论》(1963)、《符号学原理》(1964)和《时装系统》(1967)。在这个阶段，发生了所谓的“拉辛之争”。1965年，巴黎大学拉辛专家雷蒙·皮卡尔发表《新批评还是新骗局》，对巴特的《拉辛论》提出尖锐批评。巴特感觉到学院派实证主义的文学研究对新批评的敌视，便在第二年发表《批评与真理》，猛烈反击皮卡尔，新批评方面为巴特辩护的著作主要有韦伯(Jean-Paul Weber)的《新批评还是旧批评》和杜布罗夫斯基(S.Doubrovsky)的《为什么要新批评》。这场争论的结果，使巴特成为新批评的代表人物。皮卡尔对巴特的批评，反映了具有深厚传统的实证主义文学研究对新的批评方法根深蒂固的疑虑。在二者之间很难简单地判断孰是孰非。《拉辛论》并不是一部全面系统研究拉辛的著作，而是巴特陆续发表的三篇评论组成的论文集，其中最有分量的是论拉辛的著名悲剧《淮德拉》的一篇。巴特运用结构主义的方法，从时间、空间、人物关系等方面发现具有特殊意指功能的结构。他力图避免像传统学院派批评那样"从作品推导出作者或者从作者推导出作品"。他把自己的批评称为"有意识的封闭的分析"。所谓"封闭"，就是把历史资料和传记资料这些所谓"外围"的因素全都挡在大门之外。巴特的分析，确如当时有的报刊评论所说，"揭示了拉辛作品中被人忽视的方面"，但是在缺乏详尽的实证材料支持的情况下，文章对拉辛的阐释不免让人感到一种随意性。

在文本阶段，巴特从前一阶段的研究出发，更深入地对文本的深层结构进行"科学"的揭示，代表作品是《符号帝国》（1970）、《S / Z》（1970）。《S / Z》是将结构主义理论和符号学理论运用于具体文本分析的批评专著，文本是巴尔扎克的中篇小说《萨拉金》。小说讲述的是一个歌剧演员的故事。在19世纪的罗马，歌剧中的女角都由男人扮演。出身贵族家庭的法国雕塑家萨拉金不了解内情，爱上了扮演女角的歌唱家藏比内拉。真相大白后，他感到自己的纯真感情和关于美的理想都遭到了残酷的嘲弄，狂怒之下挥剑砍向藏比内拉，结果自己被主教派来的卫士杀死。对这部小说，通常的阐释是说它反映了那些被迫接受人为的变声，从生理意义上和社会意义上都失去了自我的演员的悲惨境遇，或者说它揭露了上层社会的腐朽等等。巴特在他的著作中力图证实，通常赋予作品的意义并不一定就是作品的意义，更与作者的意图不相干。

巴特把巴尔扎克的这部小说分解为561个词汇单位（lexies），并在五种代码，即阐释码、义素码、象征码、行动码、文化码的层面上对词汇单位进行了详细得近乎繁琐的分析。他指出，巴尔扎克的这部小说在情节的推进中不断提出令人茫然不得其解的谜，例如萨拉金是什么，"是普通名词？专有名词？一件东西？一个男人？一个女人”？又如那个神秘的老人是谁？为什么有阿多尼斯的画像？藏比内拉是男是女？等等。作品中的义素码、象征码和文化码都与谜的提出有关。小说采取层层剥笋的手法，将谜一一揭晓，最后集中到性的阉割以及阉割对人的心理影响上。巴特在最后一节里说：“古典文本和侯爵夫人一样是沉思的：它充满了意义（正如我们所看到的）。这种文本似乎总是保留最后一层意义不表达，但是为这层意义保留了自由的、能指的位置，即意义的零度（意义的零度不是取消，相反是重新认识），这个辅助的、出乎意料的意义是含蓄的明显标志，这就是沉思性。沉思性（面孔的、文本的）是不可表达物的能指，不是不表达物的能指。如果说古典文本在已经表达的意思之外没有更多的东西，那么它至少仍旧‘叫人觉得’它并没有把什么都说出来。”

巴特在本书开宗明义第一节中就指出的，他的意图不在于赋予本文“一个意义”，而在于“了解它具有怎样的多重意义”。他的文本结构分析，是要消解传统的社会历史研究为文学文本建立的语境。文本不是认识某种现实的媒介，文本只是一种信息库，一种代码库，它向我们提供什么信息并不完全受作者的支配。文本的能指和所指之间并不存在一种确定的，或者说肯定的关系。整个现代资本主义文化就建立在这种关于能指和所指的确定关系的幻想的基础上，所以，破除这种幻想，进行意义的解构，对巴特来说，不仅仅具有文本结构研究的意义，而且具有文化类型研究的意义。

道德阶段的代表作品是《爱情絮语》（1977）和《文本的愉悦》（1973）（当然也应该包括他最后一部著作《明室》（1980））。需要注意的是，对“道德”二字，在这里不能从一般的意义来理解。就像被巴特列为此阶段对他产生文本间影响的尼采所议论的道德问题有其独特的内容一样，巴特在“道德”标题下讨论的是享乐、快感、欲望这些问题，而所有这些都是密切联系着话语和文本来探究的。

巴特是一个开拓型的理论家。他的研究广泛地涉及文学、音乐、摄影、绘画、服装等方面，与其说他是文学批评家，毋宁说他是文化学者。他不但把结构主义理论和符号学原理运用于对经典作品的再研究，而且更注重对现实文化现象和文化信息的分析。巴特一直密切关注着先锋文化。他对先锋文化的研究，意义主要并不在于他对先锋文化的支持，而在于他把先锋文化放在动荡多变的法国社会的大视域中来观察，力图对先锋文化的产生、存在和作用做出有价值的解释。他对诸如以罗布-格里耶为代表的新小说、以布莱兹为代表的音乐新潮、时装文化以及抽象画等现象与整个资本主义社会文化结构的关系的分析至今仍具有一定的启发意义。

结构主义批评由于受到俄国形式主义批评对民间故事叙事结构类型研究的启发，从一开始就对叙事作品的结构表现出浓厚的兴趣。因此，研究叙事作品结构的理论即叙事学应运而生。巴特的《符号学原理》和《叙事作品结构分析导论》（1966）为叙事学的建立作出了重要贡献。此外，格雷玛斯、托多罗夫等人也都参与了叙事学的构建，格雷玛斯的《结构语义学》、托多罗夫的《〈十日谈〉语法》等都是叙事学的重要著作。不过，集叙事学研究之大成，使叙事学得到最系统的理论形式和最完备的方法的当推**杰拉尔·热奈特**（1930—　）。

热奈特就读于巴黎高等师范学院，毕业后在芒斯一所中学任教，后到巴黎大学任职。自1967年起入职社会科学高等研究院。热奈特的论文集——三部《修辞格》（1966、1969、1972，其中包括收入第三卷的专著《叙事话语》）、《文本构建》（1979）、《隐迹本》（1982）和《再论叙事话语》（1983）构成了他的叙事学的整个理论大厦。以后，热奈特的视点似乎离开了叙事学，或者更准确地说，他的视点投向了与叙事文本相关的一些问题，例如对一些相关话语（书名、作者名、书评等等）的研究（《门槛》，1987），并进而投向更广泛的关于文学性的研究（《虚构与言传》，1991）。

《叙事话语》和《再论叙事话语》是叙事学的经典。在这两部著作中，热奈特阐述了叙事学的基本原理和方法。叙事作品，从理论上讲包括史诗、小说、戏剧、电影等不同类属。热奈特的叙事学原理和方法对这些类属都是适用的，不过在实践上，热奈特的关注点主要在小说。

在热奈特之前，托多罗夫曾将叙事分为“故事”（histoire）和“话语”（discours）两个层面，而热奈特则进一步将“话语”又分为“叙事（话语）”（récit）和“叙事行为”（narration）两个层面，从而建立了故事、话语、叙事行为这样三层面的叙事学理论。有的叙事学理论家认为在文本的具体分析中，热奈特实际上依旧回归双层面的操作。不过，三分法强调了“叙事行为”的时间性，对理解作品的叙事结构还是有一定意义的。由于热奈特的理论偏重于文本功能的分析，所以他最感兴趣的是托多罗夫所谓的“放大的句子”的文本，即纯粹从形式结构上来进行一种类似句子语法分析的叙事分析。这种分析主要从五个方面入手：顺序、时距、频率、语式、语态。“顺序”包括通常所说的倒叙、插叙、预叙等叙事方法。“时距”包括故事发展的时间和叙事行为的时间两个方面，不过研究重点是放在故事本身的时间上。“频率”指事件展开的快慢区别。“语态”研究的是叙事人与故事的关系。最重要也是热奈特叙事学中最有价值部分的是“语式”。这里的“语式”，不是一般语法里的直陈式、命令式等语式，而是叙事的方式。在这一部分里，热奈特讨论了对叙事学理论有重要意义的“聚焦”即叙事角度问题。他把叙事“聚焦”分为零聚焦、外聚焦和内聚焦三种，概括了从古代史诗到现代小说的全部叙事角度。零聚焦在传统小说（严格的说，是一部分传统小说）中广泛使用，在零聚焦作品中，叙事人好比全知全能的上帝，故事中发生的一切（外在世界和人物内心世界的一切活动）都在叙事人的视域之内。所谓外聚焦，是从外在于人物（多半涉及主人公）的某个角度（比如某个次要人物，或一个并不露面的叙事人视角）来叙述故事。显而易见，外聚焦的视域比起零聚焦来要狭窄得多。所谓内聚焦，是从某个或某几个主要人物的眼睛来观察并叙述故事。就视域而言，内聚焦与外聚焦之间很难笼统地分大小，不过，内聚焦由于采用主要人物的观察角度，因而得以和主要人物的内在情感与意识高度统一。

结构主义叙事学是对文学史上叙事作品产生以来叙事方法的理论总结，其产生直接得益于20世纪现代小说在叙事技巧上的革新。如果上溯得更远一些，可以说，是福楼拜和亨利·詹姆斯以来，小说家和批评家对包括叙事角度在内的叙事技巧的运用愈来愈具有自觉意识的结果。尽管它本身具有显著的形式主义特点，但是它深化了人们对小说的认识，有助于把小说研究从内容与形式、素材与技巧等传统的二元论中解放出来，不但丰富了文本分析的方法，而且拓展了文学史尤其是小说史研究的视野。

被称为“日内瓦学派”的“意识批评”产生于30年代，然而它最活跃的时期却是在战后，它引起人们的注意，并进入新批评的行列是在60—70年代。这个批评流派之所以被称为“日内瓦学派”，是因为它的代表人物大都是瑞士人，并且曾在日内瓦大学任教。意识批评又被称为现象学批评，原因是它建立在德国哲学家胡塞尔的现象学的基本理论之上。胡塞尔的现象学认为现代哲学应该研究现象在人的意识中的反映，而不必去深究本体问题。由于任何意识都是对现象的意识，所以“意向性”是意识的一个重要特征。意识批评以胡塞尔的这个思想作为它的基本理念，把文学批评的任务定位于对作者意识意向的追寻或者说再现。“日内瓦学派”的代表人物都是法语作家，而且都以研究法国文学作品为主，所以这个批评流派的影响主要是在法国。普莱是其代表人物，另外，马塞尔·莱蒙（1897—1981）、让·斯塔罗宾斯基（1920—　）、让·鲁塞（1910—2002）、让-皮埃尔·理查尔（1922—　）也都是其中卓有建树的批评家。

乔治·普莱（1902—1991）出生于比利时的列日省，长期在大学任教，先后就职于英国的爱丁堡大学、美国的巴尔的摩大学、瑞士的苏黎世大学和法国的尼斯大学。

普莱的批评家生涯始于1949年，这一年，他的重要论著《人类时间研究》的第一部分问世（最后一部分1968年发表），为他的批评理论和方法确定了方向。这部四卷本的著作研究了数十位古典作家和当代作家，其中多数是法国作家，亦论及英国作家如柯尔律治、德·昆西，美国作家如惠特曼，意大利作家如翁加雷蒂。批评家在这些作家的作品里搜寻不同时代的人关于时间的不同意识。也可以反过来说，批评家通过不同时代的不同的时间意识来对这些作家进行一种主题研究。关于时间的概念和意识是人类实践活动的产物，它和人类的存在密切相关，是人类感觉和思考世界与自身的一个重要切入点，因而成为重大的哲学问题。普莱通过对不同时代具有代表意义的作家的考察，指出不同历史时期，人类关于时间的概念与意识具有不同的内涵。比如在中世纪，人类相信自己是上帝的造物，人的存在受到上帝永恒的呵护，尽管人人都不免一死，但是作为上帝的子民，人能够达到永恒。另一方面，当上帝赋予人的存在以某种形式时，由于物质的缺陷，人又必须在有限的时间范畴内接受这种生存形式。到了文艺复兴时期，人类不再把永恒和时间相分开。人类既叹息生命的短暂，又为能够生活在时间中，享受时间赋予生命的欢乐而满足。时间观念的这种变化在文艺复兴时期作家的作品中得到了充分的体现。《人类时间研究》是一部现象学色彩相当浓厚的著作，批评家似乎更多的是站在哲学家的立场上，他之所以以文学作品为研究材料，不过是因为文学作品能够为他的论题提供最丰富的文本依据。

普莱的另一部著作《圈的演变》（1961）研究了人类意识的另一个重要范畴——“空间”。普莱在这部著作中讨论了帕斯卡尔、巴尔扎克、福楼拜、波德莱尔、马拉美这几位重要的法国作家。研究的重点放在这些作家用以“表现他们内心深层的方式”上，也就是说，“他们对内部与外部的关系的感觉，他们对空间和时间的意识”。

1971年，普莱发表了《批评意识》。在这部作中，普莱讨论了近20位批评家，包括斯塔尔夫人、《新法兰西评论》的批评家、日内瓦学派的主要代表、罗兰·巴特等，还有波德莱尔、普鲁斯特、萨特等写有批评著作的著名作家。这部著作是对意识批评的总结。显然，普莱没有把意识批评局限于日内瓦学派，相反，他把意识批评推向一个相当宽泛的概念。普莱认为，广义地说，意识批评并非新的创造，瑞士的博德默尔、德国的施莱格尔兄弟、英国的柯尔律治和哈兹利特、法国的斯塔尔夫人等都早已运用过。德国的赫尔德提出“活阅读”，认为“活阅读”是“深入作者灵魂”和“自我发展”的方式，从理论上说，更接近日内瓦学派的思想。这样，意识批评就淡化成为一种阅读原则，或者更准确地说，淡化为一种对于阅读机制的分析。与巴特这样的新批评家不同，普莱在《批评意识》里非但不强调意识批评是新的批评体系，而且竭力在意识批评与传统批评之间建立联系，这在标新立异成为时尚的60—70年代是不多见的。

意识批评与其他一些新批评流派例如结构主义批评不同，它没有严密的理论体系和方法，在按照现象学的原理探寻作者意识的时候，它更多的是依靠批评家个体的文化和生活经验的总和，也就是说，依靠批评家个人的文化背景。当然，意识批评在探寻作家意识轨迹时，大多从主题切入，因而又被称为主题批评，然而对主题的挖掘、阐释、比较、归纳、建立意指系统，仍然在很大程度上是依靠批评家的主观认识，甚至直觉。正是基于此，普莱在《批评意识》中提出了关于阅读（批评）的著名论断：“阅读行为（包括一切真正的批评思想）意味着两个意识即读者的意识和作家的意识的吻合。”

普莱的重要著作还有《普鲁斯特的空间》（1963）、《我与我之间》（1977）、《不确定的思想》（1985，1987，1989）等。

无论结构主义批评和意识批评，在一定意义上讲，都是在对社会学批评的否定中构建自身的理论的。这里的社会学批评，指包括马克思主义批评在内的注重社会意义阐释的历史哲学批评。这种批评的理论和方法实际上在普鲁斯特的《驳圣伯夫》中已经遭到怀疑，从30年代起又不断被人诟病，及至战后更是遭到了空前猛烈的攻击。人们指责它过分关注社会环境与文学作品的关系，忽略了文学文本本身的意义和价值，换句话说，它对真正的"文学性"视而不见。社会学批评还经常被指责为机械唯物论、机械反映论，或者陈旧的实证论，归根结底无非是批评它机械地、教条地在社会存在与文学价值之间寻找对应关系。不过，虽然大半个世纪以来社会学批评不断遭到诘难和非议，但是它并没有偃旗息鼓。在战后法国文学批评中，社会学批评也一直占有一席之地，而且取得了相当可观的成就，其中**吕西安·戈德曼**（1901—1970）无疑是最具影响的人物之一。

戈德曼原籍罗马尼亚，先后在罗马尼亚、奥地利、法国和瑞士学习，战后到巴黎，进国家高等研究院工作，继而任巴黎高等实验研究学院研究员。他应布鲁塞尔自由大学邀请，在该校创立了文学社会学研究中心并任中心主任。

戈德曼的思想受到马克思主义和卢卡契的影响。他在《辩证唯物主义和文学史》（1947）一文中赞成历史唯物主义，并且认为文学研究中的历史唯物主义的出发点是："文学和哲学从不同方面表达了一种世界观，而世界观并非个人现象，而是社会现象"。戈德曼所说的"世界观"，用他的话说，是"对于全部现实的一种整一的观点"。后来他在《文学社会学的发生结构主义》（1964）里，对"世界观"作了进一步的解释。他认为，由于人类的行为有趋向合理和有意义，趋向由整合而达到一致，以及趋向超越等性质，因此任何一个社会群体或集团，都能够经由整合而对现实的意义达到大体一致的认识，这种一致的认识构成了这个群体或集团的"集体意识"，亦即"世界观"。而文学创作，正如他在《小说社会学》

（1965）里明确指出的，“真正的主体是社会集团，而不是个人。”因此，文学社会学研究文学作品的意义，就断然离不开对这个群体或集团的“世界观”的认识。戈德曼的这些思想，虽然经过了一个不断调整和丰富的过程，但是其基本观点都包含在1955年发表的博士论文《隐蔽的上帝》中。这部论著对法国17世纪思想家帕斯卡尔和悲剧作家拉辛，以及同他们两人均有密切关系的天主教冉森教派进行了富有特点的深入研究，成为当代法国文学批评社会学学派的开山之作。

戈德曼将他的研究方法归结为两个步骤。第一个步骤称为“理解”（有时也称作“阐释”），第二个步骤称为“解释”。所谓“理解”，按戈德曼的思想，就是寻找作品“意指结构”的过程。“意指结构”是文本内部的结构，虽然其构成因素比较简单，却具有传达整个文本的功能。举例说，在《隐蔽的上帝》中，戈德曼考察了拉辛的九部悲剧，发现这些作品中都存在上帝、世界、人这样三个“组成要素”，就是说拉辛悲剧作品的结构都由这三个方面构成的关系来支撑。“人”指的是“悲剧人”，即“有真正意识”，追求至善和绝对真理的人。“世界”是指与“悲剧人”相对立的若干人物组成的群体。这里必须特别指出，戈德曼所谓的“悲剧人”有时不一定是悲剧的主人公，例如在他认为是拉辛的第一悲剧的《布里塔尼居斯》中，“悲剧人”不是主人公即那个成为暴君尼禄刀下鬼的布里塔尼居斯，而是布里塔尼居斯的恋人朱妮。布里塔尼居斯和尼禄等人一样，都属于与朱妮对立的那个无望的“世界”。“上帝”有时指的是神，有时指的是象征上帝的人物或群体。“上帝”是沉默的，不直接向世人说话，因而总是“隐蔽”的。这样一种关系，决定了“悲剧人”必然拒绝接受充斥着人类各种罪恶和缺陷的“世界”，因而他（或她）必然是孤立无援的，在多数情况下必然走向死亡。

戈德曼承认，如此这般的“意指结构”也许不止一个，而是会有若干个，因而批评家必须善于从中选择那个使文本整体得到最充分传达的结构。在整个批评步骤里，批评家的阐释应该严格局限于文本，不应超越文本以外。他说："在阐释和形式层面上，研究者必须严格地以文本为基础，不对文本做任何的增添。他必须确保文本的完整性，这种完整性从量上说，必须达到这样一个层次，在这个层次上不可能再有其他的假设。尤其重要的是，他千万不要采用这样一些方法，这些方法以这样或那样的形式，拿批评家构思或想象的文本代替实际的文本，而曲解文本一个最常见的概念——因而也是从科学地研究文学文本来说最可怀疑的概念，在我看来就是象征。"戈德曼不赞成对文本进行象征的解读，因为象征的解读往往把超出文本自身的文化意义赋予文本，这与他关于"理解"的基本原则南辕北辙。

所谓"解释"，按戈德曼的思想，就是寻找作品与产生作品的外部条件之间的关系。在这一点上，戈德曼无疑继承了传统的反映论，但是与传统反映论又不尽相同，具有自己的特点。首先，戈德曼力图解释其生成原因的，不是传统反映论所关注的作品的思想内容，而是作品的意指结构，他的理论要回答的是"为什么会有这样的意指结构"这个问题。其次，戈德曼回答上述问题，不是仅仅从具体的社会状况诸如政治制度、经济水平、文化背景等方面找答案，而且力图勾画某一社会群体或者某一社会阶层的"世界观"，寻找其结构特点，并进而在这种"世界观"的结构与作品意指结构的对照中寻找答案。戈德曼受到瑞士心理学家皮亚杰《生成认识论导论》(1950)的影响，称自己的研究为"生成结构主义"，这显然是为了显示他的研究和风行思想界的结构主义并行不悖。他的关注点在作品是如何生成的，所以称"生成结构主义"。

在这一方面，必须提及戈德曼批评思想的一个重要概念"功能关联"。他正是用这个概念来划清他的批评思想与传统反映论的界线的。所谓功能关联，是指那些能够体现作品与社会群体或阶层的集体意识之间"结构同一性"的那些关系。还是以拉辛的作品为例，戈德曼发现了拉辛的作品由上帝、人、世界三个组成因素，这三种因素构成的悲剧关系和帕斯卡尔的思想，以及和代表一部分资产阶级和穿袍贵族利益的冉森教派的悲剧观是一致的。“悲剧人”的“或全部或全无”这样一种思想方式，也与资产阶级和穿袍贵族的集体意识即“世界观”相一致。它们一方面追求一种绝对的价值观，另一方面又认为人应该拒绝现世社会，而它按照“沉默的”上帝的要求与社会对抗，便只能选择孤独和死亡。

戈德曼从“意义结构”的角度分析拉辛的悲剧与帕斯卡尔以及冉森派思想的共同点，丰富了社会学的批评方法，将社会学批评提高到一个新层次。但是，他的批评仍然暴露出某些简单生硬的缺点，例如他认为拉辛的悲剧可以看作冉森派“实际经验的移植”，这样的结论未免有些牵强，忽略了构成文学作品的其他复杂因素。

戈德曼开始文学批评活动时，结构主义已经出现并且正在文学批评领域形成一股潮流。戈德曼在坚持对文学作品进行历史社会学阐释的同时，吸收了结构主义以及其他一些新批评流派的方法，构成了自己独特的社会学批评体系。他的批评实践说明，“新批评”和社会学批评不是水火不相容的两极，相反它们是可以互相补充，互相完善的。实际上，批评的多极化是20世纪后半期的一个显著趋势。一方面，不同的批评观念和方法各立门户，各显其能，另一方面，这些观念和方法之间又在争论中自觉不自觉地吸收对方的合理成分。可以断言，多极共存，对立与融合并举今后仍将是法国文学批评的基本格局。

第四节　苏联文学

在第二次世界大战中，苏联付出了重大牺牲，取得了伟大的胜利。战后，苏联在一半左右成为废墟的广阔城乡，复兴国民经济，取得重大成就。战后初期，苏联文学界思想活跃，出现了一批真实描绘苏联人民对战争的感受的抒情叙事作品。巴甫连科（1899—1951）的长篇小说《幸福》（1947）以复员军人投入恢复生产的忘我斗争为主题，反映了这时期的时代特征，同时小说对复兴经济的艰难有些估计不足。1946至1948年间，联共（布）在指导文艺创作上出现“左”倾偏差，在《关于〈星〉和〈列宁格勒〉两杂志》（1946）等决议中，粗暴地批评著名诗人阿赫玛托娃、讽刺作家左琴科、著名作曲家肖斯塔科维奇等人的创作。1949年又开展反对“崇拜西方文化”的所谓反“世界主义”运动。在这一时期，粉饰现实的作品一度流行，如巴巴耶夫斯基（1909—2000）描写集体农庄的《金星英雄》（1947—1948）、《光明普照大地》（1949—1950）等。后来，批评界将这类掩盖社会矛盾的创作倾向称为“无冲突论”思想的表现。

1952年10月的苏共十九大以后，出现了社会改革和文学革新的新气象。1953年4月，著名女诗人别尔戈利茨发表《谈谈抒情诗》一文，既主张“反映矛盾的诗歌——斗争的诗歌”，又强调抒发个人感情的爱情诗的意义，对无冲突论和无个性论提出批评。同年12月，批评家波麦朗采夫发表《论文学的真诚》一文，批评文学创作中粉饰现实、公式化、概念化的倾向，强调描绘人的内心感情生活的重要性。文坛开始活跃起来，出现了一些构思新颖、富于批判性的特写和小说。爱伦堡的中篇小说《解冻》（1954）成为文学气候变化的一种标志。

1954年月12月召开的苏联作家第二次代表大会提出文学要“积极干预生活”，要创造性地发展社会主义现实主义，提倡对各种艺术流派的探讨。1956年2月，苏共二十大以后，如何批判“个人崇拜”和评价斯大林的功过，成为苏联政治生活与文化生活的重大课题。重新审视历史和尖锐抨击现实生活中的矛盾，逐渐成为此后苏联文学的中心内容。1958年发生了《日瓦戈医生》小说事件。苏联文坛继20年代之后，走向艺术流派多样化，出现作品审美追求迥异的局面；同时也激化了批评界的论争。1961年

10月，在苏共二十二大上再度批判斯大林后，苏联文学界的思想分歧日益深化。

从50和60年代之交开始，自由派的《新世界》杂志和正统派的《十月》杂志之间的争论愈演愈烈。前者主张文学要揭露阴暗面和描写普通人的复杂内心世界，后者则强调描写光明面和时代的英雄人物。《真理报》于1967年1月发表社论《当落后于时代的时候》，认为两者都有片面性，缓和了两杂志间的矛盾。这一时期的苏联文学除了思想论争外，更注重于艺术方面的探讨和开拓。

1984年3月戈尔巴乔夫成为新的领导人，并于1986年2月的苏共二十七大上提出“重建”社会的“新思维”和“公开性”的方针。苏联文学界急剧分裂成自由派、正统派和传统派（注重民族传统的派别）等多个营垒。自1986年6月，苏联作家第八次代表大会之后，出现了“回归文学”的热潮。所谓“回归文学”指的是20年代到70年代未被当时苏联文学界接受而在国外发表的作品。这些作品在1987至1990年间相继刊登在苏联文学杂志上。从1988年起以纳博科夫为代表的“侨民文学”也陆续出现在苏联刊物上。上述种种文学，在苏联读者和评论界中都引起不同凡响。此一时期，老一代作家邦达列夫、拉斯普金等也发表新作，而以彼得鲁舍夫斯卡娅（1938—　）、皮耶楚赫（1947—　）为代表的年轻作家则描写日常生活中的琐事以及某些反常行为，其创作倾向被称为与传统文学截然不同的“另一种文学”。

具有70多年历史的苏联，在1991年“八·一九”事件之后，于同年12月解体。

诗歌诸流派　50年代下半期至60年代是苏联诗坛群星荟萃，诗歌发展的新时期。活跃于诗坛的有老一辈诗人阿赫玛托娃、帕斯捷尔纳克、阿谢耶夫、扎鲍洛茨基等人；有以特瓦尔多夫斯基为代表的30和40年代的诗人们，包括马尔夏克、伊萨科夫斯基、普罗科菲耶夫、吉洪诺夫、别尔戈利茨、西蒙诺夫等。前线一代诗人如奥尔洛夫，万申金，伊萨耶夫，德鲁尼娜等也都在继续创作。还有以叶夫图申科为代表的响派（大声疾呼派）诗人登场。此外，苏联是一个多民族的国家，加盟共和国中的诗人不但在本地区受到欢迎，还在全苏范围内享有声誉，如立陶宛诗人爱·梅热拉伊蒂斯的诗集《人》、白俄罗斯诗人勃罗夫卡（1905—1980）的诗集《时光在前进》（1961）、亚美尼亚诗人艾敏（1919—1998）的多部诗集、达吉斯坦自治共和国阿瓦尔族抒情诗人、“爱情歌手”加姆扎托夫（1923—2003）的诗集《高空的星辰》（1960）等等。这一时期以及70年代，长诗有了很大的发展。由于响派诗歌的兴起，诗歌有了罕见的繁荣。诗歌无论在形式上或内容上都有突破，同时也开始了有关诗歌创作的争论。

尽管阿赫玛托娃与帕斯捷尔纳克的坎坷命运有相似之处，但是他们的创作却大相径庭。悲剧是阿赫玛托娃诗歌创作的指南，而美好却是帕斯捷尔纳克写诗的原则。这两种截然相反的创作指导思想与他们各自的气质以及对诗歌使命的看法有关。对于阿赫玛托娃来说，幸福只不过是日常生活中的概念，诗歌的使命在于求得生活崇高的悲剧性。她说，诗歌是对生活的哭泣。而帕斯捷尔纳克恰恰相反，他把诗歌创作推崇为对生活的赞美，而悲剧只不过是日常生活中纷纷扬扬杂事中惹人烦心的事而已。他说，诗歌具有使人感到幸福的功能。阿赫玛托娃有一首《回声》（1960），大意说：往事是什么？是血腥的墓穴上的石板，或者是紧闭的牢房的门，或者是虽然我一再恳请却未能沉寂下来的回声？对于她来说，往事不但不会随着时间的消失而淡化，反而会越来越具有历史意义（如《没有主人公的长诗》）。对于帕斯捷尔纳克来说，过去的时光只在眼前恍惚出现，往事变得虚无缥缈。他有一首《一切都应验了》（1958），诗中也有回声一词，但是往事只不过是遥远的逐渐衰减的回音。帕斯捷尔纳克也有亲朋好友被关被杀，自己的生活中也有不幸，但是这些都不是他诗里念念不忘的东西。在日常生活中，甚至在逆境中，帕斯捷尔纳克总是精神愉快，总有幸福感。悲剧性的东西与美好的东西好像是一件事物的两端，阿赫玛托娃主要写的悲剧性的一端，而帕斯捷尔纳克则更着重于写美好的一端。

50年代后期帕斯捷尔纳克将他最重要的诗作结集为《雨霁》。这本集子中的诗仍然保持了把个人融入大自然的特点，但一反早期的晦涩，各种比喻和联想都变得容易理解，如《雷雨过后》一诗。阿赫玛托娃晚期作品也较早期在技巧、语调和韵律等方面更为成熟，但是诗歌的题材却扩大了，不但写个人命运，也写一代人的命运和国家的命运。历经22年而于1966年定稿的《没有主人公的长诗》是一部结合个人感受、富于哲理性思考、又含蓄不外露的重要作品，是作者回忆俄罗斯半个世纪历史的反思性的作品。这部作品除了费解的谜一样的影射手法外，还在艺术形式上大胆探索。诗人发展了她习用的三音节诗格，把“抑抑扬”格改为“抑扬—抑抑扬”格，这种诗格赋予诗行以前进的动感。其次，俄罗斯诗歌中“抑抑扬”诗格通常以四行诗为一诗节，阿赫玛托娃则以三行诗为一诗节，并列的诗节通常由阴韵联结，如《前言》中的押韵情况就是abaccb，而四行诗节的韵则是阴韵阳韵相交错：abab。阿赫玛托娃这种独创的诗节被称为“阿赫玛托娃诗节”。

曾经与马雅可夫斯基共同工作过的老诗人尼古拉·阿谢耶夫（1889—1963），早在1913年就开始发表作品，1914年出版第一本带有象征主义色彩的诗集《夜笛》。20到30年代曾有多册诗集问世。代表作诗体中篇小说《马雅可夫斯基正在开始》（1940）具有回忆和政论的特点。50年代以后，他的诗集主要有《沉思》（1955）、《和睦》（1961）等。晚期的诗更多的是思考人类历史命运和道德问题的哲理性抒情诗。这也是这一时期诗歌的普遍特点之一。诗人在一首无题诗中写到，幸福不仅仅是为人世间的好事出过力，也并非和情侣欢会而热血沸腾，更不是去田间收割麦粒。幸福应该是用思想之光照亮空间的遥远之路，让世界显得朝气蓬勃。在《现时人们还总去抓钱》（1956）一诗中，诗人劝告一些人不要只盯着自己的名誉地位不放。这些人向权力不知克制地、不顾代价地伸手，总想把自己那个单薄的影子留给后世。诗人接着写道：“可是我觉得，荣誉和权力 / 有如苦涩的海水： / 越喝越想喝 / 却总难以消解焦渴。”

老诗人尼古拉·扎鲍洛茨基（1903—1958）晚期也是写哲理性抒情诗的代表人物之一。他出生在喀山一个普通农民家庭，17岁时就开始发表诗作。接近未来派。20年代后期他的诗从怪诞的形象转向较简单的构思。30年代由于他追求形式上的优美，被认为回避现实生活而受到批评。1938年被捕，判处八年苦役，1946年才又开始发表作品。他关心的课题是人与自然，生与死的奥秘，自然界与文明等。他看到人身上真正美之所在。著名的诗有《下班》（1954），《年老的女演员》（1956）等。在《不漂亮的小姑娘》（1955）一诗中他写到，虽然小姑娘长得不美，生活也很贫困，但是她开心地笑着，享受着生活的幸福，她还不懂得忌妒、恶意，即使有一天她长大了，懂事了，诗人相信，她内心深处燃着的纯净的火会烧尽她所有的痛苦。因此，美是什么？美是心灵中天真的优雅，美是器皿中闪烁的火焰，而并非那个空空如也的器皿。

在30年代开始闻名的诗人中，特瓦尔多夫斯基从50到60年代的创作具有十分显著的影响。关于这位诗人，我们在上半期苏联文学中已经详细讨论过，在这里将评价其他一些诗人的创作。

亚罗斯拉夫·斯麦利亚科夫（1913—1972）出生在乌克兰一个铁路工人家庭，11岁到莫斯科，毕业于七年制中学。由于家境贫寒，无法继续学业，到一家印刷厂附属学校学习，未满一年就被调出当了一名排字工人。这段学习与工作经历对他的一生和诗歌创作产生了深刻影响。他为第一个五年计划开始时共青团活动的气氛所陶醉，心中形成了共青团情结。20多年后，他著名的诗体中篇小说《严峻的爱情》（1956）就以这段生活为背景。1931年他发表了第一首诗，1932年出版了他的第一本诗集《工作与爱情》。以后又有《诗集》（1932）和《幸福》（1934）出版。诗人一生写的大多是有关青年工人和共青团员的诗。1934年诗人被捕入狱，三年后平反出狱，重新发表作品。卫国战争开始后他以普通一兵身份参战，1941年秋他当了俘虏。1944年苏联和芬兰停战交换俘虏时，他才得以回国。回国后在矿井工作，连纸笔都没有，更没有时间从事创作。1945年偶然遇到一个朋友，朋友将他调到乌克兰的一个地方报社工作，后来又回到莫斯科定居。

诗人遭受战争的磨难之后，诗歌风格上与战前明显不同。战前的诗往往富于幽默感，语气轻松而略带嘲讽。战后的诗语气严肃凝重。诗人认为单纯写花草对读者毫无意义。他著名的诗篇《克里姆林宫的枞树》并不是单纯写景色和树木，而是通过这些描写赞颂高尚的品格和崇高的精神境界：

> 让这些扎根在克里姆林宫
> 墨绿色的枞树
> 伫立在朝霞中，
> 庄严肃穆；
> 让这些树冠尖尖，
> 暴风雪生育的孩儿——
> 作为那个一月的纪念，
> 牢牢记在我们心头。

诗中“一月的纪念”是指1924年列宁逝世的日子。谈到诗的感染力时，斯麦利亚科夫说：“诗的迷人之处除了别的因素外，有时还在于含蓄，在于诗人给读者留有思索的余地。”这首用象征手法写的诗具有含而不露的特点。

50年代以来，斯麦利亚科夫的诗越来越受到读者和评论界的重视。70年代有关诗歌问题的讨论中，他的诗常常作为范例被广泛引用。晚年的两部重要诗集是《俄罗斯的一天》（1962）和《年轻的人们》（1968）。

深受广大读者喜爱的诗体中篇小说《严峻的爱情》共五章，约一千行。在这部作品中，作者倾注了他对30年代火红岁月的深厚感情和对那一代青年的衷心的爱。以“我”或“我们”出场的主人公在颂扬30年代的青年时，也对他们那种苦行僧式的、有时甚至违反生活常规的极端做法表示异议。他不赞成共青团积极分子亚什卡和莉兹卡简单化的工作方式，同时却又十分爱护他们那种天真稚气的纯朴革命热情。这些积极分子的形象是：“眼睛里也飘着小小的红旗，对敌人发射着小小的炮弹。”女孩子也和男孩子一样留短头发，迈大步走路，大嗓门粗声粗气讲话，拎包里不装口红、丝带和小镜子，而是冒烟的高炉的照片、会议记录和马雅可夫斯基的诗。在这样一种气氛中，突然在众目睽睽之下，从青年女工、共青团员金卡的暖手袋里滚出一个线团。“金卡呀，金卡，你说说清楚，/怎么可能，怎么能够，/从工业化的高度/滑到手工编织的地步？”这简直是小市民习气，是对工人阶级的背叛。共青团员们决定要拯救这个“堕落的”姐妹。家访的结果使积极分子们大吃一惊。金卡的家并不是散发小市民习气的巢穴，墙上的照片显示她父亲是脸上带着刀伤的红军战士，当裁缝的母亲有一双劳动了一辈子的大手。母亲一直想给父亲织一条围巾，但没有织完就去世了。金卡要履行母亲无声的遗嘱。“严峻的爱情”有两重意思，其一是诗人对过去年代的怀念与留恋。那时使用最简陋的家具：粗木制的桌子，普普通通的板凳，“供两人烧饭用的蹩脚的煤油炉，/针一根，线一轴，/书架用钉子随便钉打拼凑，/上边放着十几册严肃的书”。对比过去，现在生活变得舒适，要去作客穿旧衣服感到不好意思。有些住家的前厅里挂的是高贵的獭皮帽，自己的便帽无处可放。诗人不无感慨地说:“对我邀请非常感谢, / 但是在这样的屋子里, / 不知为什么酒饭都难以下咽, / 更忍受不了那些闲谈说笑话的交际。”因此,不管过去如何,毕竟值得怀念,这种“不合时宜的”对过去的迷恋就是“严峻的”“爱”和“情”。其二,第一个五年计划期间青年们不屑于谈爱情,因工业化是第一位的事情。青年人认为,人与人的关系要么“友善”,要么“憎恨”。但是在这些“禁欲主义者们”中间毕竟产生了爱情。亚什卡和莉兹卡相爱了。这也是“严峻的”“爱”和“情”。作者对他们的爱情没有刻意渲染,写得很自然。斯麦利亚科夫还有另外几部长诗,不过《严峻的爱情》是最有影响的一部。

列昂尼德·马尔蒂诺夫(1905—1980)在20年代就发表诗作,1939年出版了诗集《短诗与长诗》。他的诗多以幻想的童话为题材,充满浪漫主义色彩,战后被指责为“超时代,超政治”,致使他的诗歌创作中断十年之久,直到50年代后半期才得以平反重返诗坛。诗人不趋时,不媚俗,甘于寂寞,致力于哲理性诗歌的创作,终于在晚年受到人们的重视。他的诗不拘形式,短短几行就体现力度,包含深邃的哲理。他虽是老一代诗人,却力求跟上时代前进的步伐。他表示,确定不移的一个真理是:世界每天都是崭新的,不管是哪一天,它都不能再与昨天相同。世界总在不断地更新:

心灵
不能平静……
只要稍微用耳去听一听,
就会清楚听到:
在某一个地方
有某一种东西
正在损坏倾倒。

心里不能平静……
但是心灵啊，别再担心！
什么地方有什么东西在损坏，
同时在那里也正有东西建造起来。

他生前最后一本诗集的最后一首诗是《数不清的问题》，这说明诗人的探索精神。《首创权》（1965）和《双曲线》（1972）是他的代表作。

奥尔加·别尔戈利茨（1910—1975）也是从30年代开始出版诗集的作家。她出生在彼得堡一个医生家庭，从小就有幸结识阿赫玛托娃，从她那里获益匪浅。她与阿赫玛托娃的友谊保持终生。她还当面聆听过高尔基的教导并长期保持通信联系。1934年，她发表第一本诗集《诗钞》。她早期的诗有柔弱和言犹未尽的特点。卫国战争时期她的诗歌更加成熟，感情真挚。列宁格勒被围困期间她在列宁格勒电台工作，用她的诗歌和她的声音参加战斗。长诗《二月日记》（1942）就是这一时期的代表作。50年代初别尔戈利茨就无冲突论对抒情诗的危害发表议论，提出“自我表现”的论点，从而引出一场争论。她后期的诗写得更加深沉，如50年代的一首题名为《摘自途中来信》的诗：

我从未怜惜过自己的心：
无论它是否欢乐、激奋和酸苦。
对不起，朋友，往事已是过眼烟云，
多么可怕……
……
现在我明白，爱情置人于死地，
它不期待同情，也不把权力共有，
只要它美好，只要它富于生机，

只要它不是慰藉，而是幸福!

这是一首爱情诗，也是阐明她“自我表现”论点的一首诗。

别尔戈利茨不但写诗，还写了记述卫国战争时期塞瓦斯托波尔人功勋的诗体悲剧《忠诚》(1954)，自传体散文集《白天的星星》(1959)。有人认为她的散文比她的诗写得还要好。

随着50和60年代苏联国内和国际政治生活的动荡和变化，有一批年轻诗人涌现出来。他们登上游艺舞台，在大厅、广场、电台朗读自己的诗作。这些诗迅速反映现实生活，带有强烈的争辩性，能激发读者和听众的共鸣。这批诗人被称为“响派”(“大声疾呼派”)诗人。女诗人里玛·卡扎科娃(1932—2008)在《诗歌是男子汉的事》一诗中说，一个小女孩之所以要做一个诗人，就是因为要大干一场，“圣女贞德就是这样跨上战马，就是这样走上刑场!”这些诗人要清算父辈的过错和重新安排这个世界，但他们的思想倾向也不尽相同。响派诗歌的主要人物是叶夫图申科、沃兹涅先斯基、阿赫玛杜琳娜和罗日杰斯特文斯基等人。贝拉·阿赫玛杜琳娜(1937—2010)曾受过高尔基文学院五年的文学专业教育，1955年开始发表作品。她进入诗歌界，是以大胆地表露自我内心隐秘情感开始的，这在当时也是一种冲破禁区的尝试。第一册诗集《琴弦》于1962年出版，此后还有多种诗集问世，如《诗钞》(1975)，《暴风雪》(1977)，《蜡烛》(1977)等。长诗《我的家谱》是她的代表作，她以新颖的手法描述祖辈的生涯及她的出生，进而将俄罗斯史实穿插其间。她的诗坦率、真挚，有细腻的心理分析和别具一格的形象比喻。有时在她的诗中还可以觉察到阿赫玛托娃诗歌的韵味。

罗伯特·罗日杰斯特文斯基(1932—1994)在响派诗歌兴起时脱颖而出。响派诗歌衰落后，他的诗作仍然保持政论性雄浑激越的特色，始终注重反映现实，反映实际生活提出的迫切问题，注重思想性。

罗日杰斯特文斯基出生在阿尔泰边区一个职业军人家庭。卫国战争开始后父母上了前线，他在保育院度过童年。战后曾在高尔基文学院学习。1955年出版第一本诗集《春天的旗帜》，以后陆续有40多册诗集问世。响派诗歌尽管热情奔放，鲜明易懂，但往往流于表面化，缺乏应有的深度，与其说是诗，不如说是押韵的散文。有人曾劝说罗日杰斯特文斯基等人能够写一些传世的不朽之作，不要总写过时就被遗忘的东西。他在60年代中期《写于诗歌日》的诗中回答说：

后世
　　归后世
到时——
　　再商议。
反叛
　　永不停止！
党的
最纯正的
诗，
　　你不能把讲台遗弃！
不能遗弃！

他的诗歌题材非常广泛，国内外政治生活中的大事或者日常生活中的小事，在他的诗里都有反映。他不但揭露社会上的不良现象，而且也歌颂那些急公好义的人。虽然他的诗大多粗犷，但有时也不乏耐人寻味的形象和颇为奇特的比喻，如形容时钟指针移动而惋惜时光流逝时说：“如同剪刀，/很快就要刃合锋交，/于是，我活过的/永不复返的/一个钟头/就被剪掉”（《二百一十步》）。有些想象也富于浪漫主义色彩：“要不要/给你割下一块云彩下来? /就是那一块……看,多么蓬松可爱……"(《云》)。长诗《二百一十步》(1978)是他的代表作。与诗集《城市的声音》(1977)同获1979年苏联国家奖。《二百一十步》具有马雅可夫斯基那种公民立场和创新精神。这部长诗构思新颖,共十四章,两千余行。诗人午夜在莫斯科红场上听着克里姆林宫塔楼上的钟声和哨兵从塔楼门内迈正步到列宁墓换岗的整整二百一十步的回响,浮想联翩,从国内到国外,从个人到全世界,对现实生活中的事都做评述。主要讲革命的传统,共和国的艰苦劳动以及浴血战斗的历程。长诗既是叙事的,也是抒情的,不但有政论性的议论,而且有哲理的思考。它的主题思想是解答"人为什么活着"。通过对革命先烈们的颂扬,这个问题的答案就是:时刻准备为人类最美好的未来奉献出自己的一切。

当响派诗人们在诗歌晚会上面对成千上万的听众朗读自己的诗歌并博得掌声和喝彩时,另外一些诗人,如索科洛夫、鲁勃佐夫等人则不太引人注目地写风格迥异的诗。他们静悄悄地写大自然,写农村景色,并不想登上游艺舞台朗诵作品。弗拉基米尔·索科洛夫(1928—1997)生于加里宁州利霍斯拉夫尔市,1952年毕业于高尔基文学院,1953年出版第一本诗集《途中之晨》,后来又有多种诗集出版,如《雪下的草地》(1956)、《在向阳处》(1961)、《不同的年代》(1966)、《谢谢音乐》(1978)等。他的诗歌特点是着重描述对自然、艺术和生活的感怀与思考等所谓"小题材",并以笔触细腻著称,如:

多年来我一直渴望
生活在可爱的故乡。
我爱那里清澈的流水,
我爱那里深深的池塘。

那无边的草原，
那破土的幼芽，
那森林，那莺叫雁鸣，
悲愤凄婉，情无际涯。

这首诗与鲁勃佐夫《田野上的星》等诗极其相似：“我的寂静的家园！/垂柳、小河、夜莺……。”为了把这类诗歌与响派诗歌加以区别，人们称它为静派（“悄声细语派”）诗歌。60年代中期人们转而对这种诗发生兴趣。所谓“静派”，也如“响派”一样，并非有共同的纲领与组织，只不过因诗歌风格相近而得名。两者也不是截然相反或互不相容。诗人在创作过程中往往写出不同风格的诗，如前线一代诗人尼古拉·斯达尔申诺夫（1924—1998）也被称为静派诗人。前线一代诗人的代表人物谢尔盖·奥尔洛夫（1921—1977）后来也写哲理诗。约到70年代末，所谓“响派”或“静派”的称谓已经逐渐消亡。

与静派诗歌在主题上、风格上最相近的是怀乡诗歌，难怪有人将写怀乡诗歌的阿纳托利·日古林（1930—2000）也称为静派诗人。怀乡诗歌特点在于注重写农村。日古林作为“北方歌手”进入诗坛。主要诗集有《路轨集》（1963）、《极地之花》（1964）、《明朗的日子》（1970）、《闪烁的桦树皮》（1977）等。他被称作哀伤诗人，但他的哀伤不是阴沉的哀怨，而是灿烂的悲愁。日古林一直围绕着怀旧这个主题写诗。他写的是北方草原的农村，战争和战时童年的回忆。他虽然因年幼没有上前线，但经历了战时饥饿的痛苦，曾在零下40度的严寒中筑路。十来个人抬一根路轨，“这发着青蓝色的钢铁 / 嵌在我们肩头， / 一时比一时 / 更加沉重。 / 暗绿色的小枫树 / 同情地蹙着眉头，上百次地 / 重复着我们的齐声呼喊：‘上肩！’”（《路轨》，1959）。日古林把《红莓》（1976）这首诗的诗题用做一本诗集的书名，并把它作为集子的开篇；而另一本集子（《闪烁的桦树皮》）又收入这首诗，并把它作为末篇。可见诗人对这首诗的重视：

> 北方的俄罗斯——
> 生长红莓，
> 这里是森林地带，
> 这里是湖泊地带。
> 可是在我家乡那里
> 草原上却生着另一种草莓，
> 沟里谷里
> 到处都生长黑莓。

这首诗既讲家乡景色，又讲战争的记忆，寓意却是人民的命运。诗人把雪地中耀眼欲燃的红莓果比喻为血滴，而把黑莓果比喻为累累弹痕。日古林和其他怀乡诗人一样，常用“记忆”这个词对个人所走过的道路，对人民的经历，对祖国的命运予以哲理性的概括。“心灵”这个词也越来越多地为怀乡诗人们所使用，有时是使用它的本义，但更多的情况下这个词也指记忆。

怀乡诗人中还有较早就写怀乡诗的阿纳托利·佩列德列耶夫（1934—1987），有通过对自己乡土的描述表达对祖国热爱和关心的女诗人奥莉加·福基娜（1937—　）和生在吉尔吉斯草原、当过矿工和农民的弗拉季米尔·齐宾（1932—2001）。他早年模仿叶赛宁，诗歌具有草原的气味。诗集有《草原妈妈》（1959）、《蜜酒集》（1960）、《失眠的世纪》（1963）和《农舍》（1971）等。他不但描绘乡土景色，而且努力从深度和广度上对时代和历史进行新的思考。诗歌的语言比较形象化，构思新颖独特。

起始于60年代，70年代达到高潮的一种诗歌形式是“弹唱诗歌”。它由歌手弹着吉他演唱，其内容大多是歌手自己根据现实生活中的人和事编撰，对社会上的丑恶现象加以鞭挞，表达普通人的心声，因此很受听众欢迎。这种诗歌很难在报刊上发表，也不见于文字，而是以录音带形式广为流传。这类诗人中，有曾经是前线一代诗人又是响派诗人的布拉特·奥库扎瓦（1924—1997）等人，而**弗拉季米尔·维索茨基**（1938—1980）则是他们的代表。他出生在一个军队干部家庭，逝世前16年间是塔冈卡剧院的演员，一生扮演过许多角色，哈姆莱特是他最喜爱的角色之一。平均每年他要在一个或两个剧目中扮演角色，同时还要在一部或两部电影中充当演员。此外，还经常要录制唱片和广播剧，音乐会上的演唱也是他大量活动的重要方面。自编自唱，平均每月要写三、四首歌曲，一生共创作了六百多首诗和歌曲，但生前没有出版过诗集，逝世一年后才出版了第一本诗集《神经》，其中收入的不到他全部作品的四分之一。他的诗和歌主要通过磁带和传抄本广为扩散。听过他演唱的人们说，他常常能催人泪下或逗人开怀大笑。他不但在国内享有声誉，还应邀到国外演出。诗人逝世后，人们对他的兴趣并没有衰退，一些评论家、作家甚至哲学家也都从不同的角度写文章发表对他作品的看法。维索茨基之所以受到欢迎，主要由于他的诗和歌题材非常广泛而且切中时弊。他说："我写各种题材的歌曲……可是我的歌曲的主题却只有一个，那就是生活。"事实确实如此，他对什么都感兴趣，不存在什么禁区，一些只能在茶余饭后私下谈论的问题他都敢写出来。诗人罗日杰斯特文斯基在为他的诗集《神经》写的序言中说："维索茨基的优秀歌曲是为生活而撰写的。这些歌曲是人们的朋友。在这些歌曲中，有在困难时刻给人以支持的东西，有取之不尽的力量，有心灵的激越飞扬和柔情的真实流露。"

在维索茨基的《假面具》（1971）一诗中有几节是这样的：

仿佛在哈哈镜前，

我笑得前仰后合，

可能，人们在扮演我，
　　　　　　扮演得精巧无比。
这无异于威尼斯狂欢节——
勾鼻子和呲到耳根的牙齿。

我该怎么办？
　　　　是否应赶快跑开？
或者，
　　同他们混在一起欢笑？
但愿——那不过是人们的一种掩盖，
野兽面具下都会有一副人的面貌。

诗人要人们看他正常无奇的真面目。他追求生活中的真善美。他说："一般来说，我从事创作的目的是为了激起人的心情的波动不安。如今只有这种激动不安的心情才有助于道德情操的完善。"他的诗有时很不规范，用语有时也很粗俗。这是他诗歌的缺点，不过从另一方面看，可能恰恰也是他所以能够赢得最广大普通听众的一个原因。

60和70年代又出现了一些新的侨民诗人。他们有的是主动流亡的，有些则是被驱逐出境的。这些人分散在世界各地。如曾在莫斯科和列宁格勒的地下出版物上发表诗作的德米特里·博贝舍夫（1936—　）流亡美国，1979年在巴黎出版诗集《缺口》，其诗具有古典色彩；有曾做过记者、任过译员的阿列克赛·彼德洛维奇·茨维特科夫（1947—　）等。他们诗作的主要特点是表达在异国他乡的处境，抒发怀念故土之情，同时他们的诗歌不免带有不同政见的倾向性。他们之中最著名的是1987年被授予诺贝尔文学奖的诗人**约瑟夫·布罗茨基**（1940—1996）。他生于列宁格勒犹太人家庭，从小就对诗歌感兴趣，但很早就辍学，干过各种杂活。由于写不合时宜的诗，两次被送入疯人院。1964年因"游手好闲"罪被流放北部边疆地区。70年代被驱逐出境，后来定居美国，1977年加入美国籍。他一直从事诗歌创作，60年代以来出版了《长短诗集》(1965)，《荒野中的停留》(1970)，《美好时代的终结》(1977)等诗集。他通过对时间、空间、死亡、衰老等描写来展现生命这一主题。1990年在莫斯科出版了由他自己审定的诗集《语言的部分》(初版，1977)。

从50年代到70年代，长诗有了很大发展，它们大都将当时的现实同历史进行广泛的联系并加以思考。弗拉基米尔·卢戈夫斯科伊(1901—1957)的长诗《世纪的中叶》(1942—1957)，讲述一个无知的孩子经风雨见世面最终成长为一个布尔什维克的故事。这部诗作由25篇长诗组成，被称为"长诗之书"。70年代中期，阿纳托利·普列洛夫斯基(1934—2008)将广泛描述西伯利亚历史和现实的六部长诗组成一部《世纪之路》的作品，称之为"长诗总汇"。在瓦西里·费奥多罗夫(1918—1984)的长诗《唐璜的结婚》(1973)中，传说中放荡不羁的唐璜在新社会中结了婚并得到了改造，成为新人。这些长诗动辄就是几千行。传统的长诗一般都有前后呼应的故事情节，而这一时期的长诗倾向于各章互不相关，各自独立，而整部作品则用一个主题思想统一起来。

这一时期的重要长诗还有1980年获得列宁奖的《记忆的审判》(1962)和《记忆的远方》(1976)。作者叶戈尔·伊萨耶夫(1926—2013)出生于一个乡村教师家庭，1943年参加卫国战争，战后在国外服役，1955年毕业于高尔基文学院，1945年开始发表作品。《记忆的审判》写三个给法西斯充当炮灰的德国士兵的命运。其中被苏军俘虏的汉斯和失去双腿的库尔特都觉悟了，但是霍尔斯特顽固不化，在梦中受到以弱小的赤脚妇女形象出现的"战争的记忆"的审判。这部作品的主题不仅是和平与战争，它还是俄国文学中个人与历史这个主题在新的条件下的继续与发展。作品告诉我们，如果霍尔斯特这类法西斯的"小小火力点"继续麻木不仁,他们的后代难免也要遭受父辈的命运。《记忆的远方》不是一部有情节的作品。它的主题是俄罗斯人民的历史道路及其力量源泉之所在。作者在1980年获得列宁奖时说,文学创作要深入到农村中去,农村如同田野、森林、河流,以及人民活生生的语言一样,是永恒存在的。全诗共十章,每章都有标题。每章都有对日常场景的描述,但又渗透着对历史事件的思考。长诗描写的是诗人家乡的人和事,但是从诗人家乡的这一滴水里反映出战前年代国家的工业化建设。在有名的《打火石-泪滴》中,道路的形象与打火石-泪滴的形象都很独特。人们在路上找到的打火石是民众世世代代抛洒在道路上的泪珠变成的。它坚硬无比,凝聚着人民的力量,象征着人民在历史道路上克服艰难险阻,锻炼出坚韧不拔的气概。而道路在漫漫长夜的寂静中远远地延伸到天地融为一体的旷野里。道路的形象是贯穿全诗的主要形象。第一章《回家,回家……》表现孩子一生下来就要走上人生的艰难旅途,就要在这条道路上流血流汗,最后一章《我一辈子出门在外》与第一章相呼应,点明在家是暂时的,上路是经常的,人的一生与道路密切相关。《记忆的审判》讲的是罪恶根源的所在,而《记忆的远方》则探讨崇高道德的源泉。伊萨耶夫又于1984年发表了长诗《我的秋天的田野》和《第二十五小时》。这是两部以和平与战争为主题的作品,可以看作是《记忆的审判》的续篇,艺术手法也相近。不过,《记忆的审判》中记忆的形象是一个瘦弱的赤脚妇女,代表不同国度的人民审判普通法西斯士兵。而在《第二十五小时》中记忆的形象则是屹立在柏林特拉普托夫公园里苏军战士的青铜塑像,他要审判的是那些掌握权力直接点燃侵略战火的大人物。作品强调战争是超时间和空间而存在的,这就是作者所谓的第二十五小时。

爱德华达斯·梅热拉伊蒂斯(1919—1997)出生于立陶宛北部乡村。父亲是磨坊工人,母亲受雇务农。梅热拉伊蒂斯曾在大学法律系就读,1943年加入共产党,卫国战争时任立陶宛十六师随军记者。1935年开始发表作品。1974年获社会主义劳动英雄和立陶宛共和国人民诗人称号。主要诗集有《抒情诗》(1943)、《祖国的风》(1946)、《复活的土地》(1951)、《异国的石子》(1957)、《旋转木马》(1967)、《叙事小诗》(1975)、《哑剧》(1980)等。

梅热拉伊蒂斯的代表作是他的诗集《人》(1961)。这部作品由31首以人为主题的哲理性抒情诗组成，其中大部分写于50年代末。诗集于1962年获列宁奖。

以人为主题的作品在俄苏文学史上并不少见，高尔基写过散文诗《人》，马雅可夫斯基写过长诗《人》等。但是如果说高尔基、马雅可夫斯基的"人"是诅咒资本主义对人的压抑，向往人的解放，歌颂人的伟大，那么梅热拉伊蒂斯则是在继承这一传统的基础上写新时代的人，即赢得了反法西斯战争的胜利、摆脱了个人迷信时期的困惑并在人类征服宇宙方面取得突破性进展时期的人。50年代和60年代，苏联诗坛上涌现出反对写千人一面诗歌的浪潮，这无疑是对个人迷信盛行时期诗歌陷于程式化的一种反拨。梅热拉伊蒂斯的《人》就是在这种背景下写成的。作者本人在提到这部诗作时曾经说过："当时这个人曾被个人迷信完全掩盖住了。然而，一旦消除了这种迷信，人便以全部的雄姿出现在舞台上，伟大、平凡而又富有其全部的美。这就是我的作品的基调。"

诗集《人》中的31篇有的固然与人本身直接相关，如手、血、心、眼睛、声音、头发、嘴唇、思想、名字等等，有的则与人体没有直接关联。与人体直接关联的篇章不仅仅具有生理上或物理上的意义，而且具有社会意义，能使读者联想到人的命运及其使命，感到人是自然的一部分，人与自然不可分，同时人又是自然的主宰。如血液是滚动的江河瀑布；心是劳动人民的旗帜，是地球，是承受一切痛苦的处所；眼睛是打中敌人心脏的两颗子弹；手是劳动的自由的手，它可以钳住敌人血腥的手，也可以亲切地握紧同志和朋友的手。与人体没有直接关联的篇章也都离不开人的参与，如《音乐》一诗中说，要提高声音，用歌声征服乌云；《烟囱》中说，烟囱像一个惊叹号插入父亲的歌里：“我是人类的一员——渺小，但也伟大。”梅热拉伊蒂斯诗歌中的人既平凡又伟大。他是复杂和矛盾的，决不是无往而不胜的神人，而是现实生活中的人，同时他的崇高理想和道德情操又使他具有伟大的人格力量。诗集中献给第一位宇航员加加林的诗是很有意义的。

对于梅热拉伊蒂斯来说，诗就是诗，根本不必区分什么大声疾呼或轻声细语，乡村或城市。诗要求的是一个人心灵全力的投入。诗不屈从于任何条条框框。他的诗不是生活的图解，而是人在自然界和社会中的生活本身。

尼古拉·鲁勃佐夫（1936—1971）是50到60年代静派诗歌主要代表人物之一。他出生在阿尔罕格尔斯克州叶梅茨克村一个农民家庭，早年丧母，父亲又在卫国战争中牺牲。他在保育院里度过幼年，后毕业于沃洛格达州托吉姆市一所技术学校，曾在渔轮上当过司炉，在列宁格勒一家工厂做过浆纱工。1954年开始发表作品。1962年入高尔基文学院学习。1965年在阿尔罕格尔斯克出版了他的第一本诗集《抒情诗》。1967年，鲁勃佐夫把他后来收在诗集《田野上的星》中的诗用作毕业论文，获得优等评分。同年诗集出版，立即引起广泛关注。后来他又陆续出版了《心灵的保留者》（1969）、《松涛回荡》（1970）。《绿色的花》（1971）、《最后的轮船》（1973）、《抒情诗选》（1974）、《车前草》（1976）等诗集在他死后出版。

鲁勃佐夫同另一位静派诗人索科洛夫一样自甘寂寞。鲁勃佐夫长途跋涉，在偏僻的乡间小道上轻吟低唱，他的诗大多是在这种情况下写成的。60年代后期人们的兴趣开始转向以鲁勃佐夫等人为代表的静派诗歌，不少人认为静派诗歌才是俄罗斯诗歌的正统，而鲁勃佐夫则是具有叶赛宁创作风格的农村歌手。其实在鲁勃佐夫喜爱的三个诗人普希金、叶赛宁、勃洛克中，他最倾心勃洛克。他认为，如果没有生活的隐秘就没有诗，还常常引用勃洛克的一个论点，即光和色具有开放性的作用，吸引心灵，产生思想。

鲁勃佐夫笔下的田园景色是宁静的，潭水是深邃的，小河是雾茫茫的，乌鸦是悠闲的。《故乡的夜》一诗说：“这儿一切都那么寂静，／仿佛农家的屋顶从未听过雷鸣！”诗集《田野上的星》中很有代表性的《我宁静的家园》写的虽是白天，却也异常静穆，连乡亲们回答问题也是“低声”的，“一队大车”也是“悄然无声地驶去”。同样具有代表性的《田野上的星》一诗中第一节虽然没有寂静之类的词，却也把人引入一种寂静的意境：“冷澈的晦暗中，田野上有颗星，／它凝然不动，望着一个冰洞。／时钟已经敲过了十二响，／我的故乡早沉入梦中。”总之，鲁勃佐夫喜欢使用的词不外是寂静、无声、悄然、温柔、阴影、乌云、黄叶凋零等等。在鲁勃佐夫的诗里很少有响亮的词语，即使说到“雷鸣”，也是“从未听过”或者“即将来临的”。

鲁勃佐夫诗中的俄罗斯农村固然十分优美，祥和，宁静，但却流露着一种悲戚的感情。且不说诗里提到埋葬母亲的坟场和“父亲饮弹疆场”时所渲染的悲戚情绪，即使在歌唱可爱的白桦树时，诗人也难禁泪水盈眶。因此，鲁勃佐夫诗包含大量表示惆怅、迷惘、甚至哀怨的词语，调子比较低沉。当然，这种情感有时并不完全是悲戚，而是如诗人说的是“使人既兴奋又悲伤”的感情。鲁勃佐夫抒情诗的感情真挚，笔触自然优美，有的诗还富于哲理性。他的诗对俄罗斯大自然，对故乡景色怀有拳拳赤子之情，仿佛只有在大自然中诗人的心境才可以得到宁静，忧郁的情思才可得以抒发。

叶夫盖尼·叶夫图申科（1932—2017）出生在伊尔库茨克州的济马站。他在集体农庄和木材工厂做过工，参加过地质勘察队。父亲是一个地质工作者，喜欢读诗，也常写诗。叶夫图申科自幼便受到父亲的熏陶，卫国战争前，叶夫图申科和母亲住在莫斯科。战争开始后，他们疏散到济马站。战后，他同母亲返回莫斯科。1947年他进少年宫诗歌班学习写诗。1951年到1954年在高尔基文学院学习。他从16岁开始就经常在报刊上发表诗作。1952年出版第一本诗集《探察未来的人们》，后来继续出版的诗集有40余种。抒情诗集主要有《第三场雪》（1955）、《历年诗钞》（1959）、《苹果》（1960）、《联络艇》（1966）、《白雪纷飞》（1969）、《歌唱的堤坝》（1972），叙事诗主要有《勃拉茨克水电站》（1965）、《在自由女神的表皮下》（1971）、《妈妈与中子弹》（1986）。除了诗歌创作和诗歌翻译外，叶夫图申科还写了不少诗歌评论文章，写了长篇小说《浆果之乡》（1981）、电影剧本《我是古巴》（1963）、自传体电影剧本《幼儿园》（1982）。叶夫图申科多才多艺，自导自演了《幼儿园》，并在电影《起飞》中扮演主角（此片获1979年第11届莫斯科电影节银质奖）；他又是摄影爱好者，在很多城市举办过个人摄影作品展览。叶夫图申科的诗被谱成流行歌曲的有几十首之多，如《俄罗斯人要不要战争》（1961）等。肖斯塔科维奇根据他的诗写出了《第十三交响曲》（1963）。

叶夫图申科是50年代到60年代使诗歌登上游艺舞台，进入广场的响派诗歌带头人之一。他拥有广泛的读者和听众。他的诗出版前就在青年人中间广泛传抄，印数十万多册的诗集一上市就被抢购一空。他的诗有这样大的影响是因为这些诗反映了读者，特别是青年读者的情绪。叶夫图申科自称代表苏共20大后谴责个人迷信的一代年轻人。他在《致一代人中的优秀者们》（1957）一诗中表示，愿意在急剧变化的时代充当一名社会变革的号手。要“把那些陈年积垢 / 扫除 / 干净”（《清新，清新，需要清新！……》，1959）。这类凭着热情抨击时事，揭露和批评社会弊端的诗很多，如《等等》（1956）、《会有怎样的清新》（1956）、《请把我当作一名共产党员》（1960）等等。有一首诗真实反映了当时一部分青年的生活和情绪，说他们举行的聚会“没有转弯抹角的谈话”，“关于俄罗斯过去走过的道路， / 关于当今处于什么关头， / 意见纷纭，争论不休。”（《啊，我们青年的那些争论……》，1957）。作为抒情诗人，叶夫图申科的性格是矛盾，复杂，多变的。他自己说，“喜欢所有的一切都混杂于一身！”（《序曲》，1955）。有时他也流露出彷徨不安：“我不曾像应该生活的那样生活，但应该怎样生活我又不知道”（《啊，我干了些什么，干了些什么？……》，1955）。

1963年，叶夫图申科由于在法国《快报》发表《自传》（即《苏维埃政权下的一个时代儿的自白》），提出“父与子”两代人的矛盾而在国内受到批评。作为回答，他写了《惩罚营之歌》（1963），说他虽然是一个受罚的人，但道义上仍是一个公民，爱国者。另一个回答就是到极艰苦的北方去旅行。这次旅行开阔了他的眼界，丰富了年轻诗人的内心世界。《长久的呼唤》（1963）这首诗讲述的是作者出行的一次遭遇。他要过河，但是船和摆渡的人都在河的那边，他拼命呼喊也无法让摆渡的人听到他的声音，他感慨万分，说如果说他过去自视很高，面对众多听众朗读他的诗时，他的“嗓音在大厅里像警钟一样轰鸣， / 强大的轰鸣声能震撼广场”，现在要渡河，隔河却喊不醒摆渡的人。这样，“雄辩家”就只好在河岸上被雨水打成落汤鸡而冷得发抖。由此，他既感到自己的语言在这时的苍白无力（《啊，我的语言，你多么软弱！……》，1963），又开始怀疑人民是否需要他的诗（《公民们，请你们听听我哪！……》，1963）。生存的意义是什么？诗人的使命是什么？叶夫图申科在《在佩乔拉河上》（1963）一诗中提出这样的问题，后来终于在一艘联络艇上找到了答案。这艘联络艇是给岛上居民运送生活必需品和传递信息的唯一工具。它虽然很平常，却必不可少，对人民非常有益。诗人不由得对自己说：“你——就是联络艇”（《联络艇》）。他感到在人类创造性的劳动中，自己只不过是共同链条中的一环，因此，他要写现实生活中的英雄人物和普通劳动者。

叶夫图申科因年龄小没有参加卫国战争，但是战争的苦难也在他幼小的心灵中留下了深深的烙印。他根据自己的感受，描写了战争时期后方人民艰辛的生活。如《婚礼》（1955）通过一个小男孩的眼睛描述战时在后方举行的一场婚礼。《蜂蜜》（1960）讲述的是“人人饥寒交迫”，“可怕的1941年”的故事。集市的雪地上摆着一桶蜂蜜，一个发国难财的家伙在这里进行交易。他不收钱，只收值钱的东西，如手表，质地好的衣物等。一个小女孩排在队伍里“伸着皮包骨的小手 / 递去一个小杯， / 杯底放着妈妈的戒指”。这时突然驶来一架雪橇，雪橇上下来一个肥胖的大个子，他用几条地毯换走了那桶蜂蜜。小女孩杯中的戒指从中掉出来“落进飞驰而去的雪橇的辙印里……”叶夫图申科战时童年题材的诗还有《同行的女伴》（1954）、《香肠之歌》（1968）等。《娘子谷》（1961）一诗，记录的是战争期间希特勒分子在基辅郊区娘子谷这个地方杀害数万居民的罪行。这首诗发表的时候，在娘子谷还没有建纪念碑，诗的开头就说：“娘子谷上没有纪念碑， / 悬崖峭壁就是粗凿大砍的纪念碑。”有人认为，这首诗对建立纪念碑起了一定的促进作用。

叶夫图申科是一个创作题材非常广泛的诗人。他写了大量的爱情诗，有的写得庸俗直露，受到非议；有的则写得真挚深沉而受到好评，如《祈求》（1960）等。他也写哲理性的和道德情操方面的诗，这些诗往往是些浅薄的说教，说明他不是一个具有思辨气质的诗人。叶夫图申科游历了很多国家。1962年出版的诗集《挥手》中有反映访问西欧、北欧、东欧、非洲以及古巴等国的诗。这些诗富于政治激情。有些是报道性的，有些是揭露性的。如《魏尔仑》（1960）一诗揭露资产阶级不能容忍魏尔仑这位杰出的诗人，当他在世的时候从阴暗的角落散布流言蜚语，用软刀子杀害他，他死后却又引他为荣。叶夫图申科愤然地说：“你们杀害所有的诗人，然后又引用其诗句！”叶夫图申科经常能对国外重大事件迅速做出反应。他还用主人公独白的手法表现他在国外生活中捕捉到的一些事件以及当事人的心理特征，如《一位美国作家的独白》（1960），《一位西班牙导游的独白》(1968)等。

诗歌语言的口语化与诗歌风格的散文化，是叶夫图申科创作的特点，这在他的长诗中表现得尤为突出。从50年代中期到80年代中期他创作的长诗有16部之多。有的长诗没有贯彻始终的故事情节，如评论资产阶级社会所谓民主和自由的《自由女神的表皮下》就是如此，而且章节中间还杂以报道性的散文。以保卫和平为主题的《妈妈与中子弹》实际上是一部无韵的散文诗。叶夫图申科写得较好的一部长诗是《勃拉茨克水电站》。长诗共有26章，从古至今，从国内到国外，讲述的问题很广泛，但前后没有故事情节上的联系。可以说这部长诗是由独立的、有故事情节的诗体短篇小说组成的，一个共同的主题将它们联结在一起。这个主题就是第11章《革命的识字课本》中的两行诗："我们不是奴隶…… / 奴隶不是我们……" 这是1919年国内战争时期，列宁夫人克鲁普斯卡娅写的成人识字课本中的两句话。作品中除了众多的历史人物外，还塑造了当代的普通劳动者和共产党员的形象。《纽什卡》一章的女主人公纽什卡是个孤儿。她生于战争开始的1941年，母亲生下她就断了气，父亲不久也在前线牺牲。那个叫做烂泥坑的穷村庄的乡亲们把她抚养大并让她读完七年制中学。由于农村生活困难，她外出打工，最后跟随一群青年人来到安卡拉河水电站建筑工地：

纽什卡所有的财产——
一双穿破磨烂的鞋子，
晒脱了皮的鼻子，脸上点点雀斑，
还有不满十七周岁的年纪。

虽然工地气候恶劣，劳动繁重，生活艰苦，做水泥搅拌工的纽什卡却总是能够出色地完成任务。随着水电站建设的发展，纽什卡也成长起来：

有一天在光明普照下
让儿孙们永远记住：
来自烂泥坑的纽什卡
为取得光明尽了自己的义务。

过去叶夫图申科写普通劳动者时往往着重写他们的孤独、艰难的生活（如《卖领带的女售货员》，1960；《老会计员》，1958）。而在长诗的篇章中，作者侧重于讴歌他们创造性的劳动，揭示了他们崇高的感情，展现了他们心灵的美。长诗中除了作者的抒情插叙以外，很多篇章也用第一人称讲述（如《勃拉茨克水电站的独白》，《埃及金字塔的独白》等），这种手法增加了诗歌语言的口语色彩，使诗歌流畅。叶夫图申科有将生活语言引入诗歌的才能。但是这种才能往往妨碍他慎重推敲词句，使诗歌语言过于散文化。

安德烈·沃兹涅先斯基（1933—2010）出生在莫斯科一个科学工作者家庭，1957年毕业于莫斯科建筑学院。他从小喜欢建筑、绘画和诗歌，但最终选择了诗歌创作的道路。大约从十三四岁开始，他就与帕斯捷尔纳克交往，成为忘年交。这种谈诗论文的友谊延续了十四年，直到帕斯捷尔纳克逝世为止。

沃兹涅先斯基最早的习作受帕斯捷尔纳克的影响很深，很像帕斯捷尔纳克的作品，后者甚至表示愿意把这些习作当作自己的诗收到集子里去。为此沃兹涅先斯基非常苦恼，很长一段时间停笔不再写诗。只是到了1957年他才写出具有自己独特风格的、真正属于他自己的诗。这就是那首有名的《戈雅》。

沃兹涅先斯基历年出版的抒情诗集主要有《镶嵌画》（1960）、《长诗〈三角梨〉中的三十首离题抒情诗》（1962，后增为四十首）、《反世界》

（1964）、《声音的影子》（1970）、《大提琴似的柞树叶片》（1975）、《玻璃镂花工匠》（1976，1977年获苏联国家奖）、《诱惑》（1978）等；长诗有《工匠们》（1959）、《隆茹莫》（1963）、《奥扎》（1964）等。沃兹涅先斯基1987年出任帕斯捷尔纳克文学遗产委员会主席。

沃兹涅先斯基诗歌的主要特点之一是善于使用联想和比喻的手法。他认为，为了反映各种现象的相互联系，反映它们之间的相互转化，就需要联想和比喻。在他的诗里有众多奇特的比喻。他把天空飞行的三角形海鸥比作神的白色游泳裤衩，把摩天大楼比作悬挂在地球仪上的钟乳石或者头朝下插在地球里的叉子，称女人是反男人，把天上的繁星看作是麇集的细菌等等。这样的比喻和联想还可以理解，但有些深奥曲折的隐喻就很费解了。加以他有时只追求形式的优美和独创性，不太注意语法，如用电报式的语言写诗，使用外来语，自己生造一些词，这就产生了他的诗歌的另一特点：晦涩，朦胧。《长诗〈三角梨〉中的三十首离题抒情诗》发表后，由于它的晦涩难懂，立即引起很大的争论。作者在作品的前言中说，本想根据自己的访美印象写一部有情节的长诗《亚美利加的发现》。但是，“长诗像超载的船沉没了。与它并行却产生了一个独立的机体——‘抒情离题诗’”。接着诗人讲了创作这部作品的指导思想：“诗歌有它自己的独立生命、性格。有时它不顾作者的意志，不遵循语法规则。有时幻想的情节要求这样做。例如一颗被砍掉的头颅开始说话，这时哪里还谈得上什么标点符号！”下面这首无题诗就是这个集子中的一首：

整整一个家庭——集一身于我
我身上彩虹一样包括七个“我”

如同七头令人难耐的野兽
蓝色最深的那一头

拿着芦笛吹奏！

春天

我梦见

我是——

第八位

从字面上看，这首诗没有什么难懂的地方，但是对整首诗的理解却是仁者见仁，智者见智，莫衷一是了。在俄文中，诗的第一行“家庭”一词拆开就是“七个我”的意思。第一、二行是用“家庭”与“七个我”押韵。这种注重形式的手法是难以在翻译中表达的。他不但强调色彩和音响，而且喜欢使用一开始就进入高潮的手法，如《西伯利亚澡房》(1958)的前三节是这样的：

澡房！澡房！房门——嘭一声猛推！
妇女们从门里纷纷跳进雪堆。
热气腾腾，刚刚出炉——
哎哟，哎哟，
这样的西伯利亚“裸女”
雷诺阿[1]也妙手难描！

圣母算什么！这些脊背，
这些肩膀，都光彩夺目，
仿佛是从炼铁炉里
奔流出来的熔化金属……

① 雷诺阿(1841—1919)，法国印象派画家。善于画妇女和儿童。

其他如《我们是什么人——小卒还是伟人？……》(1958)、《寂静》(1963)等等也是这种风格。这也是他作为响派诗歌代表人物的一个特点。这种手法强调的是争辩性，立即就引起读者或听众的注意，获得效果，产生反响。

沃兹涅先斯基极大地丰富了诗歌语言，高雅的或低俗的词汇几乎无不可入诗。他的诗的题材也很广泛，既有抨击时事、鞭挞社会腐败现象的，也有关于身边琐事的，如《挑拨是非者颂》(1958)、《精神上的淫秽》(1974)、《殴打妇女》(1960)等。由于他独特的诗风，有人称他为时髦诗人，而老一代诗人尼古拉·阿谢耶夫则在他的作品中看到他心爱的传统的继续，看到沃兹涅先斯基与马雅可夫斯基作品中的共同点："不安分的非传统的诗作是相同的，用自己的方式，而不借助别人的方式表达思想的愿望也是相同的。但主要的共同之处还在于对事物所见所闻的高度强烈的感受性。"[①]在西方，沃兹涅先斯基被推崇为俄罗斯先锋派诗人的代表。1987年《纽约时报书评》公布的年度16册最畅销书中有一册就是沃兹涅先斯基的诗选，书名叫《墙内的一支箭》(*An Arrow in the Wall*)。沃兹涅先斯基受到国内外一些著名诗人和艺术家(如帕斯捷尔纳克、肖斯塔科维奇、聂鲁达、毕加索等)的高度评价。但是，沃兹涅先斯基诗歌独特的风格以及他在创作中进行的各种探索，则不是所有的人都能够接受的。虽然人们大都承认他是一位很有才华的诗人，而对他作品的评价有时却截然不同。可以拿《戈雅》[②]一诗为例：

我是戈雅！

---

① 转引自列夫·奥泽罗夫为沃兹涅先斯基三卷集所作《序言》。

② 戈雅(1746—1828)，西班牙画家，曾创作总标题为《战争的灾难》(1810—1820)的版画80余幅。

敌人在赤裸的田野落下，
　　为我啄出眼窝一样累累弹洞。

我是哀痛。

我是声音，
是战争的声音，是1941年雪地上
　　满目焦黑的城市的声音。

我是饥馑
我是喉咙，
是吊在空旷的广场上，钟一样轰鸣，
　　被绞死的妇女的喉咙。

这首诗充分利用比喻、联想等手法描述了卫国战争的全过程：战争开始时遭到的突然袭击、法西斯暴行、对敌人的扫荡和复仇、胜利后对这段历史永志不忘等等。诗行长短不一，但节奏紧张，一气呵成，而且大量使用由俄语元音“a”和“o”构成的音节，使诗读起来如悲号、怒吼和欢呼。这首诗发表后受到不少指责。诗人自己说：“《戈雅》这首诗挨了很多咒骂，有过若干篇谴责它的文章。扣得最柔和的帽子要算是‘形式主义’了”。不过，这首诗却受到广大读者的喜爱，被收入各种选本，被谱成歌曲，制成唱片大量发行。诗人在谈到这首诗的创作背景时说，卫国战争期间他父亲从德寇围困的列宁格勒返回后方的家里时，带来两件礼物。一件是一听美国肉罐头，另一件是一本叫《戈雅》的书。“我当时对这位艺术家一无所知。但是书里讲到枪杀游击队员，被绞死的人的尸体在摇摆晃动，战争在肆虐，关于这些，厨房里黑纸壳做的扬声器每天也都在讲。父亲带着这册书飞越了火线。所有这一切都联结在这一可怕的名字上——戈雅。"《戈雅》这首诗记述的就是诗人童年时对伟大卫国战争的感受。

从50年代到80年代，沃兹涅先斯基的创作始终保持自己固有的风格。随着时间的推移，除了老读者外，他还拥有了大批青年读者。

小说新潮流 苏联文学向来具有强烈的社会使命感。从50年代初期起，大胆地表现生活中的矛盾和冲突，积极干预生活，成为文学面临的新课题。奥维奇金（1904—1986）率先在《新世界》杂志上发表特写集《区里的日常生活》（1952—1956），尖锐地暴露了集体农庄经营中的众多问题和一些领导者的官僚主义、行政命令作风，引起广泛的社会反响，开拓了批判性小说、问题小说的新潮流。这股新潮流除批判官僚主义外，还逐渐深化为对人的道德良心问题的探讨，并且从农村问题逐渐扩及城市社会生活的各个领域。自1956年批判个人崇拜后，这个潮流又同对历史和现实的思考结合起来，形成各种反映不同社会政治观点的小说思潮。女作家尼古拉耶娃（1911—1963）的长篇小说《途中的战斗》（1957）以克服前进中的困难为主旋律，描绘了此时期动荡的社会生活。杜金采夫（1918—1998）的长篇小说《不仅为了面包》（1956）则描述了一个物理教师的发明屡遭官僚主义者刁难的故事。

战后，苏联小说中描写反法西斯战争的小说持续不断地涌现，形成多种艺术流派。1946年，维克多·涅克拉索夫（1911—1987）发表中篇小说《在斯大林格勒的战壕里》，将作者在这场战役中的亲身经历、感受和印象，以写实主义手法细腻真实地传达给读者。这部小说引起文坛的轰动，也标志战争小说中一个新流派的萌发。肖洛霍夫的短篇小说《一个人的遭遇》（1957）除以传统手法塑造主人公的英雄性格外，突出了人道主义的视角，感人地描绘战争中人们的悲欢离合，使战争小说的艺术发展进入一个崭新阶段。从50年代中后期到60年代中期，邦达列夫、巴克兰诺夫、贝科夫、阿纳尼耶夫（1925—2001）等小说家以写实主义手法描绘某个战场或某次战役。他们的小说既继承了战时文学的英雄主义风格，又不乏对血淋淋的战场的真实摹写，并且突出对普通战士的关注，表达了对战争的人道主义思考。这个小说流派被称为“战壕真实派”。后来“战壕真实派”逐渐向探索战争中的道德伦理问题的方向发展。另一方面，以邦达列夫的小说《热的雪》和西蒙诺夫的三部曲《生者与死者》为标志，描绘战争的“全景小说”潮流兴起，这一潮流将“战壕真实”的描写与“司令部真实”的描写结合起来，以宏伟史诗的视野对战争的进程进行严肃思考，客观地评价了战争时期领导者的历史作用。此时期，相继出现了恰科夫斯基（1913—1994）的长篇小说《围困》（1968—1979）、斯坦德纽克（1920—1995）的三部曲《战争》（1970、1974、1980）和《莫斯科——41年》（1984—1989）等著名的史诗性小说。

与战争小说潮流发展、演变同时，逐步形成了被称为“农村散文派”的艺术潮流，其特点是探索和表现农村的传统民俗、道德伦理价值和农民纯朴、刚强的性格。在这个潮流中出现了阿勃拉莫夫、阿斯塔菲耶夫、舒克申、拉斯普金等一批新兴散文作家，他们的创作内容丰富多彩，或探讨人与自然、生态保护，或描绘城乡生活的差别与道德联系纽带，或塑造纯朴农村妇女的美德等等，并且在小说的叙述模式、艺术结构、性格塑造的多样性、民间语言的吸收等方面取得引人注目的艺术成就。

与50年代抒情诗的兴起同步，抒情叙事小说也成为战后小说的新潮流。卡扎科夫（1927—1982）的短篇小说集《在小站上》（1958）、《拖网》（1959）在美丽大自然的背景下抒发人与人之间感情的珍贵。瓦西里耶夫（1924—2013）以浓厚的抒情笔调描绘战争时代英勇女战士的名篇《这里的黎明静悄悄……》（1969）享誉国内外。特罗耶波利斯基（1905—1995）的中篇小说《白比姆黑耳朵》（1971）通过一只狗的悲惨遭遇，以动物人格化的手法、细致的心理刻画和抒情写意，大胆针砭现实生活中冷酷、欺诈、残暴和自私等时弊，阐释弃恶扬善的主题。作品受到评论界的大力推崇。著名的吉尔吉斯小说家艾特玛托夫的创作既有抒情叙事小说的特色，又有“农村散文派”的许多特征。

从60年代末到80年代，苏联小说一方面有反映社会生产和科技革新的传统小说题材的复苏，另一方面形成一股将历史和现实、国内和国际、宇宙和人类交汇在一起进行哲理思考的综合性小说的创作倾向。如阿纳尼耶夫的长篇《没有战争的年代》（1975—1984）、格拉宁（1919—　）的长篇《一幅画》（1980）、冈察尔（1918—1995）的长篇《你的霞光》（1980）等。

从50年代末期到60年代初期，“青年散文”派的小说曾一度风行。其代表作家瓦·阿克肖诺夫（1932—2009）采取和西方“垮掉了的一代”相仿佛的思想立场和艺术趣味创作一系列小说，如中篇小说《带星星的旅行券》（1961）、《前往月球的半路上》（1962）、《摩洛哥的橙子》（1963）等。这些小说虽然也反映出社会生活和青少年心理的一些尖锐问题，但其中的主人公往往流露出玩世不恭的处事态度。

1962年，**索尔仁尼琴**（1918—2008）发表的短篇小说《伊凡·杰尼索维奇的一天》描绘集中营的艰苦生活。这部短篇引起巨大反响和激烈争议。他描写集中营的代表作《古拉格群岛》（写于1958—1968年，1973年在巴黎开始出版）带有明显的反极权主义色彩，自然未能在苏联发表，作者也于1974年被驱逐出境。在美国居留期间，索尔仁尼琴又对美国的自由主义价值观提出猛烈的抨击。随着苏联解体，索尔仁尼琴于1994年返回俄罗斯。1970年索尔仁尼琴获诺贝尔文学奖。

涉及这类政治主题的小说，大多在80年代后期的“回归文学”热潮中出版，但作者的政治倾向不尽相同。尤里·东布罗夫斯基（1909—1978）是有深厚文化修养的作家，他在描绘自己蒙冤受难的长篇《无用之物系》（1988）中批判肃反扩大化，同时也描绘苏联人的高尚品德。阿纳托利·雷巴科夫（1911—1998）的长篇小说《阿尔巴特街的儿女》（1988），涉及30年代后期的政治事件和历史人物的细节，是一部颇有争议的作品。此外，还出现了焦点集中于30年代初农业集体化过火行为的小说潮流，如谢尔盖·扎雷金（1913—2000）的中篇小说《在额尔齐斯河上》（1964）和鲍利斯·莫扎耶夫（1923—1996）的长篇小说《农夫和农妇》（1976、1987）等。从70年代起，皮库利（1928—1987）以描绘俄国历史发展为目标，先后发表《以笔和剑》（1970）、《铁腕首相们的战斗》（1977）等系列小说，语言通俗，内容丰富，成为畅销书。德米特里·巴拉肖夫（1927—2000）的历史小说《伟大诺夫哥罗德的公国》（1964—1967）大量吸收民间语言，并富于哲理性。

维拉·费奥多罗夫娜·潘诺娃（1905—1973）是一位思想敏锐，善于描写日常生活，又富于女性同情心和抒情风味的小说家。她出生于南俄的顿河畔罗斯托夫，自幼家境贫寒，由于交不起学费，很早便辍学。1922年，在《顿河劳动报》编辑部工作，开始尝试小品文、短篇小说和电影小说的写作。1937年以后，移居乌克兰、列宁格勒、莫斯科等地，并发表过两部剧本：《伊里亚·科索戈尔》（1939）和《在旧城莫斯科》（1940）。在卫国战争期间，潘诺娃曾用两个月时间采访列宁格勒的一列救护列车的英雄业绩，以清新、纯朴的散文写成她的成名作中篇小说《旅伴》（1946）。小说运用电影蒙太奇的手法，描绘救护列车几位人物战前的生活、战时的活动和他们思想感情的世界。列宁格勒某工厂厂长达尼洛夫在战争爆发的第一天就报名参军，被委任为救护列车的政委，赴普斯科夫前线抢救伤员。他忠诚、坚定并能关怀所有救护人员的生活。女护士列娜是在孤儿院长大的青年，体育教师，刚结婚十天就爆发战争，丈夫参军，她也毅然投入救护列车的工作，怀着一片柔情对待伤员，深受爱戴。老军医维洛夫时时惦念着留在列宁格勒的妻子儿女的安危，一天消息传来，老医生一家在德寇轰炸中全部遇难，他强忍悲伤，以加倍的工作来克制自己的哀痛。小说也揭露了三等军医苏普鲁戈夫自私自利的行为。

潘诺娃在1953年发表的长篇小说《一年四季》，继续用多线条交织的手法，在过去与现在的对照中描绘战后的苏联现实生活。小说主要围绕三个家庭的生活展开。女主人公多罗菲娅是某市苏维埃执委会副主席。女儿成长顺利，儿子却胡作非为，农村出生、忠厚善良的母亲不得已与之决裂。工人出身的商业局长鲍尔塔舍维奇原先品质纯朴，但在爱虚荣的妻子的纵容下侵吞了公款，东窗事发后开枪自杀，给在苏维埃制度下长大的纯洁的子女以沉重的打击。萨沙是个目光敏锐的青年工人，但不幸的是他那因战争而守寡的母亲走上了堕落的道路。潘诺娃独具慧眼地抓住和平生活中的某些重要方面，揭示了50年代苏联社会上崇高的理想、纯洁的情操与败坏的道德风气之间的矛盾冲突。

50年代后半期，潘诺娃发表了描绘20年代苏联生活的回忆性长篇小说《感伤的罗曼史》（1958）、以孩子的眼光审视世界的中篇小说《谢廖沙》（1955）等等，其中《谢廖沙》被译成多种文字，于1960年被拍成电影，荣获国家电影奖。60年代她创作了一些剧本和电影剧本，如《送别白夜》（1960）、《久别重逢》（1966）等等。她的遗作——回忆录《关于我的生活、书籍和读者》于1975年问世。

弗谢沃罗德·阿尼西莫维奇·柯切托夫（1912—1973）出生于诺夫哥罗德的一个农民家庭，年轻时种过地，打过鱼，当过造船工人。1931年在农业技术学校毕业后，曾在国营农场当过农艺师。卫国战争期间在列宁格勒前线采访，为前线报纸撰过稿。50年代曾先后担任苏联作协列宁格勒分会书记和苏联《文学报》主编。

柯切托夫于1934年开始创作。战后发表了战争题材的《在涅瓦河平原上》（1946）、描写战时集体农庄庄员忘我劳动的《市郊》（1947）和探讨俄罗斯民族性格的《涅瓦湖》（1948）等中篇小说。

柯切托夫擅长描写工人阶层的生活。1952年发表的长篇小说《茹尔宾一家》是他的成名作。小说以某造船厂的技术改造过程为情节线索，描绘了茹尔宾一家三代优秀的造船工人和工程师，表现他们与造船厂的兴旺发达同命运共呼吸的生活激情。从日常生活、家庭关系、劳动与爱情等多角度揭示工人阶级诚实、质朴、友爱等高尚品德，以及忠诚于社会主义事业和渴求新的科学知识的精神风貌。1954年，柯切托夫发表另一部长篇小说《青春常在》，描绘某冶金研究所的新任所长科洛索夫为改变研究所的停滞落后的状态而进行的顽强斗争。这两部小说都体现作者以正面美好的人物为榜样，鼓舞社会进步的美学思想。

1958年发表的长篇小说《叶尔绍夫兄弟》是一部敏锐地表现苏联社会思想动荡的作品，具有强烈的论战性。小说以1956年苏共二十大前后为时代背景，围绕苏联某一滨海城市一个大型炼钢厂的生产和一个剧院的演出展现生活中的矛盾和冲突。柯切托夫仍然以工人世家为小说的主人公，描绘深受战争创伤的叶尔绍夫兄弟们既是拥有科学知识的新一代工人，又具有崇高情操和忘我的精神。小说同时相当成功地塑造了纯朴的年轻女工程师、画家、演员、市委书记及其女儿等众多人物形象，使小说成为50年代中后期苏联生活的一部发人深省的画卷。小说的戏剧性冲突围绕两条线索展开。从莫斯科下放来的干部阿尔连采夫是卑鄙阴险的野心家。他以没有文化为由撤掉自学成才、具有高度责任心的高炉车间总工长普拉东·叶尔绍夫的职务，勾结一个品质恶劣的“发明家”剽窃女工程师伊斯克拉的发明成果。轧钢总技师德米特里·叶尔绍夫等人经过斗争，撕破了阿尔连采夫的伪装。任剧院经理的雅科夫·叶尔绍夫反对表现庸俗趣味的戏剧，支持正派剧作家的创作，终于在十月革命节成功地上演表现工人世家、以正面人物鼓舞观众的戏剧。

在另一部长篇小说《州委书记》(1961)中，柯切托夫继续采取戏剧性冲突强烈的小说艺术手法。小说暴露某州州委书记阿尔塔莫诺夫的弄虚作假、专横跋扈和官僚主义，歌颂新任书记杰尼索夫实事求是、为群众利益着想的领导作风，并且反映了杰尔尼索夫对个人崇拜问题的思考。

柯切托夫以国内战争为题材的长篇小说《落角》(1967)是献给十月革命50周年的作品。小说再现了列宁格勒遭到白卫军进攻时的紧张气氛,歌颂在列宁领导下的红军和工人武装粉碎白卫军的英雄事迹。另一长篇小说《你到底要什么?》(1969)揭露60年代西方势力以艺术活动为掩护,在苏联进行间谍活动和思想文化渗透。柯切托夫未完成的长篇小说《雷电击顶》(1979年发表第一部)描写造船工程师罗斯里亚科夫和妻子尼卡自十月革命以来的生活经历和思想历程。

弗拉基米尔·费奥多罗维奇·田德里亚科夫(1924—1984)出生于俄罗斯北部沃洛格达州一个乡村职员的家庭。1941年,他即将在十年制学校毕业时,卫国战争爆发,他应征入伍,1943年因负伤退役。1946年进入莫斯科电影学院艺术系学习,1947年转入高尔基文学院,1951年毕业。田德里亚科夫从1947年便开始发表作品,内容主要是回忆在卫国战争期间的经历和见闻。

50年代初,文坛上崛起了揭露集体农庄生活中矛盾和冲突的奥维奇金流派。田德里亚科夫追随奥维奇金的特写文学,在短短的十个月内,接连发表了三篇引起社会反响的作品。中篇小说《伊万·楚普罗夫的堕落》(1953)揭露了一个集体农庄主席由诚实、积极工作到独断专行、营私舞弊、腐化堕落的过程。特写《阴雨天》(1954)抨击某区委书记的官僚主义,他不顾当地的实际条件和连绵不断的阴雨天,强迫庄员春播,导致颗粒无收。中篇小说《不称心的女婿》(1954)描写浓厚的私有化观念引发农民家庭中的矛盾。由于这些作品描写真实,尖锐地暴露了现实问题,田德里亚科夫开始驰名文坛。1956年,他发表了中篇小说《死结》。某区区委虽然更换了几任领导,他们中间有的勤勤恳恳,有的雄心勃勃,都想扭转农业落后的面貌,但都因官僚主义和命令主义作风积重难返,解不开摆脱困境的"死结"。

50年代下半期起,社会道德和个人道德的主题逐渐在苏联文学中占据显著地位。田德里亚科夫的中篇小说《路上的坑洼》（1956）是最早表现这一主题的作品之一。小说描写一辆卡车在去车站取货的路上翻车，捎带的乘客中一年轻小伙子受重伤。事故考验了乘客们的道德水准，乘客中有位拖拉机站站长死抱僵硬教条，不肯派出拖拉机送伤员去医院，说什么拖拉机不是运输工具，不能把国家财物派作不正当的用途。由于耽搁，伤员终于死去。作品严厉地鞭挞了“发展成为杀人凶手的官僚主义者”。

60年代，田德里亚科夫继续开拓道德主题的小说，发表中篇小说《审判》（1961）、《短路》（1962）等名著。《审判》写某林区的老猎手在黄昏时分带地位显赫的工地主任和一位助理医生去猎熊。老猎人听到风琴声，知道有路人，赶紧叫喊不要开枪，但是另外两个人已经开枪了。一颗子弹打中熊，另一颗子弹误杀了过路青年。法医从一开始就偏袒工地主任，倾向于认为助理医生误伤了人命。而老猎人却在宰割熊时发现嵌在熊头颅里的子弹是助理医生的。老猎人去找工地主任，指望他勇于承担责任，但他只是含混地表示自己与助理医生都有过错。办案人员对老猎人的物证表示怀疑，万分痛苦的老猎人将真相告知农庄主席，得到的忠告是不要得罪工地主任。老猎人无奈将子弹扔进森林，并在审判时否认自己找到过子弹。法院判工地主任和助理医生误杀无罪，而最痛苦的是不敢说真话的老猎人，他深感良心的谴责，“没有比自己良心的审判更为严峻的审判了。”由于这部作品相当有胆识地揭示了不公正的社会现象对人的灵魂的扭曲，因而比作者其他任何一部作品都更多地引起批评界的争议。

对于道德问题、人格问题的思考，使田德里亚科夫的创作逐渐扩展到学校教育、家庭教育领域。70年代以后，他相继发表了《毕业典礼后的夜晚》（1974）、《月蚀》（1977）等中篇小说。在1980年发表的中篇小说《六十支蜡烛》中，田德里亚科夫通过一个老教师在60岁生日时对自己一生的回顾，将道德伦理问题与学校教育问题联系起来。在庆祝生日时，这位很有名望的老教师接到祖国各地的学生们源源不断寄来的贺信和贺电，但他自己却陷入一片沉思，他发现他的一生教给学生们的是“过于简单的逻辑”，而没有教给他们思考能力和“爱惜人”的道德伦理，因而培养出一些“鹦鹉学舌的人”、“像冷血动物似的人”。他感到由于自己未能教会学生识别真理和谎言，实际上伤害了一些学生的心灵。在幻觉中，老教师感到似乎有人要来杀他，他拼命奔跑，几乎陷入疯狂。

总体上说，田德里亚科夫的创作早期多为写实主义的批判性“问题小说”，晚期则以具有幻想色彩和心理分析特征的反思小说为主流。

尤里·瓦西里耶维奇·邦达列夫（1924—　）生于乌拉尔河畔奥尔斯克市的一个职员家庭。1931年随家迁居莫斯科。卫国战争爆发时，他正在中学读书，1942年应征入伍，在炮兵部队中服役，在战斗中两次负伤。战后，从1946年到1951年在高尔基文学院学习。1949年开始发表一些短篇作品。1956年发表第一部中篇小说《指挥员的青春》，受到评论界的重视。接着，他又发表了《营请求火力支援》（1957）和《最后的炮轰》（1959）。这两部中篇小说，尤其是后者体现了“前线一代”作家描绘“战壕真实”的创作倾向，由此，邦达列夫一跃而成为“战壕真实”派的代表作家。1972年获列宁文学奖。

《营请求火力支援》的主要内容是，1943年秋苏军反攻到第聂伯河畔去解放河对岸的一个城市，但遭到德寇的拼死抵抗。苏军某师准备从城南方向发动进攻，派两个营渡河，在城南建立了据点。两个营被敌人团团围住，正在等待师部火力支援和进攻。此时，师部突然接到上级命令：与另一个师会合，从城北方向发动总攻，让进入城南的两个营起牵制和迷惑敌人的作用。得不到增援的这两个营形势危急，战斗进行得异常激烈，许多军官和士兵壮烈牺牲。步兵营长布利巴纽科为不能把下属带出困境而难过，他坚定地与士兵们在一起，同生死、共存亡。炮兵连长叶尔马科夫在仅有的两门炮被击毁后，参加了步兵的战斗，与冲上阵地的敌人坦克搏斗，最终突围出来，带领四名士兵返回司令部。这部小说描绘了处在困境中的苏军战士的英雄主义，也显示出作者对人道主义思想的探求。

《最后的炮轰》描写1944年苏军一个炮兵连在波、捷交界处阻击德寇的一次战斗。小说以炮兵连长诺维科夫为中心，通过他的一系列活动，将战壕里的战斗情景描写得十分逼真。激战了两个昼夜之后，苏军损失惨重，战士们一个接一个地牺牲，大炮一门接一门地被摧毁。赶来增援的苏军以为战士官兵全部阵亡了，便一阵猛轰，坚持到底的诺维科夫就这样倒在了自己人的炮火中。这里作者再次提出了战争中的悲剧问题。同时，作品中还有一段爱情插曲，进一步展开战争中的“善”与“恶”的主题。诺维科夫深深地爱着女卫生员列娜。在一次战斗中，诺维科夫救出了受伤的列娜，两人在血与火的考验中结为“战地鸳鸯”。诺维科夫原来认为战争就是“恶”，只能给人类带来不幸与痛苦，如今在战场上他似乎领略到了爱情的欢乐与幸福。然而好景不长，列娜要转移到后方医院去治疗，他也要继续参加战斗，因此，战争对于他终究是“恶”，而且他本人竟死于自己人“最后的炮轰”中。这一悲剧结局与《营请求火力支援》有异曲同工之处。

从60年代末到70年代，苏联文坛上涌现出一批“战壕真实”与“司令部真实”相结合的作品。邦达列夫的长篇小说《热的雪》（1969）是其中一部具有代表性的作品。它取材于斯大林格勒大会战中关系全局的一次阻击战。小说的情节沿着两条线索展开，一条是以炮兵排长库兹涅佐夫为中心的前沿阵地的浴血奋战，一条是以集团军司令别松诺夫为中心的司令部的运筹帷幄，两条线索时分时合，而以集团军司令亲临前线为交汇点，形成了完整的艺术结构。小说采用了严峻的纪实笔法，但又洋溢着乐观的英雄主义精神。小说克服了仅仅描写“战壕真实”的局限性，塑造出精神饱满、富于人情味的主人公形象。《热的雪》更进一步加深了对道德问题的探讨，颂扬了战士的爱国主义和英雄主义精神，同时注重分析人们在道德品质方面的差异。它是作者创作道路上重要的里程碑。

1975年，邦达列夫发表了他的著名长篇小说《岸》。它描写了苏军炮兵排长尼基金与德国少女爱玛在战争中相爱和战后重逢的故事。1945年5月，苏德战争临近尾声，苏军某炮兵连进驻柏林附近的一个小镇，尼基金与镇上姑娘爱玛发生了恋情，但是战争冲毁了他们的幸福，战后的冷战又使他们天各一方。26年过去，到了70年代初，尼基金作为苏联作家应汉堡文学俱乐部赫伯特女士的邀请到联邦德国进行访问。这位赫伯特女士正是当年的爱玛。几十年来，爱玛一直在等他，两人相逢，情意深长，沉浸在苦涩而又甜蜜的回忆之中。访问结束，尼基金在归国途中思绪万千，悟出了人生的真谛：人类出于共同的本性都在期待着一个“天国般的”幸福的彼岸。小说既有对真挚爱情的描写，也有对人生哲理的探索。在小说的时空结构上，战时与战后、东方与西方、往昔与未来巧妙地交织在一起，同时叙事与抒情、纪实与梦幻、思辨与论争、回忆与沉思等各种手段交替运用，使作品的叙事艺术独具特色。

继《岸》之后，作者又发表了长篇小说《选择》（1980）和《演戏》（1985）。《选择》的中心情节是画家瓦西里耶夫和他的朋友伊里亚·拉姆津在卫国战争前后的生活经历和不同命运。他俩是中学同窗，卫国战争期间一起应征入伍，并在同一个炮兵连服役，但后来分道扬镳。在战争中伊里亚为了活命竟投降了敌人，后来长期漂泊异国。晚年他返回祖国，但他母亲不能宽恕他的背叛行为，最后他自杀身亡。瓦西里耶夫是战争的幸存者，他自尊、自强，后来成了艺术科学院院士，事业上有所成就，不过家庭生活并非尽如人意。作者表明，人的一生充满着各种各样的选择，不同的选择往往决定着不同的生活道路和结局，产生不同的生命价值。《演戏》讲的是电影导演克雷莫夫青年时代在战火纷飞的卫国战争中度过，以后从事艺术工作，获得了很高的声誉。为了拍摄一部新片，克雷莫夫选中年轻貌美的伊琳娜担任女主角。人们出于妒忌，散布流言蜚语，恶意中伤，致使纯洁善良的伊琳娜完全失去自卫的能力，最后投河自尽。克雷莫夫也因此受到牵连，难于洗清不白之冤，这两颗艺术界灿烂的明星在人生舞台上终于双双陨落。《岸》、《选择》、《演戏》这三部小说在故事情节上并不连贯，作品的主人公也各不相同，但在思想倾向和艺术表现上存在着内在的联系和一些共同的特点。例如小说的主人公都属于从事艺术创作的脑力劳动者类型，都经历过卫国战争圣火的熔炼，他们的性格都有着某种共同的素质：心地善良、富有同情心、追求美好的理想，执着地探索人生的意义等。这些作品明显地转向对伦理道德、人生哲理问题的探索。可以说，这三部小说构成了一组独特的三部曲式的系列作品。从邦达列夫创作发展的进程来看，50年代和60年代，作家的主要精力集中在描写卫国战争题材上，并取得了重大的成就，70年代到80年代，作家加强了对社会道德和人类命运的哲理性思考，无论在作品内容和艺术风格上都有新的开拓。

除上述作品外，邦达列夫还发表了长篇小说《寂静》（1962—1964）、《诱惑》（1991）；大型史诗电影剧本《解放》（与奥泽洛夫、库尔加诺夫合写）；抒情短篇集《瞬间》（1976—1982）等。

格里高利·雅科夫列维奇·巴克兰诺夫（1923—2009）出生于沃罗涅什，卫国战争爆发时，他没等待征召就直接从学校报名入伍，上了前线，曾任炮兵营上尉侦察队长等职。在四年的征战中，他到过乌克兰、摩尔达维亚、匈牙利、奥地利等地，经历了大大小小多次战役，对前沿的战斗生活，枪林弹雨下的出生入死，有着刻骨铭心的记忆。战后，曾就读于高尔基文学院，1951年毕业。

巴克兰诺夫自50年代走上文学创作道路后，对战争与和平主题进行了不懈的探索，写出了多部中篇小说，成为“战壕真实派”的著名小说家。除了他的成名作《一寸土》（1959）之外，他的作品还有《四一年七月》

（1964）、《永远19岁》（1979）和《小兄弟》（1981）等。

《一寸土》描写的是1944年苏军在解放摩尔达维亚首都基什尼奥夫的战役中，与德寇争夺德涅斯特河对岸一个小据点的战斗。这场战斗十分激烈，双方伤亡都很大，最后苏军以巨大的牺牲夺回了这个方圆不到两公里的据点。小说没有连贯的情节，主要通过主人公，炮兵连长莫托维诺夫的经历和感受，以第一人称形式，从一个侧面揭示了这场战斗的真实情景。除了描述这个炮兵连浴血奋战的过程外，还讲述了普通战士和下级军官如何忍受饥渴和疾病的痛苦。小说将"战壕真实"描写发挥得淋漓尽致。小说对战争惨景的过分渲染引起了一些争议。另一方面，《一寸土》洋溢着"不能把祖国的一寸土地交给敌人"的英雄主义激情，并且用富于戏剧性的心理描写揭露了战场上的懦夫行为给战友们带来的严重后果。

《永远19岁》发表于70年代末。这个时期，许多战争题材作品更加突出了爱国主义、英雄主义和国际主义的主旋律，并且由于哲理性的渗透，作品的艺术深度得以加强。在这种背景下，《永远19岁》较之《一寸土》，无论在主题思想、人物性格刻画，还是在艺术风格上都有许多拓展和创新。《永远19岁》主要反映苏军战士的日常生活和战斗空隙时的道德风貌。作家没有着重表现主人公特列季亚科夫在战斗中的非凡业绩，而是通过这位19岁的中尉对待自己的职责、军人荣誉和爱情的态度，以及他对战争、人类命运、历史动力等一系列问题的深思，对未来幸福的憧憬，来表现主人公的纯洁、正直、充满朝气、富于同情心和自我牺牲的高尚品格。当主人公所在的部队已经向南方城市敖德萨挺进，他母亲和未婚妻已经提前捎来对他20岁生日的祝贺时，他却在一次战斗中不幸牺牲。《永远19岁》是作者在战争胜利35周年时所写的对那些永远留在战场上的战友们的深沉怀念。

瓦西里·弗拉季米罗维奇·贝科夫（1924—2003）是白俄罗斯作家，出身于维捷布斯科州的一个农民家庭。战前曾在艺术学校学习雕塑。卫国战争期间，先后在步兵和炮兵部队中服役，任排长、营长等职，战后又继续在部队服役十年，1955年转业到报社工作。

贝科夫于1949年开始发表短篇小说，经过十年左右的创作实践，于60年代初继邦达列夫、巴克兰诺夫之后，作为“前线一代”的“战壕真实派”作家而声名鹊起。相继发表了中篇小说《鹤唳》（1960）、《第三颗信号弹》（1962）、《阿尔卑斯山颂歌》（1964）、《死者不痛苦》（1966）等。

成名作《第三颗信号弹》，是“战壕真实派”文学代表作之一。作者以刚劲的笔力描写1944年苏军一个反坦克炮班浴血奋战一昼夜，堵截了敌军坦克部队。小说富于戏剧性地展示了“战壕真实”。贝科夫擅长刻画人物在紧急时刻所表现出的道德品质。战场的局势瞬息万变，尽管敌人的前锋已经冲到炮兵阵地后面，但是忠于职守的班长在没有接到撤退的命令之前，仍坚守阵地，直到以身殉职。战士鲁基扬诺夫曾经是中尉工兵排长，因当过俘虏而被降职为列兵。在这场新的战斗中，他表现坚强。在受重伤临死前还忏悔地说起他曾经在被包围时候主动投降。鲁基扬诺夫战胜了懦弱，成为英勇的战士，而轻浮的士兵廖什卡却抛下战友逃出战壕。女卫生员柳霞冒着枪林弹雨送来撤退命令，当她爬进战壕时看到鲁基扬诺夫和因浑身烧伤而爬进战壕来的一个年轻德国士兵。为了给他们弄水喝，柳霞爬到德国士兵尸体旁去找水壶，在返回的路上中弹牺牲。唯一生存下来的战士洛兹尼亚克用柳霞身上的两颗信号弹击溃了德寇的最后一次进攻，用第三颗信号弹处决了在战场平静时才回到战壕来的逃兵廖什卡。《第三颗信号弹》具有悲壮的史诗风格。

60年代贝科夫的创作中也有失败之作，如《死者不痛苦》即是一例。这篇小说结构松散，情节零乱，而且情节也有过于失真之处，思想性含糊，因而受到了评论界的严厉批评。

70年代是贝科夫创作新的探索时期，他更为集中地探讨战争中人的道德品质和精神力量。主要作品有中篇小说《索特尼科夫》（1970）、《方尖碑》(1972)、《活到黎明》(1973)、《狼群》(1975)和《一去不复返》(1978)。其中《方尖碑》和《活到黎明》获1974年全苏国家奖金,而《索特尼科夫》则是贝科夫进入道德探索新阶段的代表作,也是作家最喜爱的一部作品,曾被搬上银幕。

《索特尼科夫》讲述战争期间两名游击队员——索特尼科夫和雷巴克——去执行找粮食的任务,在归途中被伪警察逮捕,掩护他们的女房东和村长也受到牵连。在生死考验的关头,索特尼科夫和雷巴克做出了不同的选择,前者宁死不屈,被敌人绞死;后者贪生怕死,叛变投敌,当了伪警,并充当了杀害索特尼科夫的帮凶。作品的主题可用贝科夫自己的话来表述:"在灭绝人性的势力面前,人应该是什么样的?当个人对自己的生命失去了自卫能力,死亡不可避免时,能否有所作为?"这是一部具有警世色彩的道德小说。

《方尖碑》叙述苏德战争时期白俄罗斯一位乡村小学教师的感人故事。在白俄罗斯的一个乡村,纪念卫国战争英雄的方尖碑上刻着五个少年的名字,只是到最近才添上了一个新的名字——他们的老师莫洛兹。为什么呢?当德寇侵入白俄罗斯时,热爱自己学生的莫洛兹,决定留下来继续当老师,因而引起居民们的非议。实际上,他并不是要给德国人做事,而是为了保护孩子。正如他自己说的:"我过去花了两年培养这些孩子的人性,绝不是为了现在让别人把它糟蹋掉。"瘸腿、瘦弱的莫洛兹老师,起初并没有引起敌人的注意,顺利地进行着教育孩子的工作,并利用一台收音机把收听到的苏联广播战报定期向森林里的游击队送去。一次,德国军官和伪警察闯进学校搜查,对老师非常粗暴,孩子们为了惩罚敌伪,破坏了桥梁,使敌人的汽车坠落桥下,轧死了一名德国兵。六名孩子相继被捕,受追查的莫洛兹躲到游击队营地。德国军警提出只要莫洛兹自首,便释放孩子们。莫洛兹不顾游击队领导的反对,擅自离队,到伪警察局自首。不出游击队所料,德国军队出尔反尔,准备处死莫洛兹和孩子们。在生死关头，莫洛兹仍然想方设法，让其中一名孩子乘机逃脱，而他自己与其他几名孩子一同牺牲。游击队将莫洛兹当作被俘者上报，因而战后莫洛兹的业绩不被承认，只是由于那位生存下来的学生的长期努力，莫洛兹的名字才被刻在方尖碑上。

进入80年代，贝科夫仍在怀念已经逝去的战斗岁月和许多在战斗中牺牲的人民和战友。他的笔下又出现了几部中篇小说，如《灾难的标志》（1983）、《雾茫茫》（1987）和《围捕》（1990）等。

《灾难的标志》讲述了一对白俄罗斯农家夫妇彼得罗克和斯捷潘尼达在德寇占领期间与敌人进行斗争而双双壮烈牺牲的故事。这对夫妇革命前都是贫困的雇农，革命后才成为生活的主人。老两口准备安度晚年时，战争爆发，德国侵略者占领了他们的家园，他们再次沦为铁蹄下的奴隶。一向为人忠厚老实、以容忍闻名的彼得罗克，虽已年过花甲，终于忍无可忍而奋起反抗，结果被敌人折磨而死。他的老伴斯捷潘尼达为了替丈夫报仇，准备炸掉交通要道上的一座桥，不幸在动手前被敌人发现。当敌人来抓她的时候，女主人公镇定地作了抉择：在房屋和自己的身上浇上煤油，然后引火自焚。在熊熊烈火面前，敌人狼狈逃窜。大火把主人和庄园全部焚毁，门前昔日那棵亭亭玉立的椴树，也烧得只剩下焦干枯枝，成为这场灾难的标志。这篇小说在贝科夫的创作史上又揭开了新的一页，它概括了人民在战时的深重苦难，也揭示了真正的人民性格。此外，为了多角度展示人物命运的变化和性格的特点，小说中有近三分之一的篇幅回顾了十月革命前后农村生活的变化，特别是农业集体化过程中的一些社会情况。因此，这部作品具有深广的历史内涵，表达了一个民族的精神和意志。

尤里·瓦连季诺维奇·特里丰诺夫（1925—1981）是“二战”后苏联独树一帜的作家。25岁时他以长篇小说《大学生》（1950）登上文坛，一举成名。之后，他的每一部作品几乎都引起强烈反响，而且褒贬不一。

特别是他的一组描绘莫斯科知识分子阶层的日常生活，刻画现代人性格的城市文学作品，以其鲜明的主题和深刻的思想内容给读者留下强烈的印象，被称为“莫斯科故事”，如中篇小说《交换》（1969）、《初步总结》（1970）、《长别离》（1971）、《另一种生活》（1975）、《滨河街公寓》（1976）。

特里丰诺夫生于莫斯科一位高级将领之家。其父是位老布尔什维克，1938年“肃反”时遭到镇压，50年代才得到平反。卫国战争初期，特里丰诺夫曾疏散到中亚地区，1942年10月返回莫斯科，在一家飞机零配件制造工厂当过钳工、车间调度员、厂报编辑。1944年起他来到高尔基文学院学习，1947年开始写作，1948年在高尔基文学院的最后一年时，作为毕业创作，开始写作长篇小说《大学生》。《大学生》描写卫国战争后苏联大学生火热的学习生活，充满了激情。小说出版后深受好评。此后，特里丰诺夫又完成了短篇小说集《在阳光下》（1959）、描绘中亚地区水利建设的长篇小说《解渴》（1963）、缅怀他父亲的纪实小说《篝火的反光》（1965）等。这些创作在洋溢着激情的同时，逐渐从揭示人性的复杂，鞭挞自私自利的灵魂，向“社会道德”主题拓展，这便是作家60年代末到70年代初的创作——《莫斯科故事》。

特里丰诺夫是位独具匠心的作家。他的《莫斯科故事》以莫斯科市民，主要是现代中层知识分子的日常生活为题材，真实地塑造了一个个精神道德沦丧、自私自利的现代市侩形象，因此，这组“故事”有“反世俗小说”之称。小说之所以取得成功，首先在于作家的精心选材和情节构思。在《交换》中作家选择了一对夫妇为男女主人公，通过他们与生病老人（男主人公的母亲）交换住宅这一件事，揭示出女主人公列娜的卑俗无耻和市侩嘴脸。这里的交换住房实际上是心灵与物欲的交换。在列娜眼里，人与人的关系就是互相利用，进行交易的关系。本来列娜一直不愿和婆婆居住在一起，可是，当她得知婆婆病重时，便立即提出要和婆婆同住，因为她打算待婆婆死后，利用婆婆的房子，再加上自己的一间房，去同别人交换一个套间式住房。列娜为自己的自私行为进行赤裸裸的辩解，认为自己的行为比伪君子的口是心非光彩。

特里丰诺夫专注于人物性格的塑造，探讨处在物欲旋涡中人们在精神生活上的困惑、矛盾和挣扎。《初步总结》以第一人称的口吻让人物自我忏悔，反思过去，剖析主人公如何在市侩包围中，面对贪图享乐、虚伪势利的妻子和儿子无可奈何，只好在厌恶和无奈中妥协退让。作家以细致入微的笔触展示出人物的精神危机。《滨河街公寓》的主人公格列勃夫出身小职员家庭，从上中学时起就羡慕滨河街高级干部、高级知识分子的豪华住宅。上大学后违心地追求教授的女儿，以便将来成为豪华公寓的主人。但当教授遭到不应有的批判时，格列勃夫却袖手旁观。虽然他未能成为教授的女婿，但后来靠投机取巧，仍成为学术界的显赫人物，实现了拥有豪华公寓的愿望。小说具有从40年代到70年代初的时间跨度，在时间流程中勾画出双重的生活影像，一个是住宅、服饰、地位所代表的虚幻影像，另一个是人们的思想道德面貌所代表的真正价值，小说从这两个影像的对比中探求人生的意义。

继《莫斯科故事》之后，特里丰诺夫1978年完成了长篇小说《老人》。小说以一位历经苏联历史沧桑的老人为主人公，将当代现实和历史现实结合在一起，对人们的生活命运进行道德伦理的审视，完美地体现了作家的创作主题和风格。

特里丰诺夫生前发表的最后一部长篇小说是《时间与地点》（1981）。它分13个章节，跳跃式地描绘中心主人公安季波夫如何走上文学创作道路，揭示出社会和人际关系的错综复杂。小说横跨30年代末到当代的几十年时间，从中透视出在时间流程中人们思想感情的流变过程。特里丰诺夫还留有未完成的自传性长篇小说《消逝》。

作为一位社会道德批判作家，特里丰诺夫的小说充满了浓重的道德哲理色彩，但是作家无论是以他者的身份娓娓道来，还是以自我的口吻直抒己见，无论是在尖锐的讽刺中，还是在惟妙惟肖的人物场景勾勒之中，都力图“写复杂的生活”，因为“在生活中一切都盘根错节地交织在一起”。他不说教，不宣讲空洞的哲学道理，追求简洁，在质朴和自然中显示出作家的平实和厚重。这也是他将契诃夫奉为偶像的重要原因之一。

瓦西里·马卡洛维奇·舒克申（1929—1974）既是小说家、剧作家，又是演员和电影导演。他出生于西伯利亚阿尔泰边区的农村。他刚刚3岁时，父亲就在“肃反”中被捕，直到他去世后的1956年才平反。这期间他与母亲相依为命，备尝生活艰辛。从七年制学校毕业后，他进入汽车技术学校学习，技校的生活对他以后的创作产生了很大影响。卫国战争后，他做过学徒、小工。40年代末，他入伍在里海舰队当了士兵。1952年因病退伍回到农村。1954年考入莫斯科电影学院导演系，1957年第一次参加电影拍摄，翌年发表了他的第一篇作品，短篇小说《马车上的两个人》。此后，在短促的15个春秋中，他创作了一百多篇短篇小说、两部长篇小说、若干中篇小说和电影剧本。1974年10月，在参加拍摄影片《他们为祖国而战》时，因心脏病发作猝然去世于摄制景地。

纵观舒克申的创作，可以分为两个阶段。50年代末到60年代为第一阶段，60年代末到70年代中期为第二阶段。第一阶段，舒克申在广泛反映社会生活的同时，笔端伸入广袤无垠、富饶而又贫困、传统而又现代的俄罗斯乡村，着重描写那些纯朴善良，普普通通却又过着“怪异”、可笑，近乎荒唐生活的人。如《斯捷潘的爱情》（1961）中按旧式习俗去向城里来的女大学生求婚的乡下小伙子斯捷潘；《怪人》（1967）中在城里商店买糖果时掉了钱却不好意思捡回，总是干些傻事的瓦西里；《格林卡·马柳金》（1961）中傻气的格林卡；《晶莹的心灵》（1961）中对汽车着迷的米哈伊尔等等。

舒克申的艺术特点在于他从未满足于表现这些人物的怪异和荒谬。

虽然他的笔调充满了淡淡的嘲弄，让人对怪人瓦西里“打肿脸充胖子”，不去认回自己钱的拘谨扭捏，对他异想天开地在童车上画鸟画花取悦嫂子、反遭奚落等等古怪举动哑然失笑，但是同时又让人生出不尽的同情和惋惜。舒克申并没有沉迷于猎奇，以寻找笑料儿为能事，而是尽力挖掘寻常人渴望真挚感情，崇尚善良美好的纯洁心灵。这构成了他的创作中一贯的主题。他始终追求着这样的创作意旨：“艺术的目的在于帮助人认识生活和自己，使人变得更有人性、更高尚、更美好。真正的艺术永远引导人们通向尽善尽美的境界。”因此，似乎不近情理的斯捷潘赢得了姑娘美好的爱情，傻气木讷的格林卡能够无私无畏地将着火的汽车开离油库。看来离奇的事情变得那么自然，那么合乎情理，普通之中尽显不凡。作家苦苦探究的正是人，普通人，平平常常的庄稼汉生活的意义之所在。

舒克申笔下的主人公虽然会做出荒谬可笑的举动，但是他们大多具有坚定执着、苦苦追求的精神，充满了生活的激情。即使他们的努力注定劳而无功——如《执拗的人》(1973)中的莫尼亚梦想研究永动机，作者仍然在他们必然的失败中表现他们对生命的热爱、参与和不懈求索，让人感悟到这种求索本身便是生命意义之所在。舒克申的作品在这里融入了深刻的哲理内涵。

70年代的苏联，道德探索潮流在文学创作中占有举足轻重地位，此时的舒克申渐渐放弃了创作中的温情、幽默的因素，进入他创作的第二阶段。他的小说中越来越多地表现出激愤的嘲讽，犀利的讽刺。《我的女婿偷了一车木柴》(1971)中对乡下人的贪婪、自私、刁钻进行了淋漓尽致的鞭挞；《附言》(1972)、《妻子送丈夫去巴黎》(1971)等小说中则对那些脚踩两条船的乡村人与城里人形成的戏剧性处境进行了多方面多层次的深入观察和展示。一方面，舒克申在探索为什么随着当代俄罗斯生活方式的变革，乡村失去自身的古朴和谐，城里人和乡村人的精神道德都陷入危机；另一方面，随着对城乡人们生活品性发掘的深入，舒克申已经打破城乡分割观念，而是综合地对社会上各种敏感的精神丑恶现象进行无情鞭挞，热情讴歌传统美德。他的短篇小说《玩乐朋友》（1973—1974）、中篇小说《在那遥远的地方》（1966）、童话中篇小说《鸡叫三遍之前》（1975）、电影剧本《红莓》（1973）无疑都是这方面的成功之作。

《鸡叫三遍之前》在作家去世后才得以面世。它通过荒诞的寓言传说故事形式，重点刻画了“老妖婆”、“三条巨龙”和“智者”的形象，有极强的政治指向性。情节怪诞，手法独特。

如果说早在1964年，舒克申自编自导的影片《有这样一个小伙子》获第16届威尼斯国际电影节“圣马克金狮奖”，是舒克申艺术创作的巨大成功的话，那么《红莓》则是他非凡艺术才华的充分展示。这部他亲自撰写的剧本，1973年由他自任导演并亲自担任主角的影片上演后，引起巨大轰动，获1974年第七届全苏电影节主奖。《红莓》中那个劳改犯刑满出狱后宁死也要过新生活，却遭遇不幸，这个情节体现出强烈的人道主义倾向。罪犯求取新生，不仅表明了罪犯本人对俄罗斯田野、对劳动的家园和老母亲的热爱，更表明了人心向善的永恒。这部脍炙人口的作品包含的美好感情——爱情、亲情、对大地的怀恋，让人回味无穷。

舒克申创作了两部长篇小说：《柳巴温一家》（1965—1987）和《我来给你们自由》（1971）。《柳巴温一家》分上下两卷。上卷于1965年出版后拍成电影，下卷于60年代完成，作者逝世后1987年才得以面世。上下两卷内容相对独立，但是统一于西伯利亚农村一个普通人家从20年代到60年代的命运变迁这个主线。《我来给你们自由》是历史长篇，以对17世纪俄国农民战争扣人心弦的描写，对起义领袖拉辛个性成功的塑造引人注目。

舒克申对艺术的深刻体味和他卓越的艺术才华，体现在他创作的情理交融、短篇小说的简练和紧凑，以及独具匠心的情节构思和个性化的民间口语造就的平易、质朴的人物形象之中。

费奥多尔·亚历山德洛维奇·阿勃拉莫夫（1920—1983）出身于阿尔罕格尔斯克州一个农民家庭。他年幼时父亲去世，6岁起就帮助母亲干农活。1941年卫国战争爆发时，他在列宁格勒大学语文系三年级读书，与同学们一起志愿参加列宁格勒保卫战。1942年冬，他受重伤，返回故乡调养，目睹农村妇女为支援前线的艰辛劳动，深受感动，称后方为“第二战场”，这构成了他毕生创作激情的源泉。1945年秋，他返回列宁格勒大学继续学习，1948年毕业后进入研究生班学习，写作了有关肖洛霍夫研究的学位论文。从1956年至1960年担任该校苏联文学教研室主任。

1954年阿勃拉莫夫在《新世界》杂志上发表题为《战后散文中的集体农庄的人们》一文，批评粉饰现实、掩盖问题的“无冲突论”在文学中的表现，强调只有真实地描写人物的性格和思想感情才能揭示现实生活的丰富性。这篇论文实际上成了阿勃拉莫夫的文学纲领。

阿勃拉莫夫倾注20多年时间和精力创作了长篇小说四部曲《兄弟姐妹》：《兄弟姐妹》（1958）、《两冬三夏》（1968）、《十字路口》（1973）和《房子》（1978）。前三部发表后，曾结集定名为三部曲《普里亚斯林一家》，并获1975年苏联国家奖。后来，作者又写了《房子》，把三部曲扩展成为四部曲。作者以深厚的感情描绘苏联北方农村从战争年代、战后的经济复兴到60年代和70年代的历史变迁，使作品具有一种编年史的风格。小说以作者的故乡维尔科拉村为原型，虚构了一个名叫佩卡西诺的一个村庄，并参照大量资料，以普里亚斯林一家的兄弟姐妹为中心，刻画众多的人物形象，探讨了俄罗斯的民族性格。

四部曲第一部《兄弟姐妹》从苏德战争爆发后的1942年写起。佩卡西诺村60多名壮劳动力都上了前线，只剩下老人和儿童。面对繁重的春播任务，受群众爱戴、富于人情味的中年妇女安菲莎·米妮娜勇敢地挑起农庄新任主席的重担，动员村里老人和妇女从天蒙蒙亮做到天黑，终于出色地完成了任务。一天，普里亚斯林家接到一家之长伊凡在战场上牺牲的消息，陷入一片悲痛。安菲莎前来慰问，并提议将三个年幼的孩子送进保育院。但是，14岁的大哥米什卡谢绝了。从此，他带着12岁的妹妹丽兹卡挑起了全家七口人的生活负担，在严峻的北方农村中生活下去。阿勃拉莫夫继承俄苏现实主义的写实传统，在日常生活中刻画了许多人物的性格特征。

《兄弟姐妹》着重描绘农村妇女为在前线的丈夫，为迎接胜利而付出的巨大努力，而第二部《两冬三夏》则反映战后头几年在“半个俄罗斯成了一片废墟”的艰难条件下佩卡西诺村的生活和农庄管理中的问题。全村的壮年男人大多牺牲在战场上，少年米什卡几乎成了村里唯一的壮年男劳动力。战后建设急需的伐木任务极其繁重。然而，更令人担忧的是战后人们的道德观念在蜕变。安菲莎感到，战争时期全村村民握成一个拳头，而现在拳头松开了。她因不能像战时那样有力地动员村里老幼妇女去完成生产任务而被区里撤职，而新任的农庄主席靠命令主义推动工作。米什卡当了生产队长，16岁的丽兹卡志愿住到寒冷的森林里，参加过去只有壮男劳动力才做的伐木劳动。小说一方面通过普里亚斯林兄妹的生动形象，描绘了苏联人民克服艰难困苦的坚强毅力，同时通过对日常生活的描写，表现了此时农村中不仅物质匮乏，而且道德结构也在瓦解。作品显示出政论和思辨性特征。

第三部《十字路口》写的是战争结束六年后，即50年代初期的佩卡西诺村。米什卡、丽兹卡已进入青春时期。米什卡意识到自己在这块祖先一代又一代劳动过的土地上的使命，作为生产队长顽强地奋斗着。“普里亚斯林家才有的蠢脑瓜”使他拒绝任何只对自己个人有利的前途。丽兹卡从艰难的生活中取得丰富经验，她懂得了饲养奶牛的秘诀，成为生产能手。兄妹俩为两个小弟弟进入城里的技工学校而“高兴得流泪”。丽兹卡是小说中刻画得比较成功的优美的俄罗斯妇女形象。她既坚强、勤劳，又富于同情心，乐于帮助别人。她长期以来照顾邻居老人斯捷潘的生活，使他非常感动，他立下遗嘱将自己的房屋送给丽兹卡。斯捷潘的外孙叶戈尔沙是米什卡的同龄人。从部队复员后给区委首长开车，并同丽兹卡结了婚。他虽然出身农村，却嘲笑农民只知道"面包、牛奶和税"，而不知道有另一种生活。城乡矛盾的主题在小说中继续深化。安菲莎同轻浮的丈夫离婚后，嫁给了复员军人，新任农庄主席卢卡申。卢卡申因违反僵硬的规定，给赶造牛舍的木工们发放口粮而被捕入狱。米什卡征求签名，为卢卡申说情。尽管叶戈尔沙说，在信上签名等于在"徒刑判决书上画押"，丽兹卡还是签上了自己的名字。作者在这里进一步揭示了苏联农村中善与恶、进步与落后的两种倾向之间的斗争。

第四部《房子》写的是70年代中期佩卡西诺村的变化。它改建为国营农场，但经济的发展还是不顺利，一年就损失15头奶牛，受国家补助达25万卢布。米什卡以其勤劳成为全村的榜样，成家立业，盖了新房。正像村里老人所夸奖的，他把主要的房子"建造在自己的灵魂里。而这种房子火烧不了，水淹不了"。农村是靠像普里亚斯林兄妹这样的农民维持的。但是丽兹卡婚后生活屡遭不幸。丈夫叶戈尔沙由于厌恶农村而到处游荡，20年杳无音讯。儿子成了出色的坦克兵，但在一次抢救溺水儿童时不幸牺牲。丽兹卡与别的男人生了私生子，感到羞愧难当。叶戈尔沙在放荡够了之后，回到佩卡西诺村。为了分房，甚至拆掉丽兹卡所继承的、在屋顶檐上有北方古老工艺——木马装饰的房屋。后来，当丽兹卡要重新装上木马时，木马掉下来把她压死。丽兹卡的结局具有浓重的悲剧色彩。当叶戈尔沙为抢夺丽兹卡的房子、横行霸道时，村里没有人站出来主持公道。米什卡喊道："咱们佩卡西诺村还有人没有？还是周围的所有人都成了清一色的骗子和坏蛋——想怎么干就怎么干？"小说尖锐地批判了单纯追求物质利益和道德沦丧的现象。四部曲《兄弟姐妹》既是曾使作者激动过的农村艰难生活的艺术再现，又是对于苏联妇女劳动功勋的赞歌，对官僚主义、命令主义以及某些道德败坏现象的深刻揭露。文笔朴素而刚劲有力，能使读者真切地感受到苏俄农民所经历的艰难而复杂的历史路程。

除长篇小说外，阿勃拉莫夫还发表过中篇小说《绕来绕去》(1963)、《木马》(1969)、《佩拉格娅》(1969)等。其中，《木马》在朴素的故事中塑造了80来岁的农村老妇人米列季耶夫娜的令人难忘的形象。她到儿子所在的农村来做客，一大清晨起来就去树林里采蘑菇，甚至在下雨天也不懈怠，结果生病躺了两天，第三天硬爬起来，要回到另一个儿子那里去，因为她答应那天要送那里的孙女去上学。作品赞颂了农村妇女刚强、勤劳、自我牺牲的美德，与此相呼应，作品还赞颂了北俄农村古老房屋和手工制品朴素的美。

此外，阿布拉莫夫还发表过27部短篇小说。阿布拉莫夫的大多数作品都取材于北方皮涅加地区的农村。作者十分喜爱现代俄罗斯农村的语言，喜爱它的鲜活、明快和泼辣。他在创作中运用这种现代俄语，以求准确而透彻地描绘时代特征。阿勃拉莫夫的创作对认识苏俄农村和苏俄农民性格具有重要的价值。

钦吉斯·托列库洛维奇·艾特玛托夫(1928—2008)生于吉尔吉斯南部舍克尔村的农牧民家庭。在艰难的战争年代，他当过村苏维埃秘书、区财政局税收员和拖拉机站统计员。战后，在畜牧兽医专科学校和吉尔吉斯农学院学习，1953年毕业后到吉尔吉斯畜牧研究所实验场工作。1952年发表第一部作品短篇小说《报童玖伊达》。小说描写一个为征集斯德哥尔摩宣言的签名，为保卫世界和平而奔走的日本小报童。1956年进入莫斯科高尔基文学院学习，两年后毕业。曾任《文学的吉尔吉斯》杂志编辑、《真理报》在中亚的特约通讯员，苏联作协书记。1974年被选为吉尔吉斯科学院院士。1982年当选为设在巴黎的欧洲科学、艺术、文学院院士。

艾特玛托夫早期创作包括《阿什姆》(1953)等近十部短篇小说。

这些作品散发着浓郁的吉尔吉斯乡土气息，富有生活情趣。1957年发表第一部中篇小说《面对面》。这也是他第一部由吉尔吉斯文译成俄语的作品。

1958年问世的中篇小说《查密莉雅》，真切细腻地展示了一个年轻女性爱情的苏醒过程。在某种意义上，是对争取人格独立、妇女尊严的肯定和讴歌。小说成书于人道主义思潮在苏联文坛方兴未艾的50年代末期，带有明显的人道主义倾向。在艺术上，这部小说极好地体现了作家早期创作的特点和风格，故事情节简洁紧凑，人物心理刻画细腻，行文流畅优美，自然景物描写富有民族特色。全文充满浓郁的抒情情调，洋溢着浪漫主义激情。《查密莉雅》是艾特玛托夫的成名作，在苏联国内外赢得广泛赞誉。但是也有评论家指责作者，认为不应该如此塑造吉尔吉斯的妇女形象：当她的丈夫在前线打仗卫国时，她却同人私奔，作品的背景构思很不得当。

60年代初艾特玛托夫继续发挥《查密莉雅》的主题思想，以严肃的现实生活为基础，着力揭示普通人崇高的理想、美好的感情和朴实的人与人之间的关系，借以表达自己的道德理想。他创作了一组优美的抒情作品，被称为“人的赞歌”，其中《我的包着红头巾的小白杨》(1961)、《骆驼眼》(1962)、《我的第一位老师》(1962)同《查密莉雅》结集成《群山和草原的故事》出版后，获列宁文学奖。

1982年艾特玛托夫曾谈到，如果他的作品要选编成集，他将“收入近几年的《永别了，古利萨雷！》、《白轮船》、《花狗崖》、《一日长于百年》”。1966年发表的中篇小说《永别了，古利萨雷!》，标志着作家的创作进入了新的发展时期。小说的成就之一在于，作家不仅塑造了塔纳巴依这个个性鲜明的人物形象，而且较早地在“二战”后苏联文学的动物题材领域开拓了社会道德探索之主题，将溜蹄马古利萨雷这一动物的生动形象奉献给读者。塔纳巴依和古利萨雷两个形象，一人一马，个性相似，命运相通，一生交织着光辉灿烂和蒙冤凄惨，甜蜜欢乐和苦涩悲凉。人和马的悲剧正是那个历史时期的缩影。显然，作者已经从早期创作中歌颂、赞美的主调，转向对吉尔吉斯民族生活的独特探讨，注重于伦理道德以及社会的冲突和矛盾。

70年代起，艾特玛托夫将假定性和写实手法融为一体，探求人生的目的和永恒，大大加重了作品的哲理性内涵，同时作品的悲剧色彩亦愈发浓重。《白轮船》（1970）、《早来的仙鹤》（1975）和《花狗崖》（1977）都突出表现了作家这一新的创作倾向。《白轮船》这个标题是作者将小说手稿拿去发表时，根据当时《新世界》杂志主编的建议改换的。原标题是《童话外的故事》。小说发表几年以后，作者谈到该书时仍认为原来的标题"更准确一些"，因为正是从《白轮船》的创作开始，在他的作品中，神话和传说已经不仅仅只是一种写作中借用的手法和技巧，而是构成作品内容本身了。如果说偏僻护林所里三户人家中主要人物间激烈的善与恶的道德冲突构成了整部小说的骨架，那么一个7岁孩子所拥有的"两个故事"——长角母鹿的故事和白轮船的故事就是小说的主体了。在纯洁、善良的童心世界里，梦幻亦即现实。面对恶人恶行，长角母鹿的故事是他对爱的向往和精神支柱。因此，当森林中出现的长角母鹿被杀死，而且还是被向他讲述长角母鹿故事的莫蒙爷爷亲手枪杀的，这时，一颗童心碎了，爱的梦幻破灭了。他无法忍受和饶恕这一罪恶，于是跳进水里，把自己幻想为一条鱼，去追寻自己的理想和希望——白轮船。

《花狗崖》强化了《白轮船》蕴含的深邃哲理，从一般的道德问题完全转向了对人的生存与死亡、乃至永恒问题的探讨。小说充满了浓厚的梦幻传奇色彩。作者讴歌的是人类为生存而显示的博大的人间之爱，人的精神的极高境界。

苏联文学发展到70年代后期，文学作品向广阔的哲理思考的深层开掘，拓宽艺术表现手段，已经形成一股潮流。相继出现一批结构庞大、内容包罗万象，具有史诗规模、宏伟气势的全景文学作品和采用系列结构样式的纪实文学作品。传统小说模式无疑受到强有力的冲击和挑战。艾特玛托夫另辟蹊径，试图“摆脱直线说教的方式”。他指出：“文学中的平面观察业已过时，它需要补充，进行‘侧面’的和纵深的观察，需要观察过去。”“现在必须让文学从单层次中解脱出来”，“我们非常需要的是多层次结构”。而“传说、神话、民歌，所有这种种结构都在帮助我寻找那种多层次、多节奏的表现形式。”同时他积极将其理论主张付诸实施。1980年他推出了第一部长篇小说《一日长于百年》（又名《风雪小站》）。在一个铁路小站上的老员工叶吉盖坚持按死去的同事遗愿将其安葬在草原上的神圣墓地阿纳贝特。在古代传说中这里埋葬着一位乃曼族的伟大母亲乃曼—阿纳。柔然部族把她的儿子俘虏去，用干骆驼皮粘贴在他头上，使他失去记忆，并称他为“曼库特”。后来，这个“曼库特”奉主子之命，用箭射死了前来找寻他的母亲。当铁路小站送葬队伍快到墓地时，发现墓地已被铁丝网圈入苏美联合宇宙发射场。原来，被天外人接走的两个苏美宇航员发现，天外人所在的星球是个高度发达的、没有战争、没有武器和国家的文明社会。他们希望与地球人类建立联系，以便进行不同社会文明经验的交流，促进宇宙各星球间思想和文明的新发展。苏美双方获讯后，惧怕因此造成地球意识的崩溃，便宣布禁止两位宇航员返回地球，并实施代号为“箍”的反卫星计划，旨在彻底切断外星人同地球的联系。由于送葬队伍被拦截在场外，人们只好在陡崖上埋葬了死者。就在此时，一枚枚火箭轰然飞向天际，“箍”计划开始实施了。这一在地球周围形成的火箭警戒线，恰如给地球带上的头箍。此时叶吉盖突然觉得旁边出现了白色的杜拜鸟（乃曼—阿纳被儿子用箭射中时，她的白手帕中飞出的鸟），它疾飞着，哀叫着，象征对地球人类潜在危机的忧虑。小说在历史、现实和未来的立体画面中，神话、现实和宇宙三条线索相互交错，又对应了三个不同历史时期的悲剧：传说中乃曼族关于“曼库特”的古老悲剧；

苏联现实社会和个人的悲剧；幻想中人类自我封闭、毁灭的悲剧。三大悲剧尽管在历史的各个断面上呈现出不同的形态，其内涵却是相通的。它们互为表里、相互映照，奇特地交织成为一部多主题、多层次、多线索、多种文体，具有史诗规模的哲理“交响乐式”小说，表现了作者对人类潜在危机的忧虑。其次，小说的叙事时序也由时间的自然承接转向空间的并列运行和主人公叶吉盖心理意识的自由流动。小说情节发生的时间实际上只有一天，但是在操持丧事，特别是送葬路上，叶吉盖思绪万千，回忆起战争年代和战后的艰难、“个人崇拜”带来的不幸、小站内生活的种种欢乐和痛苦、几户人家的坎坷生涯；回溯古老的民族悲剧，同时并列叙述对宇宙未来的幻想，在正常时序中不断插入假定时间，形成时空的多层次交错和情节交织的复合结构。

艾特玛托夫于1986年完成的长篇小说《断头台》是又一部多主题、多层次、多角度、多种艺术手法的哲理性小说。全书由三部分组成，以一对狼的悲剧性遭遇贯穿始终，在广阔丰富的现实生活图景上，重点叙说曾在神学校读过书的青年阿夫季精神道德探索的命运悲剧和牧羊人鲍斯顿自身生存的现实悲剧。一对母狼和公狼在中亚广阔的草原上过着自由自在的生活。但是，州里为了完成肉类生产计划，大规模围猎草原羚羊。老狼生养的三只小狼都被打死。两只老狼死里逃生到了阿尔达什湖畔，又生了五只狼崽。可是这里为开发稀有矿藏，放火焚烧沿湖芦苇。大火中两只老狼只得扔下三只狼崽，叼着其余两只，逃向河对岸，上岸后发现狼崽已经淹死。老狼到处流浪，最后到了伊塞克湖畔盆地，重又生下四只小狼。一天老狼出外觅食回来时，发现小狼都被人掏走。为追回小狼，老狼同人展开殊死争斗，公狼饮弹而死，母狼也奄奄一息。狼的命运将小说的三部分联系在一起。作者开篇呈现的便是一幅狼的生活画面，但随着情节的展开，阿夫季的故事逐渐成为小说第一、第二部分的主要内容。阿夫季是共青团州报编外人员，靠写文章和变卖父亲留下的旧书生活。为引起全社会对贩毒、吸毒的重视，他决定亲自去大麻产地中亚，混入贩毒团伙，弄清并揭露其内幕。阿夫季隐瞒身份，同贩毒者们一同采集大麻。大麻丛中，他首次同母狼一家相遇，而后在偷运大麻的返程中，他因为劝阻贩毒者吸毒，遭致毒打，并被扔出车厢。他的表现很像当年受难而死的耶稣基督。小说接下去是根据《圣经》改编的彼拉多审判耶稣的故事和阿夫季想象自己到了耶路撒冷的情景描写。清晨，他被人搭救。在医院结识了正在研究如何消灭大麻的女科技人员英加。阿夫季回到报社后写了一组反映贩毒的草原特写，但报社不敢发稿。不久，他第二次到中亚准备同英加结婚，可是英加因前夫从中作梗，被迫离去。阿夫季为摆脱孤独，参加了对草原羚羊的围猎。目睹羚羊惨遭屠杀的情景，他要求停止这场杀戮，结果遭到捆打，被吊在一株盐木上。第二天，老狼回窝时发现并认出了一息尚存的阿夫季，这时他睁开眼，最后说了一句："你来了……。"小说的第三部分同第一、第二部分既是统一的，又是独立的。故事情节仍旧依靠狼的命运来组织，但情节主线却是鲍斯顿的故事。一个酒鬼从狼窝掏走小狼后，躲藏到了鲍斯顿家，然后又把小狼卖掉。从此鲍斯顿家门外彻夜都响着一对老狼的哀嚎。鲍斯顿无法说服酒鬼送回小狼。老狼开始伤害畜群和牧人。鲍斯顿只好冒险诱杀老狼，并且打死了公狼。母狼仍旧来鲍斯顿家附近转悠，终于有一天母狼拖走了鲍斯顿的小儿子，为了救儿子，鲍斯顿向狼开枪，母狼喘息着倒下，他的小儿子却被子弹打死。鲍斯顿悲痛万分，杀死了那个酒鬼后，投案自首。

《断头台》发表后始终处于争论之中。小说的基本主题涉及人与宗教信仰、人与自然、人与自身等许多抽象问题，以及现实社会的管理政策、青少年教育等具体问题，并且首次在苏联文学中大胆暴露和提出了贩毒、吸毒问题。小说故事情节曲折、复杂、枝蔓繁多。但作者采用倒叙、插叙、夹叙夹议等叙事手法，使小说条理清楚，散而不乱。同时由于作者成功地运用象征、虚拟、梦幻和变形等假定性手法，读者的审美感跳跃于现实和虚幻、人类世界和动物世界之间，给人以与历史同步，物我同一之感。显而易见，艾特玛托夫的艺术探索在美学领域同样有其不可忽视的意义。

继《断头台》之后，艾特玛托夫发表了长篇小说《雪地圣母》的片断（1988），中篇小说《成吉思汗的白云》（作家为《一日长于百年》增写的一章，1990）等作品。苏联解体后，艾特玛托夫这位吉尔吉斯作家仍然继续以俄语发表了一部涉及宗教题材的哲理小说《卡桑德拉印记》，这部小说也引起了不同的反响。艾特玛托夫非常注重从吉尔吉斯民族文学、俄苏文学以及世界文学的殿堂汲取大量丰富的营养，凭借神话传说等假定性形式来隐喻、象征和折射现实，集历史、现实、未来于一体，创造出作品构思的立体性框架，形成鲜明、独特的艺术风格。

瓦连京·格里戈里耶维奇·拉斯普京（1937—2015）出生于西伯利亚安卡拉河畔的一个农民家庭，祖母是一位待人善良的农村妇女，一生任劳任怨。祖母的良好品质给孙子留下了深刻的印象，日后，在拉斯普京的几部作品中都有这位慈祥老人的身影。

拉斯普京于1959年毕业于伊尔库茨克大学语文系，进入西伯利亚地方报社当记者。他采访过几个巨大的建设工地，积累了不少生活素材，1966年发表了《天涯海角》和《新城的篝火堆》两个特写集。在此期间，他还发表了短篇小说《我忘了问廖什卡……》（1961）。拉斯普京在写作讲习班得到了作家契维利欣（1928—1984）的赏识和帮助，比较顺利地走上了文学创作道路。1967年，拉斯普京发表了他的成名作《为玛丽娅借钱》，在苏联文坛上引起广泛反响。

60年代中期和70年代是苏联文学向道德和伦理探索发展的时期。在这一背景下，拉斯普京的创作一开始就带有鲜明的道德探索的色彩，而且一直贯穿在他后来的几部作品中。《为玛丽娅借钱》的故事并不复杂，但却比较深刻地暴露了人情淡薄、世态炎凉的社会道德问题。故事发生在西伯利亚一个偏僻的农村，该村商店的女售货员玛丽娅因缺少文化，不熟悉会计业务，在上级来人清查账目的时候，被发现有一千卢布的亏空。玛丽娅面临被追究法律责任和坐牢的危险。查账人出于同情，答应玛丽娅在五天之内将欠款补上，就可以既往不咎。为了还清欠款，玛丽娅的丈夫库茨马为妻子四处奔走借钱。小说就以库茨马借钱的活动为线索，展开了故事情节。在借钱的过程中，库茨马遇到了各式各样的人：有的一毛不拔，有的支吾搪塞，有的幸灾乐祸，有的愿借，却又力不从心……三天过去了，钱仍然没有凑够，库茨马只好硬着头皮进城去找久不往来的弟弟，能否借到，他并没有把握。小说就在库茨马来到弟弟家门前，举手叩门的一刹那结束。

小说的主旨不在于叙述主人公最后是否借到了钱，而是要反映借钱过程中人与人之间的关系；库茨马借钱这一活动就像一把“尺子”在衡量村里每一个人良心和道德水平。在这篇小说中，拉斯普京显露了他独特的观察力，善于在日常生活、人际交往过程中揭示各种人物的性格和心理状态。

当代人的感情教育是拉斯普京创作中十分注意的道德问题，他曾经说过：“我认为，文学面临的一切任务之中，主要是感情教育，这是我们今天所需要的……感情也许是我们今天所缺少的东西，而这正是科技革命存在的问题之一。正是‘农村’文学首先教会我们这种感情，试图培养这种感情。”他的两部中篇小说《最后的期限》（1970）和《告别马焦拉村》（1976）为他上面的观点作了形象的说明。

《最后的期限》写的是一位饱经人世艰辛的农村老妇临终前所经历的一幕家庭悲剧。女主人公安娜中年丧夫，她含辛茹苦地把一大群孩子养大成人，其中三个牺牲在卫国战争的沙场上，还有三个住在城市里，身边只剩下最小的一个儿子。安娜病危了，她盼望着孩子们回来作最后的告别。子女们虽然都回来了，但他们不理解老母的心情，一个个都在母亲死去的前夕，借故离开了垂危的老母。小说通过这个悲剧谴责了子女们的忘恩负义和他们对亲人、故土、家园的淡漠感情。

《告别马焦拉村》则通过更加广阔的社会背景和更加激烈的矛盾冲突，提出了人对世世代代养育自己的故土、家园以及祖先的感情问题，这样，作家的道德探索就具有了更深远和更广泛的社会意义。小说中的马焦拉村位于安加拉河的一座岛上，由于安加拉河下游要筑坝建水电站，坝内河道水位将升高，马焦拉岛将不可避免地沉入河底。小说的故事情节就发生在沉没前岛上居民的搬迁过程中。马焦拉村的居民世世代代在岛上勤劳耕作和生活，逐渐形成了马焦拉村的历史、文化和传统，岛上还埋葬着居民们的祖先和亲人，可以说，马焦拉岛就是养育村民的母亲大地。面对马焦拉岛即将沉没的命运，岛上居民的反映各不相同。以达丽娅老大娘为代表的老一辈村民强烈不安，与村庄难舍难分，同上级派来清除岛上房屋、树木、坟场的工人发生尖锐冲突。他们看不惯外来工人不尊重当地人民感情、粗暴拆除各种障碍（为保持未来河床的平坦）的做法。与老年人形成鲜明对比的是以达丽娅的孙子安德烈为代表的年轻一代，他们对祖辈的传统和家乡毫无眷恋之情。他们向往的是热火朝天的电站建设工地，是现代的城市生活和物质文明。两代人对待马焦拉岛命运的态度，就是作者要揭示的当代人道德水准的差异。小说还反映出作者对俄罗斯农村连同它的传统文化和道德在科技革命的大潮中即将消失的忧虑。

拉斯普京的另一部中篇小说《活着，可要记住》（1974）要告诉读者的是：一个人对自己的祖国应承担什么样的义务，当他背弃自己的义务、苟且偷生时，他会堕落到什么程度，他的亲人将会承受什么样的痛苦、不幸和惩罚。故事讲的是一个在卫国战争后期当了逃兵的人，他偷偷跑回家乡，却又不敢在亲人面前露面，只得在荒郊野外过着半人半鬼的生活。他的妻子娜斯焦娜虽然同情理解丈夫的处境，但她却始终无法在众人面前抬起头来：因为她的丈夫虽然活着回来，却是一个见不得人、难逃国法的逃兵。最后，怀有身孕的娜斯焦娜不得不在进退两难的绝望境地中，投河而死。

80年代，拉斯普京发表了中篇小说《失火记》（1985）。小说通过西伯利亚某伐木区一个移民小镇上的一场火灾，揭示了一群离开故土、失去“根基”的人们在火灾发生时的各种心态：有人救火，保护国家的财产；有人漠不关心，有人甚至趁火打劫。这场火灾是对人的道德品格的检验，它启示了对昨天的审视，对今天的认识和对明天的担忧。1989年，拉斯普京发表了特写《贝加尔》，呼吁保护这一湖区美丽、富饶的生态环境。

维克多·彼得罗维奇·阿斯塔菲耶夫（1924—2001）生于西伯利亚叶尼塞河畔一个小村庄，父母都是农民。7岁时母亲去世，父亲远走他乡，他在孤儿院中长大。1942年，正值卫国战争的艰苦时期，他刚年满18岁便应征入伍。在前线，他受过重伤，但一直战斗到战争结束。战后他复员到乌拉尔工作。50年代初期开始文学创作，并出版了一部短篇小说集。1959年他到莫斯科苏联作协的高级文学进修班学习。60年代他的创作进入成熟阶段，成为以写精神道德主题闻名的作家。

论年龄和经历，阿斯塔菲耶夫属于苏联文坛的“前线一代”作家。当他登上文坛一展身手的时候，正是“前线一代”作家争相描写“战壕真实”的热潮鼎沸之际，但是他没有投入这个热潮，而是另辟蹊径，从另一个角度来写他所经历的卫国战争。中篇小说《战事隆隆在远方》（1957）是阿斯塔菲耶夫第一部战争小说。它写的是法西斯侵略战争给远离战场的西伯利亚农民带来的灾难和痛苦。小说没有一处直接描写战争的场面而又处处令人感到远方战争的隆隆炮声。阿斯塔菲耶夫的另一部中篇小说《流星》（1960）也是这样，战争只是作为主人公生活的环境和氛围，而不是艺术表现的直接对象，但它又是左右主人公命运的关键因素。小说以抒情的笔调写了后方医院中的一段爱情插曲，赞美男女主人公对待爱情和人生的严肃态度，把他们纯洁的心灵和高尚的情操比作瞬间发出灿烂光芒的流星。中篇小说《牧童与牧女》（1971）是一部独特的战争小说，它和《流星》合称为“青春二部曲”。这是一部关于爱情与死亡的作品，既有诗意又包含哲理。虽然小说中描写了战斗厮杀的激烈场面，但作品的重点是从战争的日常生活中去探求和发掘道德内涵，并进而对人生价值进行哲理层面的思考。小说中写了三对牧童与牧女，有如三重唱乐曲中不同含义的三个音部。鲍里斯对舞台上牧童和牧女故事的回忆是感伤的音部；村庄被法西斯炮火击中，一对年老的牧人夫妇临死时互以身体掩护对方，这个情节是悲剧性音部；柳霞和鲍里斯一见倾心的爱情是富于抒情色彩的戏剧性音部。现实是战火纷飞的战场，男女主人公却在憧憬和平、宁静的田园诗，严酷的外界环境和主人公内心世界的截然对立，烘托出主人公的悲剧命运和战争对美的摧残。这种写法将过去与现在、幻想与现实融于一体，强烈地控诉法西斯侵略战争是反人性、反自然的。

70年代阿斯塔菲耶夫的创作转向了“人与自然”的主题，这是俄罗斯文学的传统主题。阿斯塔菲耶夫从一个新的视角对这个传统主题进行了开拓。在历史的发展进程中，人在处理与自然的关系时所表现出来的思想和行为，是人的道德面貌和人性品格的一种体现。阿斯塔菲耶夫从这个独特的角度构思了《鱼王》（1972—1975）这部作品。

《鱼王》是一部别具一格的作品。它由12篇作品组成，既不是传统意义上的长篇小说，也不是各自独立没有联系的中短篇小说集。作者说它是“用短篇小说组成的叙事故事”。这12篇作品在情节上没有连续性，人物有同有异，主题思想各不相同，但都围绕一个中心：人在自然怀抱中所表现出来的道德面貌。阿斯塔菲耶夫在《鱼王》中提出了一条道德准则：爱护自然、保护自然是有道德、有人性的表现；反之，破坏自然、糟蹋自然则是无道德、丧失人性的表现。在作者看来，爱护自然的人，对人也是善良的；而破坏自然的人，对人也必然是残忍的。这个思想在作品中通过阿基姆和戈加·盖尔采夫两个对立的人物形象体现出来。阿基姆热爱大自然，为人善良，他生活在大自然中如鱼得水，和谐如意。《鲍加尼达村的鱼汤》一篇描述了他的童年生活，而《白色群山的梦》则描写他冒着生命危险从严冬的大森林中救出一个濒临死亡的陌生姑娘。同阿基姆相反，戈加·盖尔采夫是极端自私的人。他的格言是“我才是我自己的上帝”。他总是以自我为中心，让一切服从他的需要。对人，对自然界，他都毫不怜惜，恣意胡为，最后死在大森林里。作品对那些破坏自然、蹂躏自然的人进行了无情的鞭挞。贪得无厌的伊格纳齐依奇违禁捕到一条特大的鳇鱼（当地称之为“鱼王”），为了独吞这笔财富，他不等伙伴们过来，独自与“鱼王”搏斗，结果受伤的“鱼王”逃脱，而伊格纳齐依奇弄得遍体鳞伤，险些丧命。《鱼王》的主题和题材是新颖的，表现形式也别具一格。作家完全打破了传统小说的结构和写法，他夹叙夹议，状物抒情，写人议事，任意挥洒。或刻画人物，或描写景色，或直抒胸臆，或借喻象征，他都运用自如。阿斯塔菲耶夫在艺术上继承现实主义文学的优良传统，同时又对现代主义文学有所借鉴。《鱼王》没有连贯的情节，没有贯穿全书的主人公，但又不属于西方现代小说的“非英雄”、“非理性”之类的作品。阿斯塔菲耶夫的作品面对现实，主题和人物都来自现实，真实而具体。

80年代，阿斯塔菲耶夫道德批判的锋芒对准了社会生活中的丑恶现象。他的篇幅不大的长篇小说《令人悲哀的侦探故事》（1986）通过一位因伤致残而退职的民警军官索什宁的叙述，展示出一桩桩骇人听闻的犯罪案件。一个20多岁的青年喝了烈酒，浑身燥热，来到街上顺手捅死三个人，然后若无其事地去吃冰淇淋。有个小伙子挨了打，为了出气，决定杀死他遇到的第一个人，恰好这是一个怀孕的美丽少妇，被他用石头活活砸死。令这位见惯了犯罪行为的警官感到震惊的，不是犯罪事实，而是罪犯无故行凶的心理和行凶后毫不在乎的态度；是在场群众袖手旁观、甚至庇护罪犯的种种表现。小说尖锐地抨击了道德沦丧、人性扭曲的社会现象。

戏剧　从50年代中期起，随着苏联社会政治生活的变化，戏剧创作也进入一个新的发展时期。揭露社会生活中的矛盾，关注道德伦理问题，真实表现当代人的现实生活和内心世界成为许多剧作家的追求。革命历史题材得到新的开拓，歌颂爱国主义和英雄主义事迹的作品也取得新的艺术成果。另一方面，生产题材仍占有重要地位。剧作家大都在探求戏剧手法的革新。

老一代剧作家包戈廷在此时期完成了以列宁为题材的著名三部曲的最后一部《悲壮的颂歌》。亚·考涅楚克（1905—1972）的新作《翅膀》（1954）涉及的是农业管理问题，揭露了某州执委会主席严重的官僚主义作风，赞扬勇于斗争、大胆改革的新任州委书记罗莫丹。德·佐林（1905—1967）倾注多年心血的剧本《永恒的源泉》于1957年上演，剧本描绘列宁最后几年的生活。

此时期，一批较年轻的剧作家陆续登上苏联剧坛。亚历山大·沃洛金（1919—2001）曾参加卫国战争。他的剧本《工厂姑娘》（1956）引起广泛反响。该剧以列宁格勒一家纺纱工厂的女工宿舍为背景，描绘几位女工的日常生活和不同性格。通过电影厂来拍电影时特意在女工宿舍的书架上摆上书籍这样一些情节，作品揭示出粉饰生活的现象不仅存在于文艺作品，也存在于现实生活中。沃洛金还写过多部剧作，其中《秋天的马拉松赛跑》（1979）被搬上银幕，闻名国内外。该剧写的是一位大学教师除讲课、搞翻译外，还在妻子和情人之间周旋，因而整天都像马拉松赛跑那样四处奔跑。剧本结尾，他的妻子对他的生活有所怀疑，但他的马拉松赛跑似乎还要继续下去。沃洛金的剧本一般都不分幕，而只有一个个场面，类似电影剧本。

阿法纳西·萨雷斯基（1920—1993）也曾参加卫国战争，是位多产剧作家。他以剧本《女鼓手》(1958)而闻名。该剧的背景是卫国战争中一个刚刚解放但还处于德寇威胁中的城市。擅长讲德语的苏联姑娘尼拉为了执行任务,曾与占领城市的德军周旋过,而此时为破获德军留下的间谍网,尼拉还不能暴露自己的真实身份,因而被群众当作德国人的"狼狗",遭到轻蔑和辱骂。刚从前线归来的受伤飞行员费多尔对她一见钟情,当他知道尼拉的"过去"时,感到痛苦万分。后来他看出尼拉过着双重生活,尼拉的邻居从她夜晚低声吟唱苏联歌曲《少年鼓手之歌》,对真相也有所察觉。当尼拉的任务即将完成,可以欢乐地投入费多尔和自己人怀抱时,却不幸被德国间谍打死。作者善于营造特殊的戏剧氛围,通过尼拉的悲剧表现苏联人的道德品质和爱国精神。萨伦斯基另一部剧作《传闻》(1980)将观众带到苏联早期的新经济政策时期。纯朴的女青年阿莉娅,作为土地测量员来到某村,规划城市和火车站的建设。她不幸遭到别有用心者的暗算:散布谣言说她受贿,并且将巨款偷偷塞进她的箱子里。阿莉娅被捕,在被押解去城里的途中遭歹徒袭击而身亡。剧本反映了苏联早期建设的艰难历程,展现了这个时期人们不同的道德风貌。

出生于伊尔库茨克工人家庭的剧作家伊格纳基·德沃列茨基(1919—1987)从50年代开始发表剧本。其中,1971年的《外来人》一剧最为著名。该剧描述对事业要求非常严格的工程师切什科夫从外地工厂来到列宁格勒一家大工厂当铸造车间主任,他敢于处分弄虚作假或不按时完成任务的人员,推行严格的生产纪律,使生产成本迅速降低。车间里不少人以战时的功劳为荣,不求进取,劳动纪律松懈,接受不了切什科夫的严厉作风而离开工厂。剧本发表后,曾引起热烈争论。剧本尖锐地提出了改造企业生产的迫切性,描绘了切什科夫在新岗位所进行的各方面的斗争。切什科夫的形象代表了社会急需的新型管理人才。不过,对待落后人群工作简单化这无疑是这个人物形象的一个缺陷。

出生于巴库的列昂尼德·佐林(1924—)是位多产剧作家,从40年代起陆续发表了40多部剧本。其中著名的有纪念他父亲的《朋友与岁月》（1962）、《十二月党人》（1966）、描写叶卡捷琳娜时代政治斗争的《沙皇的狩猎》（1974）等。米哈伊尔·沙特罗夫（1932—2010）以1958年发表的以《革命的名义》而闻名，该剧描绘1918年国内战争艰苦年代的莫斯科，一些因战争而失去家园的少年流浪儿为政府所收养，他们渴望参加战斗，有的在与企图爆炸粮食仓库的白卫军间谍的斗争中牺牲，他们决心“以革命的名义记住”父辈和同伴所进行的艰难斗争，受到列宁的称赞。沙特罗夫还写了许多以革命历史为题材的剧本，1979年发表的《红茵蓝马》以1920年秋国内战争即将结束时期的国内大事为背景，表现列宁在接见一些来访者时发表的观点，其中心思想是革命的最终胜利要靠青年一代在建设中的表现，只有掌握全人类的文化遗产才能根除官僚主义。这是一部含有深刻政治伦理意义的剧作。

70年代末、80年代初，一批新人涌上苏联剧坛。他们大都以普通人、平凡事物为写作对象，力求展示人物的个性化的内心世界，探讨生活的目标和道德价值。这些剧作家的创作被称为苏联戏剧的“新浪潮”。代表作家是阿·加林、维·阿罗、彼得鲁舍夫斯卡娅等。

阿历克赛·尼古拉耶维奇·阿尔布卓夫（1908—1986），是苏联家庭心理剧流派的代表人物。他诞生于莫斯科一个商人家庭。1923年，他在盖杰布罗夫剧院附属戏剧学校毕业后留剧院当演员。1928年起，阿尔布卓夫调到列宁格勒综合剧院和中央戏剧学院附设的剧院执导。1930年迁居莫斯科，曾在莫斯科无产阶级文化协会小型剧院文学部任主任。1938年与导演普鲁切科创立新型剧院“莫斯科戏剧工作室”，该室上演的剧本由演员集体创作演出。

1931年阿尔布卓夫第一部剧作《阶级》问世。其后，他创作了反映青年生活的多幕剧《六个恋人》（1934）和《路漫漫》（1935）。这两部戏剧描写了青年人在人生道路上的不断探索，揭示了现代人心灵成长的历程，但戏剧冲突解决得过于简单。

阿尔布卓夫的第一部戏剧代表作是《塔尼娅》（1938）。作者自己认为，他以后作品的主题，均是《塔尼娅》一剧的继续。塔尼娅是个天真、美丽、善良而幼稚的医学院女大学生。她认为幸福就是把自己毫无保留地奉献给爱人。在同工程师盖尔曼结婚后，她沉醉于小家庭的幸福，但丈夫却移情别恋。她怀着身孕离家出走。孩子夭折了。残酷的生活现实促使她重新审视自己的人生观，做出了新的抉择，到西伯利亚矿区作了一名医生。她终于认识道："只有工作才能给人带来真正的幸福。"《塔尼娅》表现了女主人公人生观转变的心路历程，反映了苏联社会主义建设的时代精神，上演后轰动了全国。这部剧使阿尔布卓夫一举成名。

四幕八场剧本《漂泊的岁月》（1954）是阿尔布卓夫一个有争议的剧作。有着严重利己主义倾向的维杰尔尼科夫对社会和周围的人缺少应有的责任感，只想凭借自身的力量获得成功。后来，女友奥丽加使他从狭隘的个人天地里解放出来。他受到战友的启发，发明了救治伤员的新药，却把发明新药的荣誉让给了在战斗中牺牲的战友。他在剧中由衷地说："我在世上漂泊半生，终于明白了——在生活中，如同在战场上一样，不能独来独往。"维杰尔尼科夫自身有许多缺陷，他在同志们和女友的帮助下逐步地完善自己，最后认识到人生的真谛。作者把这样的人作为主人公来写，是为了把戏剧冲突引向人物的内心深处。1957年，作者在《剧作家的职业》中认为："在一个剧本里最有趣的斗争，莫过于人物的自我斗争了。"因此作者所致力展示的是"一个人从万恶的陋习中解放出来的那一刹那"。

《伊尔库茨克故事》（1959）是作者的又一部力作。全剧用非传统剧作手法写成。阿尔布卓夫借用希腊悲剧的歌队形式，在剧中加进了朗诵组，引导剧情发展，舞台时空的转换极为自由灵活，全剧富有抒情浪漫主义色彩。剧情展开的背景是50年代西伯利亚的水电站建设。伊尔库茨克安加拉水电站工地食品店收款员瓦丽娅漂亮、善良，但作风轻浮。掘土机司机维克多多才多艺，但也玩世不恭。他拒绝了瓦丽娅的求爱。维克多的班长和好友谢尔盖正直、无私、性格稳重，是先进生产者。他向瓦丽娅表露了爱情。谢尔盖的纯真感情使瓦丽娅第一次感受到别人的尊重。他们结婚后，瓦丽娅生下了一对双胞胎。此时，谢尔盖却因抢救两个落水儿童而牺牲了。维克多在谢尔盖精神的鼓舞下发生转变，在工作中积极进取，开始了有理想的新生活。瓦丽娅在同志们的帮助下，走出了小家庭，参加水电站的建设，感受到个人投身于集体事业的幸福。这个剧本得到了当时评论界的一致赞扬。作者歌颂了爱情和友谊的力量，也突出了劳动改变人的主题。

60年代，阿尔布卓夫写了不少剧作，其中影响较广的是《我可怜的马拉特》（1964）。它写了马拉特、列昂尼吉克和丽卡之间三角恋爱的故事。三位主人公都在不同程度上表现出勇于牺牲自己，成全他人的美德，作者在剧中探讨了友情和爱情、事业和爱情、人生和爱情之间的关系，表达了自己对生活和爱情的理想。

阿尔布卓夫70年代的剧作表现出对艺术形式的不断探索和在戏剧主题上的开拓精神。《老式喜剧》（1975）探讨了老年人黄昏恋的问题。全剧自始至终只有两个老人对话，但作者编剧手法精湛，剧情安排得引人入胜。剧中的语言非常含蓄、幽默。《残酷的游戏》（1978）的剧名具有象征意义。剧中几乎所有的人都在玩弄人生，唯有主人公米沙不是在“玩”，而是在生活。他对生活的态度是本剧的焦点，也是其他人物人生观转变的契机。作者告诫“对待生活漫不经心，轻率地播下了不幸的种子”的人，为了青年人的健康成长，应该停止游戏。

阿尔布卓夫在80年代还发表了《女强人》（1983）、《罪人》（1984）等几部剧作。《女强人》以主人公玛雅的内心独白作为剧情发展的依据，不分场次，以音乐、音响划分剧情段落。作品表现了妇女对待爱情、婚姻和家庭的功利态度所带来的不幸。

阿尔布卓夫在半个多世纪的创作活动中共写了40余部作品，1980年，他获得了苏联国家文学奖。

阿尔布卓夫的主人公大多是有着明显的缺点甚至错误，后来又洗心革面、自我完善的青年人。他的剧作里的戏剧冲突通常是主人公的“自我斗争”，即一个人身上正负面品质之间的矛盾。他从不把主人公分成魔鬼和天使，因为他对人抱有宽厚的看法。阿尔布卓夫的戏剧语言优美、抒情、富有诗意，音乐感极强，善于以极普通的日常对话表达内心激情。潜台词和双关语被大量运用。

维克多·谢尔盖耶维奇·罗佐夫（1913—2004），出生于雅罗斯拉夫尔州一个会计师家庭，当过工人，自幼喜爱戏剧，从中学时代起便是科斯特罗马市青工剧院业余演员。1931年在科斯特罗马市青少年剧院任演员。1934年考入莫斯科革命剧院附属戏剧学校，1938年毕业，留该剧院任演员。1941年卫国战争爆发，他参加民兵。同年10月在莫斯科外围战斗中受重伤。伤愈后在前线流动剧团工作，也曾在外省各剧院任演员。战争结束后返回莫斯科，1952年毕业于高尔基文学院。他将冈察洛夫的小说《平凡的故事》改编成剧本，获1967年苏联国家奖。

1949年苏联中央儿童剧院第一次演出罗佐夫的剧作《她的朋友们》。接着罗佐夫的剧作陆续上演，主要有《祝你顺利！》（1954）、《永远活着的人》（1956）、《尴尬处境》（1973）、《四滴水》（1974）、《聋人之家》（1979）等。

《祝你顺利！》写的是名教授阿维林家里发生的事。教授的小儿子安德烈十年制中学毕业，面临考大学和就业问题。在世俗观念看来，只有上大学才有出息，而就业做工则低人一等。为了让安德烈上大学，母亲凭借丈夫的关系，到处走后门。安德烈学习成绩平平，淘气贪玩，但却诚实正直，不肯通过关系上大学。母亲搞到了晋见某名牌大学系主任的介绍信，它可以使安德烈成为高考竞争中的幸运儿。安德烈经过一番激烈的思想斗争，毅然撕毁了介绍信，决心做一个清清白白的人。他的父亲又为他找了个轻松的工作，把他安排到植物园实验室去。他拒绝了父母为他铺排的生活道路。他认为人生在世，重要的不在于干什么，而在于做个什么样的人。在表哥的影响下，他决心到西伯利亚去做工，靠自己的劳动，过真正的生活。在家里经过一番斗争，他终于如愿以偿。临行时，家人祝他一切顺利。剧本在莫斯科上演后，引起轰动，获得广泛好评，罗佐夫也一举成名。

《永远活着的人》以卫国战争为背景，揭示了在前线或后方的青年一代所经受的严峻考验。鲍里斯毅然奔赴战场保卫祖国，最后为保护战友牺牲在前线。深爱他的女友维罗尼卡留在了后方。鲍里斯的表兄马尔克费尽心机赖在后方，还趁机占有了维罗尼卡。维罗尼卡终于认清了马尔克的卑鄙面目，同他分道扬镳。剧本点出了战争给人们带来的创痛，剧中人费多尔说："当然，战争有打完的一天，不过那战争的创伤和它的影响，你知道吗，战后要多少年月才能在这块土地上消失！"剧本另一方面也提醒幸存者应该永远牢记牺牲的人们，负起历史的责任，建设美好的未来生活。维罗尼卡对鲍里斯的战友说："最近我总问自己：为什么我能够活下来？为什么我们大家都能够活下来？那还不是因为他和其他人献出了年轻宝贵的生命吗！可是，我们应该怎样生活呢？……"这个剧本开创了战争题材道德化的创作道路。罗佐夫以这个剧本为基础改编的电影《雁南飞》曾风靡影坛，1958年荣获戛纳国际电影节最高奖。

《尴尬处境》描写青年工人发明家维克托获得一项技术革新的专利，即将获得四千卢布的奖金。然而钱未到手，班长伊格纳特就开出一份大家平均分配的单子，分给维克托的只有四百卢布。维克托的好友和助手安东义愤填膺，为维克托四处奔走，却到处碰壁。维克托本人却毫不在意，埋头钻研，又搞出了一项新发明。最后，伊格纳特认识到自己的错误，幡然悔悟,剧本在圆满的气氛中结束。该剧抨击了平均主义的恶劣风气,讴歌了维克托淡泊个人名利,在工作上锐意进取的高尚品质。维克托说:"我可以为许多东西献出生命。但在任何情况下,无论为什么人,为什么事,我都不会出卖灵魂。没有了灵魂,我就不成其为一个人……","不出卖灵魂"的维克托在很大程度上体现了作者的人生理想。

《四滴水》由四个情节毫不相干的短剧和作者的抒情插话组成。作者的旁白把几个部分连结在一起。这个剧本揭露、讽刺了现实生活中各种扭曲的人际关系。其中《辩护人》批评了上级对待下级蛮不讲理的粗暴作风,《账目两清》表现了社会上金钱和地位使得人与人之间关系变得冷漠虚假,《不能替代的人》揭露了对工人漠不关心的官僚主义,《节日》斥责了获得了学位、高谈人道主义的女儿对父母的冷酷无情。作者在一个旁白中点出了《四滴水》剧名的用意:"我的剧本能够在某种程度上对人们有点帮助就好。这是四滴药剂……。人们说滴水而知沧海,如果在我的几滴水里能够反映出我们生活的某些现象,那就好了。最后,作者应该心地善良,并善于哭泣。也许,这四滴水就是我的四滴眼泪。"

两幕家庭剧《聋人之家》描写了一个高级外交官苏达科夫的家庭。苏达科夫贪污腐败,庸碌无能,对家中发生的事也视若无睹,听而不闻。他厚颜无耻地保持"快乐地生活,什么也不要感受"的生活态度,甚至对最亲近的人的痛苦都麻木不仁。罗佐夫通过精湛的心理描写,反映了上层社会中存在的弊端。

罗佐夫善于观察生活,他的作品往往通过一个家庭或生活中的一个角落,以小见大地反映生活中的矛盾,探索具有社会意义的道德问题,揭示人的精神面貌,褒贬分明;罗佐夫通常采用传统剧作方法进行创作,同时也借鉴了现代主义的一些写作手法,以极平凡的日常生活场景勾勒社会现象,由极普通的人际关系来剖析社会问题,不仅显得真实而流畅,还具有强烈的戏剧性。在人物形象塑造上,他善于运用生活细节进行心理刻画，语言色彩丰富。

亚历山大·瓦连季诺维奇·万比洛夫（1937—1972）出生于西伯利亚伊尔库茨克的一个乡村教师家庭，自幼丧父。1955年就读于伊尔库茨克大学。毕业后在伊尔库茨克地区《苏维埃青年》报社任记者、编辑。1962年他出过幽默短篇小说集。1963年进入高尔基文学院所属高级文学班学习。

万比洛夫的主要作品有多幕剧《六月的离别》（1966）、《长子》（1968）、《打野鸭》（1970）、《去年夏天在丘里木斯克》（1972）、独幕剧《窗子朝田野的房子》（1964）、《和天使在一起的二十分钟》（1970）、《密特朗巴什事件》（1971）。后两部独幕剧于1974年合成一个剧本，定名为《外省轶事》。此外他还著有游记《库杜里克漫游记》（1979）。

《窗子朝着田野的房子》写一个青年大学毕业后在农村当了三年小学老师，和当地奶牛场的年轻女场长情愫暗生。青年在返城之前，到场长家告别。两人进行了一场意味深长、幽默风趣的谈话，最后小伙子决定留下不走了。该剧短小朴实，洋溢着浓郁的生活气息。

《六月的离别》中，大学生柯列索夫面临被学校开除的危险。与此同时，他和校长的女儿塔尼娅产生了感情。校长以不加处罚为条件，要求柯列索夫和塔尼娅断绝来往。柯列索夫接受了校长的提议。在大学毕业晚会上，柯列索夫和塔尼娅重又见面，旧情复燃。见此情景，校长再次要求柯列索夫离开塔尼娅，交换条件是接收柯列索夫为研究生。柯列索夫利欲熏心地再次牺牲了塔尼娅的感情。最后，柯列索夫在悔恨中撕毁了文凭，希望与塔尼娅重归于好。塔尼娅断然拒绝了他，她说："我不信任你，也许你以后为了自己的前途还会拿我去做交易。"该剧赞扬了塔尼娅对纯真爱情的追求，谴责了柯列索夫为利欲出卖爱情，同时也揭露了以权力进行交易的不正之风。

《长子》写两个青年在寒冷的夜里无处栖身，在街上徘徊。他们向人们借宿，屡遭拒绝。为了在素昧平生的萨拉法诺夫家里借宿，两个青年之一的布西金谎称自己是老人从未谋面的儿子。老人的真诚和信任让布西金感动不已，他发自内心地同情老人，自愿留下来陪伴老人。布西金和他的“妹妹”尼娜产生了爱慕之情，最后布西金说明了事情真相，老人仍旧一如既往地认他为长子。剧本的情节虽然离奇，却深刻地探讨了老有所养的社会问题。老人萨拉法诺夫的亲生儿女都要离开爸爸，面临孤独处境的老人需要家庭的温暖。布西金的出现恰好填补了老人感情上的空白。剧情发展虽在意料之外，却在情理之中。

《打野鸭》是万比洛夫的代表作之一。剧本采用倒叙的手法，通过齐洛夫的六段回忆，刻画了庸俗乏味的小市民生活，塑造了齐洛夫这个有才华却无所作为，不甘心沉沦却无力自拔的20世纪“多余人”的形象。齐洛夫是30岁上下的工程师，在工作中弄虚作假，玩忽职守。他说自己“倒能做点事，不过，我不想，没愿望”。他对贤惠的妻子当面花言巧语，背后却四处拈花惹草。他结交的都是一些逢场作戏的酒肉朋友。父亲病危，他也无动于衷。他生活中的唯一爱好和对未来的唯一向往就是去打野鸭。他的妻子说：“你别装出激动的样子，你早就什么都激动不起来了，你对一切，世上的一切，都麻木不仁，你没有心肝，问题就在这儿。”但齐洛夫的性格是复杂的，人们在鄙弃他的同时，也不由得对他寄予同情。因为他意识到自己玩世不恭的生活是个噬人的泥潭，但却振作不起来；他认清了“好朋友们”尔虞我诈、奴颜婢膝的无耻面目，却依旧和他们在一起厮混。齐洛夫的最后一段回忆讲述他在咖啡馆里借酒佯狂，痛斥了在座的朋友们的虚伪和卑鄙。酒后他企图自杀，被朋友们制止。他无力在生活中改变什么，只好外出打野鸭。剧本就此结束。可以推断，打猎也不会让齐洛夫摆脱内心的绝望。作家拉斯普京认为齐洛夫是具有深刻意义的一种典型人物。

《外省轶事》中的《密特朗巴什事件》，立意和手法均与果戈理的

《钦差大臣》相似，辛辣地讽刺了某旅馆经理媚上欺下的丑态。《和天使在一起的二十分钟》批判了人们彼此戒备的可悲心态：面对无私援助的热心人，却怀疑他别有用心。作者的用意是想唤起人与人之间的信任和真诚。

《去年夏天在丘里木斯克》是万比洛夫的另一部代表作。剧情围绕西伯利亚小镇丘里木斯克的一个茶点铺展开。剧中有三个主要人物。70多岁的老人叶列密耶夫曾为地质队当过40多年的向导。他从大森林来到丘里木斯克镇，想要领取养老金。可是当今的政府“只认纸，不认人”，他没有为国家工作的书面证明，只能空手回到大森林去。茶点铺的女服务员瓦莲京娜纯洁、善良、美丽、多情，是作者道德理想的体现者。在剧中她自始至终都在反复修整人们走近路时破坏的花园栅栏。这一富有象征意义的动作提示我们，她是在修补人们在道德上的缺陷。尽管她在现实生活中蒙受了屈辱，但她还是一如既往地修整栅栏，说明她对生活、对美好的理想没有失去信心。青年审判员沙曼诺夫在审理一宗案件时，坚持要给案犯——某要员之子判刑，因而被剥夺了审理权。他心灰意懒，跑到丘里木斯克，一心只想退休。瓦莲京娜的纯真爱情的力量和她所遭受的屈辱使沙曼诺夫重新振奋起来，重新回到法庭去伸张正义。沙曼诺夫是柯列索夫和齐洛夫形象的继续和发展，他最后挺身而出，主持正义，体现了作者的理想。

《去年夏天在丘里木斯克》发展了前几个剧中所提出的道德选择的主题。它是剧作家创作思想的总结。剧中人物之间的关系不很紧密，情节也不扣人心弦。但万比洛夫却以细致入微的手法刻画人物的心理活动，暴露人性的缺点，针砭社会的弊端，使观众深入思考造成人们不幸的社会、道德根源。

万比洛夫的作品中没有轰轰烈烈的场面和可歌可泣的英雄，他所表现的是一些小人物的悲欢。在他为数不多，但风格形式各异的剧作中贯穿着同一个主题：揭露、批判生活中的假恶丑，讴歌心灵的真善美。

万比洛夫以心理描写见长。在他的作品中，无论是超出生活常规的离奇情节，还是平淡无奇的生活琐事都围绕人物的心理活动而展开，逐步揭示人物复杂的心理状态。

第五节　德国文学

德国在“二战”的失败比一次大战更为惨重。在这次大战中它的本土遭到了严重的破坏。由于盟国飞机的连续轰炸，加之纳粹撤退时又对桥梁、道路和公共建筑大肆毁坏，德国几乎成为一片废墟。许多老百姓只能居住在半塌的房屋或地下室里。就以柏林为例，没有住宅，没有商店，没有运输，饥饿的居民发疯似的扒开破砖碎瓦，企图在已被毁坏了的食品商店找一点充饥的残物。过去繁华的柏林竟成了一座荒凉的死亡之城市。而1945年战胜国波茨坦会议确认的措施又使德国发生了大规模的民族迁徙和社会结构的大变动。在这场战争中，德国约有400万士兵和200万平民死亡。因割让东部疆土使德国居民被驱逐，200万人在迁移中丧生。由于饥饿和疾病，当时的德国，死亡率是世界平均数的一倍。

战败的德国不论是物质还是精神状况可以用几个词来概括：崩溃、混乱和低潮。已经习惯于听从命令的老百姓惊惶失措，六神无主。他们对这场灾难毫无心理准备，而外国军队的入驻更加剧了他们的紧张情绪。在这种情况下，德国没有一个具有权威的党派或人士能承担起历史的重要任务。绝望和麻木最终造成德国人严重的道德崩溃和价值观念的丧失。

在这种形势下，就像国家主权一样，文化的决定权也掌握在战胜国的手中。占领国当局首先接管了电台、报纸、出版社和剧院。以后才逐步交给占领国所信任的德国人。一切出版物和演出节目都得审查。由于人们面对令人窒息的现实，极力想逃遁到非现实世界中，因此，在战后的两年，剧院上演的主要是娱乐性的剧目。当然也有世界戏剧中的经典剧目和当代剧目，例如莱辛的《智者纳旦》、沃尔夫的《马门教授》等，它们重新唤起了已被隔绝了12年之久的文学兴趣，以及对生活意义的寻求。

虽然在战后的最初几年纸张非常短缺，但占领当局为了宣传民主与自由的思想，清除纳粹的余毒，还是出了一些报纸和杂志，例如报纸有苏联的《每日评论》、美国的《总汇报》、《新报》等。而杂志有英、美的《展望》、法国的《文献》、苏联的《国际文学》等。虽然占领当局对报纸和杂志有一套规定的方针路线，但还是允许有发表意见的自由，尤其是其中的“文艺专栏”无形中就成了思想论战的主要阵地。加之盟国的文化策略之一是在各自的占领区介绍自己的文学，因而这时期不仅高尔基、奥斯特洛夫斯基等在德国得到传播，同样，海明威、福克纳、萧伯纳以及法国存在主义的作品也流传很广。这一时期可以说形成了多样化的局面。但是此时并没有出现“一战”末期那样的文学浪潮，青年作家暂时保持了沉默。此时，老一代的作家中有两位出版了他们在战争结束前完成的小说，其一是伊丽莎白·朗盖瑟（1899—1950）的《磨灭不了的印记》（1946）。小说写于纳粹统治期间。主人公贝尔方泰纳是犹太人。作者以三册的篇幅描述了贝尔方泰纳从1914年到1945年间的遭遇，反映了这样一种观念：“我们无法改变世界舞台上演的戏……上演的只是上帝和魔鬼之间的事，我们个人仅能选择一块我们想发挥作用的立足之地而已。”“面对过去千万年形成的大洋和深渊，目前的现实根本就算不了什么。”这样一种认识，对读者而言，无疑会减轻由现实所产生的重压。更何况小说采用了超现实主义的手法，空间与时间交织，幻觉与现实交替，象征、内心独白比比皆是，因而它虽然不正视现实，却不给人逃避现实的印象，因为它不仅论及了现实，甚至还描绘了战争。但作者把世界的混乱只视作是永恒的善与恶之间的斗争。另一部作品是台奥多·普利菲尔（1892—1955）的《斯大林格勒》（1946），小说写于作者在苏联流亡期间，为写这部小说，普利菲尔向一些参加过斯大林格勒战役的德国军人作了调查，加上战地报道和士兵的信件等文件，写出了德国第六兵团毁灭的全过程。小说应用了电影剪辑的手法描绘出许多虚构人物对残酷战争的切身体验。作者通过这一兵团的被歼，一方面展示了这场战争的残忍和它的毫无意义，另一方面也反映出一部分军人在现实面前的思考，其中的一些人已在考虑罪责的问题，而且认识到人民已被引入歧途，连生存也受到了威胁。小说1945年在柏林报纸上连载，并以墙报形式发表，后来又出版成书。这部小说以它面对现实的理性态度，它的现实性以及史料的准确在四个占领区引起了巨大反响。

在法西斯崩溃后的最初几年，德国的罪责问题是一个最为尖锐的问题。由于盟国的报纸、电台对于纽伦堡的罪犯审判的报道，电影院放映的有关集中营的恐怖暴行，以及战争所造成的难民和物质的毁坏都对德国人构成了巨大压力。这时期的文学界，黑塞和恩斯特·维歇特（1887—1950）具有显著的地位。前者虽已去了瑞士，但他一再呼吁道德的复兴。而后者由于一贯反纳粹的坚定立场而出名并受到尊重，他以优美的文字号召战后的一代要认识德国的罪行并实现精神和道德的复兴。他写道："我们站在被废弃的房屋前面，看那永恒的星星在人间废墟堆的上空闪耀，倾听那雨点敲打在死者的坟墓和时代的坟墓上的声音。我们是孤单的，以往的世界上从没有别的民族像我们这样地孤单。"他要求青年应从恨的瓦砾堆下挖掘出爱，"你们应再一次发掘出真理、正义和自由"。在这个问题上，最易为人接受的是海德堡哲学家卡尔·雅斯贝尔斯（1883—1969）的观点。他把罪行分成四种：1）刑事罪行，2）政治罪行，3）道德罪行，4）抽象罪行。法律只能用于刑事罪行和政治责任，不能用于后两种罪行。他认为犯罪是一种个人行为，不能指控整整一国的国民犯罪。他的这种提法也许更符合历史事实，从而多少也能使德国人内心存有一定的希望和自尊。根据雅斯贝尔斯的看法，要对后两种罪行有所认识就得依靠一个人的良心和独自反省，只有通过这样的净化，德国人才会发现真理。有关这个问题的探讨始终是战后德国文学中的一个重要主题。

随着东西方在政治及意识形态上分裂的加深，在东西方各占领区内的文学发展也随着民主德国及联邦德国的成立走上了不同的道路。

民主德国文学　“二战”后，很多原本流亡在外的重要作家回国时来到苏占区，例如西格斯、贝希尔、布莱希特、阿诺尔德·茨威格、弗里德里希·沃尔夫等。其中一些人很快成为文化领域里的领导人。为团结一切反纳粹的知识分子，经苏联同意，1945年7月在柏林组成了“德国民主改革文化联盟”，贝希尔任主席。在一定时期里它确曾集合了许多重要的知识分子，如维歇特、法拉达、亨利希·曼等。该组织还出版了机关刊物《建设》。但因苏联的文艺政策目标日益狭隘，东西方分裂也更为严重，于是一些非共产党作家逐渐退出。

在最初的年代里出版的文学作品大多以暴露法西斯罪行，探索这场灾难的原因以及批判法西斯主义在人们思想中的流毒为基本的主题。民主德国建立之后，虽然上述主题依然占有很大比重，但出现了一些反映工厂、农村进行建设的新的主题，这类作品不仅展示了普通德国人民在他们的不同岗位上所作的努力甚至牺牲。同时也反映了个人与社会体制、人与人之间的新关系及与此同时产生的各种矛盾，例如爱德华·克劳狄乌斯（1911—1976）的《站在我们一边的人》（1951）、奥托·戈切（1904—1985）的长篇小说《深深的垄沟》（1949）。马尔希维察、施特里特马特等作家的作品很多也涉及这方面的题材。

50年代的文学不仅体裁多样，题材也更为广泛。除小说外，诗歌领域也涌现了一批新人，如保尔·维也斯（1922—1982）、约翰内斯·博布罗夫斯基（1917—1965）及贡特·库纳尔特（1929—　）等人。而在戏剧方面，布莱希特组建的柏林剧团对叙事剧理论所进行的戏剧实验演出更是引起世界的瞩目。施特里特马特的《猫儿沟》首次把农村题材搬上了舞台。但就在同时，文学创作中的公式化、概念化和形式主义倾向也表现得日益明显。1951年成立国家艺术事业管理局，提出反对艺术中的形式主义，要求提倡社会主义民族文学。1956年以后，随着对于个人迷信、教条主义的否定和批判，作家的思想重新活跃起来，再加之1957至1958年对卢卡契和汉斯·迈耶的批判，民主德国的作家不再像过去几年那样思想一致。他们的视野开阔了，在作品的选材和艺术方法的使用上都有了很大变化。1959年和1964年在比特菲尔德举行的会议，不再提社会主义民族文学，而强调探讨文学与社会，作家与群众的关系。会议一方面要求文艺工作者直接到生产第一线，真正去体会劳动人民的思想情感，另一方面也要求劳动人民自己拿起笔杆子书写自己的生活。这次会议的目的是要求创作者用社会主义现实主义的方法写出“社会主义的人”。但收效并不尽如人意。

60年代以来的文学不管是内容题材还是创作手法比较多样，呈现出繁荣的局面。由于1961年柏林墙建立，因此较多的作品涉及德国分裂所造成的不同制度和不同人生道路的种种矛盾，深入到家庭、婚姻、爱情等领域。另一个重要主题是随着社会的变化而产生的社会伦理道德观念的变化。但这时期的文学最为令人注意的是作家对时弊的揭露和批判，诸如压制民主、思想僵化、因循守旧、瞎指挥、官僚主义等等，这类作品往往引起争论，因而也最能引起人们的关注。在艺术方法上，这时期的作品突破了单一的现实主义，各种现代派的表现手法，诸如多层次结构、内心独白、蒙太奇、时空倒置等经常出现在各种体裁的作品中，尤其对人物的塑造突破了简单化的毛病，趋向反映人的复杂的、丰富的内心世界。70年代以来，作家更致力于创造个人的独特写作风格。

汉斯·马尔希维察（1890—1965）出生于矿工家庭，14岁就下矿拉煤。1910年在鲁尔区当矿工，因罢工而被开除。1915年应征入伍。1919年及1920年先后参加德国独立社会民主党及德国共产党。他从20年代起就经常在《鲁尔回声报》、《红旗》等报纸上发表文章。他自学成为作家，为德国无产阶级革命作家联盟的成员。1933年流亡瑞士，后赴西班牙参加反法西斯国际纵队。1939年他在法国因"二战"爆发而被拘押，后经友人帮助才逃往美国，在纽约从事各种职业。战后回到德国东部，他是著名的工人作家，曾三次获得民主德国国家奖。

马尔希维察的作品以描写德国工人的生活和斗争为主。他的第一部报告文学《埃森的袭击》(1930)叙述的是1920年鲁尔区工人的起义事件。这部作品30年代初就由瞿秋白译成中文。1931年完成的《煤矿上的战役》描述了在资本主义高强度剥削下，矿工们所遭到的灾难及他们的罢工反抗。《轧钢厂》(1932)写的是1924年到1928年所谓资本主义相对稳定时期的工人、小资产阶级、技术知识分子的生活和思想情况。1934年至1959年写的三部曲中的第一部《库密阿克一家》(1934)写20年代，雇农库密阿克离开农村，带领全家到矿区求生，但仍然不得温饱，于是又率全家去荷兰矿区，但再次感到失望，因为那里的矿主并不比德国的矿主好。第二部《库密阿克一家的归来》(1952)讲述库密阿克一家从荷兰重返原来的矿区，由于德国经济不景气，矿工的生活比过去更为艰苦。此后，德国政局动荡不安，纳粹势力日愈猖獗，库密阿克投入了斗争，成为德国共产党的一名干部。希特勒上台，库密阿克被捕入狱。第三部《库密阿克一家及其孩子们》(1959)写1942年库密阿克从集中营回来，家中人员已各分东西，有的生死不明。但库密阿克的子女们在逆境中经受各种磨练终于成长起来，战后他们又怀抱着信心加入到复兴祖国的艰苦斗争中。这部作品包含有作者自己的亲身经验，它深刻地刻画了矿工的劳动和生活，是德国无产阶级文学的重要作品之一。他的自传体小说《我的青年时代》出版于1947年，着重描写第一次世界大战前的矿工生活。1961年他出版了报告文学《在美国》。他还写有短篇小说《在我们之间——新旧时代的故事》（1958）等。在马尔希维察的作品里没有公式化的毛病，也没有口号标语，他不加夸大地反映出各种社会力量的真实面貌。这里既有工人群众的英勇顽强，也有无政府主义的蛊惑宣传，社会民主独立工党的妥协和调和，更有法西斯势力的疯狂。他使用的语言简洁明快，对事物的描绘也干脆利落，给人以一种质朴的感觉。

弗朗兹·菲曼（1922—1984）生于药剂师家庭。中学时就应征入伍。1945年被苏军俘虏，直到1949年才获释。在战俘营期间，他的思想有了很大变化，对法西斯的本质有了认识。回国后他定居在民主德国。1950年起他专心从事文学创作。曾获得多种文学奖。他曾任民主德国作家协会理事，但在1966年因当局对一些不满现状的作家采取压制态度而退出作协理事会。1970年他当选为德国艺术科学院院士。

菲曼的创作早在1942年就已开始，但当时主要写的是诗歌。就在那年他发表诗集《哀叹、悲伤与一筹莫展的心情》。1953年出版的《斯大林格勒之行》是部抒情诗集。它道出了主人公三次赴斯大林格勒的不同感受，因为他曾以入侵的士兵，被虏的战俘和朋友这样三个不同的身份来到这个城市。这三次的体验正好显示了主人公从一个忠于纳粹的士兵到成为一个反战的和平人士的思想发展过程。另一诗集《尼柯的丁香》（1953）是献给希腊自由战士尼柯·贝洛雅尼斯的作品。1957年出的诗集《天地万物永存》是一部对法西斯罪行进行清算，呼吁人们警惕新灾难发生的诗集。

除诗歌外菲曼还写有小说，儿童作品。他的许多小说揭露了法西斯的罪行，例如1955年的《伙伴们》集中反映了法西斯对青年一代的毒害，由于故事情节曲折又紧张，后被改编成电影，名为《受骗到最后一天》。随后出版的短篇集《堕落的影子》（1959）以及带有自传性的《犹太人的汽车》（1962）等都是以反法西斯作为主题。他还经常改写古代作品，如

《俄狄浦斯王》(1966)、《尼伯龙根之歌》(1971)等。他写的童话故事《童话的方向》(1962)隐喻了当代的社会现实。

彼特·哈克斯(1928—2003)出生在一个牧师家庭。1946年后居住在联邦德国地区。曾在慕尼黑攻读社会学、日耳曼语言文学和戏剧。1955年他应布莱希特之邀到东柏林，在布莱希特所创立的剧团工作。之后，从1960年至1963年任东柏林德国剧院的顾问，从事选剧、编剧等工作。1963年起他成为职业作家，并是国际笔会民主德国的理事会成员。

哈克斯早期的创作受到布莱希特叙事剧理论的影响，经常使用陌生化的手法。剧本《恩斯特公爵的民间话本》(1953)取材于民间话本和10世纪的寓言剧，描写的是一位封建时代的英雄人物。《印度纪元的开始》(1954)通过哥伦布发现新大陆的事件展开情节，揭示了科学技术与政治经济之间的关系。这时期的重要作品还有以七年战争为背景的《洛博歹茨战役》(1956)和以弗里德里希大帝的传说为题材的嘲讽普鲁士军国主义的《无忧宫的米勒》(1958)。哈克斯在这时期的创作多半以古代历史事件和民间传说为题材，着重刻画的是人与人之间的关系。许多作品虽表面是写历史，实则隐含了对现存社会的批评。这种倾向在60年代以现实生活为题材的剧本《忧虑和权力》(1960年首演，1965年出版)和《莫里茨·塔索》(1965)里更为明显，由于它们对民主德国社会主义建设中的阴暗面进行了揭露，曾引起了剧烈的争论，结果从演出计划中被剔除。这时期哈克斯开始抛弃布莱希特的叙事剧手法，而在内容上，许多作品以古希腊神话传说和古典剧本作为蓝本进行改编或创作、例如以阿里斯托芬的同名剧本改编的《和平》(1962)、以作曲家奥芬巴赫(1819—1880)的轻歌剧改编的《美丽的海伦》(1964)等。哈克斯善于借古喻今，1966年的剧作《玛格蕾特在艾克斯》(1966)写的就是法国玛格蕾特女王和路易十一之间所进行的权力之争。哈克斯的其他作品有用无韵诗写的三幕剧《安非特律翁》(1970)、《在施泰因府上谈论不在场的歌德先生》

（1976）及《缪斯》（1979）等。

博多·乌泽（1904—1963）出生在一个普鲁士军官的家庭，自幼接受军国主义的思想教育。1920年他参加了由反动军官和大地主所纠合的保皇派组织企图推翻共和国的卡普暴动，目的是建立军事专政。过后他加入了纳粹党。1927年他在英戈尔施塔特的一家纳粹报纸当编辑，次年在荷尔斯泰因的纳粹报《伊策霍日报》任主编。当时在荷尔斯泰因州发生农民革命运动，乌泽的思想受到了很大影响，开始改变自己的政治观点，终于在1930年与纳粹党决裂并投身于反法西斯的活动，随后加入了德国共产党。1933年纳粹上台，他流亡巴黎。1934年被剥夺德国国籍。1936年他赴西班牙参加反法西斯的纵队，并任纵队的政委。1938年因病回到巴黎，同年发表根据自己在西班牙内战中的切身经历写就的小说《第一次战役》。1939年乌泽去美国，次年去墨西哥任杂志《自由德国》文学栏的编辑。1949年回到德国。1949至1958年任东柏林的《建设》和《思想与形式》杂志的主编。1950至1952年为民主德国作家协会主席。他还是民主德国人民议会的成员之一。1955年当选为民主德国艺术科学院院士。

乌泽的处女作是《雇佣兵与士兵》（1935），该书叙述了作者与纳粹决裂的过程。他的最为著名的作品是长篇小说《贝特拉姆少尉》（1947）及《爱国者》（1954）。它们都以反法西斯为主题。前者的主人公贝特拉姆是个出身贫寒的空军少尉。某小岛因军事需要将建成军事基地，岛上的居民被迫迁徙，渔民克利斯滕森受到共产党员索默华特的支持，抗拒当局命令而被贝特拉姆枪杀。索默华特被秘密警察逮捕，但不久从集中营逃出，到西班牙加入反法西斯的国际纵队，并任第六纵队的政委。贝特拉姆也被派往西班牙支援佛朗哥法西斯，却因进攻中飞机被击中而为反法西斯战士俘获。在西班牙的土地上，贝特拉姆和索默华特又遇到了一起。从此贝特拉姆受到了另一种思想教育，渐渐发生了变化，最后决心开始新的生活。《爱国者》原本打算写成三部曲，但可惜只完成了第一部

《告别与归来》（1954）。小说写的是在斯大林格勒战役时期，在苏联的德国反法西斯组织用空降派遣四名战士去德国执行任务。其中有工人领袖的女儿玛利亚，她父亲已被法西斯杀害，丈夫在西班牙阵亡，她空降后，找到组织，完成了营救一位老同志的任务。年轻的赫尔姆特克服各种困难，潜伏在一个同志家中，安装的电台与莫斯科取得了联系。工人领袖彼特到了鲁尔区，恢复了党组织，领导工人继续从事反法西斯的斗争。神甫卡斯帕尔曾是法西斯军队的上尉，因良心受到责备而逃离部队，转而投身革命，跳伞时不幸受重伤，为免遭法西斯毒手而自杀。前三个人最终在柏林会面，大家叙述完成自己任务的经过。这部小说在艺术手法上很有特色，极具纪实性，其中有回忆录，还有盖世太保的卷宗和报告等材料。情节不是直线进行而是相互穿插，场面的变化非常频繁。

乌泽的短篇有《雪地的圣库尼贡德》（1949）、《桥》（1952）和《任务》（1958）等。他的短篇很具克莱斯特风格。1954年他曾访问过中国，回德国后写有《中国旅行日记》（1956）。1957年创作了电影剧本《中国的昨天与明天》。他写有艺术评论集《问题与昨天》（1959）。60年代他出版了中篇小说《在阿拉梅达的周日梦想》（1961）、电视剧本《死者和他的将军》等。乌泽作品的语言非常简洁，情节的叙述极为生动。

福尔克尔·布劳恩（1939—　）生于德累斯顿。中学毕业后做过印刷工、矿工和机车司机。1960至1964年在莱比锡大学攻读哲学。之后在柏林剧团当过顾问。后来从事文学创作曾获得多项文学奖。1972年开始在德意志剧院工作。

布劳恩从60年代开始创作诗歌。他受到马雅可夫斯基和布莱希特的影响，喜欢用自由体形式的、无韵的长句诗，他常常用夸张、讽刺的手法揭露出现实生活中的各种矛盾。1965年发表的《向自己挑战》描绘了建筑工地上的劳动生活，同时表达了自己的生活感受，引起了青年读者的共鸣。1970年的《我们，而不是他们》以颂歌形式歌颂了民主德国的社会制度，显示了诗人在两个德国之间的抉择。他的诗集还有《迎向对称的世界》(1974)、《操练正步走》(1979)等。除诗歌外，布劳恩也写戏剧和小说。他的戏剧创作也受布莱希特的影响，具有叙事剧倾向。他的第一部剧本《翻斗车工人》出版于1967年，三次修改后1972年出新版并上演。剧本写一个作业组长想改善笨重的体力劳动，进行提高劳动效率的试验，结果失败，最终为集体所抛弃。《辛策和孔策》(1973)是布劳恩的著名剧本，它使用的是浮士德与魔鬼签约的主题，反映了个性发展在新的历史条件下出现的问题。这样的主题也出现在布劳恩的小说中。《卡斯特的无拘无束的生活》(1972)指出主人公卡斯特依靠自己的行动才掌握了自己的命运。中篇小说《没有完的故事》(1977)讲的是机修工弗兰克一直背着家庭出身不好的包袱，因他父亲曾贩卖外汇受过刑事处分，自己也曾因小偷小摸被当局拘留过。更严重的是他的老朋友居住在联邦德国、多次来信问他是否愿意去"那边"。为此弗兰克成为怀疑对象，从而成为一个内部控制使用的人员。但他在报社工作的女友卡琳却认为弗兰克已改邪归正，是一个真诚的人，他的家庭和个人问题已成过去，再说每一封从"西方"的来信他都给卡琳看过，并让她交给党组织，但即便这样，卡琳的父亲，县议会的主席却不赞成这门婚事，怕弗兰克玷污了门第。报社党组织也认为卡琳结交这样的朋友是丧失立场的表现，应该划清界线，否则卡琳就不能留在报社工作。这种压力促使弗兰克走上了自杀的道路，但获救未死。卡琳得知后一再证明弗兰克的清白，没有里通"西方"的问题。她对弗兰克的爱和同情使她做出决定，宁愿被报社解雇也要和弗兰克在一起，他们久久地拥抱在一起，但他们的故事并未结束，不断的波折还在等着他们。由这部小说可以看出，布劳恩善于将现实生活中的重要课题与个人的经历相结合起来描写，他常常将个人的命运与所谓的代表国家利益的组织之间的关系揭示出来，《没有完的故事》的批判矛头则直指阴森的密探制度。布劳恩的作品还有剧作《施米滕》(1981)、《简单的德语》

(1981)等。

约翰内斯·贝希尔(1891—1958)出生于慕尼黑的一个高级法官家庭。他从小就对家庭忠于现存制度的教育产生反感。1911年起他在柏林、慕尼黑和耶拿大学攻读医学、哲学和语言学。同时开始创作。1913年他任《新艺术》杂志编辑。第一次世界大战爆发时,他是为数很少的反对战争的人,他拒绝入伍,由此和家人及许多熟人到了决裂的地步。为了逃避兵役,他经常辗转各地,不得不中断大学的学习。1918年他参加斯巴达克同盟,次年加入德国共产党。1925年8月贝希尔被捕,因为他的一些作品,例如剧本《工农兵》(1919)、散文集《前进,红色战线!》(1924)和诗集《宝座上的死尸》(1925)而被指控犯有辱骂魏玛政权、参加秘密组织、亵渎上帝罪。五天后在国内外进步人士的舆论压力下贝希尔获释。但1927年8月由于长篇小说《莱维西特,又名唯一的正义战争》(1926)揭露了军国主义正在策划的侵略战争,再次因政治罪被提起诉讼,这次招致了世界著名作家,包括罗曼·罗兰、巴比塞、托马斯·曼、高尔基等人的强烈抗议,当局又一次不得不停止了对贝希尔的审讯。1928年他参与创立了德国无产阶级革命作家联盟并当选为主席,同时编辑联盟的机关刊物《左翼》。1933年纳粹上台,他先后流亡到奥地利、瑞士、捷克、法国。1935年到苏联,在莫斯科主编反法西斯杂志德文版《国际文学》,直到1945年回国。回到苏军占领区后,他建立了德国民主改革文化联盟并任主席,同时创办其机关刊物《建设》及周报《星期日》。1949年参与创办文学刊物《思想与形式》。1953年至1956年为民主德国艺术科学院院长。1954年出任文化部部长。1958年在柏林去世。

贝希尔年轻时由于厌恶整个的社会环境,从而对传统的文化也抱着否定的态度。他曾经把歌德的名字看作是"德国小市民"、"枢密顾问"的同义词,把巴赫的音乐视为"一种宗教骗局"。随着他生活经历的丰富,他的思想才逐渐成熟起来。这种转变也体现在他的创作过程中。最初,在他作品中所反映的反叛思想带有无政府主义倾向，主要表达的是个人的感受，采用的艺术手法是表现主义。他最早的诗集《搏斗着的人》（1911）是为纪念克莱斯特逝世一百周年而写的赞美诗。1912年他结交了许多表现主义作家，并在表现主义刊物《行动》上发表他的作品。这对他民主思想的形成具有很大的影响。此后他连续发表小说《大地》（1912）、诗集《春天的恩惠》（1912）等作品，这时期最具代表性的是两卷集《没落和胜利》（1914），第一卷为诗歌，第二卷是短篇小说和散文断片。这部作品可以看作贝希尔早期阶段的一个总结。作品的标题已明确了它的主题："没落"是指旧世界的崩溃，而"胜利"必然会在崩溃中诞生。贝希尔在这里用怪诞的象征性的手法描绘了大都市中所有生物的灭亡。而就在这个废墟上，一个在昏暗中迷路的人，正在"祈望着不知来自何处的拯救"，这就是主人公，也就是作者本人在精神危机中寻求出路的写照。

第一次世界大战的爆发促使贝希尔从抽象的人道主义理想转而认识到作为一个作家对社会应有的义务，必须要有实际行动来反对这场战争，因而他不仅坚决拒绝服兵役，而且在这几年中写的作品，几乎清一色的都是反战的主题。它们汇编成《致欧洲》（1916）、《友爱》（1916）及《反时代的凯歌》（1918）三个诗集以及1916年完成，但因审查拖延到1919年才问世的《新诗集》。这些作品充满了反对战争的呼声，可以看到，这时期贝希尔把创作和政治完全结合了起来，这跟他在那几年的政治活动的步伐是一致的，就在这时他先后参加了工人运动，德国独立社会党，斯巴达克同盟和共产党。用贝希尔自己的话来说，这时期他已成为"政治上的成年人"。但在创作上他却还未摆脱表现主义的影响。由于反传统，他打破规范语言的程度，超过了任何一位表现主义的作家。他不遵守语法结构，破坏构词法和标点符号的准则，甚至在句子的句首使用冒号、感叹号。词汇的组成完全随心所欲，罕见的词语比比皆是。他用的比喻奇特，形象夸张，为此，他的诗歌不为一般读者所理解。直到1920年出版的诗集《永恒的反叛》，他才放弃了这种诗歌风格。无拘无束的用词现象已消失，出现了有节奏的结构。贝希尔已转而追求和谐，有秩序的诗歌美。在随后出版的几部作品中，他的诗歌风格甚至接近荷尔德林的颂诗。1926年的诗集《机器旋律》说明贝希尔不仅在艺术手法上已趋成熟，而且在作品的思想内容上也大有变化。他真实地描绘了“一战”后的德国情况，诸如通货膨胀、贫困、失业现象和挣扎在饥饿线上的下层百姓、残废的伤兵等等。这里出现的工人已不再是受苦受难的群众，而是一支有组织的革命力量。在过去的作品里贝希尔往往把思想家和艺术家看作是有能力领导社会改革的“神圣战士”，而这部作品中的许多诗篇，例如《布尔什维克进行曲》、《无产者的摇篮曲》等都预示了即将来到的无产阶级革命。1927至1932年间贝希尔到过苏联六次，结识了马雅可夫斯基、肖洛霍夫、法捷耶夫等作家。这几年的作品，例如《在群山的阴影中》（1928）、《走在队伍中的人》（1932）等，中心主题都是无产阶级的生活和斗争，同时也涉及了自传的题材，作者把过去的自己称做“浪子”，这个浪子在经过长期的探索和彷徨后，终于走向了无产阶级作家的道路。

流亡年代是贝希尔创作的成熟时期，他的最好的诗篇都写于这期间，祖国是作品的中心主题。作者对被法西斯分子奴役的祖国爱恨交加，羞愧和悲愤同样强烈。《追求幸福的人和七大重负》（1938）、《1935年至1938年十四行诗》（1939）、《德国在呼唤》（1942）等诗集由于表述了诗人对祖国的这种复杂情绪，被人们称为“德国的诗”。而贝希尔则明确说，这些诗是“为拯救民族而斗争的德国诗歌”。1940年贝希尔出版了《告别》，这是部自传性质的小说，讲述了主人公从童年到成年的发展过程，时间从20世纪初到第一次世界大战爆发前夕。通过主人公的觉醒，跟家庭的决裂，和周围世界的碰撞，作者描绘了这一时期德国广阔的社会画面。这部小说是贝希尔精神生活变化的记录，也在一定程度上反映了德国当时一部分青年人的思想发展过程。50年代贝希尔发表的诗集《新德国民歌》（1951）、《德国十四行诗》（1952）等大多涉及德国人民重建家园，德国发展前途等题材。此外他还写了一系列有关诗歌理论的作品，如《诗的信仰》（1954）、《诗的力量》（1955）、《诗的原则》（1956）等。

威利·布雷德尔（1901—1964）出生于汉堡的一个工人家庭，家境贫穷，只念过小学。家中的男人都是社会民主党人，布雷德尔从小就感染到强烈的政治气氛。1914年"一战"开始，由于对战争的态度不同，亲人中发生了激烈的争论，竟然到了敌对地步。布雷德尔的父亲因为反对战争而与一些亲人断绝了往来。此时与他来往的有后来的德国共产党的领导人恩斯特·台尔曼（1886—1944）。他本人也是汉堡共产党组织的创建人之一。这样的家庭环境对布雷德尔的思想影响很大。小学毕业后布雷德尔即当了工人，1918年加入斯巴达克同盟，随即成为共产党人。1923年因参加台尔曼领导的汉堡十月起义他被捕入狱。在牢房的两年里，他研究了法国革命家马拉（1743—1793）的生平和事迹，写出了小册子《马拉是人民之友》（1924）献给汉堡起义者。出狱后，布雷德尔在轮船上做工，跑遍了西班牙、葡萄牙、意大利和北非等地。一年半后他回到汉堡，进了机器厂当车工，但因他捍卫工人利益而被解雇。在这时期他为多种报刊写文章。由于他在文章中所表露的革命思想，1930年他又被当局以"文艺叛国罪"判处两年监禁。在狱中他用几个星期的时间写成了反映工人日常生活的长篇小说《N和K机器厂》（1930），并把这些记录性的小说稿件寄给了当时正负盛名的雷恩。不久，工人国际出版社就出版了这部作品。之后，布雷德尔又接连完成了《罗森霍夫街》（1931）、《财产保护条款》（1933）。这些作品虽然只显示了作者的叙事才华，在艺术性上并无特色，但它们都是以事实为基础，具有新闻报道的性质，是工人写工人的作品，很容易为工人所接受。

1933年布雷德尔再次被捕，在单人牢房里被关了13个月，在没有纸没有笔的情况下，他开始用脑子写书。他把编好的章节反复记诵直到"几乎能背出来”。当他走出监狱大门时，这本书就装在他的脑子里被带了出来。这部作品在伦敦出版后被译成17种文字。它就是长篇小说《考验》（1934）。这部小说不仅真实地描绘了纳粹党徒对犯人的凶残，讴歌了反法西斯志士的英勇不屈，而且通过众多的人物反映了法西斯政权下的德国社会面貌。甚至涉及到了产生法西斯主义的社会根源，揭示出追求名利、升官欲望、等级偏见和民族主义教育，都会把人推进法西斯主义的泥沼。小说由《被捕》、《审问》、《集中营》、《释放》、《决定》五个章节组成，结构很严谨。小说中的纳粹分子均用了真名。15年后，小说成了审判这些党徒的“调查报告书”。这是德国文学史上最早揭露集中营真相的作品。

1936年布雷德尔居住在苏联，1937年完成《你不相识的兄弟》，讲述的是尽管在“每个人都孤独地生活在自己的小天地里，谁也不信谁，开口之前，每句话都要先在嘴巴里打几个转”的环境里，反法西斯战士仍然在顽强战斗的故事。1937年布雷德尔参加了西班牙国际纵队，任营政委。他用这时期的经历，写就了《相逢在埃布罗河——一个部队政委的札记》（1939）。第二次世界大战期间，布雷德尔发表了长篇小说《父亲们》（1941）。这是三部曲《亲戚和朋友》的第一部。第二部《儿子们》及第三部《孙子们》先后发表于1949年及1953年。三部曲通过一个工人家庭的演变反映了19世纪中叶到1948年的德国广阔的社会画面，尤其突出了德国工人运动的发展史。1941年他和魏纳特一起在苏联前线向德军散发传单，用扩音器喊话，这时期的经历，使他写成了中篇小说《一个德国兵的遗嘱》（1942）及《特派员》（1944）。回国后他又写了《沉默的村庄》（1949）。这部中篇小说反映战后一些德国人以沉默来忘掉自己在纳粹执政期间助纣为虐的行为。《五十天》（1950）是部报告文学，它记述了德国人民在50天内重建一个被洪水冲毁了的村庄的感人事迹。1955年春天，布雷德尔到中国访问，次年他把听到的中国人民革命的故事写成《枣园的宴会》（1956）。1959年至1964年他以民主建设的艰难历程为题材写就了《新的一章》。1962年他被选为民主德国艺术学院院长，1964年在艺术学院一次会议上突发心肌梗塞去世。

布雷德尔从一个工人成为一名作家，在他的作品里不仅有众多的工人形象，而且这些人物都是有血有肉、具有内在矛盾的人，用布雷德尔的话说，他描写的是他们“内心的抽搐和斗争”。他的语言朴素无华，实在而富有感情，他的创作遵循了他的原则“只有朴素的文艺才能为人民所接受”。

史推方·赫尔姆林（1915—1997）原名鲁道夫·莱德，生于犹太银行家的家庭。父亲弹得一手好钢琴，赫尔姆林从小就受到音乐、美术和文学的熏陶。在文学上尤其受到马拉美和荷尔德林的影响。1931年他加入共产主义青年联盟。1933至1936年他作为印刷工人留在德国从事反法西斯的地下活动。1936年流亡到埃及、巴勒斯坦，后到英国，之后到西班牙参加了反法西斯的国际纵队。1939年他参加法国军队抵抗德国法西斯。法国陷落后，赫尔姆林被捕，后逃出拘留营来到瑞士，在那里参加杂志《边境之外》的工作，并开始使用史推方·赫尔姆林的笔名。1945年他和朋友、艺术史家汉斯·迈耶（1907—2001）一起到联邦德国法兰克福的广播电台任编辑。1947年赫尔姆林移居东柏林，成为一名职业作家。他加入了德国统一社会党，并成为东柏林艺术科学院院士，国际笔会民主德国中心主席团成员。但他在一系列政治文化问题上不能与当局合拍，因而屡遭批评。迈耶在1963年回到联邦德国。而赫尔姆林虽仍留在民主德国，但他坦率直言的态度却不变。正因为如此，在1962年他曾受到过批评，1963年还被要求在党内作自我检查，而且因而没能再次入选作家协会理事会。直到70年代赫尔姆林才又再度活跃起来。1976年发生开除作家比尔曼的民主德国国籍事件时，他第一个在请愿书上签上自己的名字，要求撤回这一决定。

赫尔姆林从小就积累了广博的文学知识。他的第一部诗集《大城市的十二首叙事谣曲》（1945）主要写的是反法西斯的斗争生活。从1945至1951年间赫尔姆林相继发表了七部诗集和四部散文作品。其中有1950年出版的《曼斯菲尔特颂歌》，这部作品是为纪念曼斯菲尔特铜矿建立750周年而写，描绘了这地方的矿工，从1200年发现铜矿起，直到1945年法西斯崩溃，这漫长时间里历代矿工艰难斗争的历史。《前列》（1951）包括三十篇故事，全部是讲述德国青年的反法西斯斗争。写作前赫尔姆林收集了许多死难英雄的材料，故事真实感人。人物出身不同，遭遇各异，但他们都对法西斯怀有深刻的仇恨，反法西斯的意志同样坚定，最后他们都被法西斯杀害。这部作品是一份对法西斯罪行的控诉书。1966年出版的《赫尔姆林短篇小说集》收集了包括过去发表过的《瓦尔登堡的约克少尉》（1946），这是一篇讲述一个被判死刑的纳粹军官幻想自己逃亡东方的故事。还有颂扬华沙犹太人隔离区发生的反抗斗争的《共同的时代》（1949）等作品。在此后的作品里，赫尔姆林一直围绕反法西斯的主题，还批评了新纳粹的思潮。他写有大量政治和文学方面的杂文，例如《1954—1959年的经历》（1960）、《1960—1970年的读书札记》（1973）等。1979年出版的《夕照集》带有很强的自传性。80、90年代他又完成了多部作品，例如包括有诗歌、议论文、短篇小说的《共同的梦想》（1985）、《诗歌和仿作诗》（1990）等。除创作外，赫尔姆林还从事翻译工作，他不仅把传统文学，同时也把现代文学，例如卡夫卡、普鲁斯特、乔伊斯等人的作品看作是人类的精神遗产。因而他的翻译作品涉及的不仅有英、美、拉美、法国，还有土耳其、匈牙利等国。他对世界文学中的各种不同倾向都采取积极吸收的态度，从而构建了自己独特的文学风格。他的作品语言含蓄但却简洁明快，幻觉和现实往往交错出现。他喜欢引用文献，但毫不枯燥，反而具有很强的感染力。

埃尔温·施特里特马特（1912—　）出生于一个面包师家庭，曾经当过饭店服务员、饲养员、司机和工人，对普通百姓生活非常熟悉。1934年因反对纳粹而被捕。第二次世界大战爆发后他应征入伍。战争快结束时他逃离军队，直到1945年才回到家乡，先是当面包师，后因分得土地而务农，与此同时兼作新闻记者。1951年起任地方报纸编辑。不久成为职业作家。1959年为民主德国作家协会第一书记。从1953年至1976年间他多次获得各种文学奖。

施特里特马特的作品基本都以农村为题材。他的第一部长篇小说《赶牛车的人》（1950）通过父子两代牛车夫的故事反映了从本世纪初到法西斯夺得政权这期间发生在农村中的各种尖锐的社会政治矛盾和贫困生活。1953年的喜剧《猫儿沟》写的是1947年至1949年土改期间，政府要在猫儿沟修筑一条通往城市的公路，而富农则从中作梗，当局通过教育贫农，争取中农才克服了重重困难得以完成。施特里特马特以简单的故事情节和各种类型的性格刻画生动地展示了这时期在农村产生的问题。该剧曾由布莱希特的柏林剧团上演并获得好评。长篇小说《丁柯》（1954）写的也是土改时期的农村。主人公丁柯长期与祖父母生活在一起，祖父守旧、顽固，坚持个体劳动，与主张合作劳动的儿子发生严重分歧。丁柯先是站在祖父一边，不久就认识到父亲是对的。最后祖父在孤独中劳累而死。小说一出版，由于它反映了当时农村中的典型问题而引起强烈反响。

剧本《荷兰人的未婚妻》1960年演出，1961年出版。由于该剧涉及人际关系与阶级关系，私生活与政治之间的复杂问题曾引起文艺界的争论。施特里特马特的长篇小说《创造奇迹的人》是部具有成长小说性质的三部曲。第一部于1957年出版，第二部1973年出版，第三部则在1980年才出版。主人公是一个玻璃工的儿子，名叫施坦尼斯劳斯，自幼聪明异常，能自己编造各种各样的故事，因而被周围的人称为“创造奇迹的人”。长大后，他当了面包师的徒弟。不久他开始过上了漫游的生活。1933年法西斯上台后，他自愿入伍，但发现自己和纳粹军人生活格格不入，于是开小差，但未成功，却因而受到了处罚。不过他因此结识了好友魏斯布拉特。第二次世界大战爆发，他随军到波兰，目睹了法西斯军队的罪行，以致精神失常。病愈后他回到部队，不管到哪里，他都看到德军的野蛮行径，这促使他认识到，自己不能再同流合污了。1943年他和魏斯布拉特一起倒戈，参加了希腊人民的反法西斯斗争。1946年他俩回到德国，在工厂工作，施坦尼斯劳斯不想把自己困在办公室，一心想当个作家。1947年，他回到苏占区的家乡。他深入生活，掌握材料，在报上揭露生活中的各种问题，终于成为新闻记者和作家，继续不断暴露社会主义发展过程中出现的问题。作品的第一、二部描述的是主人公曲折的发展道路。而在第三部，作者对现存社会强烈的批评再次激起文艺界的争论。

《奥勒·毕恩科普》（1963）也是部长篇小说，它描绘了民主德国50年代在农村进行的农业合作化运动中的复杂斗争。主人公毕恩科普是个基层干部，他的革新倡议受到各种阻力，包括那些官僚主义和教条主义的反对，最后又累又病，气愤而死。他的死亡本身就是对现实的一种谴责。小说出版后引起强烈反响。1983年出版的《商店》刻画对象主要是小资产阶级世界中的各色人物，施特里特马特就像是个风俗画家，展示了他们的生动肖像。1992年他完成了《商店》的第三卷。

由于施特里特马特家境贫寒，他靠刻苦自学成才，又因生活经历丰富，了解民情，尤其熟悉农村生活，因而他的作品生活气息浓厚，他使用的语言形象生动，比喻更是巧妙。他的句子常常短小精悍，有时甚至只是一种提示语，他还善于自己创造词汇，充分利用方言。在作品结构上也使用多种形式，有直叙、回忆，也有逸事等等。在有关他作品的争论中，他始终保持着自己的独立人格。

克里丝塔·沃尔夫（1929—2011）出生于商人家庭。1949年至1953年先后在耶拿大学和莱比锡大学攻读日耳曼语言文学。汉斯·迈耶是她的毕业论文导师。毕业后曾在作家协会工作。后任青年读物出版社的《新生活》刊物的总编辑以及《新德意志文学》的编辑。1962年起成为职业作家。1955至1977年她任德国作家协会理事。1963至1967年为德国统一社会党的候补中央委员。1955年沃尔夫在首次访问苏联后，经常在东欧及西欧之间旅行。她跟许多国家的大学有来往并接受过国内外的许多文学奖。1974年及1983年她较长时间逗留在美国。1983年及1985年她先后成为美国哥伦比亚大学及联邦德国汉堡大学的名誉博士。

沃尔夫的创作主要是小说，还写有许多散文及评论文，也有电影剧本。她最先引起注意的作品是1961年发表的短篇小说《莫斯科的故事》。作品讲述的是一位苏军上尉1945年在德国结识了一位德国姑娘。15年后他们在莫斯科重逢，但只能按照社会主义的道德标准处理他们之间的关系。1963年出版的《分裂的天空》引起了强烈反响。这部小说首次提出了两个德国的问题。它以1961年修建的柏林墙为背景，揭示了一个民族分为两个国家所造成的后果。主人公是赛德尔和曼弗雷德。二人从相遇到相爱，终于一起生活。赛德尔从师范学院到一家机车车辆厂劳动实习，接触到了劳动战线上的各种各样人物，促使她在政治思想方面成熟起来。而曼弗雷德则对现实处处感到不如意，尤其在他的发明成果被拒绝采用后更是心怀不满，愤然去了西柏林。三个月后，赛德尔去西柏林探亲，但她发现那里也并非什么都好。当她回到东部后，痛苦万分，甚至想自杀，但终究还是鼓起勇气重新投入生活。在这部作品里，作者成功地把个人的生活经历与历史的事件结合在一起。柏林墙是个实体也是个象征，它制造了无数德国家庭、婚姻和爱情的不幸。它给东西方德国人在心灵上投下了阴影。小说讲的不仅是一则不幸的爱情故事，同时通过女主人公在工厂的生活描绘了那里复杂的人际关系。小说显示了民主德国、联邦德国两种社会制度的对立以及人们在这样的现实面前不得不做出的痛苦选择。沃尔夫一方面用传统的现实主义手法叙述故事的情节，但另一方面又不断地用意识流的手法表现人物的思想活动和内心的奥秘。小说在60年代引起热烈的讨论，很快被译成多种文字，流传到许多国家。1968年沃尔夫又完成了长篇《回忆克里斯塔·T》。小说进一步探讨了生活在民主德国的人的个性发展问题。主人公克里斯塔·T不满足于自己的现状，不愿意人云亦云地生活，一心想使自己的个性得到完善的发展，但她愈不倦地探求，就愈与四周僵化了的环境产生冲突。于是她一直处于不可调和的矛盾之中。小说用叙述者的回忆形式讲述了一个人的真实遭遇，并没有连贯的情节。这部作品实践了沃尔夫的艺术主张，即叙事的“主观真实性”。

《童年的典范》（1976）是一部自传性的长篇小说。它描绘的是在法西斯强权统治下的小人物的精神状态，他们在思想上受到禁锢，过着压抑的生活。该书涉及到了法西斯取得政权的原因和作为法西斯顺民的人们所应负的责任问题。沃尔夫还发表了许多短篇小说，例如《自我实验》（1973）写一个女性服药后由女变男的医学实验。《菩提树下》（1974）是探索人在现实生活中如何实现道德的自我完成。《一只公猫的新生活观》（1974）写一位教授发明能制造人类最高幸福的体系。这些短篇有时显得有点离奇，但却反映了现实生活的一些问题，诸如人在社会制约中如何让个性发展，走上歧途的科技研究使人失去本性等等。沃尔夫也写有不少的评论、随笔、散文等。在1972年出版的《读和写》中她反对文学创作中的公式化模式，主张文学不能回避矛盾，认为文学应该显示出发现自我，认识自我的过程。正因如此，她在创作的手法上也就不拘谨于传统形式，而是极力创新，采用意识流、蒙太奇、时空颠倒、引用文献等多种手法。1986年她又发表了二卷本《作家的尺度》，包括有1959至1985年写的随笔、论文、演说和谈话。1990年又出版了《秋天的演说》等。

安娜·西格斯（1900—1983）原名内蒂·雷林，生于美因茨城的一个古玩商家庭。父亲是位艺术鉴赏家，同时是个文学爱好者，对西格斯影响很大。高中毕业后西格斯先后在科隆和海德堡大学攻读语言、文学、历史以及艺术史和汉学。在海德堡大学听艺术史课时，她接触到了荷兰画家赫尔库勒斯·西格斯（约1589—1638）的作品，这位画家对艺术的执着追求深深打动了她，致使她把自己的名字改为安娜·西格斯。在大学期间，她结识了学社会学的拉德法尼。1925年俩人结婚。次年因丈夫任柏林马克思工人学校校长，西格斯随夫到柏林。1928年西格斯加入德国共产党及其领导下的无产阶级革命作家联盟。

西格斯的创作就是在这种思想基础上开始的。1927年她在《法兰克福报》上连载发表她的短篇小说《格鲁贝奇》，通过对一座破败大院的描绘显示了作者静物写生式的刻画才能。这里沉闷而寂静，大院的住户年复一年地过着单调的生活，这座陈旧、悲凉的大院是一个时代的象征，但衣冠楚楚、神秘的格鲁贝奇的出现，立即给这里招来了不幸和悲剧。从这篇小说所充塞的令人压抑的气氛可以看出陀思妥耶夫斯基对西格斯的影响。1928年出版的《圣巴巴拉的渔民起义》是西格斯的成名作。她用现实主义的手法描绘了一幅穷苦渔民生活的悲惨景象。“被贫困啃光了肉的”男人，临死前只求能吃一顿饱饭的老太婆以及奄奄一息的虚弱的孩子，经西格斯用简练、有力的语言几笔就勾画了出来，致使这些形象具有震撼人心的力量。渔民对船主的起义在这时只是自发的行动，作为领袖人物的胡尔，在军队进行镇压时，却躲了起来，而普通的渔民卡登内克却迎着士兵“用不太慢的，小得异乎寻常的步子轻轻地走了过去”，他知道别人都会在他身后，他也知道士兵会朝他开枪。正由于西格斯对这些老百姓的塑造远比领袖人物成功，当时的德国《红旗》杂志曾评论认为，作品虽然艺术性很强，但共产党的领导作用没有被重视，因而这是部非马克思主义作品。而西格斯则认为，她是不假批评，不假理性思考地，直接写出她所喜爱的事物。西格斯写的是真实的个体的渔民，没有把阶级觉悟融入到这些人物身上。这部作品发表后获得了克莱斯特奖。《战友们》发表于1932年，内容写1919至1929年间在匈牙利、保加利亚、波兰、意大利和中国进行革命斗争的战士们的事迹。全书情节分成五条平行线索发展。作者突出了这些主人公的共同战斗目标。西格斯刻画人物只用简单几笔，只写他们生平中几个鲜明的片断，准确而具体，着墨不多，却能表现出性格。在这部作品里西格斯还采用电影的手法，例如场面的转换，衔接非常快速。这些已多少显示出西格斯小说创作的特色。

1933年法西斯上台后，西格斯逃亡到法国，后又来到墨西哥，参加《自由德国》杂志的编辑工作。在整个流亡期间，西格斯的创作几乎全部是反法西斯的主题。她一方面揭露法西斯主义，同时也对法西斯胜利的原因进行清醒的分析，其中涉及社会民主党的背叛行为。她的作品反映了这个时代德国历史的各个阶段。1933年在美国出版的长篇小说《人头悬赏》的故事发生在1932年深秋。青年工人舒尔茨在莱比锡参加失业工人示威游行，将一名警察打死，因而受到通缉，告发或抓获者可得奖500马克。他躲在一个村子里的亲戚家。这个村里的农民生活贫困，纳粹在这里进行蛊惑性的宣传，采用威胁加利诱的手段使许多人站到了纳粹一边，有的甚至参加了冲锋队。舒尔茨有一次和农民柯斯林进城，他俩同时发现了通缉令，舒尔茨虽向柯斯林晓以剥削者与被剥削者之间的对立关系的道理，但柯斯林还是告发了他，当舒尔茨被抓住，纳粹对他进行残酷折磨时，一些村民竟也参加了对他的毒打。西格斯在这里反映了法西斯主义像传染病一样蔓延到了德国的农村，而这里的农民落后又愚昧，他们很容易就为法西斯所控制。1937年在阿姆斯特丹出版的长篇小说《拯救》写的是世界经济危机时期的德国矿工生活。七个矿工由于发生事故而深埋在地底下，历尽了千辛万苦，克服了恐惧和绝望，他们终于被拯救，回到了地上，但由于经济危机，他们却失业了，开始了痛苦、贫困又无所事事的生活。他们过的每一天都是一个“空洞无物的窟窿”。他们对政治没有兴趣，对阶级斗争没有概念。但生活本身却正在缓慢影响他们的意识和信念。西格斯喜欢描绘这些正在走向觉悟，但还未觉悟的普通人。

长篇小说《第七个十字架》是西格斯作品中最为成功，影响也最大的作品。1937年至1939年，苏联杂志《国际文学》上刊载了它的头几章。1941年在《十月》杂志上用俄文登载了小说的大部分。西格斯把其中一份手稿寄到了美国。另一份手稿在法西斯军队进入法国时，她不得不把它销毁。因而《第七个十字架》的首版是用英文于1942年在美国出版的。小说通过七个从法西斯集中营逃出的囚徒的逃亡过程，反映出德国广阔的社会画面，各阶层百姓在法西斯暴政下的生活和各种不同的思想。小说中作为法西斯残暴象征的集中营司令官，下令必须在七天内把七个犯人全部抓回，他命令把营中场地上的七棵树改成七个十字架，以便把抓回的人绑在上面处以死刑。他深信自己一方的力量。不久，犯人果然一个又一个地，不论是死是活抓回后绑上了十字架，他们每个人的思想和身份不同，其中有杂技演员，有农民，也有共产党员，他们紧张的逃亡经历也不一样，最后有的被出卖，有的被打死，有的累死，有的自首。但第七个十字架却始终空在那里。原来这第七个逃犯在经历了艰难紧张的逃亡过程后，在许多同志及普通德国人的帮助下已于第八天逃离了德国。这个空十字架不但显示了反法西斯力量的存在，而且也给关在集中营里的囚徒带来了勇气和曙光。就连集中营的司令官也看到法西斯的力量并非是无边无际的。与许多写集中营小说不一样的是西格斯没有描绘集中营生活的恐怖场景，没有着重写法西斯刽子手的残忍和受害者的苦难，而是集中笔力写囚徒的逃亡过程。这次逃亡，牵涉到了各种各样的德国百姓，其中有工人、牧人、医生等等。作者让这些人物不得不在逃亡者面前做出政治和道德上的抉择，是出卖、听其自然，还是帮助。西格斯用极为细腻的笔触描写了他们心理上的细微差别，道出了是哪些因素促使他们做出了最后决定。整个故事是由集中营里的一位没有姓名的叙述人讲述的，西格斯让他讲得平静而客观，也通过他在开端和结尾阐明了作品的深刻思想，作品的结尾，叙述人意味深长地说，外界的力量可以无情而可怕地摧残人，但“在人的内心最深处，却存在着一种永远无法攻入和无法破坏的东西”。全书情节紧张，空着的十字架起到了悬念的效应。七个逃亡者的经历平行发展又紧密联系。作者充分利用了电影中的蒙太奇手法。作品中处处出现作者家乡美因茨的自然景色，使之带有强烈的抒情气息，但由于祖国的灾难，不免在情调上显得忧伤和悲痛。《第七个十字架》一出版就使西格斯具有了国际声誉。《过境》（1943）也是西格斯流亡期间的重要作品。这是一部自白式小说，其中许多地方具有自传性。巴黎沦陷后，西格斯在法国的最后几周是在马赛度过的。那里的反法西斯流亡者不得不办理各种没完没了的、屈辱的、繁琐的法律手续，以便得到一份签证。西格斯亲眼目睹了，也经受到了这种“混乱”，“没有尽头的苦恼”和“连续不断的流亡浪潮”。小说展示了主人公在这种境遇下精神上的复杂矛盾和成熟的过程。1946年西格斯发表了唯一用第一人称写的自传性小说《已故少女的远游》，作者回忆起过去纯真的年代，少年同窗间的情谊，与出卖人格尊严、尔虞我诈、残酷无情的现实形成鲜明对比。小说再次重复了《第七个十字架》的主题：人性是不可侵犯的，也是永远制服不了的。

1947年西格斯回到德国后，参加创建了德国艺术科学院。当选为民主德国作家协会第一任主席。1949年发表长篇巨著《死者青春常在》，展示了从1918年11月革命到第二次世界大战结束的德国历史。1959年的《抉择》描绘的是战争后民主德国的人民所面临的个人与集体，社会主义与资本主义之间的选择问题。1951年的《在新中国》是访问中国后写的游记。《他们从哪儿来，到哪儿去》是西格斯1980年出版的文艺论著。早在30年代西格斯就写了许多文艺理论作品并参加了与卢卡契有关现实主义的论争。她反对卢卡契对现实主义的“教条主义”理解。她说：“对理论的探讨应该从当代文学发展的现状出发，它应该更为丰富，更为复杂，不是为某些理论家所采用的抽象公式所概括得了的。”

西格斯在60、70年代还写出了许多小说。诸如《信任》（1968）、《石器时代——重逢》（1977）等。它们和她过去的作品一样，其中的主要人物都显得真实而又可信。其原因，也许正如西格斯所言：她的主人公“渴望有一种正确而全面的世界观，它能涉及全部生活，而不仅仅是政治生活，它能解释日常生活中的一切现象，它能回答任何的问题，而不仅仅是政治问题。”

海纳尔·米勒（1929—1995）年幼时目睹了法西斯的种种暴行。他父亲屡次被捕，因而造成全家生活无保障，经常忍饥挨饿。米勒刚到16岁就被迫参加“帝国劳动服务队”。这一切使米勒一生对法西斯主义深恶痛绝。1949年他中学毕业。此后，当过职员、记者。1954年至1955年他在民主德国作家协会工作。之后是月刊《青年艺术》杂志的编辑。1958年至1959年在柏林高尔基剧院工作。1959年成为职业作家。

米勒的创作生活是和他妻子一起开始的。他的妻子英格·米勒（1925—1966）是位报纸通讯员，同时也是位儿童文学作家。最初的两个剧本《改正》（1957）及《压制工资的人》（1958）都是两人合作完成的。之后，1961年他发表《女移民》，然后是《农民》（1964）、《建设》（1965）等戏剧，激起了巨大的反响和争论，甚至引起了民主德国最高领导人的注意。当时统一社会党的第一书记乌布利希对他的作品时而赞赏，时而批评。60年代对米勒而言是个多事之秋：1961年他被开除出作协，1966年他妻子自杀。到1971年昂纳克执政后，米勒所遭到的依然是表扬和批评双重评价。但有一点很不同，从60年代末开始，米勒的作品不仅在联邦德国，也在法国、瑞士等国家受到重视。因而在民主德国1977年出版的文学史里也不得不承认，米勒为民主德国文学得到国际公认作出了贡献。

从米勒的作品来看，他的创作经历了三个阶段。最早的作品，在内容上多半写民主德国社会主义建设过程中的问题，在艺术手法上受布莱希特的影响很大。《压制工资的人》讲述的是以建国初期的劳动英雄汉斯·伽尔伯在高温下抢修高炉的事迹为蓝本的故事。只是剧中的主人公巴尔克在作出这番惊天动地的贡献后，不仅获得劳动英雄的称号，并得到一笔不小的奖金，但他的伙伴却把他的作为看作是对他们的背叛，因为他们认为巴尔克创造的生产定额，必然会提高大家的劳动强度。于是有人破坏他的工作，有人揍他，骂他是压制工资的人。此外，作者没有把巴尔克写成一个十全十美的劳动英雄，他在希特勒时期曾在工厂干过不光彩的事。在《改正》（1958）一剧里的主人公是一位1918年就入党，1945年还被关在集中营里的老同志。出于对法西斯的仇恨，他打了在民族阵线任职的一个原为纳粹分子的耳光，这说明他对国家的用人政策不理解。当他在一个企业里当作业队长时，他同谎报产量、弄虚作假的行为展开了坚定的斗争，但在一次事故中，他又错怪了工程师，当组织要他向工程师道歉时，他认为一个久经考验的老革命不能向知识分子低头。直到后来他才作了自我批评。这两部剧作固然歌颂了英雄人物或革命者，但显然又揭露了在新体制下的各类矛盾，因而引起广泛的注意。《农民》一剧写的是土改和合作化过程中各阶层农民的反应。其中有一场写的是一农户因被迫迁徙遇到种种困难而自杀的事件。该剧1961年初次在一学院上演，立即被禁演。演员还被迫作自我检讨，若拒绝执行则以体力劳动作为惩罚。《建设》的剧情发生在柏林墙建立前。大批民主德国居民，尤其是知识分子的西逃对民主德国的政治和建设产生很大影响，而领导的官僚主义、瞎指挥、不讲实效等同样给国家的建设事业带来很大的困难和损失。该剧在发表后，竟然导致统一社会党中央十一次全会对它进行了讨论，其结论是不准公演。在经受了这些挫折之后，米勒把创作的题材由现实生活转向改编创作古希腊、罗马的悲剧。他的悲剧大部用的是韵文，语言简洁而优美。其中最为引人注目的是根据索福克勒斯的剧本改编创作的《菲罗克忒特》（1966）。菲罗克忒特是希腊传说中的著名射手。希腊人在向特洛伊进军途中要祭海神，但一条大蛇挡道横卧在祭坛前。菲罗克忒特为别人开道，搏斗中脚被大蛇咬成重伤。奥德修斯怕他影响战争，恩将仇报把他放逐到爱琴海的孤岛上。后者身佩大力士赫拉克勒斯赠给他的弓箭，孤身一人，无人过问。十年后希腊人未攻克特洛伊城，想起了这个遗弃在孤岛上的勇士，想把他接回参战。但奥德修斯不便自己出面因而叫陪他的青年，已故英雄阿喀琉斯的儿子尼俄普托利莫斯去见菲罗克忒特，并教他要用谎言骗取后者的信任，先窃取其弓箭，然后将之擒往雅典。青年最初不愿做这种不道德的勾当，但奥德修斯先以“希腊的胜利高于一切”的誓言将青年说动了心，然后要他佯作对自己也有仇恨，以便使菲罗克忒特相信，奥德修斯是他们共同的敌人，这样菲罗克忒特就会将弓箭交出来。商定后，青年来到勇士面前。过了十年孤寂生活的勇士先是很有警惕心，但一听来者讲的是希腊语，立刻唤起了他的思乡之情和对往事的痛苦回忆。他迫切询问青年战争的情况，并要求青年带他回故乡。但因他的脚伤还未痊愈，行动不便，青年趁机表示愿代他拿上弓箭，暂为他保管，勇士轻信了青年，听他摆布。当勇士一旦失去了弓箭，青年就告诉了他真相，勇士才知上当受骗，但悔之已晚，只求青年给他一箭以了此生。但青年叫来了奥德修斯，后者下令将勇士捆绑起来，勇士宁死不屈，青年人只能将弓箭交还勇士，当勇士即将把箭射向奥德修斯时，青年却从背后将勇士一剑刺死。青年要把菲罗克忒特的尸体埋在孤岛上，但奥德修斯又心生一计，他要借勇士之死煽起希腊人对特洛伊人的仇恨。他教青年谎说：勇士在归途中遭特洛伊人包围，为特洛伊人所杀，还描绘说，当菲罗克忒特死时，其吼叫声盖过了海浪的咆哮。米勒的这个剧本出版和演出后，立刻引起了不同的评论。民主德国有评论家认为作品的主题是反战，作者本人也同意“反战倾向很明显”。但也有人认为作品有反党倾向。联邦德国有评论家认为剧中的勇士是斯大林时代被放逐受迫害的干部形象。作者对此不置可否。但不管是哪一种评论，对于该剧艺术手法的高超却是一致肯定的。根据法国高乃依的《贺拉斯》改编创作的《贺拉梯》（1973）是一出约四百行诗的短剧。该剧对英雄人物的功过问题作了探索。剧中讲的是古罗马时代罗马城和阿尔巴城面临共同敌人的进攻，但因谁当两城之统帅而争论不休，最后决定两城各出一代表进行决斗，胜者为统帅。罗马城的代表是贺拉梯，阿尔巴城的代表是贺拉梯妹妹的未婚夫古尔阿梯。决斗结果贺拉梯胜利，当重伤的古尔阿梯求贺拉梯饶他一命，向他说“我是你妹妹的未婚夫”时，贺拉梯却高呼“我的未婚妻是罗马城”，而且把剑刺进了古尔阿梯的胸膛。贺拉梯凯旋回城，全城庆贺，只有他的妹妹伤心痛哭。贺拉梯用同一把剑刺死了自己的妹妹。这样贺拉梯既是英雄，同时也成为凶手。于是罗马人形成了两派意见：一派认为，贺拉梯是英雄，应赠予月桂冠；另一派认为，他杀死了无辜的妹妹，他是凶手，应上断头台。前一派说：他的功抵消了罪；后一派说：他的罪抵消了功。两派意见争论不休，最后人民出来作了判决：让我们赠他以月桂冠，然后送他上断头台。这出寓意深刻的剧本被西方评论家认为是对斯大林功过的评论。这时期写的重要剧本还有《赫拉克勒斯》（1966）、《普罗米修斯》（1968）等剧作。

在改编创作大量古典剧之后，米勒的写作倾向再一次有所改变，在题材上转向德国的历史。在艺术手法上采用“拼贴式”（collage）方法，这种手法最先来自美术的剪贴画。20年代在西方的舞台上就曾出现过这种戏剧，但米勒将之系统完整地利用并加以发展。米勒受布莱希特影响很大。1974年起他就在布莱希特创建的柏林剧团任首席剧编。他和布莱希特一样不追求情节，不让观众失去理智。但他进一步将那些有内在联系，而在情节上并没有紧密联系的事件同时搬上舞台，用他自己的话说：“当我在剧院里，一晚上只看到一个戏剧情节，我会感到无聊，会感到趣味索然。但如果第一场是一个情节，第二场是另外一个情节，紧接着第三、第四场又是别的情节，那可是一种愉快和享受。”他认为布莱希特的戏剧是一个一个地向观众提出问题，而他主张“要尽可能多地同时提出许多问题，迫使观众选择”。因而他在70年代大胆地采用了拼贴式戏剧的形式，而在戏剧语言上则尽量简洁，并大量使用比喻、隐喻、象征的手法，因而总体上有时会给人一种极度夸张和荒诞的感觉。例如写为权力之争而互相残杀的《马克白》(1972)，反映知识分子的处境，不甘心变成一部“无思想，无痛苦的机器”的《哈姆莱特机器》(1977)等等。最具拼贴式戏剧特点的是《贡德林的一生，普鲁士的弗里德里希、莱辛的睡眠、梦幻、喊叫》，其副标题是《一个可恶的童话》。从该剧的题目就可看出是拼贴式的。剧本的主题是普鲁士军国主义统治下的知识分子的遭遇。采用的史料很真实，但手法夸张、荒诞，语言简洁、锐利，讽刺性很强。全剧分六幕。第一幕写贡德林，他是威廉一世的宫廷枢密顾问，是位教授，普鲁士科学院主席。当着王子弗里德里希的面，威廉一世令普鲁士军官们将贡德林灌醉，然后牵一头狗熊追逐他，以此取乐。当他倒在地上时，又令军官们在他身上撒尿极尽侮辱之能事，同时也要王子这样做，王子不肯，威廉一世认为王子这样的人不配当军官，他告诫王子，对待学者就应该用这种手段。从第二幕到第五幕讲的是威廉一世如何用鲜血及仇恨将原本喜欢文学、哲学、音乐，性格温和的王子培养成一个铁血冷酷的君主。即位后的弗里德里希二世看打仗就像观看一场游戏。他将男人送上战场，又向做寡妇的女人表示哀悼。他将普鲁士变成一座疯人院，把百姓变成呆子或关在笼子里。他自我陶醉，邀请法国的伏尔泰做客。历史上的弗里德里希确实和伏尔泰交上了朋友，他主张“哲学家和君主联盟”。但他的专横并不亚于他的父亲。第五幕他把伏尔泰带到田间，强迫农民把胡萝卜叫柑橘。他吹笛子就要百姓按他的调子跳舞。第六幕以睡眠、梦幻和喊叫三个层次描述了德国启蒙运动的代表莱辛的一生追求及最后的绝望。剧中还穿插有木偶戏和哑剧的表演，使得作品更为丰富多彩。除了拼贴式的形式，米勒在这阶段的创作还采用象征主义、现实主义等相结合的手法。例如《德国女神在柏林之死》(1977),它涉及到德国历史的过去、现在和未来。1981年米勒发表了《四重奏》,这是一部有关爱情的剧本。1990年完成了《一个幽灵离开欧洲》。此外1992年米勒还发表了《1949年——1991年的五十首诗》。总之,米勒的戏剧以其夸张、荒诞的情节,内含丰富的寓意,深刻的哲理和尖刻的讽刺而正在博得愈来愈多的读者和观众的青睐。

联邦德国文学　在战后德国的东部占领区,回归的流亡作家受到了相当的重视,不少作家在各种文化部门担任要职。但有些坚定的反纳粹并主张社会主义制度的作家并没有去东部占领区,例如阿尔弗雷德·安德施(1914—1980)和瓦尔特·科尔本霍夫(1908—1993)。他们来到了西部占领区。在一片废墟中,安德施率先于1946年初和科尔本霍夫以及汉斯·凡尔纳·里希特(1908—1993)一起创办了杂志《呼声》,其副标题是《青年一代的独立刊物》。在这份杂志上发表的许多文章都涉及到社会主义的历史和远景,它们宣传的是"在欧洲开展社会主义实践和人道主义自由互相统一的运动"。这份杂志于1947年3月被美国占领当局撤销了许可证。9月这些编辑和一些志同道合者聚会商讨筹办文学杂志《蝎子》。刊物没有批准出版,但这种聚会的方式却保留了下来,而且自第二次聚会后就按成立的年代命名为"四七社"。从此"四七社"就成为一个没有纲领的、松散的文学团体,被邀请的人可以在会上朗读自己的作品,参加者对作品进行讨论。1950年起设立"四七社文学奖"。此后,"四七社"的聚会就成了推荐作家和作品的场所,也是年轻作家交往的、文学活动的天地。"四七社"的活动到1967年才停止。在20年中,它发掘了许多人才,促进了联邦德国文学的繁荣和发展。诸如伯尔,格拉斯等重要作家的被发现,应该说"四七社"功不可没。

在战争刚结束时,图书的出版受到西方盟国的种种限制。但在联邦德国成立后,这些限制大多被撤销,作家的创作自由受到了宪法的保护。

这给作家在社会和政治问题上充当“舆论的警告者”开了绿灯。从此,作家或作家团体常以“民族道德良心”的代表,或个人权利的保护者的身份向民众或社会发出呼吁、公开信、宣言或批评、警告。另一方面,自从阿登纳上台后,联邦德国的经济发生了巨大变化,由于农业的改组、企业中推行劳资双方共决权,政府对教育、养老金等各种制度实行了改革,致使联邦德国的民众在50年代末过上了物质富裕的生活。人们称这时期(1952—1956年)为联邦德国的经济奇迹时期。针对那些陶醉于经济奇迹的人们,大多数知识分子却是保持了清醒的头脑,他们对这种由物质决定的生活方式抱“不顺从”的态度。

由于联邦德国实行的是联邦制,各州拥有文化主权,其中包括教育的主权。各州不仅有地方广播台、电视、报纸、杂志,也有私人经营的各种媒体,它们对文学的发展起到了促进作用。“四七社”之所以产生广泛的影响,就与媒体及时的积极的报道有关。在那些年代的文学活动中,联邦德国和奥地利、瑞士形成了一个超越国界的共同的文学舆论和文学市场。而民主德国却没有参加。

从诗歌方面来看,在“废墟文学”之后,诗歌已不停留在对人对事的描绘上。那种把诗歌看作是情绪的语言,个人心灵的语言的传统观念逐渐淡化,诗歌变得“昏暗”和“封闭”,变成一种“反思的艺术”。50、60年代以单词或字母排列组成形象或声音的“具体派诗”曾风行一时。而在1961年柏林墙建立,1963年阿登纳辞职,1965年至1966年发生经济危机一系列事变后,诗歌开始了政治化时期。但到70年代末80年代初又出现了没有形式与主题的诗歌,罗尔夫·迪特尔·布林克曼(1940—1975)的诗集《向西一、二》(1975)就是一例。诗人不想通过他的诗产生什么有意义的内在联系,他的诗不想提示什么背景与原因,诗人只是把诗写出来,就像相片一样展示在读者面前。这时期许多诗歌的内容是表达对物质消费的厌倦以及无聊和空虚感。而且似乎谁都能写诗,因为这些诗往往没有韵脚，没有节奏和音节，只是按诗歌形式排列的散文。用诗人兼评论家哈拉尔德·哈道（1932—　）在《1965年后的德国诗歌》（1985）中所说："不再有前有后，只有同时，只有拼装……它的法则是'什么都行'，'一切都美'。""拼装"一词使人想起某种劳动时的工作方法，一切风格可以同时供人采用，供人组合。谁要写点什么，表达点什么，只要采用现成的东西，进行"拼装"就可以。正因如此，1975年起在联邦德国出现大量诗歌。但多半是放弃灵感，忽视形式和风格的作品。

在这种形势下，老一代的作家汉斯·马格努斯·恩岑斯贝尔格（1929—　）发表了长诗《泰坦尼克的沉没》（1978）。他以反讽的口气谈论今天人类所面临的灾难。这艘巨轮无疑是多种意义上的象征。而另一位作家沃尔夫·比尔曼（1936—　）则应用了歌曲的形式道出了四分五裂的德国所带来的痛苦。由于他主张非教条的民主的社会主义而被民主德国取消国籍，当他来到联邦德国后又不满它的政治和社会现实，对他而言东西两个德国都是"流亡地"。在80年代初女诗人乌拉·哈恩（1946—　）试图用传统诗歌的方法表达对现代世界的体验。总体来看，这阶段的诗歌似乎没有开辟出新的前景。

在戏剧方面，广播剧日渐确立为一种独立的文学形式。它不像一般戏剧那样依赖冲突，而全部是由语言组成世界。它依靠听众自己的联想来创造出想象中的环境。这种通过耳朵激起想象的文学形式最适合于表达人物的内心深处，因而人们把它称之为"内心舞台"。博歇尔特的《大门之外》之所以获得巨大反响，这是原因之一。

在小说和其他叙事散文方面，由于工业化、技术化和科学的迅速发展，社会关系的变化，"个性危机"和"个人命运"的主题日显狭隘。反之"集体命运"更能反映出社会的现实。为此分析和反思替代了过去作者对理想社会的建造。现在的小说几乎不去提倡宣传什么明确肯定的东西，相反是对那些已经明确肯定的东西提出怀疑。这在格拉斯、瓦尔泽、伯尔等人的50、60年代的作品中反映得很清楚。而在形式方面，60年代曾兴起过工人文学和纪实文学。随着工业的发达，撰写工人文学的十位作家在多特蒙德市成立了以反映当代工业劳动及其存在的问题为宗旨的"六一社"。1970年又建立"劳工界文学社"，提倡写报告文学。此外在70、80年代，联邦德国还兴起了自传性的长篇小说以及用日记或书信方式的记录性作品，而女性作家在这方面尤为突出。

沃尔夫冈·博歇尔特（1921—1947）生于汉堡的一个教师家庭，曾在书店做过学徒，还短期当过演员。1941年应征入伍，在前线受伤。由于被怀疑自我致伤而被交付纽伦堡监狱，三个月后被释放。但接着因在言谈及信件中犯有"反国家和反党"的罪行而判四个月监禁。1942年至1943年的冬季博歇尔特作为通信兵在前线服役。后因患有肝病才被允许离开军队，但接着又因开政治玩笑再次被捕，并被判九个月刑期。战争结束后，博歇尔特又当了演员。后任助理导演，终因战时得的疾病而在瑞士的疗养院去世，年方26岁。

博歇尔特非常喜欢荷尔德林和里尔克的诗歌。17岁时开始写了一些表现主义风格的诗作。最早出版的诗集是《灯、夜、星》（1946），其中包括14首抒情诗，反响不大。之后他转向散文体的创作。他的创作时间虽然很短，但他写的短篇小说都是佳作。例如《面包》（1947）写的是战后饥荒时期的一个生活片断。一对结婚已经39年的老夫妇，有天夜晚老妇人突然醒来，因为厨房里有声音，她起床去看个究竟，发现老头偷吃了面包，她装作没有看见。老头说，以为厨房出什么事，他进来看看。老妇人说："我也听见了什么。"然后两人若无其事地回到卧室。第二天晚上，她分给他四片面包，平时每人三片。她说："我吃这面包消化不了。你多吃一片吧，我消化不好。"老头把头埋在盘子上，他没有抬头。这篇小说写得平静、简练，没有一点多余的话。虽然截取的面很窄小，但却具有深度，因为在平淡的事件的表层下展示出了那时期的饥饿状况。饥饿使老头39年来首次撒了谎，而第二天他表现出的羞愧又如此令人感动。有评论家说，这篇小小的故事可以使许多有关战后饥荒的评述相形见绌。博歇尔特的短篇小说还有《蒲公英》（1947）、《在这个星期二》（1947）等。

博歇尔特最为成功而且产生巨大影响的作品是剧本《大门之外》（1947）。这部作品最初在汉堡电台播出，立即引起轰动，听众来信像雪片那样飞来。其原因是由于这个剧中的主人公的遭遇，以及他的思想感受正是当时战后千百万青年人的一面镜子。那些从战场归来，几乎为战争所毁的一代人，在主人公贝克曼身上找到了自己。剧情是这样的：从战场回来的士兵贝克曼失去了一条腿，回家发现妻子已属别人，他想自杀，但没有成功。他找他在部队时的上校，要和他清算战争的罪责，但受到嘲笑。他找剧场经理要求一份工作，但经理告诉他，当前的观众不需要反映真实的演出。他来到父母家，但父母由于反对过犹太人，如今生活窘迫，已双双自杀。至此所有的大门都对贝克曼是关上的，他只能留在“大门之外”。实际上贝克曼这一代人既是牺牲者，同时也是犯罪者，用贝克曼的话来说，“当我们是孩提时，他们就发动了战争。长大一点时，他们给我们津津乐道地讲战争。当我们长得更大一点时，他们又为我们计划了打仗，把我们送上战场。……没有人跟我们说过，你们是走向地狱。”而在战后，“现在他们坐在自己的家门里。他们把门紧紧关上，而我们则站在门的外边。”贝克曼一代的青年人深深感到他们是被老一辈人出卖了，他们“既当杀人犯，又被别人所谋害”。因而当他们从前线回来时，“从外表上看，酷似在田地里驱赶鸟的稻草人（有时夜间也用来吓唬人），而内心深处——也是如此”。这部剧本采用的是分段形式，由主人公把各段串在一起，每段具有独立性。博歇尔特在这部剧本中使用了表现主义、超现实主义、象征主义等各种手法。主人公自始至终处于一种神思恍惚状态，经常从心底深处发出呐喊。作者让真实的人物与象征性的人物（打着饱嗝儿的殡仪馆老板——死神，哭泣着的、再无人相信的老人——上帝）与虚拟化的人物（易北河女神），还有代表主人公自身的另一面的“第三者”同时登上舞台。作者让现实与梦幻交织在一起，使一个回家了却又无家可归的受骗上当的青年，在雨夜中，在街上发出震撼人心的控诉和抗议。

1945年战争结束后，在一年半的时间里德国的青年正如作家恩斯特·施纳贝尔（1913—1986）所说，他们沉默不言，对一切都保持沉默，而现在沃尔夫冈·博歇尔特终于说话了。他代表年轻人发出了悲愤的喊声。正如博歇尔特所宣布的“我们是否定者。不过我们的否定不是出于绝望。我们的否定是一种抗议。……因为我们必须在虚无中重新建立起肯定。”《大门之外》激起了如此强烈的反响，国内几乎所有剧院都改编演出，还拍成电影（改名《四七年的爱》）。它成为战后废墟文学的一部重要代表作。

君特·艾希（1907—1972）的父亲原为农庄管理员，后来开设税务法律事务所。从1925至1931年艾希先后在柏林大学、莱比锡大学攻读汉学和法律。1932年开始专事文学创作，居住在柏林、德累斯顿和巴黎等城市。1939年被征入伍，不久被美军俘虏。1946年获释回国，定居在巴伐利亚州。1947年参与了“四七社”的创建工作，并获得了“四七社”的第一届文学奖。60年代他曾游历印度、日本、加拿大、美国及非洲等地。1963年移居奥地利，他的夫人是奥地利女作家艾兴格（1921—　）。1972年他在萨尔茨堡去世。

艾希是位诗人，剧作家。他最早的诗作用的笔名是艾里希·贡特。直到1930年才用本名。这些诗散见于一些文学杂志。纳粹一上台，他就停止写作。直到1948年才出版了他的第一部诗集《偏僻的农庄》。次年又发表《地铁》。1955年出版的《雨的讯息》是艾希创作风格变化的分界石。在这之前，他的诗歌语言朴实，形象生动，言简意赅，在形式上接近传统诗，大多押韵，用的是抑扬格，诗行、诗节都很规范，使用古典气息很浓的传统意象。从中人们可以感受到德国浪漫派诗人对他的影响。在有些诗作中还不时可以看到中国古诗的风格。艾希在1949至1951年间翻译了90首中国唐宋时代的诗。他曾说过，他觉得诗歌很像中国的符号文字。在汉字中，意思不通过字母或声音，而是通过图像表达出来，因而一个中文的符号就是一首诗，非常简明扼要。随着艾希生活经历的变化，他的诗歌风格逐渐出现变化，最先引起人们注意的是1946年他在美国战俘营里写的一首完全以实实在在的物品为内容的《盘点》：

这是我的帽子，
这是我的外套，
这里是我的剃须工具，
它装在麻布袋里。

一个罐头盒，
是我的盘子和杯子，
在它的白铁皮上，
我已刻上了名字。

全诗一共七段，每段四行，不押韵，每段由主人公，一个战俘数出他仅有的少得可怜的财产，其中他最心爱的是一段铅笔芯，因为用它可以在白天记下他夜晚想好的诗句。而最为令人垂涎的是一枚钉子，他藏起来用它刻字。这首诗可以说简单到了极致，全篇通读起来很难找到一个可以省略的词，更难找到任何的形容词。而作品正是通过主人公盘点一件件最必要的日常生活用品，让读者想象出一个战俘的全部生活内容和他的体验。这里完全抛弃了激情，不论是语言、内容或构思把非必需的东西排除得一干二净，只剩下客观地清点出的物品，这样的风格有人把它称做纯现实主义。但不管怎样，它确是与德国传统的诗歌写作大相径庭。显然它更接近现实,更接近生活。而艾希所使用的那种简单得不能再简单的词句也正是40年代“一切从零开始”的文学状态的反映。经过纳粹十多年的统治,德国的语言被弄得一团糟,充塞了谎话、大话、黑话。对此进行清理,用里希特的话说,要“从最简单的词句开始”。而艾希的这首诗正是不折不扣地做到了这一点,因而它也就成了当时“废墟文学”在诗歌方面的代表作。

在创作《雨的讯息》的阶段,正如艾希自己所言,他是“迟到的表现主义者和自然抒情诗人”。这里所谓的自然抒情诗人不是传统意义上寓情于景,以景抒情的那一类诗人,而是怀着对世界文明的深层危机意识,试图在诗的语言中拯救已失去的现实世界的诗人。他们视自然为统一完整的世界,将自然看作是超乎人类之上的更高一层的生命秩序。因为在这里人不再是衡量一切的唯一标准,仅仅是某种自然的造物而已。在艾希的自然诗中,自然是一个神奇的体验物,诗人常常从中聆听自然的“原语言”(Ursprache)的秘密。在这方面,诗集中的《夏日的结束》最具代表性:没有树的安慰,谁还想活着! / 多好啊,树木也会死亡! / 桃子收获了,李子也在着色, / 与此同时,时间在桥拱下面呼啸而过。全诗共12行,从形式上看已是属于现代诗,没有用韵,没有诗格和音步,音节不等。这首诗表达的是瞬间即逝的生活。自然界中的树木、果实、树叶等都逃不了死亡的法则,但它们对此却泰然处之,它们没有死亡意识,因而毫无不安之感。为此一些因死亡而感到绝望的人可以从中得到安慰。艾希这一时期的作品中常常凸现这种对自然界的认同感,诗人把自然界看作是残破的现实世界的对立面。

在《雨的讯息》之后,他的诗风又有了变化。这之前,他的诗作往往带有忧郁和神秘的气息,而之后,不仅传统诗歌的风格愈来愈少,诗韵、诗格、音步不复存在,代之而起的是新造的语言密码和符号,音律是不和谐的,想象是超现实主义的,而且一扫忧郁的情绪,甚至对自然界不再认同。在1968至1972年陆续出版的《燕泥集》中，他竟然将自己的自然诗贬作“永远的鹦鹉学舌般的自然秘密”。《燕泥集》是艾希后期最重要的作品，它由许多简短的，但内涵却颇深的格言体文句所组成，是采用蒙太奇手法的语言的素描。很难将它归为某种文学类别，也正因为如此，艾希得到了“文学无政府主义”的雅号。

艾希同时也是位杰出的广播剧作家。他的广播剧常常跨越时空，将现实和梦幻交织在一起。1953年完成的《维泰波的少女们》就是一例。剧中的主人公是70岁的犹太首饰工和他的17岁孙女，俩人躲藏在柏林的一所公寓里整整三年，如同生活在墓穴里。一日，报载一群来自维泰波的少女误入古罗马的一个地下墓穴，正在等待救援，他们见到这条新闻后就开始进入梦幻：孙女成了其中的一个少女，而爷爷则成了少女们的教师，他们一旦被人发现就能获救。而现实中，祖孙俩若被发现就有生命危险，于是希望的梦和恐惧的梦就交织在一起。1957年的《真主有一百个名字》叙述一个商人从平凡的小事开始领悟到生活的真理的故事。艾希还写有《我的七个年轻朋友》(1960)等广播剧。这种“二战”后刚刚兴起的广播剧反映的都是人物的内心世界，因而只适合广播而不适合作为舞台剧本。当它们被印成书时，艾希对原来的文本作了修改。

君特·魏森博恩(1902—1969)出生在商人家庭，大学期间攻读日耳曼语言文学、医学和哲学。1935年流亡美国，在纽约任记者。1937年回到柏林，一面任剧院顾问，一面从事地下反法西斯斗争。1941至1942年为大德意志电台撰稿人。1942年以“叛国罪”被捕并判终身监禁。1945年为苏军解放，不久回柏林，参与创建黑勃尔剧院，后任戏剧顾问。1951年迁居汉堡并任汉堡剧院顾问。1956年和1961年两次访问亚洲国家，来过中国。1964年移居西柏林。1969年去世。

魏森博恩最初发表的是剧本《潜水艇S4》(1928)，主题是反战。剧本以表现主义的手法描述了六名美国士兵在潜水艇里窒息死亡的事件。

剧本在15家剧院演出，获得很大成功。1930年起魏森博恩成为专业作家。1931年和布莱希特合作把高尔基的《母亲》改编成剧本。法西斯上台后，他的作品被焚烧和禁止，他就改用克里斯蒂安·蒙克的笔名继续写作。1935年完成剧本《诺依贝尔夫人》，主人公是德国女演员卡洛琳纳·诺依贝尔（1697—1760），她曾为建立一种不同于高特舍德的戏剧流派做出了努力。同年完成的还有《法诺姑娘》，这是部描写渔民爱情的长篇小说。战后，他以自己的经历为题材写出了《地下工作者》（1945）。这个剧本写的是在法西斯统治期间，青年瓦尔特加入了一个地下小组，但他与女介绍人丽尔的爱情引起了小组成员的怀疑，他们以为瓦尔特是纳粹派来的密探，对他进行威胁。一次瓦尔特被盖世太保发现，为保全组织，他选择了自我牺牲的道路，被敌人在追赶时打死。他的作品不论是剧本还是小说，其基本主题是反法西斯和反战。1948年出版的《回忆录》和根据里卡达·胡赫收集的资料撰写的《无声的起义》（1953），都真实地反映了德国人民对法西斯的艰难斗争。而剧本《两个天使下车》（1955）则借两个火星人对于地球上的扩军备战和战争情况的观察表达了作者的反战立场。1958年的《哥亭根大合唱》是一出反对原子武器为主题的歌舞剧，歌颂了18位科学家反对原子备战。次年出版的剧本《马卡巴一家》写的是一个演员全家遭到原子实验场危害的故事。

魏森博恩在访问中国后，创作了广播剧《扬子江》（1958）和散文集《扬子江畔的巨人站起来了》（1958）。他还曾改编中国古典戏曲《十五贯》（1959），该剧在汉堡上演过。

马丁·瓦尔泽（1927—　）出生于旅店主家庭，17岁时应征入伍，战后在大学攻读文艺理论、哲学和历史。1951年以研究卡夫卡的论文获博士学位。大学毕业后在电台、电视台任导演。1947年开始发表作品。1957年起成为专业作家。1958—1977年间曾先后去美国、苏联、英国、日本等国家访问，曾在美国多所大学讲课。他的作品获得“四七社”、黑塞、霍普特曼、毕希纳等多种文学奖。

瓦尔泽的早期作品深受卡夫卡影响。如广播剧《外面》(1953)、短篇小说集《屋上一飞机》(1955)等，情节离奇，但语言却非常简单。真正首次显示瓦尔泽独特写作风格的是长篇小说《菲利普斯堡的几桩婚姻》(1957)和《间歇》(1960)。前者描写在战后“经济奇迹”时期，上流社会的人欲横流现象。主人公博伊曼是个出身低微，大学新闻系的毕业生。他一心要想进入上流社会，在女友安妮的帮助下，他终于如愿以偿，结识了上流社会中许多人物和家庭。其中的妇科医生因有情妇而使妻子自杀身亡。律师阿尔温因对妇科医生的情妇想入非非而出了车祸，葬送了自己的前程。就连主人公博伊曼也瞒着安妮和杂志社的女秘书同居。全书通过不同家庭的婚姻爱情状况展示了这一时期德国上流社会的道德危机。而《间歇》则从另一个角度批判这个社会。这部小说有九百页之多。作者选择了“代理人”作为小说的主人公。因为这样的角色在资本主义的经济制度中是一个重要环节。作为“代理人”，他介绍人购买产品，从中可以获得回扣。若逢竞争激烈，“代理人”的作用就更为重要。用瓦尔泽的话说：“没有代理人，经济就无法运转；因为生产多于需求，销售就比生产更重要。”而代理人必须要面对不断变化的形势，因而他不得不经常变换扮演的角色，在这种形势下，“代理人”是否还能保持自己的个性，就成为一个尖锐的问题。小说的主人公得的胃病可以说明“代理”身份在他心灵和精神上所引起的强烈冲突。小说的情节很简单：代理人克里斯特莱茵因胃肿瘤开刀后回家。虽然他曾因推销走遍全国，而现在，老板却撤销了他的代理权，因而他必须另谋出路。通过私人关系，他终于在一家国际性大公司找到一个推销专家的职位，不久他被派往纽约总公司，被培养成“商品人为老化”专家，因为商品“老化”得快，新商品也就销得更快。克里斯特莱茵得到这个职位后，可谓青云直上，但三个季度后，他不得不再次因胃病而开刀。整部小说就这样通过克里斯特莱茵这个人物的观察、感受、联想和回忆，向读者展示出了这个“经济奇迹”时期的社会风貌。但发人深省的是克里斯特莱茵在其中并不是一个能看透一切并与社会保持距离或远离社会的人物，相反，他对这个社会是顺从的。瓦尔泽这部作品的成功之处就在于深刻表现了在广大阶层中那种顺从和适应社会规范的意识。人们就像克里斯特莱茵一样愿意成为这个富裕社会的一员，而且愿意也善于在这个社会大舞台上扮演各种角色。瓦尔泽巧妙地，也不无讽刺意味地用“保护色”作为第一章的标题。作为代理人，主人公不得不时常改变自己，以适应新发展和新领域，而一再生病正是为心甘情愿和被迫适应这个社会而付出的代价。《间歇》这个标题的意思是指主人公正处在生活的中间阶段，同时也是指对一个前景已经确定但尚未走完全程，处于阶段性的社会的总结。语言中的那些矛盾、反讽和视角的断裂是小说的重要语言特点。尽管小说发表后，有关它的篇幅之长短和作者对细节的热衷引起了争论，但有一点是确定的，读者从中心人物的内心视野会看到当时整个社会的全景。

在《间歇》之后，瓦尔泽又创作了长篇小说《克里斯特莱茵三部曲》，包括《半生》（1960）、《独角兽》（1966）及《堕落》（1973）。反映在资本主义福利社会的竞争法则下，一个知识分子的大起大落，最后走向自我毁灭的残酷现实。完成于1976年的《爱的彼岸》写的是资本主义社会下小人物的悲惨命运。1978年出版的中篇小说《一匹在逃的马》是瓦尔泽写得最为成熟的作品。主人公是两个分离23年的朋友，他们偶然相遇，哈尔姆性格孤僻，对一切都采取消极态度，布克却看起来乐观开朗，但实际上也是个失意人。他觉得生活就像一匹奔跑的马，很难驾驭，内心也十分苦闷。这部小说向读者充分展示了知识分子的内心思想活动，他们在这个社会里所感受到的苦闷。

瓦尔泽也写剧本，代表作有《橡树与安哥拉》（1962）、《黑天鹅》（1964）等。他在戏剧表现手法上采用布莱希特的叙事剧方式。有时戏剧情节有些荒诞，但却因而造成了陌生化效果，引起读者的思考。例如1963年出版的《超过常人大小的克洛特先生》讲的是一位大富翁，他厌倦了富裕的生活，要求别人将他杀死，但谁也不愿干这件事，即连清贫的旅店仆人也不干。这个看来有悖常理的要求是对这个腐朽社会强有力的嘲讽。

《爱的表白》是瓦尔泽发表于1983年的散文集。关于爱的寻求在瓦尔泽所有的作品中，都扮演了一个既严肃又有趣的角色。它使作家的行文富有热情，这正是许多当代作家所缺少的。瓦尔泽是这样一位作家，他写当代复杂多变的生活和人的各种难以捉摸的心态，却每个人都能读懂，他诙谐却没有玩世不恭，他使人感动却不叫人落泪。他被批评界公认是一位有深刻洞察力和有非凡艺术才华的作家，同时他又拥有广泛的读者群。

乌维·约翰逊（1934—1984）出身于农民家庭，1952至1956年在罗斯托克和莱比锡大学攻读日耳曼语言文学。1959年移居西柏林并成为职业作家。参加“四七社”的活动。他曾获得毕希纳、托马斯·曼等多种文学奖。约翰逊在民主德国时期已开始创作，但未能出版。直到移居联邦德国后才发表第一部作品《对雅谷布的各种揣测》（1959）。主人公雅谷布在民主德国一个车站工作，是个有经验的、可靠的调度员，但一天他却被一列火车轧死。是由于不小心，还是自杀，还是其他什么原因，成了一个谜。作者把解谜的任务交给了读者。作者让最熟悉死者的人出来，根据他们对雅谷布的认识提出各种不同的推测。于是围绕雅谷布的谈话、内心独白或是直接叙述构成了一个错综复杂的网络。每个人都从自己的角度提供了对雅谷布的生活经历、四周环境，甚至包括发生政治性的“匈牙利事件”时的情况。从中读者可以获悉：雅谷布有一个从民主德国去联邦德国的女友；民主德国有一个由知识分子组成的反对派组织；民主德国安全部的工作人员的活动和雅谷布有关系等。其中很重要的一点是雅谷布不关心政治，他对工作的极端负责态度并不是出于政治观念，也不是效忠国家，而是由于他认为工作有意义。雅谷布虽热爱在西部的女友，但却对那里的生活也备感失望。他去了西部，不久就又回到了东部，而且就在回来的那天神秘地死去了。在有关“雅谷布经历简介”中有两句话也许是至关重要的：“他在西部感到陌生，在东部感到不再是家乡。”雅谷布之死最后仍是一个“不解之谜”是作者的故意安排，他要求读者自己去思考，他要读者的主动精神发挥到极致。读这部难懂的小说，人们必须把各个不同叙事层次上发生的事件联系起来，然后得出自己的分析和结论。有人称这部“结尾开放”性的小说为“非亚里士多德小说”，和布莱希特的叙事剧那样具有重大意义。为此有人称这部小说是“伟大的文学事件和政治事件”。说是政治事件是因为小说的主题涉及到德国的分裂以及分裂对生活在东西两边的人所造成的后果，而更重要的是作者在处理这样的主题时超越了盛行的政治对峙的思想，隐隐地显示出一种希望：人们能有一个自决地、充实地生活的社会，也即能有一个真正尊重人的人道的社会。

1961年约翰逊发表了长篇小说《关于阿希姆的第三本书》。主人公阿希姆是人民议会议员，是民主德国著名的自行车运动员，关于他的生活道路已出了两本书。联邦德国体育记者卡尔施通过女友结识了阿希姆，准备为他写第三本书。民主德国有一家出版社很支持他的这一计划，希望他能写出这个“象征着力量和国家未来”的人物。但由于两个德国在思想意识上的分歧，卡尔施对阿希姆的采访终于无法再进行下去，不得不放弃写第三本书的计划。小说再次描写了分裂后的两个德国的现状及其造成的问题。《两种观点》（1965）写的也是两个德国的问题。这部长篇小说写的是联邦德国的一位摄影记者与民主德国的一位女护士在柏林相识，产生了爱情。1961年由于柏林墙的建立阻碍了他们的交往，但却增强了他们一起生活的决心，护士终于在记者的帮助下逃奔西区。但由于两人对生活、工作、世界等各个方面的看法格格不人，最后，终于走上了分手的道路。

约翰逊作品的基调是两个德国。但事实上他一直在追寻的显然既不是民主德国，也不是联邦德国。在《周年纪念日》（1970—1983）一书中就能看到这种迹象。这部长篇小说的女主人公克雷斯帕尔50年代由民主德国来到纽约，在一家银行当译员。她常常向10岁的女儿讲述德国的历史，她一直在寻求自己的国家，它不是民主德国，也不是联邦德国，也不是美国的社会。这个主题不得不使人们想到约翰逊在第一部关于雅谷布的小说中所论及的东西部德国都已不再是自己家乡的观点。约翰逊本人生活的最后十年就是在孤独和精神危机之中度过的。

马克斯·封·台尔·格吕恩（1926—2005）出生于一个鞋匠家庭，毕业于商业学校。第二次世界大战时被征入伍，曾为美军所俘。他在美国居住到1947年才回国。此后当过建筑工人、矿工和火车司机。他是“六一社”的创建人之一，是国际笔会联邦德国的中心成员。他不仅是个善写工人的小说作家，同时也是个广播剧、电视剧作家。他的作品大多取材于自己的亲身经历，反映的是联邦德国的劳工世界，尤其是工人的生活境况。开始主要写的是有关矿工的情况。

最初的长篇小说《鬼火和火》（1963）一发表就引起了人们对于工人文学的重视。该书以“经济奇迹”为背景，写的是在劳动过程中工人受到的剥削，人际关系的毁坏等情节。全书将劳动环境的精确描绘和富有表现力的文学激情融为一体。这部作品的出版使工人文学在文学市场上取得了突破。

1973年发表的长篇小说《坎坷人生》写的也是劳资矛盾。其中的主人公迈瓦尔特是马斯曼公司的分厂工人，他偶然发现经理室装有窃听工人之间谈话的装置，并设法拿到了谈话记录。于是在圣诞节的庆祝会上，他当众揭露了厂方的这一卑劣行径并当场责问经理。此事轰动全厂。迈瓦尔特在工人的支持下把此事反映给了区工会领导。不久，经理被调走。但新上任的经理却动用刑事警察企图叫迈瓦尔特交出谈话记录，同时宣布解雇迈瓦尔特。但工人们团结一致，组织罢工和示威游行，致使劳工法庭出面迫使厂方收回对迈瓦尔特的解雇。迈瓦尔特则要求厂方还要做出公开的道歉。格吕恩的作品基本立足于现实主义，但有意识地使之接近文献文学，另一方面也很重视夸张和添枝加叶，这样有利于引起广泛的社会反响。

汉斯·君特·瓦尔拉夫（1942— ）生于科隆的一个工人家庭，中学毕业后曾做过书店学徒。后在许多家大工厂当工人。是“六一社”的成员。经常著文报道工人的生活，反映他们的疾苦。1966年他发表了报告文学集《我们需要你》，揭露了企业主对工人的剥削状况，对所谓的富裕社会作了剖析，引起极大反响。1970年瓦尔拉夫又完成报告文学集《十三篇不受欢迎的报道》，该作品反映的面较广，不仅有社会现实中的非人道现象，有关于民主的问题，甚至包括有康采恩内部建立秘密部队以及科研机关研制化学细菌武器等诸多不为人知的内幕。1974年瓦尔拉夫到希腊参加反军事独裁的斗争，因而曾经被逮捕。次年根据这段经历又写成报告文学《我们邻国的法西斯》。1976年瓦尔拉夫伪装成军火商代理人，与葡萄牙前总统秘密接触，然后及时地根据录音记录等材料写出报告文学《揭露一个阴谋》（1976），从而使葡萄牙避免了一次右派政变。

瓦尔拉夫为取得第一手材料，经常有惊人之举。他甚至改变容貌及姓名伪装成各种人员，混入工厂企业、报社、社团之内。然后把自己的亲眼所见、观察及体验到的与自己掌握的文献材料结合起来写出纪实性极强的作品。1977年他经过乔装打扮混入汉堡的《图片报》社工作，同年就写出《伪装者——在〈图片报〉工作的汉斯·艾塞》，揭露了《图片报》的一些耸人听闻的内幕，引起轰动，从而受到汉堡地方的起诉。随后他又化装成土耳其人来到工厂干活，亲尝了土耳其人所遭到的不公平的遭遇，写出报告文学《最底层》（1985）。瓦尔拉夫的作品以提供事实、语言朴实见长，它们的目的是激励或号召人们采取行动。用瓦尔拉夫自己的话说："我们的成就不应反映在文艺副刊的书评之中，我认为，我们的倡议、修正和反抗——简而言之，我们的成效——应该反映在实践之中。"

君特·格拉斯（1927—2015）在德国文坛和政界是闻名遐迩的人物。使他在文坛上出名的作品当首推他在1959年发表的长篇小说《铁皮鼓》。不过他走上文学道路的时间却要早得多，而且是从写诗开始的。

1955年他写的诗歌获南德意志电台的创作奖，而后被邀请参加"四七社"的活动并获得"四七社"奖。1956年出版的《风信鸡的长处》是他早期诗歌的结集。他的诗歌富于激情，颇多想象丰富的文字游戏。他自己曾经说过他的诗歌深受里尔克、林格尔纳茨（1883—1934）和洛尔卡的影响。1960年他又出版了诗集《三角轨道》。他的第三本诗集是有关政治题材的《盘问》（1967）。在他的诗集中均有他自己所绘的插图。虽说他的诗歌并没有赢得很多读者，但他自己颇为看重，一直坚持诗歌创作。从70年代后期开始他的文学创作还尝试把诗歌和小说这两种不同的文学体裁结合起来。在他的小说《比目鱼》（1977）和《母老鼠》（1986）中均有很长篇幅的诗歌。

在格拉斯的创作中还有许多剧本，主要有《洪水》（1957）、《恶厨师》（1961）和《平民试验起义》（1966）等。他的早期剧作受荒诞派戏剧影响较深。

以《铁皮鼓》为小说创作的发端，格拉斯又相继发表了《猫与鼠》（1961）和《非人的岁月》（1963）。这三部小说后来通称为"但泽三部曲"，因为这些小说的主要故事情节均发生在但泽地区。但泽是格拉斯的故乡，他的父亲是德籍商人，母亲是波兰人。但泽这个城市数世纪来缠结着德国与波兰、日耳曼与斯拉夫民族的恩恩怨怨：该城初为斯拉夫人建立的城镇，1793年被普鲁士占领改名为但泽，1919—1939年依《凡尔赛和约》规定为自由市，由波兰行使管辖权，"二战"中为德国所占领，战后重归波兰又改名为格但斯克。世代居住在那里的德国人被驱逐返回德国。在剖析格拉斯的这三部作品时，他的家庭和上述历史、地域背景无疑是颇为重要的。

格拉斯的成名作之所以叫《铁皮鼓》是因为小说主人公奥斯卡·马策拉特终生与一个儿童铁皮鼓形影不离。他于1924年降生在但泽的一个市民家庭。他用敲鼓表现他的感情和思想，他唱歌能震碎四周的玻璃。奥斯卡还拥有种种特异功能；他出生后就能智力超常地像成人般地观察、分析世界；为了不与成人世界沆瀣一气，他能凭借自己的意志使自己在3岁时停止成长，因而成了一个侏儒。这一分为三部46章的小说大部分以第一人称倒叙手法，通过奥斯卡不平凡的经历反映了1924至1954年这个时期以但泽为中心的德国社会现实。小说主人公亲眼目睹法西斯在但泽兴起、猖狂发展的情况，他经历了第二次世界大战和战后最初的那些年头。如果说，奥斯卡以停止发育成长拒绝“成人世界”，那么对于他憎恨的社会现实事件，则通过击鼓来表示他的抗议。如小说描写了奥斯卡如何在法西斯的集会上用力敲鼓使发言者惊骇口吃讲不出话来。

当然，格拉斯所塑造的并非是一个英雄人物，而是一个“反英雄”，一个弄臣式的人物。这不仅是因为奥斯卡在外形上是一个弄臣式的侏儒，更主要的是因为他自己的所作所为。奥斯卡通过阅读歌德等作家的作品洞悉了社会，同时知晓了性的神奇作用。对他母亲的去世他是难逃其咎的，他使得其中有一个可能是他父亲的两个男人离开人世，他与后来成为他岳母的女人生了一个孩子。在战争期间他是前线杂技团的演员，战后他当过石匠、裸体模特儿、爵士乐队鼓手。他成为富翁后却感到无聊，最后甘愿受朋友的摆布被指控为杀人犯并因此被送进精神病院。

《铁皮鼓》的成功之处在于，奥斯卡的形象既借鉴德国文学史上流浪汉小说的传统又不囿于这种传统。格拉斯通过奥斯卡这个形象为自己创造了一个小说叙述的独特视角。在总体上显得荒谬的若干设定的框架内，奥斯卡既是这个社会的成员（市民家庭的儿子、前线杂技团的演员、石匠……），又不是这个社会的成员（“拒绝成人世界”、拥有特异功能），这就使他或多或少处在一个局外人的地位上。通过这样的独特视角，格拉斯以惊世骇俗的笔触描绘了那个时期德国的种种社会现实。格拉斯的这部小说获得很大成功，1979年被改编成电影，获得戛纳电影节的金棕榈奖。

《铁皮鼓》中的主人公奥斯卡是一个侏儒，而在中篇小说《猫与鼠》中的主人公约阿希姆·马尔克——“二战”期间但泽中学的一个中学生，则有一个特大的喉结，说话、吃饭、吞咽时喉结就像一只老鼠那样跳动，特别引人注目并每每遭到人们的嘲笑。小说开始的情节就颇具象征意义：在球场，同学把一只猫放在昏昏欲睡的马尔克特那大喉结上，猫把喉结当成一只老鼠。小说所以叫《猫与鼠》就缘起于此。在小说中，“老鼠”不仅生动形象地表明了主人公的体态特征，“老鼠”更成了主人公的代称，并进而象征着社会上有着各式各样特征或种种缺陷的个人。而猫的天职就在于捕杀老鼠，它永远凌驾于老鼠之上。作者用“猫”来比喻当时的社会。

该小说通过13个独立但又相互关连的章节描述了马尔克如何一而再再而三地试图掩盖自己的外表缺陷，转移人们的视线。有一次在一艘报废的扫雷艇上，为了掩盖自己的缺陷又为了炫耀，他在脖子上挂着螺丝刀、勋章和圣母像，在同学面前表演他高超的潜水动作。但他因偷他人的勋章而被学校开除。而当他在部队服役获得货真价实的勋章想挂着它回母校作报告为自己挽回影响时，他又遭到校长的拒绝，他绝望地消失在那艘报废的扫雷艇上。他的身体很弱，为了赢得社会的承认，他处处勉为其难。如他在表演高难潜水动作时，使出了吃奶的力气。作品着重刻画他的这些动作的僵硬和不自然，试图表明，为了获得社会的承认，马尔克是以“自我异化”为代价的。一直到最后，他也没有得到社会的承认，满口纳粹套话的中学校长拒绝他在学校作报告，导致了他悲惨的结局。

长篇小说《非人的岁月》共分三部，分别由小说主人公阿姆塞尔、布鲁尼斯和马特恩三人讲述。阿姆塞尔和马特恩是同学，拜为兄弟。布鲁尼斯是他们上中学时的青年教师，因趣味相投，三个人遂成为好友。

阿姆塞尔有一半犹太血统，他有艺术才能，喜欢扎驱鸟的稻草人。马特恩是一个身强力壮、头脑简单却有正义感的人，而布鲁尼斯则是一个思想进步的青年知识分子。他收养的小姑娘燕妮是吉卜赛人的后代。纳粹占领但泽后，布鲁尼斯受到迫害，在集中营中被折磨至死。阿姆塞尔和燕妮则因血统而受到酷刑和侮辱。法西斯分子的借口是他们把纳粹军服穿在稻草人身上。马特恩曾参加党卫军，因看到朋友受迫害而产生强烈不满，从而被投入苦役营，后在上前线时投奔了盟军。战后，马特恩决心为朋友报仇，而当时的社会却对罪行累累的纳粹分子网开一面，马特恩就走上了个人复仇的道路。在这部小说中，格拉斯以多侧面的视角，描述并揭露了在“非人的岁月”中法西斯的罪恶，表达了对战后联邦德国社会姑息纳粹分子的不满。

在前面提到的《比目鱼》和《母老鼠》等长篇小说中，除了加进很长篇幅的诗歌外，另一个特点是强烈表现了作者中间偏左的政治倾向。格拉斯1999年获诺贝尔文学奖。他是德国社会民主党的成员，是一个在政治舞台上很活跃的作家。他的《但泽三部曲》对战后的阿登纳时代有所抨击。也就是在写作《三部曲》的同一时间里，他坚决站在德国社会民主党一边，为社会民主党的竞选做过许多宣传鼓吹工作。此外，他支持女权运动，主张保护世界的生态平衡。格拉斯是既在文学舞台，又在政治舞台上留下印迹的人。

西格弗里德·伦茨（1926—2014）出生于东普鲁士吕克的一个官吏家庭，“二战”末期曾在纳粹海军服役。战后在汉堡上大学。50年代开始，他长期生活工作在汉堡。伦茨以撰写充满幽默情趣、情节发生在“二战”

前后并带有浓郁地域特色的小说而著称。除小说外，他还写剧本和广播剧。他最有名的作品是发表于1968年的长篇小说《德语课》。由于这部小说的成功使他得以跻身于战后联邦德国著名作家的行列。

1955年发表的短篇小说集《苏莱肯村曾经如此多情》是他的最有代表性、最出色的乡土文学作品。伦茨的故乡吕克位于东普鲁士狭长地带——马祖里地区，因而《苏莱肯村曾经如此多情》也被称为马祖里小说集。伦茨把他的这部由20个短篇小说所构成的集子称之为对他的故乡马祖里的爱情宣言，对马祖里人心灵的探索。作者娓娓讲述他在青少年时代所听到的有关伐木工、农民、渔夫、小手工业工人等芸芸众生的或平淡或离奇的故事，诸如剪羊毛、挖泥炭、月光对土豆成长的影响、读书成瘾的农村智囊人物舍斯、马诺阿叔叔耐人寻味的去世等等。小说刻画了马祖里人饶有趣味的特性：他们机智、狡黠却又木讷，他们柔情绵绵又不洒脱，他们超乎寻常的耐心使人感动。作者尤其强调了马祖里人世代相传的与世无争、和睦相处、心宁不躁等品格，突出了他们这种品格的静穆之美。然而不管他们如何没有历史观念，如何耐心，流淌的时光仍然影响了他们，书中反映的窄轨铁路的铺设就是一个明证。当然，诚如作者在该书后记中所说的那样，这个四周布满沼泽、荒野、湖泊和森林的苏莱肯村是作者的艺术创造。“我这里所写的只是我的马祖里，我的村庄苏莱肯。”

如果要用一句话来概括伦茨的长篇小说《德语课》的中心思想的话，那就是：每个人该如何忠于职守、履行义务？《德语课》的故事发生在1954年，汉堡一教养所的少年犯西吉在单人囚室中被罚写一篇题为《履行义务的喜悦》的作文。于是他回忆起在穷乡僻壤当警察的父亲耶普森在纳粹时期如何严格执行纳粹的命令，监视当地的一个画家南森，禁止他作画，没收销毁他的作品。而画家本人曾是警察的好友并有救命之恩。战后，英军曾把耶普森抓走，三个月后他仍回村里任原职。时代发生了根本变化，然而他不能适应这种变化。像走惯了的钟摆那样停不下来，他仍按以前的习惯行事，仍一如既往地“忠于职守”。虽说不准画家作画的禁令早已无效，然而当他发现画稿时，又一次情不自禁地把画烧掉。

与父亲不同，西吉以前力图保护画家创作的画稿，他曾把画稿藏在一座废弃磨坊的“密室”里。由于父亲一再烧画，他藏画的磨坊也曾着过火，因此西吉在精神上就处在一种病态的恐惧之中：老是觉得南森的画不安全，需要由他保护起来。就像他的父亲那样，他也适应不了这种新的变化，只不过这种不适应是在相反的方向上。尽管南森的画已不再需要他去保护，他仍继续偷藏画家的画，甚至去偷画家的画展上的画。这样，他就被送进教养所。一次，他在德语课上作文交了白卷，于是他被罚写前述命题作文，从而接上了开头的故事。

作者通过塑造警察耶普森这个病态地忠于职守、错误地履行义务的形象指出，如果国家违背了本身的义务（如在纳粹时期），而公民却继续履行国家所要求的义务，那么他无疑就是助纣为虐，就是犯罪。他的儿子也成了他犯罪的牺牲品：由于他的病态而导致了儿子另一种状态的病态。在《德语课》中，伦茨通过警察、画家和老邮差塑造了在纳粹时期对履行义务持三种不同态度的典型。警察是“忠于职守”的典型；老邮差则代表了消极抵抗、“及时中止履行义务”的那部分人；而画家则是反抗的典型，他认为人非得做些违反义务的事不可。他把义务归结为“盲目的狂妄要求”。正是这种对错误的义务意识的批判，《德语课》对清算法西斯罪行、促使德国人对惨痛的历史教训进行深刻的全民反思起到了广泛而积极的作用。

《德语课》采取传统的写实手法。作品从少年犯西吉在教养所写作文回忆过去的事情开始进入小说的主要情节。这种写法对“今昔对比”，从一个时空跳到另一个时空无疑有便捷之处。同时作者让这个少年一会儿躲在暗处偷听大人的谈话，一会儿透过锁孔或窗户窥探内情，从而使这篇“作文”就显得很可信。

伦茨是个多产的作家，除了上面介绍的两部外，他还创作了十余部作品。重要的有《空中群鹰》(1951)、《满城风雨》(1963)、《家乡博物馆》(1978)、《损失》(1981)和《练兵场》(1985)等。

亨利希·伯尔(1917—1985)出生于科隆的雕刻木匠家庭，父母为天主教徒。伯尔从小从父亲那里受到了忠诚观念和民主意识的影响。由于家庭人员之间和睦相处，伯尔从小就培养了强烈的家庭观念。伯尔在中学毕业后曾在一家书店当学徒。1939年在科隆大学攻读日耳曼语文学，但不久被征入伍。1945年被美军俘虏。年底获释回到科隆，继续学习中断的大学课程。1947年开始发表小说。1951年成为职业作家。1970年至1974年先后任国际笔会联邦德国中心主席及国际笔会主席。1972年获诺贝尔文学奖。1985年于科隆去世。

伯尔是位小说家、剧作家，同时也是位翻译家。他尤其擅长写小说，作品十分丰富。他的作品大多涉及战争，而主人公绝大部分是小人物。他曾自称是个“伟大盲”，在他的作品里很难找到什么伟大的人物。在战后初期发表的中篇小说《列车正点到达》(1949)、短篇小说《流浪人，你若来斯巴……》(1950)和1951年发表的长篇小说《亚当，你在哪里》等作品写的都是小人物。伯尔出生在第一次世界大战时期，青年时代又亲自上过战场，他深深体会到战争给人民所带来的物质及精神上的灾难。战后最初几年他和家人生活在被毁坏的城市里，供应极端紧张，为了免遭饥寒交迫的厄运，许多人都干过黑市交易，有时甚至还偷窃。伯尔把当时的社会称做“无产者与潜在窃贼的社会”。在文学的领域里，伯尔也清楚看到，法西斯战争已砍光了文学之林。伯尔不无感慨地说：“我们又得从零开始。”而且他还深切地体会到，德国的12个春秋(1933至1945年)已改变了德语。正是出于这种认识，他参加了“四七社”。他的《列车正点到达》正是伯尔为“废墟文学”所作的一份贡献。小说写的是一个普通德国士兵，在军车上结识了另外两个士兵，三人在闲谈中流露出对这场战争的真实看法。几天后，主人公在波兰的一所妓院里认识了探听德军秘密的波兰女地下工作者奥琳娜，两人一见钟情，互吐衷肠。奥琳娜为救这个卷入战争的受害者，第二天早晨，带他上了德军将领派来接她的汽车，企图一起逃走，但他们的汽车为游击队炸毁。奥琳娜死亡，主人公却幸免于难。小说是用第一人称叙述的，全书笼罩着一种天命观和神秘的宗教感。主人公对和平的向往与现实的对比令人心碎，爱情是痛苦人生中的慰藉，而在这里却毫无希望。这一切都源于战争。

战争就像个幽灵，永远游荡在伯尔的作品中。伯尔对此有深刻的见解，他说："战争绝不会结束，只要有些地方战争所造成的创伤还在流血，那么战争就永无终结。"

与战争密不可分的是那些被迫当炮灰，在战争中挣扎受苦的小人物。他们在战后依然过着被压迫受欺侮的生活。为此，伯尔在稍后的一些作品中除对战争进行一如既往的批判外，矛头又指向整个社会，因为他懂得社会与战争之间的关系。他曾对一名记者说过，决定他世界观的并非只是那场战争，而是资本主义社会的分崩离析。而且他认为，这种分崩离析早在30年代就已很明显，而这是文学的根本题材。正因如此，他的作品不局限于反对战争本身，或是对战争进行自然主义描绘，而是常常有机地把战争和战争的恶果与整个社会的方方面面结合起来加以剖析、批判或抨击，例如1959年发表的《九点半钟的台球》。这部长篇小说通过一个建筑师的家史反映了从威廉帝国到魏玛共和国，以及"第三帝国"直到联邦德国的历史演变。1958年9月6日是老建筑师亨利希·菲梅尔的生日，晚上这个家庭的成员聚在一起，进行庆祝。作品通过各成员的谈话、内心独白、回忆，时断时续、多角度地展现了这个家庭的历史。其中起主线作用的是圣安东修道院。1903年菲梅尔以天才的、具有创造性的设计击败了所有的同行，得到了建造圣安东修道院的委托。1907年修道院建成，菲梅尔一举成名，并和大家闺秀约翰娜结婚。第二代罗伯特也攻读建筑学，在纳粹统治时期，他是静力学办公室主任。在第二次世界大战的最后几天，为了遵照军令给大炮射击腾出一块地盘，修道院根据罗伯特的静力计算而被炸毁。这位建筑力学专家战后过着隐居式的生活，每天九点半在一家旅馆打一小时台球，他经常偷偷内省的是当时他没有拒绝执行炸毁由他父亲建筑的修道院，是因为修道院里的修士们与法西斯政权同流合污。似乎是命中注定，重建圣安东修道院的任务落到了第三代约瑟夫的身上。当修道院落成典礼那天，祖孙三代都受到了邀请。全家看来都很相爱，彼此尊重，但在政治暴力的环境下，每个人都在生活中受到过创伤或是存有秘密，致使他们生活在欺骗和压抑之中。罗伯特参与过炸毁修道院这个事实，他始终无法向父亲和儿子坦白承认。而约翰娜因为害怕遭到政治迫害而住进了精神病院。战后她不能也不愿出院。全家人由于社会的和内心的原因实际上并不能真正自由地交往。小说的主要叙事形式是对过去可怕经历的回忆，对于这一家人来说，令人恐怖的过去始终无法摆脱。小说中充满了基督教的象征："水牛圣餐"是集体暴力实践的象征。而羔羊圣餐是温顺的、惧怕暴力的基督徒的象征。正是由于对"羔羊圣餐"的共同信仰，全家才会欢聚一堂，但吃"水牛圣餐"的势力依然存在，因而他们无法对未来抱乐观态度。

伯尔作品中的主人公上至破落的企业家，下至垃圾工都是日常生活中常见的人物。伯尔善于通过这些普通人的日常生活揭示出富有意义的事物，表面上的平凡，往往蕴含有极深的内涵。伯尔从不在作品中讲大道理，他写了那么多有关战争的作品，却从未在理论上论述战争，而是通过具体的人和具体的事让读者自己去体会，去思考。伯尔作品的创作手法基本是像传统作品那样有情节、有人物，故事有始有终。但细读以后又会发现他用的又似乎不全是传统意义上的现实主义。在同一部作品里，往往出现多种手法。作品中不仅有对话、叙述、插入语，还有暗示、隐喻、意识流和心理描绘等等。伯尔喜欢狄更斯、巴尔扎克、弗洛伊德等人的作品，尤其深受陀思妥耶夫斯基的影响。伯尔喜欢让人物自己行动，以代替叙述式的描写。伯尔曾说过，他感兴趣的是人物变化的内在过程。伯尔不太写环境和气氛，大多是直接展示人物和情节，喜欢用白描和速写的手法。他还善用讽刺和夸张，借此更鲜明地凸现事物内在的实质。伯尔喜欢用第一人称写作，他认为第一人称反而可以使作者对所写的事件和人物保持一定的距离，因而也就看得更清楚。他认为这个陌生的“我”要比其他任何的“他”要“离他更远”，写作时就方便许多。

以小见大，以平凡见不平凡在伯尔作品中尤为显著。不论是长篇还是短篇都是如此。他可以以极有限的短小篇幅反映出广阔的社会历史画面。例如1950年写的《干粮袋历险记》，讲述一个军用干粮袋几易主人的故事，时间的跨度从第一次世界大战直到第二次世界大战结束；涉及的国家有波兰、德国、英国、俄国；它的主人公不论国籍都是小人物。伯尔用简练但却精确的笔法描绘了他们各个不同的身份、性格和对战争所持的不同态度，以及他们的最后命运。小说的结尾处，这个几经沧桑的干粮袋竟奇迹般地回到了它那已死亡的第一个主人的年迈的母亲手里。故事看来有点巧合，却又显得如此合情合理，正如伯尔所言：“不必是曾经有过的真事，但必须是会有的实情。”

《一个妇女周围的群像》（又译《莱尼和他们》或《女士及众生相》）也是这样一部作品。它出版于1971年。用伯尔自己的话来说，这部小说企图写的是“一个快50岁的德国妇女的命运，她从1922年到1970年承担了全部历史的重担”。小说一出版就引起很大反响。小说采用第一人称也即作者的口气叙述，为了解莱尼这个沉默寡言、遭人辱骂的妇女，作者拜访了众多与莱尼有过密切关系或有过来往的人。最初由于拜访对象的不断更换，他们性格的不同，与莱尼关系的亲疏，会使读者感到有些零乱，甚至琐碎。但再往后读者就会惊讶作者巧妙的构思，他像魔术师般地把一大堆琐碎的事件和众多的人物变成一幅具有广阔社会内容的油画。而画面上的中心人物是莱尼。她显得如此孤傲，如此满不在乎，而四周的人物有着各色各样的脸面，他们对她的态度也各不相同。汇总起来，小说的情节非常简单：女主人公莱尼生在一个富有的建筑公司的老板家里，她继承了父亲独立不羁的性格和母亲的多才多艺。她爱上了表哥艾哈德，但不久艾哈德和莱尼的哥哥一起入伍，由于他们反对战争而被处决。莱尼与国防军的一个军士结婚，三天后他开赴前线后阵亡。莱尼父亲因破产而入狱，莱尼去花场干活，结识了苏联战俘博里斯，生下了儿子莱夫。博里斯死于战俘营。战后，莱尼生活艰难，不久与一个土耳其人同居。这样的经历使莱尼被人们指责为“破鞋”、“共产党婊子”，“俄国佬的姘妇”，但她对之充耳不闻，毫不在乎。就情节而言，莱尼固然是中心，但作品却通过莱尼周围的人群，他们的性格行为、政治思想立场、心理状态反映了德国整整50年的社会历史。从时间上看，大多篇幅讲的是第一次世界大战到第二次世界大战结束。然后是战后的困难时期，经济奇迹时期，各政党大联合时期，直到1969年社会民主党、自由民主党政府开始执政。所涉及的领域正如有位评论家所言，是有关吃、睡、玩、爱，还有饥饿、正义、赎罪、死亡、迷失等日常生活及普通情感。正是通过这些平凡的事物作品巧妙地批判剖析了过去及现在的德国社会的政治、经济、宗教、文化等方方面面。其中出现的人物，不论是女佣、工人，还是职员、企业家等，我们似乎都曾见过面，而且每个人都很重要。

莱尼的父亲和花圈工场主佩尔策都是靠战争发财的人，他们的思想和性格完全不同，最后的命运也不一样。莱尼的父亲出身泥瓦匠，却和一个建筑师的女儿结了婚，他的人缘很好，既能和上等人也可以和下层人和睦相处。他的“大胆”和“无畏”使他为德军建造军营和工事而飞黄腾达。但他的内心却非常清楚，战争是件肮脏交易，为此他不让他的儿子继承他的买卖，更不愿他上战场，他希望他的儿子将来成为一位诗人，一名学者。当儿子被处决后，他的精神濒于崩溃，他“成堆”、“成包”地把那些不义之财分送给人，还故意伪造工资单，以致最后落得破产入狱。而佩尔策一生看风使舵，小心翼翼，总为自己留有余地，他不仅当过冲锋队，也加入过共产党，但从不认真，也不过分。他为了钱，可以把纳粹要抓的人放走，他发财发得心安理得。他有远见，战后他大力收购没人要的废钢材，经济奇迹时，钢材奇缺，他放了好多年的钢材使他大发横财。有人说他“既为非作歹又心地仁慈”，这种投机取巧的作风，使他历经几十年的多次政治变故而不倒。

战争对于每个德国人来说都是一场浩劫，没有人能逃脱它。但对于这场战争的态度却各不相同，固然有拥护战争的死硬派，但更多的人是在希特勒的暴政下逆来顺受，不敢违抗，最后充当了炮灰。在那个时代看到这场战争的肮脏而勇于出来反抗这场战争的人实在不多。而莱尼的哥哥亨利希，这位被人称为“可爱得令人发疯”的未来的诗人和莱尼的表哥竟然将德军的大炮转让给丹麦，这种行径在当时无疑是十足的叛国，为此，将他们就地处决也就理所当然。但值得注意的是：这两人之所以反对战争，而且使用这种手段并非出于政治信念。他们曾是学校里最好的学生。尤其是莱尼的哥哥，众人一致称赞他具有真正的德国人风度，十分高尚，是将来的荷尔德林或是克莱斯特。为了了解亨利希这个人物，书中的作者特地拜访了二位耶稣会长老，他们一致赞扬亨利希的聪明，声称25年中再也没有见到第二个，而且认为给这样的人选择职业很难，他可以当教师、艺术家、部长等，唯一不合适的是当兵。用他们的话说：“可他们却偏偏让他去干这一行。”这短短的一句话，一针见血地道出了德国青年一代不得不卷入这场战争的悲惨命运。通过亨利希这样的人物，伯尔也指出，仅以人道主义的信念来反对战争是无济于事的。

在战后，德国的男女比例是1与7之比。与莱尼关系密切的父母、哥哥、表哥、丈夫和俄国战俘以及儿子，其中四个死于战争。在重建德国的日子里劳动力如此缺乏，因而不得不依靠外来公民，至今在德国西部生活工作着的土耳其人就是由当时的历史条件造成的，莱尼和土耳其工人同居正是这种关系的反映。而在物资供应方面，战后的困难更是异乎寻常。莱尼给俄国战俘一杯咖啡立即引起轩然大波。当时为搞到物品人们甚至采用不合法或卑劣手段，连死人也不放过。由于人死得越来越多，死尸最初用帆布包裹，不久换成麻布，再后则草草一卷就往棺材里一塞。到入土时，抽开底板，死人就掉进了空荡荡的土坑。这样，一口棺材就可以不断地反复使用。在那时期，用水也得在露天排队，晚上没有电，冬天不供暖。有关这些生活场景，伯尔刻画得真实又生动，但使用的语言又如此简洁，而且处处流露出一种幽默和机智。主人公莱尼的富有个性，她对于自己的信念和感情的忠诚，她对于世俗偏见的蔑视正是通过这么众多的人和众多看来是琐事来体现的。伯尔没有用一句枯燥的理论，只是用日常生活话语向人们展示了德国从1922至1970年的历史风云演变。

伯尔是个多产的作家。除小说、戏剧等文学作品外，他的文章、讲话汇集成册的就有多种。他在晚年依然笔耕不辍，1974年他出版了著名的中篇小说《丧失了名誉的卡塔琳娜·勃罗姆》，反映新闻界以造谣毁坏了一个善良女子一生的事件。1979年完成了长篇小说《监护》，发表后引起强烈争论，褒贬不一，一派说这是伯尔创作的最高峰，而另一派则认为这是伯尔的大失败。但争论是争论，对伯尔的总的评价却不会变，用1972年授予伯尔诺贝尔奖的评语说：“凭借他对时代的广阔视野，结合典型化的灵敏技巧，他对复兴德国文学作出了贡献。”

第六节　奥地利和瑞士德语文学

奥地利文学　1938年3月，奥地利成为第三帝国的一部分。按生在上奥地利州、混迹于维也纳的希特勒的说法，是“家乡回到了祖国的怀抱”。但许多真正以奥地利为家乡的作家却不得不流亡海外。当然，也有一些作家为一时的假象所迷惑，和众人一起组成了欢呼元首的狂热行列。多德乐曾加入纳粹党，万黑柏（1892—1945）更以激情澎湃的诗句投纳粹所好，曾被纳粹利用。但如果撇开这一点，万黑柏的诗格律工整，形式多样，兼有古典和浪漫的美，具有较高的审美价值。

第二次世界大战结束后，奥地利政府处处把自己说成是纳粹的牺牲品，而无视许多奥地利人甘愿为希特勒效劳的事实，未对历史进行深刻反省。同时，它未对流亡作家发出回国邀请。奥地利笔会主席列纳特-霍列尼亚（1897—1976）也文过饰非地说："我们只需要回到1938年被疯子打断的路上再继续前进就是了。"

在这种情况下，奥地利文坛60年代中期以前主要以"恢复旧观"为主要特征。老一辈作家中，托贝格（1908—1979）一面以传统风格继续创作，一面以评论家身份反对以布莱希特为代表的新式戏剧；居特斯洛（1887—1973）主要以表现主义及象征手法创作鸿篇巨制，具有一定独创性；魏格尔（1908—1991）则在创作、评论的同时大力提携文坛新秀。

这个时期"恢复旧观"的主将是**海米托·封·多德乐**（1896—1966）。他出生在维也纳一个富裕的建筑师家庭，18岁开始在维也纳大学学习法律，次年应征入伍，开往第一次世界大战的前线，不久被俄军俘虏，四年后从西伯利亚战俘营只身逃回维也纳。他在维也纳攻读历史和心理学专业，为文学创作做准备。因为在他看来，这两门知识是成为小说家的必备前提。1933年，他加入在奥地利尚被禁止的纳粹党，后来退出并承认入党是"犯了理论错误"。第二次世界大战中，多德乐任德国空军上尉，被英军俘虏，战后专心创作，成为奥地利50、60年代主要长篇小说作家。

多德乐在小说创作之初以居特斯洛为师，实际成就则远在居特斯洛之上。多德乐开始创作时，恰逢震惊世界的大事发生：1917年俄国十月革命，1918年奥匈帝国崩溃，之后建立的奥地利第一共和国经济危机、政治动荡。这些，成为他创作的背景材料。之所以说多德乐保守，主要因为他并不认为重大历史事件会真正改变人的命运，更不主张人以意志和行动改变世界。他赞同中世纪神学家托·阿奎那的观点，认为世界按照最高神性发展而成，是一个完美和谐的整体，恶只存在于这个整体之外的“第二现实”中。人可以离开完美整体，进入罪恶的“第二现实”，也可以采取“保守”的人生态度，以置身于完美整体为乐，不对第一现实作任何改变。在文学创作上，多德乐尤其要弃“恶”从善，恢复19世纪传统小说注重叙述和情节的旧观。在他看来，小说是叙事艺术，作家要靠“感知”客观、完整地讲故事，而不能像穆西尔和布罗赫那样把大段议论、分析夹杂其中，破坏小说结构。

多德乐的小说大多篇幅浩繁，人物众多，不同情节平行发展。《旋涡院阶梯》于1951年出版，细致、真实地反映出第一次世界大战前后维也纳芸芸众生的喜怒哀乐。军官梅尔策“一战”前与玛丽·卡订婚，迫于社会压力不得不解除婚约。战后，他成为平民，继续过着独身生活，通过反省意识到自己的种种局限，开始走上真正的人生道路。后来，他救助遭遇车祸的玛丽·卡，并当即决定与和他一起救人的泰雅结婚。

《旋涡院阶梯》虽继承19世纪现实主义传统并描绘人物内心成熟过程，但梅尔策不是传统意义上的主人公，除他之外众多的小说人物命运各异，盘根错节，交叉而又独立：艾特卡·斯堂格勒艳闻不断，最后自杀；帕斯特尔两兄弟演出了一幕幕阴谋闹剧；鲍拉·沙赫尔身边的市民圈子、厄以伦费尔德周围的落魄艺术家、多德乐自传性人物雷内·封·斯堂格勒和西本姗的恋爱故事等，错综复杂。多德乐用近乎自然主义的笔调绘制了第一次世界大战前后维也纳的万象图。

《旋涡院阶梯》的另一大特点是，多德乐故意不涉足当时的历史大事，而重笔描绘平民百姓的日常琐事。小说不提签订和约的宫殿，而写平民上下的阶梯；不提1918年以前的辉煌与以后的惨败，而写1925年寻常巷陌的一起车祸。这恰好表现出他在寻常琐事中寻觅永恒的基本态度。

多德乐写小说注重形式。他雄心勃勃，要在客观和不加评论的前提下精心描绘出一个浩瀚无边、包罗万象的文学世界。小说不同人物的不同故事不是平铺直叙、一讲到底，而是自然地分成若干段落，平行发展。多德乐高居材料之上，运筹帷幄，人物和故事召之即来，挥之即去。小说既有千头万绪，又是一个有机整体，就像维也纳第九区的"旋涡院阶梯"，不是自上而下，一直到底，而是弯弯曲曲，几经折回。同时，这阶梯又是人物发展和人生道路的象征。由于人物甚多，情节繁杂，多德乐在写小说时还不断列着提纲，画着草图，做着简要记录，以免丢东忘西，顾此失彼。

多德乐是鸿篇巨制的高手，但由于匠心安排甚多，小说工程巨大，人物和故事有时不够生动。

《群魔》是多德乐的代表作，故意借用了陀思妥耶夫斯基的小说题目。这部作品比《旋涡院阶梯》更细致入微、广袤无垠。《群魔》写于1930年到1936年，后来，随着多德乐思想——尤其是对纳粹认识——的转变几易其稿，1956年出版。

《群魔》中，性格鲜明、故事独立的人物达50多个，可谓故事中有故事，小说中有小说。《旋涡院阶梯》中的一些人物也粉墨登场，获得新的发展。总括来说，小说人物可分为三组：作为资产者的银行商、阔佬及其家小（他们多是犹太人）；其对立面被叙述者称为"自己人"，其中包括叙述者盖伦霍夫、作家施拉根贝格及多德乐的化身——历史学家雷内·封·斯堂格勒。这两组人物虽相互矛盾，却均以消极为主要特征。多德乐在小说修改过程中加进了第三组人物：工人卡卡伯萨和玛丽·卡。

与《旋涡院阶梯》不同，《群魔》不再把历史大事与日常琐事隔离开来。小说的高潮是1927年7月15日维也纳司法大厦发生的大火。多德乐将这一历史事件与小说人物的发展联系起来，以大火为直接背景，小说人物纷纷脱离丑恶、孤独的“第二现实”，重新做人：施拉根贝格从众多女人的包围中走出来，开始专心工作；克瓦伯得到遗产，嫁给年轻的外交官厄凯；雷内和格里塔之间的隔膜逐渐化解；盖伦霍夫娶了富有的寡妇鲁特迈耶；卡卡伯萨和玛丽·卡结成百年姻缘……

多德乐并非刻意追求大团圆的结局，他在描述这些皆大欢喜的场面时明显带有讽刺意味。这部小说既然叫《群魔》，就免不了要暴露小说人物丑恶的一面。在“自己人”身上，已预示出纳粹的特征：他们鄙视知识，推崇行动，为达目的不择手段。所有这一切及小说人物的性变态都是“第二现实”的具体表现。与此相反，出身工人的卡卡伯萨不像同伴那样走激进的阶级斗争之路，靠造反起家，而是通过学习，用专业知识充实自己，恪守“第一现实”。

多德乐并非没有意识到19世纪末以来的叙事文学危机，但他要反其道而行之，逐步把分析和议论从叙事文学中完全驱逐出去，进而建立恢宏博大的纯叙事理想国。但做到这点并不容易。他的最极端尝试系列长篇小说《第七长篇》（1963—1967）呼应贝多芬的《第七交响曲》，终因他的去世而无法完成。但多德乐无疑是传统叙事文学危机深重时挺身而出的长篇叙事能手，他以现实主义的手法为维也纳留下了真实画像。

赫伯特·艾森莱希（1925—1986）师承多德乐的叙事态度并学习美国短篇小说的技巧，创作了多本小说集。他同样注重形式，注重结构，认为小说主题并不重要，反对夹叙夹议。他说：好的故事有内在机制，可以“自行”叙述下去，不需要作者的议论和分析。艾森莱希没有多德乐写长篇大作的能力，他擅长的是人物不多、结构紧凑的小故事。《罪恶的美丽世界》（1957）、《也算恋爱故事》（1965）是他的短篇佳作集。

与恢复叙述、注重情节结构、专心致志讲故事的多德乐和艾森莱希不同，大部分作家仍像穆西尔和布罗赫一样认为讲故事是幼稚、是虚假。在这些作家看来，有头有尾、结构紧凑的故事会给人造成“生活也合乎逻辑、完整完美”的假象，使人看不到世界支离破碎、不合逻辑的真面目；故事的流畅也会使人只看到事物华丽的表面，而不对生活的本质进行深入思考。因此，他们反对顺畅、浅薄、合乎逻辑的故事，有意通过故事的不顺畅暴露人生的不合逻辑，努力使文学创作接近生活的内在真实。

英格博格·巴赫曼（1926—1973）是文学创作的多面手。1953年，她的第一部诗集《时不我待》（又译《缓付的时间》）发表，许多评论家欣喜若狂，说这一年将作为“诗歌年永载文学史册”；此后，她既写广播剧（《曼哈顿的善神》（1958）最为著名），又为作曲家荷恩策写歌剧脚本，还写长、中、短篇小说和文艺理论文章并翻译了英、意文学作品。

巴赫曼的一大强项是哲学。她在因斯布鲁克、格拉茨和维也纳学习哲学并以关于海德格尔存在主义哲学的论文获哲学博士学位。同时，她对维特根斯坦的语言哲学研究精深并加以发展，认为语言早已被掏空，早已词不达意，并明确指出：“语言的界限即人生的界限。”

在诗集及小说集《第三十个年头》（1961）、《同步》（1972）中，巴赫曼处处表现出对语言的疑虑和不信任。由于她认为语言无力表述情感及客观事物，人与人之间无法进行沟通，因而一再陷入孤独、失望的境地。

巴赫曼的诗不再表现美好与希望，她的小说也没有顺畅、完整的情节，而是注重辨析，凸现作家的反思。由于对语言的极度不信任，巴赫曼在发表《第三十个年头》之后，沉默了十年。1971年，她发表长篇小说集《死亡方式》的第一部：《马利纳》（1971）。这部小说写巴赫曼自传式人物“我”与来自匈牙利的男子伊万及学者马利纳之间恋情、同居、爱恨交加的关系。它没有明显的情节，而更多的是作者对男女关系和女人角色、心理的剖析。展现在读者面前的是一个毫无爱情与希望的世界，四处充溢的尽是绝望和死亡。《马利纳》是70年代妇女解放运动的一本热门读物。

女作家**依尔泽·艾兴格**（1921—2016）同样不信任语言的准确性和表现力，反对首尾连贯、歌舞升平的叙述。在小说集《绞刑架下的讲话》（1952）前言中，艾兴格集中阐述了自己对叙述及语言的基本态度，是本世纪叙事文学理论的一篇重要文献。她的长篇小说《更大的希望》（1948）是犹太少女艾伦在第二次世界大战中的生活片断。艾兴格不想平铺直叙、摹写现实，而是从少女的角度用诗意语言将生活浓缩为密码和象征，把现实表现为互不连接、荒诞不经的残片。由于对语言的不信任，艾兴格的作品越写越薄，句子越写越短，读者越来越有恍如置身云雾之中的感觉。

鲍尔·策兰（1920—1970）出生在曾长期为奥地利哈布斯堡王朝统治的切尔诺维茨（“一战”后一度属罗马尼亚，今属乌克兰），是说德语的犹太人。第二次世界大战中，策兰的父母均死在集中营，他自己也一度被抓，“二战”后在布加勒斯特当编辑和翻译，后移居维也纳，出版首部诗集，再迁往巴黎，1970年投塞纳河自尽。

策兰生前出版了七部诗集，后又有三部遗作印行。他第一部诗集中的《死亡赋格曲》（1952）和后来的《杨树，你的叶子惨白地盯着黑暗》（1955）几乎家喻户晓。在学术界，策兰更被推崇为德语现代诗的经典作家。策兰翻译的英、法、美、意、俄、罗马尼亚和希伯来诗同样是他创作生涯不可忽视的部分。

策兰的诗集尤以《罂粟与记忆》（1952）、《语言栅栏》（1959）和《阳光丝线》（1968）最为著名。他的早期诗歌中有象征派和超现实主义的影子并受到特拉克尔、里尔克、荷尔德林的影响。策兰以悲哀、绝望的基调表明，在经历了法西斯集中营生活之后照样可以写诗，只是无法继续表现希望和欢笑。策兰专注于以全新的语言表述独特的思想。他要抛弃日常用语，强调以具有多重意义的词语“最准确”地表达内心和外在世界。由于思路独特和一词多义，策兰的诗多显得自成一体，新奇难懂。在诗体结构方面，策兰起初常使用较传统的长诗句格律形式，从《语言栅栏》起，诗和诗句都越写越短，常出现单字句。诗歌内容也在象征和超现实之外融汇了犹太神秘主义和马丁·布伯（1878—1965）存在哲学的成分。策兰在诗歌世界上下求索之后，总结说："诗歌……是对死亡和无奈永无止境的诉说。"因此，他索性沉默。

和策兰一样，**艾里阿斯·卡内提**（1905—1994）也既不生在奥地利，又不葬在奥地利，他的父母也不是狭义的奥地利人。策兰和卡内提之所以同属奥地利作家，是因为奥地利是他们父辈生活的地方以及他们用德语创作。

卡内提生于今属保加利亚的鲁斯丘克，父母为讲古西班牙语的犹太人。他6岁时随父母迁往英国，父亲病故后随母亲迁往维也纳。1924年起在维也纳大学学习化学，1929年获博士学位。他从未从事化学工作，而是很早就用德语开始文学创作。奥地利于1938年并入德国后，卡内提流亡到巴黎，接着到伦敦，"二战"后主要居住于伦敦和苏黎世。

《眩晕》（一译《迷惘》）写于1930年至1931年，是卡内提唯一的长篇小说。小说分为三部分：1）没有世界的头脑；2）没有头脑的世界；3）世界在头脑中。这三部分不是逻辑中的正、反、合，而是直泻而下的荒诞悲喜剧。主人公汉学家彼得·齐恩以知识渊博著称，他生活在数量惊人的书本世界中，失去了与现实世界的联系。女佣人德丽萨大字不识半斗，骗得齐恩信任后与他结婚，接着，便不择手段地折磨齐恩，将他轰出书斋，赶出家门；在外面的世界里，齐恩结识了形形色色的人物，受到侏儒费舍乐的狡诈盘剥；齐恩的弟弟、心理医生乔治从巴黎赶来，驱逐贪得无厌的德丽萨，使齐恩重入家门。后来，齐恩以为自己的图书要造反，将书房付之一炬，自己也同归于尽。

小说的外景地是维也纳，但卡内提不像多德乐那样对维也纳进行现实主义的摹写，而是加以漫画式地夸张。小说的主人公齐恩也未被一本正经地写成悲剧式的英雄。卡内提对齐恩和对其他人物一样毫不同情。他要写一个相互间互不沟通、人人作茧自缚的荒诞人物群体。像但丁创作《神曲》——“神的喜剧”——一样，卡内提要创作一部“人间疯子喜剧”。

《眩晕》1935年出版后并未引起重视，1948年再版后仍了无反响，直到1963年第三次出版时，评论界才恍然大悟，认识到它的绝妙之处——《眩晕》实际开了贝克特荒诞剧的先河。这样，它一跃成为现代派的经典著作，卡内提也获得一系列奖，包括毕希纳奖和诺贝尔奖。

在创作手法上，卡内提注重夸张和嘲讽。他尤其重视人物的语言，认为每个人说话时都有独特的声调、用词、节奏和速度，其内心世界和性格特征均反映在这一“音响面具”上。卡内提的戏剧也鲜明地体现出这些创作特色。《婚礼》(1932)讽刺小市民强烈的占有欲，婚庆场所房倒屋塌象征着作者对整个社会的挞伐。《虚荣闹剧》(1950)写政府命令销毁所有镜子，引起大众歇斯底里的反对，最后以暴动而告终。《死亡有期》(1964)写一个地方的所有人都以为知道自己的确切死亡日期，当发现事实并非如此后更是乱作一团，惶惶不可终日。

1922年，魏玛共和国外长拉腾纳遇害，引起大规模群众游行；1927年7月15日，维也纳工人与警察对峙，引起司法大厦大火，同样有浩大的群众场面。卡内提目睹这两大事件后长期潜心研究群众聚散这一特殊社会现象，并于1960年发表哲学、社会学著作《大众与权力》(1960)。卡内提将大众分为“歇斯底里型”、“逃跑型”和“有组织型”几种，用人类学、社会学例证加以分析比较，进而指出大众与权力的内在关系，并对权力、死亡等人类社会基本现象追本求源，在马克思、列维-施特劳斯的哲学、人类学说之外独树一帜。

卡内提晚年创作了自传三部曲：《获救的舌头》(1977)、《火炬在耳》(1980)、《大开眼界》(1985)。他以古典的笔调描述自己从鲁斯丘克的童年到两次世界大战之间在维也纳成为职业作家的经历，体现出生活与写作、知识与创造之间的密切关系。

维也纳派 50年代，老作家多德乐曾想在维也纳报纸上介绍阿特曼、吕姆、维纳、拜尔和阿赫莱特纳等几位年轻作家。他之所以要这样做，是因为他们专注于文学创作的精神打动了他。但在美学观点及创作风格上，这些年轻作家与多德乐大相径庭。

1952至1953年间，上述年轻作家以阿特曼为首在维也纳结成团体，以语言实验为最高信条开展创作。他们不仅从根本上区别于保守作家多德乐和艾森莱希，还在巴赫曼、卡内提等现代名家之外独辟蹊径。和所有作家组织一样，维也纳派也不是严密、稳定的机构，而是自发、松散的团体。1958年，随着阿特曼的诗集《黑墨水》（1958）发表，维也纳派的几位成员便逐渐各奔前程了。有趣的是，维也纳派实际存在时无甚名气，解散后反而驰名遐迩。

汉斯·卡尔·阿特曼（1921—2000）生于维也纳，上学时发奋学习外语，为日后翻译奠定了基础。“二战”时，他参加国防军，从美军战俘营回到维也纳后开始诗歌创作。早期诗歌虽有超现实主义的影子，却已颇具个人特色。1953年，阿特曼发表《关于诗意活动的八点声明》，阐述自己的美学观点。他说：“只要一个人隐约有诗意活动的愿望，那么，他不必说一句话，不必写一个字就可以成为诗人。这是颠扑不破的真理。”阿特曼强调艺术和自然的对立，强调为艺术而艺术，强调创作的独立、新奇、非逻辑和无目的。他打破传统，向外国学习，向民间学习。他不把语言看作客观事物的载体和表达内容的工具，认为词汇“极富性感”，可以“随意交配”。阿特曼和维也纳派在语言实验中的一大发现是方言土语，1958年发表的维也纳方言诗集《黑墨水》使阿特曼名声大振。

《黑墨水》不同于乡土文学中的方言作品。乡土文学家借方言表现对家乡的眷恋，表现泥土的芳香和清纯自然，却也常因此徘徊于通俗文学的边缘，脱不掉“下里巴人”的影子。阿特曼使用方言时则毫不感伤，更无儿女情长，他以方言特有的表现力勾勒出一幅幅满带黑色幽默的画面。吕姆事后总结说：“我们在创作中发现了方言的妙用，……方言的声调变化无穷（维也纳方言尤甚）。你每说一句话，微妙之处都表现得淋漓尽致。每个词都可以有不同的音色，都可以是性格独特的个体。……相反，书面语（方言是口语）的每个字都规矩呆板、苍白无力。”维也纳派注重诗的声调和音响效果，强调诗既是听觉艺术，又是视觉艺术。《黑墨水》配有维也纳方言字典和留声唱片，使不说维也纳方言的人也能体会到诗的韵味。1959年，阿特曼与阿赫莱特纳、吕姆发表《玫瑰、裤子和腿》，进一步发掘方言的表现力。

《黑墨水》发表之初，一些人误以为它是万黑柏（1892—1945）《维也纳这个词》（1935）方言诗的继续，但人们不久即认识到阿特曼发掘方言的表现力并赋予它现代内涵是一个创举。60、70年代，不少作家纷起效法，包括瑞士的库尔特·玛蒂（1921—2017）和德国的库茨，使方言诗顿成一时风尚。

从60年代起，阿特曼重新以标准德语创作。他不仅写诗，还写戏剧、小说和散文。他打破文学体裁的界限，从不同侧面开发语言的表现力，构筑无所不包的艺术世界。

格哈特·吕姆（1930—　）生于维也纳。钢琴和作曲专业毕业后，在德国艺术院校任教。吕姆不仅出版了《拜尔全集》，还出版了《维也纳派》一书，系统记录了五位新先锋式作家的创作和美学探索，成为维也纳派的记录者和理论家。

吕姆和阿特曼一样，强调语言实验和翻新出奇。他系统研究过达达派和表现主义，但并未受到明显影响。吕姆以语言为材料，创作了视觉诗、听觉诗和可以演出的诗。他和具象诗的主将瑞士诗人戈姆灵格尔（1925—　）有交往，但创作领域比具象诗派更广。他认为，传统文学体裁早已过时，用艺术反映现实早已过时。因此，他要打破各种文学体裁之间的界限，打破文学与音乐、美术、戏剧之间的界限，广征博引，兼收并蓄，创造涵盖一切的整体艺术。他说，当今的创作已“不能再区分体裁，不能再局限于一种材料、一个领域”。吕姆在诗歌创作中大量采用音乐、美术和戏剧手段，其“文字图像”不仅以书籍形式出版，还像绘画作品一样巡回展出。吕姆强调文学创作的绝对独立，他说：“文学不描写现实，而是创造现实。文学即现实。”

康拉德·拜尔（1932—1964）本是银行职员，在“艺术俱乐部”认识阿特曼后成为职业作家。和维也纳派其他成员一样，拜尔反对把语言作为表达思想的媒介，认为语言既不能也不该成为人际交流的工具。在拜尔看来，语言是自在之物，作家只能通过语言实验从声响和图像上开发语言。他认为，文学是语言作品，除语言外没有任何其他目的和内容。他在创作中也不再区分体裁，而是用音乐、美术和数学等不同方法设计语言，把语言像马赛克一样随意拼装。他说：“所有词语都是好朋友，都可以相互结合。”

拜尔的语言不再体现我们日常习惯的逻辑，他的作品也不再具有情节和思想性。他的长篇小说《第六感官》（1966）中有这样的句子：

> 尼娜和戈登堡手拉手穿过夜色朦胧的丛林。尼娜偎依着弗兰兹说：弗兰兹是动物的保护神。于是，鸟、蛇、乌龟、猫、狗、孔雀、鱼、大象和蝴蝶纷纷从云中、荆棘中、希腊、篮子中、茅棚中、花园中、河中、非洲和玫瑰丛中赶来。“可我不是基督徒”，戈登堡撒谎说。
>
> 于是，动物又哀伤地飞回、爬回、溜回、跑回、走回、游回、踱回、飘回家。

拜尔的小说《维多·白令的头》（1965）中，有这样令人瞠目的句子：

“皇诗无帝极人度手措悲足只伤好，排列起国歌歌词的字母来。”被拜尔打散的前半句我们可以复原为：皇帝极度悲伤，诗人手足无措，只好排列起国歌歌词的字母来。但这种排列只是一种可能。再看拜尔的另一个语言实验：

我和我的身体想
旅行
我和我的身体
我的身体和我
十年后，我们站
在月台上
我和你和我们的
身体
要去旅行
我和你的身体
我和我的身体
站在一起
你藏在你的
身体里，我藏
在我的身体里。

拜尔在极端否定语言日常逻辑之后，逐渐转向神秘和非理性。他推崇诗人的自我决定意识，要超乎万有，决定手中的语言材料，决定一切，包括自己的生死。1964年，他自杀身亡。

弗里德里希·阿赫莱特纳（1930—　）生于上奥地利州，1955年加入维也纳派，在吕姆的影响下创作了排列组合诗和方言诗，以及讽刺方言和具象诗。维也纳派解散之后，阿赫莱特纳不再创作，他重操旧业，当起了建筑学教授。回顾维也纳派的历史，阿赫莱特纳自我总结说：“我在维也纳派的创作中占的分量最小。我1955年才进入这个圈子并在相当长时间内既不能又不愿进行共同创作。”

奥斯瓦尔德·维纳（1935—　）生于维也纳，是维也纳派的极端分子。1959年，他在维特根斯坦的《哲学研究》及作家茅特纳（1849—1923）的著作影响下，将自己当时的所有作品都付之一炬并与维也纳派其他成员分道扬镳。维纳多才多艺，放荡不羁。他既是数学家、电脑软件专家，又是爵士乐队号手，还在柏林开了餐馆。他崇尚叛逆，自称“无政府主义的忠实信徒”。在文学创作中，他把叛逆的矛头直指语言。

维纳认为：人的感觉和思维都离不开语言，语言充斥着生活的各个方面，决定着人的一切；但是，语言和真正的现实并无关系，它主观、片面，我们眼里的“现实”不过是语言的伪造产品；文学也是语言的伪造产品，它与真正的现实毫无关联。维纳把语言视为人类社会的万恶之源，他要借叛逆语言叛逆一切。

《改良中欧》是维纳1962到1967年间的作品，名为“长篇小说”，却既无确定人物，又无故事情节，而是一部由议论、箴言、序言、人名、文献索引和脚注组成的论文式作品。显然，维纳取消科学与文学的界限，用控制论和信息论设计文学作品。

在维纳看来，语言无法表达现实，无法表达生活的奇妙和独特，但语言无处不在，一直在歪曲、伪造现实。维纳对这种状况忍无可忍，他要通过对情景的凝神专注取消语言。可维纳知道，要意识到情景的存在和特性根本离不开语言，于是，他用控制论知识设计出一个“生物调节器”，使人既可体会到事物的特性，又能脱离语言的控制。这个“生物调节器”固然有趣，但维纳无论如何也无法否认，《改良中欧》仍是一部语言作品。

恩斯特·严德尔（1925—2000）生于维也纳，他不是维也纳派的成员却在创作上与维也纳派有很多相似之处。他曾不无戏谑地说："阿特曼是维也纳派的父亲，我是维也纳派的叔叔。"他的创作也受到20世纪初达达派的影响，却以轻松诙谐的语言游戏代替了达达派的激情。目前，严德尔在声望上超过维也纳派和德国具象诗派，是德语区最著名的实验诗人。

严德尔迄今为止共出版了近30本诗集，其中以《语音和露易丝》（1968）、《荷西-安娜》（1966）、《黄狗》（1980）最为著名。与其他实验作家所不同的是，严德尔不只写视觉诗、听觉诗、朗诵诗、少儿德语和洋泾浜德语诗，还以传统形式和日常用语创作。严德尔认为，诗歌的内容不可能有太多变化，所以也不算重要，重要的是诗歌的表现形式，它可以"有无穷的变化"，是诗人的用武之地。有些诗人想要表达的内容很多，创作方式翻来覆去却只有一种。严德尔则要"用千百种不同方式"来写诗。《加工帽子》（1978）是严德尔的洋泾浜德语诗集。在解释为什么模仿只会说洋泾浜德语的外国人写诗时，严德尔说，他首先想打破禁忌。洋泾浜德语在实际生活中早已存在，却一直被排斥在诗歌的大门之外；其次，这种语言是未被开发的处女地，可以表达传统语言无法表达的东西；再次，诗人必须不断寻求创作新路，依他看，洋泾浜德语就是一条新路。

严德尔认为，艺术需要自由，写诗更要不拘一格，充分体现自由。于是，他自由自在地做起语言游戏来。他将单词打散，把字母随意删减、重复，排列组合，常妙笔生花，让读者在似曾相识中猛然发现隐匿在语言深处的大千世界。严德尔诗歌的一大特点在于，这些诗常要由他亲自朗诵才算真正完成，因为只有这时读者才会顿时醒悟，在字母堆砌中发现始料不及之处。严德尔灌制了许多唱片、录音带和录像带，他的现场朗诵会也总是人头攒动，听众如云。严德尔真正使实验诗走出了实验室，在大众中安家落户。

除诗歌之外，严德尔还创作广播剧，《蒙娜丽莎打呼噜》（1970）十分著名。严德尔对可以演出的传统戏剧曾多年不屑一顾。1970年，他创作《空间，写给灯光和音响设计师的剧情诗》，演出时不需要任何演员。从《人文主义者》（1976）开始，严德尔才逐渐创作既有实验性，又适合舞台演出的戏剧。《陌生》（1980）写共同生活的一对男女作家一天的生活片断，明确反映出作家的孤独和创作的艰辛，带有浓重的自传色彩，1979年在格拉茨及1980年在柏林演出时均获得巨大成功。

严德尔的一个特殊功绩是他发起组织了涵盖整个奥地利的“格拉茨作家联合会”。

上文提到，奥地利文坛60年代中期以前以恢复旧观为主。维也纳派及严德尔等实验作家虽在50年代就积极创作，但当时尚不为大众所知。名为作家代表组织的奥地利笔会不但不宣传富有创新精神的作家作品，还一再拒绝维也纳派成员及严德尔等实验作家加入笔会。

与此同时，格拉茨气氛宽松，逐渐成为奥地利新文学的中心。当地的“城市公园论坛”大胆维护作家权益，扩大文学作品在广播、电视节目中的比重，促进文化政策的自由化。当地杂志《手稿》在总编辑科勒利奇主持下不拘一格地出版各类风格的创新文学作品，维也纳派作家、严德尔、汉特克、沃尔夫冈·鲍尔（1941—　）、格特·永克（1946—　）等均得以一展才华。这些作家还绕过维也纳，直接从格拉茨进军德国图书市场，影响遍及德语区。

1972年，国际笔会主席德国作家伯尔获取诺贝尔文学奖，奥地利笔会主席列纳特-霍列尼亚（1897—1976）愤而辞职。严德尔利用这一机会，号召成立“格拉茨作家联合会”，与奥地利笔会分庭抗礼。许多作家纷起响应，富有创新精神的年轻作家更是争先恐后，作家视“格拉茨作家联合会”为自己代表组织的局面很快形成。80年代中期以后，该联合会也逐渐暴露出官僚弊端，许多作家纷纷退出联合会。但整个70年代，“格拉茨作家联合会”为持不同美学观点的大批作家提供了强有力的精神和组织后盾，功不可没；严德尔更以协调各方献身艺术而美名远扬。

严德尔作品《陌生》中的女作家即**弗里德里克·迈瑞科**（1924—　）。1954年起，她和严德尔成为朋友，并共同创作了多部广播剧。迈瑞科虽受到达达派和超现实主义的影响，但作品极难归入某种主义或流派。

迈瑞科视写作为人生。她说：一个人必须以“无限的投入”进行写作，这样，他“就会进入节奏的旋涡，生命就会神奇地化为写作，写作就会变成生命”。在长篇小说《我的心脏我的屋子我的姓名》（1988）中，她更明确地写道：“我写作我存在。”

和许多现代作家一样，迈瑞科的作品也彻底取消情节，杜绝叙述，摈弃因果律。就连她的名句：“我写作我存在”也没有“故”、“所以”等表明因果的字眼，对情节和叙述，她更毫不隐讳地说：“我不爱看有情节的作品，我也不写有情节或类似情节的东西。情节会使我的头脑——灵魂的精华——土崩瓦解。”

迈瑞科常让不同的意识层面齐头并进，她的语句常勾勒出重叠的画面，如：“我叫道，我鬼使神差地写着，脱光衣服，脱掉大衣，我写的全是赤身裸体的真理。”又如：“我的词都掉光了我的头发。”迈瑞科的特别之处在于：她的语言画面虽然具体，但众多画面加起来却不易解析。用德国哲学家、作家恩斯特·布乐赫（1885—1977）的话说，语言中“众人约定的指示信号不再被遵守”。迈瑞科自己说：“每个句子都应包涵一个信息，每个句子都要改变前一句的行走路线，大段大段的文字都要被删掉。”三删两改的结果，使批评界面对迈瑞科的作品无所适从。不仅以作家生平、社会背景、作品内容解释文学的传统模式不再适用，连把作品看作独立体，以文学形式和内在机制解释作品的现代方法也无法奏效。迈瑞科的作品向文学阐释界提出了严峻挑战，把文学批评推向了江郎才尽的窘境。奥地利当代文学评论家瓦尔特·魏斯说：“大家知道迈瑞科，但不了解迈瑞科。”施密特-邓格勒更明确地承认：“迈瑞科的作品不可解。”

沃尔夫冈·鲍尔(1941—1997)是“城市公园论坛”和“格拉茨作家联合会”的成员。他学习维也纳派运用方言和进行语言游戏的手法，在戏剧舞台上获得巨大成功。1968年演出的《魔力下午》使他一举成名。在这部剧里，鲍尔详实地记录了格拉茨四个青年一个下午的生活。他们空虚、无聊，靠色情、毒品和暴力打发时间，反映出西欧学生运动前的社会状况。《改变》(1960)、《电影和女人》(1971)、《除夕，又名萨赫尔饭店大屠杀》(1971)写艺术家的失望、堕落，影剧界的哗众取宠及玩世不恭。鲍尔还受尤内斯库的影响，创作了荒诞的《微型剧》(1964)和小说《昏头昏脑》(1967)，这里，他明确强调精神病与艺术创作之间的共性，与《磁吻》(1976)异曲同工。

精神病也是**格哈德·罗特**(1942—　)创作的一大主题。他的处女作《阿尔伯特·爱因斯坦自传》(1972)以第一人称描述精神病发作的整个过程，语言新奇，极富表现力。《决心生病》(1973)和《常见死亡》(1984)同样围绕该主题。罗特于1972年至1981年去美国旅行，写了《视野开阔》(1974)和《新的一天》(1976)，重新采用传统方式叙述。他在80年代至90年代初创作了七卷长篇小说集，描写奥地利社会的不同侧面，其中以《太平洋》(1980)最为著名。

写出1988年度最优秀德语小说的**克里斯多夫·兰斯迈尔**(1954—　)是80年代初才发表作品的年轻作家。他的第一部长篇小说《坚冰与黑暗的恐惧》(1984)写奥匈帝国19世纪末北极探险的故事。兰斯迈尔将史实与想象合二为一，对自己从未见过的北极风光描写得细致入微，是一部描写冰雪景物的佳作。1988年发表的《世界末日》以《变形记》及其作者奥维德被奥古斯都大帝流放到黑海之滨的蛮荒之地为题材，将史实与想象、古代与现代、艺术与生活糅合在一起，扑朔迷离，神奇动人。奥维德的《变形记》叙述世界从诞生到奥古斯都大帝的历史，兰斯迈尔则师承蓝本“变”的宗旨将历史改编，续写到“世界末日”。奥地利作家完全脱离奥地利题材并获得巨大成功的作品中,《世界末日》首屈一指。

维也纳派等一代年轻作家的出现和成功,使奥地利文坛自60年代中期进入了一个百花齐放的新阶段。

"二战"之后,奥地利政治家和保守作家对历史采取的鸵鸟政策早已使敏感的作家不以为然。巴赫曼很早就写了《在杀人犯和疯子中间》,对奥地利的法西斯历史和现状加以抨击。在她之后,汉斯·雷伯特(1919—1993)、格哈德·弗里契(1924—1969)、伯恩哈德、盖尔克·永克(1946—2009)、因内霍夫(1944—2002)、温克勒、哈斯灵格、科夫勒等大批作家以不同方式对奥地利历史进行反省和揭露。一时间,奥地利作家攻击、咒骂奥地利成风,并且持续至今。在这些作家的作品中,家乡不再美好,自然不再媚人,偏狭、仇恨和腾腾杀气取代了乡土文学作品中泥土的芳香和温情脉脉。雷伯特的《狼皮》(1960),弗里契的《石上青苔》(1956)、《狂欢节》(1967)和伯恩哈德的作品是这股强劲、持久的反乡土文学思潮的最佳硕果。它们除揭露奥地利社会的法西斯倾向外还常把矛头指向奥地利社会生活中举足轻重的教会势力。

女作家活跃也是奥地利战后文坛的一个有趣现象。除专门讲到的女作家外,克莉斯汀·布斯塔(1915—1987)和拉万特(1915—1973)的作品中宗教情绪鲜明,巴巴拉·弗里施姆特(1941—)和布里吉塔·施威格(1949—)被视为妇女文学的代表,玛丽亚娜·弗里兹(1948—)的小说篇幅之大几乎举世无双(1985年发表的《他的语言你不懂》,长达3500页,却只占整部小说的四分之一),经过手术由女变男的作家舒挺(1937—)也是文坛关注的焦点之一。

在维也纳派和严德尔强调艺术独立、艺术至上的同时,许多作家把文学与现实结合起来,以文学反思历史,反映社会现状。随着60年代左翼思潮、学生运动的兴起和反越战情绪的高涨,还出现了数位以文学干预现实的左翼作家。

艾里希·弗里德（1921—1988）是60年代学生运动期间最受欢迎的诗人。他的诗直抒胸臆，密切结合生活和社会现实。

弗里德从年轻时代起就既是有责任感的社会活动积极分子又是勤于写作的诗人。1938年，奥地利被并入德国后，他在维也纳建立了一个中学生抵抗组织。父亲被纳粹杀害后，他流亡到伦敦，建立流亡者青年团，加入共产党组织的奥地利青年流亡阵线并参加BBC的对德广播。他不顾个人安危，拯救了73位受纳粹迫害的奥地利人的生命。他此时写就的诗集《德国》（1944）、《奥地利》（1945）充满了激烈的反纳粹情绪。

“二战”结束后，弗里德继续以极大的热情关注世界局势，尤其是德国社会政局的发展。1964年发表的《警告诗》是他的政治抒情诗走向成熟的标志。他以致力于社会批评的诗人科拉莫（1897—1958）和布莱希特为榜样，以诗为武器，反对战后德国社会的黑暗和不公平；他通过暴露新闻媒体语言的不真实揭露社会政治的虚伪。他于1966年发表的诗集《越南等等》更以观察的敏锐，语言的独特，思想的尖刻、犀利成为反越战青年的热门读物。作为犹太人，弗里德在纳粹统治时期坚定地站在纳粹的对立面；但当以色列与巴勒斯坦的阿拉伯人发生冲突时，他又写《听，以色列》（1974），抨击以色列的阿拉伯政策。他写道：“当你们受迫害时 / 我是你们中的一员 / 可当你们迫害别人的时候 / 叫我如何与你们为伍？”弗里德的诗常贴近时事，充满正义感，但也常给人“一览无余”的感觉，缺少耐人寻味的成分。总的来说，弗里德在表述自己的社会、政治主张时，多能巧妙地利用语言游戏，在文字上下功夫，取得出人意料的效果，显示很高的创造性；同时，作为左派诗人，他对极左派的不宽容和教条主义深恶痛绝，在维护正义、鞭笞丑恶时毫不隐讳自己的惶惑。因此，弗里德的诗虽水平参差，但毕竟影响了整整一代人，开了政治抒情诗的新风。在政治浪潮成为过去，激动的情绪得到平息之后，越来越多的评论家对弗里德的评价渐趋一致，连保守的批评家也认为弗里德是1945年之后最重要的抒情诗人之一。

米歇尔·沙浪（1941—　）是炼钢工人的儿子，以关于穆西尔戏剧的论文获博士学位后开始创作。他以布莱希特为榜样，用文学干预现实，改造社会。他采用具象诗的某些手法，把日常惯用语和论说文写进小说，让读者猛然醒悟，发现司空见惯的语言及社会现象背后掩盖的真相，通过陌生化效果揭露资本主义社会对工人、农民的压迫和剥削。沙浪希望以小说提高工人觉悟，以文化革命的形式改变社会现状。他70年代发表的长篇小说《查利·特拉克托》（1973）和《雇工的儿子》（1976）较有影响。

彼得·突里尼（1944—　）曾是炼钢工人，70年代初发表剧作《打老鼠》（1973）、《杀猪》（1972）后名闻四方，成为有争议的作家。《打老鼠》的剧情发生在现代垃圾堆上，作者对现代文明的厌恶暴露无遗。男主人公“他”先是发泄自己的无名愤怒和压抑，把垃圾堆附近的老鼠一个个打死，在和“她”春情缠绵时却被别人当作老鼠打死。接着，打老鼠的人把枪指向台下，朝着观众乱射一通。观众成为剧情的一部分，惊骇之余对突里尼印象深刻。《杀猪》写农民之子瓦伦亭拒绝说话，只学猪叫，结果，被村里人戏弄后像猪一样杀掉。

后来突里尼改变这种玩世不恭的态度，逐渐向马克思的观点靠拢，作品也不像先前那样惊世骇俗，而具有了批判和教育意义。70年代中后期，突里尼创作六集电视连续剧《阿尔卑斯山传奇》（1976），以大量史实为依据，通过上奥地利州一个农民家庭三代人的变迁，反映了奥地利19世纪末到“二战”结束的历史沧桑，为严肃电视剧揭开了新的一页。1988年，突里尼发表的剧本《低效率工人》（1988）描写钢厂裁员，暴露了现代资本主义社会中工人的实际境遇。1993年，他发表独幕剧《格里尔帕策逛性商店》（1993），以性用品商店为外景地，再次引起轰动。

艾尔弗里德·叶里内克（1946—　）60年代起发表小说和戏剧。她在早期创作中受维也纳派影响，后来逐渐接受马克思的阶级观点，利用现代手法发展布莱希特的叙事剧传统。叶里内克的不少作品，如剧作《情妇们》（1975）、《克拉拉·舒曼》（1982），有明显的女权主义倾向，女权运动者们也常把她当作妇女文学的代表作家。但叶里内克提倡女权只是反对传统男权社会，仅仅暴露和反抗压迫这一具体组成部分，其出发点和女权运动大相径庭。在1977年发表的剧作《娜拉离家出走之后的际遇，又名社会支柱》中，叶里内克以易卜生的《娜拉，又名玩偶之家》及《社会支柱》为起点，先让娜拉去纺织厂当工人，后成为大资本家的色情诱饵，最后重新回到丈夫和孩子身边。叶里内克打破了易卜生及其读者把娜拉看作妇女解放代表的幻想，揭示出妇女处处受支配的实际地位。

叶里内克着重表现的，是资本对人的言语意识、思想行为的支配。她不仅以传统男权社会为敌，而且以战后奥地利社会实际存在的民族主义和法西斯倾向为敌。在小说《原野，你可要当心》（1985）及戏剧《皇宫剧院》（1985）中，叶里内克继承内斯特洛伊和卡尔·克劳斯等一批奥地利作家的反乡土文学传统，对所谓“家乡”、“乡土”尽情嘲讽。在长篇小说《我们是诱饵，孩子！》（1970）及《女钢琴家》（1983）中，叶里内克将日常惯用语重新排列，揭露大众媒介和通俗文学的语言文过饰非、为虎作伥。1998年搬上舞台的戏剧《体育》以现代文学手段暴露体育与权力及法西斯倾向之间的关系，长达七个多小时，观众褒贬不一。

奥地利当代文学中，体现否定精神最彻底，同时也最有争议的作家是**托马斯·伯恩哈德**（1931—1989）。他生在荷兰，是奥地利作家约翰内斯·弗罗伊比喜勒（1881—1949）女儿的私生子。在萨尔茨堡上小学时问题甚多，不得不转入难管教儿童的专门学校。后来去商校，因肺结核长期住院治疗。50年代起，伯恩哈德半工半读，在维也纳和萨尔茨堡学习音乐和戏剧，后成为职业作家。

伯恩哈德的早期创作多为诗歌。他的诗集《在地球上和地狱中》(1957)、《月色铁幕下》(1958)以死亡和绝望为题，形式和内容均与特拉克尔和策兰有相似之处。伯恩哈德的小说和戏剧数量甚丰，主要小说有：《精神恍惚》(1967)、《缘由》(1975)、《呼吸》(1978)、《古典大师》(1985)、《灭亡》(1986)；主要戏剧有：《习惯的力量》(1974)、《名人》(1976)、《德国午餐会》(1978)、《里特，丹纳，福斯》(1984)和《英雄广场》(1989)等。

伯恩哈德的小说从一开始就不注重情节。他的第一部长篇小说《寒流》写一个画家隐居萨尔茨堡的翁村，他的弟弟委托一个医科大学生观察他。大学生于是和他进行了海阔天空的长篇谈话。后来，画家突然失踪。伯恩哈德的着眼点不在情节的发展，而在大学生和画家的谈话内容，和翁村令人作呕的社会状况。伯恩哈德作品的题材总离不开疯狂、自杀、疾病和死亡。伯恩哈德写小说不是为了讲故事，他要在小说中直抒胸臆，通过小说人物那充满否定精神、类似癫狂的长篇大论把世界骂得狗血喷头。

伯恩哈德的戏剧常使评论家不知所措。《里特，丹纳，福斯》得名于皇宫剧院的三名演员。伯恩哈德说："'里特、丹纳、福斯是充满智慧的演员'。在我写下这句话后两年的创作过程中，我心里想的是我的朋友保尔和他的叔叔路德维希·维特根斯坦。"事实上，对哲学家维特根斯坦生平稍有了解的读者在剧本的许多地方都会不由自主地想到维特根斯坦的生活历程：奥地利、挪威、英国的重要，家境的富裕，妹妹的角色等等。但读者(观众)若想通过这部剧得到有关维特根斯坦或三位演员的具体知识，就会大失所望。该剧剧情平淡，毫无跌宕起伏。伯恩哈德只想借舞台这块众目睽睽之地尽情嬉笑怒骂，向世界频频发动攻势：

"我们走进书里 / 像走进餐馆 / 又渴又饿 / 都要饿死了我的孩子 / 起初我们受到欢迎 / 招待 / 但招待越来越差 / 越来越差 / 最后我们被赶

出去 / 也许是自动离开迫不及待 / 因为我们再也无法忍受餐馆里的冲天臭气 / 做出来的极差 / 端上来的极差 / 可我们还得掏空腰包付账 / ……我们到这些哲学体系中 / 犹如走进敞开的餐馆 / 立刻在老位子上坐下 / 惊讶地发现 / 服务质量 / 不如人意 / 我们气极了 / 餐馆里坐的 / 尽是令人倒胃的家伙 / ……我们走进响亮的名字中 / 希望得到一顿哲学美味 / 可每尝一口都味同嚼蜡 / 我们走进书中像走进餐馆 / 我们真倒霉。"

伯恩哈德的作品无体裁之分。我们这里说的"小说"、"戏剧"是按一般习惯而定，与作者无关。事实上，伯恩哈德的小说《一笔勾销》（1986）赫然以"悲剧"为副标题，《古典大师》则冠以"喜剧"，更有趣的是，他的《伊丽莎白二世》（1987）注明"不是喜剧"，似乎这也是一种体裁。不仅如此，伯恩哈德的各部作品之间亦无明确界限，一再重复是他的拿手好戏。他将各种体裁的各部作品融为一体，反复以玩世不恭的态度和夸张、冷峻的手法从不同侧面攻击着世界。奥地利首当其冲。

从1966年的《政治早祷》起，伯恩哈德就把攻击的矛头直指奥地利："奥地利人是天生的投机取巧分子，他们胆小如鼠，……靠遮掩和忘却过活。不论政治上多大的丑闻，多严重的罪行，不到一星期，他们就忘得一干二净。"如果我们用奥地利"山水的秀丽与国家的无耻相抵……我们只有自杀"。伯恩哈德不遗余力地攻击奥地利的纳粹倾向和天主教势力，在他看来，学校教室摘掉希特勒像留下的空白处挂上十字架恰好说明二者一脉相承。伯恩哈德对奥地利的攻击是半带癫狂的谩骂。但他的谩骂决非空洞无物、不痛不痒，而是带着诗人的狂放，高屋建瓴，切中要害，令人心胸顿开，酣畅痛快。这种诗意的夸张体现着伯恩哈德否定精神的气魄和力度，除了作为语言艺术品所具有的美学价值之外，远比法院上诉式的就事论事、一板一眼准确、畅快。

伯恩哈德当然不只以奥地利为敌，他知道，有的国家与奥地利一样虚伪、丑恶，"但其他国家与我们无关……只有我们国家才和我们有关，才日复一日地折磨着我们，弄得我们走投无路。我们国家的政府卑鄙昏聩、虚伪欺诈，同时又愚蠢无比。”伯恩哈德临死时立遗嘱禁止在奥地利出版、朗诵、演出他的作品，引起轩然大波。可这同样是他狂荡不羁的否定精神的体现，并不说明他真的只想把作品搬到外国出版发行。

伯恩哈德的作品中常有艺术毁灭人的情况。在《古典大师》中，伯恩哈德却反过来，把艺术品作为靶子，攻了个落花流水。他说：“几百年来一直为世人称道的古典大师们只经得起蜻蜓点水式的察看，如果我们观察得仔细些，他们就会黯然失色；如果我们专心致志、不折不扣地去研究他们，他们更会烟消云散，只让我们觉得无聊透顶，恶臭无比……如果你用心认真看一下歌德的作品，你会觉得它们荒唐可笑，没有一部作品例外……怕就怕认真，你一认真阅读，作品就原形毕露了。”

不仅对艺术品如此，伯恩哈德对社会现实、自然和语言均“认真”地加以观察并处处发现它们的致命伤。他的《德国午餐会》、《退休之前》和《英雄广场》集中反映奥地利、德国处处是纳粹；对自然，他明确指出：“你对自然知道得越多，你对它的了解就越少，它就越显得毫无价值。”对语言，他更不容置疑地宣称：“人一张口，说的就是假话。这是事实。语言是我们永远也走不出的监狱。”

如果说，伯恩哈德是奥地利当代文学金牌的一面，那么，彼得·汉特克就可当之无愧地称为这块金牌的另一面。**彼得·汉特克**（1942—　）生于奥地利和斯洛文尼亚边境小镇格里芬，在读完天主教寄宿学校和人文中学后开始学法律。小说《马蜂》（1966）的成功使他决定走文学之路。汉特克力求创新，对60年代的名作家提出尖锐批评，并在1966年秋“四七社”召开的普林斯顿会议上公然和该社的现实主义文学倾向决裂，引起轰动。在《我住在象牙塔里》（1972）一文中，汉特克指出：“大家没有看到，语言多么容易被人用来为形形色色的社会和个人目的服务。大家没有看到，世界不只由物体组成，而且也由表述这些物体的语言组成。”

汉特克的《马蜂》不是传统意义上的小说，而像讨论小说创作困境的论文。汉特克尽量写出情节，却无法如愿以偿，于是对语言和创作进行反思，边反思边叙述，越叙述就越暴露出叙述的矛盾和不可行。他的第二部小说《小贩》(1967)同样以摈弃叙述而采用评说的方式写成。小说中句子的时态均是现在时和完成时，与传统小说一贯采用的过去时大不相同。哈拉德·魏恩里希(1927—　)在他的语言学名著《时态：叙述和评说的世界》(1964)中，把德语时态分为两组：现在时、将来时、现在完成时是评说时态；过去时和过去完成时是叙述时态。在魏因里希看来，时态和过去、现在、将来三种时间无关，而是一种语言信号，告诉读者作品是叙述文还是论说文。事实上，德语文学从本世纪初开始的确出现叙述时态受排挤的现象，这一方面说明叙事文学从本世纪初开始出现危机，同时也印证了魏因里希观察的敏锐。

汉特克在小说《小贩》中不仅要与传统的文学体裁决裂，而且要清算叙述这一基本文学时态。通过首尾连贯的故事，世界好像也显得很完整。这实际是一种假象。汉特克要借摈弃叙述来戳穿这种假象。

汉特克强烈反对传统，反对现状，同时也与所有政治运动和团体明确保持距离，表现文学及作家的绝对独立，因而遭到有政治热情的左派知识分子的非议。在小说《短信长离别》(1972)中，汉特克既不像左派那样抨击美国，又不把美国看成人类的希望，而是两眼朝内，专注于表现一个人饱受折磨的内心世界。汉特克的文学风格与60年代的主要文学流派不相协调，有的评论家对他横加指责，说他是新内向派，试图把他打入冷宫。

1971年，汉特克的母亲自杀，他次年发表《心满意足的不幸》，叙述母亲的一生。他一反自己《马蜂》和《小贩》的反叙述态度，重新采用叙述，并通过叙述创造现实。汉特克对叙述态度的变化十分引人注目。当然，汉特克并没有回到传统叙述方式的老路上，而是夹叙夹议，虽不像穆西尔那样对叙述充满嘲讽，却取消叙述中的因果律，否定日常理性和逻辑，使作品具有类似宗教的神秘性。

真正引起轰动的，不是汉特克的小说，而是他的戏剧。1966年，《咒骂观众》搬上舞台，公众哗然，却异口同声地给予好评。和汉特克的小说一样，这部剧也取消了情节，演员之间的对话变成了演员对观众的直接咒骂。它不仅严格区别于传统戏剧的冲突和结构，也不同于布莱希特的叙事剧。在汉特克看来，传统戏剧通过情节和对话制造一个假象世界，欺骗观众；布莱希特使观众成为演出的积极组成部分，取消台上台下界限，制造的却仍是一个半假象世界；而他则要使观众成为演出的内容和评论对象，使观众和演员的角色对调，完全消除假象。取材真实故事的《卡斯帕尔》（1968）以学习语言来体验世界为主题，同样获得巨大成功。

汉特克在戏剧和小说界的成就使他成为60年代新一代作家的代表。许多人把他看做诗人的完美化身：他既有创作天才，又能引起观众的不安。汉特克从一开始就是一个极有争议的人物：有人视他为进步文学代表，反传统的化身；有人则认为他是在重复先锋派的手法，成就远不及达达派和维也纳派；还有人认为他是披着新先锋派外衣的保守、反动作家。但不论怎样，谁都不能无视汉特克的存在，谁都无法否认《咒骂观众》和《马蜂》既不同于古典戏剧、小说，又不同于布莱希特和“四七社”的独到之处。他的小说题目：《短信长离别》、《守门员在十一码时的恐惧》（1970）更成为文人雅士的口头禅。

汉特克没有固步自封。70年代，他的美学观点和创作方法有了新的发展。《心满意足的不幸》（1972）表明他重新重视叙述，《世界的重量》（1977）则表明，他不同意维也纳派把艺术当作自然对立面的观点和做法，他要重新相信并依靠自然。同时，他也不再极端地怀疑语言。这样，汉特克在否定的同时渐渐表现出一种肯定精神，他要在新的水平上营造语言作品的新殿堂。这些，从汉特克对卡夫卡的态度上可见一斑。

1979年，汉特克在接受卡夫卡奖的答辞中说："《审判》一书使我最清楚地认识到，我在创作上必须和弗兰兹·卡夫卡分道扬镳，因为他的小说把世界写成愚弄每一个人的极为强大的恶势力，而在我这后生看来，世界依旧是一种挑战，一种我或许能——或许一生一直都能——迎接得了的挑战。"汉特克虽对卡夫卡保持着一定的礼貌，同时却要公开和卡夫卡分庭抗礼。汉特克不顾当时以否定传统、否定古典理想为主要特征的时代风尚，语惊四座："我斗胆说：我在重视形式表达'真'的同时追求'美'——追求具有震撼力的美，努力通过美引起震撼。我追求古典和无限。根据大画家的经验，只有坚持不懈地观察自然、融入自然，才能达到古典和无限。"

汉特克重新强调自然与70年代末兴起的绿党运动不谋而合。西方国家直到70年代中期都普遍乐观地相信技术进步和工业化。70年代后期，民众的自然保护意识明显增强，许多人反对以自然为代价发展工业。1978年，奥地利茨温屯多夫核电站建成，准备并网发电，由于民众反对，投票表决后只好废置不用。茨温屯多夫于是成为奥地利民众自然保护意识觉醒的象征，同时也体现了奥地利的民主政治。

如果说，汉特克在接受卡夫卡奖时对卡夫卡还算客气，那么，他在1983年发表的《重复的想象力》一文中就对卡夫卡毫不留情了。他说："把自然整理得清晰有序是文学创作中最大的难题，卡夫卡不是一直都在逃避这个难题吗？他不是一直都只描写不需整理的梦幻状态而把真正的自然抛在一边吗？我倒想让卡夫卡描写一下光天化日下的风景，看他怎样有条有理地驾驭素材。"最后，他还石破天惊："我痛恨弗兰兹·卡夫卡，他永远是儿子！"

通过攻击卡夫卡，汉特克要把穆西尔、贝克特、乔伊斯和尤内斯库等一齐从现代艺术的神坛上赶下来。当然，汉特克并不想借反对现代大师来复辟传统，但他的确不再继续走上世纪末本世纪初开始、60年代进一步发扬光大的否定精神之路，而由早期追随维特根斯坦以怀疑为特征的语言哲学转向肯定存在的海德格尔哲学。汉特克要相信并依靠语言的力量，重树自然的尊严。他说："自然是我能给你们的唯一承诺，是唯一持久的承诺；它是世界的样板和尺度。"这样，汉特克从60年代"观众的咒骂者"一跃成为观众的教育者、鼓励者。在他1989年搬上舞台的戏剧《提问游戏》中，在"否定者"之外，肯定者的角色更引人注目。这与伯恩哈德作品中处处强调的绝对否定形成鲜明对照。

汉特克以独特的方式修复了叙述，并向大众宣布，他"爱"古典大师格里尔帕策，"爱"强调自然的塞尚，"爱"莫扎特以前的音乐。他谈论"爱情"，完全不顾斯特林堡和弗洛伊德对这问题的看法；他喊"万岁"，根本不在乎这个词曾被滥用过。汉特克的奇妙之处在于，他说这些话总有自己独特的方式，并不让人觉得保守、过时。他向人们证明现代诗人的特殊价值，开始在绝对否定之后走向否定之否定，使人耳目一新。

瑞士德语文学　瑞士文学在战后至50年代末的主流是保持和发展瑞士的传统文化价值。比如罗伯特·法艾西（1883—1972）的长篇三部曲《父亲之城》（1941）、《自由之城》（1944）和《和平之城》（1952）。他不像比雷尔那样对世纪交替期间的变革感兴趣。他在1945年接受苏黎世文学奖致答辞时说，瑞士人肩负维护欧洲精神遗产的委托。库尔特·古根海姆（1896—1983）在他的四卷集长篇小说《总而言之》（1952—1955）中强调表现的是促使一个社会持续发展的社会、政治和文化的条件。他认为要认识到个人生活与社会公众生活之间的相互联系，因而不管一个人的社会地位如何以及来自于哪一个民族，都应投身到为社会集体服务之中，遵循由理智和容忍所规定的行为准则。他在1959年发表的《颗颗沙粒》中也认为历史的结论表明，传统的世界观仍然是行之有效的。50年代中期开始，文学作品中逐渐出现了反思历史的内容，比如汉斯·阿尔布莱希特·莫泽尔（1882—1978）的小说《沉城维尼塔》（1955）。虽然在描写历史发展时表现了不少传统的正面事物，但不着意去美化与歌颂，同时也不放过对消极的、反面的事物的揭露，因为作者感到人类将面临深渊。从写作方法上看，称它为小说甚至有点勉强，作品中运用了各种体裁，作者似乎以此表明，现实的发展已无法再用唯一的某种形式全面地去把握和再现了。

在诗歌方面，总的发展趋势与小说类似。战后几年里基本上还是传统诗歌形式和传统的价值观念的内容，虽然也有个别的诗人直接表现战争的主题，如阿尔贝特·埃利斯曼（1908—1998）的《林荫道》（1960）："几乎上百人。 / 在这条大道上， / 这条上面曾经 / 在欢呼声中 / 跑着得胜者的道路。 / 自从我想到它， / 还是头一回 / 韵律悄然从我笔下消失。诗人指的是他想起了被法西斯在马拉松和雅典之间的传统比赛道路上绞杀的那些人。女诗人艾丽卡·布尔卡特（1922—2010）的诗作《黑鸟》（1953）、《原野的精灵》（1958）等表现的是自然与文明之间的关系。在她的诗中，外部的风景成为内在的、灵魂的空间，外面的树成为自己的生命之树。50年代在瑞士出现的"具象诗"强调作为物质材料的语言本身，其创作原则是把单词或句子从视觉或听觉两个方面进行不寻常的排列，在词或句子的外观或语音上寻求充足的意义。50年代初期瑞士人欧根·戈姆林格尔（1925—　）探索诗歌的新的表现方法，1953年发表了他创作的第一批"具象诗"，成为这种新形式的创始人之一。具象诗出现在50年代并非偶然。战后的西方全力以赴地发展经济，技术发展成了社会关注的中心。如果说诗人布尔卡特有意识地把视线从技术移向自然，那么戈姆林格尔恰恰在技术中看到了构造现实特点的迹象，从人的技术存在推导出美学结论，根据这个结论他找到了诗歌的新形式。技术时代的节奏要求现代人能迅速地理解和被理解，为此戈姆林格尔将诗歌缩减为句子和词，将诗行变成星座一样的个别词的排列，借鉴达达主义对文学、音乐及造型艺术手段重叠可能性的认识，具象诗打破了诗歌、绘画和音乐之间的界限，常常让读者同时通过读、听和看来对其欣赏和理解，如戈姆林格尔的“沉默”：

沉默　沉默　沉默
沉默　　　　沉默
沉默　沉默　沉默

通过读及读至中间一行中间的停顿，以及围绕着中间空白的清一色的“沉默”，从听觉和视觉上强调了这张口的沉默，然而听觉上的沉默恰恰形成了视觉上张着的口，出现了佯谬或张口无言的效果。

60年代瑞士文坛比较活跃。50年代中期弗里施的小说《施蒂勒》（1954）和迪伦马特的戏剧《老妇还乡》（1956）就开始引起了评论界的争论。60年代初前者的《安道尔》（1961），后者的《物理学家》（1962）在苏黎世剧院上演，将两名作者推向世界，同时也使他们成了论战的中心。

对文坛的活跃状况持有不同看法的是老一代强调传统的作家。1961年古根海姆表示对瑞士当时的文化状况感到忧虑，一方面由于经济迅速发展，瑞士越来越多地雇用外籍工人，另一方面他认为更加危险的是外国艺术对瑞士传统文化的瓦解作用。他看到在瑞士舞台上上演的萨特、布莱希特和贝克特等人的无政府主义作品受到瑞士各阶层，特别是知识分子的拍手叫好，他认为这些演出主要不是为了艺术，而是向西方基督教世界破坏性的进军。他感到十分遗憾的是瑞士戏剧家的作品在邻国的无政府主义的舞台上演出并受到欢迎。他还抱怨小说作品表现的都是主人公的个人主题、个人处境和个人前途，而历来作为文学创作的主要对象，让人热爱和感到自豪的瑞士国家却在文学中消失了。很明显，古根海姆所指的是弗里施和迪伦马特的戏剧以及弗里施的小说《施蒂勒》。但也有作家反驳古根海姆，认为瑞士文学绝不能局限于乡土文学而要向世界开放，无论是50年代的盲目反共还是60年代神经质的排外都将导致瑞士精神与文化的狭隘。只想保守，不思创新是无法保持传统的。

同年12月文学史家**埃米尔·施泰格尔**（1908—1987）接受苏黎世文学奖所致的答辞再次引起争论。施泰格尔对新文学倾向持否定态度，认为当代文学离开了社会集体意识，在持社会批判态度的作家的作品中充斥着许多令人厌恶的东西，比如同性恋、性反常等。讲话发表后立即引起激烈争论。驳斥其观点的有保尔·尼丛（1929— ）、弗里施和迪伦马特等。保尔·尼丛认为，是这个资产阶级社会在许多问题上的虚伪（比如越南战争、冷战、军队生意、外籍工人问题等），使文学中产生许多"令人十分厌恶的东西"，他认为文学是对这种虚伪社会的反叛。

与苏黎世文学争论的同时还有围绕小说《遗产》（1965）的争论。小说作者瓦尔特·马蒂阿斯·迪格尔曼（1927—1979）根据文献资料，以虚构的情节描写第二次世界大战中瑞士的避难者政策，并把当时的泛法西斯力量的活动与战后歇斯底里的反共政策联系起来。迪格尔曼不像弗里施在《安道尔》正文前声明"安道尔"不是指某个具体的国家，迪格尔曼明确指出作者是瑞士人，小说写的是瑞士的事。不难想象，这部小说的出版遭遇到了困难，联邦德国在1965年出版了这本小说之后，苏黎世才在1968年出版它。

1968年在西欧的反对越南战争运动，以及由此引起的学生运动导致了思想政治领域的极端主义倾向，不少知名作家同情或亲自参加到运动中去。在苏黎世围绕青年活动中心问题发生了青年学生同警察之间的冲突。但很多作家当时就预见到学生的极端行为必然导致政治上极右势力的抬头。战后持社会批判观点的作家认识到政府的反共态度是抵制一切社会改革的借口。这一观点导致作家队伍在60年代末发生分化。1970年22位作家从瑞士作家协会中退出，导火线是作协主席参与撰写民兵卫国手册，手册怀疑作家和知识分子在国家危难之际可能站在敌人一边。分裂的根本原因是代表60年代文学潮流的、具有自我意识的作家与持保守的、传统观点作家之间的矛盾，退出来的作家于1971年建立“奥尔腾社”，不久会员就增加到100多名。1974年制订了章程，其宗旨体现了弗里施曾表达过的希望：社会主义和民主联合起来才能实现各自的允诺。

70年代中期以后，西欧社会普遍向右转的倾向使60年代期望革命变革的群众性运动变成少数人的事情。积极干预现实的作家关心的课题有所变化，瑞士作家这时注意的社会问题是：由修建道路和建造原子能发电站带来的环境问题；1971年妇女获得选举权，以及1981年着手将男女平等写进宪法所引起的对妇女问题的关注；由1980年苏黎世青年起来造反而引发的对青年问题的关注，他们在冷漠的、金钱统治的世界里被忽视、被压制；80年代初西欧发生和平运动，而在瑞士则由作家发起了1983年伯尔尼五万人的争取和平大游行。作家们强烈反对军备竞赛，要求瑞士解散军队。“奥尔腾社”将保护世界免遭军事和民间两个方面的破坏补充进了章程。

反映在创作上是在越来越关注个人和国家、个人与世界的关系上所表现出来的日益强烈的自我主体意识，日记体文学作品因此也盛行起来。典型的例子如弗里施的小说《蒙陶克》（1975）、格特露德·洛腾埃格尔的处女作《前夜》（1975）、胡戈·洛埃切尔的小说《免疫者》（1975）、艾·约·迈耶尔的《归途》（1977）等。瓦尔特·福格特在他的作品《忘却和回忆》（1980）和《衰老》（1981）中完全有意识地将“自我用作感知社会现状的地震仪”，向“尚未了解的最深层推进”。

自70年代中期开始，作家队伍中间的分歧也趋缓和，1974年奥托·伯尼担任作协书记后，瑞士作协和奥尔腾社之间开始合作，比如1977年发表共同声明支持一名因在教学中采用迪格尔曼有争议的小说作阅读材料而被解雇的中学教员。作协组织的作家新作朗诵会大多数的听众常常是“奥尔腾社”的成员。两个协会与瑞士文化基金会合作共同举办每年一度的索洛图恩文学节。

第二次世界大战后瑞士德语文学涌现出两位作家，他们不仅享誉德语国家，而且使瑞士德语文学在凯勒和康·费·迈耶尔之后再次走向世界。这两位作家就是马克思·弗里施和弗里德里希·迪伦马特。

马克思·弗里施（1911—1991）出生于建筑师家庭，自幼喜爱文学与戏剧，1931年至1933年在苏黎世大学读文学，1933年因父病故而中断学业，不定期为"新苏黎世报"当记者，开始了终生不断的国外旅行。1934年发表第一本小说《尤尔根·莱因哈特，一次决定命运的夏日旅行》，1936年得到资助重返大学改学建筑，1937年将全部创作手稿烧掉，决心放弃写作。1941年学业结束，开办建筑事务所，虽然保障生活的一切条件都具备了，然而弗里施无法完全抛开写作。1943年至1945年连续发表小说《我喜欢折磨我的东西，又名难以相处的人》、《彬，又名北京之行》（1945）和剧本《他们又唱了》（1945）等作品。此后他又发表了剧本《中国长城》（1947）、《厄德兰伯爵》（1951）和《唐璜，又名对几何学的热爱》（1953）等剧作。1954年至1964的十年是弗里施创作生涯的顶峰，他在1955年终于关闭了建筑事务所，专事创作。在此期间他的重要作品是小说《施蒂勒》（1954），《技术人法贝尔》（1957）和《我从此取名为甘腾拜因》（1964），剧本《毕德曼先生与纵火犯》（1958）和《安道尔》（1961）。此后的重要作品还有《1966—1971的日记》（1972）、小说《蒙陶克》（1975）和《蓝髯骑士》（1982）。

弗里施的创作大致可分为两个阶段。1945年以前的作品表现的是个人在人生道路上的渴望与追求，反对环境对人的束缚，担心生活的停滞与重复。比如第一部小说里的主人公尤尔根·莱因哈特是一个自信负有艺术家使命的年轻记者，纠缠在三个女人的生活中，当他发现这并非他要过的生活时，已无法摆脱业已进入了的角色。这显然是弗里施整个一生在创作中着力表现的根本问题之一。但在1945年后，他把这一主题与社会变革密切联系起来，他的作品批评以冷战为目的的意识形态，批评以生活水准代替生活意义的社会观念，批评在一切都可以复制的社会中个体意识的削弱，批评西方世界的真理标准如何裂变社会、肢解个体。这并非说他以前的表现个体的主题在这种联系中淡化了，相反，因为作品将目光朝着世界这面镜子，他能够在其中更好地看到个体的影像。

标志这一转变的作品是剧本《他们又唱了》：“二战”中德国军官赫伯特下令枪杀了21名人质后还要下令杀掉埋葬这些人质的教堂管事。赫伯特的昔日同学、士兵卡尔对参与枪杀人质已深感痛苦，拒绝执行赫伯特的命令开了小差。在家乡他质问他的当教师的父亲，对青年一代充当了法西斯的刽子手应负什么责任，因为他一直视赫伯特为他的得意门生。当卡尔了解到父亲列举的种种理由都无法掩盖他由于对法西斯的畏惧而没有勇气向他的学生说真话时，痛苦的卡尔无法承受这一切而自杀了。这个剧本及时地探讨了人们对这场劫难应负的责任，并把自我审视同分析社会政治原因联系在一起。探讨罪责是弗里施全部作品中的一个主题，不论是剧本《毕德曼先生和纵火犯》、《安道尔》，还是小说《技术人法贝尔》、《蓝胡骑士》都执着地围绕着这一主题。使弗里施成为世界闻名的作家的是他的剧本《毕德曼先生和纵火犯》。毕德曼这位生发水制造厂的老板对待自己的职工可谓心狠手辣，为了强占发明者的利益可以置其生死于不顾，但面对闯进家里来的纵火犯却胆怯得丧失了正常人的判断事物的能力，为保全自己他先打出人道主义的招牌，然后是一味地讨好逢迎，妥协退让，最终却逃脱不了葬身火海的下场，并使全城化为灰烬。这出寓意剧揭示了随波逐流者的行为及其心态，同时通过以合诵队的形式出现的消防队告诉人们，灾难本来是可以避免的，称灾难为命运无疑是在开脱自身的责任，后果必然是灾难再度发生。

《安道尔》讲的是虚构的安道尔国的安道尔人出于自私和偏见，把一个本来不是犹太人的安德烈视为罪恶的犹太人，将他推向死亡。安德烈是安道尔的一个教师与邻国一女子的私生子,作为父亲的教师谎称是他在邻国救出的犹太孩子。安道尔人虽然称赞教师的“勇敢”行为,但从一开始就对安德烈另眼相看,把对犹太人的偏见以及许多自己身上的弱点与恶习都加在安德烈身上。当安德烈向教师女儿求婚遭到教师断然拒绝时,他误认为教师的态度是种族歧视的表现,极度失望的安德烈看到了自己与周围的安道尔人的区别,尽管教师最后说出了真情,他自己就是安德烈的亲生父亲,但这时的安德烈已不能也不愿意改变别人强加于他的角色,决心不再抗争,最后被当作有杀人罪的犹太人处死。人类社会历史表明,多数人常对少数人持偏见,并以此作为对待他们的出发点,最终造成灾难性的后果。剧情是以法庭审讯的框架展开的,剧情中穿插着安道尔人为自己开脱罪责的发言。观众从一开始就知道了安德烈的命运,他们的注意力集中在这种遭遇的形成过程。悲剧发生后,安道尔人除神父外都不认为自己对此悲剧负有责任。作者在剧本正文前声明安道尔与同名的小国没有关系,安道尔是一个模式。剧情可以认为是发生在第二次世界大战中,也可以看作发生在战后或者将来。《安道尔》的首演引起不同观点的争论,剧场连续三天爆满。《技术人法贝尔》和《蓝胡骑士》的主人公也都在苦苦地检讨自己的罪责。

弗里施小说另一重要的主题是表现个人实现自我与社会客观之间的矛盾,代表性作品是他1954年发表的小说《施蒂勒》。小说的第一句话就开门见山点出主题:“我不是施蒂勒。”一位来自美国的怀特先生在入瑞士边境时被怀疑是七年前失踪的瑞士人施蒂勒,并可能与一桩间谍案有牵连,因此被拘留审查。此人事实上确实是施蒂勒。施蒂勒作为艺术家和西班牙内战的志愿者都告失败,为了逃避现实,重建自己的形象,彻底否定过去的他,他化名怀特,期望实现新的自我。在拘留期间他的亲人和朋友都作证他就是施蒂勒,致使他不得不承认,他是因为不能忍受平庸、停滞、一事无成的生活而更名怀特,想重新生活。小说的另一部分是以“检察官后记”的形式叙述施蒂勒获释后的生活。他仍旧是他，带着他的弱点和他的失意，试图在日内瓦湖畔同妻子一起做陶工谋生，不料妻子病故，于是在自我意识与责任意识的矛盾中陷入绝望的施蒂勒冷漠、昏然地打发日子。小说既有资产阶级婚姻小说的味道，又有反映艺术家生活和心理分析小说的特征，丰富的内容使小说适应众多读者不同的需求，作品将实现自我与社会批评交织在一起，反映出瑞士社会的保守。重复过去、安于现状、没有创造性，只能扼杀艺术家的个性。施蒂勒一方面要逃离社会强加于他的这个角色，另一方面他对自己也提出了不切实际的要求，而且这种要求也是一种成见。而屡次失败导致施蒂勒自卑、气馁，最终也无法实现自我。正如书中主人公所说，自由的价格是昂贵的，没有能力成事，就谈不上自由。实现自我固然需要相应的社会条件，但个体缺乏必要的意志和道德力量也是无济于事的。

《技术人法贝尔》这部小说从另一个角度来探讨实现自我这个主题。施蒂勒要逃离他现在的角色，去追求自我的实现；法贝尔则是对已经实现了自我的人生道路开始怀疑和动摇。施蒂勒对自己对社会疑惑、没有信心，法贝尔则自信自己是生活乃至自然的主人。作为高级技术人员，他认为一切都可以计划、设计和计算。法贝尔从来不相信偶然和命运，在一次旅行中却遇到了接二连三的偶然事件，身心受到了沉重的打击。小说开始写主人公法贝尔在沉重打击之后躺在病床上等待手术，同时回忆和检讨三个半月以来旅行中的种种经历：他受联合国教科文组织的委托于1957年4月飞往委内瑞拉协助技术发展工作。途中飞机因故障暂时降落在墨西哥的荒原上。在飞机上他结识了他大学同学的兄弟。后来，法贝尔与此人结伴去寻找在丛林中失踪的同学，不料这位同学已自缢身亡。完成委内瑞拉的任务后法贝尔没有像以往那样乘飞机返回，而改乘轮船，在船上与比他年轻20多岁的姑娘莎贝特相识并向她求婚。到巴黎后，本来已离开了这位姑娘的法贝尔却又找她结伴到意大利和希腊去旅行。旅途中，从姑娘口中他得知她竟是过去女友汉娜的女儿，但他认为她的父亲必然是那位已去世的同学。当年为了让半犹太血统的汉娜免遭驱逐，法贝尔提出与她结婚。但已怀身孕的汉娜拒绝了。而法贝尔万万没有想到汉娜与他的同学结婚时没有把与他怀的孩子打掉。意外事变层出不穷，到希腊后已成为法贝尔情人的莎贝特在海边遭蛇袭击。在抢救莎贝特的医院里，法贝尔与离别20年的汉娜不期而遇，这才得知莎贝特就是他自己的女儿。莎贝特不幸死去，不是因遭蛇咬，而是摔倒时造成的致命伤。不久后法贝尔发现患有胃癌只好住院治疗。

小说的副标题是"一篇报道"，作者让他的主人公叙述一个自我辩解的故事，说明法贝尔内心深处已感到自己的责任，开始对迄今为止所认同的自我形象表示怀疑。战后西欧经济的迅速恢复与发展，使人们迷信技术可以解决一切问题，"技术人"就是生活的主人，代表着时代精神。弗里施让主人公从美国回到欧洲，最后让他在欧洲文化的发源地希腊这个悲剧之乡对一生走过的道路反省和感悟，是具有深刻意义的。

小说《我从此取名为甘腾拜因》的主人公为逃脱以成见和停滞为内容的现实生活，为使他的生活伴侣也能获得自由，在一次车祸后他声称自己双目失明，并以盲人的角度去生活，去游戏人生，扮演各种角色。他希望以这种方式将自己从固定不变的生活牢狱中解脱出来。

弗里施是一位出色的建筑师，他的两本日记以其内容的丰富、形式的多样成为极富有特色的一种文学作品，像建筑师的设计草图，里边有速写、杂文、随感、演讲、提问提纲、故事、作品梗概等，他后来的许多作品都可能在其中找到最初的构思和轮廓，像建筑师设计那样，他的作品从形式到内容每一部都是一个新的探索。弗里施在艺术上避免重复，语言表达确切简练，作品的主人公多数都是知识分子，作品从爱情、婚姻、死亡、个体与社会，道德与科技进步等方面去表现他们，言情但不伤感，批判现实又不陷入某种意识形态。他同自己所属的阶层保持着距离，只会心地微笑，冷静地观察和怀疑，包括怀疑自己。

弗里德里希·迪伦马特（1921—1990）生于伯尔尼附近基督教牧师家庭。他于1941年至1946年上大学读哲学、文学和自然科学，40年代末开始集中精力从事写作，50年代初便成为知名戏剧家，1956年上演的《老妇还乡》使他蜚声世界剧坛。

迪伦马特虽然在犯罪小说、广播剧等方面都有力作，但他的主要成就是戏剧作品。它们怀疑传统的价值观念，尖锐地讽刺资本主义社会种种弊端，在这一点上他与布莱希特的戏剧有共同之处。分歧在于他不相信世界可以改变，只相信作为个体在这个世界上能保持自己的人道本质。比如他的剧本《罗慕路斯大帝》（1949）中西罗马帝国末代皇帝罗慕路斯和入侵西罗马帝国的日耳曼大军将领鄂多亚克试图让历史的进程人道些，但人为地影响和改变历史发展的努力都以失败告终。剧本写的虽是古典时代的灭亡，但与现实的联系是显而易见的：法西斯德国与罗马帝国后期的残暴有许多共同之处。罗慕路斯决心不进行任何抵抗，在日耳曼大敌当前的危机形势下，饱食终日，养鸡取乐，不理朝政。他坚决反对他的大臣和将领誓死捍卫帝国的主张，不理睬他的家人执意进行抵抗与报复的要求，坚持让这个罪恶的帝国按照精心策划的步骤走向灭亡。然而他的计划却因鄂多亚克出自同样动机的行为而告失败：这位日耳曼首领出人意料地愿意在罗慕路斯大帝面前称臣，于是罗慕路斯只能体面地退位，鄂多亚克也就不得不成为罗马和意大利的统治者。但他痛苦地预见到他的侄子不久会将他杀死，然后恢复旧罗马帝国的暴虐统治。这出“并非历史的历史剧”显然是借用西罗马帝国灭亡这段历史，经过虚构用以批判强权政治和狭隘的爱国主义，并探讨人道与正义怎样推动历史进程的问题。这是一部较早的从宏观上反思第二次世界大战的作品，因此上演后反响强烈，成为迪伦马特的成名作。

迪伦马特认为世界已陷入混乱不堪的境地，要表现它、解释它只能运用怪诞、扭曲和悖论这类方式，在情节结构上运用如同自然科学中常用的所谓“极限值”那样的方法，以反讽和幽默把现实中几乎无法看清的事物间的关联，通过“可能出现的最坏的转折”将事物推向极端，然后让其实质显露出来。但要实现这样的转折，就得靠偶然事件，而偶然事件的产生就要有既怪诞又合理的“即兴奇想”。迪伦马特戏剧的这个特点尤其体现在《天使来到巴比伦》（1953）、《老妇还乡》（1956）和《物理学家》（1962）这些代表作中。

《天使来到巴比伦》中，天使受上帝的派遣将象征着天主仁慈的美女库鲁比带到巴比伦，交给巴比伦这个国家中最卑贱的人。恰逢装扮成乞丐的国王与乞丐阿基比赛乞讨的本事，如国王得胜，阿基必须放弃乞讨，去为国家供职，因为国王的社会福利世界里不允许乞丐存在。结果阿基赢得了赌赛，天使以为失败了的国王是天底下最卑微、最贫穷的人，于是把库鲁比给了他。国王嫉恨上帝赐礼物给乞丐将库鲁比踢翻在地。在宫廷里库鲁比发现她所爱的乞丐原来是国王而大失所望，劝他跟她逃走去当乞丐。然而权欲和财欲熏心的国王竟然要将她处以绞刑，并不可一世地要在地上建造高塔直插天庭。最后阿基巧妙地救了库鲁比，远离争权夺势的巴比伦，逃到荒漠里去寻找一个新的、幸福的国度。小说说明没有人愿意放弃对财产与权势的追求，只有乞丐阿基看破红尘，在自觉放弃一切的境界中享受着这个世界。阿基是迪伦马特塑造的最好的一个形象。

作为迪伦马特戏剧特色的“即兴奇想”在《老妇还乡》一剧中尤为突出。主人公老妇年轻时不得不离开故乡居伦，因为她的情人伊尔抛弃了她，不承认是她孩子的父亲并为此提供假证，这几乎毁掉她的一生。她曾沦为妓女，幸亏后来嫁给美国的一个石油大王。于是已是亿万富婆的老妇45年后重回故乡，随身还带了一口棺材。她要向居伦捐赠十亿巨资，条件只有一个：换取伊尔的性命。全城上下一开始断然拒绝了这一非人道的要求。但十亿巨资的诱惑太厉害了，其中五亿给市政府，五亿由居民均分，它将使小城立刻繁荣起来，使每个居伦人立刻变成百万富翁。伊尔最初代表全城接待老妇，但不久就感到不安和惊恐，企图离开居伦，然而居伦人一面祝他旅途愉快，一面像一堵墙似地围着他。最后居伦城以正义和人道的名义将伊尔处死。而所有的人，包括伊尔的妻子及他们的子女，都衷心地颂扬他们的恩主，那位富婆。

作品要着重表现的不是老妇的复仇和“伸张正义”，而是表现道德被腐蚀的过程，展示一个群体如何在诱惑下堕落的过程。舞台在这里变成了道德实验场。对于突如其来的诱惑，居伦人的第一反应是无比的愤慨和断然拒绝，当诱惑之巨大使他们无法抵御时，便逃避有关是非的探讨，最后曾经是拒绝接受十亿捐赠的理由现在变成了杀害同胞的借口。本来有人称老妇为“收买我们灵魂的老娼妇”，斥责她带着邪恶的复仇思想，现在却说她是在讨还公道。有人说这是一出受到背叛爱情伤害的复仇剧，也有人说是出“经济奇迹的悲喜剧”，是批判现代资本主义社会的金钱万能。但比较合适的看法应该是把老妇的报复手段作为一个怪诞的即兴奇想，作为引发冲突的起因，从而观察在极端的条件下人的思想和行为的变化轨迹，引发冲突的条件在这里是金钱，在别的戏里也许是权力、名誉或者色情。

1962年首演的《物理学家》写的是60年代人们最关心的、也是我们这个时代最重大的问题：人类的毁灭。弗里施早在《中国长城》一剧中就指出：原子是可以分裂的，淹没尘世的大洪水是可以制造的。《物理学家》的基本奇想与老妇还乡复仇一样怪诞。物理学家默比乌斯发现了制造空前巨大能量的方法，但他认识到，如果滥用这种科学技术将使世界毁灭，于是他决定收回他的发明，为此他抛弃了事业、前程，离开了妻子、孩子，装疯住进疯人院，焚毁了发明手稿。然而疯人院里并不平静，另外两名物理学家分别受东、西方情报机关的派遣也装疯来到这里伺机窃取默比乌斯的发明。为了不泄露各自的秘密，他们相继以发病为掩盖杀害了与他们相爱的护士，因为她们不相信他们是疯子。犯下杀人罪更使他们不能重返正常生活。但是转折出现了：垄断托拉斯的大股东、疯人院女院长早就看穿了三位物理学家的意图，并且早就偷拍了默比乌斯的发明手稿，并且已经在利用这些资料开工生产，更可怕的是，这位女院长本人是个真正的疯子。于是物理学家的自我牺牲变成是徒劳的、怪诞的、毫无意义的了。

《物理学家》这出严格按照"三一律"创作的戏剧充分体现了迪伦马特的戏剧结构的特点：讲故事就要把它讲到底，讲透彻，欲达到这个目的，必须在故事中出现可能出现突然的转折，并且最有效地运用这偶然发生的转折。装疯的科学家遇到了真正妄想统治全世界的疯子。于是周密的、有计划的行动在事变面前一筹莫展，世界发展到如此荒诞、不可理喻的地步，对此个人的任何努力都无济于事。

迪伦马特对世界的认识接近荒诞派戏剧家，但他在表现方法上没有像他们那样采用"反戏剧"的方式。迪伦马特的戏剧有故事、有情节、有人物刻画、有精彩的语言，而且还探讨在极不寻常的有利或不利条件下人性变化的各种可能性。他的戏剧让观众在怪诞、惊骇、可笑和荒唐中受到震动，达到思考与联想的目的。迪伦马特后来的剧本还有《弗兰克五世》（1960）、《流星》（1966）等，但无论在思想上还是在艺术上都没有超过上面介绍的作品。

迪伦马特的小说，特别是推理小说很有特色。《法官和他的刽子手》（1952）中的加斯特曼是一个与政界、工业界有密切关系的、利用法律的空隙公开犯罪的狂徒。探长贝尔拉赫在40年前就见他杀人，因无证据，只能让他逍遥法外。如今自命"法官"仍然在追踪这只狐狸的老探长终于等到了时机，在办案过程中他的助手因忌妒另一个下属的成绩将其杀死，于是老探长设计让他的这位助手与加斯特曼遭遇，果然助手眼疾手快打死了这个早该受到法律制裁的罪犯。当助手解释他是不得已自卫时，探长揭露了他的全部罪行，但他并不准备起诉他。这位助手终于明白探长早已知道他是凶手，而且巧妙地利用他作为他这位“法官”的刽子手去对付另一名大刽子手，惊骇和屈辱使他自杀身亡。迪伦马特的推理小说与传统的侦探小说不同，罪犯是谁、作案动机和方式往往在一开始就已经很清楚，比如《法官与他的刽子手》中的加斯特曼，《嫌疑》（1953）中的隐姓埋名在苏黎世开设医院，并仍像在集中营里不施麻醉药就动手术的昔日党卫军军医等人物，问题是如何取得足够的证据由法律去制裁他们。小说中的探长们往往对破案工作达到了狂热的程度，爱情、家庭、祖国可以统统不顾，甚至已经病危还在单枪匹马办案，伸张正义仿佛成了一种宗教信仰。比如贝尔拉赫，这位在《嫌疑》中再次出现的探长，为取得证据化名住进昔日党卫军军医开设的医院，正当他的计划被狡猾的昔日纳粹识破，生命处于危险之际，突然出现的一个犹太人杀死了纳粹医生，贝尔拉赫被送回伯尔尼平静地死去。《诺言》中的警官马泰依本来已作为专家被派往约旦，但恰在此时又发生了杀害女童的案件，马泰依决定放弃出国机会，毅然负责此案的侦破。马泰依精心策划布置好诱罪犯上钩的陷阱。他开设了一个加油站，让作“诱饵”的金发红裙女童在一旁玩耍。果然不久罪犯来与女童约会了。马泰依找来警察在约会地点设下埋伏，但数天过后仍不见罪犯上钩。不过自这次埋伏后再没有发生过以同样方式杀害女童的案件。人们说马泰依对案情分析是想入非非，实际上是罪犯在乘车去约会地点时因车祸而身亡。

迪伦马特的犯罪小说从形式上看是反侦探小说，是对传统侦探小说的讽刺性的模仿，它表明在一切物化、商品化了的时代，伸张正义的方式已经使传统意义上的侦探小说无能为力，社会的混乱以及相互矛盾的社会价值观已使犯罪的概念变得模糊，继而使罪犯能逃脱法律的惩罚，这样，正义的实现往往只有通过意外或古怪的方式。

奥托·佛·瓦尔特（1928—1994）出生于出版商家庭。中学毕业后，曾当过书店学徒，先后在印刷厂、出版社工作，后任一个大出版社的文学部负责人。他写剧本，主要写小说。他的作品在战后，尤其对70、80年代的瑞士文学有很大影响。他的第一部小说《哑人》(1959)，是他的代表作。主人公洛特小时候目睹父亲醉酒后殴打母亲受惊吓成了哑人，母亲遭打后去世，父亲因此被判刑入狱。洛特长大后在筑路工地上干活，认出新来的一个工人是他父亲。父亲对洛特十分冷淡。工地丢了一桶汽油引起工人相互猜疑，偷窃者一旦被查出就得去干最危险的活儿。当人们将怀疑的目光集中到新来的人身上时，洛特站出来说是他偷了汽油。于是洛特按规定去炸山岩，父亲暗中跟随，不料炸碎的岩石滚落下来击中父亲，惊骇使洛特恢复了说话能力，他向警方自首对父亲的死负有责任。

小说采用调查报告的结构，用第三人称形式，分12个部分展现事件的经过，中间穿插虚拟的对话作为间接的内心独白。父亲坚持不认他的儿子，直到父亲死亡时洛特才开口说话。父亲的死是事故还是谋害，书中没有交代。这部小说不像某些评论家所说的那样表现工人世界，而是表现传统的，在战后特别具有现实意义的父子间的冲突问题，并且放在一个荒漠的、丧失了交流能力的世界里，在这里所有的人归根到底都是“哑人”。1962年发表的第二部小说《图雷尔先生》探讨的也是个人的罪责问题，图雷尔也像洛特一样被排斥在以“我们”这个第一人称多数形式为标志的社会之外。十年之后发表的小说《最初的骚动》(1972)明显地表示出作家视角的变化，显得更关注社会现实了。所描写的“我们”是以群体出现的居民区、工厂和党派，这里听不到个人的语言和想法。在千篇一律的套话掩盖下，没有了个人的意志和责任。接下来的两部小说《混凝土怎样变成草》(1979)和《雏鸟时代》(1988)围绕着暴力和暴力的由来和发展这样的主题。前一作品的主人公逐渐意识到毁灭自然和人的生存环境的是个人独断的强暴制度，后一作品的主人公历史学家托姆意外发现20年前母亲是被谋杀的。这象征着欧洲社会发展的历史，父权专制犯有谋害母权和自然的罪责。

胡戈·洛埃切尔（1929—2009）第一本小说《一份废水鉴定书》（1963）就引起了国内外文坛的注意。主人公是城市地下废水管道巡视员，是从下面来观察社会的，能看到处于通常视野之外的事物：社会的牺牲品，被排斥于社会之外的人，被忽视和被不公正对待的人。主人公不是个革命者，也不是逃离社会现实者，而是一位政府官员，他在生活中不是胜利者，也不是牺牲品，通过他的目光人们不仅看到了管道设施，而且还看到了下层人的生活，看到了社会衰败的一面。正是这种非同寻常的观察角度使作品对福利和消费社会的批评更加深刻："哪里越是自夸是最干净的社交群体，那里的下水管道的直径越大。"

1964年发表的第二部小说《编花圈的女人》再次显示了作者观察、表现社会生活的独特视角。主人公安娜以编织销售花圈维持生计，但是她做花圈不仅只是把花朵、叶子和枝条编织在一起，而且也把她所了解的关于死者的故事编了进去，并且编得很圆满，从而使小说生动、真实地反映出在世界经济危机、"二战"以及纳粹统治德国这半个多世纪的瑞士社会的状况。作者对女主人公的勤劳、乐观、能干、善良和仁爱品格的塑造，使这部小说在表现无产者命运方面尤为出色。

在小说《挪亚—经济繁荣时期的小说》（1967）中，作家对瑞士社会的探讨和讽喻达到高峰。50年代和60年代初期，中欧处于经济奇迹带来的兴奋状态中，不久前发生的那场世界性的灾难似乎已被忘记，经济奇迹改变了所有生活领域，让传统的道德准则在完全变化了的现实面前沦为典当品。但这种只追求繁荣和富裕的社会一开始就呈现出扭曲。带有明显自传色彩的小说《免疫者》（1975）将情节相互关联的一些故事松散地编织在一起，构成了一个展示这个世界的万花筒。主人公被称为"免疫者"，不是说他不会被病态的世界所传染，而是说他想要这种免疫力，以便在这个世界上既不被毁掉也不会变得冷酷无情，也即，不让感情完全迟钝，只是加以限制，不要过分敏感。免疫者要确切了解自身的承受力和容忍程度，企图在免疫和感受之间的紧张关系中找到一个合适的立足点。世界上令人惊骇、令人同情、令人悲伤的事实在太多，如果一个人完全去感受哪怕一天里发生的事情，晚上也会因感情太受刺激而死亡，即使是一个旁观者也无法承受。洛埃切尔在创作这部小说时显然参考了加缪的《局外人》，特别是穆西尔的《无个性之人》，这些主人公都遵循着积极的被动原则，他们都厌恶固定不变的事物以及所谓永恒不变的真理。

瓦尔特·马蒂亚斯·迪格尔曼（1927—1979）的出身和成长过程很不幸，这在当代瑞士作家中实属罕见：私生子、孤儿院、流浪国外、监牢和精神病院等这些词汇标志着他人生的坎坷经历，但这一切也为他的文学创作提供了丰富的素材。迪格尔曼从50年代起就开始文学创作，是位勤奋多产的作家，使他登上瑞士文坛的是他1965年发表的引起公开抗议的小说《遗产》。

小说的创作源于发生在苏黎世的一桩政治事件：一位颇有声望的马克思主义者遭受攻击和迫害。迪格尔曼深入调查事件的背景和幕后策划者，结果表明，50年代的反共急先锋也就是30年代的法西斯排犹主义者和40年代的所谓爱国主义者。作家发现了迄今为止瑞士不为人知的一面，好像继承了一份令他吃惊、使他手足无措的遗产，于是他把这段经历写进了小说主人公达维德的生活。达维德在“父亲”遗留下的文件笔记中找到了自己的真实身份，原来去世的“父亲”是他的外祖父，父亲是德国犹太人，被瑞士当局驱逐回德国，同妻子一起死在集中营。外祖父是共产党人，正当他设法帮助达维德的父母避难瑞士时，泛法西斯反共派代表人物弗劳恩菲尔德博士对达维德的外祖父发起攻击，尽管后者被迫宣布退出共产党，但已无法再帮助达维德父母进入瑞士。弗劳恩菲尔德现在是国民议会候选人。为揭露他的不光彩的历史，以及现在又趁匈牙利事件之机攻击和陷害一位信仰马列主义的科学家，达维德在一村庄里自建印刷所印制第二期《未来》杂志，公布弗劳恩菲尔德践踏民主和自由的行径。弗劳恩菲尔德依仗权势，煽动传媒诬蔑达维德，致使他为不明真相的人打死。达维德外祖父的朋友凭证据确凿的材料向法庭控告弗劳恩菲尔德，官司还没有结束，被告人已被选入国民议会。小说不仅触及了二次大战期间瑞士难民政策这个敏感的政治问题，而且还尖锐地针砭瑞士社会现实。

70年代他的两部小说《有此樱桃树》（1975）和《菲律宾花园》（1978）反映了作家的内心自审。叙述方式的共同点是书中代表作者的人物同时被另一个"我"从外部所注视。在后来的作品中，如《漫步野春菊岛》（1980）和《阴影，病榻日记》（1979）中，作者将自身经历和自我审视同故事叙述者自由驰骋的幻想联系在一起，使作品具有一种新的审美价值。

瓦尔特·福格特（1927—1988）是医生，也是一位作家。医生的职业使福格特对社会的观察准确精细，同时他不拘泥于常规的个性使他对自我和周围世界的探索更为深入。福格特对政治不感兴趣，直到战后，他才反省这一立场，改变了态度，积极参加了创建作家组织"奥尔腾社"的活动，并于1976至1980年间任该社主席。医生和患者是他作品的主要人物，疾病、痛苦和死亡以及人与死亡的抗争是他作品的主题。他的短篇小说集《咳嗽》（1965）和《桌子上的鸟》（1968）以及他的长篇小说《乌特里希，一位垂死医生的自我对话》（1966）和《威斯巴登学术大会》（1972）使他成为瑞士战后最重要的讽刺小说家。《乌特里希》的主人公乌特里希教授临死前还去医院查房，在开车去医院的路上把握方向盘的手已在颤抖，他的精神也在迅速衰弱，可是一进医院，便突然成了一位具有无上权威的主任医生，虽然他事实上已没有这种能力了。这位除病祛灾的上帝已不再能对病人有任何帮助，他将他们通通作为病愈者令其出院，自己却对死神的到来无能为力，停止了呼吸。多年统治着这个世界的他今天却落在了死亡的掌握之中。《威斯巴登学术大会》讽刺了精神病医疗科学领域的腐败现象，讲述大学医学院中受人尊敬的、享有崇高社会地位的医学学者，如何被束缚在由争名夺利、争权夺势、阴谋诡计和惴惴不安所编织的网中。

福格特前期作品运用的是近于漫画式的讽刺，比如在《咳嗽》这个短篇小说中有一位外科大夫由于工作的沉重负担而患病。精神病医生给他开的处方是要他今后只给顺序排列为偶数的病人手术，而且给病人身体右面或左面手术要交替进行，不管患者病情如何。福格特70年代以后的作品呈现出悲伤和忧郁的情调。1974年发表的《疯子和他的医生》即是一例：一个年老的和一个年轻的男人走在瑞士一条市郊公路上，原来年老的医生由于诊断错误使年轻患者的疾病永远无法治愈，为补救自己的过失，年老的医生决定永远陪伴年轻的患者。小说表现的是这样一种医生，一方面他们不可能避免不犯任何过失，另一方面他们毫无保留地承认自己的过失。

阿道夫·穆世克（1934—　）的小说《兔年夏天》（1965），因构思不俗、语言精彩、故事生动而获得好评。主要情节是瑞士一家公司为征集公司成立的纪念文章挑选出六名青年到日本逗留半年，在日本的该公司广告部主任毕绍夫负责验收六名青年的文章，他还想从六位年轻人中物色自己的接班人。旅日半年的最后一周里，七个男人聚在一起，为消磨时光，六名年轻人轮流每天有一位除谈他的文章外还要讲一个故事助兴，最后唯一一位没写出文章的叫格泽尔的青年被主任选定为接班人。格泽尔是位手工工匠，不会写作，只能当场放录有他口述的录音带，他发现每当他想要把什么写到纸上时，就会失败。小说的情节使小说多次变换叙述角度，这不仅有利于穿插进不少关于日本和瑞士的背景描写，而且还能让作者从容地讲述一些令人难忘的故事。格泽尔不会写作这个情节可以认为是作家对他的首部小说所持的谦逊态度，但这并没有妨碍读者通过这部小说发现这位颇具语言驾驭能力、深谙文学创作奥秘的教授作家。小说《抵抗的魔术》(1967)和《阿尔比塞尔的理由》(1974)着重对知识分子的描写。前者体现作者对知识分子并非建立在责任感和可靠思想基础上的反抗行为进行批评，后者可以认为是作者从心理分析角度对1968年大学生运动的透视。《阿尔比塞尔的理由》中主人公中学教师兼作家阿尔比塞尔朝他的心理医生蔡罗特开了枪。小说的情节就是调查这桩杀人案，重点不是查找作案者而是查明作案的动机。阿尔比塞尔因无法排遣害怕和负疚感的困扰变得精神忧郁，心灵和身体均感不适，于是便请心理医生蔡罗特治疗。不久受学生运动的影响，阿尔比塞尔不再从自身，而是从周围环境中找病因，为克服心神不宁而转向挑战社会，企图借运动之机一举摆脱小资产阶级出身造成的、无法从中得到满足的生活环境。由于蔡罗特医生要求他不无痛苦地认识自己，要他坚持原来的愿望，脱胎换骨变成另一个人，他对此十分抵触和恼火，也许正是这个原因，他朝医生开了枪。

1980年发表的小说《白云，或名友好协会》仍然关注知识分子。一个由从事各种不同职业的瑞士知识分子组成的旅游团到中国旅行，到中国后不久，旅行团团长就莫名其妙地死了。突如其来的变故使人与人间关系紧张的形势更加明显。另外，陌生的东亚文化使本来在社会和心理方面区别很大的旅行团成员之间出现更多的争论和矛盾。最后查明团长的死是由于各种无法估计的因素阴差阳错地交织在一起造成的。这是一部包含有许多精彩的心理描写的小说，其主要思想就是期望人们相互间能有更多真正的交流和责任感，不要让工业高度发展带来的个体化和异化倾向将人间的真情吞噬。1993年完成的长篇巨著《红衣骑士》，是一部形象的世界史，不仅演义八百年前埃森巴赫的史诗《帕齐伐尔》的故事，而且把历史和今天联系起来。穆世克的剧本《凯勒的晚上》(1975)，是根据流传下来的一则凯勒轶事：凯勒与政府官员、流亡者和革命者一起度过了他作为作家最后一个自由的晚上，喝着葡萄酒一言未发。剧中，凯勒始终背对着观众沉默地坐着。作者要求观众用凯勒的耳朵去听周围人的对话，并要思考他当时的想法：一方面他对这些关于改变世界的夸夸其谈表示愤慨，另一方面对于明天要到苏黎世州政府上班还在作最后的犹豫。另外作者也要求观众听懂对话中所包含的许多暗示和看清讲话者的真正面目。这出剧表现的不是谈话也不是沉默，而是展现语言与沉默之间的紧张关系，可以理解为是描写知识分子在70年代末学生运动之后各种心态的一出戏。

身为大学文学教授的穆世克在许多种文学门类里耕耘，在小说、戏剧、政论、散文随笔、文学理论、作家评传等方面都不断有佳作问世。他是弗里施和迪伦马特之后瑞士最有影响的一位作家。

1964年，一本页数不到七十、字数不过一万的小书使十几年来一直在国民学校教书的**彼得·毕克塞尔**（1935—　）一夜之间成为著名作家。这本书由当时颇有影响的作家兼出版家奥托·佛·瓦尔特负责出版，同年毕克塞尔应邀在联邦德国“四七社”的聚会上朗读作品，1965年获“四七社”文学奖。这本小书有一个很长的名字：《布鲁姆太太原本很想认识一下送牛奶的人》。小书由21篇故事组成，语句富有韵律，表达精练而又通俗，介于散文与诗歌之间，一篇篇没有故事的故事读起来令人深思，回味无穷。开卷篇《楼层》勾画出高楼居民之间关系的陌生与冷清。篇首第一个字“大概其”就清楚地道出描写一栋楼房情况的困难，只是大概其知道一些表面情形，“楼梯连接着、割裂着楼层”，每层的居室门都装着毛玻璃，窗户上挂着带蓝条的窗帘。故事里没有人名，只有不定代词“人们”、“有人”和“没有人”这样的概念。人们只知道哪层有人住，哪层可能没有人住。只能凭从屋里飘散出来气味的变化，知道有人搬来或有人搬走。4月，春天到来，太阳光照到三楼至四楼的楼梯上，四楼的小姑娘敲三楼的门，客气又胆怯地请求这家太太，她可以不可以取回掉在三楼阳台上的皮球。那么在每扇屋门后面的情形又是怎样呢？小书的另一篇《十一月》，进一步表现出陌生和冷清。11月是个潮湿、寒冷的月份。故事的主人公“他”害怕严冬，因为寒冷的冬天里什么都会发生，被解雇、生病、甚至于战争。他常跟人寒暄：“天气冷起来了。”他期望一句慰藉的回答。“是啊，11月了，”那人说。“人们对寒冷会习惯的，”他跟人说。“是啊，天气冷起来了，11月了，”那人说。人与人间的冷漠是穿大衣、戴围巾和手套都无法抵御的寒冷。作为书名的那一篇送奶人的故事里，由于长期订奶和送奶而打交道的双方——订奶人布鲁姆太太和送奶人从没有见过面，他们是用纸条打交道的。送奶人只知道布鲁姆太太总订2公升牛奶和100克奶油，她的牛奶罐子有瘪坑儿，她的字迹清楚。布鲁姆太太了解送奶人，仅仅知道他每天清晨4点来送奶，见过他写的纸条。她想应该早起一次认识一下送奶人，她本来很愿意认识他，至今为止楼里没有人认识送奶人。这本短篇故事集意在引起人们对缺乏生机、缺乏乐趣、缺乏交流的平民百姓生活的关注，唤起人们对人间温情和友谊的渴望。

他的第二本书《季节》（1967）想在第一本书第一篇故事《楼层》基础上扩展成一个长篇故事，用话语建造起一栋楼房，在其中找到安全和庇护，以此抵抗严寒的袭击。也许因为基本上写的是一个老话题，《季节》没有在评论界和读者中引起大的反响。随后问世的《儿童故事》（1969）却再次获得成功。第一人称讲述者多半都是些上了年纪的人，以不同角色向读者——并非一定是儿童，讲述日常生活中发生的不平常的事情。一个老人讲他想亲自证明地球是否是圆的，另一位老者能背诵整本的行车时刻表，再有一位老者发明了自己的语言。他们都想冲破常规，反抗现实中的常规和标准，然而他们太忠实于自己的目标，不去考虑他们行为的意义和目的，不去考虑社会现实的需要，在他们自己的世界里只有他们自己。他们往往孤注一掷，遇到问题总是要求彻底解决，但是他们的头脑不清醒，不能区分什么是现实和什么只是可能。作者希望他笔下的人物得到读者的理解和同情，让读者看到他们虽然行为古怪特别，但他们的出发点是要使生活过得有意义，是反对物化和异化，因而他们的失败应该引起人们的同情和思考。

喜欢运用讽刺和怪诞作为表现手段的作家除了迪伦马特和瓦尔特·福格特外，还有于尔克·费德施皮尔、格洛尔德·施佩特（1935—　）、乌尔斯·维德默尔（1938—　）和弗兰茨·霍勒尔（1943—　）。

于尔克·费德施皮尔（1931—　）早在60年代就开始发表短篇小说，《橘子和死亡》（1961）已经显示了他整个创作的主题：死亡是人生只追求名利和事业成就的必然结果，橘子象征着人间真情，象征着合乎人道的生活。在手法上他明显受海明威、伯尔的影响，叙述中常用直接表现现实生活的对话，情节的发展常出现怪诞的转折。比如有部短篇讲一个男人由于暗地与女人约会耽搁了泰坦尼克客轮，从而幸免于难，从此一生都在扮演侥幸生还者的角色，直到最后淹死在澡盆里。

他在1963年发表的长篇小说《月亮上的屠杀》没有他的短篇写得好。小说让人看到在光明和繁荣的背后，社会上的唯利是图、玩世不恭和欺诈如何破坏着人际关系和人生。

他写得比较成功的小说发表在80年代。长篇小说《伤寒病女人麦瑞》（1982）问世后很快被译成英文。作家以令人吃惊的真实细节和讥讽的笔调写了一个恐怖而又生动的故事。19世纪欧洲人抱着很大希望向美国移民，年轻姑娘麦瑞到达纽约后被港口检疫医生奸污，医生不久死去，原来连麦瑞自己也不知道她是伤寒病菌携带者，但因她已有免疫力所以没有发病。麦瑞烧得一手好菜，被许多富有的家庭雇用当厨师，她所到之处就让那些享受她烹饪技艺的人染病而死。而那些将麦瑞当作发泄性欲对象的人没有人敢向卫生当局告发，因为在当时伤寒病被认为是性病的一个严重后果。她就这样以伤寒病菌来惩罚资本主义的文明。最能体现弗德施皮尔文笔机智、风趣和讽刺特点的是他的第三部小说《情欲地理》

(1989)。小说第一部分写身材令人着迷的姑娘劳拉·格拉纳蒂让人将自己的臀部刺上世界地图两半球图案,纹身的任务是由罗马一位颇为富有的艺术爱好者安东尼奥·罗布斯蒂提出,执行者是来自新墨西哥州的一位艺术家。这两个人做这件事是在实现一生的梦想,完成后不久便都死去。第二部分写劳拉到美国展示她的纹身,不料她那特别动人的臀部成为不择手段的皮肤拜物教徒猎获的对象。劳拉在她的保护神帮助下才得以脱身逃到意大利,同一位双目失明的男子结成夫妻,建立了幸福的家庭。这是一个现代传奇故事,讽刺地模仿一种时代精神,它以占有和利润原则支配一切,包括人和艺术。小说在讽刺的同时描绘了一个童话般的乌托邦的人道世界。

转向内心世界并不是逃避现实,而是以个人的经历思考总结1968年学生运动对个人内心世界的触动,找到适合表现自己个性符合主观世界的语言。这一方面的代表作家是艾·约·迈耶尔(1946— ,原名彼得·迈耶尔)、**格特露德·洛腾埃格尔**(1948—)和克里斯托夫·盖泽尔(1949—)。三个人的出身有很大区别,迈耶尔出生在工人家庭,洛腾埃格尔在天主教传统影响下长大,而盖泽尔的家庭是资产阶级贵族,但他们都一致感到有必要从50年代及60年代初期的童年世界里解放出来。他们以其亲身经历认识到他们所在的社会只是越来越强调外在的富裕,却不能给人心灵带来充实和安全的感觉。为此他们的写作动机就是在生活中和文学中去寻找使人健全发展的新的可能性。

与他们差不多同时代,但在文学观念和创作方法上与他们有较大差异的作家是**赫尔曼·布格尔**(1942—1989)青年时代在苏黎世工学院学建筑,后转入苏黎世大学改学文学。他以写诗开始文学创作,后来主要写小说。他的文学成就在德语国家中颇有影响。80年代多次获得文学奖。他属于那种少见的天才,一方面能够从理论上冷静、清晰地反思自己的写作,另一方面又能够随时将文学理论扔在一边完全投入到混乱无序的创作中去。布格尔的第一部长篇小说《希尔腾，致督学会议的教学报告》（1976）中的一个主题是死神无所不在。学校校舍紧挨着公墓，以至于学校的钟声也为葬礼而鸣，学校的体操馆也举行葬礼仪式。学校本是培养学生迎接人生的地方，现在学生目睹的却是每个生命努力的最后结局都是死亡。在这种环境中工作的一位教师无法忍受这种状况，精神逐渐呈现病态，对于死神的挑战他无能为力，只能听任其摆布。小说的另一主题是对教师这个职业的疑惑。教师的一生可以压缩成两个部分：一个较短时期的学习和一个较长时期的教学。在教学过程中问答式的教授方法是假设的，传授的内容没有人真正知道是否值得传授，教师被孤独地隔离在班级中。

近乎清教徒式的童年教育、得不到母爱是写作《人造母亲》（1982）的动机。主人公大学讲师薛尔柯普夫自幼得不到母亲的疼爱，母亲给予他的教育是严格控制自己的情感。他在母亲的阴影里十分痛苦。在瑞士这个由男性统治的社会里，无论在大学里还是在军队中，薛尔柯普夫都无法有所作为。长期的压抑使他的身体出了毛病。为了改变这一切，他来到爱神诊所接受"人造母亲疗法"，他的病被诊断为"胎痣覆盖了全身"，胎痣就是亲生母亲造成独生子精神抑郁的象征。"人造母亲疗法"就是让患者在花岗岩怀抱里，在冰冷的摇篮里重新诞生，高兴地出世。经过治疗的薛尔柯普夫来到提契诺这个温暖的南方，可怕的回忆、身体的疼痛、精神的抑郁等都被赶跑了，耗费精力的争斗让位给彻底的自由和空虚。但由于心中没有了担惊害怕、没有了受强制和拘束的痛苦、没有了追求爱的烦恼，反而使他开始变得像一个"物体"，如同死了一样，于是一场辛苦的治疗成了徒劳。

在发挥和运用幻想力，在语言的表现力、心理分析的穿透力以及对社会、历史和文学经典的理解力诸方面，这部小说是不同寻常的。它充满奇特的经历，类似流浪汉小说，却有着极其真实的细节。然而作者又决不是在模拟现实，相反是把现实掰开揉碎，再加以变形，并以令人吃惊的组合重新搭建起来。虽然它的样子滑稽怪诞，却是用许多人们熟悉的材料建造的。它是以夸张风格建筑起来的一座不寻常的瑞士大厦。小说的叙述很像独白体。同离奇的情节一样，语言也很新奇，有大胆构造的新复合词，大量明确的或暗含的引经据典，比如瑞士神话传说，文学名家作品（歌德、卡夫卡、英格博格·巴赫曼）等，有一定文学修养的读者才能理解书中的奥妙。对这样一部作品只用传统的文学批评价值标准来评论是很困难的。加上对具有瑞士特色的妄加尊崇男性和无端轻视女性的尖锐讽刺，以及有意识地展示诸如患病但还有生命、治疗却导致死亡两者之间，天然母亲与人造母亲之间无法协调的现象，使这部小说成为80年代瑞士德语文学不可多得的佳作。他因此被认为是瑞士德语文学的希望。

60年代末的学生运动无疑进一步加强了作家对自己的社会责任的认识。然而学生运动对社会的影响是深远的，也是多方面的，就其企图立即改变社会的极端目标来说，它是一场失败了的运动，但从它要求解放思想、释放感情，要求重视个体发展和民主的社会生活等方面看，它的意义又是不该低估的。它对瑞士文学的影响是很大的。我们不能把70年代以后出现的“新的转向内心世界的文学”与60年代积极干预社会的文学对立起来。应该看到70年代以后积极干预现实的方式起了变化。作家干预的现实有了更广泛的内容：比如保卫个性反对陈词滥调；保卫生活的意义反对技术和物质至上，保卫自然环境和世界和平，反对混凝土化和将高科技用于冷战和发展毁灭性武器等。

瑞士文学虽然70年代中期后在诗歌和戏剧方面也有发展，但在戏剧方面再没有出现像弗里施和迪伦马特那样的作家。最经常上演的要数**赫伯特·迈耶尔**（1928—　）的剧作，他同时也是翻译家、小说家。这个时期的主要戏剧作品是《施陶弗尔——伯尔尼》（1975）和《布莱克尔》

（1978），两个剧本都尝试用近于文献式的表现方式处理历史题材。《施陶弗尔——伯尔尼》以发生在19世纪苏黎世城的特大丑闻为题材，描写著名画家施陶弗尔因与铁路大王的女儿、联邦议员的儿媳相爱，招致上流社会的残酷报复。施陶弗尔这个形象既令人着迷、光彩照人，同时又是个具有歧义的人物。他体现着人的创造力和对新天地的热烈向往，然而同时他也是那个时代的产物，无法抵御荣誉的诱惑，企图借助金钱手段来实现自己事业的目标。女主人公渴望摆脱无法忍受的狭隘生活空间，但只会走一条传统的道路，将激情爱慕献给一个优越于自己的男子。

诗歌的成就比戏剧要好些。在50年代的"具象诗"、60年代的政治诗歌之后，70年代的诗歌呈现出风格多样化的特点。60年代的政治诗歌突破传统诗歌的内容和形式，它们运用日常的词语，自由拼组、文字游戏、成语新解以及广告体风格来表现对社会的批判。这个时期有影响的诗人有库尔特·马尔蒂、彼得·雷纳（1922—1987）、海因里希·维斯纳（1925—　）等。70年代以后诗歌的主题开始突出在充满矛盾冲突的世界里对实现自我的追求，渴望个体的发展，尤其反映青年一代价值观念的变化。从发型、衣着和两性关系方面可以清楚看到他们反抗权威，厌恶那种以平静、安全和整齐清洁为特点，只注重勤奋、能干和节俭的常规生活。诗歌中的"我"与诗人的关系重新紧密起来，强调感官和享受，认为完全实现自我就必然会与社会环境发生冲突，从这种摩擦和冲突中产生的诗歌也就必然对某些社会现象提出疑问和批评，当然他们对社会的基础还未表示怀疑。正如贝阿特·布莱希比尔（1939—　）在他的诗歌《对现实的兴趣》（1975）中所写的：我是我的双手拾得，／是我的眼睛经历／和我的身体受到的刺激。

在描写自然的诗歌中，敏感的诗人对生态环境的破坏感到担忧，埃丽卡·布尔卡尔特（1922—2010）关于"树木的谈话"令人深思：我谈论树木／是为了学习话语，／去进行一次／已然清晰可闻／有沉默参加的谈话(1973)。

讲到瑞士德语诗歌成就不能不提到**库尔特·马尔蒂**(1921—2017)。这位从50年代起就一面担任牧师一面从事诗歌创作、直到1983年才辞去牧师职务的诗人,在传道和写诗两个方面都很杰出。由于他在作品中对社会的尖锐批评,在冷战期间曾被怀疑是马克思主义者和颠覆国家分子。马尔蒂是位具有强烈批评精神的爱国者,一位富于试验和改革精神的作家。他的短篇故事也写得很好。《农村的故事》的水平并不比毕克塞尔的《布鲁姆太太原本很想认识送奶人》逊色,并且早在1960年就发表了。他强调诗人的幻想能力,尝试各种表现方法,比如押韵诗、巴洛克风格诗、文字游戏体诗、方言诗、散文体诗等。60年代他的政治诗歌对瑞士德语诗歌影响很大,他的诗《民主模式》以"投票"作为基本词,以图解方式让"赞成"和"反对"的两方在结尾处走到一起,使全诗构成一个"V"图形,表示作者对表决权的决定能力的怀疑,因为归根结底投票的结果只不过确认现实存在。70年代以后他的诗着重批评只追求财富和只讲实用的社会对人全面发展的阻碍。80年代以来,特别因切尔诺贝利核电站的灾难性事故,作者对社会发展的前景表示忧虑,担心在技术高度发展的工业社会里人的干预能力早就停滞不前了。他在《复活节前的星期六》中写道:

我们的命运
走上了
这样的轨道:
技术
反过来
把人吃掉?

自70年代中期开始,一批女作家陆续登上文坛,她们大多出生在

30年代，在40岁左右发表处女作。她们的作品主要表现妇女在职业和家庭中的状况、个人和社会对待离婚的态度、有孩子的单身女性遇到的困难、寻找两性平等的共同生活形式，以及女性老龄问题等。比如劳拉·维斯（1913— ）的小说《母亲的生日》（1978）、玛格丽特·施利伯尔的小说《窗中风景》（1976）、黑迪·维斯（1940— ）的《手不拾闻》（1980）等。

玛格丽特·施利伯尔（1939— ）曾作过银行职员、广告设计、摄影模特，但她自幼就对写作感兴趣，直到28岁时才有闲暇读书练笔，历经八年准备，终于在1976年一炮打响。《窗中风景》受到评论界的注意，女主人公在自己的狭小天地里从窗旁瞧着外面的世界，等待那在远方忙碌的爱人。等待也是施利伯尔其他作品的主题之一，比如《淡季》（1977）、《纸牌搭的房子》（1978）和《飞吧，小鸟》（1980）中的女主人公总是在等待她们的丈夫。他们开着汽车回来享受她们的爱，然后又离去，而女人们总是留在她们的位子上，总是依然故我待在家里成为玩偶。《纸牌搭的房子》写的是童年对父母的观察，父亲是位有声望的医术高明的医生，酷爱狩猎，有魄力，有魅力，但同时不能平等待人，不会细心关照别人；母亲相比之下是个不惹人注意的形象，婚后她失去了原来的独立，失去了生活的乐趣，成了丈夫的影子，也许也成了她自己的影子。80年代以来，施利伯尔又相继发表了《气根》（1981）、《贝壳花园》（1984）、《保险柜的影子》（1987）、《眼福》（1990）等小说。她的作品对女人的内心世界写得细致、深入。

女作家的作品反映的当然不仅仅是妇女，更多的是以女人的敏感目光表现具有普遍性意义的问题。**伊丽莎白·麦兰**（1937— ）长于描写职业生活，她的第一本书《不带家具的房间》（1972）对工作环境气氛的描写很有特色，从食堂里闲聊到职工的情绪和心态，他们工作的责任很重却不能令人满足。在私生活方面他们局限安适的有礼貌的冷淡的环境，像在舒服的地狱里，在某种程度上由于无忧无虑但又毫无意义而感到窒息。在以后写的小说《外表难为久》（1975）和《直到破晓》（1980）中，作者试图探讨事业成功的道路和个人幸福之间的矛盾，以及男女共同生活的新形式和标准。《外表难为久》中让人看到人们生活在一个刻板的、没有创造性工作的世界里，在这里反抗精神会很快变得懈怠、迟钝，积极干预会很快退却到消极观望，工作世界里的空虚和人际关系的冷漠交错在一起，人们陷入无法解脱的圆圈里，不知道哪里是头哪里是尾，不知道来由和后果，小说主人公看不到人与人之间有可能会出现纽带，因为到处都有某种陌生存在，像一堵玻璃墙。小说主人公为漂亮的建筑外表着迷，但却已经嗅到它后面发出的衰朽气味。

在瑞士女作家中，**埃丽卡·佩德莱蒂**（1930—　）由于她那不寻常的经历，使她的作品在内容的深度和广度上都比较突出。她1930年出生在捷克，后来因为操德语而成了德国人，第二次世界大战后成立捷克斯洛伐克共和国时，她成了无国籍的人，之后又随父亲成了奥地利人。父母移居美国十年后，她成了美国人；她在纽约只待了两年便返回瑞士，结婚后又成为瑞士人。她的作品反映了她复杂的生活经历。

她的小说《圣徒塞巴斯蒂安》（1973）叙述一个女人的一生经历，作品将叙述的内容分为"这里"和"那里"，"现在"和"那时"。回忆是叙述的主要方式。书中将梦想与现实交织在一起。主人公安妮不愿意回忆，但每当听到"你还记得吗？"这句问话时，本来似乎早就忘记了的事情，像在梦里似的又都浮现在眼前。于是事物之间的关系打乱了，本来没有关联的事情会聚拢起来，形成新的、令人激动的经历，越聚越大，像一场巨大的雪崩，以越来越快的速度滑过生平经历中的各个阶段——摩拉维亚、恩卡丁、纽约、伦敦、巴黎和希腊。安妮愿意把过去的一切都忘掉，不仅是童年，而是所有的经历，比如那藏在内心深处的圣徒塞巴斯蒂安像，安妮童年时热烈拥抱过的像，不是因为他是圣徒，而是因为他作为所有受折磨人的化身把痛苦由自己承担起来。

《改变》（1977）是近于记录报告体文学。佩德莱蒂描写一位女作家如何通过长时间的努力从自己选择的依赖状态中解脱出来。处在陌生环境中的第一人称叙述者为了适应这个新的给她带来许多困难的环境，决定试验采取她周围人的生活方式，不料她的这个行动带来了严重的后果。一个上了年纪的女人滔滔不绝地向她讲述她的生活经验和她在此基础上总结出来的实用哲学，这位女作家越听越疑惑、越抵触，但记录老女人的故事却使她开始考虑自己的生活，对自己产生疑问。显然受到这些故事的纠缠和迷惑会丢失自我。于是叙述者突然认识到用别人的生活来规定和设计自己是危险的。

对世界的怀疑是短篇集《日出，日落》（1985）要探讨的主题。佩德莱蒂认为在表述思想和对外界的感知过程中应谨慎地再次推敲、询问、怀疑和分析。这种态度来自作家对社会的看法，是对一切标语口号、僵化的意识形态的反抗。

第七节　西班牙和葡萄牙文学

西班牙文学　1939年4月1日西班牙内战以军团司令、参谋长佛朗哥将军为首的民族阵线的胜利而宣告结束，从此佛朗哥掌握了军政大权，开始了长达36年（1939—1975）的独裁统治。“二战”期间佛朗哥公开宣布不参战，实际上与德、意法西斯沆瀣一气。“二战”后，联合国对西班牙采取外交上的孤立政策，各国大使撤离马德里。后来美国出于推行冷战政策的需要，与西班牙签订马德里条约，并给予西班牙经济援助。1955年西班牙被批准加入联合国。这个时期西班牙经济十分困难，特别是农村，大量农民涌入城市谋生，大批居民移居国外。佛朗哥为了维持独裁政权，利用天主教、长枪党和军警实行高压政策，文化领域也切断与欧洲其他国家的联系。

内战后实行了独裁的经济管制，由国家严格控制价格、物资（统购统销）和对外贸易。主要是采取抵制外国资本和商品入境的闭关锁国的政策，依靠国内的资源和产品满足社会需要，国家干预工业。第二次世界大战中，它的自给自足经济更陷入困境。1959年在西欧一体化进程的影响以及国内外舆论的压力下，佛朗哥政权依靠国际组织的贷款资助，开始制定"稳定发展计划"，开放边境，开放贸易，实现了由管制经济向自由市场经济转轨。同时大量发展旅游业创造外汇收入，逐步地使西班牙走出困境，同时也使得外国的各种新思潮传到这个闭塞的国家。这个"稳定发展计划"使西班牙经济发展开始了一个现代化的和对外开放的新进程。在1963年到1973年的十年期间里西班牙终于实现了工农业现代化，开始经济起飞，人民生活得到改善，社会比较稳定。经济领域的变化是佛朗哥政府后期统治得以持续的重要原因。1973年经济现代化后，人民纷纷要求与之相适应的政治改革。佛朗哥仍然不允许有丝毫变动。所以政治民主化进程一拖再拖，直到1975年11月22日佛朗哥病死后的第二天，佛朗哥的接班人卡洛斯国王宣布与佛朗哥专政独裁决裂，"开始不流血的、非暴力的民主化进程"，推动建立自由体制。虽然西班牙有恐怖主义、自治问题、经济危机等稳定中的不稳定因素，但西班牙向民主化进程迈开了步伐。

小说 鉴于西班牙的独特的历史发展轨迹，内战后佛朗哥统治时期的文学被称为战后文学。1936年爆发的这场内战对西班牙文化和艺术产生了重大影响。在小说领域，一方面，20、30年代对各种小说流派如社会小说和纯艺术小说的探索都被迫中止；另一方面在三年的内战里盛行的是为交战双方服务的文学，大都缺乏艺术价值。1939年内战结束后佛朗哥建立起独裁政权，实行严格的新闻审查制度，禁止作家自由创作。许多共和派作家被迫流亡国外，这种社会政治动荡造成西班牙文学史上的严重断代和分裂。文化界犹如死水一潭。沉寂若干年后的西班牙文坛在40年代为迎接西班牙小说创作新浪潮做了准备。

西班牙新浪潮小说系指内战结束后小说领域又涌现出的一批作品，形成一股小说创作新浪潮。西班牙内战后的新浪潮小说大致经历了40年代的复苏阶段，50年代揭露社会弊端的社会现实主义阶段以及60年代到1975年告一段落的加强艺术技巧的结构现实主义阶段。

由于西班牙内战这个特定的历史原因，把40年代活跃于西班牙文坛上的作家们称之为“36年一代”或“战争中的一代”（由于他们参加了内战），也由于看到内战在他们身上产生的后果，也有人称他们为“分裂的一代”或“被摧毁的一代”，不管有多少称谓，这批作家主要是指内战爆发时年仅25岁左右的一代作家。他们由各种经历不同的文人组成，缺乏一个共有的特性。他们在50、60年代仍然不断有内容新颖、手法别致的新著奉献给西班牙语国家读者。

在整个西班牙战后文学历史上，由于内战的消极后果影响，40年代毫无疑问是文学创作最贫乏的十年，为佛朗哥政权歌功颂德、粉饰太平的作品占据了主流。官方所扶植的文化不仅脱离西班牙本国传统，更与丰富的现代艺术潮流相脱节。他们运用的小说技巧局限于过时了的地方主义和自然主义，而本世纪最有影响的文学——从乔伊斯到美国“垮掉的一代”——都很难在西班牙国内流传。西班牙内战后政局的骤变使作家们迷失创作方向，加上大批文人学者流亡国外，小说创作一度出现空白。直到卡米洛·何塞·塞拉的《帕斯库亚尔·杜阿尔特一家》和卡门·拉福雷特的《一无所获》的出版才打破了文坛的沉寂，又重新为文学开辟了反映社会现实的道路，开创了属于自然主义手法的，描绘暴力、流血、社会黑暗的“可怕主义”流派。这一时期发表的作品，只有少数作品流传于世。

卡米洛·何塞·塞拉（1916—2002）是20世纪西班牙语世界最负盛名

的作家之一。他于1942年发表的第一部长篇小说《帕斯库亚尔·杜阿尔特一家》拉开了战后小说的序幕。

《帕斯库亚尔·杜阿尔特一家》讲述了西班牙30年代偏僻农村帕斯库亚尔·杜阿尔特一家人在特定的社会历史条件下所演绎的一出充满血腥暴力和丑态的人生悲剧，揭示了人性的野蛮和原始本能的破坏力，作品一问世即被评论界贴上"可怕主义"的标签。在塑造主人公帕斯库亚尔这个反英雄人物时，塞拉采取了西班牙特有的流浪汉小说形式，以第一人称"我"来讲述主人公一生的遭遇。作者试图通过像帕斯库亚尔这样的底层人物来揭示人类最野蛮、最无知的一面，反映人类生存的无意义、无出路，这显然受到战后欧洲存在主义思潮的影响。塞拉笔下的帕斯库亚尔枉活了一辈子，不知道为何活在这世上，也不知是受什么魔鬼的驱使一次又一次地杀人犯罪，是个可怜又可悲的人物。同时，塞拉有意使用写实主义的白描手法，将西班牙30年代农村落后闭塞的真实面貌赤裸裸地暴露出来。有人认为作者在描写社会阴暗面时过于夸张、恐怖，但这正是作品在西班牙引起强烈反响的主要原因，它的出版是对当时顺从官方旨意的正统文学的巨大冲击。小说不仅描写了帕斯库亚尔一家的生存危机，也对整个西班牙30、40年代社会进行了尖锐无情的抨击。

塞拉在《帕斯库亚尔·杜阿尔特一家》中创造了一种独特的"暴力美学"，显示了作家的不凡之处。而他于1951年因新闻审检的刁难而被迫首先在阿根廷发表的《蜂房》则标志着战后小说的美学方向发生了适时、机智的转变。

《蜂房》是一部描写战后马德里中下层居民日常生活的全景式小说，作者特意使用"蜂房"作为40年代马德里社会的象征，以罗莎太太开的咖啡馆为主要舞台，描写三天内在这里出没的形形色色人物和发生在他们身上及周围的各种事件。这部作品没有一根情节主线，也没有一个贯穿全书的主人公，是描写群体人物的小说。在它交响曲式的结构中，饥饿、性、恐怖成为小说的三大主旋律。这些灰色人物终日为日常生活的一些最基本需求而奔波忙碌,无论是没落的中产阶层,还是贫困的下层人,都对前途毫无幻想和希望,只求在各种性爱游戏中获得短暂的解脱。通过对多达160多个群像人物的塑造,塞拉为我们展示了在官方夸耀的歌舞升平的西班牙背后被人遗忘的另一个西班牙,而作者对性爱游戏的渲染旨在抨击西班牙天主教社会虚伪的道德伦理体系,这点在40、50年代的西班牙小说创作中是相当大胆新颖的。

塞拉的写作技巧千变万化,在紧随《蜂房》之后的另一部小说《考德威尔太太和儿子谈话》(1953)中,塞拉试图摆脱传统叙事文学的模式,全书以女主人公独白的形式描写精神不正常的考德威尔太太因陷于乱伦的臆想而借书信抒发对死去的儿子的爱恋之情。小说没有连贯的叙述,读者可以从任何一页开始阅读。作品完全靠人物的语言来刻画考德威尔太太复杂和令人费解的心理。这一特征同样体现在《小癞子新传》(又译《托尔梅斯河的拉萨路新历险和不幸记》,1944)里。在1969年出版的《圣卡米洛,1936》这部具有自传性质的小说里,塞拉一方面以纪实手法大量引用当年报纸和广播的原文,再现1936年内战爆发前后马德里动荡的局势,另一方面使用"一分钟素描"手法,像电影镜头似地将人物一个接一个地亮相给读者。这一技巧在反映加利西亚地区的进步与落后的矛盾冲突的《为两位死者弹奏的马祖卡舞曲》(1983)中更显成熟和完善,为他赢得1984年西班牙国家文学奖。

塞拉的小说风格是充满悲观色彩的现实主义,作家有深厚的刻画现实功底,语言技巧高超,擅长场景变换和动态描写。他还出版过游记,如《阿尔卡里亚之行》(1948),文笔清新自然,对阿尔卡里亚地区的风土人情、自然景观和社会历史环境做了生动描述。塞拉的其他作品还有《秘密字典》(1968—1971)、《复活节早祷式5》(1973)和《圣安德烈斯的十字架》(1994)。

塞拉在1957年当选为西班牙皇家语言学院院士，1989年获诺贝尔文学奖，他是西班牙唯一获此殊荣的小说家。1996年获得塞万提斯奖。

与塞拉齐名的另一位"36年一代"小说家是**米格尔·德利维斯**（1920—2010）他的成名作是《柏树的影子伸长了》（1948）。在长达50年的文学生涯中他的小说风格不断变化，从运用传统的写作手法的《柏树的影子伸长了》到采用新潮技巧的《海上遇难者的谶语》（1969），德利维斯经历了漫长的自我超越和完善过程。

他的创作可以分为以下几个阶段：第一阶段包括他的头两部作品《柏树的影子伸长了》和《现在还是白天》（1949）。其特点是基本上采用19世纪现实主义的传统情节框架，探讨一些存在主义哲学问题，如死亡与孤独。小说的主人公往往生性孤僻，悲剧色彩浓厚。第二阶段从《道路》（1950）起，开始了他的农村小说系列。德利维斯密切观察卡斯蒂利亚农村在工业文明的侵蚀下所发生的重大变化，并将农村与城市、落后与文明的对立反映在他的作品中。写作技巧也比第一阶段成熟。《道路》描写了一个儿童艰难的成长经历，而在《我宠爱的儿子西西》（1953）中则对平庸保守的中产阶级夫妻间、父子间的关系进行了分析。《红叶》（1959）所反映的主题是小资产阶级的孤独、他们与社会的隔阂。在《老鼠》（1962）中通过描写一个抓老鼠的人和一个孩子的日常生活，德利维斯的社会批判意识第一次得到真正体现。

第三阶段则以1966年问世的《和马里奥在一起的五个小时》为代表。整篇作品由马里奥的遗孀卡门在为死去的丈夫守灵时的内心独白构成，从她口中可以了解到这对思想观念截然不同的夫妻之间（马里奥是开明的共和派，而卡门则是保守的天主教徒）在对待现实生活的态度和立场上所存在的分歧和冲突。爱情已经消失，取而代之的是互不理解和冷漠。卡门对丈夫的责备、为自己的辩解，实际上正好反映了西班牙中产阶级的僵化、虚伪和封闭。

《海上遇难者的谶语》是60年代中后期西班牙实验小说盛行时德利维斯向欧洲先锋小说靠拢的一个尝试。小说情节类似卡夫卡的《变形记》,主人公哈辛托·圣何塞厌倦于在堂阿布东公司里的单调刻板工作。在这个世界上他感到生活毫无意义,甚至对生存的必要性也产生怀疑,因而受到惩罚,变成一只绵羊,在野外找到他的出路。《海上遇难者的谶语》具有深刻的隐喻性,表达了现代人在异化的社会里被取消做人的权利的恐惧感。

德利维斯的其他作品还有表现失宠顽童恶作剧的《被废黜的王子》(1973),讲述农民帕西菲科从天真无邪的孩童变成罪犯的《我们先辈的战争》(1975),而《无邪的人们》(1981)演绎了战后被阶级社会扭曲的农民的不幸遭遇。德利维斯于1993年获得塞万提斯奖。

贡萨洛·托伦特·巴列斯特尔(1910—1998)长期以来是作为文学评论家和散文家而闻名的。尽管早在1943年就发表了第一部小说《哈维尔·马里尼奥》,但真正确立他的小说家地位的是1972年问世的《J.B.的神话传说与消逝》,当然他于50年代末至60年代初推出的现实主义三部曲《快乐和忧伤》——《老爷光临》(1958)、《风儿转向的地方》(1960)和《凄凉的圣诞节》(1962)——已经引起评论界和读者的注意与好评。

在托伦特·巴列斯特尔的早期创作中,除《哈维尔·马里尼奥》具有浓厚的存在主义色彩,涉及到宗教、政治和爱情等现实题材外,其他作品如《瓜达卢佩·利蒙的政变》(1946)以及后来的《堂胡安》(1963)大都围绕神话传说而展开,尽管小说影射现实生活的企图是十分明显的。

他的三部曲《快乐和忧伤》是按传统现实主义风格进行写作的第一个尝试,获得了极大的成功。作品以19世纪北欧神话为模式,结合现实主义的叙事手法,描写加利西亚一个小镇两大家族——分别以医生卡洛斯·德萨和船厂主卡耶塔诺为代表——之间的个人和社会冲突。小说塑造了一系列充满矛盾和痛苦的人物,体现了两种不同的生活方式、政治立场和文化价值观。托伦特·巴列斯特尔对现实的描写不仅仅是为了呈现和揭露西班牙社会当时的种种矛盾，而且试图探讨人性更深层次的问题。

托伦特·巴列斯特尔的每一部新作所包容的世界都不尽相同。1972年推出他“幻想三部曲”的第一部《J.B.的神话传说与消逝》（其他两部为《启示录的片段》（1977）和《被砍掉风信子的岛屿》（1980））。这是一部史诗性小说，结构复杂，类似复调音乐。作品仍以加利西亚为背景，作者凭借丰富的想象力，虚构了一个充满象征和神话的天地，它与现实的关联建立在不同层次上。以多种面貌出现的主人公J.B.在这个加利西亚世界里，代表了一个具有多重化身的、舍身救世的凯尔特族——伊比利亚半岛上的原始居民——神话人物。托伦特·巴列斯特尔在这部作品中，反讽性地模仿实验小说的新潮技巧，对西班牙60年代中后期小说一味追求形式和技巧的极端倾向予以反击，被视为战后小说史上划时代的作品。

继“幻想三部曲”之后，80年代托伦特·巴列斯特尔的又一部力作是《菲洛梅诺，我不情愿的这个名字》（1988）。小说以富家子弟菲洛梅诺回忆往事的口吻，通过回顾他个人从少年到成年在爱情、文学、政治等方面的一系列不凡经历，再现了西班牙从30年代内战爆发到战后佛朗哥独裁统治的历史风云。与《J.B.的神话传说与消逝》相比，这部作品虽然没有在艺术创新方面有更大的突破，但它引人入胜的情节、充满幽默和调侃的口语化语言、强烈的时代感赢得了广大的读者。

90年代托伦特·巴列斯特尔的新作有《受惊的国王逸事》（1990）、《奇妙的岛屿》（1991）和《佩佩·安苏雷斯的小说》（1994）。他的文学评论作品有《西班牙当代文学概况》（1961）和《作为游戏的堂吉诃德》（1975）等。1977年托伦特·巴列斯特尔被选为西班牙皇家语言学院院士。

卡门·拉福雷特（1921—2004）是“36年一代”中唯一的女作家。1945年发表处女作《一无所获》，获得当年的纳达尔文学奖。它是拉福雷特的最佳之作，也是战后小说最有代表性的作品之一。小说描写一外省年轻女子安德烈娅战后充满幻想来到巴塞罗那求学，寄居在家道中落的外祖母家。在家庭和学校的各种复杂关系和封闭、窒息的环境中挣扎，女主人公强烈地意识到在战后表面的太平盛世下正发生着一场道德没落、经济贫困的生存危机。这使安德烈娅对正处于解体中的西班牙传统社会产生强烈不满，并从此走向成熟。小说运用传统技巧，结构和语言简单，以真实取胜。拉福雷特的小说主题只有一个，即一个慷慨、善解人意的心灵，对周围肮脏的世界感到失望，而这颗心灵大都体现在女性人物身上。如《一无所获》中的安德烈娅、《岛屿和魔鬼》（1952）中的玛尔塔及《新女性》（1955）的女主人公。细腻的心理刻画和真实的环境描写是拉福雷特小说的两大特征。

西班牙战后小说的真正历史应该说是从50年代才开始的。1952年联合国取消了对西班牙的制裁，恢复了它的国际外交关系，国内社会政治环境也有所松动，这一切为西班牙文学的变革和发展提供了有利条件。这时涌现出一批文坛新人，他们大多出生于1924年到1936年之间，被称为"内战时的孩子"，与"36年一代"作家们相比，内战不再是他们关注的直接对象，而是作为背景出现在作品中。他们的视点首先集中在战后西班牙社会经济、政治、文化的特殊境遇上，以纪实临摹现实为小说创作的目标。另外由于能走出国门，接受一些在国内遭禁的思想和小说的影响，他们的艺术视野相对拓宽了许多。苏联现实主义、萨特的介入文学观点、美国"垮掉的一代"作家、意大利新现实主义电影和文学、法国注重客观描述的流派等都不同程度地影响了这批年轻作家的创作。塞拉的《蜂房》也为他们提供了一个观察现实的有效视角，尤其是它表面纯客观的叙事技巧为50年代许多作家所效仿。

这批文学新秀认为艺术具有实用性，应该用来伸张社会正义、针砭时弊。他们聚集在马德里和巴塞罗那的文学社团里，从50年代初起陆续推出一系列直接反映、批判现实生活的作品，在西班牙文坛形成被称为“半个世纪派”的文学主流。尽管他们的文学观点基本一致，但在小说介入社会现实的程度及政治与艺术的相互关系上，这批作家之间仍存在着很大的差别。一派属于尚能注意艺术技巧的“新现实主义”，另一派则从事突出社会性的“社会小说”的创作。

“新现实主义”的特点是客观描摹现实，但不把小说视为解决社会政治问题或唤起爱国意识的工具。它对现实的反映是冷静的，并更多的是从人道而非政治的角度来进行。作家们揭露社会的不公，探讨普通人所面临的问题，如孤独、屈辱、失落和无力改变自己的现状，但他们没有将世事的不平简单地归结为社会斗争。这一流派的代表作家有**安娜·马利亚·马图特**（1925—2014），她的小说大都以青少年为主人公，反映他们单纯的世界与成年人的背叛和丑恶所发生的冲突，暗示了他们对社会的不适应。1948年发表处女作《阿贝尔一家》，描写阿贝尔家中七兄弟之间该隐式的复杂关系[①]。这一主题多次出现在马图特的小说中。短篇小说《小剧场》（1954）讲述了主人公伊莱受毫无良知的走私犯欺骗的悲惨经历，作品具有明显的象征色彩。从《在这片土地上》（1955）起马图特小说的主题开始接近现实，想象的成分减少。作品描写内战带来的后果，而巴勃罗和克里斯蒂安两兄弟间的冲突则象征着内战中的交战双方。《死去的孩子》（1958）同样揭示了参与内战的人们无法和平共处的悲剧。在她的三部曲《商人》——《初忆》（1960）、《战士在夜晚哭泣》（1964）、《陷阱》（1969）——中，《初忆》从儿童的视角来刻画内战所造成的人与人之间的仇视与隔阂，是她最成功的作品。此后马图特沉寂多年，她的最新小说《被遗忘的国王古度》于90年代问世。2010年马图特获塞万提斯奖。

伊格纳西奥·阿尔德科亚（1925—1969）尽管英年早逝，留下的作

① 该隐是《圣经》中亚当和夏娃的长子，曾杀弟，是以害人为乐的恶人的象征。

品不多,但在西班牙战后文学史上占据重要地位。首先他是一位优秀的短篇小说家,他所创作的短篇小说如《沉默的黄昏》、《心和其他苦果》(1959)、《洛伦萨·里奥斯的思念》大都描写普通人生活的一个片断,情节简单,但是充满人情味。他的长篇小说《光芒与鲜血》(1954)、《沙拉拿风》(1956)和《大太阳》(1957)描写的分别是一个小小农村治安警察所的生活、吉卜赛人的世界和远洋渔民的海上生活。阿尔德科亚不想通过他的作品传达某个具体的批判意图,在这点上与"半个世纪派"的许多作家不同。但他的小说人物所付出的辛劳、所遭受的贫穷和苦难,是对西班牙下层生活的真实写照。

赫苏斯·费尔南德斯·桑托斯(1926—1988)的处女作《野蛮的人》(1954)真实地再现了西班牙北部阿斯图里亚斯一个偏僻农村在族长统治下的无知、冷漠、停滞的生活。作家娴熟的语言表达能力为刻画人物、描写场景提供了便利,是"新现实主义"的一部力作。在他的后两部小说《在篝火里》(1957)和《光头》(1958)中,社会意义更加明显。此后费尔南德斯·桑托斯的创作转向社会道德问题的探讨,如《圣徒们的仆人》(1969)和《事实回忆录》(1970)。他的《将夫人的军》获得1982年的行星奖。

卡门·马丁·盖特(1925—2000)是"半个世纪派"中另一位著名女作家。对现实的批判构成她所有小说的背景,1954年发表了她的第一部作品《温泉疗养地》,在文坛崭露头角。但真正使她成名的是获得1958年纳达尔文学奖的《窗纱之间》。这部小说以作家故乡萨拉曼卡为背景,描写一群禁锢在保守环境里的中产阶层年轻女子的生活,她们没有前途,没有自由,被传统习俗牢牢束缚。作品反映了人类普遍面临的生存危机和对生活意义的寻求。以后马丁·盖特又出版了短篇小说集《系列集》(1974)、《后屋》(1978)等。其中《系列集》是她的代表作,描写一户人家当祖母病危时,姨妈和外甥之间的一段段对话,表现了两人的孤独和不满。小说分析了人与人之间的隔阂以及寻求对话、使人们摆脱恐怖的需求。《后屋》则放弃了作家惯常的题材，转向幻想，将梦想作为人物发展的自由空间。马丁·盖特还发表了不少散文集，如《西班牙战后爱情习俗》（1987）、《永不完结的故事》（1982）等。1988年获得阿斯图里亚斯王子奖。

拉斐尔·桑切斯·费洛西奥（1927—　）以他的经典之作《哈拉马河》（1955）对“半个世纪派”的其他成员及后代作家产生了深刻影响。这部小说围绕两组人物一天的日常活动展开，一组是11名马德里年轻工人假日去哈拉马河郊游，另一组是哈拉马河附近一些居民。整部作品情节平缓、简单，描写的是这两组人物单调、乏味的日常琐事，只是结尾一个姑娘溺水而死才为小说添加了几分紧张。作者的意图在于表现那个时代的年轻人缺乏生活的动力和希望，从而反映出战后整个西班牙社会的停滞和呆板。从艺术角度来看，桑切斯·费洛西奥有意采用客观的白描手法，使叙述者隐去，完全靠人物的对话和行为而不是作者的评论来推动故事情节的进展。《哈拉马河》对西班牙社会的含蓄批评以及它纯客观的描写技巧是桑切斯·费洛西奥对50年代“新现实主义”小说的一大贡献。他的其他作品有《阿尔凡威历险记》（1951）、《牙齿，火药，二月》（1961）、《花园的星期》（1974）和《亚尔福斯的证据》（1986）。

“半个世纪派”的另一些作家创作“社会小说”。他们一方面揭露中上层社会的自私、无聊和苛刻，另一方面反映劳动人民为生计而奔波、遭受种种不公平的待遇。这类小说的通病是主题雷同，结构简单，不饰文采，更注重小说的政治效应而非其艺术价值。“社会小说”的代表作家是：**赫苏斯·洛佩斯·帕切科**（1930—1997）。他的《电站》（1958）描写一群农民被迫放弃自己的土地，在上面建造水电站的伤心历史。与一般“社会小说”轻视艺术风格不同，洛佩斯·帕切科作品的结构和语言都很讲究，对农民修建电站一事的描述具有史诗的气势，同时也提出了一个无法解决的现实问题，即技术的进步伴随着高昂的社会代价。他的另一部小说《葡萄藤叶》(1973)则辛辣而尖锐地触及了西班牙社会的两大敏感问题,这就是宗教和性。

胡安·戈伊蒂索洛(1931—1999)是“半个世纪派”最重要的小说家、理论家和文学评论家。他第一时期的创作,如《变戏法》(1954)和《天堂中的决斗》(1955),叙事的主观性强,对现实采取清醒的、逃避的态度。第二时期的小说,其批判性和政治性加强。艺术手法上也倾向于全盘的客观主义描写。主要作品是题为《短暂的明天》的系列小说:《马戏团》(1957)、《节日》(1958)和《酒后不适》(1958)。

戈伊蒂索洛最成熟的创作体现于他的代表作《身份特征》(1966)、《堂胡利安伯爵的复辟》(1970)和《没有土地的胡安》(1975)。《身份特征》是西班牙战后小说中最独特的作品之一。它描写主人公(带有作家本人的影子)旅居国外多年后重返西班牙,追溯往昔的历史,试图寻找一些能使自己与故土认同的身份特征。但这一寻根的企图失败了,主人公感到自己在西班牙是个陌生人。这种无根的失落感,对整个西班牙社会和它的历史、文化的否定也是《堂胡利安伯爵的复辟》的主题。而在《没有土地的胡安》中,作者与他祖国的唯一联系——母语西班牙语——也中断了,小说的结尾是用阿拉伯语写完的。

50年代还有两位红极一时的小说家,他们是**伊格纳西奥·阿古斯蒂**(1913—1974)和**何塞·马利亚·希罗内利亚**(1917—2003)。后者的成名作是《一个男人》(1946)。但他的代表作是三部曲:反映战前西班牙现实生活的《柏树相信上帝》(1953年获国家文学奖),描写内战期间交战双方残酷厮杀的《一百万死者》(1961)及再现战后社会凋零的《出现了和平》(1966)。而前者的代表作是创作长达近30年的五部头巨作《灰烬原来是树木》:《马里奥娜·雷武利》(1944)、《鳏夫里乌斯》(1945)、《德西德里奥》(1957),《七月十九号》(1965)及《内战》(1972)。这是西班牙当代文学史上最宏大的小说之一,作家采用传统的现实主义写作技巧，描写1865年到20世纪20年代的加泰罗尼亚地区手工纺织业主里乌斯如何从家庭作坊起家，在经历了一系列磨难之后终于成为当地赫赫有名的企业家，并培养他的孙子继承家业。里乌斯家族发迹史是整个巴塞罗那民族资产阶级从19世纪末到西班牙内战结束后的一个缩影。

从1960年开始，小说创作中想象成分增强，指出“录音机式的文学”引发僵化的危险，担心“作家忽视语言作用的趋势”。甚至过去极力推行社会现实主义手法的、举足轻重的名作家如戈伊蒂索洛也加入了要求革新的行列，提出从形式上进行改革势在必行。1967年他得出的结论是，过去让艺术屈从于政治，不仅没有达到期待的政治效应，更糟糕的是，文学上也落入平庸的地步。

这个时期西班牙作家十分重视国外著名作家的贡献，而且拉丁美洲的新小说也成为一股强劲的冲击波影响到西班牙新浪潮小说的革新。为了适应广大读者提出的“丰富的艺术性”、“新的方向”和“广泛的现实主义”等要求，作品在表现现实的基础上，与传统艺术手法决裂，更加追求新颖的艺术性，挖掘潜在的内心世界，不仅小说的时空观念上有很大变化，而且作者喜欢选择反英雄为书中主人公或塑造群体形象。有一些小说利用不同章节、段落、句子，各种人称交替叙述等文字手段，以及运用内心独白、想象、幻觉、记忆、梦呓的交错或重叠来表现内心世界的潜意识，反映出现代人复杂多变的思想与生活。

西班牙战后文学史上承上启下的一位锐意革新的小说家**路易斯·马丁·桑托斯**（1924—1964）早年曾从事精神病的研究，他反对佛朗哥的独裁统治，加入了当时的社会党。他的知识分子立场和精神分析理论属于马克思主义思想范畴，他的艺术审美观也是现实主义的，这些均与“半个世纪派”作家一致。他的唯一一部小说《沉默时代》（1962）对“社会小说”在艺术和精神上的贫乏提出了震聋发聩的批评。它揭露的是西班牙内战后的现实生活（发生在1949年左右的马德里），但艺术风格雍容华丽，是巴罗克式的。它不局限于对一个孤立事件做报道式介绍,而是从历史和哲学的角度来分析生活,借比喻和讽刺来愚弄当局的新闻审查制度。另一方面马丁·桑托斯继承了克维多和巴列-因克兰的文学传统,并融合了20世纪欧洲小说革新的技巧,试图将萨特与马克思协调起来。因此《沉默时代》不仅是对现实社会的批判,更是对人类自由发展的可能性的思考。

《沉默时代》的情节主线描述一个巴罗哈式的青年研究人员佩德罗的人生失败历程。他出于情面不得已为一个姑娘做非法人工流产,病人因流血过多死去。佩德罗因此而被捕入狱。在弄清事实真相后获释,但他丢掉了饭碗,不得不远离京城到乡村当一名医生。它只是某种意义上的社会小说,因为作品没有涉及工人阶级,没有提出明确的社会纲领,也不捍卫某一具体的政治倾向或意识形态,而是传递了一个绝望的虚无主义信息。《沉默时代》不仅是回顾一个物质的现实,而且也是道德的现实。它力图对一系列官方神话,如“永恒的、富于创造性的西班牙”提出质疑,同时对当局在科学研究方面的无能和愚昧予以揭露。马丁·桑托斯通过极端的夸张手法,比如营造了大量的贫民窟讽刺西班牙当局的“创造能力”。

《沉默时代》的叙事手法丰富多样。受乔伊斯影响,马丁·桑托斯大量采用意识流和内心独白,并以第二人称“你”来指代自己,进行自我反思。因作者早年曾从事精神病理研究,故而得以在《沉默时代》里熟练运用心理分析的手法挖掘人物的潜意识。在遣词造句上,一反“半个世纪派”简单、粗糙的语言风格,运用复杂的句式、华丽的辞藻,力求形式完美。同时马丁·桑托斯对小说这个体裁的独特理解,使他在《沉默时代》里添加了不少文化方面的题外话,不断出现历史和文学的参照。《沉默时代》为60、70年代西班牙小说的发展开辟了新方向。他的另一部作品《毁灭的时代》尚未完成,便因交通事故英年早逝。

胡安·马尔塞(1933—)被评论家们视为西班牙文坛最有潜力的

作家之一。他的创作摆脱并超越了“半个世纪派”的美学倾向。他的早期作品《关起门来玩同一个玩具》(1960)和《月亮的这一面》(1962)涉及的主题都是一代年轻人在一个无法实现自我的社会里所遭受的失败。小说尽管有意避开内战这个题材,但仍反映了未直接参加内战的那代人所承受的战争苦果。他的代表作《和特雷莎度过的最后几个晚上》(1966)是60年代出现的最佳作品之一。作者的视线仍对准年轻人,剖析了一群不与社会妥协的大学生的浮浅生活,从侧面触及了劳动阶层和巴塞罗那的底层人民。从艺术角度讲,小说是对社会现实主义文学不注重艺术性的一个批评。作品充满幽默,叙事性强。在《难以启齿的蒙特塞表妹的故事》(1970)中对加泰罗尼亚地区资产阶级的思维方式和行为举止做了入木三分的揭露。在这部小说中讽刺和幽默让位于嘲弄和戏谑。他的《如果别人对你说我倒下了》因当时新闻审检的刁难,1973年在国外发行,直到1977年才正式在西班牙国内出版。在这部作品中,马尔塞小说的晦涩风格达到了顶峰。作家运用了大量的创新形式,叙事隐晦,情节纵横,直到尾声才显现出一个充满激情的故事,描写了无政府主义者反对当局的种种暴力活动以及战后西班牙社会各阶层的贫困没落。

“半个世纪派”的另一位重要成员是**胡安·贝内特**(1927—1993),近年来他在西班牙文化圈里的地位迅速上升。第一部长篇小说《你将重返雷希翁》(1967)是他以一个虚构的“地区”雷希翁为舞台的系列小说的开端。第二部作品《沉思》(1970)获得当年的“小图书馆奖”。他的小说为此后20年的西班牙作家提供了一个极富影响的模式,即抒情小说。贝内特有意打破小说人物、情节和时空的连贯性,构筑出一个艺术性极高的世界,充满象征色彩,富于智慧和情感。他以后的小说,像《一个坟墓》(1971)、《冬之旅》(1972)、《马松的另一个家》(1973)几乎毫无例外都发生在这个神秘的地区:它刚遭受过一场内战,遗留下苦涩的后遗症:孤独,失败,闭塞,暴力,虚无……。每当作者讲述“雷希翁”的故事时，明眼人一读便知他是在讲西班牙的历史，只是在他的小说中象征和比喻替代了单纯的记录和参照。贝内特的这个系列小说语言晦涩深奥，大量的象征和比喻为作品蒙上了一层神秘莫测的氛围，因而它的读者一直局限在较窄的文化圈里。《一起犯罪的迹象》（1980）则是贝内特风格变化的一个尝试。在这部小说中，作者采用了现实主义的手法，注重故事情节的曲折发展，以描写风俗见长。

60年代末"半个世纪派"狭隘的现实主义创作业已走向枯竭，而领时代风潮的是一批出生于1937年到1950年之间的、在佛朗哥独裁统治下成长并接受教育的一代年轻人，他们属战后第三代小说家。1968年5月法国红色风潮掀起时，这批当时正在大学学习的作家受其影响，积极投身于反佛朗哥专制统治的"68年学生民主运动"。他们经历了学生运动、劳资纠纷、工人罢工此起彼伏的动荡时期。这一经历在他们的人文思想和文学创作上留下了深刻的烙印，因而被评论家称为"68年一代"。

"68年一代"作家的最初作品大致问世于1968年和1975年之间，正赶上佛朗哥统治末期，实验小说及结构现实主义盛行，同时小说正逐渐恢复它古典的叙事功能。在创作初期这批作家一方面深受欧美其他小说和拉美"爆炸文学"的影响，另一方面，拒绝承诺作家的社会义务，认为小说应基于对自身结构和语言的艺术探索，倾向于将人作为一个独立的、与周围现实隔离的个体来探讨他的生存问题。

这批作家在60年代末发表的作品大都为实验小说。**何塞·马利亚·格本苏**（1944—　）在1968年就以复杂新颖的技巧《水银》闻名于文坛。这部作品采用蒙太奇、故事套故事、违反常规地使用标点符号等手法，反映青年知识分子的失落感，尽管这一主题在他的其他作品如《家中的夜晚》（1977）中反映得更加深入，但其知名度尚不及《水银》。**赫尔曼·桑切斯·埃斯佩索**（1940—　）是从事电影脚本写作的作家，以其作品展现当代人的问题：缺乏沟通，孤独，难以适应环境等。他最初的作品是从《圣经》，具体地讲，从《摩西五书》得到启迪而写的，用以说明人世间缺乏和谐与意义，如《在创世记里的实验》（1967）、《迁徙的征候》（1969）、《创世记的迷宫》（1973）。1979年《那喀索斯》的出版标志作家开始转换创作手法，该书获得该年度的纳达尔文学奖。这两位具有强烈实验小说风格的作家，与此后几年陆续崭露头角的马努埃尔·巴斯克斯·蒙塔尔万（1939—　）、何塞·马利亚·巴斯·德·索托（1938—　）构成了实验小说的主力军。

路易斯·戈伊蒂索洛（1935—　）系胡安·戈伊蒂索洛之弟，也是驰名西班牙当代文坛的诗人、小说家。处女作为短篇小说集《郊外》（1957），而他最重要的作品为四部曲《对抗》，包括《清单》（1975）、《五月的绿色延伸到海边》（1976）、《阿基里斯的愤怒》（1979）和《知识理论》（1981）。1994年当选为西班牙皇家语言学院院士。

在经历了最初几年艺术手法实验之后，"68年一代"作家开始对小说艺术进行冷静的思考。他们中的实力派，在不摈弃新潮技巧的基础上，努力恢复传统小说的情节悬念及其他叙事成分。比如**爱德华多·门多萨**（1943—　）的成名作《萨沃尔塔案件真相》（又译《一桩疑案》，1975）就是一例。门多萨在1973到1982年侨居纽约。1975年发表此处女作，立即在西班牙文坛引起轰动，获得当年"批评奖"。门多萨是"68年一代"中第一个赢得评论界承认的作家。作者娴熟地将情节兴奋点与不同的叙述技巧——从连载小说到侦探小说——融合起来，巩固了对小说叙事功能的恢复，标志着先锋手法与传统技巧的完美结合。他还著有《奇迹之城》（1986）、《中邪的地下室之谜》（1979）及《油橄榄之谜》（1982）等。

1975年佛朗哥去世后，西班牙恢复君主立宪制，结束了36年的独裁统治，取缔了新闻审查禁锢。作家们从此享受到被剥夺已久的创作自由，对欧洲其他国家文化艺术的了解更加全面、及时。西班牙本国文学也日益受到国际文坛的注目。一些曾被划为禁书的小说，如马尔塞，胡安·戈伊蒂索洛等人的作品，也终于能在国内正式出版。宽松自由的环境使得作家们可以从事各种流派、风格的尝试。此后西班牙小说在各种题材、形式上都得到全面发展，如抒情小说、解构小说、历史小说、侦探小说、神怪小说等。

在80年代的西班牙文坛上，除了“36年一代”、“半个世纪派”和“68年一代”外，又涌现了“80年一代”作家，可谓“四世同堂”。这批新秀一般出生于50至60年代。他们个人及艺术上的发展正赶上佛朗哥政权衰败、西班牙逐渐向民主社会过渡的转折关头。在他们的作品中，无论是情节发生的背景舞台，还是在接受外国大师影响方面，都显示出一股咄咄逼人的国际化倾向。有时拒绝以西班牙现、当代历史作为他们小说的主题。“80年一代”的作家创作题材各异、形式多样，风格不同，各自都有把握生活和文学的独特视角，也很难将他们囊括在一个什么倾向和什么流派中去。评论界谈到他们时，经常说的是“方向各异”、“反对标语口号”的小说家。

到了80年代积极主张进行文学实验的作家已经为数不多，胡里安·里奥斯沿着实验小说的手法又进行了一次大胆的尝试，1983年发表实验小说《幼虫》，引起极大的反响。评论界对它褒贬不一。有的认为是一部新颖感人的实验小说的佳作，但也有人对它嗤之以鼻，全盘否定。在80年代初露锋芒的小说家，大部分都采取了更为传统的叙述形式。

这个时期，70年代出现的某些创作倾向得到巩固，并且有的形成一种流行的风格：一方面，用小说形式表述内心的哀怨，有的表述个人私生活问题，但也有的反映人类生存问题；另外一方面，不管是触及严肃问题的作品还是只供消遣的作品统统追求故事性。在杜撰神奇的小说的同时，还有不少作家让现实主义复出，但已经不再具有佐证社会弊端的作用。此外，一般讲小说家们也没有树立肩负“解释世界”重任的“雄心大志”，他们仅仅通过作品抒发个人有限的经验体会，甚至是微不足道的区区小事，或者通过自己的作品与志同道合的读者，即也想过轻松生活的读者共同度过一个轻松时刻（有人颇具讽刺意味地称之为轻松文学）。在小说创作上作家倾向各异，在每个作家创作轨迹各不相同的情况下，只将80年代方有作品问世的并引起评论界关注的小说家略加介绍。

胡里奥·利亚马萨雷斯（1955—　）。他的小说《月色狼群》（1985）和《黄雨》（1988）描写人的孤独、受迫害及所处的边缘地位。游记《遗忘之河》（1990）则揭示强大的机械文明灭绝了许多传统生活方式这一人类矛盾的发展史。赫苏斯·费雷罗（1952—　）的头两部作品《贝尔韦尔·阴》（1981）和《鸦片》（1986）皆为以东方为背景的爱情故事。从《贝芭夫人》（1988）起，小说回到作者身边的现实世界，大多仍以爱情和死亡为主题。伊格纳西奥·马丁内斯·皮松（1960—　）的作品挖掘人的内心世界，在他的小说中现实与幻想的界限消失。他著有《有人在暗中观察你》（1985）、《安托法加斯塔》（注：系智利的一个地区）（1987）等。

安东尼奥·穆尼奥斯·莫利纳（1956—　）是"80年一代"作家中的佼佼者。1986年发表处女作《这块福地》，开始引起评论界的注意。紧随而来的《里斯本的冬天》（1987）更是好评如潮，连摘1988年西班牙国家文学奖和批评奖。小说以一些充满异国情调的国际大都市为舞台，描写一桩爱情与凶杀纠缠在一起的曲折故事。作者有意借鉴了美国黑色电影的技巧和爵士音乐的氛围，使小说情节、悬念扑朔迷离。他的第三部作品《贝尔特内布鲁思》（1989）则演绎了一出间谍历险记。《波兰骑士》（1991）是一部具有自传体性质的小说，获该年度行星文学奖及翌年的国家小说家奖。《满月》（1997）则是他的最新力作。

1995年刚满39岁的穆尼奥斯·莫利纳便成为西班牙最年轻的西班牙皇家语言学院院士，其作品被译成17种语言。他还发表了散文集《城市鲁滨逊》（1984）和《鹦鹉螺的日记》（1985）。

诗歌　西班牙内战后，当文化艺术都不景气的时候，诗歌的出版数量却超过了这个时期的其他文学出版物。这种现象的出现可能是因为这种文学体裁比散文更能敏锐地激起人们对事物的联想,能微妙地抒发郁积在内心的恚恨、忧郁、痛苦和渴望改变现状的愿望。这种认识的继续发展,就引发了社会诗歌、政治抗议诗歌的出现。

这个时期的诗歌也沿着与小说、戏剧大致平行的轨迹演化。出生于1910年左右的诗人是40年代诗歌创作的主力军,习惯上将他们称之为"36年一代",或者称之为"分裂的一代"。内战后,流亡到国外的诗人继续创作,而留在国内的诗人则走上不同的创作道路。活跃于诗坛上的两大流派是扎根派诗歌和失根派诗歌。前者以"士兵诗人"——加尔西拉索的十四行诗作为诗歌创作楷模,聚集在1943年创刊的《加尔西拉索》刊物的周围,所以也称他们为"加尔西拉索派"。"加尔西拉索派"诗作的特点是修辞考究,效仿古典模式,追求完美的外在形式。诗作触及到的主题有:宗教内容;怀念帝国时代荣耀;鼓吹建立欧洲新秩序;远离社会现实的卿卿我我的私情,甚至还有纯属消遣娱乐性诗作。代表诗人有帕内罗(1909—1962)、比万科(1907—1975)、罗萨莱斯(1916—1998)等。内战后,他们中的相当一部分人积极参政,支持佛朗哥政权,认为自己业已牢牢地扎根,依附在新政权上并心甘情愿地充当其附庸,为新权贵们大唱赞歌,故被称为"官方诗人"。

而后者是深受欧洲存在主义诗歌影响的产物。诗人们认为世界对他们来说是一片混乱和痛苦,诗歌便是他们疯狂地呼吁秩序和安宁的表现。正如"27年一代"的达马索·阿隆索在发表他的《愤怒的儿女们》时所说的那样:"对我们这些人来说,世界就是一片杂乱无章的、让人忧心忡忡的地方。而诗歌就是要疯狂地寻觅能使世界秩序井然的抛锚之地。我们确实无法感到当今世界是和谐与平静的。"他还说:"今天使我最感兴趣的是人的内心;我要以我的痛苦或希望来表达人的永恒内心的渴望和苦楚。"

1944年**达马索·阿隆索**（1898—1990）发表的《愤怒的儿女们》揭示了世界是混乱无序、一团糟的苦难境界。他本人解释了他的这部诗集的创作动机："这场可怕的内战使得我自由地抒发情愫。"诗人通过对上帝和人的长期观察和认真思考，心中产生了种种疑虑和不安，要求得到解答。在这部诗集里，他对一些社会现象进行了辛辣的讽刺，发出了愤怒的呼声。死亡、孤独、冷漠、残酷、逃避是这部诗集的基调。广大民众的痛苦和不幸，直接或间接地在他的诗集里得到反映。诗集还一反诗人往日的立场谴责了纯诗歌，阿隆索在诗作风格上的一百八十度的变化，使西班牙诗坛和广大读者为之一惊。诗集中那首题为《失眠》的名诗："马德里是一个有着一百万具尸体的城市（根据最新的统计）。 / 在这个墓窟里有时候夜间我辗转反侧，在这里我已经腐烂了四十五年， / ［……］为什么马德里有一百多万具尸体腐烂， / 为什么世界上有千百万具尸体在慢慢地腐烂。"受到国内外读者的欢迎。《愤怒的儿女们》的特点是摈弃占支配地位的模仿古典诗歌的形式，诗句修长，使用了日常用语，重视诗歌表现的内容，力图反映历史的与当代人所关注的问题。这部诗作的发表标志着失根派的出现。这时团结在《钟楼》杂志周围的莱昂地区的诗人，V.克雷梅尔（1908— ），欧亨尼奥·德·诺拉（1924— ）等加入了这一行列。

失根派诗人的作品也涉及宗教问题，但是以绝望怀疑的态度、甚至带着谴责口吻质问上帝，探索人类遭受苦难的根源。这种带有存在主义色彩的诗作为50年代出现的社会诗歌做了铺垫。

奥特罗的诗歌《酷肖人类的天使》、《良知的擂鼓》道出了这派诗人的共同感受："如同一棵被折断的枯树般的世界。 / 浮萍般漂泊不定、无法扎根的一代。 / 一些只能等待惨遭灭顶之灾 / 而无其他道路可走的人们。"

这个流派的特点是：了解人类的苦痛，特别是由于内战造成的西班牙人民的苦难；与当时存在主义思潮一脉相承；宗教态度也是建立在绝望、不安的忧虑之中的，如诗中责问上天的不公；诗作含义深邃，具有时代见证人的特色；采用自由体，概念化语言，尽量摈弃多余的修饰唯美成分。

奥特罗的《我要求和平和要求话语》（1955）和塞拉亚的《伊比利亚之歌》（1955）为50年代社会诗歌得到巩固起到举足轻重的作用。说明这派诗人以这两部诗作超越各自的存在主义创作阶段，转向关注人类的社会问题。在塞拉亚眼里"撰写诗歌本身不是目的，诗歌应是改造世界的工具"。在他的诗作《诗歌是运载着未来的武器载体》里充分表达了他的这种思想。

塞拉亚的上述主张与奥特罗的名言"为广泛的大多数人"赋诗都与盛行于50年代的社会诗歌的意图和其主题相关联的。克雷梅尔、诺拉、奥特罗、塞拉亚、耶罗（1922—　）等诗人坚持让诗歌恢复其与大众沟通和进行伦理道德说教的作用，再次使诗歌关切人生，甚至起到为某一政治主张服务的作用。他们诗作的内容环绕在西班牙的痛苦，时间的流逝，内心的忧患，社会的不公，真诚的爱心等方面展开。他们对诗歌内容的关注明显地超过对其形式的推敲。他们的诗作语言明快，甚至有意写得平庸以示质朴，有时还从新民俗韵律处得到启迪。他们系统地采用口语的特色以便诗作人人都能接受、读懂。虽然其中有些人由于极端地忽视形式的美而使自己的作品流于平庸甚至粗鄙，然而社会诗歌的杰出诗人却准确地揭示了日常语言中的诗意成分。但是后来不少人对一本薄薄的诗集能够"改造世界"的主张开始产生怀疑，到了60年代对社会诗歌的厌倦情绪加剧。

社会诗歌发展到60年代业已不仅仅局限于关注社会问题，而且还将其视野转向关心整个世界的其他领域。在这个基础上，形成对世道持怀疑态度与不同政见的诗人群体。这些人都是50年代开始发表著作、60年代成熟的诗人，有人称他们为"半个世纪派"诗人。以希尔·德·别德马（1929—1990）、卡瓦列罗（1928—　）、巴伦特（1929—2000）、克劳迪奥·罗德里格斯（1934—　）等为代表的诗人，尽管并没有形成一个诗人集团，但他们的诗作仍然有不少的共同之处。从存在主义的角度关心人类的生活，尽管对所生活的世界依然不满，但他们对诗歌"改造世界"的作用持怀疑态度，这使他们远离社会诗歌。爱情，对过去丢失人格的复原，对骇人听闻的俗世与对真理认识的关注等成为他们诗作的新的主题。诗歌充满幽默、讽刺，在抒情诗作中他们的表现形式不尽相同，如过去耶罗和奥特罗曾使用过的印象派的拼贴手法和自由诗并存。这种寻求新的表现手法是由于他们理解的诗歌并不是为了与群众沟通而是将个人认识的事物按照自己的方式进行表述。他们痛苦的怀疑态度，使他们将自己关闭在个人的内心深处。

自从1970年何·马·卡斯特耶斯编选的《西班牙九位最新诗人》诗集问世之后，评论界就把与1968年社会运动有关联的一群诗人称之为"最新派"。他们是P.希姆费雷尔（1945—　）、G.卡内罗（1947—　）等。这批诗人与他们之前的诗人有着截然不同的变化。这是因为，他们都是在西班牙内战之后，即1939年到1950年之间出生的诗人。他们对这场争斗没有任何切身感受而且又生活在对个人自由极为敏感的战后西方；再加之所受到的教育，与其说来自人文主义文学，不如说来自卡通画、电视、唱片、电影、电视等传媒，再加上高科技信息的熏陶。最新派诗人强调诗歌自身的绝对价值，轻主题，重风格。以采用超现实主义技巧、追求外在形式的优美——一种人工的做作美、喜好描述异国的、自己情有独钟的颓废事物为其特色，有的诗人甚至表现出轻佻的逆反心态。

米格尔·埃尔南德斯（1910—1942）这位"牧羊诗人"是西班牙文坛上"36年一代"文人中最引人注目的作家之一。他正直而又短暂的一生经历都反映在他的那些热情洋溢的、有时又是绝望的呐喊的诗篇里。他的为人处事、行为举止与其诗作使得他成为西班牙新一代诗人的象征，因为从某种角度看，埃尔南德斯是捍卫自由的诗人形象的化身。他是一位深思熟虑的、充满激情的、既浪漫又古典的、既有独创性又有继承性的诗人。他把对现实生活中的一切感受统统倾泻到他的诗作中，特别是在《永不消逝的光束》中。从中可以看出，他是为爱情、正义以及自由而绝望地奋斗着的诗人，捍卫人类权利的诗人。

他出生在阿利坎特省的奥利乌埃拉。父亲是个羊倌，家境十分贫困，仅在耶稣会创办的圣多明我学校上过两年学。整天伴随着羊群，观赏着身边的、西班牙东南地区的自然景观。这也为他提供了对人生真谛进行思索的机会。他自幼酷爱读书，很早就着手进行创作，依靠自学成才。他与当地文人广泛接触，特别是参加了穆尔西亚大学法学院的大学生何塞·马林（在当地以笔名拉蒙·希黑著称）和面包房主费诺尔兄弟组织的文学团体之后，更加激起埃尔南德斯的文学爱好。

1931年11月渴望成名成家的埃尔南德斯想在马德里文坛赢得一席之地，带着几首诗歌和几封对他毫无价值的推荐信函第一次来到马德里闯荡。但等待他的是饱尝艰辛、饥肠辘辘。尽管有同乡朋友的接济与马德里两家杂志社代他求援：呼吁官方能够给予这个极有培养前途的"牧羊诗人"以资助，但是埃尔南德斯仍然无法在马德里生活下去，不得不于翌年5月重返故里。但马德里之行对他来说还是极其有意义的。这次与马德里文人们的短暂相会，使得他对贡戈拉的诗作有更加深入的了解，并在此基础上写就《镜子巧匠》（1933）。这部诗集模仿17世纪贡戈拉的风格，平庸的事物经过他的艺术加工放射出奇光异彩。他不仅仅以这部诗集献给科尔多瓦诗人贡戈拉，也献给他视为导师和挚友的"27年一代"的诗人。回到家乡后他与少女何塞菲娜邂逅并爱上了她。这一炽热恋情在他的抒情诗《永不消逝的光束》（1936）中得到充分体现。

1934年4月他带着出版的《镜子巧匠》再次返回马德里碰运气，与当时住在马德里的"27年一代"的诗人阿尔维蒂、塞尔努达、阿尔托拉吉雷，特别是阿莱桑德雷和聂鲁达相识，并结为莫逆之交，尤其是后面这两位诺贝尔文学奖获得者以其言传身教，在埃尔南德斯诗歌创作演变过程中，甚至人生道路上施加了重大影响。从这时起他与力图使埃尔南德斯继续信奉新天主教教义的、思想保守的拉蒙·希黑逐渐疏远。1935年希黑逝世时，埃尔南德斯对此还深感内疚，并赋诗缅怀过去的启蒙导师。

西班牙内战爆发时，埃尔南德斯正在家乡。9月赴马德里，毅然投入保卫马德里的战斗。他进入了由共产党控制的第五旅，从事文化事务。1937年被派往哈恩前线，负责领导《前线广播》，进行阵前的宣传鼓动工作。他不仅以一颗爱国心，并且以其诗人的天赋用口诛笔伐方式投入战斗，捍卫共和国。这股对人民与正义的热爱之情，使他从偏爱撰写抒发个人恋爱激情的《永不消逝的光束》的诗人变为以撰写充满政治热情的，与社会紧密结合的诗的诗人。1937年与何塞菲娜结婚不久就被派往特鲁埃尔、埃斯特雷马杜拉前线。此间还出席了在马德里和巴伦西亚举行的第二届国际反法西斯作家代表大会，并赴苏联参加第五届戏剧节。

1939年初，共和派战线大崩溃。米格尔·埃尔南德斯试图通过西、葡边界离开西班牙，但是被边界宪警引渡回西班牙。从此之后，他在从一个监狱被押送到另一个监狱的环境中度过了他的余生。同年的9月12日，他给他的妻子发出一封感人至深的信，其中附上著名的《洋葱催眠曲》诗篇："……你吃的洋葱味道业已传到我这里，你给我孩子喂奶时，他感到极其愤怒不满的是，香甜的奶水竟变成洋葱的汁液……"，但是在9月中旬，他意外地被有条件地释放了。有材料说，他要求在智利驻西班牙使馆政治避难，希望去智利，但未获批准。聂鲁达还为此责怪他的朋友、外交官卡洛斯·林奇拒绝为埃尔南德斯签证。但还有其他学者提供了与上述情况完全不同的说法，即有人建议诗人去使馆避难，但遭到埃尔南德斯的拒绝，因为他认为这样做是一种逃跑行径。极其怀念家人的埃尔南德斯回到故乡不久便被捕入狱。1940年7月埃尔南德斯被判处死刑，后又改判为30年监禁。然后正如他自己所说的那样，从此开始了马德里、阿利坎特、奥卡尼亚之间的“狱中旅游”。最后他被安置在阿利坎特的成人教养所。在狱中艰苦生活条件的摧残下,再加上长期营养不良,使他的体质变得更加虚弱,不久染上伤寒,又导致肺病,终于死在狱中。

埃尔南德斯的诗作好似都是发自内心的自我情感的自然流露。他的诗歌基本上是受到大自然的启迪、引发灵感后一蹴而就的。他自己也曾经说过:我家果园里的柠檬树对我创作上的影响远远超过我阅读众诗人作品影响的总和。如果这种影响再加上他的自学成才的刻苦努力,就可以认为,埃尔南德斯是一位天造地设的诗才。

他的著作《镜子巧匠》收入42首诗,用具有象征意义的镜子将这些诗歌联系起来。书中充满各种形象。诗中触及到的内容从公牛的尖角、公鸡、水车、水井、棕榈树到西瓜、羊群、鸡蛋、折刀、农友们,犹如一幅幅多彩的画卷,每幅画面都用具有浓郁抒情意味但又令人费解的词语展现,读者必须依靠自己的丰富想象力去揣测诗人的原意。

《永不消逝的光束》(1934—1935年写就,1936年出版)是他在阅读贡戈拉作品以及加尔西拉索、克维多、维森特·阿莱桑德雷等人的诗作后,从中获得创作灵感而写就的。诗集收入30首诗歌。其中有27首是十四行诗,是诗集的核心部分。以十四行诗形式开头的第一首作为诗集的序言。除了置于诗集中央的、以西尔瓦韵律表述的第15首以及悼念拉蒙·希黑的第29首的挽歌外,从第二首到第14首以及第16首到第28首组成运用十四行诗韵律(13+13)的两大核心板块,用以表达诗人恋爱的苦楚。最后又以十四行诗(第30首)作为结尾。逐步升级的炽热恋情、爱欲的烈火发展过程,从对往昔交往的回忆到描述犹如火山口岩浆喷射般的激情在上述两大板块中得到充分而清晰地体现。其中一首题为《尽管人们叫我马努埃尔·埃尔南德斯,我自称为泥土》(西尔瓦韵律)中,诗人用超现实主义手法将自己喻为微不足道的“泥土”,概括了他的宇宙观,诗人预感到自己是如此的卑微,将会玷污自己热恋着的初恋情人——何塞菲娜。

在悼念拉蒙·希黑的《哀歌》中洋溢着他对故去挚友的怀念、敬仰之情。从表面上看，这首哀歌破坏了整个诗集的和谐基调，但与诗人的人生演变过程关系密切，表现了诗人从最初信仰天主教教义向泛神论的演变，突出了诗人与拉蒙·希黑的诚挚的友谊，并将它与何塞菲娜的恋情相提并论。他把对希黑的友谊与对何塞菲娜的恋情同时喻为两束光束：哀伤的光束与炽热恋情的光束。诗人的情感有时在十一个音节的诗文里缓缓地展现——“泪如泉涌的双目 / 带给我瓢泼大雨般的苦痛、孤独……”，但有时诗句变得犹如汹涌澎湃的波涛，表现出作者的激怒、绝望心态：“我不甘心：我绝望， / 如同爆发的岩浆……”，或者道出接受悲惨的命运安排的无奈心情，“我像牛，生来受苦受欺， / 我像牛，肋间带着倒霉的烙印……”，从而他痛苦地得出可怕的结论，人生毫无意义，它不会使人们过上幸福生活，也无法让人们摆脱死亡的诱惑。诗集的基本主题是展示“苦恼的恋情”，作者认为恋爱就是痛苦，爱情就是悲惨的命运。这是命中注定的。诗集表达出诗人初恋时对爱情的理解以及由于社会偏见（包括被追捕等）造成恋爱中所遇到的波折、矛盾而引发出的痛苦心声。总之，形成整个诗集的基调是生命、死亡以及社会压力与个人欲望之间的矛盾冲突形成的残酷现实。

从作品完美的形式上看，作者按捺不住的激情从每首十四行诗中迸发而出，用娴熟的诗歌技巧表现出来。象征、隐喻手法，各种文学手段在作品中接踵而至，充分显示了作者的独特文体。某些象征物的应用，如公牛多次出现，但象征意义不同，不仅仅象征在情场上被人戏弄的情人或阳刚之气，而且业已具有更为广泛的含义，象征着时乖运蹇的痛苦人生。同样多次出现的海洋表示搁浅、缺乏安全感的命运。此外还出现与海洋相联系的其他词汇，如海滩、沙子、岛屿或海浪都可视为成功的恋情的象征。诗中一再出现的鲜血做为生命与身体的象征用以展示冲动与遏制这对立情感。诗中使用了不少带有尖形的器皿的词汇，诸如刀、锤子、砧、剑、玫瑰的刺、闪电等用以象征苦难、性和痛苦。诗人在诗中还多次提及各种植物果实的名字如橘子、柠檬、石榴以及“虞美人”等,后者显然是受到聂鲁达的影响,这种植物一般作为大地母亲的象征,也暗示大地赐给人类的恩惠。

此外还有以战争为主题的《人民的风》(1937)。30年代西班牙的悲惨时局,被压迫的人民以及自视为救世狂风的诗人,是埃尔南德斯的这部诗集的三个基本支撑点。所以说,这是一部斗争的诗歌集,一个战斗的武器。

《永不消逝的光束》这一诗集中表现出来的朴实的恋爱激情在《人民的风》里变为关怀社会问题的政治热情。这部诗集里囊括四方面内容:哀歌、英雄赞、具有战斗性的挖苦讽刺诗以及具有深邃社会意义的诗作。

他的诗作中不少作品具有史诗特点,便于吟唱、朗诵。埃尔南德斯是“前线广播之声”的成员,在战斗间歇时刻他为共和国的士兵们朗读他的诗作,或在两军对垒的前线面对扩音器朗诵他的诗作以便起到瓦解敌军军心的作用。他的诗作充满捍卫革命事业与蔑视敌人的斗争激情,同时也表现出对人类的苦难而感到痛心的情愫。

献给聂鲁达的诗集《枕戈待旦的人》(1939)是作者在战争阶段写就的,其中某些诗歌是与《人民的风》同时写出的。从这部诗集的部分诗歌里可以看出诗人对这场战争的态度。除赞扬、歌颂对敌斗争的诗歌(《人民的腾飞》、《第六师团的军官们》)外,还有不少诗篇描写作者眼中的战争恐怖感场面(《男人》、《伤员》、《牢狱》、《运伤员的火车》)。由于作者看到这两年来战火给人民带来可怕的灾难——贫穷、破坏、流血,作者逐渐丧失了乐观精神,信念有所动摇。诗集中的大部分诗歌是采用亚历山大体韵律写的,呈现出庄严肃穆、凄凉悲惨的情调。

《相思谣曲集》(1938—1941),是他的最后诗作。在《枕戈待旦的人们》里表现出来的痛苦、悲观心情在这部集子里变得更加突出。因为在他看来，这场战争带来的只有仇恨与毁坏。在这个全民性的灾难中还加上他个人的两个不幸：丧子之痛以及由于战争与被长期监禁无法与亲人团聚。这个集子的诗歌也变得平静、缓和，已经摈弃了过去诗中常见的咬文嚼字的修辞。他不仅抛弃他在其他的诗集中常使用的丰富的形象比喻，同时也避免使用闪闪发光的词汇，而是以白描方式直捣事物的本质。因为诗人被从一个监狱解往另外一个监狱，他自身的生活也没有什么闪闪发光的地方。“我究竟干过什么坏事 / 竟让我身陷囹圄？”上面这两行诗完全表现出这部诗集的本意与其深刻含义。这时米格尔·埃尔南德斯不再从外部谈论、向别人述说什么，而是以他那颗被刺伤的心，对丢掉的一切进行扪心自问。其中有一首诗歌总结、概括了全书的基本精神：

人们带着三种创伤出世：
爱情的创伤，
死亡的创伤，
生活的创伤。

人们伴随着三种伤害过活：
生活的伤害，
爱情的伤害，
死亡的伤害。

我也有着三种创伤：
生活的创伤，
死亡的创伤，
爱情的创伤。

爱情、死亡、生活这三个创伤最后使得我们这位诗人命丧牢房。

在西班牙文坛上，埃尔南德斯作为剧作家远远逊色于他的诗人地位。尽管剧中诗句优美感人，但是戏剧技巧多有欠缺。他写过宗教圣理剧、反映斗牛士爱情冲突的悲剧《最勇敢的斗牛士》(1934)。还有受到洛佩·德·维加的启迪而写的捍卫劳动阶层名誉问题的、与当时政局(1934年10月阿斯图利亚斯革命事件)紧密结合的《石头之子》(1935)和《最有风度的农夫》(1937)。内战时期，他还写了“应急戏剧”(或叫“战时戏剧”)，如《尾巴》、《逃难的人》、《小人物》等一些短剧。其内容不外乎讽刺懦弱、陋习、后方的消极悲观、失败观念等，以达到鼓舞士气、拯救西班牙进行斗争的目的。

诗人**布拉斯·德·奥特罗**(1916—1979)生于西班牙北方的毕尔巴鄂市。他曾在巴利亚多利德和马德里两地的大学学习。1941年奥特罗首次发表诗作，1950年出第一本诗集。他的诗歌轨迹脉络清晰：从早期格律完美和宗教色彩浓厚的存在主义诗作嬗变为50年代语言朴素、有明显意识形态倾向的社会诗歌。1968年以来的诗歌在形式上更为自由，死亡、孤独、爱情、人与上帝等一贯的主题在诗人的沉思中再次深化。诗人对西班牙历史现状和20世纪人类的态度变得越来越悲观，反映在作品中，就是奥特罗对西班牙事物的冷嘲热讽和诗人对诗中假设的对话者的揶揄口气。

奥特罗的第一本重要诗集《酷肖人类的天使》(1950)主要采用十四行诗体，技巧纯熟，形式完美。诗歌语言强烈紧张，意象搭配富有想象力，称得上是文学史上优秀的抒情诗。诗集探讨的是人与上帝的关系，人寻求上帝的艰难历程，信仰最终失落后转而以人性和世俗之爱替代宗教，而人间之爱也不能使人摆脱孤独，最终弄得人在绝望中反抗并杀死上帝。这些主题清楚地反映了诗人的精神危机。奥特罗的上帝是旧约中严厉而暴戾的神，不是新约里慈眉善目的救世主（诗集多次提到耶和华的名字），不是心安理得地装在诗里的冠冕堂皇的木偶。他的诗是愤怒、绝望的存在主义的反抗之声。这些诗歌的精神气质与达马索·阿隆索的《愤怒的儿女们》相通，也赢得了后者的肯定和赞赏。阿隆索很贴切地把自己的《愤怒的儿女们》和奥特罗的诗歌称为"失根的诗歌"。

《良知的擂鼓》（或译为《信念倍增》，1951）的诗歌形式呈现多样化，格律诗占多数，但也出现了句子很长的自由体。从主题来看，诗集是《酷肖人类的天使》的延续。上帝已死，爱情无助，理智虚妄，存在是空洞、虚无、孤独和希望的终结。诗人埋葬了一切美好的事物。但是奥特罗不是彻底的虚无主义和悲观主义者，他终究需要一个或几个神，也从来没有放弃被拯救的可能。现在他的目光指向自我以外的世界和广大人群的苦难，看到战争和饥饿，得到的启示则是人类有可能团结起来通过斗争获得自我拯救。诗人已经不再与上帝对话，而是开始把诗歌指向广大的读者，言说的方式是倾诉、质问，以期获得反响和同情。这一全新的诗歌模式给濒临绝境的抒情诗体带来了新的希望。《酷肖人类的天使》从存在的灰烬中敲响良知的擂鼓，脱胎为未来的普罗米修斯。《良知的擂鼓》最后一首诗记录了诗人自我解剖后死而复生并决心为新的人类历史而斗争呐喊的精神历程："我背负着死亡回到生活 / 并憎恨从前写下的一切，/ 过去的沉默是人的废墟。"诗人在后来的一首诗里也提醒我们注意早期的上帝之死，他写道："这里你们听到我的声音 / 指向荒诞的众神的天堂，/ 它是硬如拳头的真理之歌 / 像石头砸向死亡的大门。/ 他早已死去……现在他散发着恶臭。"

1958年奥特罗将上述两诗集合为一卷。作者将第一本诗集标题中的"天使"（Angel）一词中的第一个音节与第二部诗集标题中的"良知"（conciencia）中的最后一个音节合成一个毫无意义的新词《安西阿》（Ancia）作为书名，并按主题的相似性和叙述发展的线索分列为三部分。这本书不但是旧诗新编（41首），还加进了一半以上的新作（48首）。新诗部分强调诗人从形而上学的疑惑向意识形态信念的转变，邀请读者注意诗人从社会诗歌的批评立场到拥抱马克思主义信仰这一重大发展。第一部分主要是旧作，以"致广大人群"一诗作为题记，所收诗歌数目最多，其中的抒情主体既是反抗的天使，又是新的人性化的基督，诗人的编排用意并不刻意区分这两者，但是在这部分的三首新诗中直接出现了布拉斯·德·奥特罗的名字，显示过去的多重自我已经融合在新的单一的抒情主体中。诗集的第二部分收入两篇散文和若干形式上实验性很强的诗。第三部分的许多篇是一些散文化、口语化的长句子，有时还像塞拉亚一样采用了便于交流的书信形式。最后，诗集以《我说生活》和《与我同行》两篇作为结语。在《改路人》一诗里，抒情的"我"表达了坚持走出自己道路的决心，并且邀请听众跟着他走，因为他认得路。然后，奥特罗用曲折隐晦的比喻表现了心灵的变化："我丢弃了黑夜。在晕眩的边缘， / 我调转身来，挪动了地方。 / 今天，我一线线地纺织希望 / 闭着双眼，却不会乱了针线。"

诗歌三部曲《我要求和平和要求话语》、《讲卡斯蒂利亚语》（又译《明明白白地说》、1959，法文版）和《关于西班牙》是奥特罗成熟时期的诗作，也是"社会诗歌"流派的重要作品。诗人走出自我的孤独，开始想念祖国、人类以及和平："现实向我招手。 / 这里是西班牙， / 路上是树林，岩石和希望。现实向我说道： / 生活就像这样 / 我是我的种子 / 把你的手给我 / 让我们一起走。"

这些诗篇就像一个人对另一个人说话那样直接明了。诗人仿佛丢开了纸和笔，来到大街上传播他的新信仰的福音。《我要求和平和要求话语》和《讲卡斯蒂利亚语》不再按主题或思想类型分编，而是形成一个整体。一行诗可能短到一个音节或者长到十六个音节以上，一首诗短则两行，长则一二页。从诗的内容看，主要有社会批评、呼吁团结、文人答酬、挑战、忏悔、挽歌等等。奥特罗在这些诗歌中经常使用并且活用日常用语，他明确宣称“我以说话的方式写作”。诗人与读者说话时的方式更多是“听哪！”而不是“看哪！”。无疑，奥特罗在其中追求的是口语诗的效果。但是这些貌似大白话的语言多有含蓄的引申或多重的语义，具有很强的诗歌质地。学者们一致认为奥特罗的诗是同时代的“社会诗歌”里最具有个人本真性、最讲究美学效果的一种。

加夫列尔·塞拉亚（1911—1991）生于西班牙北方一个富裕的巴斯克人家庭。他是战后西班牙最重要的诗人之一，也是“社会诗歌”流派的灵魂人物。在马德里大学读书期间，塞拉亚深受洛尔卡、纪廉等“27年一代”诗人们的影响。1935年大学毕业后，他回到家族企业工作，同年出版了诗集《封闭的孤独》。不久，该诗集获得一项诗歌大奖，这使他下决心放弃企业专事写作。可惜好景不长，内战的爆发阻止了他的计划，改变了他的生活，也改变了他的诗歌理念。塞拉亚采取的是自我流放、与政权不合作的态度。1946年是诗人生活和创作的关键一年。他身患重疾，卧病半载。肉体痛苦和精神苦闷使他陷入了极大的危机，甚至使他产生了自杀的念头。此时他认识了日后的终身伴侣安帕罗·加斯东，使他获得了新生。他们一起办了《北方》文学杂志，并在上面陆续发表了诗人十年来的新旧诗作。这个时期发表的重要作品是诗集《娓娓道来》（1945—1946）和《物如原状》（1946）。从此以后，塞拉亚的诗笔一发而不可收，在西班牙的诗坛上活跃了几十年，留下了大量作品，产生了很大影响。

塞拉亚的早期诗作篇章和意象营造工整而有雕塑感，诗歌语言雅致精练，主题带有神秘主义色彩。体现诗人鲜明的个人风格的却是40年代中后期以来撰写的“社会诗歌”。塞拉亚自有一套诗歌思想和行动策略。他采用书信体的诗歌形式在诗中呼吁国内志同道合的诗人、艺术家在精神上团结起来，共同寻求西班牙的出路。从他大量的诗作来看，他的诗歌和精神轨迹大致经历了从寻求文艺界同行的团结，到追求全社会的精神大团结，到倾向于马克思主义思想，晚年上升到总结性思考人类的存在本质这么几个过程。但塞拉亚的诗歌并不是效忠于某一政治党派的遵命文学，当然也不是简单的口号诗。他的文学是深刻的人的文学。

在诗歌语言上，他特别善于通过排比和某些句子一唱三叹的重复使诗变得雄辩有力。尤其在中后期的长诗里，诗的语气为了某种特定效果而随时变动，并且弥漫整个篇章，借此传达诗人微妙的态度和对事物的评论。

在诗歌形式上，塞拉亚偏爱自由体诗句，句子随内在节奏而流动，但是这些貌似散漫的诗篇实际上多有自己的格律和韵式。例如，他盛期的诗作《西班牙在前进》每节由两个八音节短句和一个十六音节长句组成，但是长句子也可以分解为两个八音节的句子，使每节成为四句偶行押韵的传统谣曲体。

在诗章结构上，塞拉亚喜用对话、书信等指向交流的诗歌体裁。有些诗篇貌似独白，实际上也隐含明确的读者群体。诗人自觉地把自己的诗歌风格和一般所认为的抒情诗对立起来。这类诗歌多是寓言体的长篇巨著，语言庞杂，主要是象征性的，当然也糅合了诗人一贯喜欢使用的口语、俗语和成语，可谓众声喧哗；对话人物多是抽象概念、思想或者全体人类的化身；主题是各种声音、各派思想的激烈交锋、诗人对自己的艺术和思想历程的梳理和反思。

塞拉亚一生创作了大约60多部诗文集，但大部分是诗歌。最重要的除已经提到的《娓娓道来》和《物如原状》外，还有《口朝上的书信》（1951）、《伊比利亚之歌》、《钻石的抵抗》（1957）、《巴斯克歌谣集》（1965）、《沉没的伊比利亚》（1978）以及长诗《两首歌词》（1963）和《美好生活》（1961）等诗集。还有一些重要的重编诗集收了诗人不同时期的力作，西班牙国内出版过两种他的诗歌全集。塞拉亚还有小说、戏剧、散文和文学研究著作行世，翻译出版过里尔克、布莱克、兰波、艾吕雅等诗人的作品。

戏剧 与沸沸扬扬的国外戏剧相比，西班牙战后戏剧显得格外冷清。当然，战后西班牙整个文坛处于大萧条阶段，戏剧创作更是如此。加之报刊检查机关对戏剧创作的干涉与限制比对小说和诗歌更加严厉，这就使得本不景气的戏剧创作更是雪上加霜。从这个时期上演的戏剧作品来看，除了占据舞台的出于赢利目的的“可见戏剧”外，严肃剧作家的作品在商业戏剧大潮的冲击下步履维艰。他们的剧作只能转入“地下”，只得在实验性质的剧团排练或者进行非商业性质的演出，被称之为“独立戏剧”（或“地下戏剧”）。正是这些“独立戏剧”满足了青年观众的社会、美学和文化诸方面的需求。

40年代到50年代初有三种戏剧形式并存。一，撰写贝纳文特流派式的“高雅喜剧”，就像剧评家鲁易斯·拉蒙称之为“从未中断过的继承性喜剧”。它们大体上具有以下的特点：以撰写“沙龙喜剧”或者“伦理正剧”为主，有时对社会陋习有些不痛不痒的触及，尽管有时适当地加进一些新的技巧，但总的来看，他们捍卫传统价值观，作者十分重视剧本的结构安排与采用精彩的对话，以便加强戏剧效果。较为著名的剧作家有：路卡·德·特纳（1897—1975）、华金·卡尔沃·索特罗（1904— ）等，后者的代表作是向战后胜利者提出伦理道德问题的《高墙》。二，“革新喜剧”，其中的杰出作家有哈尔迭尔·庞塞拉（1901—1952）、米格尔·米乌拉（1905—1977）。哈尔迭尔·庞塞拉在战前就已经将非真实成分置于喜剧里。但是他的大胆设想与奇情异想的革新与西班牙观众的口味相悖，没有获得巨大影响，而这种无情的打击同样也发生在米乌拉剧作里。为了抵制盛行于舞台上的充满廉价笑料的喜剧，他们提出“革新笑声”的建议，但是在戏剧界中他们的追随者寥寥无几，而且良莠不齐。他们两个人被评论界视为引进荒诞戏剧的先行者，至少使得西班牙喜剧增添了既具有诗情画意的韵味又充满荒谬的诙谐情调。三，除了上述这两类戏剧创作外,还诞生了属于存在主义思潮的、关注时政的、与统治当局的永庆升平大唱反调的“严肃戏剧”。1949年首演的布埃罗·巴耶霍的《一座楼梯的故事》与1953年大学生剧团首演的阿方索·萨斯特雷的《走向死亡的小分队》,这两件戏剧界的大事,在西班牙平庸的戏剧舞台上吹进一股标新立异的清风,为1955年社会戏剧的开端作了准备。

暴露社会黑暗、抗议社会不公正的社会戏剧在50年代开始兴起,1955年起到60年代中叶是西班牙社会现实主义戏剧的全盛时期。社会戏剧的杰出代表便是安东尼奥·布埃罗·巴耶霍和**阿方索·萨斯特雷**(1926—)。后者作为剧作家希望他的理想主张通过他的剧作,如《陋区死神》(1955)和《顶伤》(1960)展现在观众眼前,但遗憾的是,他未能如愿以偿。阿方索·萨斯特雷完全献身于社会现实主义戏剧事业,他把自己的作品视为对不公正社会的抗议,因此,他的绝大部分作品都通不过检查机关的审查,而少数得以上演的剧本都是由非专业性的业余剧团或大学生剧团演出的。1953年由大学生剧团上演的《走向死亡的小分队》就是讲述发生在想象的第三次世界大战期间的故事。而《陋区死神》写的是由于一位西班牙医生的不负责任,一个穷苦工人的儿子不幸夭折的故事。然而剧本矛头所指并不仅仅是西班牙医疗制度的问题,也并不是指哪个社会医疗制度问题,从更深层的含义分析,这是草菅人命的大问题。正是因为这出戏剧能引起观众的种种联想,故而遭到检查机关的查禁。萨斯特雷的剧作毫不掩饰他的政治立场,即“改造社会”,而不是为了盈利或者供人消遣。

继萨斯特雷、巴耶霍之后,还有一些出生在1925年左右的剧作家,他们以其剧作使社会戏剧流派在舞台上站住脚跟,尽管与其他文学体裁相比略嫌迟了些。如1961年首演的卡洛斯·穆尼斯(1927—1994)的《墨水瓶》反映毫无人性的官僚作风与对劳动者的欺压、奴役,罗德里戈·门德斯(1925—)的《蒙克洛阿的无辜的人们》(1960)反映一群求职应试青年的不幸遭遇，劳洛·奥尔莫（1922— ）的《衬衣》（1962）反映被迫移居国外求生或者被迫走上梦想靠赌博赢得生活的工人们的不幸处境，马丁·雷库埃尔达（1925— ）的《圣希尔大桥上的粗野女人》（1963）反映受到反动落后保守势力挑拨的村民所干下的种种暴行。上述剧作的主题均涉及具体的社会问题，它们的共性是通过剧作反映社会的不公。作品以历史见证人的身份将不公记录在案或者表现作者抗议的心声。

70年代，戏剧就像西班牙战后小说创作发展轨迹那样，在吸收国外戏剧界实验派潮流的基础上试图超越现实主义手法，从荒诞派戏剧向更为深层的先锋派过渡，从而在西班牙剧坛上出现了新型的先锋派戏剧。

60、70年代的戏剧介入生活与进行革新的种种举措常常是在“地下”进行的，但是1975年之后的西班牙民主化进程，为西班牙戏剧发展带来有利的条件与希望。至少废除了报刊审查的关口，官方也为戏剧发展提供了广阔的天地。这种宽松的环境与那些措施并没有达到令人满意的预期效果，没有培养出优秀的作家与写出有价值的作品。这个时期的新生力量阿方索·巴耶霍（1943— ）继续进行具有荒诞特色的实验性戏剧的尝试，如《透明的零》、《硫酸》。但是也存在转向传统戏剧创作的趋势，如演员兼剧作家费尔南多·费尔南·戈麦斯在1982年首演的、纯属现实主义手法的《为夏季准备的自行车》，不仅赢得众多的观众而且还得到评论界的好评。戏剧创作所涉及的主题都是当时西班牙面临的急待处理的社会问题，从而显示出更加深邃的社会含义，如披露青年人的社会处境、吸毒、犯罪等问题。沿着这条道路走下去并获得巨大成就的有何塞·路易斯·阿隆索·德·桑托斯（1942— ）的《贩毒》（1985）以及费尔明·卡瓦尔（1948— ）的《布里奥内斯，你疯了》（1978）、《今晚，盛大晚会》（1983）等。1987年，何塞·桑奇斯·西尼斯特拉的反映内战期间两个演员具有诗情画意故事的《唉，卡梅拉！》（1987）首演，使得这位剧作家名垂戏剧史。同年，《阿雷西奥》首演，讲述的仍然是戏子的故事，但是是历史上黄金世纪时期的戏剧界的故事，这让人们发现伊格纳西奥·加西亚·马伊这位年轻的剧作家的奇才。尽管如此，在西班牙的戏剧舞台上至今还没有出现替代、超越布埃罗·巴耶霍、阿方索·萨斯特雷的剧作家。

剧作家**安东尼奥·布埃罗·巴耶霍**（1916—2000）是西班牙战后戏剧真正的开创者。他1916年出生于西班牙的瓜达拉哈拉。从小酷爱绘画艺术，而且立志要成为一个画家。在家乡完成中学教育后，布埃罗·巴耶霍1934年随家人一起迁居到马德里，就读于圣费尔南多美术学校，接受绘画专业训练，他后来虽然放弃绘画而选择了戏剧，但年轻时候的爱好在他的文学创作中留下了不可磨灭的痕迹。他有两部作品《侍女图》（1960）和《理性的梦想》（1970）分别以西班牙两位最有名的画家委拉斯开兹和戈雅为主人公，剧名也分别取自两位画家的作品。也正是在马德里学画期间，布埃罗·巴耶霍开始和左派进步人士接触。1936年内战爆发后，他参加了共和派的军队，专门搞宣传工作。布埃罗·巴耶霍的父亲和儿子持有不同的政见，前者是个民族主义者，后来被共和派枪决。这件事虽然对布埃罗·巴耶霍来说是一个很深的创伤，但他并没有停止为共和国而战。内战结束后，布埃罗·巴耶霍因为继续参加反佛朗哥的活动被逮捕并判处了死刑，后改为30年有期徒刑，但最终只服刑六年半，于1946年被有条件地释放。布埃罗·巴耶霍出狱后，准备重新拿起画笔，可几年的监狱生活已使他手法生疏，他终于放弃了绘画，转而从事文学创作。他写过小说、诗歌，但最终选择了戏剧，而且在这个领域内取得了极大的成就。他的剧作曾多次获奖。1949年西班牙马德里市议会恢复了因为内战而中断了15年之久的“洛佩·德·维加戏剧奖”的评奖活动，而得奖的作品就是这位年已33岁的编剧新手安东尼奥·布埃罗·巴耶霍的第一个多幕剧《一座楼梯的故事》。根据规定，获奖作品必须在“西班牙剧院”上演。演出的良好效果大大地出乎人们的意料，以至剧院欲罢而不能，不得不终止每年在这个季节上演《堂胡安·特诺利奥》的传统习惯，用了几乎一年的时间连续上演这个剧目。同年上演的另一部独幕悲剧《沙土上的词语》获得了“金特罗兄弟[①]爱好者协会奖”。从1956年到1958年布埃罗·巴耶霍分别以《今天过节》（1950）、《守口如瓶》（1957）和《一个为了民族的幻想者》（1958）获得当年的全国戏剧奖。1971年布埃罗·巴耶霍当选为西班牙皇家语言学院院士，在就位仪式上，他做了有关加西亚·洛尔卡和巴列-因克兰的演讲。1980年，布埃罗又一次获得全国戏剧奖，但这次不是因为某一部具体的作品，而是对他多年来戏剧创作的一个总评价。1986年，剧作家又被授予了塞万提斯奖。除了自己创作戏剧外，布埃罗·巴耶霍还改编过莎士比亚、易卜生和布莱希特等作家的剧目，在西班牙上演。布埃罗·巴耶霍是西班牙为数不多的几个有国际声誉的戏剧家之一。他的剧作都曾在欧美许多国家和日本上演，受到欢迎。到1994年为止，他共创作了28个剧本。

《一座楼梯的故事》以马德里中产阶级下层的小人物为主人公，剧情不是发生在舒适豪华的客厅里，而是在一栋破旧的居民楼的一段楼梯上展开的。写的是楼房里几家邻居时隔三代人的故事，时间跨度很长（从1919到1949年）。剧中塑造了两个性格各异的青年人：一个积极向上的、推动剧情发展的斗士型人物——乌尔巴诺，另一个是焦虑不安的、谨小慎微的、犹豫不决的人物——费尔南多，演绎了他们与其邻居女友们的成长、恩怨与遭遇。在《一座楼梯的故事》中写出了普通西班牙人对自由、幸福的追求以及在实际生活中他们不断受挫和失望的经历。《一座楼梯的故事》被认为是西班牙战后戏剧领域内的第一部社会现实主义之作，也是战后戏剧真正的开山之作。

《一座楼梯的故事》有一个开放的结尾。最后一幕小费尔南多和小

---

① 系中世纪末和20世纪初以反映西班牙民间习俗为创作主题的剧作家。他们兄弟俩各自的全名是塞拉芬·阿尔瓦雷斯·金特罗（1871—1938）和华金·阿尔瓦雷斯·金特罗（1873—1944）。

卡米娜在楼梯上的对话与30年前他们同名的父母之间的对话一字不差，这种安排仿佛在向读者和观众暗示他们未来的命运会和他们父母当年一样，是一个没有出路的死胡同，但这种暗示的不确定性同时也给读者和观众提供一个想象和思考的空间：也许小费尔南多和小卡米娜真的能打破楼梯所象征的封闭的生活，过上幸福的生活；另外，在现实生活里人们应该如何去避免重蹈舞台上的悲剧？正是在这个意义上，巴耶霍的悲剧被称为“有希望的悲剧”。

布埃罗·巴耶霍开放的辩证悲剧观也可以从另一方面解释他作品的社会性，因为他更强调命运这个概念里人的因素、人的行为和人与人之间的关系。在他早期的作品里，这种社会性具有很强的象征色彩，被称为象征现实主义。一方面，这和欧洲现实主义戏剧传统密不可分，特别是挪威戏剧家易卜生的影响。从易卜生那里，巴耶霍不仅借鉴了一种严谨的戏剧结构系统，而且还学会了如何从最直接的现实提取一些司空见惯的不为人注意的因素，赋予它们象征含义，来传达更深远的意义。还是以《一座楼梯的故事》为例，楼梯是我们日常生活中经常看到的东西，但在巴耶霍的作品里获得了不寻常的象征含义，它象征着一个封闭的循环空间，反映了西班牙战后普通老百姓的现实生活。巴耶霍作品象征性的另一个解释就是他当时所处的西班牙政治环境。作家为了使戏剧顺利上演，不得不考虑佛朗哥政府严格的审查制度，象征手法无疑是一个很有效的减少与官方意识形态发生冲突的手段。这也是为什么巴耶霍后期的一些作品在没有审查制度的情况下反映现实问题时变得直截了当的原因，如《夜间法官》（1979）里的恐怖主义、《鳄鱼》（1980）里的乞丐，《易懂的音乐》（1987）里的贩毒都是直接反映西班牙的现实问题，没有太多的迂回。

布埃罗·巴耶霍是位很注重戏剧形式和审美价值的作家。除了象征手法外，他还利用一些其他的艺术手段，其中比较重要的有参与手法。但是和60年代在西班牙极其流行的身体参与——就是观众也加入到表演的行列中来——不同，他提倡的是心理参与。和布莱希特所提倡的疏离效果恰恰相反，心理参与力求缩短观众和作品之间的距离，使观众通过和剧中某个或某些人物的体验或命运发生心理共鸣从情感的渠道加入到戏剧中来。这种参与的实现除了依靠主人公命运的悲剧力量来引发观众的同情外，还借助于在舞台上打破常规的空间与时间的观念。《炙热的黑暗》（1950）讲的是盲人学院里几个年轻学生的事情，有几分钟全场的灯光都关掉，使观众有机会体验到舞台上失明的主人公们所生活的黑暗，和他们的命运发生同感，从而更深刻地理解作品。这种手法被研究巴耶霍的权威多梅内克称为沉浸效果。另外，受类似于奥尼尔《琼斯皇帝》此类作品的影响，布埃罗在他的作品中也使用了心理外化的手法。在《灰色的冒险》（1963）里，观众能看到一个集体梦幻的场景。《几乎一个童话》（1953）中有两个演员同时出场来表现同一个人物的分裂性格。在《伊雷内或财宝之间取其一》（1954）里观众在舞台上看到一个小精灵的同时可以听到一个画外音，表现主人公混乱的意识。

历史透视也被称为未来主义透视，是布埃罗·巴耶霍对西班牙战后戏剧的另一个重要贡献。使用这种手法最典型的例子是《天窗》（1967）。这个剧本讲述两个来自25世纪（或30世纪）的调查者，对过去发生的一件事的调查研究。剧中表现了西班牙战后的一个家庭里"上了火车的人"（指追随佛朗哥而社会地位上升的人）与"没上火车的人"（指拒绝与佛朗哥合作而社会地位下降的人）之间的矛盾与其后果。对于50、60年代的观众来说，那件过去的事情正发生在他们的现在。这种来自科幻小说的手法打破了人们对于过去、未来和现在等时间概念通常的划分方法，反映了作者的历史乐观主义，传递给观众的信息是：成者王、败者寇只是暂时的，未来对今天的历史会有不同的结论。这对于处于佛朗哥统治下的民众来说，具有深刻而现实的含义。

在巴耶霍的文学理想里，作家既应该追求作品的社会性也应该追求美学性。这在他的历史剧里获得了充分的体现。从1958年起，巴耶霍开始撰写历史剧，主要作品有:《为人民的幻想者》(1958)、《侍女图》、《圣奥维迪奥音乐会》(1962)以及《理性的梦幻》(1970)。这些作品讲的是关于国王、首相、政府和言论自由的事情，涉及的都是一些政治主题：权力、审查、压迫……。因为毫无顾虑地借用历史体裁，形式更加完整，情节更具有故事性，艺术手法也很独特新颖。《圣奥维迪奥音乐会》讲的是18世纪巴黎一所济贫院里一群盲人的故事，作者又采用了会场陷入黑暗的手法来加强剧情的力量。《理性的梦幻》的主人公是晚年失聪后的戈雅。在欣赏这部作品的时候，观众都不得不变成聋子，因为他们只能看到戈雅周围的人在作各种各样的手势、在大声说话，却听不到他们的声音。这种手法要求观众通过分担几乎已经发疯了的主人公的不安以及由他的潜意识里产生出来的幻觉来更深刻地理解折磨主人公的政治历史环境。

上面提到的这些先锋派的艺术手法，使观众有机会感性地体验到舞台上人物的所感所思，从而拉近与作品的距离，更有效地与作品交流。通过这种手法，巴耶霍使得他的作品在具有了外在的社会性的同时也融入了个人内在性。

流亡文学　西班牙内战爆发后导致大批作家流亡国外。大部分流亡文人很快就集聚在文化团体或重要刊物、出版单位的周围：如马努埃尔·安杜哈尔、何塞·拉蒙·阿拉纳创办的《西班牙》，委内瑞拉的华金·莫蒂斯出版社，墨西哥的经济文化出版社以及墨西哥学院。分散到各地的(从纳粹的集中营到墨西哥、苏联、美国的，或经法国、英国转道来到阿根廷、智利或波多黎各的)流亡者在各自的岗位上为西班牙的文化积累作出贡献。但是由于他们之中有些人害怕丢失卡斯蒂利亚地区的生动语言习惯，不自觉地牢牢地维护原有的传统文化，而不求革新，从而陷入故步自封的泥潭之中，所以就像从事流亡文学研究的资深学者拉斐尔·孔特（1935— ）的看法那样，在流亡国外的作家中只有一种没有价值的政治现象维系、影响着大批作家，作家们总是分散地单干着，没有形成文学流派群体。虽然在相当多的作家身上政治观点使得他们有一致之处，但作为作家每个人有各自的文体，所以西班牙的流亡文学，尽管人数众多，但每个作家都是独具个性，缺乏共性。

在这批流亡小说家中，“27年一代”的小说家中年龄最大的**本哈明·哈内斯**（1888—1949）流亡到墨西哥后，1940年发表了《埃乌夫罗西纳或恩惠》，1948年又发表了第二版的《风中的女友》，1980年出版了《他的火线阵地》，这是一部对西班牙内战进行深入反思的作品，同时也表现出作者极其同情被社会折磨着的苦难人们，因为这个社会试图吞掉他们。同为“27年一代”的小说家、散文家、女诗人**罗莎·查塞尔**（1898—1994）出生在巴利亚多利德。她曾在圣费尔南多高等美术学校学习雕塑。1939年流亡之前业已发表了两部小说——《季节，流逝又回还》（1927）、《特雷莎，爱情的小说》（1929），这两部作品完全按照当时盛行的“非人性化”的艺术手法写就的。后者讲述了特雷莎·曼查——西班牙浪漫主义诗人埃斯普龙塞达的情妇的一生。尽管用词精粹、优雅，但是还没有沿着上述艺术手法走得太远。作者的意图是以特雷莎的生平为引子，借以探讨成年妇女的心理活动，特别是面对爱情时的心态，就像她流亡在阿根廷撰写的小说，探讨儿童心态的《莱蒂西亚·巴列的回忆》（1945）那样。她的小说就像评论家所概括的那样，“通过回忆探讨永恒”。此外，她自认为笔下最好的小说是《缺乏理性》（1960）、《献给一位疯狂圣女的布施》（1961）。原计划中的三部曲的第一部《马拉维利亚斯街区》（1976）回国定居后面世。在西班牙女作家中查塞尔不失为佼佼者之一。

何塞·拉蒙·阿拉纳（1906—1974）与森德尔一样，是阿拉贡人。他的主要作品是《坎德拉大叔》（1938）以及1950年出版的《阿尔穆尼阿塞德的神甫》。在他去世之前，1973年出版了一部自传体小说《希罗纳犬》。在上述三部主要作品中《阿尔穆尼阿塞德的神甫》一书以其突出的戏剧性情节、全方位的视角、多少带有乌纳穆诺笔下的《殉道者堂马努埃尔·布埃诺》的韵味而出名。故事情节比较简单：内战爆发前，在阿拉贡的一个村镇阿尔穆尼阿塞德的共和派在选举中获胜，内战刚一爆发，镇里的有钱人纷纷逃逸，而莫森·哈辛托神甫出于保护教民的目的却留了下来，以便劝阻互相杀戮。几乎过了三年，共和派败北，叛军开进镇子，当神甫劝雇佣军团摩尔人不要残害百姓时，却惨遭杀害，成为内战的牺牲品。

西班牙的小说家、散文作家**弗朗西斯科·阿亚拉**（1906—2009）出生在西班牙南部城市格拉纳达，1922年，中学尚未毕业就随家迁居马德里，继续完成中学学业。这时业已表现出他的文艺才华。首先表现在绘画，随后表现在文学创作。1923年进入大学攻读法律及其他人文科学课程。1925年发表了他的长篇小说《一个缺少魄力的人的悲喜剧》，1926年发表第二部小说《清晨的故事》。此后，阿亚拉撰写的文章经常在当时最为著名的刊物《西方杂志》、《文学报》上发表。1929年法学院毕业。这期间由于服兵役被迫中止数月的文学创作后，他于1930年出版他的第四部作品《清晨的猎人》。到这时为止，阿亚拉在文学界的威望业已牢牢树起。1929年秋，他赴德国柏林留学深造，攻读社会学与宪法学，直到1931年。获得法学博士学位后，从事法律事务，并在一家国家机关谋到法律顾问职务。在马德里大学谋到教授席位，并且一直任职到西班牙内战爆发，他还取得拉拉古纳大学的教授席位。

当1936年7月，在西班牙发生军事政变时，他正在西班牙语美洲讲学。阿亚拉回国后，站在共和国政府一边，积极工作，作为西班牙代表团的秘书曾被派往捷克布拉格工作数月。内战后期他正在巴塞罗那，1939年春季进入法国，开始了长达数十年的流亡生活。

到1976年退休为止他曾在阿根廷、波多黎各、美国的纽约大学、芝加哥大学担任社会学、政治学教授。

1960年他携带家属回到阔别了21年的祖国。对迁回西班牙一事，他还是采取了极为慎重的态度。尽管美国大学需要他留在美国，但祖国的一切使他魂牵梦绕，终于在60年代中期在马德里安置了一个家。这个时期阿亚拉还为西班牙不少报刊撰稿，在大学、文化机构作学术报告。但直到1969年，西班牙方允许阿亚拉的作品在本土出版。他在国外发表的小说诸如《杯子底部》、《惨死如狗》等传到西班牙后，使得这位西班牙文学界的著名作家阿亚拉本应享有的荣誉和地位得到恢复与补偿。1971年，在西班牙出版的《令人陶醉的花园》获得西班牙批评奖。阿亚拉被视为西班牙语国家中最为重要的作家之一，1991年荣获塞万提斯奖。

阿亚拉是集教授、学者、小说家于一身的文人，这在西班牙文学史上是为数不多的。他早期创作是从非人性化的实验美学开始的，几乎在19年后，他断然转向，与这个创作手法决裂，但小说仍然保留着高雅性、深邃性，而其内容却与社会现实息息相关，表现出对周围人们命运的关注。象征阿亚拉创作第二阶段的这一转变与他的经历不无关系：内战，被迫流亡出走以及南北美新环境里的生活经历都留下了影响。阿亚拉的作品主题主要围绕在三个方面展开：西班牙、当今世界的知识分子以及流亡中的西班牙文人。

《羊头》是阿亚拉的短篇小说集。它由《信函》、《塔霍河》、《回归》、《羊头》以及《摆脱不掉人言可畏的生活》等五个短篇小说汇集而成。该集子于1949年在阿根廷首次出版。1972年方得以在西班牙印刷发行。这个集子的中心主题是西班牙内战，有的是以直陈其事的方式如《塔霍河》、《回归》、《摆脱不掉人言可畏的生活》，有的则是写实与象征寓意手法相间如《羊头》，而《信函》的主题则是通过间接的手法体现的。其中故事较短的《摆脱不掉人言可畏的生活》是在西班牙文版集子出版时方增加的一个短篇，讲述两个流亡者的故事。他们两个人殷切地盼望佛朗哥政体早日垮台，但白白地等到第二次世界大战结束后还没有盼到，只得设法流亡出走。其中一个人叫费利佩，是一所高级中学的教授。内战爆发时刚刚谋得高中教授职位的费利佩，尚处在新婚燕尔之际，为了躲避进驻该城的佛朗哥军队的迫害，不得不藏在塞维利亚的岳母家中，在偷偷挖掘的、窄小的地沟里过了九年与世人隔绝的隐居生活。每天靠撰写一篇奇怪的、让人难以捉摸的作品打发时光。当看到佛朗哥政权垮台无望，他决定偷偷出走流亡。这时，他的夫人忽然怀了身孕，而他这个十分重视外界舆论的人决定甘冒被逮捕的危险，走上街头露面，以正视听，以便不让自己的夫人背黑锅。《摆脱不掉人言可畏的生活》反映了一些寄希望于在第二次世界大战中民主派获胜、西班牙佛朗哥政体垮台的人们的失落感。同时还加上主人公为了不让夫人背黑锅而甘冒生命危险而露面的表现，触及到西班牙传统文学中的永恒主题——捍卫荣誉。此外还有表现内战犹如造成轻而易举的死亡那样愚蠢行径的《塔霍河》。全书以失败者的观点描述内战带来的敌视与难以克服和弥补的隔阂，基调十分悲伤。书中人物的表现给未来留下的希冀极为渺茫。

另外两部小说《杯子底部》（1958）和《惨死如狗》（1962）揭露了人类的腐朽和堕落，与他的其他短篇甚至与他那众多的议论文都有着密切的联系。表面上看，虽然是两部小说，但是可以视为辽阔历史的两个侧面，第一部具有更为浓厚的政治色彩，第二部从社会学角度剖析人类弊端。这两部作品文体优美，词汇丰富，动用了各种文体手段：滑稽的模仿、讽刺幽默、漫画式的描绘等。阿亚拉的小说，从广义上来看基本上是一种智力型的小说。但并不是如很多人所理解的那样，内容冷漠、缺乏实际生活，抽象的非人性化等。在阿亚拉的小说里，有血有肉，充满激情，戏剧性突出，触及人类的艰辛，也给未来以希冀；有意识地广泛展示人类的问题，从多种角度，利用各种技巧手法，涉猎人类的种种问题，使得叙述体作品的路子极为广阔。

其他的小说家还有**西蒙·奥塔欧拉**（1907—1980），这位作家作品的主要关注点是描绘流亡在墨西哥的流亡者的生活，如《一些人》（1950）和《阿拉纳书店》（1952）。对了解在墨西哥的西班牙流亡者的状况具有极大的文献价值。

塞贡多·塞拉诺·庞塞拉（1912—1976）离开西班牙的时候年仅24岁。他的所有文学作品，不管是小说、散文随笔都是在国外流亡期间写就的。他是一位著名的文艺评论家、小说家、教授和散文作者。1953年，即他流亡国外15年后，才出版第一篇关于乌纳穆诺思想的论文。1954年发表文学作品——《六篇再加一篇的故事集》。紧接着，陆续发表如下的小说：《绷带》（1956）、《阴暗的光线》（1959）、《卡普里科尔尼奥的大门》（1960）、《菊花香味》（1961）、《单人房间》（1963）以及反映费利佩二世时代的宗教裁判所的、感人至深的《身背绿色十字架的人》（1970）。

从其写作技巧上看，塞拉诺·庞塞拉是西班牙最具有革新精神的作家之一。他以主客观相结合的方式，展现他的美学思想，用寥寥数语将人们不习惯的东西极为自然地展现出来。《单人房间》就是以新颖的手法反映西班牙流亡者生活的佳作，写出他们无法医治的孤独感和对流亡生涯的反思。

比希留·博特亚·帕斯托（1906—1996）是位多产的著名小说家，他出版了一套关于西班牙内战战事、它的结局与流亡的系列小说。这套系列小说故事情节连续，但是对战争的思考成分大于对战事本身的生动描述，作者更多地挖掘人物的内心活动而不是外在生活的描写，如《因为钟声停止了》（1953）、《柱基是这样倒下去的》（1959）和《进退维谷》（1962）。此外还有描写流亡生涯的《也许在明天》（1965）。

马努埃尔·安杜哈尔（1913—1994）出生在西班牙南部城市哈恩。他的全部作品都是在国外写就的。正是由于这个原因在很长的时间里，这位作家在西班牙国内鲜为人知。战前他在西班牙内地省城担任过机关的管理人员。后来被关进法国的集中营，出来后，从西班牙语美洲的几个国家最后辗转到墨西哥定居。他曾在墨西哥的经济文化基金会出版社和委内瑞拉的华金·莫蒂斯出版社工作。另外他与另外一位流亡文人何塞·拉蒙·阿拉纳共同创办了流亡文人在国外创办的著名刊物之一《两个西班牙》杂志。1967年回国后在马德里联盟出版社工作。

安杜哈尔以1945年出版的短篇小说集《沮丧》步入文坛。他的三部曲《前夕》由《平原》（1947）、《被战胜的人》（1949）、《拉萨罗的命运》（1959）所组成。它们分别是以战前卡斯蒂利亚农村、作者家乡拉卡罗利纳的矿山以及海港城市马拉加为故事展开的场所的、情节各异的故事。安杜哈尔艺术地再现了西班牙上述三个空间的社会现实，从政治、经济和文化角度勾勒出战前的西班牙。

《平原》描绘的是拉曼查地区一个名叫圣栎的小村。这个虚构的地方是卡斯蒂利亚平原任何一个小村庄的代表。这是一个几个世纪以来昏睡不醒的、与世隔绝的、保持着陈规陋习的领主领地之一。书中描述了贪婪成性的领主圣地亚哥，依靠设置圈套、制造陷阱等恶劣手段，随心所欲地统治着顺从的农民。他掌握着地方政权，控制着选举机器，决定着议员人选。书中另外一个人物，受人尊敬的庄园主的儿子贝尼托，他曾在马德里受过教育，具有高贵的品德，为人慷慨大方。他受到具有社会主义思想的马具匠何塞的影响与支持，成为穷人的“代言人”。由于村民因循守旧，惧怕领主的淫威，再加上领主一方的阴谋诡计，在竞选中贝尼托被击败，痛苦地离去。作者揭示了无力自卫的西班牙农村的停滞落后状态。几个世纪以来农民们认为不平等是一种理应如此的自然现象，至少是不可避免的。此外，除了领主和贝尼托外，书中另外两个较突出的人物形象是贝尼托的母亲加夫列拉和马具匠何塞。加夫列拉是西班牙品德高尚女性的象征。领主的魔爪伸向庄园主，通过制造意外事件，害死庄园主。这时加夫列拉勇敢地挑起保护自家遗产和培育孩子的重担，贝尼托就是她一手培育起来的正直的热血青年。她认为她不干涉男人们的事情，只要是干好事，她从不阻挠。她那崇高的感情使得她一直站在正义的一边。何塞是正直俭朴的村民形象。他本能地善于辨别良莠，他支持能改变村民现状、摆脱领主压迫的候选人。

安杜哈尔的三部曲运用了现实主义手法，有人称他是19世纪著名小说家加尔多斯的最佳传人。

1967年他回到西班牙后陆续出版关于战争、流亡等内容的短篇小说，回国后与阔别多年的西班牙接触的感受收集在《空荡荡的地方》（1971）。1973年出版了《故事里的故事》。这是安杜哈尔酝酿多年而写就的一部关于内战的著名小说。

从文体上看，安杜哈尔从体现加尔多斯风格的《前夕》向具有象征含义内容的《光明灿烂的地带》（1973）的文风转化。安杜哈尔、森德尔与马克·奥普是西班牙流亡叙事体文学作家中的三位杰出代表。

小说家**拉蒙·森德尔**（1901—1982）生于西班牙阿拉贡地区的韦斯卡省，中学时代就显出文才。西班牙内战使他身历妻亡子散、四处流亡的丧失家园之痛。战争结束后，森德尔开始了漫长的政治流亡生涯。他逃到墨西哥城，继续他的文学事业。1942年他到美国定居。同大批的流亡知识分子同胞一样，他主要在美国的大学里以教书写作为生。他和马克·奥普是西班牙战后流亡文学最引人注目的人物，也是有影响的世界性作家。从1939年到60年代初期，他的书在西班牙国内属于被禁之列。1966年开始，他的作品在国内出版、发行，获得了好几项文学奖。森德尔还是一位极有个性的批评家。他最崇敬的西班牙作家是巴列-因克兰、皮奥·巴罗哈、古代的费尔南多·德·罗哈斯和克维多，在他的作品里也可以分别找到他们的影响。他也从不掩饰对某些文学大师——如阿索林——的保留意见。

流亡前的重要小说有《磁铁》（1930）、《七个红色星期日》（1932）和《在地方割据兵营里的威特先生》（1936）。《磁铁》的主人公阿拉贡青年战士维恩塞与森德尔本人一样在摩洛哥战场经历了西班牙军队的失败，他穿越撒哈拉沙漠，吃尽种种难以想象的苦头，想找到另一支西班牙部队，不料那支队伍也已经被消灭，他被敌人活捉，遭到非人的折磨。后来他得以逃脱回乡，哪知他的村庄已经被新建的水库淹没，搬迁到新地方的人们根本不在乎他为国战斗的光荣历史，他一无所有，在绝望中想到了自杀。《磁铁》揭示出普通西班牙人为统治者所利用，被剥夺了人的尊严。关注的焦点是人在极端条件下的生存本能、思想和希望。《七个红色星期日》写了30年代马德里的一次大罢工，从第一个直到最后一个星期日，都有流血事件发生。工运的内讧导致了罢工失败。《在地方割据兵营里的威特先生》是作家第一本重要的历史小说。故事背景是第一共和国时代（1873）穆尔西亚省反对中央政府而欲独立的叛乱战争。风度儒雅的英国医生威特和他天性活泼的西班牙妻子生活在起义者的城市，小说以他的角度冷静地记载大街上发生的革命。其妻受起义者的热情和理想感染也积极参加护理伤员工作。医生怀疑热情的妻子和其中一个伤兵（她的侄子）有情，因为嫉妒而没有及时抢救他，酿成了悲剧。此后，威特先生良心不安，带着自责和对革命的复杂心情回到了英国。小说叙述形式完美，语言精当，被一致认为有很高的艺术成就。

《人的位置》（1939）、《黎明纪事》（1942—1966）和《一个西班牙农民的安魂弥撒》（1953）是三部关于内战前后阿拉贡地区生活的小说。其中九卷本的《黎明纪事》是森德尔最著名的小说之一。这部书有很强的自传色彩。西班牙共和国的年轻军官何塞·加尔塞斯被囚禁在法国的监狱营里。共和国的事业成了他活下去的唯一支柱。当听到内战失败后，他决定自杀。小说以他死前写的自传形式讲述了他一生的经历。《一个西班牙农民的安魂弥撒》通过神甫莫森·米扬的回忆讲述了农民巴科遇害的故事。农会领导巴科搞土改，分了贵族的土地。地主势力反攻倒算，杀害了许多农会成员，但是巴科却逃脱了。神甫米扬从巴科父亲处得知他的下落。在地主的压力和宪警许诺不杀的情况下，神甫出卖了巴科。但是巴科一经被抓获即被处死。故事情节在神甫为巴科作安魂弥撒时的大量回忆中展开。上述作品展示了20、30年代西班牙的政治和社会现实，但是作家关注的是人物的自我理想和价值的实现。尤其是《一个西班牙农民的安魂弥撒》刻画出了典型的西班牙农民形象。这些书的另外一个优点是记录了阿拉贡地区的生活风俗。

《星球》(1969)是森德尔最重要的代表作。内战结束后，流亡在法国的西班牙人塞伊拉被迫再次乘船逃到美洲，故事就发生在船上。从作品所塑造的众多的人物名字，诸如“然而教授”、“什么先生”，即可看出这是一本充满哲理象征和道德探索的寓言体小说。星球是作家描写的芸芸众生之上一元性的终极现实的隐喻。书中涉及的重大主题是死亡的力量、作家独特的人的道德理论(hombría / persona)，当然也有政治的幻灭。小说融合了现实主义、幻想、哲理抒情、象征主义等多种风格，而且情节紧张，故事充满戏剧性，是森德尔最雄心勃勃的尝试。

《国王和王后》(1949)描写了内战爆发时马德里一位女公爵和她的仆人罗慕罗的故事。这本寓言和现实主义相结合的小说是森德尔的典型之作，人物的个人生活和理想追求被置于广阔的社会事件之中。女公爵是主人公的绝对理想的化身。罗慕罗在理想的激励下参加了战争，成了一名英雄。最后，女主人临死前向她的仆人说出，他是她一生见过的唯一真正的男人。此书再次阐发了作家有关人的观点。

除了大量的长篇小说外，森德尔还写过八本短篇故事、八个剧本、厚厚的一本诗集、十一本报章和批评文集。

西班牙小说家和戏剧家**马克·奥普**(1902—1972)生于巴黎一个富商家庭，从小受过严格的古典文化教育。他的父母亲分别是德国和法国的犹太人。第一次世界大战爆发后，德法为敌。为了躲避战乱和迫害，12岁的奥普随家迁往西班牙的巴伦西亚定居。稍长，奥普选择了西班牙国籍。

1939年内战结束后作家逃亡到法国，却被关进了难民营，在自己的出生地做了一名囚犯。后来他又被转到北非阿尔及利亚的集中营，亲身经历了20世纪历史中最恐怖的事件。1942年，奥普设法逃离法西斯魔掌，在墨西哥安顿下来。从此他一直在墨西哥生活、工作。70年代开始，他的文学地位被西班牙人重新发现，得到国内文坛的肯定。他在西班牙的生活实际上不过25年时间，但是一辈子都自认是西班牙人，而墨西哥是他的第二祖国。

内战前，奥普的文学思想和创作实践有很强的先锋派色彩。他的处女作在最负盛名的《西方杂志》上发表。早期的抒情中篇小说《地理》（1921）、《绿色寓言》（1934）给他带来了文名。后者是奥普的第一本虚构传记，几经增删修改，成为他的佳作之一。该书使用书信体形式描写主人公——一位诗人的生活挫折，以人物自杀告终。这些作品的特点是强烈的抒情、生动的想象和语言的感染力。

奥普的重要作品都是在流亡中完成的。他的小说代表作是描写西班牙内战及其悲剧后果的、规模宏大的系列小说《神奇的迷宫》。这些小说的题目都带有一词多义的字campo（田野、战场或者营地，包括集中营）。文学史家把这部巨作誉为描写西班牙内战的第一部小说，也把奥普奉为最重要的当代西班牙小说家之一。“迷宫”一词是奥普对西班牙也是对20世纪人类生活历史的定义。他说：“西班牙是一座迷宫。为了继续生存下去，整整一代年轻人成了我们所遭浩劫的牺牲品。”系列小说题材广泛，包括各种意识形态的交锋，西班牙内战，集中营生活，流亡生涯等时代生活的重大方面。系列小说的文学特点也同样多样化：详尽的描写，快速的情节，闪回，独白，文件书信形式，道德审视，长篇沉思，生动的对话，不一而足。有些书的情节由众多的故事片段组成，可以分成各自独立的中短篇小说。奥普的文学能力，特别是讽刺和幽默才能，使他的小说避免了说教，没有沦为简单露骨的抗议或谴责。奥普惯于把真实的历史人物和虚构的形象并置一页的手法也使这些小说增色不少。《封闭的战场》（1943）从描写内战前十年的西班牙社会冲突开始，到战争开始时巴塞罗那街头混乱的巷战结束。小说通过主要人物青年拉斐尔·塞拉多尔的生活和思想，批判、揭示了战前政界的骚动、思想界的混乱和社会的不义等潜伏的危机导致内战发生的历史必然性。《血沃战场》（1945）和《开放的战场》（1951）从交战双方的角度讲述了战场和城市里的战斗情况。但是很少正面描写战斗场面，而是对准大后方的人群，刻画诸色人等对战争的心理反应。《摩尔人的田野》（1963）描写了马德里保卫战的最后日子。书名既指佛朗哥的摩洛哥雇佣军，又指马德里城内的同名公园。《法国营地》（1965）描写了西班牙难民逃离家园又落入法国集中营的悲剧境地，内容以奥普的亲身经历为基础。《杏树园》（1968）讲述共和国最后日子里的另一悲剧。一群包括官员、平民、士兵的共和派的逃亡者等待接应他们的船只将他们载往流放地，结果发现他们上的是佛朗哥长枪党人的船。这部系列巨篇里的许多主题也反复出现在短篇故事集《并非故事》（1944）、《惨死故事》（1965）、《西班牙战争最新故事》（1969）中。在短篇小说这一领域里，奥普也写出了一些优秀之作。《佛朗哥之死的真实故事》是他的名篇之一。

小说《好心好意》（1954）和《瓦尔维德大街》（1961）体现的是加尔多斯式的现实主义创作风格。作者以怀旧的笔触描写了19世纪末到内战爆发前的西班牙和首都马德里的社会生活，其中重点是作者熟悉的文艺圈人士的生活，是今天了解30年代马德里文化生活的宝贵材料。传记体小说《约塞·托雷斯·康帕兰斯》（1958）被一致认为是奥普最新颖、也是文学价值最高的一部小说。小说中的人物之一是马克·奥普在墨西哥的一次学术会议上认识的、隐居在墨西哥一个土著村落的加泰罗尼亚立体派画家康帕兰斯，马克·奥普对他的生平和艺术发生了浓厚的兴趣。奥普搜集了关于画家的大量档案资料，以此写了画家的传记。康帕兰斯是一个独特的艺术家。他生活放荡不羁，性格粗暴，思想上是天主教徒和无政府主义者，极有艺术天才，又蔑视一切绘画（首先蔑视自己的作品）。在巴塞罗那，他已是毕加索的老朋友，两人一起推动了画坛的革新运动。但是他不卖画，不搞展览，也不注意保存自己的作品，时隔不久他被人们彻底忘记了，命运与毕加索截然不同。内战爆发迫使他离开祖国前往墨西哥，也不得不与情人分手。画家的朋友阿方索·雷耶斯从法国给国内的胡利奥·铎利写信，请他帮助画家安家落户（以上二人都是真实的历史人物，墨西哥著名作家）。画家在印第安人部落里过上了离群索居的生活，但是生下了许多子女。此书人物虚虚实实，故事情节真真假假。作家虚构了有关主人公的大量貌似可信的档案文件，提到了一大批真人真事，书中又加上画家的许多“作品真迹”作为插页，这些都使小说成功地重建了世纪初巴黎和巴塞罗那两地知识界和艺术界的文化生活氛围，可以作为一本颇有见地的现代艺术批评。小说发表不久即得到好评，被认为是奥普最好的作品。

奥普的戏剧创作在西班牙文坛上也占有重要位置。他一生共写了大约50部剧本，经历了类似他的小说的创造轨迹。战后的主要剧作包括10出长剧和23出独幕剧，涉及的题材比小说更加广泛，但是中心思想仍然是我们时代的生活经验以及欧洲和世界的命运。这些剧本的总体特点是记录性的现实主义语言风格。《夫妻生活》（1942）描写了普里莫·德·里维拉独裁时期对无政府主义者的迫害。《回归》（三幕分别写于1947、1960、1964）表现的是流亡者归来的故事。《“圣·胡安”号》（1942）同样讲述了欧洲人逃离极权政府的苦难经历。《瞑目而死》（1944）写法西斯主义对法国的威胁，源于小说《法国营地》。《不》（1949）表现的是战后德国柏林墙两边人民的精神悲剧。《包围》重演了切·格瓦拉之死。《将军的半身肖像》讲的是越战故事。此外，奥普还是严谨的文艺学者和批评家，著有关于西班牙当代小说、戏剧、诗歌、文学史和墨西哥文学研究著作多种。

1939年内战结束时西班牙诗歌界处于如下情况：在内战中，1936年“98年一代”的乌纳穆诺谢世，马查多流亡出走，离开西班牙数日后客死异邦。在“14年一代”的这些“哭泣的流亡”的西班牙文人中，有属于后现代主义不同流派的诗人，或革新派的诗人，如恩里克·迭斯·卡内多（1879—1945）、胡安·何塞·多门奇纳、何塞·莫雷诺·维亚（1887—1955）、莱昂·费利佩，还应包括不属于任何流派的胡安·拉蒙·希梅内斯。“27年一代”的十个重要诗人中，除了加西亚·洛尔卡被杀害，阿莱克桑德雷、赫拉尔多·迭戈和达马索·阿隆索留在国内外，其他的诗人均流亡出走。而属于“36年一代”的杰出诗人米格尔·埃尔南德斯在1942年死于狱中。内战与流亡使得诗歌创作进入低谷，一度中断。

流亡诗歌具有某些共性。他们诗歌创作的永恒主题是怀念失去的祖国，到1945年这种对祖国的怀念之情有所发展，发展到表现诗人们的绝望心情和对内战中胜利者的辱骂、谴责。这种忧伤之感、浓郁的凄楚之情在莱昂·费利佩的诗歌中表现得尤为突出，如《被掌嘴的小丑》、《火把》、《哭泣的西班牙流亡者》（1939）。与西班牙主题同时并存的还有：悼念亲人之死，感叹战争的失败，感慨集中营里的苦难生涯，游子他乡寻觅立锥之地的艰辛等。随着时间的推移，流亡诗人的作品中的上述特点逐渐让位于痛苦的思乡情，对遥远故土的美好回忆，回归故里的殷切心态。这种情感的表述充分体现在拉斐尔·阿尔维蒂的《遥远记忆的回顾》的诗歌里。当然除了这些主题外，还有扩展到具有世界意义的主题，表达诗人对周围环境新事物的关注。

莱昂·费利佩（1884—1968）原名叫费利佩·卡米诺·加利西亚。他出生于萨莫拉。后来在阿尔及利亚和西属赤道几内亚从事药剂师工作。他在国外流亡期间，从西班牙语美洲的其他几个国家最后辗转来到美国和墨西哥，在大学从事西班牙语教学工作。1968年在墨西哥逝世。

从他的年龄上看，他应属于“新世纪派”，即“14年一代”的作家。但是他与这个流派主张非人性化、从事纯诗歌创作的诗人们走的恰恰是相反的道路。他的诗歌具有明显的社会内涵，流亡期间的诗作尤其如此。他的诗作不仅是西班牙三年内战的有力见证，而且其中的许多诗歌是投向佛朗哥独裁统治的巨型炸弹，具有震耳发聩的力量。他在《分配》一诗中这样写道："没有诗人，西班牙便不能存在，/胜利了的叛军们听着，佛朗哥听着：/庄园是你的，/房子/与/手枪也是你的，/大地古老的声音是我的。你把一切据为己有/让我们身无分文，四海漂泊……/可我要把你们变成哑巴，……哑巴！/如果我把歌声带走，/你如何收割小麦？/又怎样添柴烧火？"另外一首题为《一节教义课及一出劝世短剧》的诗是他为悼念死在流亡路上的"98年一代"的诗人A.马查多而创作的。在这首诗里作者以鲜明的爱国情、满腔的愤怒对佛朗哥与长枪党徒们进行了无情的讽刺与控诉："上帝一向就存在，我的孩子们。/自然是先有上帝/长枪党徒及其兵痞/后来才把他印在衬衫及旗幡上。/自然是先有上帝/他们后来才以他的圣名命名/军团/和飞机。/自然是先有上帝/他们后来才把他的圣像钉在/兵营/及牢房门上。/自然是先有上帝/大主教们/伟大的娼妇们/及背信弃义的将军们/后来才把他变成金光闪闪的勋章/挂在自己的脖颈上。"

西班牙共和国事业的保卫者、"27年一代"的另一位诗人**路易斯·塞尔努达**（1904—1963）1938年流亡出走，最后病死墨西哥。他以《云》（1937—1940）这部诗集表述了他身居异国他乡，犹如飘浮的云烟。诗中塞尔努达倾吐了他对西班牙佛朗哥政权的切齿仇恨，也抒发了对阔别多年的祖国的怀念之情。诗中吸收了当代英国诗歌的有益成分，通篇显得客观深沉。诗人的最后一部诗集《吉梅拉的绝望悲哀》（或译为《怪兽的悲哀》）里的大部分诗作是诗人近60岁时写的。在诗集里这位自以为行将就木的老人以此诀别之作展现了以下四个主题：怀念失去的童年天堂；哀叹无能为力的爱情；环顾流亡的处境与思念祖国以及对艺术家命运的感触。他虽然怀念祖国，但他不愿意回到佛朗哥统治下的西班牙，只得在流亡中终其余生。他在诗歌中重提“两个西班牙”——一个现实的西班牙，一个理想的西班牙——的话题。诗人为“袈裟与军服”统治下的万马齐喑的西班牙感到痛心疾首，为“打倒知识！”、“枷锁万岁！”的西班牙感到愤慨。他在体弱多病、生命垂危时刻，仍然念念不忘加尔多斯笔下的那个理想的西班牙：“你真正要的不是那个你朝思暮想却沮丧颓废的西班牙，／今天在那里作威作福的是一群混蛋流氓，／你要的是生气勃勃的，高尚纯洁的这个西班牙，／是加尔多斯在他书里塑造的西班牙，／那个西班牙只能“安慰”我们，这个西班牙才能治愈我们的病痛。”

胡安·何塞·多门奇纳（1898—1959）是文学评论家、诗人、小说家。在马德里出生并读完中小学。曾修完师范院校的课程，但并未从事教师职业。很年轻的时候就为著名的报纸、杂志如《大公报》的星期一版、《西班牙》、《笔》、《西方杂志》撰稿。还以读者极为熟悉的笔名“赫拉多·里维拉”为《太阳报》撰写文学评论文章，笔锋犀利，见解深邃。

内战前，多门奇纳于1917年发表《寂静的提问》（1918）、《抽象的形体》（1929）、《迷宫》（1932）。他是个巴罗克式的、讲究修饰的、冷冰冰的诗人。他的早期诗作带有胡安·拉蒙·希梅内斯的纯诗歌的影响，他后来成熟的作品里突出了瓦雷里的影响。

1942年发表了流亡后撰写的第一部诗集《流放》，随后出版了《阴影的激情》（1944）。他是西班牙抒情诗诗人中从纯诗歌向重新强调人性化方向转变的典范。1958年出版的完全是宗教性质的诗歌《吃惊的事》被评论界视为他的最佳之作。

对那些被迫流亡在外、离开祖国原有观众的剧作家们来说，尽管创作困难重重，但是西班牙战后戏剧中相当大的一部分剧作是在西班牙境外写就与上演的。谈到流亡戏剧时，不能忘记20年代就已经开始的戏剧革新，而且这种改革在第二共和国以及内战时期变得更加深入，这就是由著名演员马格丽塔·希古和里瓦斯·切里夫在舞台上传达给观众的巴列-因克兰、加西亚·洛尔卡的革新戏剧。在1936年巴列-因克兰、洛尔卡相继离开国内舞台以及内战结束前“27年一代”的剧作家纷纷出走的情况下，西班牙流亡戏剧按照下面四个方向发展：1）由巴列—因克兰、加西亚·洛尔卡开创的诗剧创作后继有人，在亚历杭德罗·卡索纳手中得到发扬光大。2）马克·奥普以及何塞·里卡多·莫拉雷斯具有存在主义倾向的某些戏剧。3）亚历杭德罗·卡索纳笔下的部分消遣娱乐性戏剧。4）马克·奥普笔下大量的、具有历史见证价值的现实主义戏剧。

在流亡作家中“27年一代”的阿尔维蒂、萨利纳斯都曾撰写过戏剧，还有另外一些剧作家像阿尔托亚吉雷那样，从事与戏剧有些关联的电影工作。此外还有几个戏剧家，如莱昂·费利佩、何塞·本哈明、拉斐尔·迭斯特（1899—1981）和保利诺·马西普。

莱昂·费利佩、本哈明两个人的创作倾向是追求韵律铿锵的诗剧，如前者的《祸根》是一出再现希腊神话帕利斯故事的优美诗剧，后者则是涉及内战主题的《上帝的女儿》、《小游击队员》（1945）。至于拉斐尔·迭斯特和保利诺·马西普的创作倾向则是当时时兴的、具有讽刺韵味的现实主义戏剧。迭斯特剧作中涉及内战主题的戏剧有《美妙的新组画》，而马西普在流亡期间写的闹剧中以《制造奇迹的人》、讽刺行政官员的《提审人》较好。

亚历杭德罗·卡索纳（1903—1965）的原名叫亚历杭德罗·罗德里格斯·阿尔瓦雷斯，出生在阿斯图里亚斯的奥维耶多省。曾在奥维耶多大学、穆尔西亚大学学习过哲学和文学，最后毕业于高等师范学院。曾经做过教师。

在第二共和国期间，他曾任人民剧院的负责人，并将古典戏剧家的作品加以改写搬上舞台。他的戏剧才能在战前就已经展现。他试图以反自然主义模式改革西班牙的戏剧。1933年获得戏剧大奖的《搁浅的美人鱼》是一部将奇情异想的戏剧情节、含义深邃的象征手法和优美铿锵的语言十分和谐地糅合在一起的佳作。

1936年他在剧坛上以《我们的那大恰》获得巨大的轰动效应，这与其说是来自文学成就不如说是出于政治原因。但是这部作品也标志着这位剧作家在戏剧创作上的转向，也就是说，与诗剧决裂，主题转向抨击弊端，如抨击所谓的革新派阵营。

卡索纳1937年就离开了西班牙。1941年到阿根廷定居，他的大部分剧作是在阿根廷创作的。1945年上演了《没有渔夫的小船》，这出从主题到结构上与《搁浅的美人鱼》以及后来的《魔鬼再次来临》都极为相近的剧作，为卡索纳在阿根廷赢得声誉。

此后上演的其他诸多剧目中值得一提的有《阿尔克斯的女磨坊主》（1947，实为将19世纪著名小说家佩德罗·阿拉尔孔的小说《三角帽》改编搬上舞台），1944年上演的诗情画意的《晨曦夫人》被认为是卡索纳剧作中的佳品。在阿斯图里亚斯的一个偏僻村庄一农户为婚后不久便"溺水"而亡的安赫利卡悲痛欲绝时，佩雷格里娜忽然造访。佩雷格里娜（这个名字具有貌美的漫游姑娘的含义）—— 一个死神的象征经常到村里来"物色"她的狩猎对象，基本上是手到擒来，马到成功。如此善良貌美的女人到此借宿受到全家的热情接待，尤其是受到孩子们的爱戴。但这家见多识广的老祖父对她颇有戒心。在她与祖父的言谈话语里，常常影射她奉命而来的"工作任务"，但又引而不发，话到嘴边留半句，从而充满神秘气息，牢牢地抓住观众的心。在她对付强悍骑手马丁·德·纳塞斯时，只有这一次，由于佩雷格里娜的疏忽——睡着了，她这双罪恶的捕获猎物之手未能如愿以偿，只能悻悻而别，但扬言不日还将返回。有一天马丁从河里救出一个自杀的女孩阿德拉并将她带回家里。开始时这个不幸的女孩遭到全家的白眼，因为大家依旧怀念着安赫利卡，但不久女孩以其人品赢得全家的欢喜，取代了大家心目中的安赫利卡，只有马丁对阿德拉冷若冰霜，从来没有以好脸相待。实际上马丁爱着阿德拉，但藏匿了真实的情感。因为马丁清楚地知道，安赫利卡并没有溺水而亡，而是在婚后的第三天夜里与情人幽会私奔了。为了维护家族和妻子的名声，马丁谎称安赫利卡被河水冲走、淹死。只要安赫利卡还活着，他与阿德拉的结合是不可能的。在圣胡安节的晚上，全村载歌载舞，沉浸在欢乐之中时，佩雷格里娜的再次出现引起老祖父的不安。但当她了解到思想苦闷的阿德拉的轻生念头和马丁对女孩的情愫后，这次她选中的狩猎对象不是阿德拉，而是私奔后又被情人遗弃的、回家请求宽恕的安赫利卡，佩雷格里娜诱导她跳河自杀。这个结局不仅继续维护了家族的名声，又解除了马丁的后顾之忧。与《晨曦夫人》在主题与结构上相类似的戏剧还有《带有七个阳台的房子》（1957）。他返回西班牙以后出版了演绎黄金世纪作家克维多形象的作品《脚踏金马镫的骑士》（1964）。

他总共撰写了22部正剧、5部闹剧，2部儿童剧和4部改编的戏剧。他的戏剧作品的特点是抒情性极强，充满奇异的幻想，以温情脉脉的活力赋予富有象征含义的、诗情画意的人物与剧情。卡索纳的剧作被译为数种外国语言，甚至还有希伯来语。

葡萄牙文学 第二次世界大战爆发前不久，作为葡萄牙政府首脑的萨莫拉又兼任了国防部长和外交部长两个要职。大战中，葡萄牙奉行中立政策，直到美国参战后，当同盟国似乎已胜利在望的时候，葡萄牙才向盟国提供了亚速尔群岛的基地。整个大战期间，葡萄牙向交战双方提供原料，特别是大量出口钨，葡萄牙因此而大获其利。贸易顺差，国家财政状况大为好转，个体经济蓬勃发展。60年代葡萄牙为了镇压其非洲殖民地的独立运动，驻扎巨大兵力，军事行动耗费了国家大部分财政收入。反对进行非洲殖民战争的呼声成为反政府的主要话题。在葡萄牙长期进行独裁统治的萨莫拉忽然于1968年患脑溢血，被迫辞职，1970年逝世后，萨莫拉家族统治也发生分裂。广大人民群众对临时政府的反动政策日益不满，军队内部出现了“军队运动”组织。该组织于1974年4月25日发动政变成功，从而结束了1926年卡尔莫纳将军开创的第二共和国，并开始了第三共和国的统治。1976年经过普选，产生以社会党领袖苏亚雷斯为首的政府，试图推动“民主化进程”，国内秩序迅速恢复，但经济问题成堆，国内形势依然严峻。

葡萄牙战后在文学方面最具代表性的人物首推**阿古斯蒂娜·贝萨·路易斯**（1922—　）。她出身名门世家。1948年处女作长篇小说《封闭的世界》问世，一举震动葡萄牙文坛。随后，又于1954年创作了长篇小说《女预言家》。这两部作品被认为是当代葡萄牙文学中最具有革新精神的范例。两部小说都取材于葡萄牙北部一个农村贵族世家的生活变化。作者对一系列旧贵族形象做了认真细致的心理和社会分析。作品的革新之处在于用崭新的思辨语言去表现浓郁的乡土氛围，从而开创了一种新巴罗克风格；在作品的时空结构上，作者采纳了普鲁斯特的技巧；在对人物和情节的分析上，她接受了柏格森的思想，坚持对每个人物都进行仔细的心理解剖，因为“没有一个人的灵魂是简单的”。她善于描写性格狂妄和固执的人物，因而书中的角色往往带有希腊悲剧中的神话含义；同时她还善于揭示人性中的盲目力量，因为她认为正是这一力量导致人类犯下各式各样的错误。随着时间的推移，阿古斯蒂娜·贝萨对人类激情的种种表现进行了更加深刻的思考，艺术创作手法更加成熟。1980年问世的长篇小说《修道院》重新捡起农村题材，揭示出母权制社会残留的影响对人性的压抑。1994年长篇小说《佛兰德协奏曲》问世，作家抓住了两种社会情绪的冲突：一种情绪是无论社会上存在着多少丑恶，人们都无忧无虑地生活；另一种是抓住丑恶与之斗争。前者认为后者“狗拿耗子”；后者认为前者“醉生梦死”。而生活在丑恶中的人则“坐山观虎斗”。这部长篇小说如同前几部作品一样，读者从中找不到一条贯彻始终的主线，因为每个人物就是一个个时间和空间的载体，他们本身的行动就把过去、现在和将来交叉起来，形成一种“存在”的力量，即人物的真实性所具有的力量。阿古斯蒂娜还认为，现实之外别无他物，超验的东西是没有的，有的只是无尽头的永恒。作者其他重要作品还有长篇小说《不可救药的人们》（1956）、《惊吓》（1958）、三部曲《人际关系》（1964—1966）、《穷人的〈圣经〉》（1967—1970）、《幸福的人们》（1975）。“4·25”革命发生以后，阿古斯蒂娜专门创作了记录这一重大事件的文学作品《克鲁萨多记事》和《怒潮》。从中可以看出她有着强烈的社会责任感和使命感。从文学流派的角度说，阿古斯蒂娜·贝萨不属于任何流派，既不接受新现实主义，也不接受存在主义，而是独树一帜。

若热·德·塞纳（1919—1978）在大学时攻读土木建筑，同时开始诗歌创作。1942年，他的第一本诗集《迫害》问世，表现了诗人极强的个性。一方面他大胆地肢解了逻辑和句法，追求超现实主义提倡的梦幻和潜意识，另一方面又固执地企图通过理性达到理性之外不可言喻的境界。1946年，他在诗集《地上的冠冕》中展现了另外一个很有特征的侧面：通过充满痛苦的形象或者腐烂的垃圾强烈谴责人类的恶劣处境。1950年、1955年和1958年，他先后发表了《点金石》、《无可置疑》和《忠实》，这三部诗集逐渐把他内心的矛盾一一揭示出来：既要讽刺现实、从而走现实主义之路，又要通过不断地否定去追求抽象的、不可言喻的境界，即超现实主义提倡的梦幻；与此同时，他还特别偏爱某些传统的艺术风格，如意大利的彼特拉克和西班牙的贡戈拉的风格。有人认为，在20世纪的葡萄牙诗坛上，塞纳是唯一一位“通过感觉进行思考”的诗人，他粉碎了浪漫主义无冲突世界的梦幻；他把历史和个人的经验加以概括、思考、论证并且公诸于众。60年代以后，他还在《变形》（1963）和《音乐艺术》（1968）两部作品中阐述了他独具慧眼的美学思想。此外，他还创作了不少小说，如：《魔鬼的游记》（1960）、《魔鬼新游记》（1966）和《大将军们》（1976）。同时，他在巴西和美国的大学里教授文学并撰写了大量文学评论文章。

索菲娅·德·梅洛·布雷内尔·安德雷森（1919—2004）于1944年出版第一部诗集，表现女诗人与自己的住宅、花园、和风、月夜等景物之间的交流关系，借助这一系列艺术形象，作者营造了一个优美、明快的诗歌世界。巧妙地掌握和谐与平衡使得她的作品有着很强的凝聚力。1947年第二部诗集《海洋日》问世，表现了她对多神教的崇拜和古典人物的追忆，其原因是“形象已经倒下”、“景物的根源也被切断”、“恐惧扰乱了花园的宁静”，因此转向了对多神的崇拜，因为那里可以有聚有散，更因为现在是最黑暗的时代，此时此刻“纯洁”与“肮脏”对舞。此后她的诗集《珊瑚》（1950）、《分裂的时代》（1954）和《新海》（1958）等都不遗余力地贯彻这一创作方针。诗集《事物的名称》集中表现时间和空间造成的“离别”具有强烈的感染力和震撼力；女诗人用自己的亲身体会证明这一残酷现实，同时又用讽刺的口吻赞美这一“离别”的情绪。诗集《二重唱》（1972）、《航行》（1983）和《群岛》通过葡萄牙和地中海国家的一系列古代人物表现了作者对上帝的敬畏和伟人们的丰功伟绩。索菲娅还创作过许多短篇小说。

埃乌热尼奥·德·安德拉德（1923—2005）于1948年发表处女作《手和水果》，赞美地上的天堂，这源于作者的亲身感受，望着肥沃土地上的作物和累累硕果、湍急的河水、浩瀚的海洋、清新的空气、灿烂的星空、春天的和风、夏日的黄昏、秋季的蓝天……，诗人浮想联翩，感到这就是构成神话的内在因素：用我们的双手可以创造美好的人间。综观安德拉德的诗歌创作，可以发现他很好地继承了西班牙“27年一代”诗人们的优良传统，即：扎根本土、为现实作证、参与社会斗争、强调艺术个性。同时，他又吸收了超现实主义的思想，追求“纯精神的自动反应”。他又从葡萄牙民间口语中汲取营养，认真提炼民谣中的精华，特别是其中强烈的音乐感。葡萄牙文学评论界认为，他的诗歌纯美异常，令人叹为观止,因为他善于熔百家所长为一炉,所以创造了完美的旋律。阅读他的作品,令人感到宛如飞鸟翱翔、置身在蔚蓝的天空上。50、60年代的主要作品有:《没有金钱的情侣》(1950)、《明天见》(1956)、《白天的心脏》(1958)、《奥斯迪那托·里戈莱》(1964)等。70年代,他的诗歌创作进入徘徊阶段。80年代至今,他的作品又恢复了高峰时期的活力和优美的艺术风格,依然是许多葡萄牙青年诗人追随的榜样。

从整体上说50年代葡萄牙文学是处于新现实主义和存在主义交汇之处。以诗歌创作为例,1950至1954年发行的诗刊杂志《圆棋子》共出版20期,它高举萨特和加缪的存在主义大旗与社会现实主义对抗。其代表人物有科多·韦亚纳、费雷伊拉、波特里奥等人。

安东尼奥·曼努埃尔·科多·韦亚纳(1923—2010)于1948年发表长诗《抒情的鸵鸟》,表现了对社会和文学的怀疑态度,凸现了诗人内心的空虚和疲倦的感觉。从艺术手法上说,他依然坚持传统的押韵方法,为的是“保持诗歌的纯洁性”。他是40年代兴起的新现实主义诗歌的先驱者之一,其作品对于一代诗人的艺术修养起到了特殊的作用。其重要作品有《寂静时刻》(1949)、《心与剑》(1953)、《太阳黑子》(1959)、《秘密报告》(1963)、《令人绝望的监视》(1968)、《精疲力竭的祖国》(1971)、《国内飞行》(1978)、《一次,一次》(1948—1983年诗歌全集)。此外,还写下大量散文和儿童文学作品。

大卫·摩拉·费雷伊拉(1927—1996)诗人、小说家和文学评论家。大学期间攻读拉丁语系语言学。曾任古本江基金会流动图书馆服务部主任、《文学·对话》杂志主编,在里斯本大学文学系任教。在文学创作方面,他涉猎极广,善于创造性地吸收欧洲重要作家和作品提供的营养。他说:“欧洲对我来说首先意味着母亲般的保护(就历史和地理角度而言);与此同时,欧洲又是一位不复存在的母亲,是一位总是拖延婚期的未婚妻。”这里的“未婚妻”指的是欧洲文学思潮的任性和多变。在他的作品中可以感觉到欧洲文学名家的影响。但是从他早期的作品可以看出，他绝对不盲从任何一家，而是进行开创性的实验。他的作品常常表现这样一种矛盾的情绪：一方面是唐璜式的初恋激情；另一方面是对世界末日的忧虑。1959年他的第一部短篇小说集《地上的海鸥》问世，出色地塑造了几个妇女形象。第二部短篇小说集《情人们》于1968年出版，叙述几对恋人对爱情的体验，由于故事动人，又剪裁得十分得体，问世后很受读者欢迎。其他重要的作品还有《影子和身体之间》（1980）、《发光的肉体》（1987）、《床上音乐》（1994）等。小说有《夏日风暴》（1954）、《四季》（1980）、《幸福的爱情》（1986，获得葡萄牙作家协会颁发的小说大奖）等。散文有《当代20位诗人》（1960）、《文学暴动》（1962）、《论批评和文学史》（1969）、《关于人》（1976）、《葡萄牙语作家研究》（1989）等。

费尔南达·波特里奥（1926—2007）是一位女诗人和小说家。先后在科英布拉和里斯本读书，大学期间攻读古典语言学，翻译过但丁、斯丹达尔和波德莱尔的作品。参加过发起葡萄牙作家协会的工作。曾为许多报纸和杂志撰稿，其中就有《圆棋子》和《圣杯》。1951年出版第一部诗集《抒情的坐标》，主要表现激情破灭后的冷酷以及一种“疲倦和空虚的感觉”，是聚集在《圆棋子》杂志周围的诗人们特别推崇的作品。嗣后转入小说创作，主要作品有《七个段落之谜》（1956）、《私人日历》（1958）、《母猫和寓言》（1960）、《没有音乐的土地》（1969）、《夜里我梦见了布鲁埃尔》（1987，获得国际文学评论协会葡萄牙中心颁发的文学批评奖）、《戏剧性地穿上了黑礼服》（1994，获得国际笔会小说奖）。这些作品总是摇摆在这样两个极端之间：为生存而感到绝望和给真实的日常生活以评价。文学评论界认为，作者常常用冷嘲热讽挖苦这一矛盾心理，既反映了她对社会现实的不满，也说明了她本人的内心苦闷，其作品的意义在于深刻地表现了社会转型期造成的传统价值观的解体在人们愿望上的反映。

新现实主义文学的发展对前葡属殖民地国家和地区，如巴西、佛得角、澳门等产生了积极的影响。到了50年代末，这一流派与存在主义汇合在一起，出现了一位转折时期的代表人物——**乌尔巴诺·塔瓦雷斯·罗德里格斯**（1923—2013）。他青年时期，在里斯本大学攻读语言学。1949年到1955年先后在法国三所大学讲授葡萄牙语。1957年到1959年，在里斯本大学文学系任教。嗣后，因政治原因被迫辞职。直到1975年4月25日革命胜利后才返回学校。从50年代末起，他遵循存在主义的思想陆续创作了大量的短篇、中篇和长篇小说。此外，他还写下许多散文、评论、记事和游记。作品的内容大体上可以分为三个方面：对童年的回忆，青年时在国外的体验和在首都里斯本的生活。主要作品有长篇小说《太阳的私生子》（1959）、《解体》（1974）、《热浪》（1986）、《香堇菜与黑夜》（1991）、《漂流》（1993）。

继新现实主义与存在主义汇合之后，不断地又派生出许多新的流派，这个阶段的葡萄牙文学逐渐走向多元发展态势，如与现实主义对抗、主张精神上要“皈依上帝”、艺术上要用“话语”建造可供上帝和天使居住的天堂的“玄学派”；再如主张“介入社会”、密切注视社会矛盾的变化、为社会民主化而斗争的“人民社会现实主义”，但是，无论前者还是后者，都不是阵营稳定、界线分明的，一个作家的具体表现常常是多变、多样的。

路易斯·韦卡·雷道（1915—1987）是“人民社会现实主义”的代表人物，以为民主而战的坚定性闻名于葡萄牙文坛。主要作品有《石头的夜晚》（1955）、《石头组诗》（1964）、《走和看》（1976）、《长路短行》（1985）等。这些作品反映了作者在独裁政权的监狱中以及流放巴西（1967—1976）的经历。他的狱中诗作因其直率和纯真的感情而极富感染力；诗人的坚强性格和反抗精神在广大读者中很有影响。

埃希托·贡萨韦斯（1920—2001）青年时期在波尔图大学攻读工程技术。曾经在一系列文化协会担任领导工作，如葡萄牙作家协会、波尔图记者协会、波尔图实验话剧社。50年代，他创办和领导了《蛇》（1951）、《树》（1952）和《封锁的消息》（1957）三种杂志。1950年开始发表诗歌《献给岛上同志的诗》；1952年发表《可能越狱》；1957年发表《失望的流浪汉》；尤其是1958年发表的《伴随你的面孔旅行》，突出表现了诗人这样的意图：通过幽默和理性的表达，把超现实主义的思想原则与生或死的现实选择、特别是与城市中的严酷现实结合起来，同时他也谴责社会生活中的荒谬现象。《寂静的档案室》（1963）证明诗人已经把这一创作倾向发展到了一个新高度——讽刺与抒情相结合。1970年，他在《稻草里的火柴》中通过自己参加反独裁统治斗争的经历讲述了思想上的变化。1975年发表的《森林之光》既有对"4.25"革命事件的目击记录，更有作者自己的思想分析，整个组诗节奏明快，充满激情。他是60、70年代新现实主义走向成熟时期的代表人物。

卡斯米洛·德·布里托（1938—　）1958年发表处女作《不完美的孤独》，歌颂他长久以来迷恋的东西（如风化岩石、海滩风光、沙土、贝壳等），同时抒发了他对社会民主化的渴望。从1961到1981年出版的十部诗集中可以看到布里托在艺术形式上极力追求多样化，如《电报》（1961）在努力营造有规则的结构，而《迷宫》则最大限度地夸张错乱对意境的重要性。他在艺术上的花样翻新一直影响着葡萄牙诗坛。70年代末，他把注意力转向了长篇小说的创作。《模仿快感》（1977）反映了他对性爱的思考，揭示了孤独和社会偏见对人性、特别是对性欲的压抑，出版后在读者中引起强烈反响。《敏感的祖国》（1983）表现了作者的民主主义思想和爱国热情。与此同时，这些作品还反映了作者在哲学上的多元倾向：无论是东方的禅宗还是西方的虚无主义，无论是神秘主义还是反神学的实证主义，他都有所涉猎。作者对科学领域也有浓厚兴趣，如地球物理、宇宙学、生物学、性医学等。

若泽·萨拉马戈（1922—2010）出生在农村，后到里斯本求学。1940年开始在一家医院的机械加工车间工作，两年后转到管理部门。1959年开始在一家出版社工作。萨拉马戈没有上过大学，但是酷爱读书，涉猎甚广，尤其喜爱文学，1947年发表第一篇小说《罪孽之地》。60、70年代主要从事诗歌、散文和戏剧创作，例如：诗集《可能的诗歌》（1966）、《或许是欢乐》（1970）；散文《旅行者的行李》（1973）、《〈里斯本日报〉曾这样认为》（1974）、《札记》（1976）；剧本《夜晚》。从1980年起，萨拉马戈开始进行长篇小说创作。第一部长篇小说《从地上站起来》叙述葡萄牙阿连特如地区的一场农业危机与革命，其中着重描写了农民所受的痛苦、压迫和贫穷的生活以及对土地的眷恋、劳动中所表现的智慧和激情。该书问世后，获得两项文学奖。第二部长篇小说《修道院记事》于1982年出版，作品由两个故事组成：一个是国王动用五万名工匠、花费十年的时间、以牺牲1383条人命为代价，建造一所长250米、宽220米、设有4500扇门窗、安装114口大钟的修道院的故事；另一个是洛伦索神甫在一对恋人（士兵巴尔塔萨尔和农村姑娘布里蒙达）的帮助下发明和制造"大鸟"的故事。书中描写了两种"意志"：国王凭借权力建造修道院的"意志"和神甫运用智慧和民众的支持实现发明"大鸟"的"意志"。前者是滥施淫威，劳民伤财，制造迷信和个人崇拜；后者发挥聪明才智，创造新事物。修道院和"大鸟"的象征意义是针锋相对的：一方面是批判独裁专制和对真理、权力的垄断；另一方面是歌颂人类的创造精神和纯洁的爱情。小说出版后获得评论界的好评，1982年荣获葡萄牙笔会奖和里斯本市文学奖。萨拉马戈的另一部轰动文学界的长篇小说是《失明症漫记》（1995），讲述了一个令人不安的故事：葡萄牙某地突然发生一种奇怪的流行病，它让人们迅速地失明。尽管这种时疫很快就消失了，可是留下的后遗症却是非常可怕的，所有的人类文明财富也都变成了废墟。1996年

1月巴西总统卡尔多佐授予萨拉马戈一项巴西最高文学奖——为纪念葡萄牙大诗人卡蒙斯而命名的卡蒙斯奖。萨拉马戈其他的重要作品还有:《里卡多·雷伊斯死亡之年》(1984,获葡萄牙笔会奖、意大利卡维尔奖、英国独立报奖)、《耶稣基督眼中的福音书》(1992,获葡萄牙作家协会大奖)、剧本《以上帝的名义》(1993,获葡萄牙作家协会和文化部戏剧大奖。)1998年他因为"以极具想象、怜悯和讽刺的寓言,从不间断地让我们再一次体会令人困惑的现实"荣获该年度的诺贝尔文学奖。

第八节　意大利文学

20世纪下半叶意大利社会经历了医治战争创伤的重建时期、工业化过程和所谓"后工业化"三个阶段,文学也相应地在各个不同时期展现了不同的风姿,以40年代末至60年代先后出现了新现实主义、工业题材文学、新先锋派这样一些重要的文学流派,70年代之后不再形成统一的文学运动,呈多元化格局。

1943年世界反法西斯战争迎来历史性转折,7月美、英、加盟军在西西里登陆,迫使意大利倒戈相向。国王于7月25日逮捕墨索里尼,9月3日同盟军签订投降书,10月13日对德国宣战。人民群众在法西斯统治下积压了20年的怒火爆发出来,抵抗运动风起云涌,以排山倒海之势,迅速扭转乾坤。抵抗运动也震撼了沉闷的文坛,原来在高压之下明哲保身的文学艺术家们走出书斋,同人民一起投身火热的斗争。首先,一些电影工作者拍出一批以抵抗运动为题材的影片,如《罗马,不设防的城市》(1944—1945)、《太阳刚刚升起》(1945—1946)等,他们把自己的作品称为新现实主义影片;稍后,大批类似的文学作品问世,如《基督不到的地方》(1945)、《苦难情侣》(1947)、《安妮丝之死》(1949)等,于是新现实主义这一名词就随着这些影片和作品的成就在国内外流行起来。

新现实主义文学从诞生到衰落，前后持续10余年，一度成为意大利的文学主流。早期的新现实主义作家都亲身参加过抵抗运动，从正面描写反法西斯斗争和南方农民与地主之间的冲突，通过游击队员、夺取土地的“暴动者”的生活、劳动和斗争，揭示他们优秀的精神品质，作品充满浓厚的生活气息和民主精神。战后意大利进行艰苦的经济恢复，绝大部分作家从50年代起把笔锋转向描绘劳动人民平凡、辛酸的日常生活，暴露社会的阴暗面。这样便产生了有名的影片《偷自行车的人》、《警察与小偷》、长篇小说《灭亡》（1954）、特写集《南方的农民》（1954）、短篇小说集《海水洗不净那波里》（1953）等。这些作品集中反映战后意大利社会存在的贫穷、饥馑、失业和不平等现象，表现出对小人物的深切同情。人道主义是基本思想特征，新现实主义只是继承了19世纪欧洲批判现实主义文学的传统和19世纪末意大利真实主义文学的特点，并没有超越它们。它的“新”的涵义是摈弃20至30年代在意大利占上风的法西斯反动文学和浮华文风，“重新”回到现实主义道路上来。

意大利在医治好大战的创伤之后，于50年代末出现所谓“经济奇迹”，主要特征是工业迅速发展。经过十几年的努力，一个工业化社会逐步形成。工业的发展使工人阶级的队伍日益壮大发展，现代化生产方式增加了劳动强度与紧张性，迫使工人承担更重的体力与精神负荷，高速度的生产带来快节奏的生活方式，将人们的适应力逼到极限。工人创造的剩余价值超过以往任何时期，但得到的好处甚微，与资本家的冲突日益加剧，60年代是工人运动高涨的时代，罢工浪潮此起彼伏，不时和激进的学生运动互相呼应，互相支持。文学创作开始揭露现代工业文明的残酷本质。作品分为两种不同的类型。其一是以传统的写实方法直接描写工厂生活，其二是在表现形式上进行各种花样翻新的实验，试图以与传统文学完全不同的新语言表现人在工业社会里处境与心态。前者称为工业题材文学，后者称为新先锋派文学。

工业题材文学描写现代工人阶级的劳动、生活状况和工会活动，既反映资本主义社会劳动者被异化的现象，也反映了工人阶级的反抗和斗争。与过去农业文明社会的文学相比，工业题材作品代表文学在内容上的变革，是现实主义文学中一股激进的支流，后来有一些作品的描写对象有所扩大，出现了以厂主、职员为主人公的作品，生活素材仍旧来自工厂，现实主义宗旨不变。乔万尼·斯特托利（1923—　）的系列短篇小说《米兰的秘密》（1954—1962）是工业题材文学的先声。奥蒂耶利、比安恰尔迪、沃尔波尼是写工业题材文学的优秀作家。

新先锋派是一种标榜与传统文学决裂、力图通过改变艺术技巧来反映发达的资本主义社会新面貌的文学，在一定程度上是20年代先锋派文学的回潮，代表文学在形式上的变革。诗人桑圭内蒂的诗集《迷宫》（1956）的出版以及他本人对诗集的评介在杂志《维利》上发表是新先锋派诞生的标志。从1960年起新先锋派形成一些活动小组，出版自己的作品。1963年春新先锋派作家聚集巴勒莫市召开第一次大会，结成"六三社"。60年代，新先锋派大量的形式主义的试验几乎统治着文学园地。新先锋派企图通过语言上的对抗实现其对资本主义社会虚伪价值体系和思想体系的否定。但是他们否定一切的做法，将语言功能缩减到几乎不能交流和无语义的程度，没有产生出特别有意义的小说、诗歌作品。不过他们从理论上提出的一些主张，启发人们对传统文学进行反思，探索新的道路，具有开拓意义。

1964年意大利经济发生危机，标志着战后"经济奇迹"的结束，1974年至1975年的危机极为严重，成为由快速发展走向"停滞膨胀"的转折点。1980年春天又爆发了持续三年多的经济危机。为了遏制危机的深化，意大利对经济结构进行调整，率先开发新技术，将经济基础从重工业向"科研——高技术工业——先进服务一体化"转变，使第三产业在国内总产值当中的比例超过55%，具有了“后工业社会”的某些特征。1987年以后，经济状况有所改善，但是高失业率、高财政赤字依然困扰着意大利。

长期的经济危机激化阶级矛盾，造成社会动荡不安，70年代恐怖组织活动猖獗，暴力事件层出不穷，连政府总理莫罗在1978年3月至5月也遭到绑架和杀害。统治阶级内部的矛盾加剧，党派斗争激烈，政府更迭频繁。因此描写政治危机和社会问题的文学作品在70年代较为突出。1978年以后，天主教民主党失去在政府中的核心地位，几大政党轮番上台执政，推行不同的改良方针。在80、90年代，生活在高科技社会里的人们，生活福利待遇有所改善，视野开阔，信息灵通，因此广大群众参与社会生活的意识变得更强，普遍关心社会各方面的问题，如妇女处境、环境保护、裁军与和平、新宗教等。话题广泛的社会舆论为文学创作提供了多样化的题材。

意大利文学的概貌在本世纪的最后30年里发生改观。1968年的学生运动在文学艺术上的积极作用，是其政治与社会主张，给了脱离现实的新先锋派致命的一击，使它从此一蹶不振，同时起了振兴现实主义传统的作用。这对于70、80年代的文学发展是一个有利的形势。由于新先锋派对传统的破坏和它自身的被否定，作家得以摆脱流行模式，可以比较广泛地进行选择，比较自由地创新。因此，各种不同水平、不同方向的作家相继奉献出自己的作品。这些作品既无共同来源，也不代表共同的前景；有值得重视的个别现象，有重要的作品，但没有形成明显的流派，这一文学现象形成异彩纷呈的局面。具体地说，现实主义原则得到恢复和发展，实验主义在继续实行，独辟蹊径的作品时时出现，消费小说也在泛滥，全景图是斑斓驳杂的。老作家莫拉维亚的“论述性”新小说，夏侠的侦探推理式小说，卡尔维诺的寓言式小说，埃科的仿历史小说，福的政治喜剧各自具有一定的代表意义。

卡尔洛·莱维(1902—1975)出生于都灵，毕业于医科大学，行医不久即改行从事绘画，供职于埃依纳乌迪出版社。他积极投身于反法西斯的地下斗争，参加过“自由党”组织，创办进步刊物《正义与自由》，因而几度被捕。1935至1937年他被流放到南方偏僻的山区路卡尼亚，1939年被迫流亡法国，1942年回国，1943年再次入狱。获释后他被推选为民族解放委员会委员，参加抵抗运动的领导工作。全国解放后，莱维先后任佛罗伦萨《人民国家日报》、罗马《自由意大利报》的主编。1963年他作为意大利共产党的代表当选为参议院议员。

莱维作为一名政治活动家和新闻工作者，擅长以敏锐的眼光及时报道各种社会问题，贫困落后的南方是他关注的焦点，而特写是他得心应手、运用自如的文学体裁。他的作品既有政治家的理性剖析，又有画家精细的白描，融深刻性与形象性于一体，风格独特，行文简洁，语言自然而纯净。

《基督不到的地方》(1945)是莱维的成名作，写成于1943年被关押的牢狱中。他“在记忆里重游”30年代的流放地路卡尼亚，以沉痛的心情描绘那里长期被饥馑、瘟疫、灾荒、悲哀和死亡的阴影所笼罩的惨烈状况，恶劣的自然环境与统治者的横征暴敛使农民处于赤贫而绝望的境地。在这里时间停滞了，历史凝固了，与外面的文明和进步相隔绝。“基督不到的地方”是被历史遗忘的角落。莱维尖锐地指出，意大利资本主义发展在南北方极端不平衡，造成两极分化的恶果，而法西斯统治使“南方问题”进一步恶化。文章夹叙夹议，真实性、抒情性、政论性兼备。这部长篇特写是新现实主义文学早期代表作之一。

《钟》(1950)是一部带有巴罗克艺术特征的小说，以大量象征和比喻的手法，描写1946年罗马社会的种种腐败现象，表达了作家对战后危机四伏的社会现实的失望。《铁证如山》(1955)由三篇特写组成，记述作家三次去西西里岛旅行的见闻，展现硫磺矿工和农民被压迫和被剥削的贫穷困苦的生活，揭露黑手党猖獗的犯罪活动。《蜜流干了》(1964)描写撒丁岛牧民的艰苦处境，他们深受自然灾害的肆虐，又遭到强盗土匪的骚扰。作家对下层劳动人民的悲惨命运一贯予以深切的同情，对他们朴实的自尊和高尚的人格加以由衷的赞美。莱维的其他作品还有：政论文集《惧怕自由》(1946)、旅行苏联的游记《未来有一颗古老的心》(1956)、旅行德国的游记《椴树之双夜》(1959)。

瓦斯科·普拉托利尼(1913—1991)出生于佛罗伦萨一个工人家庭，9岁就开始在杂货铺里当学徒，只念过四年小学，完全靠自学成才。他早年当过印刷工人，餐厅侍者，推销员。1937年他开始在《文学》杂志任编辑，1938年与人合作创办诗刊《校场》。1943年参加抵抗运动。第二次世界大战结束后他赴米兰，在《米兰晚报》当记者。1951年定居罗马，在教育部供职。

普拉托利尼一生共创作12部中、长篇小说，如《绿色的地毯》(1941)、《马戛志尼大街》(1942)、《街区》(1944)、《家庭纪事》(1947)、《苦难情侣》(1947)、《当代英雄》(1949)、《永恒的理性》(1963)、《幼稚病》(1976)等。这些作品均以故乡佛罗伦萨的中下层社会为背景，描写普通劳动者的命运。他热爱故土，熟悉那里的市井生活，作品写得文情并茂，亲切感人。小说具有浓郁的生活气息和强烈的地方特色，是佛罗伦萨乡土文学中的精品。早期的《绿色的地毯》、《马戛志尼大街》、《家庭纪事》都是具有浓重抒情意味的自传体小说。第一部长篇小说《街区》描写佛罗伦萨工人住宅区圣克洛切街道上四位青年的不同命运，赞颂友谊、爱情和团结互助精神。小说以街区人民与法西斯匪徒的街垒战结尾。《当代英雄》的主角是一个反面人物。法西斯分子桑德里诺出卖朋友，背叛爱人，是一个十恶不赦的卑鄙之徒，却没有受到任何惩罚。他集中代表了战后意大利社会的弊病，通过这个坏人当道的故事作家揭露了社会阴暗面。《永恒的理性》以知识分子布鲁诺·圣蒂尼的自述，描写意大利1940年至1960年间的社会变迁，说明纯粹的理性判断难以把握变化不定的现实，知识分子应当力戒思想幼稚病，作品反映了作家的内心自省。《幼稚病》是一部描写在美国的意大利侨民生活的作品，反映新、旧大陆两种文化的冲突和新老侨民两代人之间的隔阂。

《苦难情侣》是普拉托利尼的成名作，也是新现实主义文学的名著。小说通过1925年佛罗伦萨一条小街上几对几经聚散离合的情侣的故事，展现意大利从第一次世界大战结束后至法西斯反动统治确立这一特殊历史时期的政治风云变幻，将个人情感发展线索与民族生死存亡的命运大搏斗紧密交织在一起，以广阔的画面描写青年一代在灾难深重的岁月里艰苦的生活与英勇的反法西斯斗争。这条小街是整个意大利的缩影。作品表达了人民必胜、正义必胜的坚强信念，热情地讴歌了以共产党员科拉多铁匠为首的反法西斯英雄群体，是一部宏伟的英雄史诗。

由《麦泰洛》(1955)、《奢华》(1960)、《讥讽与嘲弄》(1966)组成《意大利历史》三部曲，犹如巨型历史画卷，真实地再现了19世纪末至20世纪60年代意大利的社会发展过程。第一部作品通过泥瓦匠麦泰洛在政治上的成长经历反映19世纪末至20世纪初的意大利工人运动；第二部作品描写“一战”结束至法西斯专政时期资产阶级的腐朽堕落生活和知识分子的精神危机；第三部作品以一个从信仰法西斯主义转变为信仰共产主义的知识分子的日记形式，回顾1935至1945年意大利社会的剧烈变化，用讥讽与嘲弄的口吻对个人表现进行自白与自责，代表了一代人的经历与体验。三部曲中以第一部《麦泰洛》最为优秀，成功地塑造了一个思想成熟、政治觉悟高的工人阶级代表人物，真实地描写了早期工人运动可歌可泣的悲壮历程。丰满的人物形象与广阔的历史背景的有机结合，突破了新现实主义文学新闻报道式的故事平面化与人物简单化的倾向，具有历史的纵深感，人物性格具有立体感。三部曲通过对工人阶级、资产阶级和知识分子阶层的描写，力图全方位地描写社会，形成对历史的整体鸟瞰图，是普拉托利尼现实主义文学创作的高峰。

普里莫·莱维（1919—1987）是一位医生，因是犹太人，受尽法西斯排犹政策的迫害。1943年他参加抵抗运动游击队，不久后在法西斯匪帮的扫荡中被捕，投入意大利北部一个集中营，1944年转移至波兰奥斯维辛集中营，历经折磨，侥幸熬到1945年苏联红军来到的那一天。莱维根据这一段亲身经历写出第一部长篇小说《既然这是一个人》（1947）。这是一部日记体的纪实性小说，内容真实而准确，不仅记述了犹太难民在肉体上遭受的摧残，而且详细描写了纳粹分子对他们的精神和道德进行的践踏和毁灭，是对法西斯罪行的一份有力的起诉书。作品的文字冷峻而且具有穿透力，不刻意追求刺激性描写，不使用夸张的语言和矫饰的修辞手法，却将集中营里惨无人道的野蛮、恐怖的黑暗现实以原生态再现，极具震撼心灵的冲击力。小说对犹太难民的刻画也十分真切感人，他们在被纳粹虐待折磨得失去了人的风貌的情形下，依然顽强地争取生存，具有坚韧不拔的求生意志。小说没有渲染死亡的恐惧，而是赞颂生命的伟大，嘲笑暴力的荒谬，维护人类理性的尊严。这部作品是意大利新现实主义文学中的杰作，也是世界反法西斯文学的经典。

《停战期间》（1963）是上一部作品的续集，描写主人公回家后的生活以及缓慢的心理恢复过程，再一次表现出作家严谨的写实风格。《自然的故事》（1966）和《形式缺陷》（1971）是科幻故事集，以讽刺性的荒诞描写对现代资本主义社会进行抨击。《定时习惯》（1975）、《星球上的钥匙》（1979）、《寻根》是三部带自传性的短篇集。

贝培·费诺利奥（1922—1963）生长于意大利北方阿尔巴小城，后入都灵大学文学系学习，第二次世界大战期间中断学业，参加了反法西斯游击队，战后曾在一家酿酒厂工作，1963年病逝于都灵。

短篇小说集《阿尔巴城的23天》（1952）是他的成名作，描写游击队占据的阿尔巴城在法西斯的围攻之下失陷的经过，真实地记述1944年

10月10日至11月2日发生的历史事件，新闻报道式的文风，极具新现实主义文学特色。第一部长篇小说《灭亡》（1954）是新现实主义文学中有影响的代表作，描写阿尔巴农村劳动人民的处境。长工、佃农在封建势力的盘剥和资本主义新势力的压迫之下，走投无路，诉诸暴力，然而阶级矛盾无法解决，冲突不断。作品继承了19世纪真实主义文学的传统，着力描述乡村文明的解体，农民在经济上与精神上承受沉重负荷，注定将成为工业文明的牺牲品而走向灭亡。作品准确生动地描写这一不可逆转的历史趋势，作品被认为是意大利20世纪小说中的佳作。第二部长篇小说《美丽的春天》（1959）记述1943年末法西斯政权崩溃前夜的社会危机，表达了青年一代对现实的强烈不满以及他们对即将到来的胜利的向往。短篇小说集《激战的一天》（1963）描写游击队抗击法西斯军队的斗争，其中包括对游击队员之间的友谊、爱情的描绘，深入地刻画他们在艰苦复杂环境中丰富的内心世界。费诺利奥的创作在他去世之后日益引起评论界的重视，因此一些遗作陆续得以出版，如长篇小说《游击队员约尼》（1968）、短篇集《游击队员的故事》（1976）。

《游击队员约尼》是一部描写游击战争的杰出作品，对一场场战斗有着精彩的描摹，将交战双方力量悬殊的残酷较量描绘得淋漓酣畅，浓墨重彩地描绘游击队员为正义事业慷慨捐躯的悲壮场面。在描写游击队员的所有作品中，费诺利奥从不刻意塑造高大完美的英雄，而是通过对众多平凡小人物的刻画，说明群众创造历史的真谛。

费诺利奥的语言通俗流畅，明快简洁，方言、俚语的引用恰当自然，充分体现了新现实主义文学语言大众化的特点。

奥蒂耶洛·奥蒂耶利（1924—2002）是以擅长描写工业化社会里人的异化主题而著称的小说家。他起初用写实的方法直接描写工厂里的生活，代表作品是《紧迫的时间》（1957）和《冲锋陷阵的多纳鲁马》（1959）。前者描写北方大城市米兰郊外一家中型工厂里的罢工斗争，主人公是一位技术员，他起初对老板恶劣的家长式作风忍气吞声，唯命是从，后来在工人的影响之下，逐渐认清老板唯利是图的本质，与工人站在一起进行抵制。他们举行罢工，要求改善工作条件和提高劳动报酬。后者讲述南方城市那波里郊区一家新建的现代化程度极高的电器工厂招工的故事。自动化的工厂只需要几百名工人，而前来报名的达四千余人。厂主采用心理测试法挑选高素质工人，激怒了广大失业者。他们围攻工厂，袭击厂方人员，进行暴力反抗。被选中的工人进厂不久，提出修改劳资合同和提高工资待遇的要求，并以罢工相威胁。厂主在内外交困的形势下，求助于警察的弹压。通过这两部小说可以看出，意大利从北到南，无论是在传统的工业发达地区还是在新兴的工业区，工人运动如火如荼。小说如实地反映出时代特色。第二部小说的主人公是对工人进行测试的心理医生，他以日记形式记下耳闻目睹的事实。这两部小说还详尽地描写了现代化生产方式使工人的身体和心灵遭受的残酷摧残，是早期"工业题材文学"中的佳作。

奥蒂耶利后来对小说的形式进行新的探索。他或者采用日记体裁如《哥特线条》（1963），或者采用诗歌体裁《短尾巴》（1978），或者采用对话方式如《谁之过错？》（1979）。这些作品不仅描述了事件经过和人物的心理状态，而且发表了关于社会学、哲学和文学的各种见解，实际上是一种笔记小说。但他所有不同形式的小说始终围绕着异化的主题展开，表现了现代人的种种焦虑和危机感。其他作品还有：小说《日常的非现实》（1966）、《思想历程》（1971）、《精神集中营》（1972）。

保罗·沃尔波尼（1924—1994）是意大利"工业题材文学"的主将。他出生于北方乌尔比诺古城，1943年投身民族解放阵线，参加过反法西斯的游击战争。1947年他从乌尔比诺大学法律系毕业后，先后在"好利获得"、"菲亚特"这样的大企业做行政管理工作多年，熟悉工业界情况。他从社会学角度对企业内部的人员状况和人际关系进行调查研究，成为对工业社会问题有学术权威的发言人。1983年他被选为参议员。

沃尔波尼在发表了几部诗集《绿蜥蜴》（1947）、《古老的钱币》（1955）、《亚平宁山之门》（1960）之后转入“工业题材”的小说创作。他认为小说应当突出描写资本主义现代社会中人的异化问题，对工业文明社会的政治制度和组织结构进行反思。他的小说创作着力描写人对职业劳动的不适应，人与工作环境以及生存环境的冲突，表现人在现代社会里的生存危机感。他的第一部小说《回忆录》（1962）展示一个普通工人无法适应高效率工业生产的病态精神状况。主人公是一个来自农村的青年工人，他在进工厂前想象工厂如神话般美妙，以为可以大显身手，实现自我价值。但是，他并不适应机器高速运转的生产方式，很快患上严重的神经官能症，染上肺结核，经常处于恐惧和狂躁不安的状态。他看清了工厂生活充满对人的漠视与轻蔑，是一个暴力加疾病的排斥人的异化世界。他几次变换工种，几番住进疗养院，都无法治愈这种社会性疾患。紧张的生产节奏，五花八门的社团组织，营私舞弊、贪污行贿的腐败现象，都令他头晕目眩、无所适从。他的梦想破灭，又与别人无法沟通备感孤独。最后他因参加了反对厂主的示威游行被开除，回到乡下种菜，但是农村也失去了往日的平静和谐。作品以一个农民的纯朴眼光揭露工业社会现实的荒唐和虚假。这部小说是“工业题材文学”的代表性作品，发表后很快被译成多种语言。第二部小说《世界机器》（1965）的主人公设计了一部机器，企图用它使混乱黑暗的世界重新获得秩序和光明，消除人类的痛苦。他的机器未能奏效，乌托邦式的理想破灭了，他引爆炸药雷管自杀。小说通过这样一个荒唐的故事，说明更加荒谬悖理的现实逼人产生疯狂的念头，人与社会已经对立到不可调和的地步。小说以其尖锐的立意在欧美引起很大的反响。

沃尔波尼在70年代写的另外两部小说《血肉之躯》（1974）和《愤怒的星球》（1979）都是描写人类对世界末日的恐惧，主人公或多或少地患有不同程度的疯狂症。灾难与疯狂是他描写的主题，旨在说明过度开发与制造核武器势必导致物质世界的毁灭，异化极易引起人的精神世界崩溃，这些都是工业文明造成的恶果。这两部警世之作是工业题材文学的延伸。沃尔波尼的其他作品还有：历史小说《公爵府的帷幕》（1975），自传性小说《掷标枪手》（1981）。

卢奇亚诺·比安恰尔迪（1922—1971）是擅长写社会问题的小说家，工业题材的作品在他的创作中占据很大分量。《合并》（1960）描写工业"繁荣"带来的城市人口急剧膨胀和消费主义盛行的弊病。《艰辛的生活》（1962）是一部描写矿工的生活与斗争的小说，被认为是"工业题材文学"中有代表意义的作品。一位矿工在矿山发生爆炸事故之后，为向资本家报复，只身赴米兰，想用炸药炸毁公司的办公大楼，没有成功，只能隐姓埋名，流落都市，迫于生计，最后还是进工厂当工人，被工业社会无声地吞没。小说真实地反映了恐怖活动不断出现的意大利社会现实；少数人铤而走险，以暴力相拼，无政府主义的极端行为屡见不鲜，却丝毫不能改变工人阶级的处境。大多数人的命运只能听任人性被机器的转动绞灭，变成机器的一部分，他们的权利被厂主剥夺，沦为奴隶般的劳工。另一部小说《开火》（1969）也是描写工业文明造成的人性异化现象和无政府主义的反抗斗争。

比安恰尔迪的其他作品有反映第二次世界大战后意大利普遍的失望和沮丧情绪的小说《文化工作》（1957），描写民族复兴运动的历史小说《从瓜尔多到都灵》（1960）和《达凯拉前进一步！》（1969）。

戈弗雷多·帕里塞（1929—1986）是新闻记者、小说家。早期的两部超现实主义长篇小说《死去的男孩和彗星》（1951）、《长长的假期》（1953）发表后，反响不大。成名作是新现实主义小说《漂亮的教士》（1954），揭露宗教界的黑幕，接着又发表《订婚》（1956）和《爱情与狂热》（1959），展现劳动人民凄苦生活景况，刻画错综复杂的家庭关系。这三部小说均以作家的故乡维内托大区为背景，组成《维内托三部曲》，对乡土的眷恋与对故乡社会阴暗面的厌恶，显示出爱憎交织的感情色彩。

此后，帕里塞停笔四年，埋首研读达尔文和弗洛伊德的著作。生物学和心理学给他许多启迪，他接连发表第二组三部曲：长篇小说《老板》（1965）、《绝对自然》（1967）短篇小说集《维也纳的焚尸炉》（1969）。他再次启用超现实主义手法，描写现代人被异化的各种表现形式；人被物化，像厂房、机器一样沦为老板的占有物；人的理性与本能分裂，失去自然性；人的日益非个性化演变等。这些作品说明，人变成非人的物，是资本高度集中的现代资本主义制度下劳动人民难以逃脱的可悲处境。批判的立场，跳跃的情节，象征性形象，是这些作品的特色。《老板》被认为是"工业题材文学"晚期的代表性作品，《绝对自然》和《维也纳的焚尸炉》是工业题材的深化。

帕里塞晚年发表两部短篇小说集《识字课本第一册》（1972）、《识字课本第二册》（1982），以超现实主义的手法，将梦幻与现实混为一体，让现代社会各种不同社会地位和不同年龄层次的人物，以抒情的口吻诉说内心的体验与幻觉，犹如一篇篇抒情散文，新颖独特而又自然真实。

埃多阿尔多·桑圭内蒂（1930—2010）出生在热那亚城，毕业于都灵大学意大利文学系，终身在高等院校执教，现为热那亚大学意大利文学史教授，曾经当选众议员。他的兴趣十分广泛，涉猎文学、戏剧、音乐、绘画等各门类艺术；在文学上更是多面手，集理论家、诗人、小说家于一身。

桑圭内蒂是新先锋派的主要代表作家，"六三社"的重要成员。他的文艺理论全盘否定工业化社会，并拒绝工业社会现存的、包括文学和语言在内的一切事物，主张全面更新语言，以便脱离传统思想观念束缚、正确表述资本主义社会违反人性的现实。他将语言作为实现与新资本主义决裂的唯一战斗武器，首先在诗歌创作上进行对传统语言的颠覆。第一部诗集的名字《内在劳作》（*Laborintus*, 1956）就是用两个拉丁单词连缀而成。书中的诗作不仅违反传统的格律，而且推倒语言规范，将意大利语、拉丁语、希腊语交替掺杂在一起。语言支离破碎，修辞手法古怪异常，作品像一面哈哈镜反照出非正常形态，表现扭曲的现实和变态人格的目的。他后来倡导一种明白如话的诗体，描写生活中的琐事、亲友间的对话，简短流畅、通俗易懂，具有明信片式的通讯风格。这种诗歌比较贴近现实，而且富有怪诞的幽默感。作品失去传统意义上的"诗意"。诗人有意以杂乱无章的诗句和平庸的内容象征消费主义社会中人们思想的贫乏和混乱。这种风格的代表作是诗集《地狱中的炼狱》（1961—1963）。他的诗作还有：《押韵诗》（1960）、《三比一》（1964）、《日落，一九五一——一九七一》（1974）、《明信片》（1978）、《碎纸片，一九七七——一九七九年的诗》（1980）等。

桑圭内蒂还提出"试验小说"的理论。主张"技巧小说"法则，即单纯在艺术形式上进行花样翻新，反对自然主义的写实原则，取消心理描写，将人物还原到生理状态的极端。他的两部长篇小说《意大利人的恋情》（1963）和《跳鹅游戏》（1967）是实践这种主张的样板。两部小说都采用梦幻形式作为技术手段，将人的梦想像电影一样放映出来，既无时空顺序，又无情节逻辑。前者通过一个男人在婚姻危机之时，以梦游般的方式述说夫妻间的恩怨。后者是一部"反小说"，没有故事情节，没有人物，只有一些代号，独立的活页式章节可以任意插置，调换顺序。

路易吉·马莱尔巴（1927—2008）是新先锋派小说家，"六三社"成员。他出生于北方小镇贝尔切托，虽然在大学里学的是法律专业，毕业后却一直从事文艺工作。1950年他进入罗马影视界当编剧，曾独立编导新现实主义风格的历史片《女人与士兵》。

马莱尔巴的第一部短篇小说集《字母表的发现》（1963）是黑色幽默

式作品，将乡村悲惨生活用喜剧方式加以描绘。长篇小说《蛇》（1965）、《翻跟斗》（1968）、《主角》（1973）是新先锋派中的重要作品，均以破案的侦探过程为情节线索，却并不以案件的侦破为目的，也不探究犯罪的动机，而是在扑朔迷离之中设置许多悬念，然后用新先锋派的存在观念去解释悬念，案情只是他诱导读者的虚构圈套。荒诞的情节表现现代人孤独的处境和人性的异化。这些小说在结构上标新立异，而后来的作品则在语言上花样翻新。如《废弃的语言》（1977）企图用农村方言土语词汇重现已经消失的古老乡村文明，小说中充斥着种庄稼养牲口的农业劳动术语行话，农民使用的俚语、谚语。对于农业文明的赞美和语言上的返璞归真，仍然是新先锋派的思想追求。

马莱尔巴晚期的小说随着新先锋派的退潮而减少了非逻辑与非理性的因素。《一个梦者的日记》（1981）记述了他在1979年里所做的365个梦。与其他现代派作家不同，他并不追随弗洛伊德的精神分析理论。他认为梦是人正常的精神活动，是日常情绪的曲折反映，是“第二现实世界”。这365个梦是一个心灵的自白，也是365个生活片断，充分展示了现实生活中的喜怒哀乐，作者力图用它们勾勒现代人的精神面貌。长篇小说《蔚蓝色的行星》（1986）围绕一个在避暑地租用公寓的房客神秘失踪的故事展开，描写人的潜意识，通过刻画人的纯粹的下意识自动反应，说明人格分裂是具有时代特色的人性悲剧。他的小说创作还有：长篇小说《皇帝的玫瑰》（1974）、《碰上鲨鱼之后》（1979）、短篇小说集《银头》。

马莱尔巴也是出色的儿童文学作家。《1000年的故事》（1972）、《狗怎样成为人的朋友》（1973）、《烟蒂历险记》（1975）、《小故事集》（1977）、《忧心忡忡的母鸡》（1980）等寓言、童话故事，深受读者喜爱。

焦尔焦·曼加内利（1922—1991）是新先锋派小说家和理论家。《作为谎言的文学》（1967）是他的理论代表作，着重指出文学因与现实脱节、落后于时代而已成为谎言，必须寻求新的语言形式、新的表现手段来反映动荡不安的原子时代和高度紧张的工业化社会。在《木偶奇遇记：比较一本书》（1977）中则从接受美学角度谈文学，认为“一本书，我们不是专浏览它，而是坠落在其中：它时刻环绕在我们周围。”理论作品还有《新评论》（1969）。

曼加内利的第一部作品——长篇小说《悲喜剧》（1964）是新先锋派的杰作。作品以恣意发挥的夹叙夹议的方式，用任意创造的反常修辞手段，以奇怪的词组、独特的句型，描写现代人的处境——在狂乱的世界中痛苦挣扎而无出路，因绝望而自暴自弃。《小小说一百篇》（1979）是他的代表作。每篇作品译成汉语不足千字，在极短的篇幅中通过夸张、反讽、悖论、暗喻、转喻等各种手法，描写怪诞的情节和场面，立意新颖，见解独特。他的小说还有《致另一些神祇》（1972）、《A与B》（1975）等，这些作品中充满幻觉、狂想，还有大量的鬼怪、亡魂、幽灵，情节荒诞不经，较为晦涩难懂。

安东尼奥·波尔塔（1935—1989）是新先锋派小说家、诗人，“六三社”重要成员。他毕业于米兰圣心天主教大学，当过电台播音员。

波尔塔认为人类的历史是毫无意义的一团乱麻，世界不具有外部的实在和形态，因而他在作品中抽去现实生活的历史性，将现实分解为零碎的事实与琐碎的细节，用摄影式的手法加以机械的表面化的详尽描述；他还时常将主语与动词分隔，取消动词的时态变化，只使用一种绝对的现在时，通过语言的形态改变来表达他静止的、机械的客观唯物主义世界观和“不可知论”的理念。

长篇小说《角逐》（1967）描写具有象征意义的猎场、情场和剧场的三种竞争，深刻揭露人们在资本主义社会中的残酷生存状态。在诗集《都市》（1971）中，他通过揭露事实，反对虚伪的道德，反对混乱的当代文明，反对毁灭自然环境的城市无止境扩张。诗集《我要对你们说》（1977）

收集了他从1958年至1975年间的作品，笔锋冷峻犀利，无情地刻画出一个破碎的世界，一种痛苦、扭曲的生活。这一时期的作品远离历史事件，表现出客观描写的倾向，有些创作是“视觉诗歌”的试验品。后来波尔塔对于社会生活的介入增多，较多地运用讽刺手段，描写惩恶扬善的情节，语汇中较多地吸收俚语、俗语和成语，如小说《傻子伊万》（1974），《百货公司之王》（1978）。他的诗风也发生改变，放弃语言形式的实验，博采众家之长，写出了自由的抒情诗集《周末》（1975）、象征主义的诗集《白鹭》（1981）、日本俳句式的短诗集《侵入》（1983）。

阿尔贝托·莫拉维亚（1907—1990）出生于罗马一个富裕的犹太族家庭，父亲是画家和建筑师。他从9岁起患骨结核，进行了九年的治疗和休养，其间不能上学，依靠勤奋自学，打下坚实的知识基础。1925年他久病初愈，能够下床拄双拐行走，便开始撰写第一部长篇小说《冷漠的人们》，历时三年写成，1929年自费出版，一举成名。他从此终生专事写作，在长达60年的创作期内，发表了17部长篇小说，12部短篇小说集，10个剧本，10部评论集和游记。他因文学成就斐然，曾被推举为国际笔会主席和当选为欧洲议会议员。

莫拉维亚的创作大致可以分为三个阶段。第二次世界大战结束之前是第一阶段，作品反映法西斯反动统治之下的黑暗现实。处女作《冷漠的人们》通过一个资产阶级家庭的堕落，展现1920至1936年法西斯主义形成和发展的社会背景。主人公米凯尔本来是一个正派的青年，他发现姐姐的未婚夫利奥竟然是母亲多年的情人，这个卑劣的家伙榨干了家里的钱财，又将母女两人玩弄于股掌之上。他一气之下持枪向利奥开火，枪击不中。他泄气了，对污秽的环境逐渐听之任之，变得像母亲和姐姐一样无动于衷，贪图安逸，得过且过，成了冷漠的人。莫拉维亚指出，这种虚伪自私、放弃理想追求的冷漠的人生态度是滋生法西斯主义的精神土壤和道德基础。这也是此后一系列小说描写的主题，如长篇小说《未曾实现的抱负》（1935）、《阿戈斯蒂诺》（1944）、《违抗》（1948）、《随波逐流的人》（1950）等。在这些作品中莫拉维亚刻画出一群在法西斯主义思潮中随波逐流的资产阶级人物。他们意志薄弱，精神空虚，人格低下，是麻木不仁的醉生梦死者。小说如实地反映出普通的资产阶级在法西斯主义的蛊惑之下丧失良知、道德堕落的特定历史事实，记载了意大利民族历史上可悲的一页。

莫拉维亚还大胆采用讽刺手法，抨击法西斯政权和针砭时弊。剧本《假面舞会》（1941）用假想的某南美专制国家的独裁者作替身，对法西斯头子墨索里尼进行嘲笑挖苦，痛加挞伐。短篇小说集《瘟疫集》（1944）通过一则则童话式的“超现实”故事，描写现实生活中的畸形丑态，进行旁敲侧击的评价，予以辛辣讽刺。

1936年至1943年莫拉维亚的生活极不安定，小说《冷漠的人们》、《未曾实现的抱负》遭到反动当局的查禁，他不得已而多次出走国外。剧本《假面舞会》发表后，墨索里尼亲自下禁令，警察局将他列入“颠覆分子”黑名单，迫使他四处潜藏。1943年德军占领罗马后，他逃出城，过了九个月颠沛流离的难民生活。

莫拉维亚在战乱中广泛接触到社会下层的劳动人民，战后过着同大众一样的清苦生活，他的心更加贴近劳苦大众。在新现实主义文学运动的影响下，他的创作发生转折，写出一批反映下层社会生活的作品。战后第一部长篇小说《罗马女人》（1947），短篇小说集《罗马故事》（1954）、《罗马故事新编》（1959），长篇小说《乔恰拉》（1957）等均以罗马城里普通劳动者为主人公，记述他们在战争中的苦难历程和在战后恢复期间的贫困艰辛的生活。这是莫拉维亚创作的第二阶段。《罗马女人》是法西斯专政时期罗马妓女阿德丽亚娜的痛苦自叙。她起初因家境贫穷而沦落风尘，后来遭到从汽车司机到保安局头子各色人物的欺骗和凌辱，倾心相爱的一位大学生在法西斯的迫害之下自杀身亡。她在同不幸命运的抗争过程中，梦想一再幻灭，最终认识万恶的社会是个人悲剧的根源。《乔恰拉》描写一对罗马平民母女在逃难途中的悲惨经历，说明战争给人们留下了永远不能平复的精神创伤。小说随着难民的足迹，从侧面描写了抵抗运动，歌颂共产党人的高贵品质。《罗马故事》和《罗马故事新编》共收集一百多个短篇故事，充分展示罗马下层社会的众生相，清道夫、洗衣妇、理发匠、店员、仆役、听差、侍者、失业者、流浪汉、窃贼等都在生存线上苦苦挣扎，真实地记录了停战初期经济凋敝、民不聊生的艰难岁月。

莫拉维亚从60年代初起又重新关注他所熟悉的资产阶级生活圈子，着力描写在“福利社会”里生活优裕的人们在精神上的危机感，他的创作进入第三阶段。在他的笔下，意大利资产阶级已经从过去“冷漠”的麻木状态进入“烦闷”的焦虑心情，从过去用物质享受填补心灵空虚的生活方式，变为无所适从，惶惶不可终日，从“冷漠的人”变成了“不由自主者”。他们不可抗拒地失去自我的本质，惊恐地意识到被异化为“非人”的可悲处境。第三阶段的时间跨度大，历经从60年代到80年代的30年，创作数量也很大。长篇小说有《愁闷》（1960）、《我和它》（1971）、《内心生活》（1978）、《1934年》（1982），短篇小说集有《不由自主》（1962）、《天堂》（1970）、《嘿》（1976）、《东西》（1983）。

这些作品集中描写“异化”主题，即人性的迷失，说明物质享受的满足并没有带来精神愉悦，这是发达资本主义社会不可两全的悖论。《愁闷》里的青年画家以自杀解脱精神苦闷，《我和它》中代表现代人的“我”和拟人化的男性生殖器“它”进行对话，讨论在“性开放”的社会风气中，性乱的根源来自人们心情苦闷和对前途悲观失望，性乱也是精神颓废的表现。《内心生活》以1968年的学生造反运动为背景，描写一位资产阶级家庭出身的女大学生的叛逆行为，她空喊革命口号，堕落、纵欲，参与抢劫、绑架的暴力活动，呈现一种病态的狂热。小说企图揭示动荡年代中青年一代的内心世界，说明火爆的革命运动冲垮传统观念之后，没有带来新的思想武器，造成了年轻人思想上的混乱，陷入更加严重的精神危机。《1934年》是一个在意大利的德国人当希特勒于1934年8月自称元首兼总理，实行法西斯专政时的思想经历，他因与纳粹的关系日益恶化而痛苦不安，企图自杀。自杀成为小说探讨的主题。作家试图为自杀者进行辩护，认为自杀不是绝望，是超脱现实的遐思，自杀者具有超出常规的奇思异想。这是西方社会高自杀率引发的思考。

莫拉维亚力图再现异化社会的新特点，在短篇小说中描写了许多常人匪夷所思的问题，短篇集《不由自主》中的一些奇形怪状的现代生活故事具有典型意义。如《机器》，主人公拥有现代化生活的一切设施，他的生活也变得像机器一样，成为全靠外力牵引的机械运动，失去了主观意志的主宰。他本人逐渐丧失灵魂，沦为众多机器中的一台，而且故障最严重。人由物的主人异化为物的从属。而在《里面与外面》、《头脑与身躯》中，人分裂为“思想”与“声音”、“头脑”与“身躯”，两者尖锐对立，不断发生冲突甚至互相欺骗，总是“声音”击败“思想”，“身躯”压制“头脑”。人失去自我本质，分裂为“内在的自我”与“外在的自我”，成为自我的异己者。另外，人无法同周围的他人建立明确、真实的关系，互相难以确认。如《房间与街道》中的一对新婚夫妇，刚离开教堂乘火车蜜月旅行。他们在车上的对话却像是陌路相逢的旅客。人们越熟悉就变得越陌生，人的相互交往中产生出“异化”作用。“异化”现象无处不在，使整个世界变成荒诞的存在，人们忍受着“非人”化与“异己”化的痛苦。

纵观莫拉维亚的创作，可以看出他具有敏锐的观察力，抓住各个不同历史时期社会与人的本质特征；他擅长精细入微的心理刻画，尤其善于描写资产阶级消极、颓废的精神状态。他的创作方法基本遵循写实主义的传统，在不同阶段有些变化。在30、40年代，他以冷静客观的态度陈述事实，为避开法西斯的检查，有时还采用比较隐晦曲折的笔法。在50年代，他轻松自如地描写平民百姓的生活，爱憎感情鲜明，有时不乏幽默诙谐。在60年代以后的创作过程中，他适当借鉴现代派文学技巧，如突破时空限制，描写意识的流动等，表现有所深化；另外，在情节描写中间不时夹进哲理性评述，突出了对现实的直接了当的批判，被评论家称为“论述性小说”或“哲理小说”。莫拉维亚行文简洁流畅，精确而又生动，有着驾驭语言的娴熟技巧。

莱奥那多·夏侠（1921—1989）是意大利专写西西里黑手党和政治题材小说的作家，具有很高的国际知名度。他出生在西西里岛南端雷加尔穆托小镇上的一个硫磺矿工世家，从省会卡塔尼塞塔的师范学校毕业后，先在家乡的一家粮食收购公司当职员八年，后来在当地一所中学教书七年。1956年他调往省教育局，第二年又迁居西西里首府巴勒莫。夏侠也是著名的政治活动家，先后当选为西西里大区议员、意大利众议院、欧洲议会议员。他还是意大利反黑手党委员会成员。

夏侠在文学上特别推崇西西里籍的作家维尔加、皮兰德娄、德·罗贝托、布朗卡蒂，他们对于西西里岛的描写加深了他对故乡的认识。他也继承了他们的乡土文学作品从真实主义到新现实主义一脉相承的写实主义。夏侠从40年代末开始文学创作，起初写诗歌、童话和评论。1956年发表长篇小说《雷加佩特拉教区》一举成名。接着出版了中、短篇小说集《西西里大叔》（1958）。这些描写西西里的历史风云和现实状况的作品，将各阶层人物的形象刻画得栩栩如生，把西西里人的性格特征描绘得鲜明生动，基本上属于写实的乡土文学，其特点是在描述现状的同时进行理性的检讨和剖析，对社会弊病进行追根溯源的探讨。这两部作品包含了作家一生创作的全部主题。夏侠说：“我的第一部小说《雷加佩特拉教区》包括了我后来在其他作品里以不同方式表现的所有主题……我所有的作品，其实就是一部作品。这是一部关于西西里的作品，它涉及过去和现在的各种令人痛心疾首的问题，它就是一部理智不断遭遇挫折的历史,是那些在挫折中被打倒和毁灭的人们的历史。”从此,西西里这块古老而落后,美丽而贫穷的大地上发生的善与恶的较量、光明与黑暗的搏斗成为他笔下的波澜。

夏侠从60年代起发表一系列以黑手党和西西里政治问题为题材的小说:《白天的猫头鹰》(1961)、《各得其所》(1966)、《前因后果》(1971)、《千方百计》(1974)。《白天的猫头鹰》是夏侠第一部黑手党题材小说。故事的起因是一桩凶杀案,一名建筑合作社的经理因不听从黑手党的摆布而被他们杀害。宪兵上尉贝洛迪受命侦查破案,他打破罪犯们精心建立的攻守同盟,获取凶手以及背后主使者的罪证和供词,使案情水落石出,可是,当他回到北方的故乡帕尔玛休假时,黑手党阴险地制造罪犯不在犯罪现场等种种伪证,翻案得逞。贝洛迪前功尽弃。他看到的是知情人的恐惧,周围人的冷漠,政府官员同黑手党狼狈为奸。邪恶与阴谋,愚昧与沉默组成一道铜墙铁壁,使他无法逾越,而案情真相就永远被挡在那厚重的铁幕之后了。夏侠通过这个故事,揭露一个可怕的事实:在西西里,精神与道德的贫困比物质的贫困更严重,这是历史的沉疴痼疾。因此,司法机关在同恶势力的斗争之中处于劣势。

《各得其所》是另一部黑手党题材的力作。一位名叫拉乌腊纳的中学教员,无意之中发现一起黑手党谋杀案的线索,出于正义感和好奇心,进行跟踪追击,结果惨遭黑手党的杀害。在这部小说里,主人公不是司法人员,情节不是按照侦探和破案的模式进行,案情纠葛的发展写得比较简洁明了,更多的是描写主人公在侦查过程中同社会生活发生的关系,进行了一次社会调查。拉乌腊纳未能损害黑手党一根毫毛,却触动了黑手党赖以滋长生根、猖狂肆虐的社会。拉乌腊纳周围的人从凶案发生之时早已明白就里,或保持沉默,或统一口径,只有他孤陋寡闻,“是个糊涂虫”,他死了之后被人骂为“他是个白痴”,当地上流社会和教区恢复了被他搅动而一度失去的平静,因涉嫌凶案而解体的家庭重新组合,最终,人们“各得其所”。小说表明，邪恶势力盘根错节，绵绵不绝地滋生着罪孽，西西里是一艘正在沉没的海盗船。

《千方百计》是一个艺术家看到的犯罪事实的记录。一位颇负盛名的中年画家外出度假，偶尔住进西西里某地一座豪华旅馆。在这里聚集了当地的一批头面人物：部长、议员、企业家、文化界名流、主教等。他们名义上是要在一起集中进行“静省”，就是按宗教礼仪进行默想和反省，其实是进行秘密的政治交易，进行权力的再分配。画家来到时正是到了决定性的关键时刻，他碰巧目睹接连发生的三桩凶杀案。画家冷眼旁观，起初只当是消遣，后来惊慌不安，对发生的一切进行记录，以备不测。小说揭示在“民主”的国度里，权力斗争像中世纪一样黑暗野蛮，血腥气冲天。西西里发生的一切变化只是表象，一切没有改变才是本相，这里是一个落后封闭、暗无天日的世界。

这三部小说的叙述视角由正直热情的宪兵上尉变为幼稚单纯的教员，最后是玩世不恭的艺术家，叙说的语调逐渐由高昂激烈变为紧张惊奇，最后是冷静从容，作品的风格逐渐趋向深沉苍凉，作家的态度也更为悲观哀伤。小说的结局都是案件不了了之，罪犯逍遥法外。这些作品不是平庸的商业性侦探小说，而是采用了破案推理手法的社会问题小说，真实反映60年代后西西里岛的社会状况。西西里的发展比意大利北方落后，60年代才迎来迟到的工业起飞。在急速紊乱的发展中，黑手党从农村打入城市，钻进了金融、工业、政治领域，在一些地方窃取了政权成为意大利社会肌体上要害部位的毒瘤，并且进行着恶性扩散，使政权机关的腐败更加严重，使谋杀案层出不穷，成为举世闻名的奇观。小说正是针对这种恶化的社会环境进行及时而有力的批判。夏侠称自己的作品是“对黑暗现实的黑色记录”，说自己“是一个起诉状作者”。

夏侠的小说也像侦探故事一样气氛紧张诡谲，情节波澜起伏，悬念丛生，有很强的可读性，而对恶势力的揭露和谴责更为深刻有力，其中包蕴着一般破案小说所没有的历史真实性和哲理的思辨性，以及对风土人情所做的充满眷恋之情的描述。哲理性的议论交织在情节的描述之中，有时使情节进展的节奏变得缓慢一些，但这些是不可或缺的冷峻分析与悲愤讥刺。

夏侠的政治小说还有长篇《马约拉纳的失踪》（1975）、《刺客》（1976）、《康迪多》（1977）、《莫罗事件》（1978），中篇《骑士之死》（1988）、《一个简单的故事》（1989）。《马约拉纳的失踪》与《莫罗事件》均以真人真事为基础创作。马约拉纳教授是西西里人，是权威的原子能专家，有“现代伽利略”之称。他在1938年4月突然在从巴勒莫开往那波里的邮轮上失踪，举国震惊。科学家是自杀了，还是被他人杀害，几十年来众说纷纭。夏侠通过小说证明马约拉纳不是自杀身亡，而只是失踪——隐退了，因为他预见了自己的科学研究成果——原子的裂变将会被政客们利用，制造巨大的灾难。借此，作家提出一个严峻的现实问题：科学给人类带来死亡的威胁时，应该怎么办？《莫罗事件》以调查报告的形式，对恐怖组织“红色旅”绑架和谋杀意大利前总理莫罗的案件，进行详尽记述和有力谴责，是一篇战斗檄文。《刺客》描写司法机构与犯罪的当权者之间不可告人的微妙关系。

夏侠还写过几部借古喻今的历史小说，大多以西西里的历史事件为题材。如《埃及卷宗》（1963）、《检察官之死》（1964）、《在背信弃义者那一边》（1979）、《1912+1》（1986）等。作品夹叙夹议，力图揭示西西里的政治和文化的历史渊源，类似启蒙主义的哲理小说。他比较重要的小说创作还有描写西西里日常生活的短篇小说集《葡萄酒色的大海》（1973），表现皮兰德娄的相对主义人生哲学的长篇小说《记忆的戏剧》（1981）。

夏侠也是杰出的评论家，他的论文有对西西里作家皮兰德娄、迪·兰佩杜萨（1896—1957）的专题研究，有对西西里文化的探索，也有对政治时事的评说。主要作品是：《皮兰德娄和皮兰德娄主义》（1953）、《皮兰德娄和西西里》（1965）、《西西里的宗教节日》（1965）、《魔绳》（1970）、《黑纸上的黑字》（1979）等。

意大洛·卡尔维诺（1923—1985）出生于古巴哈瓦那附近的圣地亚哥德拉斯维加斯镇。他的父亲是意大利北方利古里亚人，因从事热带农艺学而在拉丁美洲生活多年，母亲是撒丁岛人，植物学家。卡尔维诺两岁时随父母回国，居住在故乡圣雷莫城，他的父亲领导该城的一个花卉实验站。他在那里度过了少年时代，在父亲的指导下，他仔细观察树木花草，昆虫鸟兽，掌握了丰富的自然科学知识，并且培养了热爱大自然的感情；同时他爱读吉卜林、涅沃（1831—1861）、斯蒂文森、特别是康拉德的小说。为了继承从事科学研究的家庭传统，他于1941年报考了都灵大学农学系。1943年德国纳粹入侵意大利，卡尔维诺带着16岁的弟弟一起参加游击队的“加里波第”支队，他的双亲因此被德寇当人质扣押数月。他在抵抗运动中加入意大利共产党。战后他直接进入都灵大学文学系三年级学习，一年之内通过四年的全部科目的考试，1947年9月以一篇关于英国作家约瑟夫·康拉德的论文毕业。其间，他作为共产党的积极分子，在利古里亚地区和都灵的大学生中间进行政治工作，尤其热心从事党的新闻工作事业，为《团结报》撰写了许多有关政治时事的文章；同时开始文学创作。1945年在报刊上发表最初的几个短篇小说。1946年12月，他仅用20天时间，根据参加抵抗运动的经历写成一部长篇小说《蛛巢小径》，出版后受到好评，一举成名。

1947年他从大学毕业后，进入都灵著名的埃依纳乌迪出版社工作。年轻的卡尔维诺在围绕出版社形成的文化人圈子里结识了一批进步的作家、哲学家，在政治上、思想上、文学上迅速成熟起来。1957年苏共二十大之后，卡尔维诺退出意大利共产党。1957年至1965年，他与维托里尼合作主编大型文艺刊物《梅那波》，组织过关于“文学与工业”、“先锋派的文艺观点”等重要的文学讨论。在从事创作与出版业的同时，他从未间断过他所喜爱的新闻工作，为许多家报刊撰写文章。1964年卡尔维诺结婚后迁居巴黎。但频繁往来于巴黎与都灵之间，坚持为埃依纳乌迪出版社工作。1980年他率全家迁回意大利，定居罗马。1985年9月他在锡耶纳度假时，因突发脑溢血猝然离世。

卡尔维诺是享有国际盛誉的作家，在欧美的影响尤为广泛。这些地区的评论家和作家对他极为推崇，称之为“最富魅力的后现代派大师”、“当今世界上屈指可数的几位伟大艺术家之一”、“意大利最独出心裁、最富有创作才能、最有趣的寓言式作家”。

卡尔维诺的创作大致可以分为三个时期。他是在“二战”结束时开始创作的，受新现实主义文学运动的影响，描写的题材主要是反法西斯抵抗运动和战后普通劳动群众的生活状况这两大类型。成名作《蛛巢小径》，长篇小说《波河两岸的青年》（1951），短篇小说集《最后飞来的是乌鸦》（1949）、《进入战争》（1954）等属于第一种类型；短篇小说集《马可瓦多，或者城市四季》（1952—1960），《困苦的生活》（1960）属于后一种类型。

长篇小说《蛛巢小径》是卡尔维诺以抵抗运动为题材的代表性作品。小说的主人公是一个名叫皮恩的少年，生活在德军占领之下的一个小城市，他偷了一个德国兵的手枪藏在蜘蛛用泥土筑成的巢穴里，后来去投奔山上的游击队。通过少年人的眼睛把游击队员的生活描写得像森林的童话故事一般，五彩缤纷，引人入胜。皮恩参加革命的过程就像是一部顽童历险记。作品不同于新现实主义的同类题材小说，没有刻意塑造顶天立地的英雄，而是描写了普通游击战士的群像，没有简单地歌颂抵抗运动，而是着眼于描写人与战争的关系。

短篇小说集《马可瓦多》是描写小人物境遇的代表作。主人公马可瓦多的遭遇分为20则短篇故事，以工业化大城市都灵为背景。他是一个当小工的穷人，有着沉重的家庭负担，在贫富悬殊的社会里显得异常可怜。在《逛超级市场》中，马可瓦多面对货架上琳琅满目的商品而无力购买，痛苦而怅惘，推着购物小车冲进电梯门，电梯正在安装，他掉落在施工的脚手架下。失业后的马可瓦多异想天开地用《黄蜂疗法》来治疗风湿病人。寒冬腊月马可瓦多无钱买木柴，一家人围着行将熄灭的炉火发愁，而室外高速公路上密布的广告牌组成了《高速公路上的树林》，两者形成鲜明对照。卡尔维诺以夸张幽默的笔调描写马可瓦多的故事，使他的生存状态显得荒谬可笑，仿佛他是童话里的小丑。但是卡尔维诺同时又不断地提醒读者，这是发生在眼前的现实。卡尔维诺用马可瓦多的可悲处境对"福利社会"进行了强烈的讽刺。小说具有超现实的寓言意味。

真正寓言式小说是从《我们的祖先》（1960）三部曲开始，与其后的科学幻想小说《宇宙奇趣》（1965）、《你和零》（1967）是卡尔维诺现代寓言和神话创作时期的主要作品。卡尔维诺于1956年发表了《意大利童话故事》，其中搜集了200篇采自各地的民间故事和童话，他花费两年的时间整理而成。编写传统的民间故事为他创作现代寓言做好了技术准备。其实，三部曲中的第一部《分成两半的子爵》（1952）在这之前已经完成，第二部《在树上攀援的男爵》（1957）、第三部《不存在的骑士》（1959）随后相继推出。童话、寓言更能发挥他善于想象的特长，这是卡尔维诺对这种体裁情有独钟的根本原因。

《我们的祖先》三部曲从不同角度集中描写了人的"异化"问题。子爵被分成两半，并且相互为敌，正是现代资本主义社会人格分裂现象的写照；男爵生活在树上，表现了人与社会的疏离；骑士是一副中空的铠甲，已被异化为"非人"，一个机器人。"异化"是西方现代派文学中老生常谈的问题，卡尔维诺没有重复前人的经验。他没有把人在资本主义社会里的荒谬的现实处境夸大为普遍的生存形式从而诅咒人生，否定生存的价值，而是看成可以超越的暂时形式，因而他走出了现代派消极、悲观的死胡同，卡尔维诺在第一个故事中写了子爵重归完整的圆满结局，在第二个故事中构想了一个人生的理想境界，在第三个故事中寄希望于未来。卡尔维诺在《后记》中写道：“我要使它们成为描写人们怎样实现自我的三部曲：在《不存在的骑士》中争取生存，在《分成两半的子爵》中追求不受社会摧残的完整人性，《在树上攀援的男爵》中有一条通向完整的道路，这是通过个人的自我抉择矢志不移的努力而达到的非个人主义的完整。这三个故事代表通向自由的三个阶段。”他不仅写了人的自我迷失，也写了人的觉醒和奋进。

这是一部将幻想、现实与哲理和谐地结合在一起的小说，成功的奥秘在于哲理性的内容与寓言形式之间的有机契合。凝重而又荒诞观念弥散在寓言故事所特有的神秘、空灵、朦胧的美感之中。作品中呈现一派明朗、乐观的色调，开拓出现代小说的新风貌。

《宇宙奇趣》和《你和零》是描写宇宙体系、人类起源和社会形成的现代神话故事，在五彩缤纷的幻想之中寄寓着广博的新宇宙学与天文学知识和深刻的哲学思想。

卡尔维诺寓言式的小说风格在70年代的后期有进一步发展，除了小说的内容仍然是充满想象的超现实主义描写之外，小说的结构变得更为复杂奇特，作家有意对小说形式进行实验性的探索，作品蒙上扑朔迷离的怪诞色彩。长篇小说《命运交叉的城堡》(1969)、《看不见的城市》(1972)、《如果在冬夜，有一位旅人》(1979)就是卡尔维诺富有想象力的探索结果，被公认为属于后现代派风格。

卡尔维诺在当时流行的符号学影响之下，把文学看成是封闭的“符号系统”，认为“文学只不过是一组数量有限的成分和功能的反复转换变化而已。”因此他进行任意的组合装配。《命运交叉的城堡》的结构像是一副15世纪的塔罗纸牌。从四面八方而来的旅客相聚在古堡旁的一家小饭馆，他们利用纸牌的拼配勾画出各自所要讲的故事的视觉形象，依照玩牌的游戏规则顺序讲述自己的经历和见闻。这些旅客是古代的农民、水手和工匠，他们的故事大多是中世纪古堡里和文艺复兴时期宫廷里的奇闻轶事，展现一幅善恶兼蓄并存的世态人情图画，寻求其存在的合理性。卡尔维诺以此引导人们探索自身存在的价值，而不以善恶二元论简单地加以判断。

《看不见的城市》是虚构的中国元代皇帝忽必烈和宠臣马可·波罗的故事。马可·波罗向皇帝报告巡察帝国各地兴建大城市的情况，整部小说就是描述在京城的皇帝所"看不见的城市"的概貌。马可·波罗对11座城市分别进行了五次视察。象征着人体的五个感觉器官（双眼、双耳和嘴）的体验。11个城市的名字是："记忆中的城市"、"理想中的城市"、"有标记的城市"、"冷清的城市"、"贸易的城市"、"亲眼目睹的城市"、"有名称的城市"、"死亡的城市"、"天国里的城市"、"连绵不断的城市"、"隐秘的城市"。卡尔维诺用这些"看不见的城市"影射现代人居住的城市，在魔幻般的小说世界中触及当今世界所面临的一系列社会问题。作品好似中国的"镜花缘"，对商品化的现实生活进行了讽刺和批判。小说以一种魔术游戏般的方式将现实的方方面面轮番展示。

《如果在冬夜，有一位旅人》是卡尔维诺晚期的代表作品。这部作品打破了小说的结构常规，首先主人公是两位读者，他们所读的正是卡尔维诺的这部小说。小说以在装订过程中页码装错为起因，将属于不同国家的不同类型和形式的文学作品，穿插起来，而且每个故事只是刚开头就煞了尾。卡尔维诺说："我很想写一部实质上只不过是'引言'的小说，它自始至终保持着作品开始部分所具有的那种潜力，以及始终未能落到实处的那种期待。"这部小说力图在作者与读者之间进行沟通，不同作品内容的混杂打破了传统线型结构的情节模式，结构奇特，立意巧妙。卡尔维诺独创诡异的艺术形式是为了更恰当地反映迷乱的现实。他认为现实是一座座迷宫，作家不能沉浸于客观地记叙而迷失于迷宫之中，应当寻找出路，突破一座又一座迷宫。而对于这部小说，他自己说："你们别被我的表达技巧迷惑，这不是我的功劳，我模仿了许多作家和符号学家。我的功劳是把现代小说所给予的启示和激情糅合在一起，并把它们改写成故事讲述出来。"这是实验主义的作品，引起了全世界的关注。

卡尔维诺的最后一部长篇小说是《帕洛马尔》(1983)，书名是一座天文观测站的名称，通过对一位现代知识分子的日常生活和奇思遐想的描写，探讨人类与宇宙，人类与自然，单一的个体与多重的现实之间的关系，表达孤独感和失落感。1986年5月出版了他的未竟之作《在太阳之下的美洲豹》，收集了作家在最后几年拟以《五种感觉》为题而写的系列短篇中已完成的三篇。

达里奥·福(1926—2016)既是喜剧作家又是喜剧演员，1997年荣获诺贝尔文学奖，评奖委员会在授奖词中称："他承袭了中世纪江湖艺人的传统，嘲讽了权力，还被压迫人民以尊严"，"他是一位严肃的讽刺作家"。

福出生于意大利北方马焦雷湖畔的桑加诺村，父亲是铁路工人，母亲是农民。由于外祖父是一位著名的民间说唱艺人，他从小就接触到通俗演出艺术和叙事文学作品。第二次世界大战期间，他中断学业，跟随父亲参加反法西斯抵抗运动。战后重返校园，通过勤工俭学，同时在米兰工艺学院和布莱拉艺术学院学习建筑与绘画两个专业。他在大学期间就开始为有歌舞表演的餐馆和小型剧场写作和演出。大学毕业后起初在广播电台编导系列独白广播剧，接着在剧场登台表演。1953至1954年福与他人合作成立"权利"剧团，1956至1957年他在罗马"电影城"当编剧。1959年福与妻子梅拉创建自己的"福——梅拉剧团"，梅拉任女主演，福担任编剧、导演、男主演和丑角。1968年他们彻底脱离商业剧场体系，在意大利共产党的文化和娱乐部的支持之下，成立新合作剧团"新舞台"，1969年该剧团脱离意共控制之后解散。1970年福夫妇再次组织合作演剧团体

“公社”，到工厂、公园、体育场等公众场所巡回演出，剧团的工作地点是一处工棚。1973年福对诬蔑他与极左恐怖组织“红色旅”有牵连的法官以“损害名誉罪”起诉获胜，摘除了强加在他头上的“极左分子”帽子。1974年福率团占据米兰一座公园里的废弃建筑物“自由宫”，获得一处固定演出剧场。1977年意大利电视二台播放福的七部喜剧录像，他成为家喻户晓的喜剧明星。

福很少演别人写的戏，他演自己写的剧本。他的剧本起初只是雏形，通过演出不断丰富和完善，即使在剧本基本定型之后，在登台时仍会插入结合时事和现场情景即兴发挥的内容。他的作品包括书面文本和口头文本，口头的创作不断为作品添加活力，作品是“活”的文本。他的戏剧是文学创作与口头创作有机结合的艺术体。他是一位能写能演的作家。

达里奥·福的一贯宗旨是“创作富有战斗性的戏剧”，主要是政治性极强的讽刺喜剧，其中包括用以讽刺时事的活报剧，进行宣传鼓动的广场剧，揭露黑暗统治的政治讽刺剧，向社会问题挑战的风俗喜剧。国际政治风云的变幻，意大利政治斗争的刀光剑影及时再现于他的舞台，老百姓关心的各种热门话题也会在他的舞台上展开讨论。他的戏剧既是向反动腐朽势力开战的犀利武器，又是在思想上、精神上引导人民的教育诗篇。除了贴近现实生活的作品之外，他还写了一些借古讽今的古典题材的喜剧，其中最具代表性的就是“滑稽神秘剧”系列。这些直接从中世纪的民间喜剧中发掘整理出来的杰作，是他探寻讽刺剧源头的成功尝试，是他恢复和光大民间文学的功绩。

《滑稽神秘剧》(1969)是福的系列剧的名称，也是一种独特的表演形式。演出时只有一个丑角演员，饰演所有的角色，并经常脱离角色去解释剧情和点评时事。它从内容到形式都是福的创造，既是一部戏又几乎成了一个新剧种。但它不是无源之水，是意大利舞台上失传了的故事和表演形式的恢复和改造。为此福做了大量的收集、发掘、考证工作。他通过研究史料发现："从10世纪以来，流浪艺人转悠于各城镇之间，在广场上表演他们的滑稽戏，直接针对统治者进行怪诞化的猛烈抨击……对大众来说，这种戏剧一直是一种主要的表达方式，一种交流的手段，而且也是进行煽动和表现思想骚动的工具。戏剧曾经是老百姓会说话和能表演的报纸……流浪艺人因此而遭到严重迫害，在中世纪他们被剥皮、被割掉舌头。后来统治者以一种表面文雅一些而并非不粗暴的方式兼并或者说阉割了这种表达形式。流浪艺人被召进王宫，从广场艺人变成宫廷弄臣，他们的滑稽表演不再是同老百姓交流的工具，而是用来供达官贵人取乐逗笑，向君主献媚邀宠。"福研究了这种遭受扼杀迫害，后来被出卖的剧种，并且发现它与童年时看到的民间艺人的表演有许多具体的相似之处，选定作为自己多年来经过考证和思索后整理出来的古代民间故事的艺术载体。

《滑稽神秘剧》文本的内容有的是从史书古籍中寻找到的素材，有的根据古代的剧目改编。譬如福从古代威尼托地方编年史中看到有关教皇的一段故事，说到教皇如何加冕，后遇上帝，令上帝生气而挨了脚踢，他据此而写成揶揄教皇的《朋尼法乔八世》。《流浪艺人诞生》是他从中世纪的杂谈趣闻记载中发现的采用农家说书人的寓言方式写成；流浪艺人原是一个农夫。农夫开垦了一座荒山，地主却逼他搬走，农夫不肯，地主就当着孩子们的面奸污他的妻子。农夫受到羞辱，气得上吊自杀，幸亏遇到过路人相救，这人就是上帝。上帝亲吻农夫的嘴，奇迹产生了。上帝给他一个新的舌头，"像刀一样锋利"，它懂得"对付一切地主并且斗倒他们"，就这样上帝把农夫变成了一个流浪艺人。另一些作品则是古代即兴喜剧演出提纲，进行去粗取精的加工改编而成。譬如《瞎子和瘸子的道德》原是一个15世纪作家的作品，讲瞎子与瘸子彼此取长补短、互相帮助的滑稽故事，福将其改编成对不劳而获者的批评；瞎子和瘸子遇见背着十字架前往受难地的耶稣，赶紧逃走，不愿被耶稣施以奇迹，不因恢复健康而失去他们进行敲诈的武器，失去人们的施舍，失去不必为老爷干活的乞讨生活。瞎子背着瘸子跑时摔了一跤，两人正好滚到耶稣脚边。耶稣显奇迹了，他们变成健全的人。可是那两个家伙都垂头丧气，懊悔不已。记在中世纪流浪艺人名下的《庄稼汉的诞生》，本是贵族老爷编撰的污蔑劳动人民的故事，说农民是"从一只驴放的屁里出来的"，生来就该干最累最脏的活，因此是粗鄙而讨厌的人。福引用了这个故事，但在前后加了一些批判的评语。

福后来写的"神秘剧"中有的题材还选自公元前后两个世纪出现的《伪经》（题材以及命名类似《圣经》，但未被教会承认的著作），如《圣婴》；有些取自17、18世纪流行于民间的假面喜剧。《滑稽神秘剧》在故事内容和表现形式上都扩大了中世纪流浪艺人戏的历史跨度，并不只是它的现代翻版，而是意大利古今民间戏剧艺术的综合。

形诸文字的故事并不是福的《滑稽神秘剧》的全部，还有一部分是他在台上的即兴发挥。这又包含两方面的内容。一是对于政治时事的评论，往往从故事中对王公贵族的取笑转为对现今新闻人物的嘲讽。他惟妙惟肖地模仿政界要人或工商巨头的言论动作，并总能找到一个契合点，很巧妙地将古人和今人联系起来。二是结合演出现场情景或偶尔发生的事件，插科打诨，直接同观众对话，破除舞台正对观众的无形的"第四堵墙"。每个晚上，意外事端、外部场景、观众的情绪都有变化，改变着戏与观众的交流内容。

福将戏剧视为革命的工具，他说："它（戏剧）唯一的作用就是成为社会主义革命进程中千种战车之一，千种武器之一"，但它不是"机械宣传的工具"。其次，他将讽刺作为揭露现实的手段。他说："我的中心思想就是要看看经济奇迹的背后……我要让人们看到剥削比从前更为严重地继续存在，恶事丑闻层出不穷。"因此他全力以赴地写作和导演政治讽刺剧，并经常在其中出演主角。

福的政治喜剧的主题和形式是多样化的，不落前人窠臼，也不重复自己，常演常新。最为成熟的作品是从《一个无政府主义者的意外死亡》（1970）开始。主要有以下几个类型。

其一，政治教育剧。《一个无政府主义者的意外死亡》就属于这类剧。这部戏的中心情节是一个悲剧：一位无政府主义者因涉嫌参与一起爆炸事件而被捕，在严刑逼供中丧生，并被从窗口抛尸楼下，而法庭宣布他是跳楼自杀，警察局的责任仅仅是来不及防范而发生了“意外死亡”。福设计的戏的框架是喜剧，主角是一个小丑，一个“疯子”，他偶然钻进了内政部的机密室，翻到了无政府主义者的案件卷宗，发现了秘密。“疯子”乔装最高法院代表复审此案，使真相大白于天下。戏于1970年12月5日在米兰上演之后，犹如炸弹爆炸震动全社会。因为戏中的悲剧正是当时舆论关注的一件几个月前发生于米兰的司法丑闻。作品真实而又及时，直接而又尖锐，锋芒直指资产阶级国家机器。谴责法院欺骗公众、内政部官员隐瞒关键证据的罪行，揭露部分国家机关已被新法西斯分子所污染。福通过这出戏对观众进行了一次以调查分析时事为实例的深刻的政治形势教育。

其二，政治史诗剧。《大家团结起来！大家在一起！》（1971）描写意大利早期工人运动从形成到与社会党的改良主义决裂进而成立共产党的全过程。这个剧被分成几个场景，演出时打出说明牌，简单标明事件发生的年代地点，用一系列不同时期的政治歌曲将它们串连起来，虽然每个场景都有一个充满趣味的独立事件，但也能共同组成一个真正的典型戏剧故事：都灵市的女裁缝安东尼娅爱上了一位意大利社会党的革命派积极分子，同时自己也成长为一个革命者。当她的爱人被法西斯分子杀害后，她成功地在一次省行政公署的首脑会议上将凶手击毙，但是有孕在身的她在逃往国外途中死在边境上。这部喜剧是喧闹的史诗，与那些壮丽宏大的史诗正剧相比，可能少了一些理性与逻辑的力量。然而，人类历史本身是喜剧性的。此剧热情讴歌无产阶级革命事业，起到了振奋人心和激扬斗志的作用。

其三，政治运动剧。《智利的人民战争》(1973) 在舞台上演出的是一出报道1973年9月11日智利人民联合政府被军事独裁取代的时事剧，经过台上与台下呼应的特技处理，诱使观众误以为就在当时意大利发生了政变。最后由演员向惊魂未定的观众拆穿假象，同时提醒人们军事政变在意大利也不是完全不可能发生的。此剧调动群众情绪的能量和宣传鼓动作用，令一些地方当局十分恐惧。1973年11月9日在撒丁岛的萨萨里市排演时，市政府就派来一队警察，将福铐走，关押了19个小时，为了声援福，所有的左派力量都动员起来，掀起了一场民主运动，福用一场戏把拉美的政治风暴引入意大利，在社会的大舞台上导演了一场群众运动。这部作品是典型的“政治运动剧”。

其四，政治趣剧。《不付钱！不付钱！》(1974) 是一台笑料百出的滑稽戏，夸张地描写老百姓对物价飞涨的抵制。故事以某一工人妻子为主角，她参加在超市门口举行的抗议物价上涨的游行时，抢了一大堆食品罐头，而丈夫是意共党员，不赞成过激行动。这位妇女起初必须在丈夫面前隐藏货物，后来又要应付警察，历尽风险，而误会帮她走出难关。最后，守法的丈夫在自家的窗下目睹了警察粗暴驱赶无住房者的场面，他再也不满意共的退让政策，便参加到反抗者的行列。群众哄抢货物，与警察的周旋场面十分紧张有趣。福以热热闹闹的说笑方式道出了劳动大众在经济危机到来时承受力的脆弱性，这是在社会富裕表象之下掩盖着的可悲现实。

其五，形势宣传剧。1975年6月15日是意大利大选的日子，在此之前福用八天时间一口气写成剧本《范范尼被绑架》(1975)，于6月2日在自由宫上演。范范尼是当时意大利天主教民主党的书记，竞选中风头正劲。戏以怪诞的形式对他进行讽刺挖苦，刻画天民党的竞选丑态。剧中的范范尼为了多拉选票，设下苦肉计，指使同党安德雷奥蒂派刺客假装把他劫持走，以赚取选民的同情。后来他做梦进了天堂，受到女游击战士式的圣母、革命者型的基督和保守派的上帝的审判，他的劣迹败行大白于天下。这是一出与天民党的竞选打擂台的戏。这种密切配合时事，针对重大人物和事件，迅速推出讽刺剧，是以艺术直接介入政治的做法。指名道姓地批判是一种短兵相接。当时该剧中范范尼侏儒式的滑稽造型，被拍成剧照，印满意大利大大小小的报刊。台上的戏变成了全国规模的"恶作剧"。

福的其他主要剧作还有《总是魔鬼的错》（1965）、《工人识字三百个，老板认字一千个，所以他是老板》（1969）、《喇叭、小号和口哨》（1980）。他还与妻子合写了系列女性独白剧《全部的家，床和教堂》（1977），另外，他撰写了总结戏剧创作经验的理论著作《演员基本手册》（1987）。

翁贝尔托·埃科（1932—2017）是从理论研究转向创作的文学家。1954年大学哲学系毕业后，从事美学研究，后来专攻符号学，在博洛尼亚大学任符号学教授，成为该学科的权威学者。他是新先锋派组织"六三社"的成员，他的《开放性著作》（1962）一书是意大利新先锋派的代表性理论著作之一。他在书中通过跨学科性的研究，加深对现代文学艺术的理解，认为真正的新先锋派艺术作品在意义上是没有结尾的，无止境的，它本身既可以容纳其他艺术家和读者对它的各种理解，又对其他的社会制度和文艺价值具有预见性，包含着对未来的进一步的理解和启示。60年代末他与一些激进的作家同学生造反运动联合，组织各种社会活动。1967年春他同桑圭内蒂等人创办政治、文艺半月刊《十五》，1969年初他们看到一些学生与工人合作的迹象，就宣称革命已临近，编辑部停刊转入革命行动。这实际上宣告了新先锋派运动的结束。

1980年埃科首次发表文学作品——长篇小说《玫瑰的名字》，立刻引起轰动，成为畅销书，获得1981年斯特雷加小说奖。后又在美国被改编拍成电影，享誉世界各地。小说围绕14世纪教会内为争夺一部珍贵历史手稿而连续发生的几起谋杀案展开。它确实是根据历史事实改编的，既是历史小说，又是侦探故事，引人入胜，有很大的可读性。但是它的深奥神学辩论、哲理分析和象征意义，又超出一般通俗读物的水平。1988年埃科出版第二部长篇小说《弗科的摆钟》，小说的内容与结构都极其复杂。主要情节线索是70年代米兰一家出版社的三位编辑伪造了一份古代秘密社团征服世界的计划书，流传出去后，有些人信以为真，按计划上所说于1984年6月23日夜赴巴黎某博物馆内陈列的弗科的摆钟之下聚会。书中充满现代生活的复杂、古代黑社会的神秘、宇宙空间的奇妙，堪称一部奇书。由于时间与空间变换频繁，使人不易读懂。

第九节　东欧文学

波兰文学　第二次世界大战以后，波兰文学的发展经历了三个时期。1944到1948年为第一时期。在这一时期里，描写反法西斯战争的文学，占据重要的地位。纳乌科夫斯卡揭露希特勒战争罪行的报告文学《颈饰》（1946），沃依切赫·茹克罗夫斯基（1916—　）反映波兰军队英勇地参加反法西斯抵抗运动的短篇小说集《来自沉默的国度》（1946），塔杜施·波罗夫斯基（1922—1951），描绘战争时期普通波兰人的生活和心态的小说《同玛丽娅告别》（1948）和《石头世界》（1948）等，是这类作品中最具影响的名篇。描写知识分子的生活，反映知识分子的坎坷经历和历史命运，对作家的小说创作具有很大的吸引力。“二战”后，影响较大的有耶·安杰耶夫斯基（1890—1983）的《夜》（1945）、卡齐米日·布兰迪斯（1916—　）的《木马》（1946）、《战争之间》（1948—1951），斯坦尼斯瓦夫·狄加特（1914—1978）的《波登湖》等。反映国内阶级斗争，也是很重要的题材，安杰耶夫斯基的长篇小说《灰烬和钻石》就是以描写旧军人战后进行暗杀和破坏活动，唤起人们的重视的。另外，这时期还涌现出不少历史小说，如塔杜施·布列扎（1905—1970）的《耶赫雷的城墙》（1946）和《天和地》（1949），纳乌科夫斯卡的《生活的交点》（1948），卢齐扬·鲁德尼茨基（1882—1968）的《旧的和新的》（1948）等。

这一时期的诗歌作品主要有布罗涅夫斯基（1897—1962）怀念死在集中营里的妻子和战友，赞颂社会主义建设的《爱情之歌》、《五月的歌》、《波尼亚托夫斯基桥》，密齐斯瓦夫·雅斯特隆（1903—1983）为反法西斯战争胜利和社会主义建设而欢呼的许多短诗等。

1949至1956年为波兰战后文学发展的第二时期。1949年1月，在波兰作家协会召开的代表大会上，确定社会主义现实主义为指导波兰作家创作的基本原则，要求作家及时地反映现实生活中的阶级矛盾和阶级斗争，歌颂社会主义建设，担负起教育人民的使命。作家们在创作中不是按照艺术规律办事，而是阶级斗争和生产建设先行，因此，文学创作渐渐脱离了艺术轨道，使生产文学，公式化、概念化的作品甚多。但有的作家比较深入生活，不按上述命令办事，还是写出了一些比较好的作品。如耶日·普特拉门特（1910—1986）评议萨纳齐亚政府政策的长篇小说《九月》（1952），茹克罗夫斯基（1916—　）揭露一些胆小如鼠、贪生怕死的军官在战场上丑态百出的《失败的日子》（1952），伊戈尔·内维尔利（1903—　）描写两次世界大战之间波兰共产党人斗争生活的《一个人的道路》等。战后的波兰文学的第一次发生变化是在1954年。在这一年6月召开的作家代表大会上，作协领导克鲁齐科夫斯基首先发出扩大创作题材的号召，报刊相继提出保证创作自由的要求，于是出现了一些观点与以往很不相同的作品。如斯坦尼斯瓦夫·斯塔文斯基（1921—　）宣传不同政治派别的人应该团结一致共同抗击德国法西斯的《下水道》

(1955)和东布罗夫斯卡展示农民在农业合作化运动中不同态度的《乡村婚礼》等。在诗歌创作方面，布罗涅夫斯基写了歌颂工农群众和知识分子投入建设的忘我精神的诗篇《职工联盟》、《希望》和《我们的五月》。高尔钦斯基写了对牺牲的英雄表达敬仰之情的《结婚戒指》(1949)、《歌》(1953)、《纽贝》(1951)等。杜维姆出版了旨在批评形式主义的诗集《玫瑰》。瓦日克写了批评虚假现象和空洞口号的《给成年人的长诗》(1955)。在戏剧方面，安娜·希维尔什钦斯卡(1909—？)描写工人运动的话剧《对着墙壁呼唤》(1951)，耶日·卢托夫斯基(1923—　)表现如何对待历史出身问题的干部的《急诊值班》(1955)是这一时期颇受欢迎的剧作。

1956年是关系到波兰的政治和文化生活的极为重要的一年。在这一年里，波兰文学界对20世纪欧美现代派文学作了肯定性的评价，从此，出版界开始大量翻译、出版欧美20世纪各种现代派作家的作品。文坛上，以马列克·赫瓦斯科(1934—1969)、斯坦尼斯瓦夫·格罗霍维亚克(1934—1976)为代表的一代青年作家迅速崛起，以清算1956年以前波兰社会中的阴暗面作为创作的中心主题，这种作品后来被称为“清算文学”。宣扬个人与群体的对立，是许多作品宣扬的共同思想。反传统的荒诞派戏剧，否定现实中一切的“新浪潮”派迅速发展起来。这类作家的心目中只有一个腐朽堕落的黑社会，专门津津乐道地描写流氓、小偷、醉鬼和妓女主宰的社会，这种描写黑社会的小说被称为“黑色文学”。

尽管这样，依然有许多新老作家，在反映历史和现实生活的许多方面，创作了大量好的和比较好的作品。在小说方面，有**伊瓦什凯维奇**(1894—1980)的长篇小说《名望和光荣》(1956—1962)。这是一部史诗性的巨著，代表战后波兰文学最高成就的作品。小说的全部内容围绕着曾经居住在乌克兰的三个波兰家庭的三代人的生活道路层层展开，从广阔的背景上艺术地再现了自第一次世界大战到1947年间波兰社会生活的千姿百态。这里既有对十月革命爆发时乌克兰各派势力角逐的描述，也有对波兰各阶层思想和政治面貌的再现，同时对波兰士兵在反法西斯战争中的英雄业绩和爱国主义精神，也作了传神入化的描写。同样，罗曼·布拉特内（1921—　）描写英勇的波兰青年同占领者展开生死搏斗的小说《哥伦布们，即二十岁的一代》（1957），也在评论界和读者中间享有盛誉。普特拉门特（1910—　）的系列政治小说《不忠实的人们》（1967）、《年轻的一代》（1963）提出尖锐的政治问题，引起人们的关注。另外，还有安杰耶夫斯基反映60年代华沙文艺界与政府斗争的《渣滓》（1981），以及威廉·马赫在艺术形式上颇具现代派小说特点的《黑海滨的群山》（1961），塔杜施·孔维茨基的《当代圆梦书》（1971）等小说。描写反法西斯战争的文学作品，半个世纪以来始终未间断。这时期出现的小说有塔杜施·霍乌伊（1916—2004）反映犹太人遭屠杀的《我们世界的末日》（1951）和揭露希特勒法西斯做杀人实验的《天堂》（1972）等。

在诗坛上，1956年以后成就最大的是侨居国外的**切斯瓦夫·米沃什**（1911—2004）。他在四十多年的时间里，在国外出版了二十多部诗集和小说，其中主要有诗歌集《白昼之光》（1953）、《诗的论文》（1957）、《波别尔王和其他的诗》（1962）、《中了魔的古乔》（1964）、《无名之城》（1969）、《日出日落之地》（1974）及长篇小说《权力的攫取》（1955）和《伊斯塞谷》（1955）等。米沃什因为“在自己的全部创作中，以毫不妥协的深刻性提示了人在充满剧烈矛盾的世界上遇到的威胁”，表现了“人道主义的态度和艺术特点”，获1980年度诺贝尔文学奖。其他颇具影响的诗人还有斯坦尼斯瓦夫·卡塔克、扬·波列斯瓦夫·奥若格（1913—　）、耶日·哈拉塞姆维奇（1933—　）、米龙·比雅沃谢夫斯基（1922—1983）、博格坦·德罗兹多夫斯基（1931—　）、塔杜施·鲁热维奇（1921—　）、安娜·卡明斯卡（1920—　）等。

捷克文学和斯洛伐克文学　自1945到1989年，捷克斯洛伐克这个国家一直未能真正平静过。反映在文学上，也是风雨不止。因此在很长的时间里，文学的艺术规律未能得到应有的重视，致使不少公式化、概念化的作品比比皆是。不过，有一些生活经验丰富，艺术素质较高的作家，自觉地按照艺术规律办事，创作出不少优秀和比较优秀的作品。

博·日哈（1907—1987）是一位既从事创作，又擅长编辑出版的多能作家。作品有三大类。一类是儿童文学，主要有《洪扎的旅行》、《儿童百科全书》等。1980年曾获安徒生文学奖。第二类是农村小说，主要有《敞开地面》、《两个春天》、《老乡》（上、下卷）。这些小说描绘了农村多彩多姿的生活画面，塑造出个性鲜明的不同类型的人物形象，细致入微地反映出他们思想感情的变化过程。第三类是三部曲的历史小说《跪在我面前》、《等候国王》及《仅仅剩下一把剑》。日哈多次获国家奖，并被授予人民艺术家称号。

扬·科扎克（1921—1995）是钳工之子。60年代初步入文坛，很快就成了文艺界的政治领导人，自1972年至1989年，连续17年担任捷克斯洛伐克全国作家协会主席。科扎克的文学生涯与农村生活紧紧地联系在一起。60年代初发表的中篇小说《玛琳娜·拉德沃科娃》触及到了农村错综复杂的矛盾，在当时影响很大，是农村题材小说创作的重大突破。接着又出版两部长篇小说《粗壮的手》和《圣米哈尔》（1971）。另外，还有《鹳巢》（1976，获国家奖）。这些小说是捷克农村发展、变化的艺术记录。60年代后期多次去贝加尔湖一带原始森林体验生活，90年代发表了散文集《在西伯利亚原始森林的狩猎》、中篇小说《白牧马》、长篇小说《虎区之秋》。在这些小说里，作者最为关注的是道德伦理问题。另外，作者对故乡，对劳动和女性美，怀有一种特殊的赞美之情，长篇小说《亚当和夏娃》（1982）是最好的说明。

雅·塞弗尔特（1901—1986）出身贫苦。青年时代为十月革命而欢呼，投入到革命洪流中，以无产阶级诗人的身份走入文坛，出版了诗集《泪城》。20年代中期，他成了“纯诗派”的代表人物之一，这时期的代表作品是《全是爱》。30年代,出版了诗集《裙兜里的苹果》、《维纳斯的手臂》等,表达了对真正的爱情的向往,对真、善、美的追求。1936年以后,德国法西斯对捷克的威胁日渐加剧,塞弗尔特写下了《别了,春天》、《披上白昼的光》、《石桥》等几部著名的诗集。战后创作了《泥盔》、《穷画家到世间》两部深受欢迎的爱国主义抒情诗集。他担任过作协主席,代表作《母亲》获1954年度的国家奖。后受批判,被解除了作协主席的职务。苏共二十大之后,塞弗尔特在捷克第二次作家代表大会上激烈地批评了捷共在文艺政策上的错误和个人崇拜等现象。但此举受到公开批判,之后,因政治和健康原因辍笔十年。重返文坛后,有《孤岛上的音乐会》、《哈雷彗星》、《铸钟》等多部诗集问世。1967年再次受批判,又被迫搁笔12年。在这以后出版的诗集有《皮卡迪利之伞》、《避疫柱》、《身为诗人》等。由于"他的诗富有独创性,新颖,栩栩如生,表现了人的不屈不挠的精神和全面发展的自由形象",荣获1984年度的诺贝尔文学奖。

米·昆德拉(1929—　)出身于钢琴教授之家。毕业于艺术学院电影专业,后从教多年。1975年开始流亡法国,在巴黎大学执教、创作至今。主要作品有诗集《人,一座广阔的花园》、《最后的五月》、《独白》,随笔集《小说的艺术》,小说《玩笑》。到巴黎后发表的作品有小说《可笑的爱情》、《为了告别的聚会》、《生活不在这里》及《不朽》等。昆德拉是一个有争议的名诗人,不过近年来他的作品越来越受到青睐。

鲁·瓦楚列克(1926—2015)是深受现代派影响的小说家,作品常带有卡夫卡式的"喻意"。主要作品有长篇小说《斧子》、《豚鼠》和《实验室的老鼠》等。他积极参与政治活动,是有名的政治宣言《两千字》、《七七宪章》的起草人之一。他对苏联1968年出兵捷克持坚决反对的态度,因此,多年来他的作品一直被查禁,只能在地下或他国出版。

瓦·哈韦尔(1936—2011)是捷克有名的剧作家、政治活动家。1963年发表的剧本《花园盛会》轰动了剧坛,使其一举成名。后被捕三次,坐牢达五年之久，但继续创作。在地下或他国出版的剧本有《乞丐的歌剧》、《展览会的开幕典礼》、《抗议》、《过失》等。80年代末政局发生激变之后，哈韦尔当上了共和国总统。

巴·科胡特（1928—　）是流亡国外的剧作家。主要作品有诗剧《动听的歌儿》，话剧《九月的夜晚》、《不幸的凶手》等。代表作《如此爱情》（1958）曾引起轰动，但也引起争议。不过，该剧迄今仍在近20个国家的舞台上继续演出。

20世纪下半叶的斯洛伐克文学情况与捷克颇为相似。社会主义现实主义也在文坛上占统治地位。著名的诗人有拉·诺沃麦斯基（1904—1976），主要诗集有《星期四》、《长菱形》、《西班牙的天空》等，安·普拉弗卡（1907—1982），主要诗集有《夜与晨曦》、《利普托夫的芦笛》、《遍山的火焰》等，米·瓦列克（1927—　），主要诗集有《接触》、《吸引力》、《激动不安》及长诗《千言万语》等。著名的小说家有弗·米纳奇（1922—　），主要小说有多卷本的历史小说《一代人》，第一卷为《久等》，第二卷为《生者与死者》，第三卷为《钟声》，拉·姆尼亚奇科（1919—　）的主要作品有短篇小说集《迟写的报道》、长篇小说《权力的滋味多么美》等，温·希库拉（1936—　）的主要作品有短篇小说集《没有掌声的音乐会》以及长篇小说三部曲《木匠师傅》、《玫瑰香葡萄》、《维尔玛》，扬·索洛维奇（1934—　）的主要戏剧作品有广播剧《卓越的天才》、话剧《再过五分钟就是午夜》、《渐暗的太阳》、《子午线》、《银色的美洲豹》、《金鱼》、《犯错误的权利》等。

匈牙利文学　1945年流亡国外的作家陆续回国。由共产党员作家带头组成社会主义文学的队伍。但资产阶级人道主义文学和“民粹派”文学依然存在，当时匈牙利存在着多种党派，文学也受到这种政治气候的影响。共产党、社会民主党、民族农民党、独立小农党都有自己的文学政策和体现自己的政治主张的作家与艺术家代表。各政党新创办的文学刊物，反映了这个时期匈牙利文学发展的新态势，即各政党共存共荣的态势。

如同其他的社会主义国家的文学一样，“二战”以后，作家们把描写反法西斯战争，揭露法西斯罪行，歌颂人民英勇斗争的丰功伟绩，当作自己最神圣的任务，涌现出一大批反法西斯的精品佳作。小说方面有纳吉·劳约什的《地窖日记》、德里·蒂波尔的《地府游戏》、**科萨克·劳约什**（1887—1967）的《纪念死亡挣扎的一本小书》和达尔瓦什·尤若夫的《沼泽地中的城市》等。诗歌作品有科萨克·劳约什的《沉思》、伊叶什·久拉（1902—1983）的《布达，1945年1月》、弗多尔·尤若夫的《永恒的三月》、泽尔克·佐尔坦的《在一个红军战士的墓前》、隆波·雷林茨的《出狱》和《幽灵奏鸣曲》等。

这一时期，围绕着一些重要的政治问题和艺术问题，文坛上曾进行过热烈的争论。理论家**卢卡契·久尔吉**（1885—1971）和列瓦依·尤若夫（1898—1959）发表了一系列很有见地的论文，影响颇大。

1948年以后，涌现出一批描写重大历史题材的现实主义小说。影响较大的有萨波·巴尔（1893—1970）的描写土改和合作化运动的《春风》和《新土地》、维莱什·彼得的《养路工》和《考验》、沙尔考迪·伊姆雷的《戛尔·扬诺什的道路》、切莱什·蒂波尔的《霍德草原上的大火》。考林蒂·费伦茨的反映工人阶级当家作主，建设社会主义新生活的小说《泥瓦工》，赛拜列尼·莱海尔的《移山》和巴拉尼·陶马什的《二十年》等。此外还有维莱什·彼得（1890—1970）描写农村生活的三部曲《三代人》，德里·蒂波尔展示20世纪30年代匈牙利社会状况和政治运动的长篇《回答》，伊列什·贝拉（1895—1974）反映匈牙利解放的三部曲《歌唱武器和勇士》、《喜剧院的战斗》和《炮声沉寂》和三卷本长篇《祖国的光复》等等。

50年代初期，文坛上提出了克服公式化的问题，1954年作协大会甚至提出了要“描写生活中的真正冲突”，要“大胆地描写困难”的口号。于是，创作上发生了很大变化，不少作家对描写社会生活中的错误、缺点和阴暗面，产生了浓厚的兴趣，形成了报告文学、社会志、讽刺小说和历史小说迅速发展的繁荣局面。考林蒂·费伦茨的《祖国通讯》，沙尔考迪·伊姆雷的《被取消的会见》，切莱什·蒂波尔的《游手好闲的爵爷》，维莱什·彼得的讽刺小说《苹果园》，德里·蒂波尔（1894—1977）的《在砖墙后面》等小说，就是在这一特殊形势下出现的代表作。

众所周知的1956年历史事件，使匈牙利文学的发展受到了很不利的影响。在此之后的五六年时间里，文坛只出版了一些老作家创作的历史小说和一些作家以前流亡时期写的作品。1961年以后，小说创作再度繁荣。小说反映的内容大大地拓宽，农民生活、城市工人生活和其他社会阶层的生活，都得到了广泛而细致的描绘。比较好的作品有费叶什·安德莱的反映工人阶级实际状况的《铁锈坟场》、法比扬·卡塔琳的描写匈牙利流氓无产阶级生活的《马可尔迪一家》。另外，还有乌尔本·埃尔塔的《大冒险》、莫尔多瓦·久尔吉的《煤气灯下》、戛尔·依斯特万的《陷阱》和萨空尼·卡罗伊的《在城市那边》。反映农村在发展中社会及文化诸领域出现的新矛盾、新问题的作品有维莱什·彼得的《蒂萨河那边的故事》、萨波·巴尔的《蒂萨河这边，多瑙河那边》、乌尔本·埃尔诺的《金色的烟雾》、高尔戈茨·伊丽莎白的《半途》以及维格·安陶尔的《旱虹》等。知识分子的命运也受到作家的关注，涌现出一系列反映知识分子生活道路和道德面貌的小说，如罗纳依·久尔吉的《夜间车》、比尔卡什·安德莱的《被忘却的人》、奥特里克·格若的《黎明时的房顶》等。

60、70年代老作家、中年作家和青年作家都很活跃，优秀作品大量问世。著名的作品有内**迈特·拉斯洛**（1901—1975）的小说《恐惧》，豪特尼克·劳约什的《老爷和人们》，巴拉尼·陶马什的《没有父亲的一辈》、莱迈尼克·日格蒙德的《流浪之书》及《原始森林》等。另外，一些著名作家还写了一批具有历史文献价值的回忆录。

70年代，匈牙利文学界完成了新老两代作家的更替，元老作家陆续去世，知识结构更新，文艺思想深受外来影响的新领导占据了重要岗位，整个文学面貌开始发生变化。现代派思潮和表现手法被很多作家借鉴，奥什派尔扬·久尔吉的《安全的进出口》、鲍拉日·尤若夫的《匈牙利人》、拜莱梅尼·格若的《传说集》等新颖别致的作品，为文坛增添奇异的景观。纪实小说、回忆录、寓言式和荒诞派作品也为繁荣的文坛增加了丰颖的色彩。与此同时，还出现了一大批历史小说，如费雅·格若的《维赛格德之夜》、萨波·玛格达的《旧式故事》等。这批历史小说的出现，说明现实主义文学依然具有强大的生命力。

罗马尼亚文学　小说家**马林·普列达**(1922—1980)是20世纪下半叶小说领域的代表人物，从1952年起，他担任《罗马尼亚生活》杂志编辑、副主编，1968年当选罗马尼亚作家联合会副主席。普列达1942年初登文坛，他的第一部小说集《四方来相会》于1948年问世。这部小说集中的八个短篇均是以乡村生活为背景，塑造了一系列的农民形象。长篇小说《莫洛米特一家》(第一卷1955年，第二卷1967年)展现了罗马尼亚各个历史时期农民的心态，普列达因此跻身于当代罗马尼亚著名小说家行列。

之后他又涉足工业、历史、知识分子题材，创作了《不速之客》(1968)、《呓语》(1975)、《伟大的孤独者》(1972)等长篇。《呓语》发表后，苏联的《文学报》给予了猛烈地抨击，这反而使得普列达的声名大振。1980年春，三卷本巨著《世上最亲爱的人》出版，可惜小说问世不久，普列达猝然身亡。

《世上最亲爱的人》着意通过一个普通人的悲剧人生来揭示整个民族的悲剧。小说讲述了这样一个故事：大学哲学系助教维克多偶然结识了已婚妇女玛蒂尔达，维克多倾心于玛蒂尔达的美貌和气质，早已同丈夫貌合神离的玛蒂尔达也在维克多身上发现了新的希望，二人一拍即合，共坠爱河。经过一番难免的周折，当两人终于结成正式夫妻后，维克多却发现，现实的玛蒂尔达爱慕虚荣、自私狭隘，远不是他心目中的形象，生活和爱情的危机令他烦恼不已。为求解脱，维克多潜心研究哲学，并深得启发。感触良多的维克多写了《卑鄙者时代》一文，发表了他对人生处世的新见解。他认为：人心理的平衡和境界的超脱是靠自身的悟性而得到的。但是维克多并没有得到解脱，他的这篇文章在学校里遭到严厉的批判，夫妻关系也日益恶化，更糟糕的是，有一天警察突然出现在维克多面前，以参与反革命匪帮活动罪名将他逮捕。无辜的维克多无可争辩，莫名其妙地便开始了艰苦的劳改生涯。三年后，维克多刑满释放，这时他的身上已永远铸上了劳改犯的烙印。虽然他到处奔波寻找工作，但是不光彩的过去却令他屡屡失败，无奈之下，他进了灭鼠队。玛蒂尔达早已弃他而去，另觅新欢。又是几番风雨之后，维克多终于在一家企业当上了会计。维克多就职的这家企业有个出纳名叫苏齐，苏齐是旧时代一个资本家的女儿，受父母问题的牵连而被大学开除。相似的经历、共同的遭遇使他们逐渐接近、相爱，最后走到了一起。谁知造物主偏偏要捉弄维克多这个苦命的人。在一次外出滑雪时，维克多意外地与苏齐的丈夫彭恰相遇，而在此之前，苏齐从没有提及过她的这位丈夫。维克多被迫与彭恰格斗。混乱中彭恰从缆车上掉进山谷身亡，维克多再次踏进监狱大门，爱情也又一次破灭，等待维克多的只有漫漫无眠的长夜……

这部小说全面展现了50年代罗马尼亚的社会全景，因此被罗马尼亚文学评论界公认是“描写动荡时期由爱而生发的快乐和灾难的无与伦比的杰作”。《世上最亲爱的人》的问世将罗马尼亚的小说创作向前推进了一大步。之所以这么说，首先是因为这部小说以维克多的爱情历程为线索，貌似爱情小说，但作品涉及了文化、教育、社会、政治各个领域、各个阶层，其间包含的巨大容量和深刻的哲理性都是前所未有的。其次，小说成功地塑造了主人公维克多的形象，他的身上具有海明威所推崇的精神，即你可以消灭他，但却不能令他屈服。这股顽强的精神力量支持着他始终用微笑坦然面对一切磨难。当然，维克多身上也必不可免地存在着许多弱点，但正因如此，他才血肉丰满，真实可信。

50年代以后，政治空气越来越浓厚的戏剧舞台上，优秀的剧作难得一见。70年代以后，奥雷尔·巴朗格（1913—1979）、霍里亚·洛维内斯库（1917— ）、马林·索雷斯库（1936— ）、杜·拉·波佩斯库等作家将目光投向戏剧舞台，创作了一批颇具深度的作品，为戏剧的迅猛发展作出了重大贡献，而后者是其中最能代表这一戏剧发展趋势的作家。

杜·拉·波佩斯库（1935— ）是当代著名小说家和剧作家，1970年起担任《论坛》杂志主编，80年代后曾担任过罗马尼亚作家联合会主席。波佩斯库的文学创作始于诗歌、小说，从60年代起，波佩斯库致力于长篇小说和戏剧创作，他的长篇小说《F》（1969）、《过时的雨》（1973）等曾轰动一时。他的主要剧作有《无望的爱之夏》（1966）、《这些悲哀的天使》（1969）、《除夕夜之猫》（1970）、《飞鸟萨士比亚》（1973）等。

波佩斯库的剧作存在主义色彩浓重。在题材和手法上，他都走出了传统的套路。他善于以心理描写、荒诞与象征的手法来表现各种社会矛盾、内心冲突，揭示真、善、美与假、恶、丑的对立。《除夕夜之猫》便是代表他风格的一部佳作。

《除夕夜之猫》的剧情有些荒唐：奥雷尔一家正在欢度除夕，奥雷尔刑满出狱的父亲图道尔突然出现在大家面前。20年前，图道尔是以反革命叛国罪被控入狱的。奥雷尔的舅舅埃利泽乌对图道尔的归来大惊失色，正是他的诬告，害得图道尔苦度了20年的铁窗生涯，且至今沉冤难雪。图道尔当众揭露了埃利泽乌的卑鄙行径。奥雷尔放荡的妹妹也控诉了舅舅令她堕落的罪恶。埃利泽乌在众人的唾弃和恐慌中上吊自杀。因为父亲的原因，奥雷尔从小便尝尽遭人白眼的苦楚，如今刚刚混进上流社会，父亲的出现给他的前程蒙上一层阴影，所以他拒绝承认亲生父亲，并将之赶出家门，最后竟然残忍地杀死了自己的父亲。

这出家庭的悲剧实际上展现了那个极权时期整个民族的苦难，因而《除夕夜之猫》具有很强的时代感。

教条主义盛行的50年代，革命诗大行其道，阿尔盖济、布拉加等一批优秀诗人被彻底否定，诗歌在50年代可以说是停滞的年代。60年代之后，抒情诗的传统得以恢复，一批勇于创新的新人登上诗坛，将诗歌提高到一个新的水平，诗坛出现了“抒情诗爆炸”的欣欣向荣景象。这一时期比较活跃的诗人有尼基塔·斯特内斯库、马林·索雷斯库、安娜·勃朗迪亚娜等。

尼基塔·斯特内斯库（1933—1983）曾任编辑、记者和副主编，出版的诗集有《爱的意义》（1960）、《感情的幻觉》（1964）、《时间的权利》（1965）、《严寒》（1972）、《绳结和符号》（1982）等十几部。

斯特内斯库作诗强调用视觉去调动想象力，他尽可能地用想象调动读者的感觉，这样就使得抽象的概念、数字变得形象可感，美感也就自然而升，《追忆》便是这样的典型作品。

马林·索雷斯库（1936—1996）大学毕业后长期从事编辑工作，1978年起任《枝丛》杂志主编。从1964年的第一部作品起到现在他已出版有十几部诗集，代表作有《时钟之死》（1966）、《万能的灵魂》（1976）等。

索雷斯库的诗善于在不知不觉的叙述中引发一个深刻的哲理；他的诗语言和手法不拘一格，颇具现代诗人之风；明显的讽刺色彩在他的诗中格外醒目，因此他得到了“哲理诗人”、“现代派诗人”和“讽刺诗人”等不同的称号。

安娜·勃朗迪亚娜（1942— ）是罗马尼亚当代诗坛最活跃的女诗人之一。她17岁步入诗坛，现已著有《脆弱的足跟》（1976）等十余部诗集。

勃朗迪亚娜的诗人多以爱情、人生、自然、生死等为主题。这些主题永恒而古老，很容易陷入俗套。勃朗迪亚娜在一定思想内涵的基础理论上，以女性特有的柔美和细腻，赋予古老的主题以新的视角和诠释，令读者在读她的诗时不乏启迪。

保加利亚文学　在1956年4月召开的保共五届四中全会上，批判了契尔文科夫的个人迷信及其在政治、经济、文化等方面执行的错误路线。自50年代中期以后的30多年里，文学艺术获得了发展和繁荣。这主要表现为作家和文艺批评家一代代地成长起来，涌现出了一大批具有较高艺术质量的优秀作品。

文学创作的题材有了很大的拓展。40、50年代，文学创作侧重于反法西斯题材和社会主义建设的题材。60、70年代以后，作家们的注意力扩展到社会道德题材和历史题材，并开始关注科技革命对社会生活产生的广泛影响。

在1956年以后的诗坛上，加戛罗夫、马特夫、麦托迪耶夫的政治抒情诗占有重要地位。加戛罗夫在发表《早春》之后，1958年出版了诗集《在沉默的时刻》，抒发了他对违反社会主义准则的现象的不满和对革命的热爱。加戛罗夫的诗歌感情真纯炽烈，诗风刚健挺拔，读者甚多。

帕维尔·马特夫（1924—　）在60、70年代有《海燕在浪头休息》（1963）和《未被伤害的世界》（1970）问世。这两部诗集表达了诗人对现实重要问题的关注和强烈的社会责任感。另外，诗人也对教条主义思维方式给予率真的批评。

迪米特尔·麦托迪耶夫（1922—　）在50年代以长诗《季米特洛夫的后代》一举成名，之后又陆续发表了多部歌颂祖国、社会主义和党的诗集，如《为了时代与自己》（1963）、《巨大的变迁》（1971）等，表现了诗人对革命事业和社会主义祖国的忠诚。在诗歌中，诗人经常把自己与时代联结在一起，使作品具有一种凝重沉实的格调，增强了诗人自己的人格力量。

60、70年代，诗坛上涌现出一大批诗才颇高的新人，为保加利亚诗歌增添了一种新景观，散发出现代工业文明的时代气息。在这批新的诗人当中，列夫切夫、斯特凡诺娃是成就突出的佼佼者。

柳波米尔·列夫切夫（1935—　）以诗集《星星是我的》（1957）崛起于诗坛。在这部诗集里，诗人以高昂豪迈的诗句表达了要永远继承光荣革命传统的情怀。后来随着生活的迅速发展和变化，列夫切夫诗歌创作的题材有了进一步的扩大，其中歌颂人在科技突飞猛进的世界中精神面貌的变化是他诗歌创作的另一个重要领域。例如《新纪元》一诗由牧羊人在夏季的夜晚挤奶时仰望天空，看到一颗人造卫星而引发的惊叹；再如对马尼查河水电站建设工地上劳动者精神面貌动情的描绘，都让人看到了这位诗人诗歌艺术的新天地。

丽梁娜·斯特凡诺娃（1929—　）以表现时代生活色彩的丰富性引起读者的青睐。她不仅敏锐地洞察了社会的种种矛盾，而且还以极大的兴趣关注着原子时代物质文明的进步。在诗集《未来的声音》（1969）、《太阳吻我》（1970）、《磁场》（1979）中，诗人怀着满腔热情歌颂“奇迹般的世界”，惊呼腾飞式的高速度已“深入人们的灵魂”，“控制着他们生命的脉搏”。同时也对时代的发展与人的自然本性不和谐表示深深的忧虑，斯特凡诺娃的诗歌具有鲜明的时代精神和优美动人的形式。联想和形象性绚丽多彩，抒情意味浓郁深挚，以女性特有的温馨柔润的感情拨动着读者的心弦。

80、90年代，如同不少国家的诗坛一样，保加利亚的诗坛也被一种晦涩朦胧的迷雾所笼罩，引起评论界和读者的争议。

同40年代以前的小说相比，解放后50多年来的小说创作呈现出空前繁荣的局面。小说作家的队伍不断扩大，作品数量显著增多。30、40年代开始走上文学之路的老一代作家，他们是“二战”前后社会变迁的历史见证人，生活阅历丰富，创作出许多反映各时期的重大社会问题的小说，成为保加利亚文坛的中坚力量。他们当中著名的有塔列夫、古里亚什基、达斯卡洛夫、曼诺夫、巴尔丁诺夫等。这批作家的作品代表了保加利亚传统小说发展的思想和艺术风貌。60年代产生了第二代作家，如彼得罗夫、拉迪契科夫、弗切吉耶夫等。这批作家与前面讲到的老作家不同，他们在艺术上具有新的探索精神，善于运用现代小说的种种表现手法，因此，作品的艺术水平有明显的提高。70年代后，又出现了第三代作家，如马尔科夫斯基、苏加列夫、斯特拉蒂耶夫等。这批作家更加注重人物心理深度的开掘。

小说创作的题材范围随着时代的前进而不断扩大，反映生活的深度和广度也有所拓展。60、70年代，不少作家的注意力转向了社会道德问题和科技革命时代人类所面临的种种问题，创作出不少优秀的传世之作，如维任诺夫的《夜驰白马》、《障碍》、《白蜥蜴》，古里亚什基的《桃花心木架起的房子》，弗加吉耶夫的《荒园绿草》，拉迪契科夫的《最后的夏天》等。

小说的艺术表现形式，也在不断地丰富、完善。50年代小说讲究故事情节的错综复杂，着力追求生活画面的广阔丰富，表现人物品格与命运同社会历史的紧密联系。60年代以后的小说淡化情节，追求表现人的主体意识，竭力以人为中心，开掘人物的内心世界，增强作品的抒情意味。表现手法更加多样，更富有现代意识。

在近50年的时间里，创作上取得突出成就的小说家有迪·迪莫夫、卡·卡尔切夫、安·古里亚什基、帕·维任诺夫、约·拉迪契科夫等。

迪米特尔·迪莫夫（1909—1966）最重要的作品是长篇小说《烟草》（1951）。这部小说以尼古丁烟草公司总经理鲍里斯的兴衰史，真实地描写了金钱势力对人的腐蚀和毒害，揭露了资产阶级的堕落和腐朽，歌颂了工人群众的英勇斗争，在社会上有强烈的反响，受到读者和评论界的赞扬。

卡门·卡尔切夫（1914—1988）在50、60年代享有很高的声誉。50年代的作品主要有表现季米特洛夫伟大一生的传记小说《工人阶级的儿子》和反映反法西斯斗争的长篇小说《生者的回忆》（1950）。60年代最成功的作品是长篇小说《新城奇缘》（1964）。小说的主人公马斯拉尔斯基原是一名政工干部，在农业合作化时，因不同意县委的左倾冒进做法而被开除党籍，下放到一个汽车修配厂当工人。后因一场意外的火灾遭诬陷，被关进监狱，妻子也跟他离了婚。1956年他得到平反昭雪，恢复了党籍。他不愿意恢复原职，而去原先参与建设的工地，当了一名司机。幸运的是，在这里，他又与离了婚的妻子相遇，见她日子过得并不幸福，于是便暗中保护她，帮助她。小说就以这两个人曲折的感情经历为线索，真切地描绘了现代保加利亚人的生活画面，批判了社会中的丑恶现象，歌颂了普通劳动者的高尚情操，是保加利亚当代文学中的闪光之作。

安德烈·古里亚什基（1914—1995）的小说题材较为广泛。50年代写了好几部反映农村现实生活的作品。其中，长篇小说《金羊毛》（1958）最为发人深省。主人公达莫夫是一个农业合作社的主席，不论是革命斗争时期，还是农业合作化高潮时期，都做过一些过左的不近情理的事情。可是，人们却认为他是一个享有荣光的人物，连少先队的孩子们也邀请他讲述自己的不凡业绩。然而，以往做的一件件错事却引起他的反省，内心感到十分惭愧，最后因精神崩溃而自杀身死。小说具有一种震颤人心的人格力量，达莫夫的个性刻画得鲜明、突出。这是一部摆脱了公式化束缚的力作。

古里亚什基的另一部长篇《桃花心木架起的房子》（1975）描写了布尔斯基一家的变迁及其三个儿子的命运。一个儿子忠诚老实，安分守己地做人。一个儿子具有超常的才干，但名利思想极为严重，虽然得到了令人羡慕的社会地位，物质生活条件也相当优越，但却灵魂空虚，庸俗地过日子。他所建造的桃花心木住宅是舒适的，周围的环境也非常宁静，可是他心里却不得安宁，最后遭到了不幸。另一个儿子因在某地建设一座现代化工厂，破坏当地的生态环境而受到舆论的责备。小说相当真实地反映了现实社会的矛盾，揭露了现代市侩对人的心灵的污染。

古里亚什基80年代创作的长篇小说《怪人》（1983）不仅鞭挞了现代市侩，而且还突出地颂扬了正面人物的斗争精神。主人公耶夫迪莫夫是一个富有创新与敬业精神的人，而他周围的人，一个个却是那样的墨守成规、苟且偷安、懒惰成性、投机取巧。作者真实生动地描写了截然不同的两种人的心灵碰撞，揭露了现实生活中的阴暗面，展示了创业的艰难。

帕维尔·维任诺夫（1914—1983）是一位勤于探索、才华出众的作家。40、50年代创作了《第二连》（1949）、《在原野》、《远离海岸》等一大批反法西斯的军事题材小说，深受读者喜爱，其中《第二连》和《在原野》（1950）两部中篇还曾荣获季米特洛夫文学奖。

60年代，维任诺夫的创作转向对人的道德的深层开掘。中、短篇小说集《持小提琴的少年》和《扁桃的气息》是作者向社会道德问题进军卓有成效的演习，描绘出形形色色的人物心态。这一时期创作的长篇小说《星星在我们顶空》通过农民什迪利亚老爹落入法西斯监狱，战胜九死一生的磨难逃出虎口，最后随游击队转移时为掩护同伴而英勇牺牲的斗争经历，歌颂了保加利亚人民高尚的道德情操。

70、80年代，维任诺夫的创作领域进一步扩大。他那一系列新颖奇幻的作品展现出现代精神文明受到了巨大的挑战，提出了人类的历史命运与人性健全发展等重大问题。长篇小说《夜驰白马》（1975）从对科学工作者乌鲁莫夫院士与其外甥沙绍相互关系入手，表现了当今两代人在道德观念和内心世界方面的差异。乌鲁莫夫的正面形象和沙绍的复杂性格，显示出作品深刻的内涵。乌鲁莫夫工作勤勉，志向高洁，富有人情味，用其辉煌的业绩和美好的心灵描绘出人生和谐优雅的图画。作者并没有把两代人的关系写成对立的，没有在他们中间设置不可逾越的鸿沟，而是通过活生生的人物形象的刻画指明了世代更替得以顺利实现的现实途径。这是一部产生过轰动效应的小说，荣获过季米特洛夫文学奖。

中篇小说《障碍》（1976）是一部具有鲜明的哲理性的佳作。一个精神上受过创伤但却保持了内心和谐的年轻的姑娘多罗特娅与一个被世俗偏见束缚着手脚的作曲家曼内夫邂逅相逢，彼此产生了真挚而热烈的感情，但这种感情最后却以悲剧而结束。多罗特娅为爱情不惜献出了生命，以死构成了一个富有整体寓意的“障碍”的形象，启迪人们大胆地消除人与人之间的精神壁障。小说以其深刻的哲理性唤起了读者的共鸣。

中篇小说《白色蜥蜴》（1977）以超现实主义手法表现了现代人性发展中理智与感情的矛盾，着力阐释了智能的片面发展而又缺乏健全的人类情感必然导致人的异化这一重要问题。

维任诺夫的长篇小说《天平》（1982）构思的角度新颖独特。一个工程师在一次工伤事故中丧失了记忆力。在恢复记忆的过程中，他发现心灵陷入了市侩主义的泥坑。最后通过反思走向了通向新生的阳光大道，自己的思想道德也得到了升华。这部小说也得到评论界的好评。

约尔丹·拉迪契科夫（1929—　）是一位深受现代主义文学影响的作家。50年代后期走上文坛，作品很多。60年代中期开始，作品的现代主义色彩日渐明显，故事和人物时常显露出现实与虚幻、正常与扭曲、严肃与荒诞相结合的特点。

拉迪契科夫的创作取材于农村生活，善于表现工业化进程中农民复杂的心态。《愤怒的情绪》（1965）成功地描写了农民戈茨的心灵世界，借助这一人物的所思所为，表现农民面对现代科技的发展所产生的惊诧、疑虑以及他们在维护民族优良传统的斗争中所具有的矜持与傲慢的心态。中篇小说《最近的夏天》（1966）细致入微地描写了老农拉弗伦蒂耶夫对故土的留恋之情。故乡的大地上要修建水库了，他不愿那熟悉的备感亲切的故土改变固有的容颜，对日新月异的大千世界无动于衷。《温和的风》（1963）描写了农民菲利普的坎坷之路。他历尽人间沧桑，在山村自由的大地上寻找到了和谐与幸福。作者站在时代发展的前列，以幽默和善的笔调描绘出农民们在变革时期所特有的保守意识和心理嬗变。在另外一些作品中，拉迪契科夫出色地描写了农民在革命战争中的果敢精神。他喜爱描写平凡人物的丰功伟绩（《火药识字本》，1969）和共产党人在严峻时刻的高尚道德与献身精神（《所有的人与无人》，1975），并取得了可喜的艺术成就。

60年代以来较为有影响的戏剧作品有伊凡·拉多耶夫（1927—　）的《天下如此狭小》（1960）、迪米特尔·迪莫夫（1909—1966）的《有罪的人》（1960）、德拉戈米尔·阿森诺夫（1926—1983）的《可靠的后盾》（1974）、约·拉迪契科夫的《拉扎尔的困境》（1977）和《起飞的试验》（1979）、斯坦尼斯拉夫·斯特拉蒂耶夫（1941—　）的《皮外套》（1976）、卡拉斯拉沃夫的《我们的母亲》（1973）、尼古拉·鲁塞夫（1932—　）的《从大地到天空》（1978）等。

南斯拉夫文学　1960年以后，南斯拉夫文学界逐渐平静下来，文学走上了平衡发展的道路，涌现出一大批优秀作品。在诗歌方面，戴·马克西莫维奇、伊·乌·拉里奇（1931—　）等人，都有新诗问世。在小说方面，米·拉里奇、安·伊萨科维奇（1923—　）等人，也取得了令人瞩目的新成就。

一些青年作家和文学评论家认真地复兴南斯拉夫各民族文学的优秀传统，是60年代文学战线上的一个突出特点。他们主张要尽量借鉴传统，宣传传统。在这方面，贝尔格莱德一些初露锋芒的青年作家、文学评论家，做了卓有成效的工作。他们当中突出的代表人物有米·巴乌洛维奇、卓·米希奇、彼·扎吉奇、卓·加乌里洛维奇（1926—　）、卓·格鲁斯契维奇（1926—　）。在萨格勒布，几乎所有的青年评论家在评论文学作品时，都带有机械、枯燥的毛病。而斯洛文尼亚作家，首先是扬·科斯

（1931—　），还有塔·凯尔玛乌奈尔（1930—　）、对斯洛文尼亚文学史和当代艺术，成功地作了社会学的阐述。马其顿的文学评论家亚·斯巴索夫（1925—　）、米·鸠尔契诺夫（1928—　）、加·多道洛夫斯基（1929—　）对历史上杰出的作家及其作品的真正价值作了中肯的评论，提高了马其顿人的民族觉悟和自豪感。总的来看，这一时期的文学批评比从前显得客观，说理较为透彻。

60年代，青年作家、诗人当中还掀起过一股魔幻和黑色幽默热。这一点在米·布拉多维奇（1930—1990）、茂·米兰科夫（1924—　）和鲍·乔西奇（1932—　）的小说中有突出的表现。

在南斯拉夫这时期的文学中，戏剧文学一直比较发达。50年代，戏剧舞台上也兴起了荒诞派戏剧。进入60年代以后，戏剧发生了新变化，一部分剧作家坚持用现实主义方法进行创作；另一大批剧作家标新立异，追赶时髦，开始用唯智论、沉思体、杜撰等方法进行创作，舞台上呈现出多元的局面。

50、60年代，现代主义的各种流派滋生于南斯拉夫文艺界，特别是西欧的超现实主义和法国的存在主义，更为南斯拉夫许多作家崇拜和效仿。但是，现实主义并没有就此销声匿迹。到了70年代，它甚至重新复兴起来。当然，现实主义也不是一个封闭体系，它要不断地增加新的内容，它的形态也要更加完美。到了70、80年代，现代派作家对具体的历史事件怀有浓厚的兴趣，他们竭力想在表现个人命运与历史发展的关系方面有所突破。在这类作品中，人物活动的地点再也不是令人不可捉摸的异国他乡，也不是使人感到陌生的神话世界，而是在真正的南斯拉夫大地上。人物的言行也带有很浓厚的民族色彩。人物心理活动细腻真切，社会生活丰富多彩，这些都是先前现代主义作品不可相比的。总之，在这段时间里，现代派作家的作品发生了质的改变。这类作品颇多，影响较大的有鲍·贝基奇（1930—　）的《如何叫吸血鬼安静》、米·科瓦奇

（1938—　）的《大肚子的门》等。现实主义艺术的地位得到了巩固和加强，它所影响的范围，扩大到文学领域，使作家们在70年代后半期，又掀起了讨论现实主义本质及价值的热潮。

70、80年代的南斯拉夫文学作品，从创作题材方面来看，可分为四大类：民族解放斗争；社会主义建设；历史事件及人物；当代道德、伦理及社会问题。尤·弗兰尼契维奇—普洛恰尔（1918—　）的小说《和平》、《旋涡》，米·鲍日奇（1919—　）的小说《炮弹》，安·伊萨科维奇的系列短篇小说，都在真实地描写日常的军旅生活方面，获得了可喜的成果。这些作家的作品，细致地描写人物的心理活动。作家们孜孜追求的，不再是简单地表现敌我在军事力量方面的冲突，而是尽力阐述道德伦理观念，展示人民在解放斗争中心路历程和高尚的道德情操。

一种特殊的推理手法，被广泛而娴熟地运用在历史题材小说中，给人以耳目一新的感觉。作家们在历史题材小说中，一方面保存了传统的叙述形式和结构特征，例如恰·西亚里奇（1913—1989）的小说《皇帝的军队》（1976）就是一个典型的例子。另一方面，也采用了不少现代派的表现形式，而且这种形式常常是占主导地位的。在这些作品中，故事的讲述者起着一种非同小可的作用。作家通过这样的讲述者，在从前和现在、新与旧之间架起了一座无形的桥梁。斯·库莱诺维奇的小说《阴河》和米·科瓦奇的小说《大肚子的门》中的故事讲述者，全都是今日生活中的人。他们在回忆自己往事的基础上，娓娓动听地向读者倾诉了处在历史旋涡中的家庭的命运。同样，埃·科什（1913—　）在小说《寻找救世主》中，也借助讲故事人之口，复现了17世纪犹太人改革运动的历史，让今日的读者目睹了他们的那个沦为叛徒的领袖的命运。

历史题材小说在南斯拉夫70、80年代文学中质量最高。这些小说犹如史诗一般，深刻地表现了历史发展的本质，正确地指明了人生的道路。米·克拉涅茨、米·拉里奇、奥·达维乔的诸多小说，以及米·科尔莱扎的五卷集长篇巨著《旗帜》，属于这类作品中的精华。古老的塞尔维亚、克罗地亚文学赋予拉里奇、乔西奇等众多作家许多富有生命力的东西。拉里奇的优秀作品《战斗的幸福》（1973）、《保卫者》（1976）、《山岭何时变葱绿》（1982）和乔西奇的《死亡的时代》（1972、1975）在继承古典传统方面所取得的经验，对于年轻的一代作家很有借鉴意义。

同历史题材小说相比，反映当今生活的作品要少得多，不仅数量少，而且质量也差。在批评中发展起来的自然主义文学，数量上相当可观，在一定的时间里，也赢得了不少读者。城郊的和一群群颓废的现代居民的生活，普通青年特别是放荡不羁的大学生的生活，成了很吸引人的创作题材。这类作品具有现实主义作品的特征，作家们敢于直面现实，大胆地揭露行为丑恶、道德沦丧等腐败现象，但是却常常流露出一种悲观主义情绪。

在南斯拉夫当代文学中，还有另外一个不算广阔但具有光明前程的领域，那就是赞美行为高尚、道德纯洁的新人的美的文学。这类歌颂进步与美好的人和事的作品的出现，昭示一种能给人以鼓舞和力量的健康的文学正在兴起，并具有广阔的前途。这类作品中影响较大的有德·米哈依洛维奇（1928—　）的《彼得丽娅的花环》（1975）、穆·萨鲍洛维奇的《伤疤》等。

到了80年代中期，有些作家和诗人经过30多年的艰苦探索之后，又离开了现代主义，转向现实主义，有个别人甚至转向社会主义现实主义。例如50年代诗歌界现代派的代表人物瓦·鲍巴，80年代又开始写作带有明显的社会主义现实主义色彩的诗歌。50、60年代深受联邦德国、美国文学影响的亚·迪斯玛（1924—　），这时期创作了一大批干预生活，关心现实的现实主义小说，受到国内外的注意。他的小说《住房》（1961）向读者展示出一个普通公民关心他人胜过关心自己的高尚灵魂。现代派诗歌（特别是“具体派诗歌”）越来越不被读者重视，只有写诗的人才过问它。在广大读者中间有影响受欢迎的还是戴·马克西莫维奇、米·阿莱契科维奇（1924—　）等人的那种激情，富有人情味的浪漫主义诗歌。在戏剧方面，反映现实生活的剧目，也日渐多了起来。

门的内哥罗人口并不多，即使到本世纪80年代末，也不足60万。但是，他们是世界闻名的智勇双全的民族，从不在任何顽敌面前低头。从上一个世纪末叶到民族解放斗争之前这段时间，是门的内哥罗人民为争取自由与解放进行最激烈、最英勇的斗争时期。**拉里奇**（1914—1992）的《战斗的幸福》、《保卫者》、《山岭何时变葱绿》就是描绘这一历史风云变幻的三部曲。小说触及到了门的内哥罗的现代史、巴尔干战争、第一次世界大战、1918年建立塞尔维亚—克罗地亚—斯洛文尼亚王国等一系列重大历史事件，描绘出一幅幅宏伟壮阔的斗争图画。“桥”常常是安得里奇串联历史的媒介，而在拉里奇这三卷巨作中，串联历史事件的是“讲故事人”。这个名叫培约·戈洛叶维奇的讲故事人，参加过20世纪门的内哥罗的历次战争。作者通过这一人物的回忆，真实地展示出近50年的历史面貌。以戈洛叶维奇为代表的一代人呼吸过1905年俄国革命的空气，敬仰过十二月党人和烧炭党人，为塞尔维亚和克罗地亚在达尔马蒂亚缔约欢呼过，并且为自己的生存战斗过。他们前仆后继，浴血奋战，为结束门的内哥罗的黑暗岁月付出过重大代价。然而，当战争终止，自己成为胜利者的时候，却又怀疑自己所做的一切。作者以真实、凝重的笔致准确地描写了这些敢于向恶势力作斗争的爱国者的行为和心态，并且通过这些人物的经历，显示了20、30年代的民主解放运动与民族解放斗争之间的联系。

《战斗的幸福》、《保卫者》和《山岭何时变葱绿》这三部曲广泛而深刻地反映了门的内哥罗人民自1915到1941年这段历史时期里所进行的伟大斗争。拉里奇的可贵之处在于，他所描写的共产党人为争取祖国独立、人民自由而进行的斗争，并不是个别英雄人物的孤立的行动，而是把它当作历史发展的必然规律加以表现的。拉里奇是一位经过革命斗争锻炼和法西斯集中营的考验、具有无可否认的天才和非常丰富的经验的作家。这三部曲就是一个证明。

安·伊萨科维奇70、80年代完成了三卷本的历史长篇小说《瞬间》。主人公是作者自己。这位当年在烽火硝烟中征战南北的老游击队员，一边在萨瓦河畔钓鱼，一边向哑人切贝尔科讲述战争年代的种种经历。第一、二卷由钓鱼人讲给切贝尔科的10个故事组成，其中第十个故事单独构成一卷，专门讲述1948年共产党情报局的决定。伊萨科维奇是一个很会编织故事情节的小说家，《瞬间》再次显示了作者在这方面的高深修养。朴素、含蓄、紧凑构成了伊萨科维奇小说的独特风格。作品的语言简洁凝练，用语尖刻并带有讽刺意味，对话的问答形式也变化自如。人物和景物描写表面上平淡无奇，实际上却蕴意无穷。小说中没有感情的浩荡奔流，也没有冗长臃肿的句子，不对生活作重复的描写，也没有干瘪无味的学生腔。《瞬间》的成功问世，再一次昭示伊萨科维奇是南斯拉夫"当代文学的伟大希望"。

以《远方的太阳》崛起于文坛的**道·乔西奇**（1921—　），在这一时期完成了《分化》（1961）和《死亡的时代》（1972—1975）两部巨制。《分化》不仅是乔西奇的重要作品，而且也是南斯拉夫当代文学中最重要的作品之一。小说共分三卷，内容广泛，开掘深刻，结构更富有戏剧性。人物有着一种病态心理，伤痕累累，忧思重重。这是人民内部在革命风暴中发生分化的反映。不仅兄弟内部和亲邻之间产生对立，反革命营垒当中也发生了巨变。作者细致地描述了这一切，小说被誉为南斯拉夫的《静静的顿河》。作者对民族解放斗争期间塞尔维亚的一些切特尼克分子[①]的所作所为作了历史的、社会的、心理的分析。面对所描写的可怕事件，作者的心灵受到极大的震动，因此，他的叙述便充满了惶惑感，总是以一种惊恐

① 切特尼克分子系指"二战"期间，南斯拉夫境内的反动武装组织成员。

不安、急剧多变的基调，断断续续地讲述故事、描写人物。从基本的表现手法和整个基调来看，《分化》是一部悲壮的现实主义作品。乔西奇的才华表现在对一个民族集体命运的展示中。

《死亡的时代》共有四卷。这是一部描绘塞尔维亚在第一次世界大战期间苦难遭遇的真实画卷。作者在叙述人民的历史命运时，不是一般地罗列历史事件，而是着力阐释人民思想观念的形成、发展和演变的过程，因此，这部历史题材小说也被誉为心理分析小说。《死亡的时代》的重要意义还在于，它形象地说明了后来塞尔维亚人民赢得反法西斯斗争胜利的原因，正是人民在反法西斯斗争中表现出来的英勇顽强、不畏强暴的精神和渴望独立自由的信念，这些远在30多年以前就开始孕育了。这样，他的历史小说自然就和反映民族解放斗争的小说融为一体，成为创作总体的前奏。

米·科尔莱扎是与伊·安得里奇并肩齐进的名家。晚年创作的多卷本长篇历史小说《旗帜》(1962年开始出版，作者逝世后一共出版了四卷)，在广阔的背景上描绘了克罗地亚从上一个世纪最后10年到本世纪30年代大约40年的历史风云，从社会、政治、思想运动几个方面多角度地深刻地概括了克罗地亚的变迁，绘声绘色地描绘出在大动荡、大变革的年代里克罗地亚知识分子的命运、思想和抗争。在这部宏篇巨制里，科尔莱扎重新调整了对人物、人的精神与道德问题的认识，因而在结构上也增添了一些新的特点。

干预生活，批评现实生活中的阴暗、落后现象的小说，在南斯拉夫文坛上从来也未间断过。**德·米哈依洛维奇**(1928—　)的长篇小说《南瓜开花的时候》(1968)通过珊姆标恩的悲惨命运，反映了贝尔格莱德郊区在南斯拉夫与共产党情报局决裂前后真实的生活面貌。在作者的笔下，既有对巴尔干封建宗法制度下落后世俗的揭露，也有对当今的污浊的都市生活气氛的渲染。作者的另一部长篇《彼得丽娅的花环》(1975)描写了一个普通农家妇女所走过的艰难曲折的道路发人深省。作者一方面塑造了彼得丽娅这个非凡的坚韧不拔的妇女典型，另一方面，也毫不掩饰地将阻挠彼得丽娅前进的种种落后势力暴露在读者面前。

犹太族作家**亚·迪斯玛**（1924—2003）在20多年的时间里，共出版了九部作品，成为国内外声誉最高的作家之一。这九部作品是：短篇小说集《暴虐》（1968）、长篇小说《布拉姆的故事》（1972）、短篇小说集《死角》（1973）、长篇小说《人的使用》（1976）、短篇小说集《转向平静》（1977）、《不信教的学校》（1978）、《没有叫声》（1980）、长篇小说《在黑姑娘后面》（1969），以及游记《在他乡》（1969）。其中《暴虐》是他的代表作。它是一部探讨伦理道德，批评虐待妇女的丑恶行为，为妇女获得自由、平等地位而呐喊的书。综览全书，读者会强烈地感到，一切都写得真实可信，毫无编造的痕迹；一切都让人感到痛苦，令人惊奇。迪斯玛描写的主要对象是妇女，她们是受暴虐摧残的可怜人，但又是敢于为争取自身解放而斗争的勇士。而他笔下的男人，几乎都是性情暴虐、狂妄骄横、心肠毒辣的性欲狂。迪斯玛在这些小说中，无情地揭露、鞭笞了各色各样的淫荡行为，为妇女的真正解放大声疾呼，表现出深刻的人道主义思想。

在这一时期里，戏剧创作呈现出新、多、奇、杂的态势，政治戏、历史戏、哲理戏、现实戏的剧目，都比50年代增加了许多，艺术表现形式也更加丰富多彩。政治戏剧作品有克罗地亚剧作家兰·马林科维奇（1913—　）的《是政治还是监察官的阴谋》（1977）、斯洛文尼亚剧作家普·科萨克（1929—1981）的《代表大会》等。历史戏作品有克罗地亚剧作家米·科尔莱扎的《苦渊》（1982）、马其顿的剧作家尼·马依斯基（1932—　）的《伊林丹》等。哲理戏作品有塞尔维亚剧作家约·赫里斯蒂奇（1933—　）的《沙沃纳罗拉和他的朋友们》（1965）、科尔莱扎的《阿莱戴依》（1959）等。现实戏作品有马其顿剧作家日·苓戈（1935—　）的《袋鼠的蹦跳》

(1979)、马其顿剧作家瓦·伊辽斯基(1902—　)的《名誉》等。

阿尔巴尼亚文学　民族解放战争结束以后的阿尔巴尼亚当代文学，经历了两个发展阶段。自1944年新政权建立到50年代末是第一阶段。自60年代初到80年代末政情发生巨变之前是第二阶段。在这两个阶段里，社会主义现实主义始终占据至高无上的地位。这是阿尔巴尼亚当代文学与东欧其他国家当代文学相比较最为显著的特点。

在第一阶段，文学作品多方面地反映了人民革命的胜利和社会主义社会里人与人全新的关系。许多文学作品广泛而真实地描绘了广大军民在反法西斯斗争中的生活和命运，讴歌了人民群众在社会主义建设事业中的革命英雄主义和乐观主义精神。社会主义新人的形象，开始在文学作品中涌现出来。

积极参加民族解放战争的那一大批游击队作家和诗人，是这一时期文学创作的主力，其中著名的有荻米特尔·斯·舒泰里奇、法·加塔、齐·萨科、阿里·阿布迪霍扎(1923—　)、雅·佐泽(1923—1979)、阿·恰奇、拉·西里奇、科·雅科瓦等。在这一时期里，活跃在文学队伍里的还有一批30年代就开始了文学创作的进步作家，如依·布尔卡、哈基·斯特尔米里(1895—1953)、斯泰里奥·斯巴塞(1914—1989)等。

这一时期，反映民族解放战争的小说主要有舒泰里奇的长篇小说《解放者》(第一卷于1952年出版，第二卷于1955年出版)，阿·阿布迪霍扎的长篇小说《一个暴风雨的秋天》(1959)，彼·马尔科的长篇小说《再见》(1958)和《最后一座城市》(1960)等。反映社会主义建设的小说有斯巴塞的长篇小说《他们不是孤立的》(1953)和《阿莫尔蒂塔重返农村》(1955)，加塔的中篇小说《塔娜》(1955)和长篇小说《沼泽地》等。

反映、讴歌民族解放战争的诗歌作品主要有西里奇的长诗《普里希蒂纳》(1949)，雅科瓦的长诗《维果的英雄们》(1953)等。反映社会主义建设的优秀诗歌有恰奇的长诗《如此米寨娇！》(1947)，西里奇的长诗

《教师》和《新生》(1959)，伊斯玛依尔·卡达莱(1936—　)的长诗《工业之梦》。

戏剧作品主要有舒莱曼·皮塔尔卡的话剧《渔人之家》，雅科瓦的话剧《哈利利和哈依丽亚》(1949)和《我们的土地》等。

在阿尔巴尼亚当代文学发展的第二阶段，即从60年代开始到80年代末的30年，是阿尔巴尼亚近代史上人民群众的革命精神最为振奋的30年，尽管后来历史出现了曲折，但广大作家对这一段非凡的历史所作的艺术描绘，为繁荣和发展社会主义文学付出了艰苦劳动。他们的作品反映、讴歌了几代阿尔巴尼亚人昂扬奋发的情绪和不屈不挠的精神。这一时期的文学作品，开始对人物丰富而复杂的内心世界进行深入的挖掘与细致的描写。作品的审美价值比50年代大大增强了。

炽烈的爱国主义感情，激荡在这一时期的诗歌、小说和戏剧作品中。卡达莱的长诗《群山为何而沉思默想》(1963)，德里特洛·阿果里(1933—　)的长诗《德沃利，德沃利！》(1964)，法道斯·阿拉比(1933—　)的长诗《血的警报》(1966)；穆萨拉依的长篇小说《黎明之前》(1965, 1966)，阿果里长篇小说《麦茂政委》(1970)和《驾炮的人》(1975)，卡达莱的长篇小说《亡军的将领》(1964年初版，1967年修订再版)，祝万尼的长篇小说《重新站起来》(1970)；辽尼·巴巴(1935—　)的以妇女解放为主题的话剧《山姑娘》(1967)等，是这类作品的精华。

这时期，作家的思想水平和艺术修养都有了显著的提高，他们的作品对生活的揭示更加深刻，塑造的人物形象更加丰满。阿尔巴尼亚当代文学走上了逐渐成熟的道路，阿尔巴尼亚广大作家为实现文学的民族化付出了艰苦的努力，取得了丰硕的成果。此外，人民群众的形象在文学作品中仍占据了中心位置。作家开始注意全面、深刻地塑造人物，表现人物丰富、细腻的内心世界。作家塑造人物形象的艺术技巧有了明显的提高。叙述方式由单一转向多样，叙述与沉思相结合，分析与概括完美的交映，夸张和讽刺幽默的妥当运用，意识流表现手法的借鉴，都给这一时期的文学作品带来了某些革新的色彩。这时期的文学作品情节更加曲折动人，语言更加丰富、纯洁，减少了方言土语给读者造成的障碍。从题材上来看，反映现实生活的作品仍占据主要位置。

诗歌仍然站在文学战线的前列，叙事性和抒情性完美地结合，增强了鼓舞人心的战斗性。小说创作比50年代更加丰盈多姿，涌现出了像《死河》(1965)那样全景式地描绘农民历史与时代命运的历史—社会小说，像《重新站起来》那样描绘劳动者美好心灵的社会—心理小说，像《亡军的将领》那样轻盈奇妙，给人以耳目一新之感的诗化—哲理小说，像《黎明之前》那样对历史大写真的纪实小说，像《居辽同志兴衰记》(1973)那样具有强烈批判意识的讽刺幽默小说。多种样式的小说组成的五彩缤纷、气象万千的小说世界，是阿尔巴尼亚文学史上从来没有过的奇观。

在70、80年代，作家们在“文学要紧密地联系现实，联系劳动者，联系祖国大地”的号召鼓舞下，创作了一大批反映工农业生产建设的小说，其中影响较大的有荻·祝万尼的《范·斯玛依里》(1972)，科·布留希(1940—　)的《一夜之死》(1971)，阿采尔加(1934—　)的《时代的脚印》(1971)和《兄弟们》(1978)，雅·佐泽的《幸福之风》(1971)、拉乔的《胜利》和《坚硬的土地》(1971)等。

这一时期，还涌现出一批反映家庭及道德问题的小说，瓦·科莱希的《三月》(1975)和艾·卡达莱(1942—　)的《一次难产》(1968)是这方面的代表作。

解放50年来，阿尔巴尼亚戏剧事业取得了巨大的发展，60年代以后的著名剧作有辽尼·巴巴(1935—　)的《山姑娘》(1967)和《玛尔嘉》(1971)、法·巴奇拉米的《路旁人家》、祝万尼的《两年以后》(1969)、皮塔尔卡的《里纳斯的英雄》(1970)、雅科瓦的《光荣属于战士》

（1971）、穆·玛尔卡依的《乔治·卡斯特辽蒂》（1973）等。

自60年代开始，直到80年代末，阿尔巴尼亚文苑里涌现出以下优秀代表作品，从中可以了解该国这一历史阶段整个文学的概貌。

谢·穆萨拉依（1914—1988）的长篇小说《黎明之前》以民族解放战争时期地拉那地区的革命活动和武装斗争为背景，再现了阿尔巴尼亚共产党人领导广大人民群众开展的惊心动魄、可歌可泣的卫国行动。小说气魄宏大，画面广阔。这是表现广大爱国者成长的多彩画卷，也是概览“国民阵线”分子、地主、资产阶级、富商、动摇的知识分子在特定的历史时期里真实面貌的艺术长廊，更是揭露、控诉纳粹法西斯对阿尔巴尼亚人民犯下的滔天罪行的备忘录。

伊·卡达莱（1936—　）的长篇小说《亡军的将领》，为阿尔巴尼亚军事题材小说创作开辟了一个新天地。作者没有采取一般作者习惯的写法，而是紧紧抓住一名意大利将军战后赴阿尔巴尼亚搜寻阵亡者遗骸这条情节线，将种种有趣的故事轻松地串联在一起。落笔时，他又不直接去描写战场上的刀光剑影，而是全力展示各种人物对战争的思考及其复杂的心态。这是卡达莱描写战争的新视角，也正是在这一点上显露出他的才华和灵气。书中既有对阿尔巴尼亚人民的赞颂，也有对敌人的种种罪恶及其内部复杂关系的揭露与嘲讽，还有对阿尔巴尼亚民族的古老传统、文化品格、解放后社会的变迁、丰富多彩的民俗风情、人民群众深厚的人道主义感情和坦荡胸怀的展示。这部小说具有广泛的世界影响。截止到80年代末，就已被译成35种语言。法国巴黎《最后一分钟报》的评论家赞美说：“毫无疑问，这本书的出版，将是一种新发现，发现了我们几乎不了解的阿尔巴尼亚文学；这一文学首先使作家伊·卡达莱进入到高不可攀、求之不得的层次。”法国《罗兰共和报》评论道：“幽默，不外露的激情，轻松自由、朴素自然的叙述，机敏的语调，含蓄的技巧，曲折的教诲，异乎寻常的景观，喜气洋洋的新人——所有这些因素都使这部小说比任何别的小说更精、更尖。这里有当今正在觉醒的世界的画像，永葆其能量、力量和色彩。”

德·阿果里（1931—2017）的长篇小说《麦茂政委》以朴素生动的语言，广大群众喜闻乐见的民族形式和强烈的艺术感染力，真实而生动地描绘出民族解放战争时期阿尔巴尼亚人民战斗和生活的壮丽画卷，准确地反映了当时的社会矛盾，烘托出烽火连天、江河呼啸的时代气氛，细致而有说服力地再现了在共产党人的启发、引导和组织下，人民群众由分散的不觉悟的个体力量，变成有觉悟有组织的革命队伍的完整过程，从而突出了共产党对民族解放战争的领导作用。小说具有鲜明的民族特色，深受欢迎，发表的当年就被搬上了银幕，取名《第八个是铜像》。

雅·佐泽（1923—1979）的长篇小说《死河》是一部描绘解放前阿尔巴尼亚农民苦难生活的真实画卷。作者怀着一颗对人民赤诚的心，广泛而深刻地反映了在法西斯反动政权统治下，无地的农民、贫寒的小商贩、地主、神甫，以及来自农村的革命者等不同阶级、不同阶层的人们实实在在的生活景况和心理状态。贫苦农民一贫如洗的惨状，他们遭受的剥削和压迫，统治阶级的腐朽反动，豪门显贵的骄奢淫逸，受奴役遭宰割的人们的觉醒，以及他们那种团结友爱、奋发向上的精神，都在这部长篇里得到了绘声绘色的描写与展示。《死河》的价值在于它反映农村生活的广泛性，刻画人物性格的深刻性，展示各种人物心理世界的生动性，描写诸多事物色彩的鲜明性，使用文学语言的丰富性。

代表60年代至80年代末阿尔巴尼亚诗歌光辉成就的是阿果里、卡达莱和阿拉比的充满炽烈的爱国激情的长篇抒情诗。阿果里的长诗有《德沃利，德沃利！》、《父辈》（1969）、《母亲，阿尔巴尼亚》（1974），其中《德沃利，德沃利！》最为有名。卡达莱的长诗有《群山为何而沉思默想》、《山鹰在高高飞翔》（1966）和《六十年代》（1969），其中《群山为何而沉思默想》是代表阿尔巴尼亚当代诗歌最高成就的作品之一。阿拉比的著名长诗是《血的警报》(1966)。

第十节　北欧文学

第二次世界大战期间，北欧五个国家的遭遇和处境非常不同。挪威和丹麦经历了德国法西斯的占领、践踏和蹂躏；瑞典一直处于中立状态，没有遭受被占领之苦；芬兰在法西斯德国支持下同苏联作战，成为战败国；地处北隅的冰岛则被英、美派兵占领。

“二战”之后，随着冷战和扩军备战加剧，以爵士音乐和可口可乐为象征的美国文化像潮水一般涌入北欧各国，冲击着他们固有的民族文化传统，一些知识分子感到悲观、害怕、惶惶不安，产生悲观情绪。有没有摆脱恐惧和苦恼的办法？人有没有出路？这些成为作家们探讨的问题。在这种情况下，再加上欧美一些文学思潮的影响，存在主义便成了相当多作家的信仰，现代主义成为北欧文坛上的时髦及主流，即使是现实主义作品，其中也运用了不少现代主义表现形式。第二次世界大战结束至今，北欧出版的现代主义作品很多，佳作也不少，如瑞典哈里·马丁逊描写核战争造成世界毁灭的充满悲观色彩的诗剧《阿尼阿拉》(1956)曾是世界文坛上引人瞩目的作品。

除了现代主义文学外，北欧战后不时仍有一些揭露法西斯、歌颂抵抗运动和反映战争残酷性的现实主义作品出现，其作者大都是“二战”的目击者或参加者。他们之中有的是地下抵抗运动的中坚力量，有的坐过牢，有的在集中营里服过苦役。他们的作品经过较长时期的酝酿和构思，比起战争期间出版的作品来更为成熟，其深度和广度也更进一步。挪威作家约翰·博尔根的《在格里民监狱的日子》(1945)、达格·苏尔斯德的战争三部曲(1977—1980)和丹麦作家汉斯·基尔克的《魔鬼的金钱》

（1951）是北欧战后较为典型的反法西斯作品，它们揭露了法西斯的残暴，对被占领的挪威和丹麦的普通工人、家庭妇女、资本家、政府官员和挪奸、丹奸等各色人的心理状态和表现作了深入的揭示和刻画，对共产党人在国家民族危难关头不顾个人安危，挺身而出，领导本国人民向法西斯分子展开多种形式，包括武装抵抗在内的斗争作了细致详尽的描写。这些作品是挪威和丹麦在"二战"期间的历史总结，是对法西斯主义罪恶的清算。芬兰现实主义作家万伊诺·林纳1954年发表的小说《无名战士》细腻和具体地描绘了1941至1944年苏芬战争期间一个芬兰小分队的经历，作品一方面描述了士兵对战争的痛恨，另一方面也表现了作者对导致战争的祸根——战争狂人的批判。

60、70年代北欧诸国随着经济发展先后进入"福利社会"。国际上，在中国的政治形势、越南战争以及英国煤矿工人大罢工和法国大学生示威等影响下，北欧一些知识分子中出现左倾。在这种情况下，现实主义作品便大行其道，非虚构性的纪实文学和政治诗受到极大欢迎。出身工人阶级、描写工人生活和劳动的作品在北欧文坛上又一次涌现，芬兰、丹麦和瑞典尤为突出，如芬兰的汉·萨拉玛（1937—1984）和丹麦的奥盖·汉森（1913—　）等。但这批工人作家的作品无论在数量上、质量上以及对文坛的影响方面比起30、40年代的工人作家均逊色不少。

80年代以来，各种文学流派，现代主义、现实主义和"奇幻文学"等都活跃在北欧文坛上，但是与60、70年代不同的是，此时的各种流派无论从技巧上还是从内容上都相互影响，相互学习和借鉴。

丹麦文学　自20世纪初至80、90年代期间，丹麦文学中一直存在着两种文学思潮，即现实主义文学和奇幻文学，这两种文学流派不时交替成为主流，有时两者同时主宰文坛。

自20世纪初期至今，现实主义三次成为丹麦文坛的主流，第一次产生于1900年左右，以约翰·舍尔德堡和耶普·阿克耶尔为代表。第二次高潮则是以尼克索为代表的现实主义文学，产生于20、30年代。第二次世界大战以后，随着西方经济的发展和“福利”国家的出现，丹麦于60年代中期产生了第三次现实主义高潮，又称“新现实主义”运动，其代表作家为安德斯·博迪尔森和克里斯蒂安·坎普曼（1939—1988）。到了70年代，这一文学运动分为两股力量，一股是以工人作家奥盖·汉森等为代表的现实主义文学，他们的作品主要反映工业高度发达、生产效率高度发展的社会给工人们带来的恶果；另一股力量是女作家们对“二战”后丹麦社会巨大变化中的妇女实际面临问题的描述，如妇女进入劳动市场、离婚率上升、新家庭组成以及两性关系等等，最主要的代表作家有蒂阿·莫克和耶特·德鲁生（1943—　）等。到了80年代，这些作家的作品受奇幻文学的影响较大，从维塔·安德生（1944—　）的作品中可以看出这一点。

从80年代至今的丹麦文坛，奇幻文学占主导地位，现实主义和存在主义也十分活跃，这是一个各种倾向、传统和流派互相混杂的时代，是一种真正的后现代主义的局面。丹麦文学理论家认为，奇幻文学是一种打破形式束缚、因果关系不受理性拘束的文学。这种文学是有其传统的，可以追溯到19世纪中叶童话作家安徒生的作品。19世纪末期的雅科布森和后来的延森都有这类作品。20世纪30年代，女作家卡伦·布利克森用《七个神奇的故事》（1934）为题发表作品。“二战”以后，有一批作家积极推崇布利克森，最重要的是马丁·汉森，他从民间故事中汲取营养，创作了虚幻想象性的作品，如《尤纳坦的旅行》（1941）和《幸运的克里斯托弗》（1945）等。50、60年代，随着欧洲现代主义文学传入丹麦，丹麦出现了更多的奇幻文学作品，主要作家有继承安徒生传统写童话故事、又深受卡夫卡影响的维列·舍伦森和斯文·霍尔姆（1940—　）等。80年代的主要作家是斯文德森和伊勃·米凯尔（1945—　）等。

现实主义作家中除上面提到的几位外，还有索若普、玛塔·克里斯登森等。存在主义作家有亨里克·斯坦格若普（1937—　）。诗歌方面的主要作家有里夫比耶、英格尔·克里斯登森（1935— ）、亨里克·诺德布朗特（1945— ）和玛丽安娜·拉森（1951— ）等。

卡尔·埃里克·索亚（1896—1983）是丹麦现代文坛上一位重要作家、戏剧家。他高中毕业后开始创作。处女作散文集《波斯的妇女》发表于1923年。此后不断问世的作品有舞台剧、广播剧、短篇小说、长篇小说和散文等。他是位十分全面而又多产的作家。

散文《一位不速客》（1941）写一条大虫子厚着脸皮住在一个丹麦家庭中吃白食。他以这一虚构故事来影射德国法西斯对丹麦的占领，为此被纳粹逮捕，关押了两个月。

长篇小说《我的祖母的屋子》（1943）是半自传体小说，描写典型的资产阶级家庭生活及犯罪案件。主人公是个5岁的小男孩，作品内容充满幻想。《十七岁》（1953—1954）是索亚另一部重要的自传体长篇小说，描述一个17岁的少年在变幻莫测的社会中的各种心理和精神状态。

索亚最大的成就在戏剧方面，他创作了20余部大型戏剧，是丹麦上演率最高的作家。他的剧本在北欧各国历演不衰，“自由意志还是命中注定”是索亚剧作中所探讨的一个重要主题。他的剧作大致可以分为三类：第一类是现实主义作品，以传统的写实手法针砭时弊，揭露社会问题。这类作品以喜剧为主，大都是讽刺喜剧。最主要的作品有《寄生虫》（1929），描写哥本哈根中产阶级的庸俗无聊和尔虞我诈；《查斯》（1938），揭露体育界将运动员当作商品买卖的丑闻。第二类是弗洛伊德的心理实验派戏剧，以非传统和非理性的眼光来探索人的内心世界，寻求自我和超越自我，如十四场喜剧《我是谁？》（1932）、《尼尔逊伯爵抛弃遮羞布》（1934）和《穿紧身衣的狮子》（1950）等。第三类是新现实主义戏剧，完全以与易卜生戏剧相悖的手法写作，描写一切事物的偶然性。这类代表作是由1940年至1948年上演的三部悲剧和一部讽刺剧组成的四部曲：《模式中的几个部分》（1940）、《两条线》（1943）、《三十年缓刑》

（1944）和《自由选择》（1948）。

索亚后期的作品有电视剧《被遗弃的底层人物》（1965）和《一封信》（1966）等。

索亚的作品无论是小说还是戏剧，大都描述丹麦小资产阶级生活，富于哲理，着重精神分析，语言幽默，被丹麦文艺评论界称为“好心肠的讽刺作家”。

汉斯·克里斯蒂安·布兰诺（1903—1966）出身于教师之家。他自小酷爱文学、戏剧。年轻时，他梦想当演员，曾跟随巡回演出队在丹麦各省演出，因失败不得不放弃演员生活。1923至1932年，布兰诺在哥本哈根一家书店担任书库主任，并利用业余时间进行写作，为报纸写短篇小说，为电台写广播剧。

1936年他的第一部长篇小说《玩具》问世，引起公众的注意，在这部描写一家玩具厂的兴衰史的长篇小说中，作家以象征主义手法隐晦而又尖锐地抨击了正在德国和意大利开始得势的法西斯独裁政权，以及独裁者把人当作玩具的变态心理。

布兰诺的第二部长篇小说《在海岸上玩耍的孩子》（1937）对人类的心理作了深刻剖析。长篇《梦想一个女人》（1941）使用了当时丹麦文学作品中还很少见到的内心长篇独白的形式，描写不同阶层的人所经历的四种生活经历，除了个人日常生活的危机之外，书中所有的人都面临着共同危机，即第二次世界大战。

第二次世界大战期间，布兰诺写了大量短篇小说，出版过不少有名的短篇小说集，如《不久我们就要离去》（1939）、《瞬间集》（1941）和《二分钟静默》（1944）等。

长篇小说《骑士》（1949）的发表给布兰诺带来声誉，使他成为丹麦公众最喜爱的文学家之一。此后，他每隔多年才发表一部长篇小说，如《没有人知道夜晚》（1955）等。

除小说外，布兰诺还写有剧本《兄弟姐妹》（1952）和论文集《沿着河边漫步》（1956）等。

布兰诺的作品主题大多是描写行动软弱无力的人类同充满强暴的大自然之间的冲突，以及人类遭致失败后陷入痛苦和失望的心理。在他的作品中，主人公一般多是男性，男性光凭阳刚之勇难以对付大自然的瞬间万变，并且不时坠入陷阱，因而需要女性的温柔、智慧和爱情来补充和支持。

马丁·阿尔弗莱德·汉森（1909—1955）出身农民，一直在农田里劳动到18岁。1931年从师范学校毕业后当过教员。1945年在哥本哈根教育局任职并开始文学创作。1949至1951年担任丹麦著名杂志《海莱蒂尔》编辑。

长篇小说《现在他放弃了》（1935）和《殖民地》（1937）以其青年时代的生活为背景，描述农村中生产改革问题。第一部讲述一个反对改革的保守农民；第二部写改革后的农业生产情况。汉森在这两部作品里不仅描述了社会的发展和人类的命运，而且就人们应以什么思想来对待新的生活方式进行了探讨。

第二次世界大战期间，法西斯德国占领丹麦，汉森积极参加抵抗运动，是丹麦地下报刊的领导人。在此期间，他出版了两部作品《尤纳坦的旅行》（1941）和《幸运的克里斯托弗》（1945），他用隐晦、暗讽的手法抨击德国对丹麦的占领。《尤纳坦的旅行》是童话故事，叙述一个技术高超的铁匠把一个魔鬼关进一个瓶子后不知如何处置他。《幸运的克里斯托弗》是历史小说，描述16世纪上半叶一个年轻人濒临毁灭之际对生和死的探求。

第一次世界大战后，作为"毁灭的一代"的成员，汉森在作品中流露出悲观厌世的情绪。"二战"后，他由于经受过锻炼，作品思想大为改变，以探讨生活中的善与恶为主，主要有《荆棘丛》（1946）、《鹧鸪》（1947）和《说谎的人》（1950）等。在《蛇和公牛》（1952）中可以看到他赞美原始的北欧神话精神。

吐凡·蒂特兰夫森（1918—1976）出身工人，由于家境清贫，她上学不多，主要依靠勤奋自学成才。她在哥本哈根一家公司担任职员并业余从事诗歌创作。1937年，她的散文诗《散文与诗歌》和长诗《写给我夭折的孩子》在《野火》文学杂志上发表，引起公众的注意，使她名噪丹麦诗坛。她积极参加丹麦青年文学家俱乐部活动并且和《野火》杂志主编、作家维·默勒结婚，自此以后，她和文坛结下了不解之缘，由业余创作变为专业作家。

蒂特兰夫森不仅是一位多产的女作家，也是以擅长写妇女问题著称的作家。她的诗作、长篇和短篇小说多半以妇女生活为题材，主人公也是妇女。她对女性的心理状态和感情变化洞察入微，她以特有的细腻又流畅简洁的笔法将之描绘得淋漓尽致。她在诗集方面的作品有《女孩子的心》（1939）、《小小的世界》（1942）、《闪烁的灯光》（1947）和《妇女的心》（1955）等。

1941年，她的第一部长篇小说《大人使一个小孩受害》引起丹麦社会的轰动。女作家以异常明快和大胆的笔法揭露了丹麦的一个隐秘而又严重的社会问题，即成年人对幼女的性侵犯。书中的女主人公童年遭人施暴凌辱的回忆像鬼魅般追踪着她，毁坏了她的正常生活，直到她在成年之后辨认出当初的施暴者并将他绳之以法，她才能得以过正常的女人生活。

对不幸的童年的回忆也是蒂特兰夫森创作的重要题材之一。她在作品中如实地反映了本世纪20、30年代哥本哈根贫民区的生活、天壤悬殊的贫富差别以及生活在最底层的城市无产者和贫民百姓，他们生性善良，正直而又乐观豁达，为糊口谋生而辛劳终日，如《童年的街道》（1943）和《保护儿童》（1946）等。

长篇小说《两个互相爱恋的人》（1961）被拍成电影；描写妇女不幸

婚姻的自传体小说《结婚》(1971)和《维尔海姆的房间》(1975)在北欧获得极大的好评。

除了诗集和长篇小说外,蒂特兰夫森还创作了不少短篇小说,如《完全自由》(1944)、《法官》(1948)和《雨伞》(1952)等。

彼得·西伯格(1925—1999)出身于教师家庭。曾在哥本哈根大学攻读考古和历史,并于1950年获文学史硕士学位。毕业后一直从事考古工作。自1960年以来出任维堡市博物馆馆长。1981年到1984年出任丹麦作家协会主席。

西伯格说他只写出过一本真正言之有物的书,还说不想多占用读者的时间,但求读者念他的书时能偶尔点头嘉许,他便会欣喜不已。抱着这样少而求精、宁缺毋滥的原则,他在创作中不断探索试验,发表了一些深受丹麦和北欧读者欢迎的作品。

长篇小说《低人一等的人》(1956)通过一名丹麦苦役犯的实地观察,描写第二次世界大战期间一批外国战俘在法西斯德国柏林电影厂充当苦役的情景。作品细腻地叙述了他们难以忍受的繁重劳役和恶劣的待遇,以及成为电影厂不准与外界接触的活道具、活牲畜的遭遇。这种遭遇造成了他们的绝望心理和低人一等的自卑感。长篇小说《鸟食》(1957)是一部充满象征主义的作品,探讨有意识的逃避主义。这部小说描写一位富翁捐赠给作家汤姆一笔巨额奖金,条件是作家能够真实地写出周围人的内心想法和他们的隐私。结果汤姆完全失败,因为人们大都言行不一,表里相悖。作品里有许多寓意深远但十分隐涩的比喻和象征,如作家的名字汤姆,丹麦语原意为"空洞"。1962年发表的短篇小说集《探求》收集了17个短篇,主题都是阐述关于不能从外界而必须从人类的特性中去探索纯正和统一、真理和现实等问题,表现手法也极抽象和荒诞。1970年发表的长篇小说《牧羊人》讲述人人都对自己的问题束手无策但却可以相互帮助来克服困难这一做人的哲理。短篇小说集《恐龙的午后》

（1974）论述个人与社会的关系，并认为打破现行的社会结构的企图不利于社会进化。《缓期执行的争辩》（1976）以大量寓言、神话以及民间故事和真实文献串连，描写人的虚弱和渺小，但通过相互怜悯和容忍，有可能克服生活中的荒诞。长篇小说《在海边》（1978）是西伯格最轻松的作品，通过描写人们夏季周末在丹麦海岛上的度假生活，提出了人们在享受假日欢乐之时，是否真正自由自在的问题。

长篇小说《十四天之后》（1981）是一部由许多既独立又联贯的故事和散文组成的作品，它以1927年11月丹麦日德兰半岛上的一个车站小村为中心，追溯到100年和1000年以前的社会情况。这部作品确立了西伯格在北欧文学中的地位，并于1983年由于这部作品而获北欧理事会文学奖。

维列·舍伦森（1929—2001）出身于火车司机家庭。1947年进入哥本哈根大学攻读哲学和心理学。1959至1963年任《风中玫瑰》诗刊编辑。1965年被遴选为丹麦学院院士，1962年获丹麦学院文学奖。1974年获北欧理事会文学奖。1986年获瑞典学院颁发的北欧特别文学奖。

舍伦森是丹麦战后最杰出的作家，也是影响最大的文学评论家。他24岁登上丹麦文坛，发表处女作短篇小说集《奇怪的故事》（1953）。这一作品打破了当时丹麦文坛上抒情诗占主导地位的局面，拓展了散文体裁。作品问世后立即被译成英文，介绍到欧洲大陆和英国，对一位北欧作家来说，作品发表后立即被译成英文较为罕见。此后他又发表了短篇小说集《无害的故事》（1955）和《监护者的故事》（1964）等。这些短篇包括童话、传说、神话、圣经故事和其他小故事。在存在主义哲学影响和安徒生童话启迪下，他的这些作品叙事巧妙，其中不少故事采用北欧传统的萨迦形式，即以讲故事的口头文学形式来叙述，笔调幽默、诙谐，深入浅出地对社会上不良倾向进行抨击和嘲讽。

舍伦森的论文集主要有《诗与魔鬼》（1959）、《过去和未来之间》（1969）、《没有目标——有目标》（1973）和《来自中心的反叛》（1978）

等，对文学、哲学以及社会、教育和政治等各方面的问题进行了探讨。在哲学上，舍伦森信奉尼采学说，却自诩为马克思主义者，因而他的作品既反映出激进的政治观点，也掺杂着尼采的一些哲学观点。

他的其他作品还有学术著作《论尼采》（1963）和故事集《众神的毁灭》（1982）、《阿波罗的叛逆：不朽人的故事》（1989）等。

克拉斯·里夫比耶（1931—2015）出身知识分子家庭，父母都是教员。他在哥本哈根大学毕业后曾任《信息与政策》杂志的新闻记者和《风中玫瑰》诗刊的编辑。

里夫比耶是一位多产而又多艺的作家。他不仅写抒情诗，也写小说、散文、戏剧、电影和文学评论。从1936年发表处女作到90年代初，他已出版了100余部作品，平均每年发表两三部作品。他同时也是杰出的新闻记者和文学评论家。

他以现代主义诗歌在丹麦文坛确立了自己的地位。1956年，他的第一部诗集《我行我素集》问世，讴歌人生需享受醇酒和美女的乐趣。1957年第二本诗集《战后集》写出了战后年轻一代焦躁紧张的心理和对异性的性欲追求，然而在《冲突集》（1960）中他不再沉湎于声色，唾弃了放浪形骸的生活，开始顺应时代的情感，愤怒地斥责了当代的物质享受主义，并且认真严肃地探索当今时代的发展方向。在《伪装集》（1961）中，里夫比耶以强烈的自我反映歌颂生的喜悦，此后他又出版了诗集《沃利埃莱》（1962）和《肖像集》（1963）等。

里夫比耶还是个杰出的小说家，他的长篇小说《安娜，我安娜》（1969）于1970年荣获北欧理事会文学奖，其他长篇还有《恒久的童贞》（1958）、《歌剧爱好者》（1966）和以妇女解放为主题的《一张背转过去的脸》（1977）以及短篇小说集《其他的故事》（1964）等。

里夫比耶的戏剧《我们为什么活？》（1963）、《发展》（1965）和电影《周末》（1962）等曾在北欧国家演出和放映。

安德斯·博迪尔森（1937— ）是60年代新现实主义的代表作家，他通过对刑事案件的描述，以讽刺手法对社会时弊进行揭露和抨击。

博迪尔森出生于教授家庭。1956年高中毕业后在大学攻读经济和文学。1959年起，他为哥本哈根一些大报当自由撰稿人。处女作长篇小说《在明亮夜晚的时刻》（1959）记述了他当学生和记者的经历。长篇小说《请想一个数字》（1968）和《意外事故》（1968）都是描写小资产阶级中的罪犯。其他长篇还有《别墅的夕阳》（1964）、《金钱和生活》（1976）、两部曲《美好的时刻—— 一年又一年》（1977—1979）和《多米诺骨牌》（1984）以及短篇小说集《拉玛·萨玛》（1967）等。此外，他还写过科学幻想小说《冰点》（1970）等。

凯什婷·索若普（1942— ）是丹麦当代的现实主义文学代表。1942年出生于丹麦中部菲英岛的一个小村庄里，家境比较拮据，其父亲靠出售书报为生。她中学没有毕业就辍学，做过各种零星工作，对劳苦大众的生活和困境有深刻的了解和体会。生活的磨炼铸造了她坚强和执着的个性，为她日后创作打下良好的基础。

索若普的处女作是诗集《内部——外部》，发表于1967年，这部作品深受女诗人英格尔·克里斯登森的影响。第二年索若普发表了短篇小说集《今天的原因》（1968），这两部作品为现代主义的文学。

诗集《来自特里雅斯特的爱》（1969）和《今天是第一流的》（1971）以及长篇小说《宝贝儿》（1973）被称为后现代主义作品。《宝贝儿》是她的第一部长篇小说，着重探讨性和金钱的关系，其意图是向人们显示“暴力行动是邪恶社会的症状”。索若普由于这部作品于1979年获国际佩加萨斯奖。

从70年代末期起，索若普的创作手法转向写实主义，其作品比过去更直接地批评社会，主要有长篇小说《小约娜》（1977）和《长夏》（1979），通过对乡村姑娘约娜从10岁到20岁生活经历的描述，反映了丹麦50、60年代农村中的人民生活以及年轻人为摆脱乡村狭隘生活小圈子寻找自己的生活道路、努力奋发的坚强性格。这两部作品是70年代丹麦文坛上典型的纪实性作品。80年代她又发表了两部以约娜为中心的续篇:《天堂与地狱》(1982)和《最大限度》(1987)。这四部构成的系列小说是索若普最重要的现实主义作品。

索若普的创作道路从抽象到具体,从实验到写实,但是无论她的创作手法如何变化,她所描述的主题都是一个,那就是广泛而深刻地描述妇女日常的、变化多端的生活以及她们的反抗企图。她以准确而细腻的手法表达了普通人的各种感情的汇合与转换,她继承丹麦优秀工人作家尼克索的传统,但是技巧更为精巧,更为大胆。

哈内·马丽亚·斯文德森(1933—)出生于丹麦北部风景优美的渔村斯卡根。父亲是教师,母亲是图书馆馆员。她于1958年毕业于哥本哈根大学斯堪的那维亚语言文学系,此后曾在那里执教五年。1960年起在丹麦国家广播公司戏剧文学部工作,后又担任该部的副主任。

斯文德森是丹麦当代奇幻文学的代表,她继承了安徒生大众化的"说故事人"的文学传统。以她最著名的小说《金球》(1985)为例,该作品写环境污染将毁灭世界,主人公是一位寻根访祖的讲故事的妇女,通过她同颈上挂着一只魔球的曾曾曾祖母的谈话,描写了生活在一个虚幻的丹麦小岛上的居民400年的历史。斯文德森在这部小说中不仅继承丹麦文学中源远流长的、突破时空界限的、民间故事的奇幻文学传统,而且深受当前拉丁美洲魔幻现实主义文学的影响。

在《金球》之前,斯文德森发表过三部长篇小说:《玛蒂尔达的梦想之书》(1977)、《雾月下的舞蹈》(1979)和《狗鱼》(1980)以及一部短篇小说集《同上帝和魔鬼的曾祖母的谈话》(1982)。1985年以后,斯文德森还发表了长篇小说《火堆上的卡伊拉》(1987)和《太阳底下》(1991)以及短篇小说集《凯什婷的事以及鬼怪幽灵的故事》(1992)。此外,她还出版过儿童读物《这块红石头》(1990)、有关文学技巧的论文集和剧本等。

瑞典文学　第二次世界大战期间，瑞典由于保持中立，没有直接遭受战争苦难。瑞典人民也没有经历国破家亡的悲剧，但是战争中空前的残酷和破坏使得瑞典作家们惊愕不已。他们对数以千万计的生命被消灭、数不胜数的物质和文明财富被破坏感到痛心疾首，然而他们面对残酷的现实却又无能为力，开始感觉自己的渺小。“二战”以后，作家们看到东西方冷战对峙，二次大战的硝烟还未散尽，一场新的大战的威胁又笼罩在人们头上，他们感到失望、害怕，陷入了比19世纪末更深刻的疑惧和苦闷之中。他们不再致力于反映民族、宗教和人的价值问题，而转向对存在问题的探讨。

40年代瑞典文坛以现代主义为主，作品大多有悲观厌世情绪。主要作家有拉斯·阿林、斯蒂格·达格曼、卡尔·凡恩贝里(1910—1995)和威纳尔·阿斯本斯特罗姆(1918—　)等。50年代，诗歌十分繁荣，现代主义大师帕尔·拉格克维斯特于1953年发表了诗集《黄昏的土地》，哈里·马丁逊的名诗——叙事长诗《阿尼阿拉》出现在1957年。此外涌现出了一批很有才华的新诗人。老一辈现实主义作家也发表了不少重要著作，如威廉·莫贝里的代表作移民四部曲中的三部和伊瓦尔·鲁-约翰逊的八部自传体小说都发表在50年代。

进入60年代后，瑞典的政治状况趋于平静，没有出现重大动荡。在社会民主党长期执政下以垄断资本为主体的“混合经济”体制有了发展。超级大国依然对峙争夺，但国际形势有所缓和，于是瑞典作家们松了一口气。60年代中期，瑞典出现了一种新兴的文学——报道文学。相当一批作家到亚非拉国家进行实地调查，写出了一批真实反映这些地区状况的报告体裁作品。这批从事报道文学的作家大都是50、60年代在文坛上有建树的人物。国际笔会中心主席彼尔·魏斯特贝的小说《在黑名单上》（1960）、女作家萨拉·李德曼（1923—　）的小说《我和我的儿子》（1961）等都揭露了南非种族主义统治，谴责种族隔离政策。中国的崛起也使瑞典作家受到鼓舞。扬·米尔达尔的《来自中国农村的报道》等长篇报告文学、剧作家吐尔·柴特霍尔姆（1915—2001）描写中国妇女翻身的剧本《上海的妇女》（1967）都成为国际上有名的佳作。中国的古老文化也成为瑞典作家发掘题材的一个领域。哈里·马丁逊1964年写出了关于我国唐朝的历史剧《魏朝三刀》，斯文·林德克维斯特的《吴道子的故事》（1967）则是关于中国哲学的探讨。60年代末期，在欧洲群众运动浪潮的影响下，瑞典作家们深入到工厂、学校去体验生活，进行社会调查，写出了一批“非虚构性”的报道或小说，例如萨拉·李德曼的《矿山》（1968）真实地记录了矿工们对自己的生活和问题的看法。彼尔·乌洛夫·恩奎斯特（1934—　）用了四年时间进行实地调查，查阅了大量文献档案，写出了反映瑞典和苏联政府之间战后在遣返波罗的海国家国籍的雇佣士兵问题上的往返交涉和这些士兵到达瑞典后头八个月生活状况的《军团成员》（1968）。彼尔·乌洛夫·松德曼（1922—　）的《安德烈工程师的空中之行》（1967）记载了三个瑞典人1897年首次乘热气球飞往北极之行。瑞典作家们还发表了不少以反对官僚主义为题材的作品，这类作品往往从真人真事的大量素材摘录成篇，作家只是书中露面或者不露面的叙述者，P.C.耶舍尔德发表的《我们相见在湄公河上》（1970）就是属于这一类作品。

70年代后期，“愤怒派”、“抗议派”的报告文学盛极一时，其主题大抵是揭露瑞典国内的社会问题，针砭时弊，或者报道第三世界的革命斗争和民族解放运动等。到了70年代末，这类作品影响衰落，大有一蹶不振之势。纯文学仍然是方兴未艾，深受欢迎。享有盛誉的伊瓦尔·鲁—约翰逊连续发表了长篇小说《青春期》（1978）、《沥青》（1979）。此外，新秀辈起，出现了不少清新隽永的佳作。

拉斯·阿林（1915—1997）是40年代步入文坛的重要作家。他作品中的主人公大多是社会底层的“小人物”，这同他自己亲身的经历是有很大关系的。他出身贫寒，亲戚中又有不少人在30年代经济危机中失业，在各地流浪寻找活计谋生。这些人物都成了阿林作品中的主人公。他的处女作长篇小说《身上带着宣言的托伯》（1943）是根据自己30年代失业时的经历写成的。作品描写的是30年代的一个信仰马克思主义的流浪汉托伯，因为找不到职业而带着一本《共产党宣言》到处流浪，按照《宣言》所说，工人必须做工才能表明他的存在，而托伯虽然尽力为就业奋斗，却仍然不能表明他的存在，因而极其苦闷，后来他对马克思列宁主义的信仰淡薄下来，参加了社会民主党。阿林还写有长篇小说《我的死是我的》（1945）、《如果》（1946）、《市场帐篷之夜》（1957）、《树皮和树叶》等，短篇小说集《没有人理睬我》（1944）、《囚犯的欢乐》（1947）和《房屋没有附属建筑》（1949）等。1961年发表《树皮和树叶》后阿林沉默了20年，1982年才同其夫人合作发表了文学界普遍认为是他最杰出的长篇《胜利者汉尼巴》。此后他又发表了长篇小说《第六个口》（1985）、《看守人之火》（1986）和《你生活的果实》（1987）等。

斯蒂格·达格曼（1923—1954）在写作上受卡夫卡影响较深，是40年代瑞典文坛上的象征主义作家的代表。

达格曼出生于瑞典文化古城乌普萨拉以北的一个村子里。母亲在他出生后几个星期离开了他，他在祖父母的农庄里长大。这一段童年生活记述在他以后几个短篇和最后一部长篇《婚姻的烦恼》（1949）里。

30年代初，达格曼离开家乡到首都斯德哥尔摩同父亲一起居住，他们住在南城贫穷的工人区，长篇小说《烧伤的孩子》（1948）就描绘他这一时期的生活。

1943年达格曼应召服兵役，并开始创作长篇小说。他的处女作《蛇》（1945）描述了他在部队服役时的生活。《蛇》是瑞典40年代文坛上的代表作，它共分上、下两册，上册叫《伊蕾娜》，下册为《我们睡不了觉》。作品描述伊蕾娜的男朋友比尔抓到了一条蛇，藏在背包里，这使伊蕾娜感到心惊肉跳，后来这条蛇又在兵营里逃掉，这一件事不仅引起士兵们、而且引起市民们的恐惧。达格曼用“蛇”象征社会，着重描述人们在恐惧、烦恼和不安中生活着。《蛇》的发表使达格曼一举成名，确立了他在瑞典文学史上的地位。此作品于1966年拍成电影。

达格曼的其他主要作品还有长篇小说《囚徒之岛》（1946），短篇小说集《夜间的游戏》（1947）以及剧本《被判死刑者》（1947）、《马特的影子》（1947）和《末日》（1952）等。

1954年达格曼去世后，由别人收集整理出版了他的广播剧《一个音乐家的帽子》（1955）和诗集《我们需要安慰》（1955）。

托马斯·特朗斯特罗姆（1931—　）也是瑞典诗坛上象征主义代表，50年代起从事写诗生涯。在创作风格上受纪德影响很深。他的诗作主题多样，音韵铿锵，比喻生动优美。早期作品注重精神与内心的分析，探索人类灵魂的奥秘，把自己作为第三者客观地去观察和探索，如诗集《十七首诗》（1954）、《路上的秘密》（1958）、《半完成的天空》（1962）、《看见黑暗》（1970）和《波罗的海》（1974）等。近期作品则较多反映生活、社会和政治现实，如《真实障碍》（1980）、《乱哄哄的市场》（1983）和《为了生者和死者》（1989）。

特朗斯特罗姆的诗作卷数不多，但被译成多种文字发表，因此他在国际上，尤其在美国知名度较高。他曾荣获贝尔曼诗歌奖（1966）、瑞典文学大奖（1979）和文学促进大奖（1982）等。

扬·米尔达尔（1927—　）出身于斯德哥尔摩一个知识分子家庭，父亲是经济学家，曾担任瑞典政府贸易大臣，母亲曾出任驻美国、印度等国大使和裁军大臣等职务。

米尔达尔从青年时代起逐渐接受马克思主义思想影响，积极投身于瑞典的进步事业和人民运动。50年代初期，担任过世界民主青年联合会瑞典代表。后来，当过一段时间的报纸记者。1968年被选为瑞典——中国友好联合会主席，后改任名誉主席。

米尔达尔是一位才思敏捷的多产作家，自1955年投入文学创作以来，发表的作品有小说、杂文、游记和剧本等。他的杂文题材广泛，内容深刻，笔锋犀利，从揭露帝国主义争霸世界的国际重大政治问题，到探讨巴尔扎克的现实主义观的文学研究问题，无不谈及。他的游记也蜚声文坛。他曾经去过几十个国家，从欧洲到美洲，从中亚草原到吴哥石窟，都留下他的足迹。他以生动流畅的笔调描述了这些地方的风光景色、社会状况和政治动向。

1963年米尔达尔的名著《来自中国农村的报告》问世，这本长达四百多页的调查报告，以它的材料详尽、内容真实、记载细腻而风靡一时，被译成十几种文字多次出版，成为许多国家研究中国问题的必读参考材料。米尔达尔本人也以一种新兴的文学——报道文学的创始人活跃于瑞典文坛。这种文学的特点是通过实地采访和详尽的调查研究，以尽量切合客观事物的手法进行报道。它开阔了人们的眼界，促进了瑞典人民对发展中国家人民的了解。他的报道和游记作品还有关于柬埔寨古城吴哥的《石脸》（1968）以及《阿尔巴尼亚的挑战》（1976）、《丝绸之路》（1977）、《印度在期待》（1980）和《二十年后的中国农村》（1984）。

他的主要长篇小说有《回家》（1954）、《欢悦的春天》（1955）、《变化和存在》（1956）、《洗澡间的水龙头》（1957）、《一个欧洲知识分子的自白》（1964）、《童年》（1982）、《另一个世界》（1984）和《十二之后是十三》（1989）等。

斯文·林德克维斯特（1932—　）从50年代末起开始对亚洲和拉丁美洲的现实政治问题极为关注，同米尔达尔、魏斯特贝和女作家李德曼等人一起于60年代开创了与政治紧密结合的报造文学。他的报造文学有

《从内部看中国》（1963）、《亚洲的经验》（1964）、《阴影：拉丁美洲面对70年代》（1972）和《南美洲的土地和权力》（1973—1974）以及报道阿富汗和巴基斯坦的《象的足》（1985）等。文化教育文集有《广告有生命危险》（1957）、《吴道子的故事》（1967）和《在你站着的地方挖掘》（1978）等。描写自己的小说有《一个爱人的日记》（1981）、《一个已婚男人的日记》（1982）和《长凳的压力》（1988）等。

彼尔·魏斯特贝（1933—　）出生在斯德哥尔摩，父亲博学多才，长期依靠笔耕为生，母亲是一个很有文学素养的知识分子。在家庭熏陶下，他的聪颖才智远比一般青少年早熟，14岁起就走上了文学道路，被誉为瑞典文坛上的"神童"。处女作短篇小说集《吹肥皂泡的男孩》（1949）以优美洒脱的文笔描写了各种男孩子的性格，引起瑞典文坛的轰动。

魏斯特贝早期作品充满浪漫色彩，作品以追求生活中的美和人与人之间的爱为主题，力求给人以美感、欢乐、精神上的享受，如追忆自己梦境般欢乐童年的中篇小说《前尘影事》（1952），从不同侧面描写一个男孩发育成长时的性格变化的短篇小说集《个人私事》（1952）、描述一对青年几经悲欢离合、曲折波澜，终成眷属的长篇小说《半个王国》（1955）以及叙述一青年将巨额遗产救济给受尽苦难的战争幸存者的长篇小说《遗产继承者》（1958）等。

1959年他到罗得西亚和南非进行长时间的采访，严峻冷酷的现实生活使魏斯特贝改变了风格，写出了不少反对南非种族隔离政策、揭露种族压迫和赞颂民族解放运动的优秀报告文学，如《禁区》（1960）和《在黑名单上》（1960）等。

魏斯特贝的代表作是长篇小说三部曲《水宫》（1968）、《飞行指挥塔》（1969）和《土壤》（1972）。小说通过斯德哥尔摩阿兰达国际机场的飞行调度员扬·伯克曼同他的表妹以及另一个女科学家之间的恋爱纠葛，揭露了瑞典中、上层人物奢侈颓废的生活、精神上的空虚和性苦闷。

这部揭示资本主义发展中存在的问题的作品被瑞典文学评论界誉为社会问题文学的代表作。

此外，他还发表了描述一名瑞典外交官在喀麦隆活动的长篇小说《火影》（1986）和《山泉》（1987）。他还出版过赞颂大自然的美、赞颂斯德哥尔摩旖旎动人风光的作品，如《东玛尔姆区》（1962）、《夏天的岛屿》（1973）、《光之心》（1991）和《风之火焰》（1993）等。他还写过不少诗歌，大多抒发情思乡愁，或是追忆童年。

斯文·台尔勃朗克（1931—1992）是70年代瑞典文坛上擅长创作历史小说的重要作家之一。《赫德比村小说》包括《记忆》（1970）、《石鸟》（1973）、《冬骑》（1974）和《城门》（1976）。这四部作品是描写瑞典中小城镇赫德比从1937年至1945年之间的变化，由不同家庭的遭遇组成了一幅幅瑞典农业社会解体、宗教和封建主义衰亡到工业化兴起发展的色彩缤纷的画面。80年代他又发表了以自己家庭历史为背景的小说《沙米尔之书》（1981）、《沙米尔之女》（1982）和《孤单的玛利亚》（1985）。此外他还著有长篇小说《传教士的外衣》（1963）、《笨人难过的桥》（1969）、《生命之落穗》（1991）以及他去世后发表的《谷壳》（1993）等。

P. C. 耶舍尔德（1935—　）早年当过医生。50年代后期开始创作。作品以描述现实社会问题为主，是当代瑞典文学攻击官僚主义制度的代表。他认为在官僚主义严重泛滥、科学技术高度发达的社会中，人的本性在某种程度上已经消灭，人的思想感情受到压抑，人与人之间的关系变得冷漠无情。人的存在只是一种梦魇的幻觉。

他的主要作品有小说《猎猪》（1968）、《儿童岛》（1976）、《河流之后》（1982）、《豪尔格森一家》（1991）和《一个开放的市场》（1992）等。

耶舍尔德的作品有好几部被改编成电视剧、话剧和电影，受到瑞典各方的好评。

阿斯特里德·林德格伦（1907—2002）是瑞典当代最著名的儿童文学女作家。曾当过秘书、教员等。1946年至1970年担任斯德哥尔摩“拉本和舍格伦出版社”儿童读物编辑。多次获得各种国内和国际文学奖，如瑞典日报文学奖（1945）、国际安徒生儿童文学奖（1958）、“金船奖”（1970）和瑞典学院大奖（1971）等。长期担任瑞典文学奖九人颁发委员会成员。

林德格伦的第一部重要作品《长袜子皮皮》（1945）描述一个名叫长袜子皮皮的9岁小姑娘，她独自生活，到处漫游，力气很大，心地善良，治过坏人，但十分顽皮淘气。这本书一出版就引起广泛争论。教育工作者和家长们曾担心皮皮的恶作剧会影响孩子们。但由于皮皮这个童话人物是少年儿童被压抑着的最狂野的幻想的化身，她受到广大小读者的欢迎，很快也被成人所理解、喜爱。至今，这本书已在四十多个国家出版发行，并被改编成剧本在欧洲和美国等地上演。

《米奥，我的儿子》（1954）是林德格伦另一部重要作品，它把社会中孤儿不幸遭遇的现实跟童话的大胆幻想结合起来，是一部教育性和趣味性都很强的作品。林德格伦在这部长篇小说出版后不久，就把它改写成剧本，受到小观众，甚至成人的欢迎。剧本《米奥，我的儿子》在瑞典各地屡演不衰，是儿童剧团的保留节目。

林德格伦一生总共创作了80种左右的作品，有童话、儿童侦探小说、图画故事、描写城市和农村儿童生活的小说，很多作品已经搬上舞台和银幕，有的还拍成电视连续剧。她的主要作品还有《大侦探布罗姆克维斯特》（1946）、《我们比莱尔村的孩子们》（1947）、《卡尔松三部曲》（1955—1968）、《玛迪琴》（1960）、《狮心兄弟》（1973）和《强盗的女儿——朗娅》（1981）等。

谢什婷·埃克曼（1933— ）是当代重要的女作家、文学评论家。当过成人学校教员，50年代末期开始从事文学生涯，创作了几部引人注目的侦探小说，如《三十公尺谋杀》（1959）、《燃烧着的火炉》（1962）和《死钟》（1963）等。1967年以后转入传统小说创作，第一部作品为《鼓角》（1967）。

埃克曼的成名作为《巫婆舞圈》（1974）。这是她四部曲中的第一部，其他三部为《源泉》（1976）、《天使之屋》（1979）和《一座光明的城市》（1983）。作品描述20世纪初一个瑞典小镇的变迁，书中的主要人物是以托拉为中心的一批妇女，因而被瑞典文学评论界称作是瑞典文学中的一部妇女史诗。四部曲中的最后一部《一座光明的城市》真实地反映了瑞典社会的面貌，深刻地揭露了资本主义社会中存在的各种问题，是瑞典当代小说中的一部佳作。其他小说有《黑暗和越橘树枝》（1972）、《斯科拉林中的强盗》（1988）、《狗》（1986）和《水边事件》（1993）等。

埃克曼于1978年被遴选为瑞典科学院院士。她以卓越的文学创作确立了其在瑞典文坛中的地位，被誉为瑞典70年代最杰出的现实主义作家之一。

挪威文学 1940至1945年挪威被德国占领，在此期间占领者对挪威在经济上采用掠夺剥削，在文化上则实行严格的书刊审查制度，使得大多数作家都不敢写作。大战以后，挪威无论在经济上、政治上和文化上都处于恢复阶段。战后的挪威文学在相当长的一段时间内都是反映“二战”和被占领期间挪威人民的苦难和地下斗争的作品。战后出版四种文学刊物，有1947年创刊的介绍外国文学和本国当代最新作品为主、代表激进思想的《窗口》，代表保守观点的《光谱》（1946—1954），反映社会主义者思想的《接触》（1947—1954）和由尼尔斯·约翰·鲁德（1908— ）主编的《工人杂志》（1927—1970）。

进入50年代以后，作家们经过长期搁笔后开始积极创作，诗歌的主题以世界、死亡，爱情为主，小说有反映当时人们普遍关心的问题，如对核战争的恐惧，对挪威参加北大西洋公约的看法，对超级大国的不信任等。50年代中期以后，由于国际局势趋于平稳，国内生活水平有所提高，写作的主题开始转向个人和心理分析，长篇小说和系列小说较为流行。60年代中期有一部分作家向左转，发表主张通过革命和无产阶级专政创造社会主义社会的作品，如埃斯本·哈瓦尔兹霍尔姆（1945—　）和达格·苏尔斯德等。此外，自1964年以来，挪威议会每年都指令挪威文化委员会为各地图书馆购买1000册每一个挪威作家当年发表的新作，这一政策鼓励了作家们积极创作。70年代现实主义报告文学甚为流行。

约翰·博尔根（1902—1979）出身于首都奥斯陆一个律师家庭。他长期担任奥斯陆《日报》记者，在该报文化版以"嘟囔的鹅蛋"为笔名撰写文艺漫谈，并于1936年出版了《嘟囔的鹅蛋随感录》，在此期间他也在报纸杂志上发表短篇小说。

1925年他发表了第一部短篇小说集《走向黑暗》。1934年他出版了第一部长篇小说《归根结底》，讽刺资产阶级的虚伪庸俗和呼吁冲破扼制个性的陈规旧俗。他还以同样的主题发表了剧本《办公室主任赖伊先生》（1936）、《我们在等候》（1938）和《安德森一家》（1940）等。

德国法西斯占领挪威以后，博尔根利用《日报》的文艺漫笔专栏，隐蔽而巧妙地鼓吹反法西斯主义，为抵抗运动进行宣传。1941年秋他被德国法西斯逮捕入狱。1943年被保释出狱后潜逃至瑞典。在瑞典他出版了长篇小说《没有夏天》（1944），描写一个在人生道路上徘徊不定的彷徨者，在得知祖国被占领后立即明确了自己所要选择的道路。《在格里民监狱的日子》（1945）记录了狱中生活。

第二次世界大战结束后，他曾于1945年出任挪威驻丹麦大使馆新闻专员。他对战后挪威社会问题严重、贫富悬殊、旧势力回潮等现状非常不满和失望，便投身于共产党的新闻与出版事业。在这段时期里他发表了长篇小说《爱情之路》（1946）和短篇小说集《吃面包的日子》（1948）、

《爱情短篇小说集》(1952)和《新短篇集》(1965)等。这些作品使博尔根在挪威文坛获得很大声誉。

他的代表作是三部曲《小贵族》(1955)、《阴暗的泉水》(1956)和《我们抓住他》(1957)。这部巨著描述了出身于上层阶级的维尔弗莱德·萨根自幼被溺爱宠坏，成为骄恣蛮横的肇事青年。在成为纳粹分子后更是无恶不作，最后得到了应有的惩处。这部小说在挪威取得巨大成功，深受读者欢迎。此后，博尔根着重写回忆录和自传体小说，如《我》(1959)、《蓝山》(1964)、《红霭》(1967)和《例子》(1974)等。

苏尔维格·克里斯托弗(1918—1984)原名苏尔维格·弗莱德列克森，出生于挪威北部小城。克里斯托弗以不同风格进行创作试验，使她在挪威当代文学史上赢得了一席之地。1949年她发表了描写奥斯陆下层社会的小说《死胡同里鲜花怒放》，未能引起反响。两年后，她又发表了长篇小说《来去之路》(1951)，作品富有新意，小说描写挪威在摆脱法西斯占领、取得解放的年代里的社会动荡。1952年象征主义长篇小说《托尔苏》的发表引起挪威文学界的很大兴趣。这部讽喻小说描绘一个与世隔绝的洞穴居民社会中的矛盾和冲突。自此以后，她交替使用现实主义和象征主义手法描写取材于挪威人民日常生活的广泛题材。长篇小说《冬月之下》(1954)描写挪威北部地区人民在法西斯占领期间的悲欢离合。而《大坝》(1957)用象征手法，以当地政府靡费大量财力人力兴建一座毫无必要的大坝，揭示了人类盲目追求功利所带来的灾祸。

然而，克里斯托弗最擅长的还是描写妇女问题。长篇小说《七个昼夜》(1955)出色地描写了女主人公为了摆脱婚姻桎梏而甘冒风险。她短暂地放纵情欲，然而在接踵而来的社会风波和家庭报复面前，她反躬自问，这样的个性解放是否值得。《林莽中的岔路口》(1959)是克里斯托弗的成功佳作。书中的女主人公不断地剖析自己和总结教训。她在所爱的恋人和感情淡薄的丈夫之间踌躇徘徊，难以做出抉择。长篇小说《情人归来》（1961）描写一个男人离开故乡20年后归来，发现他过去曾短暂钟情而后又抛弃的那些女性竟是如此可爱，而妇女们则已看透了薄情郎，不再甘受他玩弄摆布。

克里斯托弗还出版过短篇小说集《猎人和野兽》（1962）和剧本《在红色的小路上》（1958）等。

贝里尤特·霍贝克·哈夫（1925—2016）是挪威以写妇女孩子为主的女作家，她用犀利的笔锋，通过对众多妇女形象及其生活的真实描写，触及到妇女的命运、她们在社会中的作用以及遭受不平等待遇的情况。

处女作《崩塌》（1956）中的女主人公是个艺术家，她热情、豪爽，才气横溢，而她的丈夫却是一个不苟言笑且又庸庸碌碌的人，哈夫以这一对不相称的夫妇来说明妇女强于男子。

《婊子之书》（1965）描写一个老而体态臃肿的妓女，她心地善良，富有自我牺牲精神，给予懦弱男子以安慰，使别人的生活充实而又有意义。哈夫笔下的这个妓女的自我牺牲是社会整个妇女形象的象征，以此来说明妇女在社会中的重要作用。

她的其他长篇还有《黑色大衣》（1969）、《儿子》（1971）、《老女巫》（1974）、《教母》（1977）和《神圣的悲剧》（1989）等。

阿格纳·米克莱（1915—1994）曾在商业学院学习，后改学人文科学和戏剧。

《绳梯》（1948）是部短篇小说集，描写期望和实际之间的矛盾，表达了青年的苦恼和踌躇。米克莱在50年代创作的作品中，男青年成为其作品中的主要人物，尽管他们职业各异，生活方式却雷同。他们热衷于追求女性，生活放荡不羁，但求知欲强，想象丰富，阅历宽广，可是对前途没有信心，动摇、彷徨。属于这类长篇小说的有：《小偷，你应该叫小偷》（1951）和《围着吕娜夫人转的拉赛》（1954）以及短篇小说集《男孩说：我也很高兴》（1952）。

1956年米克莱发表了长篇小说《红宝石之歌》，作品描写一个出身狭隘的资产阶级环境的名叫阿斯克的青年，他追求性欲自由和个人发展，对清教主义进行激烈攻击。米克莱本人和出版社因这部作品违反挪威习俗而于1957年受到指控。这一指控在北欧各国引起广泛注意，并就如何对待各项文化政策的问题展开了一场大辩论。挪威高等法院最后宣布米克莱无罪，而米克莱的名声也因此大振，而《红宝石之歌》在北欧诸国也成为畅销书。此后米克莱还发表过长篇小说《罗宾康》（1965）等。自1967年以来，米克莱没有发表作品。

玛格蕾特·约翰森（1923—2013）曾当过速记员、报刊通讯员等，也常为电台和电视台的娱乐节目和教育节目写文章。

约翰森步入文坛较晚，48岁才发表第一部作品。长篇小说《你不能一走了之》（1981）是部描写妇女在资本主义社会中得不到应有教育、找不到职业、受歧视的作品。由于它真实、深刻地反映了当代资产阶级社会中妇女的不平等地位，引起挪威文坛轰动，并被改编成话剧和电视剧，成为1984年最受欢迎的剧目之一。短篇小说集《星期一的孩子》（1985）生动地揭露了儿童表面幸福愉快，实际受虐待、遭摧残的事实。

约翰森的作品主题以妇女和青少年为主，她擅长透过简单的司空见惯的社会现象，揭示妇女和儿童受歧视、受虐待的实质，并且用讽刺、幽默的手法，淋漓尽致地将他们的遭遇暴露在读者面前。她的作品不仅在挪威受到好评，而且被译成俄、英、德等多种文字。

贡纳尔·布尔·贡德尔森（1929—1993）出生于挪威东南海滨城市的一个海员家庭，高中毕业后即进入航海学校，曾任海员报刊文化编辑、远洋船长等。由于他曾长期当过海员，对海上生活和劳动十分熟悉，因而他的作品都以航海和海员生活为背景，充满浓郁的生活气息。他是挪威当代最擅长于写海洋和海员生活的作家。

长篇小说《马丁》（1959）描写海员马丁几经颠沛离乱，来到他所梦想的天堂般的一个岛屿。然而命运仅安排他在当地妓院弹钢琴糊口。在落魄多年之后,他终于可以返回本国,然而在旅途中丧生。作品通过一个海员的生活经历勾勒出西方世界里海员远离故乡亲人、生活孤寂单调的情景,并且显示出海员们精神空虚和心理抑郁忧闷所造成的种种问题。

在写作风格上,贡德尔森以意境深邃、文笔凝练著称,他的早期作品采用现实主义手法,60年代以后使用现实主义手法的同时,也逐渐受到表现主义的影响,在作品中大量运用幻觉和梦魇。

长篇小说《尤迪斯》(1963)描写一个船长受到魔鬼派来的神秘幽灵所控制,他企图摆脱其束缚,但终于同归于尽。他的其他长篇小说还有《亲爱的埃马纽埃尔》(1965)、《他想画大海》(1968)、《我到埃及的旅行》(1970)和《无家可归的人们》(1977)等。

爱娃·西伯格(1931—)生于奥斯陆一个知识分子家庭。18岁发表小品文集《惊讶》(1949)轰动挪威文学界。1961年以来一直定居在瑞典,同时用挪威语和瑞典语创作,1952年,21岁的西伯格发表了长篇小说《他在我身边》获更大成功,被转译成好几国文字,并被拍成了电影。接着她又发表了《再也不孤独了》(1953)、《多情年代》(1966)、《又得到了》(1985)和《我看不见你》(1986)。这几部长篇通过对各种不同类型妇女的描述深刻反映了当代妇女问题。

在两次访问中国西藏后,西伯格发表了几部宣扬佛教思想的作品,如《她没有死》(1972)和《是的》(1973)等。

西伯格在80年代创作出好几部有影响的长篇小说,其中包括《死之后的三天》(1981)、《再来一遍》(1985)、《我看不见你》(1986)和《奇迹的时代》(1989)等。这些作品在挪威和北欧文坛上引起不小的轰动。《死之后的三天》叙述一个中年妇女突然猝死,灵魂离开身躯后停留在屋里,她的灵魂看到和听到至爱亲朋如何在她死后议论和算计她,她的魂魄悠悠无所适从,最后却复生过来,于是她彻悟昨非今是。这部作品有浓厚的卡夫卡色调。西伯格在1990年出版了小说《旅行可以开始》，这部小说可以说同她以往的风格大为迥异，情节曲折、悬念性强，通过一个女理发师到墨西哥旅游所遇到的麻烦和一段邂逅恋情，来点出人类即将面临巨大的环境污染问题，以及大自然将给人类的严厉惩罚。此外，西伯格还著有短篇小说集《爱情的蓝色之花》（1983）等。

西伯格注重从平凡琐事中探讨妇女的人生，描写细腻生动，富有生活情趣。曾多次荣获挪威和瑞典文学奖。

达格·苏尔斯德（1941— ）的第一部作品是受卡夫卡影响的短篇小说集《螺旋》（1965），描写人的孤独和与世隔绝。长篇小说《九月广场二十五周年》（1974）描述工党领袖抛弃社会主义同美国资本家合作，背叛了工人阶级。70年代末80年代初苏尔斯德发表了战争三部曲：《叛卖，战前的年代》（1977）、《战争，1940年》（1978）和《面包和武器》（1980），作品旨在说明挪威国内的纳粹分子、德国占领者和挪威资产阶级之间有着共同利益，它以奥斯陆东郊一个小镇为背景，揭露挪威资产阶级政府在战前年代对希特勒德国的软弱屈从，以吉斯林为首的挪奸开门揖盗、出卖民族利益。作品还真实地描写了在德国军队长驱直入时，挪威的工人阶级和一般军民奋起抵抗的经过，也描写了挪威人民在战后所经历的困苦和迷惘。此外，他还著有散文集《旋转的椅子》（1967），长篇小说《对不可测知的事物的描述》（1984）、《一九八七年小说》（1987）和《无缝的一边》（1990）等。

冰岛文学 20世纪40年代是冰岛历史上的重要时期。1940年冰岛被英国占领，一年后，由美国派兵接管。1944年冰岛议会宣布脱离同丹麦的联盟，并于同年6月17日建立冰岛共和国。美军占领冰岛一方面给冰岛带来就业机会，人民生活水平有所提高，另一方面也出现了严重的通货膨胀。1945年“二战”结束，美国军队撤走，但是还保留在首都雷克雅未克东南的凯夫拉维克空军基地。1951年美国和冰岛签订一项关于美国军队负责冰岛防务的协定。这一协定引起国内严重的政治分歧和矛盾。1946年冰岛成为联合国成员国。1949年加入北大西洋公约。1952年成为北欧理事会成员。冰岛从一个附属国变成一个拥有独立主权的国家，政治、经济和文化文学各方面都出现较大变化。

战后的冰岛文学可以分为两个阶段：1950年左右出现的现代主义和1970年左右出现的用通俗叙事体创作的新现实主义。

“二战”之后，世界上许多作家的作品，尤其是英国和美国作家的作品纷纷在冰岛出版，这为冰岛文学输入一股清新思潮，冰岛作家不再与世隔绝，开始跟随世界文学的脉搏，这种变化首先表现在诗歌方面。一种新型的、较晦涩的、不易懂的现代派诗歌有取代冰岛传统诗歌的趋势。但是同其他国家相比，这种变革比较缓慢，因为几百年来，传统诗歌已深深扎根于人民群众之中，他们喜爱敬仰自己民族的文化，因此不少诗人在创作时采用传统与现代相结合、用传统形式来表现当代内容的手法。奥拉夫·约翰·西古尔德松（1918—　）本是小说家，但是在1972年至1974年发表了题名为《你记得一口井》的抒情诗集。这部诗集是用传统古典诗的形式描述当代城市生活和对农村生活的回忆。斯诺里·雅尔塔尔松（1906—　）于1981年获北欧理事会文学奖。他原本居住在挪威，是位画家。他的第一部作品是用挪威语创作、在挪威发表的小说。1936年他回到冰岛，从那时候到1979年他虽总共只发表过四部诗集，但是由于他的诗作以优美、精练的语言表达了对祖国、人民和大自然的热爱，深受冰岛人民的喜爱。

冰岛最重要的现代主义诗人是斯坦恩·斯坦纳尔（1908—1958），他积极推动冰岛诗歌改革，提倡现代主义，他的诗歌对50年代的“原子诗人”产生很大影响。他的第一部诗集《红色火焰在燃烧》（1934）描写30年代冰岛失业、贫穷、饥饿、住房紧张等问题，对社会进行了严厉的批评，类似内容的诗作还有《诗集》（1937）、《沙中足迹》（1940）、《旅行的目标》(1942)、《时间和水》(1948)等。

从1946至1953年有五位诗人发表处女诗作，他们是斯坦芬·霍尔德尔·格里姆松(1919—　)、哈内斯·西格福松(1922—　)、埃纳尔·勃拉格(1921—　)、西格福斯·达达松(1928—　)和永·奥斯卡尔(1921—　)，这五个人被称为"原子诗人"，因为他们是在原子时代出现的诗人，他们的诗作除了反映过去严酷的生活外，还描述了当代沉闷的生活，原子时代人的前途等。60年代初期没有出现重要诗人，60年代末期和70年代初期又出现一批新诗人。

二次大战以来诗的主题同冰岛以往诗的主题一样，大多描述生与死、爱与恨、生长与衰退、农村与城市生活的对比等。自1951年同美国签约让其军事力量长久驻扎在冰岛以后，绝大部分知识分子和作家，不管是诗人还是小说家都感到痛心疾首，抒发对这一不幸事实的感受也成为作家们持久不变的主题。

冰岛从战后到60年代中期的小说以现实主义的萨迦风格为主。具有世界声誉的、冰岛当代最重要的作家拉克斯内斯仍笔耕不辍，发表了不少重要作品，有抨击冰岛上层出卖冰岛把它变成美国原子站的小说《原子站》(1948)以及其他现实主义小说《鱼会歌唱》(1957)、《冰川旁的基督教徒》(1969)和《一个农村的编年史》(1970)等。1975年以后，拉克斯内斯致力于撰写自己童年和青年时期的回忆录。战后现代主义的重要作家是吐尔·维尔雅姆松和古德贝古尔·贝格松。60年代中期，冰岛出现了两位杰出的女作家，雅科比娜·西古达多蒂和斯瓦瓦·雅科布斯多蒂，两人风格各异，但写作技巧娴熟。

奥拉夫·约翰·西古尔德松(1918—1988)是一位诗人、小说家，出身农民。1943至1944年在纽约攻读文学。16岁开始发表作品，在创作的同时担任校对和编辑。第一部长篇小说《农场的影子》(1936)描述自己饥寒交迫以及参加激进组织的经历，长篇小说《登高与梦想》(1944)记述家乡人民的甘苦和祸福。诗集《你记得一口井》(1972—1974)于1976年获北欧理事会文学奖。他是冰岛第一位获此荣誉的作家。他的其他作品还有长篇小说《这条路通得到那里吗?》(1940)、《鸟巢》(1972);短篇小说集《骰子》(1945)、《在十字路口》(1955)以及诗集《关于天气和其他的几句诗》(1952)等。

西古尔德松的作品的主人公大多是贫苦农民和失业工人,他们对生活充满美好的幻想,但总是被残酷的现实所粉碎。

吐尔·维尔雅姆松(1925—2011)是冰岛战后现代主义文学的先驱。出身资产阶级家庭,曾任杂志编辑。他酷爱旅行,以各种方式到处游历、居住。曾在格陵兰拖网渔船上捕鱼当渔民,在地中海各地当导游,到世界各地参加国际作家会议。

冰岛大部分作家虽然居住在国外,但是仍以冰岛社会为背景、冰岛生活为主题进行写作,而维尔雅姆松则多以外国的背景和事件作为自己的创作素材。他较长时间住在巴黎,深受法国文学思潮影响。他在25岁时发表了小说《人总是孤独的》(1950)之后,1957年又发表了小说《映在一滴水珠之中》,描述原子弹阴影下的爱情、难民以及对人类安全的新的威胁,但是作品对事件发生的具体地点没有说明。他的其他小说还有《鸟说赶快呀赶快呀》(1968)和《大槌捶打声》(1970)等。

古德贝古尔·贝格松(1932—　)早年立志当教员,就读于师范学校,但是不久即改变志向,从事文学创作。他曾在西班牙的港口城市巴塞罗那学习艺术和文学史,并长期在西班牙居住。贝里松不但擅长写长篇小说,他的诗歌和散文也极为出色。长篇小说《偷偷摸摸行动的老鼠》(1961)是他的处女作。同年还发表了诗集《重复的话》。小说《畅销书作者托马斯·荣松》发表于1966年,引起冰岛文坛轰动,使他一举成名,这部作品被译成多种文字。

雅科比娜·西古达多蒂(1918—1994)生于冰岛西部偏僻的乡村,在家乡只上过两年小学，迁到首都雷克雅未克后上过一年夜校和半年师范学校。她同北欧许多其他作家一样，是靠自学成为作家的。

1949年她同一位农民结婚，成为农家主妇，并开始学习创作。作品有短篇、长篇小说和诗歌。处女作《贫农斯纳培特·爱尔斯多蒂和凯蒂尔里德的故事》（1959）是描述冰岛农民和外国军事基地之间存在的问题和矛盾。这在冰岛文坛上是一部较早揭露外国军事基地给冰岛人民带来灾难的作品。其他作品还有短篇小说集《打错地方的句点》（1961）、长篇小说《活着的水》（1976）等。

斯瓦瓦·雅科布斯多蒂（1930—2004）出生于冰岛东部，5岁时跟随父母移居加拿大。1940年回国上学。1949年中学毕业后到美国麻省学习文学。1952年获学位后又去英国牛津和瑞典的乌普隆拉攻读研究生学位。1971至1979年她任冰岛议会议员。

雅科布斯多蒂以短篇小说步入文坛，《十二位妇女》（1965）和《石墙下的联欢》（1967）是两部以描述妇女为主的短篇，作品把现代社会中妇女操劳、辛苦和困难处境描绘得入木三分。她在其中一个短篇《一个给孩子们的故事》中用象征手法写母亲对子女的爱，对子女有求必应、无微不至的关怀，甚至子女们想观察一下人脑是什么样的，她也心甘情愿地把脑子献出来，可是等到子女长大以后，对她一点也不在乎、不稀罕。雅科布斯多蒂是冰岛第一位有意识地以当代妇女作为作品中心人物的作家。

长篇小说《寄宿者》（1969）是她最著名的作品，除被译成北欧其他几国语言外，还译成了英、德等文。这部作品用象征手法揭露了美国在冰岛凯夫拉维克建立军事基地给冰岛带来的危害。作品发表后，在冰岛国内引起了一场如何对待美国军事基地的大辩论。

约翰内斯·赫尔吉（1926—　）自50年代在冰岛文坛上崭露头角以来，一直被公认为是擅长细致描写海洋和渔民生活的作家。

1957年赫尔吉出版的短篇小说集《殷切盼望》被誉为描写当代冰岛

渔民生活的最佳作品。

1963年出版长篇小说《黑色的弥撒》，该书以一个海岛为背景，抨击了岛上掌权者的巧取豪夺和腐败无能，描写了岛上人民经过曲折的道路，终于团结起来、为民主权利而斗争的过程。这部小说实际上剖析了当代冰岛社会的种种现实问题，受到读者的好评和欢迎，这部小说曾在冰岛和挪威电台中连续广播，并已被改编成电视剧上映。

芬兰文学　芬兰在两次世界大战期间同苏联进行过两次战争，均遭失利，损失严重，除伤亡近15万人外，还失去了卡累利亚省，居住在该省的占总人口12%的42万人民被迫迁到其他地方，此外还要负担5亿多美元的战争赔款。“二战”后的芬兰无论在经济上还是政治上都处于十分困难的境地。为了摆脱困境，芬兰一面积极发展工业，一面努力扩大对外贸易，经过艰苦努力，芬兰终于渐渐走出低谷。到了60、70年代，芬兰已经建设成一个先进的工业国。到了80年代，芬兰已经成为世界上最富裕的13个国家之一。

从文学上看，战后的芬兰文学大致可以分为四个时期：

第一时期，40年代末期。文学处于犹豫彷徨但积极探索时期，主要作家有用瑞典语创作的优秀儿童文学女作家吐凡·扬森；

第二时期，50年代。在英国、法国诗人，尤其是40年代瑞典诗人凡恩贝里等人影响下，芬兰诗歌开始出现摆脱传统格式、韵律，没有标点题目，内容晦涩的现代主义诗歌，女诗人较多，如海尔维·万沃宁（1919—1959）、爱娃-莉莎·玛内尔等。小说方面有坚持战前传统写作的作家，也有采取心理分析、新旧手法相结合创作的作家，小说主题大多描述战争，主要作家有万伊诺·林纳和爱娃·约恩彼尔托等；

第三时期，60年代前期到70年代。随着人们逐渐对和平环境的适应以及经济发展、科技进步，世界各地的信息通过电视迅速传到芬兰各地，芬兰人民醒悟到自己的国家不是孤立的荒原，而是世界的一部分，同时芬兰新一代人开始步入社会，他们没有亲身经历过战争，但是在国际局势影响下，对政治十分感兴趣，在这样背景下，一种新的称之为“参与文学”在芬兰产生。同50年代相似，这种“参与文学”首先表现在诗歌上，1962年本蒂·萨里科斯基（1937—1983）发表了诗集《究竟发生了什么？》，他放弃了50年代精雕细镂和形象比喻的语言，而改为直接用日常口语、报纸标题、街头对话语言写政治诗。1966年，阿尔沃·萨洛斯（1932—　）发表了以30年代反对暴力为主题的音乐剧《春天的冬天》。在他们影响下，芬兰文坛经常出现政治诗、政治剧。小说也出现了纪实和报告文学；

第四时期，70、80年代以来的文学。作家们摆脱“政治参与”，从自然和文化遗产中吸取养分，致力于更为自由化、个人化和国际化的创作。

战后的芬兰文学发展迅速。广播电视的出现并没有影响芬兰人阅读文学作品的兴趣，书籍仍十分畅销。芬兰全国各地图书馆不断增多，1939年全国有近2000个图书馆，1950年增至2300个，到了1960年猛增至3400个。“二战”以后，芬兰的剧院和剧团由国家和地方当局经营，70年代中期全国共有40个国家的和地方的固定和巡回剧团，此外，还有不少临时的业余剧团。国家为了繁荣文学，采取各种促进措施，改善创作条件。1948年国家为作家设立奖学金制度，并于1970年扩大发放范围。国家文学委员会每年向约100位作家发放为期十五年、五年、三年或一年的奖学金，为作家创作提供经济资助，此外还设有项目奖学金、图书馆补助；另外，不少私人基金会还为作家提供各种资助。过去，绝大部分作家集中在赫尔辛基、坦佩雷和奥堡三个地方，60年代兴起了一场反对文学“赫尔辛基中心论”的辩论，各地纷纷建立本地区作家团体和小型出版社，其结果是到了70年代，描写农村和大自然题材的作品十分昌盛。

吐凡·扬森（1914—2001）出生在一个艺术家家庭，父亲是雕刻家，母亲是美术设计师。她自己曾在赫尔辛基、斯德哥尔摩和巴黎学过艺术，1943年后曾多次举办画展。1945年开始发表小说，前两部小说《小矮子精和大洪水》（1945）和《彗星搜索》（1946）并未引起注意，第三部《魔法师的帽子》（1948）引起轰动。扬森在作品中创造了童话人物“木明一家人”，家中有木明爸爸、木明妈妈，还有他们的孩子小木明。她用这些童话人物，制造出一个童话世界，创作出一本又一本童话故事：《木明爸爸的牛皮》（1950）、《后来怎样了？》（1952）、《危险的仲夏》（1954）、《魔幻的冬天》（1957）、《谁来解开心结》（1960）、《看不见的孩子》（1962）、《爸爸和海洋》（1965）、《深秋十二月》（1970）和《危险的旅行》（1977）等。木明一家人都是人形兽头，有点像直立的微型小河马。他们坎坷的命运和冒险经历是社会现实的写照，这是一部将童话和现实融为一体的作品。扬森亲自为作品配上许多精美、有趣的插图，使作品更富有趣味性。

60年代后期起，扬森的创作以成人读物为主，有反映成人与儿童关系的长篇小说《雕刻师的女儿》（1968）、《夏之书》（1972）和《太阳城》（1974）等。短篇小说集《娃娃柜》（1978）和长篇小说《诚实的骗子》（1982）则反映了人类要求自由的愿望。

爱娃-莉莎·玛内尔（1921—1995）出身于赫尔辛基知识分子家庭，父亲是出版社编辑。她受过六年中等教育，当过保险公司职员和出版社编辑。1946年走上职业作家生涯。她的作品有诗歌、小说和剧本。她的诗集以简洁、清丽的文字写出了人类的孤独感和失落感。

玛内尔的处女作诗集《黑与红》（1944）和第二部诗集《似风或云》（1949）都十分出色，但并未引起文坛重视。50年代中期，正当芬兰文坛就现代主义文学进行热烈辩论时，玛内尔出版了第三部诗集《这次旅行》（1956）。这部诗集冲破了芬兰传统诗歌形式，概念上也是非逻辑的，但是由于她写得十分优美，富有音乐感，作品获得极大成功。

60年代，玛内尔对国际上出现的把核物理先进科技同外交政策相结合的强权政治感到不满，发表了诗集《俄耳甫斯之歌》（1960）。1968年又发表了不满苏军出兵捷克的诗集《假如悲伤消散》。

《新年之夜》(1965)和《五月雪》(1967)是两部以人在文明社会中悲惨命运为主题的剧本。长篇小说《马伊纳盖的狗》(1972)描写了政治生活中的暴行。她的其他作品还有诗集《可怕的猫》(1976)和《死水》(1977),长篇小说《当心胜利者》(1972)和具有中国道家哲学色彩的散文集《小河马的路边音乐》(1957)等。

万伊诺·林纳(1920—1992)是芬兰当代最重要的现实主义作家之一,出身贫苦,父亲是佃农、屠夫。他自幼在田里劳动,在林场和锯木场当小工。1938年进入纺织厂当梳棉工。他当过兵,上过成人学校,靠自学成才,1955年成为专业作家。

第二次世界大战结束后,林纳回到纺织厂并开始写作。处女作长篇小说《目标》(1947)是一部自传体性质的小说,描写佃农的独生子如饥似渴地刻苦学习使自己成为一名作家的故事。第二部长篇小说《黑色的爱情》(1948)是写爱情悲剧的故事,在人物描写上比第一部小说有很大进步。1954年林纳出版了描写1941年至1944年战争的小说《无名战士》,作品对军官和领导阶层进行了谴责,而以理解和幽默的笔法描绘了普通士兵。这部作品获得极大成功,成为北欧的畅销书,被拍成电影,又被搬上舞台,并被译成多种文字。

《北极星下》(1959—1962)是由三部长篇小说组成的作品。第一部描写1880年至1910年之间芬兰北部农村中佃农在艰苦和动荡社会环境下的痛苦生活;第二部是写1918年的国内战争,他以大量的历史材料和无可争辩的事实向读者展示,由于当时的经济状况,赤卫队员们举行起义是社会的必然,但结果是赤卫队员战败,白卫军获得胜利。他以愤怒的笔触描写了白卫军们对被俘的赤卫队员的残酷报复,作品的发表引起芬兰国内广泛争论,原因是他对赤卫队员的描写相悖于多年来资产阶级的观点;第三部是写内战和“二战”之间芬兰国内政治冲突、外交政策以及“二战”期间芬兰同苏联的两次战争。这部作品通过对佃农科斯基拉父子两代人的经历，生动地反映了自19世纪80年代直至20世纪50年代间芬兰社会的变革、村民的命运和各阶层人民对变革的不同态度。父亲尤西·科斯基拉本是牧师家的长工，为了过上好日子，租种了牧师家的一片荒芜沼泽地，他梦想有朝一日能把自己辛苦耕作的沼泽地买下来，但未能如愿。儿子阿克赛里勤劳、坚毅，具有反抗精神，积极参加反佃主斗争，后来在国内战争中成为赤卫队指挥员。这部史诗般的宏篇巨著出版后获得巨大成功。林纳在国内外的声誉也进一步提高，1962年第三部作品出版时，林纳获北欧理事会文学奖。

爱娃·约恩彼尔托（1921—2004）原名爱娃·赫勒曼，出身于商人家庭，当过记者，并在芬兰广告部门工作。1950年成为专业作家。1977年任芬兰国家文学委员会委员。1980年出任艺术教授。多次荣获芬兰国家文学奖。

长篇小说《少女在水上走》（1957）描写农村两代人之间的矛盾和冲突，使她一举成名。接着她又发表了《鸟在那里歌唱》（1958）和《闪烁的年月》（1961），着重描写对美和幸福的追求。她最重要的作品是1974年至1980年发表的长篇系列小说《家奴和敌人》（1974）、《撞击中的播种》（1976）、《似大海中的沙》（1978）和《一切都有时间》（1980）。作品通过商人海尼宁一家勾勒出芬兰从1918年至1930年之间不同阶层的兴旺和衰落的变迁历史，详尽描述了20年代经济和文化高潮、政治分裂、社会民主党和共产党之间的尖锐斗争。作品描写细腻生动，被文学评论家誉为“新地省的叙事诗”。

约恩彼尔托的其他作品还有长篇小说《只有约翰内斯》（1952）和《格拉德夫人，与生活联姻》（1982）等。她的作品一般突出两代人之间和两性之间的矛盾，作品中的女性形象大多是生气勃勃、有理想又能干的强者，而男人往往都是意志薄弱又不切实际的无能之辈。

大事年表

年代	历史阶段和主要历史事件	主要文学潮流和作家、作品
1898	俄国社会民主工党成立	俄国契诃夫的戏剧《万尼亚舅舅》(1897)、短篇小说《套中人》(1898) 英国康拉德的小说《吉姆爷》(1898—1900)
1898—1899	法国德莱福斯事件	德国施韦歇尔的小说《为了自由——德国农民战争的历史小说》(1898)
1899—1902	英国发动布尔战争	俄国托尔斯泰的小说《复活》(1899) 俄国普列汉诺夫的论著《没有地址的信》(1899—1910)
1900	列宁创办《火星报》	匈牙利米克沙特的小说《奇婚记》(1900)
1900—1903	欧洲经济危机	俄国高尔基的革命诗歌《海燕之歌》(1901) 德国托马斯·曼的小说《布登勃洛克一家》(1901) 高尔基的剧本《小市民》和《底层》(1901) 阿尔巴尼亚萨科-恰佑比的诗集《父亲托莫里》(1902) 瑞典斯特林堡"表现主义"剧本《梦的戏剧》(1902) 波兰莱蒙特的小说《农民》四部曲(1902—1909) 契诃夫的剧本《樱桃园》(1903) 法国罗曼·罗兰的小说《约翰·克利斯朵夫》(1903—1913)
1904—1905	日俄战争	英国萧伯纳的剧本《约翰牛的另一个岛屿》(1904) 康拉德的小说《诺斯特罗莫》(1904)

续表

年代	历史阶段和主要历史事件	主要文学潮流和作家、作品
1905	俄国革命	萧伯纳的剧本《巴巴拉少校》(1905) 英国高尔斯华绥的小说《福赛特世家》(1906—1921) 德国亨利希·曼的小说《垃圾教授》(1905) 高尔基的小说《母亲》(1906) 丹麦无产阶级作家尼克索的小说《征服者贝莱》(1906—1910) 英国无产阶级作家特雷塞尔的小说《穿破裤子的慈善家》(1906—1910?)
1907	欧洲经济危机	法国法朗士小说《企鹅岛》(1908) 英国哈代的史诗剧《群王》(1908)
1910	巴尔干各国社会民主党代表会议	俄国布宁的中篇小说《乡村》(1910) 波兰柯诺普尼茨卡的长诗《巴尔采尔先生在巴西》(1910) 英国小说家福斯特的小说《霍华德庄园》(1910) 意大利未来派文艺出现(1910)
1912	《真理报》创刊 阿尔巴尼亚独立	普列汉诺夫的论著《艺术与社会生活》(1912—1913) 俄国“阿克梅派”诗歌出现(1911—1914) 亨利希·曼的小说《臣仆》(1912—1914) 英国小说家劳伦斯的小说《儿子与情人》(1913) 匈牙利奥第的诗作《我们向革命迈进》(1913) 法国诗人阿波利奈的代表作《醇酒集》(1913)
1914—1918	第一次世界大战	德、奥“表现主义”文学流派产生 乔伊斯的小说《一个青年艺术家的画像》(1916) 英国劳伦斯的小说《虹》(1915)
1917	俄国十月社会主义革命	尼克索的小说《普通人狄蒂》(1917—1921)

续表

年代	历史阶段和主要历史事件	主要文学潮流和作家、作品
1918—1922	捷克和匈牙利分别成立共和国 欧洲经济危机 第三国际成立 意大利墨索里尼实行法西斯统治	苏俄勃洛克的长诗《十二个》(1918) 劳伦斯的小说《恋爱中的女人》(1920) 英国诗人艾略特的长诗《荒原》(1922) 罗曼·罗兰的小说《母与子》(1921—1933) 乔伊斯的小说《尤利西斯》(1922) 苏联阿·托尔斯泰的小说《苦难的历程》(1921, 1928, 1941) 法国马丁·杜加尔的小说《蒂波一家》(1922—1940) 奥地利诗人里尔克的《杜伊诺哀歌》(1923) “达达主义”、“超现实主义”等现代主义流派产生
1924	列宁逝世	福斯特的小说《印度之行》(1924) 德国托马斯·曼的小说《魔山》(1924) 苏联马雅可夫斯基的长诗《列宁》(1924) 苏联绥拉菲莫维奇的小说《铁流》(1924) 高尔基的小说《阿尔塔莫诺夫家的事业》(1925) 英国小说家吴尔夫的小说《到灯塔去》(1927)
1929—1933	欧洲经济危机	萧伯纳的剧本《苹果车》(1929)
1933	德国希特勒实行法西斯统治	高尔基的小说《克里姆·萨姆金的一生》(1927—1937) 德国托马斯·曼的小说《约瑟夫和他的兄弟们》(1933—1943) 苏联肖洛霍夫的长篇小说《静静的顿河》(1928—1940) 法国马尔罗的小说《人类的命运》(1933) 艾略特的诗歌《四首四重奏》(1935—1942)
1936—1939	西班牙反法西斯内战，欧洲反法西斯斗争高涨	德国亨利希·曼的历史小说《亨利四世的青年时期》(1935)和《亨利四世的完成》(1938)
1937—1938	欧洲经济危机	奥登的长诗《西班牙》(1937) 萨特的小说《恶心》(1938)

续表

年代	历史阶段和主要历史事件	主要文学潮流和作家、作品
1939—1945	第二次世界大战	萧伯纳的剧本《日内瓦》（1939） 法国加缪的小说《局外人》（1940） 苏联法捷耶夫的长篇小说《青年近卫军》（1945） 法国萨特的长篇小说《自由之路》（1945）
1946—1949	法兰西第四共和国成立 印巴独立，英国殖民体系瓦解 马歇尔计划和欧洲经济重建	加缪的小说《鼠疫》（1947） 德国托马斯·曼的小说《浮士德博士》（1947） 法国萨洛特的小说《陌生人的肖像》（1948） 德国布莱希特的剧本《高加索灰阑记》（1948） 英国奥威尔的小说《1984》（1949） 德国伯尔的小说《火车正点到达》（1949）
1950—1955	斯大林去世 关于印度支那和平的日内瓦会议召开	法国尤奈斯库的剧本《秃头歌女》（1950） 法国尤瑟纳尔的小说《亚德里安回忆录》（1951） 苏联爱伦堡的小说《解冻》（1954） 西班牙卡米洛·何塞·塞拉的小说《蜂房》（1951） 贝克特的剧本《等待戈多》（1952） 法国出现“新小说”和“荒诞剧” 英国出现运动派诗歌 西班牙新浪潮小说兴起
1956	苏共“二十大”	加缪的小说《堕落》（1956） 瑞士迪伦马特的剧本《老妇还乡》（1956） 英国奥斯本的剧本《愤怒的回顾》（1956）
1957	欧洲共同市场建设启动	法国布托的小说《变》（1957） 肖洛霍夫的小说《一个人的遭遇》（1957） 法国罗布—格里耶的小说《嫉妒》（1957）
1958	法兰西第五共和国成立，戴高乐复出	苏联帕斯捷尔纳克获诺贝尔文学奖（1958）
1959	法国同意给予阿尔及利亚自决权	德国格拉斯的小说《铁皮鼓》（1959）

续表

年代	历史阶段和主要历史事件	主要文学潮流和作家、作品
1960—1965	构筑柏林墙 《埃维昂协议》签订，法国殖民体系瓦解 德法合作条约签订	法国克洛德·西蒙的小说《弗兰德公路》（1960） 西班牙路易斯·马丁·桑托斯的小说《沉默时代》（1962） 苏联艾特玛托夫的小说集《群山和草原的故事》（1962） 法国鲍纳福瓦的诗集《写成的石头》（1965） 德国格拉斯的小说《非人的岁月》（1963）
1966—1970	法国退出北约军事组织 巴黎“五月风暴”和席卷全欧的左派学生运动	以法国为中心的结构主义批评流派盛行 法国图尼埃的小说《礼拜五或太平洋上的虚无缥缈境》（1967） 西班牙胡安·贝内特的小说《你将重返雷希翁》（1967） 英国约翰·福尔斯的《法国中尉的女人》（1969）
1971—1975	欧洲经济进入“滞胀”时代 佛朗哥去世，西班牙开始民主化进程 法国成立以密特朗为首的社会党	伯尔的小说《一个妇女周围的群像》（1971） 苏联拉斯普京的小说《活着，可要记住》（1974） 爱尔兰希尼的诗集《北方》和组诗《沼泽人》（1975） 苏联邦达列夫的小说《岸》（1975）
1976—1980	欧洲议会首次选举 波兰发生社会和政治危机	苏联特里丰诺夫的小说《滨河街公寓》（1976） 法国莫迪亚诺的《暗店街》（1978）
1981—1984		法国克洛德·西蒙的小说《农事诗》（1981） 葡萄牙萨拉马戈的小说《修道院纪事》（1982） 法国杜拉斯的小说《情人》（1984）
1985—1991	戈尔巴乔夫上台执政 两德统一，苏联解体，冷战最终结束	艾特玛托夫的小说《断头台》（1986） 巴恩斯的小说《十又二分之一章世界史》（1989）

索　　引

（以姓氏中文译名的拼音为序）

A

B

C

D

F

G

H

J

K

L

M

N

O

P

Q

R

S

T

W

X

Y

Z